ALCHEMISED

ALCHEMISED

SenLinYu

TRADUÇÃO DE
HELEN PANDOLFI
LAURA POHL
SOFIA SOTER
ULISSES TEIXEIRA

intrínseca

TÍTULO ORIGINAL
Alchemised

COPIDESQUE
Giselle Brito
Ilana Goldfeld
João Rodrigues

REVISÃO
Carolina Prado
Carolina Vaz
Luciene Gomes
Renato Ritto
Thais Entriel

PROJETO GRÁFICO, ILUSTRAÇÕES DE MIOLO E ADAPTAÇÃO DE CAPA
Antonio Rhoden

ILUSTRAÇÃO DE MIOLO DA PÁGINA 955
Avendell

DIAGRAMAÇÃO
Inês Coimbra

Edição especial

ARTE DE CAPA
Eva Eller

DESIGN DE CAPA E GUARDA
Regina Flath

IMAGENS DE GUARDA
© iStock/seamartini
© Shutterstock/Yevheniia Lytvynovych,
Golden Shrimp, Evgenia Pichkur

Edição comercial

ARTE DE CAPA
Eva Eller

DESIGN DE CAPA
Regina Flath

CIP-BRASIL. CATALOGAÇÃO NA PUBLICAÇÃO
SINDICATO NACIONAL DOS EDITORES DE LIVROS, RJ

S48a

SenLinYu-
Alchemised / SenLinYu ; tradução Helen Pandolfi ... [et al.]. - 1. ed. - Rio de Janeiro : Intrínseca, 2025.
960 p.

Tradução de: Alchemised
ISBN 978-85-510-1305-2
ISBN 978-85-510-1301-4 [Edição especial]

1. Ficção americana. I. Pandolfi, Helen. II. Título.

25-99198.0

CDD: 813
CDU: 82-3(73)

Gabriela Faray Ferreira Lopes - Bibliotecária - CRB-7/6643

[2025]

Editora Intrínseca Ltda.
Av. das Américas, 500, bloco 12, sala 303
22640-904 – Barra da Tijuca
Rio de Janeiro – RJ
Tel./Fax: (21) 3206-7400
www.intrinseca.com.br

PARA JAME, POR ME ENCONTRAR.

NOTA DE AUTORE

Este livro é uma obra de ficção que explora muitos dos aspectos mais estarrecedores da guerra e da sobrevivência. Seu teor pode afligir a sensibilidade dos leitores. *Alchemised* é uma fantasia sombria que retrata violência de guerra, violência religiosa, representações de trauma complexo, ideação suicida, automutilação, experimentos em humanos, tortura médica, eugenia, canibalismo, agressão sexual, estupro e alusões à necrofilia. Por favor, lembre-se de que e autore não endossa os fatos representados neste livro. Uma vez que *Alchemised* é narrado por um ponto de vista limitado em terceira pessoa, a obra necessariamente envolve distorções de ponto de vista, assim como fatos perdidos ou mal-interpretados. É recomendada prudência na leitura.

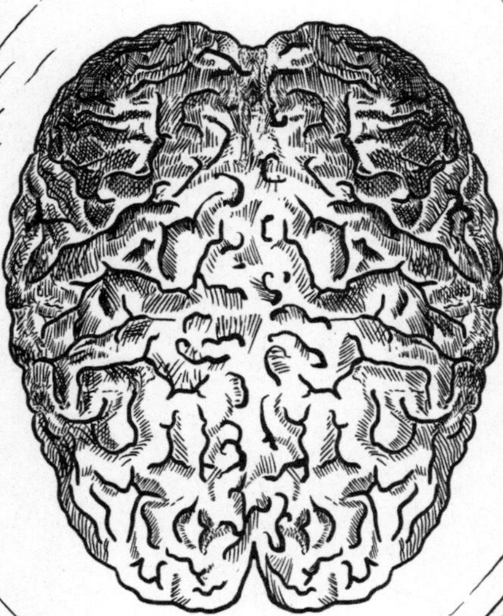

PARTE I

PRÓLOGO

Helena se perguntava, às vezes, se ainda possuía olhos. A escuridão que a rodeava nunca tinha fim. No começo, achou que, se esperasse pelo tempo necessário, algum tipo de vislumbre luminoso apareceria ou alguém viria. Ainda assim, não importava quanto esperasse, isso nunca acontecia.

Somente escuridão interminável.

Tinha um corpo; sentia-o como uma jaula, envolvendo-a, mas nenhum esforço ou tomada de decisão poderia fazê-lo se mexer. Flutuava, inerte e indiferente, com exceção dos momentos em que convulsionava violentamente com o surgimento dos choques, ondas de eletricidade que a percorriam, começando na base da nuca e contraindo de forma terrível todos os músculos de seu corpo. Da mesma forma repentina com que surgiam, desapareciam. Era a única coisa de que dispunha para demarcar uma noção de tempo.

O intuito deles era garantir que os músculos não se deteriorassem por completo enquanto ela estava em inércia. Helena se lembrava desse detalhe. Que fora deixada ali como prisioneira, preservada, mas que, algum dia, alguém viria buscá-la.

No começo, contara o tempo entre os episódios de choques para calcular a frequência deles. Segundo por segundo. Dez mil e oitocentos. A cada três horas, sem falta. Nunca mudava. Então, passara a contar as séries de choques em si, mas, conforme o número só crescia, ela parou por medo de descobrir.

Forçou-se a se concentrar em outras coisas que não a espera. Não a perpetuidade. Precisava esperar, portanto criou uma rotina para manter a mente ativa. Imaginou caminhadas. Montanhas e céu. Visitou todos os lugares por onde já andara. Todos os livros que já tinha lido.

Precisava aguentar. Continuar alerta. Assim, estaria pronta. *Precisava* continuar de prontidão.

Não se deixaria esvanecer.

CAPÍTULO 1

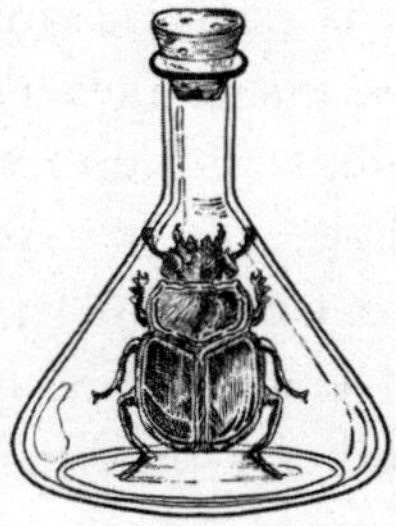

Quando a luz surgiu, quase rachou o cérebro de Helena.

Gritos soaram.

— Porra! Como é que essa aí está acordada? — Uma voz rompeu a agonia dos sentidos sobrecarregados.

A luz a perfurava. Uma lança nos olhos, enterrando-se em seu crânio. Deuses, os olhos dela.

Helena se contorceu. A luz ficou turva, rodopiando. Um líquido desceu queimando por sua garganta. Um rugido se materializou em seus ouvidos.

Dedos escorregadios cravaram-se nos braços dela, apertando os ossos, arrastando-a para cima. O ar encheu seus pulmões, fazendo-os reclamar quando o fluído voltou por onde tinha entrado.

— Que merda, esse gel da inércia. Não dá para segurar direito. Faz ela calar a boca! Vai acabar se afogando.

A cabeça dela colidiu com alguma coisa quando foi derrubada. Pedra áspera arranhou suas mãos. Ela tateou às cegas, tentando se levantar. Os olhos se fecharam, mas a luz continuava como uma lâmina perfurando o crânio. Um objeto duro foi arrancado de sua nuca e algo quente e molhado escorreu por sua pele.

— Como é que ela ainda está acordada, cacete? Alguém deve ter errado a dosagem dessa aqui. Não deixa ela se arrastar para longe.

Seus braços foram agarrados mais uma vez, e Helena foi erguida do chão.

Ela se desvencilhou, forçando os olhos a se abrirem. Tudo que conseguia distinguir era um branco ofuscante. Lançou-se naquela direção.

— Sua vadia desgraçada, você me cortou!

Sentiu uma dor explosiva na parte de trás da cabeça.

Ainda havia luz quando ela recobrou os sentidos.

Lentamente, como se Helena estivesse embaixo d'água, nadando na direção de uma superfície que se encontrava além do alcance, a consciência infiltrava-se aos poucos. Os olhos estavam fechados; a luz, do lado de fora deles. Já sentia a dor da claridade.

Estava deitada em algo duro. Uma mesa fria, o metal inerte sob os dedos. Conseguia distinguir vozes, abafadas, mas próximas.

— Ué? — A voz de uma mulher. — Mais alguém?

— Não. — A voz de um homem. Aquela primeira, a mesma de antes. — Tiramos todos os outros. Só essa é que armazenaram errado.

— E ela estava consciente quando você abriu o tanque?

— Com certeza. Começou a gritar quando erguemos a tampa para tirá-la de lá. Quase morri do coração, juro. Willems levou um susto tão grande que por pouco não a afogou, e aí, quando conseguimos puxá-la de lá, parecia um animal feroz. Me arranhou pra caralho até conseguirmos dopá-la. Estava com o acesso intravenoso e tudo, mas a sedação estava desligada. Alguém deve ter mexido.

— Isso não explica a falta de registro — retrucou a mulher. — Que estranho.

— Provavelmente foi feito na pressa. Não deve ter ficado muito tempo. Até a maioria dos que foram feitos direito morreram. Um monte dos tanques virou só sopa e ossos. — O homem deu uma risada nervosa.

— Vamos saber mais quando eu a mandar para a Central — disse a mulher. Soava desinteressada. — Você fez o certo em reportar. É uma anomalia. Me avise a quantidade dos outros que acordar. Qualquer cadáver que esteja inteiro a ponto de ser reanimado vai para as minas. O gado vivo vai para o Entreposto.

— Pode deixar. E você vai fazer uma recomendação minha, certo? Significaria muito vindo de você. — O homem soava esperançoso, e a risada era forçada. — Não estou ficando mais jovem, sabe.

— O Necromante Supremo tem muitas petições para avaliar. Seu trabalho não será esquecido. Mande preparar o transporte.

Passos recuaram seguidos por um suspiro irritado.

— Não precisa fingir estar inconsciente. Sei que está acordada. Abra os olhos — ordenou a mulher. — Alterei seus sentidos, então a luz não deve incomodar tanto.

Cautelosa, Helena espiou por entre os cílios.

O mundo ao redor era uma penumbra esverdeada, cada forma parecendo sombras. A silhueta vaga de uma pessoa apareceu à direita.

Os olhos dela seguiram naquela direção, lentos.

— Ótimo. Está obedecendo a instruções *e* acompanhando movimentos.

Helena tentou falar, mas tudo que saiu foi um arquejo.

Ouviu-se um clique de uma caneta, papéis sendo folheados.

— Então, Prisioneira 1273, ou seria a Prisioneira 19819? Você tem dois números de detenta, e nenhum deles está registrado nessa instalação. Você tem nome?

Helena não disse nada. Agora que o mero conceito de luz já não a apavorava, estava conseguindo raciocinar um pouco. Ainda era prisioneira.

A outra bufou, impaciente.

— Está me entendendo?

Helena não respondeu.

— Bom, suponho que fosse de se esperar. Logo saberemos. Vocês aí, tragam-na para cá.

A silhueta virou um borrão ao se afastar e novas figuras apareceram. Helena sentiu o toque frio nos pulsos. O fedor de conservantes químicos e carne velha queimava suas narinas. Necrosservos. Tentou distinguir o rosto deles, mas seus olhos continuavam embaçados, recusando-se a focar.

A mesa começou a vibrar conforme ela era rolada pelo chão de pedra, o estremecimento irradiando do crânio até os dentes.

Então, tudo ficou tão claro que era como se agulhas perfurassem as retinas de Helena. Ela soltou um grito abafado e fechou os olhos com força outra vez.

Uma guinada nauseante para cima e foi engolfada pela escuridão outra vez, um motor rugindo em algum lugar abaixo dela.

Precisava escapar. Tentou se mexer e sentiu um baque de metal.

— Fique parada — ordenou a mulher, retornando de repente. Perto demais.

Helena resistiu, a respiração saindo ofegante, as mãos e os pés se retorcendo nas constrições. Precisava fugir. Precisava...

— Não dificulte ainda mais o meu dia — disse a mulher, a voz gélida.

Dedos agarraram a base do crânio de Helena, e um pulso de energia invadiu seu cérebro.

Escuridão outra vez.

Agonia arrebatadora e um terror repentino trouxeram Helena de volta à consciência.

Ela se sentou, os olhos arregalados, bem a tempo de ver uma seringa sendo retirada. Fez-se um estalo nas correntes, e ela caiu para trás, o coração acelerado, cada batida uma pulsação de dor como se o órgão tivesse sido esfaqueado.

A seringa tiniu ao ser largada em uma bandeja de metal em algum lugar à direita.

— Pronto. Isso deve deixar você lúcida e apta a falar.

Era a mesma mulher de antes.

Helena não estava mais na mesa, nem no transporte. Havia um colchão duro sob ela e o cheiro forte de antisséptico impregnando o ar.

Tudo que via era o teto cinza-escuro.

Apesar da dor, sentiu a energia de súbito retumbando pelas veias, transformando-se em um calor escaldante que queimou as mãos quando as flexionou. Sentia a consciência tornando-se mais aguçada e tudo ficando mais iluminado e mais nítido. Virou-se, e o metal cravou-se no pulso.

— Nada disso. É mais fácil quebrar seus ossos que se livrar dessas algemas. Responda às minhas perguntas e eu talvez a deixe se levantar antes de o efeito da droga passar. Pelo que já vi, a alternativa pode ser muito dolorosa.

Sem conseguir se mexer, Helena sentiu a própria mente sair em disparada. Uma injeção, algum tipo de estimulante forte. Presa dentro do corpo, a energia foi para o cérebro, e os pensamentos atrapalhados e em pânico entravam em um foco cristalino.

— Helena Marino. — Ela ouviu um folhear de páginas. — De acordo com o arquivo 1273, você deveria estar morta. Foi marcada para o abate devido a "ferimentos extensos" não especificados. A designação no 19819, no entanto, significa que você foi selecionada para a inércia. — Mais páginas. — O curioso é que não há registro algum da sua entrada lá, nem de que tenha sido submetida ao processo. — A mulher estalou a língua. — Você só passou a existir em nosso sistema de arquivamento desde augustus do ano passado. São quatorze meses. E agora a encontramos no depósito de inércia no qual sua entrada nunca foi registrada. Por quê?

Helena piscou devagar, tentando processar a informação. Quatorze meses?

— É evidente que ninguém é capaz de sobreviver em inércia tanto tempo assim. Mesmo seis meses, sob condições perfeitas, é quase impossível, e você nem sequer foi armazenada corretamente. Então de onde veio? E quem deixou você lá?

Helena virou a cabeça, recusando-se a responder.

A mulher emitiu um som, dando um passo para mais perto.

— Você não está encrencada. Me conte a verdade e vamos acabar logo com isso. Onde estava antes de ser colocada em inércia? — perguntou ela, pronunciando cada palavra devagar.

Helena não respondeu nada, embora a mandíbula ardesse para se mexer. O corpo dela começou a tremer conforme as batidas do coração espalhavam ainda mais a droga por suas veias.

Não havia mais ninguém para proteger, mas ela se recusava a cooperar com seus captores, tampouco a facilitar qualquer coisa para eles, mesmo que fosse algo banal como o sistema de arquivos.

Além do mais, não estivera em nenhum outro lugar.

— Onde. Você. Estava. Antes da inércia? — A mulher falava alto agora.

A garganta de Helena se apertou enquanto ela tentava não pensar na resposta, uma vez que a lembrança a dilacerava por dentro.

Antes do depósito, fora capturada com todos os outros, enfiada nas jaulas do lado de fora da Torre da Alquimia, aonde todos os prisioneiros tinham sido levados para testemunhar as "celebrações" do fim da guerra.

Ainda conseguia sentir o cheiro da fumaça e do sangue no calor do verão, os aplausos ruidosos enquanto os líderes da Resistência morriam, os gritos esvanecendo. Viu-os morrer e, mesmo na época, sabia que aquilo ainda não tinha acabado.

Algum necromante na multidão iria se manifestar, ávido por se exibir, e em questão de segundos um cadáver voltaria a andar. Alguém em quem Helena confiara, ou a quem servira, trazido de volta à vida por meio da reanimação. Um necrosservo, um corpo vazio automatizado. Eram rasgados ao meio, a pele dilacerada, os órgãos extraídos, as cavidades oculares esvaziadas, o rosto inexpressivo, e seriam então usados para matar o próximo "traidor" de uma forma ainda mais brutal.

As execuções não tinham cessado até que o ar estivesse espesso com uma névoa sanguinolenta.

O corpo do general Titus Bayard fora usado para matar a esposa. Devagar. Fizeram-no comer os pedaços dela conforme os cortava.

Cada morte dilacerara Helena, entalhando um poço de angústia em seu peito. Quando não sobrara mais ninguém que valia ser morto em um ato público, puseram-na em um tanque de inércia.

Os demais prisioneiros tinham ficado inconscientes conforme eram paralisados, agulhas enfiadas nas veias, tubos inseridos nas narinas, máscaras respiratórias encaixadas no rosto. Mas não Helena.

Ela fora mantida acordada, ciente do horror claustrofóbico de tudo que acontecia à medida que era trancafiada dentro do próprio corpo e deixada na escuridão. À espera de que alguém viesse resgatá-la.

Mas ninguém tinha vindo.

Dedos estalaram na frente de seu rosto, despertando-a da memória. A mulher a encarava.

— Não vou permitir que um erro de arquivamento manche a minha reputação. Se não responder, vou parar de fazer isso do jeito *fácil*.

Helena estremeceu.

— Está vendo? Você está me entendendo.

Sentiu o estômago embrulhar, mas cerrou a mandíbula.

A mulher se aproximou mais. Os olhos de Helena se esforçavam para distingui-la. Um rosto quadrado, lábios contraídos e impacientes. Um uniforme médico.

— Talvez seja melhor dar um exemplo. — A mulher levou a mão à nuca de Helena.

Ela ofegou em resposta, uma energia fria se espalhando dentro de si, descendo por sua coluna.

Não era o mesmo choque elétrico do tanque; este enterrou-se na pele de Helena como uma agulha colocada pela mão da mulher. A descarga de energia a percorreu como um diapasão até que os dois ressonassem na mesma frequência.

A mulher apertou os dedos. Helena sentiu a dor irromper pelo corpo. Soltou um grito ofegante, trêmulo, o corpo convulsionando, as mãos se sacudindo nas algemas.

— Fique parada.

Com outro movimento, o corpo de Helena ficou inerte. Não sentia nada abaixo do peito. Era como se a coluna tivesse sido fraturada. O sangue ribombou, espalhando pânico.

Com um mero aceno da mão da mulher, o vazio entorpecido desapareceu.

Dedos ásperos por uso contínuo de sabão percorreram o braço de Helena perigosamente.

— Entendeu agora?

A ressonância da mulher ainda transpassava Helena como uma corrente, um aviso visceral. Ela conseguiu assentir, trêmula. Deveria ter percebido que a mulher era uma vitamante. O gêmeo inverso da necromancia, direcionado aos vivos, em vez de aos mortos.

— Eu sabia que você acabaria compreendendo. Vamos tentar outra vez.

Helena sentiu a garganta se fechar, os olhos arderem, todos os nervos em frangalhos e o sangue rugir nos ouvidos. Qual era o problema em responder?

— De onde você veio?

— Os... ma... o... cas... — Helena forçou a língua a cooperar.

— Nada dessa baboseira estrangeira. Fale paladiano — ordenou a mulher, ríspida.

O idioma paladiano não existia; a mulher falava o dialeto nortenho. Helena queria informar isso a ela, mas não achou que ajudaria. Engoliu em seco e tentou mais uma vez, porém a língua se enrolava e saía tudo de uma vez só, sem sentido.

A mulher soltou um suspiro.

— Por que vocês, da Resistência, sempre desperdiçam meu tempo? Talvez se dermos um choque no seu cérebro, vá se lembrar de como falar um idioma adequado.

Dessa vez, ela segurou a cabeça de Helena. Uma onda de ressonância surgiu dos dois lados como dois címbalos batendo um contra o outro.

Tudo ficou vermelho. O grito arrancado da garganta de Helena foi animalesco.

As mãos se afastaram bruscamente.

— Mas o quê...?

Helena não tinha certeza se a mulher estava correndo em círculos ao redor dela ou se era a sala que girava.

— O que é isso? Quem fez isso com você?

Helena a encarou aturdida conforme a visão retornava. As mãos tremiam e sofriam de espasmos, inquietas nas correntes. Ela não sabia o que aquelas perguntas significavam.

— Alguma coisa foi feita com sua mente — constatou a mulher, soando espantada, mas também com uma empolgação inesperada. — Algum tipo de transmutação. Nunca vi nada igual. Vou precisar relatar isso. E também vou precisar de um especialista. Você tem... — a mulher hesitou. — Não há um nome para isso! *Eu* vou ter que inventar um nome...

A médica parecia estar falando consigo mesma.

— Barreiras transmutacionais dentro do cérebro. Como isso é possível? Eu nunca... existem... padrões nisso.

Ela voltou a tocar em Helena, que estremeceu, mas agora a ressonância não era usada como tortura, apenas como um frisson de energia que percorria o cérebro da prisioneira, fazendo com o que o vermelho aterrador voltasse a dominar sua visão.

— Trata-se de um trabalho elaborado, lindo e profissional. Um vitamante manualmente recalibrando a consciência humana.

Helena continuou parada, sem entender.

O rosto da mulher estava perto o bastante para Helena conseguir distinguir os olhos azuis rodeados por rugas profundas, assim como as que marcavam o entorno da boca. Ela encarou Helena com um fascínio ávido, como se tivesse acabado de receber um presente surpresa.

— Se Bennet ainda estivesse aqui, ficaria maravilhado com a precisão aplicada.

A ressonância percorreu a mente de Helena de modo tão tangível que dava a impressão de serem dedos cavoucando seu crânio. Os olhos claros da mulher perderam o foco enquanto trabalhava.

— Se tivesse acontecido um mero erro em qualquer parte, você teria ficado em estado vegetativo, mas seja lá quem tenha feito isso, deixou você *quase* completamente intacta. É genial.

— O... q-quê? — Helena por fim conseguiu pronunciar uma palavra com clareza.

— Eu me pergunto... como será que é? — A mulher se afastou e voltou um minuto depois, trazendo uma lâmina de vidro.

Helena estreitou os olhos e reconheceu o objeto. Uma tela de ressonância. Com frequência, eram utilizadas em palestras acadêmicas ou procedimentos médicos alquímicos. O gás refletia o formato e o padrão do canal de ressonância por meio de partículas reativas.

A mulher estendeu o vidro no alto, a outra mão descansando na testa de Helena, e fez a ressonância percorrer o crânio dela. De novo, ela sentiu a visão ficar vermelha, mas forçou a vista e observou enquanto a nuvem escura entre os painéis se transformava em um formato que lembrava o cérebro humano, e em seguida numa teia de aranha incompreensível, repleta de linhas entrelaçadas.

— Duvido que compreenda qualquer coisa que tenha a ver com isso aqui, mas imagine que sua mente é... uma cidade. Seus pensamentos correm por diversas ruas para chegar a cada destino. As linhas que está vendo aqui são ruas que foram redirecionadas. Barreiras forjadas de modo transmutacional foram criadas, então, em vez de seguir um padrão natural pelo cérebro, alguém preparou rotas alternativas. Algumas áreas foram cortadas por completo. Não consigo nem imaginar como... a habilidade que tal trabalho exige...

A mulher se calou, deixando a lâmina de lado e encarando Helena inquisitiva.

— Quem trabalhou em você? — A pergunta foi feita em voz alta, pausada, articulada com uma clareza proposital.

Ela se limitou a balançar a cabeça.

A expressão da mulher enrijeceu de forma perigosa, mas depois ela pareceu reconsiderar.

— Suponho que nem saberia, considerando o estado do seu cérebro. Você provavelmente tem sorte de se lembrar do próprio nome. Presumo que fosse uma estudante de alquimia.

Ela indicou com o dedo um aro de metal ao redor do punho de Helena.

Helena assentiu, cautelosa.

— E estrangeira. É óbvio. — Ela lançou a Helena um olhar incisivo.

A prisioneira engoliu em seco.

— Etras.

— Ah, então está bem longe de casa. Você se lembra do seu repertório de ressonância?

— Div... diversificado.

— Hum. — A mulher franziu as sobrancelhas e examinou Helena com mais atenção. — Espere. Eu me lembro de ter ouvido falar de você. Você é aquela espertinha que os Holdfast arrumaram uma bolsa. Mas isso já deve fazer mais de uma década, então você deve ter o quê, uns vinte e poucos anos?

Os olhos de Helena arderam, e ela assentiu com a cabeça em um gesto rígido.

A mulher arqueou uma sobrancelha.

— Você se lembra do que aconteceu com o Principado Apollo?

— Foi morto.

— Uhum. Aí veio a guerra. Tenho certeza de que se lembra disso. Você ajudou o garoto Holdfast a queimar a cidade? Seu querido Luc, como vocês gostavam de chamá-lo?

Um nó se formou na garganta de Helena.

— Eu não... lutei.

A mulher emitiu um pequeno ruído de surpresa, estreitando os olhos.

— Mas e a batalha final? Presumo que se lembre disso?

Helena abriu a boca diversas vezes, a língua se esforçando para se desemaranhar.

— Nós... a... a Resistência perdeu. Houve... execuções. M-Morrough veio... no final. Ele... ele estava com Luc. E-ele o matou... lá. E depois... eles depois me levaram para o depósito.

— Eles quem?

Helena engoliu, amargurada.

— Os d-defuntos.

A mulher soltou uma risadinha.

— Já faz muito tempo que não ouço alguém ousar dizer essa palavra. Todos os Imortais, independentemente das formas que têm, são os seguidores mais ascendentes do Necromante Supremo. A imortalidade é uma recompensa pela excelência que demonstram. Nesse novo mundo, a morte reivindica apenas os indignos. Não importa quais insultos você tente desferir contra os Imortais, foram seus amigos que viraram cinzas fadadas ao esquecimento.

Ela deu um tapinha com os dedos na testa de Helena.

— Mas você parece quase intacta. Então por que alguém se deu a todo esse trabalho? E quem poderia ter... — A mulher pegou a tela de ressonância, examinando-a outra vez, e desapareceu atrás das cortinas.

Helena ficou aliviada por ela ter ido embora.

Será que sua memória, ou sua mente, havia sido alterada?

Pensava que poderia ser um truque, mas ela mesma vira a tela de ressonância. Sabia qual era a aparência de um cérebro. Seria preciso uma graduação altamente especializada e extensa em vitamancia para transmutar uma mente até aquele estado.

Não era algo que uma pessoa se esqueceria de ter lhe acontecido.

Ainda assim, ela não *sentia* que tinha se esquecido de qualquer coisa, tirando a menção a um ferimento extenso.

Helena não se lembrava de ferimento algum. Apenas choque, luto e horror.

Engoliu em seco e piscou com força, tentando não pensar no assunto.

Olhando em volta, tentou avaliar onde estava. Fosse lá qual fosse a droga com que fora injetada, era de uma eficiência brutal. Um hematoma feio se formava no peito onde a agulha a perfurara, a caminho do coração. Doía a cada batida.

Levou a atenção para baixo. Barras ladeavam a cama, e as algemas de metal nos pulsos estavam presas a elas. A pele ali estava machucada e áspera, e, sob as algemas que a prendiam, um aro de metal esverdeado também rodeava cada pulso.

Ao menos aqueles eram familiares. Tinham sido colocados nos pulsos dela durante a celebração.

Na escuridão, carregada de sangue, com pouca luz de tochas e corpos demais em uma jaula apinhada, ela mal distinguira aqueles aros, mas se lembrava deles.

Dentro do tanque de inércia, tinha consciência constante deles, envoltos nos pulsos. A existência dos braceletes persistira junto à sua consciência, uma presença inescapável que anulava sua ressonância, prevenindo qualquer manipulação transmutacional que lhe pudesse permitir uma fuga.

Mesmo no tanque, ainda sentia o lumítio dentro deles.

Por natureza, o lumítio unia os quatro elementos: ar, água, terra e fogo. E naquela união, a ressonância era criada.

A Fé Sagrada professava que a ressonância era um dom criado por Sol, divindade da Quintessência elementar, de modo a elevar a humanidade. A ressonância era uma habilidade rara em muitas partes do mundo, mas não na nação escolhida por Sol, Paladia. O censo pré-guerra estimava que quase um quinto da população possuía níveis de ressonância mensuráveis. Era esperado que o número aumentasse ainda mais na geração seguinte.

Em geral, a ressonância era canalizada na alquimia de metais e compostos inorgânicos, permitindo a transmutação ou alquimização. No entanto, em uma alma defeituosa que se rebelava contra as leis naturais de Sol, a ressonância poderia ser corrompida, permitindo a vitamancia (como a usada pela mulher em Helena) e a necromancia, usada para criar necrosservos.

Enquanto elemento da ressonância, lumítio poderia aumentar ou até criar ressonância em objetos inertes por meio de exposição, deixando-os alquimicamente maleáveis. No entanto, o lumítio puro era divino demais para mortais; a superexposição causava uma doença degenerativa, e para indivíduos que possuíam ressonância, a exposição direta podia provocar uma dor aguda e brutal nos nervos.

O lumítio nos braceletes não deixava Helena doente. O que significava que algo o alterara. A energia poderosa estava conectada à ressonância dela, porém, em vez de aguçar tudo ao redor, inibia seus sentidos. Ela sentia a própria ressonância, mas quando tentava controlá-la, os aros eram como estática nos nervos. Não importava o quanto tentasse, não era capaz de ultrapassar aquela barreira.

Tudo que Helena sabia era que, enquanto permanecesse com aquelas algemas, não era mais uma alquimista.

CAPÍTULO 2

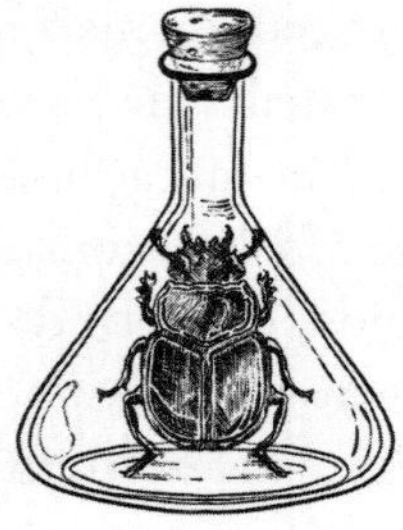

Havia um necrosservo ali por perto. Sozinha e já capaz de se concentrar, Helena sentia o cheiro da carne podre e dos conservantes químicos. Os Imortais usavam os cadáveres como marionetes para fazer qualquer tarefa braçal ou indesejável. Acorrentada e à espera, ela se perguntou qual era a tarefa daquele ali. Olhou em volta, procurando por sombras além das cortinas.

— Marino?

O nome dela foi sussurrado de modo tão suave que poderia ter sido uma brisa.

Virando-se, Helena encontrou um rosto que espiava pela cortina divisória. Forçou a vista e seus olhos conseguiram focar o suficiente para distinguir um rosto pálido e cabelos.

— Marino, é você?

Helena assentiu, ainda tentando descobrir quem era.

— É a Grace. Eu era uma funcionária do hospital. — Ela passou pelas cortinas enquanto falava. Tinha um forte sotaque nortenho do tipo que arrastava as consoantes.

— Desculpe, eu... estou desorientada — respondeu Helena.

— Não esperava encontrar você aqui. — Grace se aproximou, as feições jovens, mas abatidas, surgindo da penumbra. Tinha uma expressão assustada e curiosa.

Helena arregalou os olhos quando viu.

O rosto de Grace estava desfigurado por cicatrizes, cortes compridos que marcavam as bochechas, o queixo e o nariz. Não eram resultado de um ferimento acidental. Tinham sido propositais.

Helena tentou erguer a mão, mas as algemas eram curtas demais.

— O que aconteceu?

Grace pareceu ainda mais confusa e então, ao perceber o olhar de Helena, levou a mão ao rosto.

— Ah, os cortes? Todos temos agora.

— O quê? Por que os defuntos...

Grace balançou a cabeça com força.

— *Fale baixo.* — Ela espiou os arredores rapidamente, farejando o ar antes de se virar para Helena, os olhos raivosos. — Eles usam os cinzentos para escutar às vezes. Tem um aqui, não sentiu o cheiro? Você não pode chamar os Imortais de *defuntos.* — A palavra saiu em um sussurro. — Se ouvirem... haverá... consequências.

Helena assentiu apressada, com medo de a outra fugir se ela não tomasse o devido cuidado.

Grace se aproximou mais.

— Não foram os Imortais que fizeram isso. — Ela indicou o rosto. — Nós mesmos fizemos. Os Imortais podem fazer o que bem entenderem com a gente... com qualquer um considerado parte da Resistência. É o que andam fazendo nesses últimos tempos para ficar com os cinzentos, em vez de funcionários. Às vezes... só querem algo para brincar. Em uma festa... ou depois de uma noite fora. — Ela fez uma careta. — Ninguém interfere. Mesmo aqueles que não são Imortais ou que estão nas guildas não fazem a menor questão de interferir, porque todos esperam que agindo assim acabem aumentando as próprias chances de ganhar a imortalidade também.

Grace deu de ombros num gesto brusco.

— Mas, se estiver com a cara arruinada, ninguém vai querer você por muito tempo. — Ela respirou, trêmula, e encarou Helena. — Onde você esteve?

Helena balançou a cabeça, tentando absorver o que Grace dizia.

— Eles me levaram para um depósito... depois...

Grace semicerrou os olhos.

Helena examinou o rosto dela, inquisitiva.

— A Chama Eterna ainda...

— Não. — Grace sacudiu a cabeça com violência, a expressão raivosa. — Estão todos mortos. Todos eles. Depois que Luc morreu, mandaram o restante de nós para o Entreposto da fábrica abaixo da represa. A maioria de nós não pode sair. Precisa de meses de bom comportamento para ter permissão, e aí precisamos usar isso. — Ela ergueu um punho algemado com um aro de cobre, mais claro e mais apertado que o de Helena. — Precisamos nos apresentar pela manhã e à noite. Temos um toque de recolher. Se alguém desaparecer por mais de vinte e quatro horas... — Ela engoliu em seco. — Se alguém não aparece, o Alcaide-mor é enviado para caçá-lo, e aí esse alguém aparece morto quando ele o traz de volta. A Vigia gosta de pendurar essas pessoas, deixa os corpos lá por dias e, quando começam a apodrecer, ela os reanima e faz eles "trabalharem" com a gente por um tempo antes de serem despachados para as minas. Diz que serve para ninguém se esquecer das regras.

— Quem...? — Helena se forçou a perguntar, embora tivesse medo de saber.

Grace hesitou, o olhar um pouco mais suave.

— Lila Bayard foi a primeira que ele trouxe de volta.

Grace continuou falando, mas Helena parou de ouvir. Só o que ecoava em sua mente era "Lila Bayard foi a primeira", repetidas vezes.

Lila, não...

A voz de Grace voltou devagar.

— A Vigia a fez vestir uma armadura paladina e ela foi postada no portão. Estava morta havia um tempo. Deve ter chegado bem longe. A maior parte do rosto estava faltando, e ela não tinha mais a perna protética, então fundiram uma barra de aço para mantê-la de pé. Ela... não se mexe mais. Fica só parada lá. Passamos por ela todos os dias. — Por fim, Grace pareceu ter notado a expressão de Helena e olhou para baixo. — A essa altura, ela é só ossos. A Vigia acha... engraçado.

Helena balançou a cabeça, esforçando-se para acreditar, mas era evidente que Lila estava morta. Se Luc tinha sido capturado e morto, seus paladinos tinham que estar mortos. Fora o juramento que haviam feito, morrer pelo Principado.

Helena engoliu em seco.

— Mas com certeza em algum lugar... a Resistência...

— A Resistência acabou! — afirmou Grace, em um murmúrio rude. — Acha que o resto de nós ia continuar lutando quando todos na Chama Eterna morram? Não adianta. O Alcaide-mor mata todo mundo. Qualquer indício, até sussurros, são motivo para as pessoas serem mortas. Ele tem um... um monstro que usa para caçar. A não ser que queira acabar como o próximo cadáver, não adianta fugir ou resistir, nem se organizar.

Helena se calou. Grace a observou com cautela, remexendo-se e passando-lhe a impressão de estar pronta para fugir a qualquer momento.

— Quem é o Alcaide-mor? — Helena esperava que fosse uma pergunta segura de se fazer. Ela não se recordava desse título.

Grace negou com a cabeça.

— Não sei. Ele ainda usa um elmo como os Imortais faziam na guerra. O Necromante Supremo é importante demais para aparições públicas, então ele manda o Alcaide-mor em seu lugar. É um tipo de vitamante, mas diferente do resto. Mata as pessoas sem nem precisar tocá-las.

— Ressonância não funciona assim — retrucou Helena, corrigindo-a por reflexo. — Sem uma matriz, um canal estável precisa ser criado por meio de contato, e então...

— Eu sei como funciona a ressonância. Mas eu já o vi fazendo isso. Na semana passada... — A voz de Grace fraquejou, a garganta subindo e descendo. — Tinha um pessoal fazendo contrabando. Os grãos estão em falta. A maior parte do que recebemos no Entreposto vem podre. Algumas pessoas estavam aparecendo com comida a mais. Não era muito, mas a Vigia ouviu boatos de uma organização se formando. Dez pessoas ao todo. Execução pública. O Alcaide-mor se encarregou de todos ao mesmo tempo. Matou a todos de forma "limpa" para que durassem mais nas minas de lumítio.

Grace murchava ao falar, como se a memória servisse para paralisá-la.

— Tudo que resta agora é sobreviver. *É só isso que importa.*

Ela sussurrou aquelas últimas palavras como se não fossem para Helena, mas para si mesma.

— Por que está aqui, Grace? — perguntou Helena, tentando dar uma olhada ao redor. — Isso não... não estamos no Entreposto, certo?

Grace balançou a cabeça.

— Não. Estão chamando este lugar de "Central" agora. Abriga todos os experimentos dos Imortais. Eu... — ela se engasgou. — Tenho três irmãos mais novos que eu. Nenhum deles tinha idade o suficiente para se alistar, por isso não estavam nas listas da Resistência. Meu irmão, Gid, logo terá idade para arrumar trabalho e poderá sair do Entreposto, e então vai receber um salário de verdade. Nós... só precisamos aguentar até lá.

— Grace...

— Estão oferecendo um bom dinheiro por olhos. Só um, e cobriria nossos custos por meses.

Helena a encarou, espantada.

— Para que eles querem olhos?

Grace balançou a cabeça.

— Não sei. Só estou interessada no dinheiro.

Se ela não estivesse acorrentada à cama, Helena teria tentado abraçá-la.

— Grace, se fizer isso... nunca vai conseguir recuperá-lo...

Grace soltou uma risada abrupta, quase enlouquecida.

— Eu *sei* que olhos não crescem de volta. É por isso que pagam bem.

— É, mas...

— Por que eu deveria continuar com eles? — Grace soava quase descontrolada. — Para ter dois olhos e ver meus irmãos morrerem de fome? Não temos comida! — Ela não estava mais sussurrando. As cicatrizes no rosto tinham ficado vermelhas, tornando-se mais destacadas. — Você não sabe... você não tem ideia de como as coisas são agora. Onde você estava? Por que não salvou Luc? Era para você ter feito isso, mas não fez. Ele morreu! Todo mundo viu! E os Bayard estão todos mortos. E todo mundo na Chama Eterna está morto... tirando você. E ainda acha que eu deveria me importar com meus olhos?

Antes que Helena pudesse responder ou Grace pudesse dizer qualquer outra coisa, escutaram o som de passos se aproximando.

O rosto de Grace foi dominado pelo terror e ela fugiu.

As cortinas do outro lado de Helena foram afastadas e diversas figuras preencheram o espaço. Uma delas caminhava em direção à cama, e Helena reconheceu sua interrogadora. As rugas no rosto da mulher estavam retesadas de tensão.

Helena não distinguia os outros atrás dela, mas eram de um cinza sobrenatural que de imediato lhe causou arrepios, e o ambiente foi tomado pelo fedor de conservantes.

— É esta aqui — anunciou a mulher. — Está bem presa, eu garanto.

Nervosa, ela olhou para as figuras que pareciam se mexer de forma coletiva.

Necrosservos. Eram todos necrosservos.

Ela se virou para Helena.

— O Necromante Supremo mandou buscá-la. Quer dar uma olhada no seu exame pessoalmente.

Helena sentiu um aperto no peito e se debateu nas amarras.

— Não.

Ela não poderia. Não poderia vê-lo de novo. A única vez em que vira o Necromante Supremo, Morrough, ele matara Luc.

Luc, que tinha sido tudo para ela.

Helena se alistara na Resistência e jurara lealdade à Ordem da Chama Eterna... não por sua fé, mas por Luc Holdfast. Porque ela podia até não acreditar nos deuses, mas acreditava nele, que era bom, gentil e se importava com todo mundo.

Ela prometera que faria qualquer coisa por ele.

Mas ele morrera diante de seus olhos.

Um nó se formou em sua garganta.

— Não — repetiu a prisioneira, conforme a cama sacolejava e começava a ser empurrada, os captores indiferentes aos protestos.

Foi só nos elevadores que Helena reconheceu os arredores e percebeu o que era a Central. Os murais e a arte tinham sido arrancados das paredes, os retratos e enfeites removidos, deixando o interior bruto e cru, mas ela reconhecia o padrão complexo e intrincado dos portões de metal do elevador.

Ela o vira todos os dias desde que tinha dez anos.

Estava *dentro* da Torre da Alquimia. No coração do Instituto de Alquimia que os Holdfast tinham fundado.

Aquela era a Central.

— O que vocês fizeram? — A voz tremia, de horror e angústia. — O que vocês fizeram?

— Acalme-se — ordenou a mulher, falando entre dentes, dirigindo uma expressão de desagrado a Helena, que continuava olhando de relance para os necrosservos ao redor.

Ela não conseguia ficar calma. Era como voltar para casa e descobrir que todo o conforto que o lar um dia oferecera fora despedaçado, a beleza, destruída, tudo que uma vez fora familiar, reduzido a ruínas.

Helena atravessara metade do mundo para ir estudar na Torre da Alquimia. Luc tinha tanto orgulho do Instituto que a família construíra. Era o coração de Paladia. Ela o conhecera pela perspectiva dele, toda a história e o significado do lugar. Agora destruído, mutilado.

A enormidade da perda de Luc era mais do que podia suportar, mas de algum modo ela foi capaz de sentir o luto por aquele fragmento do fim. Um gemido, meio grito e meio soluço, escapou dela.

Dedos agarraram a base do crânio de Helena até as unhas se cravarem em sua pele.

Ela estava caindo em uma espiral, despencando.

Um túnel comprido tomado por escuridão retorcida.

Mãos mortas e frias, e o cheiro da morte.

Quando voltou a si, estava amarrada a uma mesa. Uma luz clara pairava acima, um feixe direcionado a Helena de modo que não era possível enxergar o restante do ambiente.

Havia um homem pequeno de nariz arrebitado tocando o rosto dela com dedos úmidos de suor, cutucando-a entre os olhos, nas têmporas, passando por entre o cabelo no couro cabeludo.

— Isso é... uma maravilha da transmutação humana, devo dizer — afirmava ele em uma voz estridente e rápida. Tinha sotaque. Não do dialeto nortenho, mas algo que soava mais a oeste. — Essa habilidade em vitamancia é... milagrosa. Fez bem em me chamar.

Fez-se um silêncio demorado e opressivo.

Ele tossiu.

— A... a questão é. Isso... é impossível. É que... não pode ser feito.

— É óbvio que é possível. A evidência está bem aqui — argumentou a mulher, incisiva, do outro lado de Helena, pouco visível nas sombras acentuadas.

— Sim, decerto, dra. Stroud. É evidente que tem razão. Mas... o uso de vitamancia no cérebro sempre foi um procedimento delicado. Transmutação nessa escala e complexidade está além de qualquer possibilidade científica. A memória é algo misterioso, bastante mutável quando se é realocada. Não é um lugar, e sim... a jornada da mente. Um caminho. Quanto mais importante, mais viajado, mais forte se torna o caminho. Quanto menos viajado... — os dedos dele flutuaram. — Vai desaparecendo.

— Vá direto ao ponto — ordenou a mulher. Dra. Stroud.

— Sim, sim. Há áreas no cérebro que podem ser alteradas. Nos laboratórios, fazemos a vivissecção de inúmeros cérebros humanos e os reorganizamos de diversas formas, com certo grau de sucesso e também... de fracasso. Essa transmutação, no entanto, foi feita sobre o pensamento. M-me-memória. O que foi feito aqui... — Gotas caíram sobre o rosto de Helena e ela percebeu que eram pingos de suor do homem. — Trata-se de uma alteração do inalterável. Alguém... desmontou os caminhos da mente dela e criou rotas alternativas. Como é que algo assim poderia ser feito sem que se conhecesse todos os seus pensamentos e suas memórias? Não. Não. Cientificamente, é impossível.

— Pensei que a mente fosse sua especialidade. — Uma voz surgiu da escuridão, baixa e rouca.

A resposta foi um gemido choroso.

— O... o cérebro é, Vossa Eminência. — Ele fez uma mesura na direção das sombras. — Mas esse trabalho está além do meu escopo. Bennet e eu, lembra-se de nossos trabalhos para vossa causa? Espero... memórias não podem apenas ser regeneradas, a mente e o espírito devem forjá-las. O espírito não pode ser alterado pela força externa... as... as febres...

— Há alguma forma de revelar o que foi escondido?

O homem abriu e fechou a boca feito um peixe, encarando a escuridão como se esperasse ser engolido por ela.

— Os Holdfast estão mortos — disse a voz rouca. — A Chama Eterna foi dizimada desta terra. O que teriam escondido dentro da mente dela?

A pergunta foi recebida com silêncio.

— Quem a deixou naquele depósito?

Stroud deu um passo para a frente.

— Não há nada que confirme, mas, com base nos registros, Mandl era a responsável da época. Foi pouco antes da ascensão dela e transferência para o Entreposto.

— Mande buscá-la.

Stroud assentiu e desapareceu. Então, as sombras se mexeram.

Helena enxergava apenas pelo canto do olho, mas não deixou de notar quando Morrough surgiu da escuridão.

O Necromante Supremo não era como ela se lembrava. Quando matara Luc, ele ainda era humano. Naquele meio-tempo, virara outra coisa. Os braços e as pernas se estendiam em articulações impossíveis, e tinha quase o tamanho de dois homens sobrepostos.

A princípio, Helena pensou que ele estava mascarado. O Necromante Supremo usara uma máscara durante a celebração, em forma de uma enorme meia-lua dourada que escondia metade do rosto como um sol em eclipse.

No entanto, quando ele se aproximou, ela percebeu que o que via não era uma máscara. Tratava-se do rosto do próprio Morrough, que era como um crânio, as feições tão encovadas e a pele tão transparente que dava para ver os ossos por baixo.

No local onde os olhos deveriam estar havia duas órbitas vazias e pretas, como se tivessem sido queimadas com brasas vivas.

De alguma forma, ele ainda parecia enxergar Helena.

Ele se adiantou, uma mão estendida, mas havia algo de errado na mão, a pele esticada de modo bizarro, com juntas demais. Ossos demais. Antes de os dedos roçarem a pele de Helena, a dor da ressonância dele perfurou seu crânio.

O vermelho se espalhou pela visão da prisioneira.

Os gritos ecoaram, estourando seus tímpanos e indo ainda mais fundo conforme as memórias eram detonadas dentro de seu cérebro. Uma cascata de imagens rompeu sua consciência.

Por todo lugar onde olhava, havia pessoas morrendo. As mãos dela própria estavam cobertas de sangue. Havia corpos por toda parte.

Helena estava ajoelhada no chão segurando torsos, rostos e braços, tentando colocá-los no lugar, costurando-os para que ficassem inteiros. Repetidas vezes, sem parar. Corpos em carne viva por queimaduras, tão consumidos pelo fogo que ela não conseguia identificar as feições.

Tinha sempre outro corpo, e então mais outro.

A ressonância enterrou-se mais e mais fundo, e os gritos ficaram mais altos.

Ela viu Luc. Vívido, como se estivesse ao lado dela. O rosto lindo, olhos tão azuis quanto o céu de verão, a luz dourada do sol refletida neles.

Então, Luc desapareceu. Havia sangue por toda parte. Tudo que ela via era uma luz avermelhada, fraturada e desarticulada, espalhada por todos os lados. E os gritos.

Os gritos dela. As cordas vocais estavam arranhadas, a dor brutal rasgando seus pulmões e sua garganta. Uma dor dilacerante irrompia de seu coração quando ela ofegou por oxigênio.

O homenzinho não parava de murmurar:

— Eu não recomendaria...

Os braços dele estavam aninhados de forma protetora ao redor da própria cabeça.

Uma batida na porta e Stroud reapareceu, mal olhando para Helena.

— Mandl está a caminho. E... — hesitou ela. — Eu trouxe Shiseo. Pensei que ele teria alguma informação útil sobre a prisioneira. Ele atuou como consultor para a Chama Eterna. Ela precisa de um novo par de nulificação, de qualquer forma, então achei que ele talvez pudesse aplicar antes de partir.

Houve um movimento silencioso na escuridão, e Helena esticou o pescoço o máximo que podia, esforçando-se para ter um vislumbre do traidor.

Um homem de rosto redondo e cabelos escuros surgiu, trazendo uma maleta pequena. Parou para oferecer uma reverência ao Necromante Supremo.

Morrough gesticulou para que o homem se aproximasse de Helena.

— Que tipo de vitamancia a Chama Eterna utilizava?

Shiseo se aproximou mais, e Helena percebeu que ele era do Leste longínquo. Ele encontrou o olhar acusador de Helena por apenas um instante antes de desviar os olhos.

— Sinto muito. — Ele fez outra mesura. — Fui consultado apenas em certas ocasiões por conta do meu conhecimento metalúrgico.

Helena soltou um pequeno suspiro aliviado.

— Com certeza deve saber de alguma coisa... afinal, trabalhou nos laboratórios — retorquiu Stroud, impaciente. — Você a reconhece pelo menos?

Shiseo mal olhou para Helena.

— Acho que era uma curandeira — respondeu baixinho, enquanto voltava a atenção para a maleta.

Helena reprimiu um gemido.

Stroud encarou Helena com uma expressão severa, estreitando os olhos.

— Verdade? Uma curandeira? — A forma como Stroud falava era ácida. Ela pigarreou, espiando em volta. — É óbvio, eu sabia que havia vitamantes que apoiavam a Chama Eterna. Como se, ao se martirizarem, fossem conseguir aceitação, por mais que a Fé desprezasse seus dons como se fossem abominações. — O olhar dela estava carregado de desdém. — Só não sabia que *essa daí* era um deles.

Ninguém disse nada. O rosto de Stroud ficou vermelho.

— Tenho certeza de que eu acabaria descobrindo isso se tivesse mais tempo para recuperar os registros da Resistência. Mas por que alguém se ocuparia em transmutar a mente de uma curandeira?

Daquela vez, Shiseo fez uma reverência para Stroud.

— Eu não saberia dizer.

Um senso crescente de agitação tomava conta da sala.

Morrough suspirou, um som como um uivo soprando ao vento.

— Ele não sabe de nada. Aplique a nulificação e tire-o daqui.

Shiseo lhe ofereceu uma reverência e levantou a mão de Helena o máximo possível, inspecionando o punho e a algema. Tinha mãos macias demais para um metalúrgico.

— Essas são... de um modelo muito antigo. Não suprimem a ressonância por completo — informou ele. Deslizou a algema para cima do antebraço de Helena o máximo possível, e foi como se a estática da supressão estivesse sendo empurrada na direção do cérebro dela com o gesto.

Com habilidade, os dedos dele pressionaram o braço da garota, encontrando o encaixe abaixo do pulso entre os dois ossos do antebraço.

O batimento cardíaco dela reverberou contra os dedos dele. Shiseo o sentiu por um instante e em seguida tirou os dedos, apertando por um breve instante antes de virar-se para Stroud.

— É aqui.

Os dedos ásperos e secos de Stroud envolveram seu pulso. Helena sentiu um leve tinido da ressonância da outra antes de toda a sensação desde a mão até o cotovelo desaparecer, e o corpo se afrouxou, paralisado. Sem explicação ou aviso, Stroud tirou algo da maleta. O objeto cintilou sob a luz, revelando um cabo bulboso e uma longa agulha. Com a facilidade de anos de prática, Stroud enfiou a ponta da agulha no pulso de Helena. Ela não sentiu nada, mas a garganta se fechou, o estômago embrulhando enquanto observava Stroud virar a agulha em círculos lentos para perfurar por entre os ossos, até a extremidade do aparato sair do outro lado.

Quando Stroud o puxou de volta, uma gota de sangue pingava da ponta e um buraco atravessava o pulso de Helena. O ferimento não sangrava, toda a pele, o músculo e as veias rompidas tendo se fechado de maneira imediata no processo.

Deixando o instrumento de lado, Stroud segurou a mão de Helena, dobrando-a e puxando para trás, verificando os movimentos. A sensação retornou devagar, mas a paralisia se manteve.

— Nervos e veias intactos — declarou Stroud, soltando-a.

Helena não podia fazer nada exceto observar enquanto Shiseo tomava o lugar de Stroud e passava uma espécie de tubo cirúrgico minúsculo através do buraco no pulso até que as pontas estivessem de lados opostos. No instante em que o tubo se encaixou no lugar, a sensação entorpecida da ressonância na mão esquerda de Helena sumiu por completo.

Foi como se tivesse perdido um dos sentidos.

Ela sentia o tubo dentro de si, uma sensação embotada de inércia emanando dali.

Shiseo trouxe uma fita de metal. Um dos lados era liso e reluzente, e o outro, estriado. Ele encaixou uma das estrias em uma ponta do tubo antes de amarrá-la ao redor do pulso e deslizar até a outra ponta, prendendo o tubo no lugar e enrolando o restante da fita, dando voltas em torno do pulso.

Inspecionou a tensão e o encaixe, alinhando todas as camadas, e com pouco mais de um tamborilar de dedos, as camadas se transformaram em um aro sólido de metal, encaixado à perfeição.

Não havia tranca. Não havia como abri-lo sem ressonância.

Shiseo deslizou um fio de formato estranho por uma minúscula abertura da antiga algema. Um mecanismo ali fez um clique e a algema caiu.

Ele a pegou como se fosse alguma antiguidade curiosa e a guardou na maleta antes de passar para o lado direito de Helena.

Helena se agarrou desesperadamente à sensação fraca da ressonância que permanecia, tentando concentrar-se, tentando se lembrar de quem e o que ela era, sabendo que desapareceria em poucos minutos.

Shiseo estava removendo a segunda algema quando a porta se abriu e um guarda entrou.

— Vigia Mandl.

Uma mulher de uniforme entrou na sala a passos confiantes que hesitaram quando sua atenção recaiu sobre Helena.

Ela tinha a boca larga, que logo se abriu em choque.

— O que fez com essa prisioneira, Mandl? — perguntou Morrough.

Ele desaparecera outra vez em meio às sombras, mas a voz voltou a surgir, ainda mais perigosa.

Mandl se atirou ao chão, prostrada, desaparecendo do campo de visão de Helena.

— Vossa Eminência... — a voz em súplica veio do chão.

— Eu a salvei dos Holdfast e da Fé. Salvei todos os necromantes e vitamantes como você, que viviam como ratos temendo a punição da Chama

Eterna por seus "dons incomuns". Permiti que ascendesse acima daqueles que procuravam subjugá-la. Agora descubro que me traiu?

— Não! Não foi uma traição! Eu sou leal. Leal à nossa causa, e leal à Vossa Eminência! Foi meu desejo tolo por vingança, confesso. Queria que ela sofresse. Mas eu jamais trairia Vossa Eminência.

— Explique-se.

Mandl endireitou-se, ainda ajoelhada, a cabeça abaixada, e a voz trêmula pela emoção.

— Ela é uma traidora dos vitamantes! Ela me atormentou! Achou que era melhor do que eu por ter feito parte do instituto dos Holdfast e por sua vitamancia ter sido abençoada pela Chama Eterna. Ela precisava ser punida!

Helena encarou a mulher com um espanto aturdido.

— Você alterou uma prisioneira e seus registros por... inveja? — Stroud parecia perplexa. — Por que não relatou as habilidades dela?

Mandl se encolheu.

— Temi que fosse favorecida se descobrissem. Que ela poderia ser considerada útil, e então não a puniriam como merecia.

Stroud pairou acima da Vigia.

— E que tipo de punição achou que ela merecia?

Mandl engoliu em seco, nervosa.

— Eu... a deixei consciente... no tanque de inércia. Tinha intenção de voltar. Queria que ela se sentisse encurralada, ciente do que estava acontecendo, e temendo o que eu faria com ela depois. Mas em seguida fui designada ao Entreposto e selecionada para a ascensão. Tive medo de que meu lapso de julgamento fosse representar uma decepção e por isso não contei a ninguém. Mas jamais trairia nossa nobre causa!

— Ela passou os últimos quatorze meses no depósito, desde que você foi transferida? Por que não há registro de nada disso? — Stroud soava cética.

— Eu pretendia completar os registros assim que... acabasse com ela. Quando fui embora, presumi que morreria e que ninguém jamais pudesse ficar sabendo. Me perdoe! Não fiz nada além disso, juro.

Mandl se atirou ao chão outra vez.

— Vejo agora que fui generoso demais — declarou Morrough. O rosto digno de pesadelos e as órbitas vazias surgiram das sombras. Ele inclinou a cabeça como se encarasse Mandl. — Você não é digna do meu presente.

— Por favor! Vossa Eminência, eu imploro... me dê...

Mandl parou de falar quando foi erguida do chão por uma força invisível. A frente do uniforme cinza foi rasgada, as costelas sendo esticadas em um esguicho de sangue, a caixa torácica sendo empurrada para fora numa explosão.

Helena sentiu um calafrio, o terror deslizando como uma minhoca pelas entranhas enquanto o cheiro de sangue fresco e órgãos expostos se espalhava pelo ambiente. O ar parecia ter sido tomado por uma espécie de zumbido que ela conseguia sentir dentro dos próprios pulmões.

No entanto, mesmo mutilada daquela forma, Mandl não estava morta.

Os braços se elevaram conforme ela tentava fechar as costelas com uma das mãos e afastar Morrough com a outra, os pulmões expostos pulsando.

— Por favor, me dê uma segunda chance... por favor! Não irei fracassar! Prometo. Vossa Eminência não vai se arrepender.

— Não, você não vai me decepcionar de novo — respondeu Morrough, a voz sibilante quase gentil enquanto enfiava a mão no peito aberto de Mandl.

Ele deslizou os dedos por entre os pulmões e extraiu de lá um pedaço de metal de algum lugar próximo do coração. Vísceras com a aparência de pequenos tentáculos envolviam o objeto, segurando-se tanto ao metal quanto aos dedos de Morrough conforme era arrancado.

Quando o pedaço de metal se soltou, o corpo de Mandl caiu inerte no chão. Silencioso. Morto.

Morrough suspirou e, por um momento, pareceu murchar onde estava, segurando o metal. Mesmo coberto de sangue, o material tinha o brilho iluminado e distinto de lumítio.

Ele gesticulou com a outra mão. Um necrosservo arrastou-se da penumbra feito um animal. Era uma moça jovem passando pelos primeiros estágios da necrose, ainda vestida com roupas esfarrapadas do hospital da Chama Eterna. A expressão era vazia, e havia um rasgo no uniforme expondo o peito marcado por uma teia de veias escurecidas.

Quando o cadáver se aproximou de Morrough, ajustou a postura, e ele enfiou o pedaço de metal dentro dela. Fez-se um ruído suave de ossos se partindo, deixando um buraco arroxeado de sangue seco no meio do peito.

A mulher-cadáver estremeceu, a fisionomia dela se transformando logo depois, o vazio desaparecendo.

Ela cambaleou e soltou um gemido selvagem enquanto olhava para os próprios dedos pretos e o corpo deteriorado.

— Não! Por favor, não... não foi minha...

— Não fracasse outra vez, Mandl — declarou Morrough. — E, talvez, com o tempo, permitirei que possua um novo relicário. Quem sabe até o original.

Ele gesticulou para o corpo de Mandl no chão. O ar vibrou mais uma vez quando ele curvou os dedos e as costelas do cadáver foram fechadas. O corpo de Mandl ficou de pé. A frente do uniforme estava rasgada, deixando-a exposta, e ela estava coberta de sangue. A pele se conectou, como se tivesse sido costurada, mas o rosto não transmitia nenhuma emoção. A mulher-cadáver caiu, gemendo e implorando, rasgando a ferida que escorria no peito como se pudesse tentar arrancar o metal dali. Morrough aproximou-se de Helena.

Stroud deu um chute em Mandl.

— Agradeça ao Necromante Supremo pela misericórdia demonstrada ao permitir que você possua o corpo de uma vitamante e retorne ao Entreposto, Vigia.

A mulher-cadáver deu um último gemido gutural e então se levantou.

— Obrigada, Vossa Eminência — falou ela, rouca, e saiu cambaleando da sala.

Stroud se juntou a Morrough, inabalada pelo que acabara de acontecer.

— Seria possível alguém sobreviver a quatorze meses em inércia? — perguntou Stroud.

Morrough não disse nada, mas o homem que suava de nervoso encontrou a própria voz lá de onde tinha se acovardado perto da parede.

— N-na verdade, essa ideia tem certo potencial — comentou ele, dando um passo para a frente e depois recuando quando a atenção sem olhos de Morrough se focou nele.

O profissional reajustava o colarinho da camisa sem parar.

— Nosso bom amigo do Leste — disse ele, indicando Shiseo, que estava absorto em limpar o instrumento utilizado —, mencionou que o supressor que ela usava era de um modelo antigo, que não tinha um bloqueio completo de ressonância. Talvez isso possa explicar tanto a mente... *quanto* a sobrevivência.

Stroud semicerrou os olhos e perguntou:

— Como?

— A transmutação observada não é algo que outra pessoa fosse ter a capacidade de fazer. Essas memórias estão profundamente conectadas à mente dela. No entanto, se existisse alguém capaz de tamanha complexidade... uma curandeira, como nosso amigo afirmou que ela era, talvez ela...

— Está dizendo que *ela* fez isso consigo mesma? — Stroud gesticulou para Helena com uma incredulidade desdenhosa.

O homem engasgou com a própria saliva.

— Bem... parece ser a explicação mais plausível. Na minha opinião. — O rosto dele brilhava de suor.

Stroud estalou a língua.

— E o fato de ela ter sobrevivido?

— Ela... não se permitiu morrer. Ta-talvez um nível baixo de ressonância internalizada em uma curandeira competente possibilitasse uma capacidade forte o bastante de autossuficiência, em vez do corpo perecer sob tais condições, que seria o esperado.

— Isso é um absurdo! — exclamou Stroud.

— Isso é irrelevante. É possível recuperarmos essas memórias? — questionou Morrough. — A Chama Eterna não recorreria a algo tão extremo, a não ser que a informação fosse crucial.

— Vossa Eminência... — A voz de Stroud soava suplicante. — A Ordem da Chama Eterna se foi. Tudo o que resta dela são cinzas.

— Não perguntei nada a você — retrucou Morrough, concentrado no homem, que adquirira um tom esverdeado doentio.

— Eu não... acredito que...

— *Saia.*

O ar zumbiu. O homem empalideceu e fez diversas reverências, agradecendo a Morrough pela misericórdia e paciência enquanto andava para trás e saía da sala com um alívio visível no rosto.

— O que está escondendo? — Morrough encarou Helena de cima.

O coração da prisioneira batia cada vez mais rápido. Ela não tinha uma resposta para aquilo.

Stroud se inclinou por sobre ela também, os olhos cerrados, avaliando.

— Vossa Eminência, talvez se removêssemos a seção frontal do cérebro dela, pudéssemos penetrar algumas dessas memórias antes de a febre se tornar nociva — sugeriu ela, roçando os dedos, pensativa, sobre a testa de Helena. — Ou talvez isso altere os caminhos o suficiente para reverter o que foi feito. Seria uma honra cuidar dos sinais vitais dela enquanto o senhor faz a vivissecção.

O terror tomou conta de Helena quando Morrough assentiu. Stroud deu um passo para o lado, ajustando a luz acima deles como se tivesse intenção de começar de imediato.

— Perdão — interrompeu uma voz baixa, e Helena sentiu um arroubo de alívio quando percebeu que era o traidor, Shiseo, parado com a maleta nas mãos. — Acabei de me recordar de um detalhe. Havia um general chamado Bayard. Ele foi ferido na cabeça durante a guerra.

—E daí? — Stroud pareceu irritada com a interrupção.

— O cérebro dele foi curado, mas... — Ele fez uma pausa, como se estivesse procurando pelas palavras certas. — Isso custou seu verdadeiro eu... o funcionamento de sua mente.

— Sim, sabemos o que aconteceu com Bayard. Ficou dependente, não falava. A esposa precisou cuidar dele como se fosse uma criança — comentou Stroud, a voz cheia de desprezo.

— É óbvio, peço perdão. Provavelmente não era nada. — Shiseo fez uma mesura e pareceu prestes a ir embora.

— Espere. — Stroud soou conciliatória. — Agora que já começou, diga aonde quer chegar.

Shiseo se deteve.

— Não sei de todos os detalhes, mas acredito que buscaram uma cura para ele mais para o final da guerra. Um procedimento complicado da mente.

— Por meio de um curandeiro ou cirurgião? — Stroud se inclinou para a frente.

Shiseo franziu as sobrancelhas como se estivesse tentando se lembrar.

— Uma curandeira.

Stroud fez uma careta.

— Elain Boyle, pelo que imagino.

Shiseo inclinou a cabeça, mas não pareceu reconhecer o nome.

— Ela era a curandeira pessoal de Luc Holdfast. A Chama Eterna era relapsa com os registros, mas o nome de Elain Boyle apareceu diversas vezes no último ano da guerra. Ela pareceu ter se tornado excepcionalmente renomada. — Stroud tamborilou os dedos nos lábios, estalando a língua outra vez.

— Onde está Boyle agora? — perguntou Morrough.

— Foi morta quando invadimos o Instituto. Acredito que o corpo dela tenha sido enviado para as minas. Poderíamos verificar se restou alguma coisa. — A atenção de Stroud se voltou para Shiseo. — O que a Chama Eterna fez com Bayard que você crê que seja relevante para este caso?

Shiseo fez outra mesura.

— Só tomei ciência do que aconteceu porque havia esperança de que técnicas semelhantes fossem usadas no Império do Leste. A curandeira, pelo que fui informado, tinha uma habilidade especial de... não alterar apenas o cérebro, mas a mente. Propuseram entrar na mente de Bayard e curá-lo por dentro.

A atmosfera na sala mudou de repente, tomada por uma sensação de eletricidade no ar.

— Isso seria animancia, e não cura — argumentou Stroud, incrédula.

— Eu não sei, as palavras eram... diferentes — respondeu Shiseo. — A mente, pelo que fui informado, resistia à presença de estranhos, mas essa curandeira acreditava que, com uma série de pequenos tratamentos, isso seria possível. Parecido com aprender a tolerar um veneno.

— Mitridização — declarou Morrough, devagar, e então endireitou a postura. — A mitridização da alma...

Ele avançou na direção de Shiseo como se quisesse arrancar as respostas dele.

— A Chama Eterna encontrou um modo de fazer cobaias vivas sobreviverem à transferência de alma? E você nunca pensou em mencionar tal coisa?

Helena pensou que estava prestes a ver outra caixa torácica ser escancarada.

Mas, para seu estranhamento, Shiseo permaneceu tranquilo e fez outra reverência.

— Perdão. Fizeram muitas perguntas para mim. É difícil de me recordar de tudo.

Morrough pareceu apaziguado por essa desculpa e se virou, voltando a encarar Helena como se ainda quisesse fazer uma vivissecção nela em busca de respostas.

— Se a Chama Eterna tinha um animante que desenvolveu um método de transferência temporária... será que isso explicaria esse tipo de perda de memórias? Se outra pessoa tivesse a capacidade de entrar na mente de alguém dessa maneira, poderia alterar pensamentos e memórias, assim como estamos vendo aqui. Isso explicaria tudo — considerou Stroud, gesticulando para Helena. — E... devo dizer que parece mais provável do que uma ideia tão fantasiosa quanto autotransmutação.

— Se a Chama Eterna descobriu um método viável de transferência, significa muito mais do que apenas a perda de memórias — disse Morrough.

Helena sentia a ressonância dele na medula dos ossos como se estivesse se enterrando em sua carne, tentando rasgá-la ao meio, uma camada por vez.

Ele se virou para Stroud.

— Registre cada detalhe do que Shiseo se recorda desse procedimento antes que ele parta para o Leste. Começaremos a testar esse método de transferência gradual. Quero que seja aperfeiçoado. Se for possível, recorreremos ao tal método para retirar a transmutação dela e encontrar o que a Chama Eterna estava tão desesperada para esconder de mim.

Morrough respirou fundo, o fôlego chiando, e então se afastou.

— Vossa Eminência — chamou Stroud, em tom trêmulo. — Esse procedimento de transferência que deseja começar a testar, imagino que exija um animante? — Ela deu uma tosse fraca. — Tenho certeza de que Bennet teria ficado feliz com a oportunidade, mas infelizmente almas não se encontram no meu repertório de ressonância, e só existe um outro habilitado. Isso seria algo que você e eu... — Ela elevou a voz, esperançosa.

— Deixe que o Alcaide-mor cuide disso.

O rosto de Stroud desmoronou.

— Mas fui eu que a encontr...

— Tenho outras tarefas para você.

Stroud se aprumou, mas ainda parecia decepcionada.

— Afinal, o Alcaide-mor era o favorito de Bennet. — Morrough fez um gesto de dispensa com as mãos enquanto sumia nas sombras. — Já está na hora de deixar que ele faça mais do que apenas caçar.

CAPÍTULO 3

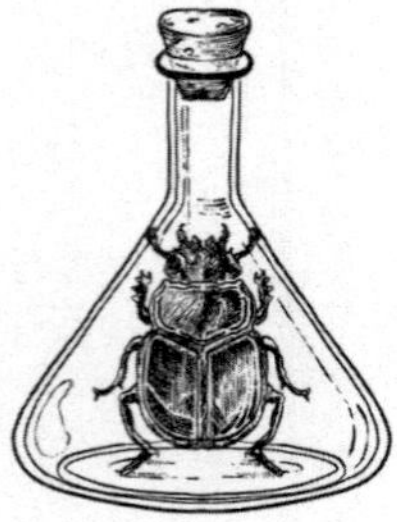

Quando foi levada outra vez pelo elevador da Central, Helena contou os andares do prédio conforme passavam.

A Torre da Alquimia foi uma maravilha arquitetônica por séculos. A princípio, quando construída, contava apenas com cinco andares, servindo de memorial para a primeira Guerra Necromante. Na época, a ressonância alquímica era uma habilidade arcana tratada como magia. Os praticantes eram figuras envoltas em mitos e mistérios, como Cetus, o primeiro alquimista nortenho.

Os Holdfast e o Instituto tinham mudado isso, estabelecendo a alquimia como a Ciência Nobre, algo a ser estudado e dominado. Quando o Instituto de Alquimia cresceu tanto a ponto de quase não caber mais na Torre, a construção foi erguida por meio de sistemas de roldanas movidas alquimicamente para acrescentar mais andares à base. Foi o prédio mais alto no Continente Nortenho por quase dois séculos, erguendo-se cada vez mais conforme a cidade ao seu redor se expandia, e alquimistas afluíam aos montes por aqueles portões.

O estudo de Alquimia Nortenha estava entrelaçado à própria estrutura da Torre. Os cinco andares mais baixos, com os enormes salões de palestras, eram os "fundamentos": repletos de iniciantes que ainda estavam no processo de descobrir a própria ressonância e se esforçavam para dominar os princípios básicos da transmutação. Exames anuais eram uma exigência para a ascensão. Depois de cinco anos, a maioria dos estudantes partia, levando em mãos um certificado para se juntar às guildas, e apenas os graduandos qualificados ascendiam ao patamar seguinte na Torre que se estreitava para estudarem campos da ciência e assuntos mais técnicos. Ainda menos alunos alcançariam os andares de graduação e pesquisa, de modo a alçar o posto de grão-mestre.

O elevador parou em algum dos antigos andares de pesquisa.

Helena estreitou os olhos, forçada a entrever o mundo através de uma aura de dor que turvava cada vez mais sua visão. As paredes tinham virado um borrão, os olhos dela incapazes de focar enquanto a maca era postada no meio de uma sala estéril.

Devia ter sido um laboratório particular no passado.

As faixas que a prendiam no lugar foram desatadas e Stroud fez uma pausa, avaliando os pulsos de Helena.

Os tubos que corriam entre sua ulna e seu rádio lhe provocavam ânsia e a terrível sensação de que havia algo errado ali. Ela nem sequer conseguia levantar os dedos sem sentir todos os músculos, tendões, veias e nervos naquele espaço estreito que fora forçado a acomodar a nulificação pregada nela.

— Muito bom — murmurou Stroud para si mesma e então se virou para sair. Antes de a porta ser fechada, Helena a ouviu falar: — Ninguém entra aqui sem a minha autorização.

Fez-se o clique pesado de uma fechadura e Helena foi deixada sozinha.

Ela se sentou, mas a droga já fora absorvida por seu organismo e os músculos agora estavam com câibra, repuxando como se estivessem retesados. Ela tentou ficar em pé, mas no instante em que os pés tocaram o chão, as pernas cederam.

Ela caiu.

Corra, uma voz lhe dizia, mas ela não conseguia, os braços e as pernas não a sustentavam. Na ausência de qualquer condicionamento físico, seus pensamentos se voltaram para si mesma.

Será que ela tinha, de fato, se esquecido de alguma coisa?

Talvez a Chama Eterna não tivesse se extinguido, mas ainda permanecesse como uma brasa escondida, aguardando a hora certa para ressurgir. A possibilidade lhe trouxe uma faísca de esperança. Mas como é que a haviam feito se esquecer?

Transferência. Animancia.

Nenhuma daquelas palavras lhe era familiar.

Ela as analisou, tentando contextualizar os comentários que ouvira. Almas, mentes e ocupação da paisagem mental de outra pessoa para transmutá-la por dentro. E tinha sido a Chama Eterna que descobrira tal coisa?

Era mentira, sem dúvida. As almas eram consideradas invioláveis entre as pessoas da Fé. A Chama Eterna considerava até as alterações físicas da vitamancia e necromancia um risco à alma imortal.

A alteração da mente, a transferência de uma alma... com certeza seriam vistas como algo infinitamente pior.

Ainda assim, Shiseo tinha dito que a Chama Eterna desenvolvera uma forma de realizar esse processo de transferência por meio de animancia. Algo que Morrough, que dominara os segredos da imortalidade, não tinha descoberto.

Quem era Elain Boyle? Helena não reconhecia o nome, e tinha certeza de que nunca houvera nenhuma outra curandeira, muito menos uma curandeira pessoal, designada a serviço exclusivo de Luc.

Luc jamais teria consentido em receber qualquer coisa que não fosse igualmente distribuída entre o restante da Resistência, o que incluía cuidados médicos e cura. Ele já tivera dificuldades em aceitar paladinos jurados a protegê-lo, embora fosse uma tradição mais antiga do que a própria Paladia.

Stroud só podia estar errada.

Contudo, *havia* algo escondido e que mudara dentro dela. Um segredo tão dolorosamente oculto que Helena nem sequer poderia imaginar o que era.

Sentiu então uma câibra ainda mais forte. Permaneceu deitada no chão, o corpo recurvado e contorcido como o de uma aranha morta, mas a mente continuava a mil.

O que Luc faria se tivesse sido ele a sobreviver? Se estivesse aprisionado. Ele já teria traçado algum tipo de plano. Teria convencido Grace a transmitir uma mensagem em nome dele, começado a coordenar uma fuga e arquitetado o resgate de todos que estavam no Entreposto.

Era isso o que ele faria. Agora, cabia a Helena.

Ela não poderia fracassar com ele. Não outra vez.

Helena tinha esperado que a transferência fosse começar de imediato, mas, em vez disso, passou o que pareciam ser dias sem conseguir se mexer enquanto os músculos iam se soltando aos poucos.

— Abstinência — afirmou Stroud com um olhar de superioridade enquanto forçava um tubo de alimentação pelo nariz de Helena e inseria soro intravenoso no braço para mantê-la sedada. — Não importa. Imagino que tenham lhe ensinado a gostar de sofrimento. Afinal, o sacrifício é a vocação de um curandeiro, não é?

O desdém de Stroud para com Helena era escancarado diante da revelação de que ambas eram vitamantes, lutando em lados opostos da guerra.

Stroud a considerava uma traidora.

— Não gosto desses espasmos — comentou Stroud após outro exame, uma careta em seu rosto enquanto os dedos de Helena tremiam, fazendo--a derrubar um copo. — Não é causado pela nulificação. Você se lembra de quando começaram?

Helena balançou a cabeça, estremecendo quando a sensação de queimação gélida da ressonância de Stroud se afundou em seu pulso esquerdo, serpenteando por entre os ossos enquanto a mulher o virava e manipulava por vários minutos.

— Pelo estado, parece que você quebrou esse pulso diversas vezes. Tem um dano antigo nos nervos. Você se lembra de quando aconteceu?

Helena não tinha qualquer lembrança de ter, algum dia, ferido as mãos tão gravemente. Destreza nas mãos era um atributo vital para canalizar e controlar a ressonância, tanto para os curandeiros quanto para os alquimistas. Sempre tivera muito cuidado com elas.

— Não havia qualquer menção a isso nos seus arquivos estudantis, então deve ter acontecido durante a guerra, mas também não há registro disso.

Os registros acadêmicos dela haviam sido desencavados, e Stroud gostava de usá-los para interrogar Helena sobre os menores detalhes de sua vida. Helena suspeitava de que fosse porque Stroud tinha permissão para puni-la caso ela se recusasse a responder.

Quando sua ressonância alquímica havia sido testada pela primeira vez? Na embaixada paladiana da sua terra natal, nas ilhas do Sul em Etras. Quantos anos ela tinha quando imigrou para Paladia para estudar no Instituto de Alquimia? Dez anos.

Por quantos anos estudara no Instituto? Seis.

Ela se lembrava da morte do Principado Apollo Holdfast? Sim, ela estava na sala de aula com Luc.

Quando ela havia se juntado à Resistência? Quando as guildas derrubaram o governo legítimo, o que gerou a formação de uma Resistência à qual ela teve a oportunidade de aderir.

Stroud não gostara daquela resposta.

Quando ela havia se tornado membro da Ordem da Chama Eterna? Helena tentou evitar responder, mas Stroud possuía um livro com todos os membros registrados, o nome e o juramento de Helena escrito com o próprio sangue.

— O Conselho da Chama Eterna tinha conhecimento de que você era uma vitamante quando se alistou?

Helena balançou a cabeça.

Stroud ficou sentada, fulminando-a com o olhar, aguardando uma resposta verbal.

— Eu não sabia que era uma vitamante — informou Helena, por fim. — E depois... quando todo mundo soube... Luc não se importou. Ele não achava que as habilidades de uma pessoa mudavam quem ela era, apenas o que essa pessoa fazia com isso.

— Que magnânimo da parte dele. — A voz de Stroud era gélida enquanto amassava o arquivo que tinha em mãos. — Uma pena que ele também não tenha tido vontade de ceder. Muitas pessoas ainda estariam vivas caso ele tivesse feito isso.

— A família dele foi Chamada — defendeu Helena, apesar de saber que não adiantava argumentar.

— Sim, pelo sol — escarneceu Stroud, o tom de voz afiado. — Sei que não ensinaram astronomia moderna no Instituto, mas alguma vez chegou a estudar as novas teorias astrológicas? Afinal, você veio das ilhas mercantis, deve ter sido exposta a todo tipo de ideias. Acreditava mesmo que o sol teria olhado para esta terra e escolhido um favorito? Que um raio de luz do sol havia conferido poderes divinos a Orion Holdfast, e que todos os descendentes dele mereciam governar Paladia como se fossem deuses também?

Helena cerrou a mandíbula, mas Stroud não se calou.

— De acordo com os registros acadêmicos, você era considerada inteligente. Não é possível que tenha aceitado de cabeça baixa todas as histórias que lhe contaram sobre os Holdfast. Me olhe nos olhos e diga: acha *mesmo* que os Holdfast tinham um direito divino de governar?

Os dedos de Stroud seguraram com firmeza o queixo dela, forçando Helena a levantar a cabeça.

Ela encarou o rosto de Stroud sem hesitação, sentindo a ameaça da ressonância da outra.

— Melhor eles do que gente como você.

Stroud abaixou a mão, a ressonância desaparecendo antes de dar um tapa na cara de Helena com tanta força que sua cabeça bateu contra a parede.

— Se tivesse se juntado à nossa causa, você poderia ter sido ótima. — Stroud bufava ao observar Helena de cima. — Teria sido alguém. Agora, já não é mais nada. Desperdiçou as próprias habilidades ao servir o lado errado. Ninguém vai se lembrar de você. Você não passa de cinzas, como todo o resto. E uma traidora de seus semelhantes.

Assim que ficou sozinha, Helena espalmou o lado inchado do rosto, a cabeça latejando.

A Resistência considerara aquela guerra como sagrada, uma batalha divina entre o bem e o mal, um teste da Fé. Os motivos de Helena, no entanto, eram mais pessoais.

Luc não precisava ser divino para ela querer salvá-lo. Mesmo que ele fosse completamente comum, ela teria tomado as mesmas decisões.

Será que poderia ter feito algo para mudar as coisas?

Quando imigrara para Paladia, achara que o lugar era um paraíso. Etras não possuía tanto metal como recurso natural. A ressonância lá era rara. Havia algumas guildas de alquimistas, mas nenhum treinamento formal era oferecido. Para Helena, mudar-se para Paladia tinha sido como chegar em casa, encontrar o lar ao qual sempre estivera destinada.

Tinha notado de forma vaga uma hierarquia entre os alquimistas que dividia até o corpo estudantil, separando as famílias devotas com uma aliança próxima aos Holdfast daqueles das guildas, mas não havia se familiarizado o bastante com a política da cidade-estado para entender as complexidades daquilo.

Tudo o que sabia era que alguns alunos não interagiam com ela, que riam quando ela fazia perguntas e que zombavam do seu sotaque e da forma como ela gesticulava ao falar. Mais tarde, descobriu que se tratava dos estudantes das guildas e aprendeu a ter cautela com eles.

Fora Luc quem lhe explicara que os estudantes das guildas achavam que a matrícula de Helena tinha ocupado uma vaga que deveria pertencer às guildas... embora Luc a tivesse assegurado de que esses estudantes estavam errados. O Instituto da família dele não tinha sido fundado para as guildas, e sim para gente como ela, aqueles que não tinham oportunidade de estudar alquimia sozinhos. Os estudantes da guilda sequer precisavam frequentar a instituição, suas vagas e seu futuro praticamente garantidos. Para eles, a matrícula lá era um símbolo de status. Assim que obtinham o certificado, partiam.

Mas Helena era especial. Fora ela quem ficara depois do Quinto Ano, que estudara além dos fundamentos principais da alquimia. Ela ascenderia aos andares mais altos, faria descobertas e se dedicaria ao tipo de trabalho que mudaria o mundo. O nome dela seria lembrado por toda a eternidade.

Por que a família dele iria querer mais um estudante de guilda no Instituto quando poderia ter alguém como ela?

Luc sempre tivera talento para fazer com que Helena se sentisse especial, em vez de dolorosamente deslocada. Ela desejara provar que ele estava certo, que ela era alguém, que valia a pena acreditar em seu potencial. A família dele não se equivocaria quanto a quem ela era.

Passara a se concentrar, então, na própria educação e a ignorar as hostilidades políticas ao seu redor.

De vez em quando, Luc mencionava algo, coisas como o fato de as guildas estarem convencidas de que a família dele estava sufocando o progresso científico da alquimia e impedindo a industrialização, e então indicava as fábricas abaixo da represa que enchiam o céu com nuvens pretas de fumaça. Que o pai estava sendo acusado de permitir que o país ficasse para trás devido ao seu governo negligente. Ou que as guildas tinham proposto que o poder do Principado deveria ser limitado a questões religiosas, e que *eles* é que deveriam governar o país.

Parecia que nada que o Principado Apollo fazia era bom o suficiente para as guildas; as reclamações e exigências eram intermináveis.

Quando o Principado Apollo foi assassinado, as guildas não viram aquilo como uma tragédia, e sim uma oportunidade. Usaram a idade de Luc, que tinha apenas dezesseis anos, como pretexto para declarar reformas: as elites religiosas e a classe guerreira não governariam mais Paladia. A cidade-estado seria, então, governada pela recém-criada Assembleia das Guildas.

Deveria ter sido fácil para a Ordem da Chama Eterna impedir a conspiração das guildas, não fosse por Morrough. Ele surgiu em meio ao levante, aparentemente do nada, oferecendo a imortalidade como prêmio. Não uma vida infinita de decomposição, mas uma que seria intocada pela idade ou pela doença, descoberta não por meio de um poder divino, mas através da ciência.

As guildas tinham aproveitado a oportunidade, e assim os Imortais haviam começado a aparecer. No princípio, eram poucos, revelando-se não apenas inextinguíveis, mas com habilidades avançadas de alquimia. O poder e a vida eterna de repente estavam ao alcance de qualquer um disposto a provar sua lealdade a Morrough. Aspirantes se juntaram a eles aos montes, aliando-se às guildas.

As ideias da "Nova Paladia" prometidas pela Assembleia das Guildas se espalharam pela população como uma pandemia.

Quando a Chama Eterna tomou a iniciativa de restaurar a ordem, os Imortais revelaram ainda outra habilidade: a necromancia. Em uma escala até então inédita. Em vez de se dedicarem a recrutar o máximo possível de Aspirantes, os Imortais, quando atacados, matavam os soldados da Chama Eterna e, por meio da reanimação, faziam com que se voltassem contra os próprios compatriotas, construindo um exército a partir dos mortos da Chama Eterna.

Luc, que acabara de ser coroado como Principado, tinha certeza de que os cidadãos de Paladia ficariam horrorizados e voltariam a apoiá-lo quando percebessem que estavam se aliando a necromantes. Havia séculos que a necromancia era um crime mortal por todo o continente. Nem mesmo as guildas iriam tão longe.

Mas ele estava errado.

— Se era uma curandeira, por que não é mencionada mais vezes nos registros hospitalares?

Stroud voltara exalando ressentimento e carrancas, carregando uma pilha de papéis consigo.

O nome de Helena não aparecia em quase lugar nenhum. Stroud só conseguira localizar a assinatura dela em inventários de suprimentos médicos, um requerimento para uma faca alquímica de nível básico e alguns pedidos por certos compostos para os departamentos de Quimiatria e Metalurgia. A única coisa interessante naquela pilha inteira era uma lista preliminar de vítimas que incluía Helena entre os considerados mortos.

No final, em todos aqueles anos de arquivos militares, Helena mal existira. Stroud parecia pessoalmente ofendida por esse fato.

— E então, o que tem a dizer?

— Curar é um milagre. Não é algo que se deve atrelar ao próprio nome — explicou ela, recitando o que ouvira anos antes. — Existe um símbolo nos registros médicos para indicar atos de... intercessão.

— Você quer dizer... — Stroud folheou uma pasta e a virou na direção de Helena. No canto, havia uma meia-lua com um traço que a cortava. — Isso aqui?

Helena assentiu.

Stroud fitou a marcação.

— Como é que vocês mantinham o registro dos procedimentos assim?

Ela sentiu um aperto no peito, na garganta.

— A cura não é um procedimento.

O Falcão Matias, conselheiro espiritual do Conselho da Chama Eterna e superior direto de Helena, tinha sido bastante rígido nas exigências de que o uso da vitamancia não deveria ser imortalizado de nenhuma forma que o glorificasse. Atos de vitamancia, dissera ele, poderiam ser purificados apenas por intenções altruístas.

Embora a existência de curandeiros fosse relativamente comum nas áreas remotas de Paladia, a vitamancia era tão rara que suscitava todo tipo de boato sobre o que os vitamantes eram capazes de fazer. Que poderiam controlar os vivos assim como os necromantes controlavam os mortos e fazer transmutações inomináveis sobre carne viva.

Helena costumava achar que aquela percepção dos vitamantes era irracionalmente severa, mas na situação em que se encontrava, enquanto cobaia de Stroud, começara a entendê-la.

Stroud não a obrigava a nada, mas era uma especialista em paralisar e manipular Helena de modo transmutacional diante da menor das provocações. Se Helena se remexesse demais, Stroud fundia seus ossos para mantê-la parada. Dava a impressão de se deliciar com o fato de que, oficialmente, aquilo não era considerado tortura. Às vezes, deixava Helena assim por horas.

Foi um alívio quando Stroud enfim pareceu perder o interesse nela, anunciando que não tinha mais tempo para lidar com Helena. Diversas vezes por dia, dois necrosservos apareciam para buscá-la e obrigá-la a andar pelo corredor que contornava o elevador.

Ela tinha recuperado a visão, e os necrosservos eram algo horripilante de se enxergar. A adipocera conferia um brilho à pele cinza-arroxeada, e a esclera ao redor das pupilas turvas era vermelha ou de um amarelo vívido. A ponta dos dedos era preta, apodrecida. O cheiro de conservantes químicos e decomposição deixava Helena enjoada, mas eles a forçavam a continuar a andar até suas pernas fraquejarem e eles terem que arrastá-la de volta à cela.

Logo as caminhadas confundiam-se entre si, assim como os dias. Helena já não sabia quanto tempo fazia que estava na Central; as luzes nunca eram apagadas, e todas as janelas tinham sido cobertas e vedadas.

— É ela? — Um homem de rosto pálido e fantasmagórico, nariz fino e reto, saiu de repente de uma sala e se postou no meio do caminho de Helena enquanto ela era empurrada por sua rota perpétua.

Helena ofegou, chocada. Diante dela, em roupas bordadas elaboradas e coberto de joias, encontrava-se Jan Crowther, um dos cinco membros do Conselho da Chama Eterna.

— Crowth...

Uma mão pesada repleta de anéis se estendeu, agarrando-a pelos ombros e a puxando para mais perto, estudando-a.

— Você o conhecia? — perguntou ele, os dedos e anéis se enterrando na pele de Helena.

Ela tentou se desvencilhar, mas a escolta de necrosservos a segurou no lugar enquanto Crowther se aproximava, chegando cada vez mais perto, respirando fundo, e uma língua roxa e espessa escapou da boca como se quisesse lamber Helena.

Ela recuou, mas o homem já estava tão perto que lhe foi possível identificar os detalhes. A esclera estava um pouco amarelada, e padrões leves de veias pretas apareciam embaixo dos olhos vagamente desfocados. A pele era macilenta, exalando um cheiro forte de lavanda.

Não era Crowther.

Um dos Imortais estava vestindo o cadáver dele.

Nas raras ocasiões em que não conseguiam mais se regenerar, feridos demais em batalha para que seus corpos imortais fossem capazes de se curar, os Imortais optavam, então, por ocupar o corpo de seus necrosservos. Era por isso que a Resistência os apelidara de defuntos.

Não era uma solução definitiva. Mesmo quando bem conservado, o corpo apodrecia devagar ao redor de seu ocupante e não possuía as mesmas qualidades regenerativas do corpo original, quase invulnerável. Helena suspeitava de que fosse por isso que Morrough demonstrara tanto interesse na transferência; o método tinha potencial de permitir que os Imortais se mudassem para o corpo dos vivos, em vez de corpos dos mortos.

O defunto que usava o corpo de Crowther se afastou. Encarou-a outra vez, uma expressão estranha dominando o rosto.

— Eu conheço você — disse ele, baixinho.

Agarrou o rosto dela, virando-o para que a luz o clareasse de outros ângulos. Os olhos percorriam sua pele como se procurassem algo nela. Ele puxou uma das mãos de Helena, os anéis escuros e pesados se cravando nos ossos dela, batendo na algema e fazendo com que uma onda de choque percorresse seu braço. Olhou para os dedos dela e então de volta para o rosto.

Os necrosservos não fizeram nada para impedir.

Seria ele o Alcaide-mor?

— Sim. É ela. — Stroud apareceu, a voz mais baixa do que Helena estava acostumada. Soava irritada com a forma como Helena estava sendo agarrada, mas relutante em protestar. — Logo estará pronta.

O defunto puxou Helena pelo cabelo, a expressão assumindo uma careta enquanto se aproximava outra vez, um olhar voraz e desesperado, diferente de tudo que ela já vira no rosto impassível de Crowther.

— Eu já a vi em algum lugar. — Ele a segurou com mais força, sacudindo-a com tanta brutalidade que a cabeça dela foi jogada para trás. — Onde foi que já a vi?

— Era o bichinho de estimação dos Holdfast, Mestre da Guilda. Deve tê-la encontrado no Instituto algumas vezes.

O rosto do defunto foi tomado por uma careta de desdém à menção dos Holdfast, e então a soltou, perdendo o interesse de repente. Agora passava a impressão de estar com raiva, uma mancha púrpura escura subindo pelo pescoço e escurecendo o rosto.

— Esperava mais do que isso. Fui informado de que essa tarefa era especial.

Stroud estalou a língua.

— As aparências enganam. Pode informar ao Alcaide-mor que logo ela estará pronta para ele. Agora, imagino que queira ver as preparações para as câmaras. — Stroud gesticulou em direção aos elevadores. — Pretendo iniciar uma remessa de testes em breve para entender quando poderemos colocar as instalações para funcionar. O interesse tem sido quase esmagador. Temos dúzias de candidaturas e ainda faltam semanas para o anúncio.

Stroud soltou uma risadinha trêmula, mas se conteve, pigarreando, pressionando a mão no painel do elevador.

— Foi um processo árduo determinar as combinações mais promissoras. Retirei o que pude dos registros do hospital. Os arquivos das guildas foram muito úteis também, realmente à frente de seu tempo. No entanto, você é o único que produziu com exatidão o que esperamos poder replicar aqui, então estou ansiosa para ouvir suas ideias.

A expressão do defunto ficou indiferente, apesar dos elogios. O elevador chegou e ele e Stroud desapareceram antes de a resposta ser dada.

Os necrosservos cutucaram Helena para que seguisse em frente. Ela soltou o fôlego. Aquele não era o Alcaide-mor, então. Era um alívio que o primeiro corpo reanimado que reencontrara fosse o de Crowther, um dos membros mais distantes do Conselho, e não o de alguém que ela conhecia bem.

Olhou então para o alto e estremeceu ao ver o único retrato pendurado no corredor.

No passado, a Torre costumava ser repleta de artes e objetos decorativos, ladeada de retratos de alquimistas renomados, outrora alunos ou professores do Instituto. Agora havia apenas um único quadro. Um homem lúgubre, pálido, com uma testa larga e o queixo robusto.

O nome Artemon Bennet estava pregado na placa sob o retrato e havia duas datas logo abaixo, com mais de oitenta anos de diferença entre elas.

Helena se recordava com uma clareza visceral dos relatórios associados àquele nome. Assim que os Imortais estabeleceram uma posição de comando na cidade, emitiram um chamado para todos os vitamantes e necromantes que viviam às escondidas se juntarem à causa, abrindo laboratórios onde esses apoiadores poderiam explorar seus poderes, libertados da opressão da Fé.

Quando os apoiadores da Resistência não eram apenas mortos e reanimados para atuarem como necrosservos, eram mandados para esses laboratórios como cobaias. Artemon Bennet havia sido o chefe dos departamentos de ciência e pesquisa da "Nova Paladia". Conta-se que tinha interesse particular em fazer experimentos em alquimistas.

A única coisa boa do retrato era saber que, de alguma forma, Bennet havia morrido.

Por fim, mais uma caminhada havia sido concluída. Helena ainda estava com dificuldade para respirar fundo, um hábito incutido nela devido ao oxigênio limitado no tanque de inércia e piorado pelo fedor dos necrosservos. Começou a se sentir tonta, a visão ameaçando esmaecer. Os passos começaram a fraquejar.

Os necrosservos a agarraram, sem deixá-la diminuir o passo. Começou, então, a arrastar os pés pelo chão.

Um arfar estrangulado a fez despertar, alerta.

— Marino? — Uma garota de cabelo escuro em uma cadeira de rodas passava por ela.

Estava esquelética, muito curvada, mas ela se endireitou e se inclinou para a frente quando seus olhos encontraram o rosto de Helena. Tinha cicatrizes como as de Grace e usava um cobertor sobre o colo. Estava com algemas iguais às que Helena trazia no pulso. Era empurrada corredor adentro na direção do anfiteatro de operações que Helena chegara a notar, distraída, que estava aberto.

Helena cambaleou, tentando se equilibrar.

— Penny.

Penny era um ano mais velha que Helena. Uma das poucas outras garotas do Instituto a prosseguir nos estudos de graduação em alquimia. Estivera entre as primeiras a se alistar na Resistência, determinada a lutar no fronte.

O funcionário que empurrava Penny caminhou mais rápido, virando a cadeira para evitar que aquela conversa continuasse.

As duas esticaram o pescoço, tentando manter contato visual enquanto eram afastadas.

— Penny, o que eles... — Helena não conseguiu concluir a pergunta porque foi empurrada em direção ao aposento que ocupava.

Penny se inclinou por sobre o braço da cadeira, olhando para trás, o rosto tomado de pavor.

— Você estava certa. Eu sinto muito. Deveríamos ter escutado você.

Não houve tempo para perguntar do que ela estava falando. O funcionário acelerou, e Penny desapareceu.

— Vou entregar você hoje — anunciou Stroud ao entrar, concentrada em uma pilha de arquivos que segurava. A cada vez que Helena a via, ela estava ainda mais distraída. — Arrume-se.

— Estou indo embora?

Stroud ergueu a cabeça e abriu um sorriso nervoso e irritado.

— Está. A Central tem outros propósitos. O Alcaide-mor está esperando por você. Venha. Agora.

Não havia nada para Helena arrumar. Foi levada ao elevador usando só as roupas do corpo e um par de pantufas de lã grandes demais para os próprios pés.

O elevador desceu até o quinto andar, onde a Torre da Alquimia era conectada aos prédios vizinhos, também do Instituto, por passarelas elevadas. Em uma cidade vertical como era Paladia, as passarelas costumavam ser usadas para conectar prédios. Algumas eram passagens estreitas, outras, tão grandes que abrigavam praças e jardins dezenas de andares acima do restante da cidade. Conforme Paladia crescia, as partes mais baixas viam o céu quase desaparecer, a região inferior como entranhas úmidas e escuras da cidade, infestadas de doenças.

Ela viu o Espaço Comunal abaixo, pedaços de gramado entrecortados por caminhos geométricos que ligavam os dormitórios à Torre e ao Prédio de Ciências.

Degraus de mármore branco levavam até as enormes portas da Torre. De imediato, a memória de Helena foi sobreposta por uma onda de sangue, vísceras e corpos que cobriam o local da última vez que o vira.

Desviou o olhar.

Ela precisava se concentrar no presente.

Helena foi colocada à força no assento traseiro de um carro, um necrosservo empurrando-a para o meio e se sentando ao lado dela. No mesmo instante, o cheiro de podridão tomou conta do espaço apertado.

Ela sentiu a garganta se contrair e cobriu o nariz e a boca com a mão.

Stroud entrou do outro lado, pelo visto imune ao fedor, repassando sua perpétua pilha de arquivos.

O carro seguiu por um túnel comprido e faixas de luz âmbar bruxuleantes provenientes das lâmpadas elétricas refletiam no colo de Helena, cedendo a um cinza lúgubre quando o carro saiu do subsolo. Ela encarou o lado de fora, examinando o céu. Estava escuro e nublado, de um cinza que parecia sugar toda a cor do mundo. Ao observar a cidade, ela ficou chocada ao constatar as cicatrizes ainda tão visíveis deixadas pela guerra, lacunas imensas delineadas contra o céu onde antes havia construções, prédios queimados e ruínas abandonadas. Nada parecia estar sendo reconstruído. A estrada era a única coisa que dava a impressão de ser nova.

Quando o carro atravessou da Ilha Leste para a Ilha Oeste, quase todos os vestígios da guerra ficaram para trás.

Paladia fora fundada em um delta do rio na base das Montanhas Novis. A ilha original possuía um alto platô ao norte, que descia até a ponta mais ao sul. A Torre da Alquimia fora construída no ponto mais alto da ilha, e o vilarejo, que veio a se tornar uma cidade, crescera ao redor dela até cada centímetro da terra no entorno ter sido tomado por construções. A ilha de Paladia, depois chamada de Ilha Leste, era o lar da indústria, do comércio, do governo, das catedrais do periélio e do Instituto de Alquimia.

A Ilha Oeste fora construída séculos mais tarde, projetada para acomodar a população que crescia. Tudo era mais novo e maior.

Durante a guerra, os Imortais detinham pontos de controle fragmentados sobre a Ilha Oeste, enquanto o Quartel-General da Resistência ficava no Instituto de Alquimia, atuando como um ponto estabelecido de defesa na Ilha Leste e dividindo a cidade-estado ao meio. Como os principais portos e a infraestrutura essencial ficavam todos ali, a Ilha Leste tinha sofrido as piores consequências da guerra enquanto os Imortais tentavam se apoderar dela.

Em contraste com as ruínas da Ilha Leste, a Ilha Oeste parecia quase intocada, as vastas construções interconectadas erguendo-se em direção ao céu, brilhantes e imaculadas.

Quando Helena viajara de barco pelo rio e vira Paladia pela primeira vez, a impressão que tivera fora de que uma grande divindade depositara sua coroa no sopé das montanhas, as torres e o brilho da cidade refletindo sobre a água. Chegara a achar que nenhum outro lugar no mundo poderia ser tão lindo.

O carro parecia minúsculo conforme acelerava pela Ilha Oeste, atravessando outra ponte na direção da parte continental de Paladia, que se estendia por quilômetros da margem do rio até os bosques da montanha.

A porção continental era, em sua maior parte, composta por minas e campos de agricultura, e o pouco que não era comercial pertencia às mais antigas famílias que tinham se juntado ao Instituto séculos antes, na época de sua fundação.

Se ela estava sendo levada para o continente, então o Alcaide-mor deveria possuir algum tipo de grande propriedade. Ou alguma que fora tomada e concedida a ele após a guerra, ou, ainda, talvez ele fosse de uma das famílias ricas da guilda. Algumas tinham visto suas fortunas triplicarem por conta da industrialização do último século.

Ela se inclinou para a frente, olhando pelo para-brisa, procurando por qualquer sinal de seu destino.

Longe da Central, Helena enfim conseguiu começar a traçar o esboço de um plano.

Sendo realista, as chances de conseguir fugir eram mínimas. Mesmo sem as algemas que impediam sua destreza e suprimiam a ressonância, o treinamento de combate que recebera fora mínimo. A ressonância dela havia sido sempre o seu melhor recurso. Até se conseguisse escapar, não tinha para onde ir, sem ideia de quem ainda estava vivo e quem era confiável, ou quem iria confiar nela.

Se ela cooperasse, havia uma chance de sobreviver à Transferência, mas se de fato sobrevivesse, estaria traindo a Chama Eterna, cedendo a informação pela qual ela sacrificara a própria memória para proteger.

Helena cerrou as mãos, a dor faiscando como fogo pelos pulsos.

No tanque de inércia, tinha dito a si mesma tantas vezes que sobreviveria, que precisava suportar. Não conseguia explicar por quê.

Afinal, enquanto curandeira, sua principal função sempre fora garantir a sobrevivência dos outros, atuar como um último recurso para que Luc não morresse. De pouco adiantava uma curandeira quando todo mundo já estava morto.

Ela não seria uma traidora. Fosse lá o que tivesse permitido que escondessem em sua própria mente, não deixaria que os Imortais descobrissem. A sobrevivência não importava. Ela preferia cometer suicídio a ser usada pelo inimigo para revelar qualquer coisa.

Talvez o seu captor violento fosse um meio para este fim.

Se o que Grace dissera era verdade, o Alcaide-mor preferia assassinato a escolhas estratégicas, como interrogatório. Em geral, homens propensos à violência eram insensatos, seus atos motivados principalmente pelas emoções, e só em um segundo momento pela lógica.

Se ela acabasse por provocá-lo, ele talvez a matasse por impulso. Um mero erro que ela cometesse e os segredos que guardava se perderiam para sempre. Não havia necromancia no mundo capaz de reaver uma mente do mundo dos mortos.

O que Morrough faria com o Alcaide-mor, então? Sem dúvida, algo ainda pior do que fizera com Mandl.

Helena torcia para que fosse esse o caso.

Ela talvez não fosse conseguir vingar Luc, mas poderia obter justiça por Lila.

A ideia de Lila Bayard sendo morta, o rosto arrancado, o cadáver sendo usado para aprisionar as pessoas que ela um dia protegera fez com que o peito de Helena ficasse tão apertado que chegava a doer.

Lila tinha sido uma das poucas pessoas que não se incomodara com o fato de que Helena era uma vitamante. Durante a guerra, tinham até dividido um quarto. Não eram próximas... como uma paladina, Lila passava muito tempo longe, lutando no fronte, mas nunca tratara Helena como se fosse inferior por não se envolver no combate direto.

Lila era considerada um prodígio incomparável enquanto alquimista de combate. Juntara-se às cruzadas da Chama Eterna aos quinze anos, viajando pelo continente, investigando boatos de necromancia. A vida dela consistia em se tornar uma paladina e servir ao Principado.

Por muitos, era considerada a personificação de Lumithia, a deusa guerreira da alquimia.

Helena não conseguia imaginar como era possível alguém ter matado Lila, ainda mais *depois* que Luc fora morto. Lila teria preferido morrer mil vezes a continuar viva e ver Luc ser capturado. Dedicara toda a sua existência aos juramentos de proteção que prestara.

Helena pestanejou quando pararam em um posto de segurança.

As árvores que ladeavam a estrada estavam todas retorcidas, com galhos despidos de folhas. O carro seguiu por mais alguns quilômetros e fez uma curva, saindo da estrada principal.

Uma construção se assomou por entre as árvores conforme avançavam por uma via comprida, e um portão pesado e intrincado se abriu em seguida. O carro adentrou, indo em direção a uma casa imensa.

Era uma mansão antiga, a fachada coberta por trepadeiras que subiam pela parede feito veias escurecidas. A arquitetura estava longe de ser a elegância moderna presente na cidade. Havia algo de opressivo e sombrio nos detalhes ornamentados que pareciam ter sido fustigados fazia pelo menos um século. Cinco torres escuras espiralavam em direção ao céu, três na parte principal da casa e uma em cada ala que se estendia adiante, formando um semicírculo.

Os portões, muros e outros prédios todos convergiam para criar um pátio fechado com um jardim coberto de vegetação ao centro. O carro esmagou os cascalhos brancos ao fazer a curva e então parar.

No topo de um lance largo de degraus de pedra havia uma jovem.

Helena foi empurrada para fora do carro atrás de Stroud. Ela respirou fundo o ar fresco e estremeceu. Fazia um frio terrível, o ar do campo úmido imediatamente penetrando seus ossos. Ela se esquecera da brutalidade dos invernos nortenhos.

A mulher na escadaria parecia recém-saída da adolescência, e, em meio aos arredores lúgubres, a presença dela criava um contraste gritante. O cabelo era castanho-claro e pendia em cachos perfeitos, emoldurando o rosto pálido. O vestido era de um verde venenoso, adornado com um corpete preto externo que remetia a uma caixa torácica e no qual havia um reluzente crânio de pássaro folheado de metal preso no meio, de modo que o bico comprido corresse por entre os seios. Diversos dedos exibiam anéis de alquimia, e ela virava um bastão curto casualmente nas mãos enquanto observava o grupo subir os degraus em sua direção.

A mulher ignorou Stroud e encarou Helena, estreitando os olhos azul-claros.

— Bem — disse ela, quando a alcançaram. — Imagino que existam fanáticos de todos os tipos neste mundo.

A atenção dela se voltou para Stroud, a quem destinou um sorriso seco.

— Bem-vinda à Torre Férrea. Meu marido está esperando por você.

Stroud caminhou ao lado da senhora da casa enquanto Helena foi empurrada para segui-las pelo guarda necrosservo.

A porta da mansão estava aberta para passarem, assim mantida pelo corpo de um mordomo, e aquela visão fez o sangue de Helena gelar.

Ao contrário dos necrosservos da Central, o mordomo era recém-falecido e estava vestido de maneira impecável. Por um momento, achou que ele estivesse vivo, ou que era um defunto. A pele não tinha o brilho encerado típico da adipocera, e ele não se mexia com a lentidão que Helena associava aos necrosservos. Porém, a fisionomia e os olhos estavam completamente vazios.

Devia ter sido morto havia pouco tempo. Grace dissera que os Imortais usavam os necrosservos como funcionários, e uma família rica não iria gostar de ser submetida ao cheiro desagradável, o que significava que deveriam ser substituídos com frequência.

O estômago dela se revirou enquanto entrava e observava o interior da casa.

O saguão era grande e frio, e a primeira coisa que viu foi uma mancha brilhante de sangue.

Helena ofegou, virando a cabeça e o olhar por instinto.

— O que foi? — perguntou Stroud, a voz cortante.

— O sangue — ela se forçou a dizer, sem conseguir olhar outra vez.

Sua mente foi tomada pelas execuções, o cheiro e o gosto nauseante impregnando o ar, invadindo como uma enchente e se espalhando pelo chão de mármore branco.

Stroud olhou em volta da sala.

— Onde?

Helena tentou indicar, mas Stroud pareceu bastante confusa. Helena se virou na direção de onde vira o sangue e percebeu seu erro. Não havia sangue algum.

Um buquê de rosas repousava no meio da mesa de centro no saguão. Estremeceu só de vislumbrá-las.

— Não foi nada — murmurou ela.

A garota de verde a observava de perto. Sua atenção foi de Helena para as rosas, e então um sorrisinho apareceu no canto da boca enquanto ela virava de costas, seguindo rumo às portas duplas do outro lado do saguão.

— Espere aqui — instruiu Stroud.

As portas se fecharam, deixando Helena com os mortos. Ela olhou em volta, tentando se concentrar em qualquer outra coisa que não fossem as rosas.

A penumbra parecia mais densa lá dentro do que sob o céu cinza opressivo. A Torre Férrea era cavernosa, encoberta de sombras de filigranas de metal. À direita, uma escadaria grande e ornamentada levava a diversos patamares de onde era possível ver o saguão.

Corredores escuros levavam ao restante da mansão, iluminados por arandelas elétricas fracas que zumbiam e mal atravessavam as sombras. As janelas acima pareciam projetadas apenas para direcionar a luz para a mesa ao centro. Havia uma forma preta distorcida em um mosaico no chão de mármore, que formava um círculo em volta da mesa. Do ângulo em que estava, Helena não conseguiu identificar o que era.

A casa parecia suja. Não havia poeira visível, mas ela não conseguia afastar a sensação de que a propriedade estava descuidada. O ar, estagnado, como se a própria construção fosse um cadáver em decomposição.

A porta em frente se abriu.

— Venha, Marino — ordenou Stroud, como se estivesse chamando um animal.

A sala em que Helena entrou tinha duas imensas janelas com treliças e vista para um jardim com um grande labirinto de arbustos. As cortinas de inverno haviam sido afastadas da vidraça para permitir que uma luz fria entrasse. A garota de verde deixara o bastão de lado e estava sentada em uma cadeira estreita de aspecto frágil, a saia esparramada para exibir o tecido. Do outro lado do cômodo, perto das janelas, havia uma figura sombria.

Os pelos no braço de Helena se eriçaram.

Stroud a guiou para além das cadeiras e divãs, na direção da figura.

A luz de inverno contornava o homem, e foi só ao se aproximar mais que ela conseguiu discernir outros detalhes.

Pele pálida. Cabelo branco-prateado.

Então era velho. Deveria ser um dos patriarcas das guildas.

Ela conhecera alguns deles no Instituto. Todos se comportavam da mesma forma. Eram orgulhosos, tanto de seu poder quanto de seu status, sempre exigindo mais respeito.

Era o exato tipo de pessoa que seria fácil de manipular. Bastava que Helena não obedecesse aos padrões dele no que concernia ao temor e, pronto, ele quebraria o pescoço dela.

Com sorte, ela conseguiria ser morta dentro dos próximos quinze dias.

Ele se virou. Helena sentiu a garganta se fechar conforme o mundo ao seu redor desaparecia, os passos vacilando.

Ele não era nada velho.

Era o herdeiro da guilda de ferro. Kaine Ferron.

Ela o encarou, reconhecendo-o, aturdida.

Tinha sido um dos poucos estudantes da guilda que haviam ficado no Instituto para fazer os estudos de graduação. Os dois eram do mesmo ano, tinham tido aulas juntos e até trabalhado como assistentes nos mesmos andares de pesquisa.

A mente dela se recusava a aceitar o que estava vendo, porque de forma alguma poderia ser Kaine Ferron ali.

O cabelo, antes escuro, agora estava descolorado. A palidez da pele não se devia à idade avançada, mas dava a impressão de ter sido alvejada pelo luar.

Por um instante, Helena chegou a achar que ele era um cadáver, igual ao corpo de Crowther na Central, mas os olhos cinza-prateados que foram de encontro aos dela eram penetrantes, a esclera branca, as pupilas pretas, sem veias escuras em nenhum ponto sob a pele. Não havia nenhuma veia visível, de fato, como se o sangue que corresse por elas fosse mercúrio.

— O último membro da Ordem da Chama Eterna para você, Alcaide-mor — anunciou Stroud, como se o estivesse presenteando com uma medalha. — Acredito que se conheçam do Instituto de Alquimia.

Os estranhos olhos prateados se desviaram de Helena.

— Muito pouco.

— Sei que fez os preparativos — comentou Stroud, sentando-se —, mas eu não me preocuparia muito. Ela não tem treinamento, nem experiência de combate. Não será difícil para você lidar com ela.

Ele se virou para Helena outra vez sem demonstrar emoção alguma, mas havia um brilho predatório e calculista em seus olhos, como os de um lobo.

— Não duvido disso.

Stroud pigarreou, parecendo desconfortável com as respostas lacônicas do homem.

— Vejamos. O Necromante Supremo quer ver resultados antes do Solstício de Inverno. Segundo as ordens dele, deve fazer o método de Transferência temporária nela com a maior frequência possível de modo a alcançar singularidade sem extinção da alma. Assim que isso for feito e tiver se acostumado à mente dela, acredito que reverter as transmutações de sua memória não vá exigir grande esforço de sua parte. Pode examinar o que estiver escondido, e quando tiver acabado, virei para buscá-la. É da vontade do Necromante Supremo extrair essas memórias também.

Ferron assentiu, indolente.

— Tenho certeza de que já sabe disso, mas essa tarefa é de prioridade absoluta. Todas as demais obrigações devem ser consideradas secundárias até que essa seja concluída.

A garota de verde emitiu um ruído abrupto e todos os cachos perfeitos em sua cabeça estremeceram.

— Quer dizer que precisamos mesmo ficar com ela?! — exclamou a garota, indignada. — Ora, isso não me parece justo. Ela não é sequer uma paladiana. Por que não pode ficar no Entreposto com todos os outros? Por que precisamos manter ela aqui? Eu estava planejando várias festas para a temporada. Já precisei cancelar três jantares e inventar desculpas. Ninguém me perguntou se eu queria uma prisioneira. — A voz dela estremeceu, com uma nota de petulância chorosa. — E o que ela está vestindo? Se alguém a vir, ela vai virar o assunto do momento.

— Cale a boca, Aurelia — ordenou Ferron, a voz como gelo, sem sequer se dar ao trabalho de olhar na direção dela.

— Eu... não sabia quais roupas seriam as apropriadas — disse Stroud, a voz tensa e envergonhada. — É óbvio que não precisam deixá-la assim. Era tudo o que tínhamos à disposição.

As janelas chacoalharam, e um uivo intenso do vento atravessou a casa. Stroud se sobressaltou. Ferron e Aurelia não pareceram notar.

— Isso pouco importa — respondeu Ferron. — Tenho certeza de que vamos encontrar algo para ela usar. Aurelia tem muita coisa.

Aurelia arregalou os olhos.

— Você quer dar as *minhas* roupas para ela?

— Nós não queremos que alguém a confunda com um dos funcionários. A menos que prefira que eu encomende uma roupa para ela?

Aurelia ofegou, horrorizada, como se aquilo fosse mais escandaloso do que manter alguém prisioneiro ou ter criados mortos cuidando da casa.

— Excelente — comentou Stroud, em uma voz animada, enquanto todos fingiam não ver que Aurelia estava prestes a entrar em combustão espontânea. — Agora, está livre para examiná-la, Alcaide-mor. Ela é toda sua.

Stroud gesticulou para Helena.

Ferron encarou a prisioneira sem se mexer.

— Aqui?

— Só um exame preliminar para ver se tem alguma pergunta antes que eu vá embora. Prefere... ter privacidade?

— Não. Fique à vontade para observar.

Ele deu um passo na direção de Helena. Estava vestido de preto, com roupas na moda da cidade. O casaco e o colete haviam sido bordados com detalhes intrincados em fios pretos, visíveis apenas quando reluziam sob a luz. Amarrado no pescoço, usava um lenço branco imaculado.

Helena jamais vira um alquimista da guilda usando tão pouco metal. Alquimistas tendiam a carregar metais consigo, como joias, costurados nas roupas, em bengalas ou armas. Alquimistas incomuns, como os piromantes, usavam os anéis de ignição sempre, a não ser que fossem forçados a retirá-los.

Aurelia estava coberta de metal, mas Ferron, não.

Ele despiu uma das luvas pretas, revelando uma mão pálida de dedos compridos.

Um vitamante, dissera Grace. É óbvio... ele não precisava de metal.

Helena tentou recuar, familiar demais com os perigos dos dedos cobiçosos de Stroud, mas, quando tentou se mexer, não conseguiu fazer isso.

Sem nem precisar tocá-la, um frisson de ressonância tão fino quanto seda de aranha se insinuara pelo corpo dela, tão sutil que ela mal sentira. Agora, segurava Helena no lugar. Não era como a ressonância de Morrough; não preenchia o ar com tamanha força que fazia tudo vibrar. Se Helena não tivesse tentado se mexer, nem teria notado sua presença.

Os olhos de Ferron brilharam como se ele a sentisse tentar resistir. O dedo indicador mal chegou à têmpora de Helena, que então sentiu a ressonância de verdade, tão intensa quanto um curto-circuito.

Afiada e muito aprimorada, afundou através do crânio de Helena. A sala e Ferron desapareceram conforme as memórias eram invocadas diante dos olhos dela como um zootrópio.

A ida até a Torre Férrea. Penny. As perguntas de Stroud. O defunto na Torre que vestia o corpo de Crowther. A discussão de qual seria a melhor forma de extrair as memórias da mente de Helena. Shiseo surgindo da escuridão com a maleta e a agulha. Quanto mais Ferron retrocedia, mais as memórias esmoreciam, aparecendo em lampejos como se a mente dela fosse um livro que ele folheava, procurando algo que o interessasse.

Ele chegou até o tanque de inércia e aquele nada que se estendia sem fim por tempos e mais tempos, e então foi até ainda mais longe, chegando à Torre, ao sangue e aos anos que ela passara no hospital.

Ela não tinha percebido o quanto a própria vida era insignificante e repetitiva até que a viu sendo reprisada daquela forma.

Quando tudo parou, a mente de Helena estava a mil. O toque de Ferron se demorou por um instante a mais e ela sentiu a ressonância no próprio cérebro, deixando sua visão vermelha.

Por fim, ele afastou a mão, mas não saiu do lugar, encarando-a.

— Bem — disse ele.

— Extraordinário, não é? — perguntou Stroud, de algum lugar atrás dele.

— Bastante — concordou ele, o olhar aguçado. Arqueou uma sobrancelha, ainda encarando Helena. — A guerra acabou. O que acha que está protegendo dentro desse seu cérebro?

Ela sustentou o olhar dele, sem hesitar.

Luc. Ela estava protegendo Luc.

— Holdfast está morto — declarou ele, o tom incisivo como se tivesse visto a resposta nos olhos dela. — A Chama Eterna foi extinta. Não há mais ninguém para você salvar.

Ele se virou, a expressão venenosa.

— Mais alguma coisa? — perguntou ele para Stroud.

Ela balançou a cabeça.

A paralisia de Helena desapareceu. Ela estivera tentando resistir, e a imobilidade sumiu de forma tão repentina que os joelhos cederam. Caiu, tentando se recuperar, e o peso do corpo foi todo para suas mãos. Uma dor explosiva irrompeu pelos pulsos conforme um fogo escaldante subia até os ombros.

Ela desabou no chão.

Aurelia abafou uma risada.

— Você deve ter se encontrado com Shiseo e repassado tudo diversas vezes antes de ele partir, creio eu — comentou Stroud. — Após a primeira sessão, vou mandar alguém para avaliação, a fim de estabelecermos um cronograma para os resultados.

— Sim, esse plano foi todo explicado a mim em detalhes excruciantes — declarou Ferron, a voz neutra. — Pode deixar que cuido disso. Agora, se me der licença...

Ele passou por cima de Helena e saiu da sala sem olhar para trás.

Helena tentou se sentar. Sem o uso das mãos, precisou rolar com cuidado para o lado e usar os cotovelos, aninhando os pulsos contra o peito de maneira protetora.

Quando por fim levantou a cabeça, Stroud tinha partido, e Aurelia estava parada, impaciente, a alguns metros de distância. Segurava de novo o bastão.

— Levante-se — ordenou ela. — Preciso mostrar o quarto a você.

Helena ficou de pé e seguiu Aurelia cautelosamente de volta ao saguão. Os pulsos latejavam. O necrosservo da Central ainda estava ali e seguiu as duas conforme Aurelia a guiava por um corredor e um lance de escadas, passando por uma série de quartos e por mais um corredor.

Estava mais escuro ali dentro. Era uma ala diferente, considerando o ângulo da luz. Cortinas pesadas bloqueavam a maioria das janelas, os móveis cobertos por tecidos para não acumular poeira.

— Para ser clara, só porque precisamos ficar com você, não quer dizer que eu queira ficar olhando para a sua cara — declarou Aurelia, com seus passos apressados.

Helena já estava sem fôlego depois das escadas, e mal conseguia acompanhar.

— Sei que essas algemas não permitem que você use alquimia. Apesar de que isso pouco importa aqui. Os Ferron construíram essa casa usando ferro puro, e existe um motivo para eu ter sido escolhida como esposa de Kaine Ferron.

Aurelia fez uma pausa e se virou para encarar Helena, erguendo uma das mãos. Fez uma volta dramática com o punho, e os anéis alquímicos se transformaram, alongando-se até se tornarem facas que deixavam os dedos parecendo pernas de aranha.

Helena observou a transmutação com interesse acadêmico. A ressonância natural com ferro era considerada relativamente rara entre alquimistas, embora não fosse tão rara quanto ressonância com ouro ou piromancia. Ferro puro era, por natureza, obstinado, sendo considerado quase inerte pelo consenso científico. A maioria dos alquimistas não conseguia transmutar ferro sem antes expô-lo repetidas vezes a emanações de lumítio em uma Caldeira de Athanor e, mesmo assim, costumava ser melhor trabalhar com aço do que com ferro puro.

O trabalho de transmutação de Aurelia era rápido e chamativo. Em uma sala de aula, ela teria sido repreendida por excesso de movimentos e distribuição imperfeita de ferro, mas a facilidade com que transformara os anéis significava que ela tinha um grau de ressonância com ferro extremamente alto. E, se a casa era feita de ferro, significava que Aurelia poderia usá-la como arma também.

Helena olhou para baixo, notando então o metal que corria pelo chão e decorava as paredes.

— Nós não usamos esta ala. — Aurelia continuou a avançar pelo corredor. Os anéis voltaram a ser meros enfeites nos dedos. — Não quero que você seja vista, ainda mais quando eu estiver recebendo convidados. Mantenha distância, a menos que sua presença seja requisitada. Todos os servos foram instruídos a ficar de olho em você, então vamos ficar sabendo se resolver causar problemas.

Aurelia parou, apoiou o bastão em uma das barras de ferro no chão e em seguida o girou. O ferro cedeu com um grunhido e uma porta, maciçamente decorada com ainda mais ferro, foi aberta.

Era um quarto grande com duas janelas compridas e uma cama de dossel entre elas. Havia uma única poltrona de espaldar alto perto da janela e uma mesa ornamentada ao lado. Um guarda-roupa grande estava encostado na parede e um tapete espesso cobria a maior parte do chão.

Não havia nada nas paredes, exceto um relógio alto demais para ser alcançado, mas tudo estava limpo e parecia ter sido arejado.

Helena entrou no quarto, examinando-o com cuidado.

— As refeições serão enviadas ao seu quarto — informou Aurelia, e a porta se fechou atrás dela.

Foi só depois que ficou sozinha que Helena estranhou o fato de Aurelia tê-la escoltado pessoalmente.

Talvez os Ferron não fossem tão ricos quanto a casa sugeria que fossem.

A mansão não parecia ter nenhuma criadagem. O mordomo era um cadáver... talvez todos os funcionários fossem. Se estivessem desesperados por dinheiro, o motivo de não terem opção a não ser ficar com Helena se explicaria, além do fato de Ferron passar seu tempo caçando pessoas da Resistência, em vez de cuidando da guilda e das fábricas da família.

Ela se lembrava de que a família Ferron era considerada uma das mais ricas de Paladia. Tinham inventado a fabricação de aço industrial, garantindo-lhes um monopólio da indústria de aço não apenas em Paladia. A maioria dos países vizinhos também compravam a obra-prima dos Ferron.

Era evidente que a sorte deles mudara, tendo em vista as condições atuais da casa.

Ela foi até a janela mais próxima. Havia um aquecedor aparafusado embaixo dela, e a janela tinha grades de ferro fundido, que estavam trancadas. Não teria como pular.

Helena tocou o ferro com a ponta dos dedos e não sentiu nada. Nenhuma conexão ao metal frio, só uma sensação morta e vazia emanando do pulso.

Pressionou a palma da mão inteira ali, sentindo uma saudade amarga da própria ressonância. O mundo que conhecera sempre estivera cheio de energia, vibrando com um poder ao qual ela estava conectada desde o dia em que nascera.

Agora, tudo estava imóvel. Aquela sensação embotada constante a deixava desorientada.

Pelo vidro, ela viu a floresta e as montanhas.

Reavaliou os planos que havia feito. Se necrosservos a estavam observando, provavelmente tinham recebido a ordem de impedir um possível suicídio.

Tamborilou os dedos no parapeito da janela, ignorando as pequenas ondas de choque que corriam por seus braços.

Ferron, para a infelicidade de Helena, não era o patriarca estúpido e iludido que a prisioneira esperava encontrar.

A ressonância dele era, como a de Morrough, superior a qualquer coisa que ela considerava possível, mas o que a preocupara acima de tudo tinha sido a forma como ele repassara todas as suas memórias. Morrough fizera algo semelhante, mas aquela violação mental tinha sido brutal e aleatória. A de Ferron fora cirúrgica.

Ela presumira que as mortes rápidas que ele cometera haviam sido um sinal de sua impulsividade, mas não haveria necessidade de manter prisioneiros se Ferron fosse capaz de olhar dentro da mente deles e obter todas as respostas.

Como seria possível enganar alguém assim? Será que ele via somente as memórias dela, ou também os pensamentos?

Ela deu as costas para a janela, analisando o quarto, parando para considerar se a aparência estranha de Ferron seria um efeito de suas habilidades.

Os Imortais não mudavam após a ascensão. Era parte do "dom". Eram imutáveis, a menos que o corpo deles ficasse tão destruído que acabavam se tornando defuntos. Poderiam perder braços ou pernas, mas os membros se regenerariam.

O que teria deixado Ferron com aquela aparência?

Ele parecia... destilado. Como se tivesse sido capturado e sublimado até sobrar apenas essência, algo mortalmente frio e reluzente. O Alcaide-mor.

Não mais uma pessoa, e sim uma arma.

Pois então Helena o trataria como uma.

CAPÍTULO 4

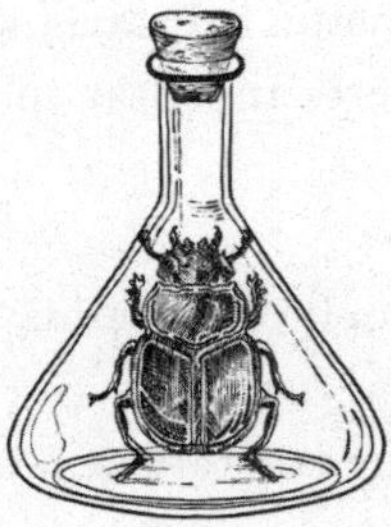

Helena precisou de apenas alguns minutos para explorar todos os cantos do quarto e do banheiro anexo. Recebera apenas os objetos essenciais: sabonete, toalhas, uma escova de dentes, um copo de metal para água. Apertou este último, tentando moldá-lo e transformá-lo. Se ela conseguisse quebrar o copo, teria uma ponta afiada com a qual cortar as próprias artérias.

Depois de minutos tentando deformá-lo, tudo que obtivera haviam sido marcas nos dedões e uma dor latejante em ambos os pulsos.

Em seguida, tentou tirar o espelho do lugar, mas estava grudado na parede com tanta firmeza que não era sequer possível enfiar os dedos por baixo dele. Também não quebrou quando ela o atingiu repetidas vezes com o copo.

Deu um passo para trás, olhando feio para o vidro, e então estremeceu ao ver o próprio reflexo.

Mal reconhecia a pessoa que a encarava ali com uma carranca. Pele macilenta que não via a luz do sol fazia mais de um ano, cabelo preto comprido com tantos nós que formava um grande emaranhado ao redor do rosto. As feições encovadas. Ela parecia um dos necrosservos, a não ser pelos olhos escuros furiosos.

Helena voltou para o quarto e ficou decepcionada ao perceber que não havia cordas na cortina que pudesse usar para se enforcar. Verificou todas as janelas, só para se certificar de que não tinha deixado nada passar.

Só fique viva, Helena, implorou uma voz em sua mente.

Ela hesitou, os dedos percorrendo a estampa da cortina, tentando ignorar a voz.

Luc... ah, Luc. É óbvio que seria ele a assombrá-la, recusando-se a aceitar a escolha pragmática dela. Se estivesse ali, diria que o plano que ela tinha traçado era horrível. Ele odiara esse tipo de coisa. Pessoas se sacrificando por ele e pela família. Sempre se sentira responsável, convencido de que, se conseguisse ser melhor, seria capaz de salvar todo mundo.

Ela conseguia até ouvi-lo, naquele exato instante, dizendo, teimoso, que ela não iria morrer. Que poderia inventar um plano melhor se parasse de ficar obcecada com aquele.

Helena balançou a cabeça.

— Desculpe, Luc. Isso é o melhor que posso fazer.

Foi até a porta que levava ao corredor.

Tinha sido instruída a manter distância, o que deixava subentendido que ela poderia sair do quarto. Sentiu o corpo estremecer, ansioso, o coração acelerando.

Agarrou a maçaneta e a girou sem problemas. A porta pesada se abriu, revelando um longo corredor imerso em penumbra, mas, em vez de sentir euforia com aquela liberdade, o coração de Helena parou de bater.

As arandelas nas paredes não estavam mais iluminadas. Ela não tinha notado o quanto o corredor era sinistro, estreito e sinuoso, repleto de sombras nefastas como dentes que se abriam para uma escuridão que mais parecia uma bocarra escancarada.

Ela estava acostumada às luzes constantes da Central.

Permaneceu imóvel. O medo era irracional. Era só uma casa. Tinha visto coisas reais e terríveis demais para ficar com medo de corredores escuros, mas as pernas dela se recusavam a se mexer. A maçaneta tremeu sob sua mão.

A escuridão era como um esôfago pulsante, as sombras compridas oscilando com o vento, ameaçando devorá-la. Se ela saísse, cairia na escuridão terrível e fria outra vez.

Jamais seria encontrada.

O pavor atravessou o corpo de Helena quando as sombras tremularam mais uma vez, rastejando na direção dela.

Sentiu um espasmo no peito, uma pontada de dor percorrendo os pulmões. Então voltou ao quarto e fechou a porta, o corpo encolhido pressionado contra aquela superfície que a mantinha segura, e o coração martelando. Não conseguia respirar.

Tinha plena ciência de que o terror do tanque de inércia iria assombrá-la, mas não percebera que ele se enraizara dentro de si, crescera por seus nervos e órgãos até paralisá-la.

Helena permaneceu encolhida, perdendo a noção do tempo até ouvir uma batida à porta, o suave retinir de pratos e passos se afastando.

Entreabriu a porta e se deparou com uma trouxa de roupas e uma bandeja de comida. Trazendo-as para dentro apressada, tentou não olhar para aquela enorme e macabra escuridão mais uma vez.

Com a porta já bem fechada, analisou o que recebera, enojada. A refeição era uma gororoba, como se alguém tivesse juntado todos os restos da cozinha, colocado tudo em uma panela e fervido. Ela preferia passar fome.

Deixou a bandeja de lado.

Desamarrando a trouxa, viu roupas de baixo, meias de lã e um vestido vermelho como sangue.

Havia marcas de costura nas barras, no pescoço e no corpete, de onde acabamentos e renda tinham sido arrancados sem o menor cuidado, de modo a torná-lo o mais humilde possível.

Amargurada, Helena desejou não ter reagido quando viu as rosas.

Olhou para a comida outra vez. Precisaria tomar cuidado com Aurelia.

No fundo da trouxa, havia três pares de sapatos. Sapatos de dança, pelo que conseguiu identificar, com uma sola fina e muito pouco prática, e sapatos delicados com laços de fita, descartados porque tinham perdido o brilho de cetim e o tecido estava ficando puído nas pontas.

Exceto pelas meias, Helena enfiou tudo no guarda-roupa, preferindo ficar com o vestido fino e de material pinicante que recebera na Central.

Outra bandeja chegou na manhã seguinte, e, de algum jeito, era ainda pior. Helena estava com tanta fome que tentou engolir algumas mordidas das partes que não tinham sido tão fervidas a ponto de a cor desaparecer.

Queria tentar voltar ao corredor, mas o estômago embrulhou em um nó feroz só de cogitar aquilo.

Então, ocupou-se com alguns exercícios de calistenia. Queria pelo menos conseguir subir um lance de escadas sem as pernas ameaçarem ceder. Os braços também estavam fracos, mas qualquer coisa que exigisse colocar peso nos pulsos estava fora de questão.

Ela encarou as algemas, amargurada. Sempre tinha se orgulhado tanto das mãos, de tudo que poderia fazer com elas.

Quanto mais tempo passava preocupando-se com desculpas para não sair do quarto, mais culpa sentia.

Qualquer outro membro da Resistência já teria mapeado a casa, identificado armas em potencial e matado os dois Ferron.

Lila nunca teria se permitido ser fraca assim, não importava o motivo por trás de seu medo. Helena, porém, nunca tivera muito em comum com Lila. Precisava fazer as coisas do próprio jeito. Era melhor esperar, deixar que Ferron viesse até ela.

Ele com certeza logo apareceria.

Ela nem imaginava o que a Transferência envolvia.

Pensou no cadáver de Crowther na Central, com o defunto que o possuía. Talvez em breve ela estivesse na mesma situação, tirando o fato de que ainda estava viva, ciente do que lhe era feito enquanto Ferron a assumia, possuindo sua mente e seu corpo.

No entanto, se fosse obrigada a ver Ferron com frequência, teria oportunidades de descobrir o que o irritava. De encontrar uma fraqueza.

Vasculhou a memória em busca do que se recordava da família dele. Os Ferron estavam entrelaçados ao processo de industrialização da alquimia do último século.

Tinham formado a primeira guilda de ferro logo após a fundação de Paladia. O ferro era um dos oito metais tradicionais associados aos oito planetas: chumbo para Saturno, estanho para Júpiter, ferro para Marte, cobre para Vênus, mercúrio para Mercúrio, prata para Luna, lumítio para Lumithia e ouro para o Sol.

Sendo um material difícil de moldar e altamente suscetível à corrosão, o ferro era visto como reles e desprezível, ainda mais se comparado a substâncias incorruptíveis como prata, lumítio e ouro. Os próprios Ferron um dia também já tinham sido gente comum. Ferreiros e serralheiros que produziam arados e ferramentas agrícolas, mais do que trabalhos ilustres como o de forjar armas de aço para a Chama Eterna, igual aos outros alquimistas.

Com o passar do tempo e a descoberta de novos metais, o ferro continuou sendo um elemento intratável e básico demais até os Ferron desenvolverem um método alquímico eficiente de fabricação de aço. Com a precisão da ressonância que demonstravam com o ferro, conseguiam garantir a qualidade em uma escala industrial que mais ninguém conseguiria alcançar. Aquilo tinha mudado o mundo, além de mudar os Ferron. De trabalhadores mercantis, foram alçados a uma classe trabalhadora nova e incrivelmente rica, o mundo se transformando com eles.

Pouco importava se, de acordo com a teologia, o ferro era classificado como celestialmente inferior. O mundo moderno era construído com o aço dos Ferron. Fábricas, ferrovias, carros e até mesmo a própria Paladia, com sua arquitetura que ganhava as alturas, mais andares sendo erguidos com o surto industrial.

A Torre Férrea, dilapidada como se encontrava no momento, claramente tinha sido construída como um monumento à influência e à riqueza crescentes, e o imenso orgulho que a família tinha disso.

A primeira memória que Helena tinha de Kaine Ferron remontava ao segundo ano, não como uma pessoa, mas como um nome em uma lista. Helena havia tirado o primeiro lugar no Exame Nacional de Alquimia no ano deles, superando Ferron, que ficara com a posição no ano anterior.

Luc ficara muito orgulhoso dela, proclamando para quem quisesse ouvir que o primeiro ano nem contava, até porque tinha sido o primeiro em que Helena estudava alquimia na vida, além de ela o ter feito em sua segunda língua.

Helena quase desmaiara de alívio. A bolsa no Instituto dependia de seu rendimento acadêmico todos os anos, e os exames eram uma parte significativa da avaliação. O pai dera tudo que tinha em Etras para levá-la a Paladia. Teriam caído em desgraça se a menina tivesse perdido a bolsa.

Nas seis vezes que Helena prestara o exame nacional, o primeiro lugar tinha oscilado como um pêndulo. Helena Marino. Kaine Ferron.

Uma rivalidade, embora indireta, nunca reconhecida abertamente.

Ele era das guildas. Alunos de guilda não falavam com "o bichinho de estimação dos Holdfast".

Ela não tinha nem ideia de como ele se tornara o Alcaide-mor.

Ferron seguira carreira acadêmica, assim como ela. Não era um alquimista especializado em combate como Lila, ou que se focara tanto em combate quanto na academia, como Luc. Por que o herdeiro de uma guilda caçaria e mataria membros sobreviventes da Resistência?

Quanto mais ela pensava no assunto, mais era preenchida por uma onda de ódio fervilhante pelo fato de conhecer, mesmo que sem qualquer proximidade, alguém tão maligno.

De certa forma, era estranhamente poético que Helena tivesse sido levada para a Torre Férrea como prisioneira.

Ela já ganhara de Ferron antes. Se tomasse cuidado e fosse esperta, repetiria o feito.

Quando Ferron não apareceu no segundo dia, Helena se forçou a sair para o corredor, ignorando a forma como seus órgãos se contraíam e sua garganta se fechava. Foi se segurando à parede, deixando os dedos traçarem o lambril, sem se preocupar com a poeira que ficava acumulada nas pontas, deixando-as pretas como uma infecção.

Você consegue fazer isso, pensou consigo mesma enquanto adentrava a escuridão devagar, tentando evitar as sombras mais acentuadas. Tentou abrir a porta mais próxima do corredor, porém estava trancada. Então continuou em frente.

Os gemidos do vento ecoavam pelos corredores, contorcendo-se em um uivo, sacudindo as janelas. A casa rangia como ossos desgastados.

Helena tentou respirar, mas não conseguiu, não quando o corredor e as sombras subiam se arrastando por ela como dedos.

Após a terceira porta, ela não conseguiu mais avançar. Virou-se, o corredor oscilando, a escuridão se fechando sobre ela cada vez mais.

Antes de alcançar a porta aberta, sentiu as pernas cederem. O mundo virou um borrão tomado pela penumbra.

Lila Bayard emergiu da escuridão.

Não era a Lila de quem Helena se lembrava. Não a garota linda e escultural de armadura, cujo cabelo loiro-claro tinha sido trançado como uma coroa ao redor da cabeça, como as estátuas de Lumithia.

O cabelo de Lila tinha sido raspado num corte masculino. Ela parecia ter encolhido, apesar da altura incomum.

Então olhou para Helena. O lado direito de seu rosto e pescoço estava coberto de cicatrizes, um corte profundo e cruel na bochecha que descia até a garganta. Os olhos dela estavam vermelhos.

— Lila. Lila, o que aconteceu, o que houve?

Helena sentiu a pele gelar, os dedos entorpecidos enquanto esticava a mão.

Lila abriu a boca para responder, mas esvaneceu em seguida, desaparecendo.

— Lila...

Quando Helena abriu os olhos, estava deitada no chão do quarto, a cabeça latejando.

Algo perturbava o fundo de sua mente, pairando um pouco além da memória.

Ela tentou se concentrar, mas uma dor aguda e avermelhada fragmentou sua mente. Seja lá o que tivesse sido, desapareceu como água por entre a areia.

As janelas sacudiram e a casa grunhiu, uma vibração ecoando pelo piso como se a construção estivesse ganhando vida. Helena se levantou, cuidadosa com as mãos, e foi até a janela.

As montanhas eram brancas, mas, de alguma forma, a neve não chegara ainda à bacia do rio. O Solstício de Inverno marcava o Ano-Novo e deveria acontecer dali a algumas semanas.

Quatorze meses. Fez um esforço para evocar a última data da qual se lembrava durante a guerra. A última batalha devia ter acontecido no final do verão, mas ela não se recordava do mês ou da fase lunar da época. A ala hospitalar não mudava muito com as estações.

Enquanto olhava pela janela, a porta às suas costas foi aberta. Ela sentiu um formigamento na coluna ao se virar, imaginando que seria Ferron.

Em vez disso, foi Aurelia que entrou em um turbilhão de tecido azul, recoberta, mais uma vez, por metal, como se fosse um exoesqueleto em filigranas. Se os Ferron não tinham dinheiro, provavelmente era porque as saias de Aurelia requeriam uma dúzia de metros de seda importada.

Aurelia podia até ter uma ressonância incomum para ferro, mas ter dinheiro parecia ser novidade para ela. Não que a própria Helena tivesse crescido com muito, mas era o tipo de conhecimento inevitável de se adquirir quando se convivia entre as famílias nobres que serviam aos Holdfast e à Chama Eterna.

As vestimentas no campo deviam ser menos formais. Luc costumava contar a Helena sobre a casa de campo da família nas montanhas, como as roupas usadas lá eram bem mais confortáveis. Todos os anos, após os desfiles de Solstício de Verão que celebravam o aniversário do Principado, ele a convidava para ir até lá para escapar do calor da cidade e das doenças fluviais que vinham com a estação mais quente.

Ela sempre escolhera ficar com o pai.

Anos depois, finalmente viu a casa de campo, mas fora sozinha para lá. Luc estava certo. Era linda, as roupas eram confortáveis, mas ela odiara cada minuto que passara ali.

Aurelia encarou Helena com repulsa.

— Por que ainda está vestindo isso aí? Não tomou banho desde que chegou?

A resposta era não. Tinha lhe parecido mais seguro ficar suja.

— Eu sabia que você era estrangeira, mas presumi que houvesse hábitos de higiene básicos no buraco em que os Holdfast te encontraram.

Helena cerrou os dentes.

— Stroud ligou. O procedimento vai acontecer hoje à noite. Tome um banho e dê um jeito nesse seu cabelo horroroso antes de eu voltar, ou vou mandar os necrosservos arrancarem sua roupa e fazerem isso. Já temos uns bem fedorentos, e são eles que vou chamar se vir você assim de novo.

Ela se virou, as saias farfalhando conforme deixava o cômodo.

Helena foi ao banheiro, arrancando o vestido simples e se apressando em girar as torneiras do chuveiro. Os canos fizeram barulhos gorgolejantes diversas vezes antes de a água por fim surgir com um gemido sibilante. Com uma toalha, ela se esfregou da cabeça aos pés o mais rápido possível e tentou passar os dedos por entre os fios para desembaraçar o cabelo. Não havia um pente sequer em lugar algum.

Será que Ferron achava que ela daria um jeito de cortar o próprio pescoço se tivesse acesso a um pente?

Não era má ideia, na verdade.

Quando já estava limpa, vestiu-se com as roupas íntimas limpas e ásperas e se forçou a usar o vestido, tentando não ver o vermelho.

Então, sentou-se, lutando contra os nós restantes do cabelo. As mãos e os pulsos doíam, mas ela não queria descobrir se a ameaça proferida por Aurelia era séria ou não.

Os paladianos sempre tinham achado o cabelo de Helena desmazelado. O cabelo das pessoas do Norte tendia a ser fino e liso escorrido, e cachos só eram aceitáveis quando estilizados com uma barra de ferro quente que queimava os fios de modo a permanecerem em formato de parafuso.

Quando Helena era curandeira, tinha aprendido a prender os fios em duas tranças apertadas na nuca. Naquele momento, tentou trançar o cabelo, mas sentiu que os movimentos giratórios faziam seus pulsos doerem e acabou deixando as madeixas soltas.

A porta foi aberta com um baque abrupto e Aurelia se postou no batente. Olhos azuis afiados a analisaram de cima a baixo, carregados de desdém. Helena ficou sentada, tensa, preparando-se para o veredito.

Aurelia fungou, contraindo os lábios.

— Venha.

Helena a seguiu em silêncio, tentando se concentrar nas filigranas de metal complexas da roupa da captora, e não nas sombras do ambiente ao redor.

Aurelia parecia não gostar de silêncio.

— Kaine disse que a única coisa que é valiosa em você é seu cérebro. — Ela se virou para Helena como se esperasse que a declaração a magoasse, de alguma forma. — Imaginei que isso significasse que posso fazer o que bem entender com o resto do seu corpo.

Ao dizer aquilo, ela transmutou o ferro dos anéis que trazia em seus dedos até que os recobrisse por completo.

Apesar de sua ressonância com ferro ser muito forte, os movimentos de Aurelia eram puro exibicionismo. As armas que transmutara quebrariam metade dos próprios dedos se tentasse usá-las.

Helena duvidava que ela possuísse um treinamento formal. Em geral, as guildas mandavam apenas os filhos homens para o Instituto. As filhas eram destinadas ao casamento. Podiam até aprender alguns truques alquímicos, mas raramente se mostravam competentes.

Ainda assim, Helena fingiu recuar; o olhar cuidadosamente desviado para que não denunciasse sua avaliação crítica.

Aurelia inflou o peito conforme transmutava o ferro em anéis de novo.

— Aposto que agora você queria muito não ter se juntado aos Holdfast. Era óbvio que as guildas iam vencer. Vocês tentaram impedir nosso avanço, mas olha só no que deu.

Ela jogou o cabelo para trás e seguiu em frente.

O saguão estava vazio. Aurelia subiu os degraus rapidamente, apressando--se para o corredor do segundo andar antes de parar na primeira porta à esquerda, e tocou em um painel na porta acima da maçaneta. Fez-se um clique de uma tranca se abrindo.

— Aqui. Entre aí e espere — instruiu Aurelia, prestando atenção ao redor, e então ocorreu a Helena tarde demais que ela estava caindo em uma armadilha. — Kaine vai aparecer daqui a pouco. *Não* saia daqui até ele chegar — acrescentou Aurelia.

Com isso, a mulher se afastou na direção de um quarto nos fundos, deixando Helena no corredor com uma sensação arrebatadora de que *não* deveria entrar naquele cômodo.

Ela olhou em volta. Será que valia a pena tentar voltar? Ou havia uma chance de que aquilo fosse irritar Ferron a ponto de matá-la?

Antes que pudesse avaliar as opções de que dispunha, o corredor começou a se esticar, estendendo-se até que todas as superfícies deslizassem para longe do alcance. A maçaneta se encolheu, deixando-a exposta em meio às sombras imensas.

Ela se impeliu para a frente e segurou a maçaneta, conseguindo virá-la e se arrastar para dentro do aposento.

Ali dentro era ainda menor do que o corredor.

Ela se inclinou contra a porta, as palmas e os dedos traçando os nódulos da madeira do espaço estreito ao redor.

Helena ficou surpresa ao encontrar um quarto similar ao dela. Duas janelas. Cama e guarda-roupa, mas uma escrivaninha e cadeira, em vez de poltrona. Poderia ter pertencido a algum ascético.

Dirigiu-se até a escrivaninha perto da janela, onde havia uma pilha ordenada de papéis.

Ela levantou a primeira folha, elevando-a na direção da luz fraca para ver se a correspondência de Ferron poderia ter deixado alguma marca na última página, mas o papel era espesso e imaculado. Ela passou os dedos pela superfície da escrivaninha. Tinha ornamentos delicados em prata, além de folhas e trepadeiras complexas entalhadas na madeira com um alinhamento perfeito. Sem dúvida, era obra de um talentoso alquimista de prata.

O móvel era mantido à perfeição. Um contraste vívido com as teias de aranha que recobriam as filigranas de ferro do restante da casa.

Ela virou de costas, tensa, presa em um espaço no qual tinha quase certeza de que não deveria estar. Duvidava de que fosse ser capaz de voltar para o próprio quarto, e se Aurelia a pegasse desobedecendo suas ordens, com certeza puniria Helena de algum modo horrível.

No entanto, o que Ferron faria se a visse? Será que invadir um quarto trancado era o suficiente para uma punição mortal? Ela duvidava de que ele fosse impulsivo, mas Stroud a apresentara a diversas formas de como um vitamante poderia infligir punições que não se caracterizavam como tortura, e Ferron sem dúvida teria familiaridade com o assunto.

A boca da prisioneira ficou seca.

Será que a Transferência aconteceria naquela noite?

Ela ainda não sabia o que estaria envolvido no processo. Apesar de fazerem referências frequentes ao assunto, ninguém explicara direito o que Ferron faria com ela. Helena só conseguia fazer suposições baseadas nos comentários limitados que Shiseo fizera, embora eles não fizessem o menor sentido porque fora Helena quem curara o general Bayard quando ele se machucara pela primeira vez. Ela levara o próprio conhecimento e habilidades até o limite máximo ao tentar salvá-lo, regenerando de forma meticulosa o tecido cerebral danificado. Quando ele sobrevivera, as pessoas tinham dito que havia sido um milagre, declarando que as mãos de Helena eram abençoadas por Sol.

Tamanhos elogios tinham cessado quando o general Bayard acordara. Ele voltara a ser como uma criança. Um enorme e poderoso general dotado das emoções de uma criança que quase nem andava. Outrora um estrategista brilhante, tornara-se uma pessoa que mal conseguia passar por uma porta sem ajuda.

Helena salvara o corpo dele e descobrira uma lição amarga: a mente de uma pessoa era diferente do corpo, e essa ela não conseguira salvar. Por anos, tentara consertar o que fizera, falhando sempre. Em algum lugar recôndito de sua mente, Elain Boyle tinha se materializado com uma cura em mãos, um procedimento que então fora usado em Helena também e cuja existência os Imortais agora tinham descoberto.

A porta fez um clique, interrompendo os pensamentos de Helena. Ela se virou bem a tempo de ver Ferron entrar. Ele estava com a mão no pescoço, afrouxando o colarinho.

Parou ao vê-la.

— Ora — disse ele. — Que surpresa.

CAPÍTULO 5

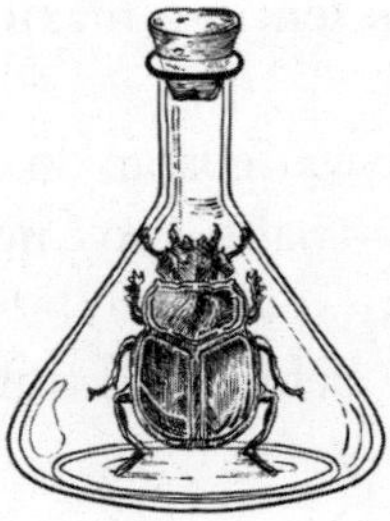

Helena não disse nada. Ela não fazia ideia do que esperar, nem do que fazer, então observou Ferron como um bicho acuado.

Ele olhou dela para a porta.

— Imagino que Aurelia a tenha trazido aqui — supôs ele, e suspirou. — Talvez seja hora de começarmos.

Ele avançou. Helena congelou, mas Ferron passou por ela, indo até o armário, escancarando-o.

Ao que parecia, ele não chegava a ser asceta. A porta do armário continha uma fileira de decantadores. Pegou um e serviu várias doses de líquido âmbar em um copo antes de se virar, tomando um gole demorado enquanto a encarava por cima do copo, o olhar começando de baixo e subindo devagar.

Quando chegou à altura do ombro dela, desviou a atenção. Olhou para o copo e suspirou novamente, como se aquela situação lhe fosse um grande inconveniente.

— Vamos acabar logo com isso.

Helena não se mexeu.

Ferron ergueu o olhar.

— Venha.

Quando ela não obedeceu, um sorriso lento apareceu no rosto dele.

— Posso obrigá-la, se não vier.

Ele levantou a mão com um gesto vagaroso, enroscando os dedos compridos com precisão perfeita, articulação a articulação.

O corpo de Helena começou a se mover contra a vontade dela, como uma marionete. As pernas se dobraram, levantaram-se, começaram a se mexer, passo a passo. Ela tentou resistir, mas era como se seus ossos estivessem se partindo.

A dor parou quando ela se aproximou dele. Ferron levantou o queixo de Helena com a ponta do dedo, encontrando seu olhar.

— Viu? — disse. — Seria mais fácil se você tivesse obedecido.

Ela teria cuspido nele, mas sentiu o maxilar travar, os dentes cerrados. Os olhos dele brilhavam.

— Não me teste; você não vai gostar do resultado — alertou, com os olhos sombrios semicerrados. — Sabe, isso é novidade para mim. Geralmente, não mantenho prisioneiros.

O Alcaide-mor terminou a bebida que tinha no copo em um único gole e o abaixou.

— Sente-se.

Ele apontou para a cadeira.

O corpo dela foi libertado. Helena considerou tentar fugir, nem que fosse apenas para irritá-lo, mas sentia a ressonância dele em cada célula de seu corpo como uma armadilha.

Ela se sentou e, no mesmo instante, se viu incapaz de se mover.

Ferron se posicionou atrás dela. O coração de Helena estava acelerado. Ela o escutava, mas não o via, então aguçou seus ouvidos em busca de qualquer ruído.

Ele pegou o queixo da garota, inclinando a cabeça dela para trás até que estivesse olhando para o teto. Helena não conseguia ver o rosto dele daquele ângulo, apenas sua mão livre, que ostentava um anel escuro que cintilava contra a luz fraca. Ferron pressionou dois dedos em sua têmpora e o polegar entre seus olhos.

Inclinou-se, então, para a frente, mas só o bastante para que ela conseguisse ter um vislumbre seu rosto.

— Agora, sim, vejamos como é ser você.

Helena enrijeceu quando um peso envolveu a parte da frente de seu crânio, apertando de forma gradual e crescente. Aumentou até algo ceder, como se os dedos de Ferron tivessem atravessado sua testa e se afundado em seu cérebro.

O corpo e a mente dela foram abruptamente separados. Helena percebia que o crânio permanecia intacto, com as mãos dele na superfície, mas a *sensação* era de que sua cabeça se rachara, quebrada como a casca de um ovo, e o cérebro estava exposto, conforme Ferron derramava sua ressonância lá para dentro.

Não era um canal energético, como de uma ressonância comum, e, sim, algo imenso e fluido que invadia o espaço até sufocá-la, os sulcos e reentrâncias de sua mente ocupados pela sensação crescente e opressora de um Outro tentando ocupar o plano de sua existência cerebral. Quando não restava mais recanto algum, sua consciência foi esmagada, como se desmoronasse.

Tudo ficou vermelho.

Ela estava gritando.

Helena ouvia. Sentia. A parte física de si mesma, ainda imobilizada na cadeira, gritava, mas sua mente estava distante, rachada sob a pressão crescente da consciência de Ferron.

Ele não parou. Foi mais fundo. Helena se afogava no próprio cérebro, aprisionada onde a água subia e a pressão crescia, sem saída. Kaine Ferron a engoliu por inteiro.

Houve uma vibração sísmica seguida por uma luz, como se fosse névoa se dissipando.

Ela ainda olhava para o teto, fixamente. Um rosto pálido a encarava de volta, bem acima dela.

Helena desviou bruscamente o olhar, assustada com as feições cruéis de Ferron, sua aparência anormal e insólita. Com dificuldade, entendeu que ele estava *dentro* de sua cabeça, olhando para si por meio dos olhos dela.

Então ele se foi. A ressonância e a mente de Ferron arrancada como uma raiz invasora.

Tudo dentro dela desmoronou no espaço vazio, a integridade de sua consciência se esmigalhando.

Ela caiu pelo lado da cadeira, e o cômodo esmoreceu junto.

Seus pensamentos rolavam como dados dentro da própria cabeça.

Onde ela estava?

— *Vá embora.*

Helena reconhecia as palavras, mas elas vinham de muito longe. Sons. Não era etrasiano. Etrasiano era mais bonito. Melódico.

Era...

Dialeto.

Seus pensamentos estavam muito lentos.

Tentou levantar a cabeça, mas o cômodo não parava de girar.

Ela devia estar em um navio. Atravessando o mar. Deixando as ilhas e falésias para trás.

Para onde estava indo?

Para o instituto. Sim, ia estudar alquimia.

Sentiu o rosto molhado. Tentou levantar a mão, fraca, e conseguiu secar um pouco.

Os dedos ficaram vermelhos. Por que vermelho?

— *Vá embora!*

O cômodo sacudiu. Helena foi erguida por uma força invisível e empurrada contra a porta. Desabou, atordoada, mas o baque a trouxe de volta a si, fazendo-a se lembrar.

Ferron. A Transferência.

Sentiu um embrulho no estômago. Se não estivesse vazio, teria vomitado.

Olhou para trás. Ferron estava bem ali, o rosto pálido e aterrorizante, contorcido de fúria. O cômodo vibrou.

— *Eu mandei ir embora!*

Ele parecia um animal prestes a dar o bote e rasgar o pescoço dela com os dentes.

Terror absoluto a impeliu a agir. Ela se levantou com esforço, escancarou a porta e fugiu.

O chão balançava sob seus pés. Sua visão seguia vermelha, por mais que piscasse, como se sangue escorresse pelas paredes, e as sombras fossem feridas abertas. Ela esfregava os olhos com as mãos, tentando se localizar.

Tudo que escutava era a própria respiração apavorada e os passos na madeira, o ferro do piso gelado.

Helena chegou ao topo da escada sentindo que estava entrando em choque, as pernas parecendo chumbo, pesando o movimento. O corpo cada vez mais frio, consumido por um arrepio febril.

Ela cambaleou e quase caiu escada abaixo, agarrada ao corrimão para se manter de pé, olhando para o saguão lá embaixo.

As rosas estremeciam como se estivessem debaixo d'água, o piso ondulava e ao redor circulava um dragão preto. Ele estava enroscado ao redor da mesa, de asas abertas, a cabeça curvada para pegar a cauda entre as presas, consumindo a si próprio.

Um ouroboros.

Na visão manchada de vermelho, parecia que aquilo nadava em sangue.

E se ela se jogasse da escada?

Não havia ninguém para impedi-la. Os segredos que Luc confiara a ela permaneceriam em segurança, e Ferron teria fracassado.

Helena se inclinou para a frente, as mãos trêmulas.

De cabeça.

Morreria no impacto, assim Ferron não poderia usar vitamancia para mantê-la viva.

Só mais um pouquinho...

Um aperto vigoroso segurou seu braço e a puxou para trás um instante antes que caísse por cima do guarda-corpo.

Ela se virou, e encontrou o olhar furioso de Ferron.

— Nem. Pense. Nisso.

Helena tentou se desvencilhar para fugir, mas ele a arrastou para longe do parapeito e escada abaixo, enquanto ela se debatia e o arranhava, tentando se libertar. Ferron não parou. Arrastou-a pela casa, praticamente arrombando a porta do quarto dela antes de arremessá-la na cama.

Helena desabou, a respiração irregular e as mãos e os braços latejando.

— Acha que eu não sabia que você tentaria se matar? — perguntou, venenoso. — Como se houvesse *alguma coisa* de que a Chama Eterna gostasse mais do que de morrer por uma causa.

— Achei que gostasse de nos ver mortos.

A cabeça dela doía tanto que queria vomitar. Ele soltou uma gargalhada seca.

— Considere-se a única exceção à regra. O Necromante Supremo quer obter seus segredos e, até que ele consiga, você não vai morrer.

Ferron olhou ao redor do quarto e seus olhos pareceram brilhar.

Fechou-os e balançou a cabeça.

— Achei que a Transferência seria o bastante esta noite, mas você parece determinada a dificultar a própria situação ao máximo.

Ele se inclinou por cima dela. Helena voltou o olhar para ele, aterrorizada.

— Vejamos que outras ideias você teve.

Ele apertou a têmpora dela com os dedos frios.

Não era Transferência, e ela ficou tão aliviada que quase relaxou ao perceber que ele estava apenas violando a memória dela.

A ressonância varreu sua mente como uma brisa, espalhando os pensamentos.

Ferron ia devagar. Em vez de uma longa viagem pelo tempo, demonstrou interesse apenas nos acontecimentos recentes, percorrendo sua memória como uma correnteza.

Parecia se aprofundar em cada detalhe. Na observação que Helena fizera do próprio quarto. No modo como o corredor a assustara e as reflexões que fizera sobre ele e sobre a família dele. A tentativa dela de se exercitar.

Quando finalmente parou, o sangue no rosto dela secara, deixando marcas em suas bochechas.

— Empenhada, como sempre — zombou, afastando a mão.

Ela cerrou a mandíbula.

Ele ainda estava debruçado sobre Helena, a mão apoiada no colchão, na altura de sua cabeça.

— Acha mesmo que conseguiria me convencer a matá-la?

A prisioneira encarava o dossel com o olhar fixo.

— Fique à vontade para tentar — provocou ele, e se virou para ir embora, mas parou por um momento como se de repente tivesse se lembrado de algo importante. — Nunca mais entre no meu quarto. Se eu quiser lidar com você, virei até aqui.

Quando Ferron se foi, Helena permaneceu imóvel.

Sabia que a probabilidade de seus planos darem certo era mínima, porém, tentara se convencer do contrário. Luc não teria desistido. Se fosse ele ali, lutaria até o último segundo. Ela não poderia traí-lo dessa forma.

Porém, Luc estava morto.

Não importava o que fizesse, ela não conseguiria trazê-lo de volta.

O tremor se tornou incontrolável. Ela se encolheu, aninhando-se na cama. A sensação de ferimento na cabeça cresceu até se tornar um buraco que a arrastava até o fundo, a pele se retesando como um exoesqueleto membranoso.

Os lençóis ficaram empapados de suor conforme a febre aumentava. Sentia o corpo enregelado e o cérebro em chamas.

O tempo se distorceu, disforme, e ela perdeu a noção de tudo além do sofrimento.

Havia vozes. Tantas vozes. Coisas horríveis enfiadas por sua goela abaixo, fazendo-a engasgar, preparos ferventes que queimavam os órgãos. Coisas quente, frias e gosmentas em sua pele. Ela era mergulhada em água congelada, puxada de volta para respirar e afundada outra vez.

Sua mente ardia como brasa, fervilhando tudo ao redor.

Então vieram as agulhas. Alfinetadas que mal dava para sentir, além de perfurações doloridas e profundas nos braços.

A dor na cabeça cresceu até ofuscar qualquer outro pensamento.

Finalmente, ela se esvaiu, a mente se desprendendo em queda livre.

Havia sangue por toda parte.

Ela estava no hospital do Quartel-General. Sinos tocavam. Corpos eram trazidos às pressas por enfermeiros e médicos cujos rostos eram apenas borrões.

Um garoto morria em seus braços. Helena tentou acalmá-lo, tentou se concentrar para não sentir o pânico que preenchia o ambiente e se alastrava por seus pulmões como garras, mas ele não permitia que ela o curasse. Por mais que tentasse, ele a empurrava. O sangue dele não parava de jorrar em jatos escuros. O calor pegajoso molhando sua pele. As pessoas a chamavam em meio ao caos, mas Helena tinha que salvar aquele garoto.

Ela estava bem ali.

Ele finalmente parou de resistir e ela o sentiu através de sua ressonância. Uma onda de esperança tomou seu coração com a sensação vibrante da vida. Então se foi, como um punho contraindo o peito dela. Tarde demais.

Helena olhou para os corpos empilhados ao seu redor, um por sobre o outro, uma muralha instável que só crescia, rios de sangue escorrendo enquanto ameaçava soterrá-la.

Tentou respirar. O cheiro de bile, carne queimada e sangue, suor, sujeira e antisséptico, ardia seu nariz e seus pulmões, sufocando-a.

Para qualquer lugar que olhasse, havia mais corpos, até sob seus pés. Ela os esmagava ao se deslocar.

Escolhas.

Quem vive, quem morre. Ela tinha que decidir.

A escolha cabia a ela.

Esticou a mão, os dedos trêmulos, mas alguém a segurou e a estabilizou.

Era Luc.

Ela soltou um suspiro desesperado de alívio, agarrando-se a ele.

Ele estava ali, de armadura dourada, sem elmo, o rosto à mostra. Sorriu para ela. Por um momento, o pesadelo sumiu.

Até que sangue começou a escorrer pelo rosto dele.

Lila vinha logo atrás, de gládio na mão, cabelo claro, uma coroa na cabeça, mas com metade do rosto apodrecido, desfigurado até aparecer o crânio. Tinha mais alguém ao lado dela, mas Helena não se lembrava do rosto.

Atrás deles vinham Titus e Rhea e, depois, o Conselho e toda a Chama Eterna, formando um círculo ao redor dela.

A expressão de todos era neutra, exceto a de Luc.

Luc ainda estava vivo. Sangrava, mas ela ainda poderia curá-lo. Esticou a mão trêmula na direção dele.

— Estou morto por sua causa — afirmou ele.

Helena balançou a cabeça, as palavras presas na garganta.

— Veja, Hel — prosseguiu Luc.

Ele levou a mão ao peito e a armadura dourada se desfez, revelando seu torso nu. Uma faca preta e reluzente estava enfiada entre suas costelas, uma ferida sem sangue. O corte foi crescendo, descendo pelo tronco até a faca cair e se estilhaçar no chão, e os órgãos dele escaparem, pretos de gangrena, o cheiro podre enchendo o ar como se ele estivesse em decomposição por meses.

— Viu?

— Não. Não...

Ainda assim, tentou alcançá-lo, mas ele sumiu, deixando os dedos dela manchados com seu sangue.

Quem apareceu em seu lugar foi a mãe de Helena. Não discernia o rosto dela, mas sabia que era sua mãe. O cheiro de ervas secas emanava da mulher parada à sua frente.

Helena tentou alcançá-la, mas a mãe desapareceu na névoa.

Depois, o pai.

O homem se destacava entre os nortenhos. Tinha olhos escuros e cabelo preto cacheado, como o dela.

Usava o jaleco branco de médico e, quando seu olhar cruzou com o dele, o pai sorriu para ela. Logo abaixo da mandíbula, um corte imitava a curva de seu sorriso, rasgado de orelha a orelha.

— Helena — disse ele. — Estou morto por sua causa.

Ele avançou na direção dela, um bisturi reluzindo na mão.

Dessa vez, ela não se mexeu, nem resistiu, quando o pai a puxou para si e cortou seu pescoço.

Quando o mundo entrou em foco, Helena desejou estar morta.

A cabeça latejava, o cabelo estava grudado na testa e na bochecha. O calor do quarto estava sufocante. Sua boca estava tão seca que a língua ameaçava rachar.

Conseguiu rolar para o lado. Havia um jarro, um copo d'água e vários frascos na mesa de cabeceira. Tateou até pegar o copo e virou o líquido de um gole.

Ela se largou de volta na cama e chutou as cobertas para longe. O cheiro de um cataplasma de mostarda ardia em seu nariz. Esticou o pescoço para olhar de novo para os frascos na mesa. Havia pastilhas de ferro e arsênico, sais de amônio e xarope de ipeca.

Helena foi pegar o arsênico, mas, assim que levantou a mão, a porta se abriu, e o homem nervoso e gaguejante da Central entrou, acompanhado de Ferron.

— É improvável que as febres melhorem conforme o avanço do procedimento — explicava o homem, parecendo ter tanto medo de Ferron quanto de Morrough.

Ferron não parecia escutar; seu olhar fora imediatamente para a mesa e para o frasco que Helena estava prestes a roubar. Ele atravessou o quarto a passos largos, pegou todos os frascos e os guardou no bolso, mal olhando para ela.

Imbecil.

— Esperam que eu tolere isso toda semana? — perguntou Ferron, olhando feio para Helena, como se ela fosse um vira-lata que seria melhor sacrificar.

O homem balançou a cabeça.

— O processo de assimilação da Transferência que a Chama Eterna desenvolveu deveria cultivar um grau de tolerância progressivo. Assim como no caso da mitridização, haverá efeitos colaterais. É possível que o procedimento seja mais bem-sucedido da próxima vez, mas, como consequência, as febres cerebrais serão tão ruins quanto. Esse não é um estado natural. Nunca antes foi registrado um corpo vivo que tenha sobrevivido à presença de outra alma. O fato de ela ainda estar viva deve ser considerado um milagre. Como o propósito é apenas mantê-la viva pelo tempo necessário para reverter as transmutações, a deterioração a longo prazo será irrelevante.

— Eu não tenho tempo para bancar o enfermeiro — respondeu Ferron, desdenhoso. — Sua cura foi quase pior do que a doença. Neste ritmo, não sei como ela sobreviverá até eu descobrir o que quer que seja. Fazê-la tolerar a Transferência e conduzir uma reversão completa do que foi feito com a memória dela são apenas as primeiras etapas. Ainda terei que localizar a informação. Posso levar meses. Eu me recuso a fracassar porque você decidiu ditar o que é "irrelevante".

O homem se encolheu, o pescoço parecendo afundar no peito, os ombros chegando à altura das orelhas.

— Eu garanto, Alcaide-mor, que é improvável que o arsênico a mate. Ela pode começar a demonstrar sintomas de envenenamento, porém, com base em nossas teorias, o procedimento estará completo antes de desenvolver qualquer necrose grave ou... dano hepático significativo.

— Como você sabe quanto tempo o procedimento levará? Não sabemos nem se funcionou com Bayard — rebateu Ferron, num tom de voz mortal. — Se tem tanta certeza de que ela não morrerá antes do Necromante Supremo conseguir suas respostas, então vá agora mesmo até o nosso líder soberano e diga que estou apenas seguindo suas orientações.

O homem perdeu toda a cor que lhe restava.

— Ce... certo. Analisando-se sob esse prisma, talvez, com um intervalo mais generoso entre as sessões, seja possível reduzir os efeitos colaterais e as febres cerebrais. Eu, no entanto, não ousaria fazer recomendações por conta própria. Não sou especialista nesta nova ciência. Seria decisão da Stroud, ou do próprio Necromante Supremo.

— Foi você quem mandaram. Presumi que tivesse, no mínimo, experiência suficiente para ter alguma opinião — retrucou Ferron.

O homem secou a testa.

— Recomendarei com veemência uma visita de Stroud para que ela lhe dê um parecer — disse ele, evitando o olhar de Ferron.

— Saia daqui!

Helena se encolheu.

Ferron o viu desaparecer porta afora antes de se virar para ela com fúria, como se fosse sua culpa.

Esticou o braço na direção da prisioneira, que se esquivou, mas então ele passou a mão por baixo do travesseiro sem machucá-la, apenas revistando a cama para confirmar se não tinha nenhum resto de arsênico escondido. Ela ficou olhando para ele com irritação até ele se certificar de que não havia veneno ali e ir embora novamente, batendo a porta ao sair.

Mesmo com as pernas instáveis, Helena conseguiu se levantar. Mas quando alcançou o chuveiro, precisou se sentar novamente, porque se manter de pé era cansativo demais. Voltou a se sentir vagamente humana depois de lavar o suor e o cheiro de cataplasmas.

O vestido vermelho horrível fora lavado, passado e guardado no armário, junto a outros vestidos, todos vermelhos. Alguns eram quase arroxeados, enquanto outros eram de um tom vivo lúrido. Recém-tingidos. Havia indícios do verde acinzentado e do rosa-claro originais, quase invisíveis na barra.

Nitidamente, Aurelia não mudava de ideia quando tomava uma decisão.

No dia seguinte, Stroud chegou acompanhada por uma criada morta e Mandl, ou melhor, o cadáver que Mandl agora ocupava.

A criada era uma mulher mais velha e usava um uniforme doméstico. Ela tinha cabelo castanho-claro perfeitamente penteado para trás e rugas ao redor da boca e dos olhos. Os olhos, estranhamente fora de foco, contrastavam com o ressentimento furioso no novo rosto de Mandl.

— Sente-se — ordenou Stroud para Helena, deixando na mesa uma bolsa de instrumentos médicos.

Helena obedeceu sem dizer uma palavra, mantendo-se impassível. Enquanto media os sinais vitais e bufava de irritação, Stroud notou como os pulsos da garota tinham enfraquecido dentro das algemas.

— Que decepção — declarou ela, enfim. — Esperava mais de você.

Helena não disse nada, uma chama de triunfo se acendendo no peito.

— Acho que foi exagero da minha parte acreditar que você fosse apresentar a mesma resiliência física de um homem como Bayard — acrescentou Stroud, com um suspiro frustrado, depois de mais um minuto invadindo os órgãos de Helena com sua ressonância.

Ela pressionou os dedos na cabeça de Helena, disparando um breve arrepio de energia em sua mente, fazendo-a estremecer. O cérebro dela ainda estava sensível.

— Este grau de inflamação após sete dias é preocupante.

Stroud estalou os dentes e olhou feio para Mandl.

— Por que não me contou sobre o estado dela antes? Seria tudo muito mais fácil.

Mandl fez que sim com a cabeça em um gesto rígido, o que não era penitência suficiente para Stroud.

— Você deveria agradecer por eu não ter ressaltado à Sua Eminência que, se soubéssemos disso antes, poderíamos ter conservado o cadáver de Boyle e ter um animante disponível para os Imortais.

— Eu já pedi perdão — disse Mandl. — Não sei o que mais quer que eu faça, nem por que me arrastou até aqui.

— Você recebeu a dádiva da ascensão por recomendação minha. Se isso for um inconveniente para mim, será para você também — declarou Stroud. — E, se isso me custar qualquer coisa, vou garantir que custe mais a você.

Stroud se voltou para Helena, examinando-a novamente, a expressão cada vez mais azeda.

— Precisaremos adiar o próximo procedimento até ela se fortalecer. Se morrer prematuramente, perderemos a informação.

Ela se virou para o outro necrosservo no quarto.

— Alcaide-mor!

A criada virou a cabeça, focando os olhos nebulosos em Stroud.

— Desejo conversar com você. Em particular.

A necrosserva fez que sim e indicou a porta com um gesto.

De todos os usos de necromancia que Helena já vira, os criados dos Ferron pareciam uma opção especialmente vil. Durante a guerra, ela entendia o raciocínio por trás daquilo, mas os criados na Torre Férrea eram civis assassinados por pura conveniência.

Seu ódio por Ferron crescia a cada minuto que passava ali. Ela conhecia a história dele — o luxo e o privilégio de sua família, sua vida fácil. Os Ferron não seriam nada sem os Holdfast e o Instituto de Alquimia; sua riqueza nunca existiria.

Eles deveriam ser gratos e leais a Luc pelo que a família dele permitira que se tornassem; porém, tinham escolhido Morrough em um ato de traição.

Talvez o dragão ouroboros não fosse apenas uma decoração pretensiosa, mas símbolo do orgulho dos Ferron. Um agouro da fome destruidora e insaciável que deixava para trás apenas ruínas.

Ferron entrou no quarto dela no dia seguinte. O corpo de Helena ficou rígido, o pavor a inundando como uma onda. Ela sentiu a dor física da Transferência em pontadas agudas na mente feito choques secundários.

Ele parou na porta e a observou, detendo-se nos dedos dela, que tremiam em espasmos descontrolados quando se assustava. Ela os escondeu no tecido da saia.

— Stroud quer que você saia de casa — anunciou ele. — Ela acredita que ar fresco melhorará sua disposição.

Ferron jogou um embrulho para ela.

— Vista isso.

Helena desdobrou o embrulho e viu que era uma capa grossa, tingida de carmim. Fez uma careta.

— Algum problema?

Ela olhou para ele.

— Só tem tinta vermelha nesta casa?

— É para que os servos a localizem com mais facilidade. Vamos!

Ferron saiu para o corredor, esperando que Helena o seguisse.

Ela andou, hesitante, até a porta. As arandelas do corredor estavam acesas, expulsando as sombras enquanto ele seguia até a extremidade oposta da ala, descendo um novo lance de escadas em direção a portas duplas que se abriram para uma varanda no pátio.

Chovia, e uma lufada de vento contornava a casa, fustigando o rosto de Helena. Ela soltou uma exclamação surpresa.

Ferron se virou abruptamente.

— O que foi?

— Eu... — respondeu ela, a voz falhando, e engoliu em seco. — Eu tinha me esquecido de como era o vento.

Ele deu as costas para ela.

— O pátio é fechado. Pode caminhar o quanto quiser.

Ela olhou ao redor, analisando os detalhes da casa e das outras construções. A varanda onde estavam continuava para além daquela ala, transformada em passarela coberta, conectando a casa principal às outras edificações, enclausurando o ambiente. Era possível percorrer todo o caminho até o portão sem pegar chuva, pois a casa e os anexos formavam um anel de ferro.

— Vá.

Ferron a dispensou com a mão e se sentou a uma mesa com duas cadeiras pequenas antes de tirar um jornal do bolso do sobretudo.

Helena notou a manchete de imediato.

TERRORISTA DA CHAMA ETERNA É CAPTURADA!, gritavam as palavras no topo da página, em letras garrafais.

Ela se aproximou, sem nem pensar.

Quem teriam encontrado?

Grace tinha dito que estavam todos mortos. Mas ali estava a prova de que havia sobreviventes. Ferron não matara todos.

Ele ergueu o olhar. Helena estacou, sem conseguir desviar a atenção do jornal, numa busca desesperada por um nome.

— Gostaria ver? — perguntou ele, a voz arrastada lhe causando um calafrio.

Ferron abriu o jornal com um gesto seco e Helena viu uma foto sua, dopada e sedada na Central. O rosto dela estava esmaecido, a expressão, contorcida, exaurida pela abstinência da droga de interrogatório, o cabelo emaranhado ao redor do rosto.

A intenção era nitidamente retratá-la como uma extremista imunda e animalesca.

"Última fugitiva dos terroristas da Chama Eterna foi apreendida e conduzida para interrogatório", dizia o texto logo acima da marca da dobra.

— Você finalmente está famosa, e veja só... eu também fui mencionado.

Com os olhos brilhando de malícia, Ferron indicou uma foto sua mais adiante na coluna, naquele mesmo pátio, a silhueta das torres da casa no fundo.

— Só para o caso de alguém querer saber onde você está. Ou quem a aprisionou.

Helena olhou para ele, confusa. Por que noticiar sua captura e localização? E por que naquele momento? Fazia semanas que estava na Central. Sua apreensão não era novidade.

— Achei que fosse uma armadilha bem óbvia — continuou Ferron, e suspirou, folheando o jornal. — Mas, realmente, sua Resistência nunca foi conhecida pela inteligência. Qualquer coisa mais sutil seria ignorada. Se tiver sobrado alguém, o Necromante Supremo espera que essa pessoa se sinta na obrigação moral de vir correndo para salvar a última brasa da Chama — prosseguiu, olhando de soslaio para ela. — Eu tenho minhas dúvidas, mas não custa nada tentar.

Ele se recostou na cadeira, fingindo prestar atenção na coluna seguinte.

Helena recuou, tropeçando.

Tinha sido por isso que a haviam levado até a Torre Férrea, em vez de mantê-la na Central? Para usá-la de isca?

Um som esganiçado escapou de sua garganta. Ela se virou e desceu a escada para a chuva, aos tropeços. Não tinha para onde ir, mas ela precisava ir para algum lugar.

A capa amarrada no pescoço a sufocava, dificultando seus movimentos. Abriu o fecho e, livre, correu pelo pátio.

A chuva gelada encharcou o tecido fino e elegante do vestido, mas ela mal sentiu. Helena via as torres da cidade, erguendo-se para além da Torre Férrea. Procurou pelo farol, pela luz que sempre brilhava no topo da Torre da Alquimia, a Chama Eterna que se mantinha acesa desde o dia da fundação de Paladia, mas não estava lá. A luz se apagara.

Ainda assim, seguiu naquela direção, porém, ao se aproximar do outro lado do pátio, as torres desapareciam atrás do muro. Ela foi e voltou, procurando alguma saída, e finalmente andou até o portão, sabendo que seria em vão, mas incapaz de se impedir.

Estava trancado, e era feito de ferro forjado, com floreios demais para passar por entre as barras. Ela o sacudiu com tanta força que sentiu um espasmo nos pulsos.

Tentou escalar o portão, mas rasgou os sapatos, sentindo o ferro tão frio que queimou a pele, e, quando tentou tomar impulso, a dor nos pulsos a deixou com as mãos dormentes.

Do outro lado do pátio, Ferron lia o jornal, despreocupado com as tentativas de fuga de Helena.

Ela queria berrar. Apertou as barras do portão e sacudiu de novo.

E se alguém viesse até ali sem saber que era uma armadilha?

Um sobrevivente, capturado por causa dela.

Helena inspirou fundo, arfando. O peito parecia prestes a estourar. Ela se curvou, chacoalhando o portão, como se o ferro pudesse se dobrar se tentasse mais um pouco.

Finalmente, virou-se na direção da casa, desesperada.

Tudo que olhava era cinza, a grama morta, as árvores esqueléticas, desfolhadas, a casa escura, com trepadeiras e torres pretas, até a encosta lavada das montanhas, cumes brancos envoltos pela névoa do céu cinzento.

Como se toda a cor tivesse se esvanecido do mundo. Exceto por ela. Ali estava, vestindo vermelho sangue, em meio ao fundo monocromático.

As rajadas de vento lançavam a chuva nela, golpeando-a feito gotas de gelo que a faziam tremer. Estava completamente encharcada. As mãos ficando brancas, a ponta dos dedos doendo ao menor sopro do vento. O metal das algemas emanava um calafrio de gelar os ossos.

Helena cobriu os olhos com os dedos, tentando pensar. O que poderia fazer? Tinha que ter uma opção.

Não. O plano dela permanecia o mesmo. Morrer, fosse pelas mãos de Ferron, fosse por conta própria.

A chuva escorria pelo cabelo e rosto de Helena quando se forçou a voltar para a casa. Havia dois necrosservos postados na porta, no topo da escadaria que levava à ala principal. Ela os reconheceu da Central. Estavam tão decrépitos que quase se camuflavam nas pedras, mas ambos a observaram se aproximar de Ferron.

Ele ergueu o rosto, os olhos sombrios.

— Você ainda não caminhou o suficiente. Continue andando.

Helena voltou ao pátio, arrastando os passos. Algumas árvores no centro a esconderam quando ela se encolheu na passarela coberta do outro lado, tentando se aquecer. Viu a capa caída no cascalho, ensopada de chuva, e abraçou o próprio corpo, tentando conservar o calor.

Aos poucos, os tremores pararam. Outra lufada de vento a atravessou. Ela se sentia fina como papel, tão exausta que poderia adormecer ali mesmo.

O que talvez fosse sinal de hipotermia...

Se adormecesse, seus órgãos começariam a se desligar, levando à morte. Ela lera que era um fim suave. Então permitiu se afundar no esquecimento até tudo se tornar difuso e confortável.

— Que criativa.

A voz de Ferron estava ainda mais fria do que o vento. Dedos apertaram seu braço, e o calor a percorreu, o coração de repente acelerado, sangue quente pulsando pelo corpo.

Arfou, sobressaltada, desvencilhando-se dele, mas já era tarde.

Ferron a olhou com irritação.

— Levante-se.

Ela se levantou sem jeito, sentindo a dor nos pulsos. Ainda estava azulada de frio, as juntas rígidas, mas, enfim, quente demais para morrer.

— Não me obrigue a arrastá-la — alertou ele, rangendo os dentes, ao dar meia-volta e sair andando.

Helena o seguiu, taciturna. Uma criada aguardava na porta. Era a terceira que via. Um cadáver, assim como os outros. Esta era mais nova, uniformizada como faxineira, segurava uma escova e um pano. Helena tentou passar por ela, mas foi impedida.

— Aurelia dará um chilique se você sujar a casa de lama. Sente-se.

— Eu consigo me limpar sozinha — disse Helena, severa.

— Eu não perguntei — retrucou Ferron.

A ressonância dele vibrou em seus nervos, e os joelhos de Helena cederam, fazendo-a cair na cadeira. A criada se ajoelhou e começou a limpar os sapatos molhados de Helena enquanto ela permanecia sentada, rígida, dividida entre fascínio horrorizado e vergonha.

A Fé professava que alma e corpo permaneciam unidos até a cremação. Só quando o fogo consumia a carne é que a alma, etérea, era desconectada de sua forma terrena, rudimentar. Uma pessoa que vivera com devoção, sem pecar, libertaria uma alma pura, que ascenderia ao lugar mais elevado dos reinos celestes.

Se um corpo não fosse queimado, a alma ficava aprisionada, incapaz de ascender, e corria o risco de ser maculada pela putrefação do corpo. Com o tempo, a impureza do corpo poderia transformar a alma em vermes e insetos, pragas, além de outras formas grotescas e perversas, fadada a afundar nas profundezas da terra para ser eternamente consumida pelo fogo escuro e úmido do Abismo.

A reanimação arriscava tal transformação. Vincular corpo e alma a um necromante tornava até as almas mais puras corrompidas demais para ascender, a não ser que fossem libertadas pelo fogo sagrado.

Helena não conseguiu evitar olhar para o rosto da criada em busca de qualquer sinal de que restasse uma alma lá dentro, apodrecendo devagar, aprisionada em um estado entre a vida e a morte. O olhar da criada estava vazio. Se houvesse qualquer rastro de alma, estava sendo sufocado pelo domínio de Ferron.

Ela o olhou.

— Você é um monstro.

Ele arqueou a sobrancelha.

— Só agora você reparou?

CAPÍTULO 6

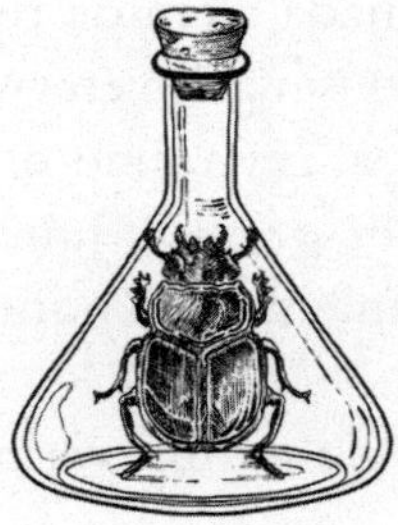

Ferron foi embora quando a criada terminou de limpar os sapatos de Helena, que imediatamente se levantou, recusando-se a deixar o cadáver tocá-la mais uma vez.

A criada entrou e, assim que lhe deu as costas, Helena pegou o jornal que Ferron descartara, escondeu às costas e, respirando fundo, entrou na casa também.

Concentrou-se no jornal que segurava conforme avançava até a escada, às pressas.

As sombras se estendiam, mas Helena se recusou a olhar para elas, contando cada passo, apoiando-se no corrimão e, depois, na parede, concentrando-se nas poças de luz âmbar que as arandelas projetavam até chegar ao quarto.

Enquanto estivera fora, o quarto fora arrumado. A roupa de cama, trocada. O ar estava quase tão frio quanto estivera do lado de fora, mas as janelas já estavam fechadas e trancadas outra vez.

Helena estava ensopada e congelando de frio, mas Ferron talvez notasse que tinha se esquecido do jornal e voltasse para procurar. Então não podia perder tempo.

Ela se dirigiu à janela, onde a luminosidade era melhor, e devorou todas as palavras contidas ali, do começo ao fim. Novembris, 1788.

Releu a data, em choque. Não podia ser. Sua última lembrança era de ouvir que Lila Bayard retomara seus deveres de paladina e voltaria ao combate no início de 1786.

Se a guerra tinha acabado havia quatorze meses, então havia sido no final do verão de 1787. Portanto, ela não tinha memória de quase dezenove meses de guerra. Quando tentava se lembrar de qualquer coisa além do serviço que prestara no hospital, tudo ficava embaçado, sem foco. Não tinha lembranças de nada, nem de conversas, nem de estações, nem da Ascensão e Ausência de Lumithia, de nada além da repetição sem fim de turnos e mais turnos no hospital, como um grito eterno.

Fechou os olhos com força, revirando os pensamentos. Devia ter alguma coisa ali. Não podia ter perdido tantas memórias, mas era como tentar pegar o vento com as mãos. Uma pontada de dor aguda atravessou seu crânio.

Piscou, sua visão se tingindo de um vermelho tremeluzente enquanto abria os olhos.

Tinha um jornal nas mãos.

Ela o apertou com força. Precisava ler antes que Ferron desse por falta dele. Correu os olhos para ler a primeira matéria.

A última fugitiva do grupo extremista conhecido como Ordem da Chama Eterna foi apreendida e interrogada. A Central de Nova Paladia confirmou a identidade de Helena Marino, estudante de alquimia estrangeira, das ilhas de Etras, no Sul. O governo etrasiano nega qualquer envolvimento ou apoio às atividades terroristas da Chama Eterna. Para proteger os cidadãos de Nova Paladia da violência, Marino foi afastada do centro e encarcerada na Torre Férrea até que seu destino seja decidido.

A Torre Férrea, propriedade da família Ferron, foi construída em ferro por Urius Ferron. A estrutura única do local, erigida como celebração da ressonância excepcional do clã, torna o espaço seguro para aprisionar criminosos perigosos.

A história dos Ferron, uma das famílias mais antigas de Nova Paladia, antecede a dos Holdfast. Eles foram vítimas frequentes da perseguição da Chama Eterna. O Mestre da Guilda de ferro, Atreus Ferron, foi preso e executado por se manifestar contra o regime opressor dos Holdfast, e seu filho, Kaine Ferron, foi acusado, sem provas, de assassinar o Principado Apollo Holdfast. Todas as acusações contra pai e filho foram retiradas...

Ferron tinha sido acusado de matar o Principado? O assassinato brutal que ocasionara a guerra?

Ela olhou fixamente para o jornal até as palavras se embaralharem.

Helena se lembrava da morte do Principado Apollo. Ele fora encontrado brutalmente assassinado no Espaço Comunal do Instituto de Alquimia e uma investigação fora imediatamente iniciada, mas não se lembrava de ter sido concluída. Tinha tanta coisa acontecendo na época; o velório, a preparação de Luc para assumir como Principado. O que deveria ter sido um momento de alegria fora ofuscado por luto e choque, Luc em negação mesmo depois de os amigos jurarem morrer para protegê-lo. O velório mal terminara antes de vir a insurreição e de surgirem os Imortais, além da guerra, que parecia infindável, na época.

Será que Ferron realmente tinha assassinado o Principado Apollo? Decerto que não, ele teria apenas dezesseis anos. Talvez fosse mentira, uma história inventada para fazer com que ele e a família fossem vistos como vítimas dos Holdfast? Era mais provável.

Ela leu o restante do artigo na esperança de obter mais informações, mas encontrou só uma repetição da narrativa habitual dos Imortais sobre a guerra, de que não a tinham declarado e que, na realidade, sequer acontecera uma "guerra", apenas uma revolta civil causada por um pequeno grupo de extremistas religiosos que se recusavam a aceitar a eleição democrática da Assembleia das Guildas.

Retratavam Luc como um monstro sedento de poder, que tentara queimar a cidade inteira para que mais ninguém a controlasse.

Luc, que na noite antes de se tornar Principado, fora sozinho até o telhado da Torre da Alquimia.

Helena o seguira e o encontrara prestes a se jogar. Chegara o mais perto possível dele e lhe prometera que faria qualquer coisa por ele, desde que recuasse e segurasse sua mão.

Luc não lhe dera ouvidos até Helena jurar que, se ele pulasse, ela pularia junto. Ele recuou para salvá-la.

Eles ficaram juntos no telhado, sentados, até o sol nascer. Helena pegou a mão dele e passou a noite inteira falando sobre Etras. Contou sobre as falésias, sobre os pequenos vilarejos com burros puxando carroças pintadas, as azeitonas, as fazendas, o mar nos dias de verão. Um dia iriam até lá. Quando tudo melhorasse, ela o levaria, e Luc veria como o lugar era lindo.

Luc nunca quisera ser Principado. Se tivesse existido outra opção, teria aberto mão do título em um piscar de olhos.

Helena virou a folha do jornal, pestanejando.

Uma coluna listava as execuções conduzidas pelo Alcaide-mor na última semana. Havia uma foto de homens e mulheres de aparência miserável, ajoelhados em uma plataforma. Vestido inteiramente de preto, com um elmo elaborado que escondia seu rosto e cabelo, Ferron se postava de pé, a mão pálida estendida.

Ela sabia que era Ferron apenas pela postura e pela curva familiar dos dedos compridos, mas a matéria se referia a ele apenas como "Alcaide-mor".

Não havia referência alguma a Kaine Ferron ser o Alcaide-mor, em nenhuma matéria.

Será que era segredo?

Quem se beneficiaria por manter segredo sobre isso? Se a deterioração da casa servisse de indício, não eram os Ferron.

Não. Morrough deveria ser o responsável. Afinal, esconder a identidade do Alcaide-mor conferia ao Necromante Supremo uma ferramenta excepcionalmente poderosa. Se o Alcaide-mor pudesse ser qualquer um, o povo ficaria desconfiado, sempre atento. Também impedia Ferron de reunir seguidores próprios, ou acumular poder o suficiente para derrubar Morrough.

Talvez Ferron tivesse ambições que Morrough temia. Era uma possibilidade intrigante. Algo de que ela poderia tirar proveito.

Também transformava a Torre Férrea na armadilha perfeita. Se alguém tentasse salvar Helena, presumiria que estaria atacando apenas um herdeiro das guildas sem desconfiar de quem realmente era seu carcereiro.

Ela leu o restante do jornal às pressas. Havia alusões à escassez de grãos. Esse tipo de escassez lhe era estranho. Os países dos dois lados de Paladia eram fortes exportadores de insumos agrícolas. A monarquia de Novis tinha laços históricos com os Holdfast, então o embargo de Novis era previsível, mas Hevgoss, o vizinho ao oeste, um país profundamente militarizado, buscava acordos comerciais melhores com as guildas havia décadas.

Os Holdfast sempre bloqueavam a negociação, negando que a alquimia fosse utilizada para a indústria armamentista. Guildas que violassem as restrições comerciais com Hevgoss tinham seu acesso a lumítio cortado, impedindo o processamento alquímico em escala industrial.

Por que Hevgoss não estaria inundando Paladia de grãos?

A seção política do jornal era quase engraçada, de tão horrível. A "Assembleia das Guildas", cuja formação era a suposta razão da guerra, estava havia três semanas negociando o aumento de tarifas, como se Nova Paladia não tivesse nenhuma preocupação mais urgente antes do Solstício de Inverno dar início ao novo ano.

O mais interessante era um parágrafo mencionando que um emissário paladiano chegara ao Império do Leste e tivera permissão para atravessar a fronteira. Era a primeira vez que um paladiano entrava no Império do Leste em séculos. Seria para lá que aquele traidor, Shiseo, se dirigia?

Helena pulou a maior parte da coluna social, mas não deixou de notar a frequência com que o nome de Aurelia Ferron era mencionado. Uma verdadeira socialite.

Então, um artigo chamou sua atenção. Descrevia a escassez de mão de obra e lamentava a perda recente de tantos alquimistas talentosos devido ao "conflito" causado pela Chama Eterna. Incluía estatísticas prevendo que a economia de Paladia continuaria a se retrair, devido à perda de alquimistas. A solução, o autor declarava, era a reprodução patrocinada. De repente, o artigo perdia o tom editorial e ganhava um tom de propaganda. A chefe do novo departamento de Ciência e Alquimia na Central, Irmgard Stroud, comandava um programa para incentivar a nova geração de alquimistas se utilizando de novos métodos de seleção científica para fornecer melhores oportunidades.

Estavam em busca de voluntários. Participantes receberiam moradia e alimentação e, ao completar o programa, aqueles que tivessem ficha criminal teriam a oportunidade de um novo julgamento.

Helena leu o texto diversas vezes, quase sem acreditar no que lia. Era um programa reprodutivo disfarçado de solução econômica. Como se alquimistas fossem cães para cruzar em busca de habilidades de transmutação economicamente desejáveis.

Não era um conceito inteiramente novo. "Casar com a ressonância" era um termo conhecido para as famílias das guildas, que tendiam a se unir com pessoas de ressonância alquímica igual ou complementar. Aurelia e Ferron eram exemplo disso.

Embora a ressonância de um alquimista fosse tão hereditária quanto a cor dos olhos ou do cabelo, ela também poderia surgir ou desaparecer de modo aleatório.

Os pais de Helena não eram alquimistas. O pai tinha leve ressonância para aço e cobre, mas não o suficiente para merecer treinamento, nem para se qualificar para uma guilda. E, pelo que ela se lembrava, a mãe não tinha ressonância alguma. A tia-avó de Luc, Ilva Holdfast, era famosa por ser um Lapso — filha de alquimistas que nunca manifestou ressonância.

No entanto, parecia que Stroud queria testar se a ressonância era ou não hereditária, e pretendia usar os prisioneiros no Entreposto para isso. Afinal, quem mais se voluntariaria para um programa de reprodução em troca de comida, moradia e um novo julgamento?

Ela pensou em Grace, faminta e desesperada, com irmãos jovens demais para trabalhar. Quantas outras pessoas estariam na mesma situação que ela?

Devia ser nisso que Stroud estivera trabalhando, na seleção de candidatos aptos em meio aos documentos da Resistência.

Helena escondeu o jornal no guarda-roupa, decidindo que o largaria em outro lugar quando saísse do quarto. Estava com as articulações enrijecidas de tanto frio, e foi tomar um banho, tirando as roupas molhadas no caminho.

Ficou debaixo da água quente até que a sensibilidade retornasse ao seu corpo e o frio se esvaísse por completo. Começou a se lavar devagar, sem pressa para voltar ao quarto gelado.

Olhando para baixo, descobriu que tinha cicatrizes das quais não se recordava. A maior era bem no meio do peito, descendo entre os seios. A cicatriz grossa estava saliente, um pouco inchada, como se seu esterno tivesse sido aberto e depois grampeado.

Passou os dedos pela cicatriz volumosa até encontrar uma reentrância no osso, e a estranha sensação de nervos cortados.

Não parecia que fora usada cura. O osso poderia ter sido recuperado. Ela teria facilmente reatado as terminações nervosas para evitar a perda de sensibilidade, além de ter organizado as matrizes de modo a tornar a cicatriz menos visível.

Nada disso acontecera. O ferimento fora fechado sem vitamancia.

Talvez fosse esse o ferimento extenso que Stroud mencionara.

Não, seria impossível ser posta em inércia com uma lesão daquela magnitude. Ela começou a investigar o próprio corpo atentamente, encontrando mais cicatrizes.

Parecia que sua mente fora treinada para ignorá-las, mas ela se concentrou, registrando cada uma.

Havia sinais de uma lesão grande e circular que atravessava a panturrilha. Cicatrizes finas, uma na barriga e outra entre duas costelas. Vitamancia sem dúvida fora usada nelas.

Na mão direita, mais cicatrizes. Cortes na palma e nos dedos, como se tivesse pegado uma faca pela lâmina, e, mais estranho ainda, sete perfurações minúsculas, que se distribuíam em intervalos regulares, formando um círculo na palma da mão. Não eram grandes, mas se destacavam pela forma marcada da pele. Helena as olhou. O formato lhe era familiar.

Abaixou a mão, incomodada, e finalmente localizou a única cicatriz da qual realmente se lembrava.

Estava quase invisível, escondida na curva da mandíbula. Descia, comprida e fina, pelo lado esquerdo do pescoço, parando quase na garganta.

No dia seguinte, Ferron trouxe a capa de Helena, seca e lavada, e a jogou na cara dela.

Helena o seguiu, largando o jornal discretamente no caminho. Na varanda, ele pegou outro jornal. A matéria de primeira página tratava de um monumento que o governador, Fabian Greenfinch, mandara erigir em homenagem a Morrough como libertador de Nova Paladia. Seria inaugurado no ano seguinte.

Estava chovendo de novo. Helena olhou ao redor, sem saber o que fazer, pois não tinha o menor interesse em dar voltas a esmo sob a supervisão de Ferron.

Talvez conseguisse encontrar algum galho bem pontudo e enfiar nele.

Andou pela varanda até se sentir entediada e em seguida se sentou para observar a quietude da casa, tentando adivinhar quantos quartos teria um lugar tão grande.

Achava a propriedade dos Bayard, Solis Sublime, enorme. Era uma das poucas casas não geminadas na cidade, resquício de tempos remotos. Mas a Torre Férrea era muito maior.

Quando Ferron se levantou e foi embora, Helena interpretou aquilo como sinal para voltar. Olhou ao redor e se decepcionou ao notar que ele não tinha se esquecido do jornal.

Seguiu até a porta, a luz de inverno se derramando como mercúrio no piso escuro, mas o corredor desaparecia nas sombras, como uma bocarra aberta. As cortinas deixavam o ambiente ainda mais lúgubre, criando a sensação sufocante de que estava em uma sepultura.

As luzes estavam apagadas. Helena tateou a parede em busca de um interruptor.

Uma lufada de vento saía da penumbra trevosa, e o cheiro de poeira e de podridão a atingiu como um sopro gelado, seguido por um gemido grave e inconstante que fez a casa vibrar.

Helena voltou para a varanda aos tropeços, o coração a mil.

Se as nuvens se dissipassem, ficaria mais claro. Ela se encolheu, à espera. Em meio à chuva, a casa ao seu redor lembrava uma criatura imensa e adormecida, enroscada, as torres como espinhos.

A chuva não cessou; em vez disso, o crepúsculo foi chegando, e o céu escureceu. Nesse momento dos ciclos lunares, até Lumithia, a lua mais brilhante, minguara demais para a luz penetrar a camada de nuvens.

A luz da porta estava ficando mais fraca.

Helena respirou fundo; já fizera aquele caminho. Havia degraus nas sombras e, se os encontrasse, conseguiria se localizar pelo tato.

Não passavam de sombras. Não era o tanque. Não era o vazio. Apenas sombras.

Quando hesitou na porta, tudo escureceu. A luz que restava do lado de fora começava a extinguir.

Helena sentiu que desapareceria lá dentro. O terror tomava conta dela enquanto se forçava a avançar. Tropeçou e colidiu com uma mesa, mas mal sentiu dor na canela.

Encontre a escada.

É apenas uma casa.

Porém, ela *sentia* a escuridão engoli-la, puxá-la, a imensidão tão próxima. Ela se segurou na mesa com um tremor tão violento que sacudiu a madeira. Algo caiu no chão com um estrépito.

Respire. Só respire.

Helena se esforçou para respirar, mas a dor se espalhou por seu peito. O coração acelerado se debatia como um passarinho na gaiola, martelando contra as costelas.

Conseguiu dar poucos passos antes de suas pernas cederem. Ela se encolheu no chão, a madeira sob as mãos lembrando ossos. Estava desaparecendo de novo no vazio. No vazio onde não conseguia se mexer... nem gritar... e ninguém nunca vinha...

Sentiu alguém que a agarrava pelos braços, levantando-a do chão à força.

— O que está fazendo?

Helena hesitou na luz repentina, de frente para o rosto furioso de Ferron.

Uma arandela na parede brilhava, uma auréola no escuro que iluminava apenas os dois.

Ela se concentrou no rosto dele, tentando não olhar para o oceano escuro que a cercava.

— Estava... muito escuro — forçou-se a dizer.

— Como é que é?

A respiração dela estava acelerada, a cabeça, girando.

— *Você* tem medo do escuro?

Os olhos cinzentos dele estavam intensos, e sua voz, carregada de incredulidade.

A prisioneira tentou se desvencilhar, pois preferia sufocar no corredor a ficar tão próxima de Ferron, mas ele não a soltou. Puxou-a pela escada, a poucos passos dali, e a arrastou até o quarto, recusando-se a deixá-la desabar no chão.

— Acalme-se — rosnou para a garota, assim que entraram no espaço familiar.

A porta bateu.

Ela desabou na poltrona, curvando o corpo e agarrando o estofado. Os dedos não paravam de retorcer o tecido, enviando choques de dor pelos braços, mas ela não estava nem aí. Precisava sentir alguma coisa concreta em vez de um imenso vazio.

O ar parecia rasgar seus pulmões de dentro para fora.

Helena estava no quarto. A casa não a devorara, porque casas não devoravam pessoas. Sentiu os pensamentos se desanuviando devagar, o terror sufocante se afastando aos poucos, trazendo a razão de volta.

Recobrar a consciência era quase pior, saber que seu medo não fazia sentido. Porque não fazia diferença. A parte dela que sentia o medo não se importava com a razão.

— Qual é o seu problema?

Helena se sobressaltou e ergueu o rosto.

Ferron ainda estava no quarto, aparentemente esperando para interrogá-la depois do ataque de pânico.

Ela desviou o olhar.

— Se não me contar, arranco a resposta da sua cabeça.

A prisioneira se encolheu. Pensar na ressonância dele a fez ranger os dentes. Partes do cérebro dela ainda estavam doloridas, machucadas pela Transferência.

Ela torceu a boca, sentindo um aperto na garganta.

— Não gosto de lugares em que não consigo enxergar.

— Desde quando? Você não deixa a luz acesa aqui o tempo todo. Ou as sombras daqui são diferentes?

Uma onda de calor subiu pelo pescoço de Helena. Ela encarou as barras de ferro no chão.

— Eu conheço este quarto. O problema são os lugares que não conheço, em que não vejo o fim. No... no tanque de inércia, era tudo escuro, por mais que eu me esforçasse para enxergar, e eu não sentia nada ao meu redor, apenas meu corpo, flutuando, imóvel. Parecia... não ter fim. Como se eu não estivesse em lugar nenhum. Eu... eu passei tempo demais lá, sempre esperando que alguém viesse em algum momento, mas... — Ela balançou a cabeça. — Quando estou em lugares escuros que não sei onde terminam, sinto que vou desaparecer neles, e que, dessa vez, nunca serei encontrada.

Helena estava soando irracional. Estava *agindo* de forma irracional. Mas não tinha o que fazer; havia uma fenda entre a razão e o resto de sua mente, uma rachadura que separava as duas coisas. E sua mente não se importava se o medo fazia ou não sentido, apenas não queria voltar para lá.

Ferron ficou em silêncio por tanto tempo que ela finalmente olhou para ele, morbidamente curiosa com a reação que teria, mas era impossível interpretá-la. Ele a observava, imóvel como uma estátua.

Era a primeira vez que o via assim, pelo que era, em vez de por *quem* era.

As roupas disfarçavam bem, mas ele era estranhamente esguio, não tinha o corpo robusto da maioria dos alquimistas de ferro. Também não tinha a aparência ou a presença de um alquimista de combate. Não o imaginava com armas pesadas nas mãos.

Tirando a intensidade predatória que tinha nos olhos, suas feições eram finas demais, como uma estátua cujo escultor exagerara nos entalhes.

Tudo nele era esbelto e anguloso.

— Sabe — começou Ferron, interrompendo o devaneio dela —, quando soube que era você que iam trazer para mim, fiquei ansioso para destruí-la.

Então ele balançou a cabeça e acrescentou:

— Mas não acho que seja possível ir muito além do que você já fez consigo mesma.

CAPÍTULO 7

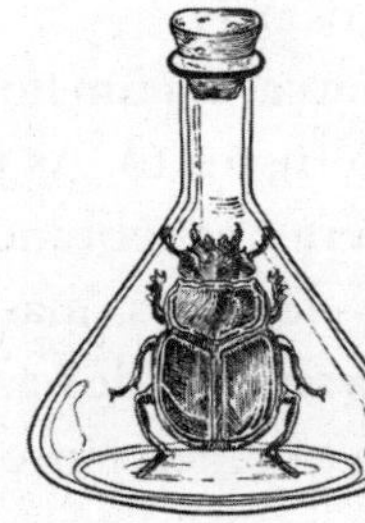

Ferron a levava ao pátio todos os dias. Seu humor sempre ficava sombrio depois disso, e ele apontava para ela os vários interruptores que fora "ignorante demais" para encontrar por si própria.

Agia com tanta condescendência que Helena sentia vontade de jogar uma pedra nele, e foi decepcionante ver que lá fora havia apenas pequenos pedaços de cascalho fino e pulverizado.

Não havia nada de interessante no pátio, e fazia um frio incômodo, a neve pesando nas nuvens, embora nunca caísse mais do que uma camada fina no chão que a deixava com os pés dormentes.

Às vezes, quando estava sozinha, arriscava sair do quarto, determinada a encontrar uma arma, bastaria até um prego solto. Se Ferron não iria se dispôr a perder a paciência e matá-la, ela mesma faria isso antes de outra sessão de Transferência.

Conseguia suportar bem os passeios quando se mantinha junto à parede, consciente de sua respiração, com a luz entrando pelas janelas da ala leste.

Porém, sempre que passava muito tempo longe do quarto, os necrosservos começavam a se materializar. Não tentavam detê-la, nem a empurravam de volta lá para dentro, apenas a observavam e a seguiam como aparições fantasmagóricas.

Ela tentava ignorá-los, assim como os rangidos da casa e as sombras em movimento, mas com os necrosservos por perto, era impossível encontrar algo que pudesse ajudá-la a se suicidar. Helena persistia, ferrenha, mas a maioria dos cômodos ficava trancada, e os que eram mantidos abertos continham apenas móveis velhos e cacarecos inúteis.

Em um quarto antigo, encontrou um quadro ao lado de uma cama desmontada. Arrastou o pano que o cobria, curiosa.

Era um retrato da família Ferron. Não de Ferron com Aurelia, mas de Ferron quando mais novo, com os pais.

Atreus Ferron, o antigo patriarca, era um homem alto que Helena se lembrava vagamente de ter visto no Instituto. As feições dele se assemelhavam às de um gavião, a expressão severa e as sobrancelhas grossas sombreando os olhos azul-claros. Usava roupas elegantes, mas os ombros largos e as mãos grossas, com dedos que ostentavam pesados anéis de ferro, não negavam a linhagem da família de ferreiros e comerciante de ferragens.

Kaine Ferron posava ao lado do pai. Estava retratado exatamente como ela se lembrava dele na época do Instituto, muito diferente do que se tornara. O rosto era mais redondo e, embora tivesse a mesma altura do pai, não tinha o mesmo porte intimidador do patriarca. Ferron era esguio como um potro. A pose era uma nítida imitação do homem ao seu lado. O cabelo castanho era mais claro do que o do pai, mas penteado de forma idêntica. A expressão e postura que também lembravam as de Atreus, as sobrancelhas escuras franzidas acima dos olhos cor de mel.

Mas a figura que chamava mais atenção no retrato era a de uma mulher de vestido cinza-claro. A aliança de casamento de ferro não combinava com as mãos delicadas. Era esguia como um salgueiro, o rosto em formato de coração, os olhos cinzentos e um queixo pequeno, as feições emolduradas por fios castanho-acinzentados. Se Helena visse um retrato só dela, nunca adivinharia que era a mãe de Ferron, mas, lado a lado, conseguia enxergar as semelhanças entre mãe e filho. As feições suaves que Ferron herdara da mãe atenuavam os ângulos brutos de gavião e o corpo largo que ele poderia ter herdado do pai; a maior semelhança, contudo, era a boca, e algo no brilho e no formato dos olhos.

Helena ficou analisando o retrato por muito tempo antes de notar que estava incompleto. Faltavam os detalhes das roupas e dos acessórios. Era como se algo tivesse interrompido o projeto, e por isso estava ali, abandonado.

Ela colocou o pano por cima do quadro e o pôs de volta no lugar. Seu pensamento ia e vinha, como uma moeda girando entre o Ferron de cabelo escuro da pintura e a versão atual pálida e prateada.

— A inflamação está quase curada — anunciou Stroud duas semanas depois, acompanhada novamente de Mandl, enquanto pressionava o cérebro de Helena com a ressonância. — Acredito que sessões mensais sejam suficientes. Porém, você não está se recuperando como eu esperava. Tem saído diariamente? — acrescentou, pegando o pulso da prisioneira e inspecionando o tônus muscular, decepcionada.

— Sim. O Alcaide-mor tem me levado.

— E tem feito exercícios? Quanto mais forte você estiver, mais chances terá de suportar a Transferência sem novas convulsões febris.

Helena olhou para Stroud, incrédula, diante daquela revelação. Convulsões?

Stroud a olhava de volta com expectativa, e Helena demorou um momento para se lembrar de que a mulher acreditava que caminhadas pudessem impedir convulsões.

— Sim — retorquiu Helena.

— Que bom. Fiquei sabendo que você sofre de um transtorno nervoso.

Helena cerrou a mandíbula. Era claro que Ferron contaria para Stroud.

— Sim. Não gosto de... lugares escuros e desconhecidos.

Mandl bufou uma risada desdenhosa.

— Bem, quanto a isso, não há o que fazer — disse Stroud, voltando a examiná-la. — Sabe, é uma pena que eu não possa usá-la para os testes do meu programa. Reli seus documentos de internação. Você tinha um repertório impressionante.

Helena sentiu um nó na garganta.

— Os Holdfast amavam colecionar alquimistas raros — comentou Mandl.

Helena mordeu a língua até sentir gosto de sangue.

Stroud assentiu.

— Quando o Alcaide-mor terminar com você, acho que pedirei que lhe envie para mim.

Helena levantou o queixo abruptamente.

— Bem, não adiantará de muita coisa. Fui esterilizada.

Ela se encolheu quando a ressonância de Stroud cutucou seu abdômen. Depois de um momento, decepção e raiva brotaram no rosto da mulher.

— Quando isso aconteceu?

Helena desviou o rosto, encarando o outro lado do quarto com tanta intensidade que sua vista se embaçou.

— Foi uma das condições do Falcão para permitir minha entrada na cidade. Como a vitamancia é uma corrupção da alma que tem início no útero, poderia... poderia ser transmitida. Como curandeira, eu já havia feito votos de que não me casaria, nem teria filhos, mas ele... — interrompeu-se, engolindo em seco. — Ele preferiu garantir.

— E é claro que você concordou — acusou Stroud, afastando a mão. — Porque achou que aceitariam o que você é, desde que se diminuísse para caber nas expectativas deles.

O rosto de Helena ficou quente.

— Não havia motivo para recusar. Como disse, eu já havia feito meus votos.

Stroud riu.

— Normalmente, apenas crianças acreditam nessa mentira.

Helena se virou para ela, estreitando os olhos.

Stroud, com uma expressão arrogante, olhou de relance para Mandl.

— Você não sabia? Sua Chama Eterna era bastante eficiente em identificar possíveis vitamantes mesmo antes do nascimento. Trinta anos atrás, o Principado Helios determinou que todas as gestações fossem acompanhadas, nos hospitais da Fé, por médicos devotos treinados para saber o que procurar e que soluções oferecer. Que pais desejariam criar um monstro, depois de serem alertados do perigo?

Helena sentiu o estômago embrulhar.

— A própria Mandl foi abandonada ao nascer e criada em um dos orfanatos. Crianças como ela aprendiam que a corrupção de suas almas deveria ser purificada e que, se fizessem o que era pedido, talvez um dia fossem desejadas — relatou Stroud, dando de ombros. — É claro que nem a Fé nem Paladia as desejavam para nada além de trabalho forçado. E, veja só, trataram você da mesma forma.

— Não — retrucou Helena. — Luc não era assim. Ele nem sabia das condições para eu me tornar curandeira. Nem como funcionava a cura. Ele não permitiria, se soubesse. Pessoas como o Falcão Matias tinham visões de mundo rígidas, mas Luc sempre impunha limites para gente como o Falcão. Quando acabasse, ele queria...

— Se ele não sabia, era uma marionete e um tolo. E você é outra tola — interrompeu Mandl, o rosto morto ardendo de ódio antes de se virar para Stroud. — Você deveria contar o que Sua Eminência fez com Holdfast depois de matá-lo.

Helena sentiu um arrepio na espinha e alternou o olhar rapidamente de uma para a outra, mas Stroud fez que não com a cabeça.

— Ponha-se no seu lugar, Mandl.

Quando elas se foram, Helena continuou sentada, paralisada, pensando no que acontecera com Luc.

Não a surpreendia o fato de não o terem cremado adequadamente, mas... o que tinham feito para que Mandl quisesse torturar Helena com aquela informação?

Luc nunca merecera a crueldade e o ódio que recebera.

Ele podia não saber de tudo, mas não porque era uma marionete. A posição de Principado era complexa. Ser líder religioso e governante era uma tarefa difícil, especialmente durante a guerra, quando ele precisava administrar e lutar ao mesmo tempo. Luc não teria como carregar o fardo das escolhas individuais dos outros.

Algumas decisões precisavam ser tomadas sem ele, decisões essas que teriam acabado por paralisá-lo se ele sequer soubesse. Isso não fazia dele uma marionete. Apenas humano.

Helena o amava por sua humanidade. Ele não precisava ser Principado ou favorecido pelos deuses. Fora bom o bastante simplesmente pelo que era.

Ferron apareceu, como de costume, depois do almoço intragável de Helena. Resignada, ela foi buscar a capa.

— Hoje não há necessidade — comunicou ele.

Ela hesitou e o olhou, desconfiada. Ele fechou a porta com um estalido baixo.

Girou os dedos e a controlou com a ressonância. Impeliu-a para a frente, aproximando-a da cama. Depois, mexeu a mão e a derrubou no colchão.

Ferron andou até ela a passos largos, com uma expressão de tédio. Apenas o brilho nos olhos revelava alguma emoção.

Helena mordeu o lábio para se manter em silêncio, forçando-se a respirar devagar enquanto resistia à ressonância dele.

Ele a fitou com pálpebras semicerradas.

A prisioneira nem considerara essa possibilidade. Sabia que Ferron era um monstro, mas ele nunca havia demonstrado esse tipo de interesse. Apesar de interesse não ter nada a ver com aquilo.

Ela estava com a cabeça a mil. Por que ali? Por que naquele dia? Será que Stroud mencionara que Helena era estéril e ele encontrara nisso uma boa oportunidade para explorá-la sem consequências?

Helena deixou escapar um gemido de medo. Queria afundar no colchão até sufocar. Queria conseguir gritar. Conseguiu flexionar os dedos, mas, no lugar de sua ressonância, sentiu apenas uma ferida aberta.

Ferron apoiou a mão direita no colchão, ao lado de sua cabeça, e segurou o queixo dela, forçando-a a olhá-lo.

O coração dela acelerou.

As pupilas dele estavam contraídas, o cinza das íris como uma tempestade.

Ele passou os dedos frios da curva da mandíbula até a têmpora dela. Helena continuou deitada, muito consciente do quase-peso do corpo dele enquanto a ressonância penetrava sua mente.

Sua cabeça parecia um globo de neve sacudido, os pensamentos rodopiando como flocos pela consciência.

Não era a Transferência, mas ela ainda percebia vagamente a mente de Ferron por meio da conexão. Suportou o deboche dele diante da constelação de fantasias que havia criado enquanto imaginava formas de matá-lo. Ele as repassou sem preocupação e enfim penetrou ainda mais na mente dela, acompanhando a lenta exploração que ela fizera da casa, do pátio, dos necrosservos, do jornal que roubara, de Stroud. O único momento em que sentiu qualquer mínima reação vinda dele foi diante dos pensamentos constantes sobre Luc, da dimensão do luto que sentia.

E então, ela estava no quarto, pegando a capa, e ele, fechando a porta, e Helena sabia o que estava prestes a acontecer.

A memória evaporou como névoa ao sol forte, e estava de volta à cama, com Ferron a encarando com uma expressão de desprezo. Abruptamente afastando a mão.

— Não tenho o menor desejo de tocá-la — afirmou ele, desdenhando. — Sua presença aqui já é ofensa o bastante.

— Algo pelo que agradecer, então — retrucou Helena, com ironia.

Não era a melhor resposta na qual poderia ter pensado, mas sua cabeça voltara a latejar, feito uma ferida reaberta com a pele ainda em cicatrização.

Ferron se empertigou e ela imaginou que fosse sair às pressas, ofendido, então não perdeu tempo e fez a pergunta que a assombrava.

— Você matou o Principado Apollo?

Ele hesitou e se encostou no dossel, cruzou os braços e inclinou a cabeça para o lado.

— Não... oficialmente.

— Mas foi você. Não foi?

Quanto mais pensava a respeito, mais se convencia.

— Você não se lembra? — perguntou ele, sacudindo levemente a cabeça. — Será que você fez mesmo alguma coisa durante a guerra? Pelo jeito que os Holdfast te exibiam por aí, achei que tivesse tentado ser útil, mas você tem a ficha de serviço mais sem graça que eu já vi.

Ele bufou, prosseguindo:

— Quantos anos da sua vida passou naquele hospital? E para quê? Para salvar pessoas que estariam em melhor situação se você as tivesse deixado morrer. Mas, não, você as remendou e as mandou de volta para sofrer um pouco mais. — Ele abriu um sorriso lento. — Talvez no fim Stroud esteja enganada e você simpatizasse com nossa causa.

Um tapa teria doído menos.

Tantos anos. Tantas pessoas que curara, que costurara com a ressonância para sobreviverem para lutar mais um dia, e para quê? Para serem torturadas até a morte, escravizadas ou... pior.

Até aquele momento, a cura era a única coisa pela qual não se sentira culpada. Luc podia até estar morto, mas ela fizera algo de bom. De repente, Ferron arrancara aquele resto de conforto, transformando-o em atrocidade.

Helena cobriu a boca com as mãos até sentir os dentes, encolhendo-se na cama.

Ele riu.

— Vocês, da Resistência, quebram tão fácil.

Ferron se virou para ir embora.

O luto cresceu em seu peito, mas ela tentou resistir.

— Você não respondeu minha pergunta — disse ela entredentes.

Ele parou.

— Certo... bem, acho que não há problema em contar. O Necromante Supremo pediu pessoalmente que eu matasse o Principado. Ele já estava em Paladia havia algum tempo, reunindo seguidores por baixo dos panos, mas, com Apollo no poder, a Assembleia das Guildas nunca teria obtido o apoio público necessário. O país precisava ser desestabilizado, o futuro tinha que parecer incerto. Era impossível atacar o Principado em público com o paladino, os guardas e todo o resto do mundo sempre a seu redor, venerando sua radiância. Porém, os Holdfast sempre foram descuidados no Instituto, convencidos de que todos que atravessassem aquele portão ficariam tão deslumbrados por seu esplendor que não encostariam um dedo neles.

Pelo canto do olho, ela viu Ferron observando a mão esquerda.

— Você com certeza sabe que ressonância fascinante é a vitamancia. Afundar a mão na cavidade torácica dele foi como mergulhar na água. Entrei facilmente — contou ele, fechando os dedos — e arranquei o coração ainda batendo. Você deveria ter visto a expressão dele. Não sabia que ainda ficaria vivo por um momento, mas Apollo viveu o suficiente para saber exatamente quem o matou.

O Principado Apollo tinha sido um homem caloroso e generoso, sempre sorridente, com piadas prontas para qualquer estudante nervoso que se aproximasse. Luc se parecia tanto com ele. O mesmo sorriso enviesado. Estar com eles era como sentir o sol no verão.

— Imagino que seu mestre tenha ficado bem satisfeito — afirmou ela, seca, sem querer lhe dar a satisfação de ver seu horror.

— Ficou, mesmo. Estavam todos à minha espera quando voltei. Eu e minha mãe jantamos com ele nessa noite. Fui chamado de prodígio...

Helena ergueu o rosto. Ferron estava olhando fixamente para a janela, como se seus pensamentos divagassem.

Ele despertou e olhou para baixo.

— Alguma outra pergunta? — questionou, arqueando a sobrancelha em desafio.

— Não — respondeu ela, rápido, e desviou o rosto. — Você já fez o suficiente.

CAPÍTULO 8

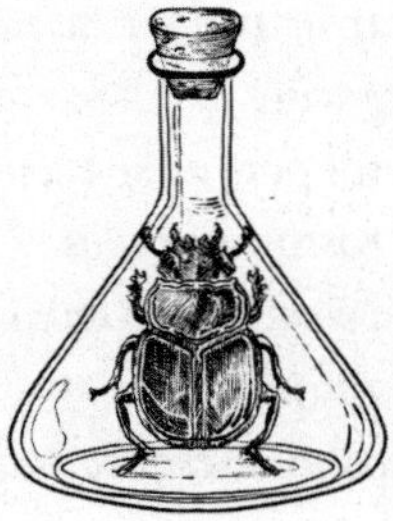

Luc Holdfast estava sentado no telhado da Torre da Alquimia, encostado contra a inclinação das telhas, girando distraidamente um cachimbo de ópio. A espiral da Torre, acesa com a Chama Eterna, ardia acima dele, um farol de luz branca.

O sol se punha, o mundo tingido de sombras com cor de bronze, quando Helena subiu para se juntar a ele.

Estava tão abatido que parecia mais velho do que o pai. A guerra o corroera até os ossos. Com os tendões do pescoço se destacando como cordas quando ele engoliu, olhou para ela e desviou o rosto outra vez.

— O que aconteceu com a gente, Hel? — perguntou, quando ela se agachou ao lado dele.

Helena desviou o olhar para o sul, para o horizonte além de todas as torres.

— Uma guerra — respondeu.

— Você acreditava em mim. O que fiz para você deixar de acreditar?

A voz dele soou distante.

— Eu ainda acredito em você, Luc — atestou ela. — Mas temos que ganhar esta guerra; não podemos tomar decisões baseadas em como queremos que a história seja contada depois. Há muito em jogo.

— Não — retrucou ele. — É assim que venceremos. É assim que sempre vencemos. Meu pai, meu avô, todos os Principados, chegando até Orion. Eles venceram porque confiaram que o bem triunfaria sobre o mal, e eu tenho que fazer o mesmo.

Luc estalou o polegar e o indicador, os anéis de ignição faiscando. Chamas claras ganharam vida em sua palma, uma luz que lembrava um pequeno sol. Ele fechou os dedos ao redor do fogo, deixando apenas uma labareda na ponta do dedo, e encaixou o cachimbo na boca, aproximando a chama.

Helena desviou o olhar, escutando-o tragar.

— Mas e se não for tão simples assim? — perguntou ela. — Os vencedores sempre dizem que estavam do lado certo, mas são eles que contam a história. Eles escolhem como iremos nos lembrar de tudo. E se não for assim tão simples?

Luc balançou a cabeça em negação.

— Orion foi consagrado pelo sol porque se recusou a perder a fé.

Helena suspirou e enterrou o rosto nas mãos.

Ouviu os anéis dele faiscarem e o cachimbo chiar enquanto o ópio virava fumaça.

— Luc... por favor, me deixe ajudá-lo.

Ela tentou se aproximar. Ele recuou, esquivando-se.

— Não... não toque em mim.

Luc estava perigosamente perto da beirada do telhado, como se o abismo ainda o chamasse. Helena não sabia mais como trazê-lo de volta, como fazê-lo escutar.

— Você lembra o que prometi, Luc, naquela noite em que veio para cá? — questionou, com súplica na voz.

Ele não respondeu, o olhar fixo, enquanto o pôr do sol iluminava suas feições abatidas como se o pintasse de dourado.

— Eu prometi que faria qualquer coisa por você — disse ela, cerrando os punhos. — Talvez você não tenha entendido até onde eu estava disposta a ir.

A lembrança de Luc perdurava na memória de Helena quando acordou pela manhã.

Ela ficou deitada na cama, relembrando. Era algo que havia esquecido por completo, o que deveria assustá-la, mas não parecia conter nenhuma informação útil para Ferron. Aquela lembrança, mesmo amarga, fez Helena sentir uma saudade desesperadora do amigo.

Ele estava fumando ópio. Como isso acontecera? Luc deveria ter sofrido lesões horríveis para ter acesso àquele tipo de droga. A tia-avó dele, Ilva, que atuara como regente do Principado quando Luc estava no front, sempre relutara em permitir o acesso a drogas, preferindo usar as habilidades de Helena a correr o risco do vício.

Mas ele nem sequer deixara Helena tocá-lo.

Deitada na cama, reviveu a lembrança, guardando cada detalhe. A luz do crepúsculo, que bronzeava suas feições e iluminava seus olhos. Os movimentos intensos e nervosos dos dedos ao acender os anéis, dando vida às chamas.

Ela amava a piromancia dele. Sempre parecera mais mágica do que alquímica, sua capacidade de criar fogo como extensão de si com aquelas chamas brilhantes como o sol.

Os Holdfast eram sempre retratados envoltos em fogo. A criação do fogo sagrado e a alquimização eram os dois dons especiais que Sol outorgava aos Holdfast.

Alquimização, a transformação de um metal em outro, era a forma mais difícil de alquimia. Antes de Orion Holdfast fundar o Instituto, os textos alquímicos eram mais ligados a ideias mitológicas do que à ciência.

O místico Cetus, frequentemente chamado de primeiro alquimista nortenho, recebia o crédito por centenas, quiçá milhares, dos primeiros textos alquímicos publicados ao longo de séculos. Acadêmicos especulavam que Cetus seria o nome de uma escola ou de uma seita da alquimia. O mistério acabou sendo revelado como consequência de uma superstição. Os primeiros alquimistas eram forçados a escrever sob pseudônimos, inicialmente para evitar perseguição, enquanto alquimistas iniciantes em eras posteriores usavam os nomes de alquimistas mais célebres na tentativa de legitimar suas teorias e descobertas. Como resultado, "Cetus" escrevera quase todos os textos alquímicos que sobreviveram à ação do tempo.

Embora o trabalho de Cetus fosse considerado historicamente fundamental, era profundamente impreciso, e duvidava-se de que qualquer alquimista com esse nome tivesse realmente existido. Porém, sem ter a quem atribuí-las, a maioria das primeiras teorias e descobertas alquímicas, anteriores à fundação de Paladia, permaneciam creditadas a ele.

Tinham sido os primeiros textos de Cetus que haviam estabelecido o princípio alquímico de que um metal poderia ser alquimizado apenas em uma forma menos nobre, seguindo com frequência a hierarquia planetária.

Mais tarde, Orion Holdfast descobrira os princípios modernos da alquimização, questionando as hipóteses de Cetus e apresentando os métodos e princípios de matriz necessários para transformar metais ignóbeis naqueles menos corruptíveis.

No trabalho de Orion, a alquimização dependia da pureza espiritual; apenas alquimistas de alma tão pura quanto o elemento que buscavam criar seriam capazes de alquimizá-lo.

Fora a luz e a pureza do próprio Sol que abençoara os Holdfast, que lhes agraciara com a habilidade divina de transformar chumbo em ouro puro.

Luc, por sua vez, sempre preferira a piromania. A família tinha que obedecer a regras rígidas quando alquimizava ouro. O metal divino não poderia ser abusado ou utilizado para propósitos egoístas; afinal, a moeda de Paladia e dos países vizinhos deveria ser respeitada. Também havia regras para o fogo, mas muito menos complexas do que as que envolviam a produção do ouro.

Helena se lembrava da primeira vez que Luc lhe mostrara seu fogo. Tinha certeza de que ele se queimaria com as chamas, mas elas apenas dançaram na superfície dos dedos dele, cintilando como estrelas e emanando um calor suave.

Mesmo sem as chamas, sempre se sentira aquecida perto de Luc; até os invernos gelados de Paladia eram acolhedores em sua presença. Agora, sozinha, ela sentiu uma saudade tão intensa dele que até mesmo sua pele e seus ossos ansiavam pelo conforto de um abraço.

Helena terminara de explorar o segundo andar e decidiu que seguiria para o térreo.

Parou no topo da escada, olhando para a escuridão na curva dos degraus enquanto as janelas tiritavam como dentes e o vento gemia pelo corredor.

Apertou o corrimão até sentir a textura da madeira, o pulso dolorido na algema.

Respirou fundo, recusando-se a deixar o olhar mergulhar nas sombras.

Pensou nas falésias de Etras, no rugido incessante do mar. Em sua cabeça, voltara a ser criança, correndo entre as poças de água do mar durante a Ausência no verão, quando Lumithia minguava e o mar recuava, deixando o leito exposto e repleto de tesouros. O sol radiante de verão brilhando na pele.

Helena voltaria para o Sul. Fugiria, seguiria o rio desde as montanhas até o mar, e voltaria para casa de barco.

Chegou ao fim da escada e encontrou um necrosservo à espera. O lembrete implícito de Ferron de que ela não podia fazer nada nem ir a qualquer parte sem que ele soubesse.

Engoliu em seco, abandonando a fantasia. Helena morreria na Torre Férrea.

Os cômodos no térreo eram emendados, um se ligando ao outro. A Torre Férrea parecia ter mais cômodos do que Ferron poderia usar.

— Volte aqui, ainda não acabei — ordenou uma voz ríspida que paralisou Helena antes de entender que não era com ela.

— Não há mais nada a dizer — soou a voz de Ferron. — Não estou interessado.

— Não me dê as costas! Se me desobedecer, eu o deserdarei, tirarei seu nome da guilda!

Helena olhou discretamente para o corredor e viu Ferron se virar para encarar o defunto que vira com Stroud na Central, aquele que usava o corpo de Crowther.

— Você está morto, pai. Talvez tenha se esquecido. Esse cadáver não tem nenhum poder sobre meus bens e minha herança. Não existe a menor ressonância de ferro nesse corpo. Quaisquer que sejam os títulos com que a guilda o agracia, você não tem nenhum poder de verdade. Levou mais de um ano para que se lembrassem de quem você era, e mais ainda para quererem que voltasse. O único motivo para eu deixá-lo continuar como Mestre da Guilda é que tenho coisa melhor a fazer com meu tempo do que resolver minúcias de administração de fábricas.

O rosto do defunto corou até ficar praticamente roxo de fúria. Helena nunca imaginaria que aquele fosse Atreus Ferron. Crowther tinha outro porte, magro que nem uma agulha, e bem mais baixo do que Ferron.

— Eu deveria ter recusado as súplicas da sua mãe e matado você ainda no ventre — rebateu Atreus, o rosto contorcido de ira. — Você não é digno de nenhum dos sofrimentos que suportamos em seu nome.

Ferron pareceu inabalável, até um pouco entediado diante daquelas palavras.

— Pena que não matou, pois teria me poupado desta conversa — declarou, dando-lhe as costas, o desdém ainda nítido nos olhos cinzentos. — Vá embora desta casa, pai, antes que eu a mande expulsá-lo.

Helena recuou, tentando se esconder, apavorada em ser descoberta. O necrosservo que a perseguia pestanejou, plácido.

— Você se arrependerá disso. O Necromante Supremo se lembrará de que você não se ofereceu como voluntário.

— O Necromante Supremo sabe exatamente onde estou, e o que estou fazendo. Se quiser alguma coisa, não mandará recado por meio de alguém como você. Afinal, quantas vezes precisou decepcioná-lo para ser impedido de receber um corpo com ressonância de ferro? Foi por causa da segunda ou da terceira vez?

Ela ouviu um rosnado seguido pelo alarido repentino de metal e um baque. Espiou novamente. Atreus estava no chão, e uma das barras de ferro do piso tinha se enroscado em sua perna e o puxava de volta para a ala central da casa.

Ele arranhava o chão, debatendo-se e tentando escapar, porém tudo que conseguiu foi quase perder os dedos. Atreus urrou de raiva, espumando pela boca com sons quase animalescos.

Ferron foi atrás dele a passos lentos, despreocupado.

— Recomendo tomar cuidado com esse cadáver. Piromancia é uma habilidade rara, sabe. Com mais alguns meses, aposto que conseguirá acender uma faísca.

Helena voltou correndo para o quarto depois que eles se foram. Aquele mero vislumbre da casa em ação a deixara muito mais desconfiada. Conseguia entender, na teoria, que a construção era maleável, mas ver aquilo acontecendo de fato tornava cada filigrana de ferro ameaçadora.

Não era sua imaginação; a casa tinha mesmo vida própria.

E Atreus também — mesmo que reanimado. Poderia jurar que ele fora executado antes de os Imortais aparecerem.

Tentava juntar as peças da memória perdida, mas era difícil saber se tinha se esquecido de algo ou se simplesmente nunca tivera aquela informação. Afinal, curandeiras não tinham acesso a informações sigilosas. A única estratégia de Helena em meio à guerra tinha sido tentar estancar o mar de sangue ininterrupto.

Apesar de saber como era perigoso, não conseguia deixar de tentar recuperar suas memórias esquecidas. Estava desesperada por mais contexto. Embora soubesse que tinha entrado num jogo de gato e rato com Ferron, e a ignorância era a única defesa de que dispunha. Porém, não estava mais parecendo uma proteção. Estava parecendo mais como caminhar às cegas com a pele esfolada.

Helena revirava cada pensamento, tratava cada informação como uma possível pista, que esmiuçava na tentativa de encaixar em alguma lacuna. O que poderia saber que precisava ser escondido assim?

Pare de pensar. Ela encaixou os pés embaixo do guarda-roupa e começou a fazer abdominais até os músculos arderem. Lila costumava fazer isso em suas folgas quando estava ansiosa.

Helena precisava se concentrar em Ferron, encontrar um jeito de fazer com que ela a matasse.

Ele tinha que ter alguma fraqueza que ela pudesse explorar.

Kaine Ferron, qual é a rachadura em sua armadura perfeita?

Como se convocado, ele abriu a porta e entrou.

Ela estava com os pés embaixo do armário, deitada e arfando de exaustão.

— Vejo que encontrou uma distração — disse Ferron, observando-a.

Helena se forçou a rolar para o lado e se levantar.

Ferron tinha chegado mais cedo para a caminhada, e a mudança na rotina a deixou desconfiada.

— Venha aqui — chamou.

Ele pegou um frasco contendo vários comprimidos pequenos e brancos, observando a reação dela.

— O que é isso? — perguntou Helena, quando ele abriu a tampa e tirou um comprimido.

Ferron ergueu a sobrancelha.

— Eu conto se você engolir, bem boazinha.

Helena fechou a boca com força.

Apesar de curandeiros em geral não receberem treinamento médico formal, Helena tinha um extenso conhecimento de medicina. Sabia perfeitamente o poder e perigo em algo tão corriqueiro quanto um simples comprimido branco.

— Você sabe que não vou matá-la — afirmou Ferron, os olhos cintilando. — Afinal, se eu fosse, você se sentiria compelida a vir correndo.

Helena o olhou com raiva. Veneno era apenas uma de inúmeras possibilidades.

Ferron não lhe deu nem a oportunidade de resistir. A ressonância dele se instalou pelos ossos dela, abrindo sua boca. Ele levantou o queixo de Helena com um dedo e jogou o comprimido em sua garganta, forçando-a a engolir.

O comprimido desceu pelo esôfago feito uma pedra.

Helena achou que ele iria soltá-la imediatamente, mas, em vez disso, Ferron tirou as luvas e segurou o rosto dela, pressionando os dedos na mandíbula.

Ela sentiu um arrepio na nuca e o chutou violentamente na canela.

A mandíbula dele se contraiu, mas Ferron não a soltou. As pernas dela perderam o movimento.

— Eu te odeio — ela se forçou a dizer, entredentes.

Sem lhe dar atenção, os olhos de Ferron perderam o foco.

Helena percebeu que ele estava fazendo algum tipo de transmutação complexa. Algo estava acontecendo e ela deveria estar em pânico, tentando resistir à ressonância que mergulhava em sua bioquímica. Mas em vez disso, ficou calma.

Sentia Ferron alterá-la como se afinasse um instrumento; mexendo, ajustando, manipulando até que ela passou a se sentir vazia.

Ferron a soltou.

Helena recuou, esperando que as sensações voltassem de uma vez. Esse tipo de vitamancia era praticamente inútil porque exigia uma conexão constante de ressonância para mantê-la.

Suas emoções, no entanto, não voltaram.

Estavam em outro lugar. Presentes, mas distantes. Recuadas.

Ferron a observou, tentando entender a confusão e falta de reação.

Helena o encarou. Era como se houvesse uma camada de vidro entre eles. Estava ciente de que o odiava, porém não sentia nada. Ódio não passava de uma construção, e não de uma emoção.

— Como está se sentindo?

Os olhos aguçados dele catalogavam cada detalhe.

Helena sentiu um arrepio ao perceber o escrutínio, e um calafrio percorreu suas costas, mas não sentiu medo, apenas uma impressão. Os espasmos em suas mãos cessaram.

— Estou fria — respondeu. — Entorpecida. O que esse comprimido faz?

— Foi desenvolvido durante a guerra. É uma espécie de efeito duradouro para transmutações fisiológicas que normalmente seriam temporárias.

Helena pestanejou. Ficou se perguntando como aquilo funcionaria, se havia sido desenvolvido em etapas, com uso simultâneo de quimiatria e vitamancia, tratando vários hormônios separadamente e...

Ferron estalou os dedos diante do rosto dela.

— Isso é para adaptá-la à casa, para que eu não tenha que perder tempo escoltando você para tudo quanto é lado, e não para que use como um ponto de partida para as suas análises. Para fora.

Helena não se abalou. Era estranho se sentir tão vazia. Quase não se sentia mais humana. Como se tudo tivesse perdido o significado e não houvesse consequências para nada. Os comprimidos faziam os sentimentos bons e ruins desaparecerem. Ela estava oca com uma concha. Era um abismo, em vez de uma pessoa.

— É assim que é ser você?

Ele soltou uma risada irônica.

— Gostou?

Helena refletiu. Certamente era mais fácil conviver com Ferron sem ser inundada pelo ódio e pelo medo. Ainda tinha plena consciência de como ele era perigoso, mas seu corpo não reagia a isso.

— Parece que estou morta.

Ferron soltou um ruído estranho.

— Bem, o efeito é temporário. Dura apenas algumas horas.

Ele indicou a porta, mas Helena permaneceu onde estava, franzindo a testa.

— Você está diferente comigo. Menos cruel — observou, franzindo as sobrancelhas, confusa. Um sentimento que, aparentemente, ainda era capaz de experimentar.

Ferron se aproximou. Chegou tão perto que ela sentiu a respiração dele percorrer a pele de seu pescoço.

— Por que eu a torturaria se sei que não vai reagir? — perguntou baixinho no ouvido de Helena.

Ele se endireitou e ergueu a sobrancelha.

— Viu? Nada. Sem pulsação elevada, sem coração acelerado. Eu poderia trazer um amiguinho seu, quebrar o pescoço dele bem na sua frente, e você continuaria sem reação — prosseguiu ele, balançando a cabeça. — Não tem a menor graça.

Helena assentiu. Pensou que seria o estado perfeito para finalmente se matar. Havia perdido qualquer senso de autopreservação.

— Para fora — insistiu ele, irritado. Parecia ter adivinhado as intenções dela.

Helena pegou a capa e suspirou. As luzes do corredor estavam apagadas, apenas a fraca luz do dia entrava pelas janelas, mas ela não sentiu medo. Sabia que não passavam de sombras.

Desceu a escada até a varanda e parou na porta por um momento, mas não havia nada convidativo no pátio.

Então se virou para explorar a casa. Não conseguia deixar de se perguntar por que Ferron decidira dopá-la. Não era mais conveniente que sentisse medo? Ele devia ter algum mecanismo de segurança, algum truque para ficar de olho nela que ainda não identificara.

De repente, uma ideia lhe ocorreu, algo que não passara por sua cabeça antes, consumida pela preocupação com o escuro.

Virou-se e voltou pela ala oeste. Ferron estava na varanda, lendo um livro. Ele levantou os olhos para a porta aberta, mas Helena o ignorou e subiu a escada, atenta a todos os cantos no caminho até o quarto.

Ela raramente olhava para cima. O teto era cheio de sombras, e a escuridão a sufocava se olhasse demais. Preferia prestar atenção nos arredores, nas paredes a seu alcance, no próximo passo, no espaço entre as sombras. Não olhava para cima.

Duas criadas mortas estavam em seu quarto, trocando a roupa de cama, a janela escancarada. Assim que Helena entrou, largaram o edredom e trancaram a janela.

Ela as ignorou, pegou a poltrona e a arrastou até o canto do cômodo, apoiando-a de forma instável contra a parede, sentindo as algemas se chocarem com os ossos dentro dos pulsos. Subiu no encosto da poltrona para enxergar melhor o canto mais alto e mais próximo da porta.

Um olho protegido por vidro estava aninhado nas sombras. Ele girou, contraindo a pupila, como se ainda estivesse vivo, e olhou diretamente para ela. A íris era de um azul-escuro lindo.

"Estão oferecendo um bom dinheiro por olhos", tinha dito Grace.

O forro da poltrona estava escorregadio. Helena desceu, deslizando, e a poltrona voltou ao chão bem quando Ferron entrou no quarto.

— Até que enfim, encontrou — zombou ele.

— Você está sempre de olho em mim? — perguntou ela, ainda fitando o canto.

O olho estava tão bem disfarçado que mal dava para identificá-lo. Quantos daqueles havia pela casa? Deviam ser muitos, já que eles sempre a encontravam com uma rapidez absurda.

Ele bufou.

— Até parece. Você é terrivelmente entediante.

Helena deveria ficar horrorizada. E ficaria — mas isso teria que esperar. No momento, estava apenas curiosa. Ficou olhando para ele. Ferron carregava um livro sobre plantas venenosas, marcando uma página com o dedo, a postura relaxada.

— Como funciona? Eu não sabia que dava para... reanimar partes.

— Na verdade, é mais fácil do que os servos — respondeu, parando ao lado dela. — Reanimar é parecido com usar eletricidade — continuou ele. — Não passa de uma questão de canalizar o tipo certo de energia para onde deve ir e mantê-la ali. Não custa quase nada manter algo pequeno assim, desde que envolto pelos conservantes adequados.

Era menos interessante do que ela esperava. A prisioneira se virou para as criadas, que terminavam a faxina.

A reanimação delas era impressionante. Quase não era possível notar que estavam mortas. Eram ágeis, precisas nas tarefas, sem qualquer indício de decomposição. O talento horripilante de Ferron para a necromancia era inegável.

Uma quantidade tremenda de recursos mentais deveria ser necessária para monitorá-las e mantê-las trabalhando daquela forma. Havia um motivo para necrosservos serem usados principalmente como mão de obra para trabalhos repetitivos e massa de manobra para batalha, pois tarefas complexas ultrapassavam a capacidade mental limitada deles.

Como ele conseguia?

Helena olhou para Ferron com curiosidade.

— Você não é um homúnculo, é?

Ela se sentiu ridícula por perguntar. Humanos artificiais eram considerados tão míticos quanto quimeras e pedras filosofais. Uma das muitas ideias atribuídas a "Cetus" na era pré-científica.

Dos três, homúnculos eram um conceito especialmente antigo. A ideia era que, ao introduzir a semente de um homem em uma cucúrbita em um ambiente adequado e climatizado, essa semente germinaria. Depois de alimentada por sangue destilado, cresceria e se transformaria em um ser humano de potencial alquímico ilimitado. Não teria qualquer defeito porque seria livre das influências negativas do ambiente inferior e das contribuições de um ventre feminino — a fonte de todos os defeitos da humanidade.

Ferron a encarou de volta.

— Perdão?

— Deixe para lá — respondeu rapidamente.

Era óbvio que ele não podia ser um homúnculo, ela o havia conhecido como um menino comum, e um humano "perfeito" não seria um genocida.

— Estou só tentando entendê-lo — acrescentou.

Ferron riu.

— Imagino que eu devesse ficar lisonjeado por pensar isso, mas não, não sou um homúnculo — respondeu, fazendo uma pausa. — Embora Bennett tenha passado anos tentando criar um, só que, no fim, tudo o que conseguiu foram várias cucúrbitas de esperma podre.

Ela fez uma careta e o fitou outra vez.

Ainda assim, sem dúvida, algo fora feito com Ferron. Com Morrough em sua forma monstruosa e deformada, fazia sentido que ele tivesse um grau inimaginável de habilidade como resultado das transmutações efetuadas em si próprio, mas Ferron parecia razoavelmente humano.

De onde vinha aquele poder? Helena o analisou.

Na teoria, existiam cristais e pedras preciosas com propriedades úteis para a ressonância. Nos mitos iniciais de Orion Holdfast, a benção de Sol era descrita como uma pedra celestial reluzente. Amuletos de cristais eram, como resultado, muito populares. Colares e broches vendidos em lojas e barracas paladianas para peregrinos que consideravam a cidade-estado especialmente sagrada na Fé, frequentemente com promessas de que dariam mais força ou dimensão à ressonância, ou ao repertório de um alquimista, garantindo a entrada no Instituto.

Muitos estudantes usavam joias herdadas da família, e as figuras oficiais da Fé frequentemente usavam itens incrustados com pedras-do-sol.

Ela observou Ferron em busca de joias ou sinais de um amuleto. As famílias da guilda costumavam usar anéis de sinete e uma variedade de broches e penduricalhos para indicar suas ordens e clubes exclusivos; porém, em contraste com a esposa e com o pai, Ferron não usava nada, nem mesmo uma aliança de casamento. A única joia visível era um anel fino de metal escuro na mão direita.

Helena forçou a vista para estudá-lo.

— Que tipo de anel é esse? — perguntou.

Ele olhou para baixo.

— Este aqui? — perguntou, como se ela pudesse estar se referindo a algum outro anel, e virou a mão. — Só uma velharia.

Ferron tirou o anel e jogou para ela. Helena o pegou por reflexo, decepcionada ao descobrir que não era de nenhum metal preto e raro, apenas um anel de prata extremamente manchado, como se ele nunca o tirasse para poli-lo. Era forjado à mão, e não por transmutação; dava para ver as marcas de martelo que formavam uma estampa quase geométrica, lembrando escamas. Um acessório curioso para um alquimista de ferro.

Helena conseguia sentir o olhar dele e se perguntou o que Ferron faria se engolisse o anel.

— Não engula.

Ela ergueu o olhar.

Ferron a olhou de soslaio.

— Sorte a sua o exame nacional nunca ter testado a capacidade de mentir. Você tem um rosto muito transparente.

Ele estendeu a mão, pedindo o anel de volta. Helena considerou jogar a joia na boca só para enfurecê-lo.

Viu irritação faiscar nos olhos dele.

— Se tentar, vou puxá-lo de volta. Tudo o que vai ter é uma dor de garganta.

Ela largou o anel na mão de Ferron, que o pôs de volta no dedo.

— Que interesse repentino é esse? — perguntou ele.

Helena deu de ombros.

— Você não faz sentido para mim.

Ele levantou a sobrancelha.

— Ah, então é isso? E eu aqui, achando que você estivesse tentando me seduzir.

Ela retribuiu o olhar, inexpressiva.

Ferron abriu um sorriso zombeteiro.

— Tentando roubar meu coração com seu charme e astúcia.

Helena bufou.

Ele sorriu com ainda mais malícia.

— Quem sabe, talvez eu tenha uma queda por... — e parou para olhar para ela, tentando encontrar alguma coisa para completar a frase.

Mas Helena se afastou dele, dizendo:

— Amanhã, talvez.

Quando estava sozinha, era bom se sentir uma pessoa funcional de novo. Helena se esquecera de como era fácil existir quando a mente e o corpo não a traíam.

Determinada a não desperdiçar o efeito do comprimido, andou rápido pela casa, intrigada com a composição do fármaco enquanto caminhava.

Os pais dela praticavam medicina. A mãe era boticária, e o pai, um cirurgião tradicional, treinado em Khem. Helena crescera cercada por ervas, extratos e procedimentos médicos. Não era um treinamento formal, mas o suficiente para aprender rápido a ser curandeira, para enorme desagrado de seu superior religioso, o Falcão Matias.

Um dia, argumentou que os princípios da cura seguiam as mesmas regras de qualquer outra forma de medicina e citara o trabalho dos próprios pais. Era como falar de metalurgia manual quando comparada à alquímica: o uso de ressonância não alterava os princípios fundamentais.

Ele ficara tão furioso que fizera Helena passar dois dias em um santuário como penitência por ousar comparar sua ressonância corrupta à da Arte Nobre.

De acordo com a Fé de Matias, necromancia, além da violação dos mortos, era também uma violação do ciclo e da lei natural. Vitamancia vinha da mesma forma corrupta de ressonância.

A cura era permitida, dentro de certos limites, por ser considerada uma intercessão espiritual, um ato altruísta e guiado pelo divino.

Helena nunca entendera o motivo, mas o Instituto, que considerava a ciência e a Fé como complementares, bania estritamente o estudo da vitamancia, mesmo para a cura. A maioria dos curandeiros tendia a surgir em áreas remotas das Montanhas Novis e aprendiam a trabalhar apenas com base na intuição, seu sucesso ou fracasso entregues às vontades de Sol. Não havia "ciência" envolvida.

Helena aprendera a morder a língua e fingir que seu talento raro para a cura era divino, e não por entender os sistemas e as funções do corpo humano.

O comprimido que Ferron forçou por sua goela abaixo deveria ser estudado cientificamente, já que demonstrava potencial de cura. Parecia ter algum componente vasoconstritor. Um glicosídeo, talvez sintetizado da dedaleira. Tentou se lembrar se teria notado qualquer coisa que indicasse a presença de ácidos minerais, e talvez...

— Horríveis, não? — A voz de Aurelia se espalhou pelo corredor vinda do salão, interrompendo os pensamentos de Helena. — No começo, ficavam do lado de dentro, mas, não importa o quanto sejam lavados, continuam fedendo. Falei para Kaine que ia botar fogo neles se ficassem mais um dia sequer aqui dentro.

— Ele não pode só dar uns novos para você? — questionou uma voz masculina.

— Não — respondeu Aurelia, petulante. — Pedi sem parar, mas eles vieram da Central, então temos que mantê-los. Todo mundo vive ganhando servos novos, mas Kaine nunca quer trocar. Quando traz novos, finalmente, são essas coisas horrorosas.

— São para a prisioneira, suponho.

— É claro — afirmou Aurelia, azeda. — A casa toda virou do avesso por causa dela. Basta olhar para os corrimãos. O saguão fica parecendo uma gaiola gigantesca, mas Kaine insiste em deixar assim. Ele me dá uma patada se eu me esquecer de uma porta aberta, e os servos nunca aparecem quando preciso. É uma vergonha. Outro dia, vi Lotte Durant. O marido dela arranja servos novos assim que os velhos ficam feios. Até deixa que ela escolha. Fazem tudo o que ela quer. Até coisas horríveis às vezes, é muito engraçado. Uma das servas queimou a seda nova de Lotte e você devia ter visto o que ela mandou os outros servos fazerem. Me dá calafrios só de pensar. Uma vez, quis castigar um dos meus, mas Kaine apareceu e disse que eram dele e que, se eu quisesse torturar algum, teria que fazer meus próprios... Bom, eu faria, se pudesse.

Helena seguiu a voz de Aurelia e descobriu que o saguão tinha sido transformado desde que o vira pela última vez. Os corrimãos tinham mudado de forma, as barras de ferro agora indo até o teto, impossibilitando quedas dos patamares ou da escada em si. Ferron nitidamente não queria correr riscos.

Lá embaixo, Aurelia e o acompanhante mudaram de cômodo, ainda discutindo como Ferron era um marido injusto e incompreensivo.

Os detalhes do ouroboros no piso do saguão tinham ficado mais nítidos do terceiro andar, mesmo com as barras de ferro. Helena olhou para baixo e analisou as asas, os espinhos, os dentes e o corpo esguio curvado em um círculo enquanto consumia a si mesmo.

Na manhã seguinte, ela acordou paralisada no colchão, como se uma pedra tivesse sido jogada em seu peito. Uma onda de desespero, luto e raiva, todos os sentimentos que no dia anterior não conseguira acessar, voltou redobrada, tão pesada que ela mal conseguia respirar.

O período de trégua piorara a dor; o alívio momentâneo tornava a magnitude daquele peso ainda mais tangível. Ela se sentia destruída.

As costas e o pescoço estavam quentes demais, enquanto o resto do corpo suava frio, a roupa e os lençóis estavam encharcados e com um cheiro mineral forte. Definitivamente havia ácidos minerais nos comprimidos.

Rolou para o lado e vomitou violentamente no chão. Encolheu-se, tremendo, o corpo pesado. Queria esganar Ferron antes de se enfiar em um buraco e morrer. Estava com calor, com frio, com sede, com um desespero patético por conforto.

Se um necrosservo entrasse ali e acariciasse seu cabelo, provavelmente choraria.

Uma onda de solidão a atingiu com tanta força que Helena soltou um soluço sufocado e quase caiu no choro.

A porta se abriu e um necrosservo entrou, mas só para limpar a sujeira.

Ela ficou de cama, doente, até anoitecer, tremendo e suando até desmaiar de exaustão.

Quando Ferron chegou no dia seguinte, Helena o fulminou com o olhar. Ele poderia ter alertado quanto à abstinência.

Ele a esperou pegar a capa, mas, em vez de ditar o caminho, esperou que ela passasse.

O corredor estava escuro. Helena sentia as sombras, as trevas à espreita, mas manteve os dedos encostados nos lambris e se concentrou nos passos que tinha que dar. Já conhecia o caminho. Mesmo no escuro, sabia se localizar.

Quando chegou ao pátio, Ferron apareceu na varanda, observando-a como um cientista observa uma cobaia.

Helena suspirou e começou uma caminhada tediosa pelo pátio. Quando terminou a primeira volta, ele já tinha ido embora.

CAPÍTULO 9

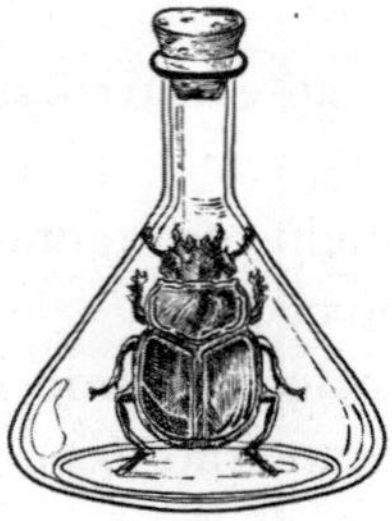

Um bilhete veio junto com a bandeja do almoço de Helena alguns dias depois.

"Transferência hoje à noite" estava escrito no cartão, numa caligrafia brusca.

À noite, Ferron entrou no quarto. Não disse nada, apenas andou até a cadeira e esperou.

Ela poderia ter tentado lutar, mas sabia que resistir ou fugir era inútil. Andou até ele, nauseada de pavor, a memória das febres e dos pesadelos já a inundando.

Quando se sentou, Ferron tirou as luvas e se posicionou atrás dela.

Helena manteve o olhar fixo até senti-lo inclinar sua cabeça para trás.

Foi mais cuidadoso do que da primeira vez. Aparentemente, convulsões febris eram o suficiente para garantir um pouco de cautela.

A pressão da ressonância se desenvolveu gradualmente. Era como mergulhar nas profundezas, e quando o peso finalmente começou a esmagá-la, era tarde demais para escapar. A ressonância dele sufocou a consciência de Helena até os pensamentos se fragmentarem, achatando-se. A visão dela ficou vermelha e algo quente escorreu do canto de seus olhos e pelas têmporas.

Após uma pressão horrível e vibrante, Ferron se misturou à sua própria consciência, como se estivessem se fundindo.

E dessa vez, ela estava brutalmente consciente.

— Eu te odeio — soltou ela, rouca, deixando Ferron sentir cada gota de seu desprezo.

Se havia uma hora boa para provocá-lo, certamente era aquela. Durante um procedimento tão perigoso, ele não podia cometer nenhum erro, mas ela também não podia se mexer.

Eu te odeio. Traidor. Covarde. Eu te odeio.

Ferron não deu atenção. Estava imóvel, como se distraído por um plano de existência externo no qual entrara à força. Dessa vez, nem sequer olhou ao redor.

Após uma eternidade, Ferron se desvencilhou dela. Não se soltou com um arranque, foi saindo devagar. O que foi ainda pior. Era como ser esfolada de dentro para fora.

O quarto girou, todo vermelho e despedaçado, a mente dela como pele escorchada.

Ela tombou para a frente.

Um rosto oscilou diante dela. Primeiro vermelho, depois branco. Ela piscou, borrando o vermelho. Seus olhos se recusavam a entrar em foco. Suas mãos e seus pés estavam dormentes.

Estava com o lado direito do rosto e do corpo rígidos.

O rosto diante dela estava estranhamente pálido, emotivo por um instante, e enfim neutro, quando ela conseguiu focar a visão.

Era um homem.

— Você está bem. Teve uma convulsão. Mas já passou.

Ele tocou o queixo dela e Helena sentiu calor sob a pele, onde os músculos estavam tão rígidos que poderiam rachar, estimulando-os a relaxar.

— Consegue falar? Você gritou por vários minutos.

Ela se esforçou para engolir, a cabeça latejando, uma membrana úmida pulsando no crânio. Sentiu gosto de cobre na boca. Tentou falar, mas os músculos do lado direito da mandíbula ainda estavam tão travados que mal conseguia afastar os dentes. Helena pressionou o rosto naquela mão quente, querendo chorar.

Estava com muito frio, como se um veneno estivesse se espalhando por seu corpo e a congelando. Um som baixo, ofegante, emergiu do fundo de sua garganta.

Ela não entendia. Não se lembrava de...

— Quem é você? — perguntou, a voz arrastada entre os dentes cerrados.

Um misto de emoções passou pelo rosto do homem, que abriu a boca e em seguida a fechou com firmeza.

— Sou o responsável por cuidar de você — respondeu finalmente, bem devagar, pronunciando cada palavra com atenção.

Ele desceu a mão até o lado do pescoço dela, fazendo-a tremer. A ponta dos dedos tocou a curva na base do crânio.

— Durma — orientou ele. — Você se lembrará de tudo quando acordar.

Helena não queria dormir, queria respostas, mas o calor inundou sua pele como água. O quarto ficou embaçado. O rosto foi ficando mais suave, desaparecendo no borrão.

— Eu conheço você? — perguntou ela, fechando os olhos.

— Eu diria que sim.

Quando acordou, ela se lembrava, e estava gritando. A cabeça dela ardia de febre. A lucidez ia e vinha. Às vezes, lembrava-se da Transferência, e às vezes, estava perdida e confusa.

Fuja.

Ela deveria fugir, ir para algum lugar. Porém, precisava de... algo.

Não iria sem aquilo.

No meio da noite, saiu para o pátio, onde a chuva gelada desabava, procurando. Deitou-se no chão tentando esfriar a cabeça daquele fogo flamejante ali dentro. Se a mente estivesse fresca, poderia lembrar o que estava procurando.

— O que está fazendo? Vai morrer congelada, sua idiota. — Ferron a carregou de volta para dentro.

A pele dela estava tão fria que até as mãos mortas das criadas queimavam ao toque enquanto tiravam suas roupas molhadas.

Quando finalmente a deixaram em paz, tentou voltar para o lado de fora, mas a porta e as janelas estavam trancadas. Em determinado momento, amarraram-na à cama para que parasse de arrebentar os dedos ao arranhar a porta tentando sair.

Helena foi abandonada, presa, forçada a suportar os pesadelos lúridos e sangrentos enquanto queimava.

Toda vez que fechava os olhos, estava de volta ao Instituto brilhante, dourado e reluzente, correndo pela escada da Torre até a sala de aula, abraçando os livros, com Luc ao seu lado. Tinha mais alguém com eles, mas até os sonhos fugiam daquele rosto.

Então piscava ou baixava os olhos para anotar alguma coisa e, quando voltava a olhar para a frente, o mundo estava em ruínas. Os alunos todos caídos nas cadeiras, dilacerados, sangue espalhado pela sala. Helena, a única sobrevivente da chacina.

Em um sonho, Penny estava deitada em uma mesa médica, amarrada, aos berros enquanto figuras sem rosto a abriam em vivissecção diante da assembleia de estudantes mortos.

Em outro, era Ferron na frente da sala, como se convocado para uma demonstração. Parado ali, metamorfoseava-se lentamente do garoto de cabelo escuro a um pesadelo de prata pálido, toda a sua cor se esvaindo como sangue, pingando de suas mãos.

Quando a febre cedeu, o corpo de Helena tinha voltado a atrofiar. Não fazia ideia de quanto tempo se passara. Tropeçava e tremia como um filhote ao andar. Era como se as sinapses de seu cérebro estivessem desalinhadas.

Ficou agradecida por Ferron não forçá-la a sair. Helena não queria vê-lo novamente, tinha uma lembrança muito nítida de encostar o rosto na mão dele sem saber quem realmente era.

Responsável por cuidar dela? Que descrição mais generosa.

Hesitou, relembrando-se do tom de voz lento dele ao responder à pergunta.

Ela havia falado etrasiano.

Enquanto se recuperava, sonhos e memórias com Luc lhe surgiam regularmente. Não eram lembranças que havia perdido, apenas momentos do passado que doíam ao serem relembrados.

— Vamos — sussurrou Luc, após encontrá-la estudando na biblioteca. — Você está aí há dois dias. Vai começar a crescer cogumelos nos ouvidos — brincou, puxando uma orelha. — Você precisa de luz do sol. Eu preciso de luz do sol.

— Eu preciso é acabar de analisar esta estrutura de matriz — chiou ela, tentando dar uma cotovelada nele, que tinha começado a roubar suas canetas. — Vá embora.

Luc nunca ia embora, por mais que ameaçasse. Fazia drama e birra, cada vez mais barulhento, até os bibliotecários mandarem Helena levá-lo para passear. Como se o próximo Principado fosse um bicho de estimação malcomportado.

Quando ficaram mais velhos e ela começara a trabalhar no laboratório, ele não podia perturbá-la com o barulho, então ameaçava sair e se meter em encrenca — e ela prometera ao pai dele que não o deixaria arranjar problemas.

Eles saíam por aí, e ele a levava aos lugares mais legais da cidade. As capelas de fogo mais bonitas e as catedrais imensas do periélio, jardins aquáticos escondidos, pequenas livrarias e cafés.

Todas as torres, os jardins e as vistas de Paladia que ela amava, fora Luc quem lhe apresentara. Helena amava a cidade pelos olhos dele.

Quando finalmente conseguiu voltar a sair do quarto, sua mente começou a lhe pregar peças. A casa parecia errada, diferente de algum modo. A luz vinha de outros ângulos, as janelas estavam no lugar errado, as portas em locais que não deveriam estar.

— A inflamação cerebral está muito melhor desta vez — declarou Stroud, quando foi visitar Helena, percorrendo seu crânio feito minhoca ao usar ressonância. — Não deveria ter tido outra convulsão, mas como foi apenas uma, já é sinal de melhora. Acho que o cronograma mensal será mesmo adequado.

Stroud tinha acabado de ir embora quando Ferron chegou e parou ao pé da cama, de mãos cruzadas nas costas, estudando-a com olhos lânguidos.

— Você sabia que é quase Solstício? — perguntou ele, enfim.

Não. Ela não fazia ideia da data. Sabia que havia se passado um mês entre as sessões de Transferência, mas não tinha certeza de quando chegara ali.

O Solstício de Inverno marcava o fim do ano no Norte. Era um dos eventos mais importantes do calendário. Países costeiros do Sul, onde a duração dos dias não variava tão dramaticamente, marcavam o ano pelas marés lunares de Lumithia.

— Você já deveria ter ido embora. — Ele olhou pela janela. — Parece que vou mantê-la pelo inverno.

Não havia emoção na voz, nem no rosto de Ferron. Era muito difícil ler seu semblante em certos momentos. Helena achava isso muito estranho.

A cultura e a língua de Etras eram animadas, cheia de expressões e gestos. Era uma das muitas coisas que denunciava Helena como estrangeira. Aprendera a entrelaçar os dedos sob a mesa quando falava em sala de aula, para não correr o risco de todos caírem na gargalhada assim que começasse a gesticular.

Paladianos eram muito contidos. Um alquimista experiente movimentava os dedos apenas para o uso preciso e controlado da ressonância. Era algo cultural. As expressões também eram sutis, e insultos frequentemente vinham na forma de elogios sarcásticos que um recém-chegado dificilmente entenderia.

Helena aprendera a ficar quieta, atenta aos sinais sutis. Quando as pupilas estavam contraídas, os olhos percorriam rápido seu rosto e os pés apontavam para longe, o sorriso e as palavras supostamente simpáticas não indicavam que gostavam dela, nem que desejavam sua presença.

Ferron era mais difícil de interpretar do que a maioria dos paladianos, não por sua boca dizer uma coisa e seu corpo, outra, mas porque, às vezes, seu corpo não dizia nada.

Ele ficou ali parado, o corpo imóvel, a expressão neutra, as mãos escondidas. Helena não conseguia decifrar seu humor.

— Algumas coisas devem chegar amanhã para me poupar de maiores inconvenientes com a situação. *Por favor* — disse, com ênfase explícita —, não confunda isso com sinal de afeto.

Na manhã seguinte, um embrulho de papel foi deixado na porta dela com a bandeja do café. Dentro do embrulho estava um par de botas.

Ela as pegou, contornando os detalhes com os dedos.

Eram lindas, de couro reluzente, solas grossas e uma fileira de botões para fechar. Notou a arte de cada detalhe.

Quando Ferron dissera que aquilo era para lhe poupar de inconvenientes, ela não esperara sapatos, embora os dela estivessem horríveis, destruídos pelo cascalho molhado.

Calçou as botas, já animada para andar pelos corredores sem o ferro gelado do piso machucando seus pés.

Foi então que viu que o pacote continha mais coisas. Um par de luvas de camurça forrada de um estilo estranho, com punho muito comprido. Lembrava uma luva de falcoaria.

Vestiu uma, curiosa, e percebeu que o formato e o comprimento serviam para cobrir as algemas, impedindo que o metal esfriasse a ponto de queimar a pele.

Quando saiu para caminhar, foi a primeira vez que suas mãos e seus pés não começaram a doer de frio de imediato.

Ainda assim, Helena se recusava a sentir qualquer gratidão por Ferron. Esfriaria ainda mais depois do Solstício. Se permanecesse ali o inverno inteiro, sair da casa provavelmente só lhe causaria danos. Ele precisava mantê-la saudável.

Ela não era tão ingênua a ponto de confundir pragmatismo com gentileza.

CAPÍTULO 10

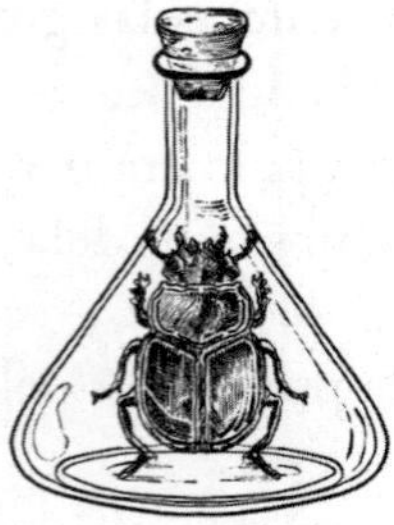

No quarto, Helena se sentou próximo à janela, tentando, sem sucesso, captar qualquer sensação de ressonância nos dedos. Caso focasse por um bom tempo, às vezes achava que ainda havia algum resquício dela.

Ela se levantou e foi até a janela. Os dias eram curtos e terrivelmente escuros, com o sol se pondo ao meio-dia.

De olhos fechados, cerrou as mãos em punho, concentrando-se. Então flexionou os dedos e pressionou-os contra a gélida treliça de ferro da janela, esforçando-se até a visão ficar turva.

Nada.

Helena mexeu nas algemas em volta dos pulsos até o tubo entre os ossos dar pontadas de alerta.

Apesar de séculos de estudo alquímico, ainda havia muitas coisas desconhecidas relacionadas à ressonância.

Antes da Fé, houvera um culto de alquimia dedicado a uma versão masculina de Lumithia.

O culto afirmava que a humanidade em si era o primeiro produto da alquimia, criada por Sol no início dos tempos e espalhada pelo solo. No entanto, os seres humanos gerados eram inferiores e corruptíveis, semelhantes ao mais ordinário dos metais. Sol, mesmo com todo o poder de que dispunha, não podia aperfeiçoá-los. Em seguida veio Lumen, cujos processos alquímicos eram bem mais rigorosos. Lumen reuniu os outros quatro elementos — fogo, terra, água e ar — e usou toda a terra como um alambique e suas criaturas como matéria-prima. A Grande Desgraça, ocorrida dois milênios antes e que quase destruiu o planeta e a humanidade, fora consequência dos processos da própria alquimização.

Primeiro veio o fogo que caiu como chuva sobre a terra: a calcinação. As marés altas que engoliram as grandes cidades: a dissolução. Os terremotos que abalaram até as montanhas: a separação. O rescaldo, à medida que os sobreviventes emergiram da destruição: a conjunção. As pragas, as doenças e a fome que vieram em seguida: a fermentação. O número de mortos, tão grande que a humanidade beirou a extinção: a destilação. E, por fim, culminando no grande experimento de Lumen, a humanidade em si manifestando ressonância alquímica: a coagulação.

Esse processo foi o método de alquimização imputado pelos primeiros escritos de Cetus.

Tanto a Fé quanto o Instituto rejeitaram o culto em sua quase totalidade, embora tenham aceitado Lumen como Lumithia e a reconhecido como uma das deidades elementais da Quintessência. Contudo, a Fé tinha uma visão restrita, afirmando que a ressonância não era reflexo da pureza espiritual, apenas uma expressão dela. Todos os seres humanos eram falhos, fossem alquimistas ou não, e, portanto, todos deveriam se esforçar para alcançar a purificação. Um passo que Cetus, por conveniência, deixara de fora do processo alquímico.

Além disso, não era difícil prever onde surgiriam grandes números de alquimistas. Esse total tinha correlação com regiões detentoras de grandes depósitos de lumítio. A maior mina do Continente Nortenho ficava nas montanhas, rio acima a partir de Paladia, e o número de crianças com ressonância mensurável nascidas na cidade era mais do que o dobro das taxas dos países vizinhos.

As minas de lumítio de Paladia foram a principal causa de uma situação política complicada. O metal só podia ser escavado em segurança por aqueles sem ressonância, pois, de outra forma, os sintomas da síndrome consumptiva logo se manifestavam. Mas o trabalho nas minas era limitado a uma única geração, pois filhos de mineiros quase sempre nasciam com ressonância mensurável. Paladia constantemente trazia novos trabalhadores para as minas, o que resultava numa explosão populacional constante. E essa era a explicação pela incrível densidade da cidade-estado.

As guildas dependiam de lumítio para o processamento, mas não gostavam da competição que a mineração criava. Havia décadas o Instituto de Alquimia operava em capacidade máxima, o que, na prática, servia para limitar o número de certificados de alquimia concedidos anualmente. Sem essa certificação, ninguém podia se declarar alquimista profissional ou usar a ressonância sem um supervisor credenciado.

As guildas queriam que os certificados e as admissões do Instituto de Alquimia permanecessem limitados, pois a restrição valorizava as credenciais e, ao mesmo tempo, barateava a mão de obra daqueles sem certificação formal para o trabalho alquímico nas fábricas. No entanto, elas também queriam garantir que fossem seus herdeiros os escolhidos para entrar no Instituto, independentemente se a ressonância ou a aptidão de outros fossem mais elevadas.

Isso havia criado um ciclo perpétuo de queixas no qual todos achavam as circunstâncias atuais injustas, mas ninguém concordava com uma solução sequer. O Principado Helios tentara resolver a situação por décadas, mas seus esforços resultaram em rebeliões em massa e greves trabalhistas.

Pelo que se sabia, os Imortais tinham resolvido a questão da mineração ao passarem a usar necrosservos, solucionando tanto a questão da falta de lumítio quanto a da competição exponencial, o que tornava amarga a ironia de que a guerra havia dizimado a população alquimista a tal ponto que agora era preciso um programa de reprodução para reavivá-la.

Helena semicerrou os olhos na tentativa de ver o tubo que corria através de seus pulsos com mais clareza e de entender do que se tratava. Parecia envolto em cerâmica. Era quase certo que podia ser quebrado, embora fosse mais provável que aquilo indicasse a corrosibilidade do metal.

O lumítio, porém, era resistente à corrosão. Sem dúvida era um metal nobre, incorruptível, menos perfeito que o ouro, mas superior à prata, que ficava manchada. Talvez uma liga de lumítio, então?

No entanto, não conseguia pensar em muitas ligas de lumítio, já que o metal era usado sobretudo nas emanações necessárias para aumentar ou estabilizar a ressonância de outros metais.

Helena suspeitava que a supressão da ressonância fosse algum tipo de alquimia lestina. O Império do Leste mantinha muitos segredos em relação à própria alquimia, e fora Shiseo quem colocara as algemas nela.

Enquanto ainda as examinava, a porta de seu quarto se abriu. Quando se virou, esperando encontrar Ferron, deparou-se com um estranho a encarando, a expressão entusiasmada.

Ele entrou e fechou a porta sem fazer barulho, olhando ao redor como se esperasse ser pego no flagra. Quando nada aconteceu, um sorriso se espalhou devagar pelo rosto dele.

O estranho foi até Helena em passos rápidos e silenciosos.

Era corpulento, com cabelo da cor do trigo e rosto quadrado. Usava uma sobrecasaca azul-marinho e uma capa decorada com bordados geométricos, além de um plastrão bordô no pescoço.

Ao vê-lo, a resposta instintiva de Helena foi de terror absoluto.

Nunca lhe ocorrera que um estranho pudesse entrar ali. As mãos dela tremeram, enviando uma onda de dor pelos braços.

O homem parou.

— Você não se lembra de mim — constatou ele, incrédulo. Havia um tom de ultraje em sua voz, como se ela devesse tê-lo reconhecido na mesma hora.

Helena o observou com grande intensidade, tentando adivinhar quem poderia ser. A voz lhe era vagamente familiar, mas ela não lembrava onde a tinha ouvido antes.

A expressão se tornou mais ávida e triunfante conforme se aproximava. A mão estendida, os dedos curvados em expectativa.

A porta foi aberta com tamanho furor que o cômodo pareceu sacudir.

— Está perdido, Lancaster? — perguntou Ferron ao entrar, os olhos prateados ardendo de raiva.

Uma onda de alívio atravessou Helena.

Lancaster se aprumou na mesma hora, a agitação desaparecendo enquanto se virava para encarar Ferron, dando de ombros com indiferença. Ferron o ignorou ao entrar no quarto.

— Só estou explorando a mansão de vocês — replicou Lancaster. — Fiquei curioso quando a vi.

Ele indicou Helena com a cabeça no instante em que Ferron se colocou entre os dois. Sem pensar duas vezes, ela se encolheu atrás dele, tão próxima que conseguia sentir a fragrância de zimbro em suas roupas.

— Ela não está disponível para entretenimento — alertou Ferron, a voz tomada por frieza. — Vai ter que encontrar outra pessoa com quem se divertir. Tenho certeza de que você vai se virar.

Lancaster riu.

— Mas você a colocou nos jornais, e tudo o mais. — Ele fez beicinho. — Tem certeza de que não permite visitas?

— Não, não permito — reiterou Ferron com um olhar desinteressado de relance para Helena. — E, no futuro, se ficar curioso a respeito de alguma coisa que me pertence, é melhor pedir permissão primeiro. Vamos voltar para a festa. Acredito que Aurelia tenha notado nossa ausência.

Ele colocou a mão enluvada no ombro de Lancaster e o conduziu com firmeza até a porta. Lancaster virou a cabeça e fitou Helena, a intensidade voltando aos olhos, como se houvesse algo que queria desesperadamente contar a ela.

Helena o observou desaparecer porta afora, tentando entender por que aquele nome não lhe era estranho.

Lancaster.

Um nome de guilda. Níquel. Sim, a guilda de níquel. Houvera um Lancaster no ano dela, ou talvez um ano acima? Erik Lancaster.

Por que ele esperava que Helena o reconhecesse?

Enquanto pensava naquilo, o som baixo de música ecoou através da porta fechada.

Só então Helena compreendeu por que havia alguém na casa. Os Ferron estavam dando uma Festa de Véspera do Solstício.

Não fazia ideia de que recebiam pessoas ali. As partes que vira da casa eram tão encardidas que Helena teria morrido de vergonha de receber qualquer pessoa. O Solstício de Inverno, no entanto, era um dos feriados mais importantes de Paladia, e, como o Solstício de Verão tinha relação com os Holdfast, aquele provavelmente era o único feriado grande que os Imortais tinham permissão para celebrar.

Ela foi até a porta. Apesar do perigo, a curiosidade a consumia. Helena sabia que Imortais e defuntos estariam presentes, qualquer pessoa convidada seria Aspirante ou, no mínimo, apoiador do regime.

Poderia ser sua melhor chance de acabar morta. Helena, porém, hesitou ao segurar a maçaneta: era mais provável que apenas a torturassem. Afinal, a menos que Ferron interviesse, haveria pouco que ela pudesse fazer para proteger a si mesma.

O alívio instintivo que sentiu ao vê-lo a perturbou de mais maneiras do que Helena queria pensar, e, se passasse a noite inteira no quarto, era o que faria.

Abriu a porta.

Mesmo que o comprimido tenha tornado possível que ela se movesse pela casa e fosse além das sombras do corredor sem entrar em pânico, Helena ainda precisou respirar fundo várias vezes antes de ser capaz de cruzar a soleira da porta.

Então partiu na direção da ala principal.

A música foi ficando mais alta. Ela parou, verificando se os corredores estavam vazios.

Mal reconhecia a casa. Todos os candelabros e arandelas estavam acesos, e tudo brilhava de tal forma que Helena não imaginara ser possível na Torre Férrea.

Foi de fininho pelo corredor, mas, antes que pudesse fazer a curva, ouviu o farfalhar de tecidos e a risada abafada de uma mulher. Recuou depressa, prendendo a respiração enquanto desaparecia em meio às sombras, tentando não as sentir se fechando ao seu redor. Dobrando o corredor, Aurelia surgiu em disparada segurando alguém pelo pulso, puxando-o para a escuridão no outro extremo.

Não era Ferron.

De onde estava, Helena não tinha uma visão privilegiada, mas a constituição física e os cabelos eram completamente diferentes.

Aurelia se encostou na parede soltando uma risada ávida, e o homem se aproximou até Helena não ter mais nem um vislumbre sequer dela. Ouviu-se outra vez o farfalhar de tecidos e logo a risada deu lugar a suspiros ofegantes e gemidos reprimidos, mas audíveis.

Ela observou a cena com uma descrença horrorizada, sem saber o que fazer até que um pensamento lhe ocorreu: Ferron veria a esposa tendo um caso quando verificasse suas lembranças.

Afastando-se de seu esconderijo nas sombras, subiu a escada mais próxima em silêncio.

Com a rota inicial bloqueada, contentou-se em se aproximar por um andar acima. Helena ouvia o murmúrio das vozes como o zumbido de uma colmeia. Era uma festança.

Durante a exploração que fizera sob o efeito da droga, vira um salão de baile abandonado. No terceiro andar, havia uma pequena escada estreita e sinuosa que levava ao mezanino sobre o salão de baile, onde o lustre podia ser retirado para limpeza.

Ela subiu a escada e se ajoelhou ali, observando por cima do corrimão, o cabelo solto caindo ao redor do rosto. Helena notou, irritada, que havia uma rede de proteção sob o vão, como se Ferron, de alguma maneira, tivesse previsto que ela poderia ir até lá e tentar se suicidar durante a festa.

Aquilo nem tinha passado pela cabeça dela, mas ficou incomodada ao se ver preventivamente frustrada.

Helena espiou através da rede. O salão de baile estava cheio de pessoas e cadáveres. Todos brilhavam, adornados com tecidos, joias e enfeites. Mesmo de longe, via que as roupas dos convidados continham ornamentos sofisticados. Prata tão bela quanto o luar, e platina e ouro que pareciam brilhar entre pedras preciosas e metros de tecidos tingidos com riqueza. A abundância irradiava dos participantes.

A nata da sociedade de Nova Paladia. Dezenas de defuntos compareceram ao baile, a morte de seus corpos aparente na palidez cerosa da pele e na esclera amarelada. Conforme Helena observava, passou a suspeitar de que alguns fossem pessoas vivas que usaram pó e óleo na pele a fim de imitá-los. Como se aquilo fosse algo a aspirar.

Havia duas garotas que sem dúvida eram irmãs. A mais nova tinha feições marcantes e um olhar astuto, enquanto a mais velha, apesar de conservar as mesmas características, de algum modo, parecia mais desgastada, os traços mais suaves, como uma estátua deixada ao sabor das intempéries.

A mais velha usava uma tinta azul-clara na pele e parecia não ter nenhum interesse pela festa. Quando as pessoas tentavam falar com ela, eram ignoradas. De vez em quando, ela se afastava, como se tivesse sido pega por uma corrente invisível, e a mais nova interrompia qualquer conversa que estivesse tendo e ia atrás dela, mimando-a, pegando petiscos das bandejas que passavam, dando-lhe canapés como se a irmã fosse um filhote de passarinho e segurando sua mão para mantê-la por perto.

Uma duplinha estranha.

Helena viu Stroud e Mandl, que decerto havia usado vitamancia para melhorar a aparência. O cadáver não tinha mais qualquer sinal perceptível de apodrecimento. As veias escurecidas ainda eram visíveis na pele exangue, mas, pelo visto, ela tinha acentuado aquilo, como se quisesse deixar claro que o aspecto era intencional.

Havia diversos fotógrafos com câmeras enormes. Flashes semelhantes a pequenas explosões eram disparados enquanto tentavam capturar o salão.

Helena reconheceu o governador, Fabian Greenfinch, que durante a "reforma" fora nomeado líder da Assembleia das Guildas.

Ao procurar por Ferron, encontrou-o de pé do outro lado do salão. Era como ver uma pantera entre um bando de pássaros exóticos.

Ele usava preto dos pés à cabeça, como sempre, o que tornava a palidez prateada do cabelo e da pele ainda mais aparente. Não era o cinza da morte, como o dos defuntos e seus imitadores. No caso de Ferron, ele parecia reluzir.

Havia algo estranho nele, que o distinguia de todos os outros.

— O novo ano está quase chegando! — exclamou uma mulher que rodopiava pelo salão, o rosto pintado de cinza, erguendo um cálice de cristal acima da cabeça.

Ela soltou uma risada selvagem quando o conteúdo espirrou no vestido dela e no chão.

Aurelia voltou para o salão. Também usava preto, e o vestido era todo ornamentado em prata, em vez do ferro de sempre, como se tentasse ficar mais parecida com o marido. O corpete tinha os detalhes de uma armadura escamada. O padrão geométrico era bordado em prata até as mangas. Usava anéis de alquimia de prata, elaborados para que seus dedos parecessem mais longos.

Ainda assim, havia um leve ar de desordem nela. O batom estava borrado, suavizando os contornos da boca, e a saia estava cheia de vincos estranhos. Emanando presunção, Aurelia foi até Ferron e estendeu a mão para ajeitar a gola dele e puxá-lo para perto.

Ferron encarou a esposa, impassível.

— Dez! Nove! Oito! Sete!

O salão começou a entoar a contagem regressiva para o Solstício e o novo ano que este anunciava.

À medida que os números diminuíam, Ferron passou o polegar nos lábios da esposa.

Quando a contagem zerou, inclinou-se para a frente e beijou Aurelia. Um flash foi disparado. O salão explodiu com vivas, beijos e brindes.

Os lábios de Ferron continuavam pressionados aos de Aurelia, mas, enquanto a beijava, ele ergueu os olhos e encarou Helena.

Ela sustentou o olhar, esquecendo-se de respirar.

O estômago de Helena deu piruetas, e o coração começou a bater tão forte que o sangue rugia nos ouvidos. Ela queria se afastar, sumir de vista, mas estava presa sob o olhar prateado e frio de Ferron.

Ele não desviou o olhar até Aurelia encerrar o beijo, dando-lhe as costas. Ferron baixou os olhos de imediato e abriu um sorriso falso e indulgente enquanto analisava o salão, batendo palmas sem entusiasmo até um dos criados mortos se aproximar com uma bandeja de bebidas. Ele pegou uma taça e virou o conteúdo como se fosse enxaguante bucal.

Helena se sentou e pressionou as mãos no peito, desejando que o coração parasse de bater com tanta força.

— E agora — soou uma voz alta, interrompendo o murmúrio das conversas —, um pouco de entretenimento para começar este novo ano.

A música foi interrompida enquanto os músicos olhavam ao redor, incertos se deveriam continuar tocando.

Helena seguiu a voz e avistou um homem com costeletas compridas que desciam pelo maxilar vestido com tanto aprumo quanto o restante dos convidados. Ele entrou pelo lado oposto do salão e trouxe, todo contente, uma fileira de pessoas às costas: um homem, uma mulher e três crianças, de idades diferentes, todos acorrentados.

Não havia dúvida de que não se tratavam de convidados; suas roupas eram simples demais e o rosto deles transparecia terror.

O orador se virou, encarando a multidão que assistia enquanto gesticulava para os prisioneiros.

— Estes são os últimos parentes de uma das famílias nobres da Chama Eterna.

Exclamações de surpresa se espalharam pelo salão. Helena analisou o rosto das pessoas acorrentadas, mas não os reconheceu.

— Parentes distantes, admito, mas que tomaram muito cuidado para tentar esconder essa ilustre conexão, não é?

Ele havia se voltado para os prisioneiros, balançando um dos dedos.

— Por favor... — Foi o pai que falou. — A avó da minha esposa era um Lapso, mas não fazíamos...

O pai foi esbofeteado por uma mão adornada com joias, o que o desequilibrou e o fez arrastar toda a família para o chão. E lá permaneceu, a lateral do rosto ferida.

— Eu avisei para não abrir a boca. Você está acabando com minha diversão. — A voz do orador soava quase cantarolada. — Agora, sei que todos vão querer uma oportunidade, mas proponho que devemos escolher uma ordem e aí os pegar um de cada vez. Os mais jovens primeiro, talvez. Ou... por último?

Ele olhou ao redor cheio de expectativa, como se quisesse saber a opinião de seu público.

— Durant — repreendeu Ferron, a voz gélida como o vento do inverno. — Eu disse que não.

Durant deu meia-volta, ao que tudo indicava ganhando tempo ao passar os dedos pelas bochechas para alisar as costeletas antes de encarar Ferron. O salão pareceu prender a respiração.

— Ora, vamos lá, vai ser divertido, e eles merecem. Por lei, todos os cidadãos devem revelar qualquer relação que tiverem com a Chama Eterna. Não foi o que aconteceu com eles. E precisam ser feitos de exemplo.

— Então serão executados formalmente — rebateu Ferron. — Não preciso que o que você chama de entretenimento manche o mármore.

— Deixe disso, é o início perfeito para um novo ano: colocar os últimos deles debaixo da terra. Todos querem vê-los morrer. Vai ser um anfitrião de merda e decepcionar todos os seus convidados?

Ferron revirou os olhos.

— Tudo bem.

Mais rápido do que Durant era capaz de se locomover, Ferron deu um passo à frente e quebrou o pescoço do prisioneiro mais novo. Um garoto de dez ou doze anos. Foi possível ouvir o som até mesmo de onde Helena assistia, horrorizada.

A mãe gritou e avançou para pegar o filho assim que Ferron o soltou. Então ele a agarrou pelo pescoço e também o quebrou.

A família inteira estava morta em questão de minutos, os corpos espalhados pelo chão, ainda ligados pelas correntes.

Aconteceu tão rápido que os presentes só ficaram parados, em choque, aparentemente incapazes de processar que aquilo já havia terminado. Helena mal acreditava. Parecia impossível que algo do tipo pudesse acontecer sem qualquer aviso. Cinco pessoas.

Ferron nem mesmo usara a ressonância ou uma arma, simplesmente os matara com as próprias mãos.

Ele se endireitou, ajustando as abotoaduras da roupa com um movimento do pulso.

— As execuções devem ser limpas, Durant. Sua Eminência foi bastante claro quanto a isso. Espero que não tenha sido sua intenção infringir a lei aqui, na minha propriedade, diante do nosso ilustre governador e de uma dúzia de jornalistas.

Com o rosto impassível, Ferron deu tapinhas no ombro de Durant, como se o que tivesse acabado de fazer não fosse nada. Ele ergueu dois dedos, sinalizando, e diversos criados se apressaram pela multidão consternada a fim de arrastar os corpos para longe, enquanto Durant parecia uma criança cujo brinquedo tinha sido roubado.

O silêncio deu lugar a sussurros abafados à medida que a multidão despertava do estupor chocado. A música voltou vacilante e, após alguns segundos de hesitação, a festa recomeçou.

Em poucos minutos, era como se as mortes tivessem sido esquecidas.

Helena quase se retirou, sem querer testemunhar o que poderia acontecer em seguida, mas temia perder algo importante. Afinal, ficara isolada de tudo por tanto tempo.

A festa só terminou ao amanhecer, embora o número de convidados tivesse diminuído ao passo que aqueles que trabalhariam no dia seguinte eram forçados a ir embora. Por fim, restaram apenas os mais ricos. Helena tentou prestar atenção em tudo o que podia, identificar o máximo de rostos que pudesse. Procurava por sinais de tensão ou familiaridade. Tentava entender os parâmetros da hierarquia social existente.

Lá de cima, incapaz de ouvir o que diziam, era fácil notar como as pessoas mentiam umas para as outras. Bastava observar os corpos em movimento, notando as contradições entre as expressões e os gestos subconscientes, e, aos poucos, Helena foi identificando quem entre os convidados era Imortal, pois eles tendiam a evocar certo temor mesmo depois de breves conversas.

Ferron também observava o salão, conversando apenas quando o abordavam. Não se misturava e não procurava ninguém. Em vez disso, todos os convidados pareciam se orientar ao redor dele.

Logo ficou aparente quais convidados sabiam e quais não faziam ideia de que ele era o Alcaide-mor. Havia uma espécie de reverência e delicadeza evidente em como certas pessoas se aproximavam, enquanto alguns dos defuntos pareciam abertamente ressentidos ao falar com ele. Pelo que parecia, Atreus não foi à festa, presumindo que ainda estivesse no corpo de Crowther.

Ferron abria sorrisos que nunca pareciam alcançar os olhos, envolvendo-se em conversas fiadas que pareciam intermináveis, como se fosse um governante benevolente. Para Helena, incapaz de entender qualquer palavra e simplesmente analisando-o a distância, ele parecia completamente entediado.

Quando os últimos convidados enfim começaram a ir embora, o sol brilhava no horizonte.

Helena se virou para voltar ao quarto e quase morreu de susto. Uma das criadas a observava em silêncio junto à escada. Era uma serva de mais idade, uma das que a acompanhavam com mais frequência. Não uma governanta, mas alguém superior. Helena ficara tão absorta com a festa que nem notara a chegada da necrosserva.

A caminho do quarto, elas pararam ao ouvirem o som de uma voz furiosa.

— Nada ainda? — Era a voz de um homem.

— Não é como se eu pudesse fazer isso sozinha — respondeu a voz cortante de Aurelia.

— Você só existe para dar um herdeiro a Ferron. Se a rejeitarem, acha que outra pessoa a aceitaria?

— Não tem mais nada que eu possa fazer! Já tentei de tudo.

— Embebede-o. Drogue-o, se for preciso, ou encontre outra pessoa para colocar uma criança no seu útero. Não vou deixar que arruíne nossa família.

— Ele não fica bêbado! — vociferou Aurelia. — Acha que não tentei? Fui a todas as lojas, usei todas as drogas e perfumes, e nada funciona. Se eu engravidar, ele vai saber que não é o pai.

— Sua imprestável. Eu devia ter ficado com suas irmãs em vez de você.

Não houve resposta.

Helena ouviu passos rápidos e mal conseguiu se encolher em uma alcova antes de um homem com rosto de serpente e costeletas cheias surgir. Parecia encolerizado e usava roupas bem menos extravagantes que a dos outros convidados.

Helena ouviu o barulho dos saltos de Aurelia no chão de madeira e, ao longe, o baque de uma porta sendo fechada com estrondo.

Ela soltou um suspiro lento. Sabia que o casamento dos Ferron era arranjado, mas não tinha percebido o quanto era disfuncional.

Antes de dobrar a curva do corredor que levava ao seu quarto, espiou com cuidado e se deparou com Ferron do lado de fora da porta, à sua espera. O sangue de Helena congelou, o som do pescoço do menino sendo quebrado ainda ecoando em seus ouvidos. Ela já sabia o que ele era, mas vê-lo matar era diferente.

Fora tão rápido, e na frente de todo mundo.

Nem mesmo hesitara.

Ele olhou para ela.

— Gostou da espionagem?

Ela engoliu em seco e se obrigou a caminhar na direção dele.

— Foi... uma novidade.

Ferron inclinou a cabeça, analisando-a com os olhos semicerrados.

— Está entediada?

Era claro que estava, não havia muita coisa para fazer além de executar buscas frenéticas pela casa decrépita e se preocupar com sua inabilidade de encontrar qualquer coisa.

— Estar aprisionada não é essa diversão toda.

— Você se dá conta de que tem permissão para fazer solicitações, certo? Dentro do que é razoável.

Ela não sabia.

— Tenho?

Ele assentiu como se aquilo fosse óbvio.

— Se quiser alguma coisa, peça aos criados. Eles sabem o que você tem permissão ou não de receber. — Ferron estreitou os olhos. — Por que Lancaster está interessado em você?

Lógico que tinha sido por aquele motivo que fora até ali.

— Não faço ideia.

Repentinamente cansada, Helena balançou a cabeça de um lado para outro e um cacho caiu em seu rosto.

— Acho que eu nem o conhecia. Estudantes da guilda nunca falavam comigo.

A curiosidade surgiu nos olhos dele, um interesse verdadeiro em vez da atenção fingida que usara durante toda a festa.

— Você é uma caixinha de surpresas.

— Você diz isso a todas? — perguntou ela, sem pensar.

Ferron soltou uma risada curta, o olhar se aguçando ao percorrer o rosto dela.

— Acho que é melhor você ir para a cama.

Helena olhou para ele, confusa, sentindo que o encontro de repente havia se desviado de curso, mas não sabia afirmar como.

No entanto, sentia-se mesmo cansada. Não esperava ficar a noite toda acordada. Encarou Ferron por mais um instante e entrou no quarto sem olhar para trás. Quando se deitou, ainda via a sombra dele do outro lado da porta.

Por alguma razão, sabendo se tratar dele, a visão não a assustou, embora devesse tê-la deixado apavorada.

No dia seguinte, quando avistou uma das criadas, Helena a interrompeu.

— Pode me dar uma faca?

A empregada negou.

Helena inclinou a cabeça, arregalando os olhos com ar de inocência.

— E quanto a uma tesoura?

Outro não. Bem, ela já esperava.

— Livros? Ou o jornal do dia?

A criada hesitou, então assentiu devagar.

Helena a encarou, dividida entre o triunfo e a frustração. Aquele tempo todo tivera mesmo permissão de ler? E Ferron simplesmente presumira que ela sabia que podia dar ordens aos criados?

— Então gostaria de lê-los — disse ela, o maxilar tenso. — Por favor.

O jornal veio junto da refeição seguinte.

Uma fotografia do beijo de Ferron e Aurelia estampava a primeira página. Para o mundo todo, eles pareciam um casal jovem e feliz, sobretudo porque a imagem em preto e branco fazia Ferron parecer mais humano do que era em pessoa. Ele repousava a mão na cintura da esposa, e Aurelia posicionou as mãos bem-cuidadas nos ombros dele, como se estivesse se apoiando no marido.

Parecia uma comemoração deliciosamente romântica.

O artigo não mencionava Ferron ter assassinado uma família para a diversão dos convidados, como se aquilo não fosse digno de nota.

A página seguinte exibia uma foto do Alcaide-mor executando muitos outros "insurgentes". Pelo jeito, em antecipação ao Ano-Novo, execuções públicas tinham sido realizadas em cada um dos oito dias da semana que antecedeu o Solstício.

Também havia um artigo a respeito de o programa de reprodução "ser promissor".

Ferron decidiu dar uma olhada nas lembranças de Helena naquela tarde, algo que não acontecia desde antes da Transferência. Era como se ele estivesse esperando para que o cérebro dela se recuperasse o suficiente para lidar com a intrusão.

Com exceção do momento em que Lancaster entrou no quarto, Ferron não se interessou pelo que viu. Assistiu ao encontro de novo e de novo, forçando Helena a reviver repetidas vezes a mortificação abjeta de seu alívio irrefletido quando ele entrou no quarto. Também não se interessou pelo caso amoroso de Aurelia, e, quando assistiu à conversa entre a esposa e o pai dela, riu e encerrou a conexão com a mente de Helena.

Se ele tinha olhos e necrosservos por toda a casa, era provável que houvesse pouca coisa que não chegava até seus ouvidos.

Ferron pegou um frasco dos comprimidinhos brancos. Helena estremeceu ao pensar na abstinência, mas abriu a boca, obediente.

Em questão de minutos, cada sentimento dela desapareceu. Sentia-se calma como um lago congelado.

— Esse será o último — avisou Ferron, antes de sair.

Helena resolveu explorar o restante da casa. Ainda não se aventurara pela ala leste, e, após uma festa tão grandiosa, havia chance de algo útil ter sido deixado para trás.

Atenta ao barulho dos saltos de Aurelia no chão de madeira, ela se esgueirou pela casa, começando no último andar e descendo. A ala leste não era um reflexo exato da ala oeste, mas a semelhança bastava para que Helena quase sentisse como se já a tivesse explorado.

A criada da noite anterior a seguia de novo.

Conforme explorava o andar principal, a criada parou para fechar a porta, e Helena notou um conjunto de portas duplas entreabertas do outro lado.

Estranho. Trancadas ou não, as portas quase sempre ficavam fechadas.

Por impulso, Helena avançou, disparando e batendo as portas ao passar. Girou a chave na fechadura, trancando-as um instante antes de a maçaneta começar a chacoalhar.

Se não estivesse drogada, seu coração teria disparado.

Sabia que tinha minutos, na melhor das hipóteses, antes de a chave ser recuperada, então deu meia-volta, ávida para vivenciar a liberdade de explorar a casa sozinha e, quem sabe, encontrar algo que não deveria.

Havia um interruptor na parede. Um candelabro acima da cabeça dela ganhou vida, as lâmpadas zumbindo, iluminando parcialmente o cômodo. As luzes piscaram, instáveis, projetando sombras que se arrastavam pelo chão feito ratos.

Era uma sala de estar espaçosa. As janelas tinham sido cobertas, não com cortinas, mas tábuas, e o cheiro de poeira, metal e algo desconfortavelmente orgânico pairava no ar. Helena sentia no paladar um aroma pungente de ozônio metálico, uma sensação densa causada pelo uso intenso de alquimia. Quando a ressonância era canalizada com intensidade, o próprio ar guardava vestígios da transmutação.

Já fazia muito tempo que ela não se deparava com um cheiro assim.

Era impossível não sentir que o ar era mais pesado naquele cômodo.

Havia uma jaula enorme soldada no chão, brilhando quando a luz piscava, os filamentos da lâmpada emitindo zumbidos e cliques suaves.

Helena se aproximou com cautela. A jaula era estreita demais para um animal e um pouco mais baixa do que ela. Um prisioneiro seria forçado a se curvar lá dentro.

Era de ferro, mas rudimentar, feita com forja manual, e não alquimia, o que significava que o ferro provavelmente era inerte, nem um pouco transmutável. Ela o tocou, sentindo os traços ásperos reveladores que nenhum alquimista deixaria.

Um padrão no chão lhe chamou a atenção.

Havia uma matriz alquímica esculpida na madeira. Era a maior que Helena já vira. Matrizes de transmutação costumavam ser meras ilustrações, para registrar processos, mas também eram usadas quando o decurso era complicado demais para uma simples manipulação de ressonância. A alquimização sempre exigia que uma matriz fosse estabilizada. Matrizes proprietárias eram o que permitiam às guildas fabricar produtos alquímicos em forjas de tamanho industrial.

Helena nunca tinha visto algo tão elaborado quanto o que fora esculpido no chão da Torre Férrea. Dentro do círculo de contenção, havia nove matrizes menores que se encontravam para formar nove pontos, em vez dos oito celestiais ou dos cinco elementais.

Cada matriz interna era marcada por diversos símbolos, e todas canalizavam para uma série de círculos que se encontravam no centro.

Não era uma matriz de forja de ferro, pois os símbolos e as linhas estavam todos errados para executar qualquer tipo de trabalho com o metal.

A luz do cômodo continuava falhando. Ela se ajoelhou e tentou ver com mais clareza.

Os alquimistas muitas vezes usavam símbolos únicos para proteger suas descobertas de qualquer um sem o devido treinamento ou devoção às artes finas, mas a energia alquímica favorecia certos padrões. Um estudioso com repertório amplo e experiência conseguiria analisá-los. Era como ler taquigrafia: se os fundamentos estivessem lá, um alquimista erudito poderia adivinhar seu significado usando a lógica.

Ela traçou as linhas com os dedos, tentando visualizar o fluxo de ressonância.

Ouviu um clique e o rangido da porta se abrindo.

Quando olhou para trás, deparou-se com a silhueta de Ferron à soleira da porta.

CAPÍTULO 11

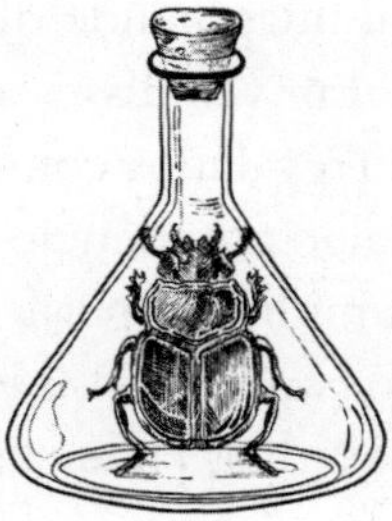

Helena sabia que estava prestes a ser arrastada para fora do cômodo, mas, em vez de se levantar, voltou sua atenção para a matriz com o objetivo de desvendar ao menos parte do padrão.

Já bastava a vida dela ser um mistério incompreensível.

Em vez de retirá-la da sala, Ferron se aproximou e a observou enquanto Helena tentava compreender os símbolos no chão. Após não conseguir entender o primeiro, tentou o seguinte, depois outro. Levou um minuto para perceber que tinham sido meticulosamente desfigurados para esconder qualquer traço do que tinham sido antes.

Quebra-cabeças insolúveis pareciam destinados a ser sua principal ocupação.

Resignada, fitou Ferron.

Ele a encarava.

— É impressionante o quanto você está determinada a dificultar as coisas.

— Esperava algo diferente? — rebateu ela, dando de ombros.

Não houve resposta, mas uma fúria visível e mais intensa surgiu ao redor dos olhos dele.

Ela o encarou com a calma necessária para ver o que havia por trás daquilo: um mar de raiva fervilhante. Havia algo naquele cômodo a que Ferron parecia ser particularmente avesso. Com sorte, talvez ele quebrasse o pescoço de Helena.

Ela olhou para a cela.

— Mantém muita gente trancafiada, Ferron?

Ele cerrou o maxilar, o pomo de adão descendo enquanto engolia em seco.

— Só você — respondeu, olhando ao redor para o intrincado interior de ferro da mansão ancestral. — Não notou?

Comprimindo os lábios, ela se levantou. A intenção fora atingi-lo, mas ele já tinha percebido aquilo. Era melhor que se comportasse para que a deixasse em paz.

Ela foi até o salão principal imaginando que encontraria a necrosserva à espera, plácida como sempre. Em vez disso, a mulher estava do outro lado do cômodo, os olhos opacos arregalados como se temerosos. A necrosserva movia os lábios, balbuciando algo em silêncio conforme olhava para Ferron.

Kaine, percebeu Helena. A mulher repetia o nome de Ferron sem parar.

Ferron fez um gesto rápido com a mão, e ela se retirou.

Com uma vaga sensação de culpa, Helena a observou desaparecer.

— Não a machuque.

— Ela está morta — disparou Ferron, com frieza, ao fechar a porta. Helena a ouviu sendo trancada por dentro, então o ferro na parede guinchou, se deformando. A porta não reabriria para ninguém sem ressonância de ferro. — É impossível machucá-la.

Ele falou aquilo sem titubear, mas Helena suspeitou que Ferron não fosse tão indiferente quanto tentava parecer.

Helena se virou para ele.

— Por que você os mantém aqui?

Ele deu de ombros, arqueando uma das sobrancelhas.

— Hoje em dia é difícil encontrar bons criados.

Helena estreitou os olhos.

— Há quanto tempo eles estão aqui?

Ferron sorriu.

— Quer pegar alguns para você? Duvido que fosse gostar de necromancia.

Ela ergueu o queixo, lançando um olhar malicioso para Ferron.

— Está evitando a pergunta.

Seus olhos faiscaram, mas ele balançou a cabeça.

— Já reanimei tantos que perdi a conta. Mas diga: já terminou com esta ala ou ainda alimenta a esperança de encontrar armas em algum canto?

Helena se recusou a ceder à provocação; um truque barato como aquele não funcionaria enquanto ela estivesse drogada. Em geral, Ferron era tão direto, que chegava a ser interessante observá-lo sendo evasivo.

— Pensei que eu tinha permissão para entrar em qualquer cômodo destrancado. Aurelia nunca me proibiu de ir aonde quisesse, só ordenou que eu ficasse longe dela.

— Bem — disse Ferron, os dedos tocando a lombar dela enquanto a afastava com firmeza da porta agora trancada —, duvido que Aurelia fosse ficar decepcionada se você tivesse um fim trágico. Isso também poderia significar a minha morte, e então ela se tornaria uma viúva rica, livre para ter seus casos sórdidos de forma ainda mais pública do que já faz.

Helena o avaliou enquanto caminhavam.

— Você não se importa?

Ele não a encarou ao responder:

— Recebi ordens para me casar com ela, então me casei. Mas nunca falaram nada sobre eu precisar me importar.

Helena parou.

— Você parece tão escravizado quanto eu.

Ferron também parou e virou-se para ela bem devagar.

— Está tentando me provocar? Ou enfraquecer minha lealdade? — Ele soltou uma risada sombria. — Que audacioso da sua parte.

— Esse pensamento não é nenhuma novidade para você — acusou ela, saboreando a clareza de sua mente quando não se via dominada pela necessidade de examinar cada sombra, quando não se sentia constantemente sufocada. — Se fosse, você teria ficado ofendido.

Por um momento, ele pareceu impressionado por sua bravata induzida pela droga, mas então, indiferente, desviou o olhar.

— Tanto potencial desperdiçado. É uma pena.

Ela não sabia se havia acompanhado sua linha de raciocínio, mas respondeu mesmo assim:

— Por Luc, valeu a pena.

— Por quê?

A pergunta a pegou desprevenida. Ela balançou a cabeça.

— Algumas pessoas valem a pena. Você sabe só de olhar para elas.

— Adoração cega, então — concluiu ele, virando-se para ir embora.

— Não era cega. Eu fiz uma escolha — rebateu Helena.

Ferron se voltou para ela, e algo em sua expressão se aguçou.

— Fez mesmo? Refresque minha memória, quantas outras escolhas havia mesmo?

A mão dela se fechou em punho, a ponta dos dedos pressionando as cicatrizes na palma.

— Não muitas, admito, mas eu sabia de quem era a culpa.

Ele começou a dar voltas lentas ao redor de Helena.

— Acha que foram as guildas que inventaram a cisão entre nós e a Chama Eterna? Os Holdfast alegavam que todas as preferências deles eram moralmente divinas e tratavam qualquer concessão como uma violação da consciência deles. Onde, exatamente, isso deixava os desejos e as necessidades do restante de nós? Quando qualquer coisa que queríamos virava pecado ou vício simplesmente porque era inconveniente para eles que as tivéssemos? Tudo o que fizemos foi nos tornar aquilo que eles já haviam se convencido de que éramos: vis e corruptos. — Ele parou, as mãos cruzadas às costas. — Acha que foi produto do acaso o ódio que nutríamos por alunos bolsistas como você? Se não fizéssemos isso, como a manteriam tão solitária e desesperadamente grata a eles?

Helena balançou a cabeça. Não era verdade. *Foram* as guildas que começaram aquilo. Luc sempre tentara ver o melhor em todos. Para ele, as responsabilidades da família eram um peso que não tivera escolha senão aceitar pelo bem de todos. Ele tentara resolver os problemas que afligiam a cidade, mas as guildas nunca achavam nenhuma das soluções boas o suficiente.

Ferron era uma víbora, tentando convencê-la de que estava do seu lado. Como se a moralidade de Helena fosse ditada com base em quem a tratasse melhor.

Ela o encarou incrédula, mas, após um instante, a vaga emoção desapareceu, a atenção atraída por novas dúvidas. Olhando para Ferron, Helena não pôde deixar de se perguntar mais uma vez o que ele era.

Ele tinha dezesseis anos quando matou o Principado Apollo. Algo assim seria o suficiente para torná-lo Imortal, mas Ferron não parecia ter dezesseis.

Ignorando a coloração, a aparência geral dele era a de alguém na casa dos vinte anos. Mas, se sua ascensão fosse recente, ele deveria aparentar ter mais idade devido a todos os anos de guerra. Era quase imaculado, como se todas as mortes que provocara não o tivessem afetado. O único sinal de que já tinha visto uma batalha estava em seus olhos: havia uma fúria vazia em seu olhar que Helena só vira em pessoas que tinham passado muito tempo nas linhas de frente.

Como se Ferron tivesse qualquer razão para sentir aquele tipo de raiva.

Mesmo com as emoções bloqueadas, o ódio que Helena sentia por ele era uma estrutura inescapável em sua mente.

Por que fazer aquilo? Ele não parecia se divertir com os próprios atos. Muitos Imortais sádicos lutaram na guerra, Helena sabia, pois cuidara das vítimas deles. Ferron parecia optar por uma eficiência brutal, mas, pelo visto, não obtinha prazer nem se beneficiava dela.

Como Alcaide-mor, parecia ser uma mera arma, sem nunca receber qualquer prestígio por suas habilidades. Ele era a *única* figura anônima, ninguém mais se escondia atrás de um título.

Aquilo com certeza devia irritá-lo, sobretudo quando o restante dos Imortais se ocupava com libertinagens, enquanto Ferron ainda vivia sob os mandos e desmandos do Necromante Supremo. Obediente como um cachorrinho.

O que ele ganhava com isso? Decerto era inteligente demais para ser tão desprovido de ambição. Devia ter algum plano a longo prazo. E, se Helena descobrisse qual era, isso lhe daria uma vantagem, uma forma de manipulá-lo.

Ou talvez fosse a vaidade de Helena distorcendo sua análise; ela precisava que seu captor fosse astuto, porque o quão patética seria ela, como prisioneira dele, se esse não fosse o caso?

Ela abriu a boca, pronta para questioná-lo, mas mudou de ideia.

Ele sorriu.

— Me analisando de novo?

Antes que pudesse responder, o barulho agudo de saltos ecoou pelo corredor, os passos apressados. Helena tentou sumir de vista, mas Aurelia já tinha virado o corredor, a expressão ávida até avistar Ferron.

Os olhos dela se estreitaram na mesma hora. Aurelia franziu os lábios enquanto se aproximava, fitando-os com uma expressão acusatória. Os cachos que emolduravam seu rosto tremularam.

— Todo mundo resolveu socializar de repente? — perguntou ela, a voz doce como arsênico.

— Apenas mostrando a casa — explicou Ferron, gesticulando para o salão cheio de quadros empoeirados e bustos de homens que, era de se presumir, foram membros importantes da família.

Aurelia comprimiu tanto os lábios, que perderam a cor.

— Achei que estivesse ocupado hoje. Você disse que sua tarde estava bastante atarefada quando pedi para dar uma passadinha no evento de arrecadação de fundos. — Ela jogou o cabelo para trás, os cachos perfeitos balançando. — Mas aqui está você, "mostrando a casa" — continuou, os dentes cerrados. — Achei que não tivéssemos mais obrigações para com a Chama Eterna.

Helena não se mexeu.

Ferron revirou os olhos por um instante.

— O Necromante Supremo deixou bastante claro que essa tarefa tem precedência sobre todo o restante. Essas foram as ordens que recebi.

Aurelia deu uma risada aguda e estridente.

— Mas você já matou todos os membros da Chama Eterna, então de que ela importa?

— Eu cumpro quaisquer desejos do Necromante Supremo — rebateu Ferron, com a impaciência de alguém que já teve aquela conversa muitas vezes. — Se ele quisesse clipes de papel feitos à mão, eu o faria com a mesma devoção.

Ele nem mesmo encarava a esposa. Preferiu manter o olhar acima da cabeça de Aurelia, encarando um espelho que refletia a ele e Helena.

— Ah, e isso deveria explicar por que passa tanto tempo com ela? E, quando não é você, são os necrosservos que ficam atrás dela. — Aurelia bufou. — Como se, do contrário, ela fosse desaparecer. — Lançou um olhar ferino a Helena. — Não tem por que agir como se ela fosse uma preciosidade. Fui perguntar para Stroud e ouvi que ela não era ninguém. Nenhuma pessoa virá ao resgate dela, mas você age como se precisasse protegê-la.

Ferron caiu numa risada sombria e, quando seus olhos encontraram os de Aurelia, um brilho surgiu ali. A incerteza cruzou o rosto dela, como se tivesse sido pega de surpresa pelo peso daquela atenção.

— Achei que não quisesse vê-la nem pintada de ouro, Aurelia.

A forma como disse o nome da esposa era íntima a ponto de ser desconcertante.

Aurelia corou, a cor subindo por seu pescoço e tingindo as bochechas.

Ferron deu um passo na direção dela.

— Se acha que não saio de perto, que a mantenho só para mim, talvez eu devesse te incluir mais. Ela poderia jantar conosco. Poderíamos movê-la para nossa ala da casa, trazê-la conosco quando formos visitar a cidade. Talvez devêssemos tê-la inserido naquela foto do Solstício que você encomendou.

Aurelia ficava cada vez mais pálida.

— Todos já sabem que ela é minha — prosseguiu Ferron, as palavras mordazes —, mas, se quiser, posso lembrá-los disso. Não quero que pense que estou escondendo algo, minha querida.

Aurelia tremia como se prestes a implodir.

— Pouco me importa *o que* faça com ela, apenas a mantenha longe de mim! — ralhou, dando meia-volta e saindo furiosa.

Ferron a encarou com um olhar irritado, então o direcionou para Helena.

— Você aborrece minha esposa — comentou ele.

— Pelo visto, sim — concordou ela, com suavidade. — Se quiser fazer algo quanto a isso, é só me matar.

Ele bufou, a diversão iluminando seu rosto por um instante.

— Os comprimidos realmente mexem com você.

— É como se eu pudesse respirar de novo — expressou ela, desejando sentir essa calma sem acabar paralisada. — Como se fizesse tanto tempo que eu vinha me afogando que tinha esquecido a sensação do ar nos pulmões. — Ela fez uma careta. — A abstinência, porém, não é nada agradável.

— Bem, não posso fazer nada quanto a isso — falou ele, voltando a caminhar. — Além do mais, se eu não a tivesse deixado vomitando no chão, você podia cometer o erro de achar que eu me importo.

Helena inclinou a cabeça.

— É, você parece estranhamente preocupado com a possibilidade de eu pensar isso.

Ferron congelou por um instante, então se virou, um sorriso lento e cruel surgindo em seu rosto.

— Se isso faz parecer que me importo, seus amigos não deviam dar a mínima para você.

Helena ficou tão atordoada por aquelas palavras que pôde *sentir* o coração tentando bater mais rápido.

— É claro que se importavam comigo — contestou ela, na mesma hora.

Ele meneou a cabeça.

— Quem?

Ela engoliu em seco.

— Luc, Lila e... — Havia um nome na ponta da língua, mas ele pareceu lhe escapar até que se concentrasse. — E S-Soren. O irmão gêmeo de Lila. Ele era... era meu amigo também.

Como pudera se esquecer de Soren? Mal teve tempo de pensar nisso. Ferron parecia esperar mais nomes.

— Ilva Holdfast, tia-avó de Luc. Ela me defendeu quando minha vitamancia foi descoberta. E... a Enfermeira-chefe Pace, que gerenciava o hospital.

Ferron ainda parecia esperar mais, o que a incomodou tanto que, por um instante, sua raiva explodiu.

— Ter uma vitamante como parte da Chama Eterna não era algo com que todos concordavam. Ainda mais porque eu sou... estrangeira. Era demais para algumas pessoas. Eu não tinha os mesmos contatos que os demais. Se houvesse problemas, isso poderia ter prejudicado Luc.

Ele arqueou uma das sobrancelhas.

— Bem, você parece ter pensado nisso de todos os jeitos possíveis. Parabéns. Certamente, tudo valeu a pena no final.

Em seguida abriu um sorriso dissimulado e se afastou.

Helena ficou tentada a segui-lo e perguntar quem se importava com ele. O próprio pai queria renegá-lo, a esposa não o suportava, e ele nem ao menos dava conta de manter pessoas vivas como criados.

Se não estivesse drogada, era o que teria feito, no entanto estava racional o suficiente para saber que aquilo era inútil, e o seu tempo, limitado.

Os necrosservos apareciam e desapareciam como fantasmas conforme ela voltava a explorar a mansão. Quando Helena terminou de ver todos os cômodos da ala leste, pegou o casaco e as luvas, determinada a passar o restante do dia nas dependências da propriedade.

O céu estava atipicamente claro, um azul de inverno rigoroso. O sol renascido era um disco dourado-claro, fraco demais para aquecer, mas trazia conforto de se ver.

O barracão do jardim fora trancado. A construção seguinte era uma forja de ferro pequena igualmente trancada. O que não era surpresa nenhuma. Assim como os dois depósitos conectados. Seguiu para o estábulo, sentindo os necrosservos a observando ao tentar abrir as grandes portas de correr e encontrá-las também trancadas. Helena as puxou mais algumas vezes, torcendo para que cedessem.

Ela sempre gostou de cavalos, pois faziam com que se lembrasse dos jumentos de Etras, que a cada oportunidade metiam o focinho aveludado nos bolsos das pessoas em busca de guloseimas.

Era raro encontrar animais nas ilhas de Paladia. A cidade era tão densa, tinha tantos níveis, que não havia lugar para eles, a não ser como bichos de estimação. E, no Instituto, ninguém tinha permissão para ter animais de estimação. As estradas se tornaram exclusivas para carros e caminhões, e cavalos só eram trazidos para a cidade para eventos cerimoniais e desfiles.

Luc tinha um belíssimo corcel branco chamado Cobalto, que amava cenouras, mas odiava a cidade e, assim que o desfile do Solstício de Verão acabava, era sempre levado de volta para o interior. Luc dissera que, se um dia ela visitasse a propriedade rural da família dele, os dois cavalgariam juntos.

Helena tentou abrir uma porta menor em outra parede do estábulo e ficou surpresa quando ela cedeu.

Ao entrar, sentiu o cheiro adocicado de feno, além de outro odor que não conseguiu identificar. Forçou a vista em meio à escuridão. Todas as baias pareciam vazias, já que ela não foi cumprimentada por nenhuma pisada ou relincho.

Estalou a língua e ouviu um barulho no outro lado do estábulo. O som de alguma coisa bem grande se levantando.

Repetiu o estalar e ouviu uma respiração profunda, mas não viu nada.

— Olá — falou, dando um passo adiante.

De repente, a porta às costas dela se escancarou. A luz invadiu o local.

Esperava ver Ferron, mas eram os dois necrosservos da Central abrindo caminho.

Um rugido (quase um rosnado) surgiu na escuridão. Todos os pelos do corpo de Helena se arrepiaram.

Ouviu o ruído de uma corrente pesada sendo arrastada no chão, então outro rugido, mais furioso que o primeiro, e Helena viu o que havia nas sombras. Uma criatura enorme, preta como a noite, avançava na direção deles.

Um lobo.

Não. Maior que um lobo. Era maior que um corcel. Tão imenso que parecia ocupar todo o estábulo.

Grace dissera que o Alcaide-mor tinha um monstro, mas Helena não levara aquelas palavras ao pé da letra.

A criatura era imensa. Na claridade, presas mais longas que os dedos de Helena reluziram. O vento correu pelo estábulo, trazendo consigo o cheiro de sangue, que atingiu o rosto dela no instante em que uma boca espumosa irrompeu das sombras, as mandíbulas estalando.

Um som agudo cortou o ar — a corrente havia chegado ao limite. Enquanto tentava avançar outra vez, o monstro fincou as garras no chão, deixando sulcos profundos na madeira.

Os necrosservos agarraram Helena pelo cabelo e a arrastaram até chegarem ao lado de fora, onde a largaram no cascalho.

Mesmo com medo, Helena não tardou a se levantar, o coração se esforçando para bater, mas incapaz de executar a tarefa. Ela ficou atordoada com o que tinha acontecido. Seu cativeiro era tão rigidamente controlado que era assustador esbarrar com o perigo.

Ela não pôde deixar de se perguntar se o fato de a porta do estábulo estar destrancada também havia sido obra de Aurelia.

A criatura ainda rosnava, mas então soltou um uivo baixo e raivoso, um som como o gemido do vento.

Helena recuperou o fôlego e olhou para os necrosservos, que tinham parado em frente ao estábulo, observando-a enquanto a criatura lá dentro se aquietava.

Seguiu adiante. A construção seguinte era pequena e geométrica. Helena tentou a porta, que se abriu para dentro. Assim que viu as cinco paredes do interior, soube o que era. Um santuário.

Entrou e deixou a porta se fechar atrás de si. Helena sempre tivera dificuldade com a rigidez da religião nortenha, mas agora, no fim de tudo, um lugar como aquele tinha um gostinho agridoce.

De muitas formas, Paladia foi um choque cultural. Em Etras, os deuses não exigiam fé. Eles existiam, da mesma forma que as montanhas existiam. As pessoas os tratavam com respeito e, às vezes, lhes faziam pequenas oferendas e rezas pedindo favores, mas os deuses representavam facetas da vida em Etras, não o propósito em si.

Em Paladia, a situação era outra. Enquanto dizia-se que os antigos deuses demandavam sangue para sacrifícios, Sol demandava a própria vida, uma vida a serviço dele. Esperava-se que os nortenhos devotassem cada momento em sacrifício ritual, para que, na morte, a alma deles pudesse subir aos céus. Tudo girava em torno do que Sol permitia ou não.

Luc tentou de tudo para conquistar o beneplácito que Sol estendeu a seus antepassados. Ele detinha dons alquímicos, era consagrado pelo sol como todos os demais, mas nunca recebeu os milagres desfrutados por seus ancestrais, milagres que foram responsáveis por garantir os triunfos deles em batalha e a riqueza de seus governos.

Luc teria dado todos os seus dons em troca de um milagre, qualquer coisa para acabar com a guerra, mas as preces que fazia nunca foram atendidas; sua devoção, jamais reconhecida.

E sempre culpou a si mesmo por isso.

Se ainda estivesse vivo, ele rezaria mesmo agora, mas as palavras do ritual ficaram entaladas na garganta de Helena.

Cada parede era destinada a um dos cinco deuses da Quintessência. Sol, radiante e invencível, aquele que concede a vida, ficava no centro, cercado pelos outros. O braseiro do altar, que deveria queimar incessantemente com a chama do fogo eterno, estava apagado; seu pavio de amianto, empoeirado e ressecado.

Fazia sentido que os Ferron tivessem um santuário para cultos e sepultamentos privados, já que era algo que as classes mais altas faziam. Tendo como base o número de torres que decorava a casa, no entanto, parecia que em algum momento a família já havia sido religiosa. Paladianos amavam decorações em conjuntos de cinco, mesmo que suas venerações e celebrações fossem, sobretudo, para Sol e Lumithia.

Nas paredes, havia dezenas de lápides com placas exibindo nomes e datas. Com terras limitadas, os paladianos mantinham as cinzas dos mortos ao longo de gerações em vez de enterrá-los em cemitérios, como era tradição em alguns países.

Apesar da negligência gritante, o santuário não estava de todo abandonado. Uma placa se destacava das restantes, polida com esmero. Ficava atrás do altar de Luna, a deusa menor da Lua.

Enid Ferron. Para sempre amada. Esposa e mãe.

Com base nas datas celestiais, ela tinha morrido durante a guerra, em 1785, o terceiro ano do reinado de Luc. Devia ser a mãe de Ferron.

Helena analisou a inscrição, achando-a irônica. Por mais "amada" que Enid Ferron tivesse sido pelo marido e pelo filho, não merecera receber a imortalidade de que gozavam.

Por outro lado, as guildas sempre foram *muito* patriarcais.

Por mais irônico que fosse, era apenas em relação às mulheres que as guildas achavam que os Holdfast não eram suficientemente tradicionais. Por décadas a fio, garotas foram bem-vindas para estudar no Instituto. Havia professoras e instrutoras, além de mulheres que faziam parte do conselho da escola. Fora com a bênção do Principado Apollo que Lila Bayard treinara desde a infância para se tornar Primeira Paladina.

Apesar de toda a conversa sobre progresso, equidade e liberdade do tradicionalismo rígido, as guildas tinham ideias bastante específicas sobre quem era digno de tal equidade.

No Continente Nortenho, sobretudo entre aqueles de Fé, era comum ter uma visão desfavorável das mulheres. Antes da pressão exercida pelo Principado, a Fé via as mulheres como seres categoricamente inferiores, e, mesmo depois que o distanciamento oficial ocorreu, aquela crença permaneceu difundida pelo país.

Era algo visto como um fato inegável da natureza. Os homens eram de Sol, ativos, calorosos e secos, cheios de vitalidade, a fonte da semente da vida. As mulheres, por consequência, eram seres secundários. Úmidas e frias, passivamente ligadas ao ciclo mensal da lua menor, Luna. Embora seu corpo fosse o recipiente necessário para o nascimento, o sangue delas era a fonte de todos os defeitos. Tanto a vitamancia quanto a necromancia eram vistas como uma corrupção da ressonância causada por um "ventre venenoso".

Daí vinha a antiga obsessão de criar homúnculos, mesmo entre a Fé, para apagar o domínio defeituoso das mulheres sobre a humanidade.

Contudo, nem todas as mulheres eram amaldiçoadas à passividade gélida. Para evitar tal categorização, uma menina poderia se dedicar ao culto de Lumithia, deusa da guerra e da alquimia, que nascera do calor de Sol. Não se esperava que mulheres associadas a Lumithia fossem tradicionais. Elas podiam ser alquimistas, cirurgiãs, paladinas, qualquer coisa que quisessem.

No entanto, havia um preço. Precisavam abrir mão de se casar ou ter filhos. Lumithia era uma deusa virgem. Mães e mulheres casadas não eram bem-vindas em seu altar.

Quando terminou de explorar o santuário, apesar do frio, Helena ficou do lado de fora observando o sol se pôr atrás das montanhas. As estrelas surgiram no céu noturno, brilhando por um instante antes de as luas se erguerem. Luna primeiro, uma crescente prateada deformada no horizonte distante, com sua luz fraca, dando início a um crepúsculo sutil.

Então Lumithia surgiu. Estava em quarto minguante, mas ainda tinha mais que o dobro do tamanho de Luna. Era tão clara que olhar diretamente causava dor. Ela se elevava no horizonte como um sol branco, as constelações desaparecendo por trás de sua luz até somente os planetas e poucas estrelas permanecerem visíveis no abismo de escuridão do céu. Pequenos pontos brilhantes, finos como pó de diamante.

CAPÍTULO 12

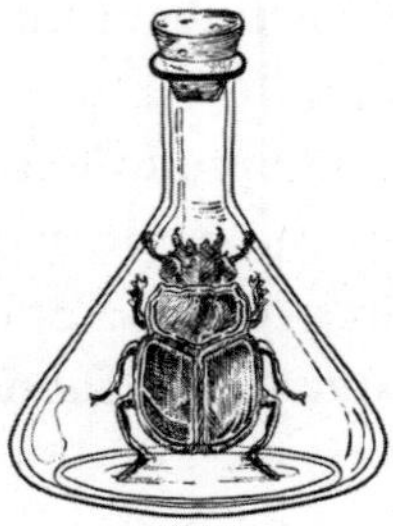

Com um pedaço de cristal em uma das mãos, Helena abriu a porta e encontrou Lila sentada no chão, encolhida como uma criança tentando se esconder. Ela não usava armadura. Seus olhos estavam avermelhados, o longo cabelo claro agora cortado curto. Quando se virou para encarar Helena, revelou o lado direito do rosto.

Uma cicatriz profunda rasgava sua bochecha, indo até a garganta.

— Lila. Lila, está tudo bem? O que aconteceu?

Calada, Lila encarou Helena por um longo tempo.

— Cometi um erro — disse ela, por fim, a voz pouco mais que um sussurro. — Cometi um erro gigante.

— Está... está tudo bem. Tenho certeza de que tudo vai ficar bem. Seja lá o que tenha feito... não pode ter sido tão ruim assim.

— Não. — Lila balançou a cabeça de um lado para outro. — Eu tenho mentido para todo mundo...

Helena acordou de repente, se levantando quando o sonho foi interrompido. A abstinência do comprimido a atingiu como uma parede de tijolos, e ela desabou outra vez, as emoções ameaçando esmagá-la. Até mesmo respirar era doloroso.

Ela tentou ignorar aquilo, concentrar-se na lembrança.

O que Lila estava prestes a falar? E o que tinha acontecido com ela? O ferimento parecera recente, a cicatriz semelhante à que havia no peito de Helena, sem uso de vitamancia.

Helena não sabia dizer por quê. Lila não era uma pessoa que recusava cura. Como Primeira Paladina de Luc, havia uma pressão enorme sobre ela para mantê-lo a salvo, para provar que merecia aquela posição.

Quando não tinha permissão de se recuperar na rapidez que queria, Lila muitas vezes se irritava, ignorando os avisos de Helena sobre o equilíbrio das coisas, de que a cura tinha um impacto muito maior no corpo do que a recuperação natural, de que cura em excesso poderia matá-la, que havia um preço a ser pago, de alguma forma, por alguém.

Lila nunca se importou com nada disso. Tudo que importava era proteger Luc.

A neve das montanhas cobriu a casa alguns dias depois, isolando a Torre Férrea do restante do mundo, e a vida entrou numa rotina monótona até a terceira sessão de Transferência.

Mais uma vez, a consciência de Helena foi esmagada até quase deixar de existir, até o momento de singularidade em que Ferron entrelaçava sua mente com a dela.

Dessa vez, ela o sentiu piscar, e seus próprios olhos se fecharam. Estava sendo controlada, não fisicamente, mas por meio da paisagem mental agora compartilhada. Helena sentia a mente de Ferron se orientando a partir dos padrões da dela, a consciência dele tentando influenciá-la.

Com a presença de Ferron, Helena enfim sentia o formato estranho dos próprios pensamentos, a forma inusitada com que se desviavam.

Um bom número deles era constituído por canais de evasão suaves e contínuos que se recusavam a desviar de curso, mas havia uma falha, como se uma parte tivesse sido construída separada do resto.

Helena *sentiu* Ferron notar aquilo, e, antes que ele pudesse fazer qualquer coisa, ela reagiu.

Uma onda autodestrutiva de desespero se quebrou dentro dela, como uma bomba explodindo em sua cabeça.

Ferron desapareceu. Tudo desapareceu.

Quando recobrou a consciência, mal conseguia formar qualquer ideia racional. As vibrações de sua respiração doíam como a ponta de um chicote acertando seu cérebro.

Não estava particularmente febril, mas também só foi melhorar após vários dias.

Nos sonhos, havia uma multidão ao seu redor. Dezenas de pessoas. Cada vez que dormia, elas a arrastavam para debaixo d'água e a afogavam. Mãos exangues a agarravam. Água gelada enchia seus pulmões. Retorciam e arrancavam seus braços e suas pernas. Unhas quebradas arranhavam a pele. Dedos se enganchavam na boca dela, abrindo o maxilar até que se desprendesse. Unhas afundavam nos olhos, mas ela nunca morria.

Apenas continuava se afogando.

Helena acordava engasgada, o corpo tentando expulsar dos pulmões a água fantasma. Não conseguia fazer a boca funcionar. A visão ficava de ponta-cabeça.

Reconheceu a voz do especialista gago dizendo coisas a respeito de a mente humana ser complexa e não compreendida em sua completude, que as condições dela não tinham precedentes, e que não havia muito a ser feito, além de esperar e ver o que aconteceria.

Quando por fim começou a se recuperar, sentiu que parte de si havia morrido.

A incursão de Ferron era inevitável, progredindo um pouco mais a cada mês, as rachaduras na mente dela se alargando para acomodá-lo. Ela não tinha a força ou a energia para resistir.

A guerra estava perdida. Seu sofrimento não traria ninguém de volta, assim como o de Luc também não os salvara.

Quando conseguiu ficar de pé, Helena enfrentou o frio e foi até o estábulo. A porta lateral estava destrancada e, sem perder tempo, ela entrou antes que os necrosservos a impedissem.

Estava vazio. Mais uma vez, a morte lhe escapou por entre os dedos.

O inverno ficou mais rigoroso, tornando-se um frio opressivo que se arrastava para os recessos da mansão, o ferro agia como veias, levando a geada do meio da estação para todos os corredores e cômodos internos, e deixando a casa gélida, não importando o quanto os radiadores chiassem.

Os Ferron foram para a cidade, a fim de escapar do frio, e deixaram Helena para trás. Na ausência deles, embora a inclusão de proteína tenha ficado mais escassa, as refeições melhoraram por conta da falta dos restos de comida; o pão, menos velho.

Por diversas semanas, os jornais se tornaram seu único vislumbre do mundo. O programa de repovoamento, que no início fora tratado como necessidade econômica, aos poucos foi repaginado como uma nova fronteira científica. Nova Paladia forjaria o próprio futuro, os repertórios alquímicos não continuariam deixados ao acaso. A filiação ao programa deveria ser baseada na força e na variedade da ressonância. E, para descobrir as combinações ideais, testes estavam sendo conduzidos.

Famílias de guilda, diziam os editoriais, tinham a ideia certa de se casarem com portadores de ressonância. Sem a interferência e as noções ultrapassadas das superstições, haveria uma nova ordem mundial. Habilidades baseadas em ressonância atingiriam patamares nunca vistos até então.

Terminologia científica e o uso exagerado de adjetivos como "genial" e "inovador" tentavam pintar o programa como se fosse o caminho mais óbvio. Nunca havia explicação alguma para onde esses "recursos" iriam, ou quem os criaria, ou que se tratava de indivíduos. Tudo o que se sabia era que existiriam e seriam um artifício industrial e econômico valioso.

Nova Paladia parecia mais uma fábrica do que uma cidade, destinada a produzir exatamente o tipo de alquimistas que as guildas queriam.

Pouco a pouco, as colunas sociais, que para Helena até então não passavam de distração passageira, se tornaram a seção que lia com mais avidez, pois percebera um padrão. Durante várias semanas, o nome de diversas famílias desapareceu. A sociedade paladiana, formada por guildas, não tinha tantos membros ilustres, o que tornava o desaparecimento repentino digno de nota, sobretudo quando as páginas, em geral cheias de fofoca, eram reticentes em especular sobre seus paradeiros.

Helena não conseguiu deixar de pensar se aquilo sinalizava uma insurreição crescente. Talvez as rachaduras de Nova Paladia enfim estivessem prestes a aparecer.

Começou a ter sonhos em que se sentava diante de Ilva Holdfast, com Crowther ao lado dela. Movia a cabeça para lá e para cá entre a expressão tensa de Ilva e o olhar avaliador de Crowther.

Sentia que esperavam que ela dissesse algo, mas sempre acordava antes de responder.

Com Aurelia fora, a Torre Férrea se tornou o território de Helena, que, acostumada a ignorar os necrosservos que viviam ao seu redor, passava pouco tempo no quarto. Ela evitava os cômodos maiores e os espaços com sombras profundas, e adquiriu o hábito de abrir portas e pegar coisas com cuidado, para não agitar as algemas.

A familiaridade que desenvolveu com a casa foi promissora, porque, quando Aurelia retornou, Helena conhecia todas as alcovas e passagens da criadagem nas quais se esconder.

Aurelia não voltara sozinha. Trouxera companhia: o mesmo homem de ombros largos que Helena vira na festa do Solstício. Na primeira vez que os encontrou juntos, Aurelia estava completamente nua, deitada sobre um tapete de pele de urso, rindo sob o corpo do amante. Ferron ainda não voltara da cidade, e os dois pareciam tirar vantagem de sua ausência.

Demorou mais de uma semana até Helena enfim os ver vestidos. Nos fundos da casa, havia um enorme labirinto de sebes. Ela às vezes passava o tempo tentando resolvê-lo mentalmente. Estava quase chegando ao centro quando Aurelia saiu do labirinto com o companheiro logo atrás.

Aurelia falava com animação — pela primeira vez, Helena a via feliz —, enquanto o companheiro parecia absorto pela casa, olhando para cima e deixando o rosto bem visível.

Lancaster.

Helena desapareceu de vista no mesmo instante.

Lancaster era o amante de Aurelia? A mesma pessoa que, por acaso, encontrou o quarto dela durante a festa?

Isso não podia ser só uma coincidência.

Será que ele...

Helena tinha medo até de permitir que existisse em sua mente a possibilidade de Ferron retornar e descobri-lo, mas não conseguiu refrear o pensamento.

Será que Lancaster poderia ser um espião? E se fosse da Resistência e, por isso, procurara por Helena? Teria sido isso que ele tentara lhe dizer?

Será que ele fazia parte de sua memória oculta? Só podia ser. Explicaria a surpresa dele quando Helena não o reconheceu.

Ela voltou para a janela, mas Lancaster e Aurelia já não estavam à vista.

Cada vez mais convencida de que ele tinha segundas intenções naquelas visitas, Helena passou a observar Lancaster. Muitas vezes ele tentava dar uma escapulida, os olhos e a atenção o tempo todo vagando para longe de Aurelia.

Helena avaliou o risco de se aproximar dele. Se suas suspeitas estivessem corretas, seria vital que escapasse antes do retorno de Ferron. Caso se precipitasse, porém, poderia acabar condenando a si e a ele.

Melhor ter suspeitas sem provas do que qualquer coisa concreta para que Ferron descobrisse.

Ficou grata pela decisão quando Ferron retornou sem aviso.

Parecia cansado. Uma sensação de esgotamento pairava sobre ele, no entanto Ferron ficou mais atento e concentrado quando pousou os olhos em Helena.

— Stroud nos fará uma visita amanhã — contou ele, por fim. — Diz que está preocupada com sua condição física.

Helena ficou tensa.

— Eu só fiz caminhadas. Não aconteceu nada fora do comum.

— Ela vai chegar após o almoço — continuou Ferron, antes de se retirar. — Certifique-se de esperá-la no quarto.

Quando Stroud apareceu, sem Mandl, fez Helena se despir, ficando somente com roupas íntimas, trêmula, diante dela. Stroud caminhou ao seu redor, passando os dedos sobre os ombros de Helena, a ressonância afundando em sua pele.

— Eles não dão comida para você, não? — perguntou ela, por fim, soltando um muxoxo e apertando o braço de Helena. Em seguida, forçou dois dedos na barriga dela. — Você está mostrando sinais de desnutrição. O que anda comendo?

A pele de Helena doía por causa do frio, o ar penetrava direto em seus ossos.

— R-restos da cozinha — contou, tremendo.

— Como é?

Stroud deu um passo para trás, observando Helena de cima a baixo.

— Descreva exatamente o que tem comido.

Helena engoliu em seco, tentando se concentrar.

— Hum... É tudo fervido junto, alguns grãos, cascas de vegetais, caroços e, às vezes, pedaços de carne. Quando a família está aqui, acho que o que sobra dos pratos deles também é acrescentado. Como ficaram fora por algumas semanas, não comi muita carne nos últimos tempos.

— É assim que alimentamos os servos. Por que estão dando isso para você?

Helena ficou surpresa com a revelação. Fazia sentido, mas estava com muito frio para demonstrar qualquer emoção com a notícia.

— Como prisioneira, imagino que não tenham achado necessário me alimentar bem.

— Você é... — Ela fez uma pausa, parecendo pensar na melhor palavra para se referir a Helena. — ... um recurso. Os Ferron deveriam alimentá-la direito. Você quase não recebe a nutrição devida, não é surpresa nenhuma que esteja tão doente.

A expressão de Stroud ficou irada. Ela deu meia-volta e abriu a porta. Uma das necrosservas esperava do lado de fora.

— Quero falar com o Alcaide-mor. Aqui. Pessoalmente. Agora.

Ferron entrou alguns minutos depois com o cenho franzido, mal olhando para Helena, que ainda tremia usando apenas as roupas íntimas.

— Você *mandou* me chamar?

— Há alguma razão para fazê-la passar fome? — perguntou Stroud, que então afundou os dedos rígidos no braço de Helena, levantou-o e a fez dar uma volta. — Olhe só para ela. Você reclama das febres, mas dá apenas restos para ela comer.

Ferron enfim deu a devida atenção a Helena.

— Perdão?

— Ela não é uma necrosserva — continuou Stroud, incisiva. — Precisa de comida de verdade. Não dá para esperar que ela dê conta da Transferência se a fizer passar fome.

Ferron não respondeu, mas Helena poderia jurar que o viu empalidecer.

— Presumi que ela estivesse comendo o mesmo que Aurelia e eu. — Ele cerrou os punhos. — É Aurelia quem cuida do cardápio. Vou verificar o que aconteceu.

— Quero que Helena coma refeições completas. O quanto quiser, com cortes de carne e vegetais. E, como lanche, mingau ou sopa até que esteja saudável.

Ferron assentiu rigidamente.

— Ela será bem alimentada. Vou garantir isso.

— Obrigada, Alcaide-mor. Certifique-se disso — replicou Stroud, voltando-se novamente para Helena.

Ferron continuou a observar Helena até Stroud olhar de relance para trás.

— Talvez possa garantir que ela será alimentada adequadamente ainda esta noite.

Ele piscou, assentiu outra vez e se retirou.

— Deite-se — orientou Stroud assim que a porta se fechou. — Quero examiná-la com mais atenção.

Helena sentia tanto frio que ficou grata pela chance de se deitar na cama. Mesmo os dedos gelados de Stroud pareciam quentes enquanto a mulher avaliava os braços e as pernas de Helena e então subia até o abdômen, pressionando a palma da mão para sentir os órgãos.

Nem havia passado pela cabeça dela que estava desnutrida. Durante a guerra, a escassez de alimentos fora algo corriqueiro. Os combatentes eram priorizados, pois precisavam de comida de boa qualidade, então os não combatentes se viravam com o que sobrava.

Após a Resistência perder os portos, faltou quase tudo.

A ressonância fez o estômago dela se revirar. Helena sentiu ânsia de vômito e tentou se sentar.

— Nada disso. Fique parada.

Antes mesmo de emitir qualquer protesto, Stroud cravou os dedos na nuca dela, e Helena revirou os olhos, sendo engolfada pela inconsciência.

Quando acordou, Stroud havia desaparecido. Helena se sentia terrível, com uma sensação pesada de desorientação pelo corpo, a visão turva, e havia um hematoma roxo e doloroso perto do quadril esquerdo, como se tivesse sido espetada com uma agulha. Ao passar a mão ali, tentou pensar em que tipo de injeção era necessário para tratar desnutrição, mas a mente dela estava confusa demais para exigir muita coerência.

Naquela noite, uma criada bateu à porta e entrou com uma refeição completa numa bandeja. Carne ao molho de vinho tinto, duas opções diferentes de vegetais, um deles gratinado, e fatias grossas de um pão fofinho com uma camada generosa de manteiga. Até viera uma pera cozida de sobremesa.

Helena se empanturrou, mesmo sabendo que o banquete poderia fazê-la passar mal. Estava faminta.

Ainda comia quando Ferron entrou no quarto para inspecionar a refeição.

— Parece que preciso cuidar de tudo pessoalmente — reclamou ele, com o cenho franzido, ao recuar um passo. — Você poderia ter dito algo.

— Se fosse começar a reclamar, a comida não seria a primeira coisa que eu mencionaria — respondeu ela, levando uma colherada da pera à boca, saboreando-a a cada mordidinha, recusando-se a se apressar por conta da presença dele.

Ferron inclinou a cabeça, a expressão ainda irritada, e foi até a janela mais próxima. De propósito, Helena começou a dar mordidas ainda menores, não economizando na mastigação.

Quando enfim terminou, achou que iria explodir. Queria se encolher e dormir, mas Ferron assentiu diretamente para a cabeça dela. Helena suspirou e se sentou na beirada da cama, odiando como tudo aquilo se tornara rotina. Até mesmo seus sonhos pareciam corriqueiros.

Continuava sonhando com Ilva e Crowther. E Lila chorando. Sem parar, aquelas lembranças pareciam assombrá-la.

Ferron também parecia achá-las interessantes. Observou-as diversas vezes antes de seguir para o tempo que Helena passou espionando Lancaster, imaginando se ele estaria ali para salvá-la.

Ele afastou a mão.

À medida que a visão retornava, Helena notou que estava deitada na cama, o rosto de Ferron logo acima do dela.

— Lancaster será um Imortal em breve — contou ele. — Um reconhecimento tardio pelos serviços *excepcionais* que prestou durante a guerra.

Havia uma pontada de escárnio na voz dele, mas, se o objetivo era fazer Helena se desesperar, Ferron falhara. Se Lancaster ainda não era Imortal, aquilo tornava ainda mais provável que pudesse ser um espião da Resistência. Seria preciso parecer digno de confiança para chegar tão perto de Helena sem levantar suspeitas.

— Você é um Imortal? — perguntou ela.

Helena passara tanto tempo presumindo aquilo que começara a se perguntar se ele não era algo completamente diferente.

Ferron abriu um sorrisinho lento.

— O que acha?

Ela balançou a cabeça, incerta.

O sorriso desapareceu, mas Ferron continuou a encará-la, seu olhar tornando-se mais sombrio do que nunca.

Só então percebeu que estava deitada na cama sob Ferron. O calor inundou a pele de Helena, que sentiu um arrepio na espinha quando se sentou rapidamente, cruzando os braços.

Ele deu um passo para trás, endireitando as costas.

— Se tem alguma esperança com relação a Lancaster, é melhor deixá-la morrer.

Lila estava sentada na beirada da cama de Helena, as sobrancelhas franzidas, estudando-a. Não havia nenhuma cicatriz no rosto dela.

— Você...? — começou, sem olhar para Helena, parecendo escolher as palavras com cautela. — Você por acaso não está bem? É por isso que se pronunciou? Por isso que trouxeram todas essas aprendizes?

Helena lançou um olhar incisivo para Lila, que, concentrada em desafivelar o cinto, não a encarou de volta.

— Não. Estou bem. As aprendizes são porque Matias quer se livrar de mim.

— Ah, que bom. Quer dizer, não é bom, mas faz sentido — opinou Lila, e então pigarreou. — Dá pra entender por que você não está muito feliz com elas.

Helena forçou uma risada.

— Sabe, se quiser, você pode conversar comigo... sobre qualquer coisa. — Lila olhou para ela.

— Não — recusou Helena, balançando a cabeça. — Não preciso conversar. Não... não adianta conversar, e, como fizeram questão de me lembrar na frente de todos, eu não sou nenhuma combatente. Não faço ideia de como é a realidade da guerra. Então... o que eu teria a dizer?

A perna protética de Lila estalou quando ela mudou de posição, e então falou:

— Acho que o hospital é pior do que o campo de batalha.

Helena ficou imóvel.

— Percebi isso quando estive lá por causa da perna — explicou Lila, o olhar distante, a testa franzida — No front... tudo é tão direcionado, sabe? As regras são simples. Ganhamos algumas batalhas. Perdemos outras. De vez em quando, alguém é atingido. E revida. Temos dias para nos recuperar, dependendo da gravidade. Mas... — Ela baixou o olhar, tamborilando distraída na junção da prótese com a coxa. — No hospital, todas as batalhas parecem perdidas. Nem

imagino como deve ser viver assim o tempo inteiro. — Então olhou para Helena e concluiu: — O que se vê por lá é o pior da guerra.

Helena não disse nada.

Lila suspirou, retirou outras partes da armadura e as largou na cama de Helena.

— Quando Soren me contou o que você disse... Eu não concordo, mas entendo.

Lila a cutucou com o cotovelo e se levantou.

— Mesmo que as aprendizes só estejam lá por causa de Matias, fico feliz por você poder descansar. Acho que estava precisando... se afastar um pouco daquilo tudo.

Durante dias, Helena reviveu essa conversa. Sentia tanta falta de ter alguém com quem falar, alguém que se importasse com o que diria.

Ela tivera aprendizes?

Lembrava-se de Stroud mencionar outras curandeiras, como Elain Boyle, mas Helena presumira que tivessem vindo de outro lugar.

Nunca imaginara que o Falcão Matias aprovaria o treinamento de mais curandeiras.

Ilva Holdfast se esforçara muitíssimo para fazer com que a vitamancia de Helena fosse palatável para a Resistência. Tinha declarado que era o desejo dos deuses que a Chama Eterna tivesse uma vitamante em seus escalões, que Helena nascera, fora encontrada e trazida para Paladia destinada a se tornar curandeira, de forma que, se Luc fosse abatido em batalha, a vitamancia pudesse salvá-lo; uma ressonância corrupta que fora purificada pela vontade de Sol.

Ela tivera que deixar a cidade e ir para as montanhas a fim de treinar com um monge asceta. Na época, Matias era um Picanço, vivendo numa cabana perto da propriedade dos Holdfast e atuando como conselheiro espiritual para a família.

Por princípio, não gostava de curandeiros e odiara Helena assim que pusera os olhos nela.

Nada em Helena se enquadrava no que ele considerava apropriado para uma curandeira. Ele fora mais um obstáculo do que um professor, mas ela era teimosa e conhecia medicina a ponto de gerenciar o próprio treinamento. Estava determinada a se tornar uma curandeira, quisesse ele ou não.

Quando Ilva começou a exigir que Helena voltasse para a cidade porque Luc tinha ido para as linhas de frente, Matias tentou resistir, negando a aptidão de Helena até Ilva praticamente suborná-lo com a oferta de que Luc faria dele Falcão, posição religiosa alta o bastante para torná-lo parte do Conselho. Porém, mesmo assim, ele concordou apenas sob a condição de que, se Helena se tornasse curandeira da Chama Eterna, então deveria curar todos os que serviam à causa sagrada de Sol.

O Principado, afinal, não estava acima dos demais, mas era o primeiro entre seus semelhantes.

O que teria feito Matias aprovar aprendizes?

Tomada por melancolia, ela não deixava de pensar em Lila.

Quando Helena voltou como curandeira, aconselharam-na a não deixar aparente o quanto era próxima de Luc. Não havia nada de mais numa amizade de infância, mas alguém como ela não poderia parecer ter uma influência indevida sobre uma figura como o Principado.

A sobrevivência de Paladia dependia da fé inabalável da Resistência em Luc. Se o discernimento dele fosse questionado, toda a cidade sofreria as consequências. Certos sacrifícios precisavam ser feitos.

Depois disso, Lila, como Primeira Paladina, era a pessoa mais próxima de Luc de quem Helena tinha permissão para chegar perto. Lila fora a Primeira...

Helena piscou.

Houve outro paladino. Soren. O irmão gêmeo de Lila. Onde ele estava?

A cabeça de Helena latejou.

Por que se esqueceria de Soren? Ele...

Por um segundo, um rosto surgiu em sua memória, e a mente de Helena se desviou em um rompante, como se recuasse. Não. Ela tentou se concentrar.

Soren. Lembre-se de Soren. O que aconteceu com ele?

O corpo inteiro de Helena se arrepiou e uma dor terrível e intensa a dominou por completo. Os pulmões se contorceram, como se estivessem cheios de água, e sua visão se tingiu de um vermelho vivo.

Quando a mente de Helena clareou, suas têmporas latejavam.

No que estava pensando mesmo?

Algo sobre... Lila?

CAPÍTULO 13

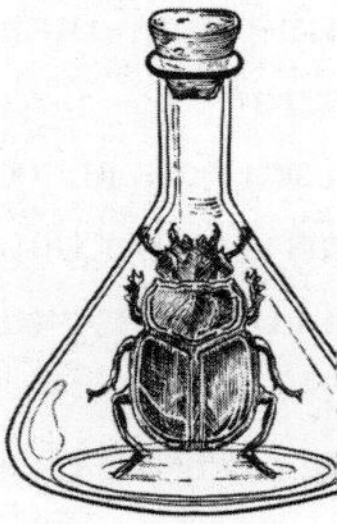

Foi um brilho prateado incomum que chamou a atenção de Helena enquanto ela atravessava o saguão principal. Do outro lado do cômodo, havia uma porta entreaberta — uma porta a qual Helena tinha certeza de que era mantida trancada.

Ela fingiu não notar tal detalhe, indo até lá sem pressa. Consciente demais de que havia olhos por toda parte.

A cada passo, o coração dela batia mais forte. A sala de jantar estava bem iluminada e em meio aos preparativos para uma festa. Pratos e talheres tinham sido dispostos para serem avaliados.

Helena se deu um instante para respirar fundo antes de passar pela porta como se não estivesse fazendo nada de mais.

Sabia que não deveria trancá-la, pois isso serviria de alerta para todos os necrosservos.

Em vez disso, caminhou com calma, explorando como sempre fazia, indo lentamente em direção ao grande armário com candelabros e bandejas de prata intrincados, sem se permitir prestar muita atenção nos baús de talheres à mostra.

Quando se escondeu atrás de um grande arranjo floral, esticou a mão e agarrou uma bela faca afiada com um movimento suave, escondendo-a na saia enquanto se afastava.

O coração de Helena disparou.

Depois de todos aqueles meses, enfim conseguira colocar as mãos numa arma.

Uma das criadas estava por perto. Helena sabia que não deveria atacar necrosservos, a não ser que tivesse certeza de que poderia decapitá-los com um único golpe. Era melhor esconder a faca no quarto.

E então, faria o quê? Suas têmporas pulsavam.

Deveria se matar? Um mês antes, a resposta teria sido óbvia, mas a possibilidade de resgate a atraía. A voz insistente de Luc assombrando-a, implorando para que vivesse.

Talvez só precisasse esperar um pouco mais.

Não. Não aguentava mais esperar.

Helena apertou a faca, sentindo seu peso até começar a ter espasmos no pulso.

Se voltasse para o quarto, entrasse no banheiro e se posicionasse entre a porta e a pia, teria tempo para cortar os pulsos e a garganta antes que alguém a alcançasse.

Só precisaria de um minutinho, tempo o bastante para perder o máximo de sangue possível antes de qualquer intervenção, o que não seria muito difícil, pois, apesar de todo o avanço científico na área médica, Paladia tinha um medo supersticioso de transfusões sanguíneas, ou qualquer coisa que envolvesse o corpo ou os fluidos de outras pessoas. Tinham receio de que contaminasse a ressonância deles.

Um vitamante poderia forçar a regeneração sanguínea, mas, dependendo da perda, a energia e os materiais para o novo sangue exigiriam um preço letal. Stroud poderia ter o conhecimento necessário para evitar algo assim, mas alguém como Ferron, não.

Se Helena cortasse as carótidas, mesmo se ele conseguisse mantê-la viva, o cérebro dela não teria mais nenhuma serventia.

Sua mente ameaçou girar, mas ela se recompôs. Continuou vagando ociosamente, parando para fingir observar as bandejas de prata. Eram peças lindas e intrincadas, com detalhes elegantes e orgânicos, um forte contraste com o denso trabalho em ferro.

O mordomo entrou e gesticulou em direção à porta.

Tomando o cuidado de manter a faca escondida e andando só um pouco mais rápido que o normal, Helena rumou para a saída bem quando a porta se abriu e Ferron entrou, seguido de Atreus, cujo humor havia azedado o rosto magro de Crowther.

Ferron parou e, no mesmo instante, pousou os olhos assustadores em Helena, rapidamente encarando as portas abertas da sala de jantar.

— Não sabia que deixava seus prisioneiros andarem livremente pela casa — comentou Atreus, olhando para ela com desgosto.

Ferron ergueu a mão para silenciá-lo, concentrado em Helena. O olhar dele assumiu um brilho predatório.

Seus instintos gritavam para que fugisse, mas Helena não queria descobrir a rapidez com que ele poderia usar a casa contra ela, a jaula de barras de ferro nos arredores daquela sala poderia muito bem persegui-la.

Era melhor evitar suspeitas.

Ela se forçou a parar e encará-los, escondendo a mão na saia.

Ferron se aproximou. Ele a avaliava, como se revisasse uma lista. Devagar, retirou as luvas e as colocou no bolso.

Sem ter a intenção, Helena deu um passo para trás, o cabo da faca afundando em sua mão.

— Quase nunca a vejo nesta parte da casa. — A voz dele soava como se aquilo fosse apenas uma conversa casual. — É sua primeira vez na sala de jantar?

A boca de Helena ficou seca.

— Eu estava... olhando as flores.

Ele observou o cômodo, estreitando os olhos.

— É mesmo?

Ela aproveitou a distração para ajustar a pegada na faca. Manteve a voz calma.

— Sim. Eu gosto... de flores.

O calor percorria seu pescoço, um buraco frio se formava em seu estômago.

— Vejamos, então.

Ferron observava a mão que Helena escondia na saia.

Seu coração pareceu ir parar no piso, mas ela conteve qualquer reação. Precisava aparentar inocência.

— O que você pegou? — perguntou ele, estendendo a mão.

Ela poderia tentar mentir. Ele não acreditaria. Ela poderia tentar correr. Ele a pegaria.

Ela poderia tentar matá-lo.

Sim. Era o que faria.

Helena deixou os olhos se arregalarem, a boca se escancarando de surpresa. Os lábios dele se curvaram num leve sorriso.

Ela atacou.

Apesar de ter tido pouquíssimo treinamento em alquimia de combate, seu corpo se movia por instinto. A lâmina cortou o ar quando ela partiu para cima dele.

Ferron desviou, como era de se esperar. Uma defesa básica perfeita.

Ela largou a faca, fazendo-a girar pelo ar.

A ressonância teria facilitado tudo, mas dava para se virar.

Helena pegou o cabo com a mão esquerda e ignorou a dor que se espalhou em seu braço. Com a ressonância, teria transmutado o comprimento, mas levou uma fração de segundo a mais para cravar a lâmina no peito de Ferron, direto no coração.

A dor explodiu no pulso dela. Empregara toda a força que tinha no golpe, mas era o mesmo que esfaquear granito, pois a lâmina mal o perfurou.

Ferron ofegou como se ela lhe tivesse tirado o fôlego, pegando-a pelos ombros enquanto se dobrava para a frente. Ela usou ambas as mãos para empurrar a faca com mais força enquanto algo rasgava o interior de seu pulso esquerdo, ao tentar forçar a lâmina no coração dele.

Ferron riu, os lábios a tal distância do pescoço de Helena que a respiração dele lhe causou um arrepio na coluna.

— E eu pensando que você usaria veneno — debochou ele.

A fúria explodiu dentro de Helena, que deu um passo para trás, levando a faca consigo.

Atreus atravessava o cômodo, as mãos esticadas, o rosto contorcido de raiva.

Ela não tinha a menor chance contra os dois.

Os tendões em seu pulso esquerdo pegavam fogo. Mal conseguia segurar o cabo da faca, mas se recusava a abrir mão da arma.

Ela inclinou a lâmina e a voltou para a própria garganta, fitando Ferron com um triunfo selvagem.

Ele se moveu com tanta velocidade que mais pareceu um borrão.

O mundo se transformou, ficando prateado enquanto a ressonância explodia e a faca era arrancada de perto da garganta dela, a dor rasgando seu braço, do pulso até o ombro.

A mente de Helena se esforçou para entender o que se passava.

Ferron agarrara a faca pela lâmina, erguendo-a sobre a cabeça. Com a outra mão, segurava Helena pelo pescoço.

Ela não conseguia se mover. A ressonância dele a congelara, tendo sob controle cada osso, músculo e tendão. Helena nem mesmo respirava. O coração apertado no peito. Atreus, a alguns passos de distância, também estava imobilizado.

Era assim que Ferron matava.

A mão que segurava a lâmina sangrava, o líquido escorrendo pelos dedos e braço de Helena. Os olhos de Ferron eram de um prateado tão claro que pareciam brilhar.

— Por que você nunca desiste? — Ele a libertou, empurrando-a para trás.

A mão dela, dormente de dor, largou o cabo da faca.

— Por que você não morre? — Não fazia sentido disfarçar. Ela queria matá-lo; os dois sabiam disso.

O sangue ainda escorria pelo cabo da faca, pingando no chão de mármore branco, respingando no mosaico de ouroboros.

Ferron abriu um sorriso dissimulado.

— Receio ter muitos compromissos antes disso.

Ele voltou a olhar para o pai, que agora seguia na direção deles. A expressão de Ferron se tornou perversa.

— Eu pedi sua ajuda?

Ele se voltou para Helena, examinando a faca em sua mão. A lâmina tinha cravado tão fundo na palma que estava presa nos ossos. Ele nem piscou ao puxá-la, levantando-a de modo que a lâmina refletisse a luz, o sangue escarlate brilhando ao longo do fio.

— Que bondade da parte de Aurelia ter afiado as facas e as deixado a seu alcance.

Com um movimento entediado do pulso, ele jogou a faca de volta à sala de jantar. Pela maneira displicente com que fez aquilo, a faca não deveria ter atravessado o aposento, mas ainda havia ressonância no ar.

A faca ganhou velocidade, passando pela porta entreaberta e acertando o vaso enorme no centro da mesa, que se quebrou com o impacto. Enquanto a água se espalhava sobre o móvel, vidro voou em todas as direções.

Ferron olhou para a mão. A ferida já tinha desaparecido.

Helena sabia que os Imortais se regeneravam, mas ainda era surpreendente presenciar aquilo. Ela teria demorado ao menos meia hora para curar uma ferida como aquela. Mãos eram delicadas, intrincadas, cheias de nervos.

Seu pulso esquerdo doía tanto que ela mal conseguia raciocinar. Um fio de sangue escorreu por baixo da algema até a palma dela, juntando-se ao de Ferron no chão.

Ela o observou cerrar os punhos, impassível, e então pousar o olhar na mão dela. Seu maxilar ficou tenso.

— Você machucou o único lugar que é difícil de restaurar. Vou precisar chamar Stroud.

Ele se dirigiu a um dos necrosservos.

— Leve nossa prisioneira para o quarto — ordenou, a voz fria. — Certifique-se de que ela fique lá até amanhã.

Helena não esperou para ser levada à força, virou-se e foi embora.

— Já vi aquela garota em algum lugar. — Helena ouviu Atreus comentar quando chegou ao corredor.

— Ela era a única sulista no Instituto, é difícil passar despercebida — falou Ferron, indiferente.

A descarga de adrenalina já diminuía. Quando chegou à escada, as pernas de Helena tremiam, quase cedendo. Ela se apoiou na parede mais próxima, buscando a superfície com a ponta dos dedos e estremecendo ao fazer contato. Seu sangue manchou o papel de parede.

Devia ter cortado a própria garganta no instante em que conseguiu colocar as mãos naquela faca.

Era o meio do inverno quando o governador Fabian Greenfinch sofreu uma tentativa de assassinato.

Foi durante a cerimônia de inauguração da nova estátua de Morrough. O governador discursava sobre a libertação de Nova Paladia, e Mandl, Vigia do centro de reeducação do Entreposto, cujos "membros" construíram a estátua, estava de pé ao seu lado no palanque. Assim que a cerimônia de cortar a fita começou, uma flecha de besta foi atirada de um dos muitos prédios do entorno. Quase acertou o governador, mas foi Mandl quem acabou atingida.

Mandl morreu.

Diante de uma multidão de jornalistas, visitantes internacionais, cidadãos e dignatários estrangeiros, uma das Imortais, cuja aparência a entregava de forma irrefutável e visível, *morreu.*

A morte foi um choque para Paladia e mais além. Quase dava para ouvir as manchetes dos jornais, de tão histéricas. Os terroristas da Resistência — que, para todos, tinham sido eliminados completamente — reapareceram de forma inegável, diante de uma plateia que não poderia ser tão facilmente silenciada quanto era a imprensa nacional.

De repente, Lancaster parou de visitar a Torre Férrea. Aurelia andava pela casa abatida e paranoica, assustando-se com cada barulhinho, como se esperasse que guerreiros da Resistência emergissem das paredes e a matassem. Diversas vezes, Helena a ouviu perguntar para Ferron que tipo de proteções a casa tinha e se eles não poderiam ter mais necrosservos.

Ferron, quando Helena o via, não usava mais capas, casacos e camisas brancas imaculadas, mas, sim, o que parecia ser uma combinação de traje de combate leve e roupas de caçador. Com frequência, voltava para casa coberto de lama, ensopado de chuva e pálido de raiva.

As notícias deixaram Helena empolgada.

Ficou um tanto obcecada em ler a cobertura do caso, o coração martelando no peito. A Resistência ainda existia.

Os jornais enfatizavam o tempo todo que se tratava de uma tentativa de assassinato *frustrada*, tentando, a todo custo, esconder o fato de que alguém aparentemente imortal fora morto por acidente.

Helena sabia que o continente só podia estar em polvorosa com especulações de como isso aconteceu e como poderia ser replicado.

Havia uma maneira de matar os Imortais.

Seus passos ficaram leves por dias.

Stroud fez uma nova visita. Ao contrário de Ferron e Aurelia, ela parecia não se perturbar com a agitação e o novo perigo.

O mordomo a acompanhou, carregando uma maca dobrável que posicionou no meio do quarto antes de se retirar.

— Tire as roupas e sente-se — ordenou Stroud, dando tapinhas na maca e depois se virando para analisar um documento.

Helena cerrou o maxilar, mas obedeceu.

— Achei que você teria preocupações mais urgentes do que me fazer uma visita — falou, esperando obter novas informações.

Stroud a olhou de relance. O "não" que respondeu foi causal, como se ela não conseguisse pensar em nada.

— Não está preocupada com a possibilidade de ser um alvo?

— Não sou Imortal — retrucou Stroud, dando de ombros.

— Não é?

Helena ficou surpresa. Presumira que todos próximos a Morrough fossem Imortais.

— Não. Algum dia, quem sabe, mas não tenho interesse no momento. Enquanto eu for fiel, o Necromante Supremo me capacita a dar continuidade ao trabalho dele para que eu não enfraqueça ou desapareça.

— Não sabia que isso era possível.

Os dedos de Helena doíam, sua mão esquerda ainda numa tala, recuperando-se da tentativa de matar Ferron.

— Há muitas coisas que você não sabe. O Custo da vitamancia extensiva é reversível para aqueles que sabem como fazê-lo.

Stroud olhou com desprezo para Helena, que a observou cheia de curiosidade.

— Mas por que não se tornar Imortal?

Stroud balançou a cabeça.

— Os Imortais têm suas... limitações. Bennet foi um dos primeiros a ascender. Usou o grande conhecimento do Necromante Supremo para conduzir experimentos além do que se acreditava possível. Passou décadas para descobrir os segredos da Transferência. Todos que o conheciam apreciavam sua genialidade. Eu estava entre as poucas pessoas que trabalhavam de perto com ele ...

A emoção tomou conta do rosto de Stroud, que pigarreou.

— Mas nem mesmo eu poderia negar que, perto do fim, ele começou a cometer deslizes. Usou uma quantidade absurda de recursos, incluindo a própria vitalidade, em experimentos, e, quanto mais experimentos fazia, mais obcecado ficava. Com o passar do tempo, os Imortais adquirem a tendência de desenvolver sadismo. Alguns mais rápido do que outros. Não quero que meu trabalho seja comprometido por tais preferências. Talvez quando a Transferência for perfeita, eu peça a ascensão. Mas, até lá, o Necromante Supremo me dá o que preciso. Ele sabe que isso me torna até mais leal do que os outros.

Os Imortais sempre pareceram psicóticos, mas Helena não sabia que era um efeito colateral da imortalidade.

Stroud tocou em Helena com mãos duras e ásperas de sabão, murmurando sozinha que Helena já mostrava sinais de uma alimentação apropriada.

— Aqui, tome isso — ordenou Stroud, estendendo-lhe vários comprimidos.

— Para o que são?

A impaciência brotou no rosto de Stroud.

— O Necromante Supremo quer vê-la.

Helena se encolheu.

— Por quê?

Stroud ignorou a pergunta.

— Se não tomar por conta própria, tenho um tubo bem aqui — ameaçou ela, retirando-o da bolsa. — Posso paralisá-la e enfiá-lo na sua garganta, direto no estômago, e aí socar os comprimidos goela abaixo. Já fiz isso muitas vezes. Vai machucar seu esôfago e, durante alguns dias, não vai ser fácil engolir ou falar. A escolha é sua.

Helena colocou os comprimidos na boca, engolindo-os sem água e ignorando como ficaram entalados na garganta. À medida que se dissolviam, iam queimando.

Stroud se virou, vasculhando a bolsa de novo. Ela estava muito mais cheia daquela vez do que nas visitas anteriores. Helena estreitou os olhos e tentou ver o que eram todas aquelas coisas, mas de repente sua visão ficou enevoada.

— Espere...

Da bolsa, Stroud retirou vários frascos e seringas grandes e os enfileirou na maca.

— O que você... — O rosto de Helena começou a ficar dormente.

Ela piscou. Stroud havia enchido uma das seringas e estava parada à sua frente, dando batidinhas para remover as bolhas de ar.

Helena tentou ler as palavras escritas no frasco. As letras eram borrões.

— Não... — falou ela com dificuldade.

— É tudo para deixar você preparada, como eu disse — falou Stroud, enfiando a agulha no braço de Helena e apertando o êmbolo.

Helena mal sentiu a picada.

Stroud pegou o frasco seguinte e uma seringa maior.

A cabeça de Helena pendeu para trás, e seu corpo oscilou, quase caindo da maca enquanto tentava fugir.

— Fique quieta.

As palavras de Stroud flutuaram ao redor dela.

Bastou uma leve pressão para Helena tombar de lado. A maca estava fria em sua bochecha conforme outra agulha era enfiada em seu braço. O cômodo mergulhou na escuridão.

Ouviu Stroud batendo o dedo em outra seringa.

E então não se lembrou de mais nada.

Quando abriu os olhos, não havia luz. Estava deitada na cama, os braços e as pernas doendo por conta das agulhadas. A tala em sua mão havia desaparecido.

Era como se alguém a tivesse chutado várias vezes na parte inferior do abdômen e depois a esfaqueado, só por precaução. Seu corpo inteiro dava a impressão de estar retesado e inchado, como se a pele estivesse esticada demais. Helena queria se encolher em posição fetal, mas os braços doíam muito.

No espelho do banheiro, viu que suas pupilas estavam bastante dilatadas e os olhos, injetados. A boca estava seca, mas beber água lhe causava dor no estômago. Ela quase desabou no chão do banheiro.

Ferron foi vê-la no dia seguinte, ou talvez dois dias depois. Helena tinha perdido a noção do tempo.

— O Necromante Supremo mandou buscá-la — anunciou ele. — Qual é o seu problema?

Helena não fazia ideia de qual era o problema, só sabia que fora medicada com algo horrível.

— Stroud — respondeu, com algum esforço.

Ele xingou e se retirou, e então voltou parecendo indignado.

Mandou que a levassem até um carro que aguardava no pátio. Enrolaram-na em cobertores e a colocaram no banco traseiro. O ar fresco a fez se sentir um pouco melhor, o suficiente para se sentar e olhar pela janela, os braços ainda doloridos por causa dos hematomas.

Em vez de irem para a Central, a ponte que tomaram levava para as partes mais baixas da cidade e em direção a um túnel. O carro seguiu pelo subterrâneo e parou em algum lugar na escuridão. Luzes fracas cor de âmbar brilhavam através de uma espécie de névoa que pairava sobre o solo, a escuridão pressionando por todos os lados.

O ar era estagnado e úmido. Sentia o cheiro do rio ameaçando se infiltrar ali.

Ferron desembarcou e abriu a porta de trás, a expressão tensa.

— Consegue andar?

As poucas figuras que Helena via eram necrosservos velhos e podres. Engoliu em seco e assentiu.

Não olhe para as sombras.

— Então vamos.

Ele a pegou pelo braço. Não apertou com força, mas, mesmo assim, os hematomas doeram.

Helena não tinha escolha a não ser segui-lo, a respiração cada vez mais ofegante. Na escuridão, a única coisa visível era o cabelo prateado de Ferron. Ela esticou a mão, tentando encontrar uma parede na qual se apoiar.

Com os dedos, encontrou uma superfície úmida e pegajosa. Ela se afastou.

O túnel enfim se abriu num cômodo espaçoso, iluminado por arandelas de vidro verde. Dezenas de outros túneis desembocavam ali — como se fosse o centro de uma toca. As paredes eram cobertas por murais intrincados, mas desgastados. Quase parecia um templo abandonado.

Nunca tinha visto aquele lugar. Helena sabia que Paladia havia sido construída sobre as ruínas de uma cidade que fora devastada pela peste. Rivertide. O local da primeira guerra necromante. Até onde sabia, todos os traços da cidade haviam desaparecido.

O ar fedia a decomposição, um miasma vil que emanava do outro lado do cômodo.

Cada instinto no corpo dela a mandava correr, mas Ferron a puxou para a frente, o que fez os pés de Helena escorregarem pelo chão até chegarem à outra ponta.

— Vossa Eminência — cumprimentou Ferron, ajoelhando-se e puxando Helena para o chão. — Trouxe a prisioneira. Minhas sinceras desculpas pelo atraso.

O silêncio se prolongou a ponto de Helena duvidar que houvesse mais alguém lá.

— Traga-a para mais perto de mim. — Da escuridão, as palavras flutuaram, indistintas e murmuradas.

Ferron puxou Helena e a arrastou por uma série de degraus que ela mal conseguia discernir até ser colocada de joelhos mais uma vez.

Horrorizada, Helena encarou a cena diante de si. Mal identificava a forma grotesca.

Morrough estava reclinado sobre um trono de corpos. Necrosservos contorcidos e entrelaçados, com os membros transmutados e fundidos numa cadeira, moviam-se em sincronia, subindo e descendo à medida que respiravam em conjunto, comprimindo e afrouxando ao redor dele. De certa forma, Morrough parecia uma sombra do ser imenso e distorcido que um dia fora.

Agora sua pele parecia estar apodrecendo.

Um dos rostos do trono se virou, brevemente iluminado pela luz fraca, e Helena pensou que pudesse ser o rosto original de Mandl, mas não teve certeza, pois o trono voltou a se mover, erguendo Morrough na direção dela.

Morrough inclinou a cabeça, as órbitas vazias como buracos enegrecidos.

— Será que o superestimei, Alcaide-mor? Queria essas lembranças agora e tudo o que me trouxe foram retalhos.

Havia algo errado com a língua do Necromante Supremo, as palavras se arrastavam, como se tivesse um grande objeto na boca.

— Peço desculpas. Vou me empenhar para melhorar.

— Sim, você está sempre se empenhando, não? — rebateu ele, que, pelo tom, não pareceu imbuído de boas intenções. — Inspecionarei as lembranças eu mesmo. Segure-a firme.

Houve uma pausa, e o único som ali era o movimento dos corpos em decomposição. Outro rosto apareceu, um pouco apodrecido, mas Helena reconheceu a cicatriz que se estendia pela lateral do crânio de Titus Bayard.

Antes que pudesse tentar se afastar, Ferron posicionou o joelho entre as escápulas dela e a agarrou pelo queixo com ambas as mãos, mantendo-a imóvel.

Morrough estendeu a mão direita decrépita, grande demais, com dedos que se articulavam como patas de aranha. Os ossos apareciam na ponta dos dedos, exceto por dois, que pendiam, flácidos, como tiras de carne.

A ressonância que atingiu Helena portava um poder avassalador. Era como um fio desencapado, carbonizando-a por dentro. O corpo dela sofreu espasmos e se sacudiu violentamente.

Enquanto a ressonância devastava seu crânio, Helena berrou entre dentes cerrados.

A inspeção de Morrough das lembranças não se tratava de um estado desorientador no qual se revivia algo. Estava mais para ter a própria consciência esfolada. Morrough escalpelou a mente dela, arrancando recordações de onde as encontrava.

Embora tivesse dito que queria ver as lembranças perdidas, ele não parecia ter pressa para encontrá-las, concentrando, em vez disso, a atenção no aprisionamento de Helena na Torre Férrea. A monotonia claustrofóbica, o isolamento sem fim, interrompido apenas pelas aparições ocasionais de Ferron para checar as recordações e fazer a Transferência.

Sobretudo, Morrough parecia interessado nas sessões de Transferência e nos pesadelos e nas febres que se seguiam. Divertiu-se com os medos dela e achou a agonia da Transferência uma novidade, revivendo-a vezes e mais vezes, com Ferron aniquilando-a e consumindo-a até não haver mais fim ou início de nenhum dos dois.

Foi apenas nesse momento, em que Helena ficou inerte e parou de gritar e resistir, que ele se voltou para os vislumbres da memória, mas até mesmo esses Morrough distorceu.

Luc no telhado, mas sem todos os detalhes que faziam aquela lembrança ser bela, o fogo branco, a luz nos olhos dele, o brilho da cidade ao pôr do sol... tudo isso desapareceu até que só restasse o abismo entre eles, o modo como Luc se afastou do toque dela, a reprovação em sua voz e a droga que o consumiu.

Morrough observou diversas vezes a lembrança de Lila perguntando sobre as aprendizes, com uma espécie de curiosidade vaga, mas foi a lembrança de Lila ferida e chorando que mais o interessou.

Quando Morrough se cansou daquilo, ela torceu para que tivesse terminado, mas não. Ele voltou à última sessão de Transferência.

Fosse lá qual tinha sido o poder que, por um breve momento, Helena tivera para expulsar Ferron de sua mente, ele agora a deixou na mão. Morrough dissecava as recordações, prolongando cada momento excruciante da violação mental de Ferron, a repercussão de sua tentativa de resistência, de forma que ela nem percebeu quando ele, enfim, parou.

Sentia tanta dor na mente que todo o resto se apagou até ela perceber que seus pulmões convulsionavam. Os olhos incapazes de focar, sem saber onde estava até sentir sua pulsação vibrar nos dedos de Ferron, que pressionava o joelho na coluna de Helena.

— Então... — disse Morrough, a voz vindo de algum lugar da escuridão. — No fim das contas, a animante da Chama Eterna não está morta.

— O senhor acredita que Boyle ainda esteja viva? — perguntou Ferron, parecendo surpreso.

— Quem?

Ferron afrouxou o aperto, e Helena desabou de encontro a ele na escuridão sufocante.

— Stroud a mencionou. Tendo como base os registros da Resistência de Elain Boyle, presumiu-se que ela...

— Boyle não era ninguém. Não notou que a Transferência foi diferente com os outros?

Helena ficou confusa. *Outros?*

— Me disseram que as transmutações na mente dela seriam difíceis — falou Ferron.

— Essas dificuldades acontecem porque ela está resistindo, porque é *capaz* de resistir. Logo... Ela é a animante.

Fez-se um silêncio interrompido apenas pelo ritmo agitado dos necrosservos. Ferron parecia congelado de surpresa.

— Não notou? Nem ao menos suspeitou? — perguntou Morrough, soando tão colérico que precisou parar para recuperar o fôlego. — Tive minhas dúvidas quanto a seu progresso, à intensidade relatada das febres cerebrais dela, tão diferente de nossas outras cobaias. Como poderia haver tanta coisa escondida se a mera penetrabilidade da mente dela é tão complicada?

Morrough falou tão devagar que o horror parecia crescer a cada palavra. Ferron não abriu a boca.

— Só há uma resposta: ela é a animante. Mesmo agora, com toda a ressonância dela reprimida, ainda há resistência. Ela apagou a lembrança acerca do que é numa tentativa de escapar de mim.

A pressão crescente na cabeça de Helena era tão intensa que sua visão obscureceu.

— Com certeza não é o caso — contestou Ferron. — Stroud falou que era impossível para qualquer pessoa apagar as próprias...

— E Stroud sabe alguma coisa? Ela é incapaz de imaginar talento que vá além das próprias habilidades. Esta é a animante, eu *senti* as tentativas de resistência dela.

Os cadáveres aproximaram Morrough de Helena mais uma vez, as órbitas oculares dele chegando ainda mais perto, a ressonância dele um zumbido agudo em seus ossos.

— Rogo seu perdão pelo meu fracasso — suplicou Ferron, a voz rouca pelo choque. — Nunca nem me ocorreu.

Morrough ficou em silêncio por um longo tempo, o rosto esquelético inchado e ondulante na visão de Helena.

— Seu pai esteve aqui faz pouco tempo, implorando por uma audiência assim como agora você implora por perdão. Ele afirma que tentou lhe contar o que lembrava, mas você não lhe deu ouvidos.

Ferron mais uma vez intensificou o aperto em Helena.

— Mal dá para confiar na memória dele, Vossa Eminência, e me pareceu imprudente satisfazer os próprios ataques de paranoia. Não sabia que viria incomodar o senhor com tais alegações. No entanto... devido aos comentários dele, eu comecei uma nova investigação discreta.

— E...?

— Pelo visto, ela foi apreendida perto do Porto Oeste logo após o bombardeio.

— Para resgatar a paladina Bayard?

— Um bombardeio parece um método de resgate descabido. A fuga da paladina pode ter sido uma coincidência. Como deve se lembrar, Bayard já estava morrendo quando a capturei.

— *Foi* por causa de Bayard. Tenho certeza.

A mente de Helena latejava enquanto ele tentava compreender o que os dois diziam.

Um suspiro áspero e sibilante surgiu de todos os corpos ao mesmo tempo.

— Todo esse tempo nós pensamos em Hevgoss... mas era a Chama Eterna, afinal. Eles devem ter descoberto.

— Se tivessem, decerto não teriam permitido que o Quartel-General fosse tomado com aquela facilidade.

— Talvez... — Morrough não parecia convencido. — Mas essa decisão não cabe a você. Sou eu que determino o que faz sentido ou não. Isso prova que a Chama Eterna era mais ardilosa do que pensávamos. Suspeito que nossa prisioneira animante saiba muito mais do que se dá conta.

— Então continuarei a subvertê-la — afirmou Ferron.

Ele começou a levantar Helena do chão para arrastá-la para longe.

— Eu dei permissão para se retirar?

O corpo de Morrough foi erguido de súbito, sua forma enorme e distorcida agora pairando sobre os dois. Ele mal usava roupas, e sua pele cedeu, apodrecida, de modo que Helena viu os órgãos dele pulsando onde tinha sido dilacerada, brilhantes sob a carne em decomposição. Ela encarou a cena, atordoada.

Havia ossos demais, alguns cinza e se desfazendo; outros de um branco cintilante.

Morrough pousou a mão deteriorada no ombro de Ferron.

— Você está ficando presunçoso, Alcaide-mor.

Ferron soltou Helena na mesma hora, que caiu no chão aos pés dele. O piso estava quente, e algo úmido grudou na pele dela, penetrando nas roupas. Sentia cheiro de vísceras e sangue velho. Na escuridão, dedos frios puxaram o vestido dela enquanto o trono se transformava com outro suspiro áspero e pútrido.

— Como posso confiar em alguém que, nos últimos tempos, tem tirado as próprias conclusões e ignorado tanto?

Ferron respirou fundo.

— Seus fracassos parecem se multiplicar. Fazendo vista grossa aos sinais de animancia de sua prisioneira. Ignorando os conselhos de seu pai. E onde estão os assassinos que mandei você encontrar?

A podridão recendendo a cobre no ar fez Helena se engasgar conforme a escuridão se fechava ao seu redor, os dedos mortos e frios a arranhando, tentando arrastá-la mais para o fundo. Todos os seus medos ganhando vida.

— Sou seu servo mais fiel, e não falharei com o senhor. Se foi a Chama Eterna, eu os encontrarei.

— *Foi* a Chama Eterna. Quem mais poderia ser? Quem se atreveria a matar os Imortais? A arma era de obsidiana. Agora Crowther é nosso, mas ele deve ter compartilhado os segredos com alguém que passou despercebido durante o expurgo. Talvez sua identidade seja um dos segredos que nossa animante cativa está tentando ocultar com tanto zelo.

À medida que Morrough falava, a ressonância no ar se tornava uma massa sólida e pesada. As costelas de Helena se vergaram com a pressão, ameaçando se partir e perfurar os pulmões.

— A morte de Mandl foi uma humilhação. Para um indivíduo tão ilustre, você deveria ter *previsto* isso.

A pressão diminuiu, e Helena conseguiu sorver o ar, desesperada, mas o miasma cobriu sua garganta e a sufocou.

— Estou investigando todas as possibilidades — alegou Ferron, a respiração lenta e ofegante. — Os relatórios indicam que Crowther colaborou com um metalurgista que foi morto durante a batalha final. Eu designei criptologistas para reavaliar a pesquisa dele em busca de quaisquer indícios de outros colaboradores.

— Isso não é novidade faz tempo — rosnou Morrough. — Há quantas semanas está investigando as mortes, sem ter nada para mostrar? Você se esqueceu do que acontece quando fico decepcionado?

— Eu...

O zumbido da ressonância de Morrough se concentrou e desapareceu. Ouviu-se um barulho agudo e súbito, como galhos se partindo ao meio. Ferron soltou um suspiro entrecortado e caiu feito pedra em cima de Helena, um dos braços apoiado acima da cabeça dela.

Ela mal conseguia ver o rosto dele. Os olhos prateados de Ferron pareciam brilhar enquanto sangue jorrava de sua boca, pingando no chão. A expressão dele se distorceu, seu corpo se contorceu, as pupilas se dilataram até as íris se tornarem faixas estreitas de prata.

Então Ferron gritou e seu corpo perdeu a força, desmoronando em cima dela.

O peso do corpo, a saliência dos ossos quebrados, pressionavam-na, mas Helena não sentia o coração dele batendo.

Nenhum sinal de respiração. Ferron não movia um único músculo.

Com um movimento brusco, ele arfou, um suspiro distorcido ecoando de seus pulmões enquanto o peito começava a pulsar. Ferron convulsionava como se estivesse se afogando, tossindo sangue, enquanto se afastava dela.

— N-não f-falharei com o senhor, prometo. — A voz trêmula era pouco mais que um sussurro, e ele voltou a ficar de pé, instável.

— Certifique-se de que isso não aconteça — ameaçou Morrough.

Ferron se abaixou, os dedos trêmulos enquanto erguia Helena do chão novamente. A cabeça dela tombou para trás.

— Não tire os olhos dela. Logo, logo a Chama Eterna virá atrás dela, tenho certeza.

— Morrerei antes de perdê-la — declarou Ferron em voz baixa, fortalecendo o aperto das mãos.

— Desta vez eu os quero com vida, Alcaide-mor. Essas últimas brasas que se atrevem a zombar de mim. Você os trará para mim, para serem mortos com calma.

— O senhor os terá. Assim como dei ao senhor todos os outros. — A voz de Ferron tinha recuperado o controle.

Ele fez uma mesura profunda.

Helena esticou o pescoço, observando, incapaz de focar a vista, os rostos esverdeados e apodrecidos no trono, aterrorizada com a ideia de quantos deles reconheceria se pudesse vê-los com clareza.

Tentou se libertar, mas não conseguia escapar. Ferron a segurou com mais força, arrastando-a pelos túneis sinuosos, sem parar nem mesmo quando as pernas dela falharam e os pés tropeçaram. Ele não a soltou em momento algum.

Por fim, Ferron parou. Sem libertá-la, permitiu que Helena escorregasse até o chão. Ela se encolheu, ofegante, ainda com dificuldade de respirar. O ar era mais limpo e úmido, não havia mais o cheiro de sangue. As paredes do túnel estavam secas.

A cabeça dela doía tanto que tentar pensar era como tocar numa ferida aberta. No entanto, ela tinha muitas perguntas.

— Eu... — A garganta dela se fechou, com um espasmo. — Eu... ataquei uma prisão?

— Foi depois da batalha final — respondeu Ferron, soando distante. — Parece que você foi capturada após destruir mais da metade do Laboratório do Porto Oeste. Você se disfarçou de hevgotiana durante o ataque, e depois desapareceu naquele tanque, o que resultou em relatórios contraditórios. Até meu pai perceber de onde a reconhecia, a investigação foi considerada inconclusiva. Naquela noite, ele estava lá.

Ela balançou a cabeça, sem acreditar.

— Eu era curandeira — falou. — Eu não... Eles não me deixavam lutar.

Ferron ficou calado.

Aquilo ainda não fazia sentido para Helena.

— E Lila estava lá?

— Estava.

— Mas, quando você a capturou... ela estava morrendo.

— O Laboratório do Porto Oeste era o local de experimentação de Bennet.

Um som baixo de horror irrompeu de Helena, que se curvou e vomitou. Ferron precisou ajudá-la.

— Beba isto — ordenou, ele, enfiando um frasco na mão dela. — Senão pode acabar desmaiando.

A mão de Helena tremia, mas ela bebeu o líquido sem questionar. Não havia nada que ele pudesse lhe dar que pioraria seu estado. Em vez disso, uma substância analgésica tão amarga que deixou a boca dela dormente desceu garganta abaixo. Ela se sentou, ofegante, deixando o remédio fazer efeito.

Tentou se concentrar, mas suspeitava estar com uma concussão. Com lesões no cérebro, era importante permanecer consciente. Na teoria, conversar ajudava, manter os pacientes falando. Então ela continuou falando.

— Isso já aconteceu com você? — perguntou, a fala arrastada

Helena sentiu Ferron a encarando, os olhos pálidos brilhando por um instante na escuridão.

— Mais de uma vez... — respondeu ele, após um longo silêncio. — Meu treinamento foi rigoroso.

— Por quê?

Ele se mexeu, abafando um grunhido baixo.

— Para ver se eu era melhor do que meu pai ou se também cederia sob interrogatório.

Ela franziu o cenho.

— Isso foi... antes de você matar o Principado Apollo?

Ferron suspirou, como se reprimindo uma risada.

— Está querendo uma confissão? — perguntou, por fim. — Será que devo te contar tudo o que fiz?

Tudo o que via era o mais vago contorno de Ferron, agachado à frente dela. A respiração ainda saía tensa enquanto ele a mantinha firme.

Perguntou-se se a pausa ali era para que ela se recuperasse ou ele. A dose de láudano que tomara havia aliviado a dor que lhe rachava a cabeça.

A questão surgiu em seus lábios, e Helena sentiu que era vital perguntá-la. Ela se inclinou para a frente, tentando ver o rosto dele.

— Você quer me contar?

Ele ficou em silêncio por um bom tempo, depois se levantou sem responder e a colocou de pé. Seu corpo estava meio dormente e, durante o restante do trajeto até o carro, ele praticamente precisou carregá-la.

Na claridade, Helena percebeu que estava coberta de restos putrefatos, sangue podre e coagulado nas roupas e nas mãos. Todos os necrosservos observaram enquanto Ferron a levou até o carro, passando-a para um dos criados e deixando-o retirar o vestido dela e envolvê-la num tecido de lã. Ela afundou no banco traseiro.

Ferron se sentou no banco dianteiro. Quando o carro saiu do túnel, a clareza vívida do céu quase ofuscou a visão de Helena, mas ela conseguiu distinguir o rosto dele. Ferron se curvava para a frente de olhos fechados. Pálido como a morte.

Levou dois dias até Helena voltar a enxergar normalmente, e três antes de conseguir se sentar sem ficar tonta. Ela tentou ler, mas as palavras dançavam, deixando-a com nada além dos próprios pensamentos para ocupá-la o dia inteiro.

No terceiro dia, uma das criadas lhe trouxe uma bandeja com mingau. Ela olhou para a necrosserva, encarando os olhos azuis leitosos.

— Ferron, pode vir até aqui?

A criada a fitou e, em seguida, afastou o olhar, deixando-a sem resposta. Naquela noite, porém, enquanto mordiscava o jantar, Ferron abriu a porta e entrou.

— Mandou me chamar? — O tom dele era zombeteiro.

— Queria perguntar uma coisa — disse ela, se inclinando para a frente, mesmo que o movimento fizesse sua cabeça doer até os olhos ameaçarem saltar para fora.

Ela respirou fundo, reunindo todas as parcas informações que coletara ao longo dos meses. Era como se, sem perceber, tecesse uma tapeçaria, mas só agora pudesse ver a imagem que se formava na ponta de seus dedos.

— Mandl não foi a primeira Imortal a morrer — começou ela, por fim. — Faz semanas que eles vêm morrendo. Só agora notei o que os desaparecimentos tinham em comum. Achei que era censura, que talvez fossem dissidentes, mas trata-se de Imortais. Os desaparecimentos são porque eles estão sendo mortos, e é você quem está encobrindo isso.

Ferron não disse nada, a expressão cuidadosamente neutra.

Ela engoliu em seco.

— Sabe, os Imortais nunca fizeram muito sentido para mim. Seja do ponto de vista científico ou lógico. A imortalidade parece algo perigoso para simplesmente... ser dada de presente. E não dá para dizer que Morrough faz a linha altruísta. Sei como a vitamancia funciona. Há um preço a se pagar pela regeneração complexa, e alguém sempre tem que arcar com os custos. Não há escapatória. Para se regenerar da maneira que os Imortais fazem, alguém está pagando por isso.

— Achei que você tinha uma pergunta — interrompeu Ferron.

— Estou quase lá — replicou Helena, com calma, tentando ignorar a dor na nuca. — Quando os Imortais habitam cadáveres, eles não retêm a ressonância antiga; em vez disso, ficam com aquela que o novo corpo tem. Como seu pai, que, por ser um alquimista de ferro, não sabe nada sobre piromancia. Então, se alguém como você, um animante, perdesse o corpo, também perderia essa habilidade, e, se você achasse que ser um defunto é um castigo, algo que faz para aplicar uma lição em alguém, você não abriria mão do seu corpo independentemente da condição em que estivesse e ficaria desesperado para entender como a Transferência funciona. Mas, mesmo nesse caso, ainda seria preciso encontrar um animante. Só que um animante resistiria à Transferência.

Ela estremeceu, colocando a mão na testa como se pudesse aplacar a pressão.

— Bom... é aí que entra o programa de reprodução — prosseguiu ela, fraca. — Morrough não está nem aí para a economia, ou para que tipo de alquimistas há em Nova Paladia. A verdadeira razão por trás do método de reprodução seletiva de Stroud é para encontrar uma maneira de controlar a ressonância com a qual as crianças nascem. Foi por isso que trouxeram seu pai de volta e eu o vi na Central. Ela está tentando produzir um animante para Morrough. Se a Transferência for aperfeiçoada a tempo de Stroud ser bem-sucedida, ele teria os meios e o receptáculo perfeito para usar, mas... o tempo de Morrough está acabando.

Ferron estreitou os olhos.

Ela respirou fundo.

— Há algo de errado com ele. Está velho demais, e isso deveria afetar a ressonância, mas não foi o que aconteceu. Ele tem outra fonte de poder, algo de que pode extrair ressonância. Só que ainda assim Morrough está se deteriorando. Eu o vi há apenas alguns meses, e ele não estava nesse estado. O trono é o que o mantém vivo agora. Fico tentando imaginar o que poderia ferir um indivíduo como ele. Não é como se alguém pudesse chegar perto. Então pensei... talvez a fonte desse poder esteja bem à nossa frente, mas disfarçada, para que as pessoas não percebam. Talvez apresentada como uma dádiva, algo que as pessoas estão desesperadas para ganhar, sendo que é ele quem precisa disso.

A dor se espalhou pela cabeça de Helena, tingindo sua visão de vermelho. Ela soltou um suspiro agonizante, tombando para o lado. Ferron se aproximou.

Helena olhou para ele, forçando as palavras a saírem:

— Os Imortais... Vocês são a fonte do poder dele. E a Resistência... nós descobrimos isso, não foi? Como matá-lo. Como matar todos vocês.

CAPÍTULO 14

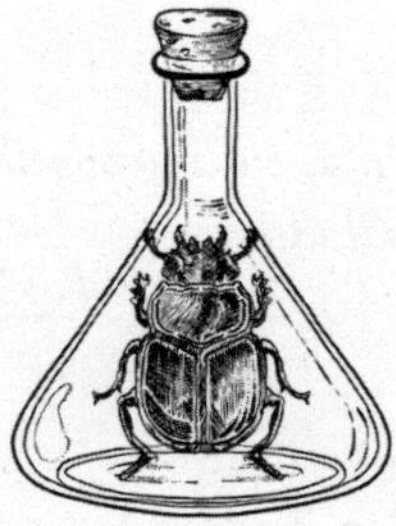

Helena estava em um laboratório, sentada em um banco diante de fileiras e mais fileiras de metais e compostos transmutados dispostos sobre uma mesa. Alguns haviam sido moldados em formato de esferas ocas, enquanto outros permaneciam em pequenos frascos, esperando para serem testados.

À frente dela, do outro lado da mesa, Shiseo examinava uma esfera entre seus dedos e fazia anotações em um pedaço de papel sobre a precisão e distribuição do objeto.

— Você tem um repertório interessante — comentou ele em voz baixa, pegando um frasco da terceira fileira. — Muito incomum. E é bastante detalhista. Me surpreende que não seja metalurgista.

— Eu não sabia direito o que fazer — respondeu ela, entregando outra esfera para que fosse avaliada. — Eu tive a impressão de que, independentemente do que eu escolhesse, alguém ficaria decepcionado. Todo mundo... — Ela começou a mexer os dedos, mas se deteve e cruzou as mãos. — Todo mundo tinha grandes expectativas para mim, mas eu nunca soube muito bem o que queria. — Helena deu de ombros. — O que provavelmente foi bom, já que, no fim das contas, não faria diferença.

Shiseo não respondeu. Estava lendo as próprias anotações, depois se virou para Helena, notando primeiro as mãos cruzadas, antes fixar seu olhar impassível no rosto dela.

— Não acho que uma arma de aço combinaria com você.

— Como?

— Você é muito boa com titânio. Conheci o Mestre da Guilda de titânio e nem o trabalho dele era tão perfeito. — Ele pegou um pedaço do trabalho em níquel dela, analisando-o também. — Já experimentou usar uma liga de níquel e titânio?

Ela balançou a cabeça.

— Seria uma arma melhor para você. Levíssima. Com aço, você estaria desperdiçando sua força.

— Isso não é para uma arma — respondeu Helena prontamente. — É só por curiosidade.

Shiseo estalou a língua.

— Bem... se quisesse uma arma, eu a aconselharia a escolher níquel e titânio. Não se limite aos costumes dos paladianos.

Helena se esforçou para acordar. Todo o lado direito de seu corpo estava um pouco dolorido, e sua língua parecia supersensível, como se recém-regenerada.

Desorientada, fitou o dossel, tentando se lembrar do que acontecera.

Ferron. Ela estava conversando com Ferron. Olhou em volta, procurando-o, mas ele tinha desaparecido.

Ela dissera que Morrough estava morrendo, que a morte dos Imortais de alguma forma o atingira; por fim, conseguira entender tudo, então...

Não havia mais nada depois disso.

Helena se sentou devagar. Provavelmente tivera outra convulsão. Mexeu os ombros e abriu a boca com cuidado, imaginando que fosse sentir os músculos se contraindo, que a tensão residual fosse impedi-la de falar, mas isso não aconteceu.

Baixou a cabeça para conferir o restante do corpo.

Tinha recebido cuidados médicos.

Convulsões não eram comuns em um hospital militar, mas foi o que aconteceu com Titus Bayard depois da lesão cerebral.

A tensão muscular não era algo que o mero uso de vitamancia era capaz de resolver. A ressonância poderia relaxar músculos rígidos, mas os membros precisavam ser massageados para se soltarem e se alongarem de novo.

Em outras palavras, alguém tinha tocado, no mínimo, em metade de seu corpo. Ela estremeceu, torcendo para que não tivesse sido um dos necrosservos — mas quando analisou a alternativa, não achou essa opção tão ruim assim.

Helena tomou um longo banho que ajudou a dissipar as dores que ainda sentia. Deixou a cabeça pender para trás, a água escorrendo pelo cabelo. Em silêncio, revisitou a lembrança em sua mente.

Shiseo. Ela o conhecera, afinal. Não queria acreditar, mas lá estava ele.

Os dois não pareciam ser tão próximos. Ele devia cuidar dos testes de ressonância de muita gente, talvez tivesse feito isso como forma de espionar a Resistência.

Então por que ocultar aquela lembrança? A dimensão de sua perda de memória era espantosa.

Por que os Imortais confiariam em Shiseo se ele tinha trabalhado e vivido com a Resistência durante toda a guerra? Inúmeros paladianos tinham sido mortos ou presos por muito menos. Ele, por outro lado, recebera o cargo de emissário.

Não fazia sentido.

Após sua fundação, Paladia tentou atrair estrangeiros do mundo inteiro. Os Holdfast queriam que o Instituto fosse uma referência mundial em alquimia, o local onde alquimistas de todos os tipos poderiam estudar e compartilhar técnicas e métodos. Mas logo Paladia abandonara esse sonho.

Ainda mais quando o Instituto chegou perto de atingir a capacidade máxima e o clima convidativo caiu por terra.

Depois da morte do Principado Apollo, quando começaram a correr boatos sobre uma guerra, o pai de Helena quis retornar para o Sul. Ele dissera que aquela luta não era deles e que sua responsabilidade era garantir a segurança dela. No entanto, Helena já tinha prometido a Luc que ficaria. Então seu pai também ficou.

E acabou morrendo.

Helena respirou fundo, traçando a cicatriz no pescoço ao sair do chuveiro.

Enquanto se secava, olhou para o próprio reflexo e levou um susto.

Ela vinha evitando espelhos desde que as refeições começaram a melhorar. A versão de si mesma que conhecera estava desaparecendo, e Helena detestava as mudanças que via.

Até onde se lembrava, estava abatida por conta do estresse, e sua pele, pálida devido à falta de luz solar. O cabelo escuro estava sempre amarrado em duas tranças bem apertadas e preso em um coque baixo. Seu corpo era esquelético, tinha pernas e braços finos, mas seus olhos escuros eram grandes e atentos como se um incêndio ardesse por trás deles.

Quando chegara à Torre Férrea, ainda via sinais daquela garota no espelho.

Mas seu rosto já não estava magro, nem as bochechas encovadas, tampouco os olhos estavam fundos de exaustão. Até sua pele ganhara cor. E agora, Helena usava o cabelo solto, caindo em cascata além dos cotovelos, e seus ossos mal estavam à vista.

Parecia saudável.

Bonita, até.

Uma Helena de outra vida.

Mas seus olhos...

Seus olhos estavam mortos. Não havia nenhum ardor ali.

A faísca que um dia considerara a parte mais intrínseca de sua identidade tinha sido extinta.

Ela era um cadáver ambulante, assim como os necrosservos que assombravam a mansão.

Ferron reapareceu no dia seguinte, quando Helena estava jantando.

Vestia suas roupas de "caça", mas agora estavam limpas, então ela deduziu que ele estava saindo, não voltando. Helena o observou com relutância. Sem o casaco e as camadas habituais de roupa, Ferron parecia ainda mais esguio.

Helena estreitou os olhos quando ele se aproximou. Os trajes eram cinza-escuros, feitos para se misturar às sombras da cidade, mas via-se um brilho metálico em alguns pontos, como nos antebraços, no peito e nas pernas.

Uma armadura costurada no tecido. Por isso não conseguira esfaqueá-lo.

Ferron parou diante dela com uma expressão indecifrável, as mãos atrás das costas.

— Como você sabia?

Os dentes do garfo dela arranharam o prato.

— O quê? Que Morrough está morrendo ou que está criando os Imortais como uma espécie de fonte de energia?

A boca de Ferron se curvou.

— Vamos começar pela segunda coisa.

Helena se virou para a janela.

— Todo mundo sempre agiu como se a guerra fosse algo inevitável, parte do ciclo da batalha eterna entre o bem e o mal, mas eu... nunca entendi isso. Por que Morrough queria Paladia? O Conselho pensou que Hevgoss estivesse envolvido, que era só um pretexto para começar uma intervenção militar e tomar o território de Paladia. Mas o que Morrough ganharia com isso? Parece que ninguém se fez essa pergunta. A história é sempre a mesma: há um necromante perverso que a Chama Eterna precisa matar. Mas ninguém fala o motivo, o que poderia levar alguém a isso. — Ela balançou a cabeça. — Não vejo a imortalidade como um grande presente, muito menos algo que alguém como Morrough ofereceria de bom grado, a menos que isso trouxesse mais vantagens para ele do que para os outros envolvidos. Coisas que parecem boas demais para ser verdade normalmente custam caro e, quando o preço vem à tona, já é tarde demais.

Ferron ficou calado.

— Estou certa? — indagou ela.

A expressão e a postura dele não revelavam nada.

— E isso importa?

Helena desviou o olhar.

— Na verdade, posso te contar... *se* me disser o que pareceu bom demais para ser verdade para você.

Ela engoliu em seco, sem tirar os olhos das montanhas.

— Paladia. — Depois respirou fundo e se virou para Ferron. — Sua vez.

Ele a encarou, os olhos brilhando com um estranho ar de satisfação.

— É verdade. Ele está morrendo.

CAPÍTULO 15

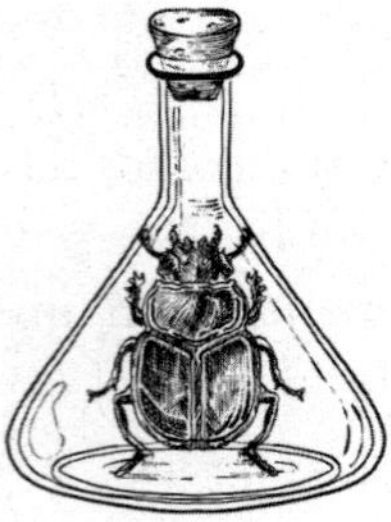

O cativeiro de Helena caiu na monotonia outra vez.

Ela viu Ferron apenas quando ele foi verificar sua memória e, alguns dias mais tarde, para realizar a Transferência outra vez.

Helena não dificultou as coisas. Sua mente ainda parecia frágil como a seda de uma teia de aranha. Temia que, se um fio se soltasse, Ferron ficaria livre para fazer o que bem entendesse.

Ele não tentou adentrar os recônditos ocultos da mente de Helena, apenas se acomodou na paisagem mental e lá ficou. Ferron piscou e ela piscou em seguida. A mão esquerda de Helena se ergueu, e ela a observou abrir e fechar. Sua consciência estava dividida entre a dela e a dele, mas a cada segundo que passava se sentia mais parecida com Ferron do que consigo mesma. Lentamente devorada.

Sentiu o gosto de sangue.

Estava escorrendo dos seus olhos e nariz.

Quando tudo terminou, ela continuou onde estava, sem forças, olhando para o teto até os necrosservos aparecerem para colocá-la na cama.

Como não ofereceu resistência, ficou apenas um pouco febril por alguns dias. Talvez fosse a animante, afinal.

Perceber isso foi como um golpe em cheio em seu peito. Ela tivera certeza de que sua perda de memória era parte de uma estratégia da Resistência que tinha como objetivo proteger algum segredo crucial de Luc. Que tinha sido um ato nobre de altruísmo e abnegação de sua parte, afinal cooperara confiando sua mente e suas lembranças à misteriosa Elain Boyle.

Mas será que ela só estava escondendo tudo de si mesma esse tempo todo? Será que, no fim das contas, era só isso? Não podia ser. Só que nenhum de seus lampejos de memória sugeria que ela sabia algo importante.

Ferron vivia ocupado, pois passava a maior parte do tempo tentando localizar os últimos membros da Chama Eterna. Quando o via pelas janelas do pátio, sempre parecia exausto. Às vezes voltava sujo de sangue.

Era impossível não perceber a tensão ao redor dos olhos dele e a rigidez de seus movimentos.

Ela começou a desconfiar de que ele estava sendo torturado por Morrough.

Como Ferron não podia morrer, Morrough era capaz de desfrutar do prazer de matá-lo repetidas vezes.

A palidez de Ferron ao voltar para casa não era de fúria, mas de choque devido à tortura. Toda vez que ela o via, os sinais ficavam mais aparentes. Ele parecia estar definhando mentalmente à medida que os indícios físicos desapareciam.

Helena tentou não notar. E, quando não conseguia evitar, tentava não se importar.

Ferron estava à caça da Resistência. Cada episódio de tortura ao qual era submetido era um indício de que falhara em sua missão.

E não era isso o que Helena deveria querer?

Afinal, era escolha dele. Morrough estava morrendo e Ferron estava ciente disso; mesmo assim, optou por servi-lo, fazendo tudo o que Morrough já não tinha forças para fazer sozinho.

Ele merecia sofrer.

Quando viu o sangue escorrendo entre suas pernas, demorou para entender o que estava acontecendo até que se deu conta de que *ela* tinha menstruado. Mesmo antes da guerra, seu ciclo fora irregular por conta do estresse com a bolsa de estudos e, após o assassinato, a menstruação cessara por completo.

Helena havia se esquecido de que aquilo era algo que seu corpo deveria fazer.

Quando foi esterilizada, Matias pedira para que seu útero fosse removido, mas Ilva insistira para que o procedimento fosse o menos invasivo possível: apenas uma ligadura. O que significava que ela ainda poderia menstruar.

Helena colocou um pano entre as coxas e aguardou até que a criada levasse seu almoço para pedir por itens de higiene pessoal. Se aquilo tivesse acontecido antes, talvez ela tivesse se divertido com o desconforto de Ferron ao ser obrigado a lidar com a realidade de manter uma mulher prisioneira, mas o incômodo dele era algo em que tentava não pensar.

Dez dias depois da Transferência, quando ele apareceu no quarto para revirar as lembranças dela novamente, parecia menos nervoso. Ao se deparar com a preocupação relutante de Helena em relação a ele, Ferron interrompeu a conexão.

Ela piscou e, ao abrir os olhos, viu que ele a encarava.

— Está preocupada comigo? — O semblante dele se transformou com um sorriso presunçoso. — Quem diria.

O rosto de Helena ficou quente.

— Não considere um elogio. Eu odeio tortura.

— Como você é boa — disse ele, irônico, levando a mão ao peito. — Tenho certeza de que o querido Luc ficaria maravilhado com o seu bom coração.

— Não fale o nome dele — rebateu ela. — Você nunca foi amigo dele.

Apesar de se sentir zonza, Helena se sentou.

Ferron se encostou num dos balaústres da cama.

— Sabe de uma coisa? Às vezes me pergunto quem foi responsável por mais mortes na Resistência: Holdfast e seus princípios ou eu. O que acha?

— Não é a mesma coisa.

Os dedos dele se contorceram. Quase conseguiu disfarçar o gesto ao cruzar os braços.

— Existe de fato diferença entre fazer alguém sacrificar a própria vida pela sua e matar essa pessoa com as próprias mãos?

A raiva desabrochou no peito de Helena.

— Existe. Tenho certeza de que você adoraria imaginar que não fosse o caso para o bem da sua consciência, mas você e ele são completamente diferentes.

Ferron respondeu com um sorriso contido.

— Não acho que eu tenha consciência. Mas, diga, então você queria que eu os tivesse deixado vivos? — A pergunta veio em tom manso. — Que os membros da Chama Eterna sobrevivessem, que as pessoas tivessem esperança? Isso seria mais bondoso?

— As pessoas devem ter esperança, já que há alguém da Chama Eterna por aí. Alguém que você ainda não encontrou.

— Não vai demorar a acontecer.

Ela empalideceu.

— Você...? — Sua voz oscilou.

Ferron balançou a cabeça.

— Ainda não. Mas é questão de tempo — respondeu ele, com um sorriso que não escondia sua raiva. — Aconteça o que acontecer com Morrough, o assassino estará morto muito antes dele.

— Você não tem como saber disso — afirmou ela com ferocidade.

— Na verdade, sim. — As feições de Ferron eram tão impassíveis que poderiam ter sido esculpidas em granito. — Não há outro desfecho para essa história. Se você e sua Resistência quisessem que tudo isso acabasse de outra forma, deveriam ter feito escolhas diferentes, talvez mais realistas e menos ingênuas. Deveriam ter se dado conta de que a vitória não era garantida só porque consideravam sua causa justa. Seus amigos não passavam de um bando de tolos, todos eles — zombou Ferron. — Se os deuses existissem, não teria sido tão fácil matar Apollo Holdfast.

Helena o observou, atenta à fúria em seus olhos que deformava seu semblante.

— Quem você odeia tanto assim?

Até então, ela não tinha compreendido a intensidade da raiva de Ferron. Era profunda como o oceano e não terminava em nada além de morte.

Ele pareceu surpreso com a pergunta, mas logo tratou de disfarçar suas emoções.

— Muitas pessoas — respondeu ele, dando de ombros com um ar insolente. A curva de seu sorriso era como uma foice. — Mas a maioria delas já está morta.

Lancaster retomou as visitas à Torre Férrea conforme o inverno chegava ao fim, mas Helena não deu importância. Se houvesse alguma chance de ele ser um membro da Resistência, Ferron já teria ido atrás dele.

Quando ouvia passos demais, Helena sabia que se tratava de um dos eventos dos Ferron. Naquela noite, o salão principal parecia cheio. Providenciaram novos necrosservos e os cadáveres em decomposição que antes ocupavam seus postos do lado de fora das portas principais foram mandados para algum lugar longe de vista.

No saguão, havia um punhado de caixotes de flores que estavam sendo usadas na decoração, todas vindas de algum lugar ao sul ou de uma estufa, já que os canteiros do jardim da mansão continuavam sem vida.

Helena calculou a data em que estavam e se deu conta de que era a celebração do Equinócio de Primavera.

Uma das festas de Aurelia.

Grandes braseiros foram acesos no pátio quando os carros começaram a chegar. Helena observava de uma janela no alto enquanto os convidados emergiam de seus veículos. A festa era mais modesta do que a do Solstício de Inverno, já que os Solstícios eram as celebrações mais importantes de Paladia, enquanto os Equinócios tendiam a ser mais celebrados nas áreas agrícolas. Dizia-se que Novis realizava grandes desfiles na primavera para celebrar Tellus, a Deusa da Terra.

Após a chegada de todos os convidados, Helena aguardou meia hora antes de escapar até a ala principal. Os servos estavam ocupados demais com a festa para supervisioná-la, deixando-a apenas aos cuidados dos olhos nas paredes.

A festa parecia estar regada à bebida, e ela ouviu o burburinho de vozes antes mesmo de chegar à sala de jantar. Esgueirou-se até a sala ao lado e, embora as paredes abafassem um pouco o barulho, era possível escutar as conversas.

— É um fantasma, estou dizendo. Holdfast voltou para se vingar. Não existe outra explicação — disse alguém em voz alta, as palavras soando arrastadas. — Ele atravessou as paredes e tudo.

— Por que não cala a boca? — retorquiu outra pessoa. — Fantasmas não existem, seu imbecil.

— Você não diria isso se tivesse visto Vidkun. Ele se trancou em casa sem ninguém além dos servos, nem um mísero rato entrava lá. Como é que conseguiram matá-lo?

— Só porque você não consegue transmutar nada que não seja de cobre não quer dizer que seja impossível. Todo mundo sabe que os Holdfast tinham alquimistas do mundo inteiro. Deve ter sido uma dessas aberrações. Além disso, Vidkun era um idiota. Ele não gostava de sair de casa e morava sozinho. Se não quiser morrer, é só não deixar qualquer pessoa entrar quando sentir vontade de foder.

Um estrondo de gargalhadas soou em resposta.

— Por falar em foder — entoou uma voz maliciosa —, alguém esteve na Central nos últimos tempos? Stroud mostrou a mercadoria para vocês?

Algumas risadinhas ecoaram.

Helena ficou imóvel, não se atrevendo sequer a respirar.

— É um prazer cumprir meu dever cívico. Paladia nunca terá alquimistas demais — respondeu uma voz em tom lascivo.

— Stroud deixa vocês escolherem?

— Bem — respondeu a voz lasciva —, acho que depende do seu repertório. Ela tem uma lista de quartos e você escolhe um número. Tem uma garota lá que é uma belezinha, com cicatrizes toleráveis. A vadiazinha teve coragem de me morder, mas ficou *muito* obediente depois que quebrei a mandíbula dela. Falei para Stroud para deixá-la cicatrizar à moda antiga. — Ele fez uma pausa para um suspiro dramático. — Vou voltar esta semana para ver se ela engravidou e acho que vou tentar de novo se não tiver. Confesso que estou torcendo para que não tenha dado certo. Prefiro ela com a boca fechada.

Helena sentiu uma pontada como se alguém a tivesse esfaqueado. A dor se espalhou por seu peito e abdômen.

— É fácil assim, então? Pelos jornais, achei que era um processo muito mais complicado. Vou dar um pulo para ver o que consigo.

Mais risadas.

— Você já foi, Ferron? Com seu repertório, devem ter feito você passar de quarto em quarto.

Helena sentiu a boca seca.

— Não. — Era a voz fria de Ferron. — Tenho mais o que fazer.

— Óbvio. Que besteira se deslocar até a cidade quando se tem uma bem aqui.

— A prisioneira não está aqui para isso — interveio Aurelia, sua voz estridente como um garfo arranhando porcelana. — De qualquer forma, vamos nos livrar dela em breve. E, para ser sincera, ela não é nenhuma beldade. Não faz nada além de ficar enfiada pelos cantos feito um rato e só toma banho sob ameaça.

— Eu vi a foto dela no jornal. Meio selvagem, mas não acho isso um defeito — respondeu a voz lasciva.

Uma gargalhada ruidosa se espalhou pelos presentes.

— Vocês viram as flores? — perguntou Aurelia, falando mais alto.

Uma voz feminina muito mais suave do que a dos homens respondeu, e Aurelia baixou a voz logo em seguida. Helena tentou escutar mais, porém só captou algumas palavras sobre impostos de importação.

O assassinato mais recente entrou em pauta.

— Uma coisa medonha. Eu nem consegui dormir depois de ter visto. Cortaram ele em pedacinhos tão finos que chegavam a ser translúcidos. Enfiaram tudo goela abaixo.

— Mas a mutilação veio depois, não é? — perguntou uma nova voz com certo nervosismo. — Ele já tinha morrido quando...

— Não, foi antes. Acharam a liga no sangue dele. Isso impediu a regeneração. Não sei quem deixamos passar, mas é alguém insano.

— Vocês não notaram o padrão?

Com a pergunta, veio uma pausa seguida de murmúrios preocupados.

— O Expurgo Celebratório — disse Ferron quando ninguém se manifestou. — O assassino está imitando as execuções. A morte de Vidkun foi idêntica à de Bayard e da esposa.

— Então é por vingança? — Era a voz nervosa de novo. — Durant, Vidkun e os outros eram os Imortais que estavam presentes naquela noite. O restante de nós está a salvo.

Suspiros de alívio.

— Merda… — xingou a voz lasciva. — Isso significa que não vão atrás daquela putinha frígida. Eu estava torcendo para que ela fosse a próxima.

— Bom, eu não quero pagar para ver — contribuiu uma voz grave. — Mandei fazer um quarto do pânico de metal inerte com chumbo nas paredes, no teto e no piso. Só eu tenho a senha. Mais seguro, impossível.

Os convidados passaram um bom tempo descrevendo as várias precauções que estavam tomando, bem como as armadilhas e as defesas ocultas em suas respectivas residências, tudo de acordo com o repertório de cada um.

Helena tentou prestar atenção, mas a conversa principal se dividiu em conversas menores que se sobrepunham umas às outras, resultando em um burburinho incompreensível. Então ouviu-se um arrastar de cadeiras seguido da voz de Aurelia dizendo algo sobre flores em uma estufa, e as vozes se dispersaram para outro cômodo.

Helena encostou-se na parede e escorregou até o chão, horrorizada ao pensar em nas pessoas que estavam na Central.

Havia muitas mulheres na Resistência. Não tantas em combate, mas em todas as outras ocupações. Elas cuidavam do hospital, estavam nas linhas de frente prestando assistência médica em campo e levando os feridos para um lugar seguro, operavam os rádios e transmitiam informações, lavavam e costuravam roupas e uniformes e preparavam refeições. Todas as tarefas do dia a dia que nunca eram interrompidas, nem mesmo quando se declarava guerra. As mulheres cuidavam de todas elas.

Aquelas que ficavam no Quartel-General não deviam ter sido consideradas importantes a ponto de serem mandadas para a execução.

Helena passara todo aquele tempo pensando que seu cárcere era terrível, mas foi assolada pela culpa ao perceber que tivera que suportar muito pouco em comparação com as outras.

A casa ficou em silêncio e a conversa se tornou um ruído vago a vários cômodos de distância. Ela retornou devagar para a ala oeste, ainda chocada com o que ouvira.

Quando estava quase dobrando o corredor, ouviu passos logo atrás de si e se virou bem a tempo de ver um borrão. Algo a golpeou no rosto.

Helena perdeu o fôlego quando caiu, batendo a cabeça no assoalho de madeira. O mundo saiu de foco. O teto abobadado era como uma boca cavernosa acima dela.

Atordoada, tentou respirar. A coisa em cima dela se endireitou, revelando o rosto de Lancaster.

— Peguei você — anunciou ele, ofegante, segurando-a no lugar com o peso do próprio corpo. Ele riu baixinho. — Quem diria que um pulo no banheiro para mijar me traria tanta sorte? Ferron sempre coloca um batalhão de servos para perambular pela sua ala, achei que nunca mais veria você. Só mesmo uma festança desse tamanho para mantê-los ocupados.

Ele passou o polegar pelo queixo e pela bochecha dela. Seu hálito estava quente e cheirava a vinho.

— Cacete, olha só para você. Ganhou alguns quilinhos desde a última vez que nos vimos.

Helena estava zonza. *Faça alguma coisa.*

— Porra. Se eu fosse Ferron, acorrentaria você ao pé da minha cama. — Ele desceu a mão para os seios dela, apertando-os com força. — Você devia ter sido minha. Fui eu que encontrei você quando estava distraída estripando Atreus. Quando te vi nos escombros do laboratório em meio às chamas, cercada por todos aqueles necrosservos, com aquele céu vermelho... Foi como estar diante de Lumithia, nascida do fogo.

Helena se debateu e tentou se desvencilhar, mas não conseguia mexer os braços. Pensou em gritar, mas sabia que ele a calaria em um piscar de olhos. Teria que esperar pelo momento certo.

Lancaster aproximou o rosto do dela e sussurrou:

— Eu deveria ter virado um Imortal naquele dia. Eles não teriam pegado você se não fosse por mim. Eu quis te levar, mas você sumiu. Dessa vez não vou te perder de vista. Finalmente vamos nos divertir um pouco.

O coração de Helena martelava no peito. Ela mordeu a língua, aguardando.

Só precisava de uma chance.

— Você já me ouviu gritar muitas vezes — prosseguiu ele, a voz rouca. — Como será ouvir você gritar? — Ele riu baixinho. — Mas acho que vamos ter que ficar quietos por enquanto. Não quero que Ferron nos interrompa outra vez.

Ele enfiou a mão em um dos bolsos e começou a procurar alguma coisa.

Percebendo a oportunidade, Helena jogou os quadris para cima, fazendo com que ele se desequilibrasse. Ao ficar de pé, sentiu uma dor aguda nos pulsos quando o interior das algemas se chocou contra músculo e osso. Uma pontada lancinante percorreu seus braços.

Ela saiu em disparada, mas a porta no final do corredor estava fechada. Ela mal conseguia sentir a maçaneta enquanto tateava, atrapalhando-se com os próprios dedos na tentativa de abrir a porta, as mãos em chamas de dor.

Seu pescoço curvou para trás com violência quando alguém a agarrou pelo cabelo. Ela viu estrelas, e um braço cobriu sua boca bruscamente quando tentou gritar, abafando o berro horrorizado com um casaco grosso.

— Vadiazinha traiçoeira.

Ele a arrastou para trás e empurrou a cabeça de Helena para o lado. Então uma agulha furou seu pescoço.

CAPÍTULO 16

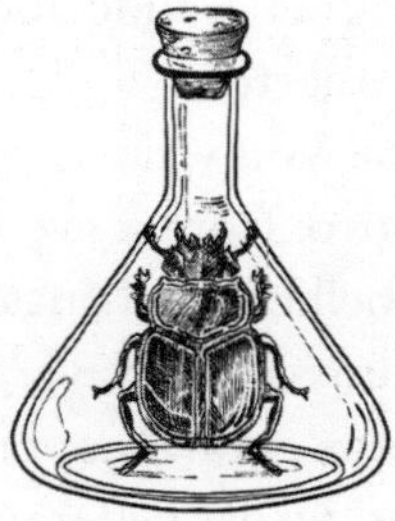

Havia algo errado.

Os pensamentos de Helena estavam confusos. Ela tentava se orientar enquanto era arrastada pelo chão e empurrada para um canto escuro.

— Não dê um pio.

Uma sombra se aproximou e pressionou a boca contra a dela, os lábios grossos e molhados, a língua forçando passagem por seus dentes até fazê-la se engasgar. Ela sentiu uma dor aguda no lábio e o gosto quente e salgado do sangue inundou sua boca.

— Tenho que abrir o portão. Não saia daqui — disse a sombra.

Mas ela não se mexeu. Em vez disso, inclinou-se para mais perto, aproximando-se de seu pescoço.

Os dedos de Helena se contorceram em um espasmo. Uma dor cega, como uma ferida recém-aberta, se irradiou por seus braços quando dentes se cravaram na lateral de seu pescoço. Ela se debateu em desespero, mas a mão cobriu sua boca mais uma vez, abafando seus gritos.

Então a sombra, por fim, a soltou.

— Espere aqui. Não faça barulho.

Helena não se mexeu. A dor se espalhou pelo pescoço e pelos ombros. Quando tentou tocar o ferimento, sentiu a mão ficar molhada e pegajosa.

Um pensamento estava à espreita, quase se formando, enquanto esperava no breu. Ela tentou falar quando a sombra voltou, mas foi impedida outra vez por uma mão pressionada em sua boca enquanto era forçada a ir para o lado de fora. As duas luas estavam quase cheias e pairavam na escuridão como discos luminosos.

Helena foi conduzida adiante aos tropeços, a dor aumentando enquanto era puxada pelo pulso.

Um grito de agonia escapou de sua boca quando começou a ser arrastada pelo chão de cascalho, até que uma grande abertura apareceu acima dela.

O portão. O portão estava aberto.

— Estamos quase lá. Deuses! Vou virar você do avesso!

O rosto se aproximou de novo. Com a luz das luas, foi possível vê-lo. Sua boca e seus dentes estavam vermelhos. Era Lancaster, sorrindo como um chacal.

Helena tentou falar mais uma vez. Havia algo que *precisava* dizer, mas as palavras escapavam. Estavam entaladas, pulsando em sua garganta. De repente sentiu um tranco, suas pernas cederam e Lancaster desapareceu.

Então veio um estrondo.

Ela virou o rosto, atordoada, e o viu prensado contra o muro. Ferron estava sobre ele, chutando-o com tanta brutalidade que seus ossos se partiam a cada golpe.

Ferron ergueu Lancaster pelo pescoço até ficarem cara a cara. O luar iluminava os dois como se fossem de prata.

— Pretendia ir a algum lugar, Lancaster?

Lancaster arfou e um som úmido veio de seus pulmões.

— Achei que você não iria se importar se eu a pegasse emprestada já que liberou Aurelia para brincar. Fui eu quem a capturei. Ela deveria ser minha.

— Ela nunca será sua.

Sem soltar o outro homem, Ferron enfiou a mão dentro da barriga de Lancaster como se a estivesse mergulhando em uma bacia de água. Quando a retirou, puxou para fora os órgãos internos dele, enrolando-os calmamente em torno do próprio punho.

Lancaster gritava e se debatia, chutando o ar.

Seus intestinos pareciam lustrosos ao luar e se contraíam na mão de Ferron.

— Se eu o vir de novo, vou estrangular você com isto — ameaçou ele, com uma calma horripilante. — É uma pena que você ainda não seja Imortal. Se fosse, eu poderia fazer isso bem devagar.

Ele soltou as vísceras de Lancaster, deixando-as penduradas como correntes de um relógio de bolso. Enquanto Ferron limpava a mão com um lenço, Lancaster saiu aos tropeços pelo portão, gemendo e tentando enfiar os órgãos de volta na barriga.

Quando ele sumiu de vista, Ferron se voltou para Helena. Seu rosto era uma máscara de fúria.

— Sua idiota. Por que saiu do quarto?

Helena apenas olhou para ele.

Então pensou que deveria responder, falar o que tentara dizer para Lancaster.

— Ferron sempre me encontra — sussurrou.

Ele ficou imóvel. Fechou os punhos e cerrou a mandíbula, mas não disse nada. Por fim, engoliu em seco e suspirou.

— O que ele fez com você? — perguntou Ferron em voz baixa, ajoelhando-se ao lado dela.

Helena olhou para baixo. Seu vestido estava rasgado e a meia-calça não passava de retalhos. Havia sangue e cascalho branco por todos os lados.

Ferron pousou a mão delicadamente sobre o ombro dela. Helena sentiu uma onda de calor; tentou chegar mais perto, mas ele se afastou.

— Você foi drogada — constatou. — Ele te obrigou a engolir alguma coisa?

Ela balançou a cabeça, negando.

— Foi uma seringa, então? Vamos voltar para o seu quarto.

O olhar dele perdeu o foco por um instante, então Ferron a ajudou a ficar de pé. Helena ofegou quando a dor irradiou por seus braços.

Ferron permaneceu em silêncio, mas colocou o próprio casaco sobre os ombros dela, por cima do vestido em farrapos.

Ao chegarem, a necrosserva esperava no quarto com uma tigela de água e uma pequena toalha.

— Limpe-a — comandou ele, indo até a janela.

Permaneceu ali, parado como uma estátua enquanto a necrosserva sentava Helena na beirada da cama para limpar todo o cascalho e o sangue.

Os dedos da serva eram frios e tinham um cheiro que lembrava carne crua esquecida fora da geladeira. Helena se esquivava, mas toda vez que o fazia a mulher acompanhava o movimento. Começou a tremer quando se viu acuada contra o balaústre da cama.

— Chega — ordenou Ferron, a voz tensa.

Helena ficou imóvel e a necrosserva recuou quando Ferron foi até lá.

Ela encarou os sapatos dele; estavam polidos com tanta perfeição que chegavam a brilhar.

— O que há de errado? — perguntou ele.

Muitas coisas. Mais coisas do que o cérebro de Helena conseguia processar naquele instante.

— Não gosto de gente morta — respondeu ela, baixinho.

Ferron suspirou e se sentou na cama, tomando o pano das mãos da necrosserva.

— Não vou machucar você — garantiu, a voz tensa.

Ele a segurou pelos ombros e a virou para si.

Helena sabia que Ferron não estava mentindo. Ele só a machucava em dias específicos e aquele não era um deles, então não protestou.

Devagar, ele começou pelos ombros, limpando os pedaços de cascalho e lavando as feridas antes de tocar a pele de Helena. Ela sentiu uma onda de calor quando sua carne se regenerou e os machucados deram lugar a uma pele nova e delicada. Ferron subiu do pescoço até seu lábio, que pulsava de dor.

A boca dele estava comprimida em uma linha fina e sua expressão era de concentração.

Quando terminou, foi cuidar das mãos dela. Os pulsos de Helena latejavam, a pele quente e sensível.

Ele virou uma das mãos da prisioneira para cima, expondo a palma ralada e cheia de cascalho.

Aquela foi a parte mais demorada. Os cortes sumiram, mas ela continuava sentindo dor. Ferron seguiu em frente, pedindo para que ela mexesse os dedos.

Por fim, ele se endireitou e desviou o olhar.

— Ele fez... mais alguma coisa com você?

Ela balançou a cabeça.

Ferron exalou devagar, olhando para o outro lado do cômodo.

— Vou passar os próximos dias na cidade. É melhor você ficar no quarto até eu voltar.

Helena não respondeu. Após algum tempo, Ferron se levantou e saiu. Pela primeira vez, ela ouviu o som da porta sendo trancada.

Sentada ali, sozinha, Helena encarou a parede sem saber ao certo o que estava sentindo. Sua mente parecia funcionar apenas em fragmentos.

Sentia-se suja, então foi tomar banho.

Ficou debaixo do chuveiro, deixando a água escorrer quente pelo rosto e pelos ombros.

Helena ainda sentia os dentes afundando em sua pele, a maneira como a carne se rasgara. O pescoço estava muito sensível e sua vontade era enfiar os dedos dentro do corpo e arrancar tudo para fora.

Encontrou um pano e se esfregou sem parar, até toda a pele ficar em carne viva e a sensação da água provocar dor.

Ao sair do banho, encontrou uma camisola branca de flanela pendurada na cadeira e uma xícara ao lado da cama. Helena reconheceu o cheiro da camomila, mas quando tomou um gole era tão amargo que fez uma careta.

Láudano.

Bebeu tudo e caiu em um sono profundo e sem sonhos.

A confusão já tinha se dissipado na manhã seguinte.

Seus pulmões se contraíram e, de repente, ela estava ofegante e em pânico, pensando no que quase acontecera e em como não percebera na hora.

Se Lancaster tivesse conseguido tirá-la da Torre Férrea, o que teria feito com ela? O que faria enquanto ela se via sem forças para lutar?

Helena se encolheu. Não se mexeu nem mesmo quando ouviu a porta se abrir e a criada deixar uma bandeja ao lado da cama.

Era o café da manhã e um bule exalando o aroma familiar de camomila. A criada serviu uma xícara e depois apanhou um pequeno frasco com algumas gotas de um líquido avermelhado.

A prisioneira balançou a cabeça, mas se arrependeu da escolha depois que a criada partiu e a deixou sozinha com seus pensamentos.

Pensou nas garotas do programa de repovoamento, ludibriadas pela promessa de comida e absolvição.

Se não tivesse sido esterilizada e não tivesse perdido a memória, estaria lá também.

Comparado com o que outras sobreviventes estavam vivendo, Ferron era quase gentil com ela. Pensar nisso era apavorante.

Como era possível o Alcaide-mor ser um dos Imortais menos cruéis? Mas, não, isso não era verdade. Ela já o vira matar, testemunhara enquanto ele calmamente arrancava os órgãos de Lancaster com as próprias mãos.

Havia monstruosidade de sobra em Ferron, escondida sob a superfície.

Ao sentir a cabeça latejar, Helena fechou os olhos.

A porta era trancada toda vez que os criados saíam, então ela nem sequer se deu ao trabalho de se levantar da cama. Permaneceu sob os cobertores, imersa em desesperança, até que o silêncio foi interrompido pelo súbito guincho de metal, a porta sendo escancarada.

Helena se sentou rapidamente e se deparou com Aurelia, entrando com um jornal em uma das mãos e o bastão de ferro na outra. Havia vários necrosservos no corredor, e todos tentaram segui-la para dentro.

Aurelia parou e virou-se para trás, depois empunhou o bastão e o girou contra uma das barras de ferro que cruzavam o chão. A porta se fechou no mesmo instante, quase decepando o braço de uma das criadas. Com um rangido de metal, a estrutura da porta se retorceu, trancando o cômodo.

Aurelia voltou-se para Helena.

— Venha aqui. — Sua voz transbordava ira.

Helena se levantou da cama e caminhou até ela sem dizer uma palavra, o coração disparado.

Aurelia estava pálida. Suas vestes e sua aparência continuavam impecáveis, como sempre, mas ela parecia nervosa. Os brincos, pequenos candelabros intrincados de pérolas, tremiam nas orelhas.

— Sabia que eu fui a terceira filha que minha mãe teve?

Helena não sabia nada sobre Aurelia.

— Minha família é de ferro puro há quase um século. Cada geração teve um membro na guilda, mas nunca chegamos muito alto na hierarquia. É difícil competir com uma família como a dos Ferron. Meu pai sempre disse que em Paladia é preciso se contentar com sucata até transformá-la em outra coisa. E era esse o nosso plano.

Aurelia fez uma pausa e respirou fundo.

— Todo mundo achava que havia algo de errado com Kaine quando ele nasceu. Desconfiavam de que talvez ele fosse um Lapso ou não tivesse ressonância de ferro. Ninguém sabia ao certo, mas era de conhecimento geral que a família era muito reservada quanto a ele. Meu pai enxergou isso como uma oportunidade. Ele e minha mãe eram primos, então ele acreditava que poderiam facilmente ter uma filha com ressonância pura de ferro. E que os Ferron ficariam desesperados para casá-la com Kaine, para garantir que continuassem controlando a guilda.

A respiração de Aurelia estava ofegante. Ela continuou:

— Minha mãe disse que as duas primeiras eram bem pequenas. *Pedacinhos de gente.* — Seus olhos azuis brilharam. — Meu pai pagou um vitamante para visitá-los bem no começo para ver se eram meninas. No entanto, ainda no útero, não havia sinal de ressonância de ferro, e ele não deixou minha mãe ter nenhuma das bebês. Meu pai acreditava que, se elas tivessem nascido, outra família da guilda garantiria o acordo de casamento antes de nós. Eu fui a terceira menina. Minha mãe sempre disse que as duas primeiras eram dela e eu... eu pertencia a Kaine Ferron. Ela queimou as duas bebês na lareira e depois enterrou as cinzas no jardim. Não saía de lá, passava o tempo todo com elas.

Perplexa, Helena olhou para Aurelia com compaixão, mas isso só pareceu enfurecê-la ainda mais.

— Eu sei que você sai xeretando as coisas por aí. Será que viu *isto*? — Ela levantou o jornal para que Helena pudesse ver a primeira página.

Mesmo em preto e branco, a foto era grotesca. Ajoelhado e com o rosto completamente à mostra, Ferron estripava friamente Lancaster no saguão do Hospital Central.

Helena viu a imagem só por um instante. Aurelia logo dobrou o jornal, depois agarrou o bastão com força. A casa rangia e oscilava.

— Preciso admitir — prosseguiu Aurelia, com uma calma atípica. — Quando fiquei sabendo que Kaine tinha matado Erik, fiquei animada. Pensei: "Até que enfim ele notou!"

As pérolas dos brincos tremiam cada vez mais em suas orelhas.

— Eu tentei ser a esposa perfeita. Sempre soube que nosso casamento não era por amor, mas imaginei que ele perceberia que eu *fui feita* para ser esposa dele. Quantos homens podem dizer o mesmo? Eu fiz tudo, absolutamente tudo, certo.

Aurelia gesticulou com a mão que ainda segurava o jornal e seus anéis de alquimia reluziram com um brilho opaco.

— Ninguém sabe, mas ele não morava aqui. No dia do nosso casamento, ele foi embora e me largou sozinha no hall de entrada. Sumiu por um mês inteiro até eu descobrir que ele estava de volta à cidade. Pensei que estivesse sendo testada. Decorei a casa, organizei festas, mas ele nunca aparecia. Então pensei que conseguiria chamar sua atenção se o deixasse com ciúmes, mas ele não ligou. Cheguei a pensar que ele preferia a companhia de outros homens ou ficar sozinho. E que não me restava nada a não ser aceitar.

O rosto de Aurelia se contorceu em uma expressão de amargura.

— E eu aceitei. — Sua voz tremeu com ressentimento. — Até você aparecer. Sem mais nem menos, ele se mudou para cá e virou cada centímetro da casa de cabeça para baixo por você. Até levou *você* para fazer um tour pela casa.

Helena abriu a boca para explicar que Ferron fizera aquilo porque estava obedecendo a ordens.

— Cale a boca! Não quero ouvir sua voz! — vociferou Aurelia, amassando o jornal na mão. — Aí Erik Lancaster começou a prestar atenção em mim. — Ela parecia à beira das lágrimas. — Ele era muito compreensivo, me fazia companhia em todos os eventos aos quais Kaine nem sequer se dava ao trabalho de comparecer. Ele queria me conhecer melhor, notava tudo o que eu fazia para impressionar Kaine. Até quis conhecer a casa e saber mais sobre minhas escolhas de decoração. Foi ele quem sugeriu que eu voltasse a dar festas aqui para que todos vissem como eu era maravilhosa, mesmo que Kaine não percebesse isso. O Solstício de Inverno foi ideia de Erik também, com aquela lista enorme de convidados. E todos os outros jantares. Até a festa de Equinócio.

Ela parou de falar e ficou olhando para a janela por alguns instantes antes de prosseguir.

— Quando soube que Kaine tinha matado Erik, pensei: "Até que enfim ele notou! Ele só estava ocupado. Ele se importa comigo." Mas então... — Aurelia estremeceu. — Então percebi que Erik me procurou pela primeira vez na semana seguinte à publicação do maldito artigo sobre sua vinda para cá. Ele sempre queria nos visitar, até na pior época do inverno. E ainda desaparecia quando estava aqui. Na festa do Solstício, nos jantares, no Equinócio. E ele sempre parecia agitado quando reaparecia e me procurava.

Um silêncio terrível pairou no cômodo.

— Foi tudo por sua causa — disse Aurelia, por fim. — Erik vinha aqui por sua causa. Kaine o matou por sua causa. Erik estava me usando! Ele *me* usou para poder chegar até *você*!

Ela atirou o jornal no chão e as páginas se espalharam pelo assoalho. Lá estava Ferron, seu cabelo e pele alvos, as mãos manchadas de sangue. O olhar vazio de Lancaster, a expressão ainda agonizante.

KAINE FERRON ASSASSINA BRUTALMENTE INICIADO EM PÚBLICO.

— Por que eles se importam tanto com você? — interrogou Aurelia, dando um passo em direção à Helena. — O que você tem de tão especial a ponto de fazer Kaine se mudar para cá, para esta casa que ele odeia tanto? E com todos esses servos que ele não suporta ter por perto, mas dos quais se recusa a se livrar! Por que Erik passaria meses me usando para chegar até você? Por que alguém se importa com você?

— Eu...

Aurelia deu um tapa no rosto de Helena, os anéis de ferro estalando contra a bochecha.

— Eu já disse que não quero ouvir a sua voz!

Um barulho veio do outro lado da porta, como se alguém estivesse tentando arrombá-la. Aurelia se sobressaltou.

Mais um baque.

— Acho que ele percebeu que estou aqui — declarou ela, com um sorriso. — Mas eles não vão conseguir passar por essa porta a tempo. Não enquanto eu estiver com isso.

Ela posicionou o bastão em uma das barras de ferro no chão, o que as fez se erguerem como trepadeiras, envolvendo os pulsos de Helena e puxando-a para baixo. Seus joelhos bateram no chão com força e ela sentiu o impacto na coluna.

Aurelia se aproximou, olhando-a de cima.

— Eu te disse para não me causar problemas.

As batidas na porta ficaram mais fortes. Ela inclinou a cabeça para o lado.

— Vou te contar uma coisa. É muito difícil escolher presentes para Kaine. Nunca consigo pensar em nada que ele possa querer, mas há uma coisa que ele começou a colecionar... Sabe o que é?

O coração de Helena parecia prestes a saltar pela boca. Ela respondeu que não com um movimento de cabeça.

Aurelia apontou com o queixo para o outro lado do quarto.

— Olhos. Tem um bem ali. Aposto que ele está nos vendo agora mesmo. E acho que Kaine ainda não tem nenhum castanho.

— Não, por favor! — Helena tentou se desvencilhar, mas o ferro que a prendia não cedeu.

— Não se preocupe — zombou Aurelia. — Assim Kaine ainda vai ter um pedacinho seu quando você for embora.

Helena quis se debater, mas Aurelia fez com que o ferro a puxasse para baixo até quase deslocar seus ombros.

Ferron já vai chegar. Ferron já vai chegar.

Ela repetia aquele mantra em sua mente. Ele viria. Ele devia saber o que estava acontecendo. Ele não permitiria que Aurelia...

Ferron estava na cidade. Helena sabia o quanto era longe.

Aurelia a segurou pelo queixo. Os anéis tinham sido alongados até formarem pequenas lanças ameaçadoras.

— Abra bem os olhos.

Helena começou a tremer.

— Por favor...

— Cale a boca! — disparou Aurelia, largando o bastão e segurando o queixo de Helena com mais força.

A ponta dos anéis afundou em sua carne.

As batidas na porta aumentaram de intensidade.

Aurelia pressionou a ponta de um dos anéis contra o canto externo do olho esquerdo de Helena, depois a pressionou na órbita. Ela sorria com um olhar cruel.

— Espero estar por perto quando Kaine vir você. Mesmo que ele me mate, a satisfação de presenciar isso vai valer a pena.

Helena jogou a cabeça para trás e o anel de Aurelia abriu um talho em sua bochecha.

— AURELIA!

O grito rasgou o ar. Não era apenas uma voz, mas várias ao mesmo tempo, em uníssono.

— *AURELIA!*

Os servos estavam gritando do outro lado, as vozes carregadas de raiva sobre-humana.

Aurelia pareceu se assustar, soltando uma gargalhada tingida pelo pânico ao olhar na direção da porta.

— Eu não sabia que eles conseguiam fazer isso. Mais um exemplo do tratamento especial reservado só para você.

Ela se virou de novo para Helena, segurando-a pelo cabelo para mantê-la no lugar enquanto cravava a ponta afiada do anel na lateral do olho mais uma vez.

A dor e a pressão aumentaram, e Helena sentiu que o globo ocular estava prestes a ser arrancado da órbita. Os necrosservos ainda gritavam, mas o som dos batimentos cardíacos de Helena parecia abafar o barulho. Então, por mais surreal que fosse, o pensamento que dominou sua mente foi que o rosto de Aurelia Ferron seria a última coisa que veria antes de ficar no escuro para sempre.

Então o olho cedeu. Sua visão se tornou unilateral.

Naquele instante, a casa inteira tremeu e o chão chacoalhou como uma criatura ganhando vida.

Aurelia soltou o cabelo de Helena, olhando em volta, espantada. Antes que pudesse fazer qualquer coisa, barras de ferro saltaram do chão e das paredes, serpenteando na direção dela como cobras antes de imobilizá-la e arrastá-la para longe.

Aurelia soltou um grito amedrontado quando foi erguida do chão, debatendo-se, tentando usar a própria ressonância para se libertar. Mas as barras de ferro se apertaram cada vez mais em torno dela até que o som de seus ossos se partindo ecoou pelo cômodo e o corpo de Aurelia ficou flácido, os dedos com ponta de ferro ainda retorcidos onde tentara afastar as barras.

Tudo cessou.

Tão depressa quanto ganhara vida, a casa voltou ao estado inerte original.

CAPÍTULO 17

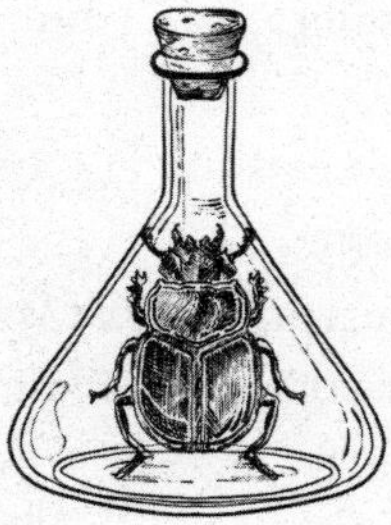

Os braços de Helena tentavam lutar contra o ferro implacável. A superfície arranhava sua pele e seus ombros pulsavam em agonia enquanto ela se debatia para tentar se libertar. O quarto ao seu redor era apenas parcialmente visível e estava destruído. O único som ali era sua respiração ofegante. A casa estava em completo silêncio.

Pareceu se passar uma eternidade até Helena ouvir um som distante no corredor. Eram passos. A porta se escancarou e, no instante seguinte, Ferron estava ajoelhado diante de Helena, obstruindo a visão medonha de Aurelia enquanto o ferro que a segurava pelos pulsos derretia. Helena desabou em cima dele.

Ela arfava em desespero.

Quando Ferron inclinou o rosto dela, sua expressão era de pavor. Ele tocou a bochecha de Helena e segurou sua mandíbula, respirando fundo várias vezes.

— Seu olho está fora da órbita e há um furo profundo na parte branca — explicou ele, com a voz trêmula. — Como eu conserto isso?

Helena olhou para ele, desorientada. Lágrimas rolaram de seus olhos e escorreram por seu rosto, molhando os dedos de Ferron. Ela estava cada vez mais ofegante.

Deveria saber a resposta, mas não conseguia se lembrar. Só conseguia pensar na dor onde a garra de ferro de Aurelia perfurara seu olho.

Ferron a segurou pelos ombros com firmeza.

— Olhe para mim. Preciso que fique calma e me diga como resolver isso. Você sabe como.

Ela reprimiu um soluço.

Pense, Helena.

Ela fora uma curandeira. Se houvesse uma pessoa com um ferimento no olho, cabia a ela agir depressa se quisesse preservar a visão do ferido. *Concentre-se.*

— P-para perfuração de esclera... — gaguejou ela, tentando se lembrar da técnica.

Ela não tinha ideia de como explicá-la a um aprendiz vitamante, nunca tinha ensinado a cura a ninguém.

Mas não adiantava nada. Ferron talvez fosse capaz de regenerar a carne, mas não conseguiria restaurar sua visão. Ela ainda ficaria cega de um olho. Helena se encolheu.

Ferron a agarrou com mais força, erguendo-a.

— Ande logo. Você sabe como fazer isso. Me diga como.

Ela engoliu com dificuldade.

— A ressonância tem que estar muito próxima — disse ela, a voz quase inaudível. — Você começa na parte mais profunda e replica o tecido exatamente como o original ao redor. Não é como a pele. É preciso regenerar cada estrutura, camada por camada.

Aquela resposta por si só teria sido suficiente para dissuadir qualquer curandeiro experiente. Regeneração básica era uma coisa, mas maturação de tecido era uma técnica excruciante e um processo tão repetitivo que chegava a ser enlouquecedor, como observar a pele de uma pessoa ser manualmente esfolada. Por mais desafiador que fosse, era imprescindível manter a concentração o tempo todo.

Ferron não tinha a experiência necessária.

Ele pousou a mão sobre a dela e alinhou os dedos dos dois. Helena sentiu vagamente a ressonância dele passar pela ponta de seus próprios dedos, desaparecendo na altura dos pulsos.

— Me mostre como.

Seus pulsos estavam cobertos de hematomas e a dor parecia penetrar em seus ossos quando ela mexia os dedos. Ignorando a aflição, ela se concentrou na sensação intuitiva que estivera ausente por tanto tempo, sentindo muito de leve o olho na ponta dos dedos, onde a ressonância de Ferron vibrava.

A transmutação sempre começava com um toque inicial para forjar a conexão. Uma vez estabelecida, o alquimista podia manipular o canal utilizando os dedos.

Os dedos dela se moveram com cautela, incitando os dele, tecendo filamentos invisíveis de energia em uma rede de tecido frágil.

Os olhos prateados de Ferron quase se iluminaram ao imitar os gestos.

Ela sentiu um puxão vindo do meio do olho.

Gemeu de dor, tentando não se mexer.

Era como se uma agulha estivesse sendo espetada no furo e uma linha estivesse passando por dentro dela, repetidas vezes.

Helena precisou reunir toda a sua força de vontade para não se esquivar, para se concentrar na tênue sensação da ressonância, para continuar manipulando a estrutura complexa de regeneração.

Apesar de o ferimento ser pequeno, o processo demorou muito. Ferron não parou nem mesmo quando os dedos de Helena se contraíram involuntariamente e se recusaram a continuar. Ela sentiu vontade de gritar.

— E agora? — perguntou Ferron assim que terminaram, sem deixá-la descansar por um segundo sequer.

Helena respirou fundo.

— Para... para um olho deslocado... — começou Helena, soando muito mais calma do que de fato se sentia. — É preciso transformá-lo e retraí-lo com cuidado para não forçar ainda mais o nervo óptico.

O movimento era como girar um botão. Seu olho deslizou em direção à órbita, comprimindo-se e transformando-se antes de ser recolocado no lugar com um som de sucção nauseante.

Ela piscou devagar. O olho doía, seco e grudento depois de tanto tempo exposto.

— O-o que você consegue ver? — indagou Ferron, inclinando o rosto dela em direção ao dele.

Com a ponta dos dedos segurando a mandíbula de Helena, ele passou o polegar pelo local onde Aurelia a cortara na bochecha.

Ela o encarou e cobriu o olho saudável com a mão. O rosto dele estava a poucos centímetros de distância, mas não passava de um borrão escuro.

— Nada. — Sua voz saiu engasgada, e ela sentiu um aperto no peito.

Tentando segurar o choro, Helena tirou a mão do olho e cobriu a boca.

— O que mais preciso fazer? Como conserto isso? — perguntou Ferron de novo, segurando-a pelos ombros.

Ela balançou a cabeça, pressionando as mãos contra as têmporas.

— O nervo óptico deve estar lesionado. Mas não posso... ajudar... seria muito...

Ferron pressionou a órbita ocular de Helena e ela sentiu a ressonância dele vibrando ao longo do nervo em direção ao cérebro. Seu corpo sofreu um espasmo violento com a sensação, mas ele a manteve firme no lugar. Então veio a sensação do mesmo processo de regeneração quando ele localizou a lesão entre o olho e o cérebro. Um grunhido de agonia escapou por entre os dentes cerrados de Helena.

Ele a observou após recolher a mão. O borrão se tornara mais claro, como olhar por uma janela embaçada.

— E agora? — A voz dele estava rouca.

— O seu cabelo claro. Acho que consigo distinguir um pouco seus olhos e sua boca...

— Ótimo, então está dando certo. O que mais?

Ele queria fazer mais?

— Acho que... gotas de atropina, de beladona. Isso dilataria a pupila, evitaria o movimento de contração enquanto o tecido se recupera.

— Vá buscar — ordenou Ferron para um dos criados.

Até então, todos os necrosservos estavam imóveis, inanimados, enquanto Ferron dedicava toda a sua atenção à Helena. O servo em questão ganhou vida e saiu depressa pelo corredor.

— Preciso lidar com Aurelia agora — falou ele. — Espere aqui.

Helena assentiu, recostando-se.

Com a visão turva, ela viu quando Ferron se virou para encarar a esposa.

Ele nem precisou tocar o metal retorcido que a segurava. Com um movimento da mão, as barras a soltaram e retornaram para o chão e para as paredes.

Ferron então se ajoelhou e pressionou dois dedos contra o pescoço dela.

Como a visão de Helena estava comprometida, não conseguia enxergar muito bem o ferimento de Aurelia, mas viu Ferron colocar ossos e articulações no lugar com a mesma facilidade com que se monta um quebra-cabeça.

Por fim, ele levou a mão ao tronco de Aurelia e, embora Helena esperasse vê-lo criando um novo necrosservo, a mulher arfou, seu corpo deu um salto no chão e os olhos se arregalaram de pavor.

— Mas o que... Como você... — Ela gaguejava, tateando o próprio corpo sem entender. — Como? Como você está *aqui*?

— Esta é a *minha* casa. — A ira emanava de cada palavra de Ferron.

— Mas você... você estava na cidade! — Aurelia parecia mais nervosa com isso do que com qualquer outra coisa.

Ela não se lembrava do que Ferron fizera com ela? Ou só não conseguia processar o que acontecera?

— É, eu estava. Foi extremamente inconveniente da sua parte me obrigar a sair no meio de uma cerimônia.

— Mas... como foi que você... — Ela olhou ao redor, assimilando os destroços do quarto de Helena.

— Você achava que os necrosservos eram as únicas coisas que eu conseguia controlar à distância? Esta é a minha casa e o elemento da minha família.

Helena olhou para ele em choque. O que Ferron estava sugerindo era impossível.

Não havia como transmutar ferro à distância, ainda mais daquela maneira.

A ressonância de Ferron talvez superasse qualquer coisa que Helena já vira, mas nem mesmo ele conseguiria controlar a Torre Férrea com tanta precisão lá da cidade. Ele não fazia ideia do que aconteceria, a menos que...

O olho no canto.

Não. Mesmo com isso, não seria possível. Quanto maior a distância do alvo a ser transmutado, maior o esforço. Mesmo que Ferron estivesse apenas em outra ala da casa, deveria estar morto depois do que fizera. Reduzido a pó como uma estrela em colapso depois de usar tanta energia. Isso acontecia às vezes nas fábricas quando a fonte da matriz de transmutação era forte demais: os alquimistas se desintegravam.

— Impossível — assombrou-se Aurelia, ecoando os pensamentos de Helena.

— Subestimando seu marido duas vezes no mesmo dia? Isso não é coisa que se faça. Que tipo de esposa é você?

— Ah, então quer falar de mim? Não, não quer. Você só está aqui por causa dela. — Ela apontou para Helena, acusatória. — Você quase me matou e matou Erik Lancaster, tudo por causa dela!

— É isso mesmo. E sabe por quê? Porque ela é o último membro da Ordem da Chama Eterna, o que faz com que ela seja importante. Infinitamente mais importante do que você jamais será. Muito mais do que Lancaster era capaz de imaginar. E eu sou o responsável por manter a mente dela intacta. Quando seu pai te deu um grau de instrução nunca te ensinou que há um nervo nos olhos diretamente conectado ao cérebro? O que acha que acontece se arrancá-los da órbita de uma pessoa?

Aurelia olhou para Helena, estarrecida.

Ferron continuou. Sua voz era cruel e irascível.

— Tentei ser paciente com você, Aurelia. Estava disposto a relevar seu comportamento indecoroso e suas interferências irritantes, mas lembre-se: você não tem qualquer serventia para mim, exceto ser uma esposa decorativa. Se chegar perto dela de novo, falar com ela ou sequer colocar os pés nesta ala outra vez, vou matar você. Vou matar você devagar, talvez ao longo de uma ou duas noites. E isso não é uma ameaça, é um aviso. Agora suma da minha frente.

Aurelia se levantou, desajeitada, o rosto tomado pelo medo e pela dor, e saiu mancando porta afora.

Ferron ficou de pé e respirou fundo antes de ir até Helena. Seus olhos ainda tinham um brilho prateado.

Ele se aproximou devagar e se ajoelhou, virando o rosto dela para examiná-la de novo.

— As pupilas estão de tamanhos diferentes — constatou ele. — Vou chamar um especialista para ver se há algo mais que possa ser feito.

Helena o encarou. Ferron parecia abatido. Sua pele estava acinzentada, contrastando com os olhos brilhantes demais. Ou talvez isso fosse só um efeito de sua visão turva.

— Você estava em casa quando... — Helena gesticulou para os escombros.

— Não. Se eu estivesse, teria sido muito mais preciso. Eu estava nos limites da propriedade.

— Como...?

O rosto dele estava cansado.

— Essa habilidade foi uma cortesia de Artemon Bennet, embora ele não tivesse ideia do que estava fazendo na época. Deveria ter sido uma punição.

Helena franziu a testa. Ela não tinha ideia de como a ressonância de uma pessoa poderia se tornar tão poderosa a ponto de controlar o ferro à distância.

— Mas como...?

— Não quero falar sobre isso agora — interrompeu ele.

Os dois ficaram em silêncio. Mas ela ainda sentia que precisava dizer alguma coisa.

— Como sabia que eu conseguiria regenerar meu olho?

Ele deu de ombros.

— Você era curandeira.

— É, mas... — Sua voz desapareceu. Ela não sabia explicar o porquê, mas a resposta não lhe pareceu suficiente. — Onde aprendeu a curar? — perguntou, pensando não apenas na facilidade com que ele imitara as instruções dela, mas também no que fez com Aurelia, além de ter reparado a lesão no nervo óptico sozinho.

— Não sei se você ficou sabendo, mas estávamos em guerra e eu fui general. Acabei aprendendo alguns truques.

Uma dor de cabeça começou a despontar nas têmporas de Helena por conta da visão desigual.

— Pelo visto, você tem um dom para isso. Em uma vida diferente, talvez pudesse se tornar curandeiro.

— Uma das grandes ironias do destino — replicou Ferron, olhando para a porta com a mandíbula cerrada.

A criada voltou trazendo uma maleta com um kit médico. Ferron a pegou e vasculhou seu interior. Helena ouviu o tilintar de frascos de vidro.

— Só atropina? — perguntou ele, segurando um frasco.

Ela fez que sim.

— Cinco gotas de atropina diluídas em uma colher de chá de soro.

Mais um tinido, depois o barulho de alguma coisa sendo desatarraxada e despejada. Por fim, Ferron guardou algo no bolso e fechou a maleta. Na mesma hora, a criada a levou embora.

Helena começou a se levantar com dificuldade.

— Eu deveria... me deitar. Para não escorrer.

Ela estava completamente sem equilíbrio e seus membros tremiam, recusando-se a suportar seu peso. Desabou no chão de novo. Talvez devesse ficar deitada ali mesmo.

Uma mão a segurou pelo cotovelo e a puxou para ficar de pé.

— Não vou me debruçar no chão — declarou Ferron, sem paciência.

Em vez de levá-la para a cama, ele a tirou do quarto e a conduziu pelo corredor até outro cômodo.

Lá estava abafado, e havia uma cama com o colchão descoberto. Ferron retirou o lençol que cobria um sofá e Helena se deitou ali.

Com o frasco em mãos, ele se inclinou sobre ela. Seu rosto entrava e saía de foco toda vez que a prisioneira piscava. Escuridão. Luz. Escuridão. Luz.

— Quantas gotas?

— Duas gotas duas vezes ao dia. São dois dias de tratamento. Depois, compressas de eufrásia por uma semana.

Ferron se aproximou e segurou seu rosto, depois pingou duas gotas de atropina de beladona no olho. Ela fechou as pálpebras para não ficar piscando.

Ele manteve a mão no rosto dela, e Helena sentiu os cortes em sua bochecha se fecharem.

— Os servos vão preparar este quarto para você.

Helena cobriu o olho esquerdo para vê-lo melhor antes que saísse e contou seus passos conforme ele ia embora. Ferron perdeu as forças ao chegar à porta e teve que se apoiar no batente de madeira. Ele se recompôs e se endireitou devagar, parecendo vacilante.

Ela voltou a fechar os olhos, ouvindo o silêncio opressivo da casa.

Não chore. Não chore, ordenou a si mesma.

Helena ouviu quando os servos entraram para virar o colchão e colocar roupas de cama limpas. Os aquecedores foram ligados, chiando conforme o quarto se aquecia. Os poucos pertences de Helena foram trazidos e colocados no guarda-roupa. As cortinas permaneceram fechadas, permitindo que apenas um feixe de luz adentrasse no cômodo.

Depois que todos se retiraram, ela se deitou na cama para tentar dormir.

Algumas horas depois, Ferron voltou acompanhado de um homem mais velho com uma maleta cheia de geringonças.

— Perfurações na esclera são coisa seríssima — alertou o desconhecido, com a respiração irregular e ofegante. — Não há muito a ser feito. Teremos sorte se não for preciso extrair o globo ocular. Eu trouxe alguns tampões de pano ou, se quiser investir, tenho alguns olhos de vidro que servirão.

O homem se sentou pesadamente na cadeira trazida pelo mordomo.

— Ela lhe deu instruções para tentar repará-lo com vitamancia? — perguntou ele a Ferron, que estava encostado na parede observando a cena com olhos cansados.

Ferron apenas assentiu.

O especialista se aproximou e levantou a pálpebra de Helena, depois examinou o ferimento com a ajuda de alguns dispositivos.

Ele ficou em silêncio por um longo tempo.

— Isto é... excepcional — disse o médico, surpreso. — Vitamancia, então? Quem diria.

Ele se recostou na cadeira devagar, coçando o queixo.

— Onde aprendeu isso?

— Eu fui curandeira — respondeu Helena.

O médico emitiu um chiado pela boca, parecendo não acreditar.

— Mas você... — Ele gesticulou para ela sem palavras. — Como você conhece um procedimento médico como esse?

— Meu pai era cirurgião em Khem antes de se mudar para Etras.

— Khem? Mas que coisa! Há médicos por lá?

Helena confirmou com um movimento tenso de cabeça.

— Impressionante. Nunca tinha conhecido ninguém de Khem. E ele atravessou todo o caminho até o continente? Minha nossa, mal consigo imaginar. Todo aquele mar... — O homem estremeceu. — Marés mais altas do que montanhas? Não, de jeito nenhum. Mesmo na Ausência do verão me parece uma jornada arriscada. Não consigo imaginar como é morar nas regiões litorâneas. Você deve estar aliviada por estar aqui agora, longe de tudo isso.

Helena se limitou a encará-lo.

Ele a examinou com uma série de lentes, murmurando consigo mesmo e girando vários parafusos. Em seguida, aproximou uma pequena lanterna do rosto dela antes de se recostar outra vez.

— Acho que sua visão vai se recuperar totalmente. — Ele se virou para Ferron. — Certifique-se de que ela não seja exposta à luz e aplique a beladona duas vezes por dia. Há uma boa chance de as sequelas serem mínimas.

Helena observou o médico com o olho bom enquanto ele guardava os instrumentos. Quando terminou, ajeitou o paletó com movimentos afetados e depois virou-se para falar com Ferron.

— Bom, acho que estamos diante de uma curandeira de prestígio. Quando me contou o que aconteceu, tive certeza de que perderíamos o olho. Até os vitamantes que agora temos no hospital mais atrapalham do que ajudam. Eles acreditam saber mais que os médicos, mas são incapazes de tratar qualquer coisa além do sintoma. Simplesmente não se dão ao trabalho de entender como qualquer coisa funciona. São um bando de imprestáveis.

O médico olhou para Helena outra vez, depois para as algemas em seus punhos.

— Uma lástima — disse ele. — Um desperdício de talento.

Ferron grunhiu em resposta, e o homem ruborizou.

— E você está de parabéns, senhor. Realizar uma cura tão delicada apenas seguindo as orientações e imitando os gestos foi um feito extraordinário, verdadeiramente esplêndido. Com esse dom, você deveria estar trabalhando em um hospital.

— Foi o que me disseram — respondeu Ferron, com um sorriso forçado. — Acha que vão me contratar mesmo depois de eu ter assassinado um homem no saguão?

O homem ficou sem reação.

— Bem, o que quero dizer é que...

— Se isso for tudo, vou acompanhá-lo até a saída — decretou Ferron, se afastando.

Helena passou a usar um tampão sobre o olho esquerdo, enquanto Ferron fazia visitas para pingar as gotas de atropina já que, pelo visto, não confiava nem mesmo em seus servos quando o assunto era beladona. Depois que o tratamento com o colírio terminou, ela passou a fazer compressas geladas de eufrásia.

Pouco depois de Helena interromper o uso do tampão, Stroud voltou.

— Soube que você teve um mês difícil — comentou ela, enquanto Helena se despia mecanicamente para o exame.

Sua visão ainda estava desigual e o ambiente ficou fora de foco quando Stroud começou a examiná-la. Stroud anotou algo em seu arquivo, fez Helena se deitar e, em seguida, passou mais de um minuto apalpando sua barriga e a parte inferior do abdômen.

— Perfeito — anunciou Stroud por fim, recuando um passo e fazendo mais anotações. — Você está pronta.

Helena encarava o teto, ponderando se deveria dar à Stroud o gostinho de perguntar o que ela queria dizer. Stroud aguardou em silêncio até que ela cedeu.

— Para quê?

— Para o meu programa de repovoamento.

Ela olhou para Stroud, confusa.

— Eu não avisei? — Stroud inclinou a cabeça presunçosamente. — Devo ter me esquecido.

Helena ficou sem reação. A diferença em sua visão a deixava desorientada, como se a realidade em si estivesse distorcida.

— Eu fui esterilizada.

— Sim, eu sei. — Stroud acenou com a cabeça. — Acredito que talvez eu seja a primeira vitamante a executar uma reversão completa da ligadura.

O mundo começou a girar.

— Não. Me disseram que seria...

— Bom, de fato tentaram dificultar as coisas. Tive que praticar várias vezes com algumas das meninas extras do programa. Não houve desperdícios, não se preocupe. Nem toda ressonância vale ser replicada e é bom ter algumas sobressalentes. Alguns dos reprodutores não reagem bem quando não temos disponibilidade para seus repertórios.

— O quê? — balbuciou Helena, sentindo a garganta se fechar.

— Enfim. Eu não quis dizer nada até ter certeza. Achei que você descobriria. Pelo visto, não é tão inteligente quanto dizem.

Helena tentou se levantar e sair correndo, mas Stroud a conteve, imobilizando seus membros.

— O Necromante Supremo está convencido de que você é uma animante. Se ele tiver razão, não podemos desperdiçar alguém como você. Tem ideia de como isso é raro? E aqui está você, bem no momento em que mais precisamos de uma animante.

Aquelas palavras a fizeram estremecer.

— Eu pensei que a Transferência...

— Agora quer cooperar com a Transferência? — debochou Stroud. — Não se preocupe, vamos continuar tentando recuperar suas memórias. Estamos apenas mudando de prioridade temporariamente.

Stroud foi até a porta onde a criada aguardava.

— Gostaria de conversar com o Alcaide-mor.

Helena continuou deitada, incapaz de se mexer. Ferron jamais permitiria. Ele passara meses praticando a Transferência; Stroud não podia apenas acabar com tudo de uma hora para outra.

Ela tentou se obrigar a respirar com calma. Se começasse a hiperventilar, provavelmente seria sedada. E se acordasse na Central, esperando que alguém entrasse pela porta para...

Sua visão ficou turva e seu corpo formigava de pavor.

O que ela poderia fazer? Argumentar que suas lembranças tinham mais valor do que uma gravidez?

Se tivesse que escolher entre uma coisa ou outra, o que seria pior? Cooperar com Ferron para a extração dos segredos da Chama Eterna ou ser estuprada para produzir a criança que Morrough precisava para sua própria Transferência?

E se parasse de resistir à Transferência, se cooperasse com Ferron, não poderiam engravidá-la à força depois?

— O que deseja? — Ferron apareceu, claramente impaciente.

— Alcaide-mor, gostaria de informar que consegui reverter a esterilização de Marino — afirmou Stroud. — O Necromante Supremo solicita que ela seja registrada no programa de repovoamento.

O semblante de Ferron permaneceu impassível, mas ele estava estranhamente imóvel.

— Conseguiu o quê? — perguntou ele, por fim.

Stroud colocou a mão orgulhosamente sobre a barriga de Helena.

— Sabe como animantes são raros. Se este de fato for o caso, seria um desperdício não a utilizar. Passei os últimos meses fazendo experimentos e finalmente consegui completar o processo de reversão. Na verdade, o procedimento inicial foi malfeito. Deveriam ter retirado o útero, embora eu fosse capaz de substituí-lo se essas fossem as circunstâncias. Tenho muitas cobaias saudáveis. Foi um processo relativamente simples comparado ao que Bennet e eu costumávamos fazer com as quimeras.

— Isso não foi discutido. — Um toque de fúria surgiu na voz de Ferron.

— O programa não está dentro do seu escopo, e você fala tanto sobre o quanto ela é frágil que achei melhor esperar até ter certeza. Entretanto, o Necromante Supremo quer que ela seja inscrita imediatamente. A Transferência será retomada quando ela nos der uma criança. Desconfio que, após isso, ela vá cooperar muito mais. — Ela se virou para Helena. — Não é mesmo?

Ferron ficou em silêncio.

— Eu mesma posso levá-la de volta à Central. Temos uma lista extensa de reprodutores com muito potencial, e Marino tem um repertório tão raro que poderíamos pareá-la com praticamente qualquer um. — Stroud encarou Ferron. Sua voz era ardilosa e peçonhenta. — Mas há outra opção. Quando se trata de ressonância, há sempre um candidato que se destaca dos demais.

— Vá direto ao ponto. — Ferron reagia de maneira estoica, mas Helena notara os impulsos homicidas por trás de suas palavras.

Stroud se endireitou com autoridade.

— Está na hora de você ter filhos. Sei que a prioridade de sua família é o ferro, mas para isso você tem sua esposa. Como um de nossos raros animantes, o Necromante Supremo ordena que você seja o primeiro a tentar engravidar Marino. Se tiver sucesso, ficaremos atentos para qualquer sinal de animancia no feto. Seu pai nos ajudou muitíssimo ao detalhar o caso de sua mãe, então sabemos exatamente quais sintomas monitorar. No entanto, como nosso cronograma está apertado, o Necromante Supremo quer ter alternativas. Vocês terão dois meses para apresentar resultados. Do contrário, ela será transferida para a Central e tentaremos a sorte com outros candidatos.

CAPÍTULO 18

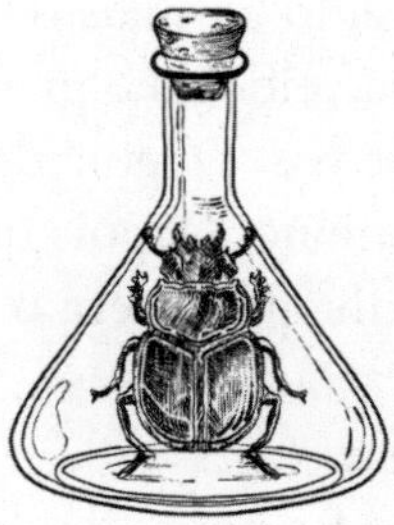

Tudo ao redor se tornou um borrão. Stroud fez a paralisia cessar depois que Ferron se retirou, friamente, mas Helena continuou sem se mexer.

O arranhar áspero da caneta de Stroud contra o papel era o único som que ecoava no quarto.

Ela sentia a boca seca, mas se forçou a engolir, tentando pensar em alguma maneira de reverter o que acontecera tão de repente.

Seus dedos se moveram, tateando os lençóis de linho enquanto tentava se concentrar nas sensações externas. Um chiado escapou de sua garganta.

Pensou em gritar. Apenas gritar e gritar para sempre.

— Qual o problema? — perguntou Stroud, desviando a atenção dos documentos médicos de Helena.

Ela encarou a médica.

— Pensei que ficaria feliz em dar um tempo da Transferência. Do jeito que tem resistido, é provável que desenvolva insuficiência hepática antes do fim do ano. Sou muito exigente com os alquimistas do meu programa. A guerra dizimou muitas de nossas linhagens, algumas de valor inestimável. Você deveria ser grata por ainda ter algo importante a oferecer.

— Você está impondo que eu seja estuprada e quer que eu agradeça por isso? — A voz de Helena soava distante, entorpecida.

Stroud pareceu se ofender.

— Estou lhe dando a oportunidade de garantir que sua vida tenha significado.

A ira de Helena era a única coisa que a impedia de enlouquecer.

— Se é algo tão nobre, é de se admirar que você não tenha se oferecido como voluntária.

Stroud ficou imóvel, o ódio endurecendo suas feições. Helena se preparou para ser agredida, mas em vez disso a mulher deu um sorriso contido e se inclinou sobre ela de um jeito quase afetuoso.

— O Alcaide-mor está casado há mais de um ano e ainda não teve filhos. Sua Eminência insiste que ele seja o primeiro candidato, mas duvido que os resultados sejam positivos. Depois de tudo o que Bennet fez, ele mal pode ser considerado humano. Depois que ele tentar, você vai voltar para a Central e eu vou decidir quem será o próximo. Por quanto tempo for necessário.

Helena sentiu o sangue gelar.

Stroud tocou seu queixo com a ponta do dedo.

— Sendo assim, é melhor você aprender a tomar cuidado com essa língua tão afiada. Ou talvez seja preciso cortá-la.

Helena permaneceu em silêncio até Stroud ir embora. O medo se espalhou por ela como veneno, corroendo seus órgãos e queimando seus pulmões. Ela saiu pela casa abrindo todas as portas, em busca de alguma coisa, qualquer coisa. Tinha que haver algo que ela pudesse fazer.

Ferron só reapareceu na noite seguinte. Sua expressão era severa, mas seus olhos pareciam evitá-la, desviando-se como se ele não pudesse mais olhar para ela.

As mãos de Helena começaram a tremer.

— Não vai ser hoje — assegurou ele, de maneira brusca, ainda sem conseguir encará-la. — Segundo o que disseram, você só estará no período fértil daqui a três dias.

Ela não ficou surpresa...

Ferron era um assassino e um necromante, que motivo ela teria para acreditar que se recusaria a fazer aquilo?

Mesmo assim, por algum motivo irracional, ela pensou que com ele estava... segura.

Que idiota.

— Venha até aqui — chamou.

Helena foi até Ferron, sua atenção focada nos botões do casaco e da camisa dele. Com a mão enluvada, ele segurou a mandíbula de Helena, inclinando seu rosto até que os olhos dos dois se encontrassem.

— Está conseguindo enxergar? — perguntou, examinando um olho de cada vez.

Helena riu.

Ela não tinha ideia de quando rira pela última vez. Parecia outra vida. Mas a pergunta era engraçada. Hilária.

Sua vida havia sido destruída. Não restara nada de bom que a consolasse, não havia nada além de dor. Ela fora aprisionada e violada de quase todas as formas imagináveis. E agora Ferron ia cometer aquela última atrocidade, mas estava preocupado *com a visão dela*.

Helena riu e riu, até que de repente estava aos prantos. Chorou de maneira inconsolável, balançando o corpo para a frente e para trás, enquanto praticamente berrava. Ferron ficou em silêncio.

Helena não parou até se sentir vazia, como se tivesse colocado tudo que tinha dentro de si para fora através das lágrimas e só lhe restasse uma casca do que fora um dia. Ela estava tão cansada de viver.

— Está melhor?

Ela engoliu e sentiu a garganta arder.

— Não.

Os dedos dele se contraíram, e ela o viu cerrar o punho e levá-lo às costas. Aquele truque era familiar.

Ela se virou para ele, só então notando a palidez de seu rosto.

Pelo menos não estava sofrendo sozinha.

— Por que foi torturado dessa vez? — perguntou em tom monótono, aliviada por falar sobre alguma coisa, qualquer outra coisa.

Ele soltou um leve murmúrio antes de responder.

— Por várias razões. Como sempre fazem questão de me lembrar, sou uma grande decepção. E agora o público deduziu que sou o Alcaide-mor.

A notícia despertou a curiosidade de Helena.

— Porque você matou Lancaster?

— Imagino que seja por isso também. O pequeno surto de Aurelia não ajudou. Tive que me ausentar de repente em um momento em que o Alcaide-mor deveria estar presente. Os jornais internacionais são menos relutantes em publicar essas teorias, então a notícia se espalhou. Em breve serei apresentado como sucessor do Necromante Supremo. — Ele abriu um sorriso que mais parecia uma careta. — O anonimato servia para minha proteção.

— Certo — disse Helena. — Então a tortura que recebeu foi branda.

— Não foi nada — respondeu ele, mas suas mãos continuavam atrás das costas.

Ferron se mexeu como se estivesse prestes a ir embora. Ela não o queria por perto, mas a alternativa era ficar sozinha com os próprios pensamentos.

— Por que matou Lancaster?

— Ele colocou minha missão em risco. Eu preferia uma execução formal, mas estava ocupado e queria acabar logo com ele.

— E decidiu matá-lo no meio do hospital? — Helena olhou para ele, cética.

— Eu ia fazer isso no quarto onde estava, mas ele tentou fugir. — Ferron deu de ombros. — Então improvisei.

A imagem de Lancaster sendo eviscerado por Ferron ficara gravada na mente de Helena.

Ferron inclinou a cabeça.

— Se não tiver mais perguntas, é melhor fazermos isso de uma vez. Sofá ou cama?

As palavras a atingiram como um golpe, mas então se deu conta de que ele se referia a vasculhar suas lembranças.

Ela imaginara que aquela parte já tinha acabado.

— Eu pensei que...

O quê? Que não era mais uma prisioneira e que, em troca de seu corpo, agora teria permissão para ter sua mente de volta? Helena engoliu as palavras e foi até o sofá.

Ele a acompanhou com uma expressão indecifrável e estendeu a mão, mal roçando a testa dela antes que a ressonância penetrasse no crânio.

Quando terminou, Helena sentiu que tinha implodido. Reviver os últimos dias a fez cerrar a mandíbula até sentir que os dentes iam rachar.

Ela afundou no sofá. A ameaça de Stroud ecoava em sua cabeça.

Helena pressionou o rosto contra o tecido do assento e inalou o cheiro de coisa velha e poeira, tentando se desconectar do mundo ao redor. Ferron saiu sem dizer uma palavra.

O olho de Helena se recuperara o suficiente para, enfim, tolerar a claridade, então abriu as cortinas, revelando a vista do pátio em vez das montanhas. Em uma semana, o mundo tinha mudado e já se via os primeiros sinais da primavera. O cinza deprimente que se tornara familiar começava a ser substituído por pontos de cor em meio à grama pisoteada e aos galhos das árvores.

Algumas semanas antes, ela teria ficado feliz com a mudança de clima, mas agora havia um abismo dentro de seu peito e até a beleza se transformava em horror.

Dois dias. Seus pensamentos estavam a mil, e ela se sentia um animal encurralado prestes a mutilar os próprios membros na tentativa de escapar.

Na guerra, o estupro sempre fora uma possibilidade. Havia relatos tenebrosos sobre as prisioneiras nos laboratórios, avisos sobre o que poderia acontecer com as mulheres caso fossem capturadas no território da Resistência. Mas estupro com o propósito de engravidar era algo que ela ainda não havia conseguido processar.

Suas experiências com mulheres grávidas não foram muito boas.

As medidas de prevenção eram escassas durante a guerra. De vez em quando, garotas apareciam no hospital, nervosas, pedindo para falar com Pace, a Enfermeira-chefe. A história costumava acabar aí, mas às vezes elas retornavam.

Helena era filha única. Enquanto boticária, sua mãe lidava com métodos contraceptivos com frequência. As parteiras do vilarejo cuidavam do resto. As mães só recorriam a um cirurgião como o pai de Helena quando algo dava errado. A maioria dos bebês que Helena viu na infância apresentavam alguma malformação, doença grave ou era natimorta.

O padrão continuou durante a guerra. Por ser curandeira, Helena só era chamada quando um bebê nascia antes do tempo, ou ficava preso na posição errada, ou quando o leite não saía porque não havia comida suficiente para a mãe. Helena recebia pedidos de ajuda e, na maioria das vezes, não havia nada que pudesse fazer. Os bebês eram pequeninos e frágeis, e nem mesmo a vitamancia conseguia consertar tudo.

Ela via o quanto as mães ficavam devastadas, algo imenso dentro delas se partindo. Algumas gritavam, já outras ficavam em silêncio, o que em geral era pior.

Helena se sentia grata por acreditar que nunca estaria naquela posição. Jamais se casaria nem teria filhos, então não teria que lidar com tamanha perda.

Era a única coisa da qual pensou que estivesse protegida.

Ela se deitou na cama, mas não conseguiu dormir. Lumithia estava se aproximando da Ascensão bianual, tão cheia que a noite se tornava prateada. A luz projetava sombras nítidas, e o ar parecia saturado de ressonância.

Helena flexionou os dedos, desejando conseguir enfiar a mão dentro do próprio corpo com a mesma facilidade com que Ferron enfiara a dele na barriga de Lancaster. Arrancaria seus órgãos ali mesmo.

A ideia de seu corpo ser forçado à sujeição lhe dava ânsia de vômito, mas a possibilidade de não conseguir engravidar a paralisava de tanto medo. A ameaça de Stroud não saía de sua cabeça.

Enquanto ponderava entre resistir ou cooperar com o próprio estupro para tentar amenizar os danos, a culpa a consumia de tal forma que ela achou que não fosse aguentar. Se o que estava por vir era inevitável, sua única opção era tentar tornar aquilo um pouco menos horripilante.

A noite parecia interminável.

Quando Ferron entrou no quarto, Helena soltou um suspiro entrecortado e quase começou a chorar.

Ao vê-la, ele fez um movimento que deu a entender que estava prestes a dar meia-volta e ir embora.

Helena começou a estender a mão para tocá-lo, mas desistiu na mesma hora, cerrando os dedos em um punho. O movimento bastou para detê-lo.

Ele olhou de Helena para a porta, como se ainda estivesse indeciso.

E se Ferron se recusasse a seguir com aquilo e simplesmente permitisse que Stroud a levasse?

Ela sentiu o cômodo girar e as mãos ficarem dormentes.

Se ele se recusasse, ela deixaria. Não chegaria ao ponto de se sujeitar a implorar. Apenas voltaria para a Central.

Ferron manteve a expressão impassível. Era como se não estivesse totalmente presente.

Depois de alguns minutos, ele se virou para a porta. Helena não sabia se deveria rir ou chorar por aquela ser a única ordem que não obedeceria. Mas todos já sabiam que Ferron era o Alcaide-mor; Morrough não o mataria.

Ele tirou uma latinha do bolso e colocou alguma coisa sob a língua.

— Cama — ordenou ele, por fim, sem olhar para Helena.

Ela não se mexeu.

Ferron se virou para encará-la com uma expressão fria.

— Espere... — Ela estendeu a mão como se tivesse a intenção de afastá-lo. — E se você apenas me matar? — sugeriu com a voz trêmula. — Agora você pode. Todo mundo já sabe que você é o Alcaide-mor. Morrough não mataria você por minha causa. Eu não sou ninguém.

Ferron estava ouvindo. Por um momento, pareceu considerar a alternativa.

Ela sentiu o coração acelerar.

— Posso fazer isso eu mesma, se quiser, para que ele não perceba. Se você só... me der algo. Não precisa ser fácil nem rápido, pode ser algo pequeno. Você pode dizer que saiu por um instante e que quando voltou, eu...

O semblante de Ferron se fechou, e ela percebeu na mesma hora que havia dito algo errado.

— Cama — repetiu ele, dessa vez entre dentes.

Ela deixou os braços penderem ao lado do corpo. Caminhou devagar, sentindo-se desconexa do próprio corpo, mordendo a boca por dentro cada vez mais forte na esperança de sentir alguma coisa. Sentiu o gosto de sangue ao se deitar, mas o resto do corpo permaneceu anestesiado.

Ferron foi até ela pouco depois, sem o casaco.

Ela ficou tensa à medida que ele se aproximava, tentando não ranger os dentes.

A expressão dele não denunciava nada, e ele se postou aos pés da cama, o olhar focado na cabeceira.

— Feche os olhos.

Ela se obrigou a obedecer e a se concentrar na própria respiração. *Não pense.* O cheiro dele pairava no ambiente, de zimbro, de metal e da deterioração da casa.

O colchão afundou à sua direita. Ela ficou ofegante e o coração disparou.

— Não... não abra os olhos.

Helena os fechou com mais força. Houve um momento de silêncio enquanto ele levantava a saia dela até o quadril e retirava sua roupa íntima. Ela sentiu o coração parar.

Ouviu Ferron respirar fundo. Dava para sentir a presença dele no ar.

— Respire — disse ele perto de sua orelha esquerda.

Com um sobressalto, ela sentiu um toque entre as pernas, algo quente e escorregadio que percebeu se tratar de um lubrificante.

Com a respiração entrecortada, ela fechou os olhos com tanta força que começaram a latejar. Então sentiu o peso dele contra seu quadril.

Helena engoliu um soluço.

Apertou ainda mais os olhos. Sua mente estava a mil, tentando encontrar uma fuga. No tanque de inércia, desenvolvera a capacidade de fugir da realidade quando sua mente chegava ao extremo.

Foi assim que sobrevivera, aprendendo o quanto era capaz de tolerar.

Mas, naquele momento, a fuga não funcionou.

Ela estava presa dentro do próprio corpo, como se alguém tivesse cravado sua consciência no lugar com estacas.

É melhor que a Central, repetiu para si mesma, se esforçando para continuar respirando, para não o arranhar, não gritar, não tentar repeli-lo.

Sentia uma pressão dentro do peito. As lágrimas escorreram pela lateral do rosto.

Melhor que a Central.

E se não desse certo? E se Stroud estivesse certa sobre ele, se aquilo nem sequer fosse possível e Helena tivesse cooperado mesmo assim? E se tudo fosse em vão?

Ela soltou um suspiro em pânico, involuntariamente tentando se esquivar quando Ferron teve um espasmo e depois ficou imóvel.

E então ele foi embora. Tão de repente que foi como se tivesse evaporado.

Helena abriu os olhos e viu que ele não estava mais no quarto, então ouviu o som de alguém vomitando no banheiro.

Depois veio a descarga do vaso sanitário e, em seguida, a água correndo na pia por vários minutos.

Ela conseguiu baixar a saia, mas foi incapaz de fazer qualquer outro movimento. Seu corpo estava letárgico.

Acabou, repetiu para si mesma diversas vezes, tentando se acalmar, mas não parava de tremer. Ela cravara as unhas na palma das mãos, marcando a pele.

Ferron saiu do banheiro. A expressão tensa havia se esvaído, como se ele não conseguisse mais mantê-la firme. Seu rosto estava pálido, e seus olhos, rígidos e avermelhados.

Ferron parecia estranhamente mortal. Helena não queria enxergá-lo dessa forma.

Desviou o olhar.

Ele atravessou o quarto sem dizer nada, pegou o casaco e foi embora.

Ela se sentou devagar, tentando não sentir o próprio corpo.

Depois foi ao banheiro, ligou o chuveiro e se posicionou debaixo da água sem sequer tirar a roupa. Helena não se mexeu nem mesmo quando a água ficou gelada.

CAPÍTULO 19

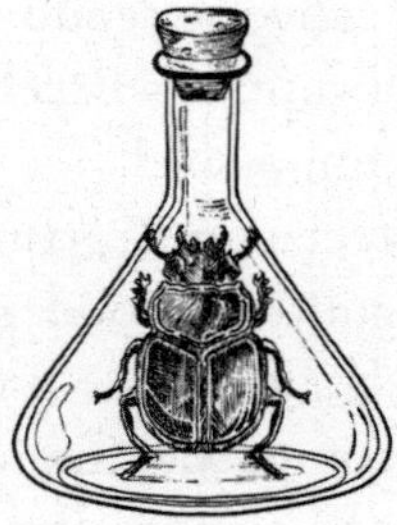

No dia seguinte, Helena tentou sair do quarto. Ela ansiava por ar puro, para escapar do clima opressivo da casa. Quando chegou à porta, a brisa morna da primavera tocou seu rosto, enchendo seus pulmões com cheiro de terra e flores. De onde estava, viu amontoados de açafrão-bravo e campainhas-de-inverno brotando por entre a grama seca. As videiras escuras que revestiam a casa estavam repletas de brotos verdes e pássaros em bando chilreavam no céu, sobrevoando o terreno.

Era lindo, o que lhe atingiu como uma traição.

Não deveria haver mais beleza no mundo. Tudo deveria estar morto e gelado, refletindo eternamente a infelicidade de sua vida. Em vez disso, tudo ao redor tinha seguido em frente, uma nova estação chegara, mas, para Helena, aquilo era impensável. Ela estava presa para sempre no inverno, na estação da morte.

Voltou para dentro da casa.

Quando a porta de seu quarto foi aberta à tarde, ela sentiu alívio ao ver Stroud em vez de Ferron.

A mulher parecia estar de bom-humor.

— Pensei em passar por aqui e me certificar de que não houve nenhum problema nessa primeira vez. Não queremos infecções. Você sangrou?

Helena não olhara, mas balançou a cabeça devagar.

Os olhos de Stroud a inspecionaram da cabeça aos pés.

— Certo. Você tem mais de vinte anos. É normal não sangrar.

Helena tentou não reagir quando Stroud colocou a mão sobre sua pélvis, mas ficou trêmula ao sentir a onda de ressonância deslizando pelas partes mais íntimas de seu corpo.

— Provavelmente não saberemos se você está grávida nas próximas semanas, mas não deve demorar. Sou muito boa em detectar os primeiros sinais de uma gestação. — As palavras vieram acompanhadas de uma sensação mais incômoda, como se algo estivesse sendo reposicionado em suas entranhas. Helena arfou de forma abrupta. — Excelente, com certeza estamos no momento certo. Mais pronta, impossível.

Cada minuto do exame pareceu uma tortura.

— Então, como foi? — perguntou Stroud, quando terminou.

— Horrível — respondeu ela, desviando o rosto.

Stroud emitiu um som de compaixão fingida.

— Não me surpreende. Você é ansiosa demais.

Com o queixo trêmulo, Helena olhou para a janela.

A outra mulher abriu um sorriso gigantesco. Depois baixou as fichas médicas que segurava, correndo os dedos por cima do nome de Helena e dos números de prisioneira que vinham logo abaixo.

— Você não deve saber disso, mas eu estudei na Torre da Alquimia. Anos antes de você, é óbvio. Meu repertório e níveis de ressonância não eram *bons o suficiente* para avançar, mas consegui ser transferida para o departamento de ciências e estudar para ser assistente em medicina. Foi lá que ouvi falar de vitamancia pela primeira vez. E só anos mais tarde percebi o poder que tinha e comecei a tentar dominá-lo. Nunca imaginei que eu estaria entre os poucos vitamantes que sobreviveram à guerra.

Helena não sabia por que Stroud estava contando tudo aquilo.

A mulher revirou a maleta e tirou um frasco de comprimidos, depois partiu um deles ao meio.

— Abra a boca.

— Por quê? — perguntou Helena, cerrando os dentes.

Stroud não respondeu, apenas deu um passo para a frente e, usando os dedos e a ressonância, forçou a boca de Helena a se abrir e empurrou o pedaço do comprimido para dentro, obrigando-a a engolir. Helena reconheceu o gosto em sua língua.

— Artemon Bennet salvou pessoas como eu. Ele nos deu a chance de testar nossas habilidades e de nos orgulharmos delas.

Stroud ainda segurava a mandíbula de Helena, os dedos cravados na pele.

Helena a sentia mexendo em sua fisiologia, ajustando-a. Era completamente diferente do que Ferron fizera para que ela se adaptasse à casa logo que chegara. Em vez de sentir uma ruptura fisiológica com sua mente, Helena notou a pele começar a esquentar, primeiro na superfície e depois de forma cada vez mais profunda.

Stroud continuou falando.

— Sei que ele não era perfeito. Para Bennet, até outros vitamantes eram tolos demais para apreciar sua genialidade. — A mulher arqueou as sobrancelhas claras. — Mas eu o servi sem questionar. Abri mão de minhas ambições pessoais para ficar ao lado dele. É por isso que ainda estou aqui, embora todos *sempre* tenham me subestimado.

Helena tentou se esquivar, mas a ressonância de Stroud não permitia. Uma tensão dolorosa brotava da região pélvica, e ela sentia a pele tão sensível que estava começando a doer.

— Prontinho. — Stroud a soltou. — Vai sentir muito mais prazer agora.

Helena ficou paralisada, incapaz de resistir ou gritar enquanto Stroud a colocava na cama, deitada de costas, com as pernas abertas.

Não. Não. Não.

— Vou avisar ao Alcaide-mor que você está pronta para recebê-lo — anunciou Stroud antes de deixar o quarto.

Helena teve a impressão de ter passado horas esperando, sentindo o desejo sendo entalhado em seus ossos. O corpo clamava por movimento, por toque, por fricção, a necessidade rugindo sob sua pele.

Se ela conseguisse se mexer, teria estremecido só com a vibração da porta se fechando quando Ferron chegou. Porém não conseguia fazer nada além de ficar lá, deitada, encarando-o e implorando para que ele percebesse que havia algo errado.

Mas ele nem sequer olhou para Helena. Ferron fitava um ponto invisível, evitando encará-la enquanto tirava o casaco e o colocava sobre o sofá.

Ela o observou em silêncio, com um olhar repentinamente voraz e atento a cada detalhe dele. A espera a deixara oca por dentro, um poço de vontade e desejo que não parava de aumentar.

As mãos de Ferron estariam quentes, ela sabia.

Helena estremeceu.

Pare de pensar.

Tentou fechar os olhos, mas o anseio dentro dela tinha corroído sua força de vontade.

A cama se mexeu, e Helena sentiu um arrepio. Sua saia foi erguida e o roçar do tecido contra suas coxas deixou sua respiração irregular, a única reação que conseguiu expressar.

— Respire — instruiu Ferron, como fizera da última vez.

Ela estava muito mais consciente da presença dele do que no dia anterior, só que agora experimentava o oposto: mal conseguia sentir o peso dele, o que fazia com que ela quisesse arquear o corpo, pressionar-se contra ele, apesar do grito de angústia que ecoava em sua mente. Abriu os olhos e o encarou.

Era como se nunca o tivesse visto de verdade antes.

Sempre houve uma distância óbvia e cuidadosa entre os dois. Quando o observava, era em busca de sinais de fraqueza. Ela nunca o vira como um ser humano, com sangue correndo nas veias.

Mas de repente ele pareceu demasiadamente humano. Lembrou-se da sensação das mãos dele, da pressão da ponta dos dedos em sua mandíbula. Ela *queria* ser tocada por Ferron. Ansiava tanto por aquilo que chegava a doer. A situação da qual Helena estava desesperada para escapar no dia anterior era justamente o que ela desejava com tanto ardor naquele momento.

Lágrimas escorreram de seus olhos, deixando um rastro quente em suas têmporas.

Por um breve momento, Ferron a encarou antes de desviar a atenção de novo. Então, ele parou e voltou a olhá-la.

— O que houve? — perguntou.

Ela implorava com o olhar para que ele entendesse.

Ferron se afastou, arrancando uma das luvas. Ainda as usava mesmo naquele instante.

Bastou o mínimo dos toques para que a paralisia se dissipasse.

Helena voltou a se mexer e na mesma hora se virou e se encolheu, arfando descontroladamente e abraçando as pernas junto ao tronco. Até o ar que respirava parecia fazer seus pulmões arderem.

— O que ela fez com você?

Ela não conseguia mais olhar para ele.

— Ela disse que era p-para... para ser melhor — respondeu ela, com a voz embargada. — Porque eu... eu reclamei. P-por quanto tempo dura o efeito do comprimido que você me deu?

— Oito horas.

— Eu tomei metade. — Sua respiração era irregular e ofegante. — Você pode... pode modificar a eficácia?

— Não depois que fez efeito — respondeu ele. — Não há nada a ser feito além de esperar.

Helena assentiu. Era o que imaginava, mas estava torcendo para estar errada.

Tentou respirar mais uma vez.

— Podemos... podemos esperar? — balbuciou.

Silêncio.

— Tenho um compromisso depois. Só volto amanhã bem tarde.

Ela tentou clarear os pensamentos, sem saber se conseguiria agir de forma racional.

Era passar por aquilo ou talvez não engravidar. Por mais casos de gestações acidentais que tivesse atendido, ela sabia bem que engravidar nem sempre era fácil. Seus pais tentaram por anos; ela chegou depois que eles já tinham desistido. Eles diziam que tinha sido um milagre.

Dois meses. Depois ela iria para a Central, para Stroud e...

Helena sentia que estava enlouquecendo. Era impossível fazer uma escolha como aquela. Não havia uma opção boa, apenas uma ruim e outra ainda pior. Ambas resultariam na mesma coisa: se odiar para sempre.

Aquela foi a coisa mais cruel que Stroud poderia ter feito.

— Só... vá em frente — decidiu ela, ficando de barriga para cima, mas ainda se recusando a olhar para ele.

Então se concentrou no dossel, tentando não pensar em nada. Houve uma longa pausa antes de ela sentir o colchão se mexer.

Helena achou que a segunda vez não seria tão ruim, mas foi mil vezes pior, pois seu corpo o *desejava*.

Ela tentou fechar os olhos, mas estava agitada. As pálpebras se abriram, e Helena encarou Ferron de novo, observando todos os detalhes que nunca tinha notado antes. As maçãs do rosto, o olhar intenso, o contorno dos lábios e a mandíbula definida, a pele clara de seu pescoço desaparecendo na gola da camisa. Ela queria chegar mais perto, sentir o cheiro de sua pele, sentir *o calor* de outro corpo.

— Depressa — pediu ela, cerrando os dentes e tentando se manter imóvel.

O lubrificante não era necessário, mas ele o usou mesmo assim. Ela arqueou o pescoço para trás até conseguir enxergar a cabeceira da cama, enterrando o rosto nas mãos e mordendo a palma com força. Sentia-se arruinada.

Os gemidos escaparam de sua garganta quando ele se mexeu. Seus dedos se contorceram, agarrando o cobertor como se fosse rasgá-lo.

Estava nauseada, tomada pelo horror. Amaldiçoou cada fibra de si mesma, do corpo que não era capaz de controlar, que sentia constantemente o medo, a fraqueza e, agora, o desejo. Ela não conseguia escapar de nada daquilo. Talvez Matias tivesse razão, talvez fosse mesmo da natureza dela ser fraca.

Ela desejou poder se separar do próprio corpo, cortá-lo em pedaços e vê-lo arder em chamas para que não tivesse mais que ser humana.

Seu corpo se contraiu contra sua vontade. Ferron soltou um suspiro ofegante e o som a fez arder por dentro. O peso do corpo dele a pressionava, e ela se sentiu estilhaçar com um soluço desesperado.

Algumas estocadas depois, Ferron estremeceu com um gemido atormentado.

Ele foi embora em um piscar de olhos, afastando-se como se precisasse se retirar o mais rápido possível.

Helena não viu nada além de um vislumbre de seu rosto pouco antes de a porta se fechar. Ferron parecia prestes a desmaiar.

Então o quarto estava vazio, e ela, sozinha.

Abraçou os joelhos e afundou o rosto nas mãos, desabando em lágrimas. O desespero que ardia em sua pele foi temporariamente atenuado pelo horror que a dominava. Ela se arrastou até o banheiro e vomitou até não restar mais nada em seu estômago.

Helena sempre soube o que era sexo. Em Etras, era algo que fazia parte da vida, como o nascimento e a morte. Mas no Continente Nortenho era um tabu, um assunto a ser mantido entre quatro paredes.

Os garotos podiam se meter em encrenca por visitarem os distritos de entretenimento, mas aquilo era considerado uma parte irreprimível da natureza deles e um sinal de vitalidade. Assim, as punições eram leves, mais uma consequência de terem sido descobertos do que um castigo pelo ato em si. As regras eram diferentes para as garotas, até mesmo para aquelas que não precisavam seguir as normas da sociedade paladiana tradicional. Lumithia era uma deusa virgem, pura e imaculada. As mulheres que a louvavam e desfrutavam das dádivas por ela ofertadas eram obrigadas a se comportar da mesma forma.

No Instituto, a vida de Helena girava em torno da bolsa de estudos, que, além de depender de seu desempenho acadêmico, continha uma cláusula de moralidade. Ela a obedecia com mais disciplina do que seguiria qualquer fé — temia mais as consequências terrenas do que os castigos divinos. Era um medo que exterminava até a menor centelha de desejo que poderia sentir por qualquer pessoa.

Às vezes pensava que, quando tivesse quitado suas dívidas, conquistado tudo o que era esperado dela e alcançado seus objetivos pessoais, gostaria de ser amada, de saber o que era se sentir desejada.

Agora, no entanto, não restava nada além de desonra.

Quando o efeito da droga enfim passou, Helena continuou deitada, tentando pensar em alguma coisa, qualquer coisa. Estava tão incapacitada pela angústia que mal conseguia raciocinar, mas queria tentar entender o labirinto de conspiração que a aprisionava.

Os motivos de Morrough e Stroud eram compreensíveis, mas não importava como analisasse as circunstâncias, era impossível explicar os de Ferron, embora ele fosse a última pessoa em quem ela queria pensar naquele momento. No entanto, refletir sobre as motivações políticas dele pelo menos a impedia de vê-lo como humano.

Ela tinha quase certeza de que ele mesmo havia planejado a revelação de quem era o Alcaide-mor. Ele poderia ter contido os boatos, mesmo sob circunstâncias extremas, mas queria que Paladia e os territórios vizinhos soubessem quem era Kaine Ferron.

Mas por quê? Seria uma tentativa de driblar as punições de Morrough, de fazer com que fosse mais difícil substituí-lo? Não. Não podia ser só isso.

Nova Paladia estava cercada de inimigos.

A monarquia Novis, do outro lado do rio a leste, tinha laços antigos com os Holdfast: a mãe de Luc era prima distante da rainha. Era improvável que Novis reconhecesse a Assembleia das Guildas. Hevgoss, que ficava acima de Paladia a oeste, tinha um longo histórico de agir furtivamente para influenciar países próximos e provocar crises que necessitavam de "intervenção" da parte deles. E, em geral, o novo governo os beneficiava.

A Chama Eterna suspeitara desde o início que Morrough estava sendo usado por Hevgoss, mas parecia que algo, possivelmente Helena, tinha prejudicado esse esquema.

A economia e a legitimidade de Paladia dependiam da alquimia, e a guerra dizimara tanto a população quanto a indústria. Os recursos naturais e os séculos de ciência alquímica tinham resistido, mas o país estava enfraquecido e os abutres, à espreita. Apenas o medo dos Imortais repelia os países vizinhos, mas agora aquele mito tinha caído por terra. Morrough praticamente desaparecera dos olhos do público, e agora o Alcaide-mor era o único verdadeiro poder que restava.

O mais provável era que Ferron estivesse negociando em segredo com Hevgoss para derrubar Morrough.

Por mais intimidador que o Alcaide-mor fosse, os Ferron eram uma família antiga, considerada parte da história de Paladia antes mesmo de enriquecerem. O regime dos Imortais era baseado apenas no medo, e aqueles em Paladia que ainda se beneficiavam dele cabiam em um único salão de baile na Torre Férrea. O descontentamento com a situação estava cada vez maior e as pessoas em breve clamariam por alguém conhecido com um poder que lhes inspirasse orgulho.

O mundo inteiro estava familiarizado com o poder revolucionário do ferro da família Ferron. Eles tinham forjado a era industrial.

Naquelas circunstâncias, os paladianos poderiam muito bem ver Ferron como um salvador se ele tomasse o lugar de Morrough.

Ele poderia culpar o antecessor por grande parte das atrocidades que cometera e assumir a responsabilidade apenas pelo que lhe fosse vantajoso.

E, pelo que Helena sabia, Ferron não tinha concorrência. Greenfinch não passava de um fantoche e a Assembleia das Guildas era ridícula. Ferron era a única muleta de Morrough, o que explicaria a tortura: era puro ressentimento de seu superior diante da própria imortalidade fracassada. Sem alternativas, Morrough se vira completamente dependente de Ferron.

Mas Helena não conseguia se livrar da impressão de que tinha deixado algo passar.

Como *ela* se encaixava nos planos de Ferron?

Por alguma razão, ela fazia parte daquilo tudo. Ele investia demais em sua segurança para que isso não fosse verdade. Era inegável que Ferron tentava a todo custo garantir seu bem-estar, embora não quisesse deixar isso evidente.

Helena pensou na reação dele quando ela pediu que a matasse. Ele *tinha* considerado a possibilidade. Por quê? Se ela era uma parte necessária de seu plano, como matá-la seria uma opção? Mas, se não fosse necessária, por que se dar a todo aquele trabalho?

Já era noite quando Ferron voltou. Ao entrar no quarto, eles se entreolharam sem dizer nada.

Não havia nada a ser dito.

Ele lhe deu as costas, colocou um comprimido debaixo da língua e, quando se virou de volta, seus olhos nem sequer a notaram.

Helena permaneceu deitada, fitando o dossel.

Ela não se esquivou quando sentiu o colchão afundar. Não emitiu som quando sua saia foi erguida. Ele se posicionou entre as pernas dela enquanto Helena olhava para cima com tanta obstinação que sua visão ficou embaçada.

Quando Ferron a penetrou, ela deixou escapar um suspiro abafado e virou o rosto para a parede, contorcendo-se de angústia interior.

Seu corpo já tinha se acostumado. Assim como a droga a ajudara a se adaptar à casa, também fizera seu corpo se ajustar àquilo.

Era a mais profunda das traições.

Ela pensou em empurrá-lo. Se ele a forçasse, a segurasse ou a imobilizasse, talvez não sentisse tanto ódio de si mesma.

Mas ela estava tão cansada de ser machucada que não resistiu.

Quando terminou, Ferron saiu sem dizer uma palavra. Ela não olhou para ele.

Cinco dias se passaram, e a porta permaneceu fechada, a casa em silêncio. Finalmente tinha acabado, mas ela mal sentiu qualquer alívio.

Temeu estar enlouquecendo.

Helena sentia que estava se fragmentando com ansiedade, desmoronando, consumida pelas grades que a aprisionavam.

E se desse certo? E se não desse?

Ela não sabia do que tinha mais medo.

Conforme anoitecia, Helena ficava cada vez mais agitada, mas só depois de escurecer por um breve tempo, e então um brilho intenso tomar conta de tudo é que percebeu o motivo: Lumithia tinha chegado à Ascensão total.

O mundo lá fora estava prateado e iluminado como se fosse dia. Todas as estrelas e planetas pareciam apagados. Luna, a meio caminho do céu, era como um pedaço de cerâmica fosca em contraste.

A órbita vagarosa de Lumithia significava que ela alcançava o estado pleno apenas duas vezes por ano, na primavera e no outono, e que entrava em sua Ausência no verão e no inverno.

Quando estava em Ascensão, o efeito sobre os alquimistas era intenso.

Para os de baixa ressonância, a Ascensão era a única época do ano em que podiam transmutar. Já os alquimistas mais habilidosos ficavam desorientados por seu brilho, o que era chamado de torpor lunar.

A Ascensão tinha uma influência ainda mais impactante sobre os paladianos. Era um sinal da profunda conexão de Paladia com os deuses, de acordo com a Fé. Luc e Lila se sentiam tão afetados que tinham dificuldade para andar. Helena, por sua vez, tal qual uma estrangeira descrente, não sentia nada além de ansiedade, uma forte sensação de pavor que a oprimia.

Naquela noite, o jantar não veio.

Era a primeira vez que aquilo acontecia em meses de confinamento.

Havia algo de errado. Mesmo com a Ascensão, os necrosservos ainda deveriam estar presentes e relativamente ativos. Ela observou o pátio e viu os dois que ficavam à porta ainda ali, parados feito estátuas, mas não havia som de passos do lado de fora e, quando ela saiu do quarto, ninguém apareceu.

Helena foi em direção ao saguão, mantendo-se no caminho iluminado pelo brilho de Lumithia. Esperava que em algum momento os necrosservos aparecessem. As sombras eram escuras como breu, contrastando com a claridade.

O saguão estava vazio e o mármore branco quase cintilava sob o luar. O dragão ouroboros no chão reluzia como se tivesse escamas, seu corpo escuro se destacando em meio ao mármore claro.

O peso de Lumithia era opressivo. A ressonância de Helena vibrava em suas veias, como se tentasse driblar a nulificação, resultando na sensação de estar em uma gaiola muito pequena que limitava seus movimentos.

Ela examinou o ambiente, atenta ao menor sinal da presença de alguém. Não era preciso estar consciente para manter os necrosservos ativos. De acordo com o que ela havia estudado, eles poderiam receber ordens e cumpri-las repetidamente *ad infinitum*. Mesmo que Ferron estivesse sob o torpor, eles deveriam estar trabalhando como sempre.

A menos que ele estivesse morto...

Ela ficou paralisada. E se a Chama Eterna tivesse chegado durante a Ascensão, aproveitando-se da desorientação geral, e tivesse assassinado Ferron? Os Imortais da festa tinham dito que o assassino era como um fantasma, que entrava e saía sem deixar rastros, a não ser o cadáver da vítima que faziam.

Com cuidado, Helena inspecionou o saguão de novo, dirigindo-se à porta da frente. Seus dedos oscilaram quando ela tentou girar a maçaneta, sem sucesso. Tocou a fechadura, mas nada aconteceu. Tentou sacudi-la ignorando a dor em seus braços e mesmo assim não teve sucesso. Estava trancada.

Sentiu um aperto no peito, mas se obrigou a procurar outra porta.

Igualmente trancada.

Percorreu a casa, cada vez mais ofegante a cada porta trancada em seu caminho.

Será que ela daria de cara com o corpo de Ferron? Ela se preparava para essa possibilidade a cada cômodo em que entrava, certa de que se depararia com uma poça de sangue em meio às sombras.

A Chama Eterna jamais a abandonaria. Se tinham estado ali, teriam deixado uma porta ou janela aberta. No mínimo.

Helena só precisava encontrá-la.

Tentou outra porta. Empurrou-a várias vezes até ficar com a mão entorpecida de dor.

Quanto mais procurava, mais certa ficava de que Ferron tinha morrido e estava presa ali sozinha.

Stroud viria buscá-la em breve, Helena seria levada para a Central e, se não estivesse grávida, Stroud encontraria outra pessoa para estuprá-la.

Seus braços estavam ficando dormentes, e ela começava a ficar zonza.

Foi para o segundo andar e dobrou no primeiro corredor. Ela tinha evitado aquela parte da casa porque era onde ficavam os quartos de Ferron e Aurelia.

Se ele tivesse morrido, ela tinha que vê-lo com os próprios olhos. Precisava saber ou ele a assombraria.

Helena parou à primeira porta à esquerda, tentando respirar e reunir forças para segurar a maçaneta.

A porta se abriu silenciosamente.

O cômodo estava imerso em sombras. O luar entrava pelas janelas como um rio de prata derretida, mas, quando olhou para cama, não havia ninguém.

Então a atmosfera do quarto pareceu mudar.

Ela se virou para a escrivaninha. A maior parte estava no escuro, mas havia várias garrafas na beirada da mesa. Foi quando uma sombra se mexeu e a luz da lua incidiu sobre o rosto de Ferron, e seu cabelo e pele claros pareciam resplandecer.

— Helena — disse ele, baixinho.

Ela ficou imóvel, sem saber se sentia alívio ou medo por vê-lo.

Ele nunca a chamara pelo nome antes. "A prisioneira" era a única maneira pela qual tinha se referido a ela em todos aqueles meses na Torre Férrea. Stroud a chamava de Marino, mas não Ferron. Ela não ouvia o próprio nome havia muito tempo.

— Eu... — começou ela, de repente sentindo-se tola. — Pensei que você estivesse morto.

Ela deveria dar meia-volta e ir embora, mas ele parecia tão sobrenatural que era impossível desviar o olhar. O semblante de Ferron era de infelicidade, mas, ao encará-la, algo faminto se apoderou de seus olhos.

Ele se levantou devagar.

Havia uma espontaneidade incomum em seus movimentos. Helena olhou de relance na direção da mesa e, por fim, entendeu.

Ele estava bêbado. Embriagado tanto pelo torpor de Lumithia quanto pelo álcool. Por conta de suas habilidades regenerativas, ele provavelmente precisava da combinação de ambos.

Helena tentou se afastar, mas se chocou contra a parede. Não havia para onde ir e já não restava espaço entre os dois.

Ferron levou uma das mãos pálidas até o pescoço dela. Seus olhos estavam escuros, rodeados por anéis prateados. Ela sentiu a pulsação acelerar contra os dedos dele.

Não era surpresa que todos tivessem sumido. Talvez todo mundo soubesse que era necessário se esconder dele em noites como aquela. Todos, menos ela.

— Ah, Marino. — Ele acariciou o pescoço dela com o polegar, seguindo a cicatriz abaixo da mandíbula. — Se eu soubesse a dor que você me causaria, nunca teria aceitado você.

Quando Ferron suspirou e aproximou o rosto, Helena sentiu o cheiro do álcool no hálito dele. Ela não entendeu o que ele queria dizer com aquilo, não sabia se deveria pedir desculpas.

— Mas, a essa altura, acho que mereço arder. Me pergunto se o mesmo vai acontecer com você.

O rosto dele estava tão próximo que as palavras roçaram os lábios de Helena. De repente, a boca de Ferron se chocou contra a dela.

CAPÍTULO 20

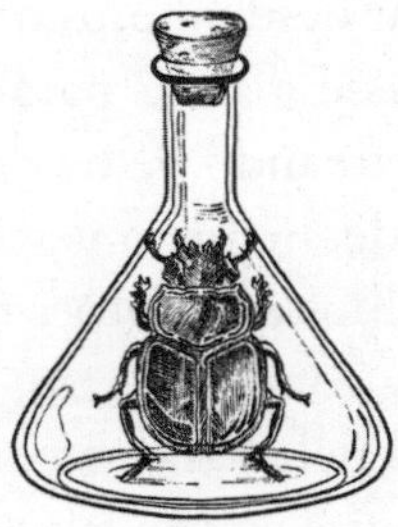

O beijo foi fulminante.

Assim que os lábios dos dois colidiram, Ferron pressionou o corpo contra o de Helena. A mão, antes no pescoço dela, emaranhou-se em seu cabelo, segurando-o com força à medida que o beijo se aprofundava e ele inclinava a cabeça dela para trás a fim de devorá-la. Ele a beijava com intensidade o bastante para machucar, mas não para sangrar.

Quando Helena já estava ofegante, ele afastou os lábios dos dela e se pôs a beijar sua mandíbula e a lateral de seu pescoço. Com a outra mão, a segurou pela cintura.

Helena ficou imóvel, em choque, completamente à mercê das mãos possessivas de Ferron.

Ele puxou o vestido dela até todos os botões arrebentarem. As costas dela estavam contra a parede, e Ferron pressionou o joelho entre suas coxas, prendendo-a pela roupa enquanto suas mãos rasgavam o tecido para despi-la até a cintura.

O ar frio tocou a pele de Helena por um breve instante antes que o calor das mãos e da boca de Ferron reivindicassem seu corpo de novo. Ela estremeceu conforme os dedos dele percorriam sua pele nua. Com o rosto enterrado na curva do pescoço dela, Ferron a beijava abaixo da orelha e descia pelos ombros, mordiscando-a até chegar a um ponto sensível que a fez soltar um gemido.

O som rasgou o silêncio.

Os dois ficaram imóveis no mesmo instante e Ferron recuou.

Helena o encarou, zonza demais para se mexer. A luz da lua penetrava pela janela, um feixe prateado incriminador cruzava o cômodo e terminava bem no canto da parede onde ela estava encostada, seminua e... excitada.

Ferron arregalou os olhos, atônito. O cabelo claro caía sobre seu rosto e, ao observá-la, seu olhar ganhou um brilho inquietante que parecia acendê-lo de dentro para fora. Ele esfregou a mão no rosto e cerrou a mandíbula, empurrando o cabelo para trás, um ar desdenhoso tomando conta de sua expressão.

Antes que ele sequer abrisse a boca para falar, Helena o interrompeu com um soluço de espanto, tateando pelo corpo e se atrapalhando com os próprios dedos na tentativa de ajeitar o vestido. Quando se deu conta de que o tecido estava em frangalhos e os botões tinham sumido, segurou o que restava como pôde e se cobriu com os braços, recuando até chegar à porta.

Então fugiu dali, correndo pela casa, as pernas quase cedendo enquanto pensava na maneira como reagira àquela situação.

Helena tinha aceitado Ferron.

Ele a beijara e ela permitira. Nem sequer cogitara afastá-lo. Pelo contrário, ela tinha se derretido ao sentir o calor de seu abraço.

Após tanto tempo presa na Torre Férrea, Helena parecia aceitar míseras migalhas de bondade, qualquer indício de ternura que sua mente fosse capaz de idealizar.

Mas não havia bondade alguma ali.

Ferron não era bom. No entanto, por algum motivo, não era tão cruel, tão monstruoso quanto poderia ser.

E, para a mente vulnerável de Helena, a ausência de crueldade parecia bastar. Para seu coração ávido, aquilo era suficiente.

Ela entrou no quarto e tirou o vestido rasgado sob a maldita luz prateada da lua, vestindo roupas limpas como se pudessem esconder o que fizera.

Helena estava decepcionada consigo mesma. Levou a mão ao peito, as unhas afundando-se na carne como se a dor pudesse convencê-la disso.

— S-sinto muito, Luc. — A voz estava embargada pela culpa.

Ela não podia fazer isso. Não podia.

Não permitiria que sua mente a induzisse a desejar a pessoa responsável pelo início da guerra. O dano causado por Ferron era incalculável. Tudo, absolutamente tudo, fora culpa dele. Apesar disso, sentia-se corroída por dentro, desesperada para encontrar algo na própria vida que não fosse dor, morte ou solidão.

Mas não podia. Ela conseguia tolerar o terror de ser traída pelo próprio corpo, mas não iria deixar que sua mente também a traísse.

Preferiria perder a cabeça de vez.

Do lado de fora da janela, a vista dava para o pátio fechado, sua prisão inescapável. Pressionou a mão trêmula contra o vidro frio e a grade de ferro, tentando encontrar um poder que já não tinha. Nada aconteceu.

Havia desaparecido, como todo o resto.

Com um soluço angustiado, Helena jogou a cabeça para trás e depois contra o vidro e o ferro o mais forte que pôde.

Então repetiu o movimento.

E de novo.

O sangue começou a escorrer por seus olhos, mas ela continuou.

Até que um braço a envolveu pela cintura e uma mão prendeu seus punhos, arrastando-a para longe da janela onde se via uma mancha vermelha escorrendo pelo vidro.

Ela se debatia, tentando soltar as mãos e ignorando a dor que as atravessava, escorando os dedos dos pés nas barras de ferro no chão na tentativa de se libertar.

— Não... Não. — Era a voz de Ferron em seu ouvido.

O sangue transformou sua visão em um borrão vermelho, e Helena começou a gritar. Toda a culpa e angústia que reprimira de repente a engoliram por inteiro. Ela gritava como se pudesse partir o mundo ao meio apenas com sua voz.

Não dava mais.

Não podia trair todo mundo. Luc. Lila. Soren. Pace. Seu pai...

— Não posso... — Ela se esforçou para se libertar, os braços esticados, as mãos tentando alcançar a janela.

Ferron soltou seus punhos e, em seguida, pressionou a mão em sua testa.

— Não!

Mas era tarde. Era como se Helena fosse uma tapeçaria e a ressonância identificasse os fios de sua trama, espalhando-se por ela. Ferron identificou os nós que correspondiam às emoções e os arrancou.

Não serviu para paralisá-la ou sedá-la; foi pior e mais violento. Em vez disso, ele retirou tudo o que Helena estava sentindo, deixando sua mente à deriva, tentando conciliar a dissonância.

O efeito era semelhante ao dos comprimidos, mas ele estava usando a ressonância para mantê-la ali pelo tempo que fosse necessário até que seu corpo, por fim, exaurisse todo o impulso das emoções que já tinham evaporado.

Helena parou de resistir e então desabou sobre Ferron. O sangue escorria por seu rosto, pingando de seu queixo. A mão de Ferron também estava ensanguentada quando ele a deixou cair. Usando apenas a ponta dos dedos, ele curou o ferimento na testa de Helena. Ela conseguiu sentir a ressonância dele em seu crânio.

— A fratura foi leve — disse ele.

A dor se dissipou devagar e Ferron a soltou.

Helena ficou ali, vazia e confusa. Ele destruíra suas emoções tão profundamente que era como tentar tocar o fundo de um poço.

Ela olhou para o vidro manchado de sangue e pensou em tentar de novo, mas seria em vão. Ferron repetiria o feito até que ela estivesse oca e obediente.

Ele a virou para si, seus olhos ainda brilhando feito prata.

— Por quê?

Ela o encarou com uma expressão vazia, sentindo a cabeça latejar. Pelo menos *alguma coisa* doía.

— Por que o quê? — perguntou Helena.

— Por que essa necessidade repentina de chegar ao extremo?

Algo se mexeu às costas dele. Um dos necrosservos entrou e deixou a porta aberta. Era a mulher mais velha, que vinha com ambas as mãos ocupadas. Por um momento, ela pareceu estranhamente viva e alerta, não tão rígida e mecânica como de costume.

Ela reduziu a velocidade do passo e seus movimentos se tornaram mais engessados enquanto se aproximava com um pano para limpar o rosto da prisioneira.

— Por que não? — rebateu Helena, em um tom inexpressivo. — Eu sempre tentei me matar. Você sabe disso.

Os olhos de Ferron se estreitaram.

— E você sabe tão bem quanto eu que aquilo não teria matado você.

Ela não respondeu.

— Se não quer me contar, eu mesmo vou descobrir — ameaçou ele, diante do silêncio.

Helena recuou, esquivando o rosto das tentativas da necrosserva de limpar o que restava de sangue no canto de seus olhos.

Ela abriu e fechou a boca várias vezes antes de conseguir se obrigar a falar.

— Acho que tem algo de errado comigo — disse, por fim.

Ele a olhou de soslaio, como se o comentário dela fosse óbvio.

— Deve ser instinto de sobrevivência ou... — Helena se retesou. Sentia-se humilhada e as palavras a sufocavam. — Talvez um mecanismo de defesa.

Ela desviou o olhar para não ver o rosto dele.

— Uma vez, quando eu estava no Instituto, li uma proposta de pesquisa em que o autor queria fazer com que os participantes se afeiçoassem emocionalmente aos... superiores.

Sua voz estava tensa, parecendo prestes a falhar.

— O autor defendia que poderiam fazer com que os participantes passassem a ser proativamente obedientes. E, se condicionados com um senso forte de dependência, começariam a racionalizar e justificar todos os males sofridos, chegando até a desenvolver vínculos emocionais ou sentimentos por quem quer que os estivesse controlando. Seria um tipo de mecanismo de sobrevivência.

Ela sentia como se fosse perder a consciência, e o peso do olhar de Ferron era quase físico.

— Era só um projeto de pesquisa, não sei se foi comprovado, mas ultimamente não tenho conseguido parar de pensar nisso — continuou Helena, a voz embargada.

Olhou para o outro lado do quarto, na direção da janela manchada de sangue.

— Eu prefiro passar o resto da vida sendo estuprada na Central do que passar um minuto sequer sentindo algo por você.

O ar na sala pareceu congelar.

— Pois bem — disse Ferron depois de um longo silêncio. — Com sorte, você já está grávida e não precisará escolher nem um, nem outro. Vai poder ficar sozinha.

Ferron se virou para ir embora e a determinação de Helena caiu por terra. Em um impulso, estendeu o braço e o agarrou pelo casaco.

Seu corpo tremia, mas ela não conseguia soltá-lo, segurando com força. Ela não queria ficar sozinha; não conseguiria suportar.

Ele ergueu a mão e a pousou no ombro dela. Foi a gota d'água. Ela desmoronou sobre ele. Mal conseguia sentir o calor dos dedos de Ferron em seu braço, mas sua respiração já não fazia seus pulmões arderem como se estivessem em chamas. Ela encostou a cabeça no peito dele.

Estava exausta de o espaço ao seu redor ser sempre gelado, vazio e infindável.

Ferron virou o rosto de repente e a empurrou para longe. Helena cambaleou para trás e caiu na cama. Seus olhos estavam arregalados e havia algo de apreensivo em sua expressão. Ele examinou o quarto e depois virou-se em direção à porta aberta.

Então soltou uma risada baixa e amarga.

— Como você é patética — recriminou Ferron. — Mecanismo de sobrevivência? Que piada.

Helena não entendeu.

Ele riu de novo.

— Quer que eu acredite que de repente *você* se importa em sobreviver? Sendo que todos da Resistência sempre estiveram tão dispostos a morrer pela causa? Mas você é diferente, não é? Apesar de ter passado os últimos meses planejando me matar e se suicidar depois?

Ele se agachou diante de Helena. Ela nunca tinha visto seu rosto tão cruel. Havia maldade pura em seus olhos.

— O que está corroendo você não é um senso de sobrevivência ou um instinto inconsciente de me agradar. O que enlouquece você é o isolamento. A curandeirazinha da Chama Eterna, sem ninguém para salvar. Ninguém precisa de você. Ninguém quer você.

Ele sorriu para ela. Seus dentes eram quase como presas.

— É só isso. Você não suporta ficar sozinha. Faria qualquer coisa por qualquer um que se permitisse ser amado por você, não faria? — Ele arqueou uma das sobrancelhas. — Não foi isso o que aconteceu na guerra? Você queria lutar, mas quando perceberam o que você era, Ilva Holdfast decidiu sacrificá-la. Condenaram você à morte antes mesmo de Holdfast entrar em combate.

— Não. foi. assim. Que. Aconteceu. — Helena cerrou as mãos em punhos, cravando as unhas nas palmas.

— Foi exatamente assim. Os aposentos do Falcão Matias estavam praticamente intactos. Ele tinha uma pilha de correspondência de Ilva, datada de quando vocês estavam em treinamento. Ela sabia que bastava falar que a vida de Holdfast estava em perigo que você faria o que quer que ela pedisse. — Ele inclinou a cabeça para trás. — Você teria feito qualquer coisa por seus amigos, até as coisas mais difíceis. Teria pagado o preço sem reclamar, teria se virado do avesso em prol da guerra. Mas eu gostaria de saber, porque estou sinceramente curioso... O que Holdfast fez para merecer tudo isso?

Ela o encarou, furiosa.

— Luc era meu amigo. Ele era meu melhor amigo.

— E daí?

Helena soltou um suspiro trêmulo e desviou o olhar.

— Meu pai abriu mão de tudo para que eu pudesse estudar no Instituto, mas foi... difícil. Eu... eu não queria que ele percebesse o quanto aquilo me afetava. — Ela sentiu um nó se formar na garganta. — Eu tinha muito medo de ser reprovada e n-não conhecia ninguém. Luc poderia ter feito amizade com qualquer um, mas ele me escolheu. Sem ele, eu não teria tido ninguém.

— Então é isso? — rebateu Ferron, ajeitando o casaco e desamarrotando as marcas deixadas pelos dedos de Helena. — Virei o substituto de Holdfast? Basta que uma pessoa cometa o erro de falar com você para que se agarre a ela como um carrapato?

Helena se encolheu, mas Ferron ainda não tinha terminado.

— Vou ser bem claro. Eu não quero você. *Nunca* quis você. Não sou seu *amigo*. O que eu mais quero é poder me livrar de você de uma vez por todas.

Então ele se virou e foi embora.

Quando Stroud voltou duas semanas mais tarde, Helena apresentou-se para o exame em completo silêncio. Ela mal vira os dias passarem. Como se fosse um fantasma, o mundo continuara ao seu redor enquanto ela permanecera congelada no tempo.

— Está abatida — expressou Stroud, franzindo os lábios. — Como foram as iniciativas de concepção?

A garganta de Helena se contraiu e ela não disse nada, encarando o próprio colo e torcendo entre os dedos o tecido fino de linho das vestes.

— Deite-se — ordenou Stroud, colocando a bolsa na mesa de cabeceira.

Stroud puxou a camisola de Helena para cima e pressionou uma mão gelada na parte inferior do abdômen.

— Talvez seja muito cedo para dizer, mas às vezes é possível. No seu caso, quanto mais cedo soubermos, melhor.

Os batimentos cardíacos de Helena latejavam em seus ouvidos.

As sobrancelhas franzidas de Stroud criavam fileiras de rugas em seu rosto à medida que a ressonância se aprofundava. Então um ar de surpresa tomou conta de suas feições.

— Você está grávida.

Em um primeiro momento, Helena não sentiu nada. As palavras eram abstratas, um mero conceito.

Depois, o significado delas a atravessou como uma espada afiada.

No entanto, não provocaram grande comoção; Ferron retirara suas emoções e ela ainda estava vazia.

Mas sentiu-se implodir.

Era como ser forçada a mergulhar em água gelada; não havia ar, nada além de uma pressão implacável que a esmagava por todos os lados. Seu coração disparou até que, em dado momento, o som de seu sangue correndo nas veias era tudo o que ouvia.

Stroud ainda falava, mas Helena não conseguia discernir as palavras.

Não.

Por favor, não.

Não. Não. Não.

Era culpa dela por ter cooperado, por não ter resistido.

Stroud continuou falando, ainda mais alto. As palavras soavam abafadas e todo som era incompreensível.

O cômodo ao redor se tornou um borrão e o campo de visão de Helena escureceu. A garganta dela se comprimia, estrangulando-a. Uma dor aguda e lancinante atravessou seu peito, como se algo a estivesse dilacerando por dentro.

Não. Por favor. Não.

Stroud pressionou dois dedos na lateral do pescoço de Helena, que começou a gritar. Não com angústia como fora com Ferron, mas, sim, gritos estridentes como os de um coelho sendo abatido. Agudos, rápidos, repetitivos. Impossíveis de serem contidos.

Estarrecida, Stroud deu um tapa forte no rosto de Helena.

Mesmo assim ela não conseguia parar de gritar.

Tudo parecia se tornar uma coisa só e sua visão escurecia.

Então Ferron apareceu diante dela e colocou as mãos em seus ombros.

— Acalme-se. — Sua voz era dura, mas seu toque, não. Ele a puxou para perto até que o mundo se reduziu ao espaço entre os dois. — Respire.

Ele intensificou o aperto nos ombros dela para despertá-la do torpor.

— Vamos lá. Você tem que respirar.

Helena conseguiu puxar um pouco de ar, mas as lágrimas logo seguiram.

— Não... — Sua voz saiu aguda e entrecortada. — Não, não, não. Por favor. *Não*!

— Continue respirando, não precisa fazer mais nada. É só respirar — instruiu Ferron, muito sério, a mandíbula cerrada.

Ele se virou para Stroud sem soltar Helena.

— Sabe muito bem que ela tem tendência a ter crises. Não pode simplesmente dizer uma coisa dessas de repente — advertiu ele, com a voz grave.

Stroud se aprumou.

— Você disse que ela tinha medo de sombras. Se a lista de medos dela continuar crescendo assim, é melhor anotar tudo e pregar na parede — respondeu ela de braços cruzados, revirando os olhos. — Marino não deveria estar feliz por saber que as tentativas de concepção terminaram?

— Não. E você deveria saber disso. Estou começando a achar que a está torturando de propósito. Por que está fazendo isso?

— Não estou — respondeu Stroud, rápido demais.

Ferron estreitou os olhos.

— É melhor falar a verdade. Não vai gostar da forma como eu arranco respostas das pessoas.

A mulher empalideceu e olhou na direção da porta, como se estivesse medindo a distância até ela.

— O Necromante Supremo disse que foi ela quem bombardeou o Laboratório do Porto Oeste. Tínhamos vencido. Era o dia da nossa vitória e ela... ela matou Bennet! Acabou com toda a pesquisa dele. Com a minha pesquisa. Todos os nossos experimentos... Ela destruiu tudo.

Houve uma longa pausa e os olhos de Ferron se transformaram em fendas.

— Entendo que tenha uma devoção fanática à memória dele, mas não adianta nada torturar psicologicamente uma prisioneira quando ela sequer se lembra de que isso aconteceu. Seu programa e sua patente não significam que você tem direito a uma vingança pessoal contra *minha* prisioneira.

Ele soltou Helena e virou-se para Stroud, tirando as luvas.

— Você parece ter esquecido que não aceito que qualquer tolo a perturbe. Eu investi tempo e recursos consideráveis para preservar a estabilidade dela aqui, independentemente do quanto você tenha inflado seu senso de importância só porque não estava no laboratório durante a explosão. A única razão pela qual você tem um cargo, para começo de conversa, é porque as pessoas mais qualificadas para o trabalho estão mortas. Talvez você devesse até agradecê-la, já que não seria ninguém se outra pessoa tivesse sobrevivido.

Stroud empalideceu e suas narinas se dilataram.

— Eu trabalhava ao lado de Bennet. Meu programa de repovoamento é...

— Uma farsa. Um disfarce conveniente para que o Necromante Supremo atinja seus objetivos e para que seus seguidores psicóticos se sintam saciados — debochou Ferron. — A única razão pela qual você sobreviveu foi porque não passava de uma assistente de laboratório, enviada para buscar novas cobaias. Sem Shiseo, seu tempo na Central teria lhe rendido um par de mãos abanando. Acha que não dá para notar o pouco que produziu depois que ele foi embora? Não é à toa que estava com tanta pressa para lançar o seu programa de repovoamento.

Ferron falava com a mesma intensidade implacável que usara com Aurelia.

— Depois de sua ameaça, eu investiguei seu projetozinho. Você se vangloria tanto nos jornais que fiquei curioso e quis dar uma olhada nos seus dados tão notáveis. Eu também já estive envolvido na vida acadêmica. Pode me falar um pouco sobre seus controles? Sobre as estatísticas e os dados históricos? Já procurei em todos os lugares, mas não encontrei nada concreto.

— A pesquisa... ainda e-está em fase inicial... — gaguejou Stroud. Seu rosto agora era uma combinação de palidez com bochechas vermelhas. — Eu sou uma legítima...

— Seu "programa" não passa de uma farsa. — A voz de Ferron tornou-se desafiadora e ainda mais grave. — Seus assistentes são mais qualificados do que você. A vitamancia é a única habilidade que você possui, e eu sou muito mais competente nesse campo do que você.

Ferron gesticulou para o mordomo, que estava perto da porta.

— Acompanhe Stroud até a saída e nunca mais a deixe entrar nesta casa de novo, a menos que eu esteja presente para escoltá-la.

Stroud bufou, resmungando algo sobre falar com o Necromante Supremo, mas suas mãos tremiam violentamente enquanto arrumava os arquivos na pasta. Depois que a porta se fechou, Ferron voltou-se para Helena.

Ela conseguia sentir o olhar dele sem precisar levantar a cabeça.

Ele estendeu a mão e Helena enrijeceu, mas Ferron não tocou seu rosto; em vez disso, seus dedos deslizaram ao longo da nuca, encontrando a reentrância do crânio.

Foi então que Helena se virou para encarar seu rosto, mas não encontrou emoção alguma ali. Ele poderia muito bem ser uma estátua de mármore.

— Não confio em você para ficar consciente neste momento.

E ela sentiu a ressonância, delicada como a picada de uma agulha.

De imediato, sentiu-se pesada como se tivesse sido atingida por uma imensa onda que a puxava para baixo.

— Não... — balbuciou Helena, sem saber ao certo contra o que estava protestando.

Tudo.

Mas o mundo lhe escapava. Ela se sentiu vagamente ciente de que suas pernas estavam sendo levantadas para a cama e que estava sendo coberta pela manta.

— *Sinto muito.*

CAPÍTULO 21

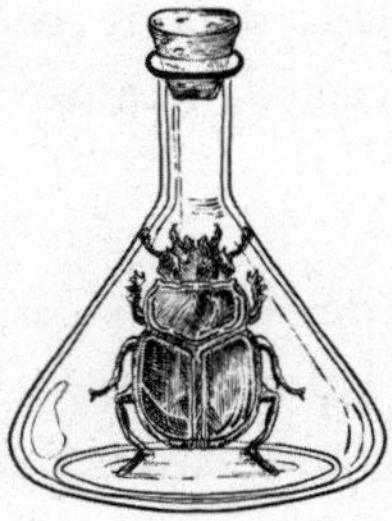

Voltar a acordar foi algo difícil. O quarto estava escuro e lúgubre, e a visão de Helena, lenta e desorientada. Parecia que tinha passado muito tempo inconsciente. Sentia a boca seca.

Ao virar a cabeça, viu Ferron parado ao lado da criada. Ele falava com ela rapidamente em voz baixa, como se explicasse alguma coisa complicada.

Helena fechou os olhos, a cabeça girando.

Quando voltou a abri-los, Ferron a olhava, e a necrosserva estava do outro lado do quarto.

Agora que não estava mais em pânico, Helena pensou que vomitaria só de vê-lo. Ela fechou os olhos com força, encolhendo-se em uma posição defensiva enquanto ele se aproximava.

— Você não tem permissão de se machucar, ou fazer qualquer coisa que provoque um aborto, seja espontâneo ou intencional — anunciou ele. — A partir de agora, será vigiada o tempo todo, caso seu desespero renovado abra seus horizontes criativos.

As palavras eram ferinas, mas ele soava mais cansado do que qualquer outra coisa.

Helena não respondeu. Só esperou que ele fosse embora.

Ela enroscou os braços de forma protetora na barriga. Sabia que não havia quase nada ali, mas em breve, haveria, e ela não poderia fazer nada para impedir.

Quando se recusou a sair da cama por dias, Ferron retornou.

— Você não pode ficar deitada nessa cama, apática, por nove meses — alertou, quando ela se negou a notar a presença dele. — Você precisa comer e caminhar lá fora.

Ela o ignorou.

— Eu trouxe uma coisa para você — disse Ferron, por fim.

Algo pesado caiu sobre o edredom. Ela deu uma olhada.

Havia um livro grosso ao lado dela. *A condição materna: Um estudo aprofundado sobre a ciência e a fisiologia da gestação.*

Ela desviou o olhar.

— Por quê?

— Porque você vai acabar derretendo seu cérebro se não encontrar respostas para todas as coisas que quer saber. — Ele soava resignado.

Uma pausa. Ficou claro que esperava por uma reação.

— Espero vê-la fora da cama amanhã — decretou ele, e saiu.

Quando o som de passos por fim desapareceu, Helena esticou as mãos e quase empurrou o livro para fora da cama, mas então hesitou e o puxou contra o peito, segurando-o com força.

No dia seguinte, ela se levantou e se sentou ao lado da janela onde a luz era mais forte. O livro era novinho em folha, com uma lombada de couro que rangeu quando ela o folheou, e as páginas ainda cheiravam a óleo de máquina e tinta.

Era um livro didático médico, não um guia para uma dona de casa, que teria evitado terminologias técnicas e médicas fornecendo uma explicação mais acessível sobre a gravidez.

Quando Ferron voltou, já tinha avançado diversos capítulos.

Ela segurou o livro de forma reativa, mas ele simplesmente a encarou.

— Quando foi a última vez que esteve lá fora? — perguntou.

Helena abaixou o olhar.

— Eu... eu saí...

Ela não sabia por quanto tempo os necrosservos retinham informações, se conseguiam observar a passagem do tempo. Se ela mentisse, ele teria como saber?

— Na semana passada — respondeu.

— Não saiu, não. Você não sai da casa há semanas.

Helena encarou o livro, sem piscar até as palavras começarem a se embaralhar. Não queria ir para o lado de fora. Não queria ver a primavera ou sentir o cheiro de um mundo que acordava para a vida.

— Calce os sapatos.

Helena ficou de pé, segurando o livro contra o peito. Ele suspirou, irritado.

— Não pode levar isso, pesa mais de dois quilos.

Isso só fez com que Helena o segurasse com mais força. Além dos sapatos e das luvas, era basicamente a única coisa que tinha.

Ferron pressionou as têmporas como se estivesse com enxaqueca.

— Ninguém vai roubar o seu livro — disse, como se estivesse fazendo um esforço extremo para ser paciente. Ele gesticulou para os arredores. — Quem faria isso? E, se roubarem, eu compro um novo para você. Deixe isso aí.

Ela colocou o livro cuidadosamente na mesa, os dedos se demorando um instante a mais na capa antes de pegar as botas.

O pátio tinha renascido na primavera. Havia grama e botões vermelhos minúsculos por todas as árvores. As trepadeiras na casa estavam recobertas de folhas verdes, transformando a aparência macabra de antes.

Era lindo, Helena não poderia negar, mas todos os detalhes pareciam maculados e venenosos.

Ferron não disse nada, mas andou ao seu lado pelo pátio e a escoltou de volta para o quarto.

Quando se virou para ir embora, Helena se forçou a falar.

— Ferron — chamou ela, a voz oscilando.

Ele já estava no corredor, mas parou e se virou lentamente. Exibia uma expressão fechada, os olhos cautelosos.

— Ferron — repetiu, a voz não era mais do que um sussurro. A mandíbula tremia incontrolavelmente, e ela se segurou em uma das balaustradas da cama, tentando firmar o corpo. — Eu... eu nunca vou pedir nada de você...

A expressão dele ficou vazia e gélida, e algo dentro de Helena se partiu, mas ela continuou:

— Você pode fazer o que quiser comigo. Nunca vou pedir piedade alguma, mas por favor... não faça isso...

Ele continuou ali, impassível.

— Esse... esse bebê... também é seu. Não deixe que eles... — prosseguiu ela, a voz fraquejando. — Eu faço o que você quiser. Eu... eu vou...

Ela não tinha nada a oferecer. O coração estava acelerado, e sua fala foi interrompida quando ela não conseguiu respirar. Com uma das mãos no peito, tentava forçar os pulmões a inalar o ar.

Os olhos de Ferron faiscaram e ele entrou no quarto, fechando a porta. Ao se aproximar, segurou-a pelos ombros, praticamente sustentando-a de pé enquanto ela lutava para respirar.

— Ninguém vai machucar seu bebê — garantiu ele, encontrando o olhar dela.

Helena arfou, aliviada. Era o que desesperadamente queria ouvi-lo dizer. O cabelo caiu sobre seu rosto quando abaixou a cabeça.

— Você jura? — perguntou, deixando sua aflição transparecer na voz.

— Nada vai acontecer com o bebê. Você tem minha palavra. Acalme-se.

Era uma promessa vazia, não adiantava implorar. Ferron tinha todos os motivos do mundo para mentir, para enganá-la até que ela se resignasse, para mantê-la calma e dócil com uma garantia que não significava nada.

Helena se desvencilhou, afastando-se.

— Você é capaz de dizer qualquer coisa, não é? — rebateu ela, a voz trêmula. — Imagino que faria o que fosse preciso para "preservar minha estabilidade".

Ela envolveu os braços ao redor de si e afundou até o chão.

— Fique longe de mim — cuspiu Helena. — Só vou me exercitar e comer se não precisar olhar para a sua cara.

Ela foi ao jardim sozinha no dia seguinte, com a intenção de se envenenar com qualquer coisa que conseguisse encontrar. A primavera era uma boa época para isso. Com um jardim tão abundante, havia uma possibilidade de heléboro branco crescer às escondidas na vegetação. Engatinhou pelos canteiros, ignorando a dor nas mãos e nos braços, buscando por toda parte, mas não havia nada abortivo ou venenoso.

Mesmo as flores de açafrão-bravo e tempestade-de-neve que vira antes tinham sumido, o solo onde tinham estado fora revirado. Ela o cavou com os dedos, mas não havia uma única flor restante.

Procurou todos os dias, desesperada para encontrar alguma muda, mesmo quando começou a sentir dores de cabeça e náuseas. O que antes era um breve incômodo no fundo do crânio parecia se expandir a cada hora. Piorou gradativamente até não conseguir mais ler, a visão se turvando com a onda de dor.

As cortinas pesadas de inverno eram mantidas fechadas, bloqueando toda a luz. Ela comia cada vez menos. Quando não conseguiu comer, ou beber, ou sair da cama por dois dias, Ferron reapareceu.

— Você falou que ia comer — declarou ele.

Helena bufou, e essa ação fez sua cabeça pulsar tão dolorosamente que era como se alguém tivesse enfiado um prego de metal no centro do crânio. A visão ficou vermelha e ela soltou um gemido, mal conseguindo respirar até que passasse.

— Mesmo que eu fosse capaz de conceber a ideia de comer o que quer que seja, duvido que conseguiria manter no estômago — respondeu, a voz tensa. — Enjoo não é um sintoma incomum no começo da gravidez. Vai passar. As probabilidades estatísticas mostram que é improvável eu morrer por conta disso.

Ela sentiu a mudança no ar quando Ferron enrijeceu, como se as palavras dela o tivessem aturdido.

— Minha mãe quase morreu — contou ele.

A partir daquele comentário, ela achou que talvez devesse ter percebido alguma coisa, mas a cabeça doía demais para que refletisse.

Ferron não foi embora. Ainda estava parado ao lado da cama quando Helena caiu no sono, exausta.

Alguns dias depois, Stroud apareceu.

— Não consigo imaginar que o Custo da animancia já esteja se manifestando — comentou em voz alta enquanto entrava no cômodo. — Geralmente não se desenvolve até os últimos meses. No entanto, ela era uma curandeira. Talvez tenha restado menos vitalidade do que imaginávamos.

Stroud parou ao lado de Helena, sem de fato a olhar. Ela afastou as cobertas e empurrou a camisola de Helena para cima da barriga sem nenhum aviso.

Helena estremeceu e Ferron desviou o olhar.

— Bem, ainda está cedo, mas acho...

Stroud revirou a bolsa e tirou de lá uma tela de ressonância.

Ela ergueu a tela com a mão esquerda enquanto pousava a direita no ventre de Helena. A ressonância de Stroud afundou na pele dela e o gás dentro do vidro se transformou em uma série de formas nebulosas. No espaço negativo, havia algo pequeno, pulsando tão rapidamente que parecia tremular.

Helena encarou a tela, aturdida.

— Pronto. — Stroud soava satisfeita. — Seu herdeiro... — Ela se deteve. — Bem, progênie, suponho que deveríamos dizer.

O rosto de Ferron ficara pálido.

Stroud retirou a mão.

— Tudo parece estar normal, nada de errado a ponto de ser possível detectar. Você verificou o cérebro dela recentemente?

Ferron negou com a cabeça.

Stroud estalou a língua, mas assentiu.

— Considerando as convulsões que teve, é melhor não interferir em um estado tão frágil. — Stroud apoiou a mão na cabeça de Helena, transmitindo uma onda leve de ressonância. Helena estremeceu de dor. — Se ela é mesmo uma animante, suspeito que as dores de cabeça sejam autoinfligidas, então não há o que fazer. Na verdade, talvez isso provoque a recuperação das memórias dela.

Ferron estreitou os olhos.

— Como assim?

Stroud puxou as cobertas sobre Helena novamente.

— Se o Necromante Supremo estiver certo, ela está escondendo as memórias ao internalizar a própria ressonância. O que provavelmente significa que a maior parte da energia está sendo gasta para manter o cérebro dessa forma. Isso talvez explique a letargia, já que é improvável que esteja sendo realizado de forma eficiente. Agora que está grávida, não tem força para sustentar as duas coisas, especialmente se o embrião for um animante. O Necromante Supremo comentou que o poder dele era tão grande quando ainda estava no útero que foi necessária cada gota da vida da mãe dele, e ele nasceu do cadáver dela na pira funerária. Vamos precisar nos esforçar para mantermos Marino viva, e talvez, se tivermos sorte, vamos ter tanto um bebê quanto as memórias dela antes que venha a sucumbir ao Custo.

— E você não tinha pensado em mencionar isso para mim até agora? — As palavras de Ferron soaram tão cortantes quanto uma lâmina.

Stroud deu de ombros.

— Não é como se eu tivesse muita base para criar teorias. — Ela lançou um olhar mordaz a ele. — Você deveria perguntar ao seu pai. Ele é o nosso especialista, sabe?

Algo indecifrável passou pelo rosto de Ferron por um momento.

— Eu não confiaria na ajuda dele neste caso.

— Bem, posso deixar um acesso intravenoso, mas é o máximo que consigo fazer agora.

Stroud foi embora, mas Ferron ficou.

Helena fechou os olhos. Agora compreendia: todos esperavam que ela morresse. Só torcia para que acontecesse o quanto antes para o resto da gravidez sequer ser viável.

Aquela coisa vibrando na tela de ressonância dançava nos pensamentos dela.

Sentiu um aperto no peito, o coração martelando contra as costelas.

O colchão afundou, e dedos frios tocaram suas bochechas, afastando seu cabelo e descansando na testa dela.

Alguns dias depois, um médico fez uma visita, e um acesso intravenoso foi inserido no braço esquerdo de Helena. Os dias começaram a ser governados pelo gotejamento infinito de soro e medicamentos que se derramavam de um frasco de vidro.

Os enjoos matinais cessaram, mas as dores de cabeça, não. Na verdade, pioraram. Helena mal conseguia se mexer. Foi cutucada e examinada por inúmeros médicos, mas nenhum deles oferecia conselhos úteis.

Depois que partiam, Ferron ficava sentado na beirada da cama e afagava o cabelo de Helena. Às vezes, segurava a mão dela, os dedos fazendo carícias distraídas. Na primeira vez que fizera aquilo, ela pensou que ele estivesse brincando com os dedos dela, mas então percebeu que se tratava, na verdade, de uma massagem.

Ele sempre começava pela palma das mãos, tomando cuidado para não virar os pulsos ou tocar nas algemas, trabalhando lentamente na ponta dos dedos, passando por cada articulação. Helena tentou se convencer de que não gostava, mas aquilo fazia os espasmos diminuírem, então permitia.

Ela perdeu peso, tanto que as algemas ficaram frouxas a ponto de os tubos se tornarem visíveis onde perfuravam os pulsos. A criada que a acompanhava com mais regularidade se mostrava tão aflita que Helena começou a duvidar de que a mulher fosse mesmo uma necrosserva.

Ela ficava ao lado de Helena, oferecendo chás de hortelã e gengibre, caldos leves e pedaços de torrada, sem dizer uma palavra, dando banhos de esponja e penteando o cabelo dela com cuidado, trançando-o para que não formassem nós. Para uma serva, ela parecia ter uma experiência incomum em serviços de enfermagem.

Ferron passou a ficar por perto também. Ele precisava sair para caçar e fazer quaisquer que fossem as tarefas impostas por Morrough, mas, com frequência, permanecia no quarto dela. Em certos momentos, entrava completamente imundo, verificando se ela ainda estava viva antes mesmo de ir se limpar.

Ele não falava ou a olhava nos olhos, mas era uma presença constante. Sentava-se por horas, às vezes, segurando as mãos dela, como se isso pudesse impedi-la de morrer.

Stroud fez outra visita quando Helena estava quase inconsciente. Ela ouviu comentários sobre não esperar que aquilo fosse um tão custoso, culpando a transmutação no cérebro de Helena e reclamando que era cedo demais para a sobrevivência ser viável.

Atreus foi mencionado novamente.

Helena sonhou que o quarto estava banhado pelo luar, mas em vez de entrar pelas janelas, a luz vinha de Ferron. Os olhos tinham aquele estranho brilho prateado enquanto sentava-se ao lado dela, segurando sua mão. Mas dessa vez a palma da mão dela estava pressionada contra o peito dele para que conseguisse sentir o coração batendo.

Não pôde evitar a suposição de que deveria estar sentindo algo, mas nada aconteceu. A sensação morta nos pulsos era como um poço profundo.

Ela se sentia como uma ampulheta, os últimos grãos de areia finalmente caindo. Estava quase acabando. Podia sentir suas forças se esvaindo.

O quarto girou enquanto ela era puxada para cima e abraçada.

— Não se vá... por favor... não vá.

A luz aumentou e uma estranha sensação a dominou, um calor dentro do peito, familiar, embora ela tivesse certeza de que nunca experimentara nada como aquilo. A pressão constante no peito, como se um fio estivesse prestes a arrebentar, lentamente desapareceu.

Ela fechou os olhos, respirando com esforço, e o sonho se dissolveu.

Helena acordou de súbito, tomada pelo pânico. Ela se sentou na cama, oscilando enquanto o quarto girava ao seu redor. Ao se firmar, arrancou a agulha do braço e cambaleou para fora da cama.

Tinha algo importante que precisava fazer...

As pernas quase cederam quando pisou no chão. Ela perdeu o equilíbrio, mas se segurou a tempo. Uma onda de dor percorreu seus braços, mas Helena a ignorou.

Ela deveria estar fazendo alguma coisa.

Mas o que era?

Não conseguia se lembrar.

Estava esperando. Precisava estar pronta para...

A resposta estava além do seu alcance, mas quase surgindo.

Não ceda.

Ela prometera...

O quê? O que ela prometera? *Pense, Helena.*

Ela *tinha que* se lembrar naquele instante. Helena pressionou as mãos nas têmporas.

Manchas vermelhas dançavam em sua visão. A dor aumentou até tomar conta dela.

Ferron apareceu em sua frente.

— O que...

Ela o encarou, aflita.

— Estou esperando... eu prometi que esperaria...

A dor rasgou a cabeça dela, e o mundo se dividiu ao meio.

Quando a visão voltou, Ferron ainda estava ali, mas os olhos dele tinham ficado cinza e desbotados, o cabelo escurecido pelas sombras quando se lançou na direção dela.

Helena recuou instintivamente, os dedos se agitando, em busca de...

Ele desapareceu.

O quarto se estilhaçou.

Ilva Holdfast estava sentada diante dela, a expressão tensa:

— *Estamos perdendo a guerra.*

Antes que tivesse chance de responder, Ilva sumira. Helena estava caindo.

Não... ela não estava caindo.

Ferron a segurava pelo pescoço, e a atirou com força no chão. Os olhos se estreitaram, as pupilas finas como fendas.

Água fria encheu a boca de Helena.

Tudo estava escuro, um frio congelante. Ela estava cercada de água e via Luc. Ele arranhava a própria garganta, deixando marcas na pele.

Lila, com o cabelo raspado, estava encolhida contra a parede, chorando:

— *Cometi um erro.*

— *E eu não mereço algo em troca, para aquecer o meu coração gelado?*

Um beijo intenso enquanto ela era encurralada contra uma parede.

— *Você parece satisfeita por enfim ter se prostituído.*

A Enfermeira-chefe Pace olhava por cima do ombro:

— *Lila Bayard não seria a única grande perda para a Chama Eterna.*

Palavras, grunhidas no ouvido dela:

— *Você é minha. Fez uma promessa para mim.*

Jan Crowther, vivo, os olhos semicerrados e furiosos:

— *É mais provável que você destrua a Chama Eterna em vez de salvá-la.*

A própria Helena, aos prantos:

— *Sinto muito. Sinto muito por ter feito isso com você.*

Tudo se despedaçava ao redor de Helena, e Ferron reapareceu, o rosto lívido de fúria, os olhos brilhando com aquele prateado intenso e sobrenatural.

— *Eu avisei. Se algo acontecer com você, vou dizimar pessoalmente toda a Ordem da Chama Eterna. Isso não é uma ameaça, é uma promessa. Considere a sua sobrevivência uma necessidade tão grande à Resistência quanto a de Holdfast. Se você morrer, vou matar cada um deles.*

Era como cair, o passado se libertando, dominando a mente dela e a devorando por completo.

PARTE II

CAPÍTULO 22

quatro anos antes

Véspera do Solstício, 1785 PD

No platô superior da Ilha Leste, não muito longe do Instituto de Alquimia, ficava uma das poucas casas sem conexão com estruturas vizinhas nas ilhas paladianas.

Solis Sublime, a grandiosa e antiga casa dos Bayard, era uma das poucas que sobreviveram à catastrófica verticalização urbana. Enquanto a maior parte da cidade cedera a torres imensas e interconectadas, elevando-se cada vez mais, os Bayard tinham mantido a mansão da família no mesmo local. A cidade e as casas dos novos endinheirados pairavam muito acima, mas Solis Sublime nunca tentara se elevar, contente em florescer sob a sombra da Torre da Alquimia e do Instituto.

Os Bayard eram tão presentes no Instituto que Helena às vezes se esquecia de como a casa da família era próxima, e do quanto eles eram ricos.

Até durante a guerra, com cuidados mínimos, Solis Sublime era linda e majestosa em tamanho, mesmo enquanto casa de reabilitação. Fileiras de macas lotavam os quartos espaçosos, ocupadas por aqueles que estavam machucados demais para voltar ao combate, evitando assim que o Quartel-General ficasse sobrecarregado com os feridos. Rhea Bayard oferecera aquele cuidado antes mesmo de o marido se tornar um dos residentes permanentes.

Helena estava ao pé da escada que levava à porta da frente, tentando reunir coragem para bater. O ar estava tão frio que o nariz dela ficara entorpecido, e a ponta dos dedos formigava dentro das luvas que aqueciam suas mãos pequenas. Era o primeiro dia de inverno, mas já fazia um frio terrível havia meses.

O Solstício de Inverno teoricamente era dedicado à reflexão sobre dias melhores, mas depois de cinco anos de guerra, era difícil acreditar que as coisas algum dia melhorariam, não importava o quão quentes ou duradouros os dias fossem.

Quando Helena ficou com frio demais para continuar enrolando do lado de fora, subiu os degraus e bateu à porta, hesitante.

A porta se abriu de imediato, relevando Sebastian Bayard, tio de Lila e Soren. Era um homem alto, ágil, com pele e cabelo tão claros que eram quase do mesmo tom. A única cor que exibia era nos olhos azul-claros suaves, que sempre pareciam buscar por algo que não estava ali.

Ele fora o Primeiro Paladino do Principado Apollo, entre outras coisas, mas agora, como suplente, sempre exibia um estado de alerta meio trágico, como um cão aguardando o retorno de seu mestre.

— Helena — disse Sebastian, convidando-a entrar. — Ficamos felizes por você ter conseguido vir. Sei que Rhea estava torcendo por isso.

O estômago de Helena embrulhou conforme adentrava o ambiente aquecido da casa, deixando o casaco de lado, mas mantendo as luvas.

Diversas crianças passaram apressadas, silenciosas e pálidas, mas com olhos brilhantes. Alguns eram tão jovens que nunca tinham vivido um único dia sem que a nação estivesse em guerra. Estavam todos acostumados a não ficar no caminho e a cuidar de si mesmos, mas o Solstício ainda era mágico para eles.

Os cômodos da frente ainda eram funcionais e estavam cheios de pessoas em cadeiras de rodas, com muletas e ataduras. E havia outras que estavam fisicamente bem de saúde, mas não mentalmente. O humor da festa não correspondia ao calor e à luz aconchegante do ambiente, ou mesmo à música alegre que ecoava do gramofone; as vozes e conversas eram baixas e lúgubres.

— Aí está ela. — A voz de Lila rompeu o zumbido baixo das conversas de repente quando ela se levantou de um dos cantos da sala.

Como de costume, seu cabelo claro estava trançado como uma coroa ao redor da cabeça, o que a fazia parecer ainda mais alta do que era. As pessoas foram abrindo espaço conforme Lila atravessava o aposento, desviando agilmente de cadeiras, mesas e todos ao redor com a perna protética brilhante.

Era uma exibição pouco comum, mas Helena sabia que Lila estava desesperada para se provar já bem recuperada do ferimento e pronta para voltar ao combate.

A decisão seria tomada pelo Conselho em três dias. Haveria uma audiência completa, e, como curandeira e uma das alquimistas responsáveis por desenvolver a base de titânio da prótese, Helena estaria entre as pessoas a serem consultadas para decidirem se Lila estava apta a voltar à ativa e aos seus deveres como Primeira Paladina.

Os olhos azul-claros de Lila se demoraram no rosto de Helena por um instante.

— Você parece estar congelando. Venha para cá, Luc acendeu um fogo, vai manter você aquecida.

Elas se aproximaram do grupo de onde Lila saíra, todos do mesmo batalhão. Estavam reunidos em volta da lareira, e no centro estava Luc, o Principado abençoado pelos deuses de todos ali, encolhido como um garotinho e provocando as chamas com a ponta dos dedos. Com um gesto, as chamas começaram a tomar forma e dançaram feito acrobatas sobre a lenha, a luz o cercando com uma aura dourada.

Luc era menor do que quase todos, tanto na altura quanto no peso, com exceção de algumas poucas garotas. Até mesmo Soren, irmão gêmeo de Lila, que era considerado "pequeno" para um paladino, tinha uns bons centímetros a mais do que ele.

As pessoas diziam que era algo comum nos piromantes, que tinham tendência a ser esguios, mas alguns desdenhavam, supondo que, pelo fato de se esperar que o Principado sempre se case com alguém menor do que ele, a estatura diminuiria a cada geração.

Helena não sabia quase nada sobre a mãe de Luc, muito menos se era alta ou baixa. Ela morrera de síndrome consumptiva quando ele era jovem demais para ter lembranças dela.

— Abram espaço para Helena — disse Lila, puxando a amiga para a frente. — Hel, vou arrumar um pouco de vinho quente, isso vai te aquecer.

Lila desapareceu outra vez.

— Acho que nunca vi Lila ser tão prestativa — comentou um dos garotos, um sorrisinho irônico no rosto.

Helena não sabia o nome dele. Era mais novo. Um especialista em defesa. O antecessor dele morrera durante a batalha contra Blackthorne, a mesma que custara a perna de Lila.

— Cale a boca, Alister — disseram Luc e Soren em uníssono.

Fogo ardeu nos olhos de Luc enquanto Soren, sentado logo atrás dele, pareceu se alongar como uma sombra sinistra. Todo mundo olhou feio para Alister.

Alister mexeu os pés e forçou um sorriso.

— Eu estava brincando. Estaríamos todos agindo igual a ela se precisássemos passar por uma audiência para voltar ao combate. Eu só não entendo por que Lila está tão preocupada. Ela poderia ter perdido um braço também, e ainda assim lutaria melhor que quase todos nós.

Soren relaxou, revirando os olhos, mas Luc encarou o fogo, a expressão pétrea.

Penny Fabien afastou as pernas para o lado e, ao encontrar os olhos de Helena, deu um tapinha no lugar ao lado de Luc. Helena hesitou.

Se concordasse em se sentar ali, dentro de alguns dias, Ilva Holdfast a chamaria para "uma conversinha" e faria uma série de comentários sobre como as coisas estavam tensas atualmente. Sobre a necessidade de se fazer sacrifícios, e como às vezes se importar com alguém significava ficar longe dessa pessoa. Falaria sobre lealdade, sobre como membros da Chama Eterna vinham seguindo os Holdfast por gerações. O Principado deveria respeitar certas normas, e seria devastador para A Causa se a fé em Luc fosse abalada, caso parecesse que ele priorizava algumas pessoas em detrimento de outras.

Helena negou com a cabeça, murmurando algo sobre ir atrás de Lila, e então se afastou.

A sala ao lado estava mais silenciosa, cheia de enfermos gravemente feridos. Não prestaram atenção nela.

Sentado entre eles estava o antigo general Titus Bayard.

Embora ele não fosse um paladino, Titus era mais alto e mais largo que o irmão, com uma testa grande marcada por rugas. Servira como comandante militar da Chama Eterna durante a maior parte da vida de Luc, treinando e aprovando novos membros, incluindo os próprios filhos, escolhendo as posições e designações de combate de cada um.

Agora, com o mesmo cuidado e concentração, ele lentamente desenrolava um novelo nas mãos enormes.

— Oi, Titus — cumprimentou Helena, em uma voz baixa e estável, ajoelhando-se ao lado dele. — Eu sou a Curandeira Marino. Você se lembra de mim?

Ele não pareceu ouvi-la. A única pessoa em que prestava atenção era Rhea.

— Você se importaria se eu desse uma olhada em seu cérebro? Não vai doer nada, será apenas um toque.

Ele emitiu um grunhido evasivo. Helena tirou uma das luvas e esticou a mão, os dedos passando pela grande cicatriz que começava na têmpora e desaparecia no cabelo. A ressonância se desdobrou da ponta dos dedos dela como feixes de energia em formato de rede, examinando o tecido, os ossos e entrando no cérebro, procurando desesperadamente por qualquer sinal de mudança.

Tudo continuava igual.

Fisicamente, não havia quase nada errado com Titus. Nem mesmo no cérebro havia sinais de que algo estava errado, exceto pela inatividade. Todo o tecido que Helena passara turnos e mais turnos regenerando cuidadosamente, com perfeição, tinha salvado a vida dele, mas o prendera na própria mente. Ela não sabia como tirá-lo de lá. Se é que ainda estava lá.

— Você é muito forte — elogiou ela, em tom gentil, enquanto alisava o cabelo dele para esconder a cicatriz.

Ele parou de se concentrar no novelo por um instante para oferecer a Helena um sorriso que mais parecia uma careta. Os olhos deles se encontraram e ela sentiu uma pontada no peito outra vez, um desejo arrebatador de lhe dizer: *Sinto muito, eu estava tentando te salvar, não queria ter feito isso com você.*

— Helena.

O estômago dela se revirou de pânico quando se virou para encarar Rhea Bayard. A esposa de Titus era uma mulher alta, com feições que lembravam um corvo, compridas e angulosas, e os olhos verdes e fundos que Soren herdara. De acordo com relatos, ela tinha sido uma alquimista no Instituto, uma das boas, mas se aposentara para se casar e ter filhos.

— Você chegou tão quieta. Não percebi que estava aqui. Já viu como Titus está? — indagou Rhea, com um sorriso forçado.

Quando recebera o convite, Helena sabia que era esse o motivo. Rhea vivia na esperança desesperada de que em algum momento Helena conseguisse encontrar uma forma de curar Titus. Ela o levava ao hospital constantemente, mesmo depois de todos os outros já terem desistido, convencida de que, com o passar do tempo e as novas descobertas científicas, alguém com as habilidades dela poderia curá-lo.

Helena estivera com medo de que Rhea a culpasse por fracassar em curar Titus, mas a convicção persistente de que encontraria uma cura às vezes era ainda pior.

— Sim, agora há pouco — respondeu Helena, embora soubesse que não era isso que Rhea estava lhe perguntando. — Você cuida muito bem dele.

O sorriso de Rhea desapareceu quando Helena não disse mais nada. Ela voltou o olhar para baixo, torcendo os dedos.

— Que bom. Ótimo. É bom ouvir isso. — Rhea pigarreou ao se aproximar de uma estante. De lá, pegou um pacote e o estendeu para ela. — Fico feliz que tenha vindo. Você perdeu as festividades de mais cedo, mas este é para você.

Helena encarou o presente, o rosto ruborizando.

— Ah, mas eu não… não sabia que teria… presentes. Eu não trouxe…

— Você mantém meus filhos vivos. Vamos dizer que estamos quites.

Helena se sentou e puxou o fitilho, abrindo o pacote. Lá dentro estava um pulôver de lã verde, tricotado com padrões elaborados em alto-relevo que lembravam símbolos alquímicos.

— Ah. É lindo. Mas não posso aceitar algo assim. É demais.

Rhea pareceu satisfeita ao ver a expressão maravilhada de Helena.

— Não tinha certeza de quais eram suas cores favoritas, ou quais os seus elementos fora o titânio, mas Lila mencionou que você gostava dos descampados, então pensei que o verde combinaria.

— Deve ter levado muito tempo para fazer.

Rhea suspirou.

— Tricotar mantém minhas mãos ocupadas. Meus pais são das terras baixas em Novis. Há muitas ovelhas por lá. Minha mãe sempre me manda novelos junto com as cartas para tentar me convencer de levar Titus para morar com eles. — Ela comprimiu os lábios. — Ele gostaria das ovelhas. Só que os gêmeos estão aqui e, além do mais, não existe uma chance boa de cura para Titus se formos embora.

Helena passou os dedos pelos padrões da lã, nervosa.

— Vou tentar fazer mais pesquisas, para ver se consigo encontrar algo novo.

— Obrigada… — disse Rhea, mas logo se interrompeu. — Titus, não! Não pode fazer isso.

Helena observou enquanto Rhea se apressava e tentava tirar as muletas de outra pessoa das mãos de Titus.

— Helena, você pode ir chamar o Sebastian? — pediu Rhea, em um tom de falsa animação enquanto praticamente lutava contra o marido, que, apesar de ser normalmente gentil, tinha o dobro do tamanho dela e às vezes dava chiliques.

Helena foi de cômodo em cômodo, apressada, procurando por Sebastian. Encontrou-o na alcova da entrada da porta da frente, evitando todos sob o pretexto de agir como comitê de boas-vindas.

Helena mal tinha aberto a boca e ele já entendera do que se tratava.

— Titus? — perguntou.

E desapareceu logo em seguida. Helena ficou parada por um momento, segurando o pulôver tricotado nas mãos. Tinha a oportunidade perfeita de deixar a festa. Ninguém notaria se fosse embora.

— Você já está indo?

Ela se virou para trás, sentindo-se culpada, e deu de cara com Luc, que trazia duas canecas de vinho quente nas mãos.

— Tenho outro turno daqui a pouco — respondeu ela, grata por não estar mentindo. Luc sempre dizia que ela era uma péssima mentirosa. Uma vez disse que o rosto dela era tão sincero que chegava a ser desastroso quando ela tentava mentir.

Luc franziu as sobrancelhas.

— Fizeram você ficar direto hoje?

— Normalmente não, mas todo mundo queria tirar folga no Solstício — respondeu ela. — E sabem que não é uma tradição no Sul, então só presumiram que eu não tinha planos e... estavam certos. Eu não tenho ninguém por perto, como todo mundo.

Ele ergueu as sobrancelhas.

— Então eu sou ninguém?

Helena conseguiu esboçar um sorriso.

— É claro que não, mas você está ocupado. Todo mundo quer sua atenção.

Ele se sentou no banco estreito ao lado da porta, oferecendo uma das canecas.

— Fique. Não faz nem dez minutos que chegou.

Helena olhou de relance para as outras salas para ver se alguém tinha percebido, tendo certeza de que sim, porque a ausência de Luc sempre era notada na mesma hora. Se Soren e Lila não o estivessem acompanhando, era só porque já sabiam onde ele estava, e deviam estar dando espaço a pedido do próprio Luc.

Ela conseguia ouvir Lila na sala ao lado, a voz dramaticamente elevada, contando a história de Orion e a grande batalha contra o Necromante durante a Primeira Guerra Necromante. As crianças vinham de todos os cantos para ouvi-la.

Lila exercia um encanto misterioso sobre as crianças; poderia estar de armadura e coberta de sangue e algum bebê ainda iria querer subir no colo dela. E ela permitiria, e em um minuto começaria a brincar de "Cadê? Achou!" com o visor do elmo.

Soren estava parado perto do batente, exibindo uma expressão interessada a respeito de uma história que já escutara centenas de vezes. Helena o viu olhando de soslaio por um instante antes de ele fingir que não a notou ao lado de Luc.

Essa intercepção fora cuidadosamente coordenada.

— Estou com saudades — disse Luc. Helena aceitou a caneca, conformada com o fato de que iria receber um sermão de Ilva. Luc a acotovelou quando ela se sentou ao lado dele. — Toda vez que vou te procurar, ou você está ocupada, ou escapa para algum lugar.

Ela segurou a caneca com força.

— Bom, meu trabalho começa quando o seu termina. Deve ser por isso — respondeu. — Mas vou estar sempre aqui quando precisar de mim.

Ela tomou um gole do vinho. Estava quente, mas também azedo, e mal tinha tempero. A escassez assolava todos os suprimentos.

— O mesmo vale para você. Só porque você é uma curandeira não quer dizer que não tenha direito a uma pausa. Se está sendo escalada para turnos demais, é só me falar, posso dar um jeito nisso.

Helena balançou a cabeça.

— Não se preocupe. Ilva sempre cuida de mim.

Afinal, Ilva considerava Helena um recurso crucial. A Chama Eterna tinha apenas uma curandeira, e, por mais que não pudessem perdê-la, também não podiam se dar ao luxo de *não* a usar. Não podiam correr o risco de sofrer mais perdas.

— Que bom. É bom saber que tem uma pessoa com quem eu nunca preciso me preocupar — declarou ele, os olhos se fechando por um instante, a exaustão visível no rosto.

A voz de Lila se elevou, profunda e dramática:

— Os mortos os rodeavam por todos os lados. Orion e seus leais paladinos estavam de costas uns para os outros. Com a escuridão os cercando, a única luz era o fogo nas mãos de Orion...

Luc suspirou.

— Você vai liberar a Lila, não vai?

Helena encarou a caneca.

— Ela está pronta. Não existe motivo para não a liberar. E ela é a melhor do mundo fazendo o que faz, que é manter você vivo.

Diversas crianças soltaram arquejos de surpresa na sala ao lado conforme Lila descrevia a luta dos paladinos contra hordas e mais hordas de necrosservos enquanto Orion lutava sozinho contra o Necromante.

— E se o motivo for que eu não quero que ela seja liberada? — A voz de Luc era quase inaudível.

Helena o encarou e agora era ele quem evitava o olhar dela, a mandíbula projetada em teimosia.

— Sabe — prosseguiu ele —, quando Lila fez os votos, fiquei achando que, se ela estivesse sempre lá para me proteger, ao menos eu também estaria lá para protegê-la. — Ele esfregou o anel de ignição no dedão contra a borda da caneca. — Mas eu não estou. Nem sempre. Ela age como se isso fosse parte do trabalho, ser dilacerada na minha frente. Já salvou minha vida mais vezes do que sou capaz de contar, e... eu deveria aceitar isso. — Ele franziu as sobrancelhas. — Porque vou ganhar a guerra, então tudo vai se acertar no final. Igual a Orion. Só que eu não sei *como* fazer isso. E ela continua se machucando, e eu preciso continuar permitindo.

Ele engoliu em seco.

Havia tantas pessoas, tantas vidas, pesando sobre os ombros dele. Todo mundo estava sempre assistindo, esperando que Luc manifestasse algum milagre de forma intuitiva, igual ao que Lila estava descrevendo em vívidos detalhes naquele instante, ao som de aplausos e exclamações.

A sensação de fracasso corria por Luc como uma rachadura, prestes a partir ao meio. Todas as mortes, todas as cicatrizes de Lila e Soren apenas aumentavam a pressão.

Luc voltou a falar.

— Tudo mundo diz "estamos quase lá", e que "vai piorar antes de melhorar", que "é uma provação", e eu só preciso me mostrar verdadeiro... mas e se eu não conseguir? E se for por isso que as coisas estão assim?

Ele olhou para Helena, aturdido, a culpa estampada no rosto, toda a dúvida que não deveria sentir. O Principado deveria ser inabalável, a manifestação da fé, a divindade de Sol encarnada.

Todo mundo estava pronto para morrer por Luc a qualquer momento, então como ele poderia trair a fé de todos duvidando de si mesmo?

— Chamas brancas e sagradas se ergueram por toda parte, consumindo todos os necrosservos — retumbou a voz de Lila, grandiosa.

Sentado ao lado de Helena, Luc era um órfão com séculos de um legado pesando sobre os ombros, e sem nenhuma ideia de como ganhar uma guerra sozinho, assim como qualquer outra pessoa.

Helena balançou a cabeça.

— Luc, eu não acredito em você porque alguém me mandou acreditar. Estou aqui porque não existe ninguém mais corajoso ou mais gentil do que você. Você é todas as coisas boas que qualquer pessoa tem esperança de ser um dia. Não estamos aqui porque você nos enganou. — Ela tocou o pulso dele com os dedos enluvados por um instante. — O motivo de acreditarmos em você é porque, se você não for bom o bastante, então ninguém é.

Luc fez que não com a cabeça.

— Orion era. Todos os meus antepassados eram. Nada como o que está acontecendo agora aconteceu com nenhum deles. Um necromante aparecia, eles o detinham, simples assim. Mas eu já tentei de tudo, e não consigo...

— As guerras deles foram mais fáceis do que esta — interrompeu Helena, severa. — Nenhum deles lutou contra algo assim, talvez Orion. Mas mesmo na época foi mais simples, porque como Lila estava contando, ele podia encher o vale de fogo até o topo das montanhas e queimar tudo. Mesmo se você fosse capaz de fazer uma coisa dessa, há uma cidade com centenas de milhares de pessoas ao seu redor. Orion só lutou contra um necromante a vida inteira. Não existe motivo nenhum para pensar que eles poderiam lutar esta guerra de um jeito mais eficiente. Você está dando seu melhor, e se os deuses não estiverem vendo isso, então estão cegos...

— Não diga coisas assim —interrompeu Luc. — Não está ajudando.

Fez-se um instante de silêncio enquanto Helena se esforçava para pensar em algo a dizer. Nada parecia ser a coisa certa.

— Onde antes estivera o Necromante — continuou Lila, em um tom de voz que indicava o clímax da história —, não havia nada a não ser cinzas.

— Qual era o nome do Necromante? — perguntou uma criança de voz fina.

— Ninguém sabe — respondeu Lila, com ar de mistério. — Qualquer um que descobria, ele matava. Onde eu estava mesmo? Ah, sim. Então, o corpo de Orion estava coberto pela matriz de fogo do sol sagrado, e, usando a piromancia, ele manipulou esse fogo e acendeu um braseiro.

— Achei que tinha dito que tudo tinha sido queimado nas grandes ondas de fogo exceto Orion e os paladinos — interrompeu a criança de novo.

Uma mistura de risadas e chiados pedindo silêncio ressoou da sala ao lado.

— Bom, esse braseiro de ferro não foi queimado nas grandes ondas de fogo — respondeu Lila, fingindo solenidade. — E assim Orion deixou o fogo sagrado ali, e diante dos paladinos e do sol que se punha no horizonte, fez um juramento sagrado de que, enquanto ele e seus descendentes respirassem, o fogo não se apagaria, e as chamas poderiam ser levadas para destruir a perversão da necromancia onde quer que surgisse, e...

— Achei que tivesse uma pedra — disse a voz fina outra vez, aparentemente revoltada com os pedidos para que se calasse. — Quando meu pai conta a história, a versão *dele* tem uma pedra.

— Bom, essa versão não tem uma pedra — afirmou Lila rapidamente, tentando terminar a história. — Enfim...

— Eu gosto mais de quando tem a pedra — contribuiu uma vozinha diferente.

Helena deixou a caneca de lado, olhando para Luc, que claramente estava distraído pela discussão de Lila sobre a história da família dele com um grupo de crianças.

— Luc, preciso ir — anunciou Helena. — Mas não perca a esperança. Nós sempre estaremos aqui com você. As coisas vão melhorar.

Ele abriu um sorriso fraco, concordando com um aceno de cabeça distraído.

— Eu sei.

O céu quase sem lua continuava o mesmo quando Helena saiu da casa, iluminado pelas estrelas do inverno. Ela deixou escapar um suspiro profundo, que se ergueu como uma fumaça.

Voltou o olhar para a Torre da Alquimia diante de si, ainda iluminada, como sempre seria, pela Chama Eterna de Orion Holdfast.

Luc era o único Holdfast que sobrara para manter a promessa de alimentar o fogo, mas, depois de cinco anos, a guerra se tornara uma batalha que consistia no enfraquecimento do oponente. Nenhuma quantidade de cura, fogo ou paladinos era suficiente para vencer o crescente exército de necrosservos.

Ela encarou o farol iluminado, o coração apertado ao pensar na possibilidade de ele se apagar, de Luc ser o último porque ninguém poderia salvá-lo do próprio destino.

Helena encarou as próprias mãos, curvando os dedos dentro das luvas e os abrindo devagar, respirando fundo.

— Você prometeu que faria qualquer coisa por ele.

CAPÍTULO 23

Februa, 1786

A mandíbula de Helena estava tensionada, e os dedos reviravam-se no ar, puxando insistentemente a conexão fraca que ameaçava desaparecer do seu alcance.

Sentia câimbras na mão direita, uma dor aguda que se estendia até o cotovelo. No entanto, se ela rompesse a conexão, se ousasse descansar por um instante sequer, o paciente morreria.

— Cadê? — perguntou baixinho, os dedos rodopiando pelo ar, recusando-se a desistir. — Onde está?

Como se bastasse apenas verbalizar seu desespero, ela encontrou o sangramento interno onde a pressão estava acumulada.

— Te achei. Te achei — disse Helena, com um suspiro de alívio. Os dedos se movimentaram mais rápido, manipulando o tecido, reparando a artéria, expulsando o sangue da região para se concentrar na próxima tarefa: uma caixa torácica partida ao meio.

Ela estava transmutando o tecido pulmonar com uma das mãos, mantendo o batimento cardíaco com a outra, quando percebeu que havia mais alguma coisa errada. Agora, finalmente, a ressonância não indicava mais morte iminente.

Ela flexionou a mão direita por um instante antes de guiar os ossos estilhaçados sobre os novos pulmões, reparando os locais das fraturas e o que quer que também estivesse faltando. Uniu a pele mutilada por cima do músculo, reparando-a da melhor forma que conseguia. Por fim, pousou as duas mãos sobre o tórax curado e o puxou para cima, fazendo-o respirar, soltando ela mesma um suspiro.

Ainda teria semanas de recuperação pela frente, ao menos um mês de repouso na Solis Sublime. O tecido pulmonar era novo e delicado, os ossos reparados estavam frágeis, mas ele sobreviveria para voltar ao combate.

Ciente de que ele não estava mais prestes a morrer, Helena se permitiu contemplar seu rosto, verificando o acesso intravenoso antes de gesticular para os médicos assumirem o cuidado do paciente.

Ele era jovem. Ela conhecia tantos daqueles rostos, mas nunca vira aquele antes. Um recruta recente, ou que só alcançara a maioridade recentemente. Não, não parecia ser o caso. O garoto não parecia ter mais do que quatorze anos.

Não havia tempo para questionamentos. Precisava lavar as mãos e passar para o próximo leito que tivesse uma fita que indicasse a necessidade de uma intercessão.

Não olhe para o rosto, lembrou a si mesma enquanto os médicos e enfermeiras lhe abriam espaço.

Helena não sabia quanto tempo fazia que estava trabalhando naquele turno. Um dia? Dois? Era difícil dizer.

No começo, tinham sido mais ferimentos de batalhas, cortes superficiais e profundos, esfaqueamentos, ossos quebrados. Depois, queimaduras, membros tostados, pulmões chamuscados, a pele como uma camada carbonizada que se rompia para jorrar sangue.

O hospital fedia a carne queimada, sangue e ferimentos de entranhas misturado ao óleo de lavanda que usavam para desinfetar tudo.

Helena gostava do cheiro de lavanda.

Perdeu o último paciente. Os órgãos tinham falhado mais rápido do que ela fora capaz de regenerá-los. A exaustão fazia suas mãos tremerem incontrolavelmente cada vez que iniciava a ressonância. Não tinha sido rápida o bastante.

A ressonância ricocheteou pelo corpo dela, um pulso de energia que era como um golpe no peito. Um frio fantasmagórico a atravessou e então se dissipou.

O paciente já se fora.

Helena cambaleou, a respiração instável, um grito entalado na garganta. Mais um minuto e ela teria...

Mas se endireitou, as mãos trêmulas enquanto dava um passo para trás, e antes que pudesse evitar, olhou para o rosto do paciente.

O cadáver estava tão queimado que não foi capaz de identificar se era um menino ou uma menina. Era absurdamente pequeno. Ela olhou em volta à procura de mais uma fita, mas não encontrou.

Helena andou com dificuldade até a parede mais próxima, os joelhos cedendo. A boca estava seca, e as mãos, trêmulas, quando uma enfermeira lhe entregou um copo d'água.

Ela era uma das mais jovens, de olhos azul-claros. Ainda era nova o bastante para estar empolgada com o trabalho.

Helena segurou firme o copo, encarando entorpecida a ala de emergência, as fileiras de macas, as pilhas de roupas, ataduras e lençóis ensanguentados no chão. Conseguia sentir o mesmo sangue em seu rosto e cabelo. Só as mãos estavam limpas. A única coisa que ela lavara há pelo menos um dia.

Levou uma das mãos ao peito e encontrou o amuleto de pedra-do-sol sob o uniforme imundo. O tecido estava endurecido pelo sangue e parecia que ia rachar quando ela apertou o amuleto.

— Você deveria ter feito uma pausa horas atrás.

Helena ergueu o olhar, a Enfermeira-chefe Pace aparecendo ao lado dela, limpando a testa com um tecido quase limpo e segurando um copinho lascado na outra mão.

O avental da enfermeira estava tão salpicado de sangue quanto o de Helena, o cabelo grisalho manchado de vermelho grudava no rosto inchado e corado.

— Eu também não te vi fazer uma pausa. — Até a voz de Helena tremia de exaustão.

Pace já trabalhava com medicina antes mesmo de o Hospital Central Paladino existir. Helena ouvira falar que ela tinha sido uma parteira antes de as leis de licenciamento médico entrarem em vigor. As mulheres precisavam de um certificado de alquimia para se qualificar, e como Pace não era alquimista, tornara-se enfermeira.

Helena se sentou, as articulações das mãos doloridas devido aos movimentos repetitivos. Em seu peito, parecia haver uma corda prestes a arrebentar. Estava apavorada com a ideia de voltar a sentir os próprios pés, sabendo que seria uma dor tremenda.

— Vá descansar — disse Pace.

Helena negou com a cabeça, os olhos fixos na porta, por onde novas vítimas seriam trazidas.

— Eu deveria ficar, caso apareça alguma emergência. O Maier ainda está na cirurgia?

Maier era um dos cirurgiões alquímicos mais brilhantes que Paladia já tivera. Tinha largado o hospital em Novis para se juntar à Resistência e auxiliar no funcionamento dos serviços médicos depois que os Imortais haviam dizimado todas as clínicas e hospitais de campo.

Maier era um gênio e se esforçava muito, mas também era mal-humorado e não gostava de mulheres. Ruim para ele, considerando que a equipe e chefia do hospital de guerra eram predominantemente femininas. Ele não interagia muito com ninguém, exceto com os poucos assistentes homens que trouxera consigo, deixando a gestão do hospital e o trato com médicos, enfermeiras e funcionários para Pace.

— Marino, há diversos médicos bons aqui. Você trabalhou por mais tempo do que deveria. Vá descansar.

Helena observou uma maca coberta por um lençol passar a caminho do crematório.

— Eu não quero dormir agora. Vou acabar sonhando que estou aqui.

Pace suspirou.

— Não sei se deveria te dizer isso, mas tem uma reunião acontecendo. O Conselho pediu por um relatório do hospital, caso queira comparecer.

A exaustão a deixou à beira da incompreensão, mas a ideia de fazer um relatório na Sala de Guerra a deixou entorpecida.

Odiava comparecer àquela sala, onde tudo era reduzido a estatísticas e zonas de interesse. Os mortos não passavam de números ali.

— Já temos os *números*? — perguntou ela.

— Só os preliminares.

Pace pegou um arquivo e o entregou a ela.

A reunião já tinha começado quando Helena entrou na Sala de Guerra. A base do Quartel-General da Resistência ficava no antigo Instituto Holdfast de Alquimia e Ciência. A Sala de Guerra, antes sala dos docentes, agora era uma câmara de audiência com um mapa em camadas completo da cidade--estado cobrindo uma das paredes; as duas ilhas principais, o continente adjacente às montanhas, os níveis e os distritos de água todos marcados.

A maior parte estava marcada em preto ou vermelho, uma onda de sangue envolvendo a área azul no centro da parte superior da Ilha Leste. Havia um brilho dourado na parte azul que delimitava o próprio Instituto.

O Conselho de Cinco estava sentado a uma mesa de mármore comprida sobre uma plataforma. Duas cadeiras estavam vazias. O Falcão Matias estava sentado na ponta mais distante, à direita. A Regente Ilva Holdfast — uma mulher esquelética, de cabelos grisalhos e com um grande broche de pedra-do-sol afixado no peito —, estava ao lado dele.

A cadeira de honra no centro estava vazia. Já fazia semanas desde que Helena vira Luc pessoalmente. Será que ele ainda estava em batalha?

O quarto assento também estava vazio, o ocupante parado ao lado do mapa, um bastão comprido em mãos. O General Althorne tocava partes do mapa com o bastão, áreas que eram pretas tornando-se vermelhas, indicando zonas ativas de combate.

No último assento à esquerda, Jan Crowther avaliava a sala, observando o público em vez de Althorne.

Todo o restante do grupo estava sentado em fileiras de cadeiras, que se dividiam formando um corredor. Helena ficou no fundo. Estavam todos limpos, e ela coberta de sangue e outros fluidos.

— Se continuarmos insistindo no confronto no distrito mercantil superior, vamos poder aproveitar a vantagem... — dizia Althorne, indicando uma série de prédios próximos aos portos.

— Espere, Althorne — interrompeu Ilva. — Finalmente temos o relatório do hospital.

Todos os olhos se voltaram para Helena, arqueando as sobrancelhas ao vê-la ali. Ela deveria ter se limpado melhor antes de ir para a reunião. Parecia uma urgência quando estava a caminho.

— Marino, você tem a palavra.

Helena engoliu em seco e olhou para o arquivo em mãos, sentindo um aperto no peito enquanto caminhava até o centro da sala onde havia um mosaico grande do sol, com os raios se estendendo. Os oradores deveriam se colocar ao centro dele.

— Temos apenas as estimativas iniciais — começou ela. A voz quase inaudível, mas ainda assim se propagando pela sala.

O lugar onde tinha parado fora projetado para amplificar qualquer som devido ao formato escalonado do teto.

— Uma estimativa serve — replicou Ilva.

Helena abriu o arquivo. Os números pareciam tão incompreensíveis que ameaçavam se distorcer conforme ela lia em voz alta. Emergências estimadas, quantos seriam permanentemente removidos do combate, quantos poderiam se recuperar para voltar ao front. Todos os números eram altos, exceto o último.

O relatório foi recebido com um longo silêncio.

Althorne pigarreou.

— Você diria que essas estimativas devem aumentar ou diminuir no relatório final?

— Aumentar — respondeu ela, o tom monocórdio. — O hospital recorreu aos cuidados na triagem por protocolo e priorizou pacientes que têm mais chances de sobreviver, mas os relatórios preliminares costumam ser conservadores.

Murmúrios preocupados percorreram a sala.

— Obrigada, Marino — agradeceu Ilva, um quê de tensão na voz enquanto indicava o mapa com a cabeça. — Althorne, pode continuar.

— Esperem — pediu Helena.

O coração bateu acelerado quando se forçou a desviar o olhar dos números, encarando o assento onde Luc deveria estar.

Qualquer coisa. Qualquer coisa. Qualquer coisa.

— Enviei uma proposta ao Conselho na semana passada — continuou Helena —, junto do meu relatório sobre o inventário do hospital, assim como ando enviando há diversas semanas. Mas não obtive resposta.

Fez-se um silêncio tenso. Helena prosseguiu:

— Eu sei que... é difícil considerar, mas acredito que deveríamos oferecer aos membros da Resistência a escolha de doar seus corpos para a causa, caso sejam mortos em combate — disse. — Em vez de queimá-los, nós poderíamos...

Ela hesitou por um instante, sabendo que, uma vez que pronunciasse aquelas palavras, não teria mais volta.

— Poderíamos reanimá-los para serem usados como infantaria, para proteger nossos combatentes vivos. Isso seria feito apenas mediante permissão expressa...

— De jeito nenhum —interrompeu Ilva.

— Isso é traição! — gritou outra voz.

Helena ergueu os olhos e encontrou o rosto lívido de Falcão Matias, que a fulminava com o olhar.

— Você tem coragem de vir até aqui e propor a profanação do ciclo natural? Esse é o motivo de nunca podermos confiar em vitamantes, nem mesmo por um instante. São corrompidos desde a concepção! É por isso que a nação está enfrentando esta guerra. Basta um momento de leniência para a natureza corrupta querer expandir a própria contaminação. — Ele se virou para os membros do Conselho sentados ao seu lado, inclinando a cabeça. — Fico envergonhado que tamanha apostasia tenha sido proferida por minha pupila. Imploro ao Conselho por perdão. Ela será detida, acorrentada, despojada de todos os...

— Estamos em uma guerra contra mortos e Imortais — declarou Helena. Ela sabia que não lhe dariam ouvidos, mas certamente a essa altura compreendiam que a Chama Eterna não tinha como vencer se as coisas continuassem como estavam. — Isso não seria feito a ninguém que não tivesse dado o próprio consentimento enquanto vivo. Nossos soldados estão dispostos a morrer pela causa, por que não conceder a eles a escolha de continuar lutando, para poupar os vivos?

— O que *você* sabe sobre lutar na guerra?

A pergunta veio de alguém atrás dela. Ela se virou, mas havia tantas pessoas que a olhavam feio que sequer poderia adivinhar quem teria falado.

— Sua proposta é uma violação de tudo o que a Chama Eterna defende, desde o momento em que foi fundada — disse Ilva, a voz gélida. — Está querendo que consideremos a condenação eterna das almas dos nossos soldados? Você fez um juramento, Marino. Será que a julguei mal? Será que suas habilidades a fizeram se esquecer de sua humanidade?

— Não! — exclamou Helena, frustrada. O arquivo que tinha em mãos estava ficando amassado de tanto que o apertava. — Eu sou leal à causa. Meus juramentos foram feitos para proteger a vida e lutar contra a necromancia a qualquer custo. Minha proposta foi para esse fim. Eu sacrificaria minha alma pela Chama Eterna. Outros talvez estejam dispostos, da mesma maneira. Será que não podemos perguntar?

Falcão Matias se levantou. Era um homem pequeno e ossudo, e parecia prestes a se atirar em Helena e estrangulá-la com as próprias mãos.

— A Ordem da Chama Eterna, criada por Orion Holdfast em pessoa, foi fundada sobre os princípios de Sol, do Ciclo Natural de Vida e Morte. Foi pela bravura e disposição de Orion em sacrificar a própria vida que ele foi abençoado pelos céus e se tornou vitorioso. Qualquer uso de necromancia é uma violação desse ciclo. Seus pensamentos e ideias são uma desonra para a Chama Eterna e para a história em si.

— Quem é que estamos salvando neste momento? — perguntou Helena, elevando a voz. — Quantas pessoas ainda vamos perder antes de...

Ouviu-se uma batida firme na mesa de mármore e o teto se reorganizou abruptamente. Helena engoliu as palavras, deixando um silêncio mortal na sala.

Jan Crowther levantou a mão da mesa, estreitando os olhos enquanto a examinava.

— Marino, sua palavra não é mais reconhecida por este Conselho — disse Ilva, depois de um instante, a voz fria e deliberada. — Entretanto, está claro para todos que você está... histérica. Considerando que claramente não está com a mente sã, não iremos repudiá-la por isso.

Enquanto falava, Ilva lançou um olhar de aviso para Matias, que parecia pronto para protestar.

— Por gratidão aos seus anos de serviço, vou pedir que esse episódio seja retirado dos registros. — Ela fechou os olhos por um instante, como se fizesse uma oração. — Fico grata que o Principado Lucien não esteja presente para testemunhar tamanha traição da fé. Diga à Enfermeira-chefe

Pace que ela mesma deve lidar com todos os futuros relatórios do hospital. Considere-se dispensada.

Sem mais um único olhar na direção de Helena, Ilva se virou outra vez para o mapa. Uma das mãos pousou sobre o braço de Matias para acalmá-lo.

— Vamos prosseguir. Althorne, pode continuar.

A voz de Althorne era um retumbar distante nos ouvidos de Helena quando deu meia-volta e saiu da Sala de Guerra.

Parando no corredor do lado de fora, Helena olhou para si.

Com exceção das luvas limpas que calçara antes de sair do hospital, ela *estava mesmo* coberta de sangue.

O arquivo escorregou por entre os dedos e caiu no chão, e Helena cobriu a boca com as mãos para conter um grito quando seu peito começou a arfar.

Uma mão pesada pousou sobre o ombro dela.

— Aqui, não. Pelo amor do Fogo, você é uma tonta.

Ela foi guiada, às cegas, até outro corredor mais próximo antes de ser solta. Bateu contra a parede, deslizando até o chão, o rosto pressionado nos joelhos enquanto soluçava violentamente até a cabeça parecer vazia.

Ela ergueu o olhar para Soren, que estava a meio metro de distância, inclinado contra a parede e a encarando com intensidade.

Se ele estava ali, significava que Luc também deveria estar de volta. Devia ter desmaiado de exaustão, para terem feito uma reunião sem ele.

Soren balançava a cabeça em negação.

— Você deveria ter dado uma choradinha antes de entrar na sala, a não ser que estivesse contando com o perdão de Ilva por essa sua insanidade temporária.

— Cala a boca — retrucou, encolhendo-se ainda mais, ofegando.

— Você poderia ao menos ter se limpado para ser levada a sério.

— Cala a boca — repetiu Helena.

— Você sabia que isso não ia funcionar — argumentou Soren, cruzando os braços. — Não é possível que não soubesse. Eles nunca, nem em um milhão de anos, aprovariam o uso de necromancia nos nossos soldados. Ou em qualquer outra pessoa que seja, antes que comece a ter outra ideia.

Ela puxou os joelhos contra o peito com mais força.

— Você não tem ideia de como as coisas estão no hospital.

— Não tenho mesmo — afirmou Soren, a voz neutra. — E as pessoas dentro daquela sala também não, então não sei por que achou que começar a gritar com eles com essa aparência ia fazer alguém mudar de ideia.

Ela estava cansada demais para discutir.

— Sabe qual é o seu problema?

Helena não respondeu. Ele falaria, querendo ou não. Soren sempre tivera a personalidade forte e a língua afiada que faltavam a Luc.

— Você não tem fé nos deuses.

— Tenho, sim — contrariou ela na mesma hora.

— Não tem, não. Você pensa que tem porque acha que eles talvez possam existir, mas isso não é fé. Você não confia neles.

— E por que eu confiaria? Eles não fizeram nada para merecer confiança — retorquiu ela, a voz embargada. — Eu tentei de tudo, Soren, e tento acreditar, mas nunca é o suficiente. Se minha alma for o preço para salvar você, para salvar todo mundo... — Ela se engasgou ao falar. — Então não é um preço. É uma barganha.

Ele desviou o olhar, suspirando, e então se agachou diante dela, aproximando o rosto do de Helena.

— Mas isso não importa. Eles nunca vão concordar. Ninguém nunca vai concordar. Você só está se machucando mais.

Helena olhou para baixo.

— Então nós vamos perder — concluiu ela, a voz derrotada. — E vou ser eu a juntar todos os pedaços de vocês, de novo e de novo até que eu veja vocês morrerem. E *mesmo assim* não vamos vencer.

Soren exalou o ar com força.

— Imagino que ninguém tenha te contado, mas tivemos uma vitória para o nosso lado nessa última batalha.

Helena deveria ter sentido alguma coisa com aquela notícia, mas tudo que sentia era um vazio.

— Vencendo ou perdendo uma batalha, tudo que vejo é o custo disso tudo.

— Só achei que fosse gostar de saber, porque Luc acha que é um sinal de que o jogo finalmente está virando.

Helena sentiu o peito apertar.

— Não tire isso dele — pediu Soren. — Por favor.

Ela assentiu em silêncio. Soren pousou a mão sobre o ombro dela. Dava para ver que queria dizer mais alguma coisa, mas só se colocou de pé.

— Vamos ficar por aqui alguns dias. Tenho certeza de que vamos nos encontrar. Você deveria se limpar e dormir um pouco.

Ele foi embora.

Helena continuou encolhida contra a parede, devastada demais para se mexer.

— Marino.

Uma voz fria despertou Helena.

Ela abriu os olhos e se viu diante de Ilva Holdfast, as duas mãos descansando tranquilamente na bengala. Helena ainda estava encolhida contra a parede, no mesmo lugar onde Soren a deixara.

— Precisamos ter uma conversa particular — falou Ilva, o tom neutro.

Helena sentiu o estômago revirar enquanto se levantava, rígida.

Subiram um andar até o escritório de Ilva, onde ela pegou uma chave do bolso para destrancá-la.

Helena sempre admirara a postura de Ilva ao nunca tentar esconder o fato de não possuir ressonância, sem nunca se envergonhar ou lamentar por isso. Embora a maior parte das pessoas não possuísse uma ressonância considerável, quando se entrava no mundo da alquimia, essa ausência parecia algo estranho. As famílias das guildas apostavam tudo em sua alquimia; o futuro e as fortunas de todos dependiam de manter a ressonância tradicional. Eram praticamente supersticiosos a respeito das habilidades dos filhos, então um Lapso na família poderia ser um sinal de que a linhagem sanguínea era fraca.

No entanto, Ilva nunca fora escondida pelos Holdfast. A Fé declarava que a ressonância não era uma forma de superioridade, apenas a vontade de Sol em conceder dádivas a quem desejasse.

Os Holdfast tinham dado a Ilva as mesmas oportunidades que teriam dado a qualquer outro membro da família. Fora uma das primeiras mulheres a estudar no departamento de ciências antes de decidir que se interessava por outras coisas, e a primeira mulher que não era alquimista a se juntar à Chama Eterna quando seu irmão, Helios — avô de Luc — tornara-se o Principado.

Agora ela representava a única família que restara a Luc, e ele a tornara Regente, com o poder de agir em nome dele em sua ausência.

Helena entrou no escritório e se deteve.

Jan Crowther estava sentado em uma das duas cadeiras do outro lado da mesa de Ilva.

Era um homem esguio, vestido com simplicidade, o cabelo castanho-acinzentado penteado para trás. E também um piromante de chamas vermelhas. Crowther tinha lutado nas cruzadas contra a necromancia nos países vizinhos até seu braço direito ficar paralisado.

Ele quase nunca falava nas audiências públicas. Lidava apenas com problemas de logística, suprimento, racionamento e designava as ordens dos não combatentes da Resistência. Helena não sabia o motivo de ele estar ali; se fosse ser repreendida, fazia mais sentido que fosse o Falcão Matias a estar presente.

— Sente-se — ordenou Ilva, acomodando-se na cadeira atrás da mesa coberta de arquivos.

Helena se sentou na cadeira ao lado de Crowther. Estava tão exausta que foi difícil não se deixar afundar no encosto.

— Parece que estou destinada a nunca ter uma conversa fácil com você — comentou Ilva.

Helena não disse nada, questionando se aquilo significava que Crowther e o restante do Conselho tinham conhecimento dessas conversas. Fez-se um silêncio demorado, como se Ilva estivesse decidindo por onde começar.

— Estamos perdendo a guerra — declarou Ilva, por fim.

Helena se surpreendeu, a sala entrando em foco repentinamente. Os olhos dela foram de Ilva a Crowther, que continuou em silêncio, os dois observando a reação dela.

Ela não sabia o que dizer. A maioria das pessoas achava que era um fato predestinado que a Resistência venceria. Em algum momento. A Chama Eterna sempre sairia vitoriosa. Na batalha entre o bem e o mal, o bem sempre vencia.

— Eu sei — concordou, por fim.

Ilva inclinou a cabeça, o olhar parecendo atravessar Helena.

— Luc é... excepcional. O melhor entre todos os Holdfast, eu sempre soube. Quando se vive tanto quanto eu, aprende-se como é raro encontrar alguém com tamanha capacidade para ser grandioso e que seja verdadeiramente bom. Luc é um desses casos raros. É um fardo tremendo, tentar proteger alguém assim. — Ilva fechou os olhos por um instante, a idade transparecendo em cada linha de expressão do rosto. — Nunca esperei me tornar Regente de um Principado. Passei tanto tempo me perguntando o que Apollo, ou meu irmão, ou meu pai fariam, mas não adianta. Nenhum deles era parecido com Luc. Ele é tão sincero que chega a doer. — Ela pressionou a mão no coração, olhando diretamente para Helena. — Fico grata por você não ter feito aquela proposta na presença de Luc, pelo menos.

Helena só comprimiu os lábios, sabendo que a gratidão de Ilva não se devia ao fato de que Helena teria magoado Luc, mas porque talvez ele concordasse com ela. Porque Luc confiava nela, valorizava seus pontos de vista, mesmo quando discordavam entre si.

Mas, se ela tivesse falado na presença de Luc e ele a tivesse apoiado, todo mundo teria visto Helena como uma serpente, pingando veneno nos ouvidos dele, corrompendo o herdeiro perfeito.

— Eu não retiro o que falei.

Crowther soltou um fôlego sibilante e seus dedos estremeceram. Helena fixou os olhos nos anéis de ignição que adornavam os dedos dele.

— Sabe que isso é impossível — respondeu Ilva.

Helena deu de ombros.

— Mesmo quando estamos perdendo?

— Sim, mesmo assim — respondeu Crowther por fim, entredentes.

— Sei que quer ajudar — continuou Ilva. — Mas não estamos lutando só por nós mesmos, mas pela alma de Paladia. Como Principado, Luc não pode permitir que os princípios de seus antepassados sejam traídos desse modo.

Ilva encarou as próprias mãos, cruzadas sobre a mesa.

— No entanto, a nação está exaurida pela guerra. O ultraje moral que tinham pela necromancia foi desgastado pelo tempo. Há muitas pessoas como você na cidade que preferem a ideia de um necrosservo lutar, em vez dos próprios filhos. Os Imortais não requerem comida e tropas, ou que seus cidadãos passem necessidade. Isso permitiu que a Assembleia das Guildas se legitimasse, e alegasse que são eles que representam o povo.

— Então o que faremos? — perguntou Helena.

Ilva contraiu os lábios, respirando fundo.

— Você se lembra de Kaine Ferron?

Helena abafou uma risada incrédula. Todo mundo se lembrava de Kaine Ferron.

Ele assassinara o pai de Luc, arrancara o coração dele na entrada da Torre da Alquimia.

Ferron tinha dezesseis anos na época, e era apenas um aluno. Sem nenhum aviso, cometera o pior crime da história de Paladia.

Ele nunca fora detido ou acusado, embora a investigação relatasse que diversas testemunhas o tinham identificado como o assassino. Àquela altura, ele já desaparecera.

Alguns relatos posteriores o indicavam como um provável membro dos Imortais, mas pouco se sabia a respeito.

— Sim, eu me lembro de Ferron — disse, percebendo que Ilva aguardava por uma resposta.

— Kaine Ferron se ofereceu para ser espião da Resistência — contou Crowther.

Helena virou a cabeça na direção dele abruptamente.

— O quê?

Foi a vez de Crowther contrair os lábios.

— Ferron alegou que é para vingar a mãe. — Ele inclinou a cabeça. — Um motivo estranho, considerando que Enid Ferron morreu pacificamente na residência da família, na cidade, um ano atrás. Ao ser lembrado disso, admitiu que havia algumas... condições para fazer o serviço que estava oferecendo.

Helena o encarou com expectativa, mas foi Ilva quem explicou:

— Ele quer anistia por tudo o que cometer em tempo de guerra.

Aquilo parecia uma exigência óbvia, embora estivesse totalmente fora de questão. Luc jamais perdoaria o assassino de seu pai.

Havia algo na forma com que Ilva dissera aquilo que fizera Helena pressentir que o perdão não era tudo que Ferron queria.

— E...?

— Ele quer você, Marino — comunicou Crowther. — Tanto agora quanto depois da guerra.

Crowther disse aquilo em um tom casual, mas os lábios de Ilva perderam a cor.

Helena olhou de um para o outro, certa de que tinha interpretado mal, mas obteve como resposta apenas o silêncio.

— As informações dele seriam inestimáveis para nós — afirmou Ilva, por fim, sem encarar Helena.

Ela balançou a cabeça devagar; não estava pronta para a conversa se voltar para o tópico de estimativas de valor.

Crowther e Ilva estavam sentados longe demais para que conseguisse olhar para os dois simultaneamente. Ela precisava olhar de um para o outro. Ilva não a fitava de volta, e Crowther a examinava com um olhar de curiosidade impassível.

A voz de Helena falhou duas vezes antes que ela conseguisse formar uma frase.

— Mas... por que ele iria... não acho que Ferron sequer saiba quem eu sou.

Crowther piscou devagar.

— Vocês dois competiam academicamente, não é?

— B-bom, sim, tecnicamente, mas... eram só notas do Exame Nacional. Nós nunca... nunca nos falamos. Ele era das guildas, e você sabe como eles eram... e eu era... eu era...

O turno de trinta e seis horas do hospital tinha entorpecido o cérebro dela a ponto de só naquele instante ela perceber que Ilva não a levara para o escritório para repreendê-la.

Helena passou de novo os olhos entre os dois.

— Vocês estão me pedindo para...?

— Nós *precisamos* dessas informações — afirmou Crowther. — Temos espiões, mas nenhum está no nível do que Ferron pode oferecer. Isso nos daria acesso a questões de inteligência que em geral levamos meses para conseguir reunir. — Ele inclinou a cabeça, estudando-a de soslaio. — Considerando sua defesa passional hoje em favor de a Resistência fazer o que for preciso para ganhar a guerra, independentemente de custos pessoais... — Ele sorriu. — Achamos que estaria interessada.

A boca de Helena estava tão seca que ela mal conseguia engolir. As palavras pareciam presas na garganta.

— Não vamos forçá-la — acrescentou Ilva rapidamente. — Acontecerá apenas se concordar. Você *pode* recusar.

— Sim — disse Crowther, com outro sorriso forçado. — Ferron foi muito específico em dizer que você precisa consentir.

Aquilo só poderia ser algum tipo de teste.

Eles não fariam isso, não depois de tudo...

Ilva não a *venderia*.

— Pode tirar um dia para pensar no assunto — falou Ilva.

— Mas uma resposta imediata seria preferível a todos os envolvidos — emendou Crowther, incisivo.

Os dedos de Ilva se fecharam em um punho.

— Ela deve ter um tempo para pensar, Jan.

Aquelas palavras enfim tornaram tudo real.

Ilva nunca oferecera tempo a Helena para pensar em nenhuma das decisões irreversíveis que já haviam pedido que ela tomasse. Helena quase sentiu um puxão na cicatriz imperceptível logo abaixo do umbigo. Ilva, que sempre fora calma, que sempre fizera o que considerava melhor para Luc sem se importar com o custo, finalmente deparara com uma escolha que sua consciência tinha dificuldade de aceitar.

Então aquilo não era um teste.

— Não preciso de tempo para pensar — rebateu Helena. — Você disse que estamos perdendo a guerra e que essa é a nossa única opção, então eu aceito.

Enquanto falava, sentiu a cabeça e o corpo ficando mais leves, como se o sangue estivesse sendo drenado.

Ilva a encarou, depois encarou Crowther e assentiu.

— Tudo bem.

Os dedos de Helena tinham ficado inertes em algum momento da conversa. Ela engoliu em seco com dificuldade, forçando-se a falar outra vez.

— Como vão explicar minha ausência quando eu for embora?

Ilva pigarreou.

— Ah, você não vai. Ao menos não imediatamente. Primeiro, vai começar a agir como intermediadora entre a Resistência e Ferron. Vai se encontrar com ele... como era mesmo o acordo?

— Duas vezes por semana — completou Crowther.

— Isso. Vai se encontrar com ele a cada quatro dias e funcionar como nossa informante, transmitindo a mensagem que ele der a Crowther, que vai garantir que ela chegue aos membros certos do Conselho e dos comandantes. No restante do tempo, vai continuar aqui e tudo se manterá como sempre foi.

— Ah. — Foi tudo o que Helena conseguiu dizer.

Deveria se sentir aliviada, mas não conseguia sentir nada. A sala parecia se estreitar como um túnel, e Crowther e Ilva pareciam ter se locomovido para o outro lado de um telescópio comprido. Até a voz deles soava distante.

— Considerando a natureza sensível desse acordo, não haverá registros oficiais ou qualquer tipo de reconhecimento da missão — declarou Crowther. — E sob nenhuma circunstância Luc ou nenhum de seus outros amigos ou conhecidos pode saber disso. Está entendendo, Marino?

— Sim. — Os ouvidos dela zumbiam.

Crowther disse mais alguma coisa sobre a necessidade de ela se curar para evitar perguntas. Helena não conseguia distinguir algumas palavras.

Limitou-se a assentir e concordou outra vez.

CAPÍTULO 24

Februa, 1786

Já estava amanhecendo quando Helena chegou aos últimos andares da Torre da Alquimia. O que um dia fora a residência dos Holdfast na cidade agora eram os aposentos de Luc, dos paladinos e de outros poucos alquimistas.

Enquanto Helena entrava em um corredor, a porta em frente se abriu e Luc saiu de lá.

— Hel! — O rosto dele se iluminou por um instante, e então desabou. — O que aconteceu?

Ela o encarou, admirada de que ele tivesse lido tudo tão rapidamente na expressão dela. Então, percebeu que eram suas roupas que ele encarava.

Helena olhou para baixo. Ela ainda estava coberta de sangue seco.

Tanto Soren quanto Lila saíram do quarto atrás de Luc, armados da cabeça aos pés. Os paladinos nunca cometeriam o erro de acreditar que qualquer lugar era seguro para o Principado depois do que acontecera com Apollo.

— Esse sangue não é meu — explicou Helena. — Acabei de sair do turno do hospital.

— Ah, que alívio. — Luc estava nitidamente distraído. Ele a segurou pelos ombros. — Você ficou sabendo?

A voz dele estava alegre, os olhos brilhantes.

Helena não conseguia se lembrar da última vez em que o vira assim.

— Recuperamos o distrito mercantil durante a batalha. Isso significa que até o verão poderemos recuperar os portos.

— Sério? — Ela tentou forçar a voz a demonstrar um pouco de empolgação.

Se Soren não tivesse mencionado que a batalha tinha sido considerada um sucesso, ela teria soado completamente incrédula. Sabia que era importante, num sentido estratégico. A guerra na cidade era repleta de perigos e logística complexa. Todos os andares, distritos e zonas da região eram permeáveis. Um ataque poderia vir de qualquer direção. Ter conquistado um distrito tão grande era um sucesso considerável.

Mas como podiam estar considerando essa batalha uma vitória quando tantos haviam morrido?

Porque os portos significavam comida, recursos e suprimentos médicos. Estavam racionando tudo havia meses. Os suprimentos contrabandeados de Novis ajudavam um pouco para impedir a escassez total. Se tomassem os portos a tempo do verão, conseguiriam as quantidades de que tanto precisavam.

— Descobrimos um truque novo — contou ele, abrindo outro sorriso. — Sabe aqueles pedaços de lumítio que às vezes encontramos depois de queimar os defuntos e Imortais? Quando se arranca aquilo, dá para matá-los. E todos os necrosservos morrem junto.

Helena o encarou, surpresa.

— Como é que descobriram isso?

O único método confiável de remover um Imortal de combate permanentemente era queimá-los rápido com um fogo tão quente que os impossibilitava de se regenerar. Mas ao pegarem fogo, os Imortais e necrosservos se lançavam contra o aglomerado de combatentes mais próximo.

Era a isso que se devia a quantidade elevada de queimaduras.

— Escutamos uns boatos, então imaginamos que valia tentar. Lila pegou o primeiro. — Luc abriu um sorriso, indicando-a com a cabeça. — Estamos indo comemorar. Só algumas pessoas. Quer tomar um banho e vir também?

O "não" que sabia que deveria dizer ficou preso na garganta. Ela não queria ficar sozinha com os próprios pensamentos. Seria bom ver Luc feliz.

— Eu... — Começou a dizer, mas então viu um gesto discreto no rosto de Soren, balançando a cabeça em aviso.

As palavras morreram na garganta de Helena. É claro que não poderia ir. Como é que já tinha se esquecido do que falara na frente do Conselho?

Mesmo que as pessoas tivessem recebido ordens para se esquecer, não se esqueceriam tão rápido se ela fosse vista ao lado de Luc.

— Não posso — respondeu ela.

Toda a alergia se esvaiu do rosto de Luc.

— Vai ser rapidinho — insistiu ele, e tentou lançar a ela um sorrisinho cúmplice, da forma que fazia quando queria convencê-la a largar o dever de casa. — Você não precisa ficar muito tempo.

— Deixa ela ir dormir, Luc — intercedeu Soren. — Ela deve ter ficado mais tempo no hospital que nós em batalha.

Luc o ignorou.

— Café da manhã — insistiu ele, tensionando a mandíbula, teimoso. — Pelo menos o café da manhã. Você nunca aparece no refeitório. Vai tomar um banho, a gente espera.

— Não. Eu não posso mesmo — repetiu ela. — Preciso dormir. Fica para a próxima, tá?

A voz de Helena oscilou.

Luc desanimou.

— Tudo bem, se não quer mesmo... — Ele recuou um passo e forçou um sorriso. — Mas vou cobrar a promessa. Da próxima vez.

O quarto normalmente organizado de Helena parecia ter sido assolado por um furacão. Lila voltara com força total, o que significava que havia uma pilha de roupas imundas, placas de amianto à prova de fogo para colocar embaixo da armadura e forros empilhados em um canto, enquanto as armaduras, armas, coldres e cintos estavam todos esparramados pela cama desfeita dela, como se tivesse virado o baú inteiro ali antes de se vestir.

Apesar de passar a impressão de ser um talento nato de cabeça fria e olhos aguçados, por trás de portas fechadas, ela era o caos em pessoa. Fora do serviço, era irrequieta e incapaz de ficar parada ou de se concentrar em qualquer tarefa que não a interessasse, e largava as coisas por todos os cantos. Semanas depois de Lila ter saído, Helena encontrava objetos dela em lugares estranhos. Na maior parte, forros ou pedaços de armadura, ou ainda pequenas engrenagens do equipamento de escalada, que Helena torcia para não serem importantes.

Exausta, Helena ficou ali, contemplando a bagunça, antes de estremecer ao ver o próprio reflexo na penteadeira de Lila.

Estava mesmo coberta de sangue seco. Não sabia sequer se funcionaria lavar o uniforme com um alvejante. Era uma pena que apenas o tecido de amianto pudesse ser esbranquiçado se atirado no fogo.

Ela se forçou a se sentar no banco da penteadeira e tirar os grampos que prendiam as tranças antes de se despir para tomar banho. O amuleto de pedra-do-sol, escondido embaixo do uniforme, estava aquecido pela pele dela enquanto o retirava. Ela o segurou na palma das mãos, engolindo em seco enquanto estudava os raios de sol dourados e a superfície vermelha cintilante da pedra ao centro.

O Brasão Solar dos Holdfast, com sete pontas em vez de oito, representava os sete planetas, tirando o sol, que era o centro de tudo.

Ilva o dera de presente a Helena quando voltara para a cidade e fizera o juramento formal como curandeira.

Tinha sido uma cerimônia particular, uma recitação informal sob a luz da Chama Eterna, com apenas a Regente e o Falcão como testemunhas. Ilva não queria que Luc soubesse o tipo de promessa que Helena fizera em nome dele. Já detestava os votos tradicionais que seus paladinos faziam para protegê-lo. Luc não queria que ninguém morresse por ele, e principalmente prometer fazer isso como os paladinos faziam.

Como Helena prometera.

A maioria dos curandeiros poderia atuar por décadas sem consequências, mas curar ferimentos que desafiavam a morte tinha um preço.

Era o que chamavam de Custo.

Curar uma ferida mortal ou reanimar os mortos requeria vitalidade, uma gota da própria essência da vida. Quanto maior fosse a escala do trabalho, maior seria o fardo. Curar tinha um preço altíssimo, e era por isso que a Fé considerava aquilo uma purificação e permitia a prática enquanto proibia todos os outros tipos de vitamancia.

Tornar-se uma curandeira consumiria lentamente a expectativa de vida de Helena, como uma vela acesa pelas duas pontas. Algum dia — ela não sabia quando —, sua ressonância começaria a murchar e enfraqueceria, e Helena partiria junto dela. Às vezes, quando curava as pessoas, experimentava uma sensação de grãos de areia caindo em uma ampulheta, fluindo da ponta dos seus dedos para os pacientes.

Não sabia quanto ainda lhe restava, só continuava usando.

Depois da cerimônia, quando Matias já havia partido, Ilva a detivera e colocara o amuleto ao redor do pescoço de Helena, escondendo-o sob o colarinho do uniforme.

— É a tradição uma curandeira usar um amuleto sagrado — dissera Ilva. — Esse brasão só é usado pelos Holdfast e seus paladinos, mas penso que é certo que você o use também.

Agora Helena encarava o amuleto, sentindo-se fria e vazia. Os raios pontudos do sol cutucavam suas mãos, deixando um círculo de vincos, ameaçando romper a pele. Ela apertou com mais força, afundando-o na palma da mão enquanto o sangue escorria pelo metal dourado.

Helena acordou com o latejar das mãos, uma dor profunda, radiando da palma até a ponta dos dedos. Lesões por movimento repetitivo eram comuns em alquimistas. Ela começou a massagear a mão direita para soltar os músculos, gemendo. O círculo de cortes do amuleto reabriu, o sangue escorrendo pelo pulso. Ela deveria curá-los — envenenamento sanguíneo era um risco grave no hospital —, mas em vez disso ficou ali deitada, encarando-os até que o sangramento cessasse.

Por fim, vestiu-se, trançou o cabelo e foi para o hospital. No entanto, quando chegou lá foi informada de que não teria turnos pelos próximos dois dias. A notícia deveria ter sido um alívio, mas ficar sozinha, ruminando os próprios pensamentos era a última coisa que queria.

Relutante, foi embora compilando uma lista de tarefas que andava adiando. Primeiro verificaria o inventário do hospital, e depois...

Quando virou no corredor, viu que Crowther estava parado estudando um mural de Orion Holdfast.

Cada canto do Instituto estava maravilhosamente decorado com diversas formas de artes alquímicas, mas aquele mural era o favorito de Helena. Com frequência ela se via diante dele depois dos piores turnos, ou quando Luc ficava tempo demais longe de casa.

Na maioria dos retratos dos Principados Holdfast, havia uma indiferença em suas expressões, provavelmente com a intenção de fazê-los parecer majestosos e divinos. Naquele mural, havia ternura no rosto de Orion, o indício de um sorriso.

Fazia com que ele se parecesse com Luc.

Os raios de sol formavam uma auréola atrás de Orion, e ele usava uma coroa radiante na cabeça. A espada de chamas fora deixada de lado, ainda perfurando o crânio do necromante, enquanto ele segurava uma grande esfera de luz brilhante.

Sempre que Helena ficava diante do mural, dizia a si mesma que um dia haveria uma pintura de Luc ali.

— Entendo por que você gosta desta aqui — disse Crowther, olhando para ela de soslaio.

Helena sabia muito pouco sobre Jan Crowther, embora ele tivesse se juntado ao corpo docente do Instituto quando ela tinha quinze anos.

Ele tinha sido um aluno bolsista, assim como ela, levado para Paladia ainda criança depois de ter ficado órfão por causa de um necromante no extremo noroeste do continente. Estudara no Instituto, juntara-se à Chama Eterna e lutara nas cruzadas, onde se lesionara. Quando se juntara ao corpo docente do Instituto, os alunos esperavam que fosse para treinar

Luc, considerando a raridade que eram os piromantes, mas Luc nem quis saber de Crowther. Depois de menos de um ano, Crowther partira outra vez, e retornara imediatamente após o assassinato do Principado Apollo.

Crowther se virou e encarou Helena. O braço direito estava firmemente enfaixado, com uma tipoia. Embora estivesse com os anéis de ignição nos dedos da mão esquerda, ela nunca o vira usá-los.

— Por aqui, vamos para o meu escritório — chamou ele, gesticulando na direção da Torre da Alquimia.

Helena não falou nada. Foram de elevador até um dos andares dos docentes, e ele guiou o caminho até uma porta com seu nome.

Passou a mão em um painel de metal, e a porta fez um clique e se abriu.

O interior do escritório deixava nítido que era habitado com frequência. Uma das paredes estava coberta de mapas, não apenas de Paladia, mas também de países vizinhos e dos outros continentes. Um sofá puído ocupava um canto.

Mal havia espaço para andar.

— Sente-se — convidou ele, dando a volta na mesa e se acomodando. A única janela na sala ficava diretamente atrás dele, cobrindo as feições do homem de sombras. — O que você sabe sobre a história da família Ferron?

Helena se sentou, encarando o colo em vez de tentar distinguir as expressões de Crowther.

— Só o básico — respondeu ela. — Foi uma das primeiras famílias de guilda comuns. A ressonância é, na maior parte, para ligas de aço. Possuem minas de ferro, e algumas gerações atrás desenvolveram métodos para fabricação de aço industrial. A maior parte da infraestrutura de Paladia hoje em dia é feita com aço dos Ferron.

A silhueta de Crowther assentiu.

— A família Ferron é possivelmente mais antiga que a própria Paladia. Eram alquimistas de ferro quando a bacia ainda era uma planície de inundação. A ressonância antiga e as técnicas foram desenvolvidas a partir do ferro encontrado nos pântanos.

Helena não sabia como aquela informação seria relevante, mas supunha que saber qualquer coisa sobre os Ferron seria útil.

— Fui o conselheiro acadêmico de Kaine Ferron aqui no Instituto.

Ela o encarou.

— Você o conhecia? Acha que a oferta de espionar para o nosso lado é legítima?

Crowther suspirou, pressionando a ponta dos dedos contra a mesa e fechando as mãos.

— Ferron era um mentiroso formidável e um aluno distante. Acredito que odiava essa instituição. Nossas conversas raramente iam além do básico da cordialidade.

— Por quê?

— Por quê?! Imagino que seja óbvio. Os Ferron são ambiciosos. Não têm falsa modéstia sobre si próprios. Você já viu o brasão que compraram com a fortuna?

Helena tentou se lembrar.

— É um lagarto?

— Não. — Crowther deslizou um papel na direção dela.

Helena o pegou e encarou. Era um dragão que formava um círculo perfeito, caninos compridos rasgando a própria cauda. Na parte superior direita, asas com garras arqueavam-se sobre o corpo encurvado.

— É um ouroboros — disse ela, incerta quanto às informações sobre caráter que um brasão familiar poderia revelar. Crowther ficou em silêncio, então ela arriscou um palpite: — Na alquimia khemítica, uma serpente ouroboros deve representar o infinito ou o renascimento. Talvez seja assim que os Ferron vejam a nova fortuna. Nas escrituras de Cetus, porém, também pode ser usado para representar a ganância e a autodestruição. Talvez seja por isso que tenham escolhido um dragão, e não a serpente. Uma criatura mitológica é uma escolha incomum, de toda forma.

Ela tentou devolver o desenho.

— Olhe. De novo.

Helena suspirou, sem entender o que Crowther queria que encontrasse.

— Estreite os olhos, se precisar.

Ela semicerrou os olhos, deixando que a imagem se embaçasse.

— Ah. — Helena se sentiu uma idiota. — Escolheram o dragão porque as asas parecem o símbolo para o ferro.

— Sim — concordou Crowther.

Helena cerrou a mandíbula ao ouvir a condescendência na voz dele.

— Isso nos diz muito sobre como a família vê a si própria. Um círculo não possui hierarquia, e ainda assim, nesse brasão, a base é o ferro. — Crowther tamborilou os dedos na mesa. — O ferro nunca será um metal nobre, mas é inquestionável a essa altura que o aço dos Ferron construiu Paladia tanto quanto o ouro dos Holdfast. Os Holdfast governaram por quase quinhentos anos celestiais por direito divino, mas o restante do mundo os alcançou com nossas revelações tecnológicas. A tensão entre os ideais do passado e a realidade do presente foram as condições que acarretaram essa guerra.

— Como assim?

Os olhos de Crowther brilharam nas sombras.

— Quero dizer que o tempo permitiu que essa nação começasse a questionar o que é divino, e se isso sequer importa. Nosso Principado pode alquimizar ouro, e usar o fogo sagrado. Dois dons de raridade excepcional considerados um milagre, no passado. Só que o mundo mudou, e o Principado, não. Morrough pode erguer os mortos e conceder imortalidade. Os Ferron encontraram uma forma de transformar o seu humilde ferro no que parece ser uma montanha de infinitas riquezas. Em um mundo como este, qual é o propósito do fogo ou do ouro inesgotável?

Helena ficou embasbacada ao ouvir tamanho criticismo vindo de um membro do Conselho.

— Se é assim que pensa, o que está fazendo aqui?

— Estou aqui porque quero que todos os necromantes sejam dizimados desta terra. Esse é o propósito da Chama Eterna, e o motivo da coroa do Principado. Prefiro ver esta cidade reduzida a cinzas do que permitir que necromantes a usem como fortaleza — afirmou Crowther, com enorme fúria. — Desde que a Chama Eterna seja fiel ao propósito de livrar o mundo dos necromantes, eu serei fiel a ela.

As palavras dele soavam arrepiantes.

— Então aceitar a oferta de Ferron é uma concessão. Trabalhar com um necromante para impedir os outros.

— Isso, e também o fato de que não temos outras opções a esta altura — concordou Crowther, acenando com a mão.

Helena não mencionou a alternativa que ela havia proposto.

— Ainda assim, gostaria de saber que existe um propósito tangível nesse acordo — retorquiu ela. — Eu sou a única curandeira que a Resistência tem, e se Ferron... — Não conseguiu se convencer a verbalizar as coisas que Ferron poderia fazer. — Baseado em tudo que me disse, Ferron não parece ter motivo para ajudar a Chama Eterna — concluiu. — Não vejo como pode ser útil confiar nele.

Crowther apenas bufou.

— Tenho certeza de que Ilva encheu essa sua cabecinha de histórias sobre a importância que tem para a Chama Eterna, mas você é facilmente substituível. Já temos diversas candidatas a serem consideradas.

A sala pareceu sair de foco por um instante, e foi como se Helena tivesse levado um golpe no estômago.

Do pouco que conseguia enxergar das feições de Crowther, percebeu que suas bochechas se esticaram quando sorriu.

— E quanto ao motivo de eu acreditar na legitimidade da oferta de Kaine, é *justamente porque* sei que ele não é leal nem está preocupado com nossa causa que acredito na sinceridade dele. Os Ferron passaram o último século firmando a linhagem familiar e convencendo a si mesmos a respeito de um direito imaginário de governar que foi usurpado pelos Holdfast. Não procuravam servir outro mestre quando Morrough apareceu. Pensaram que ele seria o meio para alcançar um fim, um forasteiro com recursos para desafiar e enfraquecer o Principado em nome deles. Mas agora Morrough tem uma grande vantagem. Ferron está fazendo uma aposta para conseguir sabotar os Imortais ao nos ajudar até que a balança se equilibre outra vez.

— Porque se os Imortais e a Chama Eterna destruírem um ao outro, então...

— Quem melhor para governar sobre as cinzas do que a família cujo aço pode reconstruir a cidade?

Helena endireitou a postura, começando a entender a estratégia.

— Então ele vai nos trair alguma hora, mas não até que sejamos uma ameaça maior do que os Imortais.

— Exatamente.

Ela assentiu devagar, ignorando o estômago embrulhado.

— Ele nunca será leal, mas imagino que será um excelente espião, nem que seja pela própria vaidade. Ele já fez mais por nós em um dia do que a Resistência conseguiu no último ano.

— Como assim?

Crowther balançou dois dedos; eram tão compridos que lembravam pernas de aranha.

— Quando fez a oferta e estabeleceu os termos, como prova de sua... sinceridade, ele nos contou como matar os defuntos e os Imortais sem usar fogo.

— O lumítio — disse Helena, lembrando-se das palavras de Luc. Dos "boatos" que tinham escutado.

— Sim. A vulnerabilidade dos "talismãs", como ele os chamou, foi a amostra de Ferron sobre o tipo de informação que poderia oferecer. É provável que seja um acordo muito benéfico para nós no futuro imediato.

E quando não fosse mais? O que aconteceria com ela?

— No entanto... não tenho interesse em aceitar as migalhas de Ferron — prosseguiu Crowther. — Vamos tirar proveito disso.

Helena se inclinou para a frente.

— Como?

Crowther arqueou as sobrancelhas, um sorriso estranho surgindo nos lábios.

— Porque ele cometeu um erro quando pediu por você.

O coração de Helena acelerou.

— Ele queria que acreditássemos que a razão para espionar era a mãe dele. Quando não deixei que levasse aquela mentira adiante, ele foi forçado a improvisar, e fez isso ao inventar uma desculpa de querer você. Um deslize dos grandes.

Helena cerrou os punhos. Sentia os furos na palma começando a se abrir de novo, o sangue grudando-se no forro da luva.

— Por quê?

Crowther se inclinou para a frente, as feições magras enfim emergindo das sombras.

— É um pedido estranho, não acha? Por que Kaine Ferron, o herdeiro da guilda de ferro, desejaria Helena Marino?

Ela balançou a cabeça.

— Ele poderia ter pedido por qualquer coisa, citado uma crise de consciência, exigido uma montanha de ouro, mas em vez disso, ele quer... *você*? É uma escolha irracional. — Crowther tamborilou na mesa, pensativo. — Um sinal de alguma obsessão inconsciente, talvez...

Os olhos dele percorreram Helena, avaliando-a.

— Uma obsessão é uma fraqueza, e uma fraqueza é uma oportunidade para nós. Como já estabelecemos, você vai se encontrar com Ferron duas vezes por semana e trazer as mensagens dele de volta em segurança, e durante essas visitas, fará *qualquer coisa* que ele quiser.

— Eu *sei*.

— Você também aproveitará para estudá-lo. Faz parte de seu trabalho perceber tudo. Descubra as fraquezas dele, os desejos secretos. Use esse seu cérebro supostamente inteligente. Deixe que ele pense que tem todo o poder, e gradualmente faça Ferron começar a querer coisas que não pode exigir de você. Seja lá qual tenha sido o mais remoto interesse que o incitou a pedir por você, quero que transforme isso em uma obsessão que o consuma por dentro.

Helena o encarou, incrédula.

— Eu não faço ideia de como fazer nada disso.

— Bom, então ainda bem que você tem uma vantagem sobre ele.

Helena encarou Crowther, perdida.

— Ferron já tinha ido embora quando descobriram a sua vitamancia. Ele não sabe o que você é. Com suas habilidades, pode fazê-lo sentir o que quiser que ele sinta por você. Enfeitice-o.

Helena estava perplexa.

— Eu *nunca* usei minha vitamancia para...

— Mas poderia, não é? — O rosto de Crowther ficou mais severo, os olhos escuros se estreitando. Aquele era o objetivo da conversa, o destino para o qual a conduzira esse tempo todo. — Seu trabalho, Marino, é fazer o que for preciso para que Ferron coma na sua mão. Você usará suas habilidades amaldiçoadas para fazê-lo se esquecer de que algum dia já quis alguma outra coisa que não fosse você.

A garganta de Helena se fechou, o rosto ardendo.

— Não creio que isso sequer seja possível...

— Então faça com que seja. Ou será que você é mesmo o cordeirinho submisso que Ilva pensa que é?

Helena estremeceu.

— Se quiser ser apenas uma vítima, fique à vontade. Ou pode fazer as coisas do meu jeito e Kaine Ferron não será o seu dono. Ele será seu alvo, e seu trabalho será arrancar o máximo de informações dele quanto possível até que sejamos *nós* a não precisar mais dele. — Ele abriu um sorriso astucioso. — A escolha é sua.

Quando Crowther enfim deixou Helena ir embora, ela se sentia tão drenada que era como se tivesse feito mais um turno de três dias no hospital. Ele a "avisaria" quando tivesse uma data e uma localização para o primeiro encontro, e, até lá, ela deveria agir normalmente.

Helena foi até os arquivos da biblioteca e encontrou cópias antigas dos jornais que haviam sido publicados depois do assassinato do Principado Apollo. Uma foto de Ferron fora incluída. A foto de estudante, tirada apenas uma semana antes do ocorrido.

Ela encarou o garoto da foto em preto e branco.

Ele usava o uniforme, o colarinho branco da camisa mantendo o queixo erguido, os broches na jaqueta exibindo os emblemas da guilda, ferro e aço. Os estudantes da guilda usavam apenas os elementos da guilda, enquanto Helena era obrigada a vestir uma faixa com todos os broches dos metais nos quais recebera competência, como se ela já não se destacasse o suficiente.

Ele tinha cabelo preto, mas a pele e os olhos eram claros, característicos dos nortenhos. A expressão era séria, com um toque de orgulho, como se já soubesse, na época, para o que aquela foto seria usada.

Ela o examinou, memorizando os detalhes, tentando imaginar como estaria agora, mais de cinco anos depois.

Depois de ler todos os jornais que encontrou, pegou diversos livros didáticos médicos, além de estudos e teorias sobre o comportamento humano e da mente.

Ela não tinha motivos para não enfeitiçá-lo com vitamancia como Crowther queria, mas isso não necessariamente significava que era possível. Só em teoria.

Não poderia ser nada exagerado, só o suficiente para alterar o batimento cardíaco e estimular certos hormônios e reações a estímulos até que pudesse enraizar uma resposta fisiológica. Usar vitamancia seria simplesmente pegar um atalho em experimentos comportamentais antigos.

Helena sabia, depois de anos trabalhando com cura, que a maioria das pessoas não conseguia distinguir quando a ressonância era usada nelas, a não ser que a manipulação fosse explícita. Era por isso que as pessoas tinham tanto medo de vitamantes e da ideia de que algo estava sendo feito a elas sem o próprio conhecimento.

Só que, se Ferron tivesse qualquer suspeita, ele a mataria num piscar de olhos.

O que significava que precisaria ser um processo gradual, e ela teria que conhecê-lo intimamente para ser capaz de ler suas expressões corporais e emoções. Os sentimentos que ela provocasse precisariam parecer naturais. Sutis como veneno, até que não houvesse mais esperanças de uma cura.

CAPÍTULO 25

Februa, 1786

O ponto de encontro escolhido foi o Entreposto da fábrica ao norte do Quartel-General. O Entreposto era uma estrutura gigantesca construída no rio logo abaixo da represa, erguida sobre enormes pilares que a sustentavam mesmo durante as piores enchentes, e era perto o bastante para se beneficiar diretamente da energia hidrelétrica ali gerada.

As fábricas de lá tinham sido fechadas com a guerra, e o Entreposto fora dizimado pelos dois lados durante as primeiras tentativas de controlá-lo para a potencial fabricação de armas. Foi tão destruído que no fim declararam como praticamente extinto. Depois de arruinado, não era estratégico o suficiente para qualquer um dos lados tomar a posse, e disputá-lo ainda mais poderia ter colocado a represa em risco. Por isso, foi abandonado.

Ninguém queria que Paladia ficasse sem eletricidade ou inundasse.

Mesmo antes da guerra, Helena considerava o Entreposto um dos lugares mais feios que já tinha visto na vida, uma mancha escura e bruta na paisagem pitoresca. Além de deplorável, o Entreposto enchera os céus de fumaça preta, envenenara a água e deixara um brejo vil de lodo fétido pelos pântanos que escoavam para os distritos mais baixos da periferia durante a Ascensão.

Ela nunca nem chegara perto do prédio.

No fim da tarde do dia marcado, tirou o uniforme e deixou todas as suas posses cuidadosamente arrumadas no baú, incluindo o amuleto de pedra-do-sol. Ela não o usara desde a reunião. O mero ato de olhar para ele já a fazia se sentir mal.

Ela vestiu as roupas civis mais discretas possíveis. Com o capuz erguido, escondendo seu cabelo escuro, dificilmente chamava atenção. Era apenas uma cidadã tentando ficar longe dos caminhos da guerra. Os Imortais não costumavam incomodar essas pessoas, preferiam usar os soldados da Resistência como necrosservos porque já vinham armados e treinados em combate.

A rota era relativamente simples. Só precisava caminhar para norte do Quartel-General e atravessar a ponte para o continente. Como a ponta norte da ilha era construída sobre o platô, ela não precisava transitar pelos diversos níveis da cidade. O portão que dava para a estrada estava fechado. Os guardas postados na entrada de pedestres verificaram os documentos e a identidade que Crowther providenciara e a deixaram passar.

O rio corria veloz abaixo. Ainda não era época de enchentes, mas carregava a água das tempestades da montanha.

Ela chegou ao continente e seguiu a estrada até a represa, então atravessou uma segunda ponte sobre o rio para chegar ao Entreposto. Ficou espantada ao ver a quantidade de gente ali. Já que o Entreposto tinha sido abandonado, muitos dos civis de condições mais pobres que não eram alquimistas e tinham medo de se aliar a um dos lados fugiram para lá, o único lugar removido da luta que não necessitava de muito para aguentar a brutalidade do inverno das montanhas.

O Entreposto era uma combinação de labirinto e cidade. As enormes paredes de metal e concreto o tornavam claustrofóbico. As fábricas tinham sido sabotadas de uma forma que era possível apenas com o uso de alquimia. Transmutações bizarras e alquimização foram usadas para destruir o maquinário complexo. Os cortiços estavam mais intactos, e altamente ocupados. O prédio para o qual deveria ir tinha símbolos alquímicos de ferro esculpidos no mosaico decorativo do batente.

Helena entrou, tentando não parecer perdida.

Tempos antes, havia uma claraboia bem no alto, mas agora o vidro cobria o chão. Apenas algumas das unidades tinham portas. Segundo andar, à esquerda, a quarta porta. O número ao lado tinha sido apagado.

Helena tirou as luvas e bateu com firmeza, tentando não fazer barulho demais.

Nada aconteceu. Ela esperou e verificou o mapa. Talvez tivesse chegado muito cedo.

Bem, ela esperaria. Permaneceu parada, visivelmente calma, enquanto o coração acelerava e o sangue corria como uma tempestade.

A porta foi aberta abruptamente, a luz de uma lanterna elétrica se derramando pelo corredor, e Kaine Ferron estava parado no batente.

Ele parecia idêntico ao retrato nos jornais, como se não tivesse envelhecido um único dia. A passagem dos cinco anos não o havia tocado.

Ferron sequer parecia ter dezessete anos. Tinha um porte esguio, do tipo que meninos tinham logo depois de sofrer um estirão de crescimento, antes de criarem músculos. O cabelo escuro estava penteado da mesma forma que usava no Instituto, como se tivesse saído direto daquela época.

Vestia um uniforme cinzento quase idêntico ao tom dos olhos castanho-acinzentados. Era o uniforme de um dos membros de patente média-superior dos Imortais. Quanto mais alta a patente, mais escuro o uniforme. Todos os generais usavam preto.

Ele a encarou com calma, o rosto sinistramente juvenil.

As circunstâncias já eram odiosas, mas de alguma forma, o que ela menos esperava tinha sido encontrá-lo com uma aparência tão jovem.

Helena o encarou boquiaberta até ele se mexer, abrindo mais a porta como convite, criando um espaço que só permitia que ela se espremesse por ali se esbarrasse nele.

O coração dela quase saltou pela boca quando entrou.

Enquanto cruzava o batente, ficou dividida entre querer avaliar o lugar e com medo de tirar os olhos de Ferron por um instante sequer.

No meio segundo que Helena demorou para se virar, os olhos percorreram o espaço, absorvendo o máximo de detalhes que conseguia. Era simples e vazio. Uma sala com paredes sujas e chão de azulejos rachados, parcamente mobiliada com uma mesa de madeira e duas cadeiras. Não tinha cama ou sofá. Não sabia se deveria ficar aliviada ou aterrorizada.

O corpo de Helena ameaçava tremer incontrolavelmente. Ela mal ouviu a porta se fechando com o sangue latejando nos ouvidos.

Encarou-o, tentando imitar a postura de indiferença lânguida de Ferron, para não deixar transparecer o quanto estava assustada. Os dedos dele mal roçaram na superfície, mas ela ouviu o mecanismo da fechadura fazendo um *clique*, trancando-a ali dentro.

Quando Ferron se virou para encará-la, Helena falou:

— Ferron, pelo que entendi, você quer ajudar a Resistência.

A voz parecia vir de algum lugar distante, a mente em um turbilhão.

Quantas pessoas ele já havia matado? Ferron era um dos Imortais, e era evidente que devia ser fazia anos. Quantos necrosservos será que controlava? Por que tinha pedido por Helena? Por que a queria? Se ele a machucasse, será que ela conseguiria curar tudo antes do toque de recolher, ou ficaria presa ali durante a noite?

As perguntas vibravam na cabeça dela enquanto o pavor tomava conta de seu corpo como um parasita, fincando-se em cada fissura de sua determinação.

— Você compreende os termos? — perguntou Ferron, inclinando a cabeça, avaliando-a. O rosto parecia enganadoramente jovem, mas os olhos, não.

Ela sustentou o olhar dele.

— Anistia completa. E eu. Em troca da sua informação.

— Agora e depois da guerra. — Os olhos faiscaram quando disse isso.

Helena não se permitiu esboçar reação. Depois de anos no hospital, aprendera a ignorar os próprios sentimentos e simplesmente fazer o trabalho.

— Sim — confirmou ela, sem emoção. — Eu sou sua.

Ferron poderia ser o dono do corpo dela, mas sua mente e seus sentimentos sempre seriam de si própria. Se ele os quisesse, precisaria se esforçar mais.

Aproxime-se, Ferron. Fique tão obcecado em encontrar minhas vulnerabilidades a ponto de nem sequer notar aquelas que estou criando em você.

Ele abriu um sorrisinho, e quando o fez, a verdadeira idade logo transpareceu. Não era a parte física desaparecendo, mas um olhar de desdém tão inconfundivelmente empedernido que por um momento foi capaz de ofuscar a fachada de jovialidade.

— Promete? — perguntou ele.

— Se é o que você quer.

Ele deu um sorriso rápido, a expressão afiada. Parecia mais uma ferida do que uma emoção verdadeira.

— Então jure. Quero ouvir você falar como se fosse um juramento.

Ela não se permitiu hesitar. Helena levou uma das mãos ao coração.

— Eu juro, pelos espíritos dos cinco deuses e sobre minha própria alma, Kaine Ferron, que pertenço a você enquanto estiver viva.

Foi só depois que falou que se lembrou do outro juramento que fizera na vida. Todas as coisas contraditórias que prometera. Ela precisaria encontrar uma forma de conciliar tudo aquilo.

Depois de ouvir aquelas palavras, ele deu um passo na direção dela.

Havia uma curiosidade predatória nos olhos dele, como um lobo que perseguia uma presa.

Antes que pudesse tocá-la, Helena disparou:

— Até nós vencermos, você não pode fazer nada comigo que interfira em... em minhas outras responsabilidades na Resistência. Preciso poder ir e vir sem... sem chamar atenção.

Ele se deteve, erguendo uma sobrancelha.

— Certo... preciso manter você viva até isso acabar. — Ele suspirou. — Bom, suponho que isso nos dê algo para ansiar no futuro. — Ele se inclinou na direção dela, aproximando o rosto. — Vamos deixar a diversão de verdade para depois.

— Quero que jure — disse ela, a voz trêmula.

Ele posicionou uma das mãos no lugar onde um coração deveria estar. Helena não tinha certeza se os Imortais possuíam um coração.

— Eu juro — disse, de uma forma exageradamente solene. O hálito dele roçou o pescoço dela. — Pelos deuses, e pela *minha alma*... — Ele riu ao dizer aquilo —, que não vou interferir.

Helena esticou o pescoço para trás, estreitando os olhos, desconfiada da cooperação dele. Sabia que era uma promessa vazia, mas então por que concordar em fazê-la? Ele estava em vantagem ali, e em vez de explorá-la, fingia que estavam selando algum tipo de acordo.

Notando o escrutínio, Ferron se endireitou e circundou Helena, soltando um muxoxo quando ela tentou mantê-lo na linha de visão. Os olhos brilhavam de divertimento.

— Nossa, você está duvidando de mim, não está? Deixe eu adivinhar, acha que isso é um truque e que vou mudar de ideia no instante em que conseguir o que quero.

Helena ficou completamente imóvel.

— É exatamente isso que está pensando. — Ele se deteve. — Que tal fazermos o seguinte: como uma prova da minha... sinceridade, não vou tocar em você. Ainda. — Os olhos dele percorreram o corpo de Helena lentamente. — No fim, especifiquei mesmo que você precisava consentir, e você não *parece* estar consentindo muito.

Ela deveria ter ficado aliviada, mas tudo o que sentiu foi horror ao ouvir a proposta. Não era isso o que Helena queria. Era para ter começado sua missão imediatamente; quanto mais tempo levasse para iniciar, mais provável era que Ferron perdesse o interesse antes que estivesse sob seu jugo. Mas o que deveria dizer para não deixar as intenções *dela* óbvias?

Ferron pareceu notar o desconforto de Helena e abriu um sorriso lento e predatório.

— Enquanto isso, vou deixar você voltar para a sua preciosa Chama Eterna com todas as minhas informações e descobrir outras formas de aproveitar a sua companhia.

A ideia de consentir a qualquer horror que ele queria já era bem ruim, mas ser forçada a temer o que aconteceria no futuro era ainda pior.

Ela deslizou uma das mãos para trás das costas, cerrando o punho com firmeza até cravar as unhas na palma da mão, os cortes quase sarados pulsando, ameaçando se romper outra vez.

— Isso é… generoso da sua parte — respondeu Helena, no que esperava ser uma voz convincentemente dócil.

— Sim, eu sou generoso. No entanto… — Ferron a avaliou de súbito. — Acho que deveria me dar ao menos *alguma coisa*. — O sorriso dele era venenoso. — Afinal, precisei ceder uma informação muito valiosa para conseguir você. E eu não mereço algo em troca, para aquecer o meu coração gelado?

O estômago de Helena se revirou, todo seu equilíbrio se esvaindo.

— O que… o que você quer? — perguntou, a voz tensa.

Ela tentou prever as opções, mas já se afogava em possibilidades. Não gostava de pensar nos tipos de coisas que homens consideravam um favor.

— Você não parece muito animada. — Ele fez uma expressão zombeteira de tristeza, com um biquinho, e pareceu tão jovem que ela quase recuou.

— O que quer que eu faça? — perguntou Helena, entre dentes. — Me diga, e eu faço.

Ferron deu uma risada.

— Pelos deuses, Marino. Você está *mesmo* desesperada.

— Eu estou aqui. Parece óbvio — declarou ela, a voz oca, sem conseguir olhar para ele.

— Bem, já que você é uma negação de criatividade quando se trata de gratidão: me beije, como se realmente quisesse fazer isso — disse ele, e depois, como se tivesse acabado de lhe ocorrer, acrescentou: — Com base na sua performance, vou decidir quantas informações ficarei inspirado a compartilhar hoje.

Um beijo? Só isso? Era menos pior do que esperava, ainda que não quisesse sequer chegar perto dele.

Ferron a provocava. Aquilo era evidente. Desde o instante em que ela batera naquela porta, tudo o que ele fizera tinha sido com a intenção de deixá-la nervosa.

O beijo deveria ser mais um agravante. Para selar a humilhação, consolidar o ressentimento de Helena por Ferron. Saber que estava apenas sendo poupada de passar mais vergonha porque ele estava sendo leniente. Ele queria que ela o odiasse para que ficasse distraída por essas emoções e fosse mais facilmente manipulada para alimentar o próprio sofrimento.

Aquilo era um jogo. *Nada* daquilo era real. Ela era um brinquedo, algo que Ferron pusera na lista de exigências como uma tática de distração. Ela não era parte do plano real dele.

E não podia se esquecer disso.

Helena deu um passo na direção dele.

Ferron estava meticulosamente sereno, desde as unhas bem cuidadas até o rosto que não demonstrava a idade, tudo feito para esconder o monstro que espreitava por baixo da pele.

As pupilas estavam contraídas, os olhos não demonstravam qualquer interesse.

Ela reuniu a própria ressonância até sentir a vibração sob seus dedos e a deixou tão fina quanto uma teia de aranha.

Não o manipularia ainda — era cedo demais —, mas o beijo era uma oportunidade de tocá-lo, de descobrir que sensação aquilo suscitaria. E o que ele *sentia* por ela. Seria um ponto de partida.

Helena passou os braços ao redor do pescoço de Ferron, ainda sem deixar que as mãos desnudas tocassem a pele dele. Os dedos roçaram na lã escura do casaco, puxando-o para frente.

Ele abriu um sorrisinho quando se inclinou para frente, como se estivesse se divertindo.

No momento em que os lábios estavam perto de se tocar, Helena hesitou, quase como se estivesse esperando que ele enfiasse a mão dentro do peito dela e lhe arrancasse o coração, da mesma forma como matara o pai de Luc.

Ela estremeceu, e sabia que ele sentira.

O hálito de Ferron tinha um cheiro forte de zimbro, apimentado e fresco.

Os olhos estavam entediados outra vez; encarou os olhos dela de baixo para cima. Helena se perguntou o que ele via quando olhava para ela.

Assassinos ainda são homens, disse para si mesma. E ele ainda era um rapaz.

Então o beijou. Um beijo lento e suave, do tipo que poderia imaginar a si mesma dando em alguém de quem gostasse. Não tentou fazer com que fosse empolgante ou sedutor. Permitiu que fosse hesitante. Um primeiro beijo, porque era de fato o primeiro beijo dela.

Enquanto Helena o beijava, roçou a ponta dos dedos na nuca de Ferron e em seguida as deslizou pelo cabelo dele, delineando a curvatura de sua cabeça. Então deixou que um filete de ressonância se infiltrasse por debaixo da pele dele.

Kaine Ferron não era humano.

Ela sabia que os Imortais não eram naturais, mas não estivera preparada para a sensação sobrenatural que ele emanava.

Ela conseguia senti-lo, mapeá-lo, como qualquer outra pessoa. Os batimentos cardíacos, o sistema nervoso, as correntes de energia, todas as facetas entrelaçadas de um corpo, mas tudo parecia errado. Era como tentar tocar o reflexo de uma pessoa no espelho.

Fisicamente, Ferron estava lá. Tecnicamente, ele estava vivo. Porém, era imutável de uma forma que a mente dela se recusava a compreender.

Helena não podia se dar ao luxo de se concentrar somente nisso. Precisava prestar atenção ao que supostamente deveria estar fazendo, que era beijá-lo. Ainda assim, achava a fisiologia dele muito mais interessante do que a boca.

Deslizou uma das mãos para a frente, a palma pressionando na bochecha dele, abrindo mais espaço para contato, puxando-o para mais perto. Estava perdendo o foco, mas o corpo dele a fascinava.

Como aquilo era possível? Ela não conseguiu se refrear e chegou ainda mais perto.

O ritmo do coração dele se alterou, e depois alterou outra vez.

A mente de Helena abruptamente se deu conta da realidade física do que estava fazendo, o braço ao redor do pescoço dele, uma das mãos no rosto, o corpo arqueado contra o dele para contrabalancear a diferença de altura entre os dois.

Ferron se afastou bruscamente.

Aquilo a assustou, mas Helena baixou as mãos imediatamente, tentando não ofegar ou parecer tão desorientada quanto se sentia. Será que ele chegara a notar a ressonância dela? Helena buscou sinais de suspeita ou raiva na expressão dele.

Os olhos de Ferron estavam mais escuros, e ele parecia significativamente menos sereno, com o cabelo bagunçado e caindo sobre o rosto.

— Bom — disse ele, piscando e balançando a cabeça. — Isso definitivamente foi... algo. — Passou o polegar coberto pela luva por sobre o lábio. — Você é uma caixinha de surpresas — acrescentou, depois de um instante, a voz mais baixa do que antes.

Helena não sabia o que responder, então falou a primeira coisa que veio à cabeça.

— Você diz isso a todas?

Ele exalou uma risada, passando a mão pelo cabelo e afastando-o do rosto.

— Não, não é algo que eu diga.

Uma pausa.

Ele provavelmente tinha esperado que Helena fosse mordê-lo.

Ela sentiu o rosto ruborizar.

Queria ter mordido, mas a fisiologia dele era interessante demais. Não poderia simplesmente encontrar algo como aquilo e ignorar.

Ferron pigarreou.

— Tenho uma coisa para você. — Ele levou a mão ao bolso e jogou o objeto que tirou de lá na direção dela.

Helena o pegou por reflexo, examinando-o. Era um anel de prata antiga; ela sabia tanto pela vista como pela ressonância, embora a ressonância da prata fosse mínima e não o suficiente para que seu repertório fosse considerado nobre. No entanto, esse anel era forjado à mão, em vez de criado transmutacionalmente; dava para notar pelas marcas do martelo, que modelara um padrão de escamas quase geométrico na lateral.

Uma coisa bizarra para estar em posse de um alquimista de ferro.

— É um símbolo do nosso relacionamento — explicou Ferron, e quando ela ergueu o olhar de forma abrupta, ele levantou a mão direita para mostrar um anel idêntico no dedo indicador. — Eles têm uma harmonia espelhada. Se eu fizer algo no meu, você vai sentir no seu. Vou transmutá-lo para aquecer brevemente se precisar de você. Duas vezes, se for urgente. Aconselho que se apresse, caso algum dia o sinta queimar duas vezes.

Helena inspecionou o anel. O bracelete de chamado do hospital também tinha uma harmonia espelhada. Era uma forma incrivelmente rara de transmutação. Poucos alquimistas possuíam a habilidade de realizá-la. Fazia com que os objetos se tornassem muito valiosos, mas eram úteis apenas quando se sabia quantas e onde estavam as peças em harmonia.

A Chama Eterna mantinha um registro rigoroso de quem carregava um objeto do tipo.

Ela tentou colocar no dedo indicador da mão esquerda, por ser a mão de transmutação não dominante, mas viu que era pequeno demais. Então se resignou em ter que deslizá-lo pelo dedo anelar esquerdo.

— Minha ressonância com prata é fraca, mas acho que consigo fazer uma mudança de temperatura. Devo me comunicar com você do mesmo jeito? — perguntou Helena.

— Não — cortou ele, a voz assustadoramente veemente. — *Você* nunca deve entrar em contato comigo. Se me queimar, uma vez que seja, esse acordo acabou. Não sou a porra de um cachorro. Se quiser falar comigo, pode vir até aqui e esperar, ou deixar um bilhete, e eu respondo quando tiver tempo.

A ferocidade pareceu inusitada depois de toda aquela pretensa calma. Crowther estava certo. Ferron não queria receber ordens de ninguém. Queria exercer poder.

— Bom, eu não posso vir de imediato toda vez que me chamar — disse ela. — Podem acabar percebendo se eu sair em horas estranhas. Tirando situações de emergência, é melhor mantermos um cronograma.

— Tudo bem.

— Todo saturnis e martidia, saio para buscar suprimentos médicos antes do amanhecer. Ninguém vai notar se eu voltar um pouco mais tarde. Funciona para você? Posso fazer em dias diferentes, se preferir.

Ferron assentiu devagar.

— Tudo bem. Se eu não puder vir por algum motivo, apareça de novo à noite.

— E se eu não puder? — perguntou Helena, sem compreender por que ele era tão averso a usar os anéis para mais do que um sinal básico. A caminhada até o Entreposto não era curta para valer a pena fazê-la sem necessidade.

— Tenho certeza de que vai dar um jeito.

Ele a encarou por mais um instante antes de pegar algo no casaco, tirando dois envelopes e selecionando um.

— Minha primeira entrega — anunciou ele, oferecendo-o.

Helena pegou o envelope. Estava endereçado a uma pessoa chamada Aurelia Ingram.

— Crowther já tem a cifra — informou Ferron, enquanto ela continuava ali, examinando o endereço. — Imagino que vá ter o bom senso de não usar tudo de uma vez.

— Seu serviço será um dos segredos mais bem protegidos da Resistência. Não vamos fazer nada que arrisque sua posição.

Ele assentiu de leve.

— Então vejo você no martidia. Agora vá embora, e certifique-se de voltar por uma rota diferente.

CAPÍTULO 26

Februa, 1786

— Como assim, a sua ressonância pareceu errada? — perguntou Crowther, quando Helena terminou de contar tudo que acontecera no encontro.

Ele a convocara à sua sala assim que ela passara pelos portões.

Helena cruzou os braços no tórax.

— Talvez seja porque ele é Imortal. Era diferente do que eu esperava. Não sei se posso transmutá-lo. Está idêntico ao retrato de quando era estudante, talvez não possa envelhecer. A sensação é de que ele não pode ser alterado, e mesmo se puder, não sei se consigo fazer isso de forma tão sutil.

— Ajudaria se tivesse uma cobaia?

Ela o encarou, o horror estampado no rosto.

— O quê? Não.

— Seria eficaz, não seria?

— Não — repetiu ela. — Sou uma curandeira. Fiz juramentos...

— Não, você não é — interrompeu-a Crowther, a voz soando como as lâminas de uma tesoura se chocando. — Não nesta sala, não nesta missão. Uma curandeira aqui não me serve de nada. Preciso de uma vitamante que fará o que for necessário. O heroísmo é algo que outros fazem para as massas. O trabalho da inteligência, o *nosso* trabalho, é partir as pessoas ao meio para descobrir seus segredos, custe o que custar. É esse o seu trabalho agora.

Helena o fulminou com o olhar.

— Sei como lidar com os aspectos fisiológicos, é com a regeneração que estou preocupada. A não ser que tenha algum Imortal por aí, uma cobaia não vai ser útil para nada.

Crowther se recostou na cadeira, irritado.

— No momento, não, mas é possível se for necessário — respondeu, estreitando os olhos. — Ele te deu esse anel?

Helena o tirou, deslizando-o pela mesa.

— É parte de uma harmonia. Ele vai usá-lo para entrar em contato comigo em emergências. E declarou expressamente que o acordo acabará se algum dia eu usar para fazer o mesmo. Você estava certo, ele é muito orgulhoso. Só a ideia de que eu entre em contato o fez praticamente dar um chilique.

Crowther analisou o anel, revirando-o entre os dedos.

— É de prata?

— Sim.

Ele assentiu.

— Deve ter herdado da mãe. Ela era uma alquimista de prata aqui no Instituto. Uma família nobre pequena, com um talento razoável. Atreus ficou muito apaixonado por ela por um tempo.

— Você os conheceu? — Helena o encarou, curiosa.

— Só de nome. O sentimento das guildas em relação aos alunos bolsistas não era muito diferente na época. Todo mundo achou que era só uma paixonite. Um Ferron dificilmente ousaria sair de sua ressonância naquele nível. Foi um choque quando Atreus se casou com ela, sem pompas, obviamente por obrigação. Não consigo nem imaginar como um homem ambicioso como Atreus deve ter se enfurecido com essa união, mas ele tampouco poderia arcar com a condenação social e religiosa de abandoná-la.

Qualquer um que estudava metalurgia sabia que prata e ferro eram elementos incompatíveis. Que nunca formariam uma liga. A prata, no entanto, era um metal nobre, que teria colocado a esposa acima do marido em posição, mesmo que não em fortuna.

— Kaine foi concebido fora do matrimônio, então? — perguntou Helena, hesitante.

Crowther negou com a cabeça.

— Não, ele veio depois. Enid teve dificuldades. Uma série de abortos espontâneos, claramente resultado da combinação infeliz de ressonância. Quando ela foi levada ao hospital, grávida, os médicos acreditavam que a condição dela demonstrava sinais claros de vitamancia na criança. Os Ferron foram avisados do que ela carregava no ventre e aconselhados, mas Atreus estava desesperado por um herdeiro. Fugiram para a casa de campo da família. Alguns meses depois, Atreus foi pego empregando vitamantes para ajudarem a lidar com a gravidez, e ficou preso por várias semanas. Quando foi solto, Kaine já havia nascido.

Crowther deixou o anel sobre a mesa.

— Eles viveram uma vida *muito* discreta na casa de campo depois disso. Disseram que o parto foi tão traumatizante para Enid que ela nunca mais voltou a conviver em sociedade. Atreus raramente falava dela. Boatos começaram a correr entre as guildas de que Kaine era um Lapso, e a família estava tentando escondê-lo. Por fim, essa crença se espalhou tanto que Atreus não teve escolha a não ser apresentar o garoto à sociedade da guilda, mas o controlava muito, feito um cão na coleira. Ele sabia que a qualquer sinal de vitamancia, a Chama Eterna agiria. Atreus pagou muito caro pelo herdeiro, e não podia arcar com o custo de perdê-lo. Foi surpreendente quando Atreus o matriculou no Instituto, mas o que mais poderia ter feito? Se Kaine não pudesse refutar os boatos sobre suas habilidades e obter a certificação, a família teria perdido o controle da guilda.

— Como é que você sabe de tudo isso? — perguntou Helena, colocando o anel de volta no dedo.

Crowther arqueou uma das sobrancelhas.

— Por que acha que fui trazido para o Instituto e fui o conselheiro acadêmico de Kaine Ferron?

Helena arregalou os olhos.

— Você estava à procura de sinais.

Crowther assentiu.

— Sim, ele foi um dos alunos que solicitaram que eu observasse. Infelizmente, fui redesignado para investigar os rumores na cidade. Se eu estivesse aqui, tenho certeza de que teria notado algo de errado quando ele voltou depois da execução do pai. Tudo poderia ter sido diferente.

Quando Helena chegou ao cortiço na semana seguinte, tirou as luvas e fez uma pausa, pressionando a mão contra a porta, usando a ressonância para sentir o mecanismo ali dentro. Embora o cômodo parecesse abandonado tanto por dentro quanto por fora, dava para sentir que a porta continha uma fechadura complexa.

As melhores fechaduras, no geral, eram uma mistura de metal e elementos raros, com frequência adaptadas à ressonância particular de seu dono, e também alguns elementos inertes, feitos para criar pontos cegos. Para destrancá-las, o alquimista precisava conhecer os movimentos do mecanismo, saber qual era a sensação e quais deles deveria manipular.

Ela manteve os dedos sobre a superfície enquanto batia na porta. Acompanhava conforme giravam, tão concentrada no padrão que seguia que foi pega de surpresa quando uma mão pálida se esticou, pegando-a pelo pulso e arrastando-a para dentro.

A porta se fechou com um baque, e Ferron a encurralou contra a parede.

Lá se foi a promessa de não tocar nela.

Ele se inclinou para frente, a palma da mão pressionada na lateral do pescoço de Helena, a ponta dos dedos traçando as vértebras cervicais. Ela se forçou a levantar o queixo enquanto a cabeça de Ferron se aproximava mais da dela.

Ela tentou respirar fundo, mas não conseguia se mexer. O coração de Helena pareceu parar quando se deu conta daquilo.

Ferron se afastou, examinando-a com aqueles olhos inexpressivos e sem emoção.

Os pulmões já começavam a queimar enquanto tentava descobrir o que exatamente ele tinha feito com ela. Por mais experiente que fosse como curandeira, nunca ninguém usara vitamancia no corpo dela.

Ferron inclinou a cabeça, segurando-a contra a parede.

— Você não tem nenhum senso de autopreservação? Eu poderia ter te matado cinquenta vezes só neste prédio.

Helena não conseguiu responder. Os olhos começavam a saltar. O coração ainda funcionava, ao menos; palpitava acelerado. Os olhos deveriam estar apavorados, porque ele riu.

— Não se preocupe, não vou tirar vantagem de você — disse, baixinho, no ouvido dela.

Os dedos dele mal se moveram, e a paralisia nos pulmões de Helena desapareceu, mas *apenas* a dos pulmões.

Ela respirou fundo, trêmula, por entre os dentes porque era a coisa mais próxima de gritar que conseguia fazer.

Helena não via uma forma de se desvencilhar do controle dele, sequer conseguia encontrar a própria ressonância. Ele a pegara completamente desprevenida ao fazê-la pensar que iria beijá-la.

— Vou te mostrar algo interessante agora. Me disseram que é um dos meus talentos especiais.

A mão livre de Ferron pressionou-se à testa dela, obscurecendo a visão.

Foi o único aviso que teve antes de a ressonância dele invadir sua mente como uma agulha gigante perfurando o crânio.

O corpo dela teve um espasmo.

Helena conseguia senti-lo. A ressonância dele chegou à frente de sua consciência como um relâmpago, e as memórias dela apareceram diante dos olhos como um zootrópio.

Era como se estivesse revivendo o momento; os ombros contra a parede, o corpo dele se aproximando, o rosto dela se erguendo. Então o tempo retrocedeu e a mão dela estava pressionada contra a porta, e depois tentando encontrar o cortiço e a proximidade claustrofóbica dos prédios.

Ferron foi mais fundo nas memórias; ela se viu pegando a bolsa médica e saindo.

Ele conseguia *ler* a mente dela.

Não poderia permitir que ele fizesse isso.

Então se debateu, tentando se libertar, arrancar a própria consciência do controle dele.

Ferron foi mais fundo.

Helena estava sentada no laboratório de química vazio transmutando diversos compostos raros em um elixir. Cobriu o anel dele com o composto, tomando cuidado para não romper a harmonia espelhada.

Ferron a soltou de repente e a paralisia desapareceu.

Os joelhos de Helena cederam e ela deslizou pela parede, a cabeça latejando tão violentamente que mal conseguia enxergar.

— O que você fez com meu anel? — perguntou ele, parado acima dela.

— O que você fez *comigo*? — retrucou ela, a voz trêmula.

— É um truque que aprendi com Artemon Bennet — replicou ele, dando um passo para longe. — Ele chama isso de animancia. Quando pegamos soldados da Resistência vivos, não é incomum que examinemos as memórias deles. Então, se você for capturada, existe uma grande chance de isso acontecer com você. O que faz de você um risco para mim.

Helena fechou os olhos, esforçando-se para se recompor. A Chama Eterna não tinha ideia de que uma coisa dessas era possível. Que tipo de defesa poderiam ter contra algo assim?

— Agora vou perguntar de novo. — A voz de Ferron era fria e implacável. — O que fez com o meu anel? Onde ele está?

Ela engoliu em seco, forçando-se a falar com firmeza.

— É um elixir ligado à superfície. A cobertura refrata a luz para que se camufle e ninguém o encontre a não ser que esteja procurando.

Ele se abaixou e ergueu a mão dela, o polegar deslizando pelos dedos de Helena até encontrar o anel pelo toque. Ele estreitou os olhos, virando a mão dela de um lado para o outro.

Ergueu as sobrancelhas.

Helena percebeu que ele voltara a enxergar o anel.

Ferron se calou por um longo instante.

— Nunca ouvi falar de nada parecido antes.

— Nunca foi desenvolvido por completo.

Ele arqueou uma sobrancelha, encontrando o olhar dela.

— É de sua autoria?

Ela assentiu, relutante.

— Foi um dos meus projetos da graduação. Nunca consegui fazer com que funcionasse em nada maior do que isso. A refração fica irregular.

Ferron ficou em pé, puxando-a consigo.

Helena tentou não recuar agora que sabia o que ele era capaz de fazer com um mero toque.

— Não vou arriscar a minha posição por sua incompetência — disse Ferron.

Helena nunca fora chamada de incompetente em toda a sua vida, e ela se empertigou.

— Eu não sabia que imunidade à leitura de mentes era algo que você esperava de um espólio de guerra.

— Não é leitura de mentes — devolveu Ferron, desdenhoso. — O que fiz foi uma simples manipulação do seu cérebro. Pode parecer que entrei e vi seus pensamentos tão nitidamente quanto se eu os estivesse vivendo, mas, a não ser que eu esteja sendo exaustivo e repassando um por um, só vejo vislumbres, e o resto se perde no agrupamento. São apenas as coisas nas quais você se concentra que ficam claras a ponto de serem decifradas com facilidade. Se algum dia for capturada, não deixe que o interrogador te engane ao pensar que viu mais do que encontrou de fato.

— Então o que você viu? — perguntou ela, tentando entender.

Ele abriu um sorrisinho.

— O medo que você sente, na maior parte. Desorientar você com o medo te deixou vulnerável. Você não foi coerente o bastante para fazer qualquer coisa para resistir. Depois tudo o que vi foi um borrão, e os dois pontos de clareza foram quando você estava analisando a porta e depois quando modificou o anel, porque estava tão concentrada na tarefa que não estava pensando sobre nenhuma outra coisa que poderia ter turvado as memórias. A mente é ótima em entregar suas prioridades.

Então um interrogador não veria tudo, apenas as coisas importantes.

— E o que posso fazer para me proteger? — Helena odiava ter que perguntar a ele. — Como espera que eu previna isso?

— Um interrogador não vai parar até encontrar alguma informação valiosa. Se você for capturada, não há nada que possa fazer para impedir, mas se acharem que você é fraca, não vão vasculhar com cuidado. Precisa entregar algo valioso o bastante para parecer legítimo como forma de manter as coisas mais importantes escondidas.

Ela refletiu sobre isso, ainda apoiada na parede porque não tinha certeza de que suas pernas a sustentariam.

— Pense em algo, escolha algo. Se eu estiver procurando informações sobre a Chama Eterna ou Holdfast, o que poderia entregar que faria parecer o maior segredo que você tem? Usar a ressonância na mente dessa forma é como botar fogo na casa de alguém. A mente protege, por instinto, o que há de mais importante. Você precisa treinar a si mesma para fazer o contrário. Concentre-se no que não importa. E lembre-se de que, seja lá o que pensa que viram, a não ser que você chame atenção ou que estejam sendo extremamente minuciosos, foi apenas um vislumbre. Nunca se concentre em nada relevante.

Ela assentiu devagar.

— Certo.

— Vou testar você na semana que vem outra vez. Prepare-se.

CAPÍTULO 27

Februa, 1786

Quando Helena contou a Crowther do que Ferron era capaz, foi afastada de todas as reuniões da Chama Eterna e seu acesso às informações sobre o paradeiro de Luc foi cortado.

Todos imaginaram que a decisão havia sido tomada por conta do "surto" misterioso de Helena. Era conveniente para Crowther, mas isso a tornou uma pária ainda maior.

No encontro seguinte, ficou aliviada quando Ferron a convidou a entrar com calma, em vez de atacá-la antes mesmo de passar pela porta.

O cortiço transparecia uma miséria deprimente. Era nítido que, quando as fábricas ainda funcionavam, ninguém se preocupava com o conforto dos operários.

— Pronta? — perguntou ele, aproximando-se e tirando uma das luvas de couro preto.

Helena cerrou as mãos, sentindo a textura da cicatriz na pele, e consentiu.

Dessa vez, ele não a paralisou. Apenas encostou a palma da mão na testa dela. Helena não conseguiu conter um arquejo.

Ela revirou os olhos com tanta força que sentiu a tensão nos nervos ópticos.

Embora soubesse o que viria pela frente, sua mente relutou, em pânico, e, no mesmo instante, voltou a se concentrar em coisas nas quais não queria pensar.

A sala de Crowther. O rosto dele encoberto por sombras.

Forçou-se a pensar em outra coisa.

Luc.

Crowther permitira que ela usasse a última reunião da Chama Eterna da qual participara como distração.

Andavam discutindo o novo método para eliminar os defuntos e os Imortais, e o que deveriam fazer com os vários talismãs que a unidade de Luc recuperara e trouxera de volta.

De súbito, a ressonância na mente dela foi interrompida, e Helena cambaleou, tentando forçar os olhos a retomarem o foco, os pensamentos rodopiando.

— Melhor do que eu esperava — ouviu Ferron dizer, distante. — Infelizmente, um interrogador não fará isso apenas uma vez.

A ressonância dele voltou a atravessá-la.

Foi pior da segunda vez, como uma ferida reaberta, dilacerada ainda mais profundamente. Tinha ficado mais difícil pensar. Quando Ferron por fim a libertou, Helena sentiu o crânio prestes a rachar no meio.

Com os olhos marejados, ela mordeu a boca com força, o peito estremecendo com sua respiração irregular.

A sala oscilou, ameaçando desaparecer. Helena cambaleou, tateando a parede às cegas.

— Beba isto — ordenou ele, enfiando um frasco na mão dela. — Senão pode acabar desmaiando.

Ela aceitou e bebeu, duvidando de que Ferron fosse envenená-la. Porém, caso o fizesse, não sabia se isso seria um problema. Seu crânio latejava como se houvesse um tambor ali dentro.

O analgésico amargo que inundou sua boca deixou a língua entorpecida. Ela quase o cuspiu de volta no frasco quando compreendeu que Ferron havia lhe dado láudano para tratar a dor de cabeça. Será que ele fazia ideia de como o fornecimento de ópio no Norte era limitado?

O remédio, no entanto, já estava em sua boca, então ela o engoliu.

Quando voltou a abrir os olhos, o ambiente parecia ter uma luminosidade suave. Ficou aturdida pelo analgésico ter amainado tudo, até a imagem de Ferron.

— Isso já aconteceu com você? — perguntou, a fala arrastada.

Ferron era Imortal. Helena não fazia ideia se eles sofriam de dor de cabeça. Ou mesmo se dormiam.

— Mais de uma vez — disse ele. — Meu treinamento foi rigoroso.

Ela assentiu. Achava estranho como a guerra parecia não ter afetado Ferron. Contudo, quando se forçava a ver além das aparências, percebia com ele emanava uma estranha e perigosa imobilidade.

— Por quê?

Ele a fitou de cima, o olhar severo.

— Para ver se eu era melhor do que meu pai ou se também cederia sob interrogatório.

Ela nunca pensara no que haviam feito a Atreus Ferron após o capturarem. Todos sabiam que ele tinha confessado, mas ela sempre supusera que havia sido um ato voluntário.

— Isso foi... antes de você matar o Principado Apollo?

Ferron a encarou, torcendo a boca.

— Está querendo uma confissão? Será que devo te contar tudo o que fiz?

Ela encarou os olhos zombeteiros dele.

— Você quer me contar?

Um lampejo de surpresa suavizou as feições dele por um instante, depois desapareceu. Ele era solitário.

Era do que Helena desconfiava. Desde que Crowther lhe contara as circunstâncias do casamento do pai dele, ela reavaliara tudo o que achava que sabia sobre Ferron. Não se lembrava de vê-lo com amigos no Instituto. Ele se relacionava com os outros alunos das guildas, mas nunca passava muito tempo com ninguém. Se tivesse algum amigo, a pessoa teria sido inundada de perguntas e acusações após o assassinato. Todos os alunos no ano dele tinham dito coisas como: "A gente dividiu quarto ano passado, mas ele mal falava", "Fizemos dupla na aula de fusão de ligas metálicas, mas ele sempre fazia os trabalhos sozinho".

Não era difícil de imaginar por que Ferron não confiava em ninguém. Havia sido criado em um ambiente moldado por uma ambição ancestral, sendo observado de perto em busca de sinais de fraqueza ou vitamancia. E na guerra, os riscos só tinham aumentado.

Vivia rodeado de homens imortais consumidos pelo desejo de poder e vingança. Não podia correr o risco de confiar em alguém.

— E por que eu iria querer contar algo para *você*? — perguntou, num tom cruel, enquanto se afastava.

Ela não insistiu. Não precisava saber.

Só precisava que ele percebesse que queria contar para alguém...

... que queria contar para ela.

Assim, Helena se tornaria emocionalmente valiosa, interessante a ponto de Ferron começar a baixar a guarda.

— Quer tentar de novo? — perguntou ela depois de um momento, na esperança de impressioná-lo.

Em vez disso, ele se levantou.

— Eles costumavam me torturar enquanto Bennet fazia isso. Diziam que era treino, para o caso de eu ser capturado — disse Ferron, torcendo a boca num esgar de desdém. — Mas era só uma desculpa esfarrapada. Ele sente prazer nisso, em entrar numa mente que está aos gritos. Se for pega, é o que ele fará com você.

Ferron não esperou por uma resposta. Jogou um envelope rápido demais para que ela conseguisse pegar e foi embora antes que caísse no chão.

Helena estava de plantão na emergência quando Ilva Holdfast e o Falcão Mathias apareceram, com quatro garotas logo atrás.

— Curandeira Marino, nós percebemos que, como nossa única curandeira, você está sob muita pressão — começou Ilva, a expressão completamente impassível, enquanto Matias discursava sobre dever sagrado, pronunciava uma invocação e pendurava amuletos de pedra-do-sol no pescoço das quatro garotas. — O Falcão Matias foi conduzido pelo divino até essas quatro. Ele as entrevistou à exaustão para verificar a sinceridade de sua Fé e a pureza de sua alma. Será seu dever sagrado guiá-las enquanto aprendem a oferecer a intercessão de Sol.

Fez-se uma pausa, pois Helena não sabia o que dizer. Quando o silêncio se tornou insuportável, forçou-se a assentir, calada. Crowther dissera que havia outros que poderiam substituí-la como curandeira. Ela só não esperava que fossem quatro.

Mathias sempre fora contra a ideia de novos curandeiros. No entanto, parecia que a explosão de Helena o convencera de que qualquer quantidade de curandeiros seria melhor do que ela própria.

Embora as garotas fossem suas aprendizes, ninguém esperava que Helena as treinasse sozinha. A Enfermeira-chefe Pace também daria um treinamento médico básico para as novatas. Helena se conteve para não dizer que esse processo criaria o exato híbrido entre medicina e cura que Matias sempre a repreendera por utilizar sem restrições.

Pace já repassava os protocolos de segurança do hospital com as aprendizes, reiterando que, antes do tratamento, cada paciente precisava ser avaliado em busca de sinais de reanimação. Podia ser difícil determinar em vítimas recém-mortas, mas todos tinham que ser avaliados duas vezes. A primeira pelos guardas, na admissão, e a segunda por médicos ou enfermeiros. Quaisquer pacientes que não tivessem sido indicados como duplamente liberados deveria ser abordado com extrema cautela, pois podiam ser necrosservos ou, ainda mais insidiosamente, defuntos.

Helena deixou de prestar atenção no sermão, resistindo à vontade de tocar a cicatriz na lateral do pescoço. Escutara aquele alerta tantas vezes que já havia perdido a conta, mas, sempre que o ouvia sendo repetido, queria enfiar a cara num balde de água gelada e urrar.

Sabia que deveria ficar feliz por ter mais curandeiras, mas, em vez disso, um nó se formou em seu estômago enquanto ela analisava cada garota.

Eram suas substitutas, porque o trabalho como curandeira era secundário à função e ao propósito que tinha como posse de Ferron.

A noção daquilo a queimava por dentro como uma brasa.

Uma das aprendizes avançou, estendendo a mão, mas ao reparar nas mãos de Helena, cobertas pelas luvas, deteve-se e fez uma reverência desajeitada.

— Você é Marino, já sei. Estas são Marta Rumly, Claire Reibeck e Anne Stoffle. Eu sou Elain Boyle.

Em menos de uma semana, Helena se cansou das aprendizes. Assim que começaram a perceber que ser curandeira não era um cargo importante, começaram a desdenhar do novo posto.

Claire e Anne mal tentavam formar canais de ressonância. Marta não gostava de sujar as mãos. Enquanto isso, Elain Boyle queria aprender, mas não parava de tentar tratar pacientes mortos.

Todas as quatro achavam que, só porque "sentiam" como fazer algo, aquele era o método certo, e, quando eram corrigidas, em vez de se esforçarem para entender a forma correta, agiam como filhotes de passarinho, esperando, passivas e boquiabertas, que Helena chegasse correndo para ensiná-las. Nunca tentavam ser proativas e buscar respostas por conta própria, aguardando sempre alguém lhes dizer o que deveriam aprender ou fazer.

Helena voltou ao Entreposto ressentida da situação. Ferron pareceu notar a distração, pois a pegou pelo queixo e inclinou a cabeça dela até encontrar seu olhar.

Helena estava apreensiva, aguardando a invasão mental, mas, em vez disso, sentiu a ressonância dele tão insubstancial quanto uma teia de aranha, espalhando-se por seus nervos. O que…

Ele pressionou a palma na testa de Helena, que mal teve tempo de se concentrar antes de ter a mente escancarada. Ela fez o possível para afastar os pensamentos sobre as aprendizes, tentando se concentrar nas partes repetitivas do cotidiano que Ferron achava irrelevantes. Até onde ele sabia, Helena passava os dias arrumando inventário, revisando formulários médicos e lavando as mãos.

Quando enfim acabou, Ferron a estudou com uma expressão que ela não sabia identificar. Em vez de recuar, aproximou-se.

Helena enrijeceu, forçando-se a encarar o rosto dele para não se concentrar no corpo. Com os dedos desnudos, ele a tocou de leve no queixo, meneando a cabeça dela até o pescoço ficar exposto.

Outra vez sentiu a ressonância de Ferron.

Será que ele a estava testando, para ver se ela sentia?

— Qual era o seu repertório mesmo? — perguntou ele, em voz baixa.

— Amplo — respondeu ela, sabendo que era melhor não mentir, pois a Assembleia das Guildas talvez tivesse acesso aos documentos de imigração de Helena —, por isso o Instituto me aceitou. Havia alguns elementos raros nos quais não passei, mas, no geral, minha ressonância é de espectro amplo.

Ferron inclinou a cabeça para o lado, ainda a uma proximidade incômoda.

— Teria escolhido qual concentração?

— Eu não tinha me decidido.

Ele apertou o queixo dela.

— Você já estava estudando havia dois anos. Como assim, não tinha se decidido?

— Luc queria viajar, e me pediu para que eu fosse com ele. Pensei em escolher depois disso.

Ferron baixou a mão, a ressonância se esvaindo.

— É claro. Você deve ter se achado tão especial sendo o bichinho de estimação de Holdfast. — Ele a olhou de soslaio ao lhe estender um envelope, abrindo um sorrisinho irônico. — E agora, olhe só para você.

Helena sentiu as cicatrizes de sua mão coçarem quando aceitou o envelope.

A carta tinha o mesmo nome de sempre.

— Quem é Aurelia Ingram?

Ferron balançou a cabeça com desdém.

— Ninguém — respondeu, rindo. — Apenas uma garota que meu pai arranjou para ser minha esposa quando eu tinha... nove anos. A guilda está me pressionando. Temem o que pode acontecer caso eu seja consumido pelo fogo prematuramente.

— Mas você é... — disse ela, e hesitou, estranhando usar a palavra naquela conversa. — ... imortal.

— De certa forma — respondeu ele, revirando os olhos. — Mas ainda posso acabar perdendo o corpo em algum momento. Por via das dúvidas, querem que eu tenha um herdeiro. Minha noiva chegou à maioridade faz pouco tempo, mas eu a visitei uma vez e não tenho a menor intenção de fazer isso de novo. Vivo pensando em escrever para ela, mas, por algum motivo — falou, com um sorrisinho —, todas as cartas terminam extraviadas.

CAPÍTULO 28

Martius, 1786

Por mais que odiasse, Helena precisava admitir que o treinamento de Ferron estava surtindo efeito, embora talvez não do jeito como ele pretendia.

As invasões recorrentes tinham despertado nela uma percepção renovada da própria paisagem mental. Tinha se lembrado de quando se descobrira vitamante, como se, de repente, sua ressonância pudesse atingir um nível até então desconhecido.

A ressonância dele em sua mente fez Helena ter consciência de uma energia a qual ela era capaz de manipular.

Não sabia dizer se sempre fora dotada de tal habilidade e só nunca havia percebido, ou se aquela era a "animancia" a que Ferron se referira. Não que ela pudesse perguntar.

Até onde Ferron sabia, Helena só estava aprendendo a se concentrar.

Entretanto, ela percebera que dava para suplementar o foco com ressonância, afastar e reorientar os pensamentos pelos caminhos que desejasse. De início, treinava apenas para os encontros com ele, mas depois passou a usar o método o tempo todo no Quartel-General, afastando todos os pensamentos e sentimentos que a consumiam.

Depois de mais um teste, Ferron se afastou, olhando por uma das janelas sujas. Mal dava para chamar aquilo de vista. O Entreposto era apinhado de gente, mas via-se uma fresta de céu na direção das ilhas. Ele olhou naquela direção. O céu nublado estava manchado de fumaça.

Olhou para ela.

— Sempre tem fumaça saindo do seu Quartel-General. É do crematório, não é?

Helena não disse nada, mas Ferron tinha razão. Eles queimavam mortos sem parar.

— Quantos soldados ainda lhes restam?

A boca de Helena ficou seca. Aquela era uma das maiores preocupações da Chama Eterna: que os Imortais percebessem o quanto as fileiras da Resistência estavam exauridas. Que talvez bastasse um único ataque mais brutal para eliminá-los por completo.

Não houve resposta.

Ferron ficou parado, contornado pela luz fraca da janela.

— Acha que vão conseguir lutar por mais quanto tempo?

Para essa pergunta ela tinha uma resposta:

— Até não restar mais ninguém. Não vamos nos render.

— Bom saber — murmurou ele, voltando a olhar para a fumaça.

Havia meses que o hospital parecia estar à beira de um colapso. Os materiais eram tão escassos que tudo o que recebiam de Novis evaporava assim que chegava.

— Nossa gaze acabou de vez, e usamos o que restava da resina de ópio na semana passada — informou Pace à Helena no almoxarifado quase vazio. — O Conselho quer usar as novas curandeiras para compensar a escassez, mas elas ainda não estão nem um pouco preparadas.

Mesmo fora de períodos de guerra, era comum produtos de ópio serem escassos. As marés lunares duais limitavam o comércio marítimo das regiões de Ortus na maior parte do ano, exceto durante a baixa de verão, quando Lumithia estava em Ausência e o mar que separava os continentes se acalmava por um período. No restante do ano, a maioria das cargas circum-navegava o mar. A travessia podia levar metade de um ano e resultava em preços proibitivos.

A Chama Eterna precisava de muito mais coisas do que apenas ópio. Precisava de mais comida, remédios, roupas e curativos. Tudo aquilo que não era feito de metal ou de materiais transmutáveis estava escasso a ponto de ser desesperador. Se a Resistência não recuperasse o controle dos portos a tempo da alta comercial do verão, morreriam de fome antes mesmo que o inverno seguinte chegasse.

— As inundações ainda não estarão tão graves — disse Helena. — Posso arranjar esfagno nos arredores da cidade, o que pelo menos vai ajudar com a falta de gaze. Nesta época do ano também tem muito salgueiro.

Pace assentiu, ainda encarando as estantes vazias.

— Já seria melhor que nada.

Sem gaze e ataduras limpas e esterilizadas, os ferimentos ficariam infeccionados, a recuperação seria mais lenta e o risco de doenças contagiosas aumentaria. Mesmo com cinco curandeiras proporcionando alívio para a dor, o apoio delas custaria outros trabalhos de cura que poderiam fazer em vez disso.

Nas primeiras horas da manhã, quando saiu para ir ao pântano, Helena viu Luc e Lila treinando no Espaço Comunal, armados até os dentes. Nem ficara sabendo que os dois tinham voltado.

Andava dormindo numa cama de armar na sala de Pace, já que a dor dos pacientes costumava piorar à noite.

Parou por um momento e ficou contemplando a cena.

Luc preferia lutar no estilo tradicional dos Holdfast, ou seja, com uma enorme espada flamejante que se transmutava em duas espadas flamejantes menores. Ele era excepcional com a alquimia de fogo. Labaredas brancas, brilhantes como o sol, abriam-se como asas ao redor dele, fazendo seus olhos azuis brilharem como safiras, e até suas feições finas lhe conferiam um ar mais etéreo.

Os poderes dele pareciam mesmo de outro mundo.

Helena sabia que não era o caso. Na verdade, provavelmente sabia melhor do que ele como os poderes funcionavam. Embora Luc levasse jeito para piromancia, não tinha paciência nem interesse quando o assunto era ciência. Quando era estudante, recorria à Helena para entender a parte teórica das lições.

Em comparação com a transmutação de metal, a piromancia era mais variada. Durante o combate, um piromante precisava ser capaz de improvisar rapidamente com base em variáveis diversas, sem hesitação nem erro de cálculo. Variáveis como o vento, o espaço limitado, a distância do alvo e o nível de oxigênio precisavam ser levadas em consideração.

Enquanto observava os dedos de Luc, calculava mentalmente que técnicas e fontes de matriz usava. Ele era tão rápido que mal o acompanhava.

Como projéteis básicos tinham efeito insignificante em necrosservos e nos Imortais, a maior parte da luta era incendiária ou de curta distância.

— Hel! — A voz de Luc rasgou a manhã quando ele parou o movimento e acenou para ela.

Quando ela se aproximou, ele sorriu. Vestido todo de branco, usava apenas a proteção de amianto para impedir que as roupas ficassem chamuscadas. O rosto dele reluzia de calor.

— Como me saí?

Helena torceu a boca. Luc riu.

— Pode ser sincera.

Ela franziu as sobrancelhas.

— Você está exagerando no uso de oxigênio — respondeu ela. — É um hábito ruim. Pode ser perigoso num ambiente fechado.

Luc coçou a testa.

— Eu sei, estou tentando aumentar a precisão do meu alcance, mas não consigo manter estabilidade sem perder o controle de quanto ar gasto.

Helena mordiscou a parte interna do lábio.

— Que fórmula você está usando?

— Sei lá — Luc fez uma careta —, não escrevo uma matriz há séculos. Faço tudo de cabeça. Sabe, me parece melhor.

— Você provavelmente resolveria esse problema se colocasse no papel — rebateu ela, com um olhar incisivo.

Os olhos dele ganharam um brilho de malícia.

— Bom, se você der uma olhada, quem sabe. A gente vai fazer uma pausa mesmo. Fiquei sabendo que você agora tem aprendizes, o que significa que já chega de desculpinhas. Chegou a hora. Vamos. E, se tentar recusar, boto fogo em alguma coisa.

Ela suspirou.

— Na verdade, eu estava indo...

O céu acima deles irrompeu em chamas com um estalido, abafando as palavras de Helena.

— Perdão, o que foi mesmo que você disse? — perguntou Luc.

— Você deveria vir, Hel — insistiu Lila, secando o rosto com a toalha. — Faz semanas que Luc não para de tagarelar de uma coisa nova que anda fazendo, e ninguém tem a menor ideia do que ele está falando.

O coração de Helena acelerou, e ela abriu um sorriso.

— Então acho que é melhor eu ajudar.

— Você *acha*... — resmungou Luc, passando o braço ao redor dos ombros dela e a puxando para que andassem. — Era para ser um *prazer*. Eu sou uma ótima companhia.

Helena riu.

Não fazia ideia do que o deixara naquele bom humor, mas ficou feliz. Kaine Ferron era um preço baixo a se pagar se significava voltar a ter momentos como este.

— Marino.

Helena sentiu a voz de Crowther como uma punhalada nas costas.

Encolheu-se, paralisada.

Crowther estava atrás deles no corredor.

— Marino, precisamos discutir o inventário do hospital que você entregou ontem — afirmou ele, apontando para a direção oposta.

Luc foi o primeiro a responder, com uma frieza rara na voz:

— Não tenho dúvidas de que dá para esperar, Jan. Preciso de Hel para resolver uma coisa.

— Lamento, Principado, mas não dá, não — negou Crowther e, apesar da voz tranquila, fulminava Helena com o olhar. — É uma questão urgente.

Helena começou a falar, mas Luc apertou o ombro dela e abriu um sorriso forçado.

— Perdão. Preciso dela.

Crowther arqueou as sobrancelhas.

— Está ferido?

Luc ficou tenso.

— Não. Ela vai me ajudar com algo relacionado à piromancia.

Crowther parecia exasperado, como um gato estendendo as garras, mas fez uma reverência.

— Se necessita de auxílio com piromancia, é meu prazer ajudá-lo. Fui treinado pela sua família.

— Pensarei nisso, é claro — retorquiu Luc, em tom de falsa educação.

— Estou sempre a serviço do Principado — reiterou Crowther, inclinando a cabeça. — Portanto, devo insistir que Marino venha comigo. A questão do inventário pode parecer trivial, mas é de suma importância que o hospital esteja devidamente equipado. Isso pode salvar os nossos soldados.

Ele olhou para Lila, Soren, Alister e assim por diante, detendo-se em cada um deles como se insinuasse que, para Luc, a companhia de Helena era mais importante do que a vida dos demais.

Luc ficou em silêncio. Helena sentia o ressentimento crescente dele, a pressão adensando o ar.

Esse tipo de confronto só prejudicaria a Resistência. A espionagem de Ferron não teria utilidade se Luc ignorasse as informações de Crowther por pura antipatia.

— Ele tem razão, é melhor eu ir. Desculpa, Luc — disse ela, e se afastou, olhando para trás. — Fica para uma próxima.

Lila franziu as sobrancelhas, mas não falou nada. Aquela não era a hora de uma paladina se pronunciar. Soren parecia resignado, mas não surpreso, e Lila dirigiu um olhar incisivo e questionador para o gêmeo.

Luc forçou um sorriso.

— É claro. Vou cobrar.

Quando os outros se foram, deixando Helena a sós com Crowther, a expressão vagamente agradável dele se esvaiu assim que a encarou.

— Agora você é uma defensora conhecida da necromancia, e suas autorizações de acesso são todas condicionais. Seja lá o que Ilva tenha permitido no passado, considere a concessão revogada até que traga resultados que compensem o esforço de reabilitá-la.

As palavras de Crowther ainda ecoavam nos ouvidos dela quando Helena seguiu o caminho para o pântano. Uma névoa densa cobria o rio, trazendo um frio de gelar os ossos, mas não havia cheiro de sangue ou miasma, nem fumaça enchendo os pulmões dela. Mesmo antes da guerra, circular pela cidade nunca trazia de fato a sensação de se estar ao ar livre.

O pântano estava inundado demais para atravessar, o que a forçou a colher ao longo das margens. Havia um arvoredo de salgueiros logo abaixo da represa.

Casca de salgueiro era melhor antes de a seiva começar a escorrer. Embora nem se comparasse com láudano, fornecia um leve efeito analgésico, e também servia para reduzir inflamações, conter febres e desinfetar lesões. O estoque de antisséptico estava muito baixo, o que era perigoso.

Helena colhia sem parar, deixando para trás galhos depenados. O trabalho era simples e congelante.

Não fazia ideia do que Crowther esperava dela. Nem sabia como fazer progresso com Ferron. A expectativa era que a missão fosse horrível, ainda que fosse simples, mas Ferron não lhe dava oportunidades de fazer nada.

Com a ponta da faca, cortou um broto grosso de salgueiro, expôs a madeira branca por baixo e removeu a casca com um movimento ágil de braço.

O som de uma comporta se abrindo quase se perdeu em meio à correnteza da água. Uma dobradiça guinchou e assustou as aves do pântano, que saíram em revoada da grama amarelada.

Movida por instinto, Helena se jogou no chão.

A lama fria encharcou suas roupas enquanto ela espreitava do outro lado da água. Com a claridade, a névoa aos poucos começava a se dissipar, e, do outro lado do pântano inundado e dos canais dos rios, ela só conseguia distinguir a ponta da Ilha Oeste. Não supunha estar em perigo, mas sabia que era melhor não ser vista.

As comportas se conectavam a um sistema complexo de túneis que conduziam às catedrais de inundação cavernosas sob a Ilha Oeste. Enquanto observava, vários necrosservos saíram pela comporta aberta, arrastando uma enorme caixa por correntes.

Atrás dos necrosservos vinham várias pessoas de uniformes pretos ou cinza-escuros.

Um homem fez um gesto com a mão e, em sincronia, os necrosservos puxaram os parafusos compridos do topo da caixa, abrindo um dos lados.

Em um misto de horror e fascínio, Helena contemplou uma criatura sair rastejando.

Era maior do que um cão, e rosada como um porco, mas tinha o formato errado. As patas eram semelhantes às de felinos, e o corpo, comprido e achatado, mas a cabeça era a parte mais grotesca. Reptiliana. Achatada, com o focinho tão alongado que a criatura tinha dificuldade de sustentá-lo ao avançar. Presas imensas se sobressaíam, curvadas, tanto da mandíbula superior quanto da inferior.

A boca de Helena ficou seca. Conhecia aquela criatura, mas era impossível.

Assim como os homúnculos, quimeras estavam entre os mitos alquímicos pré-científicos de Cetus.

Porém, não dava para negar o que via com os próprios olhos.

Um dos homens de preto acenou com a mão e um necrosservo entrou na frente da criatura.

Quando o corpo deformado atacou a uma velocidade inacreditável, ela teve um vislumbre das presas.

O necrosservo caiu e, usando as presas, a criatura arrancou a pele cinzenta de seu corpo, que só parou de tentar se levantar quando foi decapitado pela bocarra gigantesca.

Com os dedos trêmulos, Helena afivelou a bolsa e começou a se afastar devagar, rastejando numa tentativa de permanecer escondida.

Os homens do outro lado do rio conversavam, observando o monstro se alimentar do necrosservo. Em grupo, viraram-se e voltaram a entrar no túnel da comporta, deixando a criatura para trás, uma sentinela pálida e monstruosa agachada na margem.

Do outro lado da água, Helena viu o monstro vagar pela área a passos curtos e desproporcionais. A criatura tinha dificuldade de locomoção, e mantinha distância da água, limitada à margem.

Helena continuou engatinhando; não queria se arriscar a descobrir se a quimera sabia nadar. Devido ao frio, suas mãos ficaram arroxeadas. Ela as esfregou em movimentos rápidos, tentando, sem jeito, usar a ressonância para aquecer a ponta dos dedos.

Já atravessava a ponte, com o portão e o posto de controle à vista, quando um calor fulgurante envolveu sua mão, ardendo tanto que ela quase gritou.

O calor passou na mesma hora.

Ao olhar para baixo, entendeu o que era. A pele ao redor do anelar esquerdo tinha assumido um tom avermelhado e, quando inclinou a mão, o anel ressurgiu por um instante.

Queimou de novo.

Quase o arrancou. Mesmo com as mãos tão frias, o calor era insuportável.

Imbecil. Não havia motivo para deixar o anel tão quente, a não ser que achasse que ela sofrera dano nevrálgico.

Provavelmente a estava convocando para falar da quimera, o que não seria novidade para ela. A bolsa estava pesada, e Helena, congelando. Tudo o que queria era voltar ao Quartel-General.

Ferron, porém, não tinha ideia de que ela já sabia. Relutante, ela se virou e seguiu para o Entreposto.

Foi a primeira a chegar. Sabia que seria, mas ainda era irritante sentir aquele frio todo e ser forçada a esperar. Mal conseguira abrir a porta.

Primeiro tirou a capa, depois a jaqueta, torcendo as mangas para escorrer a água pantanosa, e então repetiu o processo com o tecido extra das mangas da camisa, tentando secá-las um pouco. A cada passo as botas faziam um ruído úmido, e os dedos dela estavam dormentes.

Por fim, Ferron apareceu e imediatamente franziu a testa ao ver Helena.

— O que está fazendo? — perguntou, olhando para o rastro de água lamacenta que Helena torcia no chão.

— Eu estava molhada.

Um lampejo de irritação passou pelo rosto dele, mas Helena não deu a mínima. Sacudiu a jaqueta com tanta força que estalou.

— Então… quimeras. Há mais de uma?

Como não houve resposta, ela o fitou. Ferron parecia desconcertado.

— Você já sabe — constatou ele, nitidamente irritado.

— Eu vi — confirmou ela, assentindo.

Uma expressão indescritível cruzou o rosto de Ferron.

— Você viu? Como?

— Eu estava no pântano quando a soltaram.

— Você estava no *descampado*?

Helena sempre odiou aquele nome para o lugar.

— Estava. É onde busco suprimentos médicos. Tem muita coisa boa lá para colher, é... — prosseguiu, hesitando. — É prático. Só tem uma quimera?

Ferron se recusou a voltar ao assunto.

— Você vai até lá com frequência?

— Bem, depende da estação. Não consigo colher muita coisa no período de enchente, mas... — Helena parou, diante do semblante estupefato de Ferron. Ela suspirou, impaciente. — Eu mencionei que faço isso aos saturnis e martidia. Hoje saí para buscar um pouco a mais.

— Não... — rebateu Ferron, devagar, com uma entonação perigosa. Apesar da postura casual, a voz o entregava quando continuou: — Você disse que saía para buscar materiais médicos. Achei que se encontrasse com um contrabandista na cidade.

— Por que a Chama Eterna me enviaria para me encontrar com um contrabandista? Eu colho plantas medicinais, ajuda a fazer o estoque durar mais.

Ele abanou a mão na direção dela.

— Sozinha?

— É óbvio — retrucou Helena. — Por isso podemos nos encontrar quando termino. Como ainda não entendeu isso? Você vive chafurdando em minha memória.

— Sua mente é consideravelmente menos interessante do que você imagina. Por que eu prestaria atenção nas banalidades que faz no seu caminho até aqui?

Era quase engraçado o quanto ele havia ficado surpreso com aquela informação.

— Mande Crowther arranjar outra desculpa para você sair da cidade — determinou ele, por fim. — Você vai vir para cá e voltar. Não vou arriscar meu disfarce só porque quer se arrastar na lama à procura de mato.

Helena se empertigou, chocada de indignação.

— Você... você não pode fazer isso.

A expressão dele se enrijeceu, e Ferron enfim se mexeu, aproximando-se dela.

— Na verdade, posso, sim. Já se esqueceu? Você me pertence.

— Sim — disse ela, recusando-se a recuar; já se curvara e obedecera demais por um dia. — Mas você também me deu sua palavra de que não se intrometeria nas minhas responsabilidades com a Chama Eterna. Colher suprimentos é parte do *meu* trabalho. Eu faço isso há anos. Se quiser controlar tudo o que faço, espere até a gente vencer.

Ferron a fulminou com o olhar, e Helena temeu que ele ignorasse seu pedido e falasse com Crowther.

Crowther cederia. Helena sabia. O homem faria qualquer coisa para deixar Ferron feliz.

Seu coração bateu forte no peito, e ela rezou para que ele não percebesse o blefe.

Ferron deu um passo para trás, o olhar severo.

— Está certo. Então me diga, como você se protege lá fora? Que armas lhe dão? Quero ver se funcionam contra as quimeras.

Ele estendeu a mão enluvada. Helena a olhou. Apesar de as próprias mãos ainda estarem dormentes, sentiu calor subindo pelo pescoço e um nó se formar em sua garganta.

Engoliu em seco.

— É que... hum, não é bem assim — replicou, sem jeito, tentando se esquivar.

— Como?

— Eu não... não tenho acesso a armas. Fui afastada do combate antes da minha qualificação. Quem trabalha apenas no Quartel-General não... — falou, apontando para as roupas. — Eu me disfarço de civil.

Ele arqueou as sobrancelhas.

— Você se desloca pela cidade e sai para o descampado sozinha e desarmada?

Helena se contorceu. Parecia muito pior do que era, de fato. Ela tinha vitamancia, mas não podia contar. Também não ajudava que aquelas incursões não fossem oficialmente aprovadas.

Pace sabia. Crowther sabia.

Matias, seu superior oficial, não sabia. Helena não queria dar a ele a oportunidade de proibi-la de praticar medicina por qualquer motivo irrelevante.

— Se eu estivesse portando armas, correria um perigo ainda maior, em caso de apreensão — argumentou ela, tentando soar mais plausível.

— Você não pode estar falando sério — retrucou ele, incrédulo.

— Tenho uma faca para fazer a colheita.

— E o que você sabe fazer com isso? — perguntou ele, pestanejando devagar.

Ela retesou o queixo.

— Nós fizemos todo o treinamento básico de combate no Instituto, então ainda sei os métodos, e eles funcionam com ou sem transmutação.

Ferron a olhou de cima a baixo.

— E quando foi a última vez que você treinou?

Não ousou olhar para ele.

— Não sei, não mantenho registro dessas coisas. — Guardou a faca que pegara de volta na bolsa, mas manteve os dedos ao redor do cabo, o verniz gasto e a madeira lisa de tanto uso. — Me falta tempo.

— Bem, a partir de agora sei o que fazer com você — constatou ele, e suspirou. — Achei que sua mente fosse ser o maior perigo para mim, mas, de algum modo, você ainda é um risco ambulante. Não vou perder tempo treinando um novo contato depois de todo o tempo que já desperdicei com você.

Helena suspirou.

— Não tem por quê. Ninguém nunca me incomodou.

Ferron arqueou a sobrancelha.

— Acha mesmo que só vai ter uma quimera por aí? Bennet vem trabalhando neste projeto há anos. Agora que avançou, encherá o descampado e os distritos baixos dessas criaturas. O que você viu é um dos primeiros protótipos.

— Então nos conte como matá-las — rebateu, seca. — Não vamos abrir mão de comida e medicamento só porque psicopatas como você decidiram soltar monstros por todo lado.

Ela já estava tão sobrecarregada que não aguentava nem pensar em precisar acrescentar treinamento de combate à lista.

— É óbvio que trabalharei nisso — afirmou ele, rangendo os dentes. — Por isso a chamei, para alertá-la. Se vai ficar zanzando por aí, precisa ser treinada.

Helena bufou, exasperada, e se virou para a porta.

— Então treinarei no Quartel-General.

Quando Helena destrancou a porta, Ferron voltou a falar:

— Não quer que eu te treine? — perguntou, num tom perigoso e ardiloso. — Por que não? Imaginei que fosse achar melhor ocupar nosso tempo com treinamento do que com outras atividades que eu pudesse exigir.

Helena parou e olhou para trás. Ele a havia encurralado.

Ferron devia ter percebido que ela tinha sido instruída a seduzi-lo, mesmo que não fizesse ideia de sua vitamancia.

Pouco importava.

— Está bem — concordou, irritada. — Pode me treinar.

Ela já sabia que ele provavelmente escolheria um treinamento físico ainda pior do que o treinamento mental ao qual a sujeitara. Treinamento de combate não parecia ser o contexto para se evocar uma sensação de desejo obsessivo.

Um desejo violento era mais provável.

Sentiu um latejar surdo na cabeça. Helena notava Luc se afastar mais e mais. Toda a luz em sua vida sumir.

— Que cara amargurada — escarneceu Ferron, com o olhar reluzindo, e a voz zombeteira a trouxe de volta. — Parece até que acabei de obrigar você a trepar comigo, e não o contrário. Está decepcionada?

Uma raiva lenta a impregnava.

— Você sempre compra suas companhias?

Era só um palpite, mas Ferron parecia ser esse tipo de cara. Famílias de guildas cuja tradição era se casar com base na ressonância tinham a reputação de se enfiarem nas camas alheias. O casamento entre guildas era um acordo de negócios, assim como as casas de lazer de seda na Ilha Oeste.

— Admito que gosto do profissionalismo — respondeu ele, dando de ombros, com brilho nos olhos. — Limites bem estabelecidos. Expectativas baixas. E não tenho que fingir que me importo.

Ele torceu a boca na última palavra, como se importar-se com alguém fosse o conceito mais ofensivo da humanidade.

— Mas é claro. É bem a sua cara, mesmo.

— De fato — concordou ele, com um sorriso fraco.

Helena queria que houvesse um jeito de machucá-lo, que houvesse uma maneira de fazer isso de forma eficiente.

Ferron a machucava tanto, sem nem mesmo tentar, sem sequer saber qualquer coisa a respeito dela. Limitara-se a pronunciar o nome dela e a reduzi-la a uma propriedade, prendendo uma corrente de ferro no pescoço de Helena.

— Você fala com elas, conta tudo da sua vidinha trágica? Ou só entra e sai rapidinho? — perguntou ela, com uma melodia de provocação na voz.

Os olhos de Ferron faiscaram.

— Quer que eu te mostre? — perguntou ele, a voz fria e afiada como uma lasca de gelo.

Ela o encarou e ergueu o queixo.

— Você não vai fazer isso.

A expressão dele ficou mais severa. Helena sabia que, se continuasse, conseguiria provocá-lo.

Enfim acabaria com aquilo, não teria mais que aguentar Crowther e Ilva buscando sinais de que ela tinha sido atacada ou violada. Pararia de passar as noites em claro, tremendo de pavor, perguntando-se quando finalmente aconteceria.

Estava cansada de esperar. De pensar sem parar. Da sensação de estar se preparando para ser apunhalada por uma espada.

— Seria real demais para você, não é? — continuou ela. — Se fosse com alguém que conhece. Acho que é por isso que não fez nada. Você tem medo de eu borrar esses limites bem estabelecidos, por isso arranja todas essas desculpas de que precisa me treinar.

A mandíbula dele estremeceu.

— Está me testando, Marino? — A voz dele soou gélida, como um lago no auge do inverno.

Ela nem sequer pestanejou.

— Estou, sim.

Pronto. Estava dito.

Ferron se aproximou de Helena naquela sala fria e imunda e, em vez de disparar, o coração dela desacelerou. Cada batimento era pesado, arrastado, enquanto ele se curvava até fitá-la nos olhos.

— Tire a roupa.

Foi tudo o que disse.

Helena não conseguia se mexer.

Sabia que deveria fazer tudo o que ele desejasse. Era o acordo que fizera. E queria acabar logo com aquilo, mas seu corpo se recusava.

Continuou paralisada. O cortiço era apenas um cômodo vazio com piso de azulejos lascados e uma mesa de madeira, e tudo em Ferron sugeria que ele estava prestes a infligir um grau profundo de crueldade a ela.

— Agora entendi — disse ele, com um sorriso lupino, cheio de dentes. — Isso está te matando, não é? A dúvida. Esperava que eu fizesse isso logo de cara. A espera, tentar adivinhar quando eu chegaria a este momento, isso a incomoda mais do que ser obrigada a trepar comigo. Bem, agora conseguiu o que desejava. Tire a roupa, Marino.

Ela mal conseguia engolir a saliva. O zumbido nos ouvidos era tamanho que a impedia de escutar os próprios pensamentos.

Ele nem estava excitado. Dava para notar. Só estava fazendo aquilo para lhe ensinar uma lição.

Crowther estava errado. De tão desesperado para conseguir algum poder sobre Ferron, ele se convencera de que havia algum tipo de obsessão germinando aos poucos, mas não era nada disso. Ferron apenas percebera o que Crowther pensava a respeito dele.

A missão era inútil.

O queixo dela começou a tremer, descontrolado.

— Você nem me deseja. Por que pediu por mim?

Ele riu.

— É verdade, não a desejo, mas nunca me cansarei de ser seu mestre. "Enquanto estiver viva." Uma promessa e tanto. Não vejo a hora de vê-la se arrepender — exprimiu, exibindo os dentes outra vez. — Tire a roupa, Marino. É hora de ver para onde foi meu dinheiro.

Com as mãos tremendo, ela começou a desabotoar a camisa.

— É o poder que te deixa com tesão, não é? — perguntou ela, a voz abalada de raiva, enquanto se forçava a seguir para o segundo botão. — Machucar alguém é seu único jeito de sentir qualquer coisa. Mas agora nem isso o afeta mais, então precisa encontrar novos meios de sentir. Precisa tornar suas vítimas responsáveis pela própria dor, transformando-a numa escolha que fizeram, numa promessa com a qual consentiram. É isso o que o excita. Usar o que é importante para as pessoas para coagi-las e escravizá-las, em vez de torturá-las — declarou, e bufou na cara dele. — Você acha que é melhor do que nós por ser imortal, mas, por dentro, já está morto.

Helena não se conteve, mesmo sabendo que ele provavelmente gostaria da tentativa de atrevimento. Queria dizer aquelas palavras pelo menos uma vez. Ferron não riu, e a malícia na expressão dele se esvaiu.

Ficou parado, encarando-a cada vez mais pálido.

Em seguida, algo metálico nas paredes do cortiço rangeu e o ar vibrou. Helena *sentiu* a ressonância de Ferron no cômodo, uma onda de energia descontrolada distorcendo o espaço. Era um dos muitos motivos para alquimistas serem perigosos. Quando perdiam o controle, a ressonância podia se expandir para além deles. Tratava-se de uma técnica de combate, mas, sem estabilidade e controle, tinha a capacidade de aniquilar qualquer coisa do respectivo repertório.

E Ferron era vitamante, o que significava que Helena estava no repertório dele. Ela sentiu a ressonância nos ossos.

Sentiu a pele vibrar. Um tremor percorreu seu coração.

A expressão de Ferron se contorceu em fúria pura.

— Saia daqui!

Ela não se mexeu, com medo de ser pulverizada.

Ferron rosnou e deu as costas para Helena. A porta se distorceu, o som agudo de metais e mecanismos rachando enquanto ela se retorcia e trincava, contorcendo-se como se estivesse viva.

— SAIA!

Helena não precisou ouvir outra vez. Saiu correndo pela porta, pulando os escombros e fugindo tão rápido escada abaixo que trombou com a parede e caiu. Levantou-se num impulso e escapou do Entreposto.

CAPÍTULO 29

Martius, 1786

Helena ainda ofegava, sentindo uma pontada incômoda na lateral do corpo, quando foi levada à sala de Ilva para relatar o que vira no pântano.

Ilva sentou-se à mesa de frente para ela, uma caneta-tinteiro em mãos, enquanto Helena soltava a informação, arfando.

— Achei que quimeras fossem uma impossibilidade transmutacional — comentou Ilva, calma, quando Helena terminou.

— Também foi o que me foi ensinado — respondeu Helena.

— E Ferron disse que haverá mais? — Era difícil interpretar a expressão de Ilva.

Helena quase se encolheu ao ouvir aquele nome, mas assentiu.

— Segundo ele, está só começando.

Ilva murmurou baixinho, os olhos claros distantes.

Quando Luc foi para as linhas de frente, abdicou das outras responsabilidades de Principado a Ilva sem se dar conta de como a mulher não media esforços para proteger apenas a ele.

Antes, isso era algo que Helena admirava nela. Quando Ilva se interessara por ela, Helena passara a vê-la como uma aliada, ambas inteiramente dispostas a tomar decisões difíceis em nome de Luc.

Ela pensara que eram parceiras.

— Como as coisas estão progredindo com Ferron? — perguntou a Regente, quando ela começou a se levantar.

Helena interrompeu o movimento e voltou a afundar na cadeira, enterrando as unhas nas perfurações da mão.

— Ele é bastante... volúvel.

Ilva voltou a murmurar. A expressão tensa que fizera quando a oferta fora apresentada se esvaíra. Parecia em paz com a decisão.

— Espero que as novas curandeiras liberem seu tempo para se concentrar nisso.

Helena sentiu um nó na garganta e tensionou os dedos até empalidecerem.

— Elas certamente serão de muita ajuda — declarou, com um sorriso falso. — O treinamento inicial, porém, me toma bastante tempo.

Rugas de tensão apareceram ao redor dos olhos de Ilva.

— Tenho certeza de que ficou sabendo da escassez no inventário do hospital. Geralmente, quando tenho tempo livre, tento conseguir mais materiais...

— Ah, sim, Pace mencionou... — interrompeu Ilva, vagarosa. — Seu pai tinha aquela... pequena botica no distrito baixo, não tinha?

Helena confirmou com a cabeça, espantada. Como a licença médica do pai não tinha sido validada em Paladia, a botica não havia sido legalizada. A medicina, como tudo na Paladia pré-guerra, era industrializada, modernizada e licenciada, o que os protegia contra supostos charlatães, mas os preços eram inflacionados. Uma quantia considerada trivial nos distritos altos poderia equivaler ao salário de um mês, ou um ano inteiro, nas comunidades alagadas.

Um extrato irregular poderia não ter nem metade da eficácia, mas contava com a vantagem de não mandar os enfermos e seus parentes à prisão devido a dívidas.

— Mas ele era médico, não era? — perguntou Ilva, parecendo curiosa de verdade.

— Era. Ele estudou em Khem, cirurgia manual e medicina. Antes de eu nascer, ele e minha mãe administravam juntos uma clínica e botica no nosso vilarejo.

Ilva inclinou a cabeça.

— É por isso que você estudou tanta química? Eu fazia parte do conselho que aprovava sua bolsa de estudos todo ano. Ficávamos curiosos ao revisar seu histórico, porque parecia uma escolha tão inesperada, considerando seu repertório. Você aproveitava para ajudá-lo nas férias, não era?

Helena ficou paralisada. Trabalhar como química sem licença, sem diploma, em uma botica ilegal não seguia o código de conduta estudantil do Instituto.

Ilva acenou com a mão, fazendo pouco caso.

— Está tudo bem, Marino, isso tudo já passou. Você não será deportada a esta altura por ter violado leis trabalhistas seis anos atrás. Para dizer a verdade, é um exemplo da providência de Sol você ter todas essas habilidades.

Helena sentiu um gosto amargo na boca.

— Ah. Obrigada. Hum — ela engoliu em seco —, devido à escassez, tenho tentado ajudar como posso. Tenho extraído salicina da casca do salgueiro, que pode servir como substituto para algumas coisas até Novis enviar mais suprimentos — explicou ela, a voz tomada de tensão. — O problema é que agora é o melhor momento para colher casca de salgueiro. Daqui a poucas semanas, o derretimento da neve e a Ascensão inundarão o pântano, então, quanto mais pudermos trabalhar agora, melhor, mas, caso eu seja convocada para outra coisa durante o trabalho, o material pode estragar. Isso pode nos custar suprimentos médicos. Então estava me perguntando se há alguém com alguma experiência química que pudesse se dispor a ajudar, só para finalizar o processo, caso eu seja convocada. Ou eu poderia apenas trazer os materiais para outra pessoa processar.

Ilva meneou a cabeça num gesto quase mecânico, a expressão tensa e um sorriso contido repuxando a boca.

— Helena...

— Como agora é tudo o que temos, parece uma pena desperdiçar um recurso — acrescentou Helena, rápido.

Ilva hesitou, medindo as palavras.

— Algumas semanas atrás, a conversa poderia ter sido muito diferente, mas no momento isso não é algo que eu possa pedir a ninguém. Nossos químicos têm muitas responsabilidades, e desconfio de que o Falcão Matias não tenha ciência dessa suplementação que você tem feito. Ele teria que ser informado caso alguém lhe fosse designado para alguma capacidade oficial.

— É claro.

— Na verdade — acrescentou Ilva, empertigando-se de repente —, retiro o que disse. Acabei de pensar em alguém que pode se interessar. Shiseo. Esbarrei com ele um dia desses.

Helena olhou para cima, franzindo a testa.

— Quem?

— Ah, ele é do Leste, do extremo Leste. Lá do Império, na realidade. Veio a Paladia com um pedido de asilo político logo que o novo Imperador assumiu o poder — contou Ilva, batendo o dedo no queixo. — Acho que é algum tipo de metalurgista. Apollo adorou recebê-lo, sempre teve certo apreço por alquimia estrangeira, dizia que esse tipo de exposição fazia bem para Luc. Ele ainda está aqui. Pelo que sei, é muito culto. Talvez goste da oportunidade de observar a quimiatria paladiana.

— Ele não trabalha na forja? — perguntou Helena, confusa.

Metalurgistas eram um recurso vital.

— Não. — Um toque de humor perpassou o rosto de Ilva. — Não permitimos que lestinos se aproximem da forja de Athanor, Marino — disse ela, assentindo consigo mesma. — Mas, sim, acho que ele iria, de fato, gostar. Vocês talvez trabalhem bem juntos.

Um metalurgista do extremo Leste não era o que Helena tinha em mente. Não queria mais um aprendiz. Queria ajuda, para que alguma coisa em sua vida fosse facilitado, em certa medida.

— Bem, se ele estiver disposto, acho que podemos pedir.

— Muito bem — murmurou Ilva, parecendo distraída de novo. — Bom, pode ir, Marino. Parece que ainda preciso despachar batedores e convocar uma reunião do Conselho para tratar dessas quimeras.

Helena foi até o laboratório, tirou as coisas da bolsa, lavou e botou para secar toda a casca de salgueiro e o esfagno. Quando foi se lavar no quarto da Torre, sinais da volta de Lila estavam espalhados por todo lado.

Helena encheu a banheira e afundou-se até o pescoço. Sozinha, por fim, podia pensar em Ferron. Em sua própria estupidez e em como ele reagira.

Ele não a machucara.

Não tinha se dado conta do quanto esperara por aquilo. Ela havia imaginado que, se o provocasse, de propósito ou não, morte ou ferimentos severos seriam inevitáveis.

Todos sabiam que os Imortais eram violentos e sádicos. Havia inúmeras histórias da crueldade fria que exerciam no campo de batalha. Protegidos pela invulnerabilidade, deleitavam-se com as atrocidades que cometiam.

Helena supusera que Ferron seria como eles.

No momento, porém, não tinha mais certeza do que ele era.

Ele ficara com raiva. Nunca havia visto alguém sentir tanta raiva, mas tinha se limitado a ordenar que Helena fosse embora. Sem machucá-la nem um pouco.

Ela afundou na água até cobrir o rosto.

Por que não a havia machucado? Afinal, ele não se importava com a Chama Eterna. O que o estaria detendo? Não era como se Ferron pudesse estar acima de praticar algum tipo de violência. Afinal, arrancara o coração de um homem com as próprias mãos.

Ela pensou no que dissera a ele.

No choque no rosto de Ferron, como se ele não tivesse percebido o que era até ela informá-lo.

CAPÍTULO 30

Aprilis, 1786

Antes do martidia seguinte, Helena solicitou e recebeu uma faca alquímica padrão. Por causa das quimeras, não saiu para colher ervas, seguindo direto para o Entreposto em vez disso, e contemplando com tristeza o pântano enquanto fazia a curva a caminho da represa.

Mais de dez quimeras tinham sido avistadas nos arredores da cidade, grande parte delas nas margens da Ilha Oeste. Ainda não havia registro de nenhuma morte, mas a maioria das pessoas presas na cidade e no Entreposto dependiam do rio para conseguir alimentos. Era apenas questão de tempo.

Várias unidades passaram a se organizar em grupos de caça. Como esperado, Luc oferecera o batalhão dele sem pensar duas vezes.

No cortiço, a porta do apartamento fora substituída. Helena torcia para que aquilo fosse um bom sinal.

Ao entrar, viu que a capa e a jaqueta que havia abandonado ao fugir estavam na mesa, dobradas à perfeição.

Ferron não estava ali.

Helena deu uma volta no cômodo e inspecionou o ambiente. Havia resquícios de uma cozinha, e uma porta no fundo dava para um banheiro imundo, com a pia lascada e manchada como se produtos químicos tivessem sido derramados ali. Pelo menos tinha banheiro. Alguns dos cortiços nos distritos baixos eram tão velhos que nem isso tinham.

Ela se sentou, encolheu os dedos e usou a ressonância para conter o incômodo crescente, tentando impedir a espiral de pensamentos ansiosos. Estava tudo bem, Ferron só tinha se atrasado.

Os minutos se arrastaram.

Não contara a Crowther ou Ilva o que acontecera. Dissera que a reunião tinha sido breve, que Ferron apenas a alertara sobre as quimeras, sem mencionar mais nada.

Porém, se Ferron não aparecesse, Helena teria que contar para Crowther e explicar o que dera errado. Sentiu um aperto no peito tão forte que mal conseguia respirar.

Quando dez minutos se passaram, ela por fim se forçou a se levantar e aceitar que ele não daria as caras.

Assim que pendurou a bolsa no ombro, ouviu a porta se abrindo e Ferron entrando.

Não parecia surpreso por encontrá-la ainda a esperá-lo.

Ele fechou a porta e parou bem ali, sem fazer barulho, a expressão indecifrável. Era estranho como a postura dele não dizia nada.

Depois de se mudar para Paladia, Helena dependera muito da linguagem corporal. A cultura de Etras era muito enérgica; palavras, expressões e gestos faziam parte da comunicação. Os nortenhos eram mais perspicazes e se comunicavam pelo que era dito nas entrelinhas.

Por isso Helena se sentia tão à vontade com Luc, ele era muito transparente. Com outros paladianos, ela aprendera a decifrar o que transmitiam com o corpo, em vez de com boca.

O corpo de Ferron, no entanto, não lhe informava nada. Ele parecia um apostador disfarçando o blefe. Ela nunca fazia ideia do que ele estava sentindo.

— Perdão — disse ela, interrompendo o silêncio tenso. — Eu não devia ter dito aquilo na semana passada. Perdi a cabeça. Farei... o que você quiser para compensar meu erro.

A única reação de Ferron foi um breve movimento de olhos.

— Tudo bem — replicou ele após um momento, em tom monocórdio. — Quando falei sobre consentimento, quis dizer que você poderia recusar. Na próxima vez, quem sabe seja melhor dizer, em vez de tentar me provocar.

Helena o encarou, espantada. Desde que Ilva e Crowther lhe haviam proposto aqueles termos, ela supusera que o consentimento, depois de dado, fosse irrevogável.

Que tudo o que acontecesse dali em diante fosse algo com que já tivesse concordado.

Não acreditava nele. Ele havia dito que não via a hora de vê-la se arrepender. Não parecia que ela tinha permissão para mudar de ideia nem recusar o que ele pedisse. Ferron estava alterando os termos do acordo por causa do que ela dissera.

Helena semicerrou os olhos, avaliando.

Aquela desconfiança pareceu irritá-lo. Raiva perpassou o rosto de Ferron.

Era melhor não voltar a provocá-lo. Com o tempo, sem dúvida mudaria de ideia, redefiniria os termos em benefício próprio, mas, naquele momento, ele queria mostrar que tinha algum código moral, que não se rebaixaria a certas coisas.

Ela assentiu como se acreditasse.

— Arranjei uma faca alquímica — contou, esperando que a mudança de assunto o distraísse.

— Mostre para mim — ordenou, estendendo uma das mãos.

Pegou a faca com cuidado, nem sequer roçando na mão dela no processo. De repente, Ferron parecia cauteloso demais com a presença dela ali.

Inspecionou a faca e testou o equilíbrio. Apesar das luvas, a lâmina mudou de formato, o fio da faca enrolando-se em espiral ao redor do núcleo interno.

O objetivo era atacar com a lâmina reta, transmutar e puxar a faca, causando uma ferida imensa. Quanto maior a lesão, mais tempo os Imortais levariam para se recuperar, e mais rápido os necrosservos seriam imobilizados. A lâmina também poderia ser manipulada para assumir uma variedade de comprimentos, mas isso exigia esforço e uma familiaridade com as idiossincrasias da liga para que não se estilhaçasse.

Como era padrão, a faca fora forjada usando emanações de lumítio para aumentar a ressonância. Assim, alquimistas com ressonância limitada para aço ainda conseguiriam transmutá-la. A ressonância natural de Helena não precisava de suplementação, então tinha a sensação de que a ressonância da liga ficava desigual, mas segundo o que haviam lhe dito, ela acabaria se acostumando.

— Você foi treinada para lutar com faca? — perguntou Ferron, por fim.

Helena estava torcendo para que ele não lhe fizesse aquela pergunta.

— Não.

— Uma arma mais comprida seria melhor, então — disse ele. Depois girou a faca, pegou-a com agilidade e cortou o ar, metamorfoseando-a numa lâmina curva. — Se alguma coisa conseguir chegar assim tão perto de você para ser obrigada a usar isto aqui, já pode se dar por morta.

Como Helena não era combatente, a Resistência não lhe daria nada além de uma arma básica.

— Mas… qualquer arma maior é mais chamativa. Eu teria mais chances de ser detida.

— Hum. — Foi a resposta dele ao transmutar a lâmina de volta à forma inicial.

— Alguma notícia das quimeras?

Ele devolveu a faca.

— Quatro já morreram. Elas não toleram muito o frio — respondeu ele, curvando os lábios em diversão. — Bennet está espumando de raiva.

— De onde os animais vêm? — perguntou ela, seguindo as instruções de Crowther.

— Ele está usando tudo o que encontra pela frente. Animais domésticos são mais fáceis, mas os predadores maiores são preferíveis. Acredito que tenham ido caçar nas montanhas algumas vezes. Também foram ao zoológico.

— Parece esforço demais só para deixar que morram no pântano.

Ferron deu de ombros e evitou olhar para ela, voltando-se para qualquer outro canto do cômodo.

— Elas não servem para muita coisa. Não são fáceis de manejar. Dizem as más-línguas que o Necromante Supremo tem se sentido enganado quanto ao potencial do projeto e aos recursos envolvidos.

Ele pegou um envelope, mas, em vez de entregá-lo a Helena, deixou-o na mesa e foi embora sem dizer mais nada.

O mesmo se repetiu nas semanas seguintes. Ferron chegava, respondia a uma ou outra pergunta e ia embora. Às vezes, ficava menos de cinco minutos.

Não houve mais menção a qualquer treinamento. Helena precisava relatar a Crowther que não estava obtendo mais progresso. As informações de Ferron ainda eram úteis, mas Helena era pouco mais do que uma mensageira.

Continuava a treinar as outras curandeiras e a trabalhar no laboratório, onde enfim tinha um assistente não oficial. Shiseo era um homem baixo e careca, de olhos escuros. Ele lia e entendia o dialeto nortenho com fluência, mas falava muito pouco.

O metalurgista aprendeu rápido as técnicas da quimiatria, mas se mantinha resguardado, acompanhando-a a uma distância cautelosa. Helena sabia que deveria agradecer, afinal, tinha pedido a ajuda, mas, agora que tinha as aprendizes e um assistente de laboratório, não conseguia deixar de pensar que eles só estavam ali porque a prioridade dela deveria ser Ferron.

Todo o restante era apenas teatro; a fachada de uma missão em que estava fracassando.

Ferron se atrasou de novo. Acontecia com frequência, mas nunca a fizera esperar tanto. Helena temia ter que voltar de mãos abanando. Pelo menos o percurso não fora um completo desperdício.

Voltara a colher plantas. A maioria das quimeras tinha morrido, e lhe parecia um crime desperdiçar toda a colheita de primavera. O rio começava a subir, as barreiras marcadas para acompanhar o progresso lento da Ascensão de Lumithia, e o vento da montanha já não era tão congelante, o que indicava que, logo, logo, a neve derretida encheria a bacia e o pântano ficaria inundado até a chegada do verão.

Helena abriu a bolsa e começou a organizar a colheita, piscando algumas vezes para tentar se concentrar.

Andava tão cansada nos últimos tempos. Os plantões às vezes a deixavam tão exausta que ela mal conseguia chegar ao quarto.

Sabia que era um sinal de que estava se exaurindo demais na cura, mas aquele sempre fora seu método de curar, e até então nunca lhe fora um incômodo. Não entrava na cabeça dela. O Custo não deveria afetá-la tão subitamente, mas Helena não sabia o que mais poderia causar aquilo.

Encarou os ramos de ervas, zonza. Por fim, se debruçou na mesa e apoiou a cabeça nos braços. Aos poucos, foi fechando os olhos.

O mecanismo da porta a despertou com um sobressalto. Helena se assustou. Quanto tempo tinha dormido?

Uma engrenagem girou, mas a fechadura não estalou e a porta não se abriu. Houve um intervalo.

Helena se colocou de pé num pulo ao escutar a engrenagem voltar a se mexer, rangendo devagar, como se houvesse alguém arrombando a fechadura.

Às pressas, pegou a bolsa à procura da faca. Assim que a empunhou, a porta se abriu. Uma listra vermelha escorria bem no centro dela, partindo da marca escarlate de uma palma na superfície.

De pé, Ferron cambaleou no batente.

O rosto dele estava cadavérico. Os olhos, embaçados.

A faca caiu da mão dela.

— O que aconteceu?

Ele a olhou, como se confuso por encontrá-la ali.

— N... nada.

Ferron dispensou a preocupação dela com um movimento da mão direita e se afastou da porta, mais sangue gotejando pelo chão. Havia um rastro que se estendia pelo corredor.

— Você... você está ferido? — falou ela, quase como uma pergunta.

Não sabia que Ferron *podia* se ferir assim. Não era para se regenerar no mesmo instante? Como podia sangrar daquele jeito?

Helena tentou desafivelar a capa dele para ver a dimensão do ferimento, mas ele a afastou com um empurrão, encolhendo-se.

— O que está fazendo? — questionou ele.

Sem nenhum sinal de orgulho, Ferron mexia-se como um vira-lata prestes a apanhar, o olhar fulminante.

— Você está machucado. — Os dedos dela ficaram molhados de sangue onde o havia tocado.

Ele esmoreceu, olhando para baixo, devagar.

— Tudo bem... — disse Ferron, as palavras arrastadas. — Só... um minutinho...

Apoiado na parede, ele deslizou até o chão. O sangue escorria sem parar da manga esquerda, formando uma poça. Helena estava ficando nervosa só de ver aquilo.

A perda de sangue era um perigo. A Resistência perdia mais gente por hemorragia do que por qualquer outra razão, então esperava-se que todos soubessem estancar um sangramento. Se a sangria fosse excessiva, nem plasma ou soro dariam conta.

Quanto sangue Ferron poderia perder? Imortal ou não, sem dúvida não seria uma quantidade infinita.

Helena se manteve afastada, as palmas erguidas, e falou com calma:

— Eu sou... médica, Ferron. Me deixe ajudar.

Ele a encarou atordoado, como se estivesse processando a informação.

— O que aconteceu? — perguntou ela, arriscando um passo adiante.

O sangue ainda fluía sem parar. Por fim, ele balançou a cabeça de um lado para outro.

— Só perdi o braço.

Como se para provar, abriu a capa e a deixou cair, assim como o casaco cinza, revelando que não havia nada além de farrapos de pano queimado e uma hemorragia no espaço onde o braço esquerdo deveria estar.

Ferron oscilou, perdendo o foco.

— Vai crescer de volta. Mas... está demorando.

Helena nunca vira os Imortais se regenerarem. Combatentes descreviam o processo como semelhante a um pesadelo: rápido, com ossos brotando, músculos e tendões os envolvendo, pele esquálida emergindo do tecido como mofo.

Em todo o tempo que passara no hospital, testando os limites de tecido regenerado, era difícil de acreditar que alguém tivesse a capacidade de regenerar um membro inteiro.

Uma vez, tentara fazer dedos crescerem de volta, mas era necessária uma quantidade excessiva de regeneração espontânea. A cura tinha limites definidos. Os Imortais, pelo visto, não.

O braço de Ferron parecia ter sido arrancado. Helena avançou mais um passo, mas ele se tensionou novamente. Ela parou, a cabeça a mil. Talvez primeiro devesse tentar falar de novo. Ele parecia responder bem a perguntas.

— Achei que a regeneração fosse imediata.

— Às vezes… demora mais — explicou ele, rangendo os dentes, e andou até se largar na cadeira, jogando a cabeça para trás. — O dano foi muito extenso…

— Você estava mais machucado?

Quando olhou para ela, um sorriso tenso repuxou seu rosto contraído de dor.

— Assumi o comando de um distrito novo… — Ferron perdeu a voz. Em seguida se empertigou, como se tentasse recobrar as forças, e pestanejou várias vezes. — O comandante anterior era bem apegado ao posto — falou, e deu de ombros num gesto torto. — Ofendi a mãe dele… algumas vezes. Insinuei umas coisas desagradáveis sobre a esposa dele e um certo cavalo. — Ele deixou a cabeça pender para trás de novo e prosseguiu: — Ele não gostou. Duelamos até a morte. Quer dizer… o mais próximo possível dela. Eu ganhei, e agora comando os postos dele.

As últimas palavras saíram enroladas. Ele mal abria a boca para falar.

Ferron soltou uma gargalhada seca e tão abrupta que Helena deu um pulo.

— Só que ele era piromante. O braço é brincadeira de criança em comparação às queimaduras. Estavam… piores. Já sumiram. Eu costumo… — falou, apontando para si. — Mas estou…

Fosse lá o que tivesse tido a intenção de dizer, a voz falhou antes que pudesse concluir.

Nunca teria imaginado que dor e hemorragia severa seriam o truque que faria Ferron falar. Havia semanas que ela não o ouvia falar tantas palavras seguidas.

Os olhos dele saíram de foco, a respiração quase parando. Estava entrando em choque.

— Por que está aqui? Você não precisava ter vindo — disse Helena, aproximando-se hesitante, já imaginando que seria empurrada outra vez.

Ferron a fitou, piscando devagar. As pupilas estavam tão dilatadas que o preto quase engolia a íris.

— Marino… — suspirou, como se fosse óbvio. Ainda falava embolado, quase sem nem mexer os lábios. — Quando isso aqui acabar, vou encher tanto a cara que vou passar três dias sem saber meu nome. Trouxe comigo um… mapa — falou, tateando o corpo, desajeitado, com o braço que lhe restava, e só então percebeu que as roupas tinham virado farrapos em cinzas. — Merda...

Helena criou coragem e se aproximou mais.

— Ferron — chamou, gentil, mas firme. — Eu tenho experiência médica. Vou examiná-lo e ver se posso ajudar com alguma coisa.

Ele não pareceu escutar, nem resistiu quando ela encostou os dedos em seu pescoço para aferir os batimentos, usando a ressonância com cautela para entender o que havia de errado.

Por mais antinatural que Ferron tivesse parecido da primeira vez que Helena usara a ressonância nele, agora tinha ficado mil vezes pior. Ele já havia perdido tanto sangue que devia estar morto, mas, em algum lugar do peito, irradiava uma fonte de energia semelhante a um farol, capaz de regenerar seu corpo.

O talismã de lumítio. Só podia ser aquilo. A fonte do poder dos Imortais.

Mesmo assim, o corpo de Ferron se esforçava muito para morrer.

Helena sabia reconhecer tecido recém-regenerado, e Ferron era só isso. A maior parte de seu tronco e rosto tinha sido regenerada por inteiro, até os ossos. Vários dos órgãos também pareciam novos.

Entretanto, o problema era a hemorragia constante. A velocidade com que o corpo produzia sangue não chegava nem perto do ritmo que ele o perdia. Conjurar sangue do nada esgotava os recursos de Ferron, era um ciclo destrutivo incessante, não restavam artifícios necessários para regenerar o braço e interromper a hemorragia.

E, em meio às capacidades regenerativas anormais, o conceito de coagulação aparentemente se perdera.

Helena respirou fundo, cautelosa, e falou com o máximo de firmeza que conseguiu:

— Admito que você é a primeira pessoa imortal que trato. Mas, sério, não dá para continuar sangrando desse jeito.

Quando puxou os restos esfarrapados da camisa dele, o tecido se desfez.

Decidiu que iria tentar estancar o sangramento na esperança de não causar problemas na regeneração.

— Vamos deitar você na mesa — sugeriu ela, puxando o braço que ele ainda tinha por cima de seu ombro para levantá-lo.

Ferron era só braço e pernas, um peso morto para levantar e deitar de barriga para cima. Tinha fechado os olhos e não reagia, o peito mal se mexia.

Ele não parecia consciente, mas por via das dúvidas, Helena manteve a postura de médica. Usando a base das mãos, fez pressão no ombro para esconder a ressonância enquanto comprimia as veias e artérias do braço dele. Ela se impressionou com a rapidez com que apenas essa manobra o estabilizou.

Quando a hemorragia já não o estava mais matando, o braço começou a se regenerar de imediato. Hipnotizada, viu o osso irromper, expandir, os músculos envolvê-lo, reestruturando o bíceps, o cotovelo, o rádio e a ulna.

Helena não conseguiu se conter e liberou um pouco mais de ressonância, tentando sentir... fosse lá o que ele era; querendo entender como ele funcionava.

Ferron já não parecia mais à beira da morte. Os ossos da mão cresceram novamente, envolvidos por veias e músculos. Quando terminou, nem parecia que tinha perdido o braço.

Aliviou a pressão das mãos no ombro dele e reabriu as veias e artérias, deixando o sangue se espalhar pelo novo tecido. Os músculos do braço de Ferron logo se desenvolveram em tecido estabilizado.

Nunca tinha passado pela cabeça de Helena regenerar mais do que camadas de tecido novo, mas, ao sentir o corpo de Ferron ser revertido ao estado inicial, ficou se perguntando se seria capaz disso. Não havia razão para não ir além da regeneração básica.

O poder que irradiava do peito de Ferron diminuiu até se tornar quase imperceptível. Um pequeno nó de energia e lumítio. Parecia minúsculo para algo com tanta potência.

Ela não ousou se aprofundar, mas também não afastou as mãos.

De todos os contextos em que imaginara Ferron seminu em sua presença, cura ou tratamento médico não era um deles — embora fossem opções infinitamente melhores do que beijá-lo.

Ela se sentia confortável com esse tipo de contato físico.

Helena o observou enquanto os batimentos cardíacos retomavam um ritmo regular, a cor aos poucos se espalhando pelo corpo enquanto a hemorragia cessava.

Ele era bem magro, quase não se via sinal de gordura. Dava para ver as costelas, a protuberância do esterno, os ombros ossudos. Tinha pernas e braços compridos, cotovelos pontudos. Parecia tão jovem.

Não era de se estranhar que Ferron usasse pelo menos três camadas de uniforme, para não parecer tão infantil.

Distraída, Helena passou os dedos pela pele agora imaculada.

— Você passa a mão e olha com lascívia para todos os seus pacientes inconscientes ou sou especial?

A voz de Ferron veio tão inesperada quanto um balde de água fria.

Helena se sobressaltou, o coração saindo pela boca quando afastou as mãos, o rosto queimando.

— Não fiz nada disso — rebateu ela, a voz tensa e esganiçada, embora não tivesse desculpa para tocá-lo daquele jeito. — Só estava pensando na sua proporção de gordura corporal.

— Aham, claro — retrucou ele, sentando-se com um sorriso sugestivo.

Ela teve a sensação de que aqueceria o cortiço inteiro, de tão corada.

— Não tinha lascívia nenhuma — insistiu. — Você nem tem cara de adulto. Meninos não fazem meu tipo.

O sorriso sumiu. Ferron a encarou por um momento dolorosamente demorado e se levantou.

— Que eu me lembre — falou por fim, a voz seca —, nunca sequer pedi que olhasse para mim de qualquer maneira que fosse.

Ele foi buscar a capa, a única parte da roupa que quase não tinha virado cinzas, e a vestiu. O tecido o sujou todo de sangue.

— Perdão, eu não quis dizer...

— O que disse foi muitíssimo claro — interrompeu ele, a voz fria e a mandíbula tensa.

— Ferron — começou ela, pensando abruptamente por que nunca lhe ocorrera perguntar aquilo antes. — Você encarou como um castigo... ter se tornado Imortal?

Ele olhou para Helena com uma expressão vazia.

— Como a imortalidade poderia representar um castigo? É o que todo mundo quer.

Na volta ao Quartel-General, Helena se sentia assombrada por Ferron, não apenas pela última resposta que recebera, mas por toda a interação que haviam tido.

Por meses, ele fora um ser sem alma, sem sangue, um mal a suportar e um obstáculo a superar. Vê-lo ferido, despido do uniforme que o escondia, alterara a percepção que tinha dele. Contemplara uma fragilidade ali para a qual não estivera preparada.

Ferron parecera tão humano, e ela não gostava de pensar nele desse jeito.

Imortal. Assassino. Espião. Alvo. Ferramenta.

Era assim que precisava enxergar Ferron.

Não como alguém que poderia ser ferido. Não como alguém que não conseguia conter uma hemorragia e dava explicações incoerentes. Não como alguém que desconfiava que um gesto de aproximação tinha intenção de machucá-lo.

Por muito tempo, vira apenas orgulho e raiva nele. Agora, não deixava de sentir que havia algo terrivelmente trágico em Ferron, debatendo-se sob a superfície.

Também sentia a necessidade urgente de abafar o sentimento.

Kaine Ferron era o inimigo. Era o culpado pela guerra, por ter assassinado o pai de Luc.

Ela lavou o sangue das mãos, preparando-se para o plantão no hospital, antes de se lembrar de que estava em seu dia de folga. Sentou-se na cama e olhou para as anotações, tentando compreender Ferron.

Lila abriu a porta e entrou vestindo a armadura de treino. Ao ver Helena, parou de supetão.

— Você está aqui.

Helena fechou o caderno.

— Pace mandou uma das aprendizes cobrir meu plantão. Quer avaliar como se saem sozinhas — explicou ela, e torceu a boca. — Não posso passar por lá porque, pelo visto, fico fazendo cara feia e deixo todos nervosos.

Lila apoiou a arma na parede, ajeitou a trança e estalou o pescoço para os dois lados. Helena estremeceu.

— Você fica fazendo cara feia mesmo. Vai ficar cheia de rugas bem aqui — comentou Lila, desafivelando a armadura e apontando o espaço entre as sobrancelhas.

Helena revirou os olhos e, fazendo pouco-caso, largou o caderno no baú e esbarrou os dedos no amuleto. O objeto estava quente, o que era estranho. Um alento familiar. Quase o pegou, mas então virou a mão, olhando as cicatrizes.

— Nem esquento a cabeça com isso — falou, em voz baixa.

— Hel... você está bem?

Ela levantou a cabeça abruptamente.

— Estou. Por quê?

Lila se remexeu, fazendo a armadura aberta tilintar. Quase nunca a tirava, e chegava até a dormir com um conjunto leve, de tela. Dizia que sem aquilo se sentia nua, mas Helena sabia que era o medo de cometer o mesmo erro de seu tio Sebastian como paladino do Principado Apollo, e acreditar que algum lugar poderia ser seguro para Luc.

— Nos últimos tempos você anda meio esquisita. Achei que ficaria feliz com as novas curandeiras, que fosse relaxar um pouco, mas você parece... — pausou Lila, hesitante. — Distante. Vive sumindo. Luc reparou.

— Só ando com muita coisa na cabeça — replicou Helena. — Deu sorte em matar as quimeras?

— Não. Saímos ontem, mas elas são rápidas demais, é bizarro. Quase encurralei uma, mas o cheiro era uma atrocidade. Pior que o dos cinzentos. Eu poderia tê-la matado, mas, pelos deuses, mal conseguia enxergar qualquer coisa, e aí... — relatou, mas se interrompeu, abanando a cabeça de repente. — Por que estamos falando de quimeras?

Helena desviou os olhos.

— Vai se ferrar! — exclamou Lila, e bufou em exasperação. — Não me distraia mudando de assunto. Não quero falar de quimeras. — Ela se aproximou, a perna direita estalando a cada passo, até parar na frente de Helena. — Você anda distante e não tem ido às reuniões. Ontem finalmente arranquei de Soren o que aconteceu. Então parabéns para vocês, foi impressionante terem conseguido esconder tantos segredos.

— Luc também sabe? — questionou Helena, ficando tensa.

— Não.

Helena suspirou.

— Não quero falar disso.

Lila ficou em silêncio por um momento.

— Não pude deixar de notar que você escolheu um dia em que eu e Luc não estávamos por lá.

— Eu teria dito de qualquer jeito — respondeu Helena, cutucando as cutículas.

A pele ao redor das unhas dela estava ressecada e machucada de tanto lavar, e ainda restavam traços do sangue de Ferron.

— Mas fiquei feliz por Luc não estar lá — acrescentou. — Não queria que ele se visse preso no meio disso. Eu sabia que eles diriam não. Eu só... precisava falar. Soren disse que havia sido uma boa batalha para vocês... mas no hospital... a gente ficou sem nada. Macas, ataduras, láudano, soro, antisséptico... e os corpos não paravam de chegar... e eu não... não conseguia suprir isso.

Lila se sentou na beira da cama de Helena.

— Você... — começou, sem olhar para Helena, parecendo escolher as palavras com cautela. — Você por acaso não está bem? É por isso que se pronunciou? Por isso que trouxeram todas essas aprendizes?

Fez-se uma pausa. Helena lançou um olhar incisivo para Lila, que, concentrada em desafivelar o cinto, não a encarou de volta. Nunca lhe ocorrera que Lila pudesse saber do Custo.

Era mais do que aguentava pensar no momento.

— Não. Estou bem. As aprendizes são porque Matias quer se livrar de mim.

— Ah, que bom. Quer dizer, não é bom, mas faz sentido — opinou Lila, e então pigarreou. — Dá para entender, então, por que você não está muito feliz com elas.

Helena forçou uma risada. No entanto, a tensão, aquele incômodo entre elas, perdurou. Foi Lila quem voltou a falar:

— Sabe, se quiser, você pode conversar comigo... sobre qualquer coisa.

— Não — recusou Helena, balançando a cabeça. — Não preciso conversar. Não... não adianta conversar, e, como fizeram questão de me lembrar na frente de todos, eu não sou nenhuma combatente. Não faço ideia de como é a realidade da guerra. Então... o que eu teria a dizer?

A perna protética de Lila estalou quando ela mudou de posição, e então falou:

— Acho que o hospital é pior do que o campo de batalha.

Helena ficou imóvel.

— Percebi isso quando estive lá por causa da perna — explicou Lila, o olhar distante, a testa franzida. — No front... tudo é tão direcionado, sabe? As regras são simples. Ganhamos algumas batalhas. Perdemos outras. De vez em quando, alguém é atingido. E revida. Temos dias para nos recuperar, dependendo da gravidade. Mas... — Ela baixou o olhar, tamborilando distraída na junção da prótese com a coxa. — No hospital, todas as batalhas parecem perdidas. Nem imagino como deve ser, viver assim o tempo inteiro. — Então olhou para Helena e concluiu: — O que se vê por lá é o pior da guerra.

Helena não disse nada.

Lila suspirou, retirou outras partes da armadura e as largou na cama de Helena.

— Quando Soren me contou o que você disse... Eu não concordo, mas entendo.

Helena continuou calada.

Lila a cutucou com o cotovelo e se levantou.

— Mesmo que as aprendizes só estejam lá por causa de Matias, fico feliz por você poder descansar. Acho que estava precisando... se afastar um pouco daquilo tudo.

CAPÍTULO 31

Aprilis, 1786

Quando Helena abriu a porta, Ferron encontrava-se à espera. A sala tinha sido limpa: o piso, a mesa, as cadeiras, tudo impecável. Nem uma gotinha de sangue.

Havia tensão na boca dele quando ela entrou.

Assim que a porta foi fechada, Ferron tirou a capa.

— Vamos ver como você se sai lutando, Marino.

O ataque foi tão repentino que o movimento não passou de um borrão.

Helena não teve tempo de pegar a faca. Em vez disso, bateu com a bolsa na cabeça dele, o que lhe rendeu meros segundos.

Ferron, porém, pegou a bolsa no ar, arrancou a alça dos dedos dela e a arremessou longe.

Enquanto Helena se afastava aos tropeços, escutou os frascos de vidro se estilhaçarem. Não tinha para onde fugir. A tranca era complicada demais para abrir.

Conseguiu chegar ao outro lado da mesa, tentando criar uma barreira entre eles.

Com um chute, Ferron empurrou a mesa na direção dela, as pernas rangendo conforme arranhavam o piso. Helena se jogou para longe. A mesa bateu contra a parede com tanta força que o tampo rachou.

Quando caiu no chão, ela torceu a mão esquerda para o lado errado e um osso do pulso se fraturou no contato com a pedra. A dor a dominou.

Helena aninhou o braço junto ao peito, esforçando-se para se levantar.

— Ferron, pare!

Não foi o que ele fez. Ferron a pegou pelo pescoço, empurrou-a contra a parede e apertou. Seu semblante não expressava emoção alguma.

Ela o arranhou com a mão direita, rasgando a pele do braço dele com as unhas. Tentou dar uma joelhada na virilha dele, mas Ferron chutou seu pé de apoio, derrubando-a no chão.

A queda a fez perder o fôlego, e ela viu estrelas.

Ele pressionou o joelho no meio do peito dela com tanta força que chegou a espremer os ossos.

— Nada?

Helena não conseguia respirar, os pulmões se contraindo em espasmos. Na tentativa de escapar de debaixo dele, contorceu-se e arranhou todas as partes do corpo de Ferron que pôde alcançar.

Ele a agarrou pela mão, os olhos faiscando. Ela tentou se desvencilhar, mas o aperto ficou mais forte. A dor se alastrou pelo braço direito de Helena, os metacarpos rangendo.

— Não quebre minha mão! Você não pode... machucar minhas mãos! — berrou em puro pânico.

Ele se curvou, chegando mais perto.

— Então *lute*.

Ambos os braços dela pegavam fogo. Respirar ainda era difícil. Ferron estava a segundos de afundar o peito dela. Se forçasse mais, tinha certeza de que todos os ossos de sua mão direita se quebrariam.

Ela deixou o corpo amolecer.

Ferron a segurou por vários segundos, como se estivesse esperando que Helena entrasse em ação a qualquer momento. Então, suspirou.

— Você é patética — disse ele, aumentando o peso em seu peito.

Mesmo com os olhos marejados, ela seguiu calada.

— Eu poderia fazer o que quisesse com você, machucá-la de modos que nem imagina, e você nem ao menos tentaria me impedir. Eu nem sequer precisaria da ressonância. Bastaria minhas próprias mãos. Porque você é *fraca*.

Ferron a soltou, contorcendo o rosto de desdém. As mãos dele estavam sujas de sangue, mas os arranhões que ela causara já tinham sumido. Ele se levantou, pegou um lenço para limpar o sangue e ajustou as roupas.

Helena continuou no chão, arfando. A coluna e a parte de trás da cabeça latejavam. Quando tentou se equilibrar para se sentar, apoiando-se na mão direita, quase chorou.

Sentiu dor sendo irradiada pelas duas mãos. Havia sangue e pele embaixo das unhas, manchando a ponta de seus dedos.

O pulso esquerdo começou a inchar. E não dava para dizer que o direito estava melhor. Quando tentou fechar a mão em punho, a dor explodiu, refletindo até o cotovelo.

— Que fique registrado — ressaltou ela, com dificuldade de manter a voz firme — que isso conta como interferir no meu trabalho. Se quiser me machucar — continuou, um tremor incontrolável no queixo —, não pode ser nas mãos.

Ferron não havia dito que Helena poderia dizer não para as coisas?

Ele não respondeu nada, apenas andou até a capa e a vestiu, sem voltar a olhar para ela.

Helena não saiu do lugar. Sempre soubera que aquilo poderia acontecer, mas ele criara uma falsa sensação de segurança e a esperara baixar a guarda para enfim machucá-la.

Era mais cruel do que se tivesse agido assim desde o início.

— Posso saber por quê? — perguntou ela, ainda olhando para o chão, as costelas doendo a cada respiração. — Eu... eu f... fiz alguma coisa?

— Você nasceu, Marino. Acho que isso já é motivo mais do que suficiente.

Helena se levantou devagar, sem saber o que responder.

—Tem alguma informação para me passar?

Ele abriu um pequeno sorriso.

— Não. Era só isso mesmo.

Em completo silêncio, Helena recolheu a bolsa e passou o braço pela alça com cuidado. Não conseguiu levá-la até o ombro. Lá dentro, vidro quebrado tilintava.

Eram frascos do kit de primeiros socorros que havia adicionado à bolsa depois da semana anterior, tentando se preparar para o caso de Ferron voltar a se machucar. O desperdício de medicamentos que aquilo representava doía quase tanto quanto as costelas, e o vidro quebrado e seus conteúdos teriam contaminado tudo o que ela colhera naquele dia. Horas jogadas no lixo.

Helena andou até a porta e tentou flexionar os dedos para abri-la, mas sentiu apenas dor.

— Você... — disse, a voz tremendo. — Você pode abrir para mim?

Se tivesse machucado qualquer coisa que não as mãos, seria fácil seguir as instruções de Crowther e esconder os hematomas antes de voltar ao Quartel-General. Mas, tirando isso, não tinham feito quaisquer outros planos de contingência.

Assim que saiu do Entreposto, Helena andou para cima e para baixo pela represa. Sem as mãos, era basicamente uma inútil. Se tentasse voltar para o Quartel-General com tantos hematomas aparentes, tinha certeza de que ouviria perguntas que não poderia responder.

Por fim, movida pelo desespero, desceu a margem do pântano. Estava desajeitada sem as mãos, e logo estava coberta de lama. Depois subiu à terra firme se arrastando, encharcada e enlameada, espalhando a sujeira pelo rosto e pescoço, cobrindo qualquer marca que ainda estivesse visível.

No posto de controle, reconheceram-na e, sentindo pena, não fizeram muitas perguntas. Quando chegou ao Quartel-General, Helena foi obrigada a ir ao hospital porque não conseguiu usar o elevador.

A enfermeira-chefe Pace foi recebê-la na porta.

— O que aconteceu?

— Caí no pântano — mentiu Helena, sem encará-la. — Torci os pulsos.

— Os dois?

Ela confirmou sem erguer o rosto.

Pace demorou um momento para reagir.

— Vamos tirar essas suas roupas enlameadas e ver o que precisamos fazer.

Em seguida, levou-a para um dos quartos particulares, normalmente reservados para membros do alto escalão da Chama Eterna, e enxotou qualquer um que aparecia no caminho delas.

Sempre admirara o profissionalismo de Pace. Independentemente das circunstâncias, era inabalável.

As mãos de Helena estavam inchadas e frias demais para dar conta de botões e fechos. E, enquanto a ajudava a se despir, Pace não falou uma única palavra sobre o lamaçal a havia sujado desde as mãos até o avental.

— Depois de tanto sangue, chega a ser uma novidade — brincou ela, fazendo pouco caso quando Helena tentou se desculpar, e torceu um pano úmido. — Agora, vamos limpar você e ver o dano. Elain será a melhor opção para suas mãos.

Helena ficou tensa, mas não havia o que fazer. Quando os hematomas viessem à tona, Pace entenderia que o machucado não fora resultado de um tombo, e Elain, apesar de ser a aprendiz mais competente, era uma grande fofoqueira.

Pace hesitou assim que limpou o pescoço de Helena e viu as marcas. Mas, antes que pudesse dizer algo, uma batida soou à porta.

Torcendo a boca, Pace foi atendê-la e, com o corpo, bloqueou a vista do restante da ala hospitalar.

— O que foi, Purnell? — perguntou Pace.

— Mensagem. Disseram que era urgente — respondeu uma voz baixa.

Pace pegou um papel e fechou a porta. Ela o desdobrou, leu-o e o rasgou ao voltar até Helena.

— Recebi instruções para mandá-la para o seu quarto. Imediatamente — contou Pace, o rosto vermelho de fúria. — Mas acho que posso limpá-la um pouco mais antes.

Depois de limpa, Helena foi embrulhada como se para tratar hipotermia e Pace a acompanhou à Torre da Alquimia. Crowther a estava esperando quando saíram da passarela. Pace ficou tensa ao vê-lo.

— Enfermeira-chefe Pace — cumprimentou ele —, como posso ajudar?

O rosto de Pace corou.

— Vim garantir que Marino está sendo cuidada.

O olho de Crowther estremeceu.

— É claro — disse ele, e se virou para Helena. — Suponho, então, que precise de cura?

— Se tratarem minha mão esquerda, acho que posso cuidar do resto — respondeu Helena.

— Mandarei buscar alguém. Até lá, fique recolhida. Enfermeira, está dispensada.

Com isso, deu meia-volta e foi embora sem dizer mais nada.

Em vez de voltar para o hospital, Pace acompanhou Helena até o quarto e lhe fez companhia por um tempo.

— Sabe, conheci algumas curandeiras quando era parteira — relatou Pace, por fim, sentando-se ao pé da cama de Helena e olhando ao redor do quarto. — Médicos formados na cidade não tinham muito interesse em trabalhar nos vilarejos da montanha. As que eu conhecia nem sempre se chamavam de curandeiras, achavam que era apenas intuição. A maioria era mulheres mais velhas, que, por muito tempo, acreditaram que só levavam jeito para entender o corpo. Quando ouvi que viria uma curandeira das montanhas, esperava alguém da minha idade. — Ela finalmente olhou para Helena, e acrescentou: — Você é tão jovem. Não tem ideia do quanto. Está sacrificando coisas cujo valor nem ao menos compreende.

Uma confusão de emoções tomou conta de Helena.

— Ninguém está me forçando a nada que eu não… tenha aceitado.

— E o que você já recusou na vida? — perguntou Pace. E, antes que Helena pudesse responder, continuou: — Acha que um homem como Crowther não notou isso?

Pace poderia ter dito mais, mas Crowther abriu a porta acompanhado de uma garota.

— Pode voltar ao hospital, enfermeira — ordenou Crowther, segurando a porta aberta.

Pace deu um tapinha no joelho de Helena, levantou-se e, ao sair, olhou feio para Crowther, que fechou a porta com firmeza antes de se voltar para Helena.

— Esta é Ivy. Ela fará o que for necessário para que sua mão esquerda volte a funcionar.

A garota se aproximou. Movia-se de forma hesitante, como um cervo, mas tinha o olhar aguçado de uma raposa. Devia ter quinze anos, talvez, mas Helena duvidava que chegasse a isso. Nunca ouvira falar de uma vitamante tão jovem. Como Pace dissera, o talento costumava se manifestar mais tarde. A guerra fazia as pessoas envelhecerem precocemente de diversas formas.

Ivy não disse uma única palavra quando Helena indicou o pulso esquerdo e explicou, nos termos mais simples, o que achava estar errado, o que precisava ser feito e quais cuidados tomar. Helena nunca fora curada por ninguém além de si própria, e olhou em pânico para Crowther quando Ivy esticou a mão e a tocou no braço.

A garota era surpreendentemente hábil com a vitamancia, mas a ressonância dela não era nada sutil.

A dor e o inchaço no pulso e nos dedos de Helena passaram em pouquíssimo tempo, então Ivy procurou pela fratura no punho. Minutos depois, Helena já conseguia mexer os dedos sem muita dor e voltava a sentir a própria ressonância.

— Obrigada — disse, afastando a mão o mais rápido possível.

Ivy baixou a mão e observou Helena com uma expressão de curiosidade extrema.

— Minha irmã gosta de você.

— Ah. Ela trabalha no hospital?

— Ivy — chamou Crowther, firme. — Saia, já. E não diga uma palavra sobre isso para ninguém.

Ivy assentiu com a cabeça, displicente, e foi embora.

Crowther voltou a fechar a porta. Helena queria perguntar quem era a garota, mas temia a conversa e voltou a atenção para a própria mão direita. Bloqueou os nervos do cotovelo e começou um exame cauteloso.

— O que aconteceu?

— Acho que Ferron estava com raiva por causa da semana passada — contou, feliz por ter no que se concentrar e não precisar olhar para Crowther. — Você sabe como ele é orgulhoso, acho que não gostou de receber ajuda. Assim que cheguei, disse que queria me ver lutar.

Ela ergueu o rosto a tempo de ver os lábios de Crowther sumirem numa linha fina.

— Você revelou sua vitamancia?

— Não.

— Tem certeza?

— Tenho.

Crowther assentiu, ainda parecendo desconfiado.

— Quem era a garota? — perguntou Helena.

— Órfã. Encontramos num bairro pobre — respondeu ele, e emitiu um som de irritação. — Você vai dizer que pegou um resfriado. Tire alguns dias de folga. Mas não pode ser vista chegando ao Quartel-General nesse estado outra vez. Há um posto de troca um pouco afastado onde mantemos roupas e itens de necessidade básica. No futuro, em casos assim, vá para lá. Se não aparecer aqui, é lá que será procurada.

Helena fez que sim com a cabeça, enquanto o inchaço da mão direita enfim se reduzia a ponto de conseguir examinar o trabalho de Ivy na esquerda.

Não podia fazer nada enquanto as mãos não se recuperassem por completo. Estava sendo excessivamente cautelosa, mas era melhor assim. Se acabasse com neuropatia nas mãos, perderia quase toda a utilidade.

Ela se ocupou em revirar o conteúdo de seu baú. Não tinha muita coisa, além de velhos cadernos de seus tempos de estudante. A maioria de seus pertences ficara em Etras, o Instituto tinha alojamentos pequenos e códigos de vestimenta rígidos. Dentro de uma caixinha, havia um ferrótipo dela com o pai logo antes de começar os estudos no Instituto, aos dez anos de idade. Usava o uniforme e tinha uma expressão ávida no rosto. O pai vestia o jaleco médico, embora não tivesse licença para atender em Paladia. Queria parecer profissional ao lado da filha.

Fechou a caixa e pegou o amuleto, deixando os raios se alinharem às cicatrizes na palma da mão.

Ainda segurando o amuleto, foi até a janela e subiu para o telhado. Fora Luc quem a ensinara a sair pelas janelas e chegar ao telhado da Torre, abaixo do farol.

O fogo da Chama Eterna brilhava acima dela quando parou ali sozinha, a grade de ferro baixa sendo a única barreira que a separava da queda fatal.

Queria desligar a cabeça só por um momento. A técnica de redirecionamento só criava um espacinho, mas o sofrimento dela sempre voltava.

Helena olhou para o Brasão Solar, as chamas brancas cintilando na superfície. Quase o deixou cair lá de cima; queria vê-lo descer até sumir.

Sentia vergonha sempre que olhava para o amuleto, constrangida pelo significado que ela acreditara que o objeto tinha.

Deixou a corrente escorregar pelos dedos, mas se deteve.

Não. O amuleto não representava Ilva, e sim Luc. Ilva se aproveitara desse fato, mas a culpa não era de Luc. Helena estava fazendo isso tudo por ele, porque ele era digno disso.

Pendurou o amuleto no pescoço e o escondeu sob a roupa, admirando a cidade enquanto sentia a joia esquentar em seu peito.

Quando voltou ao Entreposto na semana seguinte, tomou todas as precauções possíveis. O posto de troca num porão abandonado funcionaria como abrigo improvisado. Se fosse ferida e não conseguisse se curar sozinha, Helena iria até lá. Havia materiais médicos básicos e um rádio de curto alcance. Uma mensagem em código faria Ivy ser despachada até lá.

Ferron estava atrasado. De novo. Isso sempre acontecia, mas, desta vez, ela estava ansiosa demais para esperar. Já estava pendurando a bolsa no ombro quando a porta foi aberta.

Quando ele entrou e a fechou, Helena estremeceu, o coração acelerando com o estalo da tranca.

— Me atrasei.

Helena teve que se concentrar para respirar antes de conseguir falar.

— Vamos... t-treinar de novo hoje?

— Não — disse ele, rápido. — Não. Não a submeterei àquilo de novo.

A única resposta dela foi um gesto seco de cabeça, mas Helena não acreditaria tão fácil. Ferron redefinia os termos do acordo sempre que fosse conveniente para ele.

Observou-o, desconfiada.

Ele começou a abrir a boca, mas parou, cerrando o punho.

— Que foi? — questionou, com um olhar de raiva, cansada de esperar pelo que ele faria em seguida.

Ferron engoliu em seco e desviou o rosto, fitando o chão.

— Eu não tinha a intenção de te machucar.

Ela soltou uma risada frágil.

— Bem, sempre esperei que isso fosse acontecer.

Viu raiva brilhar nos olhos dele.

Estava começando a entendê-lo. Ferron se achava melhor do que os outros Imortais, e se ressentia de tudo o que os assemelhassem. Por isso voltara atrás, tentando fingir que ela tinha autonomia naquele acordo.

Ela o fulminou com o olhar.

— Se alguém tivesse morrido semana passada por eu estar ferida demais para trabalhar, seria culpa sua.

Ele bufou.

— E eu deveria me importar com isso?

— Deveria, se fosse humano.

Ferron tensionou a mandíbula.

— Bem, se estamos sendo honestos, preciso dizer que você é patética quando precisa se defender. Pior do que eu esperava. O que é dizer muito, porque eu já tinha uma expectativa baixíssima a seu respeito. Sempre achei que os médicos fossem minimamente preparados para o combate.

— O hospital é protegido. Faz mais sentido do que esperar que a equipe médica esteja pronta para situações de combate.

Dava para ver que Ferron discordava.

— Bem, você não está no hospital neste momento — rebateu ele, contornando-a devagar. — É magrela demais. Não tem sequer um grama de músculo. Acho que nem consigo fazer nada com você nesse estado. Vamos precisar começar com calistenia antes que eu consiga chegar a qualquer lugar com você.

A aula de que Helena menos gostava no Instituto era calistenia.

— Mesmo que eu me exercite, você não pode fazer nada que possa machucar minhas mãos.

Ele fez uma pausa antes de afirmar:

— Se você se machucar, eu dou um jeito.

Helena ficou zonza. Não lhe ocorrera que, se quisesse, ele poderia machucá-la, curá-la e machucá-la novamente, sem deixar vestígios.

Ferron pegou um envelope e o estendeu, mas, quando ela tentou pegá-lo, ele não o soltou, e a fitou.

— Vocês estão com escassez de comida?

Ela não disse nada, apenas segurou o envelope, esperando-o soltar. Crowther fora bem claro: Ferron não deveria obter nenhum dado por meio dela.

— A informação de transporte que incluí para a região sul provavelmente se trata de suprimento de comida. — Ele tensionou a boca numa linha reta. — Se conseguirem interceptar esse suprimento, mande Crowther aumentar sua porção.

Uma semana depois, um dos times de batedores capturou e matou uma quimera, embora tenham admitido que a criatura já estava quase morta quando a encurralaram.

O cadáver foi levado para análise e, após certo debate, Helena foi incumbida da tarefa de dissecá-lo.

A quimera havia sido criada por vitamancia, então seria necessário uma vitamante para entender o processo. Era dever da Chama Eterna estudar as práticas dos inimigos.

O corpo emanava um fedor horrendo, como se a quimera estivesse no início da decomposição quando morreu. No processo de criação, ela passara por vivissecção, fora esquartejada e estripada, e os músculos, cortados e entrelaçados a partes de outras criaturas. Vários dos órgãos haviam sido substituídos. Tinha o crânio de um réptil, mas uma parte havia sido esvaziada para acomodar um cérebro grande de mamífero.

Não fora criada a partir da necromancia; várias tentativas de reanimar animais no passado já haviam sido feitas, mas sem sucesso. A quimera estava viva quando a criaram, mas Helena não tinha ideia de como fora possível mantê-la viva.

Shiseo seguia a postos, entregando as ferramentas necessárias, enquanto ela trabalhava. Helena não entendia por que ele aceitara ser seu assistente. Era culto demais para isso. Seu conhecimento metalúrgico deixaria muitos grão-mestres impressionados. O pedido de Ilva era uma ofensa.

Enquanto Helena escrevia o relatório, Shiseo se ocupava esboçando matrizes compostas para substâncias metálicas a respeito das quais andavam discutindo. Prata, cobre e ferro tinham utilidades medicinais e poderiam aumentar a eficácia de certos extratos.

— Shiseo — chamou ela, erguendo o rosto —, você tem um espaço de trabalho seu?

Ele hesitou.

— Não. Eu meio que ia dar aulas no Instituto, mas... — Ele balançou a cabeça.

Envergonhada por ter demorado tanto tempo para entender por que ele assumira aquele posto, ela se remexeu no lugar.

— Eu devia ter dito isso antes, mas, se quiser trabalhar nos seus próprios projetos, pode ficar à vontade para usar este espaço.

Shiseo abriu um sorriso vago, inclinando a cabeça, mas Helena logo percebeu que ele recusaria a oferta.

Talvez estivesse errada. Será que Ilva o obrigara a aceitar aquela posição por culpa? Lógico. Ele viera em busca de asilo político, e Ilva cobrara a dívida. Isso explicaria seu jeito tão cauteloso e inofensivo. Helena se sentiu culpada, mas precisava mesmo dele.

— Bom, tecnicamente, eu roubei este laboratório — acrescentou, olhando para ele. — Quer dizer, é claro que sempre existiu, e ninguém o usava, mas eu o ocupei e comecei a fazer minhas coisas sem permissão — explicou, dando de ombros. — Todos só supõem que alguém deve ter aprovado. Então, se você não gostar de... laboratórios ilegítimos, compreendo, mas fique à vontade para utilizar este espaço se quiser.

Ele a olhou com uma expressão impassível e resguardada, mas o canto de seus olhos de repente se enrugou.

— Talvez tenha algumas coisas, sim.

Nas semanas que se seguiram, os encontros com Ferron tornaram-se mais esporádicos. Helena continuava com a calistenia, conforme fora instruída, mas frequentemente ele não dava as caras. Às vezes, deixava um envelope na mesa; outras, Helena esperava, mas voltava de mãos vazias. O anel ardia em horários variados, e ela era forçada a ir às pressas ao Entreposto, onde encontrava uma carta ou um mapa, mas nem sinal de Ferron.

A informação parecia útil, mas Helena notava como Crowther estava desistindo dela, tratando-a como uma imprestável.

Quando abriu a porta do cortiço e encontrou Ferron à sua espera de novo, se sobressaltou.

Estava sentado à mesa com uma moeda de prata na mão, a qual girava e jogava, distraído, no momento em que Helena chegou.

Fez-se um longo silêncio antes de ele se pronunciar, sem olhar para ela:

— O Necromante Supremo passará a próxima semana fora. Vai para Hevgoss. Inúmeras providências foram tomadas. Praticamente um terço dos Imortais o acompanharão. A viagem foi mantida em segredo. São poucos os que têm a informação.

Fez-se uma pausa.

Ferron guardou a moeda no bolso.

— Ele nunca viajou assim antes. Se a Resistência estiver esperando uma brecha, a hora é essa. É bem provável que os Imortais não se coordenem bem, todos eles vão querer pegar a glória e o crédito para si.

— Suponho que você esteja entre os que viajarão — considerou ela, porque ele obviamente deixaria a cidade queimar, alguém ser culpado, e só então voltar para colher os lucros.

Aquele tinha sido o objetivo dele desde o princípio. A jogada calculada que fizera. A Resistência estava caindo que nem patinho, e não havia nada que Helena pudesse fazer, pois não podiam perder uma oportunidade daquelas. Senão era melhor se entregarem de uma vez. Não sobreviveriam até o fim do ano.

Ele não disse nada.

— Mais alguma coisa?

Ao se levantar da mesa, Ferron negou com a cabeça e andou até a porta, parando logo antes de abri-la.

— Acho que podemos desmarcar nossos encontros das próximas semanas. Acredito que não vou ter tempo.

CAPÍTULO 32

Maius, 1786

A notícia de que Morrough viajaria, acompanhado de tantos Imortais, era a oportunidade que a Chama Eterna vinha aguardando. Como uma máquina entrando em ação, a Resistência logo começou a orquestrar o ataque.

No decorrer de vários meses, Crowther andava disseminando a inteligência de Ferron, atribuindo a várias fontes os mapas e a informação sobre patrulhas, rotações, cadeias de comando e hierarquias de quem seria convocado primeiro, e como contra-atacariam no caso de investidas da Resistência.

Os batalhões ansiavam pelo confronto.

Contudo, uma sensação angustiante se esgueirava sob a pele de Helena e crescia cada vez mais. E se fosse uma armadilha? E se Ferron tivesse mentido, escondido o laço de uma forca naquela informação? Não parava de pensar como ele lhe parecera estranho.

O hospital aguardava, num misto de medo e esperança. Até que as sirenes soaram e as ambulâncias começaram a chegar, uma enchente de corpos abarrotando o ambulatório e os corredores. Não havia espaço para todos os feridos.

Helena só teve oportunidade de registrar a culpa e o desespero enquanto as consequências da batalha ocupavam todos os leitos. Tudo o que podia fazer era trabalhar.

Culpa sua. Você devia ter se preparado. Ferron é um monstro. Um traidor nato, igualzinho ao pai. Ela nunca praticara tanta cura, trabalhando em tamanho frenesi que o amuleto pendurado no pescoço quase queimava sua pele. Duas das aprendizes tinham entrado em colapso, a ressonância destruída pela exaustão.

Levou mais de um dia para alguém lhe contar que eles não tinham perdido. O ataque não fora um fracasso, e sim um sucesso. A Resistência ocupara os portos e recuperara a maior parte da Ilha Leste. Batalhas ainda perduravam no lado sudoeste, mas esperavam retomar a ilha inteira.

Mesmo depois da confirmação, Helena mal conseguia acreditar, pois os feridos não paravam de chegar.

A Resistência encontrou prisões repletas de dissidentes. Um dos maiores prédios perto do porto funcionava como laboratório. Trouxeram carretas cheias de materiais médicos e ferramentas que Helena não via fazia anos. Anestésicos e antissépticos de verdade. Caixas e mais caixas de resina de ópio. Gazes e esparadrapos novos.

Entretanto, o êxtase que tomou conta do hospital à medida que os suprimentos chegavam se esvaiu assim que começaram a trazer as vítimas dos laboratórios. Médicos e enfermeiros que tinham trabalhado firmes e fortes por anos tiveram crises por causa das vítimas e precisaram ser afastados.

As quimeras não estavam sendo criadas apenas a partir de animais no laboratório. As vítimas que chegavam beiravam o irreconhecível, cobaias de experimentos que desafiavam qualquer razão. Corpos metodicamente esquartejados e reagrupados. Havia muitos.

A responsabilidade por tentar tratá-los recaiu sobre os ombros de Helena, pois os cirurgiões se sentiam perdidos e as aprendizes não davam conta. Também não havia nada que ela pudesse fazer. Por mais que se esforçasse, todos morriam.

Para as forças armadas, a Retomada acabou rápido. Aquilo que os Imortais passaram anos ocupando, devagar, foi recuperado num ataque coordenado. O que foi considerado um triunfo militar histórico.

Para o hospital, era um pesadelo sem fim.

Relatos de que Morrough tinha voltado foram seguidos por rumores de extrema revolta entre as tropas conforme procuravam culpados, e então vieram os contra-ataques e as tentativas de retomar os portos.

Levou mais de um mês para a situação por fim mudar e os plantões do hospital aos poucos retomarem a rotação habitual. Mais curandeiras foram trazidas, pois Crowther e Ilva pareciam saber exatamente quem possuía aquela ressonância latente, mesmo que as próprias garotas não fizessem ideia.

No final, Helena estava tão exausta que, por vários dias, mal abriu a boca. Parecia que havia se esquecido de como ser humana.

Pace a afastou do hospital quando a encontrou no almoxarifado fazendo o inventário de forma inconsciente, e disse que, exceto em caso de emergência, Helena deveria passar, no mínimo, quatro dias afastada.

Além de voltar à rotina antiga, ela não sabia o que fazer, então, quando chegou martidia, acordou ao amanhecer, pegou a bolsa e saiu da cidade. No mês que passara no hospital, a enchente da primavera baixara e o pântano florescera.

Havia nuvens de insetos dançando, a luz cintilando nas asas. O sol desenhava o lado leste das montanhas, dourando os cumes. O vento não sacudia mais os juncos mortos; em vez disso, sussurrava pela grama do pântano. O ar estava repleto do gorjeio das aves. O pântano era pura exuberância com as plantas recém-germinadas, transbordando de vida. Helena poderia ter passado horas colhendo e ainda deixaria muito para trás, por isso pegou apenas o que considerou mais valioso antes de lavar as mãos num lago verde de algas e rumar para o Entreposto.

Mal tivera tempo de pensar em Ferron, mas achou que valia a pena pelo menos conferir se lhe deixara algum recado. Desde o ataque não recebia nenhuma instrução de Crowther.

Avistou-o assim que abriu a porta. Apoiava o quadril na mesa, de ombros curvados e com os braços pendendo ao lado do corpo.

— Você está com uma cara péssima — disse ele, quando Helena entrou.

Ela parou.

— Você está pior.

— Estou? — indagou Ferron, soltando uma gargalhada esganiçada.

Ela não conseguiu responder, tamanho foi o choque.

O rosto dele estava magro, como se tivesse perdido quase todo o peso que lhe restava, e os ossos do crânio se pronunciavam na pele.

Ele parecia...

... um cadáver.

O coração dela foi parar na garganta.

A pele dele estava cinzenta, seca, e os olhos, fundos. O cabelo escuro caía ao redor do rosto, sem vida, sujo e embaraçado.

Não parecia ter comido, dormido ou tomado banho em todas aquelas semanas desde que Helena o vira pela última vez.

— Você... você é um... você está morto? — Forçou-se a perguntar.

Será que era possível ser morto e transformado em defunto com o próprio corpo? Seria possível?

Ao sorrir, um corte se abriu no lábio inferior, um fio de sangue vermelho escorrendo pelo queixo. O ferimento se fechou de imediato.

— É a sua cara imaginar uma coisa assim, não é? Não. Ainda estou... vivo.

— O que aconteceu?

Helena avançou, mas teve medo de tocá-lo, pois Ferron parecia prestes a se desfazer em cinzas.

Ele suspirou sem força.

— Bem, como deve ter notado, o Necromante Supremo não ficou muito feliz com os portos — falou, baixando a cabeça antes de levantá-la com brusquidão, o rosto contorcido de dor. — Azar para o comandante encarregado.

Helena ficou zonza. Não... não era possível. Ele tinha ido com Morrough e os outros para Hevgoss.

Balançou a cabeça de um lado para outro.

— Mas você não é o comandante de lá. Os... os portos eram comandados por...

Não se lembrava do nome, mas era outra pessoa. Não teria se esquecido dessa informação se o encarregado fosse Ferron. A patente dele não era alta para ocupar uma posição daquelas. Ninguém o teria nomeado.

— Foi uma mudança recente na liderança — contou ele, rouco. — Mas não importa. Funcionou? O ataque? Está claro que vocês tomaram o controle da ilha, mas — continuou, engolindo em seco — vão conseguir mantê-lo? Ainda têm gente para isso?

Helena não deveria dizer nada, mas a dor dele era tão nítida que não resistiu.

— Mais do que esperávamos — respondeu.

Ferron engoliu em seco outra vez e fez um movimento breve de cabeça.

— Que bom — disse, fechando os olhos por um momento. — Acho que já é alguma coisa.

Ele respirou fundo e com dificuldade.

— Tenho que ir. Só... queria saber... não voltarei para cá.

Ele tentou se erguer, mas desabou. Segurou-se na cadeira e caiu sentado. Um suspiro baixo, quase um gemido, escapou de sua boca e Ferron cambaleou, quase tombando. Tentou voltar a se levantar, mas os braços não pareciam sustentar o peso. A respiração cada vez mais irregular.

— Ferron, o que aconteceu com você? O que houve? — perguntou ela, hesitante e com a voz esganiçada, sem saber o que fazer.

Ele fechou os olhos, ofegante.

— D-desaparece daqui, Marino.

Helena se aproximou como se ele fosse um animal ferido, as mãos estendidas diante de si.

— Ferron... sei que está machucado. Talvez eu possa ajudar — afirmou, o mais suave que conseguia.

— Não tem *nada* que você possa fazer — respondeu ele, soltando uma risada rouca.

Helena chegou a tal distância que dava para ver as veias sob a pele do pescoço dele, não azuis, mas quase pretas, como se fosse veneno.

— Me deixe tentar. Não vou te machucar.

De súbito, ele abriu os olhos e raiva lampejava em seu rosto.

— Não finja que se importa — rosnou. — Espera mesmo que eu acredite que você não sabia que isso aconteceria?

Ela balançou a cabeça em negativa.

— Não sabia. Eu teria voltado antes, se fosse o caso.

Pela aparência dele, não era uma deterioração rápida a que sofria. Ele chegara àquele ponto devagar, ao longo de semanas.

Se ele realmente tinha sido o comandante dos portos durante o ataque, transmitira a informação consciente de que se prejudicaria.

— Por favor — insistiu ela, estendendo a mão —, me deixe tentar ajudar.

— Suas ervas do pântano não vão consertar isso — rebateu ele, com uma careta, quando tentou se levantar. — Uma médica como você não tem como fazer nada.

Helena engoliu em seco.

— Seria verdade se eu de fato fosse uma médica — revelou, tocando o rosto dele com a ponta dos dedos, sem esconder a ressonância.

Helena sabia que estava sabotando a causa, mas, se Ferron morresse, não faria diferença, pois a missão já era um fracasso absoluto. Quando a ressonância entrou em contato com o corpo dele, ela quase afastou a mão. O talismã emitia tanto poder que ameaçava queimar os nervos dela. Cada célula do corpo dele estava chamuscada.

Ele estava morrendo. De novo e de novo. O corpo levado ao limite até falhar, só para se regenerar no mesmo instante e falhar outra vez. Morto e vivo ao mesmo tempo, uma espécie de falha regenerativa em repetida sucessão.

Ferron recuou como se fosse ele a se queimar.

— Sua vadiazinha ardilosa. Eu sabia que tinha sentido ressonância quando perdi o braço.

Baixando a mão, Helena evitou o olhar acusatório dele.

— Recebi ordens de não contar para você.

— E agora? — questionou Ferron, com os olhos semicerrados.

— Acho que não faz diferença. Se eu não fizer nada, você vai morrer.

— Duvido que eu tenha tanta sorte — respondeu ele em tom monótono.

Ela esticou a mão, quase tocando o braço dele.

— Ferron, o que aconteceu com suas costas?

Como se exausto demais para conversar, ele fechou os olhos levemente. As veias pretas eram visíveis até nas pálpebras dele.

— Veja você mesma — disse, enfim. — Já que está tão determinada.

Muito devagar e com cuidado, ela desafivelou a capa dele e a tirou. Ferron se encolheu, mas não emitiu qualquer som. O miasma de lesões antigas e fétidas preencheu o ar enquanto ela desabotoava a camisa dele e, contornando-o, com toda a leveza que conseguia, afastou o tecido dos ombros.

Não havia curativos ali. As costas inteiras eram uma ferida apodrecida, cirurgicamente lacerada dos ombros até abaixo das costelas.

Uma matriz alquímica tinha sido entalhada na pele dele.

Quando Ferron inspirou fundo, ela viu as costelas brancas, marcadas com ranhuras.

As incisões nos ombros eram as piores. Os cortes não apenas chegavam ao osso, como chegavam até *a cavidade interior* dele, entalhando as escápulas, e uma liga de lumítio fora soldada ali, unida ao osso para manter a matriz intacta e ativada.

Por maiores que fossem as habilidades regenerativas de Ferron, não bastavam para conter uma lesão daquela magnitude.

Matrizes podiam ser meramente ilustrativas, para registrar ou calcular um processo em nível visual, mas também eram usadas para transmutação ou alquimização quando o processo era complexo demais para uma simples manipulação de ressonância, ou quando se trabalhava com compostos de derivação orgânica que tendiam a ser voláteis. Elas eram desenhadas com giz ou carvão, ou traçadas na superfície com estilete, mas Helena nunca vira nada parecido com o que fora feito com Ferron.

— Por que... — A voz dela falhou. — Por que fizeram isso com você?

— Bem... — respondeu Ferron, devagar, a voz distante. — Tiveram muitas ideias do que fazer comigo... Todo tipo de castigo foi levado em consideração devido a meu... fracasso. Bennet ficou chateado por perder o laboratório, e todas aquelas experiências e cobaias. Fazia algum tempo que queria realizar experimentos com um Imortal. Alegou que, como tinha sofrido a maior perda, devia ser ele a me castigar.

Fez-se silêncio por um momento e Ferron acrescentou:

— O Necromante Supremo diz que, se eu sobreviver, serei perdoado.

Helena não conseguia desviar os olhos da ferida. A pele ao redor das incisões mostrava sinais de septicemia. Fios de infecção se espalhavam sob a pele, penetrando o sangue.

Com medo de encostar na matriz, apoiou a mão no braço dele. Ferron se encolheu sob o toque. Seu corpo ainda tentava se regenerar, fechar as feridas que compunham a matriz. Os nervos estavam todos intactos. A dor que o acometia devia ser maior do que ela conseguia compreender.

Helena nem sabia por onde começar, mas não podia ficar só olhando. Tentou anestesiar a área, trabalhar por dentro, mas não chegou muito longe. Em qualquer lugar com tecido vivo suficiente para a anestesia, a regeneração dele revertia o processo. Não podia nem poupá-lo da dor.

Aproximou-se o máximo que ousava, sentindo que o material soldado aos ombros dele era uma liga de lumítio e titânio, com ressonância tão aguda que Helena a sentia nos dentes. Nem imaginava como Ferron seguia são, com aquilo aderido ao próprio corpo.

Aquilo ia além do escopo das capacidades de Helena, mais do que qualquer coisa que já vira.

— Desculpe, não tenho como curar isso.

Ele riu, seco.

— Eu sei.

— Mas — acrescentou ela, e engoliu em seco, ainda pensando — acho que consigo ajudar a conter e reduzir o desgaste que isso está causando. Pode ser que... tenha uma chance de sobreviver. É essa a condição, certo? Se sobreviver, eles não farão mais nada?

Ferron não respondeu.

Começando pelo ombro esquerdo, ela seguiu as veias com a ressonância, os dedos a meros milímetros da pele dele, puxando a sepse de volta para a incisão. Pus e sangue quase preto escorreram pelas costas de Ferron. Tomando o máximo de cuidado, Helena usou a ponta de um lenço para limpar, impedindo-o de entrar em outros cortes.

O corpo inteiro de Ferron tremeu, e ele emitiu uma arfada rouca.

— O que está fazendo? — soltou, por entre os dentes cerrados.

— As incisões estão envenenando o sangue. Você está morrendo, e seu corpo tem tirado recursos de onde consegue para regenerar e reviver, mas já quase não restam lugares dos quais tirar energia. É parecido com quando você perdeu o braço. Não estava conseguindo se regenerar até que o sangramento foi estancado. Se quiser se recuperar, temos que tratar a infecção, e daí fazer o processo de trás para frente.

Ele abaixou a cabeça, ofegando.

— Que sorte você ter analisado minha fisiologia enquanto eu estava desmaiado.

— Foi sorte mesmo — respondeu ela, seca, e puxou mais veneno.

Ferron gemeu entre dentes e sentiu espasmos nas mãos quando ela encostou o lenço em suas costas de novo.

Nem com o braço arrancado ele soltara um ruído.

Helena fez uma pausa, as mãos pairando acima da pele dele.

— Um sedativo funcionaria em você?

— Não — respondeu ele, desanimado. — Nada funciona. Mal consigo me embebedar direito.

Hesitando, ela tocou a base do crânio dele.

— Eu costumo trabalhar localmente para anestesiar, mas tem um ponto bem aqui, no seu cérebro. Se eu o estimular, você vai dormir. Não vai sentir nada. Seu corpo não deve considerar uma interferência, já que não vou bloquear nada. Quer que eu tente?

— Você... — disse ele, em um fiapo de a voz. — Você consegue fazer isso?

— Acho que sim.

Fez-se silêncio. Helena viu o tremor nas costelas enquanto ele respirava, vacilante.

— Então tente — cedeu. — Não é como se houvesse alguma coisa a impedindo de me matar.

— Melhor se deitar — replicou ela, ignorando o comentário.

A mesa estava rachada no meio, mas até que era estável, então ela montou uma maca improvisada, cobrindo-a com a capa de Ferron. As mãos dele tremiam. Ele agarrou o ombro de Helena quando ela o ajudou a se levantar e gemeu baixinho, apoiando o peso nela. Seus tremores eram intensos, dos pés à cabeça, e Ferron quase desabou na mesa.

Ela passou os dedos pelo cabelo dele até encontrar a reentrância na base do crânio, logo abaixo da protuberância occipital.

Bastou uma pequena mudança de energia para sentir a paz do entorpecimento inundar o corpo dele, adentrando no sono.

Era mais fácil trabalhar assim, sem que Ferron se encolhesse a cada toque. Helena retraiu a infecção, limpando tudo direitinho, mas só pensava em como a lesão parecia antiga.

Devia ter voltado antes. A culpa era dela. Tinha certeza de que Ferron deixaria a cidade queimar, então o tirara da cabeça.

De tanto medo da traição dele, nunca parara para considerar o que aconteceria se Ferron não os traísse.

Com as mãos trêmulas perto das feridas já limpas, tentava descobrir o que fazer. Queria arrancar o metal dos ossos, mas o titânio estava soldado.

Apertou seu amuleto, desesperada por algo que a reconfortasse.

A lesão ia além de meras incisões e transmutação de metal. A matriz estava ativa; ela sentia a vibração da ressonância. Alterar uma matriz ativa era bastante perigoso. O tipo de coisa que custava partes do corpo.

A tentativa poderia matar ambos.

Tinha que dar um jeito de fazer Ferron sobreviver, mas a matriz se enraizara nele, usando a energia que emanava do talismã e desviando o que deveria tê-lo regenerado para alimentar os traços da matriz.

Não havia círculo de contenção para limitá-la. A matriz se mantinha ativa o tempo todo e, diferente do que aconteceria no laboratório, os símbolos não agiam num alvo externo, e sim *em* Ferron. A energia era desviada, alterada e transmitida de volta para ele em um ciclo fechado.

Aquilo mataria um ser humano comum. Ferron não morria tão fácil, mas também não podia mudar. Helena começava a entender como os Imortais atingiam o estado de "imortalidade". Ele não era eterno; seu corpo vivia preso no tempo, a regeneração o mantendo exatamente como era. Não o permitiria mudar, com idade ou devido a ferimentos, mas a matriz fora projetada para mudá-lo. O poder existia com o propósito exclusivo da alteração, e a contradição o matava de modo muito mais profundo do que a mutilação das costas.

Ou Ferron sofreria uma morte horrível, ou seria inteiramente alquimizado em algo que sobreviveria ao paradoxo.

Helena estudou os símbolos, tentando entender o que deveriam fazer.

Ela nunca vira uma matriz feita para agir numa pessoa, mas era perita em notação alquímica.

O formato de base era uma estrela celestial clássica, correspondente aos oito planetas. Paladianos adoravam conjuntos de cinco ou oito. A única exceção que conhecia era a piromancia, que servia de modelo para o Brasão Solar dos Holdfast e usava conjunto de sete.

A notação entalhada na pele de Ferron era como usar uma formulação alquímica para expressar um conceito literário. Não era inédito que alquimistas escrevessem com simbolismo e símbolos alquímicos, em especial em livros de estudo, restringindo a informação a quem tinha acesso à educação, mas Helena nunca vira o método aplicado a uma matriz funcional. Cada ponto dos oito tinha um conceito distinto, usando combinações de símbolos. Aos poucos, Helena foi discernindo o significado.

Astucioso, Calculista, Dedicado, Determinado, Impiedoso, Infalível, Irredutível e Resoluto.

Fazia sentido que uma matriz numa pessoa não pudesse ser uma fórmula de transmutação típica, mas a ideia de forjar traços em um ser humano era horrenda. Se funcionasse, esculpiria Ferron naquelas oito qualidades compostas, com potencial de apagar todo o restante a respeito dele.

Ferron continuaria se curando, pelo menos até o metal ser soldado no lugar. As lacerações eram todas conectadas, para tornar a matriz contínua.

Considerando a reação que ele tivera à oferta de fazê-lo apagar, provavelmente passara o tempo inteiro acordado.

Com dedos trêmulos, pousou a mão em cima da dele. A pele de Ferron estava fria, fina como papel.

Queria fechar os cortes, mas havia interferência demais canalizada nas incisões, e qualquer tecido novo morreria.

Se Helena conseguisse recuperar a saúde dele, talvez o corpo a auxiliasse a fechar as feridas, mas demoraria. Demoraria tanto tempo quanto ele levara para chegar àquele ponto.

Usando a vitamancia, removeu a necrose e, em seguida, pegou a bolsa, revirando-a em busca do singelo kit médico que reorganizara. Até considerou voltar correndo ao Quartel-General, mas gastaria muito tempo.

Helena analisou o que tinha colhido pela manhã e tentou pensar no que seria útil.

Sedativos e interferência transmutacional de nada funcionavam, mas tratamentos tópicos poderiam surtir efeito. No mínimo, preveniriam a infecção. Ela prepararia um bálsamo transdérmico com liberação prolongada. Shiseo com certeza pensaria em algo.

Mordiscando o lábio, pegou um bálsamo que fizera com casca de salgueiro e bateu os dedos na tampa, desejando ter alguma coisa com ópio. Por ora, serviria e manteria as feridas limpas até ela voltar.

Usou todo o conteúdo do pote para cobrir as incisões com analgésico, posicionou gaze em cada uma delas, salpicou esfagno seco para manter as feridas ácidas e prevenir infecções e envolveu as costas dele com esparadrapos.

Ela sabia que deveria despertá-lo, mas Ferron estava exausto. Faria bom proveito do descanso.

Com um gesto hesitante, afastou o cabelo dele do rosto. Suas feições estavam fundas; as bochechas, encovadas, assim como as têmporas e os olhos. Sem nenhum vestígio daquela juventude assombrosa.

Ele parecia destruído.

Helena cutucou as cutículas, querendo poder fazer mais, e lutou contra a tempestade de emoções no peito. Estava tão acostumada a ressentir-se dele, a vê-lo como ameaça a si e a todos.

Pensou nele jogando aquela moeda de prata e contando o que a Chama Eterna precisava saber para o ataque.

Ferron sabia que seria castigado.

Os comentários confusos, quase inconscientes, que ele fizera sobre provocar outro comandante de propósito para assumir o controle de um novo distrito... ela os desconsiderara, atribuíra ao ego e à estupidez. O tempo todo ele estivera planejando aquilo.

Poderia ter tornado isso uma armadilha. Poderia ter passado os últimos meses distribuindo informações incorretas para a Chama Eterna, para executar a sabotagem perfeita. Em vez disso, dera-lhes mais do que sonhavam em conquistar em um ano inteiro, sabendo que custaria caro.

E ele achara que Helena sabia. Essa ideia a devastou. Achara que ela sabia e o abandonara a esse destino.

Helena o tocou na têmpora, aproximou-se e analisou seu rosto.

— Por que está fazendo isso?

Quando não conseguia mais justificar mantê-lo desacordado, passou os dedos pelo cabelo dele e o despertou o mais devagar que pôde, para a dor não o atingir de uma só vez.

Enquanto Ferron recobrava a consciência, Helena pegou a mão dele, tomando o cuidado de não mexer no ombro, e começou a massagear a palma, subindo devagar para os dedos, de articulação em articulação, buscando com a ressonância cada músculo retesado e tensionado.

O pai massageava as mãos dela assim, mesmo antes de Paladia. Toda noite. Segundo ele, as mãos dos alquimistas eram como as de cirurgiões, e precisavam de cuidado.

Sabia que Ferron não precisava daquilo, quer era significativo apenas para ela, mas era tudo o que Helena podia fazer.

Assim que ele despertou, ela sentiu a tensão irradiar por seu corpo. Ferron abriu os olhos e as pupilas se contraíram de dor. Os dedos espasmaram na mão dela, mas ele permaneceu deitado, imóvel, então ela continuou a massagem.

Os olhos dele ainda não tinham entrado em foco.

— O que você fez? — perguntou, por fim.

Helena umedeceu os lábios.

— Tirei todo o sangue infeccionado e removi o tecido necrosado, aí apliquei um bálsamo analgésico nas incisões e fiz curativos. Não é o tratamento mais eficiente, mas acho que pode ajudar até eu conseguir produzir algo melhor no Quartel-General. Eu... ainda não consigo fechar as incisões, mas talvez seja possível em algum momento, quando você estiver mais forte. Se conseguir se recuperar um pouco primeiro.

Ele puxou a mão e se levantou devagar enquanto ela falava. Os movimentos deviam ser pura agonia, mas nenhum ruído escapou dos lábios dele, embora oscilasse como se estivesse prestes a desmaiar ao se levantar da mesa.

— Não faz diferença — retrucou ele, pegando a camisa. — Seu trabalho não é me curar.

— Suas feridas precisam ser monitoradas, analisadas em busca de sinais de infecção e mais deterioração. E os curativos precisam ser trocados pelo menos uma vez ao dia — explicou, avançando para bloquear a passagem dele.

— Que pena. — Foi tudo o que ele disse.

— Ferron — chamou, arrancando a camisa da mão dele. — Sei que você não está acostumado, mas precisa de tratamento médico. Se deixar as coisas como estão, é bem provável que vá morrer... ou talvez coisa pior.

Ele soltou uma risada rouca.

— Marino, esse é o objetivo. Acha que Bennet fez isso esperando que funcionasse?

— Mas eu posso ajudar — argumentou ela, desesperada, e o ajudou a vestir a camisa, tentando provar sua utilidade. — Escute. Eu tenho um laboratório. Levo jeito com quimiatria. Vou preparar um bálsamo para você, tópico, para trabalhar nas incisões. Virei todos os dias para trocar os curativos e garantir que nada dê errado.

— Ah, é? Você tem tempo para tudo isso? — perguntou ele, com uma expressão mordaz.

— Eu me viro. Vou dar um jeito de vir todos os dias. Por favor.

Ferron pareceu pego de surpresa.

— Está bem — concordou, desviando o olhar. — Às oito da noite. Porém, se me fizer vir até aqui e não aparecer, eu não voltarei mais.

— Estarei aqui — prometeu ela. — Toda noite, às oito.

Talvez precisasse de uma nova permissão, mas faria Crowther fornecer os documentos. Ou forjaria por conta própria.

Ela abotoou a camisa dele, parando quando os dedos chegaram na base de seu pescoço. Os ossos de Ferron apareciam sob a pele, as veias escuras ainda visíveis.

— Eu sinto muito, Kaine.

A expressão dele estava quase vazia de exaustão, mas houve um arquear de sobrancelha. Não surtia tanto efeito quando Helena via todo o esforço necessário para o simples movimento.

— Se eu soubesse que me curar faria você ter essa intimidade toda, teria recusado — reclamou, e quase soava como antes.

Helena deu de ombros e segurou a capa para ele, duvidando que Ferron fosse conseguir botar mais peso nas costas.

— Não quer que eu o chame de Kaine? Parece estranho continuar a usar os sobrenomes. Afinal, vamos passar o resto da vida perto um do outro.

Ele olhou para o teto e suspirou.

— Pouco me importa como você me chama, mas eu não vou mudar nada.

— Ótimo. Então a partir de agora é Kaine.

Precisava se convencer a pensar nele sob uma nova perspectiva. Enxergá-lo como Ferron a tinha levado a fazer muitas suposições equivocadas.

— No momento, ando um pouco desinformado, mas sei onde fica o novo laboratório de Bennet — contou ele, com um sorriso tenso. — Ele gosta de se instalar perto da água. Um dos armazéns perto do estaleiro da Ilha Oeste. Na próxima, trarei um mapa.

CAPÍTULO 33

Junius, 1786

À noite, Helena saiu cedo para garantir que não chegaria atrasada. Segundo os novos documentos de viagem, ela iria ao Entreposto para prestar assistência médica.

Ela se sentia culpada por aquele não ser o verdadeiro motivo da viagem. O Entreposto estava lotado, mas a Resistência não podia se dar ao luxo de abrir mão de seus suprimentos já baixos em estoque distribuindo parte deles.

Quando chegou ao cortiço, havia dezenas de pessoas lá dentro, agrupadas em volta do fogo.

Ela hesitou, sem saber o que fazer.

Devido aos ferimentos, Ferron não poderia chegar lá sem ser notado. Alguém poderia reconhecê-lo. Helena nem mesmo sabia como ele lidava com esse problema normalmente.

Enquanto Helena continuava parada, tentando encontrar um caminho para a escada que evitasse as pessoas reunidas, uma figura encolhida a uma parede próxima se levantou. O capuz que ocultava seu rosto caiu por um momento, apenas o suficiente para revelar a pele cerosa de um necrosservo.

Helena o encarou.

Aquilo tinha sido um homem. Uma barba emaranhada ocupava metade do rosto e sobrancelhas grossas quase escondiam o branco leitoso dos olhos. Ele fora reanimado com habilidade. Não mostrava sinais de decomposição além da textura da pele e da turvação dos olhos.

Ela estava tão acostumada a escutar que necrosservos eram agressivos, que não tinha parado para pensar que eles poderiam permanecer escondidos, aguardando ordens.

A criatura caminhou na direção de Helena, e o coração dela foi parar na garganta. Ela sentiu a cabeça começar a latejar, a pulsação soando alta como um tambor nos ouvidos, e uma dor se espalhar pela lateral do pescoço…

Não pense nisso.

O necrosservo levantou a manga do próprio casaco ao se aproximar. Pintado em seu braço havia o mesmo símbolo estilizado representando o ferro que estampava o portão do cortiço.

O necrosservo pertencia a Ferron. Ela quase se esquecera de que ele era um necromante. A manga voltou ao lugar conforme o necrosservo apontava para a esquerda.

Saber a procedência do necrosservo não tornava mais fácil a decisão de segui-lo até as entranhas do Entreposto.

O coração de Helena martelava no peito quando eles chegaram a uma porta disfarçada na parede. O necrosservo pegou uma chave pequena e a destrancou, revelando uma escada de metal que descia para o interior de uma das fábricas.

Havia luzes elétricas fracas que tremeluziam acima de sua cabeça. Eles entraram numa sala de caldeira, com uma passagem apertada, então avançaram por mais uma porta trancada que dava para um corredor mais espaçoso. Havia uma porta grande que, conforme se aproximavam, se abriu por dentro. A porta em si era mais grossa que o comprimento do antebraço de Helena, como se fosse o cofre de um banco.

Do outro lado, um cômodo largo com mobília extravagante, candelabros com prismas brilhantes pendurados e Ferron… bebendo.

A indulgência do cômodo parecia grotesca.

As paredes eram cobertas por cortinas pesadas e murais ricamente decorados. Decantadores e garrafas estavam enfileirados junto a uma das paredes. Uma parte do cômodo tinha uma área de estar, com mesinhas ornamentadas, um sofá grande e cadeiras. No outro lado, uma escrivaninha e uma cadeira de mogno. Tudo era muito refinado, o tipo de trabalho manual que custava uma fortuna.

— Ah, você chegou — disse Ferron, chamando sua atenção.

Ele usava apenas calças e uma camisa branca desabotoada pela metade.

Helena estava acostumada a vê-lo sempre vestido, escondido por trás da armadura defensiva de seu uniforme, e, mesmo já o tendo desnudado até a cintura duas vezes, ambas as ocasiões foram motivadas por questões médicas.

O cômodo em que estavam não parecia profissional. Mesmo abatido, Ferron (Kaine, ela se corrigiu) parecia estranhamente atraente. Era como se ela nunca o tivesse visto no ambiente correto antes.

— Que lugar é este? — perguntou ela, dando um passo cauteloso para dentro do cômodo.

O necrosservo não entrou; recuou um passo e fechou a porta, que foi trancada com um pesado baque.

— Um abrigo — explicou Ferron. — Meu avô o construiu durante um ataque algumas décadas atrás. Para o caso de emergências.

— Não posso imaginar por que alguém ia querer machucar o seu avô, visto que ele só gastava dinheiro com coisas tão razoáveis — ironizou ela, observando os três candelabros de cristal no teto.

— Verdade, é um mistério.

O copo que ele tinha em mãos estava cheio, mas tudo foi consumido em um único gole.

Ela o olhou de soslaio.

— Sabe, se o seu objetivo é ficar entorpecido, você pode tomar analgésicos nessas mesmas quantidades.

— Mas não é tão divertido — argumentou ele, a mão trêmula enquanto servia mais um copo. — O álcool só embota as coisas por alguns minutos. Quando quero me sentir intoxicado de verdade, prefiro veneno. Em geral, dura mais, e alguns deles têm efeitos colaterais bem interessantes, mas achei que você não aprovaria.

Ele suspirou.

— Tendo em vista o clima atual no Entreposto e o fato de que nunca mais quero me deitar numa mesa velha, achei que esse local fazia mais sentido.

Helena assentiu, sem saber se ficava ofendida ou grata por aquele não ser o local de encontro recorrente deles. É provável que tivesse entrado em pânico se a primeira reunião fosse em um lugar como aquele.

Ela arrastou uma das mesinhas de pernas finas, recusando-se a se preocupar em arranhar o tampo polido ao apoiar ali seus suprimentos.

Ferron bebeu de uma só vez sua segunda dose e se sentou de frente para o encosto da cadeira, apoiando nele os braços, após desabotoar a camisa. Antes que Helena pudesse ajudá-lo, ele girou os ombros para se despir, reprimindo um gemido de dor.

— Está se sentindo melhor? — perguntou ela, levando a mão ao seu braço.

Ele se retraiu e se afastou. A pele de Ferron estava estranhamente fria. No entanto, não havia febre, o que ela torcia para ser um bom sinal.

Ele não respondeu.

Helena higienizou as mãos com uma solução de ácido carbólico e retirou as ataduras com o máximo de cuidado possível, até só restar a gaze sobre as feridas. Ela irrigou bastante a área com soro e tentou tirar a gaze, mas estava grudada. Kaine se contraiu, o corpo tremendo.

— Merda! Não... — Os nós dos dedos dele ficaram brancos conforme ele apertava a cadeira.

Ela afastou a mão.

— Preciso retirar a gaze.

— Precisa mesmo?

Ele apoiou a testa no encosto da cadeira, respirando com dificuldade.

Ela achava que a resposta era óbvia, então ficou em silêncio. Ele estremeceu de novo.

— Merda.

— Sinto muito.

— Cale a boca!

Helena esperou a respiração dele se acalmar.

— Está bem — disse ele, a contragosto. — Vá em frente.

— Quer que eu apague você de novo?

Ele levantou a cabeça e encarou Helena. Seus olhos estavam vazios; o rosto, marcado pela exaustão.

— Há algum sentido nisso?

Helena o fitou. Ela era capaz de consertar aquilo. Não ia deixá-lo sofrer e morrer por enfim ter feito alguma coisa boa na vida.

— Por favor, me deixe tentar.

Os olhos dele brilharam, repletos de incredulidade. Seus lábios começaram a se mexer, mas então ele se virou, a testa pressionada nas costas da cadeira.

— Certo — disse, resignado.

Ela deslizou os dedos pela nuca dele. Levou apenas alguns segundos para Kaine perder a consciência.

Helena retirou a gaze e limpou os ferimentos, lavando as costas com o soro e então com a solução de ácido carbólico. Pelo menos agora a Resistência tinha suprimentos suficientes para tratá-lo de forma apropriada.

Ela utilizou a ressonância para examiná-lo, analisando bem devagar para entender melhor como a matriz o estava afetando. Quando ela terminava seu trabalho no laboratório, ia para a biblioteca pesquisar matrizes, na esperança de encontrar qualquer informação que pudesse ser relevante. Mas não havia nada. Ninguém jamais havia gravado uma matriz ativa em um ser humano.

Ela podia sentir, por meio da ressonância, que o corpo dele estava morrendo. Pequenos lampejos daquele frio horrível se dispersando, sem parar.

A matriz não estava apenas sugando a energia do talismã, mas também extraindo todos os recursos que seu corpo possuía.

Ferron não tinha os recursos fisiológicos para contrabalancear a deterioração, de modo que sua condição piorava a cada segundo.

Helena pressionou a mão em seu braço, usando a ressonância para tentar esquentá-lo. Se ela soubesse antes, se ele a tivesse chamado, talvez ela pudesse ter feito algo mais...

Havia chegado tão tarde.

Helena olhou para ele, um nó se formando na garganta. Ela reportara o ferimento para Crowther, mas ele não pareceu se importar — nem que Kaine estava machucado, nem que Helena tivesse revelado sua vitamancia. Ele providenciou os documentos e a instruiu a fazer o possível para extrair mais informações de Ferron, acrescentando que, se não houvesse mais esperança de recuperação, ela deveria trazer o talismã de volta. Ferron não serviria de nada a eles como um defunto.

Era salvá-lo ou matá-lo.

Ela encarou a matriz, agarrando o amuleto por cima da camisa, sentindo as pontas espetando as cicatrizes de sua mão.

Não poderia matá-lo. Não depois de ele ter confiado nela. Não depois de tê-los ajudado.

Um mês antes talvez, mas não agora.

A Resistência precisava dele. As vantagens e os territórios recuperados foram por causa de Kaine, e a guerra não estava ganha. Ela precisava salvá-lo.

Helena retirou o amuleto, passando os polegares pela superfície do objeto.

Ela percebeu, após voltar a usá-lo, que não se sentia mais tão cansada, tão fisicamente esgotada por sua vitamancia.

Sabia que os amuletos da pedra-do-sol deviam ser especiais, que continham um pouco da luz e da força do próprio Sol, mas não havia percebido a diferença que o seu estava fazendo havia todos aqueles anos. Ajudando-a a sobreviver. Tornando possível que ela resistisse até aquele instante.

Se o amuleto podia fazer tudo aquilo, talvez pudesse salvar Kaine, equilibrar um pouco as coisas e lhe dar uma chance.

Se ele morresse, não importava o que aconteceria com ela. Havia mais curandeiros agora, e, com os portos recuperados, a medicina de Helena também não era mais necessária.

Ela era substituível. Ferron, não.

Helena nunca tivera muita ressonância com ouro, mas tentou usá-la para entortar os filetes dos raios dourados do amuleto. Kaine nunca concordaria em usar o brasão dos Holdfast, mas, se parecesse um pouco mais ordinário...

A parte do engaste cedeu e a pedra-do-sol se soltou, caindo no chão.

Atingiu o piso e se partiu.

Helena observou horrorizada os cacos vermelhos estilhaçados por todos os lados, restando apenas algo branco-prateado no chão.

Ela se ajoelhou, esticando a mão na direção da substância. Era como mercúrio, uma poça de metal líquido, mas tinha uma espécie de brilho perolado. Quando a tocou, tornou-se sólida e fria.

Helena a pegou do chão, e ela derreteu outra vez. Sem o uso de ressonância, era possível sentir um zumbido de energia vindo dela, que parecia se infiltrar em sua pele. A sensação desaparecia quando a substância se movia, tornando-se sólida como uma pedra.

Ela observou, fascinada. O zumbido parecia crescer como se ela estivesse num sonho, as coisas eram quase reais, mas os detalhes ficavam turvos quando ela focava neles.

Exposta, a substância queimava quase tanto quanto o talismã no peito de Ferron, porém era mais leve e, de alguma forma, mais familiar. Como um velho amigo.

Helena sempre fizera pouco caso de alegações sobre a intuição de um curandeiro, da ideia de que a vitamancia dava algum tipo de compreensão fundamental acerca da fisiologia humana que era de origem divina ou intuitiva. No entanto, ela tinha certeza de que o objeto em sua mão poderia curar Ferron. Que *curaria* Ferron.

Ela se aproximou dele, carregando a substância. Tomando muito cuidado com a mão livre, empurrou Ferron para trás, tentando não colocar muita pressão em seus ferimentos.

Helena levou a mão ao peito dele, perto do talismã, e o líquido ficou sólido e rolou. Ao encostar na pele de Ferron, em vez de voltar a se liquefazer, permaneceu sólido, mantendo-se quente e líquido apenas contra a palma de Helena.

Ela pressionou a mão sobre o coração de Kaine e usou sua ressonância. Era como mergulhar os dedos em água fervente. O calor subiu por seus nervos.

A pedra era sólida, mas quando sua ressonância avançou em direção a Kaine, ela esquentou sob sua palma e desapareceu.

Helena retirou a mão a tempo de ver o brilho prateado desaparecer na pele de Kaine.

Por um instante, o corpo dele se iluminou de dentro para fora.

Ela conseguiu ver as sombras dos ossos, das veias e do coração conforme o objeto brilhava dentro dele, mas logo desapareceu.

Helena piscou como se tivesse acabado de acordar de um sonho. O zumbido havia sumido, o cômodo estava silencioso, e tudo que restava era a forma desfigurada do Brasão Solar e os cacos de cristal vermelho no chão.

Ela tocou o peito de Kaine, hesitante, imaginando se tinha acabado de imaginar tudo aquilo. Parecia que nada nos últimos minutos fora real.

Usou sua ressonância para tentar entender o que tinha acabado de fazer. Ele parecia o mesmo, a sensação dissonante de morte e energia, e não havia mudança aparente, exceto que seu corpo talvez estivesse um pouco mais quente.

Ela o inclinou para a frente na cadeira, e seus dedos tremeram ao olhar ao redor. Helena varreu os cacos com uma calma que não sentia de verdade, guardando-os num frasco de vidro vazio e enfiando tudo na bolsa, dividida entre tentar se convencer de que aquilo tinha mesmo acontecido e dizer a si mesma que não tinha. Nenhuma das opções parecia completamente plausível.

Voltou a examinar Ferron como faria com qualquer paciente. Para sua ressonância, não parecia haver nada de diferente, a não ser que ele estava mais quente, os lampejos gelados não cortavam a ressonância de Helena de forma tão intensa quando o tocava. No entanto, não havia nada dentro dele com exceção do talismã, ainda queimando e brilhando perto de seu coração, e a liga de lumítio às suas costas.

Ela fechou os olhos por um momento, levantando a mão por hábito para pegar o amuleto antes de se lembrar de que ele não estava mais lá. Ela teria que esperar e ver o que aconteceria.

Helena aplicou o bálsamo que preparara com Shiseo. Eles recorreram à morfina como agente entorpecente, utilizando várias formas de vaselina e cera de abelha para garantir uma liberação prolongada, além de cobre e mel, a fim de prevenir infecções.

Em seguida, fez o curativo antes de recolocar o amuleto vazio no pescoço, tentando achatá-lo antes de escondê-lo sob a camisa. Sentiu a frieza do ouro em sua pele.

Ao acordar Kaine, ela pegou a mão dele outra vez, rígida de tensão, massageando-a devagar, tentando obrigá-la a relaxar. Helena sentiu-o recuperando a consciência, mas sem se mexer ou falar por muitos minutos. Por fim, ele puxou a mão e se levantou, pegando a camisa em silêncio.

Ela o ajudou a se vestir, sentindo seus olhos nela conforme Helena fechava cada botão. Tentou não encarar o lugar em que a pedra havia desaparecido.

Ergueu o olhar apenas quando chegou à gola. Os olhos dele pareciam mais aguçados. Mais alertas. Entretanto, ela suspeitou de que era porque Kaine estava sóbrio de novo.

— Voltarei amanhã à noite — declarou ela.

Na noite seguinte, a pele de Ferron não estava mais tão acinzentada. A aparência dele ainda era esquelética, o rosto tenso de dor, mas a palidez estava menos aparente, e a pele, um pouco mais quente. Ele se recusou a ser apagado de novo. Helena percebeu que Ferron estava desconfiado e queria saber exatamente o que ela fazia, mas não perguntaria, e ela não queria revelar o que tinha acontecido.

Ele não estava se curando ou regenerando, apenas não morria de forma tão agressiva. Ainda havia uma longa jornada pela frente... que dependia de seu corpo de algum modo se ajustar à matriz.

Helena tentou ser gentil, mas ele estremeceu, agarrando o encosto da cadeira até os nós dos dedos ficarem brancos enquanto ela limpava as feridas. Ela trabalhava com velocidade, avisando-o toda vez que ia tocá-lo, explicando cada passo, tentando ajudar a manter em vista o fim daquilo.

Ainda assim, ele se encolhia toda vez que Helena o tocava.

Todas as noites, voltava ao Entreposto, seguindo a mesma rotina. Na maioria delas, Kaine nem se dirigia a Helena. Ele sempre estava um pouco bêbado e, de certo modo, parecia irritado com sua presença. Depois de cinco dias, o talismã parou de irradiar energia como se fosse uma pilha vazando, e ela pôde sentir a deterioração agressiva causada pelo esforço excessivo desacelerar.

Após mais de uma semana de tratamento em silêncio, ele falou de súbito enquanto ela higienizava as mãos:

— O Necromante Supremo quer alguém.

Ela parou.

— Quem?

— Um guarda de um dos complexos prisionais de Hevgoss.

— Por quê?

— Ainda sou *persona non grata*, então não sei de todos os detalhes do que está acontecendo. Pelo visto, em algum momento, Morrough prometeu a chave da imortalidade para os militocratas hevgotianos. Já faz décadas, mas ele não conseguiu produzir a versão de imortalidade que eles desejam. A razão pela qual estão apoiando a Assembleia das Guildas é porque, de alguma forma, o Necromante Supremo os convenceu de que pode desenvolver tal imortalidade se conquistar Paladia. A aliança azedou com o último revés, e agora Morrough está preocupado em colocar as mãos nesse guarda sem Hevgoss saber. Alguns Aspirantes estão indo para lá sem alarde, tentando localizá-lo. Se a Chama Eterna quer mais detalhes, deveria mandar alguém atrás deles.

— Por que não mandaram os Imortais? — perguntou ela.

— É mais complicado mandar a gente. É algo que exige preparativos especiais. Além disso, não podemos nos afastar por muito tempo.

Ela fez uma pausa.

— Por quê?

Ela conseguiu sentir a irritação de Kaine diante da pergunta.

— Porque estamos ligados a Morrough.

As mãos de Helena paralisaram.

— Você quer dizer... — não havia uma forma educada de falar aquilo — ... que vocês são como... os necrosservos?

Ele lhe lançou um olhar feroz.

Era um fato conhecido que os necrosservos não podiam se afastar muito de seus necromantes ou "morreriam" de novo. A maioria dos necromantes conseguia manter o controle por alguns quilômetros, no máximo. A reanimação dos Imortais era particularmente poderosa; os necrosservos em Paladia se deslocavam com tanta liberdade que ninguém sabia ao certo suas limitações, mas acreditava-se que estivessem confinados às suas fronteiras.

Uma limitação de distância aplicada aos Imortais indicava paralelos entre os dois processos.

— Sim — admitiu Kaine, relutante.

— Mas Morrough foi embora e não levou ninguém. Você ainda estava aqui. Como isso funcionou? — perguntou ela, começando a aplicar o bálsamo aos ferimentos, que ainda estavam em carne viva.

— Não ficamos sempre ligados a ele — respondeu Ferron, com um suspiro. — Nós... ele usa os próprios ossos, fragmentos deles, quando somos criados. Parte do rádio do seu braço direito foi usada em mim. Ele os chama de selos. É de onde vem a nossa imutabilidade física. Uma parte também é usada para fazer os talismãs. — Ele indicou o peito. — Às vezes Morrough tira os selos e faz um novo osso crescer, ou pega um sobressalente de algum necrosservo. Foi isso que fez quando estava fora, para que pudesse deixar alguns Imortais para trás. Ele não gosta de fazer isso com frequência, mas, se viajasse sem deixar os selos, a conexão seria rompida e nós... morreríamos.

— Os ossos dele? — Helena não conseguia superar aquele detalhe.

Kaine assentiu.

— Isso. Morrough compartilha conosco um pedaço de si e, em troca, nós nos entregamos por completo a ele.

Ferron ficou em silêncio, e Helena continuou trabalhando, a mente agitada, até ele voltar a falar:

— Quando a guerra começou, algumas pessoas tentaram fugir ao perceber que seria necessário mais do que um pequeno golpe para depor os Holdfast. O Necromante Supremo trouxe os cadáveres de volta. Ele fez novos talismãs de cada um dos selos e colocou nos cadáveres. Acho que vocês os chamam de defuntos quando ficam assim. Foi quando começamos a perceber o que significava ser "Imortal".

— O que aconteceria se você roubasse o seu selo?

Ele riu baixinho.

— Você nunca esteve perto de Morrough, se acha que isso é possível. Ele pode preencher cômodos inteiros com a própria ressonância. Mas, mesmo que fosse possível roubar algo dele, os selos começam a se desfazer após algum tempo. A deterioração não mata os Imortais, mas... a mente deles começa a se esvair.

Ora, isso explicava por que Ferron precisava da Chama Eterna; ele dependia deles para que Morrough fosse derrotado.

— Vou informar Crowther — disse ela, ao terminar.

Helena parou no meio da ponte para a Ilha Leste, virando-se para observar a represa e as montanhas. Lumithia era uma crescente minguante, aproximando-se da Ausência de Verão, mas sua luz ainda iluminava tudo.

Mais algumas semanas, e as marés de verão iriam baixar por completo, possibilitando a travessia pelo oceano, e o dilúvio comercial de um mês de duração se espalharia pelo mar e avançaria continente adentro. A Resistência tinha ganhado os portos bem a tempo da temporada comercial anual.

Helena ficou ali, analisando o mundo sombrio ao seu redor, moldado em preto e prata.

Sentia-se perdida. Os ferimentos de Kaine estavam corroendo sua indiferença. Ela sentia que estava perdendo o foco. Agora que ele estava mostrando sinais de recuperação, Helena não podia se permitir esquecer sua missão.

Chamar a atenção dele. Torná-lo leal. Ou obcecado. O que quer que acontecesse primeiro. Por mais vital que fossem suas informações, Ferron continuava a ser um fardo se o serviço que ele prestasse dependesse exclusivamente da própria vontade.

Imortal. Assassino. Espião. Alvo. Ferramenta.

Ela repetiu a lista para si mesma, mas sua convicção soou vazia.

Os motivos que Crowther atribuiu a Kaine pareciam uma fachada desajustada, algo que o Imortal usava para se esconder. Helena era alquimista, não tinha o hábito de manipular ou alterar coisas até entender sua natureza.

Ela atravessou a ponte, seguindo para o Quartel-General, mas um jardim de chuva chamou sua atenção. Havia passado por ele incontáveis vezes, mas nunca parara. Naquela noite, algo a atraiu. O local devia ter sido belo um dia, mas estava abandonado. No meio do riacho, havia um santuário dedicado à deusa Luna.

Venerar Luna era algo raro em Paladia. Esnobar abertamente um dos deuses era encarado como um ato perigoso, mas ela quase nunca era reconhecida, a não ser como parte da Quintessência.

Em Paladia, Luna era vista como instável e vaidosa, tão traiçoeira quanto as marés. De acordo com a Fé, foi por causa da natureza inconstante de Luna que Sol fizera Lumithia nascer do próprio coração, colocando-a no céu noturno para que a humanidade não temesse a escuridão. Luna, com inveja da beleza superior de Lumithia, tentara afogar o mundo em retaliação. Lumithia enfrentou Luna numa batalha celestial tão devastadora que choveu fogo pela terra. Após o embate, Lumithia se estabeleceu no céu e, para reparar a destruição causada pela Grande Desgraça, concedeu à humanidade o dom da alquimia, enquanto Luna, implacável mesmo na derrota, continuou a expressar sua fúria ao manter o mar e o oceano espumando com sua inveja sem fim, cessando apenas nos momentos em que reinava sozinha nos céus.

Milênios mais tarde, Luna permanecia desprezada, pequena e insignificante em comparação ao brilho e ao poder de Lumithia.

A estátua de Luna perdera os traços com o tempo, restando pouco mais que uma figura vaga.

O tratamento paladiano em relação a Luna foi um choque quando Helena chegou. Ela sabia o quanto Paladia era devotada a Sol e a Lumithia, mas o próprio conceito de religião era diferente.

As ilhas de Etras tinham pouco metal para alquimia, e a constante proximidade com o mar significava que o povo etrasiano enxergava Lumithia como uma das responsáveis pelas severas mudanças das marés que os governavam. Na mitologia etrasiana, Lumithia era uma intrusa que buscava destruir a terra, e Luna se postara em seu caminho. Isso deixara Luna tão ferida que ela quase caiu do céu, e os mares tentaram se erguer de seu leito para pegá-la. Lumithia, repreendida diante de tal ato de autossacrifício, teve sua violência aquietada e se ofereceu a compartilhar a vigia do céu noturno com Luna. Mas os mares não esqueceram. Ainda assim, eles se erguiam, enfurecidos, quando Lumithia estava cheia, se acalmando apenas na sua ausência.

Por isso, em Etras, Luna não apenas governava os mares; ela também era considerada a deusa padroeira da proteção, uma intercessora. Uma mãe.

Helena pegou uma pedra lisa do riacho.

Em Etras, para rezar para Luna, as pessoas equilibravam pedras ao longo da praia, cada pedra uma prece para ser carregada pela maré.

Não haveria marés em Paladia para carregar aquela pedra, mas Helena sempre amara o foco meditativo do ritual. Ela fez uma bela pilha. A primeira pedra era Luc, depois Lila e Soren, a Enfermeira-chefe Pace, os médicos, enfermeiros e aprendizes no hospital, Shiseo e Ilva (a contragosto), a Chama Eterna e a Resistência.

A pilha cresceu até balançar perigosamente.

Helena segurava uma última pedra. Hesitou.

Se a pilha caísse enquanto era construída, tudo seria em vão. Ela quase devolveu a pedra ao lugar em que a encontrou.

Por fim, a depositou no alto.

Que eu não seja responsável pela morte de Kaine Ferron.

A pilha oscilou, ameaçando tombar. Mas então voltou a se equilibrar.

Helena sentiu um nó se formar na garganta, e o peso em seu peito desapareceu, como se o universo estivesse dizendo a ela que aquilo era possível.

Um ritual sulista não era aceitável no Continente Nortenho, mas ela dera tudo que tinha pela guerra, e não fora o suficiente.

A superstição era tudo que lhe restava.

CAPÍTULO 34

Julius, 1786

Ela notou os fios prateados enquanto cuidava das costas de Kaine. Eram quase imperceptíveis nas têmporas, vislumbres branco-prateados entremeados no cabelo escuro.

Ela se aproximou, inspecionando-os.

— Isso começou há pouco tempo?

Ele levantou a mão, passando os dedos pelo local.

— Percebi hoje de manhã.

— Achei que você era imutável.

— Bem, eu sou um experimento agora — disse ele, ironicamente. — Não é como se alguém soubesse o que vai acontecer. É por isso que as pessoas fazem experimentos.

Ela se aproximou ainda mais, tentando se convencer de que ele estava apenas ficando grisalho, e que aquele *não* era o tom exato de prata da pedra.

Kaine virou a cabeça para encará-la, o rosto a centímetros de distância do dela.

— Com licença?

Ela corou, afastando-se rapidamente.

— Desculpe.

Ele voltou a falar quando ela estava aplicando as ataduras.

— Pelo visto, vou ganhar de presente uma quimera.

— Presente?

A forma casual como dissera aquilo dava a impressão de que ele tinha recebido um bichinho de estimação indesejado, e não um monstro raivoso que tinha a tendência de se decompor ainda vivo.

— Até agora, todas se tornaram selvagens, mas uma quimera domesticável seria o ideal. — Ele se levantou. — Aqueles entre nós com os "recursos" para criar uma estão "ganhando" uma quimera para ser adestrada. É um teste, claro.

Helena deu a volta e parou à sua frente, ajudando-o a vestir a camisa. O tom arroxeado abatido sob os olhos de Kaine já tinha quase desaparecido.

— Mas você está machucado. Não é justo esperar que possa domar algo como aquilo quando não consegue se curar de forma apropriada ou sequer levantar os braços.

Ele a olhou de maneira condescendente.

— Marino, essa pode ser uma revelação chocante para você, mas o Necromante Supremo não se importa com justiça. Na opinião dele, qualquer pessoa sem inteligência e desejo de sobreviver merece sofrer e morrer. De preferência, de uma forma que ele considere um entretenimento.

Ela sabia que Ferron a estava provocando.

— Você sabe que tipo de quimera vai ser?

— Bem, como usaram a palavra "adestrar", imagino que será ao menos parte cão. Mas Bennet não vai muito com a minha cara. O que quer que seja, tenho certeza de que receberei a pior.

A ideia de que uma quimera poderia ser adestrada era assustadora. Mais e mais delas continuavam aparecendo. Elas não ficavam vivas por muito tempo, mas o número de mortes associado a essas feras estava aumentando aos poucos.

— Você poderia... matá-la?

Ele arqueou a sobrancelha.

— Você acha que eu deveria matar o presente com o qual estou sendo testado?

Helena ficou ao mesmo tempo com calor e com frio, sem saber como responder.

Kaine já estava machucado. Se a quimera morresse, ele com certeza seria punido, mas...

Ferron tocou o queixo dela, erguendo a cabeça de Helena até seus olhos se encontrarem. Havia um brilho levemente prateado neles.

— Se estivesse no meu lugar, o que faria?

— E-eu... — gaguejou ela. — Eu veria se poderia torná-la leal.

— E se não pudesse? Se um monstro não puder ser leal, o que faria, então?

O rosto deles estava próximo. Helena sentiu um aperto na garganta, o coração batendo rápido demais.

— Eu procuraria por falhas na transmutação — respondeu ela. — As emendas não são muito boas, então há erros que podem ser agravados para acelerar a deterioração. Você não teria que matá-la de imediato, só estaria... acelerando o inevitável.

Ele se inclinou para a frente, tão perto que Helena pôde sentir sua respiração, e, por um momento, pensou que Kaine a beijaria.

— Você é tão pragmática. — As palavras roçaram em seus lábios.

Ele largou o queixo dela de repente e se afastou, os olhos cintilando.

As bochechas de Helena ainda estavam quentes enquanto ela recolhia seus suprimentos, recusando-se a olhar para ele de novo.

Ele falou no momento em que ela se retirava.

— Não morra, Marino. É capaz de eu sentir a sua falta.

Vanya Gettlich era uma matrona de pernas curtas e olhos pequenos, nariz grande e redondo e orelhas pontudas. Ela sempre dissera que aquela combinação era o segredo para o seu sucesso como uma das melhores batedoras da Resistência. Ninguém nunca notava uma mulher rústica.

Em geral, batedores não duravam muito. Escapar por meses era um feito impressionante; muitos não sobreviviam tanto tempo. Vanya era batedora havia anos, entrando e saindo do território inimigo para coletar informações que ninguém mais ousava obter.

Porém, quando ela sumiu, todos sabiam que não voltaria. Foi registrada como desaparecida por duas semanas até ser oficialmente listada entre os considerados mortos.

Foi um choque quando Helena recebeu um chamado de emergência para ir até a guarita, após uma das patrulhas ter comunicado pelo rádio que a encontrou. Os ferimentos de Vanya eram graves. Eles verificaram que ela não era uma necrosserva, porém era mais difícil avaliar se era um defunto tentando se infiltrar no Quartel-General usando um cadáver machucado.

Ao examiná-la em busca de um talismã, encontraram estruturas anômalas de metal distribuídas por seu corpo, incluindo lumítio detectável.

Não havia exceção para as regras. Todos encontrados com lumítio no corpo deveriam entrar no Quartel-General amarrados.

E foi o que fizeram enquanto Gettlich gritava, implorando para que não a prendessem à maca, jurando que era ela, mas Helena não tinha permissão para tratá-la de forma diferente.

Helena tinha acabado de dar um passo à frente quando as portas se escancararam e Luc entrou, ameaçando derrubar os próprios guardas no chão se tentassem impedi-lo.

Lila estava ao seu lado, as armas a postos, o conflito estampado no rosto enquanto Luc se debruçava sobre Gettlich, indiferente ao perigo.

— Gettlich — disse ele, a voz rouca. — Sinto muito.

Gettlich se acalmou. Luc tinha aquele efeito nas pessoas. Ela interrompeu os pedidos de desculpas que ele lhe oferecia, chamou-o de garoto tolo. Enquanto Helena trabalhava, sem ser notada, Vanya informou seu último relatório.

Ela fora capturada enquanto investigava o novo laboratório perto do Porto Oeste. Os Imortais a usaram como cobaia, tentando suprimir sua alquimia. Eles injetaram metal nela por dias a fio. O experimento foi considerado um fracasso quando seus órgãos começaram a falhar.

Os guardas que receberam a ordem de se livrar dela decidiram fazer uso da prisioneira moribunda. Eles a tiraram do prédio para ter privacidade e a deixaram para morrer quando acabaram.

Conforme Gettlich contava tudo aquilo a Luc, Helena verificou que era verdade. O metal no sangue interferia na ressonância de Helena, borrando-a feito estática. Os braços e as pernas dela estavam cheios de hematomas antigos causados por amarras. Da cintura para baixo, estava coberta de sangue. Vanya não resistiria devido ao metal que envenenava seu sangue, mas as lesões internas a matariam primeiro.

Todo aquele metal interferia na vitamancia de Helena a tal ponto que ela se viu impotente. Ela teve que balançar a cabeça toda vez que Luc lhe implorou que fizesse alguma coisa.

Láudano era tudo que Helena tinha a oferecer. Alívio até aquilo acabar.

O coração de Gettlich tentava se recompor toda vez que Luc falava, prometendo que a Chama Eterna não iria esquecê-la, que ele encontraria todos que a machucaram. Que os faria pagar.

O Conselho teve que trancar Luc em seu quarto para impedi-lo de reunir seu batalhão e encontrar o laboratório. Os Gettlich eram uma família antiga. Luc conhecia Vanya desde criança.

Por causa das circunstâncias da morte, os processos de luto e cremação tradicional foram suspensos. O cadáver foi colocado num cômodo seguro, ainda amarrado à maca, coberto com um lençol.

Helena foi chamada para o escritório do Falcão Matias, um cômodo pequeno e enfadonho sem decorações exceto por uma grande pintura de Sol. Ela sempre sentia frio em qualquer cômodo que Matias ocupava.

— O Conselho determinou que uma autópsia é necessária em Gettlich — informou Matias sem preâmbulo, a testa franzida ao olhar para Helena. — Você foi escolhida para realizá-la.

— Não tenho treinamento...

— Há livros sobre o assunto. Pode pedi-los ao cirurgião Maier — interrompeu-a Matias, com um gesto de dispensa da mão.

— Então não deveria ser Maier a cuidar...

— Segundo me informaram, o estado de Gettlich é profundamente perturbador. Você já a viu, de modo que não lhe fará mal algum vê-la outra vez — disse ele, cortando-a de novo. — Você será observada durante o processo para garantir que não tome nenhuma atitude indesejada. — Seus olhos azuis se estreitaram. — Se suspeitarmos de qualquer violação ao corpo, terá suas mãos cortadas e sua alma será amaldiçoada a afundar no fogo escuro da terra. Entendeu?

Ele a encarou, fios pegajosos de saliva visíveis em sua boca ao falar. Ele bebia apenas água suficiente para sobreviver, considerando as exigências da carne como algo a ser conquistado. Era uma ideia comum entre aqueles que seguiam a Fé, embora Matias levasse aquilo mais longe do que qualquer pessoa que Helena conheceu.

Ela permaneceu parada, o estômago se embrulhando de medo. Jamais fizera uma autópsia. Gettlich a ensinara introdução à alquimia, fora uma das primeiras instrutoras de Helena. A curandeira a conhecia.

No entanto, nada que vinha de Matias era um pedido. Sua palavra era lei.

Helena assentiu devagar.

— O procedimento ocorrerá amanhã, quando Sol estiver em seu zênite — retomou Matias, a língua estalando mais uma vez. — Vá se purificar em preparação.

Helena se retirou, apavorada, mas não havia nada que pudesse fazer. Não poderia envolver Luc naquilo. Ele já estava com o coração despedaçado por causa da morte de Gettlich e não ia querer que uma autópsia fosse realizada, mas o Conselho estava certo. Eles precisavam saber o que tinha sido feito.

Ela passou a tarde pesquisando métodos de autópsia até chegar a hora de ir ao Entreposto. Sentia-se quase paralisada de tanto pavor, mas ficou grata pela distração.

Ferron estava no lugar de sempre, um copo balançando entre os dedos, mas toda a mobília do cômodo havia sido empurrada para uma das paredes. Sua expressão estava abatida, as pálpebras caídas, porém um brilho quase prateado brilhava sob os cílios.

Helena não perguntou. Tinha as próprias preocupações.

Era inegável que ele estava mal-humorado. Havia algo espreitando sob a superfície, uma estranheza na maneira como seus olhos repousaram sobre Helena quando ela chegou. Não era o ressentimento de sempre.

Helena fingiu não perceber, removendo as ataduras sem dizer uma palavra e analisando os ferimentos. A cor de Kaine estava quase de volta ao normal, e não havia sinal de decomposição ou infecção em lugar algum. Apenas pequenos indícios de tecido morto na área ao redor dos símbolos.

Em uma semana mais ou menos, ela poderia tentar fechar as incisões. Suportável ou não, ele não poderia passar o resto da vida com uma ferida aberta. Por mais que tentasse esconder, Helena sabia que ele mal conseguia se mexer sem sentir uma dor excruciante. Não achava que a caridade de Crowther ou Ilva fosse durar muito se Kaine não conseguisse voltar a espionar.

Ela colocou a mão em seu ombro por um instante. Ele se mexeu, mas não se afastou.

— Terminamos — disse Helena, baixinho, ao acabar de colocar as ataduras e ajudá-lo a vestir a camisa.

Ele não falou nada, apenas se levantou e se serviu de mais uma dose.

Helena pegou a bolsa, indo na direção da porta. Em geral, o necrosservo a abria assim que ela se aproximava, mas naquela noite ela permaneceu fechada.

Ela ficou parada por um instante, até enfim olhar para trás, para Kaine, ao lado do bar.

— Eu nunca cheguei a treinar você, não é, Marino?

Helena sentiu a boca ficar seca. De repente, notou o cômodo ao seu redor.

Ela sabia que, quando Kaine começasse a se sentir bem de novo, acharia necessário lembrá-la de que era *ele* quem estava no comando. Era óbvio que o rapaz odiava se sentir vulnerável na presença de qualquer um. Ele sentiria a necessidade de botá-la de volta em seu lugar.

Ela soubera disso, mas havia deixado para se preocupar com aquilo no futuro.

Helena recuou um passo.

— Venha cá.

Ela balançou a cabeça.

— Eu… eu tenho que fazer um procedimento amanhã. Não posso me m-machucar hoje.

Ele parou, agarrando o copo com força, os nós dos dedos ficando mais brancos conforme a expressão em seu rosto se tornava mais sombria.

— Percebo que você me considera um monstro completo — soltou ele. — Mas, em geral, mantenho a minha palavra. Não planejo machucar você. Venha cá. Quero que tente me atacar, para que eu possa avaliar o que sabe.

— O quê? — Ela o encarou, incrédula.

— Você se desloca à noite, fora do território da Resistência — afirmou ele, entre dentes. — Já foi estabelecido que sua defesa é uma merda. Vamos ver o seu ataque. Venha. Aqui.

Ela observou ao redor do cômodo, para o espaço que ele tinha liberado de móveis, sem acreditar.

— Não vou atacar você, está machucado.

Ele apenas a encarou, confuso.

— Não é como se eu pudesse morrer.

Ela queria dizer que ele estava louco, mas tentou ser delicada.

— Olhe, Ferron... Kaine, eu agradeço a preocupação, mas sou uma vitamante. Vou ficar bem.

— Vai mesmo?

Ela assentiu com firmeza.

— Sim. Posso não ter as melhores habilidades de defesa, mas sempre foi assim. Então não é algo com que você precise se preocupar. Mas... — Ela respirou fundo. — ... agradeço mesmo assim.

— Talvez você tenha razão — cedeu ele, devagar, os olhos perdendo um pouco o foco.

Ela ouviu a porta se abrir e deu-lhe um último aceno de cabeça ao se virar para ir embora.

Do outro lado, em vez de um único necrosservo à sua espera, a passagem estava repleta deles. Havia ao menos uma dúzia, alguns velhos, cinzentos, e outros novos, as feridas ainda avermelhadas.

Helena sentiu o sangue se esvair do rosto.

— Não se preocupe, são todos meus. — Ela mal conseguia ouvir as palavras de Ferron. — Agora, vamos ver você lutar com vitamancia.

Ele disse mais alguma coisa, mas ela não conseguiu ouvir. Sua atenção estava presa aos necrosservos que entravam no cômodo, indo na direção dela. Os rostos sem expressão.

Havia tantos deles.

Eles a cercaram.

— Você é uma vitamante, não é? Vamos lá, mostre para mim.

Ela mal conseguiu distinguir aquelas palavras.

Não é o hospital. Você não está no hospital. Helena tentou repetir aquilo a si mesma, mas toda vez que respirava, seu peito ficava mais apertado. Ela conseguiu dar um passo para trás.

Tentou erguer uma das mãos, para afastá-los, mas tremia violentamente.

— Marino — chamou-a Kaine, a voz irritada. — Você tem mais medo dos necrosservos do que de mim? Estou ofendido.

— F-Ferron, mande eles se afastarem — pediu ela, a voz trêmula.

Ela não conseguia desviar a atenção dos necrosservos.

— Não. Quero ver você lutar.

— Não quero lutar — respondeu Helena, afastando-se ainda mais. — Pare com isso. Você falou que eu poderia negar algumas coisas. Estou negando.

A voz dela ficou mais alta.

— São cadáveres. Você disse que conseguia se defender. Mostre para mim!

Seu estômago se contraiu. As pernas ameaçaram ceder.

— Mande-os embora. — A voz dela estremeceu.

— Se derrubar qualquer um deles, eu os queimo. — O tom dele era zombeteiro, como se tudo aquilo fosse uma piada. — Vamos. Me mostre do que é capaz.

Os necrosservos se espalharam, encurralando-a no canto. Os ombros de Helena encontraram a parede.

— Ferron! — A voz dela soava aguda, com um toque de histeria. — Faça com que eles se afastem. Não quero fazer isso.

— Estamos em guerra. — A voz dele veio de algum lugar além dos corpos que a cercavam. — Não é uma questão de querer; é viver ou morrer.

Ela se encolheu, ficando do menor tamanho possível. Sua garganta estava se fechando, como se houvesse dedos apertando seu pescoço. Os necrosservos acabariam com Helena.

Ela gritou e esticou as mãos.

Tudo ficou vermelho.

Tudo.

Ela piscou e não conseguiu ver nada além do sangue escuro e coagulado escorrendo por seu rosto. Ele cobria sua pele, grudando nos cílios. Não havia necrosservos agora, apenas corpos destroçados.

Seus joelhos cederam, e ela deslizou pela parede até o chão, segurando a alça da bolsa.

Helena sentia gosto de sangue na boca. O odor de decomposição estava forte no ar. Ela ainda sufocava, engasgada com sangue e vísceras ao tentar respirar.

Duas mãos fortes agarraram seus ombros.

Ela resistiu com sua ressonância, mas esta foi empurrada de volta de forma tão violenta que era como se um canhão tivesse explodido dentro de sua cabeça.

Sua visão ficou branca, e, quando voltou a si, o rosto de Ferron surgiu diante dela, mas ele cintilava, os olhos exibindo um brilho prateado.

— Que porra foi essa, Marino?

A cabeça dela zumbia, e Helena não conseguia formar palavras. Permaneceu ajoelhada, fitando o rosto vivo dele.

— Eu falei que... não queria — balbuciou Helena, por fim, então começou a chorar.

Houve uma pausa.

— Talvez eu a tenha subestimado um pouco.

Ele pegou um lenço e limpou o rosto dela até não haver mais sangue coagulado nos cílios.

Helena permaneceu sentada, entorpecida, até ele a erguer do chão, os braços quase cedendo, mas conseguiu levá-la até o banheiro.

Ele a empurrou lá para dentro e abriu a torneira do chuveiro, então tirou várias toalhas e roupas limpas de um armário.

— Tome um banho — disse ele.

Helena olhou para baixo. Estava coberta de vísceras. O cheiro era pior do que o do hospital. Toda aquela decomposição. Sentiu a garganta se contrair.

Entrou no chuveiro ainda de roupa, os dedos tremendo ao se forçar a se despir, retirando as camadas úmidas como se fossem pele.

Era como se Ferron tivesse encontrado uma ferida putrefata e enfiado os dedos nela. Encolhida sob o jato de água, ela mal conseguia se forçar a sair.

Helena sabia que estava apenas adiando o inevitável ao secar e trançar devagar o cabelo, prendendo-o com cuidado antes de olhar as roupas que Ferron deixara. Eram dele. Uma calça e uma camisa.

Ele morava ali? Ela se vestiu devagar.

Enquanto fechava os botões familiares, sua mente assumiu o controle, substituindo o choque por pura raiva.

Quando saiu do banheiro, preparou-se para o pesadelo de sangue e vísceras, mas o cômodo estava limpo. Ela tinha permanecido no banheiro mais tempo do que pensara.

O chão fora esfregado. Até a mobília voltara ao lugar. O odor permanecia, mas nada na aparência do ambiente indicava o que havia se passado ali.

Ferron estava sentado com o peito apoiado às costas da cadeira, os dedos de uma das mãos pressionados na testa, como se estivesse lidando com uma forte dor de cabeça.

Ela torcia para que fosse o caso.

Ele a encarou, a mão se afastando sem muita energia.

— Ora — disse Kaine devagar, a enunciação precisa. Seus olhos continuavam com aquele estranho brilho prateado. — Você é mesmo uma caixinha de surpresas.

Vê-lo daquela forma, sem um pingo de remorso, apenas inflamou a raiva crescente de Helena.

Ela foi até o bar e se serviu de uma dose generosa de algo que parecia muito chique.

Tomou um pequeno gole. Era amargo. Desejou ter escolhido outra coisa; ela preferia vinho, mas Ferron não parecia ter nenhuma garrafa por perto. Não devia ser forte o suficiente para o gosto dele.

Ela se preparou e bebeu tudo num gole só, sem se importar com a forma como a bebida coalhava sua língua ou queimava sua garganta, até atingir seu estômago vazio.

Helena fechou os olhos com força, então serviu outra dose, entornando-a também.

Queria ficar bêbada o mais rápido possível. Ela mexeu os dedos, sentindo o próprio corpo por meio da ressonância, estimulando seu sistema digestório a absorver o álcool um pouco mais rápido, a colocá-lo em seu sangue antes que fizesse algo como jogar todas as garrafas da parede na cabeça de Ferron.

Fechou os olhos, mergulhando no alívio quente e turvo.

Helena quase nunca bebia, e agora se lembrava do motivo. Era bem melhor se sentir assim do que da forma que se sentia o tempo inteiro: com os nervos à flor da pele.

Ela agarrou o copo e serviu mais uma dose.

— Acho que é o bastante — declarou Ferron, às suas costas. — Até onde sei, seu fígado não se regenera.

A intenção dela era apenas adicionar um pouco de bebida, mas, diante daquelas palavras, manteve a garrafa no ar, o copo transbordando de líquido, derramando-o no tapete.

— Não fode — disse ela.

— Não sabia que você conseguia falar palavrão.

Ele parecia estar se divertindo. Ela cerrou os dentes, virou-se e mandou ele se foder em três línguas diferentes.

Ferron arqueou uma das sobrancelhas.

— Devo levá-la mais a sério agora?

— Eu odeio você.

Ele deu uma risada forçada.

— Eu sei.

Ela observou seu copo. Queria ir embora. Sentia-se cansada, nervosa e completamente fora de si, mas a porta tinha voltado a se fechar. Estava evidente que Ferron tinha a intenção de mantê-la ali. Ela se aninhou na ponta do sofá, o mais distante que podia dele.

— Eu odeio você — repetiu.

— Eu também odeio você.

O álcool deixara a língua de Helena mais solta.

— A guerra é culpa sua. Todos que morreram. A culpa é toda sua. E agora, por sua causa, mesmo quando acabar, eu ainda não terei nada.

— Eu deveria me importar com isso? Você acha que arruinar a sua vida foi a pior coisa que eu já fiz?

Ela desviou o olhar.

— Quando você descobriu que era vitamante? — perguntou ele.

Helena não estava bêbada o suficiente para ter aquela conversa. Deu mais um gole. Teria uma ressaca horrível no dia seguinte.

— Eu já deveria ter imaginado isso, não é?

Ela não disse nada, então ele continuou falando:

— A vitamancia costuma ser uma habilidade mais tardia. Do meio ao final da fase adulta. Os jovens tendem a manifestá-la como uma reação a um evento traumático. Você não ficou surpresa com o que fez com aqueles necrosservos... o que me diz que não foi a primeira vez que fez algo do tipo. Então, me conte, como começou? O que aconteceu para fazer você explodir como uma bomba?

Helena inclinou a cabeça para trás, encarando o teto. Tudo dentro dela ficava mais suave quando estava bêbada.

— No início, achamos que as regras normais da guerra valeriam. Estabelecemos hospitais de campo para que as pessoas não tivessem que passar por zonas de combate para chegar a um hospital.

— Os massacres.

Ela assentiu.

Os massacres aos hospitais foram as primeiras grandes atrocidades da guerra. O assassinato de Apollo foi devastador, mas os massacres foram quando tudo se tornou real demais.

Os Imortais não seguiam regras. Não foi uma guerra "honrosa". Morrough queria que as pessoas sentissem medo ou morressem.

A Assembleia das Guildas defendeu os ataques, afirmando que os hospitais eram administrados pela Chama Eterna, que eram disfarces para bases militares, e os países vizinhos engoliram a mentira, uma vez que era mais fácil aceitá-la do que se envolver no conflito de Paladia.

— Meu pai era um cirurgião khemítico. Aqui em Paladia, a cirurgia manual é considerada antiquada, então ele não teve muita sorte em conseguir um emprego.

Helena engoliu em seco, focando no outro lado do cômodo.

— Quando a guerra começou, ele queria voltar para Etras, mas eu tinha prometido a Luc que ficaria. Como eu não iria embora, meu pai resolveu ficar. A Resistência estava montando os hospitais de campo. Foi ideia minha… que ele trabalhasse lá. Achei que ele ficaria em segurança, e, se as pessoas vissem o quanto era talentoso, ele teria mais oportunidades… depois.

Ela bebeu mais um gole. O cômodo começou a oscilar.

— Eu ia ser uma médica de combate, então me voluntariei para o hospital enquanto estávamos treinando para sermos despachados para a guerra. Naquele dia… achávamos que era veneno. Um monte de gente deu entrada no hospital com febre. Não conseguíamos fazê-la baixar por nada. A temperatura de um dos pacientes não parava de aumentar, então ele começou a gritar: "Tire ele daqui!" Tornou-se violento. Meu pai me mandou procurar ajuda, mas o paciente já estava morto quando voltei. Estavam tentando descobrir a causa da morte, quando ele se sentou de repente. — Ela soluçou. — Nós sabíamos que os Imortais se regeneravam, mas não sabíamos sobre os defuntos na época.

Sua voz era pouco mais que um sussurro.

— Eles bloquearam as portas e começaram a matar e reanimar todo mundo. Os necrosservos que criaram os ajudaram a matar os outros mais rápido.

Helena engoliu em seco.

— O hospital não estava preparado para um ataque daquela magnitude. Meu pai… ele nunca… ele só tinha ouvido falar dos necrosservos. Eles eram colegas dele. Pacientes. Eu expliquei que não eram mais pessoas, mas ele não ofereceu resistência quando o pegaram.

Ela pressionou a palma da mão no pescoço por um instante, os dedos curvados, seguindo a cicatriz fina logo abaixo da orelha esquerda.

— Ele era tão gentil. Tinha uma voz grave que ressoava no meu peito quando me abraçava. Ele nunca teria me machucado…

— Os relatórios diziam que não houve sobreviventes. — A voz de Ferron soava muito distante.

— Eles não me encontraram de imediato — explicou ela, letárgica.

Ela apertou o copo em sua mão.

— Atacaram todos os hospitais de campo num único dia. Mataram todos, enfermeiros, médicos, cirurgiões, pacientes… Foi quando descobrimos sobre os defuntos. E sobre o que eu era.

— Ouvi dizer que os defuntos que invadiram os hospitais eram um experimento fracassado — comentou Ferron, baixinho. — Morrough e Bennet estavam tentando ver se colocar talismãs dentro de outros corpos vivos permitiria que os Imortais assumissem o controle e permanecessem vivos. Mas os corpos anfitriões sempre entravam em choque.

— Ah. — Foi tudo que Helena conseguiu pensar em dizer.

A embriaguez enfim a atingiu, fazendo com que até juntar palavras parecesse difícil, mas ela se esforçou. O rosto de Gettlich surgiu em sua mente.

— Você sabe o que eles estão fazendo agora?

Os olhos dele se estreitaram.

— Atualmente, não ouço muita coisa além de boatos. Por quê?

Ela desviou o olhar.

— Por nada.

— Por que fizeram de você uma curandeira?

Ela hesitou.

— A cura é eficiente. Coisas que podem levar semanas ou meses para serem curadas podem ser corrigidas em minutos ou horas com vitamancia. Eles precisavam de alguém que pudesse salvar as pessoas.

Ferron soltou uma risada irônica.

A raiva de Helena se reacendeu.

— Você não faz ideia de como é difícil salvar alguém, consertar tudo que pessoas como você fazem para destruí-las. — Ela se virou para ele, furiosa. — Espero que um dia tenha que tentar, para ver se vai fazer pouco caso disso então.

Ele desviou o olhar.

Helena sentiu uma estranha fagulha de satisfação.

Houve um longo silêncio. Ferron parecia perdido nos próprios pensamentos, e Helena estava tão bêbada que mal conseguia enxergar direito. Ela fechou os olhos, sem foco. Quando voltou a abri-los, ele a encarava.

Ela sustentou o olhar e não pôde deixar de pensar que ele parecia diferente agora.

Mais velho. Ou talvez ela estivesse bêbada demais para ver bem.

— Posso fazer uma pergunta? — indagou ela, lutando contra a tontura. — Você sente a matriz? Consegue perceber os efeitos dela no seu corpo?

— Consigo — respondeu ele, assentindo de leve. — Eu não achava que podia mudar, mas é como ser forjado a frio. Aos poucos, estou me transformando em uma nova versão de mim mesmo. Ela não anula quem eu sou, mas sinto menos certas coisas. É mais fácil ser impiedoso e focado, mais difícil resistir a impulsos que se alinham com o que eu desejo.

Ela semicerrou os olhos.

— Por quê? No que Bennet estava tentando transformar você?

— Fui eu mesmo que a criei — confessou ele, em voz baixa.

Aquela informação foi chocante o suficiente para arrancar Helena do torpor alcoólico. Ela endireitou as costas.

— Era o meu castigo — explicou ele. — Eu achava que ia me matar, mas, se sobrevivesse, não queria que eles escolhessem o que eu me tornaria. Então, pedi para criá-la, como prova da minha penitência.

Ela se inclinou para a frente, analisando-o. Ela não tinha imaginado; ele estava mesmo diferente. Era como testemunhar uma metamorfose lenta. O efeito da matriz foi provavelmente exacerbado pelo atraso na cura; a deterioração o tornou mais maleável.

Seus traços, embora ainda macilentos pela doença, estavam mais definidos, como se ele tivesse perdido as marcas da juventude do rosto. Parecia mais adulto agora.

Ela inclinou a cabeça para o lado. Se o visse sem saber quem ele era, poderia até achá-lo muito bonito.

O pensamento a fez piscar tão forte que o cômodo saiu de foco.

Ela se levantou apressada.

— Preciso voltar. Os postos de controle vão fechar em breve.

CAPÍTULO 35

Julius, 1786

Helena acordou na manhã seguinte com uma ressaca terrível e permaneceu na cama, tão enjoada que nem sequer sentiu remorso por dormir até tarde até alguém vir lembrá-la de que ela deveria realizar uma autópsia.

Quase vomitou com o lembrete, mas não havia como adiar. Passou diversos minutos transmutando o próprio corpo até não se sentir enjoada ao ficar de pé.

A autópsia aconteceria no centro operatório da Torre da Alquimia, de modo que o Falcão Matias e vários Guardiões da Chama que administravam o Crematório poderiam observá-la, a fim de garantir que Helena não fizesse nada que pudesse violar a santidade do corpo.

Ela sentiu a boca seca ao se posicionar diante da maca coberta, os instrumentos de metal dispostos numa bandeja, reluzindo sob uma iluminação forte posicionada sobre ela e Gettlich, que deixava o público nas sombras.

Helena se sentiu desconectada do próprio corpo ao afastar o lençol.

— Posso começar? — perguntou ela para a escuridão.

— Sim — respondeu Matias.

Havia algo particularmente horrível em ter que fazer incisões no cadáver de alguém que ela conhecia, remover os órgãos e examinar o corpo enquanto relatava em detalhes os tipos de abuso dos quais encontrava evidências. O que ela podia e não podia sentir sobre o experimento por meio da ressonância.

Ela desejou poder cobrir o rosto, para que não tivesse que olhar para Vanya enquanto estivesse trabalhando, mas os mortos precisavam ser respeitados.

Quando terminou, dois Guardiões da Chama emergiram da escuridão e retiraram o cadáver com cuidado. Era importante que cada parte fosse queimada, a fim de garantir que nenhum vestígio terrestre pudesse impedir a ascensão da alma.

Na Sala de Guerra, Helena ouviu o guarda repassando como Gettlich fora encontrada, o que ela dissera. Em seguida, Luc recitou, com a voz apática, tudo que ela lhe contara.

O General Althorne indicou a localização do Laboratório do Porto Oeste. Uma contribuição de Ferron. Era mais protegido do que o antigo laboratório, o edifício amplamente reforçado para repelir um ataque. Seria difícil invadi-lo, e eles colocariam muitos combatentes em risco se fossem tão longe em território inimigo.

— O Conselho admite a Curandeira Marino — anunciou Matias.

Era a primeira vez que Helena falava diante da Chama Eterna desde seu "ataque histérico". Ela não sabia que teria que se dirigir a eles. O próprio Matias poderia fazer o relato.

A atenção de Ilva se voltou para Crowther quando Helena deu um passo à frente.

Ela umedeceu os lábios.

— Tendo como base o meu... exame, a informação que Gettlich deu a Luc... ao Principado... parece verdadeira. É provável que tenha sido uma tentativa frustrada de neutralizar a ressonância dela. Havia muitas marcas de injeção por todo o corpo, algumas perto do cérebro, mas a maioria nos braços. Foi utilizada uma variedade de metais reduzidos a micropartículas e injetados nos músculos em uma solução diluída. Eu não consegui analisar com precisão por ressonância; parecia haver alguns compostos que estavam além do meu repertório. Extraí o que pude e entreguei as amostras para os metalurgistas. Não foi possível determinar se o método teve sucesso em suprimir habilidades alquímicas; no entanto, antes da morte, tive dificuldade para oferecer alívio por meio da cura.

— Como algo assim funcionaria? — perguntou Ilva, desenhando círculos com o dedo de forma distraída na mesa à sua frente.

Helena respirou fundo, esperando que não fossem condená-la por dizer a verdade.

— Minha teoria é que as injeções tinham como objetivo criar uma interferência interna à ressonância de Gettlich. Ao inserir as micropartículas no corpo, próximas ao cérebro e às mãos, eles esperavam obscurecer sua habilidade de detectar metal fora do corpo. Com base no número de injeções, acredito que continuaram aplicando doses até que ela não conseguisse mais utilizar a ressonância, mas, a essa altura, a quantidade de metal já havia se tornado tóxica.

— Quais são as chances de eles terem sucesso? — indagou Althorne com sua voz grave.

— Eu não saberia dizer — respondeu Helena.

— O que eu gostaria de saber... — falou o Falcão Matias de seu assento ao lado de Ilva — ... é o propósito desse experimento. Qual seria a utilidade de reprimir a ressonância?

— Não sei.

— Você é uma vitamante — disparou ele, mordaz. — Com certeza deve ter alguma ideia de como isso pode ser útil para alguém da sua laia.

Luc, que estava afundado no assento desde que Althorne anulou qualquer possibilidade de invadir o laboratório inimigo, de repente se endireitou.

— O que está querendo dizer com isso?

Matias estalou a língua, pressionando um lenço sob as narinas estreitas.

— É uma pergunta relevante. A Curandeira Marino... — aquilo soou como se fosse um insulto na boca dele — tem as mesmas habilidades dos responsáveis por tal experimento. Por isso, pode ter ideias que não ocorreriam ao restante de nós.

Os olhos de Luc faiscaram perigosamente.

— Helena é uma curandeira. Dedicou a vida à nossa causa e é tão leal quanto qualquer um de nós. Ela não é nada como os responsáveis por isso.

Em vez de se dirigir a Luc, o Falcão Matias se virou para Helena.

— Curandeira Marino, antes da autópsia, você fez uma dissecação transmutacional, não?

Helena assentiu, os dedos se flexionando dentro das luvas.

— A pedido do Conselho...

— Foi uma pergunta de "sim" ou "não" — interrompeu Matias.

— Sim.

— E, durante tal dissecação, você usou habilidades transmutacionais para examinar e reverter a criação de quimeras de maneiras que não seriam possíveis para qualquer outro médico, não?

— Fui instruída a...

— Sim ou não?

— Sim.

Matias voltou sua atenção a Luc, triunfante.

— Então minha pergunta é válida. Curandeira Marino, enquanto vitamante, quais usos você consegue imaginar para a supressão da alquimia?

O cômodo desapareceu do campo de visão de Helena, e tudo que ela podia enxergar era Gettlich, o cadáver aberto na autópsia, os braços com a pele arroxeada e cinzenta nos locais em que as seringas deixaram buracos, e sua própria mente decifrando a metodologia, tentando compreender a intenção e a técnica, incapaz de não notar as possibilidades de melhoria porque essa era a forma como havia sido treinada para perceber todas as formas de alquimia. Até mesmo tortura.

Se admitisse suas teorias, aquilo provaria o que ela era. Caso se recusasse, poderia colocar a Chama Eterna em perigo ao reter informações importantes.

— Talvez seja uma maneira de controlar prisioneiros — interveio Crowther antes que ela pudesse responder —, ou eles podem tentar transformar isso numa arma. Ou usar para tornar as cobaias humanas mais fáceis de subjugar durante os experimentos. Há muitas possibilidades, Falcão.

Matias lançou um olhar ferino a Crowther. Correram murmúrios entre as pessoas que os observavam. Crowther quase nunca falava durante as reuniões.

Helena se forçou a assentir.

— Pode haver muitos usos para a supressão da alquimia, mas não há evidências no momento de que eles tenham descoberto um meio confiável de fazer isso, apenas que estão tentando.

— Nós devemos nos preparar para essa possibilidade, mas mantendo a informação escondida da população geral — sugeriu Ilva. — Não há necessidade de alarmismo sobre algo que pode não acontecer. E, Matias — ela se virou imperiosamente para encarar o Falcão —, devo lembrar este Conselho que o trabalho e o título da Curandeira Marino vieram com a bênção da Fé e do Principado?

Amargurado, Matias assentiu enquanto Helena voltava para seu assento.

Era ao mesmo tempo nada surpreendente e inegável que o Falcão Matias queria que Helena fosse expulsa da Chama Eterna, talvez até da Resistência.

Com todas as curandeiras aprendizes, Helena não era mais tão necessária quanto antes. Luc poderia ser o único obstáculo para o desejo do Falcão.

O Conselho deveria ser composto de cinco votos iguais; no entanto, o voto de Luc tinha mais peso do que os dos outros quatro membros juntos. Eles poderiam ganhá-lo no voto, mas nunca se atreveriam a vetá-lo abertamente.

Preferiam apenas mantê-lo ignorante de certas coisas.

Luc tinha um senso avassalador de certo e errado, suas decisões eram regidas pela consciência. Como resultado, ele era deixado de fora de muitas deliberações do Conselho, incentivado a passar tempo nas linhas de frente, onde suas escolhas não envolviam decisões políticas delicadas.

Helena o observou sentado em meio ao Conselho, Ilva e Matias de um lado, Althorne e Crowther do outro, como uma marionete que não estava consciente de seus cordéis.

Helena desejava poder salvá-lo, mas sabia que, se fosse deixado por conta própria, Luc se sacrificaria na primeira oportunidade sem pensar duas vezes.

Crowther gesticulou para que Helena o seguisse após a reunião.

— Matias vai ser um problema para mim? — perguntou ela assim que ficaram a sós.

— Vai — respondeu ele enquanto cruzavam a passarela para a Torre da Alquimia.

Os dois entraram no elevador, mas, em vez de subirem para o seu escritório, ele encaixou uma chave no painel e o elevador começou a descer.

— Ele quer se livrar de você, e agora está tomando providências para conseguir isso.

Helena engoliu em seco.

— Você permitirá que isso aconteça?

Ele a encarou.

— Você está fazendo algo que justifique uma interferência? Até onde sei, a única coisa que fez nas últimas semanas foi desperdiçar nosso estoque limitado de ópio em Ferron.

O elevador continuava descendo. Eles passaram do térreo. O estômago de Helena parecia estar caindo junto.

— Para onde está me levando?

— Quero ver quão útil você pode ser — respondeu Crowther, e foi tudo que falou até o elevador parar e as portas se abrirem, revelando um túnel escuro.

Helena sabia que havia andares no subsolo. Estivera ali embaixo algumas vezes para pegar coisas dos depósitos. O platô em que a Torre havia sido construída era de pedra, que fora muito escavada ao longo dos séculos. Ela não sabia por que Crowther a estava levando até ali.

Ele foi na frente, retirou uma lanterna de uma saliência, ligou-a e encaixou-a no espaço onde seu corpo e seu braço paralisado estavam amarrados juntos, de modo que pudesse destrancar uma porta pesada. Em vez de abrir passagem para um cômodo, a porta revelou um lance de escadas que descia até a escuridão total. O cheiro de mofo subia de lá.

Helena hesitou.

— Para onde estamos indo?

— Em certas ocasiões, tenho... prisioneiros especiais que precisam de atenção médica. Ivy nem sempre tem a destreza necessária. Venha, Marino, mostre-me se vale a pena batalhar por você.

Helena não sabia muito sobre os prisioneiros da Resistência, mas ao menos estava ciente de que eles não deveriam ser mantidos no que equivalia a um buraco debaixo da terra. Havia ruínas abaixo da Torre, túneis e cômodos subterrâneos elaborados demais para terem sido pensados apenas como um depósito do Instituto. A maioria fora transformada em celas com prisioneiros desconhecidos.

Ela também sabia que queimaduras eram comuns na guerra, mas a piromancia de combate era uma arma contundente, causando ferimentos extensos, não feridas direcionadas com precisão às áreas do corpo com maiores concentrações de terminações nervosas.

A pessoa teria que estar amarrada para que não se movesse, e o piromante teria que ser muito experiente.

Helena perdeu a noção de quanto tempo ficou no escuro, os olhos se esforçando para captar detalhes do movimento instável da lanterna de Crowther, que lhe dava apenas vislumbres de corpos imundos e carne carbonizada. Ela curava por meio do toque, esticando a mão e encontrando corpos na escuridão.

Parecia criminoso. Era um alívio, mas para quê? Outras atrocidades?

Ela fazia o desbridamento, regenerava o tecido, fechava feridas abertas e curava fraturas, e encontrou muitas mãos com cada osso meticulosamente quebrado.

Que ameaça Crowther estava fazendo ao levá-la até ali?

— Eu vou... eu posso curar Ferron até a semana que vem — declarou ela mais tarde, no elevador, tentando manter a voz firme. Estava com frio, e a claridade feria seus olhos. *Cúmplice. Cúmplice. Cúmplice.* A palavra ecoava em sua cabeça. — Vou conseguir.

Crowther não respondeu, os dedos finos feito pernas de aranha tamborilando distraidamente o braço paralisado.

Ela insistiu, falando apressada.

— Ele... acho que ele está começando a regenerar de maneira normal de novo. Vai ser difícil trabalhar com a matriz, mas acho que consigo. Acho que pode ser uma vantagem a longo prazo. A lesão o deixou mais vulnerável emocionalmente.

Os dedos de Crowther pararam.

— Não confunda isso com lealdade.

Os pulmões de Helena estremecerem de medo.

— Não estou confundindo. Sei que ainda não tenho influência suficiente, mas... a matriz o afeta. Ele mencionou que está ficando mais difícil desistir do que deseja. Posso tirar vantagem disso.

— Você está se iludindo — rebateu ele.

Por que de repente ficara cético a respeito da missão que *ele* tinha lhe dado? Crowther a fitou.

— Kaine Ferron permanece sendo o mais jovem dos Imortais. Durante todo esse tempo, não houve nenhum outro tão novo. — Crowther estava tão próximo de Helena no elevador que ela conseguia ver as coroas de metal em seus molares enquanto ele falava. — Deveríamos ter tirado vantagem dele imediatamente. Um rapaz de imensa fortuna, ainda não um homem feito, órfão de pai por conta da guerra... e, mesmo assim, ele subiu na hierarquia. Não tem amigos, amantes, nem mesmo uma prostituta em particular que aprecia. Ele é calculista, volúvel e corre riscos que outras pessoas considerariam insanos.

— Eu se...

— Não. Você não sabe. Se soubesse, teria percebido o erro na sua estratégia. Ele não é uma pessoa, não é humano, e você não está criando uma relação baseada em confiança com ele. Ferron é um animal.

Helena encarou Crowther, embasbacada. O elevador parou, as portas se abriram, e ela quase tropeçou ao sair.

— Mas você me mandou...

— Mandei você usar *vitamancia* — rebateu Crowther, com um rosnado. — E, em vez disso, você me deu inúmeras desculpas sobre precisar das oportunidades certas, que seria óbvio demais, e agora acha que a matriz, a lesão, é a solução para os seus fracassos.

— Você disse para priorizar isso sobre os objetivos originais dele, e é o que estou fazendo.

Crowther franziu a testa e agarrou o cotovelo dela, arrastando-a até seu escritório. Ele respondeu apenas quando estavam por trás de portas fechadas.

— Eu mandei seduzi-lo com vitamancia — retrucou Crowther, a voz gélida. — O que está fazendo é torná-lo dependente de você, para que ele a considere alguém insubstituível. Isso é completamente diferente. Você pode desligar a matriz dele? Controlar a intensidade de seu efeito? Não, não pode. Não pedi algo irreversível, pedi uma obsessão controlada por vitamancia.

— Ora, não é assim que a vitamancia funciona — rebateu ela. — Não dá para ligar e desligar emoções humanas, não de uma forma que dê o tipo de influência que você quer. Não é mágica.

Ele a encarou ao se sentar à sua escrivaninha.

— Não tenho utilidade para ferramentas que não posso controlar. Se você for bem-sucedida em seu plano, é mais provável que destrua a Chama Eterna em vez de salvá-la. Os Ferron são movidos por suas ambições. Sempre se ressentiram das famílias nobres. Agora Paladia é construída com o aço deles, e eles acham que isso significa que a cidade lhes pertence, seja para dominá-la ou arruiná-la. Eles não compartilham nada. São *obcecados* pelo que acreditam lhes pertencer. Se você conseguir que isso dê certo, Kaine Ferron nunca abrirá mão de você, e *jamais* se contentará em não ser a sua primeira opção.

O terror penetrou o corpo de Helena como uma faca, mas ela aprumou a postura, fitando os olhos de Crowther, recusando-se a recuar, porque ela não tinha lugar algum para ir. Não lhe restavam alternativas. Ele tinha se certificado disso.

— Você me ofereceu a ele — disse ela, furiosa. — Agora e depois da guerra. Esses eram os termos. Você falou que era Ferron ou a derrota, e eu fiz a minha escolha. Quando esperava que ele fosse abrir mão de mim? — Helena respirou fundo, de forma instável. — Você mandou eu me tornar a missão para ele. Ferron é capaz de mudar agora, e talvez esse seja o único momento em que conseguirá fazer isso. Se acha que o que estou fazendo é perigoso demais, então me dê outra opção, porque essa é a única forma que posso lhe dar o que pediu.

Helena conseguia ver raiva nos olhos de Crowther, mas ele permaneceu calado.

O que ele esperava que ela fizesse? Acreditava de verdade que a vitamancia poderia despertar uma obsessão em Ferron sem que ela precisasse criar um senso de necessidade? Que era uma torneira que Helena poderia abrir e fechar? Será que ninguém ali entendia o que era a vitamancia de fato?

Crowther continuou a encará-la. Helena quase conseguia ver as engrenagens se movendo enquanto ele ajustava sua estratégia, pensando no que fazer. Como ele permaneceu calado por vários minutos, ela deu meia-volta e se retirou da sala.

Os corredores da Torre pareciam abafados e apertados demais com o calor do verão. Helena mal conseguia respirar.

Ela saiu por uma passarela.

Lá embaixo, Luc e Lila estavam treinando com sua unidade enquanto Soren criticava a postura deles aos berros. Uma pequena multidão havia se reunido para assistir.

Conhecendo Ilva, era bem provável que ela tivesse instruído Soren ou Lila a manter Luc ocupado e longe de preocupações sobre o Laboratório do Porto Oeste.

A Alquimia de Combate poderia ser tão bela que era quase impossível lembrar seu propósito violento e a feiura incessante que deixava em seu rastro.

Helena observou, ouvindo os aplausos lá embaixo, o coração ardendo.

Ela sempre acreditou que faria qualquer coisa pelos amigos. Não precisava ser reconhecida, queria apenas o conforto de saber que tinha feito o que era necessário. O pragmatismo lhe roubou qualquer esplendor de heroísmo, e ela continuava dizendo a si mesma que estava tudo bem...

Mas se sentia tão sozinha.

Seus dedos envolveram o amuleto oco, as pontas afundando na palma de sua mão. Havia uma sensação de vazio que nunca a abandonava, uma ferida cada vez maior que não conseguia curar.

Helena não podia mais se curar, e ninguém nem sequer parecia perceber que ela estava desmoronando.

Você está sozinha e, quando a guerra acabar, ainda estará sozinha.

Ela observou enquanto as silhuetas abaixo se confundiam em halos de ouro e prata.

Naquela noite, Helena estudou a matriz com um senso renovado de urgência. Ela se tornara uma visão familiar, mas, ao pausar para assimilá-la, era horrivelmente impressionante. Tinha requerido o trabalho de um alquimista meticuloso.

O que Ferron fora antes de se tornar um assassino.

Helena não sabia se conseguiria criar algo tão intrincado sabendo que cada linha seria uma incisão na própria pele.

— Acho que vou poder fechar os ferimentos em breve — disse ela.

Ele permaneceu em silêncio por um tempo estranhamente longo.

— É mesmo? — Sua voz estava tão sem emoção que ela não conseguiu decifrar o que queria dizer.

— Será um procedimento experimental — explicou ela, ao aplicar o unguento. — Mas agora sei como sua regeneração acontece, e como ela se cruza com a minha ressonância. Só tem uma coisa...

Ele ficou tenso. Helena observou a ondulação sutil de suas costas, as incisões se alargando.

— O quê?

— A Ausência. A ressonância estará no seu ponto mais baixo. Isso facilitaria trabalhar com o lumítio na liga dos seus ombros, mas não sei se completar a matriz com os efeitos reduzidos é seguro ou não.

— Isso não deveria importar, mas, com pouca ressonância, vou regenerar mais devagar.

— Tudo bem. É até preferível, na verdade.

Ela estava na porta quando Ferron falou às suas costas.

— Marino.

Ela se virou.

— Há um rumor de que Bennet está fazendo experimentos com supressão de alquimia.

— Por quê? — perguntou ela, torcendo para que ele soubesse de alguma coisa, para que ela fosse capaz de levar essa informação para Crowther e provar que Kaine ainda era útil.

Ele não deu de ombros, mas a mudança em sua expressão serviu para mostrar que teria feito o gesto se pudesse.

— E como eu vou saber?

Ela se afastou da porta.

— Outro dia, você mencionou que Morrough acha que Paladia é a chave para a imortalidade que Hevgoss deseja. Você acha que ele pode estar procurando pela Pedra Celestial?

Ele baixou o copo que estava enchendo.

— Você acha que o Necromante Supremo veio para cá para roubar um orbe mágico que não existe?

Ela corou. A pedra era um conto de fadas. A crença de que a bênção de Sol era um objeto físico foi uma interpretação errônea das primeiras representações artísticas de Orion Holdfast. Na época, a região era analfabeta e não conhecia o método científico. Para muitas pessoas, imagens eram tudo a que tinham acesso.

Embora os registros históricos tenham sido corrigidos, os mitos perduraram. Helena acreditara na existência da pedra por anos, até Luc corrigi-la, constrangido.

— Não — falou, apressada. — Sei que não é real. Só achei que Morrough talvez tivesse ouvido as histórias e vindo para cá, pensando que ela existia. Não é como se não houvesse uma razão para Sol não ter feito uma pedra.

Ferron riu.

— Você acredita em Sol?

Ela se mexeu, segurando a alça da bolsa.

— Acredito. Quer dizer, talvez não como as pessoas daqui acreditam, mas... você não acredita? Nem um pouco?

Os lábios de Kaine se curvaram num sorriso.

— Nem um pouco.

CAPÍTULO 36

Julius, 1786

Ciente de que sua peregrinação diária de cura estava chegando ao fim, Helena se viu orgulhosa do próprio trabalho. Antes, ela não sabia se uma recuperação completa seria possível, mas agora a versão esquelética e emaciada de Kaine havia desaparecido. Vestido, era praticamente impossível perceber que ele havia sido ferido.

Quando a Ausência chegou, Crowther ainda não tinha procurado Helena nem emitido qualquer ordem. A escolha de curar Kaine, e quaisquer consequências que viessem disso, seria de sua inteira responsabilidade.

Arrumava a bolsa em preparação, guardando o que esperava ser o último lote de pomada anestésica, quando ouviu uma batida à porta.

Ela se virou bem na hora em que Luc entrou.

— Não sabia que você tinha um laboratório — comentou ele, fazendo uma pausa e observando o pequeno cômodo.

O que um dia fora uma estação de trabalho em ruínas se transformara em uma verdadeira oficina de alquimista, cheia de cadinhos, frascos e prateleiras com uma variedade de alambiques e cucurbitáceas.

— Eu queria ajudar quando estávamos com falta de suprimentos no hospital — explicou ela, os olhos passando rapidamente por ele para ver se alguém o acompanhava.

Ela costumava sonhar com Luc visitando seu laboratório, vendo seu trabalho e percebendo tudo o que ela fazia por ele, mas, em vez de alegria, tudo o que Helena sentia era preocupação.

Naquela noite, não poderia se atrasar.

Luc sorriu, mas era um dos seus sorrisos falsos e puramente performáticos.

— Sol sempre provê, não é? Por que não me contou?

— Eu só... nunca pensei nisso, acho — respondeu ela, torcendo o pote de bálsamos nas mãos.

O sorriso dele desapareceu.

— Bem, acho que há muitas coisas que eu não sei, não é?

A coluna dela ficou rígida. Luc não estava mais a encarando.

— Fui ver o Falcão Matias. Queria dizer a ele que não deveria ter falado de você daquela maneira na reunião, que você só fez o que lhe foi pedido. E ele me contou que você foi advertida, meses atrás, e que é por isso que ele não confia em você e o motivo de termos novas curandeiras. Porque você propôs usar necromancia nos nossos soldados mortos. — Ele soltou uma risada seca. — Pelo visto, *todo mundo* sabia disso, menos eu.

A boca de Helena ficou seca.

— Não fique bravo com Lila — pediu ela. — Ela também não estava lá.

Luc cerrou os dentes.

— Sei que não estava. Mas, ainda assim, ela descobriu. Soren contou a ela, mas ninguém me contou. Você poderia ter falado comigo.

Ela piscou.

— Tinha medo de que pensasse que eu não acreditava em você, e acredito, eu só... eu só quero que isto acabe.

— Hel... — Ele olhou para baixo, mexendo nos anéis de ignição em seus dedos. — Esta guerra não é sua.

Ela estremeceu ao ouvir aquilo.

— Como assim "esta guerra não é minha"? Estou aqui desde o início. Prometi a você que... — Ela balançou a cabeça. — Você nunca diria isso para Lila. Ou para mais ninguém.

Ele parecia aflito ao balançar a cabeça.

— Não, não diria, porque todos os outros sabem que na batalha entre o bem e o mal, as coisas pioram antes de melhorar. Que é nossa função permanecer fiel ao caminho e não ceder à tentação de fazer o que é fácil.

A garganta dela fechou, e Helena deu um passo para trás, os olhos queimando de mágoa. *Fácil?*

— Sei que teve boas intenções, que estava apenas tentando ajudar e que deve mesmo parecer que há uma solução fácil a qual estamos desperdiçando, mas estamos... as pessoas esperam mais de *mim*. Sol espera mais. E... se quiser continuar a ser parte deste grupo, precisa acreditar nisso.

Ela conseguia enxergar o plano de Matias em ação, fazendo Luc pensar que seria uma opção melhor, mais gentil, mandar Helena embora. Que ela não pertencia àquele lugar, que alguém como ela não poderia entender a

Fé e as tradições nortenhas. Assim, Luc veria como se estivesse abrindo mão dela, e não a punindo, se a mandasse embora.

— Lamento muito — disse Helena. — Eu estava errada. Vejo isso agora. Não vai acontecer de novo. Prometo.

Ele suspirou.

— Não, sou eu que devo me desculpar. É tudo culpa minha. Deixo você sozinha aqui o tempo todo, presumindo que ficará bem, mas não é justo. Vou corrigir isso. — Ele assentiu. — Começando esta noite. A unidade está na reserva por causa da Ausência. Que tal se eu mostrar para você aquela matriz? Podemos conversar e fazer... o que você quiser. Você pode me mostrar as coisas de cientista maluca que anda fazendo por aqui. — Ele deu seu sorriso torto. — Que tal?

Luc estendeu a mão.

— Tenho que trabalhar hoje à noite — respondeu ela, a voz dolorosamente baixa. — A Ausência é significativa do ponto de vista alquímico para... certas coisas.

— Ah. Tudo bem... — Ele forçou um sorriso. — Fica para a próxima, então.

Ela se forçou a assentir e sorrir de volta. Sua atenção foi para o relógio, a mente avaliava a distância até o Entreposto, a forma mais rápida que poderia chegar lá. Mesmo que corresse o caminho inteiro, mesmo que o posto de controle não tivesse fila, não chegaria a tempo.

Luc continuou no laboratório, decerto esperando que ela mudasse de ideia.

Ela se virou, sem jeito, e começou a medir coisas, fingindo ter se esquecido da presença dele, mas foi preciso mais de um minuto de um silêncio doloroso para ele se retirar sem falar nada.

Antes de a porta ser fechada, ela ouviu a voz de Lila:

— Sinto muito, Luc.

As mãos de Helena ficaram quietas, e ela esperou, tentando calcular quanto tempo demoraria para eles chegarem à escada ou ao elevador, para que não a vissem saindo. Enquanto aguardava, ela empurrou aquela conversa para o fundo de sua mente, tentando evitar que aquela memória enfiasse as garras em seu coração.

Helena começou a correr assim que chegou à ponte. Ainda estava dez minutos atrasada.

Kaine arqueou uma das sobrancelhas quando ela invadiu o espaço, tão ofegante que precisou parar um minuto.

— Achei que finalmente me deixaria na mão — disse ele.

Ela apoiou as mãos nos joelhos, recuperando o fôlego.

— Alguém... queria conversar. Não pude... apressar as coisas.

Ela sentia uma pontada atroz na lateral do corpo. Pressionou a mão contra o tronco, tentando acalmar os ligamentos. Os pulmões ardiam.

Ainda esbaforida, começou a trabalhar, retirando os suprimentos da bolsa médica amarrada no ombro e presa na cintura.

— Você sempre carrega tanta coisa nessa bolsa? — perguntou Kaine ao observá-la.

— Em geral, ela fica vazia, para que eu possa enchê-la no pântano. — Ela o analisou com mais atenção. — Como está se sentindo?

Ferron inclinou a cabeça, avaliando.

— Minha regeneração está mais lenta agora e a matriz não parece um parafuso perfurando a minha consciência. Estou ótimo.

Ele tomou um gole de um líquido âmbar e oscilou um pouco, e Helena percebeu que Ferron estava ligeiramente bêbado. De fato, uma regeneração mais lenta.

— Isso é bom, porque acho que é melhor se você estiver consciente. Vou precisar que você se mexa enquanto trabalho, para me certificar de que o novo tecido não se rompa ou fique rígido demais, porque ele pode acabar se regenerando dessa maneira. — Ela respirou fundo. — Deve doer bastante.

— Você não acreditaria na frequência com que me falam isso.

— Estou falando sério. — Ela esterilizou as mãos. — Hoje, beber é uma boa ideia.

Começando pelo ombro esquerdo, ela pressionou dois dedos bem perto de uma das incisões. Ele ficou tenso, mas já fazia muito tempo que não se afastava de seu toque.

As bordas da ferida pareciam ter sido recém-cortadas. O efeito do lumítio estava mais fraco por causa da Ausência.

Extrapolando um bocado a partir da maneira como Kaine tinha regenerado quando perdeu o braço, Helena acreditava que sua vitamancia poderia guiar a regeneração dele, mas precisava proceder com cuidado. Se cometesse um erro, talvez fosse impossível corrigi-lo.

Ela aplicou uma camada grossa de ópio tópico à área em que não estava trabalhando.

— Preparado?

Ele assentiu.

Helena começou pela pequena seção em que a liga de lumítio e titânio havia sido fundida ao osso, regenerando tecido suficiente para fechar a incisão sobre o metal, cuidando para que não tivesse tecido cicatricial demais, nem de menos.

No momento em que era formado, o tecido permanecia vivo. As habilidades regenerativas de Ferron enfim estavam fortes o bastante para suportar a energia da matriz.

Ela o fez girar, estender, arquear e esticar o ombro. As outras incisões começaram a sangrar. Helena estremeceu.

O novo tecido cicatrizado foi repuxado, ameaçando se romper. Ela tentou alterar a composição da pele para aumentar sua elasticidade, mas a regeneração era teimosa.

Ela usou um bisturi para cortá-lo, e, como temia, a pele começou a se regenerar de novo. Helena teve que usar a própria ressonância para suprimir a regeneração ao abrir o tecido curado e começar de novo.

Kaine não disse nada, mas sua respiração era superficial, a ressonância zumbindo no ar.

Quando terminou a primeira ponta da matriz, Helena não conseguia mais sentir o lumítio, era como se Ferron o tivesse internalizado. Ao terminar a segunda, Kaine por fim falou:

— Preciso de um tempo.

Sua voz tremia enquanto ele se levantava e caminhava até o bar. Pegou a garrafa mais próxima e a bebeu direto do gargalo.

Helena secou a testa com um pano, só então percebendo como o próprio coração estava acelerado.

Kaine voltou, segurando uma garrafa com uma das mãos e mais duas entrelaçadas nos dedos da outra, sentando-se com o peito nas costas da cadeira e pressionando a testa no encosto. Ele bebeu sem parar pelo restante da noite até as garrafas se acumularem ao seu redor. Era álcool suficiente para matar a maioria das pessoas. Helena começou a ficar com câimbras nas mãos. Toda vez que ela precisava fazer uma pausa para massageá-las e forçar seus dedos a obedecer, Kaine se levantava e pegava mais uma bebida.

Quando terminou, ela limpou o sangue e aplicou um unguento à base de cobre.

As cicatrizes estavam todas bem vermelhas, mas as incisões enfim se fecharam.

— Pronto. — Ela sentia tontura, como se estivesse no alto de uma montanha, o ar rarefeito.

Kaine não falou nada, terminando a garrafa que segurava.

Helena se virou, estremecendo diante da bagunça de bandagens manchadas de sangue e instrumentos sujos. Mesmo com os portos, a falta de ataduras era uma constante.

Ela limpou os instrumentos e guardou tudo. Quando se virou, Kaine estava de pé. Ele caminhava, girando e contraindo os ombros. Movimentos pequenos a princípio, mas que progrediram até seus braços estarem acima da cabeça, as costas arqueadas. Ferron soltou um gemido indecente, o rosto plácido de alívio.

Então relaxou os braços e respirou fundo, ainda rotacionando os ombros, dando um suspiro baixo e trêmulo que Helena sentiu nos próprios nervos.

Ela pegou a bolsa, zonza de exaustão e alívio.

— Bem, estou indo embora.

Kaine se virou na mesma hora. Seus olhos eram escuros, mas estavam com o brilho prateado que ela já tinha notado algumas vezes.

Seus movimentos voltaram a fluir brandos e lânguidos, só que agora ele parecia muito diferente do rapaz que fora alguns meses antes. Não só por causa dos fios prateados nas têmporas ou porque a dor endureceu sua expressão de modo notável. Ele tinha envelhecido, o corpo sofrera uma guinada com o tempo.

— Por que a pressa? — perguntou.

Ela se sentia um animal encurralado. Não tinha percebido o *quanto* estava acostumada à lesão dele, à energia que ele dedicava a tolerar a dor.

Sua atenção total era intensa.

— Tem alguém esperando por você? — questionou ele, quando ela tentou se esgueirar em direção à porta.

A pergunta a pegou desprevenida. Helena hesitou, um nó surgindo em sua garganta.

— Não.

Ele sorriu.

— Por mim também não. Vamos beber para comemorar. O que você quer?

Ele foi até o bar, examinando as poucas garrafas que restavam.

— Acho que uma vez foi o suficiente…

Ele pegou uma bebida, cheirando-a e segurando-a contra a luz.

— Esta aqui.

Ele se aproximou com o decantador, e Helena quase foi dominada pelo instinto de sair correndo. Ferron estava bêbado. Bêbado de verdade, uma mistura do álcool com a euforia de ser curado.

A maneira com que ele se mexia a fazia se lembrar da pantera que ela vira certa vez no zoológico. Sem as ataduras, sem a camisa. Havia muita pele à mostra e, uma vez que ela não estava curando Kaine, atraía toda a sua atenção.

Ela recuou até uma das paredes.

— Não sei se...

— Não vá — pediu Kaine, com a voz baixa, a cabeça tão próxima que ela podia sentir sua respiração no rosto. — Sabe, tem algo em você, Marino, que me inspira a tomar as piores decisões da minha vida. Sei que não deveria, mas ainda assim... — Sua voz foi morrendo enquanto ele colocava um cacho rebelde atrás da orelha dela, passando o dedo ao longo do seu queixo.

Ela deveria ficar. Em nome de sua missão, permanecer em momentos como aquele era seu dever. Mas ele era tão imprevisível; podia estar de bom humor naquele momento, mas era impossível dizer o quanto aquilo duraria.

Que tipo de pessoa era Kaine Ferron sem inibições?

A garganta dela apertou, ameaçando deixá-la sem fôlego. Ela queria ir embora.

O polegar dele levantou o queixo de Helena enquanto Kaine a encarava com olhos cada vez mais escuros.

— Sua mente é tão singular. Mesmo quando não estou dentro dela, ainda posso vê-la se agitando por trás dos seus olhos.

O coração de Helena martelou no peito. Ele pressionou o decantador nas mãos dela e, quando ela olhou para baixo e tentou devolvê-lo, ele pegou o rosto dela com ambas as mãos, erguendo-o de forma que ela não tinha escolha a não ser encará-lo.

O tom castanho-acinzentado dos olhos dele havia desaparecido, substituído por um brilho prateado.

Aquela não era uma mera transmutação; Kaine Ferron estava se tornando algo totalmente novo. Helena finalizara o processo com as próprias mãos, completando um projeto cujo propósito apenas Kaine conhecia.

— Fique — pediu ele, a voz persuasiva, cheia de prazer, o rosto tão próximo do dela. — Beba comigo.

Em vez de frio e cauteloso como sempre, ele parecia algo em que ela poderia se afogar.

— Só... um drinque — aceitou Helena, a voz um pouco hesitante.

Ele sorriu. O primeiro sorriso verdadeiro que ela já vira no rosto dele.

— Um drinque — repetiu ele.

Kaine pressionou o dedo abaixo do decantador que ela segurava, levantando-o, e observou enquanto ela o levava aos lábios.

CAPÍTULO 37

Julius, 1786

O álcool marcante e suave queimou a garganta de Helena, deixando um sabor defumado na língua.

Ela devolveu o decantador, sem saber por que estavam passando algo de modo tão desajeitado um para o outro.

Um gole e ela já podia sentir o álcool deixando-a relaxada enquanto ele gesticulava para o sofá. Ela se enroscou, nervosa, em uma das extremidades.

Ele empurrou a garrafa na direção dela e, quando Helena tentou negar, ele deslizou para mais perto, aproximando o corpo, fazendo seu coração disparar.

— Estou muito na sua frente, você precisa me alcançar.

— O meu fígado não se regenera sozinho — protestou ela, olhando em dúvida para a quantidade de bebida e percebendo então que o decantador inteiro era o "drinque" que ela tinha concordado em tomar.

O sofá era comprido, não havia razão para ele ficar tão perto, porém havia meros centímetros de distância entre os dois. Ela tomou mais um gole e tentou devolver o recipiente para Ferron, que se recusou a pegá-lo, observando Helena como um gato curioso antes de dar o bote.

— Você vai se arrepender se eu começar a chorar. — Ela já conseguia sentir o efeito do álcool nas bochechas. — Fico emotiva quando estou bêbada.

Ele franziu a testa.

— Há alguma razão para chorar?

Ela olhou para baixo, passando o polegar pelo padrão entalhado no decantador.

— Sempre há uma razão.

Kaine se mexeu, esfregando os ombros no sofá como um gato marcando território. Seus olhos se fecharam enquanto ele gemia de satisfação.

— Eu nunca tinha percebido o quanto gosto de me encostar nas coisas.

— Você e o sofá querem ficar sozinhos? — perguntou ela, chegando ainda mais para o canto do móvel.

Ele parou, abrindo os olhos na mesma hora, e esticou a mão na direção dela.

— Não vá embora.

O calor subiu até a raiz dos cabelos de Helena. Ela desviou o olhar, tomando mais um gole.

— Sei que está se sentindo melhor, mas precisa tomar cuidado nos próximos dias — comentou ela, entre goles. — Acho que fiz tudo certo, então o tecido cicatrizado não vai se romper, mas, assim que a Ausência chegar ao fim, as coisas podem mudar. Se você achar qualquer coisa estranha, mande alguém me chamar. Posso continuar vindo para me certificar de que está tudo bem.

Ele balançou a cabeça, descrente.

— Você se sente responsável por todo mundo?

Ela voltou a desviar o olhar do dele, tentando não ouvir a voz de Luc em sua cabeça chamando suas escolhas de fáceis.

— É o meu trabalho — disse ela, baixinho.

— Obrigado, Marino.

Ela engoliu em seco, olhando para cima.

— Ainda não vai me chamar de Helena?

Ele soltou o ar, evitando seus olhos.

— Helena — falou ele, devagar, como se estivesse testando a forma como o nome soava.

Ela sorriu para ele.

— Viu? Não é tão difícil.

Ele a encarou de volta, o rosto sério. Helena tentou não se distrair, mas Kaine estava tão perto dela, e continuava sem camisa. Seus olhos baixavam involuntariamente. Ela estava tentando não olhar, mas, em geral, quando via pessoas sem roupa, era porque estavam morrendo.

Ele estava… vivo até demais.

Sua respiração acelerou. Desviou o rosto, pois não queria ser acusada de ter um olhar lascivo outra vez. Ele pareceu não perceber dessa vez. Ainda a analisava.

Helena não saberia avaliar o nível de embriaguez dele, mas ela começava a se sentir muito bêbada. Sua cabeça estava ficando pesada, e sentia um desejo esmagador de rir e chorar ao mesmo tempo.

— Você deveria vestir uma camisa — comentou ela, a voz aguda. — Deve estar com frio.

Num piscar de olhos, a mão de Helena estava na dele, e Kaine levava os dedos dela até o próprio peito.

— Acha que estou com frio?

Ela balançou a cabeça, sem palavras, a pele dele quente na palma de sua mão. Ferron não se afastava mais com o toque dela; pelo contrário, estava se inclinando na direção dela.

— Pode usar sua ressonância, se não acredita em mim.

Um arrepio percorreu a coluna de Helena.

— Acho que você está bem — disse ela, os dedos roçando a pele dele.

Ele respirou de forma instável, e ela sentiu o tremor na palma. A mão dele ainda cobria a dela, mas Kaine não estava mais segurando-a no lugar.

Ao olhar para cima, ela percebeu que o achava bonito.

Antes, ele era jovem demais, perverso demais; como uma víbora recém-nascida que atacava tudo que se movesse. Magro, moribundo e com um ar de fúria perpétua.

Naquele momento, havia certa calmaria nele. As feições haviam sido preenchidas. Os fios prateados no cabelo escuro faziam-no parecer mais velho que ela.

A frieza que Helena associara a ele era uma memória distante; a pele dele era quente, a respiração, que atingia sua bochecha, também. Bêbada e sentindo o coração de Kaine sob a ponta dos dedos, ela não conseguia lembrar quando parou de sentir medo dele.

— Devo admitir — revelou Ferron, em voz baixa, como se fizesse uma confissão — que, se alguém tivesse me dito que você tinha ficado tão bonita, eu nunca teria me aproximado de você. Fiquei um tanto surpreso quando a vi de novo.

As sobrancelhas dela franziram em confusão.

— Você é como uma rosa num cemitério — continuou ele, e seus lábios se curvaram em um sorriso amargo. — Fico pensando no que teria se tornado se não fosse a guerra.

— Eu... nunca pensei nisso.

Ele assentiu.

— Não me surpreende. — Ferron tocou um cacho solto atrás da orelha dela. — Eu me lembro do seu cabelo. Ainda continua igual?

Ela corou. De todas as coisas, ele se lembrava logo disso.

— Infelizmente.

— É como você, então — comentou ele, torcendo o cacho para que ele se enrolasse no indicador. — Preso, mas ainda o mesmo em algum lugar sob a superfície.

Ela o encarou, assustada com a observação, e então lágrimas brotaram e escorreram por seu rosto. Os olhos dele se arregalaram.

— Pelos deuses, Marino, não chore — disse, apressadamente.

— Desculpe — falou ela, puxando a mão e enxugando as lágrimas. — É só... é só que estou bêbada demais.

O momento se perdeu como neblina sob a luz do sol. Ela esfregou os olhos muitas vezes, sentindo-se muito vulnerável de repente.

Quando voltou a olhar para cima, ele tinha desviado a atenção, as sobrancelhas franzidas.

Helena nunca o vira com uma expressão tão casual antes. Sentados no sofá, ela sentia que enxergava o verdadeiro Ferron. A princípio, ele pareceu incrivelmente triste, então um olhar vazio de amargura tomou conta de seus olhos, a escuridão se espalhando pelo rosto.

Ela esticou a mão na direção dele, sem saber o que estava fazendo, mas querendo puxá-lo de volta de onde quer que seus pensamentos o estivessem levando. Segurou a mão esquerda e, como não sentiu resistência, pressionou os polegares na palma dele até os dedos flexionarem e massageou-a do punho até a ponta dos dedos.

— Por que está fazendo isso? — perguntou ele, após um minuto.

— Meu pai costumava fazer isso em mim — respondeu Helena, sem levantar a cabeça. — Ele dizia que alquimistas eram como cirurgiões, que tínhamos que cuidar bem de nossas mãos.

— Por que *você* está fazendo isso em *mim*?

Seus dedos pararam por um instante; ela fitou as linhas da mão dele.

— Minha mãe morreu quando eu tinha sete anos. Ela estava doente havia muito tempo. A minha vida toda, na verdade. Um dia, fui acordá-la, e ela estava... fria e rígida. Ela se foi durante a noite, sem aviso, sem despedidas. Depois disso, fiquei com medo de ir dormir. Não tinha medo de morrer, mas estava preocupada que meu pai ou eu poderíamos partir dessa maneira, deixando o outro sozinho. Então, ele segurava a minha mão até eu adormecer, para eu saber que ele estava lá. Você parecia solitário agora há pouco, então pensei... — Ela balançou a cabeça e largou a mão dele. — Sei lá. Não é nada. Desculpe.

Ela permaneceu sentada, sem jeito, os dedos inquietos. Se ficasse por mais tempo, o posto de controle ia fechar e ela ficaria trancada fora da cidade durante a noite. Quando abriu a boca para se despedir, ele falou:

— Poderia fazer algo por mim? — A pergunta foi feita em voz baixa.

Ela ergueu o rosto. A expressão dele estava relaxada de novo, e seus cabelos tinham caído sobre a testa, suavizando seus traços.

Ela o examinou rapidamente.

— O que você quer?

Ele inclinou a cabeça.

— Poderia soltar o seu cabelo? Quero vê-lo.

Ela piscou, surpresa.

— Sério?

Helena ergueu as mãos, sem jeito, e tirou os grampos. As duas tranças caíram, então retirou os elásticos, passando os dedos pelos fios para desfazê-las, sentindo a tensão no couro cabeludo diminuir ao colocar as mãos no colo, sem querer ver a reação dele, já sentindo o calor queimar seu rosto e pescoço.

— Pronto. Minha juba.

Ele a encarou em silêncio, como se precisasse de um tempo para absorver aquilo.

— Eu não sabia que estava tão longo.

Ela apertou os grampos na mão, atrevendo-se a encará-lo.

— Quando está mais pesado, consigo controlá-lo melhor.

Kaine não falou mais nada, apenas a encarou como se estivesse hipnotizado.

Helena corou. Soltar os cabelos era como revelar algo muito íntimo sobre si mesma, algo que estava acostumada a manter cuidadosamente escondido, porque, com muita frequência, era tratado como uma coisa inaceitável ou digna de pena. Ela não estava preparada para aquele tipo de reação.

Ele esticou a mão, enrolando os fios da têmpora ao redor dos dedos e acariciando-os. Sua expressão era curiosa. Ela estremeceu com a sensação, com o quão próximo ele estava.

— São mais macios do que eu imaginava — comentou ele. Seus olhos estavam fascinados.

Ela não sabia o que dizer.

A mão de Ferron deslizou até o pescoço dela e se enroscou nos cachos da nuca. A respiração dele estava cada vez mais superficial.

Ele não estava mais concentrado nos cabelos, seus olhos estavam no rosto dela, nos lábios dela, o brilho prateado surgindo de novo conforme se aproximava.

— Se não quer que eu a beije, deve dizer não agora — falou ele.

Ele estava tão perto que ela conseguia sentir o gosto de sua respiração, o ardor do álcool em seu hálito.

Tudo se tornou turvo e onírico, exceto ele.

Ela podia sentir o fardo de sua vida, esmagando-a dia após dia, sempre tomando mais do que ela podia dar, mas também conseguia sentir Kaine, o calor dele e dos dedos entrelaçados no seu cabelo.

Ele era mais gentil do que Helena esperava, olhando para ela como se realmente a enxergasse.

E estava pedindo permissão.

Ela o beijou.

Um beijo de verdade dessa vez.

No instante em que seus lábios se encontraram, ele assumiu o controle. Como se Helena tivesse acionado algo dentro dele, os braços de Kaine agarraram sua cintura, puxando-a para mais perto até o corpo deles estar colado e ela estar no colo dele.

As mãos de Helena estavam nos ombros dele, a ponta dos dedos roçando o extremo da matriz enquanto ele aprofundava o beijo como se quisesse consumi-la. Quando afastou os lábios dos dela, ele inclinou a cabeça de Helena para trás, a respiração e a língua quentes em seu pescoço.

Ele parecia estar mapeando-a com os dedos, um topógrafo explorando a curva de suas clavículas, cada vale e relevo de carne e osso.

Ele a trouxe para tão perto de si que Helena conseguia sentir a barreira das roupas entre eles, sua saia ao redor do quadril. As mãos dele agarraram a cintura dela, os polegares contra suas costelas.

Ela acariciou o maxilar de Kaine, e, quando a palma roçou sua bochecha, ele pressionou o rosto nela, os olhos se fechando, um suspiro escapando, como se estivesse faminto por um toque.

Suas mãos deslizaram pelas costas dela, seguindo a linha da coluna, e ela se arqueou feito um gato, aproximando-se ainda mais dele. O toque de Kaine enviou uma descarga inebriante pelo seu corpo, sua mente girando como se tivesse sido atingida por uma onda.

Ela não tinha percebido o quanto queria ser tocada. Que também estava faminta por aquilo.

Colocou os braços em volta dos ombros de Kaine, agarrando-se a ele, o coração batendo tão forte que ela conseguia escutá-lo. Um prazer intenso percorreu seu corpo com o toque de Ferron, fazendo seu peito apertar. Os dedos dele nos botões de sua camisa, abrindo-os um por um. As camadas entre eles sendo retiradas.

Helena não tinha compreendido sua gritante falta de intimidade até aquele momento. Agora desperta, a necessidade parecia despontar por sua pele, uma ânsia que passara a vida reconhecendo apenas como ausência.

Ela sabia que as pessoas gostavam de fazer sexo, mas sempre pensou que fosse uma indulgência. Não sabia que era uma fome.

Nem que estava faminta.

Ela pressionou o corpo contra o dele ainda mais, desejando poder apagar cada fragmento de espaço entre os dois, estava tão cansada de sempre estar sozinha. Algo deixado de lado, reduzido às funções que desempenhava. Curandeira. Química. Articuladora. Instrumento.

Puta.

Seus olhos arderam. Ela os fechou, tentando encontrar um lugar onde seus pensamentos não conseguissem alcançá-la, mas eles a perseguiam, fazendo-se notar sob a pele dela, onde os dedos de Kaine não podiam alcançar. Sussurrando dentro de seu crânio, num coro zombeteiro e infernal.

Aquilo era uma missão. Um trabalho. Algo que a mandaram fazer. Mas o que o fato de querer tanto aquilo dizia sobre ela? Tão ávida pela sensação de ser querida. De ser desejada.

Ele passou os dentes de leve pela mandíbula dela, o toque despertando uma ânsia que quase a partiu ao meio.

Quando mordiscou a lateral do pescoço dela, Helena estremeceu com um gemido ofegante, e ele a virou, de modo que Helena ficou embaixo dele no sofá, o calor e o peso de Kaine a cercando, pressionados contra ela.

Estava acontecendo tão rápido. Por que ele a desejava de forma tão repentina?

A realidade a atingiu como um golpe no peito; ele não a queria.

Estava bêbado. E não mais machucado.

Após meses de agonia, estava sedento por prazer e alívio físico.

E lá estava ela. Bêbada e complacente, pronta para ser consumida.

Um lobo faminto poderia se saciar com qualquer coisa.

Ela sentiu as costelas se contraindo até não conseguir mais respirar. A vergonha descia por suas têmporas, queimando. Ela não poderia fazer isso. Ela se afastou.

Kaine ficou imóvel, então ergueu a cabeça. Olhou para ela por apenas um instante, e então afastou as mãos e depois o corpo.

— Acho melhor você ir embora — disse ele.

CAPÍTULO 38

Julius, 1786

Helena se sentou, mas não fez menção de sair, apenas permaneceu lá, ao lado dele, no sofá, tremendo enquanto se esforçava para não chorar. Consultou o relógio e uma onda de desespero se abateu sobre ela.

— Os postos de controle estão fechados — constatou ela. — Não posso entrar na cidade até amanhã de manhã.

Ele suspirou, se ajeitando no sofá enquanto evitava encará-la.

Helena passou os braços ao redor de si mesma, fechando a camisa, atrapalhando-se com os botões, o peito subindo e descendo enquanto tentava em vão conter as lágrimas.

— Por que está chorando? — perguntou ele, por fim.

Ela enxugou as bochechas com as costas da mão.

— Porque estou solitária, e beijei você, e você nem gosta de mim.

Ele a encarou e então inclinou a cabeça para trás, fitando o teto por um minuto inteiro.

— Por que acha que eu beijei você? — questionou ele, a voz tensa.

— Porque estou bem aqui.

Ele olhou para ela de novo.

— Por que você me beijou?

Ela desviou a atenção para o outro lado do cômodo, para uma tapeçaria de Tellus dando origem à terra.

— Você me fez sentir que as partes de mim que não são úteis ainda merecem existir. Como se eu não me resumisse apenas a todas as coisas que posso fazer.

O decantador estava no chão, abandonado. Helena o pegou. Só havia sobrado um pouco. Ela torcia para que, se bebesse aquilo, pudesse chegar ao ponto de embriaguez em que não sentiria nada.

Ele a observou beber e então se recostou, colocando o braço sobre os olhos. Quando Helena se virou para Kaine, o braço dele havia caído e ele estava dormindo.

Ela o estudou por muito tempo, analisando seus traços, tentando discernir as mudanças em seu rosto, mas as pálpebras dela ficaram pesadas.

Ela deveria se levantar. Ir até a espreguiçadeira perto da escrivaninha.

Sua visão escureceu. Ela deixaria os olhos descansarem por um segundo. Então levantaria...

Quando acordou, Helena ainda estava no sofá, assim como Kaine, mas, de alguma forma, os dois acabaram entrelaçados. O rosto dela estava apoiado em seu peito, o cotovelo dele cutucava as costelas dela e o queixo de Ferron estava cravado acima de sua cabeça.

Era um milagre que nenhum dos dois tivesse caído do sofá.

Helena não se mexeu de imediato; sentia a cabeça prestes a rachar ao meio. Ela suspeitava que qualquer movimento súbito poderia resultar em uma poça de uísque defumado e caro demais sendo vomitado.

Conseguiu levar uma das mãos ao rosto e recorreu à vitamancia para aliviar um pouco a náusea antes de se afastar aos poucos do sofá.

Kaine nem se mexeu. Não sentia nada. Provavelmente não dormia bem desde a primavera.

Ela pegou a bolsa e se dirigiu à porta pesada, abrindo-a devagar, então partiu sem olhar para trás.

Vomitou na represa, e mais uma vez ao cruzar a ponte, no rio. Em vez de se sentir melhor, piorou.

Voltou devagar ao Quartel-General, tomada pelo arrependimento. Tinha beijado Kaine Ferron. Não um beijo falso e estratégico, mas um beijo real, que ele aceitara e retribuíra, e teria sido a oportunidade perfeita para dar o passo seguinte, mas ela estragara tudo.

Kaine se entregara a ela em uma bandeja de prata, tinha ido muito além do que Crowther e Ilva esperavam, e Helena havia sabotado a si mesma porque aquilo não era real e ela desejava que fosse.

Ela se deixou levar por seus sentimentos ao ser comparada a uma rosa e descrita como bonita, a ter aspectos de si de que ninguém jamais gostou sendo objetos de desejo.

Pelo visto, bastava aquilo para Ferron seduzi-la. Só de pensar no assunto, Helena sentia o sangue gelar, tomada por uma vergonha nauseante que oprimia sua garganta.

— Hel? — A voz de Soren invadiu os pensamentos dela conforme Helena se aproximava da guarita do Quartel-General.

Ele estava sentado junto a um grupo de guardas.

Ela o encarou, tonta pelas próprias ideias, com ressaca demais para responder.

— Está tudo bem? — perguntou ele. — O que aconteceu com o seu cabelo?

Ela não entendeu a pergunta até levantar a mão e se lembrar de que ele estava solto, os fios espalhados pelos ombros.

— Um espinheiro — mentiu ela, na mesma hora.

As sobrancelhas dele se franziram, estudando-a com seus olhos profundos.

— Você deveria tomar cuidado, sobretudo durante a Ausência.

— Só saí depois do amanhecer — insistiu ela, tentando passar por ele. — Apenas para colher alguns ingredientes que preciso processar.

Soren ainda a observava.

— Sabe, tinha esquecido que seu cabelo era assim. É bonita a forma como você o trança agora.

— É — falou ela, forçando um sorriso, os olhos queimando. — É melhor mantê-lo trançado. Nem sei o que fazer quando ele está solto.

Ela foi direto para o banho, esfregando o corpo com vontade, tentando limpar a memória física das mãos de Kaine. A água já estava quente, mas ela aumentou a temperatura e ficou debaixo do chuveiro até a pele ficar vermelha e dolorida pelo calor.

Ela não chorava. Era só o jato d'água do chuveiro. Era apenas a água em seu rosto.

Ela mal se enxugou antes de fazer duas tranças tão apertadas que repuxavam a pele da testa. Enrolou-as na nuca, deixando os grampos arranharem a pele até ficarem bem presas.

Helena só olhou para o espelho depois de acabar, quando não havia mais nem mesmo um cacho rebelde sequer fora do lugar.

Ela estava reabastecendo o estoque do hospital quando uma das enfermeiras se materializou ao seu lado, colocando várias caixas de plasma intravenoso numa caixa.

— Crowther quer vê-la nos elevadores agora mesmo — disse ela sem encarar Helena.

Helena se virou de súbito. A enfermeira tinha feições suaves e olhos expressivos, e Helena tinha certeza de que já a vira antes, mas a garota era discreta o bastante para ser apenas uma memória difusa na sua mente.

Era óbvio que Crowther tinha espiões em todos os lugares, inclusive no hospital; ainda assim, Helena ficou nervosa.

— Quem é você? — perguntou quando a garota parecia prestes a ir embora.

— Ninguém.

— Qual é o seu nome? — Helena queria saber quem procurar na lista de funcionários.

A garota a fitou, parecendo lisonjeada com a pergunta.

— Purnell.

Purnell. Ela achava que já tinha ouvido aquele nome. Então assentiu, distraída.

— Tudo bem, pode ir.

A enfermeira foi embora.

Helena terminou de reabastecer o hospital e seguiu, relutante, para a Torre.

Crowther estava esperando por ela. O elevador desceu.

No túnel, havia um garoto agachado ao lado da porta. Helena piscou e percebeu que era Ivy, a outra vitamante de Crowther, com o cabelo preso sob um boné. Ela parecia um menino de rua.

Ivy se levantou e abriu a porta. O cômodo continha apenas uma figura presa a uma cadeira, a cabeça pendendo para a frente, a respiração arquejante.

— Quem é esse? — perguntou Helena, querendo sair dali. O cheiro de sangue coagulado misturado ao de umidade a estavam enjoando.

— Um dos Aspirantes mandados para Hevgoss — respondeu Crowther. — Foi interceptado e trazido de volta, mas está se mostrando difícil. Está desesperado por um gosto de vida eterna. Precisa ser persuadido mais vezes, mas não sobreviveria.

Helena esperava diversas queimaduras, mas o que encontrou foi vitamancia.

Não havia sinais visíveis de tortura, nenhum corte ou feridas abertas. No entanto, o trato corticoespinhal em sua coluna foi comprimido, paralisando-o, mas deixando os nervos sensoriais intactos.

Dessa forma, ele sentiria tudo.

Por baixo da superfície da pele, Ivy o esfolara, usando a vitamancia para danificar camada por camada, o sangue se acumulando em cada uma delas. Em algumas áreas, foi esfolado até o músculo.

Uma coisa era curar feridas de batalha. Curar tortura era um tipo completamente diferente de horror.

Pelo visto, Crowther não achava que qualquer violação física fosse extrema demais na guerra contra a necromancia, contanto que a alma não fosse violada. Com base nos princípios da Fé e da Chama Eterna, não havia nada de errado em torturar necromantes ou aspirantes a necromantes, pois a carne era uma substância inferior que no final seria consumida pelo fogo de qualquer maneira. O que aquelas pessoas estavam dispostas a fazer com civis e a Resistência era muito pior do que qualquer coisa que Crowther fazia com elas.

O prisioneiro recuperou a consciência enquanto Helena curava seus pés.

— Eu conheço você — disse ele, levantando a cabeça. Seu sotaque nortenho era carregado, do tipo que repuxava muito as consoantes.

Ela o encarou. Ele tinha o cabelo da cor do trigo e uma barba espessa no rosto.

— Você é a putinha estrangeira do Holdfast.

Ela desviou a atenção, ignorando-o, determinada a terminar aquilo sem falar nada. Sentia um pouco menos de pena do homem agora.

— Vou lhe contar um segredo — murmurou ele, enquanto Helena terminava suas mãos. — Vocês vão perder a guerra. Ninguém pode conter os Imortais. Eles são os novos deuses. Algum dia, vou ser um deles. As pessoas vão conhecer os Lancaster.

Ela ergueu a cabeça de novo. Lembrou-se do preso; ele frequentou o Instituto e saiu após receber seu certificado. Uma família de guilda. Níquel, achava ela.

— Quando eu for Imortal, vou matar aquela putinha tão devagar que ela vai implorar para eu acabar com o sofrimento dela de uma vez. Tudo que ela fez comigo, ela vai receber em dobro. E então vou trazê-la de volta.

Seus dentes estavam horrivelmente expostos.

A mandíbula de Helena tensionou e ela se esforçou para permanecer focada. Ela deveria deixar os pacientes conscientes, Crowther não queria que eles acordassem e descobrissem que estavam curados; queria que eles sentissem medo, pensando no que iria acontecer a eles quando ela acabasse.

Assim que terminou, Helena se levantou e saiu sem dizer nada. Não conseguiu encarar Ivy ou Crowther, que voltaram à cela juntos, fechando a porta. Os gritos começaram, ecoando pelo túnel subterrâneo.

Helena se afastou, tentando escapar dos berros, mas eles a perseguiram.

Ela seguiu pelos túneis às cegas, sem se preocupar em se perder. Eles davam voltas e voltas, se abrindo em um salão iluminado com arandelas de vidro verde. Havia dezenas de túneis que levavam àquele lugar. As paredes eram cobertas por murais intrincados, mas desgastados. Quase parecia uma igreja abandonada.

Helena não sabia que nada daquilo existia, enterrado sob o Instituto. Os gritos pareciam percorrer os túneis, aumentando e se concentrando naquele salão. O lugar lhe dava uma sensação doentia e assustadora.

Ela entrou em outro túnel, tentando sair dali, mas não importava que caminho tomasse ou para que lado virasse, todos conduziam ao mesmo salão. Como se para lembrá-la de que ela não poderia escapar de si mesma e do que havia se tornado. Foi isso que a guerra fez com ela.

Por fim, Helena se virou devagar, caminhando na direção dos gritos, cansada de fugir de si mesma.

Ela escalaria corpos torturados, venderia a si mesma e arrancaria o coração de Kaine Ferron se aquilo fosse o necessário para vencer a guerra.

Ela foi chamada para curá-lo mais duas vezes antes de Lancaster ceder. Na terceira, Helena achava que ele já havia perdido a sanidade.

Esperando nas passagens subterrâneas, tapando os ouvidos para tentar não escutar o que estava acontecendo na cela ao lado, ela reavaliou o que fizera na noite anterior.

Agora, com um pouco mais de tempo, seus erros pareciam menos desastrosos.

Kaine tinha algum nível de afeição por ela, afinal, ele queria que *ela* ficasse.

No entanto, qualquer faísca de desejo ou afeto que ele pudesse sentir mal havia se acendido. Combustível demais de uma só vez apenas a sufocaria. Foi melhor terem parado. Que Kaine ficasse imaginando o que poderia ter acontecido.

Ela tinha suspeitas de que ele desejava as coisas de forma mais profunda do que percebia. Dessa maneira, a chave seria nutrir essa chama até transformá-la em algo que estivesse além do controle dele.

Kaine era calculista demais para que qualquer outra abordagem fosse eficaz. Era tudo ou nada. Deixá-lo como a ameaça que ele era, sabendo que Helena o encorajava infinitamente mais a realizar seus desejos, ou tentar redirecionar sua ambição e natureza obsessiva para si mesma.

As pessoas diziam que não havia tentação maior do que o proibido.

Quanto ao fato de que ela também o desejava… que estava tão disposta quanto ele…

Ansiosa, ela roeu a unha do polegar.

Era melhor assim. Todos diziam que ela era uma péssima mentirosa.

A porta foi aberta, e Ivy saiu. Helena a fitou.

— Preciso entrar?

Ivy balançou a cabeça, fechando a porta.

— Crowther ainda está trabalhando nele.

Ivy se agachou ao lado de Helena, passando o dedo, distraída, pela sujeira do chão. Helena a observou em silêncio, tentando ignorar o cheiro de carne queimada que começava a permear o ar.

— Sabe — disse Helena, sem conseguir evitar —, há outras formas de conseguir informações das pessoas. Você não precisa torturá-las.

Ivy ergueu a cabeça, os olhos aguçados brilhando.

— Gosto de machucá-las, é a melhor parte do trabalho. O resto é chato.

— Ah...

Houve um longo silêncio, então Ivy falou:

— A vitamancia pode apagar memórias? Fazer alguém se esquecer de algo para que nunca mais lembre?

Helena a observou com curiosidade.

— Tem algo que você queira esquecer?

Ivy balançou a cabeça, encarando o túnel, e seu rosto se contraiu de maneira estranha.

— Minha irmã, ela não se lembra das coisas. A Enfermeira-chefe disse que isso é chamado de fuga, o fato de ela não lembrar, mas que a memória pode voltar algum dia.

— Você não quer que ela se lembre? — perguntou Helena.

Ivy balançou a cabeça de forma brusca.

— Não. — Ela se virou para Helena e riu. — Você acha que eu sou cruel. Se ela se lembrasse, perderia a cabeça completamente.

A porta se abriu e o fedor de carne queimada escapou.

— Marino. Acabamos.

Crowther tinha drogado Lancaster com algo sintético. O homem estava alucinando bastante. Quase mordeu a língua fora, e Helena teve que paralisá-lo para recolocá-la no lugar. Sua pele estava toda carbonizada, embora Crowther sempre tomasse cuidado para não queimar fundo o suficiente para danificar os nervos.

Lancaster balbuciava. Helena e Ivy tinham se tornado uma só em sua mente. Em determinado momento, ele resistia violentamente, quase mordendo as mãos dela ao se aproximarem, ameaçando verter metal derretido em suas veias até os olhos estourarem feito uvas, e, no seguinte, tentava se inclinar na direção dela, respirava fundo e dizia que ela era um doce, falava que, quando se tornasse Imortal, ele a manteria como um bichinho de estimação, na coleira, assim como faria com Holdfast.

Em seguida, voltava a pensar que ela era Ivy e ameaçava devorá-la. Cortá-la em pedacinhos. Remontá-la da forma errada. Violentá-la de todas as formas imagináveis.

Quando terminou, Helena queria arrancar cada parte de sua pele em que ele encostou.

— Por que não o mata? — perguntou a Crowther quando saiu da cela, a pele ainda a incomodando.

Ele pareceu achar graça.

— Por que eu faria isso?

— Você já tem o que quer. Ele é um desperdício de recursos.

Ele balançou a cabeça.

— Até encontrarmos o guarda que ele estava procurando, nós o manteremos aqui. A determinação de Morrough para encontrar esse Wagner em Hevgoss indica um grau considerável de importância. Lancaster é um Aspirante particularmente devoto e poderá ser útil como evidência se um dia entrarmos em contato com Hevgoss. Não se preocupe com ele, nunca perdi um prisioneiro.

— Posso ir? — questionou ela, de forma apática.

Suas roupas estavam manchadas com o sangue de Lancaster.

— Pode. Vou acompanhá-la — disse ele. — Você curou Ferron? Teve sucesso?

Helena assentiu sem grande entusiasmo e sem olhar em sua direção. Ela não tinha energia para se importar se Crowther estava satisfeito ou desapontado com aquilo.

— Tive. O procedimento foi um sucesso.

Houve uma pausa enquanto eles subiam a escada. Crowther bloqueou a saída, os olhos a analisando.

— Ouvi dizer que você passou a noite toda fora e que voltou… descomposta.

Ela sentiu o estômago embrulhar.

— Levou mais tempo do que eu esperava. Os postos de controle estavam fechados por causa do toque de recolher. Tive que dormir lá.

Crowther esperou, mas ela não disse mais nada.

Os olhos dele se estreitaram.

— Pode ir, então.

CAPÍTULO 39

Julius, 1786

Helena retornou ao Entreposto naquela noite, mas encontrou a porta escondida na parede da fábrica trancada. O necrosservo que em geral aparecia com a chave não estava em lugar algum.

Foi até o cortiço, mas a unidade também estava fria e vazia. Permaneceu lá por algum tempo, só por precaução.

O mesmo aconteceu na noite seguinte.

Ela disse a si mesma que aquilo era um bom sinal. A cura tinha sido um sucesso, mas, para ela, foi uma sensação inesperada ter as noites livres novamente.

Não tinha percebido quanto tempo passava preparando bálsamos e indo e voltando até que todas aquelas horas ficaram disponíveis de novo.

No martidia, ela saiu em busca de suprimentos e então se encaminhou aos cortiços.

Não estava nem na metade do caminho quando uma necrosserva saiu das sombras, interceptando-a. Helena sentiu um embrulho no estômago, pois não era o homem de sempre, mas uma mulher. Ela lhe mostrou o símbolo de ferro na pele pálida do interior do pulso e lhe entregou um envelope.

Helena o aceitou, e a necrosserva deu meia-volta e foi embora.

Em geral, Helena não abria as missivas, mas, daquela vez, rompeu o selo de cera e retirou o conteúdo do envelope, procurando por instruções ou uma mensagem.

Era apenas um relatório de inteligência codificado.

No saturnis, aconteceu de novo.

Ela não tinha percebido que Kaine poderia fazer aquilo, mas não havia nada na maneira como as informações eram repassadas que exigisse reuniões presenciais.

Ela passou o tempo livre recém-descoberto no laboratório, fazendo experimentos com Shiseo, que se tornara um colega e um colaborador.

Como a cura era considerada algo separado da medicina e dos cuidados médicos, os dois nem sempre se complementavam. Muitos sedativos inibiam a vitamancia, exigindo soluções contrárias ou que redirecionassem o processo de cura, tornando-o desnecessariamente complicado. Tratar de Kaine, longe do domínio de Matias, havia permitido a ela começar a considerar as possibilidades da quimiatria feita para a vitamancia. Iniciou os experimentos com tônicos que ajudavam em coisas como regeneração sanguínea e reparação óssea, mas seu principal interesse era desenvolver algo que preservaria os efeitos da vitamancia ao controlar a química interna do corpo. Com Shiseo, os dois sintetizaram um glicosídeo a partir da dedaleira e extraíram alcaloides da beladona, dedicando-se pouco a pouco.

Criar um nicho para si foi um consolo, porque Elain Boyle estava se tornando a curandeira preferida de todos. Helena tentou dizer a si mesma que era uma coisa boa haver uma curandeira tão simpática. Ninguém se assustava ou olhava feio para ela quando Elain esquecia suas luvas; porém, as vantagens sociais de Elain também a prejudicavam como curandeira. Ela queria muito agradar as pessoas, e isso afetava seus métodos. Tinha uma tendência inflexível de curar o sintoma, e não a causa.

Uma febre necessária sempre era interrompida quando Elain entrava em ação. As pessoas se *sentiam* melhor, mas desenvolviam infecções com mais frequência e se recuperavam mais lentamente.

No final de augustus, Basilius Blackthorne tentou recuperar a ponta sul da Ilha Leste. Blackthorne era um Imortal temido por todos. Não usava um elmo, como a maioria dos Imortais, não tentava esconder a própria identidade. Perdendo ou ganhando suas batalhas, a devastação que deixava para trás era terrível. Ele era conhecido por devorar suas vítimas no campo de batalha.

Após dias de luta, quando tornara-se evidente que o ataque havia fracassado, Blackthorne ateou fogo nos próprios soldados e os mandou marcharem para dentro do território da Resistência. A estação das chuvas não tinha começado, e tudo estava mais seco do que de costume. As chamas logo se espalharam, saltando o afluente entre as Ilhas Leste e Oeste e consumindo uma grande parte da cidade. O céu do Sul ficou vermelho como brasa.

O hospital foi inundado de pessoas com queimaduras e danos aos pulmões, tanto combatentes quanto civis.

As curandeiras ficaram no hospital por tanto tempo que Helena perdeu a noção dos dias. Não percebeu o quanto estava cansada até se ver na Sala de Guerra, ouvindo relatórios e um comentário de Ilva de que provavelmente demoraria mais um dia para obter uma estimativa das perdas inimigas.

Helena já tinha perdido mais de uma semana. Precisava ir.

Quando se levantou na manhã seguinte, o quarto pareceu oscilar. Lila dormia profundamente, um montinho debaixo dos cobertores em sua cama. O batalhão retornara sujo de fuligem. Luc tentara impedir o fogo de continuar avançando, mas até sua piromancia tinha limites contra aquele inferno.

Helena sentia a cabeça oca, latejando de exaustão, enquanto se vestia e saía.

Tudo estava estranhamente quieto, como se os pássaros estivessem com medo de cantar. A fumaça pairava como um véu sobre a cidade.

Até o Entreposto estava silencioso, mas Helena não prestou atenção nisso, apenas procurou a necrosserva para que pudesse pegar a missiva de Kaine e voltar.

Ela dobrou uma esquina e viu quatro deles. Estava tão cansada que parou e os encarou, tentando entender por que Kaine havia mandado quatro daquela vez.

Então percebeu que os necrosservos não pertenciam a ele. Eram necrosservos de combate comuns.

De imediato, Helena começou a recuar, percebendo apenas então que os acampamentos que cobriam o Entreposto estavam destruídos. Os Imortais haviam recuperado o Entreposto, e ela tinha caminhado bem para o interior dele.

Ela se virou e correu, mas deu de cara com um segundo grupo de necrosservos.

Teve que bater em retirada de novo, serpenteando pelo labirinto de edifícios e fábricas. Tropeçou num cadáver, não reanimado.

Toda vez que despistava um grupo, encontrava outro.

Em geral, necrosservos não se mexiam muito rápido, mas, naquele caso, não precisavam de velocidade. Eles a estavam conduzindo para longe do portão, da ponte, da única saída do Entreposto.

Ela arrancou as luvas ao se ver encurralada em um beco estreito e recuou até bater na parede. O local era apertado, de modo que eles só podiam entrar alguns de uma vez.

Eles avançaram devagar.

Alguns poucos carregavam facas. Era difícil dizer o que era pior.

Quando chegaram perto o bastante, ela esticou as mãos, forçando sua ressonância na direção deles, fechando os olhos por instinto.

Sua ressonância brilhou por um momento e então se apagou como o filamento de uma lâmpada.

Ela abriu os olhos e quase não conseguiu enxergar os necrosservos restantes se aproximando, porque se sentia ferida por dentro, como se tivesse aberto uma veia.

O esgotamento era comum para alquimistas de defesa que frequentemente ultrapassavam os limites de seu alcance e suas habilidades. O mesmo acontecia com curandeiros. Assim que começava a acontecer muitas vezes...

Ela se forçou a recuperar o foco.

Havia sangue por toda parte, porém dois dos necrosservos ainda se aproximavam.

Ela procurou pela faca, perdida no fundo da bolsa, quase sem conseguir apanhá-la a tempo. Mirou na garganta do necrosservo mais próximo, direto na medula espinhal. Com a ressonância esgotada, não conseguia transmutar a lâmina, mas desferiu o golpe e puxou a faca para a esquerda. A cabeça caiu com um baque grotesco, o corpo logo a seguindo, mas de repente uma dor lancinante irradiou pela perna de Helena.

Enquanto investia contra um necrosservo, o outro a atingiu com uma lâmina de metal.

A arma não acertou seu tronco, mas atravessou a panturrilha.

Helena quase desmaiou. Atacando de forma desajeitada, ela quase não conseguiu cortar dedos suficientes da criatura para evitar que puxasse de volta a lâmina.

Seu cérebro gritava, exigindo a retirada do objeto, enquanto os músculos da panturrilha se rasgavam ao redor da arma, mas ela sabia que o sangramento pioraria se a retirasse. O metal se mexeu, e ela mordeu a manga da camisa para não gritar.

O necrosservo continuava avançando. A maioria dos dedos de uma das mãos fora arrancada, mas ele ainda conseguiria ferir Helena: ela sabia que as partes mais perigosas dos necrosservos com frequência eram os dentes.

Ela apertou o cabo da faca e se forçou a esperar até o necrosservo se aproximar. Assim que estava ao seu alcance, agarrou o braço esticado dele. Sentiu a falta da sua ressonância como um buraco dentro de si. Os dentes do necrosservo foram em direção ao seu rosto, e ela enfiou a faca direto no seu maxilar.

Algo bateu na lateral de sua cabeça, fazendo-a tropeçar.

O braço se livrou de seu aperto. Unhas quebradas afundaram em sua pele.

Havia sangue coagulado em seus olhos.

Ela foi para cima dele. Sua perna esquerda falhou, mas lhe deu ímpeto suficiente para afundar a faca na parte de cima do crânio. Sangue arroxeado jorrou em seu rosto quando o necrosservo desabou.

Helena ficou atordoada e ofegante, limpando os olhos. Só conseguia sentir cheiro de sangue.

Tentou usar as torres da cidade para se localizar. A ponte estava distante, mas o cortiço era perto.

Ela se esconderia lá primeiro, e então bolaria um plano. Apoiou-se na parede, tentando não colocar peso na perna esquerda. Até arrastá-la era uma agonia.

Helena chegou ao prédio do cortiço e subiu os degraus rastejando. Foi apenas quando chegou lá em cima que se lembrou de que a porta tinha uma fechadura de ressonância. Não conseguiria entrar.

De qualquer forma, ela foi até a porta e apoiou a mão nela, como se sua ressonância fosse um poço com algumas últimas gotas que ela conseguiria extrair, embora soubesse que a recuperação do esgotamento costumava levar dias.

Ela se sentou, amaldiçoando a si mesma por estar tão acostumada à rotina que agira de forma tão descuidada. A cabeça girava, mas ela não sabia se era devido à exaustão ou à perda de sangue.

Encontrou o lugar mais limpo do corredor e se forçou a olhar para a perna. O sangue cobria a panturrilha e o pé, deixando um rastro óbvio que a denunciaria. Por sorte, em geral, necrosservos não notavam nada que não se mexesse.

Sua visão ficou turva, a dor aniquilando sua capacidade de tomar decisões simples.

Ela achava que não tinha atingido nenhuma artéria. Considerou arrancar a lâmina, mas achava que não tinha suprimentos suficientes para cobrir uma ferida tão grande.

Se conseguisse chegar ao posto de controle, eles a levariam para o Quartel-General, mas ninguém viria procurá-la no Entreposto.

Ela vasculhou a bolsa.

A prioridade era estabilizar a lâmina. Aplicar pressão reduziria o sangramento. Depois, ela pensaria em um plano.

Mastigou um ramo de mil-folhas ao colocar ataduras ao redor da perna.

As ataduras já estavam encharcadas de sangue antes mesmo de Helena terminar o curativo, e sua mente ficou lenta. Ela tentou se concentrar, a cabeça pendendo enquanto se esforçava para permanecer alerta.

Continue acordada. Você precisa ficar acordada.

Os cantos de sua visão escureceram. As pernas pareciam distantes, do outro lado de um túnel, e então tudo desapareceu.

— O que está fazendo?

Helena se assustou, a perna sacudiu por reflexo, a dor se espalhando como uma explosão.

Kaine estava de pé ao seu lado, surgindo aparentemente do nada.

Pelo menos, ela achava que era Kaine. Sua visão estava turva, e a presença dele parecia dominar todo o espaço. Quando seu rosto finalmente entrou em foco, ele a fitava com um olhar gélido.

O coração de Helena disparou ao vê-lo.

— É martidia — respondeu ela com algum esforço.

— O que aconteceu?

Ela gesticulou na direção da lâmina que ainda atravessava sua panturrilha.

Ele mal olhou para aquilo.

— É, eu notei. Admito que seu comprometimento com a missão é impressionante. Não achava que você iria tão longe.

Ela o encarou, sem entender.

— Diga a Crowther que não tenho tempo para os joguinhos dele. Se ele fizer uma coisa assim de novo, pode considerar o acordo encerrado — declarou Kaine, se virando para ir embora.

O peito de Helena parecia oco enquanto ela o observava partir, percebendo que Ferron achou que ela fizera tudo aquilo de propósito.

Ele parou no topo da escada, vendo a trilha de sangue e olhando de volta para ela.

— Levante-se — ordenou ele, entredentes.

Ela balançou a cabeça.

— Estou esperando minha ressonância voltar.

A cabeça dele se virou de maneira brusca.

— O quê?

Ela desviou a atenção para baixo.

— O incêndio... foi demais... Eu estava muito cansada hoje. Não percebi... nunca sofri esgotamento antes. Então estou... esperando.

Kaine voltou e se agachou diante de Helena, os olhos semicerrados. O cabelo dele estava muito mais prateado agora.

— Marino, que tipo de vitamancia estão mandando você fazer no hospital?

— Depende de quem está ferido.

A cabeça dela flutuava, a consciência ameaçando escapar para longe através do crânio.

Dedos estalaram em frente ao rosto dela.

— Foco — disse ele. — Descreva a cura que você faz. Está apenas transmutando danos físicos ou está usando sua vitalidade para manter as pessoas vivas?

— Depende... — Helena não conseguia manter o foco. Os olhos de Kaine brilhavam, e ela os fitou, hipnotizada. — Usamos um protocolo de triagem. Não podemos nos dar ao luxo de perder combatentes. Sobretudo os alquimistas.

A mandíbula dele ficou tensa.

— Presumi que eles estavam guardando isso para pessoas como Holdfast.

O corredor tinha se transformado em um túnel outra vez.

— Luc não vai conseguir ganhar sozinho — murmurou ela.

De repente, Ferron estava perto demais, esticando as mãos na direção dela. Ele a levantou do chão, com isso espalhando uma dor infernal pelo seu corpo. Helena gritou e perdeu a consciência.

Quando voltou a abrir os olhos, estava no cortiço, deitada de costas, a perna machucada apoiada em uma cadeira. Ela se sentia melhor e pior ao mesmo tempo.

Estava com uma sede horrenda.

Kaine analisava a ferida na perna dela.

— Como eu curo isso?

Ela piscou devagar, o teto rodopiando.

Pense, Helena, você já ensinou cura antes.

— Anestesiar a área é o primeiro passo, mas não tenho sangue suficiente para...

As palavras saíram arrastadas. Explicar a falta de soro e plasma intravenoso exigia muitas palavras. Será que ele sequer sabia anestesiar? Com curandeiros novatos, ela usava sua ressonância ao mesmo tempo e os guiava, de forma que eles soubessem o que procurar.

Ela estava com tanta sede.

Balançou a cabeça.

— Não acho... É... complicado para iniciantes... a questão dos nervos.

A expressão de Ferron foi tomada por aborrecimento.

— Eu já paralisei você uma vez. Estou familiarizado com nervos. — A mão nua dele pressionou a área abaixo do joelho. — Aqui?

Ela confirmou com um aceno e quase não sentiu a ressonância dele antes de a perna ficar anestesiada. Respirou fundo várias vezes, sentindo-se menos fraca agora que a dor não tirava o seu foco.

— Hã... — continuou Helena, engolindo em seco. — Você precisa identificar o que está danificado antes de retirar a lâmina. Nervos, veias... acho que não atravessou a artéria, mas é melhor checar. Pode ter fraturado o osso. O fluxo sanguíneo é fácil de sentir. Feche as veias e as artérias temporariamente... mas não por muito tempo.

Kaine estava em silêncio, os dedos nus pressionando a panturrilha dela, e os olhos dele perderam o foco. Helena não conseguia sentir o que ele estava fazendo, o que em geral a deixaria incomodada, mas ela não estava lúcida o suficiente para se importar.

Ele colocou a mão sobre a lâmina. Apesar de estar anestesiada, Helena ficou tensa, se preparando para o atrito do metal no tecido.

Em vez de arrancar a haste de metal, ele a transmutou. O metal ondulou em sua mão, saindo da ferida sem causar mais danos. Apenas um pouco de sangue foi derramado no processo. Ele largou a arma, analisando o ferimento com um olhar analítico.

— Não sinto nenhum vestígio de metal. Devo limpar a ferida?

Ela assentiu, começando a tremer após a lâmina ter sido retirada e a dor, desaparecido.

— Tenho solução de ácido carbólico na bolsa.

Ele a vasculhou e achou o frasco.

— Que sorte que eu curei você — expressou ela enquanto Ferron, sem falar nada, abria o frasco e derramava o conteúdo na ferida.

Parecia água escorrendo, juntando-se à poça de sangue no chão.

Em seguida, ele começou a fechar o ferimento. Ela o alertou para fazer apenas a regeneração mais básica, porque ela não tinha recursos físicos para mais que isso.

Aos poucos, a ferida aberta na perna desapareceu, substituída por um novo tecido delicado e extremamente inflamado. Quando Kaine removeu parte do bloqueio em seus nervos, a dor percorreu o corpo dela em ondas. Helena precisava de mais cura, porém aquilo era o suficiente para voltar.

Ela tentou girar o pé, mas os músculos ainda não estavam intactos o suficiente. No entanto, seria capaz de andar mancando.

— Obrigada.

Ele não respondeu, limpando as mãos em um lenço antes de recolocar as luvas. Irradiava impaciência quando ela se levantou, apoiando a maior parte do peso na perna direita. Havia um novo tipo de frieza em Kaine.

Helena estava ligeiramente zonza, mas ela se sentia menos cambaleante.

Ela tocou a porta, mas sua ressonância ainda era apenas um vazio, como um buraco deixado por um dente perdido. Seus dedos deslizaram pela superfície. Antes que pudesse dizer qualquer coisa, ela ouviu os mecanismos se mexerem e a porta se abrir.

Helena olhou para trás, esperando encontrar Ferron às suas costas, mas ele ainda estava do outro lado do cômodo.

CAPÍTULO 40

Septembris, 1786

Apesar de o Entreposto ter sido retomado, Helena retornou na semana seguinte. Mesmo com necrosservos patrulhando o lugar, não havia ponto de encontro melhor. Em qualquer outro local da cidade ela não passaria despercebida, guardas de verdade a notariam e pediriam para inspecionar seus documentos toda vez que passasse. Era impossível para Helena entrar e sair com segurança do território inimigo.

O Entreposto, embora fosse território dos Imortais, estava sendo guardado apenas por necrosservos, coisa que Helena saberia se não tivesse cochilado na reunião.

Como não havia conseguido terminar de se curar durante os vários dias de espera até que sua ressonância voltasse, sua perna ainda doía quando andava. A lesão não era permanente, mas os músculos regenerados demoravam para se reintegrar por completo.

Ela percorreu o ambiente com cuidado, a faca em mãos apesar de ter avistado apenas alguns necrosservos a distância. Nenhum a abordou com as costumeiras cartas. Ela se perguntou se Kaine também entendera que eles deveriam continuar usando o Entreposto.

Helena estava prestes a ir embora quando seu anel ficou quente. Então se dirigiu ao cortiço.

Quando chegou, Ferron estava sentado à mesa, à espera. Foi uma surpresa encontrá-lo sentado do jeito normal, já que estava acostumada a vê-lo sempre sentado com as pernas abertas e a cadeira virada.

Ele a olhou da cabeça aos pés, como se esperasse que estivesse sangrando em alguma parte do corpo outra vez.

— Acho que é hora de treinar você — anunciou ele, assim que Helena fechou a porta.

Ela não disse nada, estava sentindo emoções demais para sequer começar a nomeá-las.

Então Ferron estava de volta, sem nenhuma explicação, depois de ter desaparecido por mais de um mês. Depois de deixá-la suportar sozinha o fardo de ser considerada um fracasso, castigada por desperdiçar recursos em uma iniciativa que não deu certo.

Crowther fora contundente. Embora as mensagens chegassem a cada quatro dias, Kaine transmitia apenas as informações que queria. Não podiam solicitar nada. Era ele quem decidia tudo, por quanto tempo quisesse.

Confiar em Kaine Ferron era como andar sobre uma camada fina de gelo, sabendo que a qualquer momento poderia ceder.

Helena cerrou os punhos, cravando as unhas na palma das mãos. Estava receosa em falar.

Ele inclinou a cabeça para trás. Seus cabelos escuros entremeados por fios prateados pareciam brilhar.

— Há quanto tempo você trabalha como curandeira?

Ela fez as contas em silêncio.

— Pouco mais de cinco anos.

— Imagino que esteja ciente do Custo. — Havia uma intensidade ardente em seu olhar.

Helena assentiu.

— Você já se exauriu dessa forma antes?

— Não, foi a primeira vez — respondeu ela, balançando a cabeça. Seus dedos tocaram o lugar onde o amuleto vazio estava pendurado. — Antes eu... lidava melhor com isso.

— Bom, já é alguma coisa. — Ele se levantou. — O que disseram para você? Imagino que o Falcão ou os Holdfast tenham explicado.

Ela desviou o olhar para a janela.

— A vitamancia é uma corrupção da ressonância, tornando o alquimista capaz de usar tanto a vitalidade quanto a energia da própria ressonância. Acontece quando uma alma inviável se nutre roubando a vida de outra. Almas assim só podem ser purificadas por meio de uma vida de abnegação. O Custo é... a penitência. Abrir mão do que foi roubado.

A boca dele se curvou em um sorriso de escárnio.

— Isso. Você mencionou que sua mãe morreu quando você era pequena.

Helena confirmou com a cabeça, em silêncio, sentindo o sangue gelar. Ainda não tinha processado a morte do pai quando Ilva a mandara para Matias, na época um Picanço.

Ele contara que ela fora a causadora da morte dos pais.

A doença misteriosa da mãe, diagnosticada como um tipo de síndrome consumptiva, fora o Custo. Não porque a mãe era vitamante, mas porque, desde o momento de sua concepção, a existência perversa e corrupta de Helena sugara a vida dela mesmo dentro do útero e roubara todos os seus anos de vida, exceto aqueles sete.

Vitamantes eram parasitas por natureza que apodreceriam e arderiam por toda a eternidade se não se arrependessem e se purificassem, abrindo mão de cada gota de vitalidade tomada.

A cabeça de Helena latejava com a ideia. Lembrou-se de todos os anos cuidando da mãe, vendo o pai tentar uma cura atrás da outra, endividando a família para comprar remédios caros, quando, na verdade, era ela a culpada de tudo.

— Então... — disse Ferron lentamente, se aproximando devagar. — Como penitência, você usa sua vitalidade para salvar... qualquer um que lhe mandem salvar?

Helena desejou que ele parasse de falar.

— Quero mostrar uma coisa para você. — Ele parou diante dela. — Me dê sua mão.

Helena estendeu a mão esquerda, relutante.

Ferron a pegou, e ela mal teve tempo de assimilar o que estava acontecendo antes que a ressonância dele percorresse seu braço até o peito. Helena sentiu um puxão.

Foi como se tivesse sido empurrada para a frente, como se a ressonância dele tivesse formado um gancho dentro dela, tentando arrancar sua alma. Mas de repente um rebote de energia a cortou e a ressonância de Ferron voltou para ele rapidamente.

Helena sentiu os dedos queimarem quando ele a soltou, quase caindo para trás.

— O que você fez...? — Ela mal conseguia falar. Dobrou o corpo para a frente, sentindo ânsia de vômito.

Ferron flexionou a mão como se ardesse.

— Eu tentei tirar sua vitalidade à força. Sentiu alguma coisa?

Helena levou a mão ao peito, tentando apagar a sensação terrível de solavanco que parecia tomar conta de seu corpo.

— Acho que... doeu?

— Não funcionou — respondeu Ferron. — É impossível tirar vitalidade à força dessa forma. Se fosse tão fácil... — Seu tom era de desdém. — Morrough mal se interessaria por esta guerra. Tente você mesma agora.

Helena se afastou da mão estendida de Ferron.

— Não, obrigada. Já entendi.

A expressão dele enrijeceu.

— Não preciso que entenda, preciso que ouça. Você está sendo movida pela culpa por crimes que não cometeu, por achar que merece sofrer, e isso está fazendo com que se torne um risco para mim.

Óbvio, era tudo por interesse próprio. Como sempre.

— Pegue minha mão — ordenou.

Helena segurou a mão dele sem entusiasmo.

— Você sabe qual é a sensação da sua vitalidade quando a usa. Tente sentir a minha.

Ela lançou um olhar atravessado para Ferron.

— Você não é exatamente normal.

A garota concentrou a própria ressonância, não apenas para tentar decifrar a fisiologia dele, mas em busca da centelha de vida dentro de Ferron. Mas não era uma centelha, e sim um pequeno sol.

Era como ser arremessada contra Lumithia em plena Ascensão, um arder frio que penetrava seus dentes e ossos.

Tentou ignorar aquela sensação e puxar a vitalidade de Ferron para si, mas não tinha ideia de como fazer isso. A cura, quando exigia o uso de vitalidade, funcionava no sentido oposto, empurrando, cedendo. Ainda assim, ela se lembrava da sensação quando Kaine tentou e buscou imitá-la.

Helena concentrou a ressonância na direção do arder avassalador e tentou puxá-lo, mas isso resultou em um recuo imediato. Sua ressonância ricocheteou como um elástico após ser esticado. Quando relaxou, viu um curioso semblante de divertimento no rosto de Kaine.

Ela engoliu em seco, confusa.

— Mas... Se isso é verdade, por que minha mãe morreu? Se não fui eu quem tomei a vitalidade dela?

Ferron respirou fundo.

— Meu pai buscou tratamento para minha mãe antes de eu nascer. Um vitamante que trabalhava para eles desconfiava que ela tinha um grau latente de vitamancia e não percebeu que usar vitalidade não era necessário. — Ele não a encarava. — Talvez seu caso seja semelhante.

Ao ouvir essas palavras, Helena sentiu como se parte de um peso imenso tivesse sido retirado de suas costas. Talvez a morte da mãe não tivesse sido por uma ação dela, embora ainda fosse por sua culpa. Ela soltou um suspiro trêmulo, incerta se podia acreditar naquilo. Por que Kaine decidira contar isso? Por que se importaria com a culpa que carregava?

— A vitalidade é uma coisa curiosa — explicou ele, afastando-se. — Não é preciso muito para feitos como necromancia ou cura. Se fosse, os necromantes não seriam uma ameaça e você teria morrido depois de uma semana como curandeira. Mas o interessante é que, se eu fosse um necrosservo, você poderia ter tomado minha vitalidade. A reanimação não se liga inteiramente a outros corpos, apenas revive um cadáver. Bennet daria tudo para ser capaz de transferir almas entre corpos vivos, mas ele sempre acaba os matando. — Kaine arqueou uma sobrancelha. — Entende aonde quero chegar?

— Não.

Ele fez um gesto com a mão e, apesar de estar do outro lado da sala, a tranca se abriu e a maçaneta girou. Helena ficou apavorada quando viu um necrosservo entrar pela porta.

— Ferron! — exclamou ela, recuando e esbarrando em nele.

Ele moveu o corpo atrás dela, e quando Helena tentou se afastar do necrosservo que se aproximava, Ferron a agarrou pelos ombros, segurando-a no lugar.

Ela tentou afastá-lo com um pontapé, o coração acelerado.

— Me solte! Me solte agora!

— O objetivo não é destruí-lo e você não vai atacar. Quando ele chegar perto, vai tomar a vitalidade que o reanima.

— Você enlouqueceu?

Ela tentou se afastar de novo, mas Ferron a pegou pelo pulso e a empurrou, fazendo-a encostar no peito do necrosservo.

Era um homem que aparentava ter por volta de quarenta anos. Tinha morrido alguns dias antes de ser reanimado. Não se via nenhuma lesão em seu corpo, provavelmente o ferimento que o havia matado se escondia sob suas roupas, mas o cheiro o denunciava. Os olhos dele eram vidrados, a parte branca estava amarelada e a pele era rígida.

— Sinta a energia — disse Ferron em voz baixa.

As mãos dele eram quentes nos ombros de Helena, ao mesmo tempo a apoiando e a prendendo.

Ela nunca tinha tocado um necrosservo com ressonância dessa forma, nunca tinha experimentado a dissonância da vida e da morte entrelaçadas. Havia um coração batendo preguiçosamente, um sangue sem oxigênio se arrastando pelas veias. Não era vida; era apenas energia.

Os vivos vibravam, mas o necrosservo estava morto. Era como um choque elétrico em um cadáver animal para que o organismo funcionasse.

— Está sentindo? — perguntou Ferron.

Helena respondeu com um aceno trêmulo de cabeça.

— Então pegue.

Ela fechou os olhos e puxou. Foi como arrancar uma planta da terra. A energia se soltou e um choque de força subiu por seu braço.

Um clarão prateado tomou o mundo como se ela tivesse explodido e se reconstituído instantaneamente.

Ao longe, Helena ouviu o baque abafado do necrosservo caindo no chão.

Ela piscou várias vezes e, no momento seguinte, viu Ferron ajoelhado ao lado do cadáver.

Ele tocou a mão do morto, que se levantou e saiu da sala.

Ainda ajoelhado, Kaine a olhou.

— Se for atacada por necrosservos de novo, não desperdice sua energia, apenas tome a reanimação deles. — Ele desviou o olhar. — Talvez isso também amenize o Custo.

Helena não disse nada. Ainda se sentia agitada.

— Eu não sabia que vitamantes conseguiam fazer isso — afirmou ela, tentando organizar os pensamentos.

— Acho que a maioria não consegue — respondeu Kaine, levantando-se. — Só animantes.

A resposta foi tão casual que Helena demorou um instante para processá-la. Ela lançou um olhar intenso em direção a Ferron.

— Como percebeu? — perguntou.

Um sorriso contido surgiu no rosto dele.

— Foi um palpite.

Ela ruborizou.

— Tive a impressão de que você pegou o truque da memória muito depressa. — Ele endireitou a postura. — Agora que você não corre o risco de desmaiar com um pouco de transmutação básica, quero vê-la em combate.

O estômago de Helena se revirou. Já podia sentir o julgamento iminente.

— Já faz um tempo que não treino — explicou, procurando a faca na bolsa. Como estava bem no fundo, foi preciso afastar vários maços de ervas e esfagno para alcançá-la. — Nunca fui muito boa em combate. Segui o caminho acadêmico.

— Eu também — respondeu Ferron, olhando-a com certa provocação. Havia um brilho prateado sob os cílios dele. — Você deveria estar usando essa faca no corpo. Duas delas, aliás. Não pode perder tempo mexendo nessa sua bolsa.

— Duas facas atrapalhariam minha vitamancia.

Ele ergueu as sobrancelhas.

— Com necrosservos, sim, mas não se estiver lutando contra um Imortal. Ou uma quimera.

Helena olhou para ele.

— Eu não poderia usar a vitamancia nesses casos?

— Se *você estiver* à distância de um toque, já estará morta. Você não se regenera. Para sobreviver, precisa ficar afastada.

Ela analisou a faca em sua mão. Era pesada, o que a incomodava, assim como todo o resto.

— Uma faca não me dá muito mais alcance do que já tenho. E se eu estiver andando por aí armada é mais provável que me notem. O mais seguro é ser confundida com uma civil. Os necrosservos geralmente os deixam em paz.

— Não mais. Com as perdas este ano e agora que a Chama Eterna controla toda a Ilha Leste, não há mais civis. Qualquer um na ilha, ou em qualquer outro lugar sem os documentos corretos, é um inimigo e deve ser tratado como tal.

A boca de Helena ficou seca.

— Qualquer um?

— Homem, mulher ou criança. Quando a Chama Eterna estava perdendo território, os Imortais podiam ser misericordiosos, mas o objetivo agora é a erradicação.

Helena estava familiarizada com as formas de combate. Na teoria.

Também as praticara, mas fazia muito tempo.

Depois de uma breve observação, Kaine pareceu chegar à conclusão de que ela era a combatente mais incompetente que já vira, então começou a ensiná-la do zero, treinando repetidamente até a perfeição.

Depois de ele ter sido relativamente cortês em relação à animancia, Helena não estava preparada para o quanto seria impiedoso em relação ao combate. Ferron era cruel demais. Talvez fosse melhor ser perseguida pela sala enquanto alguém atirava móveis contra ela.

— Duvido que isso vá me salvar de qualquer coisa — concluiu Helena depois de uma semana de treino, incomodada com o próprio suor.

Seu braço estava trêmulo quando ergueu a faca sobre a cabeça pela centésima vez e canalizou sua ressonância, alterando o comprimento e a curva da lâmina.

— Se você não consegue dominar o básico, não vai sobreviver a nada.

Então ela sentiu o impacto de uma bota contra sua lombar.

Com um grito de susto, Helena mal conseguiu se esquivar para não dar de cara com a parede. Em um movimento ágil, girou para encará-lo e sua faca se curvou instintivamente.

Sua coluna estava latejando. Com um pouco mais de força ele poderia ter causado uma fratura.

— Que porra foi essa, Ferron?

— Ah, pelo visto voltamos aos sobrenomes — respondeu com frieza.

— Isso. Doeu. — Ela cerrou a mandíbula e tocou as costas com cuidado. Sua ressonância estava prevenindo o inchaço.

— Então fique atenta. Não estou treinando você para fazer uma prova escrita. Acha que estar em combate significa ficar parada vendo quem transmuta melhor? Você nunca sabe o que está por vir. Deve usar a ressonância para prever ataques. Se me deixar chegar perto a ponto de conseguir golpeá-la, é o que vou fazer. Continue.

Ela negou com a cabeça, ainda com a mão nas costas.

— Continue — repetiu Ferron.

Ela balançou a cabeça outra vez, recusando-se a se mover.

A expressão de Ferron se tornou mais sombria.

— Falei para continuar.

— Eu *não sou* como você — disparou ela, furiosa. — Se você me machuca para me ensinar algo, preciso de tempo para me recuperar. E quando fico exausta, cometo mais erros. Não vou ficar aqui esperando você me machucar até se dar conta de que um ferimento bobo para você pode me deixar paralisada. Teve sorte de isso não ter acontecido agora.

Os lábios de Ferron empalideceram.

Helena se virou e guardou a faca na bolsa.

— Isso não é um treinamento de combate — disse ele quando ela já estava na porta. — Você vai acabar morta se não aprender a se defender. Esta é a única forma de sobreviver.

— Bem, seja lá o que isso for, você é um péssimo professor — retrucou ela, batendo a porta ao sair.

CAPÍTULO 41

Octobris, 1786

A guerra sempre avançava devagar, mas, com a chegada do outono, se tornou ainda mais lenta. Os dois lados tinham conquistado territórios equivalentes. Os portos faziam uma diferença significativa na força da Chama Eterna, mas não havia um caminho claro para a vitória. A Ilha Oeste era ainda mais verticalizada do que a Leste, as torres e os prédios interligados e conectados tornavam quase impossível retomá-la sem correr o risco de sofrer perdas em massa.

O equilíbrio atual acontecia graças a Kaine, mas era uma situação delicada já que ele poderia simplesmente parar ou, pior, apunhalá-los pelas costas.

Quando ele reapareceu, a pressão de Ilva e Crowther se multiplicou, mas Helena não sabia como progredir. Kaine estava sempre com raiva e alerta perto dela, e seus métodos de treinamento ofereciam pouca abertura, apesar de ter ficado nitidamente mais cuidadoso para não a machucar outra vez.

Sob o olhar exigente dele, Helena aprendeu a expandir a própria ressonância até que preenchesse o ar ao seu redor, prevendo os ataques antes que ocorressem de fato.

— Até que enfim — disse ele quando ela finalmente conseguiu bloquear um golpe e imediatamente o atacou.

Foi o mais próximo de um elogio que já recebera dele.

Helena se apoiou na parede, ofegante. Os músculos de seus antebraços e bíceps estavam rígidos e doloridos por conta de todas as transmutações de metal que fizera repetidamente. A ressonância fazia seus nervos doerem e o cérebro zumbir.

Não era de se admirar que Lila sempre voltasse tão tensa.

Ela flexionou as mãos.

— Você precisa de uma faca melhor. Essa liga está errada, está atrasando você.

Helena desviou o olhar. Estava chovendo lá fora e a água escorria pelas janelas. A sala estava tão quente que pareceu uma boa ideia sair e se molhar na chuva fresca de outono.

— Meu cargo não me permite pegar uma melhor que esta — respondeu Helena.

Os metalurgistas da Resistência tinham anos de projetos na fila: ferramentas, armas básicas, equipamentos de rapel, armaduras, próteses, sem falar na expectativa de que inventassem coisas novas à medida que a guerra avançasse. Sem o Instituto para treinar novos metalurgistas, os que já existiam eram vistos como um recurso essencial. A geração que deveria estar aprendendo o ofício estava em combate ou já tinha morrido. Armas padrão era o que todos na Resistência conseguiam. Se não soubessem lutar com aquilo, não poderiam lutar como alquimistas.

Conseguir armamento personalizado, armas forjadas sob medida para a ressonância e estilo de cada um — o tipo de arma versátil e muito leve que quase não exigia esforço de transmutação e da qual seria difícil se defender —, era apenas um sonho distante para os alquimistas em combate.

— Como assim? Você não é um membro da Chama Eterna?

— Sou — respondeu ela, baixinho.

— Pensei que isso fizesse parte do pacote. Você jura sua vida para um monte de ideais religiosos tolos e recebe uma arma valiosa em troca.

Helena encarou os próprios sapatos.

Antigamente, era assim mesmo. As armas eram entregues após uma cerimônia de votos, uma ferramenta profundamente simbólica para capacitar os membros da ordem a guardar os ideais que tinham jurado defender.

Mas Helena entrara na ordem logo após a morte do Principado Apollo. Muitas pessoas se alistaram naquela época. Ela tinha dezesseis anos, estava no treinamento básico. Novos membros que entravam imediatamente em combate tinham prioridade, enquanto Helena sequer sabia qual era o melhor tipo de arma para ela.

Aquelas portas se fecharam quando se tornou curandeira. Armas eram para os que estavam nas linhas de frente. Ela não estava nem nunca estaria.

— Há coisas mais importantes para se fazer do que produzir uma arma especial que eu mal usaria.

— É uma necessidade imediata agora. Seis anos já se passaram. Está mais do que na hora — declarou Ferron. — Quantas espadas e armaduras Holdfast tem?

A pergunta a irritou.

— Luc luta nas linhas de frente.

Kaine soltou um riso de deboche.

— Com fogo. Arranje uma faca melhor.

Ela voltou com a mesma faca.

Kaine atravessou a sala de forma assustadoramente veloz assim que viu Helena sacar a arma. Ele se pôs bem na frente dela e arrancou a faca de sua mão.

— Por que ainda está com isso? — repreendeu ele. — Eu mandei arranjar outra.

Helena tentou pegar a faca de volta.

— Não posso simplesmente solicitar uma nova arma. As pessoas são avisadas semanas antes dos testes, chamaria a atenção se de repente eu tivesse prioridade. — Ela encarou Kaine e recitou palavra por palavra: — "Sua solicitação foi negada. Isso levantaria muitas perguntas."

Ferron parecia estar prestes a esganá-la. Ele levantou a mão como se fosse atirar a faca pela janela, mas respirou fundo para se acalmar e largou a faca na mesa.

— Então me diga qual é sua liga de ressonância.

— O quê?

Seu olhar se tornou mordaz.

— Pelo menos isso você consegue fazer?

— Sim... mas... — respondeu, atordoada.

— O que foi?

Fora da Chama Eterna, armas personalizadas eram extremamente caras, por isso uma arma era uma grande honra. Especialmente durante a guerra, quando a maioria dos metalurgistas que não lutava por nenhum dos lados tinha fugido de Paladia e levado seus talentos valiosos para países mais seguros. Helena olhou para Ferron sem dizer nada até que ele desviou o rosto.

— Pode... considerar isso um agradecimento por ter curado minhas costas.

Ela aproveitou a oportunidade.

— A cicatriz... se formou direito? Eu voltei para examinar você, mas...

— Está tudo bem — respondeu ele, severo, a postura rígida. Estava com o rosto virado para o outro lado, então só era possível ver sua mandíbula. — Não estou sentindo praticamente nada.

Helena respirou fundo.

— Que bom. Eu estava com medo de que algo tivesse dado errado, pensei que você não tinha vindo por isso...

Ferron girou na direção dela.

— Não é da porra da sua conta.

Ela recuou, surpresa.

— Eu só quis dizer que...

— Vê se me erra, Marino. — A voz dele era terrivelmente suave. — Não sou seu bichinho de estimação. Não preciso de você.

Antes que ela pudesse responder, Kaine puxou um envelope de um bolso interno e o colocou sobre a mesa ao lado da faca, então foi embora.

Helena guardou a faca no bolso externo da bolsa e saiu também, vigilante até passar pelo primeiro posto, depois diminuiu a velocidade, ignorando a chuva.

O que ele dissera sobre a matriz? Que não anulava seu comportamento, mas introduzia novos traços. Que era mais fácil para ele ser cruel, e mais difícil resistir a impulsos e ao que desejava.

Ela passara tantas noites olhando para aquilo que a imagem pairava diante de seus olhos mesmo quando estavam fechados.

Astucioso, Calculista, Dedicado, Determinado, Impiedoso, Infalível, Irredutível e Resoluto.

O que Ferron foi forçado a fazer não fora informado, foi deixado a seu critério. Sem dúvida ele se achava esperto ao conseguir essa brecha.

Mas Helena foi quem a aproveitou.

Recusar o pedido de Kaine por uma nova arma tinha sido um teste. Ilva e Crowther queriam ver o que ele faria ao ouvir uma negativa. A desculpa até fazia sentido, mas os dois queriam obrigá-lo a mostrar as próprias cartas, e assim ele o fez.

Helena estava tendo um bom progresso.

Deveria estar orgulhosa, mas só conseguia pensar na traição e no quanto aquela situação era perigosa.

Quando se deu conta, tinha ido parar no jardim de chuva. O riacho estava cheio, transbordando pelas margens, e a água corria ao redor do pedestal de Luna. Apesar disso, mesmo meses depois, sua pilha de pedras continuava de pé. Todas as preces de Helena foram recusadas.

Ela quase as derrubou de raiva.

Olhou para os prédios ao seu redor, deixando a chuva molhar seu rosto. Às vezes ainda se surpreendia com a beleza da cidade.

Mesmo com a tempestade, os edifícios reluziam.

Observou o santuário abandonado outra vez.

Kaine não parava de falar em "sobreviver". Era o único objetivo. Ela não estava aprendendo a lutar para vencer, mas para escapar. Como se fosse uma presa.

Se tivesse que lutar com Kaine, morreria. Por mais que suas habilidades fossem semelhantes, ela não seria capaz de matar alguém.

Helena abriu um sorriso amargo ao pensar nas diferenças entre os dois. Sua contagem de corpos era a representação de seus fracassos, todas as vidas que não salvara, todas as vezes em que fracassara.

Para Kaine, era um sinal de poder. Suas vítimas, até mesmo o Principado Apollo, eram o que o tornava tão valioso.

Eles eram o oposto um do outro. Uma curandeira e um assassino, circulando lentamente um ao outro, o impulso e a atração inevitáveis.

Depois que a Resistência restabelecera o controle da ilha, a base de operações foi expandida. O Quartel-General continuou defensável, mas forçar unidades de combate e expedições de suprimentos a percorrer a ilha inteira era perda de tempo e de recursos. Havia uma base de comando secundária e um hospital perto dos portos. A Enfermeira-chefe Pace trabalhava para fazê-lo funcionar.

Isso significava que Luc passava muito tempo fora. Até mesmo Crowther ficava ausente com frequência.

Helena foi até Ilva, que nunca saía do Quartel.

— E então? — perguntou ela quando a garota entrou em seu escritório.

— Ele perguntou qual é a minha liga — contou Helena, sentando-se em frente à mesa e entregando o envelope. — Disse que vai cuidar disso.

Ilva olhou para Helena. Seus olhos azuis brilhavam.

— É mesmo?

A garota olhou para as próprias unhas. Estavam sujas e sua pele estava manchada de verde devido às ervas.

— Ele disse que seria um agradecimento por tê-lo curado.

— Com certeza. — Havia um tom de sarcasmo na resposta da mulher.

Helena mordeu o lábio. Odiava reuniões como aquela, em que revelava todas as conversas e interações dos dois, expondo as palavras de Kaine, seus trejeitos ou a falta deles. Tudo para que Ilva ou Crowther o dissecassem como se numa espécie de vivissecção emocional, identificando fraquezas e vulnerabilidades para que Helena pudesse voltar e tentar explorá-las com mais precisão.

— Mais alguma coisa?

Ela olhou para cima e viu que Ilva a observava atentamente. A rispidez tinha diminuído depois de Kaine voltar a treiná-la. Agora que Helena tinha utilidade, pareciam ter tempo para ela de novo.

— Pelo andar da carruagem, acho que não devemos descartar a possibilidade de que Ferron possa me matar.

Ilva se endireitou, franzindo os lábios finos. Quando falou, havia uma aspereza inesperada em sua voz.

— Está pedindo para ser retirada da operação, Marino?

Helena sentiu um aperto no peito ao negar com a cabeça.

— Não. Precisamos das informações. Eu só... gostaria de saber o que devo priorizar. Elain provavelmente é a melhor escolha para me substituir, mas ainda há muito conhecimento médico básico que ela precisa aprender, sem falar em algumas técnicas de cura mais avançadas que ela tem medo de executar. E ela não é tão focada. Acho que o Conselho precisa apontá-la oficialmente como minha substituta para que eu possa pressioná-la um pouco mais.

— Vou falar com Jan e dar uma olhada nos relatórios do hospital. Se puder fazer uma lista de áreas com menos pessoal, seria útil.

— Tudo bem. — A resposta foi mecânica e automática. Então um pensamento ocorreu à Helena. — Shiseo é metalurgista. Posso pedir para que ele teste a ressonância da minha liga?

Ilva tossiu.

— Se quiser.

Quando se levantou e foi até a porta, Ilva a chamou.

— Helena. — Sua expressão era indecifrável. — Qual é sua atual estratégia com Ferron?

Helena ficou em silêncio por um instante, sentindo-se cansada. Não conseguia se lembrar da última vez em que não se sentira assim. Ela se recostou na porta, usando-a de apoio.

— Acho que... ele me deseja. O tratamento da matriz mudou as coisas entre nós, mas ele sabe o que estou fazendo. — Ela engoliu em seco. — Ele trata as coisas com certa obsessão. Acho que sempre foi assim, a matriz só intensificou esse traço. Se tudo correr conforme o planejado, isso vai ser bom para nós. Acho que ele nunca vai abandonar a Chama Eterna. Ao que parece, determinação é fundamental para Kaine, e ele sabe que a minha depende da sobrevivência da Chama Eterna. Mas... considerando até onde ele está disposto a ir pelo que quer, eu diria que é possível que ele destrua qualquer coisa que esteja em seu caminho. Inclusive a mim.

Ilva ficou em silêncio, encarando Helena.

Ela se sentiu exposta, como se tivesse sido esfolada e estivesse sob observação.

— Ou talvez eu esteja vendo coisa onde não tem.

Ilva baixou os olhos para a mesa, pegando um peso de papel de vidro e rolando-o nas mãos.

— Você fez muito mais do que eu esperava.

Isso deveria fazer Helena se sentir melhor?

Parada ali, pensou que deveria sentir alguma coisa, mas, em vez disso, seu coração parecia estar se comprimindo, ficando menor e mais rígido a cada dia. Antes, ela achava que tinha muito para dar e que isso jamais se esgotaria. Mas agora sentia-se como um jarro vazio, pairando acima de uma xícara impaciente que aguardava sua última gota.

— Eu não... — começou ela, mas se calou e começou a girar o anel em seu dedo. — Acho que ele está se sentindo sozinho.

Ilva se endireitou, parecendo crescer vários centímetros em seu assento.

— Espero que não esteja se apegando, Helena. A Chama Eterna depende do seu foco nesta missão. Se acha que não é capaz, deve nos comunicar.

Helena negou com a cabeça, arrependida de ter aberto a boca.

— Jamais. A Chama Eterna sempre terá minha lealdade.

A expressão da outra mulher continuou desconfiada.

— Sabe, eu só posso manter Luc e seu grupo longe das piores batalhas se soubermos quais serão.

O coração de Helena martelou no peito.

— Eu sei — disse ela com a voz embargada. — Estou fazendo tudo o que posso. Nunca vou fazer nada que possa colocar Luc em risco.

A postura de Ilva se suavizou.

— Tudo bem, então. Pode ir.

Ela acenou com a mão em um gesto de despedida, voltando a atenção para os arquivos sobre a mesa. Helena deu uma risada fraca.

— Acabo de perceber que, se eu tiver êxito, vocês vão controlar Ferron da mesma forma que usam Luc para controlar a mim. Isso me faz até sentir um pouco de pena dele.

Ilva não a encarou ao responder:

— Bom, ele vai merecer isso mais do que você merece.

CAPÍTULO 42

Octobris, 1786

Shiseo pareceu surpreso quando Helena pediu que ele testasse sua ressonância para uma liga de arma.

— Você não sabe? — perguntou ele enquanto ajustava a temperatura de um alambique.

— Nunca tive a oportunidade de descobrir — explicou ela, tentando fazer com que o pedido soasse casual.

Shiseo era excelente no que fazia, mas extremamente reservado. Nunca falava de si mesmo ou do Império do Leste, exceto quando era algo relacionado ao trabalho.

— Tudo bem se você não puder — acrescentou ela. — É só curiosidade.

Shiseo pareceu refletir. Sua expressão era ainda mais indecifrável do que a de Kaine.

— De onde você vem mesmo?

Helena respirou fundo, e seus dedos deslizaram sobre o livro de medicina que estava lendo. Ela tivera uma ideia para um estimulante injetável para emergências caso um coração precisasse de estímulo intenso, mas não estava segura em relação à composição que desenvolveu.

— Etras. Fica no Sul, é um arquipélago entre os dois continentes. Não temos muitos alquimistas por lá, já que não existe muito metal nem lumítio.

— Por isso veio para Paladia?

Ela assentiu sem encará-lo nos olhos.

— Meu pai achava que meu repertório era especial demais para ser... desperdiçado em Etras.

Shiseo murmurou alguma coisa e acenou com a cabeça.

— Posso trazer meus instrumentos para testar você, mas gostaria de pedir um favor, se me permite.

Helena se endireitou, olhando para ele com curiosidade.

— Claro.

— Os metais no sangue daquela mulher alguns meses atrás… Posso tentar identificá-los?

Ela sentiu a boca seca com a menção à Gettlich. Não sabia que Shiseo estava ciente dos detalhes dos experimentos, muito menos que havia notado algo incomum sendo analisado. Vários metalurgistas tentaram e não conseguiram identificar todos os metais e compostos encontrados nas amostras de sangue.

— Ouvi dizer que alguns não foram identificados — completou Shiseo com a mesma expressão suave de sempre.

— Vou solicitar uma amostra.

Quando o metalurgista retornou ao laboratório de Helena, trazia consigo uma pequena maleta de frascos de vidro com compostos e metais puros, rotulados com uma letra que Helena não conseguia entender.

— Estes são metais paladianos comuns — explicou Shiseo, apontando para o frasco mais próximo. Depois apontou para a segunda e terceira fileira de compostos. — Estes são um pouco mais raros. Vamos ver.

Depois de tirar um frasco de cada vez, Helena usou sua ressonância para manipulá-los e transformá-los em esferas ocas enquanto ele cronometrava. Em seguida, Shiseo usou seu próprio repertório notavelmente rico para dividi-las em quatro partes e examinar a uniformidade da distribuição e a ordem da estrutura, classificando cada aspecto em um gráfico.

Se alguns tinham nota mais baixa do que outros, havia uma fórmula matemática para calcular o nível necessário de emanações de lumítio para equilibrar a ressonância da liga em potencial a fim de corresponder ao nível básico do alquimista.

— Você tem um repertório interessante — comentou ele em voz baixa, pegando um frasco da terceira fileira. — Muito incomum. E é bastante detalhista. Me surpreende que não seja metalurgista.

— Eu não sabia direito o que fazer — respondeu ela, entregando outra esfera para que fosse avaliada. — Eu tive a impressão de que, independentemente do que eu escolhesse, alguém ficaria decepcionado. Todo mundo… — Ela começou a mexer os dedos, mas se deteve e cruzou as mãos. — Todo mundo tinha grandes expectativas para mim, mas eu nunca soube muito bem o que queria. — Helena deu de ombros. — O que provavelmente foi bom, já que, no fim das contas, não faria diferença.

Shiseo não respondeu. Estava lendo as próprias anotações, depois olhou para ela, notando as mãos cruzadas.

— Não acho que uma arma de aço combinaria com você.

— Como?

Sua ressonância de aço e ferro era excelente. Não havia razão para que ela não se adaptasse a uma liga de aço, era nisso que a maioria dos metalurgistas se especializava. Quase todas as armas em Paladia eram de aço.

— Você é muito boa com titânio. Conheci o Mestre da Guilda de titânio e nem o trabalho dele era tão perfeito. — Ele pegou um pedaço do trabalho em níquel dela, analisando-o também. — Já experimentou usar uma liga de níquel e titânio?

Ela balançou a cabeça.

— Seria uma arma melhor para você. Levíssima. Com aço, você estaria desperdiçando sua força.

— Isso não é para uma arma — respondeu Helena prontamente. — É só... por curiosidade.

Shiseo estalou a língua.

— Bem... se quisesse uma arma, eu a aconselharia a escolher uma liga de níquel e titânio. Não se limite aos costumes dos paladianos.

Helena não conseguia se imaginar dando a Kaine Ferron, herdeiro da guilda de ferro, uma liga de ressonância sem ferro algum. Titânio e níquel talvez nem estivessem no repertório dele. Ela estaria pedindo uma arma que ele não seria capaz de sentir ou transmutar. Soaria como uma ameaça.

Depois de certa insistência, Shiseo finalmente concordou em anotar a liga de aço também.

Ela quase jogou fora a recomendação da liga de titânio, mas Crowther disse que Helena deveria incluí-la só para ver o que Kaine faria.

Elain não recebeu novos treinamentos.

Quando Helena tentou solicitar sessões de treinamento adicionais e uma expedição semanal para coleta de ervas medicinais, Elain fez uma queixa formal para o Falcão Matias, dizendo que estava sobrecarregada e que nunca tinha concordado em ser boticária. Matias não só ficou do lado de Elain como também quis saber como e por que Helena era boticária e quem aprovara tal coisa.

Uma moratória foi imposta ao trabalho de Helena e, quando se deu conta, o laboratório não era mais dela, mas de Shiseo. Ilva a nomeou como assistente, o que significava que ficaria encarregada de cumprir tarefas menores e buscar suprimentos nos pântanos para ele.

Eram apenas detalhes técnicos e aquilo certamente era melhor do que ser banida da quimiatria, mas ainda assim foi um golpe doloroso.

A única coisa que a consolava era a expectativa de receber uma faca personalizada. Tinha dado a liga para Kaine, mas ele não fizera nenhum comentário.

Era difícil moderar suas expectativas. Sempre que usava qualquer tipo de ferramenta ou arma, Helena se perguntava qual seria a sensação de manusear algo feito para ressoar especificamente com ela. Lila tratava suas armas como filhos, dava nomes, passava horas cuidando delas e garantindo que estivessem em perfeitas condições. Fazia o mesmo com sua prótese e sua armadura. Quando esses tipos de ferramentas eram personalizados nesse nível, tornavam-se uma extensão da pessoa que as usava.

Mas semanas se passaram e Kaine não fez nenhuma menção à faca, então ela resolveu que não ia mais pensar nisso para não sentir uma pontada de decepção toda vez que o via.

Ele finalmente decidiu que Helena apresentara um desempenho "razoável", e eles passaram a treinar ataques e técnicas específicos para suas habilidades.

— Ainda está fazendo errado — repreendeu ele, levantando-se para se aproximar. — Mire nos tendões. Comece de baixo. Calcanhar esquerdo, depois parte interna da coxa direita. Seu oponente vai cair e sua lâmina vai estar livre para atravessá-lo por baixo da mandíbula e sair do outro lado do crânio. E esse é o momento em que você golpeia o peito dele e arranca o talismã.

Kaine mostrou como se fazia mais uma vez, mas ela continuou deixando a faca cair. O ataque não era complicado, mas o manuseio da faca tinha que ser feito com a mão esquerda para que a mão direita pudesse realizar a transmutação humana no final.

Três transmutações em segundos com a mão não dominante era um verdadeiro teste de coordenação.

Kaine se posicionou atrás dela. O fato de não poder vê-lo fazia Helena se sentir muito consciente da proximidade dos dois. Houve uma hesitação antes de as mãos dele envolverem as suas, os dedos roçando a parte interna de seus pulsos, as costas dela contra o peito dele.

Ela podia senti-lo por meio da própria ressonância e, mesmo que não o tocasse diretamente, estava tão concentrada nesse fluxo constante, que uma parede de energia se formou ao seu redor. Tentou bloqueá-lo, mas estava cansada demais.

Os braços de Kaine tocaram os dela ao guiá-la para uma investida baixa, a mão esquerda de Helena se inclinando para golpear um tendão, depois transmutando a faca em uma lâmina curva e, em seguida, com um movimento rápido para cima, em uma lâmina de ponta reta para cortar o tendão da outra perna. Então, em um único movimento do punho para o alto, a faca se expandiu em uma ponta mortal com o objetivo de causar o maior dano cerebral possível. Como último gesto, Kaine empurrou a outra mão de Helena para a frente em um soco violento no ar. Com sua ressonância, ela conseguiria atravessar o osso e encontrar o talismã.

— É um único movimento — explicou Kaine, falando perto do ouvido dela. Helena sentiu um arrepio. Mal conseguia ouvir o que ele dizia em meio aos batimentos cardíacos acelerados. — Seja rápida e atinja o máximo de pontos que conseguir. O tendão é a melhor maneira de detê-los. A facada no cérebro vai fazer com que fiquem inconscientes por, no mínimo, alguns segundos, depois vai deixá-los desorientados. Mesmo que você não pegue o talismã, seu oponente não vai se recuperar de imediato porque a regeneração se concentra no cérebro. Mas se errar o golpe, considere-se morta.

Ele a conduziu pelo movimento mais uma vez, devagar e depois mais rápido para ensinar a investida para cima, que deveria ser fluida e veloz como um raio.

— Agora consegue *sentir*? — perguntou ele, a voz grave no ouvido dela outra vez.

Helena sentiu o calor da respiração de Kaine em sua pele, em seu cabelo. Era impossível se concentrar. Aquilo não estava ajudando em nada. Ela sentia uma pressão angustiante dentro do peito sempre que ele estava perto, algo parecido com desespero, com nadar em direção à superfície sem nunca alcançá-la.

Helena assentiu, trêmula, e Kaine a soltou.

— Mais uma vez.

Quando o sino da Torre tocou, o ar pareceu vibrar. Era um aviso de ataque ou para que os combatentes ficassem a postos. E para que o hospital se preparasse.

As sirenes no corredor começaram a soar em um volume ensurdecedor enquanto Helena corria em direção ao hospital.

— O que sabemos? — perguntou enquanto colocava o avental, tirando as luvas para lavar e esterilizar as mãos.

O que quer que tenha acontecido, fora sem aviso. Geralmente, quando uma batalha importante começava em qualquer lugar, uma mensagem era enviada para o Quartel-General e o hospital se preparava. Daquela vez, as sirenes entraram imediatamente em alerta máximo.

— Nada ainda — respondeu Pace, orientando os médicos. Ela retornara do outro hospital havia apenas alguns dias, completamente exausta, mas não parara trabalhar.

Os auxiliares e as enfermeiras corriam de um lado para o outro, certificando-se de que tudo estava pronto.

O sino continuou tocando.

— Vou até os portões para descobrir o que está acontecendo — avisou Helena.

No pátio, sem as paredes servindo de barreira para o som, sentia o toque do sino da Torre em seu interior, a cadência baixa fazendo seu estômago vibrar.

O som finalmente cessou quando ela chegou aos portões. Havia dezenas de soldados e guardas, todos à espera de ordens. Até mesmo Crowther estava lá, curioso como todos os demais.

— Sabe o que aconteceu? — perguntou Helena para um guarda.

— Emboscada — respondeu ele, sem tirar os olhos do horizonte. — Não sabemos mais do que isso. Duas equipes saíram e não ouvimos mais nada.

Houve uma agitação do outro lado dos portões.

Então ela ouviu Luc, soando completamente fora de si.

— Me soltem! Me soltem agora!

Depois vieram outras vozes.

Gritos de "cuidado" e "segurem-no!" seguidos de um sopro ardente de chamas.

— ME SOLTEM!

Helena não se conteve e correu em direção ao amigo, assim como vários outros.

Houve uma explosão de fogo quando ela saiu e viu quase uma dúzia de pessoas tentando arrastar Luc para dentro. Soren, Sebastian, Althorne e vários outros do grupo o seguravam pelos braços e pelas pernas, tentando prendê-lo no chão. Luc estava desarmado, mas eles não conseguiam arrancar os anéis de ignição de seus dedos. O fogo faiscava, mas de repente desapareceu quando Crowther se lançou para a frente. Sua mão esquerda fez um gesto no ar e apagou as chamas quando ele fechou o punho.

— Marino, apague ele! — gritou Crowther.

— Vocês a abandonaram! ME SOLTEM!

Luc causou uma explosão de fogo branco, atirando chamas em todas as direções, violentas, descontroladas e alimentadas pela ira. Ele se pôs de pé.

Então uma língua de metal atravessou o ar, Althorne jogou o braço para trás e Luc caiu no chão. No mesmo instante, várias pessoas foram para cima dele de novo. O fogo desapareceu.

— Marino! — rosnou Crowther.

Luc se debateu com violência até soltar uma das mãos e lançar labaredas de fogo em todas as direções. O fogo atingiu Crowther e o arremessou contra uma parede com um baque angustiante. Todos ficaram imóveis, inclusive Luc.

— Eu não quis... — balbuciou ele, ainda tentando se soltar. — Só quero que me soltem...

Helena se aproximou depressa.

— Pegaram a Lila — disse Luc, agarrando a mão dela sem hesitar.

Helena o apertou com força, sua ressonância percorrendo o braço dele. A percepção da traição surgiu em seus olhos e então ele caiu, inconsciente.

Os homens que o seguravam no chão o soltaram com cuidado, então Helena se ajoelhou ao lado de Luc e deslizou os dedos sobre a parte posterior de seu crânio para garantir que ele não acordasse.

Luc estava machucado e coberto de sangue. Metade das unhas tinha sido arrancada.

Soren estava caído ao lado de Helena.

— Levem-no para dentro e certifiquem-se de que ele continue inconsciente — comandou Althorne. — Não quero que o garoto acorde até sabermos o que aconteceu com Bayard. E alguém leve Crowther para o hospital.

Havia hematomas escuros em um dos lados do rosto de Althorne e um vergão em sua bochecha como se ele tivesse sido arranhado. Vários soldados se reuniram e carregaram Luc com cuidado para dentro.

Helena ainda estava ajoelhada no chão.

Tinham levado Lila. As consequências seriam terríveis de qualquer forma.

Àquela altura, era possível que Lila já tivesse se tornado uma necroserva. Toda sua proficiência em combate agora seria usada contra a Chama Eterna. Contra Luc. Ou talvez estivesse em um laboratório, sendo usada para experimentos.

— Posso ser dispensado? — pediu Soren em tom engasgado.

Ele olhava para Althorne como se alguém tivesse tirado um pedaço seu. Althorne pousou uma das mãos grandes em seu ombro estreito.

— Até recuperarmos Lila, você é o Primeiro Paladino. Não podemos perder você também.

— Eles levaram minha irmã — disse Soren, olhando para a ilha ao longe. — Tenho que trazer o corpo dela de volta.

— Temos três equipes fazendo a busca. Se ela puder ser salva ou trazida de volta, será. Precisamos rever estratégias e nos preparar. E você precisa proteger seu Principado. Era o que sua irmã gostaria que fizesse.

Uma maca chegou para Crowther, e Helena a seguiu.

No hospital, Elain já estava cuidando de Luc, curando seus ferimentos leves e perguntando se poderia acordá-lo, mas foi enfaticamente proibida de fazê-lo.

Helena se concentrou em Crowther. Purnell, a enfermeira de rosto gentil, correu para ajudá-la. Ele tinha um corte no rosto, mas seu braço paralisado e quebrado na altura do cotovelo era o pior ferimento.

Quando Helena começou a fazer o habitual bloqueio de nervos, descobriu por que o braço dele estava paralisado: havia uma fratura antiga no úmero e, quando ele se quebrou, os nervos radiais foram segmentados. O dano era leve, qualquer curandeiro poderia ter consertado aquilo.

Mas a lesão já era antiga, e a conexão do nervo com o músculo tinha morrido. Helena não sabia ao certo se Crowther conseguiria recuperar totalmente o movimento do braço, mas se recuperasse pelo menos um pouco já seria melhor do que nada. Se aquele dia tinha provado alguma coisa, era que a Resistência precisava desesperadamente de alquimistas de fogo.

Ela curou o nervo segmentado e o cotovelo fraturado.

Tinha acabado de terminar quando ouviu gritos.

— Eles a encontraram! Bayard. Estão vindo para cá!

Um grupo de combate entrou no hospital praticamente correndo com uma maca onde via-se uma mecha de cabelo loiro manchado de sangue. A voz de Pace se elevava acima do caos.

Helena mal conseguia ouvir os outros. Ela se aproximou de Lila enquanto os médicos a transferiam da maca para a cama do hospital. Um deles segurava um curativo firmemente contra a lateral de seu pescoço.

Outros ferimentos.

Prioridade.

Marino, cure-a. Faça o que for preciso.

Ela não sabia quem tinha dado a ordem final, mas não importava. Não era algo que precisava ser dito.

Lila estava coberta de sangue e, mesmo antes de tocá-la, notou os ossos quebrados. Havia perfurações profundas do lado direito de seu peito, atravessando a armadura.

No momento em que sua ressonância a tocou, Helena soube.

Lila ia morrer a menos que alguém driblasse a morte, e depressa.

Seu pulmão direito fora repetidamente perfurado por mordidas. Havia acúmulo de sangue na cavidade torácica, danos nos rins e o fígado estava perfurado também. As costelas estavam quebradas, e Lila perdera muito sangue.

Era um milagre que ainda estivesse viva.

Helena não teve tempo para ser delicada. Precisava estancar uma cascata de ferimentos internos, mas tudo estava acontecendo rápido demais, muitas coisas precisavam ser feitas ao mesmo tempo. Os médicos retiravam a armadura destruída do corpo de Lila o mais rápido que conseguiam, todos trabalhando em conjunto e tentando não atrapalhar os demais.

A equipe tinha sido gravemente ferida.

— Era Blackthorne no comando — informou alguém. — Aquele psicopata do caralho.

Helena estava ciente da agitação ao redor, mas não podia se preocupar com mais ninguém além de Lila. Se ela morresse, Luc também morreria. Talvez não imediatamente: seu corpo estaria vivo, mas a cada dia, pouco a pouco, a culpa e a tristeza o matariam.

— Não se atreva a morrer — ordenou ela, transferindo a própria vitalidade por meio de sua ressonância em uma tentativa desesperada de ajudar Lila, forçando seu batimento cardíaco fraco a continuar. — Não se atreva! Elain. Preciso de Elain! E de um médico! Cadê todo mundo?

Elain apareceu com as mãos ensanguentadas.

— Mas eu já estou...

— Não interessa! — interrompeu Helena. — Preciso usar ambas as mãos para curá-la, então fique aqui e se certifique de que ela está respirando. Não deixe o coração dela parar! Está entendendo?

Ela esperou até sentir a ressonância tímida de Elain em harmonia com o ritmo dos batimentos cardíacos de Lila e com sua respiração laboriosa. O que restava da armadura finalmente saiu do caminho e Helena pôde trabalhar com mais facilidade.

Um médico apareceu a seu lado, e Helena sinalizou estar ciente de sua chegada com um gesto de cabeça.

— Preciso de quatro frascos do tônico para suplementação do sangue. Está no armário. E você vai administrá-los sem que ela se engasgue.

— Nós não podemos...

— Eu preciso de mais sangue! Se eu não conseguir regenerar mais, a cura vai matá-la. Se eu fizer isso sem o tônico, outro órgão vai falhar. Não tenho mãos suficientes. Vá agora!

O trabalho era intenso e complexo. A visão de Helena estava turva e sua ressonância fazia seus ossos arderem enquanto lutava para estabilizar Lila. Elain reclamou sobre câibra nas mãos. Helena a mandou calar a boca.

Quando Lila finalmente deu sinais de que não estava mais à beira da morte, Helena sentiu vontade de chorar de alívio. Tinha sido por um fio. Ela jamais confessaria isso a ninguém.

Helena se inclinou sobre Lila e, com as mãos cobertas de sangue, tocou sua bochecha.

— Pode parar agora — lembrou-se de dizer a Elain, por fim.

As perfurações que cobriam o peito de Lila agora eram pele grosseiramente transmutada. Deixariam cicatrizes porque seu corpo se concentraria na recuperação vital, mas ela sobreviveria. Elain saiu para que as enfermeiras e auxiliares pudessem assumir o controle.

Os dedos de Helena tremiam incontrolavelmente ao apertar a mão de Lila.

— Sua idiota. Você não tem permissão para morrer.

Seus joelhos cederam e ela desabou no chão, apoiando a cabeça no colchão da cama do hospital. Lila ainda tinha pelo menos vinte ossos quebrados e fraturas nas duas pernas. Metade dos dedos estava quebrada, mas o coração de Helena estava acelerado demais e ela não conseguia pensar direito.

— Marino, será que pode… — chamou Pace de outra cama.

Ela tentou levantar a cabeça, mas não conseguia se mexer. Seu corpo inteiro parecia feito de chumbo. Por que estava tão pesado?

— Pace, cuide de Marino.

Era a voz de Crowther? Ela tentou olhar para cima, mas o mundo pareceu girar. Helena viu pés se movendo em meio às fileiras de leitos, viu manchas de sangue no chão. De repente, alguém a erguia.

— Venha, Marino, nada de cochilar aqui — disse Pace enquanto a erguia do chão.

Alguém a apoiava do outro lado. Sua cabeça pendeu, e ela viu Crowther observando-a de um dos leitos. Eles passaram por uma porta que dava para o armário que Pace usava como escritório.

— Pode ser aqui, Sofia. Obrigada, eu me viro agora — falou Pace enquanto Helena era acomodada em um leito.

Helena sabia que tinha ido longe demais. Normalmente era mais cuidadosa, mas dessa vez não houvera escolha.

Ela estava cansada e com muito frio. Enquanto alguém a cobria, ouviu a voz de Pace dizendo que ela não tinha juízo nenhum.

Helena só queria dormir por alguns anos.

Ela sentiu uma agulhada em seu braço que fez sua pele coçar. Quando tentou arrancá-la com transmutação, alguém deu um tapa em sua mão.

— Você é a pior paciente que eu já tive.

Então tudo mergulhou na escuridão.

CAPÍTULO 43

Octobris, 1786

O hospital estava silencioso quando Helena acordou. Ela se sentia fraca e ficou deitada até Pace chegar.

— Como Lila está? — perguntou ela, sua voz pouco mais que um sussurro.

— Está se recuperando — respondeu Pace, rouca. — É um milagre que tenha sobrevivido. Tudo graças ao resgate rápido e corajoso da equipe de busca. — Ela pigarreou. — Todos vão receber medalhas por bravura, e várias Liturgias da Brasa entraram em contato para dedicar orações de agradecimento a Sol por toda a sua... bondade em salvá-la.

Helena encarou o teto.

— Por quanto tempo eu dormi?

— Três dias. — Pace foi até sua mesa, abriu uma gaveta e vasculhou lá dentro, mas não pegou nada. — Eu disse que você estava em quarentena. Acho que essas expedições em busca de suprimentos expõem você exageradamente aos elementos.

Os olhos de Helena ameaçaram se fechar de novo.

— Obrigada.

— Faço o que está ao meu alcance. Crowther quer falar com você quando estiver se sentindo melhor. — Pace virou-se para sair, mas se deteve. — Lila Bayard não seria a única grande perda para a Chama Eterna. Eu disse isso à Ilva, Crowther e Matias várias vezes, embora suspeite que não tenham ouvido. Mas talvez você ouça. Há talentos raros que não devem ser desperdiçados só porque são ignorados.

Quando Helena saiu da cama, viu Luc sentado ao lado de Lila, tão imóvel que mal parecia estar respirando. Lila era alta, mas parecia pequena sem sua armadura. Estava envolta em ataduras firmes cheias de pomada para aliviar a dor e a sensibilidade da nova pele. Sua respiração era lenta e parecia fraca, mas assim que Helena tocou sua testa para sentir seus sinais vitais, percebeu que estavam estáveis.

Ela se pôs ao lado da cama e tocou de leve os dedos de Lila. Luc encarava o rosto da Paladina fixamente. Seus olhos estavam inchados e ele tinha olheiras escuras. Ele segurava a mão de Lila entre as suas enquanto Soren permanecia do outro lado do cômodo, parado perto da porta.

Os paladinos desempenhavam um papel relativamente cerimonial havia gerações, tão intrínsecos quanto os Holdfast na história da nação. O país fora batizado em homenagem a eles, em reconhecimento ao papel vital que tiveram na Primeira Guerra Necromante.

Mas Lila era um talento singular. Seus pais queriam que ela tivesse as mesmas oportunidades que os filhos homens, então, quando Lila tinha quinze anos, eles a incentivaram a treinar para se juntar às cruzadas e conhecer o combate real. Soren, por outro lado, foi mandado para o Instituto, assim como Luc. Ele teria sido um excelente alquimista de combate se a irmã gêmea não fosse sua concorrente, mas ninguém se comparava à Lila.

Houve um cortejo quando Lila voltou depois de um ano de cruzada. Helena não a conhecia muito bem, só sabia que ela era irmã de Soren.

Ela desmontara do cavalo e tirara o elmo, resplandecente, como uma deusa saída de um mito. Seu cabelo claro estava enrolado em volta da cabeça como uma coroa. Lila apresentara suas armas a Luc, que permanecera imóvel, como se tivesse sido atingido por um raio, até Soren dar um pontapé em seu tornozelo.

Luc, que sempre se esquivara dos treinamentos e nunca tinha dado importância aos paladinos, desenvolveu uma paixão pelo combate da noite para o dia e começou a evitar sessões de estudo e eventos sociais para praticar com Lila.

Era tão óbvio qual era o verdadeiro interesse de Luc, que Helena e Soren ficavam constrangidos só de presenciar aquela situação, mas, antes que algo pudesse acontecer, o Principado Apollo morrera.

Lila tinha passado a vida toda treinando para ser paladina. Soren não chegava nem perto de estar preparado, e Sebastian Bayard, por mais habilidoso que fosse, havia falhado em seus próprios votos por ter estado ausente quando Apollo foi assassinado.

Lila jurou proteger Luc com sua vida. Luc não teve escolha a não ser aceitar. O que quer que tivesse existido entre os dois fora enterrado sob o peso daquelas palavras.

— Sinto muito… — disse Luc, quase em um sussurro. — Perdi a cabeça quando a vi sendo levada.

Seu olhar estava perdido e os olhos azuis pareciam não ver nada ao redor dos dois. Helena conhecia aquela expressão. Ele estava relembrando o momento em que Lila fora ferida, revivendo-o repetidamente, dissecando-o, ponderando o que poderia ter feito de diferente.

— A quimera estava atrás de mim. Não consegui sacar minha espada a tempo. Deveria ter usado fogo. — Ele balançou a cabeça. — Não sei por que não usei. Foi tão rápido. Lila… simplesmente se jogou na minha frente, e eu ouvi o som quando a criatura a mordeu…

Sua voz ficou presa na garganta.

As pessoas com frequência ficavam assim em leitos de hospital, confessando seus fracassos.

— Ela estava sangrando pela boca, mas não gritou. Só disse para Soren me segurar. Eu devia simplesmente ter usado fogo… — balbuciou ele. — Soren não queria me soltar e…

— Ela vai ficar bem, Luc — garantiu Helena. — Todos os sinais vitais estão estáveis. Não vai ter nenhuma sequela grave.

Ele acenou com a cabeça, sem desviar o olhar do rosto de Lila.

— Quando eu era criança, pensava que não era justo que todas as guerras de verdade tivessem acabado antes de eu nascer — começou ele, a voz fria. — Eu tinha medo de me tornar um dos Principados que todo mundo esquece porque não precisaria fazer nada. — Luc olhou para baixo e percebeu que estava arrancando as próprias unhas. Seus dedos sangravam. — Eu daria tudo para que fosse assim. Não consigo sentir o gosto de nada que não seja sangue e fumaça. Não sinto nada, a não ser quando estou pegando fogo. As histórias fizeram isso parecer tão bom. Lutar por uma causa, ser um herói. — Ele balançou a cabeça. — Por que todo mundo finge ser assim?

Helena tocou o ombro dele, sem saber bem o que dizer para confortá-lo.

— Talvez eles estivessem tentando convencer a si mesmos para conseguir viver. Talvez só se permitam lembrar das coisas boas.

Mas ela também se perguntou como alguém que tivesse visto a verdadeira face da guerra permitiria que ela parecesse tão radiante.

Uma reunião foi convocada assim que Lila acordou e foi declarada fora de perigo. Era a primeira vez que Luc saía do hospital.

Matias, Ilva, Althorne e Crowther o observavam enquanto ele os encarava desafiadoramente de volta. Toda a sua penitência parecia ter desaparecido.

— Lucien — disse Ilva após um longo silêncio —, Lila Bayard é sua paladina. Ela jurou que protegeria você, mesmo que isso custasse a própria vida. Você colocou todo o grupo em risco, feriu seus próprios homens e o membro do conselho Jan Crowther, violou seus votos e as ordens do General Althorne. Você foi convocado hoje para ser repreendido.

Luc ergueu o queixo.

— Eu jurei proteger este país e representar os valores da Chama Eterna que meus antepassados estabeleceram. Não cumprirei nenhum desses juramentos se permitir que outras pessoas morram por mim quando posso salvá-las.

— Você é o coração da Resistência. Um símbolo de esperança, luz e bondade. Não pode colocar a vida de outra pessoa acima da sua. Você traiu aqueles que o seguem e traiu seus próprios paladinos, especialmente Lila, que estava ciente de seus juramentos e preparada para fazer o que fosse necessário. Seu egoísmo quase fez com que o sacrifício dela fosse em vão.

— Eu não sou um símbolo — retrucou Luc. — Nem o coração. Sou o Principado. Lideramos por nossas ações, não por nossos comandos.

Aquela conversa não passava de teatro. O conselho teve que repreendê-lo enquanto Luc permanecia implacável e resoluto.

Ilva encarou o sobrinho-neto com um olhar cortante.

— Essa não é uma escolha que cabe a você. Se não for capaz de seguir as ordens e o protocolo na presença de seus *amigos*... — ela enfatizou a palavra, deixando claro o que estava querendo dizer —, será transferido para uma unidade diferente e receberá novos soldados como paladinos. Mas, seguindo a tradição, permitiremos que você leve Soren Bayard.

A boca de Luc se fechou bruscamente e ele empalideceu.

— A escolha é sua — prosseguiu Ilva, parecendo satisfeita com o silêncio dele. — Pense com cuidado.

Luc a encarou, furioso. Soren estava logo atrás dele, à direita, ainda atuando como Primeiro Paladino enquanto Lila se recuperava. Havia uma coragem renovada em seu rosto.

— Eu vou seguir os juramentos que fiz. — A voz de Luc soava vazia e derrotada.

— Excelente — retorquiu Ilva, mas sua voz ainda soava fria, parecendo reprovar a demora na resposta de Luc. — A equipe conseguiu matar a quimera antes que escapasse da Ilha Leste, mas encontraram uma parte do muro rompida. Haverá uma investigação sobre isso. Dado o comportamento da criatura, é seguro dizer que ela é capaz de mais do que pensávamos. Com base nos relatos obtidos, parece que o animal tinha um alvo e que a intenção era que Luc fosse capturado vivo. Althorne, pode continuar.

Helena adiou o encontro com Crowther o máximo que pôde até que ficou sem desculpas. Quando parou para refletir, sua decisão de restaurar os nervos do braço dele fora impulsiva. Não era uma emergência, ela poderia ter esperado que ele recuperasse a consciência e perguntado se desejava que aquilo fosse feito.

Foi uma escolha insensata. Ela vira o perigo que Luc representava para todos e agiu baseada apenas naquilo, mas agora estava arrependida. Era mais provável que Crowther usasse ambas as mãos para torturar do que para proteger Luc de si mesmo de novo.

Ele estava guardando o jogo de xadrez quando Helena entrou, usando a mão direita para pegar cada peça e colocá-la lentamente na caixa.

— Marino — cumprimentou ele.

Helena se manteve ali, sem saber o que esperar. Crowther parou o que estava fazendo e olhou para a mão, abrindo-a e fechando-a devagar. Era pouco mais que pele e osso.

— Imagino que eu deva agradecer a você por isso.

Ela não sabia se ele estava sendo sarcástico ou não.

— Eu deveria ter pedido permissão — disse ela. — É que... depois de Luc, eu fiquei preocupada com o que teria acontecido se você não estivesse lá.

Helena não conseguiu interpretar a expressão dele, mas Crowther assentiu lentamente.

— Você tem uma intuição interessante. Talvez eu a tenha subestimado — comentou, por fim. — Nunca dei muita importância à vitamancia, mas... você é um achado para a Chama Eterna.

Enquanto o inverno caia sobre Paladia, o vento gelado da montanha açoitava a bacia do rio, deixando os prédios e as janelas brilhantes com a geada. Sem nada para colher, Helena podia passar longas horas trabalhando no laboratório.

Shiseo havia feito o impossível: identificara os compostos remanescentes da liga que tinha sido injetada em Vanya Gettlich meses antes.

O último composto, porém, não tinha sido identificado na análise.

Shiseo e Helena trabalharam juntos, usando velhas técnicas químicas até conseguirem determinar, como os outros metalurgistas tinham feito, que não se tratava de um composto natural, mas uma fusão sintética de lumítio e algo que ela nunca tinha visto.

Depois de Shiseo revisar o próprio trabalho diversas vezes, suas mãos começaram a tremer.

— Não é possível — ponderou ele, por fim. — Isso não deveria estar aqui.

— O que é?

Shiseo ficou em silêncio por um longo tempo.

— No Leste, há um elemento raro encontrado nas profundezas das montanhas. É mais raro do que o ouro. Somente o imperador em pessoa tem permissão para possuí-lo. É chamado de *mo'lian'shi*. Ele... cria inércia.

Helena nunca tinha ouvido falar de nada parecido. Havia elementos e substâncias que eram inertes em seu estado bruto e havia o lumítio, capaz de reverter a inércia para criar ressonância. O ferro geralmente era inerte, mas quando transformado em aço, mesmo sem emanações, desenvolvia uma ressonância baixa.

A Irreversibilidade da ressonância foi um dos primeiros princípios estabelecidos por Cetus sobre a natureza da alquimia, um dos poucos que resistiram ao teste do tempo e ao questionamento científico.

Era impossível que algo *se tornasse* inerte.

— É primeira vez que vejo algo assim — afirmou Helena.

Ele balançou a cabeça, franzindo as sobrancelhas.

— Faz sentido. É uma parte do poder do Imperador. Da mesma forma que o lumítio pode criar ressonância, o *mo'lian'shi* a reverte. E isso... — Ele olhou para baixo, parecendo muito preocupado — é uma liga de *mo'lian'shi* com lumítio. O efeito simultâneo dos dois cria uma névoa de ressonância.

Ele verificou as próprias anotações de novo.

— É instável. A fusão está se deteriorando, mas os métodos podem ser aperfeiçoados futuramente. Provavelmente, foi apenas uma primeira tentativa. Mas... — Ele se calou. — Não sei como eles tiveram acesso a isso.

Por um momento, Shiseo ficou em silêncio e não entrou em detalhes. Então disse:

— Quando o novo Imperador assumiu o poder, houve alguns questionamentos sobre como ele conseguira tanta riqueza para pagar seus exércitos.

Desde que começara a trabalhar com Shiseo, Helena ouvira alguns boatos sobre o que o levara a Paladia. Diziam que tinha sido um eunuco que servia ao Imperador anterior, ou filho ilegítimo de alguém da corte.

Helena o encarou, perguntando-se quem aquele homem era, afinal. Ter uma educação excepcional era uma coisa, mas saber identificar um metal imperial secreto era completamente diferente.

— Talvez os Imortais tenham comprado no mercado clandestino — sugeriu ela, mas já estava pensando em como Crowther e Ilva interpretariam aquilo.

Se Morrough tinha uma aliança com Hevgoss e conexões comerciais secretas com o Império do Leste, a ameaça que pairava sobre Paladia acabara de crescer de maneira assombrosa.

E, se o novo Imperador tinha conseguido seu trono vendendo algo de valor imperial, aquilo era uma violação de suas próprias leis comerciais.

Shiseo balançou a cabeça.

— Você não entende a precaução com que o *mo'lian'shi* é protegido. É algo raro e delicado. Uma vez extraído, deve ser processado com extrema cautela para que tenha efeito. Muitas vezes é imediatamente ligado a outro elemento para que não se deteriore. Mas isso... — Ele tocou o frasco com cuidado. — Isso foi feito com *mo'lian'shi* puro. Só alguém de origem real, com o selo do imperador, poderia ter acesso a algo assim.

— E *você* tem esse conhecimento — disse ela, devagar.

Shiseo olhou para Helena por um instante, mas desviou o olhar.

— E eu tenho esse conhecimento.

Foi a vez de Helena ficar em silêncio. Após algum tempo, no entanto, perguntou:

— Você tinha suspeitas? Por isso pediu para analisá-lo?

— Quando soube da dificuldade dos metalurgistas, pensei que fosse uma nova variedade. Mas isso pertence ao Imperador, tenho certeza. É impossível que exista uma técnica de refinamento idêntica.

Helena sentiu-se diante de uma mina política. Ali estava a prova de um acordo não apenas entre Morrough e outro país, mas de uma traição entre um governante e seu próprio império. A informação era perigosa e gerava mais perguntas do que respostas. Se o Imperador estava endividado, onde Morrough teria conseguido o dinheiro para um acordo?

Shiseo provavelmente era o único capaz de descobrir aquela informação. Quando o acordo foi feito, havia a certeza de que ninguém jamais conseguiria conectar aquilo ao Leste.

— Para fins oficiais, podemos nomeá-lo como um elemento sintético fundido, usando lumítio e um composto desconhecido — apontou Helena, cautelosa, tentando avaliar a reação dele. — No futuro, se for necessário revelar o possível envolvimento do Império, talvez possamos... descobri-lo.

Shiseo assentiu lentamente.

— Precisamos contar a Ilva e Crowther pelo menos. Eles precisam saber.

— Kaine... — chamou Helena, baixinho, sentada no chão, enquanto tentava aliviar a sensação de inflamação em sua ressonância. — Acha que a Chama Eterna pode vencer a guerra?

Ele estava encostado na parede.

— De que importa o que eu acho?

— Estou cercada de idealistas, mas tudo o que vejo são corpos. Gostaria de ouvir a opinião de alguém que não acredita que otimismo vá mudar alguma coisa.

— Acha que a Chama Eterna tem uma estratégia para vencer?

Ela olhou para baixo. Pelo que sabia, o plano era recuperar o território perdido, expulsar os Imortais e queimar o maior número possível de mortos. O mesmo método que a Chama Eterna seguira em todas as guerras necromantes no passado.

Ela fez que sim em um gesto desajeitado.

— O Necromante Supremo fará o que for preciso para vencer. O método não importa. Ele quer Paladia, de preferência intacta, mas se não puder obtê-la, vai destruir tudo. Estão lutando contra alguém cuja única objeção ao genocídio é o desperdício de recursos. Até mesmo um genocídio é aceitável se isso significar que terá mais material para os necrosservos. E como vocês estão tentando vencer? Aguardando a intervenção de Sol? Existe algum plano que não dependa da superioridade inerente da bondade?

Não que ela soubesse.

— Então por que nos ajudar? — perguntou Helena. — Se não acha que podemos vencer?

— Não acha que você valha a pena? — rebateu ele com uma expressão de deboche.

— Ah, sim, sua rosa no cemitério. — Ela franziu os lábios. — A matriz era para mim também?

— Para quem mais? — Havia apenas um toque de ironia na voz dele.

— Aurelia, talvez.

Ele sorriu.

— Verdade. Quase me esqueci dela.

— Por que está nos ajudando, Kaine?

Ele olhou para Helena. Suas feições tinham ficado diferentes nos últimos meses. Ele perdera todos os traços desajeitados da juventude, e agora havia certa dureza em seu rosto que parecia ter mais a ver com quem ele era. O cabelo escuro estava repleto de fios prateados. Seus olhos já não eram castanhos.

Kaine estava muito diferente do garoto insolente que ela conhecera quando chegara ao Entreposto. Era como se tivesse algo de sobrenatural nele.

Se o tocasse, ela com certeza sangraria e, ainda assim, não conseguia conter o fascínio.

Seus olhos se encontraram e uma onda de amargura passou pelo rosto dele.

— Não importa — respondeu, desviando o olhar.

Ela abriu a boca para protestar, mas qualquer coisa que dissesse seria mentira. Qualquer que fosse o motivo, Kaine sabia que a Chama Eterna o usaria contra ele. Ambos sabiam que Crowther o faria.

— Acho que não — concordou ela, vestindo o pulôver verde para se proteger do frio.

Quando chegou à porta, Helena olhou para trás. Kaine desviou o olhar assim que ela se virou, como se disfarçasse que a observava.

Havia algo de assombroso nele.

— Não morra, Kaine.

O comportamento dele a preocupava. Se a matriz era a punição por um fracasso, qual seria o preço da traição?

Ele a encarou e sua boca se curvou em um sorrisinho.

— Há coisas muito piores do que a morte, Marino.

Ela concordou com a cabeça.

— Eu sei. Mas da morte você não conseguiria retornar.

Ele soltou uma risada amarga.

— Tudo bem, então, mas só porque você pediu.

CAPÍTULO 44

Decembris, 1786

A guerra congelou junto com Paladia. A tensão entre os dois lados era interminável, um equilíbrio frágil que poderia ser interrompido a qualquer momento. Cada batalha era uma surpresa, sem aviso e com baixas catastróficas.

A tensão entre Helena e Kaine era semelhante.

Havia uma aspereza nele que não existia antes. Às vezes, ele aparecia cheio de ferimentos que se curavam muito lentamente e era ríspido quando Helena oferecia ajuda.

Normalmente ele já estava melhor quando ia embora, mas ela não sabia por que Kaine sempre aparecia machucado. Como se essa fosse a consequência de seu pedido para que ele não morresse, e agora era forçada a testemunhar a agonia de sua incapacidade de morrer.

Helena temia que houvesse algum defeito na matriz. Ele estava sentado na cadeira, observando-a treinar, até que, de repente, seus olhos se reviraram e ele caiu no chão.

As roupas de Kaine estavam encharcadas e havia uma mancha de sangue no chão quando Helena o ergueu.

Por baixo do uniforme, ele estava enfaixado, mas o sangue fluía livremente e o ferimento não estava cicatrizando. Helena tentou acessar sua ressonância, mas não conseguiu.

Ela retirou os curativos e se deparou com um ferimento de faca.

Não atingira nenhum órgão, mas o que quer que tivesse sido usado tinha se estilhaçado e havia fragmentos dentro dele. Não eram muitos, mas estavam impedindo sua recuperação.

Maier geralmente cuidava de ferimentos por estilhaços, seu tratamento não era adequado para a vitamancia.

A ressonância de Helena se esvaiu, distorcendo-se quando tentou avaliar o ferimento e descobrir a quantidade de metal que ainda havia no corpo dele.

Ela não tinha instrumentos para cirurgia. Então lavou as mãos e, murmurando um pedido de desculpas, enfiou os dedos na ferida, pegou um dos pedaços e o retirou.

Quando canalizou sua ressonância para o estilhaço, porém, sentiu-a ser atraída para o metal, mas depois... nada. Sua ressonância dizia que não havia nada ali. O objeto começou a se desfazer em seus dedos, como se estivesse oxidando, corroído pelo sangue de Kaine.

Era a liga. Lumítio e *mo'lian'shi*. Kaine tinha sido esfaqueado, e a liga ficara dentro de seu corpo.

— Idiota — xingou ela, mesmo sabendo que ele não ouviria.

Helena colocou o fragmento em um pedaço de gaze, depois limpou os dedos. Se aquilo entrasse pela corrente sanguínea dele, ela não sabia o que poderia acontecer.

O corpo dele era teimoso quando se tratava de imutabilidade, mas, com base na forma como a liga estava interferindo na sua regeneração, o progresso dos Imortais no bloqueio da ressonância parecia muito mais próximo do sucesso do que a Chama Eterna imaginava.

Helena passou as mãos pela pele de Kaine, tentando ter uma noção melhor do ferimento interno enquanto sua ressonância oscilava como se estivesse cheia de falhas.

Ela pegou a bolsa e preparou um kit completo de medicamentos e materiais para curá-lo — se ele permitisse —, depois passou uma pomada ao redor da ferida para reduzir a perda de sangue enquanto tentava pensar no que fazer. A injeção estimulante na qual estava trabalhando poderia ajudar, mas ela ainda estava tentando encontrar o equilíbrio certo de epinefrina.

Se não podia usar ressonância para remover os fragmentos, teria que fazer isso com uma cirurgia à moda antiga.

A cirurgia alquímica era muito menos invasiva. A maioria dos hospitais do Norte contratava exclusivamente alquimistas, enquanto a cirurgia manual era vista como arcaica com suas incisões e cicatrizes.

Helena pegou sua faca de alquimia e murmurou outro pedido de desculpas enquanto separava os componentes. A remontagem de uma arma de transmutação era complicada. Seria quase impossível quando ela terminasse de usá-la.

Ela tentou não pensar nas consequências enquanto manipulava o metal em um longo conjunto de pinças básicas, usando parte da lâmina para fazer um bisturi. Helena torceu para que as pinças fossem suficientes.

Depois lavou, aqueceu e resfriou o metal, tentando deixá-lo estéril.

Quando era criança, assistia ao pai fazendo cirurgias. Depois que a mãe morrera, preferia fazer isso a ficar sozinha.

Ela usou a ressonância no sentido inverso, identificando a localização dos estilhaços pelo espaço negativo que criavam. Os fragmentos eram delicados e se desintegravam facilmente, então ela teve que trabalhar devagar. Depois de retirá-los, Helena os depositava em uma gaze.

Quando removeu a maior parte deles, o corpo de Kaine pareceu se lembrar de como se curar e a ferida começou a se fechar ainda com alguns estilhaços dentro. Helena teve que usar o bisturi, refazendo a incisão repetidas vezes até retirar todos os fragmentos e irrigou a ferida da melhor forma possível. Verificou várias vezes com ajuda de sua ressonância para garantir que não havia mais nada. Ainda restara uma leve interferência, mas nada muito preocupante. O corpo dele provavelmente daria conta.

Ela lavou as mãos e guardou metade dos estilhaços em um frasco que escondeu na bolsa, depois colocou o restante em outro frasco para o caso de Kaine exigir que ela os devolvesse.

O local do ferimento já tinha formado uma cicatriz que não desaparecia completamente. E, ao olhar para ele, Helena reparou que aquela não era a única.

Ela colocou a mão sobre o peito de Kaine e deixou sua ressonância penetrá-lo. Ele ainda estava fraco com a perda de sangue, a interferência parecia ter afetado sua regeneração sanguínea também. Ela apoiou a cabeça dele no colo e, com muito cuidado, derramou um elixir em sua boca, usando a ressonância para garantir que fosse parar no estômago e não nos pulmões. Mesmo inconsciente, Kaine parecia tenso, como se estivesse esperando por um golpe.

Ela afastou o cabelo de sua testa, tentando suavizar o sulco entre as sobrancelhas, depois se acomodou para ficar ali por um tempo. Quando percebeu que Kaine estava melhorando, Helena se inclinou para a frente e tocou a parte de trás da cabeça dele para ajudá-lo a despertar.

Seus olhos se abriram no mesmo instante.

Mais rápido do que ela poderia esperar, a mão dele foi para o pescoço de Helena, puxando-a para baixo enquanto ele se levantava com uma expressão de pânico furioso.

Então Kaine a reconheceu, e, antes que a cabeça de Helena batesse no chão, ele a segurou, mas o pescoço dela arqueou-se para trás em um estalo e sua visão escureceu quando a dor atravessou o crânio.

— Mas o que... — Ele ainda parecia confuso.

Helena sentiu as mãos de Kaine em seu pescoço e a ressonância ao longo de sua coluna enquanto sua visão voltava ao normal. Ele estava ajoelhado sobre ela, sustentando sua cabeça.

Ela sentiu o coração prestes a sair pela boca, batendo com tanta violência que mal conseguia respirar.

Kaine também estava ofegante.

— Que porra foi essa, Marino?

— Você… desmaiou.

Ele olhou para o próprio corpo e só então percebeu que estava sem camisa e que o ferimento tinha desaparecido. Ela imaginou que Kaine ficaria mais calmo quando entendesse.

— Eu quase matei você.

— Você estava ferido. Era grave até mesmo para você — disse Helena com um suspiro trêmulo. Ela se sentou e estremeceu, tocando a lateral do pescoço com cuidado. — Meu trabalho é manter os interesses da Chama Eterna vivos. Você é um deles.

— Eu não ia morrer — protestou Kaine, mas se inclinou na direção de Helena.

Ela quase recuou, mas ele estendeu a mão de forma hesitante e a garota se obrigou a ficar parada.

Ele afastou a mão dela do pescoço e olhou para sua garganta, movendo os dedos sobre a pele. Helena sentiu a ressonância ao longo da coluna. Outra brecha em sua indiferença.

— Então eu não deveria ter curado você? — perguntou ela, reprimindo um arrepio quando o dedo dele passou por seu pescoço. — Eu posso abrir você de novo e colocar tudo de volta, se quiser.

Seus dedos pararam, e ele a encarou.

— Eu não sou seu paciente.

Teria sido intimidador se ele não estivesse sentado no chão, com ambas as mãos no pescoço dela, inclinando a cabeça lentamente de um lado para o outro. Kaine claramente levava lesões na coluna muito a sério.

O coração de Helena começou a bater mais forte quando se lembrou dos dedos dele em seu cabelo, puxando-a para si. Quando estava sozinha, frequentemente revisitava aquela lembrança, imaginando o que poderia ter acontecido.

Ela respirou fundo e estendeu a mão, segurando-o pelo pulso.

— Não posso deixar você morrer.

Kaine ficou imóvel, e Helena sentiu a pulsação dele contra os seus dedos. Depois viu seus olhos escurecerem, acompanhando a lenta dilatação da pupila à medida que o calor das mãos dele irradiava por sua pele.

Ele balançou a cabeça.

— Eles não me deixam morrer.

Helena apertou o braço de Kaine.

— Eles… Bennet ainda está usando você de cobaia? Pensei que se sobrevivesse à matriz, ele não poderia…

Kaine se desvencilhou do toque dela.

— Eu tenho uma mania chata de sobreviver contra todas as probabilidades. Isso gera curiosidade, aparentemente.

Sem pensar, Helena estendeu a mão e tocou a bochecha dele.

— Sinto muito.

Ele foi pego de surpresa, o que o fez parecer jovem e assustado, como se parte dele ainda fosse aquele garoto de dezesseis anos. Então a expressão de Kaine endureceu, e ele se afastou do toque. Quando olhou para ela e voltou a falar, sua voz era cruel.

— Você é inacreditável — soltou. — De verdade.

Helena não entendeu.

Kaine balançou a cabeça em descrença.

— Quando você apareceu aqui pela primeira vez, não pensei que fosse capaz disso, mas parece que me enganei.

Ela sentiu um peso no peito.

— O que quer dizer?

— Você faria qualquer coisa por essa família, não é? Mas um dia Holdfast vai perceber que você não pertence ao reino de pureza dourada dele. Queria saber o que vão fazer com você quando isso acontecer.

Helena sabia que Kaine estava tentando magoá-la, mas já tinha pensado tanto nisso que as palavras não a afetaram.

— Ele não vai precisar fazer nada, você cuidou de tudo isso para ele. — Ela abriu um sorriso comedido. — Mas, mesmo que não tivesse, eu sabia que seria descartável no momento em que me tornasse curandeira.

Helena achou que isso o silenciaria, mas Kaine riu.

— Acha que começou ali? Você sempre foi descartável. Acha mesmo que esta guerra tem a ver com necromancia? Acha que qualquer uma das guerras foi por causa da necromancia?

Ela balançou a cabeça devagar.

— Não. É sempre por poder. As pessoas fazem qualquer coisa por isso, não importa o preço.

Ele inclinou a cabeça, analisando-a.

— Você nunca se perguntou por que foi tão fácil para o Necromante Supremo recrutar as famílias da guilda? Afinal, muitos eram devotos *ou* deviam sua fortuna ao próprio Instituto.

Helena deu de ombros.

— Porque vocês são invejosos e mesquinhos e queriam mais do que o que já tinham.

Kaine ergueu uma das sobrancelhas enquanto vestia suas roupas empapadas de sangue.

— Em parte, talvez, mas não. O que Morrough fez foi ampliar uma brecha que os Holdfast abriram há séculos. Desde o momento em que fundaram a cidade, eles se colocaram como reis, embora afirmassem que não eram. Eles não eram do tipo humilde que "buscava" o poder, mas sim divinamente destinados a isso. Como se fossem escolhidos, se prefere assim.

— Eles não queriam governar — contestou Helena. — Luc nunca quis, e Apollo sempre se preocupou mais com o Instituto. Ele odiava política.

A boca de Kaine se contorceu.

— É engraçado como as pessoas no poder sempre detestam política, quase como se o que realmente quisessem fosse fazer o que lhes desse na telha e serem elogiadas por isso. E, se não desse certo, bastaria reforçar o quanto desprezam tudo isso. Mas, mesmo com todo esse desprezo, o Principado nunca abriu mão do poder, por isso deixou que os Falcões, Peneireiros e Picanços administrassem toda essa chatice. O Instituto foi criado para difundir o aprendizado e o aprimoramento da alquimia, mas tudo isso começou a desmoronar assim que a ciência começou a contradizer a Fé. Você deveria ter visto a crise quando descobriram novos metais. A Fé passou anos insistindo que só existiam oito, chamando os demais de compostos ou ligas, recusando-se a reconhecer formalmente as guildas porque, do ponto de vista religioso e celestial, só poderia haver oito. E nisso se perderam todos os ideais de unir o mundo por meio do estudo da alquimia.

Ele olhou para Helena.

— É claro que eles não podiam voltar atrás em tudo, o legado de Orion tinha que perdurar, então importavam alguém de tempos em tempos. Um prodígio de uma terra distante que pudessem exibir como prova de grandiosidade e que servisse aos propósitos deles enquanto estivesse em dívida com o Principado.

A fúria de Helena explodiu como uma erupção vulcânica.

— Não foi isso o que fizeram!

Ele a olhou com escárnio.

— Você era uma aluna bolsista. Ficava desesperada todos os anos por conta das notas dos exames, porque essa era a garantia de que permaneceria mais um ano no Instituto. Seu pai vivia em situação precária porque não conseguia arranjar emprego.

— Sim, mas se fossem mais generosos, as guildas teriam dado um baita chilique.

— E por que faríamos isso? Nós já odiávamos vocês. Arranjar um trabalho braçal para o seu pai não teria custado nada para os Holdfast. Se você parasse para prestar atenção, talvez enxergasse a teia em que está presa. Ouvi dizer que Ilva Holdfast era particularmente boa nessas coisas, sabia exatamente quanta pressão alguém conseguia suportar.

Helena se sentiu nauseada, mas balançou a cabeça.

— E vocês, estudantes das guildas, simplesmente entraram nesse joguinho? — retrucou ela.

Ele riu.

— Não, nós só odiávamos vocês. Tente ver a situação do nosso ponto de vista: você era o limite traçado pelos Holdfast entre a Chama Eterna e todos nós. Alguém insignificante que recebeu a atenção e a glória que nenhuma das guildas jamais conseguiu. Nós começamos tudo do zero, sem ajuda de ninguém, e esvaziamos nossos bolsos anualmente, comprando certificações e lumítio de uma família que conseguia fazer riqueza do mais absoluto nada e ainda esperava que fôssemos gratos. *Você* se tornou o primeiro obstáculo para alcançarmos o nosso objetivo.

Um calafrio percorreu a espinha de Helena. Kaine olhou para o outro lado da sala.

— Quando Morrough apareceu, ele nem precisou oferecer imortalidade ou riquezas. Ele apenas se ofereceu para aniquilar aqueles que nos impediam de crescer. Sem os Holdfast, o controle da Fé sobre Paladia desmoronaria. Seria simples. A cidade mal deveria ter sido afetada, até mesmo o Instituto permaneceria intacto.

— Então seu pai foi preso.

Kaine assentiu, o olhar inexpressivo.

— Então meu pai foi preso, e era tudo mentira, no fim das contas. Mas quando aqueles que se opuseram perceberam, já era tarde demais.

— Os Imortais se opuseram?

O coração de Helena disparou ao pensar em possíveis aliados. Aquela era uma informação importante.

Kaine confirmou com um gesto distraído de cabeça.

— Quem? — Ela se inclinou para a frente. — Quem se opôs?

— Você realmente quer saber? — Ele a segurou pelo pescoço, puxando-a para mais perto. — Basilius Blackthorne. Reconhece esse nome?

Helena sentiu o sangue gelar. Sim, reconhecia.

— Blackthorne era...?

— Agora é um monstro, não é? Nós falamos sobre os selos, lembra? — Ele apertou mais o pescoço de Helena, e o coração dela acelerou. — Depois que matei Apollo, Basilius disse que nunca concordara com derramamento de sangue. Morrough, que ainda se chamava Morrough naquela época, convocou uma reunião. Não sabíamos quantos éramos até aquela noite. Morrough disse que queria que todos comparecessem, para que vissem Basilius mudar de ideia. Ele levou o selo de Basilius em uma caixa e nos lembrou de que nós estávamos confiados a ele. Então começou a entalhá-lo usando um anel afiado. Basilius começou a gritar e a rasgar o próprio corpo, mas ele se regenerava logo em seguida. Em dado momento, havia pedaços dele pelo chão, mas mesmo assim não parou; ele continuou a se regenerar, a cada vez, até o chão estar coberto. Quando Morrough acabou, dizem que Basilius foi para casa e devorou a própria esposa viva na cama onde dormiam. Acho que ele também tinha filhos. Todos mortos.

Kaine contou tudo aquilo sem esboçar emoção alguma e sem soltar o pescoço de Helena.

— Todos nós somos dispensáveis para Morrough. Então você deve imaginar que estou familiarizado com a ilusão da escolha. — Ele abriu um sorriso lento e cruel. — E é por isso que eu reconheço quando a vejo.

Helena tentou recuar, mas ele a agarrou com mais força, até fazê-la sentir a própria pulsação contra a mão dele. Kaine se inclinou para mais perto, e ela percebeu que ele estava tentando aterrorizá-la. Mas não conseguiu. Ela não tinha mais medo dele.

— Luc não é assim — afirmou ela. — Eu sou leal a ele porque sei que faria o mesmo por mim.

Os olhos dele escureceram.

— É mesmo?

Ele posicionou o polegar na curva da mandíbula de Helena e suas bochechas pálidas e encovadas ganharam um tom levemente corado. Olhou para os lábios da curandeira, e ela sentiu a tensão entre os dois, como a corda de um instrumento, esticada, prestes a vibrar.

Ele a puxou até que o rosto de ambos estivesse a mero centímetros de distância e tudo ao redor pareceu esvanecer.

— E o que o seu querido Luc diria se soubesse que você deixou o assassino do pai dele comprá-la feito uma puta? — Enquanto falava, Kaine segurou a cintura de Helena e a puxou para si, deslizando a mão pelo seu corpo, apalpando-a como se estivesse prestes a violá-la ali mesmo, no chão.

Mas seu olhar era frio.

Não havia desejo. Era uma pantomima do beijo dos dois, dessa vez com indiferença e desprezo para lembrá-la a quem estava disposta a se entregar.

Ela se afastou com um solavanco e se arrastou pelo chão até ficar fora de alcance.

Kaine apenas riu.

As maçãs do rosto de Helena doíam, seu corpo tão perdido quanto ela enquanto tentava se recompor, como se tudo aquilo não fosse em vão. Que criatura grotesca e patética ela era.

Propriedade. Não, nem mesmo isso.

Ela não passava de um objeto. Algo que ele simplesmente acrescentara às exigências, tão insignificante que Ilva e Crowther não viram razão para dizer não.

Kaine poderia falar o quanto quisesse sobre como ela havia sido manipulada pelos Holdfast, mas fora ele quem a transformara em uma prostituta.

Às vezes, ela desejava ter morrido no hospital com o pai. Assim seria lembrada e lamentariam seu potencial perdido, o que seria muito melhor do que continuar viva e ser cada vez mais degradada. Agora, já não importava se ela tinha sido alquimista, curandeira ou qualquer outra coisa. Para qualquer um que soubesse daquele trato, ela seria apenas aquilo. As mulheres sempre eram definidas pela pior coisa da qual podiam ser chamadas.

Mas pior ainda era saber de tudo isso e ainda desejar os raros momentos em que ele era gentil, rastejando atrás das migalhas como moedas jogadas na lama. Porque era só o que lhe restava.

— Tenho que ir — obrigou-se a dizer, por fim. — Você... tem alguma informação esta semana?

Era quase irônico fazer tal pergunta naquele momento.

Kaine enfiou a mão no casaco e tirou um envelope com as bordas manchadas de sangue.

Então o atirou no chão, deixando-o cair entre eles.

Helena aparentava estar calma quando voltou ao Quartel-General, mas suas mãos tremiam quando mostrou os fragmentos para Crowther e recebeu instruções para que Shiseo os analisasse. Ela os levou para o laboratório e seguiu para seu turno no hospital.

Desejou que o dia não estivesse tão tranquilo, porque não conseguia relaxar.

Depois do toque de recolher, voltou ao laboratório vazio para ficar sozinha.

Estavam quase no Solstício de Inverno. O Norte tinha muitas tradições quando o assunto era banquetes, herdadas dos tempos em que abatiam os animais que não conseguiriam alimentar durante o inverno antes do início do novo ano. Depois compartilhavam os suprimentos para que todos sobrevivessem até a primavera.

Nos tempos modernos, a comida foi substituída por presentes: livros, artes, brinquedos, coisas que pudessem ajudar as pessoas a se distraírem nos invernos nortenhos intermináveis.

Helena nunca fora muito boa com presentes.

A única vez em que acertara foi quando dera um mapa para Luc no qual havia marcado a rota para todos os lugares que conheceriam um dia.

Ela não pensara em nada no ano anterior, e nas circunstâncias em que estavam pensou em fazer kits médicos com algumas coisas básicas para se ter à mão caso os médicos de campo não estivessem por perto. No entanto, Ilva não tinha falado nada sobre o Solstício. Então, como não sabia se veria Luc ou qualquer outra pessoa, descartou a ideia.

Helena abriu um armário, retirou frascos de várias prateleiras e os enfileirou sobre um pedaço de lona encerada, fazendo marcas no tecido enquanto organizava tudo para que coubesse, piscando com força a cada poucos minutos.

Ela tinha um trabalho. Precisava fazê-lo.

A chuva gelada dificultava a visão de Helena enquanto cruzava a ponte na semana seguinte. Segurou a faca que usava para a colheita com firmeza, caminhando pelo Entreposto. Era impossível transmutá-la sem que perdesse o fio, mas ainda poderia ser útil.

Demoraria um pouco para que tivesse uma faca de alquimia de novo.

Ninguém perdia uma arma alquímica e recebia outra nova sem questionamentos. Se Helena dissesse que a perdera, seria advertida e, como não estava em combate, seria colocada no final da lista de espera. Se falasse que havia sido atacada, teria que especificar como o ataque acontecera.

Até que Ilva ou Crowther encontrassem uma faca sem dono, Helena teria que se virar.

O cortiço estava tão gelado naquele dia que sua respiração se condensou em uma nuvem densa na sala. Kaine apareceu um minuto depois, tirando o capuz do rosto. Ela desviou o olhar, mas não pôde deixar de notar que seu uniforme preto estava encharcado.

— Cadê sua faca?

Helena sentiu um aperto no peito. Tinha esperanças de que ele não notasse logo de início.

— Ah. — A voz dela se elevou em uma tentativa inútil de soar despreocupada. Ela engoliu em seco. — Eu perdi.

— Você... perdeu? — Kaine falou devagar, e a curandeira quase ouviu o uso implícito da palavra "idiota" pontuando cada palavra. — Quando?

Helena ainda olhava para o chão, para os pés dele que se moviam sem fazer barulho, quase como um gato.

— Na semana passada.

Kaine parou.

— Você foi atacada?

Ele foi rapidamente até ela e a inspecionou da cabeça aos pés, com um brilho intenso nos olhos que a deixava nervosa.

Helena balançou a cabeça.

— Não, eu... a quebrei. Eu precisava de instrumentos cirúrgicos quando você desmaiou. Então eu a usei.

Ela arriscou um olhar de relance para avaliar seu semblante e gostou do choque estampado no rosto de Kaine.

— Vou arranjar outra — acrescentou ela, depressa. — Mas antes preciso lidar com certos... atrasos logísticos. Enfim, trouxe um presente para você. — Forçou um tom alegre na voz.

Depois de revirar a bolsa, puxou o estojo de tecido encerado.

— É um... um kit de cura emergencial — explicou, apressando-se antes que ele pudesse recusar. — Eu o montei com coisas que funcionam com sua regeneração.

Isso pareceu pegá-lo completamente desprevenido. Kaine pegou o kit e ficou parado, observando-o. Então, ao perceber que ela esperava ansiosamente, suspirou e o abriu.

— Sabe que posso *comprar* remédios e que não preciso, de fato, deles, não é?

— Não pode comprar esses. Eu os desenvolvi. Foram projetados para funcionar com vitamancia... ou regeneração, no seu caso. — Helena deu um passo hesitante à frente e apontou para os frascos. — Eu os rotulei e também coloquei algumas explicações no papel encerado sobre o uso. Servem para suplementar a cura transmutacional. A medicina tradicional pode interferir, então estou elaborando um tipo que complementa os processos de cura regenerativa.

Helena apontou para o primeiro frasco.

— Isto é pó de milefólio com infusão de cobre; serve para reduzir sangramentos. É só colocar em volta do ferimento antes de fazer o curativo. Sei que está acostumado a esperar a regeneração, mas diminuir a perda de sangue ainda é uma boa ideia. — Depois tocou um frasco azul-esverdeado. — Este ajuda na regeneração do sangue. Tem uma concentração alta dos componentes de que seu corpo precisa, então enquanto seu sangue se regenera você não fica com déficit de minerais e outras coisas essenciais. Essa é a pomada que fiz para suas costas, para dor tópica. Se tiver um ferimento que não cicatriza, pode pelo menos anestesiar a região até...

— Até o quê? — questionou ele com um olhar incisivo.

Helena sabia que Kaine esperava ouvir algo como "até nos vermos para que eu cuide de você".

— Esta é a outra parte do presente — continuou Helena, olhando para ele. — Pensei em te ensinar algumas técnicas de cura para que você mesmo possa usá-las. Sei que na maioria das vezes você não precisa, mas se for estratégico e agilizar a maneira como seu corpo se regenera, vai se recuperar mais depressa.

Ela se aproximou.

— Posso?

Kaine autorizou com um aceno mínimo.

Helena pegou a mão dele e a colocou no próprio braço, depois pousou os dedos sobre os dele. Ela transmitiu sua ressonância para o próprio corpo através dos dedos de Kaine, a sensação criando uma impressão quase fantasmagórica sob sua pele.

— Sei que meu corpo não é como o seu, mas a maior parte da anatomia é, e você se regenera de acordo com as mesmas regras básicas. — Ela falava no mesmo tom eficiente que usava para ensinar as aprendizes e sentiu-se grata pelo tempo passado com elas. — Você comentou que a regeneração começa com as partes mais vitais do corpo. Cérebro, órgãos, depois membros. Quando perdeu o braço, só não se regenerou porque sangrou por tempo demais enquanto precisava se curar de queimaduras sérias. Só porque você tem vitalidade para se regenerar não quer dizer que tenha os recursos físicos para fazer isso, eles precisam vir de algum lugar. Se estiver gravemente ferido, talvez não tenha uma ressonância estável o suficiente para se curar, mas pode guiá-la, e o kit pode ajudar.

Helena explicou para Kaine todos os diferentes sistemas do corpo, como se interligavam, como um problema em um lugar poderia ter efeitos em outro. Compartilhou todas as dicas possíveis o mais rápido que pôde.

— Olhos são um grande problema. Com sorte, se você perdesse um, simplesmente cresceria de volta, mas se isso não acontecer... — Ela suspirou. — O tecido dos olhos não se comporta da mesma maneira. É um trabalho muito tedioso e demorado. É melhor você... me procurar para isso. Quer dizer...

Ela começou a gaguejar.

— O Necromante Supremo não tem olhos — disse ele.

— O quê?

Helena nunca tinha visto Morrough, mas ouvira falar que, em suas raras aparições, ele usava uma máscara dourada que escondia a maior parte de seu rosto e se estendia como chifres de cada lado da cabeça. Um sol em eclipse.

— Dá um pouco de aflição olhá-lo, mas ele não parece se importar. — Kaine recolheu a mão, claramente cansado das aulas. — Parece que foram queimados. Ele enxerga por meio da ressonância.

— Não sabia que isso era possível. — Helena esfregou as mãos na saia. — Bom, isso é o básico. Se quiser acrescentar alguma coisa ao kit ou se tiver alguma ideia, posso tentar desenvolvê-las.

— O básico? — Ele tirou um relógio do bolso. — Você está falando há mais de uma hora.

Ela olhou para o próprio relógio, certa de que Kaine estava exagerando. Mas não, não estava. Ia se atrasar para o turno no hospital se não fosse embora.

— Mas é verdade... É o básico — reforçou Helena, na defensiva. — Tenho que ir. Feliz Solstício, que seus dias sejam mais iluminados.

Kaine não retribuiu a saudação, mas a chamou quando ela chegou à porta.

— Marino.

Ela se deteve, tensa, e olhou para trás. Ele ainda estava no mesmo lugar, visivelmente frustrado. Ele a olhou de cima a baixo, como se debatesse algo mentalmente.

— Eu... trouxe uma coisa para você — disse, relutante como se estivesse arrancando um dente.

Kaine estendeu um embrulho em papel brilhante para Helena. Dentro havia um conjunto de adagas belíssimas em coldres de tecido. Helena sentiu sua ressonância agitando-se antes mesmo de tocá-las.

— A mais longa fica nas costas e a menor no antebraço — explicou Kaine quando ela continuou em silêncio. — São personalizadas para você. O titânio e o níquel são ligas mnemônicas que aceitam melhor a transmutação comparados à maioria das armas e mesmo assim vão retornar à forma original. Elas têm três formas-padrão, e, dependendo da fase de ressonância em que usar, você pode alterá-las se quiser. Por isso os coldres são maleáveis.

Ela segurou a adaga maior, tirando-a da bainha.

Depois de meses de treinamento com uma arma de aço, aquela adaga parecia não pesar nada. Assim que Helena focou sua ressonância, a adaga se transformou, mantendo o fio da navalha, mas mudando totalmente sua forma e comprimento, desenrolando-se como uma fita até se tornar uma lâmina longa e flexível como um chicote. Ela alterou ligeiramente o timbre da ressonância e, sem nem mesmo precisar guiar o metal, a lâmina voltou a ser uma adaga.

Helena arquejou, sem acreditar que algo pudesse ser transmutado com tanta facilidade. Era tão simples quanto mover os próprios dedos e não pesava nada.

Ela não conseguia parar de girá-las, observando cada detalhe, o peso e a textura, o fio impressionante das lâminas. Os detalhes elegantes, como as vinhas nos cabos para tornar a empunhadura mais segura.

Finalmente olhou para cima, sem saber o que dizer. "Obrigada" parecia insuficiente.

Kaine a observava com atenção, mas sua expressão se endureceu no instante em que seus olhares se encontraram.

— Você não tem permissão para desmontar essas armas e transformá-las em instrumentos médicos. Sob hipótese alguma.

— Mas o formato não era minha escolha? — Ela corou.

— Mas não deve desconstruí-las completamente. Está entendido, Marino? Sua voz era cortante.

— Tudo bem. Prometo que não vou fazer isso — cedeu Helena, revirando os olhos.

Só mesmo Kaine para arruinar qualquer momento.

— Obrigada — acrescentou depois de uma pausa. — Eu nem sei o que dizer. São muito bonitas.

Ele evitou o olhar de Helena.

— Não é nada demais. — Ele pigarreou. — Mas fico contente que tenha gostado, porque vai usá-las sempre que sair do Quartel-General. Na verdade, não deve estar sem elas a menos que esteja dormindo. Não são para ficar no fundo da bolsa. Quando chegar aqui, quero vê-las sempre com você. Entendido?

— Sim, vou usá-las — garantiu ela como se fosse um sacrifício, mas Helena não queria soltá-las nunca mais.

— Ótimo. — Kaine se moveu. — Bom, isso foi excelente. Sempre sonhei em ter uma aula sobre os sistemas do corpo humano.

Helena olhou para ele, que abriu um sorriso forçado.

Kaine se virou para ir embora, mas parou por um instante.

— Agora que você tem uma arma decente, acho que podemos começar um treinamento um pouco mais intenso. — Ele estendeu um envelope para ela. — Minha entrega de hoje.

Quando ela se aproximou para pegar o envelope, Kaine não o soltou até que Helena o encarasse nos olhos.

— Devo dizer, Marino, que você acabou sendo bastante cara.

CAPÍTULO 45

Decembris, 1786

Crowther ainda não havia voltado para o Quartel-General, então Helena não teve escolha a não ser levar o envelope para Ilva.

Enquanto subia até o escritório no prédio principal, ela pensou em tudo que a mulher sabia sobre ela. Ilva fazia parte do conselho que aprovava a bolsa de estudos de Helena todos os anos — e provavelmente do conselho de admissão também.

O interesse de Ilva por ela desde a morte de seu pai parecia menos afetuoso agora.

A Regente estava lendo um relatório com uma caneta em mãos e nem sequer levantou os olhos quando o guarda autorizou a entrada de Helena.

— Marino — cumprimentou ela, a voz fria. — Sente-se. Já falo com você.

Helena esperou, flexionando os dedos.

— Como vai o trabalho com Shiseo em relação ao núlio? — perguntou, fechando o arquivo.

O Conselho chamara a liga de lumítio e *mo'lian'shi* de "núlio" por conveniência. Embora não tivessem muitas informações, vários metalurgistas e químicos a estavam analisando.

A pergunta surpreendeu Helena, que esperava que a conversa girasse em torno de Kaine.

— Bom, terminamos de sintetizar o agente quelante usando as amostras que retirei de Ferron. Se algum de nossos combatentes for ferido por ele, esperamos poder utilizá-lo para remover os traços do metal no sangue.

Os estilhaços que Helena recuperara não serviam para formar uma arma resistente, mas essa não era a intenção. A fusão era propositalmente instável, se partia com o impacto e os estilhaços tendiam a se deteriorar rapidamente quando expostos ao sangue, dissolvendo-se como uma lâmina envenenada mirando a ressonância. Helena e Shiseo foram instruídos a buscar possíveis métodos de tratamento.

Como a toxicidade do metal poderia ser um problema frequente em certos campos da alquimia, os quelantes já eram comuns.

Ilva assentiu.

— O que Shiseo acha?

— Que a verdadeira supressão da alquimia é possível com o método que estão usando. Embora impeça a cura e a cirurgia alquímica, o uso é limitado em combate. Mas isso pode mudar se reconfigurarem a proporção e a composição.

A mulher estreitou os olhos.

— Existe algum método alternativo que você e Shiseo tenham em mente?

Helena engoliu, tentando não se contorcer.

— Temos uma ideia, mas é apenas uma teoria. Não temos núlio suficiente para testá-la.

— E qual é a ideia?

Helena sentiu o estômago se revirar. Detestava esse tipo de conversa, parecia uma prova para a qual ela nunca tinha as respostas.

— Considerando o comportamento da liga e como a ressonância funciona, transformá-la em arma ou injetar núlio no sangue é menos eficaz do que simplesmente golpear os membros do oponente com a liga. Se a interferência acontecesse perto das mãos, seria quase impossível para um alquimista detectar com precisão a própria ressonância. Shiseo acredita que, se a liga fosse combinada com algo que tivesse um ponto de ressonância alto e agudo, como o cobre processado com lumítio, isso poderia resultar em um tipo de interferência que suprimiria a maioria dos tipos de ressonância independentemente do repertório do alquimista.

— E como isso pode ser combatido? — Ilva se inclinou para a frente, interessada.

— Qualquer metalurgista competente consegue fazer isso, contanto que esteja confortável em trabalhar sem ressonância. Mas a maioria dos metalurgistas paladianos nunca teve essa preocupação.

— Que sorte a nossa que você tenha tirado esses fragmentos de Ferron, então — disse a mulher, embora as palavras gentis não estivessem alinhadas com o tom de voz.

— Aqui está o relatório dele — apresentou Helena, empurrando o envelope para o outro lado da mesa.

Ilva o pegou e o guardou em uma gaveta.

— E... — Helena ruborizou, sentindo-se quente do couro cabeludo até a ponta das orelhas. — Ferron me deu um conjunto de adagas como presente de Solstício. A liga é de titânio e níquel.

Ela puxou o embrulho e o abriu sobre a mesa. A mulher ergueu uma das sobrancelhas, dando uma olhada breve antes de cobri-las, como se apenas olhá-las já fosse desagradável.

Helena sentiu um nó se formar na garganta e rapidamente as guardou, desejando não ter mostrado nada sem que fosse solicitado.

— É um bom sinal, não é?

Ilva observou Helena por um momento.

— Ferron está subindo na hierarquia, sabia disso? — A mulher puxou um arquivo da gaveta e o colocou sobre a mesa.

Helena de fato notara que agora ele usava um uniforme mais escuro. Sentiu um frio na barriga.

— Ferron parece já ter superado tudo o que conquistara antes daquele ferimento. Ele controla vários distritos importantes. Recentemente, assumiu o controle das fábricas do Entreposto, onde você o visita, consolidando poder em uma velocidade impressionante. Parece que os nossos sucessos recentes o beneficiaram muito.

Ilva tamborilava na mesa com a unha enquanto olhava para Helena com um sorriso amarelo.

— Eu não sabia — disse Helena.

Ilva balançou a cabeça.

— Imaginei. Estou começando a achar que você se esqueceu do que ele é.

Helena ofegou com surpresa, mas, enquanto passava as páginas da ficha diante de si, a mulher continuou:

— Há boatos de que Morrough tem uma arma nova. Pensamos que fosse uma quimera, como aquela que quase matou Lila, ou até mesmo núlio. Mas não. Não é nenhuma dessas coisas, não é? — Ilva cruzou as mãos sobre a mesa, encarando Helena. — Como é possível que ele ainda esteja vivo?

— Crowther me disse para fazer o que fosse necessário.

Os olhos da mulher passaram do rosto de Helena para seu pescoço, onde a corrente do colar mal estava visível sob a gola. A curandeira ficou imóvel.

— Sabe, Ferron não é o nosso único espião — prosseguiu ela. — Temos vários informantes. Com base nos relatórios, após a recuperação dos portos, ele foi punido. Gravemente. Estava bem perto de morrer. Isso foi dado *como certeza.*

Helena sentiu o sangue gelar nas veias.

— Vocês sabiam? — perguntou ela, a voz trêmula. — Sabiam o que estavam fazendo com ele e não me contaram?

— Por que contaríamos? — O olhar de Ilva era cortante.

Helena mal conseguia falar.

— Por isso o ataque foi tão elaborado? Porque vocês esperavam que ele morresse? Porque *queriam* que ele morresse.

Ilva não disse nada, mas o ressentimento e a desconfiança de Kaine quando Helena continuara a comparecer aos encontros começavam a fazer sentido.

— Por que não me contou? — A voz de Helena tremia de raiva.

Ilva franziu os lábios, atenta à expressão da garota.

— Você sempre foi... sincera demais. — Um sorriso esticou seus lábios. — Por isso Luc confia tanto em você. Se tivéssemos compartilhado o plano com você, acha mesmo que não teria dado nenhuma pista para Ferron?

Helena começou a tremer e agarrou os braços da cadeira, a visão ficando turva.

— Imaginamos que você fosse perceber — acrescentou Ilva. — Quando ficou claro que não tinha notado, que parecia acreditar ter algum tipo de obrigação com Ferron, concordamos em deixá-la tentar curá-lo na esperança de que, quando entendesse a irrelevância disso, traria o talismã dele de volta. — Ela pigarreou. — Então você deve imaginar nossa surpresa ao ver que ele não apenas sobreviveu, mas se tornou mais perigoso do que nunca, nosso querido espião traiçoeiro. Então, diga: como fez isso?

Helena engoliu em seco.

— Estávamos perdendo e só conseguimos recuperar os portos por causa dele. Ele fez isso por nós. Não o viram no dia em que voltei. Ele sabia que seria castigado, já estava dando a própria morte como certa. — Ela deu um suspiro nervoso. — Se queriam que ele morresse, deveriam ter me contado. Crowther me disse para curá-lo.

— E como você o curou? — Ilva ficou visivelmente mais tensa. — Você... — Ela crispou os lábios e voltou a olhar para o colar no pescoço de Helena. — Usou algo para isso?

Helena cerrou os punhos.

— Pensei que, se tivessem que escolher entre nós dois, escolheriam a ele.

Ilva empalideceu.

— Então usei o amuleto que você me deu, pensei que...

— Você deu o amuleto para Ferron? — A pergunta saiu quase em um grito.

Helena nunca ouvira Ilva erguer a voz.

— Não, eu...

— Ainda está com você ou não?

Helena sentiu-se zonza, mas estendeu a mão e puxou a corrente sobre a cabeça.

— O amuleto está comigo, mas não tenho mais a pedra-do-sol.

Ilva o puxou tão bruscamente que a corrente rasgou sua luva de pele de carneiro. Ao pressionar o polegar sobre o centro vazio onde a pedra estivera, olhou para Helena em completo horror.

— O que você fez?

A curandeira engoliu em seco, nervosa.

— A pedra se quebrou e uma... substância saiu. Era parecido com mercúrio líquido, e... aquilo... se fundiu com Ferron.

O silêncio que se seguiu foi estarrecedor. Ilva parecia tão chocada que não disse nada, apenas olhava para o amuleto como se a pedra fosse se rematerializar magicamente. Então Helena não conseguiu mais se segurar.

— Se não queriam que ele fosse curado, deveriam ter me contado.

Ilva não respondeu, apenas encarou o amuleto em sua mão.

— Por acaso conhece a história da Pedra Celestial? — perguntou Ilva, ainda passando o polegar sobre o amuleto vazio.

Helena estava começando a ficar com medo.

— Não. — Ela balançou a cabeça. — É um mito. Todo mundo sabe que foi uma interpretação equivocada. Luc disse que não era real.

— Tudo o que fiz foi para proteger Luc — murmurou Ilva, mas não parecia estar se dirigindo à Helena, e sim ao amuleto que tinha em mãos. — Nunca fui treinada para ser Regente, para carregar o peso desse legado. Eu estava feliz com meu papel, mas Luc era jovem demais para tudo isso. Tentei fazer o melhor que pude.

Ilva olhou para Helena.

— Quando sua... *vitamancia* se manifestou, pensei que tinha encontrado um jeito. Que Sol tinha providenciado um caminho seguro para que eu pudesse protegê-lo. É claro que ainda havia as questões políticas. Matias não facilitou as coisas. Com todas as concessões que ele exigia, eu estava preocupada com a possibilidade de o Custo se estabelecer de forma prematura. O amuleto ficou trancado por séculos, à espera, enquanto gerações de Holdfast o protegiam, e eu esperei que a guerra fosse despertá-lo para fazer alguma coisa.

— O quê? — perguntou Helena.

Ilva se levantou, segurando a bengala com tanta força que os nós dos dedos inchados ficaram brancos. Ela passou por Helena e olhou pela janela, na direção da Torre da Alquimia.

— Minha família construiu o Instituto e esta cidade para garantir que a necromancia nunca mais chegasse ao poder. Eles deram a vida pela causa e guardaram inúmeros segredos. — Ela ficou em silêncio por um longo tempo, e Helena não se atreveu a falar. — Conhece as histórias de Rivertide?

Rivertide era o nome de Paladia antes da primeira Guerra Necromante. Uma peste havia assolado o país e, quando o Necromante tomou o território, usou os cadáveres para formar seu exército.

— Não houve peste alguma — revelou Ilva, ainda sem olhar para trás. — Orion chamou o que aconteceu de "peste" porque era mais gentil do que imortalizar o que realmente aconteceu com todas aquelas pessoas. — Ela continuou segurando o amuleto contra o peito. — O Necromante percebeu o potencial alquímico da área e veio para Rivertide especificamente por causa das pessoas que viviam aqui.

— Ele as matou?

Helena não conseguiu entender o propósito daquele segredo. O Necromante massacrar Rivertide era algo muito mais plausível do que ele encontrar uma cidade convenientemente cheia de cadáveres.

— Não. Elas estão vivas até hoje.

Helena a encarou, confusa.

— O Necromante era um vitamante assim como você, mas essa habilidade era ainda mais mítica naquela época. Ele veio até Rivertide e fez milagres. Todos acharam que era um deus. Construíram um templo para ele no platô, deram tudo o que ele pedira, e o Necromante prometera que lhes concederia a imortalidade se tivessem fé. Um dia, convocou a todos para uma grande assembleia em um lugar secreto no subsolo e declarou que, se confiassem nele, poderia fazê-los viver para sempre. Não sei ao certo o que se seguiu, mas, depois disso, seu templo ficou cheio de cadáveres e todas as almas foram vinculadas, sintetizadas nessa... substância. Então ele usou seu poder para reanimá-los.

Ilva se pôs a andar de um lado para o outro a passos largos, a bengala tremendo na mão, agitada demais para ficar parada.

— Quando Orion enfrentou o Necromante, as almas ainda estavam conscientes, sabiam da traição e que a dádiva da "imortalidade" vinha com o preço da escravidão eterna. Durante a batalha, o Necromante perdeu o controle e a Pedra se voltou contra ele. Houve um clarão tão brilhante quanto o sol que preencheu todo o vale e o destruiu junto com todos os necrosservos em uma língua de fogo. Quando tudo terminou, restaram apenas Orion e seus aliados. — Ilva balançou a cabeça. — Orion temia que se a verdade sobre a natureza da Pedra fosse revelada, outros tentariam redescobrir os métodos. Quando aqueles que testemunharam a batalha disseram que a Pedra era um presente de Sol, Orion não teve escolha a não ser deixá-los acreditar.

A expressão da mulher era de profunda tristeza.

— Era tudo mentira?

Ilva girou na direção de Helena, furiosa.

— O que mais ele poderia ter feito?

Helena se levantou, pronta para responder à altura.

— Dizer a verdade! Não podem recriar a história de acordo com suas preferências. Não tem noção do que fez? Luc acha que precisa ser digno de um milagre, que ainda não venceu a guerra porque não sofreu o suficiente, porque não é como Orion e não merece isso. Ele acha que é culpa dele, mas nunca vai haver um milagre para nos salvar. Você vai torturá-lo até a morte com uma mentira.

— É por isso que estou *fazendo* milagres acontecerem! —Ilva parecia irritada, como se Helena fosse a traidora ali. — Acha que quero que ele sofra? É lógico que quero contar a verdade, mas quando seria o momento ideal para isso? — Ela estendeu um dos braços. — Apollo deveria ter contado a Luc quando ele tivesse idade o bastante e estivesse pronto. Mas tudo foi por água abaixo quando Ferron assassinou Apollo e causou esta guerra. Agora, tudo o que me resta é tentar fazer com que a fé seja real, tentar impedi-lo de perder as esperanças.

A cidade inteira, o Principado, a Fé, a história, cada mural, cada amuleto. Era tudo mentira.

— Você precisa contar a verdade a Luc. Não pode continuar fazendo isso com ele.

— O que acha que vai acontecer se ele souber que não terá ajuda? O que vai restar? — Ilva a fuzilava com o olhar. — O risco é grande demais. Agora, graças a você, só me restam escolhas terríveis.

Helena cerrou a mandíbula, furiosa demais para aceitar ser culpabilizada.

— Por que me deu algo assim sem me contar do que se tratava?

— Porque estava tentando salvá-la, poupá-la. Pensei que talvez a maldita Pedra conseguisse fazer isso, e parece ter conseguido. Quando Ferron nos fez sua proposta, Crowther disse que era a única chance que nos restava. Pensei em pegá-lo de volta naquela noite, e poderia ter feito isso depois do que você disse perante o Conselho. Mas me lembrei do seu rosto quando o coloquei pela primeira vez em seu pescoço. Imaginei que você o valorizasse o suficiente para ter bom senso. Você é tola. Muito tola.

De repente, a mulher pareceu perder as forças e desabou sobre a cadeira.

— Não pode mentir para mim e depois ficar com raiva quando cometo o erro de acreditar em você — disse Helena. — Se a Pedra era tão especial, por que não deixou Luc usá-la?

A expressão de Ilva pareceu se contorcer em amargura.

— O amuleto não obedece aos Holdfast. — Ela desviou o olhar. — Mesmo nas mãos de Orion, era duro e frio, nunca concedeu poder ou favores a ninguém da nossa linhagem. Ele respondeu a algumas pessoas, mas sempre acabava esfriando. E você o tinha. Poderia ter feito *qualquer coisa*, mas o usou para curar Ferron.

— Sinto muito por não ter sido o fantoche que você esperava — rebateu Helena, asperamente.

A curandeira ficou devastada. Não tinha ideia de como iria lidar com aquela nova realidade. Passara tanto tempo sendo criticada por sua falta de fé para, no fim das contas, tudo não passar de uma invenção. Não sabia mais o que era real. Até mesmo ter sido entregue para Kaine havia sido um golpe elaborado.

Não se tratava de garantir a lealdade dele, mas simplesmente passar a impressão de que ela estava tentando.

E Luc. Seu coração doía. O que ele faria se soubesse a verdade?

Helena deveria contar? Depois de tudo o que omitira ao longo dos anos, será que deveria revelar aquilo e destruir o mundo dele?

Não podia correr o risco. Havia muita coisa em jogo, e Ilva sabia disso.

Helena parou antes de abrir a porta.

— Daqui para a frente, seria bom me dizer o que quer em vez de esperar que eu fracasse quando for conveniente para vocês. Talvez isso evite que nos decepcionemos tanto uns com os outros.

— Você quer honestidade? — perguntou Ilva, sua voz venenosa. — Quero que mate Kaine Ferron.

Helena virou-se lentamente.

A outra mulher estava calma de novo, fria como um lago imperturbável.

— Ele iria morrer de qualquer forma, mas quero que seja pelas suas mãos. Você criou essa nova ameaça para Luc, então é justo que cuide disso.

— Ele não fez nada para nos trair.

— Ele assassinou meu sobrinho! — A voz de Ilva soou como o estalo de um chicote, e Helena viu um lampejo do ódio que ela escondia com tanto cuidado. — O que sugere? Que esperemos para ver quem ele vai matar em seguida? Quais vidas está preparada para apostar nesse processo?

O peito de Helena se comprimiu.

— Não pode me pedir para traí-lo…

— Por que não? O que ele fez por você, Marino, a não ser enganá-la como a garota bobinha que é? Sua lealdade vale um punhado de adagas? — Ela olhou com desdém para o embrulho que Helena segurava. — Se Ferron quisesse você, já teria feito alguma coisa. Você não passa de um brinquedo.

— Não. Estou progredindo. Só um pouco mais de tempo, e eu o terei do jeito que o Crowther quer.

Ilva soltou um riso incrédulo.

— Crowther só podia estar delirando quando pensou em usar você para domar Ferron. É impossível domar um cão raivoso. — Ela balançou a cabeça. — Muito bem, pode se recusar, não importa, temos provas mais do que suficientes da traição dele. Jan está montando um relatório. Seria muito simples enviá-lo aos Imortais. Acredito que sejam provas irrefutáveis. Prefere que seja assim? Acha que o matarão desta vez?

Helena sentiu o peito comprimir como se tivesse levado um golpe.

— Não podem fazer isso com ele.

— Por que não? —Ilva não se comoveu. — Seria apropriado, não? Depois de tudo o que Ferron fez, eu diria que ele merece.

Então Helena percebeu o que deveria ter enxergado muito antes: Ilva sempre quis se vingar. Assim como Crowther olhava para a guerra civil e via todas as maquinações políticas dos países vizinhos, o jogo de Ilva era igualmente complexo, embora muito mais pessoal. Tinha a ver com Luc e o legado da família. Tinha a ver com retaliação.

Crowther era ambicioso, queria que Helena conseguisse a lealdade de Kaine, algo útil a longo prazo, mas esse nunca foi o objetivo de Ilva.

— Mas nós precisamos dele. Só chegamos até aqui por causa dele. Se o perdermos e as coisas começarem a desmoronar de novo, vão culpar Luc.

— Para nossa sorte, Ferron se tornou uma figura bastante importante entre os Imortais nos últimos meses — devolveu Ilva com um sorriso implacável. — Se ele desaparecer de repente, a desestabilização será generalizada.

— Não podem fazer isso! — repetiu Helena.

— Estou tentando salvar todo mundo, Marino. — A voz de Ilva oscilou. — Isso inclui você. Não importa o quanto tenha romantizado Kaine Ferron, ele não é uma pessoa. Ele é um monstro. — Ela colocou a mão na altura do coração, um gesto que muitos faziam ao falar de Apollo. — Ele e a família deveriam ter sido contidos há muito tempo, mas Pol ficou preocupado com a reação das guildas, por isso permitiu que o garoto frequentasse o Instituto apesar das suspeitas sobre seu nascimento. Agora, veja só como essa gentileza foi retribuída. Não vou cometer esse erro com Luc.

— Por favor, Ilva, posso fazer com que ele seja leal. Só preciso de mais tempo.

— Está escolhendo Ferron em vez de Luc? Em vez de todos os juramentos que fez?

A pergunta neutralizou Helena.

— Não — respondeu ela no mesmo instante. — Não — repetiu, com a voz embargada. — Luc tem minha lealdade. Mas, se eu tivesse provas de que *Ferron* é leal, que fará o que quiserem, poupariam a vida dele? Eu juro que, se eu não conseguir... Eu mesma vou matá-lo. Mas, se ele for leal, pode ser útil para nós. — Sua voz tremeu. — Por favor, Ilva.

Ilva suspirou, parecendo cansada.

— Se conseguir fazer Kaine Ferron ceder e se colocar à nossa disposição em um mês, podemos poupá-lo. Mas seja franca consigo mesma, não existe lealdade de onde ele vem. Os Ferron são tão facilmente corrompidos quanto o ferro que controlam.

O nó em sua garganta parecia uma pedra, mas Helena obrigou-se a falar.

— Vou fazer isso. De um jeito ou de outro, *vou* concluir essa tarefa. Não deixe que Crowther envie as informações.

Ilva se debruçou sobre a mesa, a corrente do amuleto vazio balançando entre seus dedos.

— Um mês, Marino.

CAPÍTULO 46

Decembris, 1786

Um mês. Os dias pareciam reverberar por cada um de seus ossos. Helena não conseguiu dormir naquela noite. O futuro a assombrava. Logo antes do amanhecer, houve uma Liturgia da Brasa e o Falcão Matias consagrou o ano vindouro à orientação de Sol, e então ela começou o plantão no hospital.

Sentia-se acuada, como se o mundo estivesse se fechando ao seu redor e não houvesse escapatória. Ninguém a quem recorrer.

Tentou afugentar o terror que sentia usando animancia, mas o sentimento a consumia por completo. Cada pensamento a conduzia rumo à mesma aflição.

Ao final de seu turno, Helena voltou à recepção para ver se poderia ficar para o plantão seguinte. Era certo que alguém iria preferir celebrar o Solstício, e ela conseguiria se manter ocupada.

Purnell trabalhava ali e usava um broche com "Sofia P." gravado. Helena ficou tensa ao vê-la e, antes que pudesse falar, recebeu um pequeno cartão.

— A Regente disse para lhe dar isto quando seu horário de trabalho acabasse.

Helena hesitou um instante antes de ler.

Pouco fora escrito. Como agradecimento pelo trabalho árduo, Ilva garantira que Helena tivesse algumas horas de folga para comparecer às celebrações de Solstício em Solis Sublime. Luc estaria por lá e ficaria feliz em vê-la. Rhea a esperava.

A curandeira mal podia acreditar naquela manipulação descarada.

Ou Ilva estava perdendo o jeito, ou talvez Helena enfim começara a perceber quem ela realmente era.

Por cima do uniforme, vestiu o suéter de lã verde que Rhea lhe dera e foi até Solis Sublime. Já estava escuro, e tanto o ano quanto o sol se preparavam para o renascimento.

Em quatro semanas, Kaine estaria morto.

Ela mal encostou na porta e alguém a atendeu no mesmo instante. Aconchego, claridade, música e risadas se derramaram para fora. Helena semicerrou os olhos, aturdida. Será que tinha batido à porta errada?

— Marino? Não sabia que você vinha. — Alister, um dos garotos do batalhão de Luc, segurava a porta para que ela passasse. — Entre. Temos comida para dar e vender.

Helena entrou, sentindo-se como se tivesse deixado a realidade e adentrado uma versão onírica de Solis Sublime. O clima era animado, e a casa fora decorada com fitas, serpentinas e folhagens de pinheiro. As crianças corriam por todo lado como uma matilha de filhotes ferozes.

Conhecia os rostos ali, reconhecia as pessoas, mas tudo parecia diferente. Errado.

Por que todos estavam tão felizes?

O gramofone tocava músicas e, da sala ao lado, ouvia-se risadas embriagadas. Antes mesmo de chegar ao outro lado do cômodo, uma caneca de vinho quente foi colocada nas mãos dela, e Helena bebeu por instinto. Estava morno e doce, em vez de azedo e aguado de tanto tentarem fazer render.

Por toda parte via-se sinais do acesso ao comércio dos portos e dos rios, mas tudo em que ela pensava era: *Kaine fez isso*, lembrando-se das feridas que dilaceraram as costas dele, o tecido morto apodrecendo, envenenando-o. Ele mal estivera se aguentando em pé, abatido e esquelético, e a única coisa que quisera saber era se tinha funcionado.

A sala se tornou um borrão. Ela perambulou em transe até encontrar Titus Bayard sentado de pernas cruzadas no chão, descascando laranjas. Deviam ter vindo de algum lugar da costa Sul. Ao lado dele, havia uma mesa com um montinho de frutas descascadas.

Helena procurou por outros rostos familiares.

Na poltrona, Lila espremia-se ao lado de Soren, que pela expressão parecia um gato encurralado. Desde que fora ferida, ele tapava os olhos para tudo o que a irmã fazia.

Após sua recuperação, total e surpreendentemente rápida, Lila agira como se as reações de todos fossem exageradas. E, quando descobriu as tentativas de Luc de ignorar as ordens, os dois tiveram uma discussão acalorada. Helena só ouvira as fofocas, mas tinha sido uma briga tão feia que o batalhão inteiro ficou na reserva durante semanas até as coisas se acalmarem.

Agora o clima parecia melhor, mas, de alguma forma, Helena sentia que era Soren quem tinha sofrido os maiores ferimentos do ataque, sem dúvida.

Uma das curiosidades inevitáveis a respeito dos Bayard que ela ouvira muitas vezes durante os anos era o fato de Soren ser mais velho do que Lila. Por vinte minutos. No passado, a diferença de idade era tratada como algo muitíssimo significativo em questões hierárquicas.

Na maior parte do tempo não passava de uma piada, mas Helena suspeitava de que Soren levava isso mais a sério do que deixava transparecer. Sendo a Primeira Paladina ou não, Lila não era apenas uma gêmea, mas também irmãzinha dele.

Luc jogava cartas com um grupo de soldados convalescentes, e tanto Lila quanto Soren o observavam. Ela levava a perna para frente e para trás, as engrenagens estalando suavemente.

Helena se abaixou ao lado de Titus, tentando terminar logo sua lista de obrigações para que pudesse ir embora. A alegria da casa era tão dissonante que a deixava enjoada.

— Oi, Titus — cumprimentou Helena, seguindo o roteiro, como sempre fazia. — Você se importa se eu der uma olhadinha no seu cérebro?

Titus não reagiu. Helena tirou a luva e tocou a cicatriz na lateral da cabeça dele. Enquanto fazia contato com a ressonância, fechou os olhos e tudo estava como sempre estivera. No entanto, Helena não era mais a mesma. No último ano, sua técnica e compreensão da mente haviam mudado. Havia padrões de energia cujas complexidades ela não entendia no passado.

E agora ela sabia onde tinha errado. Havia transmutado o tecido sem saber como conduzir as correntes de energia que guiavam a mente pela matéria cinzenta.

É claro que, com a mente limitada, Titus muitas vezes não respondia. Ela o aprisionara dentro da própria consciência.

Quando de repente Titus empurrou a mão dela, a conexão entre os dois se rompeu. O rosto dele se contorceu em uma careta, e ele esmagou a laranja que tinha nas mãos até virar suco. Balançava a cabeça sem parar, como se estivesse tentando se concentrar.

Helena o fitou, analisando-o enquanto ele se afastava com uma expressão inquieta. De forma automática, voltou a calçar a luva.

Será que era possível curá-lo? Ela quase tinha medo de pensar numa coisa dessas. Precisava ter certeza antes de abordar a possibilidade com Rhea. Não podia partir o coração dela outra vez.

As risadas despertaram Helena do devaneio.

Caminhou para uma sala mais silenciosa, menos lotada, e tentou se recompor na alcova de uma janela cujas cortinas abafavam toda a barulheira e onde estava mais fresco.

— Helena.

Ela ergueu o olhar e viu Penny Fabien entrando na alcova atrás dela.

— Bem que achei que era você quem tinha vindo se esconder aqui — comentou Penny. — Está tudo bem? Pareceu chateada.

Penny era um ano mais velha e tinha sido monitora do dormitório de Helena durante os dias no Instituto.

— Só estava meio sufocada — replicou Helena, desviando o olhar. — Aconteceu alguma coisa?

— Como assim? — perguntou Penny, encarando-a.

— Por que todo mundo está tão feliz?

Penny piscou, surpresa.

— Estamos felizes porque a guerra está quase no fim.

Helena a encarou, aturdida.

A guerra não estava quase no fim. Nem sequer tinham um plano para a vitória. Havia seis anos que lutavam por sobrevivência enquanto esperavam por um milagre que nunca chegaria.

— Você não estava na Liturgia da Brasa? — perguntou Penny. — O Falcão Matias falou dos estágios de transmutação, de como cada um deles corresponde a um período da guerra, e de como estamos quase na última transformação, que é quando a alma se torna verdadeiramente purificada. Pense só. Um ano atrás, estávamos encurralados no Quartel-General, sem nem sinal de suprimentos, quase sem rações para continuar lutando, e agora recuperamos toda a Ilha Leste. Os portos. Tudo porque tivemos fé.

Durante o serviço, Helena não prestara a menor atenção em Matias. Tudo o que escutara fora a voz de Ilva em seus ouvidos, dizendo *um mês*, de novo e de novo.

— Como assim? — A voz de Helena saiu estrangulada.

Uma expressão de empatia tomou conta do rosto de Penny.

— Acho que você não passa muito tempo no front, não é? Nem deve imaginar. As coisas foram muito bem esse ano. — O rosto de Penny se iluminou. — Porque nós passamos no teste. Aguentamos o tranco e não deixamos o medo nos corromper. Agora Sol nos concedeu sua graça. Não dá mais para perder.

Helena recuou como se tivesse levado um tapa e encarou Penny com tamanho choque que o sorriso da colega sumiu. De repente, um olhar de compreensão e desconforto tomou suas feições.

— Ah, é... — hesitou Penny, torcendo as mãos. — Fiquei sabendo do que aconteceu com você e o Conselho. Desculpe, eu não queria insinuar nada sobre sua alma...

A mandíbula de Helena começou a tremer descontroladamente, e logo o tremor se espalhou até tomar o corpo inteiro.

Penny deu um passo na direção dela e a acariciou no braço.

— Não se sinta mal. Tenho certeza de que você... tinha boas intenções. Todo nós já passamos por momentos em que pensamos que valeria a pena fazer qualquer coisa só para colocar um fim em tudo. Só não se esqueça de como as coisas se acertaram depois disso. Talvez você tenha sido... nosso teste final.

Helena estava perdendo a cabeça. Estava prestes a começar a gritar bem ali, na alcova. Essa possibilidade nunca nem lhe ocorrera. Na mente deles, estavam ganhando a guerra porque a proposta dela de usar necromancia recebera uma reprimenda tão dura que a Resistência passara por um teste final de espiritualidade e agora todo o sucesso do último ano estava sendo tratado como uma recompensa?

Sem nem se dar conta, ela provara as crenças deles.

Agora, não importava o que acontecesse, nunca mais lhe dariam ouvidos. Seria sempre rotulada como cética, como incitadora. De repente, Helena se lembrou da expressão estranha que vira nos olhos de Ilva e Crowther quando fora repreendida e dispensada da reunião. Naquele momento, tinha dado a eles a oportunidade perfeita.

Não foi à toa que Ilva lhe contara a verdade sobre Orion. Afinal, sabia que jamais acreditariam em qualquer declaração de Helena.

Agora Ilva queria uma cartada final.

Matar Kaine. Não deixar rastros, acabar com o verdadeiro motivo do sucesso deles. Criar mais um milagre.

Helena se forçou a respirar, e o ar saiu como um engasgo. Penny a puxou para um abraço apertado repentino.

— Está tudo bem — dizia, como se Helena fosse uma criança que precisasse ser consolada. — Todos nós erramos. Não se sinta mal, está tudo bem agora...

Penny deu um tapinha nas costas dela.

— Sabe, o problema é que você está muito isolada, já que todo mundo está no front, e você, no hospital. Daí nunca chega a ver como as coisas estão de verdade.

— Imagino que seja isso, mesmo — respondeu Helena, entorpecida. — Deve ser isso.

Penny assentiu, dando um passo para trás.

— Está tudo bem. Só grude em mim. Não vou deixar ninguém te incomodar.

Helena estava aturdida demais para oferecer resistência conforme Penny a puxava da alcova e a levava para outra sala, onde Alister tocava piano. Em um dos cantos, Soren jogava carteado, e Lila tinha desaparecido de vista. Diversas pessoas, incluindo Luc, amontoavam-se ao redor do piano, cantando. Primeiro, Penny colocou Helena num sofá e, após tentar convencê-la a se juntar aos outros, também se aproximou do piano.

Helena ficou sentada ali, tensa, à espera de que Penny se distraísse para poder ir embora. Porém, antes de ter a oportunidade, Luc a viu e se afastou do grupo no mesmo instante.

Ele se jogou no sofá ao lado dela.

— Fico feliz que ainda esteja aqui. Achei que já tivesse saído de fininho.

A resposta de Helena foi uma negativa com a cabeça.

— Você está bem? — perguntou Luc.

— Só cansada.

Ele se inclinou para a frente.

— Suas aprendizes não estão fazendo a parte delas?

— Não, está tudo certo com elas. É só que... parece que sempre surge alguma coisa nova para fazer.

— Não sei, não. Acho que você gosta de não ter tempo. — Havia uma provocação no tom dele.

O estômago de Helena embrulhou.

— Talvez — conseguiu dizer.

Soren se aproximou e, passando por cima do braço do sofá, acomodou-se do outro lado de Helena.

— Vocês precisam me esconder — pediu. — Alguém contou para a mamãe que estávamos fazendo apostas.

— Já pode se considerar um homem morto — caçoou Luc, rindo. — Você pelo menos ganhou?

Soren balançou a cabeça em negativa, arrasado.

— Porra, é Lila que está vindo para cá?

— Olha essa boca suja na casa da sua mãe — repreendeu Luc, estalando a língua. — E quando sua preciosa irmã está vindo na nossa direção.

— Vai se foder.

Lila se aproximou com uma caixa grande e intrincada pendurada no pescoço e se colocou diante deles.

— A mamãe está me obrigando a bancar a fotógrafa — falou, dando um tapinha no maquinário.

Soren grunhiu.

— Fiquem aí sentados direitinho e quietinhos, esse treco é cheio de frescuras. — Lila encarou o aparato e ajustou as lentes, revirando de um lado para outro. — Soren, você por acaso não tem coluna vertebral? Como é que pode estar corcunda de armadura? Você está encolhido atrás de Helena como se fosse um macarrão molenga. Luc, pode dar um cutucão nele?

Luc esticou o braço atrás de Helena e fez como ordenado.

— Bem melhor. — Lila abriu um sorrisão, e Luc logo a acompanhou. — Certo. Nada de cara séria. Estamos no Solstício. Vamos sorrir!

Todos encararam a engenhoca e, pouco antes do *clique*, Luc passou o braço ao redor dos ombros de Helena, apertando-a com força. Quando o flash foi disparado, ela tentou forçar um sorriso.

— Pela luz de Sol, acho que acabei de ficar cego — gemeu Luc, tapando os olhos.

— Soren, a mamãe quer uma foto sua com o papai — informou Lila, puxando o irmão do sofá e o arrastando para a sala ao lado com certa dificuldade.

Helena ficou olhando conforme os gêmeos se afastavam e sentiu um aperto no peito. Estava com as mãos cerradas em punhos tão fechados que o couro das luvas se enterrava nos nós dos dedos.

— Está pensando no seu pai? — perguntou Luc, baixinho.

Não era nisso que ela estava pensando, mas talvez esse fosse o problema. Deveria pensar mais em todas as pessoas que tinham morrido e cujo denominador comum fora o fato de que a vida delas tinha esbarrado na de Helena.

Independentemente de a vitamancia ser ou não uma maldição, Helena estava começando a achar que *ela própria*, sim, era uma.

— Hel, o que aconteceu? — Luc a tocou no braço.

Helena o encarou e percebeu que uma escolha lhe estava sendo imposta: Luc ou Kaine? Só poderia salvar um. E precisava decidir-se por Luc, mas essa escolha acabaria a matando.

— Preciso ir. — Helena começou a se levantar.

— Nada disso. Você sempre fala que precisa ir, mas desta vez vou bater o pé. Fique aqui com a gente.

Ele envolveu a mão dela com os dedos e abriu um sorriso de súplica, provocando-a.

Luc sempre tivera um talento terrível para a persistência. Desde o começo, quando a encontrara chorando depois da primeira aula porque um professor possuía um sotaque forte e falava rápido demais.

Conseguira arrancar essa verdade dela em um canto empoeirado da biblioteca e, na semana seguinte, o professor falara mais devagar e anotara todos os termos-chave no quadro para que Helena pudesse copiar a matéria e revisar mais tarde. Ter Luc em sua vida sempre se assemelhara a magia.

Não havia motivos para ele se esforçar tanto por ela, mas o fazia mesmo assim, e continuava fazendo. Luc a escolhera naquele primeiro dia e decidira que a queria ter como amiga. E, se isso exigisse ficar sentado horas a fio na biblioteca enquanto ela fazia a lição de casa, mesmo que ele próprio odiasse fazer a lição, era o que faria.

Helena não conseguia nem imaginar como teria sido sua passagem pelo Instituto sem ele. Era como imaginar um mundo sem sol.

— Vamos, desembuche. Tem alguma coisa errada? — perguntou Luc, aproximando a cabeça da dela.

Tudo. Tudo estava errado, e assim continuaria para sempre. E, embora não tivesse culpa, eram eles que pagavam o preço. Helena não podia contar a Luc, seria cruel demais deixá-lo sem nada, expor como toda a vida dele não passava de uma mentira, quando aquilo era tudo o que ele tinha.

— Todo mundo parece tão feliz — falou ela, por fim. — Isso me deixa com medo.

Ele assentiu aos poucos, a preocupação se dissipando.

— Eu sei, mal dá para acreditar que logo pode acabar. Não parece real. — Ele a cutucou com o ombro. — É por isso que é importante ter pessoas que te mantêm com os pés no chão.

Em seguida olhou para a sala ao lado, onde Lila e Soren se ajoelhavam ao lado do pai enquanto Rhea batia uma foto.

— Quando isso parece impossível, o que me ajuda é pensar em todas as coisas que estou esperando acontecer — completou Luc.

Helena sentiu um aperto no peito, perguntando-se que fantasia Luc imaginava para sair da cama todos os dias.

Quando ela não disse nada, Luc abriu um meio-sorriso.

— Nós finalmente vamos viajar. Quando tudo passar e voltar ao normal, Ilva pode passar mais um tempo no comando. Não vai ser uma viagem longa como planejamos, mas, se esperarmos pela Ausência, podemos pegar um navio direto para Etras e passar pelo menos uma semana por lá antes de as marés voltarem. Eu sempre quis ver as cidades perdidas. Ainda tenho seu mapa pendurado na parede.

— Isso não vai acontecer, Luc — disse Helena, em voz baixa.

Mesmo que ele precisasse acreditar na mentira, Helena não podia fazer parte dela. Não podia continuar vivendo como um pilar daquela enganação.

— Quê?

Enquanto o vazio consumia o ar em seus pulmões, Helena olhou para as mãos enluvadas e engoliu em seco.

— Quando tudo isso acabar, não quero mais que você pense em nós como amigos. Acho que é o melhor para nós dois.

— Por quê? — Ele pareceu horrorizado.

— Porque não sou mais sua amiga. A Helena Marino, sua amiga, morreu em um hospital de campanha seis anos atrás. Ela não existe mais. Eu preciso que você a esqueça.

Só que ele não a esqueceria. Luc a segurou pela mão outra vez. O rosto desolado, lindo.

Mesmo no auge do inverno, ele parecia banhado pela luz solar. Divinos ou não, os Holdfast pareciam imortalizados em mármore. Como o sol, nascidos para a eternidade.

Helena não era um planeta, nem nada celestial. Era apenas uma humana, presa ao presente, à brevidade da existência, que sentia o tempo se esvaindo.

— Não. Eu não vou te esquecer — ralhou Luc. — Não posso fazer isso. Hel, é só me dizer qual é o problema e eu dou um jeito. Você e eu... nós dois somos amigos para sempre.

Ela se desvencilhou dele, balançando a cabeça de um lado para outro.

Tudo o que Luc conhecia era Paladia, alquimia e a Chama Eterna, com seus ideais a respeito de refinamento de fogo, de testes e sacrifícios, da pureza do sofrimento. A ideia de que, mais cedo ou mais tarde, tudo valeria a pena; se não nesta vida, na seguinte.

Talvez, se estivesse no front, também pudesse acreditar naquilo. Porém, Helena passara os últimos seis anos vendo gente morrer. Vivera a consequência de cada batalha, respirara a devastação até acabar afogada. Nada nem ninguém a convenceriam de que havia algo nobre ou purificador que viria como resultado daquela escala de sofrimento. Que qualquer recompensa poderia fazer aquilo pelo que estavam passando valer a pena.

Enganar pessoas a abraçar esse conceito era crueldade. Porém, como poderia dizer isso a Luc? Que nada disso nunca tivera qualquer significado? Que os milagres nos quais ele acreditara eram apenas truques, comprados e pagos com traição? Ela não podia.

— Se algum dia fui sua amiga, deixe-me ir agora.

Ao desvencilhar-se da mão dele, ela saiu da casa às pressas.

O coração batia com tanta força que lhe era doloroso. O sangue a ensurdecendo a ponto de mal ouvir o vento e o frio cortando suas bochechas.

Flocos de neve caíam em espirais pelas ruas.

Ela parou e olhou para o céu.

No Solstício, neve deveria significar sorte. Algo luminoso na noite mais sombria.

Ficou parada ali, observando a neve cair até que as mãos e os pés ficassem entorpecidos pelo frio. Por ela, ficaria ali até congelar e morrer. Uma vez tinha lido que era um jeito tranquilo de se morrer, como se estivesse pegando no sono.

O emblema da Chama Eterna brilhava acima dela, que se virou, dando as costas para o símbolo e seguindo sem rumo pelas ruas. Não havia para onde ir. A vida dela era tão pequena. Além dos portões do Instituto, nem ao menos tinha um lar.

Seguiu a única rota que sabia de cor.

O Entreposto estava estranhamente pacato. As nuvens pesadas de neve refletiam o brilho prateado fraco das luas. Sempre achara o Entreposto muito feio em comparação às linhas elegantes e naturais da arquitetura da ilha, mas agora sentia que a brutalidade do aço gigantesco, as paredes de concreto e as chaminés com fumaça faziam sentido. Ela não queria estar num lugar lindo.

Não havia pretensões no Entreposto, nem nenhuma decoração para distrair os olhos. Não escondia o que era. Era mais do que poderia dizer da cidade ou do Instituto.

Uma mentira. Tudo ali era uma mentira, os emblemas celestiais que decoravam a ilha, todos aqueles murais e retratos dos Holdfast, o sol se erguendo junto de todos eles. Tudo mentira.

O rosto de Helena ficou inerte, mas ela não conseguia se obrigar a dar meia-volta. Seguiu em direção ao cortiço.

Mesmo com os dedos rígidos, a porta se destrancou com facilidade. O vento sacudia as janelas.

Ela se sentou à mesa, descansando a cabeça no tampo, e fechou os olhos.

A porta foi aberta com tudo.

Helena levantou a cabeça e, espantada, encarou a visão de Kaine no batente.

Havia flocos de neve em seu cabelo, em seus cílios e nas sobrancelhas, como se tivesse pegado uma nevasca. Os olhos dele a encontraram de imediato, avaliando-a da cabeça aos pés. Helena o encarou de volta e uma sensação faminta ganhou forças dentro dela.

— O que foi? — perguntou ele, fechando a porta. — Aconteceu algo?

— Como você sabia que eu estava aqui?

Ele a fitou com um olhar severo.

— Eu fico de olho neste lugar.

Claro. Só porque ela não vira nenhum necrosservo, não queria dizer que eles não a tinham visto.

— O que está fazendo aqui? — quis saber ele, encarando-a da cabeça aos pés outra vez. — E desarmada, ainda por cima.

Helena havia escondido as facas no laboratório. Caso alguém as visse, aquilo levantaria mais perguntas do que ela daria conta de responder, e, depois da reação de Ilva, elas pareciam pessoais demais para que alguém as visse.

— Eu... não sabia que viria para cá. Não tinha mais para onde ir.

— Se não diz respeito a assuntos da Resistência, então não deveria ter vindo.

Ela assentiu com brusquidão. Era claro que ele tinha razão. Helena deveria ter só ido para a ponte.

E pulado.

Não. Piscou, expulsando esse pensamento. O motivo de Ilva e Crowther terem mentido para ela por tanto tempo era porque sabiam que Kaine veria a verdade no rosto de Helena, que sempre estampava seus sentimentos sem nenhuma fachada sequer.

— Tem razão. Desculpe — disse ela, a voz tão rouca que mal passava de um sussurro. — Eu vou embora.

Ela se moveu devagar, tomando o cuidado de não olhar para ele, mas, enquanto passava, Kaine enganchou os dedos no braço dela, virando-a e colocando-a de costas para a parede, olhando-a nos olhos.

— Qual o problema?

— Nenhum. — Ela logo baixou a cabeça. O olhar dele parecia deixar uma marca no topo da cabeça de Helena. — Eu só vim até aqui porque estava... preocupada com você.

— E desde quando você se preocupa comigo?

Helena ergueu o olhar sem pensar.

A expressão de Kaine era intensa. Defensiva. A neve no cabelo se derretera em gotinhas trêmulas, cintilando como estrelas no rosto dele.

— Não sei — confessou Helena.

Esse hábito tomara conta dela antes que se desse conta.

Kaine bufou.

— E agora? O quê? De repente não consegue mais se segurar?

— Vim aqui porque queria te ver — revelou, e só percebeu que era verdade quando pronunciou aquelas palavras.

Por isso estava ali.

O pomo de adão dele subiu e desceu.

— Por quê?

Helena sentiu um aperto no peito.

— Tenho medo de algum dia vir para cá, e você... não estar.

Ele ficou imóvel, os olhos percorrendo o rosto dela. A expressão de Ferron oscilou, e algo que ela não sabia decifrar faiscou em seus olhos. Kaine riu baixinho.

— Então isso é uma despedida, Marino?

A pergunta a abalou, e ela esticou a mão, agarrando Kaine.

— Não! Não.

Um mês.

Ela engoliu em seco.

— Só fiquei preocupada, e... não tinha mais para onde ir.

Já tinha dito isso. Ela se sentia burra, tão propensa a confiar cegamente nas pessoas. E agora já era tarde demais; ela não chegara rápido o suficiente, não havia mais tempo.

Kaine pousou a mão no ombro dela, aquecendo sua pele. Helena mordeu o lábio e engoliu em seco.

— Você precisa voltar toda vez — pediu ela. — Combinado? Não morra. Prometa...

A voz dela falhou.

— Marino, o que aconteceu? — Ele tentou se afastar, mas Helena não o soltou.

— Nada! É que passei muito tempo fazendo aquele kit médico para você, e depois fiquei uma hora te ensinando a usá-lo, então a-acho que seria ingratidão se você... m-morresse.

Uma risada sem nenhum humor escapou de Ferron, que se aproximou mais um passo e roçou a cabeça de Helena com o queixo ao dar um suspiro que a deixou quase em desespero.

— Combinado — disse ele. — Mas só porque você pediu.

As palavras eram como uma faca rasgando o peito de Helena. Ela passara tanto tempo pensando que era capaz de qualquer coisa. Pela guerra. Por Luc. Que tinha a força dentro de si para pagar o preço que fosse. Agora, encontrara o próprio limite.

Kaine não era inocente, mas também não merecia o que aconteceria com ele caso fosse pego. Se ao menos pudesse arrancar o talismã dele e levá-lo consigo. Ele não morreria. Só ficaria preso em algum limbo amaldiçoado dentro de Morrough.

Kaine tirou a mão do ombro dela e deu um passo para trás com um olhar tenso no rosto.

— Você não devia ter vindo — repreendeu. — Achei que fosse alguma emergência. Se aparecer assim, sem motivos, você me coloca em risco. Porque tenho que ficar adivinhando se preciso ou não responder.

Foi só depois que ele lhe contara sobre Blackthorne que Helena começara a ter ideia da magnitude do risco que ele corria. Crowther e Ilva a tinham feito se concentrar tanto na ameaça que Kaine representava para eles que ela nem por um segundo considerara o perigo que eles representavam para Kaine.

Helena se sentiu ficando zonza. Sempre o vira como alguém tão mais seguro que ela que, na própria cabeça, era a única correndo todos os riscos, aventurando-se pelo território inimigo, mortal como era. Não se tratava de um jeito preciso de enxergar nada daquilo. Era comum os espiões e batedores da Resistência carregarem pílulas de cianeto para escapar do interrogatório, caso a captura fosse inevitável. Para Kaine, aquilo não era uma opção.

Mesmo se ele fugisse, pouco adiantaria, porque Morrough tinha o selo. Seria muito mais seguro se apenas mandasse os necroservos, mas agora ele estava ali. Estava ali porque Helena fora até ali.

Como Ilva podia ser incapaz de ver o significado daquilo?

— Sinto muito — disse ela. — Não vou fazer isso de novo.

Ele parecia cético.

— Juro — reiterou Helena. — Se algum dia eu voltar, vai ser por uma emergência.

— Você está jurando — falou ele, e assentiu a cabeça, incisivo. — Vou confiar que vai manter o juramento.

O estômago de Helena revirou. *Não confie em mim. Não confie na Chama Eterna. Somos todos mentirosos.*

Ela deu um aceno rápido de cabeça.

Quando Kaine foi embora, Helena ficou sozinha. O vento seguia chacoalhando as janelas, mas ela permaneceu ali, sentindo, a cada segundo, ainda mais frio e se perguntando o que deveria fazer.

CAPÍTULO 47

Janua, 1787

Na semana seguinte, ao voltar para o Entreposto, o cortiço estava coberto por algum tipo de tecido grosso que se estendia por todo o chão e se enrugava ao redor da porta quando Helena tentou abri-la.

Kaine já estava lá, sem manto nem casaco, relaxado, as mangas da camisa enroladas acima do cotovelo. Ela congelou.

Os nortenhos eram tão pálidos que, no inverno, chegavam a praticamente brilhar, enquanto Helena assumia um tom amarelado e doentio sem a luz do sol. Às vezes, sentia tanta saudade dele que sua pele parecia ansiar pelo sol do Sul.

— Não vou treiná-la para o campo de batalha — explicou Kaine. — O objetivo aqui é garantir que tenha habilidades para escapar. A essa altura, é provável que se vire desde que não haja muitos necrosservos, mas, se trombar com um dos Imortais, vão persegui-la e vai ter sorte se decidirem só te matar.

Ela assentiu, rígida.

— Por ora seus reflexos estão até que decentes, mas numa luta de verdade é outra coisa. Não há regras. É um combate próximo, vil, e cada segundo que demora para atacar ou para entrar em posição, é uma abertura contra você. O tempo nunca vai estar do seu lado. Sua única vantagem é que vão subestimá-la, mas você só vai poder usar essa vantagem uma única vez.

Por que sempre que ele falava algo que fosse vagamente elogioso, logo em seguida precisava soltar no mínimo seis tipos de crítica?

— Certo.

Kaine a fitou de soslaio.

— Você não tem porte para combate, nem é muito forte, mas pode usar isso a seu favor. Pela sua cara, ninguém vai achar que é uma ameaça. É provável que primeiro mandem necrosservos atrás de você, mas, se descobrirem as suas habilidades, vai correr perigo de verdade. — Kaine a encarou da cabeça aos pés. — Não estou muito no clima de ser esfaqueado hoje, então vamos usar adagas de treino.

Ferron pegou-as da mesa e as jogou para Helena, que, embora tenha se atrapalhado, conseguiu pegá-las. Eram leves, do mesmo tamanho e peso das dela, mas eram de madeira. Ela as apertou. Achou estranho não sentir ressonância nenhuma.

— Seu objetivo é tentar escapar e bater na parede três vezes, o que vamos contar como fuga, ou fazer contato e formar um canal de ressonância. Vamos considerar isso um golpe em cheio. Você sabe o que fazer depois.

Parecia simples até demais, mas era a primeira vez que treinavam de verdade. Talvez ele estivesse querendo começar pegando leve.

— Agora imagine que está naquele pântano que tanto adora. O terreno é horrível, e enquanto você está com lama até os joelhos, catando sapos, ou coisa do tipo, um necrosservo a vê. Já que não tem um parceiro de combate para te dar cobertura, enquanto você lida com o necrosservo, não nota a aproximação de um Imortal. Ele já viu que você é vitamante, e está ressabiado, mas sabe que vai ser recompensado por capturá-la viva. — Kaine deu um passo na direção dela até que seus corpos se tocassem. — O que você faria numa situação dessas?

Helena tentou golpeá-lo no peito, mas, em vez de desviar ou bloquear, Ferron atingiu o pulso dela com a lateral da mão. O golpe foi tão repentino que ela fraquejou, soltando a adaga de madeira. Ele a pegou no ar.

Os panos no chão a retardaram quando tentou recuar com um salto e se colocar numa posição defensiva melhor. Terreno ruim. Kaine fechou a mão livre no pulso dela e a puxou de volta.

Agora com a faca na mão, ele rasgou o ar na direção do pescoço de Helena, que deu um jeito de bloqueá-la com a outra adaga, mas ele pegou a ponta da empunhadura, arrancando-a dos dedos dela.

A arma despencou no chão.

— Cinco segundos e já perdeu as duas facas. — Kaine a puxou para perto até que sentisse o hálito dele na pele.

Ela tentou empurrá-lo. Um toque de ressonância era tudo de que precisava. As facas que fossem para as cucuias.

De repente, a mão esquerda dele, que meio segundo antes Helena jurara portar a faca, estava vazia, e Kaine a fechou ao redor do pulso dela antes mesmo que encostasse um único dedo nele. Ela até tentou se desvencilhar, mas o aperto era de ferro.

— Agora suas duas mãos estão presas — narrou ele, como se Helena não tivesse notado.

Na tentativa de se desvencilhar, ela se jogou para trás.

— Um conselho — disse ele em tom de conversa, sem nem sequer oscilar enquanto ela usava toda a força e o peso para se livrar daquele aperto. — Não deixe seus pulsos expostos. Assim que eu a pegar pelos pulsos, posso fazer praticamente qualquer coisa. Essa regra também se aplica aos pés. Tome cuidado ao chutar acima da linha do joelho. Se eu a segurar pelo tornozelo, você vai estar no chão no segundo seguinte. A maior parte dos Imortais é das guildas e tem o dobro do seu peso. Mesmo se matá-los, vai acabar encurralada. Pisotear ou dar joelhadas é melhor que chutar. Ao pisotear, você utiliza o próprio peso, em vez de depender do impulso. Pise com força e depois tente acertar o tornozelo, ou a lateral do joelho. O segredo é incapacitar. A regeneração de um deslocamento de joelho leva mais tempo do que a de um golpe de faca. Uma joelhada na virilha também funciona. — Ele abriu um sorriso. — Até os defuntos odeiam isso.

De pronto, Helena tentou dar uma joelhada, mas ele desviou sem nenhuma dificuldade.

— Viu só? É perigoso ficar sem o movimento dos braços.

Aquele sermão estava começando a irritá-la.

Helena pisou no pé dele e depois o chutou na canela.

Kaine grunhiu.

— Melhor, mas, se minha intenção fosse capturá-la, já a teria afogado no pântano até que apagasse. Ou a pegado pelo pescoço e batido sua cabeça no meu joelho. Você precisa usar golpes baixos. Esqueça tudo que já ouviu sobre honra no combate. A única honra é a sobrevivência.

Kaine a soltou e Helena cambaleou para trás, já sem fôlego.

Ficou olhando para ela, os olhos tão intensos quanto os de um predador. Um calafrio percorreu as costas de Helena.

— Se algum dia for atacada, estará em desvantagem numérica, e, mesmo se não fosse o caso, nunca vai ser tão forte ou resiliente quanto um dos Imortais. Nós não cansamos. Podemos lutar por horas, e qualquer ferimento que você infligir será curado em questão de minutos, ou até de segundos. Se conseguirem machucá-la a ponto de deixá-la mais lenta, morrer seria menos doloroso.

— Eu sei — disse Helena, a voz oca.

— Faça o que for preciso para escapar.

Helena assentiu.

— Use a cabeça. Quando o oponente for mais forte, é crucial usar isso contra eles. Vão te subestimar, e vão ficar com raiva de você por ter conseguido feri-los, ou por ter fugido. Isso vem com um risco e uma vantagem. Se estiverem com raiva, vão se empenhar mais para tentar machucá-la, mas também vão pensar com menos clareza, e os ataques vão ficar previsíveis. Em um combate, não há muita diferença entre uma pessoa com raiva e uma pessoa estúpida.

Kaine permitiu que Helena pegasse a faca e tirou a outra do bolso, jogando-a para ela também.

Ele a atacou. E atacou. E atacou. Ganhou todas as vezes. Apesar disso, estava num bom humor bizarro. Helena não fazia ideia do motivo, porque em geral Kaine via os erros dela como ofensas pessoais.

Tudo o que ela precisava fazer para "vencer" uma rodada era conseguir algum contato estável, uma vez. Em qualquer parte do corpo. Um toque. Ou se aproximar de uma parede alguns segundos antes de Kaine a pegar.

As duas coisas eram impossíveis. Kaine a desarmava sem nenhum esforço, arrancando as armas da mão dela, fazendo-a tropeçar, desviando-se dos golpes e se esquivando dela. Em algum momento ela cometia um erro, abrindo brecha por um instante, e era só disso que ele precisava. Não estava armado, nem usava ressonância, não havia por quê. Ele a pegava pelo braço e o torcia nas costas, ou a deixava em outra posição impotente enquanto a criticava sem nunca se cansar, enumerando todas as coisas que Helena fazia de errado, todas as vantagens que a incompetência dela proporcionavam a ele.

Helena foi ficando mais e mais enfurecida, o que ele também notou e pareceu diverti-lo.

— Você deveria usar sua ressonância — recomendou ele quando a atacou pela vigésima vez, fazendo-a perder o equilíbrio ao evitar um golpe.

Com um chute rápido, ele a mandou para o chão. Helena tentou se levantar com um pulo, mas ele a pegou pelo tornozelo e a arrastou. Quando tentou esfaqueá-lo, Kaine conseguiu prender os dois pulsos dela com uma mão só.

Mantendo os pulsos acima da cabeça de Helena, fez com que largasse as facas e em seguida sentou-se sobre os quadris dela.

— Se eu fosse Blackthorne, te cortaria e comeria seus órgãos enquanto seu coração ainda estivesse batendo — disse Kaine, inclinando-se sobre ela.

O peso dele pressionava os pulsos dela com tamanha firmeza que ela sentia o azulejo sob todo aquele tecido no chão. Os dedos de Kaine roçaram sobre a barriga dela.

Helena sentiu um arrepio nas entranhas, o calor a atingindo feito uma onda.

— Você é péssima no combate corpo a corpo. Achava que sua postura fosse terrível, mas você se supera — comentou ele, acompanhando os dedos com o olhar.

— Bom, nunca fiz isso antes — admitiu Helena, a contragosto, enquanto tentava se desvencilhar. O coração martelava no peito. — Achei que nós dois fôssemos usar armas para lutar.

Kaine riu.

— E por que eu precisaria de uma arma? Você não dá conta de me vencer nem quando estou sem nada.

— Por que está tão bem-humorado? — perguntou, franzindo o cenho.

Ele arqueou uma sobrancelha e ficou de pé, estendendo a mão para ajudar Helena a se levantar.

— Prefere quando estou bravo?

Apesar de ignorar a pergunta, Helena ficou olhando para Kaine com cautela. Ainda parecia bizarramente animado, apesar das críticas incessantes e dos avisos sobre todos os jeitos que ela poderia acabar morta.

Devia sentir alívio ao perceber que se acostumara com a raiva dele, mas agora, só de olhar para Kaine, sentia-se prestes a perder a cabeça. O tempo estava acabando.

Mesmo que pudesse manipulá-lo até certo ponto, ao tirar vantagem da contrariedade dele, não seria um método confiável. Não satisfaria as exigências de Ilva.

Helena pegou as facas. Sentia uma pressão latejante no crânio. Quase não dormira na última semana. Ficava sonhando com Kaine perdendo o juízo, arrancando a própria pele, como Basilius fizera, e devorando-se sem parar como o dragão no brasão dos Ferron.

A voz dele a trouxe para o presente.

— Não fique com medo de usar os cotovelos. Quando está se defendendo de um ataque a curta distância, eles são uma boa arma. É mais provável que consiga quebrar algo com uma cotovelada do que com um soco.

Ele a atacou.

Em vez de fugir, Helena foi para cima e deu um passo para o lado no último segundo. Kaine girou, mas nesse meio-tempo ela o pegou na perna com uma das facas. Se fosse de verdade, teria cortado o tendão e a artéria, o que o levaria a mancar por um minuto.

No ataque seguinte, ela tentou dar um pulo para trás, mas ele usou a outra perna como apoio para derrubá-la, levando-a ao chão. Helena tentou rolar para o lado, mas Kaine a prendeu com o peso. Enquanto tentava se desvencilhar, ela chutou e rosnou, mas o aperto dele era forte demais, bloqueando as mãos dela.

— Se fosse uma luta de verdade, a essa altura eu estaria espumando de raiva — falou ele, a voz baixa enquanto deslizava para cima do corpo de Helena e prendia os pulsos dela no chão, o torso praticamente encaixado no dela.

Kaine posicionou a boca na base do pescoço dela, o hálito quente atingindo sua pele.

Helena continuou se contorcendo e sacudindo os quadris para se soltar. De repente, Kaine a soltou e se levantou com rapidez.

O músculo no queixo dele estava retesado, e os olhos, escurecidos, quando ele ficou de pé, respirando, ofegante, as bochechas um pouco coradas.

— Se algum dia você ficar presa assim, eu não recomendaria tentar escapar dessa forma — avisou ele, a voz baixa, virando-se como se quisesse recobrar o fôlego.

Helena estava tão cansada que ficou deitada no chão por mais um instante.

— E como é que eu deveria fazer isso?

— Como eu disse, cotovelos — falou Kaine, sem se virar. — Mire no nariz e nas órbitas. Ou amoleça o corpo para que o agressor se descuide e solte seus pulsos. Assim que estiver com uma das mãos livre, faça o que quiser, faça o cérebro do agressor virar manteiga. Só não fique… se contorcendo.

Agora ela tinha compreendido.

— Entendido — confirmou Helena, sentando-se no mesmo instante.

— Outra vez.

Kaine virou e a atacou antes mesmo de ela recuperar as facas.

Quando saiu do Entreposto, o corpo inteiro de Helena doía. Na ponte, parou e curou os hematomas para que conseguisse andar normalmente antes de chegar ao posto de controle.

Encontrou alguns livros de combate corpo a corpo na biblioteca e se dedicou a lê-los. Depois revisou todas as anotações sobre Kaine, as interações que tivera com ele, as palavras que ele usara, os trejeitos dele, as coisas que tinha dito e todas aquelas que ele não chegara a dizer, procurando entendê-lo. Helena tinha passado tanto tempo com Crowther, dissecando o comportamento de Kaine, mas ainda assim não fazia ideia do que nada daquilo significava. O que Kaine poderia possivelmente querer que fazia valer a pena correr um risco daqueles? Não via a ambição ou a sede de poder que Crowther e Ilva tinham tanta certeza de que ele possuía, mas também não enxergava alternativa para as decisões que ele tomava.

Todo mundo que voltara para o Quartel-General para celebrar o Solstício já tinha ido embora outra vez, os heróis a caminho de retomar mais partes de sua cidade. Não havia ninguém para notar as horas estranhas que Helena passava indo do hospital ao laboratório feito um fantasma.

Cada vez que voltava para o Entreposto, os dois davam continuidade ao treinamento de combate corpo a corpo. Ela, armada, ele, sem nada. Lá, Kaine demonstrava uma série de técnicas para incapacitar e matar Imortais. Ela queria pôr um fim naquilo.

— Para que serve treinar se você nem está prestando atenção? — perguntou ele, irritado depois de desarmar Helena pela décima vez sem qualquer esforço.

Sem prestar atenção no que fazia, Helena recuperou a faca de madeira do chão.

— Eu só não entendo a utilidade disso, para ser bem sincera. Se eu for atacada por um Imortal, duvido muito que vá sair viva para contar a história. E, se sobreviver, é bem provável que fique tão machucada que o treino não vai ter me servido de nada.

Ele mudou a postura e semicerrou os olhos.

— Alguma coisa errada?

— Estou cansada — respondeu ela, encarando o chão. — Cansada desta guerra. Cansada de tentar salvar pessoas e ainda assim ver todo mundo morrer. Ou, então, de salvá-las agora para vê-las morrerem mais tarde... de um jeito ainda pior. É o mesmo ciclo, sem parar. Não sei como sair disso, e também não sei como seguir em frente.

— Achei que faria qualquer coisa por Holdfast. — Kaine andava de um lado para outro.

— Está saindo cada vez mais caro — disse Helena, baixinho. — Não sei se consigo continuar bancando isso.

Ele ficou imóvel.

— Suponho que até mártires tenham seus limites.

Ao erguer o olhar, Helena vislumbrou, por um instante, a expressão intensa com que ele a observava quando não prestava atenção.

Não era coisa da imaginação dela. Estava ali, escondido sob a superfície. Havia um desejo nele que praticamente lhe brilhava nos olhos, mas Kaine se recusava a ceder. Sempre que ela tentava atraí-lo, a tentá-lo a cruzar a linha que ele próprio havia traçado, a crueldade dele dava as caras, inclemente como uma lâmina serrilhada.

Sempre era mais cruel quando ficava vulnerável.

Nos últimos tempos, ele não vinha sendo nada cruel, e aquilo dizia tudo sobre as chances de ela ser bem-sucedida na missão.

Talvez, se persistisse mais, ela tivesse encontrado uma forma de superar a dor, mas ele sempre parecia saber como machucá-la. No entanto, ela precisava fazer isso.

— Vou tentar me concentrar — disse ela, depois de uma respiração profunda. —Só estou tendo um dia ruim. Já me sinto melhor.

Helena recuperou a faca e Kaine a atacou sem aviso. Ela deu um passo para o lado e usou a mão livre para tentar empurrá-lo, mas ele se esquivou. Rápido como um relâmpago, pegou-a pelo pulso. A primeira faca caiu. Helena pegou a segunda e deu uma cotovelada nas costelas dele, conseguindo se soltar.

Pegou a faca maior do chão e voltou para uma posição defensiva. Quando Kaine se aproximou mais uma vez, estava pronta. Enquanto o esfaqueava, ele a agarrou pelo braço e arrancou a arma maior de sua mão. Helena tentou enganchar o pé atrás do tornozelo dele, mas Kaine se afastou e desviou, torcendo o braço dela atrás das costas. Gostava tanto daquele truque que era quase previsível, e, quando girava o pulso, o aperto dele sempre se afrouxava mesmo que minimamente.

Helena se impeliu para a frente, libertando-se e sentindo um gostinho de triunfo antes de perceber que ele a soltara.

Aproveitando o ímpeto da fuga, ele a virou e passou uma rasteira nela, derrubando-a no chão. Helena ficou sem ar, ofegando.

Kaine se ajoelhou por cima dela.

— Você continua tentando ganhar por meio de agilidade em vez de esperteza. *Use* esse seu cérebro. De novo.

Helena estava se esgotando, mas conseguiu durar mais. Dava para perceber que começava a pegar o jeito. Tinha passado a enxergar padrões, aberturas, a identificar fraquezas e oportunidades. Não era rápida para explorá-las, mas, com o tempo, poderia chegar lá.

Conseguiu derrubá-lo duas vezes, mas ele sempre escapava. Kaine tentou imobilizá-la, mas, usando o impulso do movimento dele, Helena girou para a lateral. Os dois caíram, rolando pelo chão até ele bater na parede e ela o encurralar ali. Ele envolveu a garganta dela com a mão esquerda, mas Helena segurava uma faca contra o pescoço dele, a outra mão espalmada no peito, a ressonância zumbindo por todo o corpo de Kaine.

Sentia o coração dele batendo como se estivesse na palma de sua mão.

Ela deu uma risada aturdida, os dois imóveis, o rosto tão próximo um do outro que quase se tocavam.

— Exatamente assim — disse ele, ofegando. — É só empurrar a faca. Está fácil.

Ela ergueu a cabeça, lançando-lhe um olhar afiado. Kaine a observava, sem fazer nenhum movimento para impedi-la. Esperando.

O sorriso de Helena desapareceu, e ela o encarou, horrorizada. Compreendeu, por fim, a amargura naqueles olhos. Kaine esperava que ela o traísse.

Era aquilo que o impedia de ceder.

Desde o começo, antes mesmo que a possibilidade ao menos lhe ocorresse, ele soubera e, mesmo assim, a treinara.

Helena não precisava de um livro, ou da expertise de Crowther, para lhe dizer o significado da expressão no rosto dele. Conseguia senti-lo. Era o calor em seu ventre, o fôlego preso nos pulmões, a vibração nas veias dela. A mão quente de Kaine no pescoço dela, enquanto percorria a cicatriz embaixo do queixo de Helena devagar com o polegar.

Helena chegou mais perto, deslizando a mão do peito até o ombro para puxá-lo até ela e beijá-lo.

Não foi um beijo lento ou doce. Não foi provocado por insegurança ou efeito de álcool.

Era um beijo nascido da fúria, do desespero e de um desejo tão intenso que ameaçava queimá-la por dentro até não sobrar nada.

Talvez fosse um beijo de despedida.

Helena queria que ele soubesse. Aquilo era real. Para ela, sempre tinha sido real.

Quando seus lábios se tocaram, Kaine ficou imóvel. Ela sentiu a mão dele em seu ombro e se preparou para ser empurrada para longe mesmo enquanto intensificava o beijo, agarrando o tecido da camisa dele com mais força, os lábios frenéticos, febris.

Ele oscilou por um instante e, então, algo se rompeu em seu âmago, como uma barragem. Quando se deu conta, Helena se afogava nele.

Kaine passou os braços ao redor dela e a beijou com ferocidade.

O calor que Helena sentiu era como um incêndio.

A tensão, a espera. Meses de expectativa. Depois de ser avisada de que essa era a razão para ter sido enviada, o motivo de ter sido convocada. Tudo não passava de uma mentira. Uma simulação para esconder os verdadeiros motivos dele. Exigir Helena foi o mesmo truque de cortina de fumaça que ele ensinara a ela para proteger as próprias memórias.

Uma mentira, até que deixou de ser.

De alguma forma, Helena mudara diante dos olhos dele; manipulara-o até se tornar a obsessão que ele fingira que ela era. Kaine pressionou a palma no pescoço dela antes de deslizar os dedos por sob suas tranças, ancorando-a no lugar enquanto a beijava e virando-se para ficar por cima dela no chão.

Helena deslizou os dedos por sob o colarinho da camisa dele, seguindo o contorno das clavículas, a curvatura do pescoço.

Correu os dedos pelo cabelo dele e desejou se perder naquela proximidade, sem ter como voltar atrás. Helena cravou as unhas nos ombros dele. Sentia as cicatrizes que Kaine tinha nas costas, a vibração de energia que emanavam.

Apesar da frieza que ele sempre demonstrava, um dragão era um emblema adequado para os Ferron. Ele mantinha paredes de gelo ao redor de si, mas seu coração era puro fogo.

A camisa de Helena rasgou enquanto ele a arrancava do corpo dela, que o puxou para ainda mais perto, pressionando-o contra o próprio corpo até sentir a pele dele. Sem pensar, deu-lhe uma mordida. Havia um apetite dentro de si que ela não sabia explicar, um poço de desejo que ansiava pelo gosto, e pela sensação, e pelo domínio, e para nunca mais se sentir tão, tão vazia o tempo todo. Queria se enroscar nele até desaparecer.

Enquanto Kaine passava as mãos pelas costelas e cintura dela, tirando as roupas no meio do caminho, foi beijando-a nos seios e pressionando-a entre as pernas. Ao subir as mãos pela coxa, deslizou a saia dela para cima.

Foi tudo muito rápido. Helena nunca pensou que seria um momento terno ou lento, mas foi mais como uma colisão, como se eles se chocassem um contra o outro. A adrenalina da pele e dos dentes enquanto ela se deixava ser consumida.

Kaine enterrou-se nela e o coração de Helena parou, seus olhos se arregalando. A mordida que deu na língua foi tão forte que sangrou e a fez fechar os olhos. Ele parou e a beijou, os lábios tão quentes que ela sentiu a ardência nos ossos e aninhou o rosto no dele. Ainda assim, doía.

Sabia que poderia ser doloroso se não fosse devagar, porém sentiu-se grata pela dor. Algumas coisas eram feitas para serem pungentes.

Ela o seduzira quando estava muitíssimo claro que aquela era uma linha que ele não desejava cruzar. Insistira, persistira e o atraíra mesmo assim porque estava desesperada.

Era para doer.

Kaine praticamente a cobriu com o próprio corpo, os lábios tocando-a na altura do cabelo. Ele passou os braços pelos ombros de Helena e a segurou com força contra si. Helena se forçou a abrir os olhos, querendo ter um vislumbre do que ele sentia naquele instante.

Mesmo num momento como aquele, a mandíbula de Kaine estava tensa; a expressão, cautelosa. A boca naquela linha dura e firme.

Mas os olhos dele...

Era perceptível...

Ele era dela.

Perceber aquilo partiu o coração de Helena.

Kaine baixou a cabeça nos ombros dela, gemendo contra sua pele e puxando-a mais para si. De repente, não era um mero prazer o que ele experienciava com ela. Um calor ganhou vida dentro de Helena, cujo senso de controle começou a se desfazer enquanto ameaçava devorá-la. No entanto, a vergonha e a culpa surgiram com a mesma rapidez, frias e amargas como água salgada, até que ela estivesse à beira de rachar.

O corpo de Kaine estremeceu, e ele gemeu baixinho, soltando o peso, os braços ainda ao redor de Helena. Ele ofegava, a respiração roçando a pele dela a cada exalar. Então, deu um beijo no ombro nu dela.

Helena ficou imóvel, o peso do corpo dele a prendendo, subitamente consciente do frio que vinha do chão. Da sujeira, do cascalho e da roupa áspera que roçava na pele dela, fazendo tudo arder.

A única coisa que ela conseguiu pensar foi em como se sentia aliviada por aquilo ter acabado antes mesmo de qualquer outra coisa acontecer. Nem mesmo prostitutas eram tão desprezíveis a ponto de alcançar o prazer no trabalho delas como Helena quase tinha feito.

Tentou ficar imóvel, parar de tremer. O corpo e o fôlego de Kaine eram as únicas fontes de calor naquele lugar tão frio. Então, ele ficou rígido e se afastou. Fechou a cara, nem sequer olhou para ela enquanto se afastava, vestindo as roupas outra vez.

Devagar, Helena se sentou e observou Kaine, já que não sabia o que mais deveria fazer.

Ele ficava cada vez mais pálido enquanto se vestia. O semblante incrédulo.

— Merda... — murmurou, passando as mãos pelo cabelo antes de vestir a camisa outra vez.

A respiração dele ficava cada vez mais instável. Após colocar a camisa, atrapalhou-se com os botões e, quando viu que faltavam alguns, pareceu perdido.

Ele levou a mão à boca como se estivesse prestes a vomitar. O pomo de adão subiu e desceu e ele fechou os olhos. Respirou fundo antes de se voltar para ela, a expressão fria. Só encarou o rosto de Helena por um instante antes de baixar os olhos. A pouca cor que ainda restava no rosto desapareceu.

— Você... era virgem?

Helena olhou para baixo. Havia sangue na parte interna das coxas. Não era à toa que tinha doído.

No mesmo instante, fechou os joelhos e baixou a saia.

— Chegaram à conclusão de que você me preferiria assim — disse ela, tentando não pensar em tudo que aquela pergunta insinuava.

Para uma garota de respeito, perder a virgindade significava perder tudo: a carreira, a educação, a alquimia. Apenas virgens recebiam a graça de Lumithia. Se Helena fosse alguém digna de nota, seria de se esperar que Kaine se casasse com ela. Afinal, fora uma indiscrição desse tipo que motivou o casamento dos próprios pais dele.

Obviamente, ele nunca a considerara uma garota dessa categoria.

Os pulmões de Helena murcharam dentro do peito.

— Eu... — A voz dele falhou. — Eu... teria sido mais cuidadoso... se soubesse.

Ela puxou os joelhos até o peito, como se encolher-se fosse protegê-la de ser vista daquele jeito.

— Na verdade, eu não queria que fosse — confessou, baixinho.

As mãos dela tremiam enquanto tentava vestir as roupas.

Com isso, Kaine fechou a boca e a sala ficou imóvel. Ela sentiu o clima mudar entre os dois, mas não compreendia por que isso importava, por que aquele fora o limite que ele estabelecera.

Aquilo devia ter algo a ver com a matriz. Logo depois de ter se curado e internalizado todos os efeitos, ele a beijara. Sentira desejo por Helena. Aquilo criara uma encruzilhada para ele, e era o motivo de ter passado tanto tempo longe depois de ter acontecido. Talvez ceder, mesmo que uma única vez, bastasse para desequilibrar a balança. Talvez agora ele não pudesse mais mudar de rota; tinha feito sua escolha.

Obsessivo e possessivo.

Helena o teria nas mãos se fosse inteligente o bastante para fazer uso daquele poder.

De joelhos, pronto para fazer qualquer coisa, dissera Ilva.

No entanto, ainda não sabia como fazer aquilo. Não era como se Ilva ou Crowther fossem ver qualquer utilidade no fato de que Kaine enfim tinha transado com ela, isso era o que haviam esperado dele desde o início.

Estava dividida entre o desejo de rir ou de chorar, a boca se curvando num sorriso que mais parecia uma careta.

— Bom, você parece satisfeita — acusou ele, a voz amarga, os lábios se crispando — por enfim ter se prostituído.

Os dedos de Helena ficaram imóveis e sua visão perdeu o foco.

— Era o que eu tinha que fazer — rebateu ela. — Você devia saber que era minha missão.

— Claro que sabia — confirmou ele, a voz neutra, olhando pela sala como se não acreditasse que estava ali. Os braços pendiam na lateral do corpo, lânguidos. — Eu só... nunca pensei que fosse conseguir cumpri-la de fato.

Houve uma pausa enquanto Helena terminava de se vestir.

— Não estava nos meus planos trair a Resistência — disse Kaine, por fim. — Nunca foi a intenção. Vocês já estavam perdendo quando fiz a oferta, e é bem provável que ainda acabem perdendo, mas eu... nunca dei a mínima para isso. Só queria vingar minha mãe.

Ele comprimiu os lábios com força e fitou o chão.

— Infelizmente, quando tive a oportunidade de oferecer meus serviços, ela já estava morta fazia muito tempo, e ainda havia o relatório da autópsia dizendo que tinha sido de causas naturais. Que motivo eu teria para me vingar? — A amargura era nítida na voz dele. — Eu conhecia Crowther e sabia que ele só me consideraria valioso como um fantoche que pudesse manipular, então pensei em oferecer a ele um beco sem saída no qual se enfiar.

Kaine assumiu uma expressão feroz e desdenhosa.

— Tentei pensar no que eu possivelmente poderia querer da Chama Eterna. Perdão, porque era ao mesmo tempo ridículo e óbvio. Só que a Resistência estava perdendo, e todo mundo sabia que vocês estavam perdendo. Eu tinha noção de que precisaria de um contato, alguém que pudesse buscar mensagens para mim e vir quando fosse chamado. Não queria que Crowther escolhesse um dos ratos dele e, na minha cabeça, exigir alguém específico faria sentido com o que esperavam de mim.

Kaine engoliu em seco.

— Só que as famílias nobres da Chama Eterna são preciosas demais. Eu precisava me decidir por alguém que considerassem descartável, e Crowther estava à espera de uma resposta. Precisava inventar algo. O nome que me veio à mente era o que eu sempre via nas listas das avaliações. Quando disse Helena Marino, os olhos de Crowther brilharam... e eu sabia que ele tinha mordido a isca.

"Como se eu fosse trair o Necromante Supremo por você", zombou ele. "Eu sabia que a mandariam com instruções para tentar aumentar a obsessão que eu supostamente tinha, para garantir que não ficasse entediado ou mudasse de ideia, mas nem esquentei a cabeça. Você não era nada além de uma sombra deprimente atrás de Holdfast, seguindo-o como uma cachorrinha. Achei que seria engraçado vê-la tentar."

Kaine desviou o olhar, o rosto contorcido.

— Mas você… você… — Ele balançou a cabeça. — Não importa. Você foi mais esperta. Ou vai ver eu só esteja cansado e triste demais para continuar te afastando. Você ganhou. — Ele encontrou os olhos de Helena por um instante, a expressão amarga e sarcástica. — Meus parabéns.

Em seguida recostou-se na parede, fechando os olhos.

Helena ficou olhando para ele, cética. Não entendia aonde Kaine queria chegar com aquela confissão.

O que dissera sobre ela fazia sentido. Alinhava-se com as interações inconsistentes dos dois. Agora, dizer que a vingança era seu verdadeiro motivo? Vingar a mãe pelo quê?

— Você mudou de lado porque sua mãe morreu de um ataque cardíaco? — Helena bufou alto, levantando-se e reprimindo um tremor. — A morte dela não foi culpa de ninguém, e, mesmo que tivesse sido, por acaso foi um acidente você ter arrancado o coração do Principado Apollo? Saiu correndo e se juntou aos Imortais por três anos, depois a viu morrer, seguiu em frente, e aí o que mais? Ficou tão melancólico por não poder se embebedar que decidiu virar um espião?

Ela o estava provocando de propósito. Sabia que aquilo o enfureceria. E torcia para que, se insistisse com afinco, ele enfim contasse a verdade.

Kaine abriu os olhos. Tinham ficado prateados, e duas manchas rosadas surgiram nas bochechas dele.

— Vai se foder.

Helena se encolheu, mas cuspiu de volta:

— Foi exatamente isso o que você acabou de fazer.

As costas dela doíam, e a pele ficara machucada devido ao atrito com o chão. O baixo-ventre doía como se tivesse levado um soco na pélvis. Nunca tinha sentido tanto frio quanto naquele instante, parada ali, mas também estava cheia de raiva. E até que enfim tudo estava escancarado. *Chega de joguinhos.*

— Você é um monstro — acusou ela, cruzando os braços. — Espera mesmo que eu só me esqueça do que fez? Que pense que você ganhou uma patente tão alta por causa dessa sua ótima personalidade? Acha que usar a cartada da morte da sua mãe vai apagar tudo isso? Todos perderam um ente querido, e a maioria das pessoas perdeu muito mais do que você sequer cogitaria. Se quer jogar a culpa da morte dela nas costas de Morrough, então talvez não devesse ter passado todo aquele tempo o apoiando depois que ela se foi. Depois que você começou essa guerra. E *escolheu* se tornar Imortal.

Kaine pareceu tão furioso que ela conseguia sentir a ressonância vibrando no ar, fazendo pressão contra a pele dela. Provavelmente a esfolaria viva se Helena não usasse a própria ressonância para resistir.

— Quer mesmo saber o motivo de eu ser assim? — questionou Kaine, espaçando cada palavra, os dentes lampejando como presas. — Você me perguntou uma vez se era uma punição, e eu estava sendo sincero quando disse que não. Foi a barganha que fiz.

Ele marchou na direção de Helena, a raiva irradiando de seu corpo até ela sentir que a sala parecia distorcida.

— Depois do fracasso do meu pai, depois de ele ter revelado os planos de Morrough, acha que o Necromante Supremo foi compreensivo?

Helena o encarou, plantada no chão.

— Eu ainda estava no Instituto, terminando os estudos. Quem você acha que estava a sós com ele quando chegou a notícia de que, ao ser preso, meu pai havia confessado a traição? — A expressão de Kaine se contorceu em sofrimento. — Quando voltei para casa, minha mãe estava enjaulada. Ele a vinha torturando havia semanas.

A respiração dele ficou ofegante, instável.

— Você só se vendeu para poder salvar uma pessoa com quem se importava. Bom, eu também. O que eu deveria ter feito? Fracassar em matar o Principado Apollo, sabendo que não seria eu a sofrer as consequências? Isso... — Ele gesticulou para si. — Era assim que eu provaria minha lealdade, foi assim que eu o fiz... — ele perdeu o ar — ... parar de machucá-la.

Helena estava zonza.

— Nós... eu não sabia.

Kaine crispou os lábios num rosnado, mas deu as costas para ela em seguida, a voz ficando embargada.

— Ela nunca se recuperou. Morrough e Bennet tinham poucas cobaias na época, e gostavam de experimentar juntos. Às vezes eu a ouvia gritar por horas a fio. Faziam coisas com ela e depois revertiam o processo para que não restasse nenhum vestígio.

Ele afastou o cabelo do rosto e engoliu em seco.

— O verão inteiro. Eu não... tinha o que fazer além de dizer a ela que eu sentia muito. Que faria o que tinham me pedido e voltaria para casa. Que eu não fracassaria.

Como se prestes a desabar, Kaine se apoiou na parede. Aquelas palavras, tão furiosas no começo, tinham se transformado numa imensa onda de luto que parecia jorrar dele.

— Quando matei o Principado e trouxe o coração dele de volta, o Necromante Supremo a soltou, e nos levou embora com ele antes que a Chama Eterna aparecesse atrás de mim. Mesmo antes disso, minha mãe... ela nunca foi muito forte. Quase morreu quando engravidou de mim, e não deu ouvidos quando os médicos avisaram o que isso iria custar a ela. Depois disso, ela sempre foi frágil. Meu pai dizia que eu precisava cuidar dela. Que eu era... o responsável. Me fazia repetir um juramento diversas vezes quando era criança, prometendo que cuidaria dela. Eu tentei ajudá-la a fugir. Preparei tudo, mas... ela se recusou a ir sem mim. Disse que não poderia me deixar.

Ele pressionou a palma das mãos contra os olhos.

— Eu estava tentando descobrir um jeito, e os Imortais costumavam dar festas... ela disse que eu devia ir, pensou que, se tivesse amigos, eu estaria... seguro. Mas não foi por isso que fui convidado. Eles pensaram que seria interessante encontrar jeitos de causar um ferimento que demoraria a se curar em um de nós, e eu era o mais novo. O azarado... — Ele pestanejou, como se não estivesse mais vendo a sala. — Achei que ela estaria na cama quando eu voltasse, mas ela ficou me esperando acordada, de guarda na porta. Quando me viu, começou a gritar. Eu repetia sem parar que ia sarar, mas ela insistia que era culpa dela. Aí o coração dela parou e eu... eu não ...

A voz de Kaine falhou e ele deslizou pela parede, estremecendo como se estivesse rachando ao meio. Quando voltou a falar, era como se a vida tivesse se esvaído de sua voz:

— Depois que ela morreu, ficaram de olho em mim. Morrough sabia que eu tinha me alistado à causa por ela. Precisava reconquistar a confiança deles antes de arriscar a fazer algo. Eu não sou a porra de um imbecil como a Chama Eterna, que acham que um momento de sacrifício pode mudar tudo. Se eu quisesse que minha traição fosse relevante, ele não poderia sequer cogitá-la.

Em meio ao horror, Helena ficou paralisada. Como ninguém sabia disso?

— Sinto muito. — Sentia-se atordoada com a informação.

— Não preciso de sua falsa empatia, Marino — rosnou ele, mas a voz tremia.

Era provável que nunca tivesse contado para ninguém o que acontecera. A morte da mãe dele fora ignorada por todos. Porque afinal, qual era a importância de um ataque cardíaco quando as pessoas estavam morrendo em batalha?

Helena, no entanto, sabia muito bem o tipo de tortura que um vitamante podia fazer e consertar sem deixar vestígios. Tinha ideia do que isso causaria a um coração com o passar do tempo. Kaine estava carregando aquela culpa havia anos, tentando consertar as coisas da melhor forma possível, tentando obter alguma vingança por ela, mesmo sabendo que tipo de punição indescritível o aguardava.

— Não estou mentindo — frisou ela. — Sinto muito. Sinto muito mesmo pelo que aconteceu com ela.

Helena se aproximou dele, que parecia tão inteiramente devastado a ponto de se desfazer em pedaços.

Hesitando, levou a mão ao braço de Kaine, quase esperando ser atirada para o outro lado do cômodo, mas os ombros dele tremiam. Kaine apoiou a cabeça no ombro dela e a agarrou, chorando, quando ela o puxou para seus braços.

— Eu não... eu não consigo... — repetia ele sem parar.

Helena não sabia o que fazer. Correu os dedos pelo cabelo dele e só o abraçou.

— Eu não... não consigo passar por isso de novo... — ofegou ele, por fim. — Não vou conseguir me importar com alguém outra vez. Não vou aguentar.

Ela buscou o rosto dele, pressionando a mão em sua bochecha, e sentiu as lágrimas deslizarem por sua palma, escorrendo pelo pulso.

— Sinto muito — repetiu ela, diversas vezes. — Eu sinto muito mesmo, Kaine.

Estava pedindo perdão por tudo.

Pela primeira vez, Kaine Ferron estava sendo completamente humano diante dela. Helena atravessara suas muralhas, arrancara as camadas defensivas de malícia e crueldade e descobrira que, ali dentro, tudo o que havia era um coração partido.

Isso era algo com que ela poderia lidar.

CAPÍTULO 48

Janua, 1787

Quando Kaine parou de chorar, Helena se recostou, observando-o com um olhar sério.

Ele assumira uma expressão cautelosa e amargurada, como se, ao chorar, tivesse colocado toda a suavidade para fora e, mais uma vez, só tivesse sobrado veneno.

Helena o tinha na palma de sua mão, sentia isso. Havia cumprido as ordens, feito conforme instruída, mas *ainda* não sabia como provar isso. O jeito certo de usar aquilo como vantagem para ele demonstrar lealdade.

Ilva não daria nenhum crédito a qualquer sentimento ou instinto de Helena. Gostar dela não fazia com que Kaine fosse um cão a seu comando.

— Se quer mesmo que a Chama Eterna ganhe, por que continua subindo de patente? — perguntou ela. — O que está fazendo?

Os olhos dele cintilaram como espelhos, e ela quase se via no reflexo. Kaine contorceu a boca num sorrisinho. Se o rosto dele ainda não estivesse úmido, ela jamais saberia que estivera chorando.

— Ficou óbvio que aceitaram minha oferta por puro desespero. A Chama Eterna pode se achar muito honrável, mas Crowther é uma cobra. Ilva Holdfast pode prometer o que quiser, mas ela não passa de uma Regente, e ainda por cima é desprovida de magia. Ela sabe muito bem que, se eles ganharem, a Chama Eterna vai escolher quais das ações dela foram legítimas. Qualquer coisa de que Holdfast não gostar vai sumir feito fumaça. Presumi que, assim que não tivesse mais utilidade, vocês me entregariam como espião e tirariam vantagem da instabilidade que isso causaria. Então… — O sorriso se abriu mais. — Tentei me posicionar de um jeito que maximizasse esse dano.

Helena franziu o cenho, examinando-o. Parecia altruísta demais para a cara dele. Ele poderia muito bem querer vingar a mãe, mas com certeza não nutria nenhuma afeição pela Chama Eterna. Eram apenas meios para um fim.

— Por que você me beijou? — perguntou ele, do nada. — Qual... qual foi a intenção por trás de tudo isso?

— Ah. — Ela baixou o olhar, sem saber dizer se tinha uma resposta. — Eu não sabia que era para você ter morrido depois de termos retomado os portos. Pelo jeito isso era bem óbvio, mas eu não percebi.

Kaine soltou uma gargalhada sem vida.

— Presumiram que você morreria por causa da matriz, e... esperavam por isso. — Não conseguia encontrar os olhos dele enquanto falava. — Quando perceberam que você estava subindo de patente, presumiram que seu plano era jogar um lado contra o outro, para que se saísse vitorioso no final.

— Você também achava isso? — perguntou Kaine, baixinho.

Helena engoliu em seco, ainda sem encará-lo.

— Não, mas pouco importa o que eu achava. Disseram logo antes do Solstício que eu tinha um mês para... — Ela deixou a voz mais baixa que um sussurro. — Fazer você *rastejar* ou te matar, senão deixariam Morrough terminar o serviço.

Kaine riu outra vez.

— Falta só uma semana. Então foi uma trepada de despedida? Um último pagamento pelos serviços prestados?

Helena sentiu um tremor.

— Não. Eu... eu só... — tentou dizer, mas a garganta se fechou.

Ela se inclinou para a frente, segurando a camisa dele, querendo sacudi-lo. Odiava como ele se alterava. Em um instante, tão vulnerável e, no outro, tão amargo e cruel.

— Eu só preciso provar que você vai fazer o que eu pedir. Se conseguir isso... não vão matá-lo. — Ela ficou examinando o rosto de Kaine, tomada por desespero.

Ele arqueou as sobrancelhas em zombaria.

— Sério? Só isso? Só preciso servi-la, e aí posso continuar essa encantadora existência que tenho, desde que seja mais útil vivo do que morto? Quanta generosidade. Como é que eu poderia recusar uma oferta dessas?

Helena afrouxou o aperto e soltou uma risada incrédula.

Ele não queria ser salvo. Os esforços dela só tinham piorado as coisas. Tudo porque Ilva e Crowther omitiram as informações dela, fizeram com que acreditasse que era tudo verdade, mas isso não importava — nunca importava o que Helena acreditava ou não —, porque Kaine sempre soubera da verdade.

Respirou fundo e tentou se reorientar, mas não conseguia entender por que aquilo estava acontecendo.

As coisas não poderiam acabar assim. Fizera conforme o ordenado. Cumprira as ordens. Não deveria ter que fazer essa escolha.

— Eu... preciso seguir ordens. Não posso escolher você — disse ela, a voz tremendo. — Tem gente demais em risco.

— Eu sei.

Ela abriu e fechou a boca, mas não havia mais nada a ser dito.

— Tudo bem — falou por fim, conseguindo expulsar as palavras, a voz soando distante.

Sentiu como se tivesse sido esfaqueada, a realidade tão fria quanto aço temperado enfiado em seu coração.

— Você… — A voz de Helena falhou. — Você quer que seja eu? Ou… pouco importa?

Ela sabia que Ilva provavelmente iria querer a Pedra de volta se pudesse ser recuperada, mas Helena não conseguia se importar com isso.

Kaine bufou.

— Você perdeu a oportunidade.

Helena precisou engolir diversas vezes antes de conseguir falar.

— Sinto muito.

Não houve resposta. Não havia uma mísera gota de remorso nos olhos dele. Parecia satisfeito, cruel.

Faltava ar naquele cômodo. Helena continuou tentando respirar, mas não havia oxigênio algum. Um tinido enfadonho ressoava em seus ouvidos. Ela procurou pela bolsa, tentando se lembrar de onde a deixara. Ajoelhou-se, oscilando, e forçou a mente a funcionar.

— Então, o que acontece com você agora?

Helena pestanejou.

— Comigo?

— É. — Kaine se inclinou para frente e a segurou pelo queixo, virando seu rosto para que a luz das janelas o iluminasse, um recorte pálido do inverno. — O que vai acontecer com você?

— Quando você… se for?

Ele assentiu uma vez.

— Não sei — respondeu, soltando uma risadinha histérica. Ela se desvencilhou do toque. — Como você mesmo disse, sempre fui descartável, então talvez me ofereçam para o próximo espião.

— Não seja sarcástica. Quero uma resposta séria. — Havia tom afiado na voz dele.

Helena encontrou o olhar de Kaine.

— Prometi que seria sua, você me fez jurar. Não tracei outros planos para o futuro.

A raiva tomou conta do rosto dele.

— Certamente existe alguma coisa pela qual você anseia agora.

Ela esticou a mão, roçando os dedos sobre o coração dele.

— Não. Eu já fui... consumida.

Enquanto se levantava, Helena pensou em Luc no topo da Torra da Alquimia, tão perto da beirada. Não compreendera o motivo de ele ter ido até lá. Como ela e todos os outros que precisavam dele não tinham sido o bastante para segurá-lo; no entanto, naquele momento, aquele mesmo lugar a invocava, o abismo que se abriria assim que ela se estatelasse no mármore.

O ar vibrou e ela se esforçou para focar o olhar, porque tudo o que conseguia ouvir era o martelar do próprio coração dentro do crânio.

Todo mundo que toca em você morre.

— O que eles querem? — A voz de Kaine era quase um sussurro.

— O quê? — perguntou Helena, encarando-o de volta.

— Seria... rastejar de verdade? Ou Ilva tinha algo mais construtivo em mente?

Um nó se formou na garganta de Helena.

— Eu... eu precisaria perguntar.

— Descubra, então. Eu faço. — Parecia exausto, mas agora havia um indício de algo que fervilhava dentro dele.

— Você está mesmo se oferecendo? — perguntou Helena, certa de que era uma cilada.

Ele não respondeu.

— *Por que* está se oferecendo? — Ela elevou a voz, carregada de uma histeria incontida.

Kaine olhou para ela por um instante e disse:

— Só agora percebi que cometi um equívoco. Não tinha me ocorrido que transformei você em algo comercializável.

As palavras retumbaram no peito dela.

— Ah — respondeu Helena.

Pelo que parecia, Crowther estava certo, no fim das contas. Os Ferron eram possessivos com tudo que consideravam pertencer a eles, a ponto de preferirem se comer vivos a largar o osso.

— Eu trago uma reposta — afirmou ela.

Ele assentiu de leve e desviou o olhar, sem dizer nada quando Helena pegou o manto e o usou para esconder a camisa rasgada. Ela passou a bolsa por cima do ombro.

A mão de Kaine estremeceu quando ela alcançou a porta, mas, na hora que Helena olhou para trás uma última vez, ele virou a cabeça, ainda apoiado na parede, e encarou o outro lado da sala, tão pálido que poderia ser um fantasma.

Helena saiu do cortiço e foi recebida por um aguaceiro. Ficou embaixo da chuva, tentando se recuperar, a respiração ofegante. Estava à beira de um precipício e ainda sentia a beiradinha, a queda que teria se desse um passo em falso.

Manteve o capuz ao passar pelo posto de controle, mas, como já era uma figura conhecida, os guardas a dispensaram sem dar muita atenção. Uma falha de segurança, mas sentiu-se grata por isso. Ela saiu da rota de sempre, encaminhando-se para o posto de troca. Não podia aparecer no Quartel-General naquele estado.

Conforme se aproximava, os sinais da guerra começaram a surgir, assim como acontecia em todas as partes da cidade abaixo do Quartel-General. As paredes estavam chamuscadas e retorcidas pelo combate.

O abrigo do posto de troca era pouco mais do que uma sala de armazenamento num porão.

As mãos de Helena estavam rígidas e tremiam enquanto ela fechava a porta. Primeiro, concentrou-se em acender o fogão portátil usando uma pilha de jornais e lenhas descartados.

Quebrava a cabeça para acender o fogo, desejando que seu conhecimento de piromancia fosse além da parte teórica, quando alguém abriu a porta. Helena se virou rapidamente, torcendo para que não fosse Ivy, embora um desconhecido talvez fosse bem pior.

Foi Crowther quem entrou. Ele parou, a irritação distorcendo seu rosto.

Helena olhou de volta para o fogo.

— Você está machucada?

Ela negou com a cabeça. Ele a tirou do caminho.

Com um estalo dos dedos, o fogo surgiu, a madeira ganhando vida com um rugido crepitante. Helena estendeu as mãos na direção das chamas sem dizer nada. Crowther foi para a sala ao lado e voltou com uma toalha. Ela a aceitou, ainda calada, e esfregou o rosto até que a água parasse de escorrer de seu cabelo. Sentia que ele a observava.

— Está feito, então? — perguntou Crowther, quando ela baixou a toalha no colo e voltou a esticar a mão para o fogo.

Depois de um momento de hesitação, e mesmo com o enorme nó na garganta, ela assentiu.

— Sim, consegui.

Ele soltou um leve arquejo de alívio e, com a mão direita, deu um tapinha breve no ombro dela.

— Pode entregar o talismã para Ilva.

Helena fitou o fogo.

— Ele estava sendo sincero quando disse que queria vingar a mãe.

Crowther suspirou, mas Helena continuou falando:

— Quando Atreus foi preso, Kaine estava seguro no Instituto, mas a mãe dele, não. Sabe, na tortura a vitamancia nem sempre deixa marcas. Kaine matou o Principado Apollo porque era a única forma de salvá-la, mas ela nunca se recuperou. Alguns tipos de estresse, quando prolongados, podem fazer mal para o coração.

Fez-se uma pausa tensa, e ela sentia o ceticismo de Crowther permear o ar.

Helena não tirou os olhos do fogo. O calor começou a queimar suas mãos, mas ela não as afastou. Se estivessem queimadas, talvez ela não sentisse o resto do corpo.

— Atreus costumava fazer Kaine jurar que cuidaria da mãe porque o culpava por Enid ter uma saúde debilitada depois da gravidez. Mas ela se recusava a sair de Paladia. No fim, o tempo que passou sob tortura cobrou seu preço. Ela morreu em casa, mas não houve nada de natural em sua morte.

Além do crepitar do fogo, nenhum outro som atravessava o espaço.

Talvez Crowther já soubesse de tudo isso. Helena não fazia ideia do quanto ele e Ilva tinham mentido, escolhendo apresentar Kaine como alguém sedento por poder, porque era assim que queriam que ela o visse.

Fechou os olhos e desejou se afundar no chão.

— Ele quer saber o que vocês querem. Você e Ilva. Que prova de lealdade querem que ele dê.

O clima mudou, e Crowther agarrou o ombro de Helena com força, fazendo-a se levantar e virando-a na direção dele. Passou o olhar pelo topo da cabeça dela e aos poucos foi descendo, demorando-se em diversos pontos no caminho.

— O que você fez? — indagou ele, por fim.

Helena sustentou o olhar e ergueu o queixo.

— Completei minha missão. Eu o tornei leal.

Tinha se acostumado a Crowther parecer inabalado por quase tudo, mas, naquele instante, parecia ter sido atingido por um raio. Depois de certo tempo, ele foi até a janela, onde batia mais luz, e afastou o capuz dela com a mão direita para que pudesse dar uma boa olhada.

As tranças estavam soltas, e algumas mechas pendiam sem seguir um padrão. Ele desceu os dedos pelo pescoço dela, tocando-a num lugar que a fez estremecer. Antes que pudesse impedir, Crowther abriu a fivela do manto. Pesado devido à chuva, o tecido escorregou dos ombros dela e foi ao chão com um baque úmido, revelando as roupas rasgadas e todos os hematomas do treinamento, os quais ela costumava curar antes de voltar.

Helena recuou, encolhendo-se na direção das sombras. Queria falar que não era nada do que parecia, mas achou que ele não acreditaria.

— Eu estou bem — assegurou ela, mas a voz saiu trêmula. — Só vim aqui me arrumar. Você disse para não voltar para o Quartel-General se não estivesse recomposta.

Crowther apertou a boca numa linha dura e fez menção de falar. No entanto, passou os olhos por ela mais uma vez e a soltou, devagar.

Curvando os ombros para frente, ela se viu livre. Havia um banheirinho na sala ao lado. Ela trancou a porta e encarou o reflexo no espelho. Estava tão pálida que a pele era quase cinza, mas os lábios estavam vermelhos e inchados. Os cabelos pareciam um ninho de pássaro, só que piorados por causa da chuva.

Deu as costas para o espelho e procurou um pano, qualquer coisa que pudesse usar para se limpar. Tirou a roupa íntima e tentou lavá-la. A umidade dolorida e fria entre as pernas quase a deixou histérica.

Quando ela atirou o pano numa lata embaixo da pia, suas mãos tremiam, mal conseguindo se firmar para tirar os grampos do cabelo emaranhado.

Os lábios tremiam e os olhos ardiam enquanto Helena trançava o cabelo.

Quando enrolou as tranças compridas com todo o cuidado na nuca, ficou mordiscando o lábio inferior.

O tremor nos dedos era tanto que não conseguia estabilizar a ressonância, então não tratou dos hematomas.

Acalme-se. Você só tem uma chance de convencer Crowther.

Porém, quanto mais pensava, mais instável ficava a respiração dela. Helena se abaixou até o chão, pressionando as mãos no rosto para tentar se tranquilizar.

Olhou para o reflexo outra vez. Estava mais magra agora do que quando vira Kaine pela primeira vez, na primavera anterior. As bochechas estavam mais encovadas, os olhos, fundos de exaustão, as clavículas aparecendo. O estresse a esculpira como a água que cortava a areia.

Após vasculhar a bolsa e encontrar um bálsamo para feridas, Helena o espalhou nos lábios. As mãos estavam, por fim, estáveis, e ela conseguiria ocultar os hematomas com uma vibração de ressonância, observando a única cor em sua pele desaparecer.

Vestiu uma camisa limpa e saiu. A sala estava silenciosa.

— Crowther — chamou, a voz soando vazia.

Não houve resposta. Ela foi para a salinha da frente. O fogo apagara até restar apenas brasas, e não havia nem sinal dele ali.

Helena engoliu em seco, tentando segurar as lágrimas. Claro que ele tinha ido embora. Não lhe daria ouvidos. Ninguém daria. Ele tinha vindo buscar o que queria e então partira outra vez.

Um fosso de desespero se abriu no estômago dela.

O plano sempre foi que você fracassasse.

A sala pareceu ficar maior enquanto ela alcançava a porta, as mãos trêmulas demais para conseguir girar a maçaneta.

Crowther, porém, abriu a porta e voltou a entrar. Estava encharcado e pingando. Os cabelos finos grudavam-se ao escalpo. Parecia um gato molhado.

— O que está fazendo? — perguntou ele ao entrar. — Sente-se.

Carregava um pacotinho de papel nas mãos, que já começava a rasgar por causa da chuva. Ele abriu o pacote e diversas garrafinhas rolaram para fora.

— Não sabia do que precisaria — justificou ele.

Helena olhou para os frascos. Crowther devia ter ido até o Quartel-General para pegar as coisas no hospital. O abrigo tinha suprimentos médicos básicos, mas nada de muito valor ou propenso à falta. Ela reconheceu a própria caligrafia nas etiquetas.

Observou as opções e considerou pegar o láudano para embotar toda a tensão das próprias emoções, mas precisava desanuviar a mente.

Inspecionou a opção seguinte. Um contraceptivo.

Um nó na garganta se formou quando ela o deixou de lado.

— Você sabe que não preciso disso.

A única coisa útil ali era um elixir de valeriana, que o hospital usava para acalmar pacientes em estado de choque.

— O que aconteceu? — perguntou Crowther enquanto ela destampava o frasco e engolia o medicamento.

— Você sabe o que aconteceu — devolveu Helena. — Exatamente o que esperava que acontecesse quando me mandou para lá. Só estou meio atordoada.

— Marino. — O nome saiu atravessado, mas então ele pareceu se conter e suavizou a entonação: — O *que* aconteceu?

O plano de Helena era ir ao Quartel-General e fazer um relatório sem entrar em detalhes quanto aos motivos e aos métodos, demonstrando calma e segurança, mas Crowther a encontrara antes de estar pronta. Sem qualquer controle, a mandíbula dela começou a tremer.

Sentia-se tão usada. No lado racional, entendia que precisava ser assim. Que a guerra era muito maior do que qualquer indivíduo. Até mesmo Luc era um símbolo, fosse o legado da família dele verdadeiro ou não. Era um conceito maior do que ele próprio.

Helena sabia disso, e estava disposta a seguir ordens ciente das consequências e do sacrifício. Não era preciso nenhuma promessa de recompensa, reconhecimento ou eternidade. Por ser essencial, ela faria o que fosse preciso. Eles sabiam disso, e ainda assim tinham mentido.

— Eu disse a Ilva que só precisava de mais tempo — respondeu ela, sem rodeios. — Só foi... abrupto. Estávamos treinando, por isso os hematomas.

Crowther não falou nada, mas dava para sentir que a observava como um gavião. A ela só restava imaginar no que ele estava reparando, de que modo dissecava o comportamento dela, organizando os detalhes das observações em um arquivo mental.

Helena pressionou a mão no esterno, tentando fazer o calor da palma se espalhar por dentro do corpo para conseguir apelar a Crowther que acreditasse nela e não pensasse que era só mais uma mulher histérica.

— Ele ficou bem abalado depois que me contou tudo. Quando chegou ao que aconteceu com a mãe, começou a chorar. Sempre soube que iriam traí-lo. Era tudo parte do plano. É por isso que continuou se esforçando para subir de patente. Para ele, quanto mais importante fosse, maior seria o dano quando... acontecesse.

Um silêncio demorado se instaurou depois disso.

Crowther soltou um suspiro baixo que fez o coração de Helena disparar.

— Se ele é esse grande mártir suicida, por que cooperaria agora?

A garganta dela se apertou. Os dedos reviraram o tecido solto da camisa.

— Bom, agora que não pode mais negar a obsessão para si mesmo, acho que ele não sabe como abrir mão das coisas. Como você disse, os Ferron são tão possessivos que beiram a autodestruição, e a matriz nas costas dele tornou tudo pior. Acho... que ele me vê como... — Ela engoliu em seco. — Ele me vê como uma posse. Acho que isso foi o que mudou as coisas. Ele não dá a mínima para a própria sobrevivência, mas não sabe como deixar o restante para lá.

Crowther comprimiu os lábios e, devagar, passou o polegar por eles, avaliando.

Helena o observou, retorcendo os dedos e apertando até que as articulações se chocassem umas às outras.

— Você pode... pode contar para Ilva? Sei que vocês dois pensam que fui arruinada com a missão, mas fiz o que me mandaram. Ele vai fazer o que desejarem. Eu consegui... Eu fiz...

A voz falhou e Helena começou a tremer sem qualquer controle. Segurou o próprio braço e usou a ressonância para forçar a valeriana a fazer efeito. *Acalme-se.*

— Sim — garantiu Crowther. — Terei essa conversa com Ilva. Você... fez conforme instruída. — Ele pigarreou. — Se ele está preparado para provar o próprio valor, isso muda as coisas.

Helena assentiu, olhando involuntariamente pela sala, incapaz de sentir alívio.

— Obrigada.

Com isso, começou a andar até a porta, embora não tivesse em mente para onde iria depois. Não achava que estivesse calma para retornar ao Quartel-General, mas não podia só ficar ali.

— Marino.

Ela estremeceu. Crowther ainda a observava, mas havia algo estranho no rosto dele, como se estivesse enxergando mais do que ela gostaria.

Ele engoliu em seco diversas vezes, unindo a ponta dos dedos.

— Eu tinha quase a mesma idade que você quando os Holdfast me trouxeram para Paladia.

Helena recuou. Sabia que Crowther tinha sido um dos alunos bolsistas dos Holdfast, mas ele fora trazido como órfão depois de os Holdfast o terem salvado. Ela nunca nem considerara que as experiências deles pudessem ser semelhantes.

— Minha família e meu vilarejo foram mortos pelas mãos de um necromante. Eles se ergueram rastejando do chão e me deixaram na neve para morrer. Quando a Chama Eterna chegou, não havia salvação para ninguém. Só puderam acender fogueiras para apagar as atrocidades que todos se tornaram. Eu escolhi me destacar e usei minha disposição para fazer o que era necessário. Não pela glória ou pela Fé, mas porque, para impedir a perversão da necromancia, é preciso fazer o que quer que seja necessário. Eu nunca me arrependi da minha escolha.

Fitando a mão direita, ele abriu e fechou os dedos devagar. Era mais fina que a outra mão; os músculos tinham definhado ao longo dos anos.

Ficou em silêncio por tanto tempo que Helena por fim compreendeu que aquele discurso devia servir como um pedido de desculpas. Que, de alguma forma, Crowther a via como uma semelhante e, agora que ela fizera algo que lhe fora pedido, ele se arrependia de tê-la tratado tão mal.

Só que Helena não queria pedido de desculpas nenhum.

— Você... — Ele piscou, e começou outra vez: — Precisa de... alguma cura?

Helena enrijeceu. A última coisa que queria era Elain ou Ivy perto dela.

— Ele não foi violento — falou ela, incisiva, cruzando os braços sobre o peito. A voz saía tensa, a garganta recusando-se a relaxar. — Foi só... brusco. Além do mais... — Ela deixou que a voz ficasse venenosa. — Autocura não fazia parte das instruções que recebi desde o começo?

Crowther desviou o olhar.

— Se precisar de autorização para qualquer coisa, vou garantir que seja aprovada.

— Só vim aqui para dar um jeito no cabelo e pegar uma camisa. Não estava ferida — explicou ela, sentindo ainda mais raiva dessa tentativa repentina e atrasada de preocupação.

Ilva e Crowther deixaram bastante claro que Helena estava sozinha na missão, e agora que tudo havia sido colocado em pratos limpos, agora que viera à tona que eles não a tinham vendido *de verdade*, para sempre, sem nem hesitar, achavam que ela iria *querer* que se importassem?

Um calor enjoativo irradiou do fundo do seu âmago.

— Você deveria deixar as pessoas cuidarem de você.

Uma risada áspera, semelhante a um soluço, escapou do peito dela ao ouvir tamanho absurdo.

Crowther assumiu uma expressão tensa.

— Não tínhamos tempo de treinar você para a missão. Para nós, seria melhor deixá-la dar continuidade e... depois nós juntaríamos os pedaços. Fez com que você fosse mais convincente.

O nó na garganta aumentou mais.

— Bom, ele enxergou direitinho o que vocês queriam. No fim, eu fui a única idiota. Ainda assim, conseguiram o que queriam. Sorte a de vocês, imagino.

— Você... — começou Crowther, a voz intensa, e parou.

— Eu o quê? — perguntou, a voz afiada, a raiva evaporando enquanto o pânico a tomava outra vez.

Aquilo não tinha sido o bastante? Estava tentando ser gentil ao contar para ela que Ilva ainda assim escolheria matar Kaine? Que o prazo de um mês que recebera também não passara de uma mentira? Que não havia nada que Kaine pudesse fazer que fosse tão valioso quanto traí-lo?

Crowther franziu as sobrancelhas enquanto a examinava.

— Depois de passar um ano trabalhando com a logística de substituí-la... preciso admitir que você é o recurso mais excepcional que a Chama Eterna possui. E sinto muito por isso.

Agora que compreendia os métodos de seleção dos Holdfast, Helena enxergava os paralelos entre eles: ambos tinham sido trazidos a Paladia como crianças talentosas sem lugar para onde ir. Tinham passado a vida inteira sendo solitários e úteis, porque era tudo o que sabiam fazer.

Talvez, ao olhar para Helena como sua sucessora, ele conseguisse ver a verdadeira tragédia que ela era.

Na semana seguinte, Crowther foi com Helena para o Entreposto.

Após aquela breve demonstração de humanidade, Crowther retornara para as sombras e, quando saíra de lá, havia voltado a ser o seu eu de sempre. Ainda assim, Helena sentia que a posição que ocupava no jogo de estratégia dele mudara, e se reorientou com esse novo avanço.

Durante a jornada até ali, Helena não trocara uma palavra sequer com ele. Pegaram um caminhão até o portão e depois caminharam até o Entreposto. Era espantoso como o trajeto passava rápido quando não era feito a pé. Um chuvisco leve e nebuloso cobria a cidade como uma mortalha e, chegando na represa, espumava numa neblina densa.

Quando passaram, a visão dos necrosservos no Entreposto ficou turva sob a chuva.

Kaine os esperava dentro do cortiço, como se nunca tivesse saído de lá. Parecia esquelético. Cansado. Não correspondeu o olhar de Helena. Os tecidos que cobriam o chão tinham sido dobrados e empilhados rente a uma parede.

Se Crowther tinha qualquer opinião relacionada ao cortiço, não a demonstrou, mas Helena ainda sentiu um desconforto visceral enquanto ele percorria o cômodo com o olhar. Já tinha se acostumado, mas agora ela via toda a sujeira, a tinta lascada e os azulejos quebrados outra vez. Lembrava-se de como havia se sentido degradada quando fora até ali pela primeira vez.

Quando ele parou e avaliou o espaço, o ar na sala ficou mais tenso, como uma floresta se calando de súbito.

Crowther não via nenhum combate fazia anos, mas Helena curara uma quantia razoável de vítimas do interrogatório para saber que ele levava jeito na precisão da piromancia, e agora tinha as duas mãos para fazer isso. Não sabia até onde iam as habilidades de Kaine, mas até Imortais tinham dificuldade para lidar com alquimistas manipuladores de chamas.

O ódio entre Crowther e Kaine era tão palpável que o ar vibrava entre os dois.

Foi Crowther quem falou primeiro, os olhos faiscando.

— Pelo que entendi, deseja fazer um novo acordo com a Chama Eterna, Ferron. — Havia uma insinuação zombeteira em seu tom de voz.

Kaine exibia uma palidez alarmante.

— É o que parece.

Helena pensara que fosse agir como intermediária entre os dois, mas Kaine olhou na direção dela.

— Pode ir, Marino. Tenho certeza de que Crowther pode encontrar o caminho de volta sozinho.

Olhando para os dois, ela hesitou.

O rosto de Crowther tinha um ar de divertimento quando também lançou um olhar para Helena.

— Não tem necessidade de voltar sozinha. Espere lá fora, Marino. Tenho certeza de que Ferron não vai deixar nada acontecer com você nas escadas.

Um músculo na mandíbula de Kaine se tensionou, mas ele não discutiu.

Helena olhou para os dois uma última vez, então se virou com relutância e foi até a escada. Antes de fechar a porta, ouviu Crowther dizer uma única palavra:

— Implore.

Ela andou pelo corredor e bisbilhotou através das portas que foram arrancadas das unidades idênticas do cortiço. Seguiu até o último andar de escadas, depois voltou.

A chuva caía pela claraboia quebrada, criando um gotejar constante. Quando chegou ao segundo andar, um vislumbre de algo escondido nas sombras lhe chamou a atenção.

Helena se aproximou, ficando na ponta dos pés e forçando a vista na tentativa de ver o que era. A coisa tinha sido escondida de modo que ficasse praticamente invisível na penumbra.

Um olho humano numa caixa de vidro a encarou. Quando Helena deu um passo para o lado, o olho se mexeu, acompanhando o movimento.

Um calafrio percorreu a espinha dela. Nem sequer soubera que era possível animar apenas uma parte individual do corpo, mas não dava para negar que estava animada. Muito bem preservada. Tinha sido posicionada para ter visão do patamar inteiro naquele andar.

Era assim que Kaine sempre sabia quando ela estava lá.

Helena ficou sentada nas escadas por meia hora antes de Crowther sair. Sabia que ele provavelmente não lhe contaria os termos acordados, mas, depois de fazê-la esperar tanto, esperava ouvir alguma coisa.

Crowther parou, examinando Helena:

— Bom trabalho, Marino.

CAPÍTULO 49

Februa, 1787

À medida que o inverno se arrastava, o clima no Quartel-General ia ficando cada vez mais sombrio. Os dias pareciam um breu sem fim; o ar, tão frio e úmido que até mesmo as rápidas caminhadas no Espaço Comunal faziam congelar a alma.

Depois de meses de defesa e fortificação bem-sucedidas, a Resistência recebera um ataque duro e repentino. Uma bomba de grande potencial destrutivo explodira nas muralhas da Ilha Leste e derrubara diversos prédios. Depois, mais explosões e, antes de sequer começarem a evacuar os sobreviventes, choveram necrosservos e quimeras.

A Resistência perdera um batalhão e uma faixa inteira da Ilha Leste.

O batalhão de Luc ficara preso dentro de um prédio, perseguido até o nível do rio, onde tinha acabado encurralado por mais de um dia até que a Resistência reunisse uma força-tarefa capaz de resgatá-lo. As baixas haviam sido catastróficas. Metade ficara gravemente ferida. Um médico fora morto na retirada e outro falecera pela extensão dos ferimentos durante o cerco. Luc segurara as quimeras e os necrosservos por várias horas, sustentando uma parede de chamas. Quando ele e Lila haviam sido trazidos de volta, estavam cobertos de fumaça e sujeira, exaustos demais até para falar. Soren tinha estilhaçado o braço direito quando o chão desmoronara sob os pés dele e de diversos outros. Durante o cerco, fora impedido de fazer parte da defesa e ficara cuidando dos feridos, observando todos morrerem, um a um.

Recusara-se a tocar no assunto.

Antes que Helena pudesse voltar para o Entreposto, Crowther a informou de que veria Kaine apenas uma vez por semana. Não deu explicações quanto ao motivo, limitando-se a alegar que fazia parte dos novos termos do acordo. Quando chegou martidia, ela não sabia o que esperar, já que as coisas talvez fossem diferentes, mas, ao entrar no cortiço, calada, Kaine chutou os tecidos de acolchoamento pelo chão e começou a treiná-la como se nada tivesse mudado. No entanto, não olhava mais para ela. Seu olhar parecia passar direto por Helena.

— Como você sabe todas essas coisas? — perguntou quando ele parou no meio de um ataque para lhe mostrar diversas técnicas para quebrar um braço de formas que despedaçaria os ossos ou os deixaria expostos, desacelerando a regeneração.

— Do mesmo jeito que sei de todo o resto — respondeu ele, encarando o outro lado da sala. — Quando não se pode morrer, as pessoas te machucam até você poder machucá-las de um jeito pior.

— Sinto muito.

Ele a encarou, brusco, a fúria brilhando nos olhos.

— Sente, sim.

Não houve mais conversas depois disso. Kaine atacou, e Helena se defendeu. Conseguiu encaixar um golpe embaixo do braço dele, mas teve apenas um instante de triunfo antes de se ver sufocada pelos dedos dele, que a puxavam para perto.

Os dois congelaram, os olhares se encontrando, e foi como se o tempo tivesse parado.

Ele afastou a mão com um olhar fulminante.

— A não ser que comece a pensar mais rápido do que se mexe, vai acabar morrendo — avisou.

Helena fracassou outras duas vezes.

— Já chega por hoje.

Por fim, ele deu as costas, pegou algo no casaco e tirou de lá um envelope, que deixou na mesa.

O peito de Helena foi tomado de pavor enquanto caminhava até a bolsa e também pegava um envelope, dedilhando-o quando se virou para Kaine.

— Crowther disse para entregar isso a você.

Ele a encarou com um olhar apático.

— Certo... minhas ordens da semana.

Ele pegou o envelope com um puxão indiferente.

— Kaine...

— Pode ir, Marino. Tenho trabalho a fazer.

Cabia a Helena examinar Luc para garantir que estivesse saudável antes de ter permissão de sair do Quartel-General. Ele continuava com um semblante tão abalado que mal pareceu notá-la, o que foi melhor, já que não se falavam desde o Solstício.

Ele e Lila observavam um ao outro com uma intensidade fervorosa, como se fossem as únicas coisas reais ali.

Se fosse possível, Helena teria recomendado uma pausa (algumas semanas para se recuperar, no mínimo). Luc estava tão exaurido que chegava a ser preocupante, em especial em relação aos pulmões dele, mas era um luxo ao qual não poderiam se dar. Tanto Lila quanto Luc haviam sido despachados de volta para o front com uma nova armadura polida para tranquilizar os batalhões aflitos.

Soren só ficou mais uns dias antes de ir atrás deles.

A cada semana, Kaine treinava Helena por meia hora, entregava um relatório de inteligência, recebia as novas ordens e ia embora sem olhar para trás.

Os dois não conversavam mais. Se ela fazia perguntas que não tinham a ver com combate, ele as ignorava. Parecia que agora havia um abismo entre os dois.

Mas tudo bem. Ele estava vivo. Toda semana, Helena tinha a chance de vê-lo e ter certeza de que estava vivo.

Entretanto, não era algo que parecia importar para ele. Havia um desespero bruto evidente nos olhos de Kaine. A raiva tinha sido contida, como se continuasse a existir por pura obrigação.

Depois de três semanas, ela o segurou pelo pulso enquanto Kaine pegava o envelope de Crowther de suas mãos.

— Por favor... olhe para mim — pediu.

Ele puxou a mão com força e cravou o olhar nela, a fúria gélida aparecendo outra vez por um breve momento.

— Já não está satisfeita com isso? Ainda quer mais?

— Não... — Ela o olhou, impotente. — Desculpe. Eu achei que...

Ele deu uma risada seca.

— Talvez um dia, se eu tiver tempo de novo, posso fazer uma lista para você de todas as coisas que não se resolvem com um pedido de desculpas.

Helena baixou as mãos.

— Kaine, eu...

— Não... fale o meu nome. Odeio o jeito como soa na sua boca.

Com isso, arrancou o envelope das mãos dela e foi embora.

Houve mais um dilúvio de ferimentos. Helena mal dava conta de acompanhar todas as batalhas e enfrentamentos, as vitórias e derrotas. No hospital, tudo virava um borrão de gritos que não acabavam nunca. O tempo parecia se moldar numa monotonia atroz, pontuada apenas pelo ressentimento frio de Kaine.

Helena tentou se manter ocupada. Com a permissão de Rhea, deu início a um tratamento experimental em Titus, mas ele reagiu mal, ficando extremamente enjoado e febril, o que levou o experimento a um fim imediato.

Sentia-se descartada. Deixada à própria sorte. Todo mundo parecia ir e vir, e até as outras curandeiras eram despachadas pela ilha, para o novo hospital, a cada poucas semanas, mas Helena nunca saía do Quartel-General.

Ilva e Crowther não faziam mais exigências a ela, exceto que repassasse as ordens. A vitamante era uma coleira no pescoço de Kaine, e o trabalho dela era suportar isso.

Helena voltava do Entreposto quando o bracelete de chamado do hospital ficou quente. Correu o restante do caminho. Havia sangue no chão da guarita.

Os guardas a esperavam.

— Onde estava?

— Quem? O que... — Helena ofegou enquanto liberavam a entrada.

— Lila — disse um dos guardas mais jovens. — E Soren.

O medo tomou conta do corpo de Helena como veneno.

— Onde está Luc...

Houve uma pausa e, antes mesmo do guarda mais velho falar, ela já sabia.

— Desaparecido.

O corpo de Helena se mexeu, mas a mente dela pareceu congelar enquanto corria até o hospital.

Não.

Aquilo não podia ser verdade.

A ala de emergência estava mergulhada em puro frenesi quando Helena entrou. Elain imediatamente se virou para ela, as mãos cobertas de sangue, o rosto pálido e em pânico.

— Minha ressonância não funciona! — exclamou ela, a voz estridente. — Não consigo estancar o sangramento.

Lila estava estirada numa maca coberta de pó, sujeira e sangue. Os restos da armadura estavam esmagados e rachados; as roupas, rasgadas, como se tivesse sido pega numa explosão. As enfermeiras cortavam faixas e transmutavam a armadura para tirar dela. Havia um corte largo no rosto, da têmpora à bochecha, e, um pouco mais para baixo, na base do pescoço, vertia sangue de uma perfuração grande.

— Não sei qual é o problema! — dizia Elain enquanto Helena lavava as mãos sob água escaldante e as enchia de fenol diluído. — Acho que tem algo dentro dela, mas minha ressonância não funciona! Quando tento sentir, é como se... minhas mãos...

— Soren está assim também? Ou só Lila?

— Não sei, não tentei nele. Eles acabaram de chegar. Ela está perdendo muito sangue e não consigo sentir nada!

— Vá ver Soren — ordenou Helena. — Preciso de médicos para Lila, e de Pace. Diga que preciso dela aqui agora.

Helena foi até Lila. O pescoço era uma das poucas aberturas na armadura, mas ela estava com o elmo. Seu sangue encharcava a maca. Tinham colocado um acesso com plasma intravenoso nela, mas não adiantaria de nada se não estancasse o sangramento.

A cabeça de Lila pendia para trás. Ainda consciente, ela murmurava baixinho, de novo e de novo:

— ... disse a ele... para correr. Eu... disse... p-para fugir...

Helena abriu o canal de ressonância e sentiu a interferência terrivelmente familiar do núlio.

Torcia para ser um equívoco e para que Elain só estivesse histérica, ou mesmo exausta. Qualquer coisa menos aquilo.

O núlio era muito mais forte do que as lascas que Helena removera de Kaine. Alterado de alguma forma para intensificar o efeito.

Ela tentou, no mínimo, ter uma vaga noção do tamanho do que fora inserido na cavidade peitoral de Lila. Queria determinar se havia risco de perfurar o coração caso aplicassem muita pressão na ferida. Era como olhar através de uma névoa. As mãos pareciam entorpecidas, formiguinhas pinicando os nervos enquanto ela tentava procurar pela sensação mais intensa de dissonância.

Era longo e fino. Provavelmente tinha perfurado o pulmão, possivelmente resvalado o coração, mas era difícil dizer.

Era muito pior do que qualquer coisa para a qual ela e Shiseo tivessem se preparado para enfrentar.

— O que é? — Pace apareceu do lado dela.

Helena pressionou gaze na ferida, tentando impedir o sangramento. Lila se calara.

— É núlio. Vai ser preciso uma cirurgia manual para tirar. Maier não é treinado, mas você trabalhava no hospital na época em que ainda usavam isso, certo?

Pace empalideceu.

— Já faz muito tempo. Eu só auxiliava.

Helena respirou fundo. Não podia falar sobre a própria experiência com o núlio.

— Eu costumava ajudar meu pai, às vezes. Se conduzir o procedimento enquanto eu a mantenho estável, talvez funcione. Soren...?

Temia perguntar se Soren sofrera ferimentos com núlio. Se fosse o caso, ela e Pace precisariam escolher qual dos gêmeos salvar. O protocolo determinava que a pessoa com mais chances de sobrevivência deveria ser priorizada, mas, como Primeira Paladina, Lila *era* a prioridade.

— Os outros podem curá-lo — informou Pace. — Ele sofreu uma pancada feia na cabeça, mas não é nada de que Elain não dê conta.

Helena fechou os olhos enquanto lutava para se acalmar, tentando fazer Lila sobreviver só com base em seu desejo, porque desta vez não podia obrigá-la a isso.

— Vamos levá-la para a sala de cirurgia — orientou Pace. — Tenho certeza de que Maier vai ajudar o máximo que der. Vamos precisar de médicos e enfermeiros como apoio. Mantenha-a estável.

Helena ajudara o pai apenas algumas vezes com cirurgias. Antes do massacre. *Observadora e com a cabeça boa em meio a uma crise,* dissera ele, mas muito tempo havia se passado.

Assistir nos equipamentos cirúrgicos era bem diferente de fazer um procedimento sem ressonância. Ninguém estava preparado. O núlio que conheciam interferia apenas quando trabalhavam diretamente com ele. Aquele no corpo de Lila era difuso demais.

Quando Lila já estava sedada, a Enfermeira-chefe Pace usou um par comprido de pinças no furo acima da clavícula e tirou de lá uma estaca comprida e enferrujada. Era frágil, e já se degradava devido à fusão instável. Os estilhaços se partiam a todo momento, forçando Pace a enfiar as pinças de novo e de novo e remover os fragmentos um por vez.

Usando a ressonância, Helena sentia que, mesmo com a maior parte da estaca removida, alguns estilhaços se dissolviam no sangue de Lila. O núlio se espalhava pelo corpo dela como uma névoa, ficando mais espesso e impenetrável a cada instante.

A fragilidade do núlio era tanto uma bênção quanto uma maldição. Escolhera o caminho de menor resistência. Lila tinha um furinho no pulmão, mas o coração não estava danificado, nem o esôfago. Não saíra da cavidade, mas os pedaços estavam por toda parte, e a liga era tão instável que em pouquíssimo tempo se dissolvia.

Pace limpou a testa com um pano.

— Vamos precisar fazer uma toracotomia para tirar todos os pedaços. Ela está estável?

Em um dia normal, um cirurgião alquímico como Maier faria uma toracotomia sem precisar abrir o paciente. Bastavam incisões que possibilitassem a passagem de ferramentas delicadas. Assim, com o treinamento e a ressonância, os instrumentos atuavam como extensão dos dedos e sentidos.

Helena conteve a ressonância e usou o tato para verificar os sinais vitais de Lila, visto que era mais fácil do que driblar toda a interferência.

— Ela está aguentando firme.

Abriram uma incisão no tórax de Lila usando retratores improvisados para afastar as costelas, até que conseguissem alcançar os fragmentos restantes. Os pedaços variavam de tamanho e, caso não fossem tirados com cuidado, se desintegravam. Por onde passavam nos pulmões e no coração de Lila, os fragmentos deixavam cortes e sulcos. Ferimentos que seriam tratados sem muita dor de cabeça se Helena pudesse usar a ressonância, mas que, agora, eram perigosos e trabalhosos, e cada um requeria suturas manuais.

O procedimento era desconhecido, e todos corriam contra o tempo. Quanto mais tempo o núlio tinha para romper e se alastrar pelo sangue de Lila, mais provável era a chance de ela morrer por intoxicação metálica. Com a cirurgia, o corpo dela estava no limite, e Lila precisava sobreviver por conta própria.

Helena filtrava o sangue manualmente e, com isso, mantinha o coração de Lila batendo enquanto Pace trabalhava. Uma enfermeira levara os fragmentos maiores para Shiseo analisar e sintetizar o agente isolado, mas esse tratamento levaria horas para ser disponibilizado.

Talvez só quando expurgassem todo o metal do fluxo sanguíneo de Lila, pudessem usar algum tipo de ressonância nela.

— Agora uma lavagem torácica — disse Pace por fim, deixando as ferramentas de lado.

Quando terminou, os olhos dela estavam vermelhos por tanto esforço.

Maier assumiu as suturas. Os pontos que dava eram belamente ordenados, mas ele parecia abalado enquanto trabalhava.

Helena ergueu o olhar e notou que começava a escurecer.

— Acho que vou dar uma olhada em Soren.

Sentiu-se estranha enquanto lavava as mãos. Mal usara ressonância, mas a pressão das últimas horas a tinha deixado com dor de cabeça. Ao sair da sala de cirurgia, ela descobriu que a maior parte dos funcionários do hospital estava reunida em volta de uma cama.

Soren estava consciente, apoiado nos travesseiros. Todas as cortinas de privacidade tinham sido escancaradas e um grupo o cercava. Na frente de todos estava Ilva.

O braço de Soren tinha sido envolto numa tala; a cabeça, enrolada em ataduras que cobriam metade do rosto. Ele sacudia a cabeça sem parar.

— Eu não... lembro. Foi tudo rápido demais.

— Você reconheceu alguém? Ao menos acha que viu um rosto? — inquiriu Ilva, agarrando o pulso de Soren.

— Não sei — insistiu Soren, a voz tensa. — Alguma coisa... explodiu. Fui atingido. Posso ter apagado alguns segundos ou minutos. Quando voltei, não via nada. Luc tinha sumido e Lila estava no chão, sangrando. Ela só sabia repetir: "Eu falei para ele fugir". Eu não sabia onde procurar... então voltei.

— Não teve nenhum aviso? — As perguntas pareciam explodir de Ilva, visivelmente agitada. — Nenhum mísero sinal? Quem estava liderando o batalhão?

— Eu... — Pela expressão, Soren sentiu dor e pareceu ter dificuldade em se recordar.

— Eu sempre avisei que era um erro permitir uma paladina mulher — falou Matias. — Se eu fosse o Falcão na época, nunca que teria permitido que tamanha violação da tradição virasse pauta. Eu avisei, Ilva, que Luc seria parcial quanto a ela, mas, não, Lila Bayard era excepcional demais para ficar separada dele. Agora veja só no que deu.

— Cale a boca! — rosnou Ilva por cima do ombro, afundando os dedos no pulso de Soren. Então, virou-se para o enfermo e o sacudiu. — Ela chegou a contar se Luc se rendeu? Ele se entregou por causa de Lila?

— Não sei — sussurrou Soren.

Elain estava do lado da cama de Soren, perdida em deslumbramento com todos os membros da Chama Eterna que, no momento, cercavam a cama para criar fuzuê.

— Perdão — disse Helena, a voz brusca, acotovelando a multidão. — Soren Bayard tem um ferimento na cabeça. Não é aconselhável que fique estressado.

Todos se viraram na direção dela.

— Lila acordou? Já pode responder a algumas perguntas? — questionou Ilva, levantando-se no mesmo instante.

Helena balançou a cabeça em negativa, enfática.

— Ela não está disponível para nada. Passamos por uma cirurgia manual bastante minuciosa para retirar a estaca de núlio com que a atingiram, mas a liga se deteriorou e a substância caiu na corrente sanguínea. Ou seja, até que seja removida, vai interferir em *qualquer coisa* que envolva a ressonância.

— Quanto tempo isso vai levar? — O pânico no rosto de Ilva era evidente.

Helena balançou a cabeça de um lado para outro de novo.

— Ela está anestesiada no momento, mas estamos trabalhando às cegas. Pode ser que acorde daqui a algumas horas, pode ser que leve alguns dias. Lila é muito forte, mas isso vai prejudicá-la mais do que qualquer outro ferimento passado. Não podemos garantir nada ainda.

Soren se recostara na cama, parecendo à beira de um ataque de pânico, mas Ilva se ergueu como uma víbora.

— Pensei que tivesse se preparado para essa possibilidade — acusou Ilva. — O que estavam fazendo aqui esse tempo todo?

Helena cerrou os dentes. Por que a culpa era sempre do hospital quando as coisas davam errado? Se ela tivesse vindo e dito que a cirurgia fora um sucesso, que Lila já estava se recuperando, todo mundo correria até o Periélio para oferecer chamas de agradecimento a Sol. Más notícias, no entanto, sempre recaíam sobre o hospital.

Como devia ser boa a sensação de ser um deus.

— A liga foi alterada e a interferência é muito mais intensa. Procedimentos manuais não são nada simples, ainda mais num hospital onde apenas *duas* pessoas têm experiência na área. Se quer que o hospital esteja preparado para fazer cirurgias manuais, o Falcão precisará aprovar a prática em cadáveres, assim como requisitamos *vários* meses atrás.

Matias tossiu como se tivesse engolido algo rascante e, de repente, pareceu reconsiderar o desejo de estar ali.

Ilva segurava a bengala, mas parecia que ia despencar a qualquer momento. Era como se perder Luc os tivesse deixado sem chão.

— Então examine-o — ordenou Ilva, cambaleando para longe da cama de Soren. — Vamos fazer uma reunião do Conselho daqui a uma hora. Aguardo relatórios completos dos dois Bayard.

Todos saíram. Helena fulminou Elain com o olhar e fez um gesto brusco de cabeça, indicando que a outra puxasse as cortinas de privacidade enquanto ela se sentava ao lado de Soren.

Ele se recostava sobre as almofadas que haviam sido deixadas para lhe dar sustentação, cheio de cortes recém-curados. Assim que o tocou com a ressonância, soube dizer que ele perdera o olho direito. Fosse lá o que o atingira, tinha deixado uma fratura na cavidade e esmagado a órbita.

Os dedos de Helena tremiam.

— Ela nunca vai me perdoar — disse Soren, a voz saindo num sussurro.

Helena não sabia se ele falava de Ilva ou da irmã.

Apertou a mão dele.

— Se tivesse ido atrás de Luc no estado em que está, talvez vocês três estivessem mortos. O que não nos serviria de nada. Tenho certeza de que mais gente está procurando por ele agora justamente porque você voltou.

Elain fizera um bom trabalho com a cura. Diversos ossos tinham sido quebrados, inclusive o mesmo braço que ele estilhaçara poucas semanas antes. Não tinha sarado por completo, e agora era provável que ficassem sequelas.

— Acha que ele ainda está vivo? — perguntou Soren.

O coração de Helena se apertou. Ela não conseguia pensar em motivos para os Imortais não terem matado Luc imediatamente.

— Até termos a confirmação da morte, ele ainda está vivo. E vamos trazê-lo de volta — afirmou ela, forçando a voz a soar esperançosa. — Agora, pare de se preocupar. Preciso ver como está a sua cabeça.

Soren sofrera uma concussão, mas o olho e o osso da testa tinham absorvido a pior parte do golpe. Todas as visitas que fizera a Titus a tinham deixado mais familiarizada com cérebros, o que lhe passava a sensação de que os entendia melhor e que, no mínimo, era capaz de fazer um diagnóstico preciso, em vez de fugir da tarefa.

Elain não soubera o que fazer com o olho destruído e o deixara lá, só passando uma atadura por cima e reparando apenas o osso.

— Soren, seu olho direito...

— Eu sei — cortou ele, brusco, como se não importasse. — Ainda dá para lutar, certo?

As mãos de Helena ficaram imóveis.

— Seu braço está quebrado e você perdeu metade da visão. Vai precisar de um período de adaptação. E vai estar vulnerável. Não conseguirá ver nada do lado direito.

— Eu viro a cabeça — argumentou ele, a voz neutra. — O pescoço tem suas utilidades.

Helena suspirou.

— Você não vai voltar para lá. Pelo menos durante algumas semanas.

Soren balançou a cabeça, em recusa.

— Lila está fora de combate. Preciso trazer Luc de volta antes de ela recobrar consciência. Minha irmã não pode acordar e descobrir que eu não o trouxe de volta. — O queixo dele tremeu. Nos doze anos em que o conhecia, Helena nunca vira Soren chorar. Ele olhou para baixo. — Eu não contei para eles, mas ela me pediu para deixá-la lá. Para ir atrás de Luc, mas eu não fui. Falei que iria assim que a trouxesse para um lugar seguro...

Ele começou a tentar sair da cama. Helena só precisou de uma mão para empurrá-lo de volta. Soren mal tinha forças para se sentar.

— Soren, preciso lidar com o tecido rompido do seu olho — afirmou Helena, tentando soar firme.

Ignorando-a, ele tentou empurrá-la, mas agora Helena tinha afinidade em combate. Ela desviou a mão dele e passou os dedos sob a cabeça de Soren. Só precisou de um instante de ressonância para ele revirar o olho restante e desmaiar na maca, inconsciente.

Helena fechou a pálpebra com cuidado para que não ressecasse.

— Sinto muito — sussurrou, e então começou a trabalhar.

Se ainda houvesse alguma parte intacta dentro da órbita, até seria possível uma pequena chance de salvar parte da visão, mas o olho de Soren estava destruído.

Antes de refazer as ataduras tomando muito cuidado, ela removeu todo o tecido que não podia ser reparado, evitando que apodrecesse ou causasse infecção. Dentro de algumas semanas, alguém faria um belo olho de vidro para ele, ou talvez moldasse uma pedra preciosa.

Isso partindo do pressuposto de que ainda existiria uma Resistência dali a algumas semanas.

Rhea chegou assim que Helena terminou.

Fazia uma vida desde que os gêmeos haviam estado no hospital ao mesmo tempo.

A expressão de Rhea era estoica, mas o rosto parecia avaliar a situação enquanto se aproximava de Soren.

Helena se levantou.

— Terminei agora. Posso acordá-lo — disse, cobrindo rapidamente o restante do tecido do olho com um pano.

— Não, deixe que descanse.

Rhea se sentou devagar na beirada da cama, examinando as partes à mostra do rosto do filho.

— Meu menininho — falou ela, baixinho, a voz saindo num murmúrio, como se temesse despertar Soren.

Helena deu um passo para trás, incerta se Rhea preferiria privacidade ou respostas.

— Sabe, ele era uma coisinha tão pequenina quando nasceu — contou Rhea, esticando uma das mãos e cobrindo a de Soren. — Cabia numa das mãos de Titus. Os médicos não achavam que ele fosse sobreviver. Lila saiu um pimentão e aos berros, mas o pequeno Soren era um pingo de gente. Quieto e pálido. Mesmo quando precisava mamar, mal fazia barulho. Estava sempre seguindo Lila por aí. Nunca causou encrencas, mas sempre estava lá, enfiado nas confusões dela.

Rhea soltou uma risada que era quase um soluço.

— Achei que estava fazendo uma coisa tão maravilhosa quando eles nasceram. Gêmeos. Dois bebês para a família Bayard. Nossos pequenos paladinos. — O corpo de Rhea tremeu enquanto ela segurava a mão de Soren. — E agora Titus nem sequer sabe o que aconteceu com nossos lindos filhos... toda minha família, e só me sobraram *pedaços*.

Ela se curvou sobre Soren. Apesar dos tremores, chorava em silêncio.

Havia um truque para chorar assim. Era algo que se precisava aprender.

Helena se afastou para dar espaço a Rhea e seu sofrimento.

A reunião foi lúgubre. Ilva estava sentada à mesa do Conselho parecendo quase drogada enquanto faziam os relatórios. O ataque ocorrera nas partes inferiores da Ilha Leste. Luc e Lila estavam liderando o batalhão de volta para o Quartel-General e, bem na hora em que tinham passado por uma construção condenada, houvera uma explosão. O prédio desabara.

Soren estivera no limite da explosão e fora arremessado. Apenas dois outros no batalhão tinham sobrevivido porque estavam viajando num ritmo mais lento. Haviam sido pegos pelos destroços, apenas com ferimentos superficiais.

Havia sinais de luta, marcas chamuscadas e uma poça de sangue que presumiam ser de Lila. Restos humanos queimados, presumidamente necrosservos, e um defunto com o talismã arrancado. A espada, os anéis e outras armas de Luc haviam sido encontrados descartados, como se só o tivessem deixado com as roupas do corpo.

Não receberam quaisquer notícias dos Imortais. Não tinham proclamado que ele estava morto, nem que tinha sido capturado. Os guardas haviam sido informados da possibilidade de que ele retornasse reanimado, ou com o corpo possuído por um dos defuntos. Se Luc reaparecesse, toda a devida diligência deveria ser colocada em ação. Ninguém devia acreditar em nenhuma fuga milagrosa.

À medida que o tempo passava, as perguntas só aumentavam. Por que os Imortais o tinham deixado vivo? Por que não tinham anunciado que ele morrera ou que estava sendo feito de refém para negociar uma rendição?

Se o estavam fazendo de refém, por que não tinham entrado em contato?

— Até termos certeza de que Lucien está morto, vamos presumir que esteja vivo — afirmou Ilva, a voz gélida, levantando-se quando um dos metalurgistas principais aludiu a fazer contingências. — Os Imortais não têm motivos para esconder a captura dele. Faz doze horas, e até agora não houve notícias. Pode ser um sinal de que nem tudo é o que parece.

Quando a reunião acabou, Matias se levantou e declarou a intenção de suplicar aos céus por um retorno seguro de Luc. Muitos o seguiram.

Ilva permaneceu na mesa, falando com Crowther.

— Marino, uma palavra antes de sair — pediu Ilva, quando Helena se levantou para voltar ao hospital.

Esperou até a sala estar vazia. Ilva acenou com a mão e os guardas fecharam a porta.

— Você vai para o Entreposto. Vamos usar Ferron — explicou Ilva, a voz brusca. — Quaisquer informações que ele tiver ou puder obter sobre as circunstâncias da captura de Luc. Quero tudo. Assim como uma explicação do motivo de não termos recebido aviso nenhum a respeito disso.

— Claro. — Helena já esperava por isso.

— Diga a ele que essa é uma missão crucial — orientou Ilva, enquanto Helena se virava para partir. — Com essas exatas palavras, Marino. Prioridade máxima. Se ele tiver a oportunidade de recuperar Luc para nós, isso seria preferível às perdas que sofreremos com um resgate.

Sacrificariam Kaine para recuperar Luc. Era a escolha óbvia. Uma troca fácil. O tipo de coisa que qualquer estrategista faria.

Mas...

— Certo — concordou Helena, a voz sem vida.

Lumithia pairava no céu como um enorme disco prateado, tão perto da Ascensão completa que ofuscava os outros planetas, deixando o céu noturno acima como um abismo preto infinito. A luz prateada projetava sombras enormes pela cidade.

Quando chegou à entrada do cortiço, Helena parou de propósito sob o feixe de luz que descia da claraboia estilhaçada, fitando o olho escondido no canto. Então esperou.

Foi uma longa espera.

As janelas se sacudiam com o vento, mas ela não ouviu nada até a fechadura estalar e Kaine entrar, e tudo nele parecia mais afiado.

— O que aconteceu?

No instante em que ouviu a pergunta, ela percebeu que ele não sabia.

Ilva estava certa: se os Imortais tinham raptado Luc, era segredo.

— Houve um ataque hoje. Um bombardeio — relatou ela, a voz trêmula. — Matou a maior parte do batalhão de Luc, os gêmeos Bayard mal sobreviveram, e Luc... está desaparecido.

— Tem certeza?

Ela fez que sim com a cabeça, rígida.

— Usaram uma arma feita com aquela liga que dá interferência na ressonância. Nós chamamos de núlio. Lila foi golpeada e quase morta com isso. Você nem desconfiava de que estavam trabalhando nisso?

Devagar, Kaine balançou a cabeça em negativa.

— Não sabia. Há suspeitas quanto a um espião devido a... sabotagens recentes. E eu não tive tempo de ser tão presente quanto costumava.

Helena encarou os pés e respirou fundo antes de falar:

— Precisamos trazer Luc de volta. Me disseram para te avisar que é crucial. Prioridade máxima.

— Certo...

— Qualquer informação que puder obter a respeito da captura, de quem ordenou, de onde ele está, se ainda está vivo... O Conselho quer que... — As palavras ficaram entaladas na garganta de Helena. — Que você faça tudo o que puder.

— É claro. — Foi tudo o que ele respondeu, e então se virou para ir embora.

Helena ficou contemplando as costas dele, o movimento de um dos ombros quando Kaine se preparou para abrir a porta. Não sabia dizer se algum dia voltaria a vê-lo.

— Espere.

Ele parou, mas não olhou para trás.

— Eu te chamo quando tiver conseguido alguma coisa — disse ele.

— Kaine... quando te beijei, eu...

Ele se virou, de súbito. Em um instante se encontrava perto da porta e, no seguinte, diante dela, a expressão venenosa, uma fúria evidente.

— É sério que quer discutir esse assunto agora?

O nó na garganta dela estava tão repleto de culpa que Helena mal conseguia falar, mas estava desesperada.

— Você pode ao menos olhar para mim? — pediu ela.

Um brilho cruel ganhou vida nos olhos dele quando se fixaram no rosto de Helena. Ter a atenção completa dele outra vez era como levar um soco.

— Quer que eu olhe para você? — A voz de Kaine era leve, quase provocante, mas por baixo a ira fervilhava. Ele se aproximou. — Tudo bem. Estou olhando. Preciso dizer que é maravilhoso ver toda essa culpa nos seus olhos.

Ele abriu um sorriso de desdém e se afastou.

— Sabe, eu costumava achar que as circunstâncias da minha servidão ao Necromante Supremo eram a forma mais cruel de escravidão que alguém poderia conceber, mas preciso admitir que, comparado a você, até perde a graça — continuou Kaine, inclinando a cabeça. — Ao menos antes eu me consolava dizendo que não era minha culpa, que a aceitação era o melhor que poderia fazer para manter minha mãe em segurança. Agora é outra coisa quando não tenho ninguém para culpar exceto a mim mesmo.

Ele ergueu a mão, enroscando os dedos enluvados no pescoço de Helena e puxando-a para a frente.

— Afinal, eu a escolhi — concluiu ele.

Helena encontrou o olhar de Kaine, aquele desespero entorpecido nítido em seus olhos.

— Eu invejava sua inocência, a forma como você acreditava numa bondade minha e não percebia que, desde o começo, era tudo armado. Quando você implorou pela chance de me curar, eu cedi. Quando me tocou, eu não te afastei. Fiquei pensando... que mal pode fazer? Tudo vai acabar logo, e a vida tem sido fria há tanto tempo...

Foi só quando Kaine roçou o polegar na bochecha dela que Helena percebeu que tinha começado a chorar.

— Quando, por fim, percebi que tinha cometido um equívoco, você já tinha dado seu jeitinho de entrar. Era tão transparente que só piorou tudo; eu sabia que me deixaria fazer o que me desse na telha na esperança de que isso salvasse todos os outros, até as pessoas que, só para que fique claro, te venderam. Pelo menos quando eu vendi minha alma, minha mãe se prostrou, implorando para que a levassem no meu lugar. Suponho que, de certa forma, eu tenha mais sorte do que você.

Helena deixou escapar um soluço baixo.

— Depois que você quase sangrou até morrer aqui, pensei, bem, ao menos posso mantê-la viva. No mínimo ela merece alguém que se importa a ponto de *tentar* mantê-la viva. Achei que, mais cedo ou mais tarde, você desistiria. Mas é claro que vai mover céus e terras para salvar as pessoas por quem se acha responsável. É claro que usaria a culpa como arma, só para que pudesse usar a minha também. — Kaine então deu uma risada baixa e amarga. — Imagino que exista algo de poético nesta situação, mas, neste instante, só o que sinto é um novo par de algemas.

Kaine a soltou e se afastou, rumando para a porta.

— Então vai ter que me desculpar se eu não quiser olhar para você. Ainda estou me acostumando à forma como essas algemas me irritam.

Soren estava sentado ao lado de Lila quando Helena voltou ao hospital, o coração parecendo morto no peito.

Na ausência dela, nada acontecera a não ser reuniões e discussões em que ninguém chegava a um consenso sobre o que fazer. Sempre soubera que era Luc quem mantinha as coisas no lugar, mas era espantoso ver a rapidez com que tudo desmoronava.

O cabelo de Lila estava cortado curto como o de um garoto, e a área perto da ferida tinha sido raspada. O rosto estava tão inchado e machucado que ficara quase irreconhecível. Maier tentara juntar a pele com suturas cuidadosas, mas aquela cicatriz ficaria pelo resto da vida.

— Ela é mais nova que eu, sabe — comentou Soren, e Helena assentiu. — Ninguém nunca imagina, mas ainda assim...

Ele se abaixou e sussurrou algo no ouvido de Lila, a voz tão baixa que Helena não entendeu nada. Em seguida, ele se endireitou e foi embora.

Helena o seguiu. A cavidade sob o olho restante dele mais parecia uma cratera. O rosto estava sugado, com linhas de dor visíveis ao redor da boca e no canto do olho remanescente. Alguém já removera a tipoia. Elain.

— Venha — chamou, levando-o para uma área cercada de cortinas, onde fez Soren se sentar.

Primeiro, trabalhou no braço e na mão dele. O osso tinha sido remendado direitinho, mas havia um novo ferimento, o que o deixava sob um risco maior de quebrá-lo outra vez. Helena sabia que Soren não tomaria cuidado. Voltaria ao campo assim que recebessem notícias. O melhor que ela poderia fazer era curar o máximo que desse, imitando o modo como o corpo de Kaine regenerava, não apenas para ser "consertado", e sim para voltar para o estado anterior.

— Preciso de sua ajuda — disse Soren quando ela colocou uma nova atadura sobre o olho dele e a amarrou na cabeça.

Helena fez uma pausa.

— Com o quê?

— Preciso de uma curandeira, e você é a melhor.

Helena se afastou, meneando a cabeça para examinar o rosto dele, embora as expressões sempre fossem evasivas.

— Soren, o que você fez?

— Nada... ainda — respondeu, com um arquear de sobrancelha, e um sorriso impotente mal chegando aos lábios. — Você primeiro precisa prometer que vai me ajudar antes de eu abrir a boca.

Helena hesitou. Com Luc e Lila por perto, Soren nunca precisara arrumar encrenca por conta própria. Lila uma vez brincara dizendo que o gêmeo era como um gato, fingindo indiferença, mas de alguma forma, sempre no mesmo cômodo que o dono.

Mas Soren sozinho era um mistério. Helena não sabia o que ele poderia fazer com as escolhas que agora cabiam a si.

— Tudo bem. Prometo. Me conte.

— Aqui, não — replicou ele, levantando-se.

Os dois saíram do Quartel-General, passaram por diversas vielas e entraram numa lojinha abandonada.

— Arrumei uma curandeira — declarou ele quando entraram na sala dos fundos, a mão nas costas de Helena para empurrá-la pela porta como se, do contrário, ela fosse sair correndo.

O que podia ter feito, considerando como não havia dúvida de que a presença dela tinha sido planejada.

Esperando, completamente armados, estavam os dois membros restantes do batalhão de Luc, Alister e Penny. Além de Sebastian e a informante de Crowther do hospital, Purnell, que evitou com muito afinco encontrar o olhar de Helena.

— Marino? — indagou Alister. — Achei que fosse arrumar um médico.

— Um médico não serve — contestou Soren, enquanto andava até a mesa no centro da sala. Helena continuou perto da porta. — Precisamos de alguém capaz de curar. Helena é a melhor.

— Pode até ser... — disse Alister, cético. — Mas ela nunca esteve em combate. Vai virar um peso morto em uma luta. Igual a essa daí. — Ele apontou para Purnell. — Você vai acabar matando a nós todos se não acertarmos tudo perfeitamente.

— Não precisamos dela para lutar. Isso é com a gente. O que nenhum de nós pode garantir é que vamos tirar Luc de lá com vida. Hel é a nossa melhor aposta. Não sabemos em que tipo de condição ele vai estar quando o encontrarmos. Ela dá conta do que aparecer.

Helena não tinha certeza se gostava do nível de confiança que Soren estava depositando nela.

— Você já esteva no front? — Alister a encarou.

— Não.

— Isso é loucura — protestou Alister, então. — Eu iria atrás de você para qualquer lugar, Soren, mas esse plano não é bom. E se Luc estiver em maus lençóis e tudo o que tivermos for ela, será que vai dar conta de carregar ele para fora?

— Eu vou ajudar! — Purnell se pronunciou do nada. — Depois de mostrar o caminho, posso dar uma mãozinha com Luc. Eu sou boa no hospital.

— Soren. — A voz de Helena saiu tensa. — Posso falar com você?

Helena o arrastou para fora da sala.

— O que está fazendo?

— A gente vai pegar Luc de volta — afirmou ele.

— Sim, até aí eu entendi — respondeu Helena, dando um sacolejo nele, sem se importar que o rapaz estivesse machucado já que ele estava prestes a cometer suicídio. — Mas você mal se recuperou. E por que Purnell está aqui?

— Está falando da Sofia?

Desde quando Soren chamava uma funcionária do hospital pelo primeiro nome?

— A própria. Sabe quem ela é?

— É ela quem sabe onde Luc pode estar.

Helena o encarou, em choque, quando lhe ocorreu o motivo da presença de Purnell. Aquilo tinha o dedo de Crowther. O plano de resgate não havia sido traçado por Soren, mas por Crowther, mexendo seus pauzinhos como sempre.

Porém, se era isso mesmo, o que ele planejava fazer com Kaine? Seria usado como distração? Ou era porque Crowther tinha esperança de evitar a perda prematura de Kaine?

Helena cerrou os dentes com força.

— E como é que ela saberia uma coisa dessas? — perguntou, tentando fazer Soren enxergar que aquilo era uma insanidade.

Soren abriu um sorrisinho contido.

— Crowther a usa para ficar de olho em nós, mas ela não gosta da tarefa. Um tempo atrás, confessou tudo para Luc. Já viu os mapas de uma prisão secreta que pode ser acessada pelos cursos d'água da Ilha Oeste.

— Soren. — Helena respirou fundo, fechando os olhos. — Em que contexto ela veria mapas desse tipo?

Soren deu de ombros, parecendo não se preocupar com essa parte.

— Crowther a usa como mensageira. Vai ver ela deu uma espiadinha.

Se era Crowther quem estava por trás do resgate, Helena queria que ele estivesse diretamente envolvido, dando instruções claras a respeito de como imaginava que aquilo funcionaria, e não essa cartada tosca de "uma enfermeira bisbilhotou um mapa".

Já estava farta de como Ilva e Crowther recorriam à manipulação para operarem "milagres". Como se fosse impossível poder contar com as pessoas a menos que fossem enganadas.

— Se isso for verdade, então Crowther tem conhecimento dessa prisão e pode ter muito mais informações do que um mero mapa. Deveríamos falar com ele.

Soren não hesitou em discordar com a cabeça.

— Negativo. O Conselho foi inflexível em dizer que ninguém pode planejar qualquer ação até que "saibam" quem está com Luc. Ilva parece achar que vai conseguir alguma negociação para recuperá-lo. Só que ela nem chegou a mencionar o que ofereceria em troca.

Helena sabia exatamente o que Ilva tinha em mente.

— Meu dever é para com o Luc — prosseguiu Soren —, não para com a Chama Eterna. Enquanto Lila estiver fora, eu sou o Primeiro Paladino. O Conselho não manda em mim. Meu dever é cumprir meu juramento, e meu juramento foi feito para Luc.

Ela imaginara que os dois iriam querer que Kaine resgatasse Luc. Que ele arriscasse o próprio disfarce para poupar as tropas da Chama Eterna. E, se as coisas dessem errado, Ilva o venderia sem pensar duas vezes.

O que significava que Crowther estava sendo forçado a agir pelas costas de Ilva. Era por isso que estava usando Sofia Purnell para repassar informações relevantes a Soren, a única pessoa com capacidade de agir por conta própria.

— Tudo bem — cedeu Helena, assentindo. — Eu vou com você.

Soren pareceu surpreso, e depois relaxou, aliviado.

— Que bom. Acho que não dou conta de fazer isso sem você.

Helena o observou.

— Como assim?

As pálpebras dele estavam pesadas. Quando Soren ficava pensativo, os olhos se enchiam de emoção. Agora só havia um deles, mas Helena ainda reconhecia a expressão.

— Preciso que faça seja lá o que for preciso, Hel, qualquer coisa, para salvar Luc. Não importa o preço. Qualquer pessoa na Resistência morreria por ele, e preciso que você esteja lá para o caso de só isso não bastar.

Helena arregalou os olhos.

— Tem noção do que está me pedindo?

Soren endireitou a postura.

— Fiz um juramento de proteger meu Principado, na vida e na morte. Foi você que disse que, se alguém está disposto a morrer, deveriam dar uma chance de poder continuar lutando.

As mãos de Helena ficaram entorpecidas.

— Você não pode voluntariar outras pessoas para uma missão desse tipo. Está nos seus planos contar a eles que esse é o motivo de eu estar aqui? *Que você está me escolhendo porque quer usar necromancia como plano B?* — disse Helena, baixando a voz para um sussurro furioso enquanto se afastava, mas Soren a segurou pelo braço.

— Esse não é o único motivo. Você é a melhor. Não estou voluntariando ninguém, só a mim. Se alguma coisa der errado, faça o que for preciso para tirar todos de lá. Com isso, estou te dando minha permissão.

Helena balançou a cabeça de um lado para outro.

— Eu nem sei se consigo. Eu nunca...

— Nós dois sabemos que, se alguém consegue fazer vitamancia, também faz necromancia. E, se existe alguém que pode descobrir como fazer isso enquanto avançamos, este alguém é você. Eu não vou fazer nenhuma idiotice. Só... — Soren engoliu em seco. — Só preciso saber que vai funcionar. Hel, isso precisa funcionar.

Ela titubeou por mais um instante, mas que alternativa tinha? Todas as escolhas tinham se tornado inviáveis. E esse era o preço que ela já havia se oferecido a pagar.

— Está bem — concordou Helena, engolindo em seco. — Por Luc.

— Por Luc. Venha.

Helena foi tomada por uma vontade louca de encurralar Purnell para interrogá-la acerca do que Crowther sabia, exatamente, e de como esperava que aquela missão se desenrolasse, mas a enfermeira não parava quieta, andando pela sala e se mantendo fora de alcance.

— Como você sabe de tudo isso? — perguntou Helena, direta, depois que foi informada da localização da prisão e de como usariam uma catedral fluvial para chegar até lá.

— Conheço gente que usa os túneis. Os batedores... e outros, quando precisam de rotas de fuga e de um lugar seguro aonde ir — respondeu Purnell.

— Por que não estão sendo patrulhados?

— É um labirinto. — Purnell encolheu os ombros. — Os cinzentos não enxergam no escuro, ou ficam perdidos, e os Imortais não gostam de rastejar pela água do esgoto.

Só de pensar naquilo, um grande nó se formou na garganta de Helena.

— Entendi.

— Mas não vai ser tão ruim. Estamos na temporada de enchentes — lembrou Purnell. — A maior parte da água vai ter vindo das montanhas. Não vai estar quente, mas nada comparado com como é no verão.

Uma vantagem minúscula. Helena sabia muito bem como era a frigidez das águas de neve derretida, e o mero pensamento de rastejar por ali já lhe causava dor nos ossos.

— E esses túneis são conectados ao lugar onde Luc está?

Purnell evitava os olhos de Helena outra vez.

— Muitos dos pontos de acesso antigos dos esgotos foram reconstruídos, mas reabri-los não é nenhum bicho de sete cabeças se a pessoa conhece a planta baixa do lugar. Alguém investigou meses atrás. É de alto nível, se comparada às outras prisões, mas quase que completamente vazia. Como se estivesse sendo reservada para alguma coisa.

— Se Luc foi parar lá, então significa que a captura dele é algo em que estiveram trabalhando há tempos — constatou Sebastian, a voz tensa.

O medo desceu pela coluna de Helena.

— Como tem tanta certeza de que Luc está lá?

— Se estão tratando o rapto de Luc como segredo, vão colocá-lo em um lugar secreto. — Foi tudo o que Purnell disse.

Não passou despercebido a Helena o pensamento de que o envolvimento daquela garota já destruía todas as chances que Crowther tinha de negar qualquer envolvimento naquilo. Não era possível que não pudesse ser um pouco mais transparente.

— Se ele não estiver lá, ninguém nem ao menos vai saber que entramos — afirmou Soren. — Precisamos ir hoje à noite. A Ascensão acontece amanhã, então as águas da enchente já estão bem altas, e ninguém vai estar com a cabeça funcionando direito para ir. Precisaríamos esperar outros dois dias, e pode ser que Luc não tenha esse tempo.

Helena nem sequer considerara aquele aspecto. Tinham capturado Luc logo antes da Ascensão. Por quê? Só para aumentar a complexidade de qualquer esforço de resgate? Ou seria mera coincidência?

O plano era vago demais: *entrar, encontrar Luc, ir embora.*

O trabalho de Helena era ficar perto de Purnell e fora do caminho. Os outros lidariam com qualquer confronto. Quando encontrassem Luc, Helena o examinaria, atestaria que ele ainda estava vivo e, se necessário, iria curá-lo o mais rápido possível. Em seguida, ela o tiraria de lá. No caso de ele não conseguir andar sozinho, Purnell a ajudaria a carregá-lo.

Depois, era função de Helena levá-lo de volta para a Ilha Leste usando qualquer meio possível. Se precisasse deixar todos para trás, era o que faria. Assim que Luc estivesse em segurança, os outros se espalhariam e se reagrupariam.

— Vamos — chamou Soren, pegando a armadura enquanto Alister e Penny se aprontavam.

— Esperem! — exclamou Helena, esforçando-se para manter a voz estável, sobrecarregada pela sensação de que o plano estava equivocado. — Preciso pegar meu kit médico.

Soren estreitou os olhos, desconfiado.

— Você não costuma usar só as mãos?

Helena balançou a cabeça em negativa.

— Não. Se Luc tiver ferimentos graves, posso usar elixires e bálsamos, restaurativos para fazê-lo se recuperar mais rápido. Depender só de vitamancia iria... drená-lo, ou iria me drenar. Se eu levar os remédios, vou ter uma chance melhor de tirá-lo de lá caso a situação dele esteja crítica.

Soren relaxou um pouco.

— Tudo bem. Mas anda logo. Se não voltar em quinze minutos, partiremos sem você.

Helena correu porta afora direto para o Quartel-General e para a Torre da Alquimia. O elevador nunca tinha parecido tão lento enquanto a levava para cima aos estalos.

— Por favor, esteja lá, Shiseo — rezou, enquanto as portas se abriam, e saiu correndo até o laboratório, começando a ter dúvidas se aquela era a decisão correta.

Shiseo estava lá, sintetizando quelantes, quando ela irrompeu porta adentro.

— Preciso da sua ajuda — disse Helena, enquanto ia às pressas até a bolsa.

Foi até o armário abarrotado de remédios e pegou frascos e mais frascos, doses o bastante para usar em todo mundo duas vezes. Encontrou agulhas, ataduras, ferramentas médicas manuais, e tentou enfiar tudo o que conseguia em sacos encerados à prova d'água, enfiando tudo na bolsa em seguida até estar praticamente explodindo.

Depois, abriu uma gavetinha que continha suas facas e começou a embainhá-las.

— Você arrumou níquel e titânio — comentou Shiseo, observando as facas moldadas contra a pele dela. — Posso ver?

— Agora não — respondeu Helena, passando a alça da bolsa por cima da cabeça e encaixando a fivela extra na cintura para que pudesse correr melhor. — Preciso que faça algo por mim. Não posso detalhar muito, mas não tenho mais ninguém a quem recorrer.

Ela pegou uma folha de papel e começou a fazer uma série de anotações. Tudo o que sabia e os detalhes relevantes. Localização. Estratégia. Saída.

Posto em palavras, era evidente que não funcionaria de forma alguma, mas ela não sabia mais o que fazer a não ser acompanhar os outros.

Helena ergueu o olhar.

— Você conhece o caminho até o Entreposto da antiga fábrica?

Shiseo assentiu.

— Sim. Eu o visitei quando ainda estava operacional.

Helena assentiu, trêmula.

— Preciso que vá até lá o mais rápido possível. É... território inimigo, mas, se você trombar com necrosservos, só diga que Helena te enviou e devem deixá-lo em paz. Pegue esta rota aqui. — Sem perder tempo, ela a desenhou num pedaço de papel. — Vai encontrar um cortiço com o símbolo de ferro. No segundo andar tem uma porta. Enfie isso aqui embaixo dela e depois volte. Ou... se não quiser fazer nada disso, só entregue este papel a Ilva. Eu não... sei como fazer essa escolha.

Ela estendeu o papel para Shiseo.

O metalurgista olhou dela para o papel, um brilho estranho de interesse nos olhos escuros.

— Sempre soube que você era bem interessante.

— Agora preciso ir — disse Helena.

Ele pegou o papel, e Helena se virou e correu, sem esperar para ver que escolha ele faria. Só continuou correndo.

Soren e os outros já estavam saindo da loja quando ela irrompeu na viela.

— Achei que fosse arregar — comentou Alister, lançando um sorriso torto para ela. Já parecia ter aceitado a presença de Helena a essa altura.

— Não — negou Helena, ofegante. — Estou dentro.

CAPÍTULO 50

Aprilis, 1787

Acessar a catedral fluvial da Ilha Oeste já era uma missão por si só. Tiveram que se esconder de patrulhas da Resistência até, por fim, encontrarem um ponto vulnerável no muro que Alister conseguisse abrir. Atravessaram a abertura, encolhidos, e depois entraram direto na água gelada da represa. A enchente de primavera começara cedo e, com Lumithia perto da Ascensão, os afluentes transbordavam para além das margens, ameaçando arrastá-los rio abaixo. Era preciso se segurar na parede conforme avançavam até chegar a uma ponte antiga, construída antes da guerra e que quase fora destruída. Ela balançava perigosamente, ameaçando desabar enquanto Helena a atravessava de gatinho, sem se atrever a olhar para a morte certa, gelada e revolta lá embaixo.

Do outro lado, as coisas só pioravam. As catedrais fluviais eram recintos subterrâneos imensos e altíssimos, projetados para se encherem de volumes de água que redirecionavam pelo rio. A grade de acesso estava coberta por água até a metade e era feita de ferro inerte, que levou tempo para quebrar e revelar uma descida de altura impressionante. Nem com lanternas elétricas eles conseguiam enxergar o fundo. O rugido da água ecoava no escuro.

Os outros não se abalaram. Estavam habituados a subir e descer dezenas de andares de rapel durante o combate. A armadura deles contava com arreios embutidos e carretéis com cabos e ganchos para se ancorarem.

Penny, uma batedora de reconhecimento extremamente ágil, foi na frente. Em segundos, estava ancorada, mergulhando de cabeça na escuridão, sem nem olhar para trás. A única coisa no campo de visão eram os cabos tesos, até que eles se afrouxaram e retesaram de novo, começando a vibrar em intervalos.

Alister os tocou com os dedos.

— Tudo certo — disse, balançando os cabos para vibrarem de volta.

As ancoragens foram soltas, deslizando pelo escuro atrás de Penny que nem cobras. O restante do grupo foi em seguida. Helena e Purnell, sem armadura nem arnês, eram peso morto. Alister carregava Helena, enquanto Sebastian carregava Purnell. A água os encharcou como uma cachoeira, e quando chegaram no fundo, estavam ensopados, quase congelados. O ruído da queda-d'água era tão alto que era tudo o que conseguiam ouvir, o eco dominando os muros em um estrondo cacofônico.

Alister tremia de frio, mas se ajoelhou e mergulhou as mãos na água por vários minutos.

— É raso na beirada, mas, a uns três metros à esquerda, há uma depressão, e a água é rápida. Não sinto o fundo — gritou ele, a fim de ser ouvido. — Se seguirmos em linha reta, não devemos ter problema, mas é melhor ancorar um cabo antes de fazer a travessia. Eu vou primeiro porque conheço o caminho mais seguro.

Quando alcançaram a parede do outro lado, encontraram uma escada que levava a uma passarela elevada, atravessando as dezenas de túneis enormes que desaguavam na catedral. Helena usou vitamancia para aquecê-los, mas, para as roupas encharcadas, a única solução era continuarem em movimento.

Mais uma vez, Penny tomou a dianteira. Decorara o trajeto pelos túneis cruzados e labirínticos. Mancava um pouco por causa de uma lesão antiga, mas ainda era rápida e ágil. Avançava, confirmando a rota e garantindo que o caminho estava livre, antes de usar a lanterna para sinalizar para os outros.

Não encontraram um necrosservo sequer.

O pavor de Helena cresceu.

Subiram, então, uma escada infinita conectada a um túnel e, após engatinharem por tempo o bastante para Helena começar a se questionar se voltaria a ver luz algum dia, emergiram em um porão.

— Esperem aqui — instruiu Soren.

Penny se recostou na parede. Estava arfando, curvada, pressionando o joelho com a mão.

— Me deixe ver — pediu Helena.

A garota havia rompido um ligamento. A lesão fora curada, mas Penny deveria ter passado alguns dias de repouso e voltado à ativa aos poucos.

— Estou bem — garantiu Penny, mas era perceptível que ela não estava bem —, vou procurar alguém para dar uma olhada nisso de novo quando voltarmos.

Soou um grito abafado, o assobio rápido do aço e um baque. Soren passou a cabeça pela porta, falando com aqueles que esperavam no porão.

— Liberado — avisou, em voz baixa.

Eles subiram três andares. Helena nunca vira a unidade de Luc em combate, apenas em treinamento. Eram letais. Borrões sombrios de aço e sangue derramado. As armas pareciam fluidas nas mãos deles, as lâminas se retorcendo e se alterando, atacando e dizimando tudo o que cruzasse o seu caminho, os arreios sendo usados para impulsionar golpes que desafiavam a gravidade.

Era inquestionável que a prisão estava ocupada. Havia guardas e necrosservos demais para que estivesse abandonada, mas menos do que eles achavam que haveria em um local onde Luc era mantido prisioneiro.

Helena tentava se convencer de que não era uma armadilha, mas era o que parecia. Eles eram rápidos, revistavam cada cômodo antes de as vítimas que faziam pelo caminho serem descobertas e os alarmes soarem. Não adiantava esconder os corpos. Soren havia deixado um rastro de sangue para trás.

Alister cuidava da defesa. A ressonância dele tinha um alcance espetacular. Podia erguer um muro ou afastar agressores ao movimentar o chão. Ficava para trás e dava o sinal de modo que Sebastian e Soren pudessem atacar livremente sem serem encurralados ou esmagados nos corredores estreitos.

Como já havia cumprido sua função como batedora, Penny agora protegia Alister de ataques.

Percorreram todos os cômodos. Cela atrás de cela. Nada de Luc. Nada de prisioneiros. O lugar parecia vazio. Exceto pelos guardas.

Por fim, encontraram um prisioneiro na última cela do corredor. Uma pessoa encolhida debaixo de um cobertor.

— Luc? — A voz de Soren soava rouca de desespero.

O homem deitado na cama se remexeu e levantou a cabeça grisalha. Quando os viu, arregalou os olhos e se jogou na grade, gaguejando em dialeto nortenho confuso.

— Resistência?

Foi tudo o que Helena conseguiu decifrar entre as muitas palavras que não conhecia. Ele parecia ocíduo.

— Salvar? — perguntou o homem, apontando para si.

— Não. — Soren balançou a cabeça. — Estamos procurando outra pessoa.

— Salvar — insistiu o homem, de novo apontando para si.

— Viemos procurar uma pessoa só — retrucou Soren, já dando meia-volta.

O homem franziu a testa.

— Garoto? — perguntou, tocando o próprio cabelo. — Dourado?

Todos se voltaram para o homem.

— Ele está aqui? — indagou Helena.

Ele tensionou a mandíbula.

— Salvar — disse, apontando para si.

— Não temos tempo para arrastar um prisioneiro por aí — argumentou Soren. — Vamos nos concentrar no trabalho que viemos fazer.

— Não! — exclamou o homem, soando apavorado.

Helena o observou.

— Como você se chama?

— Wagner — disse ele, devagar.

O nome era familiar. Wagner.

Wagner? Era o nome que Lancaster se vira obrigado a delatar para Crowther e Ivy.

Ela se virou para Soren.

— Estávamos procurando por ele.

— Helena — objetou Soren, com um olhar exasperado —, não temos tempo para outro prisioneiro.

— Esse é importante. Crowther mandou irem atrás dele. Se é aqui que escondem os prisioneiros que não querem que ninguém saiba que existem, então temos ainda mais provas de que ele é o prisioneiro de que precisamos.

Soren hesitou.

— Se ele nos atrasar ou fizer qualquer coisa que coloque a missão em risco, vou matá-lo, e você não vai poder me impedir. Combinado?

Helena assentiu.

Luc não estava naquele andar, então subiram mais um, a esperança diminuindo a cada degrau. Talvez os guardas fossem mesmo para Wagner, que os seguia, encolhendo-se atrás de Helena e Purnell como se elas fossem escudos.

O grupo virou uma curva e encontrou um necrosservo imenso, de pele cinzenta, parado na frente da porta. Ele sorriu.

Não era um necrosservo, era um defunto.

— Aí estão vocês — falou ele, rouco, e levantou uma clava enorme, com espinhos, enquanto batia a outra mão na porta, soando um alerta. — Estava me perguntando se os Bayard sobreviventes apareceriam. Dois já foram, faltam mais dois.

Ele não deu atenção a Soren, mantendo o foco em Sebastian ao falar:

— Aquela sua sobrinha bonitinha fez um barulho de abóbora podre quando eu a retalhei. Você devia ter visto como seu Principado largou rápido a espada assim que ela caiu.

Sebastian deteve Soren.

— Quem é você?

O defunto sorriu, os lábios inchados do cadáver se abrindo em um sorriso podre.

— Não me reconhece, Sebastian? Imaginei que saberia quem sou, depois de todo o esforço que você e Apollo tiveram para me executar. Pena que não deu certo. Diferente do machado com que arrebentei a cabeça do seu irmão.

— Atreus — disse Sebastian em voz baixa, apertando a arma com mais força.

Helena ficou horrorizada. O pai de Kaine ainda estava vivo?

Antes que ela pudesse processar a revelação, os paladinos atacaram e Atreus revidou. A parede explodiu, pedra e azulejo voando e pó enchendo o ar. O corredor era estreito, uma área de combate minúscula, onde a velocidade era uma vantagem muito maior do que tamanho e músculo. Se Atreus acertasse um golpe, mataria Sebastian e Soren, mas, para isso, precisava atingi-los. Os dois eram mais rápidos e o cortaram mais de dez vezes antes de ele sequer ter impulso para levantar a clava.

A outra parede rachou quando Atreus atacou de novo.

O ar estava tão carregado de poeira que era quase impossível enxergar qualquer coisa além do brilho do metal. Ouviram uma sequência de ruídos horrendos, de trituração e esmagamento, e alguma coisa saiu voando pelos escombros e atingiu o chão. A cabeça do defunto.

— Vamos — ordenou a voz de Soren em meio à poeira sufocante.

O restante do grupo avançou. Soren tinha machucado o braço direito, e sangue escorria da têmpora de Sebastian, mas, fora isso, saíram relativamente ilesos. O cadáver imenso que fora Atreus Ferron tombara a seus pés, rasgado por cortes fundos que matariam qualquer um que já não estivesse morto.

— Não é melhor pegar o talismã? — perguntou Helena, quando o contornaram.

— Não temos tempo para vasculhar um cadáver desse tamanho — afirmou Soren, avançando com um tropeço e empurrando a porta.

Ali estava Luc.

Todos ficaram paralisados.

Ele estava amarrado a uma maca médica, e uma máscara conectada a vários tubos cobria o nariz e a boca dele. Um grande número de pessoas o cercava, todas vestidas de jalecos cirúrgicos.

O tronco de Luc fora aberto, os órgãos escuros expostos, quase necróticos.

— Merda! — exclamou uma mulher, olhando para eles.

Era evidente que estavam tentando terminar o que haviam começado antes de Atreus bater na porta para alertá-los.

Duas pessoas atravessaram a sala correndo e saíram por uma porta do outro lado sem nem olhar para trás, deixando o restante ali.

O ambiente explodiu em violência.

Soren aguardara aquele momento. Disparou, com sua lâmina comprida e curva, e matou todos, sem dó. Não havia nada de rápido e limpo no ataque. Sangue quente salpicou o rosto de Helena, que corria até Luc.

Apesar de estar amarrado, as mãos dele tinham sido perfuradas por pinos de núlio que Helena reconheceu de imediato por estarem se dissolvendo no sangue dele.

Ela esticou as mãos com os dedos trêmulos, em busca de batimentos cardíacos, sem saber se a ressonância funcionaria. Encostou os dedos abaixo da mandíbula dele e soltou um soluço de alívio. Luc estava vivo; drogado e dissecado, mas vivo.

Helena arrancou a máscara do rosto dele e Purnell fechou o registro do tanque, interrompendo o fluxo do que estavam usando para drogá-lo.

O que teriam feito?

Com as mãos tremendo, Helena procurou por qualquer sinal de um talismã dentro dele, mas não sentiu indício de lumítio, nem de nenhum outro metal. Os órgãos dele estavam escuros, como se envenenados, mas não havia tempo para tentar curar o corpo todo.

Helena fechou as incisões, trabalhando com cuidado para alinhar tudo. Purnell arrancava os pinos das mãos dele, a respiração ofegante, enquanto se esforçava para soltá-los. Uma expressão de terror ia tomando conta do rosto de Helena.

As veias e artérias nos braços de Luc estavam contraídas, o gás mantendo seu ritmo cardíaco inacreditavelmente lento. A combinação mantivera inativa a ressonância dele, permitindo que os cientistas, agora já mortos, usassem a deles própria. Ele estava consciente, mas por pouco.

Soren e Alister tentavam abrir a porta pela qual dois cientistas tinham escapado, sem sucesso.

Helena trabalhava o mais rápido possível, acelerando o metabolismo de Luc e forçando os rins danificados a voltarem a funcionar, fazendo o coração bater mais rápido após Purnell tirar os pinos. Helena empurrou para ela uma decocção e ordenou que a garota lavasse as feridas e as enfaixasse com gaze.

Até que o anel dela ardeu.

Uma dor flamejante se espalhou por sua mão esquerda. Ela se engasgou, mas não perdeu o foco. A sensação mal tinha passado antes de queimar de novo.

— Ele está vivo? — ouviu Soren perguntar em voz baixa e trêmula.

— Está. Me dê um minuto — pediu Helena, tocando o rosto de Luc, desesperada. — Vamos lá, Luc. Está me ouvindo?

O anel queimou de novo.

Alarmes soaram. Um tinido ensurdecedor encheu o ar.

— Temos que ir! — gritou Soren em meio ao estardalhaço. — Merda. Vamos carregá-lo.

— Luc, acorde — insistiu Helena, sacudindo-o.

Precisavam de mais gente para carregar Luc. Helena e Purnell não conseguiriam carregá-lo se entrassem em combate.

Helena pegou um frasco e uma agulha. Com as mãos trêmulas, encheu a seringa. Nunca havia usado aquilo: adrenalina combinada com analgésicos e mais algumas coisas para forçar o corpo a entrar em ação. Se a dose fosse forte demais, poderia ser fatal. Nesse caso, teria sido tudo em vão.

— Vamos lá — resmungou, espetando a agulha no peito dele, bem no coração.

Luc convulsionou e ofegou de forma abrupta, o corpo voltando à consciência com uma brusquidão violenta.

Helena viu um lampejo de azul-celeste quando ele abriu os olhos.

— Hel? — perguntou ele, rouco, a voz seca. Esticou a mão enfaixada e tocou o rosto dela como se não acreditasse que era verdade.

— Sou eu — disse ela, tentando não chorar. — Viemos levar você para casa.

Ele olhou ao redor, à procura, a atenção passando por todos que o cercavam.

— Cadê… cadê a Lila?

— No Quartel-General — informou Soren, áspero —, esperando por você.

Luc enrijeceu.

— Ela está…?

— Ela está viva — garantiu Helena, rápido. — Cuidamos dela. Agora, é sua vez. Vamos.

Luc suspirou de alívio.

— Disseram que se eu fosse… não matariam ela. Ela estava… sangrando… tanto. Nem me deixou fechar com fogo. Ela… ela está bem?

— Está viva, melhorando — falou Helena. — Vamos. Tome isso. Temos que ir.

Ela o puxou para se sentar e ele gemeu, levando a mão ao peito.

— O que fizeram comigo?

— Não sei. Dou um jeito em você quando estivermos em segurança — asseverou ela, quebrando um comprimido e o enfiando na boca de Luc. Só podia torcer para ele ainda ter força o suficiente para não morrer com tudo o que ela estava fazendo. — Fique quieto.

Helena encostou as mãos no pescoço dele, usando o comprimido dissolvido para manipular a fisiologia, fazendo os sistemas internos funcionarem como deveriam.

Ele teria uma crise horrível quando o efeito passasse, mas ela estaria lá, e compensaria quando estivessem em segurança.

— Agora, de pé — mandou ela.

Luc estava respirando rápido demais; Helena podia sentir o coração dele acelerar perigosamente. Tentou diminuir o ritmo, mas, quanto mais retomava a consciência, mais ele compreendia o perigo em que estavam.

Passou um dos braços dele por cima de seus ombros, e Purnell fez o mesmo do outro lado, puxando-o até que ficasse de pé.

— Você veio... — disse Luc, apoiando-se com força nela.

— Você é meu melhor amigo — declarou Helena, olhando para a frente. — É óbvio que eu viria. Vamos. Precisamos tirar você daqui.

Luc não parava de tropeçar, o corpo tão pesado que Helena quase caiu. Ela ficou agradecida por ele não estar de armadura, caso contrário, não sabia se o aguentaria. O piso estava escorregadio de sangue e sujeira.

— Você não deveria estar aqui. Não foi... treinada — repreendeu ele, enquanto desciam a escada.

— Fui treinada exatamente para ajudar você — rebateu ela.

O anel continuava a queimar, mas Helena o ignorou.

Ela temia que, depois de tantas dificuldades para chegar até lá, Soren e os outros estivessem exaustos demais para continuar, mas ver Luc a salvo os revigorara.

Por mais secreta que a prisão fosse, era conhecida o bastante para ser tomada por necrosservos depois de soarem os alarmes. Mas não eram necrosservos debilitados que cambaleavam sem direção por aí; eram cinzentos, reanimados com tanta precisão que ficava difícil acreditar que estavam mortos, exceto pelo fato de que continuavam a avançar, por mais que Soren e Sebastian os despedaçassem. Os corredores estreitos e as curvas fechadas eram, ao mesmo tempo, uma bênção e uma maldição.

— Preciso de uma arma — atestou Luc, tentando se desvencilhar de Helena quando Soren foi jogado contra a parede e desabou.

Um necrosservo quase arrancou a cabeça dele, mas Sebastian o derrubou, ganhando tempo para Soren se levantar às pressas e decapitar o cinzento.

Soren estava lutando com a mão esquerda, o braço direito encolhido junto ao tronco.

Os medicamentos estavam começando a fazer efeito, e logo Luc teve força o suficiente para resistir ao esforço de Helena de contê-lo e consciência o suficiente para perceber a desvantagem em que se encontravam. Ainda assim, ela tentou segurá-lo.

— Luc, você está ferido. Nem sei o quanto, você só não está sentindo isso agora.

— Não vou ficar aqui parado assistindo enquanto eles morrem. — Ele tentou se desvencilhar de Helena e de Purnell.

Ela apertou o braço dele.

— Luc, você não tem ressonância.

— Então pode me curar de novo depois — rebateu ele, se soltando por fim e e se juntando à luta.

Luc chutou um necrosservo com tanta força que atravessou o peito da criatura com o pé, e roubou sua espada.

Soren o xingou, mas não tinha tempo para fazer nada além de praguejar enquanto abriam caminho à força.

Helena sacou uma faca quando chegaram ao porão. Wagner estava encolhido atrás de Purnell, como se esperasse que ela o defendesse. Purnell se mantinha afastada, os olhos arregalados em pânico. Eles não deviam tê-la levado. A garota estava começando a ficar desesperada, não tinha estômago para combate.

Entraram no recinto e bloquearam a porta, mas, logo em seguida, a parede toda tremeu. Fugiram para os túneis, correndo uns atrás dos outros pelas passagens, tentando chegar à catedral fluvial. Alister ia na retaguarda, demolindo e fechando o túnel pelo qual passavam, atrapalhando o ritmo de seus perseguidores.

Ao chegar a um dos túneis maiores, eles pararam para respirar.

— Você não deveria estar lutando, seu imbecil — ralhou Soren, recostado na parede.

À luz da lanterna, a pele dele estava cinzenta, o nariz quebrado, sangue escorrendo pela boca e pelo queixo.

Purnell estava encolhida no chão, balançando e murmurando sem parar:

— Mamãe? Não, mamãe, por favor.

— Não me diga o que fazer — retrucou Luc, arfando, pegando a espada de outro jeito. — Essa espada é uma merda. Podiam ter trazido uma arma para mim. Vocês pelo menos trouxeram meus anéis?

— Você não tem ressonância — repetiu Helena.

Luc fez uma careta, mas ajeitou a pegada na espada.

— Não sei como Lila nunca matou você — comentou Soren, endireitando-se, mas parecendo prestes a tombar no chão.

— Calma aí — disse Helena, aproximando-se para examiná-lo.

O braço dele estava quebrado de novo. Era a terceira vez em um ano. A probabilidade de voltar a sarar da forma correta depois disso era mínima. Ela alinhou os ossos e os fundiu.

— Tem alguma coisa aí para a dor? — perguntou Penny, com a voz fraca. — Ou talvez dê para bloquear uns nervos.

Quando terminou de tratar Penny, Helena fez todos tomarem tônicos sanguíneos, para que já estivessem disponíveis no caso de precisarem de cura. Ela levara dois para cada, mas não esperara que teriam um prisioneiro a mais. Wagner bebeu o que seria de Helena enquanto ela distribuía os outros.

— Precisamos seguir — insistiu Soren.

Tiveram que arrastar Purnell, que se desligou por completo da realidade, o olhar vago como se não soubesse mais onde estava, ainda murmurando "mamãe" em uma voz assustadoramente infantil.

Voltaram por onde tinham vindo, percorrendo o labirinto de túneis até o ponto de acesso. A princípio, foi um alívio não serem perseguidos, mas, conforme se aproximavam do fim, o clima foi se tornando mais assustador.

O anel de Helena ardeu de novo.

— Que Sol nos guarde. É Blackthorne! — exclamou Penny, a voz esganiçada de pavor, quando viraram uma esquina.

As áreas rasas da catedral fluvial estavam inundadas por uma horda não apenas de necrosservos, mas também uma boa quantidade do que pareciam ser Aspirantes mortais enfileirados, que bloqueavam a passagem.

— Recuem! — exclamou Soren, mas bastou pronunciar a palavra para um guincho de metal soar atrás deles, seguido por um rugido selvagem.

Quimeras.

Estavam encurralados.

Blackthorne, na dianteira, mal usava armadura.

— Capturem Holdfast, matem o restante e receberão a recompensa imortal!

Um rosnado furioso ressoou entre os Aspirantes enquanto os necrosservos permaneciam quietos, à espera.

— Não se separem — ordenou Luc, posicionando-se ombro a ombro com Soren e Sebastian.

— Atravessem — acrescentou Soren.

O plano, se é que existia um, foi pelos ares. Não havia escapatória quando Luc estava no calor da batalha. Helena pegou as adagas.

A primeira onda de necrosservos os atacou, e o grupo se despedaçou como um navio naufragado.

Vários necrosservos correram até Helena. Não havia tempo para pensar. Ela agiu por instinto, bloqueando, revidando, metamorfoseando a adaga para atacar articulações cruciais, então espalmava a outra mão e puxava para trás, desmantelando a reanimação deles.

A energia a atingiu em um lampejo ardente de poder, e ela a disparou para fora, pulverizando os necrosservos que a cercavam. Havia luz em algum lugar, fogo, tochas refletidas na água gélida que já batia nos joelhos. O barulho era ensurdecedor. O estrondo e o caos destruíam seus sentidos. Ela procurou os outros, mas era impossível encontrá-los na multidão. Tantos corpos, vivos e mortos, deslocando-se no escuro. Kaine a treinara para se defender e fugir, não para lutar em um tumulto. Helena tentou afinar a ressonância, mas entre tantos combatentes, agitação e armas, era atordoante. Ela se esquivou de uma clava e atacou com a adaga, a lâmina vibrando de ressonância ao rasgar a pele cerosa em decomposição, subindo pelo tronco e pela garganta, cortando os ossos que nem manteiga até chegar no cérebro.

Helena usou a ressonância e a lâmina se curvou, arrancando a cabeça por inteiro.

Algo colidiu com ela e a derrubou. Um toque quente a puxou, ajudando-a a ficar de pé. *Um aliado*, pensou, até ver uma manopla de aço agarrando uma espada, mirando em sua cabeça. Ela golpeou para cima com a adaga, a proteção de mão de tamanho quase insuficiente para desviar, e então apunhalou o ponto fraco perto do ombro, afinando a lâmina ao máximo até a ressonância com o metal indicar que atravessara a carne. Em seguida, expandiu a lâmina, afundando até a empunhadura. Puxou de volta e sentiu o jorro quente e pesado de sangue na mão, enquanto o oponente a soltava. A espada caiu, errando sua cabeça por pouco, e o Aspirante desabou na água em cima dela.

Água fria a acertou em cheio, como um chute nas costelas. Helena se levantou aos tropeços, esforçando-se para se desvencilhar do corpo que quase a afogou.

Ela ia atacando às cegas com a adaga, a água, o ruído e a desorientação a impedindo apreender qualquer coisa com nitidez.

Helena começou a engatinhar, afastando-se do alvoroço, e, quando encontrou uma parede, apoiou-se nela e se levantou, tentando recuperar o fôlego e encontrar os outros nas sombras bruxuleantes. Ouvia gritos incessantes. Era Purnell. Ela tinha despertado do torpor e berrava a plenos pulmões, o som reverberando pelas paredes, chamando atenção. Um grupo de necrosservos a cercava.

Wagner, o mais próximo de Purnell, empurrou-a bem na direção dos cinzentos enquanto tentava escapar. Ao cair, ela pareceu recobrar a lucidez, o rosto tomado pelo terror.

Purnell não tinha armas, mas era ágil. Pulou, dando um jeito de escapar, e fugiu para o meio do local inundado, desaparecendo debaixo d'água.

Helena observava a cena, rezando para Purnell emergir e escapar da correnteza. Algo a atingiu de lado e a derrubou. Uma bota esmagou seu pulso e a garota inalou água ao gritar de dor.

Fogo ardeu por suas costelas.

Ela se arrastou até a parede de novo. As roupas molhadas grudadas na pele a congelavam. Ela se virou, procurando desesperada pelos outros, tossindo água.

Wagner dera um jeito de alcançar a outra parede e batia nos necrosservos com uma lança.

Luc e Sebastian lutavam juntos no centro da horda enquanto Soren se afastava na tentativa de alcançar Alister e Penny, encurralados em um canto afastado dos companheiros.

A luz tremeluzia sem parar na água, permitindo meros vislumbres. Quimeras apareceram, exibindo garras e presas enquanto Alister tentava erguer uma barreira. Penny soltou um urro quando sua arma ficou presa no ombro de uma quimera, arrancada de suas mãos.

Soren disparou pela água, metamorfoseando sua arma enquanto corria para tentar encontrá-los antes de as quimeras bloquearem o caminho.

Um machado voou pelo ar e quase acertou a perna de Soren, que se equilibrou, tropeçando na água, e se virou de forma abrupta, olhando ao redor, desesperado para encontrar seu agressor. A foice lampejou, bloqueando por pouco um golpe que quase o derrubou. Ele encarou o oponente. Blackthorne bloqueava o caminho.

Percebendo a desvantagem do adversário, Blackthorne insistiu na direita, atacando sempre no ponto cego de Soren para exauri-lo.

— Soren! — gritou Luc, de repente.

Soren girou a tempo de ver a quimera pular sobre si, decapitando-a com um gesto seco.

De repente, ouviu-se um ruído úmido e estalado.

Quando Soren se virou, Blackthorne o atacou pela direita, enterrando o machado nas costelas dele até a coluna.

Blackthorne puxou a lâmina de volta e lambeu o sangue enquanto Soren caía, sumindo dentro d'água.

Tudo saiu de foco.

Enquanto Luc gritava, o corpo de Helena pareceu acordar de repente. Ela avançou aos tropeços, atacando tudo que aparecia no caminho, na tentativa de alcançar Soren antes de o rio carregá-lo.

No entanto, Luc foi mais rápido. Quando Helena chegou, Luc já estava ajoelhado e segurava Soren, sendo banhado pelo sangue que jorrava do companheiro. Sebastian veio logo atrás, detendo Blackthorne enquanto Luc segurava Soren junto ao peito.

Luc ergueu o rosto quando Helena se aproximou.

— Vo... você pode curar ele, né?

— Luc...

O garoto já estava empurrando Soren para o colo dela, o peso a forçando a se ajoelhar na água.

Helena segurou Soren com as mãos trêmulas, ignorando a dor latejante em seu punho.

— Eu dou cobertura — avisou Luc, pegando a espada e se afastando.

A batalha não parou por causa de Soren.

Helena tentou se concentrar e ignorar a luta furiosa que a cercava. Precisava apenas de um fio. Podia mantê-lo vivo.

Assim como fizera com Lila.

A extensão da ferida, porém, era grande demais. Com um ferimento desses seria muito difícil sobreviver ao trajeto até o hospital. Tinha sido um golpe fatal. A vida remanescente em Soren era frágil e se esvaía enquanto ela tentava agarrá-la com a ressonância.

Dedos roçaram sua mão.

Soren estava olhando para ela.

— Duas almas ainda são uma barganha.

As palavras mal tinham passado pela boca dele quando uma onda de energia fria e mortal atingiu a ressonância de Helena com força.

Ela estava tão exaurida, tão concentrada em tentar mantê-lo vivo, que não conseguiu enxergar nada quando o raio escuro da morte percorreu o seu corpo. Helena se curvou, por um momento atordoada demais para compreender o que acontecera. Quando recobrou a visão, encontrou os olhos vazios e vidrados de Soren.

Ele tinha morrido.

— Não. Não. Não. Soren!

Helena o segurava no colo. O sangue dele manchava a pele dela, a única coisa que ainda emanava calor.

Ela olhou ao redor. Alister gritava para Penny recuar enquanto a garota lutava contra as quimeras com uma faca, o que permitia que os bichos chegassem perigosamente perto para conseguir acertá-los. Um erro e seria o fim.

Soren tinha morrido. Purnell tinha morrido.

Sebastian tentava deter Blackthorne fazendo tudo que podia para proteger Luc, que dividia sua atenção entre combater os inimigos e conferir como estava Helena, ajoelhada com Soren no colo. Ela via o desespero em seus olhos. A certeza de que ela seria capaz de salvar Soren. De que conseguiria. Mas era tarde demais.

Helena encontrou o olhar dele. Sentiu um lampejo de culpa e se virou, abraçando o corpo de Soren.

— Qualquer coisa — disse ela, encostando a mão no pescoço dele. — Custe o que custar.

Helena emanou a energia e o trouxe de volta.

Foi mais do que fácil. Foi instintivo.

Conhecia Soren, sabia muito bem como ele era quando ainda estava vivo.

A ressonância o percorreu como uma correnteza, fechando a ferida com eficiência, costurando as seções cortadas dos órgãos, reatando os ossos, mas não parou aí.

Helena sentiu a mente dele voltar, uma sombra, o brilho mais distante dele, e então derramou sua energia.

Volte. Volte. Você ainda não pode ir.

Soren piscou e ela sentiu uma conexão se materializar entre eles, um fiapo que ajudou a não deixá-lo partir.

— Você ainda não pode descansar, tem que proteger Luc — afirmou, e ouviu as palavras ecoarem pelo corpo dele.

Soren a conhecia. Helena sentia aquilo. A familiaridade que ela representava. Era horrível sentir aquela abominação de vida em seus braços. Por mais que se esforçasse, era uma sombra. Ele era uma marionete na qual ela enfiara a mão.

Depois de tantos anos de cura, a necromancia se manifestara sem esforço. Não havia nada a machucar. Ela apenas instruiu ao corpo de Soren que não morresse. Que lutasse como sempre lutara. Que os protegesse, porque era o que sabia fazer.

Ele se levantou e a ajudou a se levantar, a arma já empunhada.

A memória muscular perdurava, igual aos hábitos de um sonâmbulo, mesmo após a pessoa partir.

Helena se via nele. A consciência dela ia e vinha pela conexão que forjara com Soren. Ele se virou e avistou Luc, e ela sentiu a atração. Em seguida, Soren procurou por Lila.

Luc notou Soren de pé e, por um instante, seu rosto foi tomado pelo alívio. Porém o sentimento logo sumiu. Luc sabia. No mesmo instante, de algum modo, ele soube.

Soren ainda assim andava até ele. Helena o deteve.

— Você precisa proteger Penny e Alister — declarou, em pensamento e em voz alta, apontando para desviar o foco dele de Luc. — Nos tire daqui.

Soren se virou e obedeceu. Helena o observou, atordoada por conta da conexão que desorientava seus pensamentos. A consciência dela não sabia aonde ir.

Uma quimera, então, pulou na frente de Helena.

Ela se esquivou. Uma foice surgiu diante de seus olhos.

Soren.

Helena piscou, tentando distinguir os arredores.

Soren matou a quimera sem perder o ritmo, alcançando Penny e Alister, depois empurrou a garota para protegê-la, e se virou.

Um borrão à esquerda. Helena se jogou para o lado, tentando se esquivar, sem distinguir se eram seus agressores ou os de Soren. Por um momento, conseguiu se concentrar novamente e reconhecer o ambiente a sua volta.

Se ela morresse, Soren também partiria. Helena precisava se manter viva até tirarem Luc dali.

Tentou bloquear Soren, mas ele estava arraigado em sua mente. Ela pressentiu algo e se virou um instante antes de ser atingida. Perdeu o fôlego. Olhou para baixo, pestanejando para conter a consciência fragmentada.

Soren. Helena. Soren.

Uma faca é cravada no lado direito de seu peito.

Helena.

Se ela tivesse se virado um segundo mais tarde teria atravessado o coração, mas achava que não tinha acertado nada vital.

A dor foi o necessário para trazer a consciência de Helena de volta ao próprio corpo.

Ela conseguiu arrancar a mão do necrosservo que a esfaqueou antes de ele puxar a faca de volta. Usando a mão direita que latejava, manteve a arma no lugar, tentando evitar sacudi-la demais, enquanto pisava no joelho do necrosservo.

Helena se distanciou, tropeçando e arfando, o fio da lâmina abrindo mais a ferida com o movimento.

As presas de uma quimera se fecharam ao redor da perna de Soren, rasgando a carne, mas mesmo assim, ele arrancou a cabeça da criatura, sem dar atenção à lesão.

Soren estava sendo despedaçado. Helena sentia as feridas, embora não registrasse a dor por completo pois não havia trazido de volta aquela parte do cérebro dele.

Ele não parou de lutar.

Tirar a faca, fechar o corte. Ela seguiu em direção à parede.

Helena se encolheu na água congelante. Outra quimera atacara Sebastian e Luc. Pelo tamanho, devia ser em parte urso. Luc estava perdendo as forças.

A quimera era gigantesca, em grande parte mamífero, mas com mandíbulas compridas de réptil e pele tão grossa que as armas não a penetravam. Seus gritos pareciam os de um ser humano.

Helena tentou se concentrar, mordendo o lábio e reunindo coragem para arrancar a faca.

Sentiu dedos afundando no cabelo trançado e a puxando com força para cima, até os pés mal tocarem no chão.

Basilius Blackthorne a observava, exibindo um sorriso cheio de dentes, a boca manchada de sangue que escorria até o queixo.

Ele tinha devorado a esposa e os filhos com aqueles dentes...

— Estou vendo que a Chama Eterna tem uma necromante — disse ele, a voz rouca e áspera.

Helena tentou esfaquear o braço que a segurava, mas ele a afastou com um tapa tão forte que a mão esquerda dela quase ficou dormente. A adaga caiu na água com um esguicho.

Ela agarrou o pulso dele.

Roçou os dedos na pele de Blackthorne e sentiu a ressonância se espalhar.

Kaine, no entanto, sempre a advertira de que, quando os Imortais descobrissem o que Helena era, tomariam cuidado.

Antes que a ressonância dela fizesse contato, ele se desvencilhou e fechou os dedos ao redor da mão esquerda de Helena, torcendo-a. O aperto dele era implacável como ferro, e quebrou os ossos dela como galhos.

Helena urrou. A faca no peito se mexeu, pressão e dor crescendo nos pulmões.

Blackthorne olhou sua mão estilhaçada, cheio de expectativa, e caiu na gargalhada.

— Eu esqueci que você não se regenera.

Quando ela levou a mão direita à faca, ele a fitou, atento.

— Acho que essa já está quebrada, mas é melhor garantir.

Com uma suavidade inesperada, Blackthorne soltou a mão dela da empunhadura da adaga e fraturou o pulso de Helena. Manchas pretas de dor dançavam nos olhos dela, e ela soltou outro berro esganiçado.

— Eu deveria manter você viva — comentou ele, puxando a faca do peito dela muito devagar, saboreando o movimento da lâmina.

Helena não parava de pular para a consciência de Soren, em busca de escape da dor que sentia.

Ele estava cercado por necrosservos. As quimeras estavam mortas, mas havia dezenas de necrosservos empurrando Soren na água, despedaçando-o. A perna dele estava retorcida, e, a dentadas, tinham arrancado o tendão atrás do joelho.

Soren ainda lutava. Tinha perdido a foice, mas ainda estava com a faca. Penny gritava atrás dele, mas Alister a continha. Soren continuava a esfaquear, rasgar, arranhar e a abrir caminho, seguindo a instrução de não parar de lutar, mesmo sendo destroçado. Dedos mortos tatearam seu rosto, encontrando o olho que restava. A mandíbula dele foi arrancada, a garganta escancarada.

Helena se encolhia por reflexo cada vez que arrancavam um pouco mais dele, mas a dor que sentia era só dela mesma. Não sentia mais os próprios dedos, apenas um jorro de agonia irradiando pelos braços.

Um rio de sangue quente escorria pela lateral do tronco.

Achou que Basilius ia esfaqueá-la de novo, mas ele largou a faca na água. Encostou no tronco dela, um toque leve no corte. Os nervos expostos dela protestaram.

Ele passou os dedos pela incisão entre suas costelas e, logo em seguida, meteu dois de uma vez na ferida. Helena gritou quando a pele se abriu mais e os ossos se curvaram, enquanto ele forçava os dedos a penetrarem o corte, escorregadio com o sangue.

— Sabe, feridas são minhas coisas prediletas — disse ele, arfando. — Mais molhadas, quentes e apertadas do que qualquer outra coisa.

Helena agitava as pernas, as mãos quebradas tentando empurrá-lo, os ossos destruídos rangendo, mas não adiantava. Ela berrou e berrou, mas ninguém notou, batendo a cabeça no peito de Blackthorne até ele agarrá-la pela garganta com a outra mão, apertando o polegar na traqueia até Helena ficar paralisada. Os pulmões dela se contraíram em espasmos.

— É, assim mesmo — emitiu ele, com um gemido de aprovação. — Não se preocupe. Não deixarei você morrer. Você ainda estará viva quando eu entregá-la. Bennet vai amar você.

A consciência dela tinha chegado ao limite. Seus olhos ficaram embaçados. Ela nem sequer conseguia respirar o suficiente para gritar.

Soren foi arrancado de sua concentração de forma quase inconsciente, o corpo levado pelo rio, a conexão se desfiando que nem sangue na água.

— Mais um grito. Você grita tão deli...

Blackthorne tropeçou, arfando como se o ar tivesse sido arrancado de seus pulmões. Ele afrouxou as mãos que a seguravam, perdendo a força, e a soltou um instante antes de ser puxado para trás.

Helena caiu que nem uma pedra. O frio congelante a trouxe de volta, senão teria se afogado. Ela se encolheu, procurando por Blackthorne, apavorada, até que o viu ser arrastado pelo pescoço, enforcado por um fio ou uma corda.

A pessoa que o arrastava não era da Resistência.

Era um dos Imortais. Helena o reconheceu assim que viu o elmo e o uniforme preto.

Quando os dois se aproximaram, Blackthorne já tinha se recuperado o bastante para pegar uma espada que estava largada na água e atacar seu agressor, mirando bem na cabeça, mas o outro Imortal se esquivou.

Blackthorne tentou repetidas vezes. As investidas eram precisas, os movimentos de um talentoso alquimista de batalha, mas seu oponente apenas desviava. Sem armas. Sem contra-ataque. Ágil e leve, evadindo como em uma dança, até Blackthorne baixar a guarda por um instante. Foi o suficiente.

O Imortal desviou de um ataque e, com a mão, acertou um soco na armadura de Basilius, atravessando o peito com tanta facilidade que poderia estar mergulhando a mão na água. Os dedos pálidos e compridos pingavam sangue vermelho ao arrancar um pedaço de metal reluzente da cavidade torácica de Blackthorne, que desabou na água e desapareceu.

A luta inteira não durara nem um minuto.

Em meio ao caos, mais ninguém notara. Helena tentou respirar, mas a pressão nos pulmões a sufocava. Ela pressionou a ferida com o braço, tentando impedir mais ar de adentrar a cavidade.

Os necrosservos começaram a cair. Alguns Aspirantes notaram o recém-chegado e pareceram confusos com o que tinha acontecido, mas, antes que pudessem reagir, caíram no chão mortos. Uma arma reluziu, tão rápida que Helena mal a enxergou, vendo apenas os corpos desabarem.

Era Kaine.

Ela nunca o vira lutar. Ele nunca lutara contra ela, não de verdade. Porém, Helena sabia. A eficiência brutal era inconfundível.

Kaine era tão mortífero quanto ela tinha imaginado.

Helena via as técnicas que ele tentara lhe ensinar. A fluidez que lhe faltava, a velocidade. Nenhum movimento era em vão. O impulso de uma morte levava à seguinte.

Corpos caíam como gotas de chuva.

Ele percorreu a água até Helena. Não cambaleou nenhuma vez, e ia derrubando tudo que cruzava seu caminho.

Quando uma quimera pulou, ele ergueu a mão e, no instante em que tocou a criatura, o corpo dela se desmanchou e os membros se soltaram como se ele tivesse rasgado todos os pontos invisíveis que a costuravam. Em um minuto, era um monstro; no seguinte, restos mortos na água.

Não era um combate, era uma chacina.

Uma questão de números. Mínimo de esforço, máximo de retorno.

Era impossível ele já ter lutado com todo o seu potencial antes. Se alguém algum dia lutasse assim, todo mundo saberia.

Kaine tirou um punhado de alguma coisa do bolso e jogou para longe.

Pareciam pedacinhos cintilantes de metal e, enquanto voavam, ela sentiu a ressonância dele expandir para carregá-los.

O metal sibilou pelo ar como uma revoada de pássaros e se espalhou como uma rajada de balas, estourando os crânios dos necrosservos.

Em vez de cair, o metal se manteve suspenso no ar e voltou, pingando sangue e gosma. Kaine levantou a mão e as partículas dispararam de volta, atravessando mais corpos. Com um gesto dos dedos, espalharam-se de novo.

Quando ele alcançou Helena, seus olhos ardiam de fúria atrás da máscara, brilhando como prata derretida.

— Sua idiota — vociferou ele, tirando-a da água e a apertando com força junto ao peito.

A ressonância dele pesou no ar. Era uma onda que se espalhava para fora. Ela a viu atingir os necrosservos e Aspirantes mais próximos. Eles começaram a tremer e sacudir, caindo na água. Os necrosservos foram murchando enquanto as quimeras e os vivos arfavam como se os pulmões estivessem comprimidos, levando as mãos à garganta.

Helena ainda conseguia respirar, embora com dificuldade, mas todos ao redor dela sufocavam.

Sebastian tentava alcançar Luc, quase desabando na água. Luc arranhava o pescoço enquanto o rosto ficava azul, os olhos, saltados.

— Pare! — exclamou ela, sem fôlego, ao perceber que Kaine não estava conseguindo distinguir entre os Imortais e a Chama Eterna e matava a todos. — Pare! Você não pode matar eles! Pare!

Helena se debateu, tentando se soltar enquanto Luc revirava os olhos e caía na água.

A onda invisível chegou às paredes. Penny desabou. Alister também.

O embate tinha chegado ao fim. Estavam todos mortos.

— Pare. Pare! Pare! — insistiu ela, renovando o esforço para se soltar. — Pare!

— Cale a boca — rebateu Kaine, rosnando por trás do elmo enquanto a soltava. — Espere aqui.

Ele correu até Sebastian e Luc, Penny e Alister, e até Wagner, embora ela não se importasse com a vida desse último. Kaine encostou as mãos no peito e na cabeça deles, e ela viu todos voltarem a respirar com um sacolejo, sem recobrar a consciência.

Helena tentou se levantar, mas as pernas não a sustentavam. Quando Kaine voltou, a vista dela oscilava.

Ele a puxou na direção da outra parede, de onde vários túneis desapareciam pelo escuro.

— Não posso abandoná-los — falou ela, rouca, tentando se desvencilhar.

— Cale a boca.

A água batia apenas nos tornozelos deles, e uma escada levava a uma passarela na altura do ombro.

— Você não pode abandoná-los — insistiu ela, ainda se debatendo. — Precisa levá-los também, senão eu não vou.

Ele se virou sem dizer nada e voltou, chutando a maioria dos necrosservos para a correnteza, mas parando junto a alguns Aspirantes mortos para reanimá-los. Eles se levantaram devagar e começaram a ajudá-lo a carregar Luc e os outros e empurrá-los para cima da passarela, enquanto Kaine levantava Helena com a maior delicadeza possível. Ela quase machucou o lábio ao mordê-lo por conta da pressão nas costelas. As palmas dele estavam vermelhas com o sangue de Helena, mas não disse nada ao subir a escada e pegá-la mais uma vez.

Os necrosservos botaram o restante da equipe de resgate nos ombros e o seguiram.

Helena foi perdendo e recobrando a consciência no escuro, voltando a si por um momento ao ouvir o rangido do metal e o estrondo da correnteza da catedral fluvial antes de continuarem.

Kaine parou e chutou a parede. Uma porta quase invisível entre as passagens intermináveis se abriu, então ele a levou para dentro de um cômodo pequeno.

Havia uma mesa encostada na parede, na qual Kaine a deitou. Ele se virou, empurrou a porta e arrancou o elmo. Seu rosto estava contorcido de fúria.

— Me diga que consegue aguentar firme até eu buscar um médico — demandou, com a voz trêmula.

Helena balançou a cabeça em negativa.

Ele arfava, mas engoliu em seco.

— Então vai precisar me ensinar — declarou. — Ainda consegue fazer isso?

— Pode ser — disse ela, hesitando, embora o que mais quisesse fosse desmaiar. — Primeiro... meu fígado. É de onde está vindo o sangue. Acho. Tem ar... no meu peito, o pulmão está colapsando. Depois... depois de... consertar o fígado, pode... estimular geração de sangue. Não tenho tônico, mas isso já vai ajudar.

Ele abriu as fivelas da bolsa dela e cortou a roupa encharcada para facilitar o acesso à ferida entre as costelas, que fora escancarada.

Helena fez uma careta e tentou não se encolher enquanto Kaine estancava o sangramento e escutava com atenção ela descrever o que ele precisaria sentir para identificar e restaurar ductos biliares.

Sem o uso das mãos, sem a ressonância, era como instruir às cegas.

— Cale a boca — mandou ele, quando ela se desculpou por não saber direito o que estava errado.

Ele tirou alguma coisa de dentro da capa e perguntou:

— Este é para sangue, né? Funciona para você? — Mostrou um frasco azul-esverdeado familiar.

Com um aperto na garganta, ela assentiu.

— É. Funciona.

O processo de extrair o ar que levava ao colapso do pulmão era difícil, porque ela não tinha os materiais necessários. Helena engoliu em seco.

— Tem um tubo na minha bolsa.

Kaine encontrou o objeto e, com cuidado, ela indicou onde anestesiar e perfurar, soltando apenas um gemido fraco quando o tubo penetrou o tecido da cavidade torácica.

Ela engoliu em seco, olhando para o teto, voltando a pensar com mais clareza conforme ficava mais fácil respirar.

— Agora, você precisa procurar por danos no tecido pulmonar, depois lavar a ferida, fechar o músculo diafragmático e...

Ele passou os dedos perto do corte e a mente dela travou, violentamente zonza.

— Não... não toque!

As palavras saíram em um grito sufocado e Helena quase caiu da mesa, tentando fugir.

Kaine afastou a mão em um gesto apressado e ela caiu deitada, parada, respirando fundo e com dificuldade enquanto tentava se acalmar, engolindo o choro de pânico.

O coração dela batia tão forte que Helena o sentia nas têmporas.

— Ele ia... ia...

Ela engasgou com a própria língua, tentando proteger aquele lado do corpo, impedir que fosse tocado.

— Ele se foi — garantiu Kaine, a expressão retesada e a postura neutra, mas de maneira forçada. — Nunca mais vai voltar. Quer que eu só cubra a ferida e conserte suas mãos?

Ela balançou a cabeça em negativa.

— Não. Eu vou ficar quieta. Só... — interrompeu-se ela, e engoliu em seco. — Desculpe.

Kaine tensionou a mandíbula. Enquanto trabalhava, começou a avisar sempre que ia tocá-la, e o que estava prestes a fazer com a voz baixa, calma, e Helena percebeu que ele imitava o jeito dela de narrar o tratamento da matriz.

Era a parte mais simples do procedimento, mas ela queria vomitar, o horror embrulhando seu estômago.

— Pronto.

O perigo imediato passou, e Kaine pareceu voltar a respirar.

— Por que você veio até aqui? — perguntou ele, por fim.

Helena o encarou por um momento antes de desviar o rosto.

— O Conselho estava disposto a qualquer coisa para resgatar Luc.

— Você não tem experiência de combate — argumentou ele, as mãos tremendo ao limpar o sangue do rosto dela. — Por que trariam você? E desacompanhada?

— Eu vim acompanhada. Minha parceira morreu em batalha.

— Quem?

— Purnell. Ela era... auxiliar de enfermagem.

Ele olhou feio para ela.

— Tinha que ser um grupo pequeno. Era para entrarmos e sairmos sem sermos notados. Sofia e eu não deveríamos lutar.

— Você sabia que era uma missão suicida. É isso que os Bayard fazem, morrem pelos Holdfast. Eles só sabem fazer isso.

— É, mas, se Luc morrer, então tudo acaba, para *todos* nós. Valia a pena vir.

— E se você morresse? — Ele ergueu o rosto, os olhos faiscando de ira.

— Tem muita gente que pode me substituir. Como você mesmo disse, eu sempre fui descartável — respondeu ela, apoiando-se nos cotovelos para se sentar. — Preciso que conserte minhas mãos.

A irritação era visível nos olhos dele.

— Eu sei.

Ela se forçou a respirar.

— Comece pela esquerda. Não vai ser tão grave se não der muito certo.

Kaine bloqueou a maior parte da sensação do cotovelo para baixo, deixando o suficiente apenas para ela identificar se ele estava cosertando os ossos corretamente, e agiu com a maior delicadeza possível. Os pedaços quebrados estalavam ao se unir, disparando ondas repentinas de dor pelo braço até o ombro, mesmo que a maior parte da sensibilidade estivesse abafada.

— Bom — comentou ela, arfando, e apoiou a cabeça no ombro dele, contendo as lágrimas.

Ele uniu os ossos do pulso antes de passar a se concentrar nas mãos. Era preciso alinhar fisicamente vários ossos, torcer de volta as partes que Blackthorne deformara.

Sem a adrenalina da batalha, a dor tomou conta. Chorava com a cabeça no ombro de Kaine quando ele terminou de alinhar os ossos e começou a fundi-los.

Quando ele terminou, a mão dela estava inchada e avermelhada, com muitos hematomas.

Com ambas as mãos, Kaine a segurou e passou os polegares pela palma e pelo pulso, a ressonância como um bálsamo restaurando o tecido danificado e os vasos rompidos, antes de fazer o mesmo com cada dedo. Ele fazia tudo com muita delicadeza

Helena reconheceu a técnica. Não sabia que ele tinha prestado atenção.

— Você podia ser curandeiro — comentou ela, por fim, quando ele tirou o bloqueio dos nervos.

Helena flexionou a mão. Ainda estava dolorida, frágil, como se tivesse sofrido uma fissura por estresse.

— Você leva jeito — acrescentou ela.

— Essa é uma das coisas mais irônicas que alguém já me disse — respondeu ele, em voz baixa.

Voltou a se concentrar na outra mão.

— Pode anestesiar inteira — instruiu ela. — Agora já consigo usar minha ressonância.

Trabalhando em conjunto, o processo foi surpreendentemente rápido. Quando Kaine terminou, tornou a massagear a mão dela como fizera com a esquerda.

— Nunca mais saia em missão nenhuma — decretou ele, sem erguer o rosto, a mão dela ainda nas dele.

Helena desviou o olhar e respirou fundo.

— Essa decisão não cabe a você — declarou, soltando a mão e se levantando.

O cômodo girou. Ela estava perigosamente tonta. Não tinha soro ou plasma intravenoso, como teria à disposição no hospital. Com ou sem tônico, faltavam a ela os recursos físicos necessários para regenerar o sangue perdido.

Helena pendurou a bolsa no pescoço com cautela, tentando ser cuidadosa com as mãos. Eles nunca se despediam, e ela não via motivos para começar a fazer isso agora, até que Kaine bloqueou a passagem. Seu olhar se tornou insensível.

— Lembre a Crowther que, se a Chama Eterna ainda quiser contar com minha colaboração, terá que manter você viva.

Os olhos dele mostravam aquele brilho prateado frio, e o coração dela fraquejou por um momento antes de endurecer como chumbo. Kaine fora bastante claro quanto ao que ela era, como ele a via e como a odiava por isso.

Essa preocupação, essa obsessão por preservá-la, não tinha nada a ver com ela. Era por causa da mãe dele, Enid Ferron, e do fracasso pessoal dele em salvá-la. Para ele, Helena era uma oportunidade de se redimir. Um prêmio de consolação que ele nem mesmo queria, mas do qual não podia desistir.

Não surpreendia que Crowther tivesse ficado tão satisfeito. *Bom trabalho, Marino*.

Helena entendia que deveria aceitar isso, mas não conseguia mais suportar.

— Você está fazendo isso pela sua mãe, Kaine. Abriria mesmo mão disso por minha causa?

Ela sabia que isso o enfureceria: insinuar que o que ele sentia por ela se comparava ao sentimento que ele tinha pela mãe. Kaine faria questão de mostrar que ela estava enganada.

Ele ficou imóvel.

Ela o contornou, indo em direção à maçaneta, mas Kaine a segurou pelos ombros e a virou para encará-lo, com uma expressão severa no rosto.

— Ela está morta — declarou. — Você não. Minha lealdade era para aqueles menos responsáveis pelo sofrimento dela, mas, se a Chama Eterna decidir que você é uma baixa aceitável, eu não serei nobre, nem compreensivo. Posso me vingar por vocês duas. Se provocarem a sua morte, todos vão pagar.

Ela o encarou aturdida. Não havia considerado aquela possibilidade. Sabia que Kaine não tinha nenhum motivo ideológico para ser espião; era apenas por interesse próprio. Ele odiava os Holdfast e a Chama Eterna, mas odiava mais Morrough e os Imortais. Era um fato. A fonte de toda a sua motivação.

No entanto, por causa de um comentário descuidado dela, ele estava reavaliando se a Chama Eterna servia a seus interesses.

Ela engoliu em seco. Deveria manter-se fria. Deveria lembrá-lo que ela sempre priorizaria os interesses da Chama Eterna. Se ele esperasse mais do que isso, teria que aguardar sentado. E fazer por merecer.

Helena tentou articular as palavras, que ficaram presas em sua garganta. Estava exausta. A vida vinha sendo fria fazia tempo demais.

Os outros estão feridos. Você nem sabe o que fizeram com Luc, e está perdendo tempo aqui.

Ela flexionou as mãos, sentindo o novo tecido enquanto se esforçava para se esquivar dele.

— Eu *tenho* que ir — disse, a voz trêmula.

Kaine não a soltou. Apertou com mais força.

— Você não é descartável. Não pode afastar todo mundo para deixá-los mais à vontade em usá-la e arriscar a sua vida.

Helena balançou a cabeça.

— Estamos em guerra — asseverou, forçando a voz a manter-se firme. — Não é uma condenação trágica ser descartável. É um risco estratégico *não* ser — acrescentou, olhando nos olhos dele. — Foi por isso que você me escolheu, lembra? — perguntou, e a voz falhou. — E, graças a você, agora meu valor é ainda menor. Eles conseguiram novas curandeiras depois que você pediu por mim. E me fizeram treinar todas elas. — Ela soltou uma risada amargurada. — Se sou tão descartável agora, é por sua causa. Sendo que você nem sequer me queria.

Kaine se encolheu, afrouxando a mão até Helena conseguir se desvencilhar, mas segurou a porta quando ela a abriu e a fechou com um empurrão.

— Você *não* é substituível — declarou ele, as mãos trêmulas nos ombros dela. — Você não é obrigada a tornar sua morte conveniente. Você tem direito de ser importante para as pessoas. O motivo de eu estar aqui, o motivo de eu estar fazendo tudo isso… é manter você viva. Esse era o acordo. — Ele observou a expressão no rosto dela e perguntou: — Não contaram isso a você?

Helena balançou a cabeça, deixando escapar um soluço entrecortado, e, antes de se permitir pensar, ela o beijou.

CAPÍTULO 51

Aprilis, 1787

Kaine acariciou o rosto de Helena ao retribuir o beijo, depois puxou-a para mais perto e a envolveu em seus braços.

Ela estava quase chorando ao beijá-lo, passando o dedo pelo rosto de Kaine, por baixo da curva do queixo, tentando memorizar cada detalhe: a pulsação sob o toque, a boca colada à dela. O gosto dele.

Helena fechou os olhos por um instante, tentando saboreá-lo. Por um momento. Ela podia ter um momento.

Ela merecia.

Então, enfim, forçou-se a recuar e soltá-lo.

— Tenho que cuidar dos outros.

Ele não tentou impedi-la outra vez. O restante da equipe não estava logo atrás da porta, como ela esperava; os necrosservos de Kaine os tinham levado para mais longe.

Com os dedos trêmulos, Helena aferiu os batimentos cardíacos. Ainda estavam todos vivos, embora a pele de Luc quase queimasse ao toque.

— Como saímos daqui? — perguntou ela, começando a avaliar os ferimentos e como iria fazê-los recobrarem a consciência e partirem.

— Por esse túnel. Direita, direita de novo e depois seguindo em frente. Tem uma comporta no extremo norte.

— De onde soltaram a quimera? — indagou ela, lembrando-se.

— Você vai precisar quebrar a barreira, mas dá para sair.

Ela assentiu.

— Você tem que ir embora antes de eu despertá-los.

— Eu sei — respondeu Kaine, demorando-se ali até que ela olhasse para ele.

Os olhos de Kaine brilhavam no escuro como se o luar alcançasse o subterrâneo.

Ele tocou o rosto dela, levantando sua cabeça para beijá-la.

— Use o anel e me chame se precisar de qualquer coisa.

Helena queria dizer que faria isso, mas não conseguiu.

Kaine era o espião de quem seu grupo dependia. E ela era...

Não era a comandante dele. Não, esse papel era de Crowther.

Ela era...

Uma prisão.

— Vá — insistiu ela, afinal.

Ele desapareceu por um dos túneis, seguido pelos necrosservos, silenciosos como fantasmas.

Helena acordou Sebastian primeiro, na esperança de ele estar calmo e ser mais fácil de lidar. Ele também saberia o que fazer. Ela vasculhou o que ainda tinha de suprimentos. Havia perdido as duas adagas, e todo o conteúdo da bolsa tinha sido contaminado pela água da represa. Apenas uma das lanternas ainda funcionava, oferecendo uma luz fraca nas sombras.

Quando despertou, Sebastian ficou sentado em silêncio, estudando o rosto imóvel de Luc, enquanto ela cuidava com delicadeza de seu ombro deslocado e dos vários cortes superficiais que já tinham parado de sangrar. Por fim, ele a encarou.

— O que aconteceu?

Ela balançou a cabeça.

— Não sei. Eu apaguei e, quando recuperei a consciência, vocês estavam todos desacordados. Estava com medo de mais Imortais aparecerem, então trouxe vocês para cá.

Sebastian a olhou com atenção.

— Helena, sei que você usou necromancia. É impossível você ter trazido todos para cá sozinha.

Ela começou a balançar a cabeça em negação.

— Você reanimou Soren. Não teria como ele sobreviver àquele ataque.

Helena ficou paralisada. Não sabia se seria melhor ou pior confessar que Soren pedira para ela fazer aquilo.

— Foi por isso que ele trouxe você, não foi? Eu bem que pensei nisso.

Helena não disse nada. A morte de Soren era uma ferida profunda demais para processar. Achava que não conseguiria nem pronunciar o nome dele sem sufocar.

— Ele ainda está... por perto? — perguntou Sebastian, com esperança na voz.

Helena sentiu a garganta doer.

— Não. Ele... ele se foi. Sinto muito.

Não haveria fogo sagrado para libertar a alma de Soren do corpo. No desaguar do rio, ele acabaria por apodrecer na terra. Lila nunca mais encontraria o irmão gêmeo. Nem mesmo no além.

Sebastian não disse nada por um longo tempo.

— Diremos aos outros que trouxemos eles juntos.

Havia sangue acumulado ao redor dos olhos, dos ouvidos e do nariz de Alister, devido a seu enorme esforço com toda a transmutação. Ela o despertou devagar, mas ele acordou com uma convulsão, apertando a garganta e fixando em Helena o olhar desvairado.

— O que aconteceu? — perguntou, ofegando.

— Não sabemos direito — replicou Sebastian, curvando-se sobre ele. — Você está bem? Temos que ir embora antes de congelarmos. Luc está doente.

— Cadê o Soren?

— Morto em combate — respondeu Sebastian, seco. — Marino, você consegue acordar Penny?

A perna de Penny estava destruída, os tendões arrancados a dentadas. Não tinha salvação. Helena bloqueou os nervos e fundiu o osso para ela conseguir andar, mesmo que mancando. Penny nem sequer chorou ao acordar, apenas esfregou o rosto e se levantou com dificuldade.

Wagner estava ileso. Era óbvio. Covarde. Pelo menos Helena não precisou desperdiçar energia para curá-lo.

Helena tentou despertar Luc. A febre dele ardia, intensa. Sua temperatura tinha esquentado ainda mais nos minutos em que estivera afastada. Ela o medicara demais. Tentou refrescá-lo, mas o corpo dele resistia, e a febre subia sem parar.

Quando recobrou a consciência, berrou. O ruído reverberou pelos túneis.

— Apague ele! — ordenou Sebastian, dando um pulo. — Mantenha o corpo dele refrescado. Vamos carregá-lo.

Por sorte, dava para sentir o cheiro do ar fresco adiante. Do contrário, Helena não saberia explicar por que conhecia o caminho.

Sebastian tinha um medalhão de harmonia espelhada semelhante ao anel de Helena, que usou para mandar um código para o Quartel-General.

Em alguns momentos, ouviram sons ecoarem pelos túneis. Gritos. Rosnados. Água agitada. Avançavam em silêncio. Primeiro, Helena teve medo de Kaine não escapar, mas então começou a questionar se o motivo para eles não esbarrarem com ninguém era que ele estava à espreita nas sombras.

Quando chegaram à comporta trancada, Alister derrubou a barreira de pedra. Uma onda de água gelada da represa passou por eles, que, com esforço, conseguiram se equilibrar ao sair do túnel.

Uma névoa espessa pesava no ar, e um estreito barco de contrabando surgiu à vista, singrando a água em silêncio na direção deles.

Sebastian suspirou de alívio.

— Althorne.

O General Althorne olhou com irritação para eles do barco que chegava à margem. Sem fazer qualquer barulho, os homens dele desceram para o rio, sem sequer agitar a água ao se aproximar do pequeno grupo.

— E Soren? — perguntou Althorne, a expressão rígida, enquanto Luc era cuidadosamente posto no barco.

— Morto em combate — respondeu Sebastian, em voz baixa.

Um dos homens estava levantando Penny para botá-la no barco. Alister subiu por conta própria, limpando com as mãos trêmulas o sangue que voltou a verter de seus olhos. Estava à beira do esgotamento.

Althorne observou Luc com um misto de preocupação e alívio.

— Precisamos isolá-lo até que seja liberado.

Helena apontou para Wagner.

— Nós o encontramos em uma cela. Acho que Crowther estava procurando por ele. Não dê confiança, ele matou Sofia Purnell.

Althorne fez um gesto com a cabeça e dois dos homens dele pegaram Wagner pelos braços. Wagner resmungou, mas não resistiu, preferindo o cativeiro da Resistência ao dos Imortais.

— Vocês estão todos sob custódia por terem violado as ordens — declarou Althorne, quando o barco partiu.

Não havia dureza em suas palavras. Tinham resgatado Luc; qualquer censura era mera formalidade.

Helena se deixou apoiar pesadamente na lateral do barco. O trajeto passou em um borrão — ancorar em um porto escondido, subir uma escada, entrar em um caminhão.

Quando chegaram ao Quartel-General, Penny, Alister e Luc foram levados ao hospital. Wagner foi conduzido a uma cela. Helena e Sebastian foram examinados, considerados sem lesões graves e acompanhados até seus respectivos quartos, onde ficariam trancados, com guardas postados nas portas.

Helena ficou feliz por não estar no hospital, embora o soro e o plasma fossem cair bem. Despiu-se da roupa encharcada e destruída, com as mãos fracas e trêmulas, e tomou um banho para se livrar da sujeira dos túneis e do degelo da primavera.

Conforme os vestígios se esvaíam, ela sentia que se distanciava cada vez mais do acontecido, como se, em certo ponto da batalha, tivesse saído do corpo e não conseguisse mais voltar. Ali no quarto, onde tudo era familiar, parecia que tinha sido apenas um sonho.

Soren não estava morto. Não podia estar.

Ela sairia e o veria com Luc no hospital.

A lembrança dele morto em seus braços parecia um rasgo no tecido da memória, como se seu modo de ancorá-lo de volta à vida tivesse sido arrancado ao romper a conexão. A pessoa que ela conhecia e o corpo que ela reanimara estavam unidos, e em seu lugar restava uma ferida.

Ele não podia estar morto.

Aquilo devia ser um sonho horrível.

Olhou para as próprias mãos. De certa forma, tinha esperado que estivessem manchadas, sujas, se de fato tivesse usado necromancia.

O que Sebastian diria para o Conselho? Ele teria que contar o que acontecera em um relatório, e, uma vez que a verdade fosse revelada, haveria consequências.

O crime teria sido menor se ela tivesse assassinado Soren. Assassinato era um crime mortal, apenas; necromancia era um crime nesta vida e no além.

Helena arrumou todos os pertences no baú e se sentou para esperar.

Uma batida alta soou na porta. Ela se levantou, pronta para o que estava por vir.

— Helena! Helena! Tem algo errado com Luc! — chamou Elain, lá de fora. — Precisamos da sua ajuda no hospital!

Toda a preocupação em ser presa se esvaiu.

— O que houve?

Helena abriu a porta e os guardas se afastaram para permitir que saísse. Ela correu com Elain em direção ao elevador.

— Fizemos todos os exames e procuramos talismãs mais de uma vez, e mesmo assim não encontramos nada. Mas os órgãos dele… estão todos envenenados. Não sei o que podem ter feito. Tentamos reverter os danos, mas os órgãos não se regeneram. Estávamos tentando baixar a febre dele e Pace me mandou acordá-lo, mas aí ele começou a gritar. Não para de berrar e não deixa ninguém se aproximar. Está se machucando.

Luc estava em quarentena, no fundo do hospital. Ela o escutou antes de vê-lo.

Os olhos estavam desvairados, o rosto magro, manchas vermelhas nas bochechas. Calor emanava em ondas do corpo dele, como se fosse feito de ouro derretido.

Ilva estava parada na porta, impotente, junto a Althorne, Maier, Pace e vários médicos. A mulher tentava falar com ele, mas Luc não parecia escutar. Os gritos baixaram, a garganta arranhada em carne viva. Pelo visto, ele se esquecera de como usar o próprio corpo e estava tendo uma convulsão, contorcendo os braços, as pernas, os dedos e a cabeça em ângulos bizarros, até bater com força na parede.

— Trouxe Helena — disse Elain, sem fôlego.

Luc virou a cabeça. Encarou Helena. Os olhos dele pareceram crescer, quase saltando das órbitas, a cabeça girando como a de uma cobra.

— Hel... — chamou, rouco. Ele esticou as mãos para ela. Os dedos pareciam quebrados, mas ele nem deu sinal de notar. — Hel...

— Cuidado, ele já agiu de forma violenta — alertou Pace, mas Helena não lhe deu ouvidos.

Ela se aproximou e entrelaçou os dedos de uma mão aos dele, tocando seu rosto de leve com a outra. A pele de Luc estava tão quente que quase queimava. Ele curvou os dedos e apertou a mão dela para puxá-la para mais perto. Não parecia sentir dor.

— Estou aqui. O que houve? — Ela anestesiou a mão dele e, com agilidade, alinhou os dedos.

Os olhos dele saíram de foco e ele começou a tremer.

— Tira... — disse, gemendo e sacudindo a cabeça. — Dentro...

Ela encostou a mão na testa dele, ignorando a pele escaldante, e deixou a ressonância fluir para dentro de Luc, tentando encontrar a fonte do problema. O que será que ninguém estava vendo?

— Hel... — insistia Luc.

Dor explodiu pelo peito dela.

O mundo girou, saindo do eixo. Manchas vermelhas violentas explodiram em seus olhos, esmurrando a cabeça dela. Um tinido constante tomou seus ouvidos.

Ela se esforçou para retomar o foco. Não conseguia respirar.

Helena levou a mão ao próprio peito. Os sons se alongavam. Rostos a cercavam.

Alguma coisa a agarrou. Ela soltou um grito de pânico e tateou em busca de suas adagas, que não estavam ali, debatendo-se, desesperada, tentando se soltar.

— Calma, Marino — dizia Pace. — Você está bem, foi só um susto. Perdeu o fôlego.

O terror puro passou. Aos poucos, o quarto voltou ao foco.

Ela estava no chão, arfando com dificuldade, dor consumindo o próprio peito enquanto tentava entender o que havia acontecido.

Luc estava do outro lado do quarto, uma lucidez fervorosa no rosto.

— Você... — disse ele, os olhos de repente nítidos e ardentes. — Você usou necromancia em Soren.

A acusação pairou no ar como o intervalo entre o relâmpago e o trovão. Todos ficaram paralisados.

Helena se levantou.

— Perdão — pediu ela, rouca, com dificuldade para falar.

Os pulmões dela se contraíam em busca de ar, disparando raios de dor pelas costelas. Ela se ajoelhou e quase caiu no chão do hospital.

— Eu tentei curar ele — insistiu. — Perdão.

— Ele estava vivo. Por que não curou ele? — questionou Luc, a voz devastada pelo luto.

Helena não conseguia puxar o ar para se explicar, para descrever a velocidade com que Soren morrera, para dizer que ele sabia que morreria e que pedira para ela fazer o que tinha feito.

— Me desculpe, Luc.

— Saia daqui... — Ele não conseguia mais encará-la, seu olhar perdendo o foco, o corpo oscilando.

— Luc, você está doente...

— Saia! — Ele fechou os olhos, voltando a tremer, arfando cada vez mais, como se estar no mesmo ambiente que ela pudesse enlouquecê-lo. — Saia! Saia! Saia!

Ele começou a arranhar o peito, rasgando sulcos na pele e berrando como se estivesse tentando arrancar o próprio coração.

— Luc? — chamou outra voz.

Lila estava na porta, apoiada na muleta. Rhea, ao lado dela, dava apoio.

As cicatrizes no rosto e no peito de Lila mostravam de forma nítida onde ela fora costurada.

Luc abriu imediatamente os olhos ao ouvir a voz dela.

— Lila... — disse, a voz enlutada e aliviada ao mesmo tempo, como se, até aquele momento, não tivesse acreditado que ela estivesse viva.

Várias pessoas tentaram contê-la com murmúrios de "cuidado", mas Lila soltou sua mão e buscou por Luc, desesperada. Deixou a muleta cair e se atirou nos braços dele, se apoiando em Luc.

— Eu mandei você correr — choramingou Lila, apertando-o.

Com as mãos tremendo, ele tocou a laceração que descia pelo rosto dela. Lila acariciou os arranhões que ele abrira no próprio peito.

— O que fizeram com você?

Ele balançou a cabeça em negativa e a abraçou mais forte, afundando a cabeça no ombro dela.

Era de uma intimidade dolorosa. Se antes havia dúvidas quanto ao fato de Luc ter se entregado ou por que motivo, estavam sanadas.

Helena sentiu um toque no cotovelo. Ao erguer o rosto, viu Ilva indicando a porta.

A curandeira se levantou e saiu antes que Luc a notasse. Quando passou por Rhea, desviou o rosto.

Foi Lila quem conseguiu convencer Luc a voltar para a cama, quem o persuadiu a deixar Pace e Elaine examiná-lo outra vez, a aceitar um acesso intravenoso no braço e a tomar o remédio necessário para a febre.

Helena sentou em um leito do hospital no salão principal, com soro e plasma na veia, enquanto Elain restaurava uma fratura em seu esterno e espalhava um bálsamo no hematoma que cobria a maior parte do peito antes de tratar a cabeça no ponto em que ela acertara a parede.

Já houve outras ocasiões em que um paciente machucara Helena, mas dessa vez era diferente.

Luc nunca a perdoaria pelo que ela fizera com Soren. Tinha destruído ele.

A cortina ao redor da cama farfalhou e Ilva apareceu. Elain continuou ali até Ilva lhe dirigir um olhar incisivo e a garota enfim sair. Helena fechou a blusa e não ergueu o rosto.

— Estamos reunindo os relatórios do que aconteceu — declarou Ilva, o tom indecifrável.

Helena ficou parada, atordoada. Seria levada a julgamento de imediato? Ou esperariam a guerra acabar?

— Do que você ficou sabendo? — perguntou, a voz apática.

Ilva pigarreou.

— Luc está delirante, e a versão dele do acontecido não é confiável, visto que não apenas foi gravemente ferido como severamente dopado. Alister e Penny declararam que Soren Bayard morreu ao protegê-los. Sebastian Bayard... — Ilva fez uma pausa por um momento. — Sebastian corroborou o relato, e alegou que vocês dois conseguiram carregar os outros para uma área segura depois da elevação da água derrubar uma quantidade maior das forças agressoras.

— E? — perguntou Helena.

— Lucien estava alucinando quando falou sobre a suposta reanimação de Soren Bayard. Talvez Soren tenha caído brevemente. Na confusão da batalha, é impossível de saber. O resultado é que foi um resgate heroico. O Principado foi salvo, mesmo que a um alto custo. A vontade de Sol foi cumprida.

Helena sabia que deveria estar grata, mas sabia também que eles não a encobriram para beneficiá-la. Era tudo pela narrativa. Não importava o que acontecera de fato, apenas o que as pessoas escolhiam acreditar.

— As obrigações dos votos de Soren e Sebastian suplantam qualquer ordem do Conselho — continuou Ilva. — Alister e Penny estavam obedecendo a ordens dos superiores diretos. Você receberia uma advertência no histórico militar por sua participação, porém é curandeira, então cabe a Matias decidir que tipo de reprimenda lhe é devida. Até lá, você está de licença. Acredito que seja melhor manter a discrição enquanto a notícia oficial circula.

Helena voltou ao quarto e desabou na cama, tomada por uma onda de exaustão. A princípio, encontrou apenas a escuridão do esquecimento, até que a paisagem de sua mente se transformou.

Afundava, caindo cada vez mais. Dentes cravavam-se nela. Mãos a arranhavam, agarravam seus braços, despedaçavam seu corpo. Mas ela continuava a resistir. Dedos frios abriam sulcos em sua pele, atingindo seus ossos. Ela tentava lutar. O peso a arrastava para baixo.

Os ossos dela racharam. Dentes afundaram na pele. O tendão atrás do joelho arrebentou. Mãos molhadas entraram em sua boca, tão invasivas que não era possível mordê-las de volta. A mandíbula cedeu, arrancada até a garganta se arrebentar. Ela ainda lutava quando a água a cobriu por inteiro.

Helena despertou em um solavanco violento, arfando, as mãos na garganta aberta.

Foi um pesadelo, só um pesadelo, tentou dizer ao coração acelerado.

Contudo, não era um pesadelo. Era uma lembrança. A memória da morte de Soren morava em sua consciência, como se pertencesse a ela. Em detalhes vívidos e sinistros.

Helena não sabia que a necromancia era assim. Que nunca se livraria da pessoa que trouxera de volta. Não surpreendia que necromantes enlouquecessem. Quem manteria a sanidade, tomado pela mente dos mortos?

O lugar onde Soren estivera era um poço de culpa fétida. O corpo e a mente dela tinham sido abertos, e algo morto e podre fora deixado no buraco. Todos diziam que a necromancia era uma maldição, alertavam de suas consequências, mas Helena estivera tão convecida de que era um mal necessário, e tão distraída com as consequências eternas disso, que não tinha considerado a possibilidade de haver consequências imediatas.

Permaneceu deitada, ainda sentindo os dedos fantasmas que a despedaçavam, o corpo inimaginavelmente frio revivendo a temperatura congelante da água. Helena roubou a roupa de cama de Lila e se cobriu com mais mantas, aninhando-se, tentando dormir para escapar da morte que Soren deixara dentro dela. Sempre que fechava os olhos, as lembranças e sensações de Soren passavam por sua memória.

Ela não recuperara a capacidade dele de sentir dor, nem emoções, mas os pensamentos dela se encarregavam de preencher essas lacunas. Dor e terror a percorriam até a mente ameaçar partir-se em uma fissura, separada entre duas realidades.

Era apenas a dor que a trazia de volta a si. Ela beliscava a pele, arranhava. A intensidade não era suficiente. Precisava de algo mais forte.

Helena piscou e se viu segurando uma faca de Lila, a um segundo de enfiá-la no antebraço esquerdo.

Largou a arma e fugiu do quarto, vagando, quase às cegas, pelos corredores vazios da Torre. Era noite e fazia silêncio, quase todos dormindo. A quietude era assombrosa. Helena estava sendo consumida por uma espécie de mania.

Saiu aos tropeços na esperança de o ar fresco ajudá-la. Lumithia pairava no céu, brilhando como um sol branco no abismo preto.

Helena sentia os olhos latejarem só de fitá-la. A Ascensão sempre levava tudo ao limite, mas Helena já estava no limite, então foi levada a um novo extremo.

A curandeira fechou os olhos, voltando a se afogar, unhas rasgando vergões na pele.

Kaine.

Kaine saberia o que havia de errado. Ele entenderia. Costumava usar necromancia, saberia lidar com aquilo.

Sem parar para pensar, seguiu até o Entreposto. Chegar ao seu destino se tornara uma urgência delirante. O toque de recolher soaria em instantes. Ela precisava passar pelos postos de controle.

As ruas da cidade eram fitas de prata que reluziam sob a Ascensão, as sombras afiadas como presas.

Só mais um pouquinho, pensava, a cada passo. Até cruzar a ponte, o rio alto e revolto correndo por baixo, o cortiço se erguendo adiante.

Quando chegou aos degraus, ela se lembrou.

Prometera a Kaine que só iria ao Entreposto no caso de uma emergência da Resistência. Ele era espião. Sua visita era perigosa para ele. Helena jurara que nunca mais iria até lá se não fosse enviada pela Chama Eterna.

Seria um risco para o disfarce de Kaine, um perigo para ele.

Ela deu meia-volta.

Sem um destino em mente, perdeu o foco.

Soren. Helena. Soren.

Sentiu a mandíbula ceder, ar frio e sangue no esôfago rasgado. Dedos enfiados nos olhos. Água cobrindo a cabeça. Ela estava se afogando, mas não podia morrer, então só continuava a se afogar.

Quando recobrou a consciência, estava caída no chão. O céu, preto como tinta, e Lumithia brilhando, um frio ardente na ressonância de Helena.

— Marino, o que você fez consigo mesma?

Ela mal percebeu que estava sendo erguida do chão. Mãos quentes tocaram seu rosto, sua testa, afastando o frio debilitante. Helena se aninhou no calor.

Estava delirando. Delirando de verdade, porque Kaine estava ali, com um cão alado gigantesco a seu lado.

Helena nunca tivera uma alucinação, mas considerando as circunstâncias, era estranhamente agradável. Kaine parecia uma fornalha e, quando se aconchegou em seu abraço, o rosto encostado em seu peito, mal sentiu os dedos frios e mortos.

— Soren Bayard morreu e eu... eu trouxe ele de volta, mas os necrosservos o despedaçaram, e eu senti tudo. Não consigo parar de me lembrar do que senti. Agora ele se foi, e acho que levou parte de mim. Como você aguenta, sem enlouquecer? Vai ser sempre assim?

Ele inclinou a cabeça dela para que pudesse enxergar seus olhos. Ao luar, o cinza brilhava quase tanto quanto Lumithia, o cabelo dele reluzindo da mesma cor.

— Você já tinha usado necromancia alguma vez?

Ela fez que não com a cabeça.

— Imagino que ninguém tenha ensinado a você — disse ele, e suspirou, pressionando o dorso da mão na testa dela. — E você ainda deu o azar de conhecê-lo. Está em choque.

Uma gargalhada histérica escapou de Helena. Era óbvio que ninguém a ensinara a praticar necromancia.

Kaine a calou, puxando-a de volta para junto ao peito, afastando de sua pele os calafrios da sensação dos dedos podres se cravando ali.

— Você tentou trazer ele de volta, não foi? Idiota. Está congelando.

Ela não resistiu quando ele praticamente a carregou até o cão gigante.

Mais de perto, Helena viu que não era um cão, e sim um lobo, olhos amarelos e brilhantes, do tamanho de um cavalo, e asas do tamanho de... ela nem conseguia imaginar algo que tivesse asas tão grandes.

Kaine a empurrou para cima do lombo do bicho, instalou-a na sela, amarrada atrás das asas, e se sentou atrás dela. Helena fechou os olhos devagar, recostada nele, tensionada sob a sensação de dedos gelados e mortos abrindo sua pele. A criatura se agachou, músculos vibrando abaixo da pelagem grossa. Após um sacolejo, o impulso brusco quase a derrubou.

Sem aviso, eles pairavam no ar.

Vento fustigava o rosto de Helena, que revirou os olhos. Não estava prestando atenção a nada além de Kaine e do vento gelado uivando nos ouvidos.

Então começou a escorregar, as pernas perdendo força, mas Kaine a segurou antes de atingir o solo. Estavam tão alto, e a noite tão iluminada, que Helena conseguia enxergar do outro lado das montanhas. Nunca estivera em uma altura tão elevada.

Ela olhou ao redor. Estava em uma varanda alta, a sós com Kaine. Pela primeira vez em anos, sentiu certo distanciamento daquilo tudo, olhando de longe para a Ilha Leste, devastada por anos de guerra, banhada em luz prata.

O ar era rarefeito como se ela estivesse nas montanhas, o mundo quieto como um sonho.

Estendeu a mão, deixando o luar iluminá-la.

— Acha que é isso que meu inconsciente pensa que quero? — perguntou ela, olhando para a luz do farol da Torre da Alquimia, que brilhava como um pequeno sol dourado. — Fugir da guerra com você?

Com uma expressão indecifrável no rosto, Kaine a afastou do parapeito. Por uma porta escura, ele a conduziu na direção de um corredor. Depois da claridade prateada da cidade, sua vista demorou a se ajustar.

— O que você quer? — perguntou ele. A voz parecia vir das sombras.

Com os olhos ardendo, ela esticou a mão, tateando a parede com a ponta dos dedos.

— Não quero estar sempre sozinha — respondeu, achando mais fácil ser sincera no escuro. — Quero amar alguém sem sentir que essa pessoa sairá machucada. Qualquer um que me ame sempre acaba morrendo. Por mais que eu me esforce, nunca consigo salvar ninguém. Tenho que amar todo mundo de longe. Eu me sinto *tão* solitária.

Os olhos dela ficaram embaçados, e a escuridão se esvaiu, revelando um quarto amplo com uma lareira crepitante. Era um lugar luxuoso como a residência dos Holdfast na cidade, decorado com móveis dourados que cintilavam à luz do fogo.

Era elegante, mas impessoal. Nada no espaço passava a impressão de que alguém vivia ali.

Ela olhou para Kaine. As roupas pretas dele estavam recortadas contra a luz do fogo, o que acrescentava um tom de ouro e vermelho à aparência quase monocromática. Ele ainda brilhava daquele modo sobrenatural.

— Você não precisa ficar sozinha.

Helena olhou para baixo, querendo mergulhar de cabeça e acreditar naquela fantasia, sentir-se bem por um momento e se convencer de que sua afeição não faria mal a ninguém.

Porém, ela sabia que era mentira. Sua cabeça nunca ficava quieta para que conseguisse aproveitar qualquer coisa sem pensar nas consequências.

— Por quê? Por sua causa? — perguntou ela, amargurada, e em seguida se dirigiu até a lareira, ajoelhando-se na frente do fogo.

Helena não podia pensar em se afogar ali. Balançou a cabeça em negativa.

— Eu não posso me importar com você — acrescentou.

Sentiu um aperto no peito e cerrou o punho.

— Se eu me importar com você — continuou —, não poderei usá-lo. E você é minha única esperança de manter todo mundo vivo.

Helena se encolheu, concentrada nas chamas bruxuleantes. Estava caída no chão, em algum lugar do Entreposto, entrando em choque, talvez morrendo de frio.

— Então me use — disse Kaine.

Ele estava bem ao lado dela, então a puxou e tentou beijá-la.

Ela se desvencilhou.

— Não! Não, não posso.

Helena balançou a cabeça. *Acorde.*

— Não quero fazer isso com você — insistiu. — Você não... merece isso. Eu sei me cuidar.

Ele não a soltou.

— Você não precisa me afastar para me proteger — retrucou ele, em uma voz dura e familiar. — Eu aguento. Você não tem mais que ficar sozinha. Eu não vou entender errado. Sei que só quer a companhia de alguém.

Ela procurou uma porta. Uma fuga.

Ele não a soltou.

— Helena... — Ela ficou paralisada ao ouvi-lo dizer seu nome. — Eu também estou sozinho.

Helena sentiu um nó apertar a garganta, o coração acelerado.

— Mas não quero que você se machuque — insistiu ela —, você não merece...

Kaine a beijou, calando suas objeções. Helena não resistiu quando ele a puxou para seus braços. O calor da lareira se distanciou até restar apenas o calor de Kaine, a boca quente junto à dela, as mãos dele em seu rosto. De repente, havia uma cama macia sob suas costas, travesseiros e cobertas. Ela o puxou para mais perto de si, os dedos procurando os botões do casaco para soltá-los, mas Kaine segurou as mãos dela, prendendo-as junto ao peito, e se afastou. Ele inclinou o rosto dela para a luz.

Helena o olhou, atordoada, enquanto ele encostava a mão em sua testa e a acomodava na cama como se ela estivesse doente e precisasse de cuidados.

Quando ela tentou se sentar, Kaine se acomodou ao lado dela e a deixou se aconchegar, aninhando a cabeça em seu peito.

— Necromancia não... traz ninguém de volta — explicou ele —, mas na hora pode ser difícil se lembrar disso. Quando é alguém que conhecemos, quando sentimos o vazio da perda, é normal acharmos que o custo de trazê-lo de volta é alto. O que você fez com Bayard foi usar parte de si para reanimá-lo. Em circunstâncias diferentes, teria conseguido reverter o processo, se soltar, mas ele levou tudo embora quando foi destruído.

Ele fez uma pausa.

— Você vai se recuperar, mas isso deixará uma cicatriz. Precisa se manter em equilíbro até sua mente aprender a não acessar essa parte de si. Para a sua sorte, a animancia deve ajudar.

— Isso já aconteceu com você?

Ele fez silêncio por um tempo.

— Algo semelhante, sim, mas já faz muito tempo.

Helena se enroscou nele, escutando seu coração bater.

Ele estava vivo. Helena o mantivera vivo. Puxou a mão dele para perto de seu queixo, segurou-a entre as suas e acariciou os nós dos dedos, entrelaçando-os aos próprios, segurando-os.

Levantou a cabeça para olhar para ele.

Kaine não se mexeu, nem quando ela soltou a mão dele para tocar seu rosto. Nem quando ela se aproximou o bastante para roçar a boca em sua bochecha. Helena passou os dedos pelas maçãs do rosto dele, beijou a têmpora e a testa. Então, hesitante, puxou-o para mais perto e o beijou na boca.

Era como tocar no fogo.

Ela o beijou devagar até ele envolver sua cintura com os braços e retribuir o beijo.

Helena não sabia se o que estava fazendo era se segurar ou se soltar.

A primeira coisa que os dedos dele encontraram foram os grampos do cabelo dela. As tranças caíram pelas costas, então ele as desfez até o cabelo dela estar solto. Kaine mergulhou a mão nas madeixas ao beijá-la outra vez.

Os beijos eram lentos. Não eram fervorosos, apressados, nem culpados, mas ainda eram cheios de desespero, porque ele sempre a deixava desesperada.

Ela o beijou do jeito que queria. Como desejava poder beijá-lo, em segredo.

Podia se permitir aquilo. Pelo menos uma vez.

Ela soltou um soluço baixinho.

Kaine parou, mas Helena o segurou, sem querer soltá-lo.

— É assim... que eu queria que fosse — admitiu ela. — Com você. Queria que fosse assim com você.

Ele ficou imóvel.

— Sinto muito. Eu sinto muito por não ter sido — respondeu Kaine, por fim, puxando-a para mais perto.

Será que ele já fora assim um dia? Helena às vezes se perguntava se a lembrança de beijá-lo bêbada era mesmo real. Talvez tivesse inventado aquela memória para que pudesse se apegar a algo nos momentos em que sua vida parecia desprovida de ternura.

— Não tem importância — falou ela, repousando a cabeça no ombro dele.

— Tem, sim. Me deixe dar isso a você agora.

Ele aproximou o rosto do dela e a beijou. Lenta e intensamente.

Como uma estrela, ele cintilava, gélido à distância, mas, quando o espaço diminuía, era de um calor sem fim.

Kaine não afastou os lábios dos dela quando encontrou os botões da camisa e da roupa de baixo dela, desabotoando devagar dessa vez. O tecido deslizou suavemente pela pele dela, conforme ele descia os dedos por sua coluna. Ele acompanhou com a boca a curva da clavícula dela, inclinando a cabeça de Helena para trás para ganhar acesso ao seu pescoço.

Ela se atrapalhou com as roupas dele. Os dedos de Helena tremiam, mas dessa vez não havia pressa. Conseguiu abrir os botões um por um.

Kaine era de uma delicadeza inimaginável. O toque dele era suave, mas fazia Helena sentir uma chama arder dentro de si, um desejo que chegava a doer.

Não ia rápido demais, nem com demasiada força, antes de ela estar pronta. Kaine avançava devagar, como ela desejava.

Quando ele a penetrou, manteve o olhar fixo no rosto de Helena.

— Está tudo bem? Está bom para você?

Helena arfou, assentindo. Porque dessa vez estava bom.

— Está bom. Não pare — confirmou, apertando os ombros dele e o puxando para mais perto.

Ela sentia as cicatrizes da matriz sob seus dedos. Não sabia como ele se mantinha tão calmo, com tanto poder vibrando sob a superfície da pele.

Kaine apoiou os antebraços ao redor da cabeça dela, como uma moldura, entrelaçando os dedos em seu cabelo. Quando começou a se mexer, encostou a testa na dela, a respiração de um se mesclando à do outro.

Quando a beijou, parecia o começo de algo que poderia ser eterno.

Aconteceu de forma tão gradual que Helena quase se esqueceu de que havia mais por vir. Poderiam ter ficado assim, um perdido no outro, e seria mais do que suficiente. Ela inspirou na altura do pescoço dele, provando a pele com a ponta da língua, memorizando o cheiro e a sensação dele em seus braços.

O mundo além dos dois deixou de existir. Kaine sabia como deslizar os dedos pela pele dela até fazê-la arfar, beijá-la até ela enroscar as pernas no quadril dele, e se mexer tão devagar que, de início, Helena nem sentiu a tensão que crescia dentro de si. Aquela fome à espreita.

Mas era óbvio que viria mais. Kaine estava concentrado nos momentos em que ela perdia o fôlego, os ângulos que a faziam erguer o quadril em resposta, as vezes em que ela mordia o lábio para conter um gemido baixo, estremecendo. Entrelaçou os dedos nos dela e notou quando ela o apertou com tanta força que as unhas arranharam a pele, ofegando.

O ritmo, a fricção e o contato aumentaram, tornando-se algo maior e mais profundo do que o conforto.

Quando ele passou a mão por entre as pernas de Helena, ela se retraiu na mesma hora. O conforto desapareceu. Ela congelou por inteiro, tentando se esquivar, querendo escapar, virando o rosto.

— Não. — Ela tentou não entrar em pânico, mas era tudo um erro. — Não faça isso.

Ele tirou a mão dali e acariciou o rosto dela ao beijá-la.

— Você tem direito a essa parte. Isso é seu.

Ela balançou a cabeça em negativa.

— Não. Não é — falou rápido, encolhida, olhando para baixo. — Quando me tornei curandeira, tive que prometer que nunca... Jurei que... E... e você disse... sobre o Luc, se ele soubesse. Não consigo parar de pensar nisso. Que... que sou uma puta.

A voz dela falhou.

— Perdão — pediu ele, apertando a mão ainda entrelaçada na dela. — Me perdoe. Estraguei tanto dessa experiência para você. É para ser assim. Me deixe conceder isso a você agora.

Ela não se mexeu, o coração martelando as costelas.

— Por favor, Helena.

Ela assentiu, o gesto mais breve.

— Feche os olhos — sussurrou ele, a respiração soprando no rosto dela.

Helena fechou os olhos devagar enquanto ele a beijava.

Ela se concentrou nas sensações, na pressão do corpo dele. No movimento do ar em sua pele. Quando ele deslizou os lábios pelo ponto em que sua pulsação corria no pescoço, Helena gemeu. Ele espalmou o seio dela, acariciando enquanto voltava a se mover.

Ele a beijou e deslizou a mão entre o corpo dos dois outra vez, aprofundando o beijo até a mandíbula dela ficar frouxa, relaxada, deixando o prazer inundá-la, tão intenso que sua coluna se arqueou. Soltou um gemido rouco na boca dele.

Helena se sentia extasiada, o fogo ardendo, crescendo, espalhando-se por seus nervos, pelos braços e pernas, até contorcer os dedos emaranhados no lençol. Sempre que ele se mexia, ou encontrava outro ponto sensível com a boca, a tensão dentro dela aumentava pouco a pouco até ela chegar à beira de desmoronar.

Helena perdeu o ar e se debateu, tentando se conter, inundada pelo terror de perder o controle. Não podia permitir aquilo.

Se ela se partisse, ninguém juntaria seus pedaços.

— Não posso... — arfou ela, por fim.

Também ofegante, Kaine pressionou a boca na bochecha e na têmpora dela.

— Helena. Você tem direito a sentir coisas boas. Não se isole. Aproveite isso comigo.

Ele levantou a perna dela, aprofundando e ajustando o ângulo, deixando-a com os nervos ainda mais à flor da pele, o corpo colidindo com o dela, voltando a beijá-la.

Ela arregalou os olhos.

Helena o fitou enquanto seu mundo inteiro se desfazia em faíscas de prata.

— Deuses! — exclamou, e soluçou, afundando as unhas nos braços dele. — Ah... ah... ah...

Ela se desmanchou sob o corpo dele, que assistia a cada instante.

Enquanto ela tentava recuperar o fôlego, ele acelerou o ritmo. Apertou-a mais contra si, com a expressão tensa. Quando gozou, sua máscara caiu. Kaine encontrou o olhar dela por um momento antes de afundar o rosto em seu ombro, e Helena viu toda a dor contida nele.

Depois, ele a abraçou, sem soltá-la.

Ela o encarou. Kaine a observava, o olhar distante, as emoções cuidadosamente resguardadas.

Helena levantou a mão e passou um dedo pelo rosto dele, procurando algum sinal do garoto que a recebera no Entreposto naquela primeira vez, mas restava muito pouco dele ali. Até o cabelo estava quase todo prateado.

— Acho que já conheço cada parte sua — declarou ela. — Em especial, seus olhos. Devem ter sido a primeira coisa em você que aprendi a decifrar.

Com um leve sorriso, Kaine pegou a mão de Helena, levando-a ao peito.

— Também aprendi a decifrar os seus— replicou ele, depois de um momento, e suspirou, desviando o rosto. — Eu deveria ter previsto... assim que olhei nos seus olhos, deveria saber que nunca venceria você.

Ela abriu um sorrisinho, lutando para se manter acordada, temendo que tudo aquilo desaparecesse.

— Eu sempre achei, mesmo, que meus olhos eram meu maior atrativo.

— Um deles — respondeu ele, em voz baixa.

CAPÍTULO 52

Aprilis, 1787

Quando acordou, Helena se encontrava em uma cama grande, em um quarto grande, e, pela janela, as Montanhas Novis os cercavam, banhadas pelo nascer dourado do sol.

Ela estava enroscada em lençóis com cheiro de zimbro e aconchegada nos braços de Kaine, e não tinha lembranças de como chegara ali.

Olhou ao redor do quarto outra vez. Pela vista, sabia que estava na Ilha Oeste. Devia estar numa daquelas torres tão imensas que desapareciam nas nuvens.

Helena sempre imaginara Kaine morando em uma mansão no interior ou em uma das casas antigas do centro. Por que estaria em um lugar daqueles?

Helena o analisou enquanto ele ainda dormia ao seu lado. As feições relaxadas, agarrado a ela em um abraço possessivo, como se quisesse impedir que fosse roubada.

O que ela tinha feito?

Kaine Ferron era um dragão, assim como a família dele sempre fora. Possessivo ao ponto da autoaniquilação. Solitário e letal, naquele instante, Kaine a abraçava como se ela pertencesse a ele. A tentação de ceder, de deixar que ele a possuísse e ainda amá-lo por isso, apavorava Helena.

Ela já tinha desistido de sua necessidade de amar alguém e do desejo desesperado de ser amada também; trancafiado e enterrado as emoções, abrindo espaço à frieza da lógica, do realismo, das escolhas necessárias da guerra. Aquilo só podia levar ao desastre. Ela precisava ir embora antes de ele despertar.

Tentou sair de fininho, como antes, mas, dessa vez, ele abriu os olhos e a puxou de volta, mas então viu sua expressão apavorada.

Kaine piscou e a soltou.

Ela ficou paralisada.

O medo e a raiva que ele inspirara um ano antes tinham desaparecido. O perigo ainda estava ali, destacado em relevo depois de ela ver como ele era mortífero. No entanto, de algum modo, saber disso diminuía o temor que ela sentia. Sabia o quanto ele se refreava. Apesar de tudo que alcançara, Kaine Ferron estava se contendo.

— Foi um erro — disse ela. — Eu não deveria ter vindo para cá.

Ele engoliu em seco, desviando o rosto.

— Não se preocupe — falou ele, em voz baixa. — Isso não será um problema para você. Só queria companhia, e eu estava disponível. Sei que não significou nada.

Helena perdeu o fôlego e engoliu em seco. Ele não era apenas uma companhia qualquer. Para ela, Kaine era... Era *esse* o erro, o motivo de seu pavor.

Antes de ela sequer começar a inventar uma mentira, algo deve ter transparecido em seu rosto, em seus olhos sempre traidores.

Porque a expressão dele, antes distante, relanceou de triunfo, e ele a segurou outra vez. Desejo e calor cortaram o ar como um relâmpago.

Antes que ela pudesse fugir, ele a puxou de volta e encontrou seus lábios, e todo medo, culpa e determinação desapareceram. Helena só conseguia pensar em como queria estar ali, como queria ser tocada por ele. Kaine era fogo, e ela já estava sendo consumida.

— Você é minha — grunhiu ele, junto à boca de Helena, descendo os dedos por seu pescoço, emaranhando-os no cabelo dela, segurando-a firme e a puxando para ainda mais perto.

Era diferente da noite anterior. Não eram gestos reconfortantes, eram de posse.

A boca dele estava quente contra os lábios dela; os dentes dominadores mordiscavam o queixo, o pescoço e os ombros dela. Helena afundou os dedos no cabelo dele, arqueando o corpo para se aproximar do toque, e reprimiu o choro pelo desespero do desejo que sentia por Kaine, e pela gratidão de não precisar pedir. Ele a puxou para um abraço apertado, alinhando o corpo e mergulhando nela com uma investida brusca, o hálito queimando o pescoço da garota.

Os movimentos dele eram precisos. Estava determinado a provar para Helena que ela pertencia a ele, garantir que ela nunca poderia negar o que ele a fazia sentir.

Helena sentia a ressonância dele em seus nervos. Ele nem se esforçava para esconder como se conectava a ela, inundando seu corpo de sensações e prazer.

No momento em que Kaine perdeu o controle e sua expressão verdadeira retornou, não havia mais dor, apenas posse triunfante.

Ele a apertou junto ao peito.

— Você é minha. Fez uma promessa para mim. Agora, e depois da guerra. Vou cuidar de você. Não vou deixar ninguém te machucar. Você não precisa se sentir sozinha porque é minha.

Helena sabia que devia ir embora, mas estava perdida ali.

Estava aprisionada pelo abraço perigoso de Kaine Ferron, e se sentia em casa.

Ela dormiu nos braços dele, apagou completamente, e despertou apenas por um breve momento quando ele acariciou seu ombro. Ao virar o rosto, viu que ele a observava com um olhar sombrio.

Helena arqueou o corpo, aproximando-se do toque dele, e beijou o peito de Kaine na altura do coração. Ele pegou a mão dela, que sentiu a ressonância dele nos dedos ao adormecer de novo.

Quando voltou a despertar, era quase noite, e as montanhas estavam arroxeadas pelo crepúsculo, tingidas de vermelho queimado enquanto Sol começava a descer.

Kaine estava vestido, sentado a seu lado, observando-a dormir, com os dedos entrelaçados nos dela, como se não tivesse mais nada para fazer.

— Por que você está aqui? — perguntou ela, zonza de exaustão.

De algum modo, sentia-se mais cansada do que jamais se sentira, como se seu corpo enfim tivesse se lembrado de dormir e estivesse determinado a recuperar todos os anos de privação.

Ele arqueou a sobrancelha.

— Eu moro aqui. Ou achou que eu morava no abrigo do Entreposto?

Ela fez que não com a cabeça e rolou para deitar de barriga para cima. A dor nas mãos tinha passado.

— Não, mas como pode passar o dia todo na cama comigo? Você não é general ou algo assim? Não tem reuniões, crimes a cometer?

Em vez de responder, Kaine se debruçou sobre Helena até seu corpo cobrir o dela. Com os braços, prendeu as mãos dela acima da cabeça e a beijou.

— Estou de folga — disse, por fim, enquanto ela ofegava. — Um conceito que temo que ninguém tenha apresentado a você.

Helena revirou os olhos.

— E por que você mora aqui? Achei que famílias antigas tinham terras.

Ele a soltou e se endireitou, virando-se para a vista.

— Minha mãe foi torturada em nossa casa no interior e os funcionários foram todos assassinados. Nos mudamos para a residência na cidade, e foi lá que ela morreu. Quis ir para outro lugar, longe daquilo tudo.

Helena se sentou na cama.

— Desculpe, eu não devia ter perguntado. É que nunca o imaginei morando num lugar alto assim — comentou, acariciando o rosto dele com a mão.

Kaine se inclinou na palma da mão dela e fechou os olhos por um momento; mechas de cabelo roçaram na ponta dos dedos dela.

Então, ele levantou a cabeça de forma abrupta.

— Bem, é principalmente por motivos práticos. Amaris decola melhor da cobertura. Ela anda melhorando, mas antes tinha dificuldade de iniciar o voo.

— Amaris? — perguntou Helena, devagar.

— A quimera. Você a viu ontem.

Helena piscou ao se lembrar de um lobo alado gigantesco.

— Eu achei que... tinha alucinado.

Ele olhou para ela.

— Eu falei que ia receber uma quimera.

— Bom, sim, mas achei que fosse... algo menor. E você nunca mais tocou nesse assunto, achei que ela tivesse morrido.

Kaine deu de ombros.

— Ela era pequena, a princípio. Tinha mais ou menos o tamanho de um potro quando chegou.

— O que ela é?

— Bennet não fala muito sobre essas coisas. Tem bastante de lobo nortenho, um pouco de corcel. Não sei de onde vieram as asas.

— E ela é... mansa?

Ele fez um gesto negativo com a cabeça.

— Não. Só gosta de mim, mas você deveria conhecê-la. Queria apresentá-la, mas nunca encontrei o momento certo. Vamos.

Helena não se mexeu; não queria sair dali. Alguma coisa mudara entre eles. A tensão e a desconfiança por fim tinham passado.

Ela nunca o vira nesse contexto, nem quando crianças.

Isolados do resto do mundo, ela sentia que o enxergava de verdade, em vez de pela lente dos interesses da Chama Eterna.

Helena passou os olhos ao redor e percebeu o que era aquele ambiente: um lugar para existir. Não havia um item pessoal sequer. Era tudo temporário. Sem valor afetivo.

— Quando foi que percebeu que eu não sabia que você deveria morrer? — perguntou ela, em vez de se levantar.

Kaine soltou um suspiro pesado.

— Na primeira vez que foi até o Entreposto. Percebi, pela sua expressão, que você achava que seria mesmo para sempre.

Ela sentiu um nó na garganta. Ele desviou o olhar.

— No início, era… engraçado — prosseguiu ele. — Eu ficava esperando você perceber.

Helena sentiu uma onda de calor subir pela nuca.

— Pensei que, quando comentasse que você deveria ter imaginado meu castigo, você perceberia que era tudo uma armação, mas não aconteceu. Então imaginei que naquela noite, ou no dia seguinte, explicariam a você, mas você continuava voltando ao Entreposto. Achei que queriam mais alguma coisa, mas logo ficou claro que não contariam a você. Eu quase contei, algumas vezes, mas… — continuou, com um suspiro. — Acho que gostei de ver você querendo me salvar.

Helena assentiu devagar, os dedos traçando a costura do lençol de linho.

— Crowther falava tanto do longo prazo, em garantir que você não perdesse o interesse, que eu precisava manter segredo, que ninguém podia saber. Achei que confiassem em mim — declarou ela, e fez silêncio por um momento. — Ilva me contou logo antes do Solstício. Você deve ter percebido.

Ela tomou o silêncio dele como confirmação.

Depois de uma pausa, ela se lembrou de uma coisa.

— Kaine, acho que o seu pai não morreu.

O olhar dele ficou intenso.

— Como assim?

— Quando resgatamos Luc, nós nos deparamos com um defunto. Ele disse para Sebastian que era Atreus. Estava de guarda na porta do cômodo em que estavam mantendo Luc preso.

— Não — rebateu Kaine, a voz abalada. — Não. Ele morreu. Se estivesse vivo, teria voltado. Pela minha mãe.

As pupilas dele encolheram, formando pequenos pontos pretos, nitidamente em negação.

— Ele era um defunto — disse ela, com o máximo de gentileza que conseguiu. — Será que ele iria querer encontrar ela nesse estado?

Kaine fez menção de falar, como se fosse protestar, mas se conteve.

— O que aconteceu com ele? — perguntou.

— Soren e Sebastian o mataram. Ele se colocou entre nós e Luc. Mas não tivemos tempo de encontrar o talismã. Você não sabia que ele era Imortal?

Ele negou com a cabeça.

— Achei que ele tinha sido preso antes de tudo isso começar — respondeu, e bufou de desdém, com uma expressão amarga. — Então, no fim, ele nem conseguiu morrer por ela.

— Por sua mãe?

Kaine confirmou com um gesto lento.

— Foi tudo por causa dela. Sei o que as pessoas falam dos meus pais, do motivo pelo qual ele se casou com ela, mas ele a adorava. Ela era tudo para ele. Quando nasci, e ela adoeceu, meu pai ficou obcecado por mantê-la bem, não permitia visitas, afastava qualquer coisa que pudesse adoecê-la. Morrough disse que podia curá-la, que ela viveria para sempre.

— Ele não deve saber o que aconteceu depois que foi preso — supôs Helena.

O olhar de Kaine era tenso.

— É, deve ser.

— Se soubesse, você acha que…

Ele fez que não.

— Aposto que ele me culparia, como sempre fez. — Depois de uma pausa, ele a encarou. — Falando em morrer, ou, melhor, em sobreviver… Você poderia me contar por que eu não morri?

De repente, Helena ficou fascinada pela textura do lençol.

— Foi um experimento que deu errado — continuou Kaine. — Bennet passou semanas tentando me curar, mas tudo que fazia só piorava. Quando ele finalmente aceitou que tinha sido uma grande falha, tentou descartar o meu corpo, mas a matriz tirava tanta energia do talismã que ele não conseguia nem mexer. Ele imaginou que, em determinado momento, a energia se esgotaria, ou que meu corpo iria se incinerar sozinho, então me mandaram para casa, porque não queriam correr o risco de contaminar o novo laboratório.

"Desde a minha recuperação milagrosa, Bennet tentou repetir o experimento. Todas as cobaias morreram, lenta e horrivelmente, e Bennet não consegue entender por que eu, e apenas eu, sobrevivi. Você é a única pessoa que nunca questionou minha sobrevivência, e eu gostaria de saber o motivo."

Fez-se uma longa pausa. Helena pigarreou.

— Eu tinha um amuleto dos Holdfast. Uma relíquia sagrada, digamos. Ilva me deu quando eu virei curandeira, e ajudava.

— Ajudava? — perguntou ele, com ceticismo evidente.

Ela evitou encará-lo.

— Eu conseguia… trabalhar mais. Não ficava tão cansada, nem… esgotada quando usava o amuleto. Quando você estava ferido, estava tão deteriorado que a matriz usava mais energia e recursos do que você possuía, e considerei que, já que tinha funcionado para mim, poderia funcionar para você também, dando forças para que você se recuperasse.

Kaine arqueou as sobrancelhas.

— Que tipo de relíquia teria esse poder?

Ela tossiu. Provavelmente deveria mentir, considerando que ao contar a verdade talvez fosse cometer traição. Porém, não lhe ocorreu nenhuma mentira. E, de todo modo, ela já cometera traição.

— A Pedra Celestial. Eu não sabia que era isso, e não é... bem o que dizem as lendas. Foi feito pelo Necromante, mas, quando acabou nas mãos de Orion, todos imaginaram que vinha dos céus.

— E deram para você? — indagou Kaine, franzindo a testa.

— Pelo visto, a Pedra... me escolheu. Ela não funciona para a maioria.

Kaine levou as mãos à cintura.

— E foi assim que você me curou?

Helena assentiu.

— Foi assim que curei você.

Ele fez silêncio por um longo tempo. Helena não conseguia decifrar a expressão que ele tinha no rosto, não sabia dizer se ele acreditara ou não nela.

— E agora, onde está? — perguntou Kaine.

— Não tenho mais ela — respondeu Helena, desviando os olhos.

Ele suspirou.

— Bom, acho que faz sentido não deixarem você ficar com ela, se usou para me curar.

Helena forçou um sorriso autodepreciativo. Provavelmente era melhor ele interpretar assim.

— Ilva não ficou nada feliz.

— Imagino. Você sofreu outras consequências?

— Bom, era para eu... — começou ela, e engoliu em seco. — Para eu ter matado você, mas consegui me safar. Então acho que, no fim, deu tudo certo.

Ela conseguiu abrir mais um sorriso, mas ele não o retribuiu.

A expressão dele estava fria, vazia.

— Para você, isso é dar tudo certo?

A expressão dela murchou e, de repente, tudo voltou: a realidade do que existia entre eles. Que ele preferiria que ela o tivesse matado. Em vez disso, Helena estava sentada na cama dele, sorrindo por ter dado tudo certo para todas as outras pessoas, já que ela o tinha sob controle.

— Não, não, óbvio que não. Desculpe.

Helena se virou, tentando encontrar as próprias roupas.

— O que está fazendo? — Kaine estendeu a mão e a pegou pelo tornozelo antes de ela sair da cama.

— Acho que é melhor eu ir — murmurou ela, com um nó na garganta, tentando escapar.

— Por quê?

O coração dela subiu à boca.

— Sei que não queria isso. Eu não devia ter agido como se estivesse tudo certo.

Com a expressão dura, ele a puxou de volta para a cama.

Ela tentou se desvencilhar, desesperada.

— Posso... pelo menos me vestir antes de você ficar com raiva? Por favor.

— Eu não estava falando de mim. Estava falando de você. — Kaine a encarou.

— De mim?

Ela ficou tão confusa que parou de se debater.

— Sim, você. A Resistência se colou em você que nem parasita, e acha que está tudo bem porque eles têm a gentileza de mantê-la viva enquanto a devoram?

— Não é bem assim — retrucou ela, brusca.

— Seis anos em um hospital de guerra. Quantas pessoas você salvou para eles? Duvido que saiba. Mas foi o suficiente? Não. Assim que viram outra oportunidade de ganhar vantagem, venderam você. Já vi burros de carga serem tratados com mais zelo. Teriam usado seus restos para fazer cola no momento em que deixasse de ter utilidade para a causa deles — desdenhou Kaine. — Mas acho que é sempre assim. Só os corcéis de guerra que nem os Bayard ganham a possibilidade de se aposentar no pasto.

— Cale a boca — disse ela, soltando-se com um chute forte, o rosto ardendo de raiva. — Acha que eu não sei que sou descartável? Sendo que você faz questão de me lembrar o tempo todo? Você não tem o menor direito de ficar com raiva, não quando faz parte disso tanto quanto eles. Você sabia o que estava acontecendo e que eu não estava ciente de nada e mesmo assim escolheu ser cruel como foi. Pelo menos Ilva e Crowther me manipularam por um motivo. Quando é que você foi gentil *assim*?

Ele ficou em silêncio, e ela desviou o olhar.

— Me desculpe — pediu ele, depois de um momento.

Helena soltou uma risada melancólica.

— É, você já se desculpou antes, mas nunca muda, então não significa nada.

— Você tem razão.

Kaine se sentou na beira da cama e pressionou o rosto nas mãos.

— Também peço desculpas por isso. Nunca foi a minha intenção que as coisas chegassem a este ponto. Eu sabia a missão da qual você tinha sido incumbida, e tinha certeza de que eu seria imune a ela, mas quando percebi que, para você, era tudo real... Quando deu certo e eu me vi caindo na armadilha que eu mesmo havia escolhido... Teria feito de tudo para você parar. Não tinha me ocorrido que eles não contariam a você.

Helena mordeu o lábio.

— Eles achavam que eu seria mais convincente se não soubesse.

Kaine assentiu.

— Achei que, se fosse cruel o bastante, você desistiria. Que chegaria a um limite e, quando eu o ultrapassasse, você pararia de me... pegar de surpresa, emocionalmente — admitiu ele, e suspirou baixinho. — Passei tanto tempo esperando ser traído, e não queria me importar quando acontecesse. Eu *estava* tentando magoar você, mas peço desculpas por ter conseguido.

Helena contemplou o horizonte e balançou a cabeça devagar.

— Não sei por que continuei tentando. É que havia alguns momentos em que eu percebia que as suas atitudes não refletiam quem você é de verdade. E, quando você se esquecia de fingir, sempre parecia tão solitário. E era como eu também me sentia. — Ela olhou para a cicatriz na mão. — Eu achava que éramos opostos. Agora... — acrescentou, e o fitou, estendendo a mão. — Agora, não consigo deixar de sentir que somos muito parecidos.

Kaine entrelaçou os dedos nos dela e a puxou para mais perto, e dessa vez, ela o deixou abraçá-la, afundando o rosto na curva de seu pescoço.

A vida não era fria.

Então, ele recuou o suficiente para encará-la. Helena viu o movimento de seus olhos, admirando-a pouco a pouco como se não quisesse deixar passar um detalhe sequer.

Kaine subiu a mão pelo pescoço de Helena, o toque quente e possessivo, o polegar cobrindo a cicatriz sob o queixo, e a beijou na testa.

— Você é uma pessoa muito melhor do que eu. Este mundo não a merece.

Helena balançou a cabeça em negativa.

— Eu sobreviveria sem ter que chegar tão longe quanto você chegou. Isso não faz de mim uma pessoa melhor.

— Você mantém outras pessoas vivas. Você as toca e seu instinto é salvá-las, quem quer que sejam, o que quer que tenham feito a você. Não temos isso em comum. O que você faz é muito mais difícil do que calcular todas as maneiras de matar alguém. E o preço que isso cobra de você é mais alto.

Kaine encostou a testa na dela, e Helena fechou os olhos. Era como se a alma dos dois se tocasse.

Ela queria passar a vida perdida naquele momento, mas tinha passado um dia fora e ninguém sabia onde ela estava. Não podia continuar ali.

— Tenho que voltar.

Ele não a soltou.

— Você devia comer.

— Tenho que ir — insistiu ela, tentando se levantar.

— Tome um banho — ofereceu ele, pegando a cintura dela. — Posso pedir para trazerem alguma comida. O que você quiser.

— Kaine — disse ela, desvencilhando-se das mãos dele. — Você não pode me prender aqui. Preciso ir.

A expressão dele mudou por um instante, o suficiente para revelar uma faísca de possessividade desesperada e voraz. Então passou e ele a deixou se levantar, resignado.

Ela esticou a mão e acariciou o cabelo dele com a ponta dos dedos.

— Não se preocupe, eu sempre voltarei para você.

CAPÍTULO 53

Aprilis, 1787

Agora que Helena estava lúcida, a quimera de Kaine parecia ser ainda maior. Ela já estava pronta para ir embora, mas, em vez de levá-la clandestinamente pela cidade, Kaine conduziu Helena à cobertura, onde a criatura se levantou, espreguiçou-se e bocejou, revelando presas maiores do que os dedos de Helena e asas tão largas que quase cobriam o telhado inteiro.

A quimera correu até Kaine, observando Helena com olhos amarelos assustadores e os dentes arreganhados em alerta.

— Comporte-se, Amaris — repreendeu Kaine, coçando as orelhas da quimera.

Amaris abaixou a cabeça, as gengivas ainda aparentes e a atenção fixa em Helena. Que bom que estivera delirando na noite anterior. Jamais teria subido naquele animal se soubesse que ele existia de verdade.

Kaine deu um tapinha carinhoso no monstro lupino e se ajoelhou, passando as mãos por uma das patas da frente. Helena via o formato equino da pata, mesmo que terminasse em garras imensas, com uma aparência aviária.

Ela recuou, abrindo espaço. Apesar de Kaine desejar que Helena e a criatura se tornassem amigas, era óbvio que Amaris não gostava de ninguém além dele.

— Ela não está rosnando para você — explicou Kaine, antes de Helena recuar mais ainda. — Bennet uniu as patas de qualquer jeito quando a fez e, conforme ela vai crescendo, os nervos vão sendo repuxados e preciso consertá-los.

— Como assim? — perguntou Helena, observando.

Ela notou que ele usava a ressonância ao passar os dedos pela pata inteira.

— Quando se trata de quimeras, Bennet só se preocupa com a aparência delas. Ele força coisas a se encaixarem, mesmo que não deva. As quimeras vivem desesperadas de dor, por isso são tão perigosas. Em geral, elas morrem por excesso de estresse. Na primeira semana de Amaris aqui, ela me mordeu umas cinquenta vezes. Você deve se lembrar de que, na época, minhas costas ainda estavam em frangalhos. Depois da décima vez, quase quebrei o pescoço dela, mas então pensei que, se estivesse com tanta dor, eu também adoraria morder alguém. Por que com ela seria diferente? Ela ainda era filhote, com patas de potro. Não parava de tropeçar e quebrar as asas — contou ele, e olhou para Helena. — Eu sabia que ela ficaria mais mansa se a dor aliviasse, e você mencionou as falhas da transmutação, então tentei consertar o que podia. Quando ela entendeu que eu não ia machucá-la, parou de me morder.

Kaine se levantou e deu um tapinha logo abaixo de uma das asas imensas de Amaris. As penas eram do tamanho dos braços de Helena.

Ele coçou Amaris entre os olhos.

— Depois disso, ela foi ficando mais carinhosa comigo. É a única sobrevivente da leva toda. Bennet tentou pegá-la de volta; queria entender por que deu certo. Ela quase arrancou a cabeça dele. Não foi? — disse ele, acariciando a pelagem grossa. — Venha se apresentar, ela vai se comportar.

Kaine chamou Helena com um gesto e pegou a mão dela, para Amaris farejar. A criatura ainda arreganhava os dentes, mas começou a abanar o rabo devagar e relaxou as asas. Ele orientou Helena a afundar os dedos nos pelos grossos e coçar atrás de uma orelha enorme e levantada.

Enquanto tentava emanar um pouquinho de ressonância, Helena sentiu que Kaine a observava. Amaris tremeu, mas não se mexeu, nem rosnou.

Ela sentia como Amaris havia sido mal encaixada, ossos e tecidos que não deveriam ser justapostos, mas que tinham sido forçados a se unir. Diferente das quimeras que Helena examinara no laboratório, estava nítido que alguém tentara corrigir o excesso de defeitos, conectar os músculos da forma adequada, aliviar a fusão dos ossos e os ligamentos tortos, bloquear os nervos que causavam apenas dor.

Ela tentou imaginar esse monstro como filhote de lobo, de cavalo, de ave, inocente e juvenil, e então...

Dor e mutilação.

Era óbvio que quimeras eram ferozes. Como qualquer ser suportaria tanta dor sem aprender a só morder?

— Você fez um trabalho incrível com ela — elogiou Helena, a boca seca. — Foi assim que aprendeu a curar?

— Acho que foi um bom treino.

Ele olhou para a cidade, que se estendia abaixo deles como uma coroa cintilante. Lumithia ainda não aparecera, deixando áreas inteiras da Ilha Leste no escuro, mas a Torre da Alquimia se erguia acima de tudo, o farol sempre aceso.

— É melhor irmos logo. Acho que com essa escruridão, conseguiremos voar sem sermos vistos.

Uma coisa era fazer carinho em Amaris, outra bem diferente era montar nela. Helena tinha certeza de que, se quisesse, a loba poderia devorá-la. Kaine afagou as orelhas de Amaris enquanto Helena se segurava na rédea de couro e subia na sela.

Demorou tanto que ela ficou com vergonha. Era como escalar uma montanha peluda. Helena tinha medo de acertar Amaris com o joelho ou o cotovelo, e teve dificuldade de se segurar. Kaine, por sua vez, subiu atrás dela em um movimento fluido.

Assim que ele se acomodou, Amaris pulou do telhado.

Eles tombaram em queda livre até a quimera abrir as asas imensas, planando no ar e os transportando pelo céu.

Kaine fez Amaris subir tanto que o ar se tornou rarefeito. Mantiveram-se afastados da cidade e das torres, mais próximos às montanhas, até chegar à represa. Amaris desceu em um ângulo íngreme, tão rápido que o Entreposto virou um borrão, e o vento das asas dela sacudia as janelas por onde passavam. Uma das fábricas tinha um telhado amplo, onde pousaram.

As pernas de Helena mal sustentavam seu peso ao descer da sela, desesperada pela terra firme e convencida de que humanos não tinham sido feitos para voar, e que a experiência tinha sido horrível. Tentou demonstrar gratidão e torceu para não estar tão enjoada enquanto se afastava da quimera.

Kaine foi atrás dela. Agora que Helena já havia sido apresentada à Amaris, uma expressão de ressentimento inegável voltara aos olhos dele, como se ainda não estivesse convencido a deixá-la voltar ao Quartel-General.

Helena fingiu não notar enquanto seguia para o portão, mas isso só piorou o humor dele. Por fim, ela parou.

— O que foi?

— Não vá — disse ele, em voz baixa.

— Você sabe que preciso ir.

Kaine balançou a cabeça.

— Não sei, não. Eles não se importam com você.

Ouvir aquelas palavras era como sentir um nervo exposto ser cutucado. A dor vibrou dentro dela. Antes, Helena teria negado, porque Luc estava lá e nunca iria se voltar contra ela, mas aquilo mudara.

Ainda assim, ela não vacilou, balançando a cabeça em negativa.

— Não podemos deixar os Imortais ganharem. Tem coisa demais em jogo. Tenho que ir aonde eu possa ajudar.

Fúria se juntou ao ressentimento na expressão dele.

— Não tem, não. Não importa quantas vezes você se destrua, os deuses não se importam. Não há recompensa. Isso… — pausou ele, abrindo os braços e apontando para a cidade, as montanhas e o céu escuro em que Lumithia já brilhava. — Isso é o Abismo. Já estamos nele. Nada disso faz diferença. O universo não se importa com dor ou sacrifício.

— Você está errado.

Ele abriu a boca para discutir, para oferecer uma lista extensa de exemplos da frieza e indiferença do mundo, mas Helena não precisava ouvir nada aquilo.

— Você está errado porque eu faço parte do universo — continuou ela. — E, sim, sei que sou uma parte minúscula, talvez sem importância, matematicamente insignificante, mas ainda sou parte. Eu e você não vivemos isolados do mundo. Ninguém vive à parte. Todos que morreram, que morrerão e que sofrem são importantes para mim. Enquanto eu existir, eu vou me importar. E isso significa que o universo também — concluiu ela, com um sorriso. — Isso não torna tudo um pouco mais brilhante?

Ele parecia desesperado.

Helena deu de ombros.

— Eu quero fazer o bem nesse mundo. Era o que meu pai mais queria para mim — confessou ela, olhando para as próprias mãos. — Sei que a maioria das pessoas não vai acreditar nisso, e sei que já fiz coisas pelas quais acho que não serei perdoada. Mas desejo ao menos ser lembrada como alguém que tentou.

Ela se afastou, mas ele a segurou.

— Helena…

Ela se soltou.

— Tome cuidado, Kaine. Não morra.

— Crowther está procurando por você — avisou o guarda da guarita ao permitir a entrada dela.

Helena estava sem documentos, então o processo demorou mais. Assentiu e seguiu para a Torre.

Crowther estava sentado no escritório, o braço direito amarrado ao tronco como se paralisado outra vez. Ele a encarou com nojo numa intensidade que ela nunca vira. Lembrava a expressão que os alunos das guildas lhe dirigiam, porém muito mais acentuada.

Os dedos do braço direito dele estavam cerrados em punho, e parecia estar evitando usá-lo de propósito.

Helena levou um momento para entender. Era porque ela se tornara necromante.

— Soube que estava procurando por mim — falou ela, fingindo não notar a fisionomia dele.

— Horas atrás — retrucou ele, entre dentes.

— Estou aqui agora.

Crowther estalou os anéis de ignição na mão esquerda e um orbe vermelho-escuro de chamas encheu sua mão antes de fechar o punho, a pele brilhando por um momento antes de a luz se extinguir.

— O prisioneiro que vocês trouxeram se recusa a cooperar sem a sua presença, e Ilva... — rosnou ele, a expressão se contorcendo em fúria. — Ilva insiste em irmos com calma até sabermos quem ele é. Passei o dia inteiro esperando por você. Onde estava?

Helena evitou os olhos dele.

— Ilva disse que seria melhor se eu me mantivesse afastada até a história oficial circular.

— Não foi isso que eu perguntei.

Helena tensionou a mandíbula e seus olhos encontraram os dele.

— Eu estava com Ferron, mas tenho certeza de que já sabe disso.

Crowther soltou uma gargalhada cruel que lhe deu calafrios. O veneno em seu rosto era surpreendente, como se ela sequer fosse humana.

— Eu não queria usar necromancia — argumentou ela, decidindo trazer à tona o motivo implícito da fúria. — Não tive opção. Soren não estava recuperado o bastante para uma missão daquelas. O que eu deveria ter feito? Deixado Luc morrer?

— O que você deveria ter feito? — repetiu ele, devagar, e se levantou. — Era para ter ficado no Quartel-General. Você tem uma única obrigação, Marino, que é permanecer viva e intacta para Ferron ter sua prova de vida semanal. Mas parece que esperei demais de você, então permita-me dizer com todas as letras: a não ser que seja para fazer contato com Ferron, você nunca mais deve sair do Quartel-General. O único motivo para eu não jogá-la na cadeia e acusá-la de necromancia é manter Ferron na linha.

Helena sentiu um aperto na garganta.

— O plano foi seu. Eu estava trabalhando com o que tinha.

Crowther esbugalhou os olhos.

— O plano foi meu?

— Foi sua informante do hospital quem deu as informações para Soren. Onde mais Purnell…

Antes que ela terminasse aquela pergunta, a porta se escancarou e um menino disparou para dentro da sala.

— Cadê a Sofia? Procurei por ela, mas ninguém fala comigo. Cadê ela?

Era Ivy, o rosto sujo, o cabelo preso em um boné

Crowther olhou para Helena.

— Marino, talvez queira contar para Ivy onde está a irmã mais velha dela, Sofia Purnell?

Quando Ivy se virou, Helena notou a semelhança entre a funcionária do hospital e a pequena protegida de Crowther. Tinham alguns anos de diferença e a cor de cabelo de Ivy era diferente, suas feições mais finas, como as de uma raposa, enquanto Sofia tinha uma aparência delicada. No entanto, Helena agora via a semelhança.

— Sua irmã? — repetiu ela, a voz esganiçada. — Sofia era *sua* irmã?

Embaixo da sujeira, toda a cor se esvaiu do rosto de Ivy.

— Sofia era parte do time de resgate que salvou Luc. Ela nos mostrou a rota pelos túneis até a prisão, mas, durante a fuga, foi pega pela correnteza. Achei… eu achei… — disse Helena, virando-se para Crowther. — Achei que a tivesse mandado. Não mandou?

Ivy fitou Helena por um momento e em seguida berrou. Helena nunca escutara um som daqueles sair de ninguém, mas o urro explodiu da menina tão agudo que poderia estourar as lâmpadas. Fúria ardente tomou o rosto de Ivy.

Helena se preparou, mas foi contra Crowther que Ivy se voltou.

— Você prometeu protegê-la se eu fizesse tudo que mandasse! Ela não deveria trabalhar para você. Só deveria estar segura!

Ivy pulou nele por cima da mesa como se estivesse prestes a arrancar seus olhos com as unhas, mas, antes de alcançá-lo, uma parede de chamas se materializou e a lançou contra a parede. A garota tombou no chão e livros da estante caíram junto, pegando fogo na queda.

Crowther tinha se mexido, esquivando-se que nem um gato. Os anos de experiência de combate se revelaram quando ele fechou o cerco contra Ivy.

— Eu nunca falei para ela dos túneis, das represas, nem de prisão alguma — declarou Crowther, cerrando o punho e fazendo o fogo sumir. — Se ela sabia disso, foi por *sua* causa. Eu mandei que não contasse nada a ela, mas você precisou se gabar de todas as maneiras de andar pela cidade sem ser vista. Está feliz agora, por tê-la impressionado? Aposto que passou a impressão de que era tudo muito simples.

Helena esperava que Ivy pulasse de novo, mas a menina continuou estirada no chão.

— Eu queria que ela soubesse como escapar. Mostrei o mapa e falei da prisão para ela não ir naquele sentido — choramingou Ivy.

— Se tivesse me escutado, ela ainda estaria viva — disse Crowther, seco. — Eu mantive meu lado do acordo. Nada disso é culpa minha. — Chutou a menina e acrescentou: — Agora, saia da minha frente. Se Lucien Holdfast tivesse morrido nesse resgate ridículo, eu teria culpado *você*.

Ivy se levantou sem dizer nada, mas, ao sair pela porta, virou-se para trás por um instante, um brilho assassino no olhar.

Quando ela se foi, Crowther tirou um rádio da gaveta da escrivaninha e levantou o transceptor que chiava. Helena reconheceu a voz do guarda. Um dos comandantes.

Todo o jargão que Crowther murmurou era quase incompreensível, mas Helena identificou duas partes, "extremamente perigosa" e "neutralizada".

Ele abaixou o transceptor e estudou a sala chamuscada.

— Isso foi mesmo necessário? — perguntou Helena.

Crowther ergueu o rosto.

— Você viu do que ela é capaz. Sem a irmã para controlá-la, Ivy não serve para nada. Lembre-se de que essa regra também vale para Ferron.

Ele a olhou de cima a baixo com nojo, como se pudesse ver todos os lugares em que Kaine a tocara.

— Eu recomendaria fortemente que você se mantivesse viva, Marino.

Quando Helena viu Wagner, ele sorriu, mas ela só conseguia pensar no terror que vira no rosto de Sofia quando ele a empurrara para cima dos necrosservos.

Um tradutor fora encontrado, um senhor idoso e catarrento chamado Hotten, que trabalhava na cozinha. O filho dele se formara no Instituto de Alquimia e morrera no início da guerra.

— Agora — começou Crowther, entrando na cela, com uma simpatia quase convincente, tendo dissipado toda a raiva. — Por que você é tão importante?

Hotten traduziu. Hevgotiano era um dialeto do baixo Oeste com uma cadência interiorana e palavras com som muito aberto. Wagner ofereceu algumas respostas enroladas, que Hotten resumiu, tentando, com dificuldade, acompanhar.

— Ele conhecia Morrough em Hevgoss. Morrough recebeu uma unidade prisional, criminosos do quarto setor. Wagner era guarda — traduziu Hotten, devagar.

A única coisa de que Hevgoss gostava mais do que guerra expansionista era ver a população encarcerada. Era vasta, multigeracional e fonte de mão de obra e do grosso da força militar. Em geral, criminosos do quarto setor eram prisioneiros políticos condenados a quatro gerações de cárcere, vidas e mais vidas de servidão da qual apenas os tataranetos teriam chance de escapar.

Trabalho forçado era a pena para quase qualquer infração, e poderia ter qualquer duração, de dias a gerações. Muito do baixo escalão militar era composto por criminosos de primeiro e segundo setor, que recebiam promessas de perdão em troca de um histórico militar de sucesso. Sempre que havia escassez de mão de obra, ou rumores de instabilidade política ou econômica no país, Hevgoss tinha o hábito de ir para a guerra e expandir as fronteiras de modo a aumentar o contingente de suas prisões.

Oficialmente, as prisões hevgotianas eram todas estatais, mas isso não impedia o "aluguel" de encarcerados a quem pudesse pagar, quando lhes era conveniente. Escravidão era ilegal no Continente Nortenho, mas Hevgoss reinventara a prática.

— Morrough fizera um acordo com os militocratas. Estava tentando dar um jeito de controlar o poder da vida. Dizia que dominá-lo e captá-lo era a chave para a imortalidade. Ele prometeu aos líderes que ensinaria a eles, caso lhe fornecessem o material necessário para testar a hipótese, mas os prisioneiros... — continuou Wagner, e deu de ombros — ... resistiram. Não queriam cooperar. Sabiam que morreriam.

Wagner sorriu ao contar a história, como se lhe trouxesse boas memórias.

— Meu trabalho era entregar os prisioneiros todos os dias e pegá-los de volta à noite, mas nunca sobrava nenhum para levar quando ele terminava. Morrough era simpático comigo. Nós conversávamos, ele me contava sobre suas frustrações. A energia, vejam bem, não podia ser tirada à força; precisava ser oferecida de bom grado. Ele já tinha encontrado vários truques para capturá-la, mas, quando os prisioneiros morriam, pelo que ele dizia, a energia se lembrava. Eles revidavam. Resistiam, e era difícil até para ele controlá-los.

Helena e Crowther se entreolharam. Dava para notar que Crowther também conhecia a história verdadeira da vitória de Orion contra o Necromante.

— Foi minha a ideia que solucionou o problema — declarou Wagner, batendo no peito. — Meu pai era carcereiro, meu avô, também. Rebeliões na prisão são perigosas. Há prisões do tamanho de cidades. Para manter a ordem, é importante que os guardas não sejam vistos como inimigos. Em vez disso, o segredo é fazer os prisioneiros acharem que eles têm problemas uns com os outros, de unidades ou setores diferentes, que esses outros prisioneiros são o motivo para aquele em específico receber menos, que as regras que ele odeia são culpa daqueles outros. Ao direcionar o ódio para eles, ao criar privilégios sempre à custa de outros, acabam se esquecendo de quem criou as regras. Morrough gostou da ideia. Para retirar as almas, ele tinha que fazer os prisioneiros culparem outra pessoa. Mesmo depois de capturar a energia, a culpa devia continuar a ser redirecionada.

Wagner olhou de Helena para Crowther, aparentemente esperando que ficassem maravilhados com aquela ideia.

— Ele teve sucesso, suponho — retorquiu Crowther.

Wagner aquiesceu.

— Ele parou de tentar conter ou prender a energia a si e, em vez disso, usou outro prisioneiro dentro da matriz — explicou, espalmando as mãos. — Tinha uma alquimia estranha. Com seu poder, tirava a energia e a prendia à alma de um prisioneiro selecionado. O outro prisioneiro sentia toda a raiva, e o poder ficava com Morrough.

— Mas como ele controlaria — questionou Helena —, se as almas, a energia, estão ligadas a outra pessoa?

— Com os ossos — respondeu Wagner, arqueando as sobrancelhas. — Eu vi. Ele usou a alquimia para conter todas as almas em pedaços dos ossos dele mesmo. Era estranho, mas, se uma parte ficasse com o prisioneiro na matriz, eles não morriam, nem se tentassem. Assim, Morrough mantinha o poder.

Os selos. Era exatamente o que Kaine descrevera.

— As almas dos outros sentiriam essa vida, tentariam resistir, mas o prisioneiro não podia ser morto. No entanto... aos poucos, a mente deles ia...

Wagner tocou as têmporas, puxando fios invisíveis, como se desenrolasse alguma coisa.

— Quer dizer que os Imortais são apenas uma fonte de energia para Morrough? — perguntou Helena, devagar.

— Isso! Foi assim mesmo que eles os chamou. De Imortais. Nem vivos, nem mortos.

Crowther entregou papel e caneta para Wagner, indicando que ele desenhasse o máximo que pudesse do procedimento e da matriz.

Ficou nítido que Wagner não era alquimista, nem artista, mas vira o processo acontecer algumas vezes, pelo menos. Esboçou uma matriz imensa, diferente de qualquer coisa que Helena já vira. Não era celestial, nem elemental: tinha nove pontas e, no centro, uma plataforma suspensa por meio da qual Morrough podia acessar o corpo do prisioneiro designado para sobreviver.

As vítimas a serem sacrificadas eram posicionadas nas nove pontas. Morrough abria a cavidade torácica do prisioneiro selecionado e colocava o pedaço de um dos próprios ossos lá dentro, como o último componente da matriz. Depois de vincular a força vital deles àquele osso, ativava a matriz.

A matriz, por sua vez, criava uma atração tão terrível que os sacrifícios murchavam como cascas, despojadas de vida até serem atraídas para o recipiente. As almas ficavam presas, amontoadas umas sobre as outras como um inseto capturado na teia da aranha.

Morrough cortava uma lasca do osso, cobria de lumítio e deixava dentro do corpo do prisioneiro. Em seguida, devolvia o resto ao próprio corpo.

A informação condizia com o que eles já sabiam, mas Helena se recusava a acreditar naquilo.

A história de Ilva sobre o Primeiro Necromante já fora horrenda o suficiente, a manipulação e enganação de uma multidão, mas a escala tornava o feito impessoal. Aquele processo, contudo, era íntimo e intencional. A repetição. O alcance. Nove vítimas, repetidas vezes, lascando osso atrás de osso. Por poder. Por imortalidade.

Kaine fora feito daquela forma.

— Como você sobreviveu por tanto tempo sabendo disso? — perguntou Crowther.

Wagner sorriu.

— Ele era um homem egoísta. A vida dos outros, para ele, era apenas um recurso. Eu não sou bobo. Quando deu certo, fugi. Sabia que ele tentaria me encontrar algum dia. Não compartilharia o crédito por sua grande descoberta. Achei que ele tivesse se esquecido disso; até eu acordar em Paladia. Agora, o mundo saberá de mim.

Wagner abriu um sorriso ardiloso para Crowther, obviamente na expectativa de ser usado pela Resistência para revidar as alegações de Morrough de poder e genialidade científica, mas Helena suspeitava que ninguém se importaria com a origem da ideia... era Morrough quem tinha o poder e a habilidade.

— Como todos os Imortais conseguem usar necromancia? — perguntou ela.

Hotten traduziu a pergunta.

— Foi um acidente — respondeu Wagner, com uma gargalhada seca. — Ele nunca soube o porquê.

Quando o interrogatório de Wagner terminou, Helena foi largada à deriva. A segurança do Quartel-General estava um caos, pois os guardas não conseguiram apreender Ivy.

Qualquer informação que Ivy soubesse seria considerada comprometida. Crowther transferiu os prisioneiros que estavam na Torre da Alquimia para outro local, ao sul do Quartel-General. Um time de alquimistas desceu para o labirinto de túneis, tentando selá-los para impedir Ivy de voltar às escondidas.

Contudo, quando Ilva e Althorne acompanharam Crowther para um novo interrogatório, Wagner foi encontrado morto, esquartejado pelos cadáveres reanimados dos dois guardas postados na cela. Seus restos mortais tinham sido arranjados para formar a frase: "Crowther será o próximo".

Luc ainda estava no hospital, sendo vigiado constantemente. Informações sobre seu estado eram mantidas sob controle cauteloso. De acordo com os relatórios diários, ele estava se recuperando, e precisava de apenas mais alguns dias de repouso antes de ser transferido de volta a seus aposentos.

Elain era a única curandeira com permissão para atendê-lo. Pela primeira vez na vida, ficou de bico fechado. Entrava e saía às pressas, pegava medicamentos do almoxarifado, conversava aos cochichos com Pace e voltava logo.

Helena cobria os plantões habituais de Elain. Entre as pacientes estava Penny, cuja perna, danificada demais para ser curada, fora amputada no joelho. Alister estava à cabeceira dela, fazendo companhia, quando Helena abriu as cortinas.

A princípio, Helena se surpreendeu por Penny receber tão poucas visitas, mas então se recordou de que, para além de Alister, restavam apenas Luc e Lila de sua unidade. Todo o restante ainda estava sendo procurado nos escombros.

— É melhor eu ir — disse Alister, e se levantou. — O tribunal tem mais perguntas.

Penny assentiu, em silêncio, apertando o cobertor no colo.

— Que tribunal? — questionou Helena, sentando-se no lugar que Alister deixara vago. — Vocês não estão sendo castigados por salvar Luc, estão?

Penny negou com a cabeça, puxando um fio do lençol de linho.

— Não. Só recebemos uma advertência. Vou até ganhar duas medalhas. O tribunal é para Lila.

De forma brusca, Helena levantou o rosto.

— Como assim?

— Vão substituir Lila por Sebastian no cargo de Primeiro Paladino — explicou Penny, sem olhar para ela. — Lila provavelmente vai perder o posto como uma punição por comprometer a segurança de Luc.

— Não pode ser — falou Helena. — Lila salvou a vida de Luc mais vezes do que...

— Eu sei — retrucou Penny, seca. — Todos nós sabemos disso, mas eles não vão fazer nada com Luc, que é Principado. Então... sobrou para Lila. As pessoas andavam reclamando, quer dizer, sempre reclamaram, porque ela é mulher e os Paladinos em geral são homens, mas antes manter Lila sempre superava o risco, só que depois da situação da quimera, e agora... os comandantes a veem como uma ameaça para ele. Acham que, se não fosse por ela, Luc não teria sido capturado.

— Mas...

— Eles andam fazendo interrogatórios, e a questão é... — continuou Penny, com uma mistura de culpa e resignação — ... que todos sabíamos. Quer dizer, ele tentou ser sutil, mas dava para ver, só de olhar. Ainda mais nos últimos tempos, todo mundo achou que tudo ia acabar logo. Acho que Luc supôs que era tranquilo, porque ninguém se incomodava quando era o pai dele com Sebastian. Mas sempre tem mais regras para nós, mulheres, e ninguém sob juramento pode negar que Luc se comprometeria por ela.

Helena concordou. Penny estava certa.

Mesmo contra todas as possibilidades, Lila conseguira se manter no cargo por anos e raramente cometia erros, mas por fim pagaria pelo equívoco de Luc.

O que aconteceria?

Helena engoliu em seco, obrigando-se a voltar às próprias obrigações. Não podia fazer nada quanto ao tribunal.

— Como está a perna?

Penny pareceu se encolher.

— Bem — respondeu, rápido demais.

Helena esticou a mão, devagar.

— Sabe, às vezes, os nervos não percebem que a amputação aconteceu e dão a sensação de que a perna ainda está aí, e que dói. Posso usar minha ressonância para bloquear, para você não sentir isso.

— Jura? — perguntou Penny, com um toque de desespero.

Helena começou a trabalhar, mas até aquilo a fazia pensar em Lila.

Em se tratando de perda de membros, tinha sido uma boa amputação. Maier conseguira salvar o máximo possível da perna com um corte limpo, sem pressa.

— Sabe, você talvez consiga uma prótese.

— Acho que minha ressonância não é muito útil — comentou Penny, com um sorriso amargurado, mas a tensão no rosto já estava se aliviando. — Talvez uma básica, para eu fazer alguma coisa aqui. Não quero ser mandada embora.

— Os forjadores são muito talentosos. Titânio combina bem com a maioria das pessoas, e é muito mais leve do que os modelos antigos.

— Acho que veremos.

Fez-se silêncio enquanto Helena trabalhava, até Penny falar de novo:

— É verdade o que Luc disse? Quando Soren foi me salvar, salvar Alister, ele estava morto?

Helena se encolheu como se tivesse levado um chute na cabeça. O nome de Soren pesava como uma bigorna. Ela voltou a se afogar.

Não conseguiu mais olhar para a perna de Penny com tanta precisão.

— Quando ouvi o boato, achei ridículo. Eu tinha certeza de que notaria se ele estivesse morto. Mas, agora aqui, não consigo deixar de pensar nisso, em como ele não parou de lutar, não importava o que fizessem com ele. Ele não gritou, nem quando começaram a destroçá-lo — continuou Penny, com a voz trêmula. — Acho que prefiro acreditar que ele estava morto.

Helena sentiu um arrepio como se dedos gelados percorressem sua pele. Piscou, afastando e enterrando os pensamentos e as lembranças de Soren, forçando mais uma vez a consciência a se desviar da ferida que a memória evocava.

Ela sabia que não devia confessar abertamente. Mordeu o lábio por um momento.

— Soren disse que tínhamos que fazer de tudo para salvar Luc.

Penny passou um bom tempo em silêncio.

— Não sei o que sentir. Sei que eu estaria morta se ele não tivesse aparecido bem na hora… mas — pausou ela, a boca trêmula —, e se foi um *teste*? Todos esses anos lutando pelo bem, e aí, no momento final, em vez de nos mantermos fiéis, estivermos escolhendo a saída mais fácil?

Helena estava feliz por estar quase acabando de tratar da perna de Penny, pois a conversa fazia suas mãos tremerem. Fácil. Ela odiava essa palavra.

Engoliu em seco.

— Se a ação de uma pessoa bastar para condenar a todos, então os deuses são terríveis, e Sol é o pior dentre eles.

— Não pode estar falando sério — retrucou Penny, brusca, e a pegou pelo punho, apertando até os dedos afundarem na pele. — Olhe para mim, Helena. Não pode estar falando sério. Também funciona no outro sentido. Orion passou no teste, e pense em todas as bênçãos que vieram disso.

Penny parecia desesperada para convencê-la.

— Eu me lembro de quando você chegou aqui — continuou. — Estávamos no mesmo alojamento. Você disse que Paladia era o lugar mais lindo do mundo todo. Chamou de Cidade Brilhante. Disse que, em Etras, ninguém acreditava nos deuses, mas que aqui, no Norte, você entendia por que as pessoas acreditavam. Afinal, de que outra forma um lugar seria assim tão lindo. Você se lembra disso?

Penny apertou a mão de Helena.

— Foi isso que você disse. Acho que, no fundo, ainda acredita nisso. Você só... só ficou com medo e... cometeu um erro, mas pode ser que se arrependa. Se conversar com o Falcão, ele vai lhe explicar tudo direitinho. A jornada, o sofrimento, tudo isso é necessário. Como mais seremos purificados? Mesmo... mesmo quando é difícil, temos que agradecer, porque isso é o que nos torna puros.

Penny sorria para Helena, aos prantos de tanto fervor, tentando convencê-la.

— Por isso, para todos nós, é melhor morrermos fiéis ao que acreditamos — insistiu — do que viver traindo e corrompendo a nós mesmos. Sei que você... fez por bem, para nos salvar, mas devia ter confiado em Sol.

Helena se soltou.

— Penny, se todos nós fôssemos morrer, eu não teria tanto medo de perder. O que farão conosco se perdermos será muito pior do que a morte — retrucou ela, balançando a cabeça. — Não terá nada de purificação.

Mesmo depois de dias de tratamento quelante, a ressonância de Lila não voltava. O Conselho tentava abafar a notícia sem criar pânico. Os queladores deveriam separar o metal no sangue de Lila para extraí-lo, mas o processo não estava funcionando como o esperado.

Shiseo não comentara a mensagem que Helena o mandara entregar no Entreposto, não fizera perguntas, mas pareceu aliviado quando ela voltou ao laboratório. A expressão comunicou mais do que qualquer palavra.

Passaram dias avaliando e reavaliando as novas amostras do sangue de Lila, tentando determinar o que ninguém estava percebendo. Sempre que Helena voltava do plantão, encontrava Shiseo ainda trabalhando. Por fim, ele pegou no sono debruçado na mesa.

Helena ficou sentada em silêncio, observando uma chama acesa sob o alambique de vidro, vapor subindo da caldeira, reunindo-se na serpentina e descendo o tubo até o frasco.

Elain Boyle fora nomeada Curandeira-chefe da Resistência naquele dia. Era um cargo novo que Matias inventara para ela. Elain chegara ao hospital com um amuleto grande e ornamentado de pedra-do-sol pendurado no pescoço, e sua função passara a ser gerenciar e organizar os plantões das outras curandeiras enquanto ela própria trabalhava exclusivamente como curandeira "particular" de Luc.

Helena se convenceu de que não se importava com aquilo.

Sua quimiatria se tornara o padrão para as curandeiras. De maneira discreta, Pace criara uma seção no estoque para os tônicos e medicamentos que Helena criava, deixando a quimiatria encarregada de parte da cura.

Helena fechou os dedos em punho. Tinha acumulado uma boa reserva de materiais desde a retomada dos portos, mas estava com medo de que tudo se esgotasse, visto que Crowther a proibira de sair para colher plantas. Alguns preparos podiam usar materiais importados, mas outras coisas eram difíceis de arranjar se ela mesma não as buscasse.

Suspirou. Antes, amava o silêncio do laboratório, um contraste tão gritante com a agitação do hospital, mas, no momento, sozinha com os próprios pensamentos, tudo de que tentava se esquecer voltava para sufocá-la.

Estava com saudades de Kaine.

Sempre que pensava nele, sentia que parte de si estava faltando.

A guerra a invadia até os ossos, esvaziando tudo até não restar mais nada dela além do que a tornava útil, um componente ideal para uma máquina complexa, mas Kaine a lembrara de que ela era humana; de que suas características, qualidades e capacidades não eram importantes só quando se mostravam úteis para os outros. Que, às vezes, ela podia respirar.

E ali, na ausência dele, Helena se sentia sufocada.

CAPÍTULO 54

Aprilis, 1787

Quando Helena estava na represa, olhando para o Entreposto do outro lado da ponte, ela hesitou.

Sentiu falta de Kaine a semana toda, mas agora estava com medo. Ele podia ser tão imprevisível. Cada instante de leveza entre os dois tinha a tendência de ser seguido pelo completo oposto.

Ela respirou fundo diversas vezes, cerrou o maxilar e se obrigou a cruzar a ponte. Um necrosservo a esperava do lado de fora do cortiço. Ela engoliu em seco e, com o coração pesado, abriu a bolsa e retirou o envelope junto de um frasco para repor o kit médico dele.

Seu rosto estava em chamas, mas ela tentou controlar a expressão e não olhar diretamente para o necrosservo enquanto lhe entregava tudo.

— Aqui.

Ela colocou tudo nas mãos do necrosservo e deu meia-volta.

— *Marino.*

Helena quase deu um pulo ao ouvir seu nome. Ela olhou ao redor.

O necrosservo era o único ali.

— Você… falou?

Ela nunca tinha ouvido um necrosservo falar. Funções motoras eram uma coisa, mas reanimar as partes da linguagem do cérebro era complicadíssimo. Necrosservos não falavam. Nunca falaram.

— Venha — disse ele.

Helena o seguiu com cautela, relaxando ao perceber que estavam indo para o abrigo. Ele não poderia ter simplesmente dito para ela ir até lá na semana anterior?

Helena estava um tanto indignada quando chegou, mas se esqueceu de tudo, porque, antes mesmo de passar pela porta, Kaine a tomou nos braços, beijando-a como se estivesse faminto.

Os dedos dela agarraram sua capa e seus olhos se fecharam quando retribuiu o beijo. O mundo inteiro desapareceu. Ela sentiu os dentes de Kaine, vorazes em seus lábios e sua língua.

As mãos dele encontraram os quadris de Helena, guiando-a para trás. Então sua boca estava no pescoço dela enquanto ela arfava, depois na curva de sua garganta. Kaine desceu até o espaço entre seus seios ainda cobertos pela camisa e então se ajoelhou, empurrando-a para o sofá. Antes mesmo de soltar a bolsa, já estava debaixo dele.

Suas mãos deslizaram por baixo das roupas dela, os lábios deixaram uma trilha de desejo ardente em cada centímetro de pele que sua boca conseguia encontrar.

Helena nunca se sentira tão inebriada.

A ressonância de Kaine zumbia sob a pele dela, seguindo a trilha de seus nervos e veias, mapeando-a. Não de uma forma erótica, mas com o mesmo medo que surgia em sua própria ressonância às vezes, quando temia que alguém estava machucado e queria encontrar a lesão. Chegava até os dedos de seu pé e então desaparecia, mas ela mal a sentia enquanto a língua dele explorava o interior de sua coxa e então uma névoa de prazer abrasador a consumiu.

A camisa dela estava aberta, a saia, erguida até a cintura, quando ele se afundou nela. Helena colocou os braços ao redor do pescoço de Kaine, puxando-o para perto, mergulhando o rosto no ombro dele. O mundo tinha se reduzido a um único ponto: Kaine, sua respiração, seu corpo, seu toque.

Deitada com ele naquele sofá pequeno demais, os dois entrelaçados, Helena se lembrou da manhã de ressaca terrível, mas, ainda assim, aquilo parecia algo completamente novo. Dessa vez, eles acertaram. Helena fechou os olhos, traçando a pele de Kaine com os dedos, mas ele se sentou após alguns segundos.

Ele a observava, os olhos examinando seu corpo.

Helena levantou a cabeça, recuperando o fôlego.

— O que foi?

Os dedos dele encontraram as cicatrizes nas costelas dela.

— Fiquei preocupado. Tive muito tempo para pensar se fiz algo errado quando curei você.

Ela pegou a mão dele.

— Você foi perfeito.

Ele ainda parecia apreensivo.

— E nada aconteceu desde então?

— Não — respondeu ela. — Eu não saí do Quartel-General desde que voltei. Eu… eu não vou mais fazer isso, a não ser… para vir aqui. Não tenho… — As palavras ficaram presas em sua garganta. — Não tenho mais permissão. Recebi ordens bem rígidas quanto a isso, então não terá mais com o que se preocupar.

Ele soltou um suspiro perceptível de alívio e foi na direção dela, beijando-a na testa.

Helena fechou os olhos, tentando dar tempo a ele para aproveitar o momento, mas seu estômago deu um nó e sua mandíbula estremeceu enquanto tentava suprimir as emoções.

— O que aconteceu?

Ela ergueu o olhar e viu que Kaine voltara a observá-la.

— Eu… eu gostava de fazer a colheita dos suprimentos. Eu costumava ir com o meu pai no verão.

Fez-se uma pausa.

— Não sabia que isso era importante para você.

Ela ficou em silêncio por um instante. Pensando na sensação dos pântanos naquela época, nada além da floresta, das montanhas e do céu cintilante, onde conseguia respirar sem sentir cheiro de sangue.

— Às vezes, era a coisa mais próxima de liberdade que eu tinha.

Ela o sentiu paralisar.

— Vai ser só até o fim da guerra — afirmou ele, as palavras soando em parte como súplica e em parte como uma promessa.

Uma risada amarga ecoou de seu peito enquanto ela o encarava de volta.

— Só até lá? E quando isso vai acontecer? E qual final você acha que dará certo para nós dois?

Ele não conseguiu fitá-la.

Helena também desviou o olhar.

— Há coisas das quais fiz parte que sei que a Chama Eterna jamais aprovaria oficialmente. Não sei o que vai acontecer se tudo isso vazar.

O coração de Helena se apertou quando pensou em todas aquelas celas subterrâneas a que Crowther a levara tantas vezes. O sangue. As queimaduras, os corpos esfolados, os nervos emaranhados, abertos e retorcidos de maneiras horríveis. O nome de Helena estava ao lado do de Crowther nos registros de prisioneiros. Sua caligrafia catalogando as lesões que curara, a condição dos prisioneiros quando eles morriam ou eram colocados naquelas terríveis câmaras subterrâneas. Ela sabia que essa era a intenção de Crowther, listá-la como a profissional médica do local. Para ter alguma vantagem sobre ela.

Em certo ponto, ele poderia ter deixado a ameaça latente no ar, mas não haveria misericórdia agora.

Se vencessem a guerra, sem Luc para defendê-la, ela tinha poucos aliados.

Kaine pegou a mão dela.

— Você pode fugir. É só me pedir que tiro você daqui.

Uma parte covarde e exausta de Helena ganhou vida com aquelas palavras. Longe. Livre. Distante da guerra.

Ela não sabia o quanto queria aquilo até ouvir a oferta de alguém que estava falando sério. Havia recusado a proposta do pai rápido demais quando ele quisera voltar para Etras, mas agora ansiava por isso.

Mas a guerra continuaria, não importava para onde fosse, e Kaine estaria lá. Ele não podia fugir. Se ela desaparecesse, Crowther não o deixaria vivo.

— Não — disse ela, encarando-o.

— A oferta permanece de pé. Se quiser, eu tiro você daqui.

Ela ergueu a mão e tirou uma mecha do cabelo claro de seus olhos.

— E quanto a você? — perguntou ela.

Ele fez uma careta.

— Se eu pudesse fugir, teria desaparecido enquanto a minha mãe estava viva.

— Você iria agora, se pudesse?

Seus olhos pareciam ondular de calor.

— Com você, sim.

Helena forçou um sorriso.

— Então, vamos juntos. Depois da guerra. — Ela pegou a mão dele e a pressionou contra o peito, deixando-o sentir as batidas de seu coração. — Quando a guerra acabar, vamos fugir para algum lugar que ninguém nos conheça. Vamos... desaparecer para sempre.

Kaine desviou o olhar, mas sorriu.

— Claro.

Ele estava mentindo.

Os dois estavam. Era uma ilusão acreditar que aquilo fosse possível.

Ela apertou a mão dele com mais força, até a ilusão desaparecer.

Helena engoliu em seco, temendo o que tinha a dizer.

— Nos últimos dias, a Chama Eterna obteve uma nova informação sobre o processo pelo qual os Imortais passam para ganhar sua imutabilidade. Me pediram para perguntar detalhes e confirmar essa informação com você.

Kaine a encarou por um instante, depois seu olhar ficou vazio.

— Kaine.

Ela tocou nele, e ele se sobressaltou.

— É tudo um borrão — disse ele, rápido. — Não lembro.

— Qualquer coisa pode ajudar. Sério.

Ele ficou em silêncio, seu peito subindo e descendo diversas vezes antes de voltar a falar.

— O que você quer saber?

— Havia alguma matriz envolvida?

Ele assentiu devagar.

— Pode descrevê-la? Ou desenhá-la?

Kaine balançou a cabeça.

— Nunca consegui vê-la muito bem. Lembro que era formada por nove pontas, e que eu fiquei no meio. Eu estava cooperando, mas mesmo assim eles me drogaram e me prenderam, restringindo meus movimentos.

Ele encarou a parede antes de continuar:

— Então começaram a trazer a equipe. Aqueles que ainda não tinham matado. Eu não sabia como funcionava, que eles iriam... quando perguntei o que estavam fazendo, me disseram que eu tinha sorte de ter tantos criados, que não iam precisar usar a minha mãe.

— Eles usaram os criados?

Ele assentiu.

— Nunca tivemos muita companhia no interior. Minha mãe ficava doente com frequência e, em meio a todos aqueles rumores, meu pai não confiava em ninguém. Ele estava ocupado gerenciando a guilda, então éramos só nós dois e os criados. Alguns deles eram quase parte da família. A dama de companhia da minha mãe, Davies, cuidava dela desde que era criança e a acompanhou até a Torre Férrea quando ela se casou com meu pai. Depois que eu nasci, minha mãe ficou... Davies praticamente me criou durante meus primeiros anos de vida.

— Eu sinto muito, Kaine.

Ele ficou em silêncio por muito tempo, sem encará-la.

— Havia uma plataforma acima de mim, e então vi Morrough lá em cima, com algo nas mãos. O pedaço de osso, acho. Eu me lembro de gritar. Quando acordei, ainda havia gritos, mas não eram meus. Eu não conseguia ouvir o grito, apenas senti-lo. Como se eles estivessem suturados dentro de mim, todos mutilados, mas ainda vivos.

Ela o encarou, horrorizada.

— Você ainda... os ouve?

Kaine piscou devagar.

— Eles estão mais quietos agora.

Ela engoliu em seco.

— De acordo com a informação que temos, os Imortais são uma consequência das tentativas de Morrough de canalizar poder sem sofrer efeitos colaterais.

Kaine ficou em silêncio por um momento, então disse:

— Isso significa que, se matarmos os Imortais, o enfraquecemos.

— Em teoria, sim. Destruir os talismãs afetaria os selos? Isso mata os Imortais?

Kaine negou com a cabeça.

— Não. Ele pode fazer outros, mas são... apenas um pouco mais inteligentes do que os necrosservos.

— Deve haver alguma forma. Vamos descobrir.

Kaine olhou para ela, sua expressão voltando a ficar mais clara e alerta.

— Se os Imortais são a fonte do poder de Morrough, isso significa que isso não vai acabar até eles estarem mortos. Todos eles.

Helena entendeu na mesma hora o que Kaine estava tentando dizer com aquilo.

— Não. Vou encontrar uma maneira de reverter isso. Se é possível vincular uma alma, com certeza é possível desvinculá-la.

— Helena...

Ela negou com a cabeça.

— Você já pensou que eu não poderia salvá-lo antes. Deveria me dar mais crédito.

Ela pigarreou, recusando-se a prosseguir com aquela conversa.

Então se levantou, vestindo-se apressada.

— Tenho que levar essa informação de volta ao Quartel-General.

No entanto, ela não estava com pressa de repassar aquela questão a Crowther. Queria começar a revisar a matriz que Wagner tinha desenhado. Precisava começar a pesquisa.

— Espere. Tenho algo para você, embora *torça* para que não precise mais delas.

Embrulhadas num tecido impermeável, estavam suas adagas.

Helena tinha certeza de que elas haviam sido levadas pelo rio.

— Como você as encontrou?

— Eu mandei fazer algumas extras. Como demorei um bocado para encontrar um metalurgista com ressonância para a sua liga, pensei que alguns conjuntos a mais seriam úteis.

— Obrigada — respondeu ela, tocando-as com carinho antes de colocá-las cuidadosamente na bolsa.

Helena começou a trançar o cabelo para ir embora.

— Odeio o seu cabelo assim — comentou ele, surpreendendo-a.

Ela ergueu o olhar.

— Outra opção seria cortar.

Kaine pareceu tão ofendido que ela começou a rir.

— Tenho que mantê-lo fora do rosto enquanto trabalho, e preciso estar sempre pronta para emergências. É prático.

Ele não parecia convencido.

— Quero ver você mais vezes.

Seus dedos ficaram imóveis. Ela podia ver a avidez em seus olhos. Possessivo. Voraz. Ele a afastaria da guerra e a esconderia no instante em que ela permitisse. O conflito era visível em seus olhos.

Desejo. Desejo. Desejo. Ela sentia aquilo como os batimentos de seu coração.

Se não pudesse escondê-la, ele a manteria por perto o máximo de tempo possível. Ela se apaixonara por um dragão.

— Sempre estou de prontidão para você — afirmou ela. — Basta chamar, que venho para cá o quanto antes.

Ele fez que não com a cabeça.

— Não. Não vamos poder usar o Entreposto por muito mais tempo. Há planos para reformá-lo.

O coração de Helena se apertou.

— Ah. E como faremos para...

— A Resistência não vigia os céus — disse ele. — Agora que Amaris está mais velha, não é difícil voar para a Ilha Leste à noite. Tenho certeza de que há um telhado em algum lugar. Vou encontrar um novo esconderijo antes da semana que vem. Se o anel esquentar apenas uma vez, não é relacionado à Resistência. Sinalize de volta quando chegar, e eu a encontrarei.

Ela ergueu a mão esquerda. Helena temia que o efeito de refração acabasse, mas ainda estava lá; ela mal conseguia ver o anel a não ser que se concentrasse. Era tão leve que ela quase se esquecia dele às vezes.

— Pensei que tivesse dito que se eu alguma vez queimasse você...

Ele pegou a mão dela e a puxou. A mão livre de Kaine deslizou possessivamente pelo pescoço de Helena, inclinando sua cabeça para trás, e ele a beijou longa e profundamente antes de recuar e encontrar os olhos dela.

— É só me chamar que eu venho.

CAPÍTULO 55

Aprilis, 1787

Kaine a chamava com frequência.

De vez em quando, os deveres dele acabavam no fim da noite, mas, na maioria das vezes, apenas depois da meia-noite. Quando não estava de plantão, Helena ficava trabalhando no laboratório até sentir o anel queimar.

Havia muitos prédios abandonados e Kaine encontrara um com um telhado grande e o elevador operante. Helena não precisava passar por nenhum posto de controle para chegar lá.

Às vezes, Amaris nem pousava.

Helena ficava de pé na parte mais aberta do telhado, e, silenciosa como um fantasma, Amaris descia do céu. Kaine esticava a mão e a pegava, e logo os dois estavam no ar, voando como o vento, sobrevoando os prédios sem serem vistos.

Eles aterrissavam, e ele a ajudava a descer da quimera enquanto corria os olhos pelo corpo de Helena para checar se estava ferida.

— Você está bem? Aconteceu algo com você? — perguntava Kaine, mesmo que ela tivesse sentido a ressonância dele sob sua pele enquanto voavam e ele soubesse que ela não estava machucada.

Ela não esperava que ele fosse ficar tão preocupado. Helena observara sua chegada rápida no Entreposto, a maneira cuidadosa como seus olhos a seguiam. Não havia considerado quão profundo era o medo de Kaine até ele parar de escondê-lo.

Eles entravam, e ela o deixava vê-la na luz, esticando os braços para provar que estava nas mesmas condições que da última vez em que haviam se visto.

— Estou bem. Viu? Não precisa se preocupar.

Mas nunca parecia surtir qualquer efeito. O que quer que tenha acontecido com a mãe dele fora escondido, e Enid Ferron nunca contara tudo a Kaine, fosse para poupá-lo ou porque não podia.

Não falar provavelmente foi a pior escolha. Kaine era como Helena. Bastava não saber de algo para ficar completamente obcecado.

Ela fitava os olhos dele, segurava seu rosto entre as mãos.

— Estou bem. Nada aconteceu.

Assim que ficava convencido de que ela não tinha ferimentos ocultos, a tensão dentro dele se desfazia. Kaine a pegava nos braços, e Helena conseguia sentir o coração dele martelando no peito.

Isso é culpa sua, ela lembrava a si mesma sempre que se sentia tentada a perder a paciência com o ritual. *Você adivinhou qual era a vulnerabilidade dele e a explorou.*

Então, ela passava os próprios dedos sobre a pele dele, tentando detectar qualquer lesão antes que Kaine a beijasse novamente.

Ele escondia ou ignorava machucados como se não existissem, a não ser que ela os encontrasse. Ferimentos de núlio começaram a surgir nos feridos após os combates. Às vezes, Kaine acabava com uma lasca em algum lugar do corpo, e, embora os efeitos nele fossem limitados, quando chegava à corrente sanguínea, podia retardar sua regeneração em horas, a não ser que ela interviesse.

Helena nunca tinha curado nem nunca curaria alguém como curava Kaine: em seus braços, com o corpo pressionado ao dele. Ela o obrigava a cooperar com beijos nos ombros, nas mãos e no rosto, enquanto sua ressonância encontrava todos os ferimentos, analisando-o meticulosamente até ele ficar impaciente e segurar as mãos dela, empurrando-a para a cama e tomando-a devagar. Sempre delirantemente devagar.

Ele a olhava nos olhos até ela quase sentir a mente de ambos se tocando.

— Você é minha. Minha. — Ele repetia aquelas palavras sem parar. — Diga. Diga que você é minha.

Ele entrelaçava os dedos nos dela, encostava a testa na dela, e às vezes todo o seu corpo tremia. Ela o abraçava, tentando tranquilizá-lo.

— Eu prometo, Kaine. Sempre serei sua.

Havia um terror possessivo nele, na maneira com que a tocava, como se sempre achasse que aquela fosse a última vez.

Quando Kaine não a chamava, o tempo se estendia, gerando um pavor interminável em Helena até o anel queimar outra vez.

Então, era ela que queria desesperadamente saber se ele estava bem. Nas noites em que dormia sozinha, tinha pesadelos em que Kaine era morto. Às vezes, desaparecendo para sempre, outras vezes, surgindo como um defunto, ou sendo descoberto e capturado. Ela não sabia qual das possibilidades temia mais.

— Tome cuidado. — Era sempre a última coisa que ela lhe dizia antes de ele deixá-la num telhado qualquer. Ela segurava seu rosto entre as mãos, os olhos fixos nos dele. — Não morra.

Ele se aproximava, beijando a parte interna de seu punho ou a palma de sua mão, olhando-a nos olhos.

— Você é minha. Sempre voltarei para você.

E ele sempre voltava.

No entanto, o risco parecia aumentar a cada dia. A guerra oscilava à beira da calamidade. Ela não sabia até onde a matriz e sua própria determinação poderiam levá-lo antes que tudo desabasse.

Ele andava sobre o fio de uma navalha.

Enquanto Kaine dormia, Helena o observava e ansiava por sua sobrevivência. Ela faria aquilo acontecer. Eles fugiriam para o outro lado do oceano, para um lugar onde ninguém nunca os encontraria. Prometeu a si mesma que descobriria uma maneira. Prometeu a ele: aquilo não iria acabar assim.

— Eu vou cuidar de você, Helena. Juro, sempre vou cuidar de você.

Ela o ouvia murmurar essas palavras contra sua pele ou seu cabelo em uma voz tão baixa que mal conseguia distingui-las. Às vezes, a compulsão ficava pior.

Ela o ouviu repetindo-as sem parar certa noite. Em geral, cessava depois de algum tempo, mas não dessa vez.

Helena ergueu a cabeça e segurou seu rosto com ambas as mãos para que pudesse olhar em seus olhos.

— Kaine, eu estou bem. Nada vai acontecer comigo.

Ele a encarou com a mesma expressão amarga e resignada que exibia quando a treinava ou quando ela ia embora, como se estivesse se preparando, aguardando o inevitável.

A guerra era uma jaula sem escapatória.

Ele se acalmou e descansou a cabeça no peito dela, ouvindo seu coração, os braços ao redor de Helena. Ela acariciou o cabelo dele, mas, na quietude do cômodo, ainda conseguia ouvi-lo sussurrar as palavras.

Ela hesitou antes de falar.

— Conte-me sobre sua mãe. Diga-me tudo que nunca pôde contar a ninguém.

Kaine ficou em silêncio. Deslizando os dedos pelos ombros dele, Helena percorreu as cicatrizes interconectadas da matriz.

— Pode contar para mim. Vou ajudá-lo a carregar esse segredo, não se preocupe.

Ele ficou em silêncio por tanto tempo que Helena pensou que havia caído no sono. Então, Kaine inclinou a cabeça, apenas o suficiente para que ela enxergasse o contorno de seu rosto.

— Eu nunca tinha visto alguém ser torturado antes — contou ele, por fim. — Ela foi... a primeira pessoa que vi ser torturada. Eles... — seu maxilar tremeu enquanto Kaine procurava pelas palavras — ... eles fizeram experimentos nela. Mesmo que minha mãe nem fosse... ela não tinha feito nada.

Enquanto falava, os olhos de Kaine se arregalaram. Ele encarava o outro lado do quarto, o olhar distante.

Helena conseguiu enxergá-lo como um menino de dezesseis anos, em casa para passar as férias de verão.

Em seu lar, prestes a adentrar um pesadelo do qual nunca se libertaria.

— Eu pensei... — A voz dele soou mais juvenil de repente. — Por um tempo, pensei que se eu matasse o Principado, ela logo se recuperaria. Que eu pudesse corrigir tudo. Mas ela era... uma sombra de si mesma quando retornei. Acho que... acho que ela tentou resistir durante o verão, demonstrar coragem enquanto eu estava lá, mas...

Sua voz se transformou num sussurro vacilante:

— Eu não fiquei nem um mês fora.

Helena passou os dedos pelo cabelo dele. Kaine fechou os olhos e baixou o queixo, seu corpo se contraindo enquanto ele se encolhia.

— Depois de eu matar o Principado, levei mais de um dia para voltar, e eles sabiam que eu era o responsável. Eles sabiam, mas não a libertaram até eu dar a ele aquela merda de coração... que ainda batia. Ela tinha ataques constantes em que caía no chão, ou parava de respirar, ou ficava sentada se balançando e falando sozinha. Eu trouxe médicos, mas eles disseram que não havia nada de errado além de uma constituição fraca e uma tendência à histeria. Recomendaram colocá-la num manicômio ou dar todos aqueles tônicos e injeções que a deixavam letárgica.

Helena apertou a mão dele, deslizando os dedos pela matriz.

Astucioso, Calculista, Dedicado, Determinado, Impiedoso, Infalível, Irredutível e Resoluto.

Para vingar a mãe. Em penitência por todas as maneiras que acreditava ter falhado com ela.

— Sinto muito, Kaine.

Ele ficou em silêncio. Fechou os olhos e respirou fundo.

— E então... — A voz dele falhou. — E então... — Ele tentou de novo. — Ela estava melhorando, achei que poderia se recuperar, mas eu... eu... Nós tomamos um novo distrito. Havia uma lista de famílias que deveriam ser punidas e feitas de exemplo. Um pai, uma mãe, duas filhas. Depois de matarmos os pais, reanimaram a mãe e a colocaram com a menina mais velha. Eu deveria fazer algo com... com o pai e a menina mais nova. Uma criancinha com duas tranças e laços no cabelo. Tinha um bolo de aniversário. Acho que era dela. Durant a arrastou pelo cabelo e a entregou para mim... Eu sabia o que eles queriam que eu fizesse, mas... eu fugi.

Ele engoliu em seco.

— Reservei passagens para duas pessoas num navio. Achei que a minha mãe e eu poderíamos ir embora para longe, e ela não saberia que eu não poderia ir com ela até ser tarde demais. Mas quando fui buscá-la, eles tinham chegado primeiro. E haviam levado o corpo.

— Ah, Kaine...

Helena estava horrorizada demais para dizer qualquer outra coisa. Ele apertava sua mão com tanta força que ela suspeitava que haveria hematomas onde seus dedos estavam entrelaçados.

— Tentei encontrar uma maneira de fugir com ela. — Sua voz mudou, começando a parecer mais familiar conforme a história avançava e passava a falar mais de si e menos da mãe. Traços de seu tom duro e controlado surgiam aos poucos. — Estava tudo preparado, cada detalhe e contingência, mas ela não queria ir sem mim. Pensei em forçá-la, drogá-la, colocá-la no navio e mandá-la para longe, mas eu tinha tanto medo de que ela voltasse. Não queria que ela fosse presa. Não queria ser o responsável por colocá-la de volta numa jaula.

Sua voz soou sem vida quando ele continuou:

— Se eu não tivesse ido para casa naquela noite... ela não teria morrido. Não sei por que fiz isso.

Ele ficou em silêncio.

Helena se mexeu debaixo dele o suficiente para se sentar. Não conseguia olhar para Kaine sem sentir uma dor dilacerante tomando conta do peito.

Ela o tocou de leve na testa.

— Kaine... eu não sou sua mãe.

Ele estremeceu, abrindo a boca para negar, mas ela continuou, sem deixar que a interrompesse:

— A Chama Eterna não vai me machucar se eu falhar numa missão. Não vão me torturar ou me colocar em perigo para punir você. Não sou uma refém. Estou nesta guerra porque escolhi. Não sou frágil. Não vou ceder. Por favor — ela roçou o polegar na maçã do rosto dele —, acredite em mim.

Ele negou com a cabeça.

— Deixe-me tirá-la daqui. Juro que isso não vai afetar a forma como ajudo a Resistência. Só me deixe tirar você daqui.

— Não vou fugir enquanto todos estão lutando. Podemos fazer isso juntos. Deixe-me ajudá-lo. Você não precisa fazer tudo sozinho agora.

O desespero tomou conta dos olhos dele.

— Você não pode me pedir para fugir da guerra — afirmou ela.

Os lábios dele se contraíram.

— Por que não? Já não fez o suficiente por eles? Eles venderam você. E se eu tivesse... — A voz dele falhou, e Kaine não conseguiu encará-la. — E se você tivesse recebido a mesma proposta de alguém que estivesse falando sério? Você teria ido mesmo assim... e, se eu não tivesse treinado você, teria morrido resgatando Holdfast.

— E eu concordei. Com tudo. Ninguém jamais me obrigou. Não podemos escolher quando já fizemos o suficiente e abandonar os outros para que encarem as consequências sozinhos. Não há civis numa guerra como esta. Se eles vencerem — ela estendeu as mãos —, todo mundo perde.

Keine cerrou os dentes, e ela sabia o que ele queria dizer. Que não se importava. Não se importava com a sobrevivência de ninguém a não ser a dela.

Helena deu um suspiro triste e baixou a cabeça, enterrando o rosto no ombro dele. Ele a abraçou com força.

Estava quase pegando no sono quando ouviu Kaine sussurrar:

— Vou cuidar de você. Juro, sempre vou cuidar de você.

Kaine era a única fonte de consolo de Helena enquanto as coisas na Resistência se deterioravam.

Quando Lila enfim recuperou a ressonância, a longa convalescência parecia ter sugado a vida dela. Ela não conseguia se recuperar como antes e as cicatrizes de todas as cirurgias em seu peito e ombro eram tão severas que limitavam seus movimentos, exigindo cura extensiva e fisioterapia para recuperar a mobilidade.

Helena traçou um possível plano de tratamento, mas o trabalho foi atribuído a uma das outras curandeiras. Luc tinha pedido para que Helena fosse mantida longe de Lila e de si mesmo.

Helena ficou encarando a escrivaninha de Pace após ser informada.

— Você ainda vai trabalhar nos plantões — reiterou Pace.

— Certo — falou Helena, a voz monótona. — Imagino que isso signifique que Luc está lúcido, então? Já que está fazendo pedidos.

Desde que fora transferido para seus aposentos privados, Helena não o vira ou soubera dele e de sua condição, embora o Conselho insistisse que Luc se recuperava bem.

A Enfermeira-chefe comprimiu os lábios.

— Bem, lúcido é com certeza uma palavra que se pode usar. — Ela pigarreou. — Tenho certeza de que, com o tempo, ele voltará a ficar estável. Não precisa se preocupar com ele: há muitas pessoas fazendo isso.

Helena assentiu devagar, mas tempo não era um recurso que a Chama Eterna possuía.

Luc era a pedra angular da Resistência. Sem ele, tudo logo ficou instável. Crowther começou a se apoiar ainda mais em Kaine, usando-o para mandar informações erradas e cometer sabotagens, como se o exército Imortal fosse uma máquina a ser destruída. Os envelopes com as ordens ficavam cada vez mais grossos conforme Helena os entregava.

Kaine não falava sobre o que fazia, mas ela sabia que ele estava prestes a sucumbir sob pressão. Ele parecia mais e mais desesperado cada vez que a via.

Observá-lo se corroer por conta de tudo que se esperava que ele mantivesse em segredo e produzisse para ambos os lados enquanto Helena estava presa no Quartel-General como um bicho enjaulado a consumia.

Sem sair para colher materiais, ela passava o tempo focada em uma nova pesquisa com Shiseo: estavam tentando aperfeiçoar a supressão alquímica a pedido do Conselho. Era quase impossível capturar e manter os Imortais presos, mas, com a supressão, poderia dar certo. Ela sabia, por causa de Kaine, que o núlio interferia em suas habilidades e regeneração da mesma forma que em qualquer alquimista.

Shiseo desenvolveu uma algema de núlio capaz de suprimir a ressonância de forma direcionada. Ao ser presa ao redor do punho, provocava uma sensação parecida com estática.

Helena a testou, prendendo-a ao redor do próprio punho, flexionando os dedos, deslizando-a para cima no braço. Quando estava perto do cotovelo, ela conseguia superar a interferência. Balançou a cabeça.

— Elas não suprimem totalmente a ressonância. — Ela retirou a algema, inspecionando o interior revestido de núlio. — Se quisermos mesmo que isto apague completamente a ressonância, acho que teria que ser interno. Se o núlio estivesse envolvido por cerâmica, isso preveniria a corrosão e a biointerferência. Se você inserir um tubo fino com núlio neste ponto do punho — continuou, pressionando os dedos no espaço entre o rádio e a ulna —, a algema poderia se encaixar em volta de um ponto de supressão e travar alquimicamente no lugar. Aposto que dessa forma não haveria ressonância.

Shiseo parecia tão perturbado que Helena percebeu o tipo de coisa que estava propondo além da função prática.

Uma coisa era pensar em algemar diversos Imortais, todos mortos e escondidos por trás de elmos, mas então ela pensou em Kaine, um prisioneiro mais provável, e sentiu seu estômago embrulhar. Ela balançou a cabeça ao se dar conta.

— Esqueça. É demais. Não precisamos suprimir tanto.

— Provavelmente funcionaria.

Ela negou com a cabeça.

— Não é necessário. Este modelo está bom.

Às vezes, o anel de Helena queimava duas vezes, e, quando isso acontecia, Amaris chegava e Kaine praticamente caía do dorso dela. Outras vezes, Amaris aparecia sozinha. Helena subia nas costas da quimera, agarrando-se à sela enquanto o ar soprava ao seu redor, e as duas voavam para o interior da cidade, até um porão, um prédio em ruínas ou um beco, e ela encontrava Kaine. Em geral, com núlio enterrado em alguma parte do corpo, profundo o bastante para não conseguir retirá-lo sozinho.

Ela aprendera a sempre abastecer sua bolsa com instrumentos médicos, bandagens e todos os tipos de remédios. Conforme o núlio ficava cada vez mais eficiente, as lesões frequentemente exigiam cirurgia. Ela se acostumou a fazer cirurgias manuais tendo apenas uma lanterna elétrica como fonte de iluminação.

Ele não se deixava ser apagado, querendo permanecer de guarda caso alguém aparecesse, mas muitas vezes estava um pouco delirante, seus olhos quase prateados, murmurando:

— Estou bem... quase não estou sentindo dor. Não se preocupe. Em breve vamos... cuidar disso. Só... mais um pouquinho...

Ela se sentava com a cabeça dele apoiada em seu colo, cantando baixinho enquanto Kaine se estabilizava, segurando a mão dele. O núlio retardava muito a recuperação. Ele perdia tanto sangue que mal ficava consciente ou começava a tremer e entrar em choque. Ela passava os dedos e a ressonância nas palmas dele, sussurrando pedidos de desculpas.

Você está matando ele. Está matando ele. Isso é culpa sua.

Ela só se permitia chorar quando ele não estava consciente para vê-la. Ela agarrava a mão dele, tentando curá-lo.

— Sinto muito. Sinto muito. Sinto muito mesmo — dizia sem parar.

Ela secava os olhos e limpava o sangue antes de Kaine recuperar a consciência. Sentia a tensão correr pelo seu corpo no instante em que ele voltava a si e o sentia respirar quando olhava para cima e a via.

Nas noites mais longas, Amaris se enrolava atrás de Helena, passando o focinho nas mãos inertes de Kaine. Helena se sentava, traçando o rosto de Kaine com os dedos, sentindo cada batida do coração e prometendo:

— Vou cuidar de você, Kaine. Juro, sempre vou cuidar de você.

CAPÍTULO 56

Maius, 1787

Os Imortais lançaram a primeira bomba de núlio no meio da primavera.

A Resistência sabia que um ataque como esse estava em curso; o uso do núlio crescera desde que os Imortais usaram a liga em Lila, e, embora as lesões fossem graves, o núlio tinha utilidade limitada como arma de combate por ser muito frágil. Mas, na forma de uma bomba, era devastador.

Bastava alguns estilhaços para neutralizar a ressonância de um alquimista. Se ele se dissolvesse e contaminasse o sangue, o hospital tinha que suturar as feridas à mão, administrar agentes quelantes e então esperar que a ressonância do paciente se recuperasse.

A medicina alquímica especializada, combinada com a cura, fazia com que a recuperação dos combatentes da Resistência fosse eficiente, se o combatente não morresse de hemorragia; lesões que poderiam levar meses em outras partes do mundo poderiam ser curadas em dias ou semanas.

Com o núlio, no entanto, a recuperação ganhava um ritmo absurdamente lento.

O hospital tinha se preparado o máximo possível, médicos e cirurgiões se dedicavam a aprender sobre cirurgias manuais, o departamento de química produzia uma grande quantidade de agentes quelantes, mas a logística não era o suficiente para melhorar o estado de espírito geral. As pessoas estavam aterrorizadas. A alquimia e a ressonância eram tudo, e a ideia de ficar sem tais habilidades era como voltar a uma idade da pedra pré-alquímica.

Ilva, que costumava lidar bem com as adversidades, parecia permanentemente desequilibrada após a captura de Luc, sendo incapaz de compreender e reagir de forma eficaz. Talvez por ser desprovida de ressonância fosse incapaz de entender o abalo emocional daquela ameaça, o impacto que isso tinha sobre o moral.

O único ponto positivo foi que Luc, de repente, pareceu lembrar-se de suas responsabilidades. Enclausurado em seus aposentos grande parte do tempo, ele reapareceu de repente durante uma assembleia que Althorne convocara para acalmar a agitação dos membros da Resistência. Luc, vestido de branco e dourado, fervilhava de indignação. Fisicamente, sua aparência não era nada boa: apesar de a armadura esconder boa parte de seu corpo, seus traços estavam visivelmente esqueléticos. Mas era como se esse corpo fosse apenas uma casca e agora sua alma brilhava. Apesar da fragilidade, ele parecia irradiar vida.

— Morrough, como todos os necromantes antes dele, quer que a Resistência tenha medo e que a luz da Chama Eterna seja extinta — disse Luc, seus olhos azuis brilhando de raiva. — Não lhe daremos essa satisfação. Paladia é nossa. Construímos esta cidade como um farol; esta Luz protegeu o mundo da mácula da necromancia por gerações. Os deuses estão do nosso lado. Sol é inconquistável. As leis da natureza não darão a vitória para a corrupção. Não falharemos; sabemos das recompensas que nossos ancestrais receberam por sua fé e bravura, e vamos receber as mesmas recompensas!

Havia um tom sombrio em sua voz, e, ainda assim, era empolgante vê-lo falar, como o sol em seu zênite. Ela conseguia sentir a mudança do ar de incerteza e medo para a convicção. Para a Fé.

Luc continuou discursando, descrevendo a cidade com o carinho de quem a conhecia intimamente, revelando os sonhos que ele e o pai haviam nutrido para o futuro glorioso de Paladia.

Helena soube então que uma contraofensiva tinha sido organizada. Os esquadrões estavam a postos. O novo batalhão de Luc, que ainda não entrara em combate, seguiu os outros e, juntos, tomaram um distrito da Ilha Oeste.

Helena observou de uma passarela conforme todos retornavam para um desfile da vitória sob aplausos. Luc estava na parte de trás de um caminhão com Sebastian ao seu lado, acenando enquanto passavam pelos portões.

Lila não fora com eles. O motivo oficial foi que ela ainda se recuperava dos ferimentos, mas a realidade era que o julgamento ainda não havia começado, pois os líderes se preocupavam com a reação de Luc. Se ele usasse seu poder como Principado para diretamente se opor ao Conselho e aos líderes militares, não haveria meio de derrotá-lo que não resultasse num colapso completo da liderança. O que provavelmente dividiria a Resistência.

Contanto que Luc continuasse reconhecendo Lila como sua Primeira Paladina, ela podia ignorar a opinião do restante do Conselho, pois fizera seus votos a Luc. Mas agora ela permanecia numa espécie de limbo: não estava liberada para entrar em combate, porém também não estava mais ferida. Helena a viu na porta da Torre, aplaudindo como todo mundo, mas a tristeza estampava seu rosto.

O contra-ataque fora tão repentino, tão ambicioso, que os Imortais mal tiveram tempo de montar uma defesa. Da mesma forma, o Conselho foi pego de surpresa com a recuperação súbita de Luc e ficou combalido diante da determinação dele. O sucesso da ofensiva fez com que fosse difícil argumentar com Luc, sobretudo quando o moral da Resistência aumentou junto com o retorno dele para seu lugar no Conselho.

Já era difícil distinguir cada batalha, mas agora havia uma enfermaria para lesões causadas por núlio, as taxas de mortalidade dispararam, com infecções e doenças se tornando uma ameaça cada vez maior. Primeiro a superlotação, a escassez de roupas de cama e curativos; depois as infecções sanguíneas começaram e a doença se seguiu.

Às vezes, Helena ficava de plantão por dias, ignorando os chamados de Kaine a não ser que fossem mensagens para Crowther. Ao menos o trabalho a impedia de se preocupar tanto.

Quando estava sozinha, ficava deitada na cama, encarando o teto enquanto girava o anel de Kaine no dedo, pensando no rascunho da matriz que Wagner desenhara. Nove pontas.

A Alquimia Nortenha quase sempre usava cinco ou oito pontas, os números elementais ou celestiais. Essas eram as únicas fórmulas de matriz ensinadas no Instituto, a única exceção era a piromancia de Holdfast, que operava com uma matriz de sete pontas. Mas Helena só sabia daquilo porque ajudara Luc com o dever de casa.

Ela nunca ouvira falar de uma matriz de nove pontas. Não fazia ideia de como funcionava, e a única amostra que tinha era cheia de erros óbvios, desenhada por alguém pouco familiarizado com princípios alquímicos.

Como poderia reverter o que tinha sido feito com Kaine se não compreendia o método? Ela moveu os dedos, tentando visualizar os canais de energia. Sua mente voltava a Soren.

Ela abafou aqueles pensamentos, enterrando-os com animancia, tentando forçar a mente a voltar para as memórias que tinha dele. Mas aquilo continuou a incomodá-la, não a destruição, mas o momento em que Soren morreu. Sempre tentava romper a conexão de ressonância antes de um paciente morrer, mas ela estava completamente focada em Soren naquele momento.

A sensação da energia que a atravessou como uma corrente elétrica continuava voltando à sua mente sempre que Helena tentava imaginar a canalização por meio de um múltiplo de três.

Aquilo a fez pensar. Se Morrough conseguia prender almas em ossos, e o Primeiro Necromante colocou todas as almas de uma cidade numa Pedra, o que aconteceria se alguém dominasse essa outra forma de energia? Alguém já tinha feito isso?

Na próxima vez que sentiu um paciente à beira da morte, em vez de romper a conexão, ela a manteve aberta e tentou capturar a energia assim que a sentiu percorrer seu corpo. Aquilo queimou sua ressonância, deixando suas mãos dormentes por horas.

Bem, fazia sentido que não pudesse simplesmente segurá-la. Seria necessário algum tipo de recipiente. O amuleto da pedra-do-sol era... mercúrio? Ou vidro? Talvez cristal. Ela testou diversas substâncias, contrabandeando metais estranhos e outros componentes para o hospital nos bolsos, para tentar canalizar a energia em qualquer um deles.

As pedras-do-sol rachavam, enquanto o metal esquentava muito em seu bolso. Numa caixa enfiada no fundo de uma despensa, Helena encontrou pedaços grandes de obsidiana. Vidro vulcânico tinha um ponto de fusão mais alto do que o vidro normal.

Ela colocou um pedaço no bolso.

Agarrou a pedra quando sentiu que a vitalidade de um paciente vacilava. Era um dos pacientes do núlio, atingido por estilhaços que rasgaram seus órgãos, e a infecção não respondeu ao tratamento. Ela podia forçar o coração dele a continuar batendo, mas aquilo só faria com que sua morte se prolongasse, pois ele morreria no instante em que Helena fosse embora. A pele queimava de febre, e ele agarrava sua mão, falando com alguém que não estava lá, as palavras cada vez mais lentas.

Helena engoliu em seco e manteve a própria ressonância aberta quando os olhos dele ficaram imóveis, a morte percorrendo-a como um choque elétrico até a obsidiana.

Seu braço ficou dormente por um instante e então a sensação retornou, o homem estava morto e a obsidiana, quente, zumbindo sob seus dedos. Ela conseguia sentir aquela estranha energia sombria.

Seus dedos tremiam ao fechar os olhos dele, cobrindo o restante do corpo com o lençol. Ela tinha acabado de prender uma alma em vidro vulcânico? Ela apertou a rocha. Não. Helena sabia como era aquela energia, por causa do amuleto e de Kaine. Aquilo era diferente.

Mesmo assim, tentou fingir que a pedra não estava em seu bolso enquanto terminava o expediente.

Ela correu para o laboratório. Abriu a porta, mas hesitou ao ver Lila encolhida no chão, o rosto inchado, os olhos vermelhos.

Helena congelou. Deuses, o julgamento. Deve ter começado.

Ela mal vira ou falara com Lila desde antes do resgate de Luc. Certo dia, havia retornado para seu quarto e não encontrara as coisas de Lila, e só depois ficou sabendo de um memorial privado para Soren.

Por mais que tentasse se explicar, ela não podia, porque, em caráter oficial, Soren tinha simplesmente morrido.

Mas Luc teria contado a verdade a Lila.

Helena continuou paralisada, sem saber o motivo de Lila estar lá.

— Lila...

Helena baixou a obsidiana, movendo-se timidamente.

— Lila. Lila, está tudo bem? O que aconteceu?

Calada, Lila encarou Helena por um longo tempo.

— Cometi um erro — disse, por fim, a voz pouco mais que um sussurro. — Cometi um erro gigante.

Helena engoliu em seco.

— Está... está tudo bem. Tenho certeza de que tudo vai ficar bem. Seja lá o que tenha feito... não pode ter sido tão ruim assim.

O fantasma de Soren parecia ocupar o espaço entre elas.

— Não. — Lila balançou a cabeça de um lado para outro. — Eu tenho mentido para todo mundo. Menti a minha vida inteira. Agora... agora não sei o que fazer...

Sua voz estava tão tensa que falhou.

— Soren era a única pessoa que sabia — murmurou Lila, os olhos marejados, mas as lágrimas não rolavam. — Ele sempre guardou os meus segredos. Sempre soube o que fazer. Dizia que era o trabalho dele... cuidar de mim.

— O que aconteceu? — perguntou Helena, estendendo a mão timidamente.

Lila olhou para cima e respirou fundo, o queixo tremendo antes falar:

— Eu... eu estou grávida.

Helena ficou imóvel. Tinha perdido a habilidade da fala, chocada demais para acreditar nas palavras que Lila acabara de dizer.

Saber daquela informação significava que Lila estava com ao menos dois ou três meses de gravidez, supondo que seu ciclo fosse regular, o que Helena sabia que não era. Lila tinha passado aquele tempo no hospital.

— Como? — questionou Helena, a única pergunta em que conseguiu pensar, ignorando tudo o que aquilo significava.

Lila engoliu em seco, sua cabeça se movendo bruscamente, estremecendo quando o movimento repuxou as cicatrizes em seu pescoço.

— Eu sei. Não achei que eu poderia. Depois... de tudo. Sempre pensei que não fosse nem possível.

— Não — falou Helena, sem paciência. — Quer dizer, sim, isso também, mas você não estava grávida quando estava no hospital. Você recebeu alta faz... Como sabe que está grávida?

Lila olhou para baixo, evitando o olhar de Helena.

— Esse... esse é o segredo. Eu *sei* que estou grávida.

Foi então que algo incrivelmente óbvio, algo que Helena deveria ter percebido anos antes, enfim lhe ocorreu.

Lila Bayard, que com frequência retornava de batalhas quase sem nenhum arranhão, que sempre se recuperava milagrosamente dos ferimentos, que se adaptou a uma prótese na perna em meses quando todos falaram que levaria um ano. Que nunca teve dificuldade de se recuperar de uma lesão até perder a ressonância.

— Você é uma vitamante — concluiu Helena.

Lila assentiu de leve, sem fitá-la.

— Nunca usei com ninguém além de mim mesma. Às vezes com Soren, mas só quando ele pedia. Ele dizia que eu não podia deixar ninguém saber. Nem mesmo nossos pais, porque, se as pessoas soubessem, eu não teria permissão de ser paladina de Luc.

— Todo esse tempo? — perguntou Helena em voz baixa, impressionada com o quanto se sentia traída.

— Sinto muito. Eu queria contar, mas... você sabe como tem sido as coisas para você. Não podia arriscar, não com Luc em jogo. Eu não poderia ser como você... só sou boa em lutar.

A revelação era mais do que Helena conseguia processar naquele momento.

— Quem é o pai? — perguntou, como se não fosse óbvio.

— Você sabe que é o Luc.

Helena assentiu. Queria ficar com raiva, mas seus próprios segredos eram ainda piores, e o fato de Lila a procurar na ausência de Soren significava muito.

— Você deve ter ouvido falar que estão planejando um julgamento, a não ser que eu desista de ser paladina voluntariamente.

A voz de Lila soava vazia e desesperada.

— Eu dizia a mim mesma que tudo valeria a pena no final, mas a guerra é interminável. Eu nunca... quer dizer, ele tentou algumas vezes... mas eu sempre dizia não — contou Lila, balançando a cabeça. — Mas não importa, todos parecem achar que a gente transava enquanto estávamos na linha de frente. O fato de nunca termos feito isso não significa nada.

Ela olhou para baixo.

— Quando Luc voltou após conquistar aquele distrito, eu sabia que não tinha a ver comigo, mas me senti arruinada. Ser deixada para trás ciente de que isso sempre aconteceria. Ele me encontrou depois, disse que pensou em mim o tempo inteiro e... — Ela deu de ombros. — Bom, todo mundo acha que somos amantes, então...

Helena pousou a mão no ombro de Lila.

— Tudo bem. Posso cuidar disso. Se ainda está no início, posso pegar alguns ingredientes ou apenas usar vitamancia. O que você preferir. Ninguém vai saber.

— Não.

Helena encarou Lila, certa de que não havia ouvido direito.

Lila respirou fundo, evitando seus olhos.

— Quer dizer, foi por isso que vim. Eu sabia que você poderia fazer isso, mas... enquanto esperava, não conseguia parar de pensar. Quais são as chances?

Ela balançou a cabeça.

— Não consigo me lembrar do meu último ciclo. Já faz anos. Não sabia que era possível. Sempre pensei que Soren se casaria e teria a próxima geração dos Bayard, mas agora eu sou tudo o que resta.

Helena ficou sem palavras.

Lila olhou para baixo, se encolhendo ainda mais, como se sentisse o julgamento de Helena.

— Provavelmente não vai vingar. Então eu poderia esperar e... aproveitar por algum tempo.

— E... se vingar? — perguntou Helena.

Lila não respondeu.

O peito de Helena se apertou. Ela queria dizer que Lila estava sendo idiota. Um bebê durante a guerra? Ela não seria a primeira, mas, ainda assim, aquelas garotas eram diferentes. Lila era uma alquimista. Uma guerreira. Nenhuma dessas coisas combinava com a maternidade. Havia regras rigorosas.

— Não vai vingar — insistiu Lila.

— Isso não é uma resposta — falou Helena, de forma brusca. — E se vingar? Você vai ter um bebê durante a guerra quando já está enfrentando um julgamento. Não será uma paladina depois disso, eles nunca a deixarão voltar a lutar.

Lila roía as unhas, as cutículas sangrando.

— Luc vai deixar o combate para assumir a liderança. Ilva está velha demais para continuar como Regente, e ele não confia em ninguém para substituí-la. Disseram que, se eu abandonar meu posto de Primeira Paladina, não vão pedir um julgamento. Sebastian vai me substituir, e poderei voltar a lutar.

Lila respirou fundo antes de continuar:

— Terei o meu próprio batalhão. Serei a primeira mulher a liderar.

A voz de Lila não demonstrava orgulho ou animação pelo que seria um feito histórico. Não havia chance de ela voltar ao combate, destituída de sua antiga patente, sem que o escândalo a perseguisse. Sua reputação e seu legado estavam irrevogavelmente manchados.

— Se você disser que estou doente, ninguém vai saber que estou grávida... e se não vingar... vou voltar para o campo de batalha como se nunca tivesse acontecido.

— Ou você poderia se aposentar do combate ativo e usar sua experiência para treinar recrutas — sugeriu Helena. — Essas não são as suas únicas opções.

— Não vou me aposentar, não é assim que funciona para os Bayard — falou Lila, seus olhos azuis faiscando. Ela estremeceu. — Desculpe. As pessoas ficam insistindo que não é o fim, mas... — Ela riu, sarcástica. — Eu sei como funciona. O que será lembrado. Não será nada que eu já tenha feito em combate.

Agora Helena compreendia. Uma gravidez mudava a narrativa. Não apagava o escândalo, mas o reformulava; em vez da violação de votos que quase causara o caos, tornava-se uma história de amor.

O Principado precisava desesperadamente de um herdeiro, mas era difícil fazer disso uma prioridade quando a vida de Luc supostamente era blindada pela divindade, e Luc, por razões óbvias, sempre fora resistente à ideia de um casamento político, o que era a vontade do Conselho.

Um herdeiro dos Holdfast revigoraria a Resistência. Como a guerra poderia ser perdida tendo um símbolo tão tangível de um futuro?

É claro que Lila preferiria essa versão de sua história em vez das alternativas.

Ela sempre pareceu imbatível, mas agora Helena podia ver todas as rachaduras que havia escondido. Os desejos que nunca se permitiu ter.

Helena a entendia.

— Vai contar para o Luc?

Lila respirou fundo, negando com a cabeça.

— Não. Acho que isso iria distraí-lo. Ele está sob tanta pressão, a transição vai ser pesada demais. Se ele soubesse e depois não vingasse... isso acabaria com ele.

— Luc... quer ter filhos? — perguntou Helena, hesitante.

Ela não se lembrava de Luc falando sobre crianças. Suas esperanças para o futuro eram de que a guerra terminasse e ele pudesse viajar. No entanto, a questão de Lila sempre fora delicada. Helena sempre soubera, mas ele jamais admitira abertamente, nem mesmo para ela.

Lila assentiu.

— Ele falou sobre isso naquela noite. Como é diferente do pai, que não quer apenas fazer o que tem que ser feito. Que quer uma família, não por causa do Principado ou porque precisa de um herdeiro, mas, sim, por amar tanto alguém a ponto de ter um filho. Essa seria a história.

Helena engoliu em seco. Odiava a situação, mas não conseguia dizer não para Lila.

— Terei que conversar com Crowther e ver quais são as nossas opções.

O rosto de Lila se contorceu numa careta.

— Por que vai falar com ele? Ele é horrível. Luc não o suporta.

Helena desviou o olhar.

— Ele é a escolha mais pragmática. Não tenho autoridade para colocar alguém de quarentena. Não acho que você queira envolver Elain ou Matias nisso. As escolhas são Crowther e Ilva, e Ilva não tem se comportado de forma muito confiável nos últimos tempos.

— Tá bom. — Lila suspirou, estremecendo. — O Crowther, então.

CAPÍTULO 57

Maius, 1787

De acordo com os registros, Lila Bayard contraiu um caso horrível de Tosse de Charneca depois de ajudar a entregar suprimentos nas comunidades alagadas na ponta sul da ilha.

A Tosse de Charneca surgia todos os anos no início do verão, após as inundações, conforme o ar ficava mais quente e úmido e os níveis escuros e rebaixados da cidade, distantes da luz solar, ficavam cheios de mofo.

Os sintomas consistem em uma tosse profunda na parte de baixo dos pulmões e erupções cutâneas de vez em quando. Embora fosse mais perigosa para crianças e idosos, às vezes persistia e se transformava numa doença viral que era capaz de se alastrar pela cidade como uma praga. Essa era a razão aparente pela qual os níveis mais altos da cidade preferiam ser cuidadosos em relação à população dos setores mais baixos.

Helena estava familiarizada com os sintomas porque seu pai tratava da doença todo verão, e a maior parte das pessoas adoentadas não podia pagar para viajar até a cidade e ir a um boticário licenciado. Helena conseguia replicar os sintomas quase perfeitamente usando vitamancia, criando erupções cutâneas arroxeadas na parte de dentro dos pulsos de Lila e nas laterais de seu pescoço e agitando seus pulmões o suficiente para fazê-la tossir violentamente enquanto Pace a examinava e dava seu diagnóstico.

Com tanta gente num espaço tão apertado, a ameaça de uma epidemia era um medo constante. Qualquer pessoa com uma doença viral era colocada em rigorosa quarentena de imediato.

Lila foi colocada em isolamento na Torre da Alquimia, e todos os envolvidos na entrega de suprimentos foram isolados por três dias até serem declarados como livres de sintomas.

Uma doença tão comum não abalou o moral, sobretudo porque era considerada uma aflição de pobres e insalubres. O fato de Lila ter pegado a doença foi encarado como um sinal de que ela ainda estava fraca demais por causa dos ferimentos. Nos quartos altos e iluminados da Torre da Alquimia, ela iria se recuperar.

Luc, no entanto, estava inquieto. Ele exigia vê-la, mas seu pedido foi recusado. Os pulmões dele ainda demonstravam sinais de dano e deterioração, e sob nenhuma circunstância tinha permissão de se aproximar de Lila até a declararem recuperada.

Helena nem sabia como lidar com esse novo segredo. Ela nunca tinha estudado sobre gravidez. Sua experiência com recém-nascidos era praticamente limitada a situações de emergência. Ela procurou por algumas referências na biblioteca, mas não encontrou muitas opções até se lembrar de que a Enfermeira-chefe Pace mantinha a maior parte dos livros médicos no escritório de registros para facilitar o acesso.

— Nunca pensei que se interessaria por gravidez.

O comentário de Pace quase fez Helena dar um salto ao ser pega folheando um dos livros. Ela o fechou com força, colocando-o de volta ao lugar.

— Não estou interessada. O título só chamou a minha atenção.

— Pode pegar emprestado, se quiser.

— Não — disse Helena, negando com a cabeça. — É só curiosidade.

Ela foi até a porta.

— Marino — chamou Pace, a voz autoritária.

Helena deu meia-volta. Pace a observava como uma ave de rapina.

— Você está grávida?

— Não.

— Acidentes acontecem — falou Pace, a voz suave, recostando-se na mesa. — Ainda mais em guerras. Você não seria a primeira.

Helena soltou um suspiro profundo.

— Eu *não* estou grávida.

— Só espero que seu companheiro seja responsável...

— Não posso engravidar. Fui esterilizada — explicou Helena, mortificada demais para continuar aquela conversa.

Pace congelou, balançando a cabeça.

— Não. Não fizeram isso. Não podem ter achado isso necessário em tempos como estes.

As bochechas de Helena queimavam, mas, em seu estômago, um buraco cáustico se abria.

— Bem, eles acharam. Foi Maier quem fez a cirurgia. Laqueadura, na mesma semana em que voltei. Foi... foi uma das condições do Falcão. Então, como falei, não estou grávida.

Ela foi em direção à porta novamente.

— Helena, espere.

A voz de Pace era suplicante.

Helena estremeceu, virando-se de forma relutante. Pace estava com uma de suas mãos avermelhadas e rachadas sobre o peito.

— Não deveria ter zombado de você. Eu não fazia ideia. Maier nunca comentou nada.

— Tudo bem — falou Helena, rígida. — Eu queria ser alquimista, e as mulheres não podem fazer as duas coisas. — Ela ergueu o queixo. — Agora, não vou precisar me preocupar com essa escolha. Além disso — ela encarou Pace —, provavelmente morrerei jovem, então seria uma péssima mãe.

Pace a analisou.

— Sua mãe era péssima?

Um chute teria doído menos. O cômodo girou.

A garganta de Helena se fechou.

— Como se atreve?

— Desculpe, deveria ter ficado calada — falou Pace, sem parecer nem um pouco arrependida. — Mas, Helena, não acho que você está sendo honesta sobre o que quer.

— Era a única forma de me tornar uma curandeira... nós precisávamos de uma, e Ilva disse que eu era a única apta para o trabalho. — O queixo de Helene tremeu, e ela precisou se esforçar para firmá-lo. — Era a escolha que eu tinha, então a fiz. Teria realmente preferido que eu não fizesse isso?

— Você não tinha nem dezessete anos. Mal viveu o suficiente para saber o que quer.

— Eu me sinto bem viva agora — afirmou Helena, entre dentes. — E eu estou *bem*.

— Estar viva não é o mesmo que viver. Espero que um dia tenha a chance de perceber a diferença.

Pace foi até a prateleira e pegou o livro que Helena estava lendo, segurando-o com ambas as mãos enquanto encarava a capa.

— Eu já fui parteira, sabia? Muito tempo atrás. — Ela balançou a cabeça. — Eu deveria ter percebido. Você sempre se dedicou por completo ao presente, como se fosse tudo o que pudesse esperar.

Pace se virou para Helena.

— Talvez um vislumbre da próxima geração possa tornar o futuro um pouco mais real para você.

Ela estendeu o livro para Helena. O título, *A condição materna: Um estudo aprofundado sobre a ciência e a fisiologia da gestação*, brilhou com a luz que vinha de uma janela alta.

— Lila Bayard vai precisar do melhor cuidado que puder oferecer.

Helena encarou Pace, em choque.

— Como...?

A Enfermeira-chefe colocou o livro nas mãos de Helena.

— Tenho mais tempo de experiência como enfermeira do que você tem de vida. Suas habilidades de vitamancia são notáveis, mas Lila teria que ficar doente por umas três semanas antes de desenvolver erupções cutâneas como aquelas.

Quando Luc assumiu a liderança, a saúde de Ilva piorou de forma rápida e repentina, como se, durante todos aqueles anos, ela estivesse apenas esperando até ele estar pronto. Em alguns dias, ela mal estava coerente. Crowther ficou tão preocupado com o declínio súbito de Ilva que mandou Helena examiná-la. Não havia nada de errado, ela era apenas uma idosa cansada.

A guerra oscilava a favor de ambos os lados. Lutas constantes que pareciam oferecer poucas vantagens além de deixar a cidade mais destruída.

Luc liderou outra investida na Ilha Oeste, e eles tomaram um armazém. Estava cheio de tanques grandes, semelhantes a banheiras, preenchidos com um tipo de fluido. Os tanques continham diversos corpos, com tubos que se conectavam às veias e máscaras de respiração cobrindo o nariz e a boca. Combatentes da Resistência. Todos mortos, mas seus corpos ainda estavam quentes.

Quando o perímetro foi invadido, um gás foi liberado nas máscaras, matando-os poucos minutos antes de a Resistência libertá-los.

Uma procissão de caminhões cheios de corpos para serem cremados voltou ao Quartel-General. Havia apenas alguns reféns, mas um deles era a Vigia, que se provou difícil e se recusou a responder as perguntas.

Como havia sido capturada por Luc, não podiam fazê-la desaparecer num dos buracos subterrâneos de Crowther e torturá-la por informações. Crowther se lembrou, então, de que Kaine havia ensinado a Helena um método único de extrair informações, que ela mencionara certa vez numa tentativa de dissuadi-lo da tortura.

Assim como todos, Helena ficou horrorizada com os rostos intactos, saudáveis e familiares que eram preparados para a cremação, tão perto de serem resgatados. Ela concordou de imediato.

Alguns favores foram cobrados, e Crowther conseguiu algumas horas sozinho com a Vigia, levando Helena consigo.

A prisioneira era uma mulher com o rosto magro, cabelo curto e boca larga. Seus olhos azul-claros se estreitaram na mesma hora em que viram Helena. As duas se encararam.

Crowther ficou nas sombras, deixando Helena fazer sua tentativa.

— Quem é você? — perguntou Helena, sem saber direito por onde começar.

— Por que quer saber? — indagou a Vigia.

— Não posso dizer que já encontrei uma mulher entre os Imortais ou seus Aspirantes.

— Os homens em geral gostam bem mais dos nossos corpos do que da gente — rebateu a Vigia, olhando para o canto em que Crowther estava. — Acho que sou especial.

— Por que você é especial? — questionou Helena, mesmo que tivesse uma boa ideia da resposta.

— Provavelmente pela mesma razão que você. — A Vigia voltou a encarar Helena, analisando-a. — A diferença é que não sou uma traidora da minha própria gente.

— Não fui eu quem acabei de matar mais de cem pessoas — falou Helena, se esforçando para manter a voz firme.

Ela não sabia por que ficava tão incomodada com o fato de essa Vigia ser mulher, mas era como se sentia.

— Eles teriam me matado, se pudessem. Mas eu os matei primeiro.

A Vigia ergueu o queixo, projetando-o na direção de Helena.

— O que você é? — Seus olhos percorreram Helena de cima a baixo. — Uma curandeira? Aposto que é. Eu já fui uma curandeira.

Helena duvidava daquilo, mas a mulher fornecia a informação sem ser coagida, então a deixou falar.

— Eu não queria, mas não há muitas opções para pessoas como nós. Ele tentou me transformar numa freira. Queria que eu criasse outros pirralhos iguais a mim. Eu deveria ensiná-los a suprimir suas habilidades e puni-los se não fizessem isso. Não é mesmo?

Helena se virou para encarar Crowther, que observava, a expressão indecifrável.

— Você a conhece? — perguntou Helena.

— Ah, sim. O Peneireiro Jan com frequência ia nos ver quando alguém se comportava mal no orfanato. Sempre trazia um pupilo com ele, alguém com independência o suficiente para que nós pudéssemos aspirar a ser como essa pessoa, contanto que fizéssemos *tudo* que ele pedisse. Mas estou surpresa, elas costumavam ser mais jovens.

Os olhos da Vigia encararam Helena.

— Já basta, Mandl — ordenou Crowther, bruscamente.

Mandl sorriu para ele.

— Viu, eu sabia que se lembraria de mim.

— Pegue logo a informação para podermos sair daqui — falou Crowther para Helena.

Ela respirou fundo. Mandl parecia inabalável.

— Você não vai me obrigar a falar — disse ela. — Eu costumava quebrar meus ossos e me cortar só por diversão. Só para sentir alguma coisa lá naquele buraco em que fomos criados. Você é fraca demais para me machucar. Traidora.

— Você ficaria surpresa — respondeu Helena, o coração martelando no peito.

Mandl apenas riu.

Os corpos no armazém eram uma tragédia recente demais. Todas aquelas pessoas, a instantes de serem resgatadas, estavam mortas porque Mandl queria ferir a Chama Eterna e a Resistência mais do que se importava com a própria liberdade.

Helena não se enganava acreditando que a Chama Eterna tinha a superioridade moral que alegava ter, mas como alguém poderia achar os Imortais melhores?

— Por que vocês mantêm os prisioneiros em tanques? — perguntou ela, mantendo a voz calma e equilibrada.

Mandl sorriu, sua boca larga se estendendo pelo rosto. Seus dedos se mexiam, mesmo com os pulsos algemados com ferro inerte.

— Vamos, tente encostar em mim. Vamos ver quem cede primeiro.

A raiva de Helena se acomodou como uma pedra na boca do estômago conforme se aproximava de Mandl.

— Devo admitir que você provavelmente é melhor do que eu em machucar as pessoas. Não posso vencê-la no seu joguinho, mas estamos jogando o meu agora.

Os olhos de Mandl foram para a porta e depois para Crowther, o primeiro lampejo de nervosismo. Ela forçou uma risada.

— E o que você pode fazer?

Helena se posicionou atrás de Mandl.

— Acho que não conhece este truque.

Mandl tentou olhar para trás para ver o que Helena estava fazendo. Ela se afastou bruscamente quando Helena deslizou a mão em sua nuca, os dedos se entrelaçando com o cabelo curto. Mandl se contorcia, tentando se soltar das algemas.

— Está tudo bem. — A voz de Helena era tão hábil e clínica quanto sua ressonância, conforme bloqueava os nervos certos pela espinha, certificando-se de não parar o coração de Mandl ou suspender nada vital. — Acho que há uma vantagem em ser treinada pelo Instituto, afinal.

Helena desacelerou os batimentos cardíacos dela, sufocando o terror crescente. Era como uma válvula de gás, mexendo com o coquetel de hormônios que corria pelo corpo de Mandl, mandando-a ficar calma, convencendo-a de que não era uma ameaça.

— Quero que me responda tudo que eu perguntar — disse Helena suavemente.

Mandl se mexeu com violência, tentando resistir, o corpo sacudindo de forma brusca. Sua ressonância aumentou, tentando expulsar Helena, mas era tarde demais.

— Sua puta... sua puta traidora... — falou ela, arrastando as palavras, enquanto Helena tentava driblar sua fúria.

Os olhos de Mandl perderam o foco. O corpo e a mente estavam em conflito, e foi impossível para ela resistir enquanto Helena penetrava suas memórias.

Kaine fizera o processo parecer simples, mas era bem mais complicado do que Helena imaginava. O ruído de outra mente. Havia tanto som e energia, o pânico de Mandl e suas tentativas de resistir tornavam tudo mais difícil. Kaine sempre deixara os pensamentos de Helena vagarem, pegando-os enquanto passavam. Helena não conseguiu deixar de pensar que havia formas mais fáceis de fazer aquilo.

— Qual é o seu nome?

Elsbeth.

O nome ecoou de uma dúzia de direções dentro da mente de Mandl.

O rosto da mulher estava flácido, e um fio de baba escorria por um canto da boca, mas seus olhos seguiram Helena com uma raiva crescente. Sua mente tentava e falhava em recuar diante da maneira com que Helena a manipulava.

— Por que estão mantendo prisioneiros em tanques?

Mandl tentou resistir, mas uma memória surgiu em sua consciência, e um homem uniformizado falou: "... mantenha os melhores espécimes..." A atenção de Mandl na memória vagou para uma mosca voando e tudo ficou turvo.

Helena tentou outra vez.

— O que fazem com os novos prisioneiros?

Fragmentos de memória eram como farrapos de imagens em movimento, sons e sensações passando como se fossem levados pelo vento. Ela ouviu vozes, mas eram distantes demais para discernir qualquer palavra.

Helena viu as paredes de um armazém, uma luz verde vinda das janelas escuras. Um garoto, cujo rosto ela achava que reconhecia, se contorcendo.

Tudo ficou turvo, mas um arrepio de expectativa percorreu sua espinha.

O brilho de uma agulha hipodérmica na penumbra. Um dedo dando um peteleco numa seringa para se livrar de uma bolha de ar. Um vislumbre do garoto outra vez.

Outro borrão.

Fileiras de corpos dispostos em macas ao lado dos tanques. Um cadáver inchado com olhos amarelados, pele acinzentada e descolorida apertando o braço de um jovem, dizendo: "Vou pegar este aqui da próxima vez."

Um formulário impresso solicitando dez cobaias femininas assinado por Artemon Bennet. As mãos de Mandl empurrando um carrinho com o garoto, a máscara e os tubos ainda presos conforme ela o levava para uma sala vazia.

Fechando a porta suavemente. Outro arrepio na espinha de Helena.

Ela libertou sua mente, afastando as mãos de Mandl, querendo limpá-las até esfolar a pele.

— Por que estão fazendo isso? — perguntou ela.

Sua pele estava arrepiada, ela não queria voltar para a mente de Mandl.

A respiração da mulher era instável, suas pupilas estavam tão dilatadas que o azul das íris mal podia ser visto.

— Vou arrancar à força se não me responder — advertiu Helena, agarrando o cabelo de Mandl. — Prefere assim?

A expressão de Mandl se contorceu.

— É para mantê-los frescos.

— Frescos para quê?

— Qualquer coisa. Novos corpos para os Imortais. Testes. Necrosservos. Os necrosservos duram mais quando são novos.

Mandl respirava de boca aberta, os lábios rachados.

— Por quanto tempo são mantidos lá?

Mandl abriu um sorriso cruel.

— A demanda é alta, então não costuma ser mais do que alguns meses. Choques elétricos mantêm o tônus muscular. Nós diminuímos os sinais vitais ao mínimo.

Pareceu uma eternidade até Crowther ficar satisfeito com a quantidade de informações que Helena arrancou da mulher. Quando por fim isso aconteceu, os olhos de Mandl estavam tão desorientados que focavam cada um em uma direção. Ela estava febril, pendendo para a frente, trêmula.

— Bom — disse Crowther, olhando com desprezo para Mandl —, parece que você será uma substituta razoável para Ivy.

Helena não falou nada. Não queria fazer aquilo nunca mais. Arrependia-se de ter concordado com o procedimento.

Ela se virou para ir embora em silêncio.

— Traidora... — sussurrou Mandl.

CAPÍTULO 58

Junius, 1787

Devido ao sucesso das investidas recentes de Luc, a Resistência precisou se dispersar a fim de cobrir o novo território conquistado. Apesar da admiração geral por Luc e sua liderança decisiva e bem-sucedida, o alto-comando parecia menos entusiasmado. Havia rumores de um atrito explosivo entre Althorne, Luc e diversos outros membros da hierarquia militar, por não terem sido consultados.

Inúmeros distritos estavam cercados pelos Imortais por três lados, exigindo patrulhas e defesas constantes, enquanto proporcionavam pouquíssimo uso estratégico. Os distritos em questão também não tinham recebido sua "libertação" com entusiasmo. Muitos dos paladianos da Ilha Oeste estavam felizes sob a ocupação dos Imortais e tinham medo de serem rotulados como simpatizantes da Resistência se o distrito fosse retomado. Como resultado, a Resistência foi forçada não apenas a se defender de ataques das forças Imortais, mas também de cidadãos rebeldes.

A Ausência de Verão se aproximava, e as tropas se concentravam na parte de baixo da ilha, para defender os portos e se antecipar ao fluxo comercial.

Os hospitais permaneciam lotados. Não havia mais uma pausa para recuperação após a violência das batalhas. Agora era algo constante, uma tensão implacável que deixava todo mundo exausto.

— Não sei o que fazer — admitiu Helena certa noite, sentando-se porque não conseguia dormir, nem mesmo nos braços de Kaine. — Não sei como podemos vencer. Não vejo maneira alguma de isso acontecer.

— Você não pode salvar todo mundo — respondeu Kaine, com a voz baixa.

O queixo dela começou a tremer e ela fechou as mãos em punho.

— Mas eu não estou nem tentando salvar todo mundo. Não sei como salvar ninguém. Não consigo entender mais nada. Nada do que tento fazer funciona. Nosso tempo está acabando.

Ele não falou nada.

— Eu só... — ela esfregou os olhos — ... eu só estou muito cansada. Tudo que faço parece apenas atrasar o inevitável, salvar alguém hoje para que possa morrer de uma forma pior amanhã. Queria nunca ter me tornado uma curandeira.

Ela nunca tinha admitido aquilo para ninguém. Que odiava o que fazia.

Ela contou tudo a ele. A verdade sobre a Pedra e onde estava, a verdadeira história dos Holdfast, a matriz de Wagner, e como, não importava o quanto tentasse, não conseguia entender como a canalização deveria funcionar. Até contou sobre a obsidiana, e como aquilo se provou inútil.

Ela estava tão cansada de se deparar com becos sem saída.

— Traga-me um pedaço — pediu ele. — Talvez você não tenha conseguido testar de maneira adequada.

Ela negou com a cabeça.

— Você já tem muito com o que lidar. Não precisa se preocupar com meus experimentos inúteis. — Helena pigarreou. — Eu já contei que estou trabalhando com o meu colega de laboratório para reverter a liga do núlio e usar o composto para produzir um tipo de metal inerte? Se funcionar, eu poderia transmutá-lo e fazer uma armadura leve e maleável de alta proteção, e então usar o composto para neutralizar a ressonância. Você poderia usá-la por baixo da roupa. Não interferiria com a sua ressonância, e ninguém poderia atravessá-la usando a própria ressonância. — Ela traçou uma cicatriz prateada no braço dele com o dedo. — Estou quase finalizando esse projeto, então você não vai mais se machucar tanto.

Kaine pressionou um beijo no topo da cabeça dela.

— Ainda consigo me regenerar muito bem. Traga-me um pedaço da obsidiana. Vai ser mais interessante do que ter que lidar com todas as ordens de sabotagem de Crowther. Todos os Imortais estão paranoicos agora, e Morrough está tomando mais precauções do que nunca contra possíveis espiões.

Helena estava separando os diversos pedaços de obsidiana que havia coletado quando as janelas explodiram. Um estrondo fez a Torre tremer. Cacos de seus equipamentos de laboratório se estilhaçaram pelo chão.

As sirenes tocaram. Todas elas.

Outra bomba.

Helena correu até a escada antes mesmo de seu bracelete do hospital queimar, passando pelo vidro quebrado que cobria o chão.

Houve relatos desconexos sobre o que aconteceu. Diversos prédios haviam caído, e as passarelas interligadas que uniam a paisagem urbana causaram uma destruição massiva no centro da ilha. O hospital se preparara para a inundação de pacientes, mas, conforme esperavam, apenas alguns caminhões apareceram, todos com pessoas que estavam nas proximidades da área colapsada.

Helena curava um corte profundo na cabeça de uma mulher quando ouviu o barulho que significava que macas estavam sendo trazidas. Contudo, antes de chegarem ao hospital, ela ouviu vozes berrando no corredor.

— Não os tragam aqui para dentro! Leve-os para fora. Feche as janelas. Selem todas as entradas.

Houve discussões e protestos abafados até uma voz se erguer.

— Há núlio no ar. Eles estão cobertos de núlio. Leve eles lá para fora!

Helena se virou horrorizada para Elain, que parecia perplexa, com seu Brasão Solar tremendo no pescoço.

— Qual é o problema de haver núlio no ar? — perguntou Elain.

— Se o inalarmos, podemos todos perder a nossa ressonância — respondeu Helena, quase congelada enquanto as ramificações daquilo começaram a brotar em sua mente. Estilhaços de núlio já eram devastadores o suficiente, mas eles não estavam preparados para a inalação.

Ela olhou ao redor. Todas as janelas altas abertas na esperança de uma brisa da montanha entrar enquanto a base sufocava no calor do início do verão. O ar já estava denso com a poeira.

Eles já estavam respirando núlio.

Todos colocaram máscaras de pano, e a emergência foi realocada para a ala comum, numa tentativa de manter novos pacientes longe daqueles que já estavam no hospital. Mas era impossível dizer se a poeira que cobria os pacientes tinha núlio ou não.

Todos os protocolos foram esquecidos conforme outras macas chegavam, os ferimentos piorando cada vez mais conforme o resgate se aproximava da zona de explosão.

Eles tiravam o máximo de poeira possível, tentando reduzir a contaminação em potencial, enquanto tratavam ferimentos de vida ou morte e identificavam aqueles que já mostravam sinais de exposição ao núlio.

Quanto tempo levaria para o núlio no ar penetrar os pulmões e chegar à corrente sanguínea? Quando isso acontecesse, quanto tempo teriam antes de a ressonância começar a desaparecer? Ninguém sabia.

Helena trabalhava num grau de desamparo que nunca tinha experimentado. Cada segundo contava. Ela curava repetidas vezes, trabalhando com um desespero descuidado. O dia estava quente, e a poeira no ar ficava mais densa com um raro vento do sul empurrando-a na direção do hospital.

A máscara em seu rosto fazia sua pele transpirar, e as mãos ficaram cobertas de poeira que ela lavava após cada paciente. A máscara parou de funcionar, tão entupida de poeira que quase a sufocou. Ela a substituiu por um pano úmido, como todo mundo que não tinha uma máscara fazia.

— Marino! Onde está a Marino?

Helena ergueu os olhos enquanto lavava as mãos.

— O que foi?

Ela olhou com atenção pela névoa para o homem à sua frente.

— O que está fazendo aqui? Você deveria estar na parte de baixo da ilha. Estava procurando por você.

Ele usava um uniforme de caminhoneiro e a pegou pelo braço. Ela o encarou, confusa, enquanto ele a levava até um dos caminhões.

— O que houve?

— Há um risco muito grande de a contaminação por núlio se espalhar se continuarmos trazendo as pessoas para a parte de cima da ilha. Isso leva muito tempo. Tem um hospital na parte de baixo. Ele está lotado e o pessoal de lá não têm muita experiência com núlio. Você é a responsável pela enfermaria de núlio daqui, então é a líder. Suas ordens estão bem aqui.

Ele a empurrou para o banco do passageiro do caminhão e lhe entregou um pedaço de papel.

— Eu não sou a responsável… — Helena observou o papel com os olhos cheios de poeira. — Não tenho permissão para sair do Quartel-General.

Ela encarou, perplexa, as palavras que indicavam que Helena Marino, como líder da enfermaria de núlio, deveria ser despachada para o hospital de campanha para liderar os médicos no tratamento dos combatentes envenenados por núlio. A ordem fora assinada pelo Falcão Matias.

Ela não conseguia nem se lembrar da última vez que recebera ordens por escrito dele.

— Isso não pode estar certo. Aconteceu alguma reunião?

O motor rosnou embaixo dela.

— Eu só sigo ordens, Marino. Não sou chamado para as reuniões do Conselho. Você tem que ir para lá agora mesmo. Fiquei esperando e depois fui procurar você.

O motorista girou a chave na ignição, engatou a marcha e o caminhão deu um solavanco para a frente. Antes que ela pudesse argumentar, eles estavam acelerando para fora do Quartel-General e para a parte de baixo da ilha.

Ela já conseguia ver os prédios arruinados no horizonte.

— Preciso que volte e diga a Crowther para onde fui mandada. Não acho que isso foi autorizado pelo Conselho — afirmou ela, enquanto o homem dirigia para longe.

— Tem um rádio no escritório. Pode falar com eles quando chegar.

Ela sempre esquecia como era rápido viajar em um veículo por estradas militares. Em pouquíssimo tempo, o caminhão parou num posto de controle improvisado.

Todos mandados para a parte de baixo da ilha, para a zona de explosão, estavam cobertos com roupas protetoras, máscaras e mantas para tentar manter a poeira longe. Ela e o motorista pararam para se vestir antes de continuarem a avançar. A poeira estava no ar, e a estrada piorava, coberta de entulho. Era meio-dia, mas a poeira bloqueava o sol de forma que tudo brilhava com um tom de laranja assustador.

Duas lanternas acesas surgiram no nevoeiro, e eles pararam no hospital. Já havia médicos lá, mas nenhum curandeiro, embora fosse difícil dizer quem era o quê.

Profissionais médicos usavam faixas vermelhas nos braços. Ali, Helena viu toda a devastação que imaginou que chegaria ao Quartel-General.

Aquele era o centro da explosão.

Havia tantos corpos esmagados. A armadura dos soldados se estilhaçara e os cortara em pedaços. Médicos com a ressonância correta estavam transmutando as armaduras, mas, quando se soltavam, o sangue imediatamente começava a jorrar das feridas.

Poeira, fumaça, metal e sangue se espalhavam pelo ar. Helena até conseguia sentir o gosto deles apesar de todas as camadas de tecido.

Não havia água corrente.

Ela mal conseguia enxergar. Ninguém fazia ideia de onde o rádio estava ou se sequer ainda tinham um. Eles estavam sendo soterrados por feridos.

Metade dos médicos já tinha perdido a ressonância, e não havia tempo para fazer nada além de mudar para protocolos manuais. Sem água corrente, era impossível manter qualquer coisa limpa.

Helena começou a sentir a ressonância falhar quando o General Althorne passou pelas portas, puxando um carrinho cheio de corpos.

— Acho que ainda estão vivos — anunciou ele, sem fôlego. Ele estava coberto de poeira, sem máscara e com apenas uma armadura leve. — Há pelo menos uns quarenta enterrados sob um muro. Podemos ouvi-los, mas não sabemos como chegar a eles sem que o muro desmorone.

Helena deixou os outros analisarem os feridos e tentou encontrar uma maca para eles. O hospital já estava lotado. Os dedos de Althorne estavam ensanguentados de cavar em meio aos destroços. Ele se sentou, cansado, tossindo violentamente, esforçando-se para respirar.

— Você deveria estar usando uma máscara — disse ela.

— Não consigo respirar com essa coisa — falou ele, bebendo água. — E não tem por quê. Perdi a minha ressonância horas atrás. — Então ele piscou, confuso, e a encarou. — Marino?

— Sim?

Helena achava que Althorne não fazia ideia de quem ela era.

Ele se inclinou para a frente, baixando a voz.

— O que está fazendo aqui? Volte para o Quartel-General antes que Ferron fique sabendo.

Helena ficou sem palavras, mas é claro que Althorne sabia. Ela o encarou, impotente.

— Matias assinou uma ordem e me despachou para cá, e não encontro um rádio para conseguir permissão para voltar.

— Volte para o Quartel-General no primeiro caminhão. Diga a eles que eu ordenei seu retorno. A última coisa de que precisamos é que Ferron comece a perder o controle.

Althorne se levantou.

— Espere!

Helena o pegou pelo braço e, para sua surpresa, ele voltou a se sentar com força na cadeira. Ela tentou usar sua ressonância falha, mas tudo que sentiu foi um borrão.

— Althorne, você precisa de uma máscara. Seus pulmões vão ficar lesionados se continuar a respirar essa poeira, e você é valioso demais para corrermos esse risco — disse ela, tentando encontrar o ferimento que sabia que ele tentava esconder. Ele estava fraco, e uma prova disso era Althorne ficar ali sentado, deixando-a analisá-lo.

Ele não respondeu.

— Quando os reforços vão chegar? — perguntou ela. — Não há pessoas suficientes aqui para lidar com tudo isso. Estamos ficando sem recursos.

— Ninguém vai vir — respondeu Althorne em voz baixa, para que ninguém mais ouvisse. — Só tem a gente.

O coração de Helena quase saltou pela boca. Ele observou enquanto diversos soldados traziam cadáveres em macas improvisadas.

— Não podemos arriscar que os nossos combatentes percam a ressonância. O núlio precisa ser contido — prosseguiu Althorne, a voz resignada.

Ele se levantou, cambaleante.

— Onde você está machucado? — questionou Helena, se colocando na frente dele.

Ele a afastou, endireitando-se, a respiração ofegante.

— Não é profundo. Foi uma queda de escombros. Todos estão sangrando. Vou ficar bem.

— Althorne... — Ela voltou a se meter em seu caminho. — Você está machucado. Muito. Se eu tivesse ressonância, o sedaria à força, porque não está em condições de liderar as missões de resgate. Você é valioso demais e sabe disso. A Resistência não pode perdê-lo.

Ele deu tapinhas no ombro de Helena como se ela fosse uma criança.

— Meus homens estão debaixo daqueles escombros. Enterrados e sufocando porque eu os mandei para lá.

Um ruído agudo surgiu dos escombros. Um assovio longo, seguido de outros dois. Helena não sabia o que significavam.

O rosto de Althorne enrijeceu. Ele a afastou com um movimento do braço.

— Bloqueie as portas. Eles mandaram necrosservos; estão vindo pegar os corpos.

Ele passou por ela, e Helena ficou parada, dividida entre tentar impedi-lo e a urgência de proteger o hospital. Antes que pudesse decidir, o general desapareceu em meio à poeira. Ela se virou para encarar o ambiente.

— Precisamos levar todos os corpos para os fundos do hospital — falou ela, a voz tremendo. — Se não houver espaço suficiente... empilhe os mortos. Temos que embarreirar as portas.

O pensamento de ficar trancada num hospital de campanha outra vez fez sua visão ficar turva. Ela se forçou a permanecer focada, cerrando os punhos até sentir as cicatrizes na palma da mão.

— Não devemos avisar ao Quartel-General que estamos sob ataque? — perguntou um médico, a voz abafada pelo equipamento de proteção. — Eles precisam mandar reforços.

Helena balançou a cabeça.

— Ninguém vai vir. O núlio precisa ser contido.

Todos ao redor dela congelaram, encarando-a. Ela provavelmente não deveria ter dito aquilo.

Helena nunca fora uma líder e não fazia ideia de como se tornar uma de repente. Ela não era do tipo que inspirava as pessoas, e parada lá, coberta de poeira e sangue, não era hora para isso. Então focou em coisas práticas.

— Nosso trabalho é manter todos seguros. Vamos colocar os mortos lá atrás e criar obstáculos. Os Imortais não virão para cá; o núlio também os afeta.

— Mas não temos espaço para mover ninguém, a não ser que a gente derrube algumas paredes, e ninguém aqui tem a ressonância para isso. Já estamos sem espaço — falou o médico. — E como vamos bloquear as portas?

Helena olhou ao redor. Ele tinha razão. Para proteger os sobreviventes, teriam que deixar os mortos serem levados pelos necrosservos. O que custaria um preço alto mais tarde.

Não havia espaço ou uma maneira de cuidar daquilo.

Ela estava no comando. Um pedaço de papel idiota declarava isso.

— Vamos evacuar o hospital — ordenou, sem se importar se o núlio deveria ser contido na parte de baixo da ilha. Seria pior se os Imortais chegassem até todos os mortos. — Não vamos entrar no Quartel-General, mas, se nos aproximarmos o suficiente, eles podem desistir de nos perseguir. Se o Conselho vir algum problema nisso, podem colocar a culpa em mim.

Uma onda de atividade se seguiu, preparando os corpos para transferência. Helena deu ordens para todos os caminhões, usando o pedaço de papel amassado que a nomeava líder da enfermaria de núlio como prova de sua legitimidade.

Eles enfiaram o máximo de corpos que conseguiram dentro dos caminhões. Mortos no fundo, feridos no topo. Havia um médico ou enfermeiro em cada caminhão.

A espera pelo retorno dos caminhões parecia interminável após prepararem grupo atrás de grupo.

Eles conseguiam ouvir a batalha. O fogo brilhava em meio à poeira. Assovios continuavam soando de todos os lugares, como um sinal de lobos se aproximando, só que não era noite. O mundo estava vermelho.

Os músculos de Helena queimavam com o esforço repetido. Os corpos pareciam não acabar nunca. Restaram apenas ela e outro médico, embora ainda houvesse feridos e mortos que precisavam ser retirados.

— Eu fico — disse ele. — Pegue esse caminhão.

Helena negou.

— Eu sou a líder. Vou por último.

Ele deu um passo para trás, batendo na lateral do caminhão.

— Vou esperar com você, então.

Ela só conseguia ver os olhos dele, que estavam completamente incrustados de poeira preta.

Ele a lembrava de Luc.

— Não —retrucou rapidamente, desviando o olhar. — Vá, é uma ordem.

Helena o observou entrar na cabine ao lado do motorista enquanto o caminhão se afastava, seguindo cuidadosamente pelos escombros. Ela mal conseguia ver a Torre da Alquimia. A chama no topo era como um pequeno sol.

O caminhão parou.

Helena semicerrou os olhos para ver através da poeira, tentando entender o que estava acontecendo. Outro caminhão se aproximava, ziguezagueando de um lado para o outro, impedindo que o caminhão que acabara de partir conseguisse passar.

De repente, o caminhão que se aproximava acelerou, e Helena conseguiu ver o rosto inchado e cinzento do motorista.

Os pneus do caminhão da Resistência cantaram conforme a ré foi engatada às pressas, mas os escombros espalhados pela estrada impediram a fuga. Os dois colidiram de frente.

E então houve um clarão.

CAPÍTULO 59

Junius, 1787

Helena esforçava-se para ver, mas tudo estava escuro, borrado. Quando tentou respirar, a dor se espalhou por seu corpo, tão repentina que a fez recuperar a consciência. Ela agarrou o peito, tentando respirar, mas não conseguia.

O que aconteceu? Não conseguia lembrar. Esforçou-se para respirar, e um silvo baixo veio de algum lugar. Então tudo voltou. Os caminhões, eles bateram e...

Outra bomba deve ter explodido.

Helena tentou se levantar.

Também tentou identificar o lugar da explosão, mas a paisagem estava errada. Onde estava a estrada? Só havia fogo e uma cratera.

A agonia se espalhou por seu corpo. Sua visão ficou vermelha.

Um barulho como o de uma chaleira fervendo vinha de algum lugar. Ela tentou encontrá-lo e percebeu que vinha da própria garganta.

Ela se moveu com cuidado. Se danificasse a coluna...

Acalme-se. Mantenha o foco. Analise a situação e aja a partir daí.

Forçou-se a olhar para si e soltou um gemido.

Havia um pedaço de metal enfiado no meio de seu peito, dividindo seu esterno.

Ela o olhava, chocada demais para se mexer. Helena ia morrer. Ia morrer num hospital de campanha, exatamente como o pai. Toda aquela vitamancia só para ter o mesmo destino.

Fechou os olhos, esforçando-se para se acalmar enquanto recuperava os movimentos do corpo. Conseguia sentir todos os dedos. Pelo menos sua espinha dorsal estava intacta.

Ela continuava tentando respirar, mas queria poder gritar a plenos pulmões. Era pior que um ferimento de faca; a agonia irradiava, fervilhando como rachaduras se abrindo em cada costela. Aquilo consumia toda a sua atenção.

Levante-se. Você precisa levantar.

Ela mal conseguia se obrigar a se mexer. Olhou para a estrada de novo. Só havia um buraco. A estrada tinha desaparecido, mas ainda havia pessoas no hospital.

Helena conseguiu mover a mão e retirar a máscara. Danificar os pulmões com a poeira já não importava mais.

O ar estava frio. Helena mal conseguia respirar.

Ela não podia morrer.

Esforçou-se para ficar de pé, dando suspiros rasos e ofegantes. Quase desmaiou quando se levantou. Cada segundo era agonizante. A necessidade de respirar lutava contra a dor excruciante que era forçar suas costelas e seus pulmões a trabalharem. Ela mordeu o lábio ao tentar ir na direção das portas do hospital. Um passo de cada vez.

Seus pulmões continuavam a agitá-la com a vontade de tossir, mas ela resistiu. A dor explodia pelo corpo toda vez, um lampejo branco e brilhante, tão intenso que a fazia vacilar, incapaz de enxergar.

Se tossisse, ela iria desmaiar, e morreria antes de recuperar a consciência.

Ela não ia morrer. Ia esperar. Alguém a encontraria. Maier poderia operá-la. Shiseo trabalharia noite e dia para encontrar o agente quelante correto, e ela se recuperaria rápido.

Helena tinha prometido a Kaine que ficaria em segurança, que nada de ruim lhe aconteceria. Não podia morrer.

Ela conseguiu atravessar as portas. Havia uma bandeja com instrumentos descartados e garrafas. Vasculhou até encontrar um frasco de láudano.

Conseguiu desatarraxar a tampa e beber um gole do conteúdo amargo.

Não podia exagerar, precisava permanecer lúcida. Procurou no restante dos suprimentos algum estimulante que pudesse ajudá-la.

Seria capaz de matar por um supressor de tosse.

Ela se forçou a olhar para o próprio peito. Estava usando tantas camadas de roupa que não conseguia ver exatamente onde o estilhaço havia entrado para saber se havia núlio se dissolvendo em seu sangue ou se era simplesmente um pedaço da lataria do caminhão.

Helena queria tirar aquela coisa dali, mas sabia que não deveria. Se tivesse atingido seu coração ou a aorta, morreria de hemorragia em segundos. Talvez aquilo estivesse mantendo ela viva.

Alguém a encontraria. Podia esperar até um caminhão aparecer.

Obrigou-se a continuar se mexendo, porque era mais fácil do que se sentar e sentir dor.

Ela observou os pacientes restantes. O mais próximo era um rapaz que havia sido retirado de dentro da armadura que precisou ser cortada. Ele tinha perdido um braço. Tinha um acesso intravenoso no braço que sobrara, mas havia também muito sangue na maca. Tentando sentir o pulso sem sucesso, ela fechou os olhos e continuou.

A maioria estava morta, diversos inconscientes, apenas alguns poucos continuavam conscientes. Ela analisou todos eles, notando onde estavam.

O láudano a entorpecera o suficiente para que pudesse se movimentar com um pouco mais de facilidade.

— Mãe...? — gemeu um dos soldados, agarrando seu punho ao passar.

A dor percorreu o caminho de seu peito até a espinha, acabando com o alívio. Suas pernas quase cederam e ela mordeu a língua tão forte que o sangue invadiu sua boca.

O elmo dele estava amassado ao redor do crânio. Pelas aberturas, Helena conseguia ver que uma das laterais de seu rosto estava mutilada. Havia uma grossa camada de sangue escorrendo de sua cabeça para o colchão.

— Mãe... — chamou ele.

— Ela já vem.

Ele não queria largar o punho dela e a puxou novamente. A visão de Helena oscilou.

— Mãe... desculpe. Eu me esqueci de dizer adeus. Desculpe.

— Tudo bem, n-não se preocupe — disse ela.

Os dedos dele relaxaram o suficiente para conseguir se desvencilhar de sua mão. Ela olhou para baixo.

O soldado estava morto.

Helena tomou outro gole de láudano. Era cada vez mais difícil não tossir. Não sabia se o sangue em sua boca vinha dos pulmões ou da língua.

Tentou ouvir o som dos caminhões e percebeu que o barulho da batalha diminuía. Helena foi até a porta.

Tinha cada vez mais certeza de que seu ferimento estava além da capacidade da Resistência. O dano ósseo e provavelmente cardíaco exigiria uma grande cirurgia manual, além do que Maier poderia fazer sem alquimia. Era bem possível que um de seus pulmões estivesse perfurado. Ela precisaria de ao menos duas cirurgias, talvez três.

Se os protocolos de triagem estivessem em uso, o que aconteceria devido aos feridos em massa, ninguém, exceto Luc ou Sebastian, se qualificaria para três cirurgias.

Ela apoiou a cabeça na parede.

Mesmo com uma cirurgia bem-sucedida, a probabilidade de ela sobreviver era baixa. O risco de sofrer complicações e infecções era alto, e usaria muito dos limitados suprimentos que possuíam. O hospital salvaria muito mais gente se a ignorassem. Qualquer avaliação médica básica perceberia isso.

Quer os caminhões chegassem ou não, Helena ia morrer. Olhou para sua mão, desejando ter ressonância para mandar um código pelo anel para Kaine. Algo para dizer a ele que sentia muito. Que tinha tentado.

Os cantos de sua visão estavam começando a escurecer, se desfazendo como um tecido que afinava pouco a pouco.

Quando piscou, havia alguém diante dela. Sua mente cambaleou pela névoa de dor antes de perceber que era um necrosservo. A coisa ficou parada, analisando-a, como se estivesse confuso se ela estava morta ou viva.

Seus pulmões se contraíram para forçar uma tosse, tentando limpar o fluido em seu peito. Um gemido áspero escapou dela enquanto Helena tentava contê-la.

Um movimento chamou sua atenção. Mais necrosservos. O som da batalha havia cessado. Althorne e seus homens tinham morrido ou sido derrotados. Os necrosservos estavam entrando no hospital em busca de mortos e sobreviventes.

Ela não podia deixá-los levar os sobreviventes.

Helena deu um passo para trás, tentando encontrar um bisturi ou algo afiado, alguma coisa que fosse rápida e indolor. Não deixaria que fossem levados para o Porto Oeste. Tudo que conseguiu encontrar foram bandagens imundas e frascos vazios de remédio. Tudo de que precisava era um bisturi.

Algo debaixo de suas roupas encostou em sua perna. Helena levou um instante para se lembrar do que era. A obsidiana. Ela segurava a pedra quando a primeira bomba explodiu e a colocou no bolso sem pensar.

Ao pegá-la, cortou o dedo. A obsidiana devia ter se partido na explosão, mas ao menos estava afiada.

Ela foi lenta demais. Os necrosservos já estavam dentro do hospital. Havia corpos perto da porta e diversos necrosservos parados lá, levando-os para longe, enquanto o restante adentrava o local.

Eles não estavam se movendo velozmente, mas eram mais rápidos do que Helena. Alcançaram os sobreviventes antes dela.

— Não! — exclamou Helena com a voz áspera, o grito dividindo seu peito ao meio.

Um dos necrosservos foi na direção dela, que tentou se afastar. Tudo que tinha para se defender era a obsidiana. Ela cortou o necrosservo com a pedra. A pele mole e deteriorada se abriu facilmente com o contato e então a ponta atingiu o osso.

Ela quase não usou força alguma, mas aquilo lhe causou dor o suficiente para suas pernas falharem.

Quando a cabeça clareou, Helena estava no chão, assim como o necrosservo. O sangue escorria de seus dedos, as pontas do vidro escuro da obsidiana enterradas em sua pele. Ainda havia tantos necrosservos.

Eles foram na direção dela, corpos bloqueando a luz avermelhada que adentrava pela porta. O vento soprou em seu rosto.

Seus olhos se fecharam.

Quando tentou abrir os olhos novamente, sentiu as pálpebras pesadas, como se seus cílios tivessem se emaranhado. Quando tentou se mexer, seu corpo não obedeceu.

Helena abriu os olhos. Uma luz ofuscante a atingiu, e tudo ficou embaçado até ela notar uma silhueta escura ao seu lado. Ela recuou e semicerrou os olhos.

Kaine estava de pé, pálido e com os olhos arregalados, o rosto impossivelmente abatido.

— Você…

A palavra saiu vacilante e rouca. Sua língua estava áspera, como se não bebesse água havia dias. Helena não conseguia sentir nada do pescoço para baixo.

Tentou olhar para baixo, mas não conseguia se mover.

Estava paralisada.

Seus olhos se reviraram enquanto ela tentava enxergar o próprio corpo. Tudo que conseguia ver era um acesso intravenoso no braço. Quando estreitou os olhos, notou soro e outras coisas em frascos de vidro de cabeça para baixo, todos escorrendo pelo tubo.

— O que… — As palavras engasgavam em sua garganta e saíam arrastadas por sua língua. — O que você fez…?

— O que eu fiz? — repetiu Kaine, devagar. — Eu salvei a sua vida.

A respiração dele era ofegante.

— Crowther e suas demandas infinitas fizeram com que o Necromante Supremo tomasse diversas medidas de precaução. Apenas três pessoas sabiam da bomba antes da explosão, e eu não era uma delas. Quando fiquei sabendo, pensei que estava sendo paranoico ao mandar os meus necrosservos. Com certeza eles entenderiam que eu não posso evitar tudo. Me convenci de que era para a minha própria paz de espírito. Ver as consequências, saber como as coisas estavam ruins. Você não estaria lá, é claro. Eu disse a mim mesmo que você não estaria lá, que estaria segura no Quartel-General, porque esse foi o maldito acordo. Não foi isso que você prometeu? Que não puniriam você? Eu *sabia*... eu *te disse* que isso ia acontecer...

A voz dele falhou.

— Não foi... Crowth...

Falar ao menos umedecia a língua, mas ela precisava urgentemente de água. Sua mente ainda estava confusa. Não conseguia entender como tinha chegado até ali.

— Não os defenda! — Kaine estava louco de raiva. — Você faz ideia do quanto chegou perto de morrer? Foi necessária uma equipe médica inteira para mantê-la viva. Por que a deixariam sozinha naquela merda de hospital se não fosse na intenção de matá-la?

— Estavam... evacuando — explicou devagar, controlando o ritmo das palavras, a língua quase não obedecendo.

— Sozinha?

— Eu era... a líder. — Ela se sentia estranhamente lúcida. — Aqueles soldados... não mereciam morrer sozinhos.

Helena tentou se levantar. Sentia que conseguiria pensar com clareza se pudesse se sentar por um minuto e entender o que acontecera com ela.

— Bem, não vi ninguém lá enquanto você morria.

Ela não sabia por que estava tentando argumentar com ele, mas queria que Kaine se acalmasse para que ela pudesse se reorientar.

— É uma guerra, Kaine. Pessoas morrem. Dado o número de pessoas que você matou, deveria saber disso melhor do que ninguém. Você sabe que não vou priorizar a minha sobrevivência à de ninguém.

Ele a encarou por um longo e terrível momento, a raiva clara em seu rosto.

— Pois deveria.

A voz dele de repente assumiu um tom cortante, e seus olhos faiscavam com um brilho prateado tão intenso que estavam quase brancos.

— Porque eu avisei que, se algo acontecer com você, vou dizimar pessoalmente toda a Ordem da Chama Eterna. Isso não é uma ameaça, é uma promessa. Considere sua sobrevivência uma necessidade tão grande à Resistência quanto a de Holdfast. Se você morrer, vou matar cada um deles. Já que arriscar a vida deles é a única maneira de fazer você valorizar a sua.

Helena o encarou, calada em meio a um choque que aos poucos se transformou em raiva.

— Como se atreve? Como se *atreve*! — Ela elevou tanto a voz que as palavras falharam.

Se pudesse se mexer, teria avançado contra ele e tentado matá-lo com as próprias mãos. Ela queria gritar com ele.

Porém, além de sua raiva, havia um sentimento de horror que se sobressaía em relação ao que aquilo significava. Ele se tornara a ameaça que Crowther temia. Kaine já fora fiel a eles, com o objetivo de vingar a mãe, mas Helena usurpara isso, dando a ele uma nova e incontrolável fonte de obsessão e raiva.

Ela fechou os olhos, incapaz de encará-lo. O ouroboros faiscou em sua mente, aquela imagem eterna de autoaniquilação. Um dragão consumindo a si mesmo, para sempre.

Helena soltou um soluço forte que sacudiu violentamente seus pulmões ao tentar respirar, e o silêncio tomou conta do cômodo.

O colchão sob ela se moveu. Ela sentiu dedos colocarem um cacho rebelde atrás de sua orelha antes de roçar em sua bochecha.

— Eu conheço bem essa cara — afirmou Kaine, suspirando. — Está pensando que vai ter que me matar, não é? Que agora sou um risco muito grande.

Ela não falou nada, recusando-se a abrir os olhos.

— Você faria mesmo isso?

Ela enfim o encarou.

— Você sabe... sabe que não vou escolhê-lo se isso significar perder todo mundo. E, mesmo se escolhesse, isso não o salvaria.

Ele desviou o olhar.

— Você nunca se perdoaria.

O queixo dela tremeu.

— Não. Jamais. — Um nó se formou na garganta dela. Helena se esforçou para engolir, incapaz de erguer a cabeça. — Mas não seria a primeira coisa imperdoável que eu faria. Que diferença faz mais uma linha nos livros de história?

Ele ficou em silêncio por um longo tempo.

— O que vai fazer quando eu morrer? — perguntou ele, como se apenas aquilo importasse.

— Tenho certeza de que pode imaginar.

A visão que tinha do teto ficou turva ao imaginar um mundo sem Kaine, um mundo em que ela estivesse sozinha, sem ninguém para culpar além de si mesma.

Ela odiava aquela guerra. Tinha pensado que podia fazer qualquer coisa. Que era forte o suficiente para isso. Que não havia limites para o que estava disposta a fazer ou suportar. Aparentemente, Kaine se tornara seu limite.

Helena não conseguia se imaginar sem ele. Achava que nem existiria mais.

Ela deu um suspiro sufocado, lutando por ar, os pulmões tremendo.

De repente, Kaine estava acima dela, segurando seu rosto com ambas as mãos, inclinando sua cabeça para ela poder respirar melhor. Aquele era o único abraço possível.

— Apenas viva, Helena. — A voz dele soava trêmula. — É só isso que peço para fazer por mim.

Helena deu um soluço baixo, os pulmões assobiando enquanto se esforçava para respirar.

— Não posso prometer isso. Você sabe que não posso. Mas não posso arriscar o que você vai fazer se eu morrer.

Ele a beijou. Helena conseguiu sentir o pedido nos lábios dele.

— Sinto muito — repetia ela sem parar. — Sinto muito por ter feito isso com você.

Um barulho alto soou. Kaine enrijeceu e se afastou xingando. Outro barulho. Dois longos e dois curtos. Cada vez que escutava o som, as luzes do cômodo diminuíam, piscando ameaçadoramente.

Ele olhou ao redor, os dentes cerrados, e disse:

— Merda. Estão me chamando de volta à cidade.

Kaine recuou um passo, mas continuou olhando para ela. Helena conseguia vê-lo calculando que rota tomaria enquanto parecia hesitar diante de uma decisão. Por fim, uma expressão desesperada surgiu em seu rosto.

— Davies. — A voz dele era baixa, e seus olhos ficaram desfocados por um instante. — Venha cá.

A porta às costas dele se abriu, e uma mulher entrou. Helena não conhecia o suficiente os uniformes da criadagem para saber o que ela era, mas reconheceu seu nome.

A dama de companhia de Enid Ferron parou ao lado de Kaine, olhando para Helena com olhos azuis cansados. Um odor leve de algo seco, mas orgânico, a acompanhou cômodo adentro. Ela estava morta, mas fora reanimada tão habilmente que quase parecia viva.

Helena olhou ao redor do cômodo e pela janela, percebendo que não via nenhum prédio, apenas céu e árvores.

— Onde estamos? — perguntou de repente.

Ela não sabia nem quanto tempo passara inconsciente.

— Na Torre Férrea. A casa de campo da minha família — respondeu Kaine, colocando seu uniforme, o casaco e a capa pretos. — Explico depois. Preciso ir. Não tenha medo de Davies. Ela não vai machucar você.

Helena continuava a encarar a necrosserva. Os criados que morreram quando Kaine se tornou Imortal, as vidas responsáveis por sua imortalidade e imutabilidade. Será que havia sido ele a reanimá-la?

— Sinto muito — disse ele. — Achei que teria mais tempo para explicar. Você vai ficar em segurança aqui. Ninguém vai encontrá-la. Volto assim que puder. Davies vai cuidar de você. — Ele se inclinou sobre Helena uma última vez, acariciando seu cabelo. — Você está segura aqui. Prometo.

E então ele foi embora. Ela conseguia ouvir algo se movendo nas paredes e no chão, mas não podia ver o que era, já que estava paralisada e sob os cuidados de uma necrosserva.

Helena olhou para aquela coisa… para *Davies*… de novo. A necrosserva continuava a observá-la, seu olhar vago, mas constante.

— Pode me dar um pouco de água? — perguntou Helena, por fim.

Davies serviu um copo de água de um jarro sobre uma mesa próxima e então o levou para Helena e a ajudou a beber o suficiente para umedecer sua boca. Reconheceu o gosto de láudano pelo amargor.

Ela não sabia que era possível reanimar necrosservos nesse nível. A mulher parecia viva.

— Você foi a dama de companhia de Enid Ferron, não? — indagou Helena, lutando contra a onda de exaustão que a droga proporcionou.

Davies assentiu devagar, como se tivesse entendido a questão. Helena se esforçou para permanecer focada.

— Esteve aqui esse tempo todo?

Ela assentiu de novo e, dessa vez, formou uma palavra com os lábios sem emitir som. *Kaine.*

Se aquilo fosse verdade, significava que ela fora reanimada há quase sete anos sem demonstrar qualquer sinal de deterioração. Helena não sabia que aquilo era possível.

— Por quê? Por que ele faria isso com você?

Se a necrosserva respondeu, Helena não estava consciente o bastante para ouvir.

Ela apagava e despertava, sentindo a dor voltar aos poucos. Davies estava sentada numa cadeira ao seu lado, tricotando o que pareciam ser meias. A sensação de dormência estava passando. A dor não era mais uma impressão distante, mas um peso cada vez maior.

Sua garganta estava machucada; ela deve ter sido entubada em algum momento.

Quando a dor se tornou opressiva o suficiente para acordá-la de novo, ela descobriu que Kaine tinha retornado. Estava de pé ao lado dela, substituindo vários dos frascos conectados ao acesso intravenoso.

— O que aconteceu com a equipe médica? — perguntou Helena, a língua grossa e seca de novo. — O pessoal que me salvou. O que fez com eles?

Ele a encarou. O quarto estava escuro; seu uniforme preto fazia com que Kaine se confundisse com as sombras, mas seus olhos e cabelo pálidos quase brilhavam na escuridão.

— Não faça perguntas cujas respostas você não quer saber.

— Você os matou?

A voz dela soou aguda.

Ele ligou um interruptor, preenchendo o cômodo com uma fraca luz laranja.

— Não, não os matei. Toda uma equipe médica aparecendo morta seria suspeito. Eles acham que salvaram uma mulher que morreu sob interrogatório ontem. E não se importaram nem um pouco de salvar você com o único propósito de eu torturá-la até a morte depois. Eles ficaram felizes em poder ajudar. Afinal, você é uma terrorista, segundo eles.

Ela sabia que ele estava tentando distraí-la.

— Então você os mataria, mas não fez isso porque teria levantado perguntas inconvenientes.

Os olhos dele faiscaram.

— Sim, fiz tudo isso pela conveniência, que, como você sabe, é algo que não falta em minha vida, com meus dois mestres mutualmente exclusivos.

A culpa se alojou na garganta de Helena como uma pedra.

— Não quero que você mate pessoas por minha causa.

Ele deu uma risada grave.

— O que exatamente você acha que eu fico fazendo? Eu mato pessoas. Ordeno outras pessoas a matarem pessoas. Treino pessoas para matarem pessoas. Eu saboto e prejudico pessoas para que elas sejam mortas, e faço tudo isso por sua causa. Cada palavra. Cada vida. Por você.

Ela soltou um suspiro entrecortado, o cômodo girando enquanto o sangue se esvaía de sua cabeça.

A maldade na expressão dele desapareceu.

— Espera. Helena, eu não…

— Não — interrompeu ela, áspera. — Nem tente voltar atrás.

— Eu… — A voz dele soou baixa. Suplicante.

— Não — repetiu ela. — É verdade. O que você disse é verdade. Tudo que você faz também é culpa minha. Cada vida…

— Não.

Ele se sentou na beira da cama e pegou a mão direita de Helena.

— Não carregue essa culpa. Não é sua. Pare de tentar carregar a guerra inteira nos ombros.

— Mas é tudo culpa minha — insistiu ela. — Eu fiz isso com você. Deixei você assim. Alguém deveria se arrepender disso, e você não pode. Mas se eu me arrepender… talvez seja o suficiente para fazer você parar algum dia.

Ele desviou o olhar e não disse nada. Ela observou seus dedos se entrelaçaram nos dela, desejando que pudesse sentir aquilo.

— O que está acontecendo na cidade? — perguntou Helena.

Ele ficou em silêncio por alguns segundos.

— Althorne está morto. Havia diversos batalhões presos sob os escombros dos prédios; eles os retiraram de lá, mas ele acabou morrendo enquanto batia em retirada. Segundo as nossas estimativas, a Resistência perdeu ao menos metade das suas forças ativas. Nós recuperamos os portos dois dias atrás.

Não havia para onde o desespero pudesse ir, além de sua mente. Nenhum horror se contorcendo em suas entranhas ou sensação de vazio. Ela não conseguia sentir o próprio corpo. Tudo o que conseguia fazer era pensar.

— Houve uma considerável repercussão negativa às bombas, no entanto. Não esperavam que a poeira contaminasse as duas ilhas; houve pânico e ultraje com a perda geral de ressonância, os hospitais estão cheios de pacientes que precisam de agentes quelantes, e as mortes da Resistência, embora significativas, não nos deram quase nenhum necromante, porque Durant se esqueceu de que o composto de nulificação iria interferir na reanimação. É preciso bombear sangue fresco nos cadáveres para reanimá-los. Então duvido que isso acontecerá de novo. Ao menos não na mesma escala.

Uma fonte insignificante de consolo, mas era melhor do que nada.

— Não sei o que fazer — disse ela, por fim. — Não posso ignorar uma ameaça à Chama Eterna.

Ele suspirou, a cabeça tombando para a frente.

— Eu só estava com raiva.

— Você está sempre com raiva, mas não pode fazer ameaças como aquela ou reduzir esta guerra a um jogo de culpa simplista. E *não* pode usar a Resistência para me controlar.

Seus ombros murcharam.

— Se você morrer, Helena, eu desisto. Não vou continuar. Estou cansado.

Ele a encarou, e Helena conseguiu ver a guerra inteira em seus olhos, o custo da luta incessante que não dava sinal algum de que iria acabar tão cedo, movido pelo terror do que poderia acontecer se ele parasse.

— Estou falando sério. Não vou matá-los... mas vou encerrar tudo. Você representa os meus termos de serviço. O contrato acaba se você morrer.

Ela conseguiu inclinar um pouco a cabeça.

— Há uma vida para você do outro lado desta guerra. Você tem a Pedra. Se Morrough morrer, pode ficar bem e livre. Você poderia fazer... qualquer coisa. Não reduza seu mundo a mim.

Seus lábios se curvaram enquanto ele exibia os dentes.

— Ah, e *você* tem uma lista de planos pós-guerra que se esqueceu de mencionar?

Ela evitou o olhar dele.

— Faça o que eu digo, não o que eu faço.

Ele entrelaçou os dedos nos dela enquanto mergulhavam num silêncio tão vazio quanto o futuro.

— Você poderia... se tornar um curandeiro — disse ela, por fim, esforçando-se para perceber a sensação da mão dele na dela.

Um sorriso surgiu no canto da boca de Kaine.

— Não tinha pensado nisso.

— Pois deveria. Você tem talento... embora sua atitude em relação aos pacientes seja horrível.

— Seria algo para compensar o número de pessoas que matei — retrucou ele sem olhá-la.

— Eu não deveria ter falado aquilo. Não é culpa sua.

Ele fez que não, encarando a parede.

— Talvez isso tenha sido verdade um dia, mas agora acredito que seja minha completa responsabilidade.

Ela engoliu em seco, forçando seus dedos a se moverem para que pudesse apertar a mão dele.

— Você é muito mais do que o que a guerra fez com você.

Sua voz tremeu com convicção, mas ele ainda não a encarava.

— É verdade — insistiu Helena, desesperadamente. — Assim como... assim como eu. Há mais para nós dois... isso só está... esperando para acontecer. Um dia, vamos deixar tudo isso para trás. Ir para longe, você vai ver. Nós dois... acho que poderíamos fazer isso.

Os olhos dela começaram a se fechar.

— Durma um pouco. Você tem uma longa recuperação pela frente.

Ela resistiu, tentando permanecer acordada.

— Há quanto tempo estou aqui?

— Não se preocupe com isso.

— Há quanto tempo?

— ... quatro dias se passaram desde a explosão da bomba.

Quatro dias? O sangue de repente latejou em seus ouvidos, e seus pulmões vibraram quando ela tentou respirar.

— Kaine, você tem que contar ao Crowther que estou viva.

— Não se preocupe com isso.

A voz dele soou áspera.

— Não, escute. Você tem que contar.

Kaine acariciou sua bochecha.

— Apenas descanse.

Ela se esforçou para se mexer, pois precisava que ele entendesse.

— Não. Prometa. Prometa que vai mandar notícias. Certifique-se de que ele saiba que eu vou voltar.

Se Crowther achasse que ela estava morta, poderia decidir que Kaine era um risco grande demais para permanecer vivo.

— Prometa... prometa que vai falar com ele...

— Vou falar, prometo. Descanse.

O latejar em sua cabeça diminuiu, e ela relaxou. Kaine colocou uma mecha atrás da orelha dela.

— Você vai ficar aqui por pelo menos três semanas, a não ser que o núlio saia do seu sangue antes.

— A Chama Eterna desenvolveu um agente quelante que...

Ele tocou na ponta do nariz dela.

— Os Imortais têm químicos e também estão familiarizados com agentes separadores de metal.

Ela revirou os olhos.

— Você vai recuperar a sua ressonância... mas ainda vai demorar. Você foi ferida por muitos estilhaços e também inalou um bocado de núlio. É difícil dizer quanto tempo vai levar. Vai ter que se recuperar do jeito antigo. Durma um pouco. Por mais que eu odeie admitir, a guerra ainda vai estar aqui quando você acordar.

CAPÍTULO 60

Junius, 1787

Ficar de cama era horrível. Helena estava acostumada à eficiência da cura para contornar os aspectos mais lentos e insuportáveis dos ferimentos. Precisar aguentar repentinamente a velocidade natural de recuperação era uma tortura.

Ela passou a maior parte da primeira semana num estupor medicamentoso, com febre por causa de uma infecção. Quando enfim voltou a se sentir lúcida, encontrou Kaine ao seu lado. Ele analisava uma grande pilha de livros e folhetos.

— O que você está fazendo? — perguntou após observá-lo por algum tempo.

Seus olhos a encararam.

— Estudando anatomia humana para a minha futura carreira como curandeiro — respondeu ele num tom irônico.

Helena sabia que a resposta verdadeira era que ele teria que ser o curandeiro dela quando o núlio saísse de seu organismo, mas entrou no jogo.

— Podemos abrir um consultório juntos, que nem os meus pais fizeram. No topo de um penhasco. Para podermos olhar pela janela e ver as ondas.

Ele arqueou uma das sobrancelhas.

— Eu posso fazer sugestões sobre esse nosso futuro ou você vai tomar todas as decisões?

— Você tem *alguma* ideia?

Houve uma pausa.

— Não posso dizer que eu tenha.

Ela respirou fundo. Conseguia mexer os dedos agora. Conforme flexionavam, percebeu que a mão direita estava enfaixada, os dedos em talas, e ela se lembrou dos últimos momentos no hospital de campanha.

— Quase esqueci — disse ela. — Acho que descobri algo no hospital.

Ele a olhou.

— Lembra-se da obsidiana que comentei com você? Ela estava no meu bolso quando os necrosservos apareceram. Acho... acho que interrompi a reanimação com ela.

— Tem certeza?

Ela semicerrou os olhos, tentando se recordar dos detalhes, mas tudo de que conseguia se lembrar era a luz laranja-avermelhada e a dor.

— Não muito, mas acho que deveríamos fazer alguns testes.

— Bem, não se preocupe com isso agora.

Ele fechou o livro e foi até Helena para checar as ataduras.

Ela tinha recuperado mobilidade suficiente para erguer a cabeça e observar enquanto Kaine retirava a gaze, determinada a ver a extensão do ferimento. No centro de seu peito havia uma enorme incisão, costurada com pontos pretos e fios de cerclagem. A pele estava inchada, branca, rosa e meio amarelada.

Helena tinha visto mais ferimentos do que podia contar, observara inúmeras pessoas lamentarem a perda de quem tinham sido e do que o corpo delas havia se tornado. Ela sabia o que dizer, o encorajamento, as garantias de que tudo ficaria bem, de que as coisas melhorariam.

Ao encarar a própria ferida, porém, ela se esqueceu de tudo isso.

— Pelos deuses! — exclamou ela, a cabeça caindo no travesseiro, a garganta se fechando, horrorizada demais para continuar olhando.

— Vai sarar. Dê tempo ao tempo — garantiu ele, em voz baixa, enquanto procurava sinais de infecção.

Ela sabia, por causa do tratamento com Lila, que haveria uma cicatriz. Mesmo que tentasse se curar depois, organizasse todas as matrizes, havia um período limitado para prevenir cicatrizes, e o núlio parecia causar um leve efeito queloide sobre o tecido.

Ela respirou fundo diversas vezes.

Tinha sorte de estar viva. Algumas cicatrizes não eram nada comparadas aos ferimentos que outras pessoas da Resistência carregariam pelo resto da vida. Ela ainda tinha todos os membros, os dois olhos e as duas orelhas. Até mesmo todos os dentes.

Era sortuda demais. Qual era o problema de uma cicatriz? Tudo ficaria bem.

Ela conseguia sentir Kaine a observando e se forçou a falar.

— Acho que as suas cicatrizes são mais bonitas do que as minhas — disse ela, por fim.

— Eu tenho uma curandeira melhor.

Levou três semanas para o núlio no sangue de Helena diminuir o suficiente para Kaine ao menos conseguir usar a ressonância para monitorar a cura, embora a possibilidade de uma transmutação verdadeira ainda estivesse distante.

A própria ressonância de Helena mal zumbia em suas veias.

Sempre que Kaine se ausentava, Davies ficava com ela. A cabeça de Helena enfim estava clara o bastante para ser capaz de notar mais do ambiente ao redor.

O quarto era desguarnecido. Quase vazio. Havia uma cama, um enorme armário, uma escrivaninha e uma cadeira. Os aposentos do Falcão Matias eram mais aconchegantes, e ele era um eremita.

Quando ela brincou sobre isso, Kaine sorriu.

— Este é o meu quarto.

Helena ficou em silêncio, olhando ao redor de novo, envergonhada.

— Ah. Pensei que uma casa de campo teria quartos maiores.

Ele assentiu.

— Há quartos maiores. Eu vim para cá porque era o quarto mais perto do da minha mãe e nunca saí.

— Desculpe por trazer você de volta — disse ela.

Ele balançou a cabeça.

— Não foi você. Eu costumo vir para dar uma olhada na criadagem.

Ela hesitou, mas então perguntou:

— Estão todos... mortos?

Ele assentiu.

— Por que você...?

Ele desviou o olhar, o pomo de adão oscilando enquanto ele esfregava as mãos.

— Foi só depois. Não me lembro de nada. Podia sentir eles gritando dentro de mim. Encontrei o corpo deles empilhado num canto como trapos descartados. Ainda estavam quentes. Eu nunca... eu nem percebi o que estava fazendo, mas tentava colocá-los de volta.

— Então, eles são... eles?

Kaine balançou a cabeça.

— Não sei o que eles são. Gosto de pensar que fui capaz de colocar uma parte deles de volta, que esse foi o motivo de ter ficado mais fácil depois, mas é mais provável que eles ajam como eles mesmos porque eu quero. Eu só... parece que não consigo abrir mão disso.

Quando Helena enfim pôde usar um travesseiro, Davies lhe trazia livros para ler durante as horas em que Kaine se ausentava. Ela estava curiosa sobre o tipo de biblioteca que havia na Torre Férrea, mas Davies infelizmente não parecia ser alfabetizada; pelo menos, não mais. Os livros que Helena recebia eram aleatórios. Certo dia, ela recebeu uma enciclopédia de espécies de borboleta, no seguinte, um compilado dos primeiros escritos de Cetus.

Como "Cetus" havia escrito milhares de textos alquímicos e cartas através dos séculos, trechos eram com frequência reunidos em várias coleções por estudiosos, dependendo de quais partes de seu trabalho e sua história eles consideravam legítimos. Dependendo da edição da coletânea, Cetus poderia ter nascido em dez países diferentes, às vezes era um rei, outras vezes um sacerdote, algumas cartas até proclamavam que ele trabalhava com o próprio Orion.

Nos textos que Helena recebeu, Cetus estava muito atraído por um antigo culto khemítico, que dizia que a ressonância humana era a alquimização da humanidade. Que alquimistas eram uma forma ascendida.

— Parece algo que alquimistas escreveriam sobre si mesmos — comentou Kaine, tarde da noite, enquanto ela falava sobre o livro. Ele estava muito mais interessado nos pulmões de Helena do que em cultos antigos.

Helena tentou não estremecer quando os curativos foram retirados.

— Os Imortais têm uma religião?

— O Necromante Supremo é nossa deidade — respondeu Kaine, traçando sua ressonância com cuidado pelas suas costelas no lugar em que várias tinham se quebrado. — Nossa vida está a serviço de seu poder infinito.

— Se ele é tão poderoso, por que não aparece e ganha esta guerra?

Kaine olhou para Helena por um instante.

— Ele é um deus. Você vai notar que fazer humanos morrerem por eles é a sua forma primária de agir. Sol poderia acabar pessoalmente com alguns necromantes se ele os odeia tanto assim, mas, de alguma forma, são sempre os Holdfast que fazem isso. É de se pensar se ele realmente se importa.

Desde que Helena contara para Kaine sobre Orion e sobre como os Holdfast se tornaram o Principado, ele parecia pensar que se criticasse a Chama Eterna o suficiente, ela desistiria da Resistência.

Seu suspiro fez seus pulmões estremecerem, e Kaine pareceu ter se esquecido da conversa por vários minutos.

— Desde que Holdfast começou a aparecer em combate, Morrough se afastou das linhas de frente — contou ele, por fim.

— Mas se ele tem tanto medo de Luc, por que não o matou quando o capturaram?

Kaine negou com a cabeça.

— Não acho que Morrough o queira morto. As ordens que temos é para capturá-lo com vida. Eu achava que era porque ele temia ser usurpado por quem desse o golpe de misericórdia, mas agora, após a captura, acho que é outra coisa. Holdfast está nas linhas de frente há seis anos. Acha mesmo que, se Morrough o quisesse morto, já não teria encontrado uma forma de fazer isso?

Havia se passado quatro semanas desde o bombardeio até Helena conseguir se levantar sem sentir que tombaria no chão. Sua ressonância havia retornado um pouco, e os curativos foram retirados, mas os pontos permaneceram porque o estado de seu esterno ainda era delicado. Antes de amarrar um suporte torácico no peito, ela se sentou com um espelho em mãos, observando a cicatriz que se formara entre os seios.

Estava longe de ser bonita.

Ela sempre admirara a forma como Lila exibia suas cicatrizes, suas piadas sobre lhes dar nomes; mas só agora percebia como era difícil ter orgulho delas.

A evidência visual de sua lesão nunca desapareceria. Num momento de intimidade, ela estaria lá, à mostra. Encarando-a sob a luz fria do dia, Helena não conseguia deixar de pensar que algum dia Kaine poderia não querer mais uma pessoa tão abertamente marcada pela guerra. Com certeza, ele ia querer esquecer de vez em quando.

E com ela, seria impossível.

Kaine organizava os frascos de remédio numa mesa, mas Helena conseguia perceber que ele a observava pelo canto do olho.

— Vai sumir — disse ela, depressa.

Seu rosto estava em chamas. Ela baixou o espelho, colocando a mão sobre a cicatriz para escondê-la. Era preciso de toda a extensão de sua palma para isso.

— Quando eu estiver melhor, vou cuidar dela todo dia, até... ela desaparecer — falou Helena.

Ela podia sentir uma depressão no local em que não se regenerara. Ela podia colocar uma placa de titânio ali para reforçar o osso, mas, devido ao seu repertório, aquilo poderia interferir em seu trabalho. Parte do motivo pelo qual o titânio era tão usado por alquimistas era porque a ressonância para ele era rara.

O queixo dela tremeu ao acrescentar:

— Não vai ficar assim para sempre.

Ele largou um frasco na mesa. Seus olhos prateados estavam intensos, sua atenção era como um raio de luz passando por uma lupa, repentinamente focado apenas nela. Kaine se aproximou, e, com gentileza, mas firme, puxou a mão dela do ferimento.

Helena sabia que ele tinha visto a cicatriz mais vezes do que ela, e em estágios bem piores, mas ela odiava que Kaine a olhasse.

— Você vê as minhas cicatrizes dessa maneira? — perguntou ele, por fim. — Quando olha para mim, é a única coisa que vê?

— Não. — Ela estremeceu.

— Pois é. — Seus olhos se encontraram. — Eu também não te vejo dessa forma. Você é minha. — Kaine soltou o punho dela e ergueu a mão, os dedos traçando a cicatriz até cobri-la com a palma da mão, quente contra a pele nua de Helena, então subiu até a curva do seu pescoço. — Você é. Não importa o que aconteça com você, você *ainda* será minha.

Helena só viu algumas partes da casa. Torre Férrea. Eles passeavam pelos corredores escuros, enquanto ela tentava se adaptar à maneira que seu peito coçava quando se mexia. Respirar fundo fazia parecer que seu esterno se partiria ao meio. A casa era de um estilo antigo e opressivo, do tipo que não se via mais na cidade. Tudo era revestido de ferro forjado escuro, até os detalhes do piso. Havia uma beleza melancólica nela.

No vestíbulo, havia um intrincado mosaico do dragão ouroboros incrustado no piso de mármore. Meticulosamente retratado em grandeza e selvageria. Ela o analisou do patamar acima.

Os Ferron deviam ter tido muito orgulho da casa quando foi construída. Devem ter pensado que tinham derrotado um deus.

Naquela noite, ela puxou Kaine para a cama. Ele dormia na cadeira ao lado dela toda noite, de mãos dadas, ignorando os argumentos de Helena, que dizia que com certeza havia outras camas na casa.

Naquele instante, ele finalmente cedeu.

Ela se aninhou junto de Kaine, sentia falta do calor e do conforto do corpo dele.

Mais alguns dias e ela voltaria para o Quartel-General. Sua recuperação levou mais tempo do que planejara, mas a viagem de volta seria difícil, e ela não teria utilidade no hospital se não estivesse recuperada.

Tudo seria diferente. A bomba havia dizimado a Resistência, acabado com seus suprimentos. Tudo o que haviam conquistado no ano anterior se foi, e agora Morrough sabia que havia um espião. Os Imortais estavam procurando por Kaine, tentando atraí-lo, mas isso não impediria que Ilva ou Crowther o coagissem a fazer o que quer que julgassem necessário.

Ela precisava voltar.

Helena o abraçou, seu coração batia tão forte que fazia o peito todo latejar.

Ela puxou Kaine para mais perto, inclinando a cabeça para trás, e o beijou. A mão dele se ergueu para acariciar sua bochecha, mas começou a recuar. Ela sabia que ele ia dizer que ela ainda estava se recuperando, mas Helena já estava cansada de sua convalescência. De ter tão pouco tempo e nunca poder fazer o que queria.

— Vai ficar tudo bem se tomarmos cuidado — disse ela, sem soltá-lo. — Por favor. Eu quero você antes de ir embora.

Ele foi cuidadoso. Lento e gentil. Ele a tocou como se ela fosse feita de vidro.

Quando Kaine a penetrou, ela segurou o rosto dele entre as mãos, puxando-o para mais perto, até a testa dele tocar a dela. Os dedos dela tremiam.

Eu te amo.

Estava na ponta da língua, mas Helena hesitou, engolindo as palavras.

Uma parte dela achava que poderia condenar os dois se dissesse aquilo. Que o amanhã só chegaria se ainda houvesse coisas importantes a serem ditas.

Em vez disso, o beijou.

Eu te amo. Ela disse isso a ele na maneira como o abraçava; na maneira como sua boca encontrava a dele; na maneira como suas mãos passavam por sua pele, mapeando-o, memorizando cada detalhe de como era estar com ele, as cicatrizes sob os dedos dela.

Eu te amo.

Eu te amo.

Ela disse isso na maneira como se desprendia de si e se agarrava a ele em vez disso. Com cada batida de seu coração. *Eu te amo. Eu sempre vou te amar. Sempre vou cuidar de você.*

Era noite quando ela foi embora. Helena saiu da casa pela primeira vez. A Torre Férrea era enorme, conectando-se a outros prédios para formar um grande pátio com um jardim descuidado no meio.

Amaris estava lá, esperando ansiosamente. As asas abertas e trêmulas.

Kaine levantou Helena com cuidado, o suporte torácico absorvendo a pressão de seu peso. Enquanto ele dava a volta por trás dela, Helena olhou para a casa. No crepúsculo do verão, quase se assemelhava a um dragão adormecido, curvando-se em si mesma, as torres como espinhos. Estava coberto de rosas que se esgueiravam pela fachada, quase escondendo-a.

Davies e um criado mais velho, possivelmente um mordomo, ficaram no topo das escadas de pedra, observando os dois.

Quando Amaris se lançou aos céus, foi como levar um soco nas costelas. Helena curvou o corpo, ofegante de dor. Ela sentiu Kaine tenso, quase fazendo Amaris retornar.

Ela agarrou a perna dele.

— Eu estou bem.

Eles voaram por mais tempo do que Helena já tinha voado antes.

Amaris seguiu na direção das montanhas, tentando ser mais rápida do que a velocidade com que a lua se revelava. Estava tão perto da Ausência que Lumithia era uma crescente, não muito brilhante ao se erguer. Eles aterrissaram no topo de um prédio perigosamente próximo do Quartel-General. Quando Helena olhou para o sul, entendeu por quê.

Um muro havia sido erguido, marcando o território da Resistência. Ocupava mais de metade da ilha. Mais além, ela podia ver o lugar onde a bomba tinha explodido, dividindo a cidade e derrubando os prédios. O centro era uma cratera.

— Perdemos tanto assim?

— Não, mas vocês não têm soldados suficientes para manter mais do que isso — respondeu Kaine, soturno, descendo e ajudando-a a sair do dorso de Amaris.

Ela estava enjoada pela dor, lutando para respirar ao apertar a mão de Kaine, mas não conseguia dizer adeus. O medo que sentia aumentava a cada despedida. Podia sentir que tudo chegava ao fim.

— Tome cuidado — disse ela.

— Helena, por favor… — A voz dele falhou, fazendo-a parar.

Ela deu meia-volta, e ele segurou seu ombro.

Helena sabia o que Kaine queria lhe pedir, podia ver em seus olhos. *Fuja e não volte mais.*

Mas ele sabia que ela não faria isso. Então apenas engoliu em seco, sem fitá-la nos olhos.

— Não se machuque de novo — disse ele. — Não…

Ela ficou na ponta dos pés e o calou com um beijo.

— Tome cuidado — sussurrou ela. — Não morra.

Quando Helena apareceu nos portões vestida com roupas masculinas, se esforçando para respirar, foi recebida mais com suspeita do que alegria. Ela foi colocada numa cela por uma hora antes de Crowther aparecer para liberá-la.

— Tem certeza? — perguntou o guarda. — Ela foi dada como morta por mais de um mês.

— Sim, ela foi encontrada por uma das facções dissidentes — falou Crowther. — Eu sabia que iam mandá-la de volta em algum momento. Deixe-a sair.

Helena não sabia se facções dissidentes de combatentes da Resistência existiam ou se eram uma invenção para encobrir as atividades ilícitas de Crowther. Boa parte das informações e atividades de Kaine eram atribuídas a esses supostos grupos.

Parecia que Crowther não dormia havia semanas. Seu rosto estava abatido, os olhos vermelhos, e ele parecia irritado por ter sido obrigado a ir até lá para libertá-la.

Helena queria saber o que tinha acontecido durante sua ausência, mas, antes mesmo de a porta da cela ser destrancada, ele já caminhava para longe.

— Vá para o hospital. A Enfermeira-chefe está de plantão. Vou lidar com você amanhã — ordenou ele por cima do ombro.

A Enfermeira-chefe Pace chorou ao vê-la.

— Você está viva! Eu deveria ter ido no seu lugar. Quando fiquei sabendo que mandaram você... eu...

— Fico feliz por você não ter ido.

Helena estava exausta pelo voo e pela jornada de volta. Sentia uma dor forte no peito. Com cuidado, colocou a mão sobre o esterno para tentar aliviar a pressão.

Pace a levou para um leito e fechou as cortinas.

— Como você sobreviveu?

Helena repetiu a desculpa vaga de Crowther.

— Não me lembro, na verdade. Estávamos no hospital de campanha e houve outra explosão. Quando acordei, não sabia onde estava. Tinham me operado, e praticamente fiquei todo esse tempo em recuperação.

— Deixe-me ver.

Se Helena fosse Pace, pediria a mesma coisa, então permitiu que suas roupas fossem removidas, e o suporte torácico cuidadosamente desamarrado para revelar a cicatriz em seu peito.

— Ah. — A mão de Pace tremeu, mas ela então inspecionou com mais atenção. — É... um bom trabalho.

Ela com certeza havia esperado uma espécie de cirurgia de fundo de quintal com barbante e facas de cozinha.

— Quem quer que seja o cirurgião, deveríamos tentar trazê-lo para cá.

— Eu nem sei quem ele é — disse Helena. — Estou melhorando, mas a minha ressonância ainda está instável.

Pace tentou sorrir, mas pareceu mais uma careta.

— Por sorte, o agente quelante é um dos poucos itens que ainda temos em estoque.

— As coisas estão muito ruins? — perguntou Helena.

Pace não parou de se mexer enquanto examinava Helena e começava a preparar seu braço para um acesso intravenoso.

— Só escuto relatos dos outros.

— E as pessoas acham que as coisas estão muito ruins?

Pace balançou a cabeça.

— Dos nossos combatentes que sobraram, mais de um terço tem sinais de envenenamento por núlio. O vento mudou e nós fomos poupados de boa parte da poeira, mas mesmo as partes da ilha que ainda estão intactas são perigosas, ao menos onde chove.

— Ouvi falar que Althorne morreu.

— E Ilva.

— O quê?

Chocada, Helena encarou Pace.

— Há pouco mais de uma semana. O coração dela falhou devido ao estresse. Luc está inconsolável. Você deveria ir ver Lila amanhã. Ela ficou devastada quando soube que você estava listada entre os mortos.

Nenhuma menção à reação de Luc à suposta morte de Helena. Sua garganta apertou.

— Como ela está?

— Progredindo. Está bastante saudável.

A bomba havia danificado a fundação da ilha e a infraestrutura de prevenção de enchentes, e era impossível consertar as coisas devido ao risco de exposição. A Resistência também perdera a maioria dos prisioneiros, porque o prédio havia colapsado, incluindo os de Crowther, que ele havia movido para tentar manter longe de Ivy. Foram todos dados como mortos, mas era impossível verificar qualquer coisa dentro da zona de explosão.

Mesmo a ajuda vinda de Novis se tornara difícil de obter, e a gravidade dos ferimentos era grande demais para os convalescentes serem evacuados para Novis. O vizinho monárquico começava a sinalizar um entusiasmo cada vez menor tanto para providenciar recursos quanto para absorver os feridos de Paladia.

A guerra passou de instável à derrocada da Resistência. Sem Althorne ou Ilva, o Conselho fora reduzido a três pessoas. Matias e Crowther, que quase sempre tinham opiniões opostas, e Luc, que não confiava em nenhum dos dois.

Crowther sempre operara nas sombras, permitindo que Ilva fosse a líder com seu apoio tácito. Agora que estava sozinho, parecia diminuir e se contorcer sob o escrutínio gritante de Luc, como uma aranha sem sua teia, andando a esmo com pernas compridas demais.

Uma parte de Helena queria deixá-lo à própria sorte, mas sabia que, quanto menos poder Crowther sentia ter, mais perigoso seria para Kaine.

Ela se sentou, observando-o se movimentar pelo seu escritório, parando em vários mapas e diagramas agora crivados de traços de tinta preta.

— Quantas vezes você se comunicou com… Ferron? — indagou Helena, exausta pela jornada do hospital até a Torre.

— Apenas uma vez, quando ele disse que você estava viva e voltaria quando estivesse fora de perigo. Por quê?

Helena respirou fundo com dificuldade.

— Acho que descobri uma coisa. Desde Wagner… eu estava estudando a matriz, pensando sobre os tipos diferentes de energia de ressonância para entender o processo que Morrough usa.

Um olhar cauteloso surgiu na expressão de Crowther.

— Você sabe que matrizes costumam ser elementais ou celestiais, com cinco ou oito pontas. Mas a piromancia de Luc usa sete, e Wagner desenhou nove para o ritual. Kaine confirmou que eram nove, então tentei pensar de forma diferente sobre a energia. Quando tentei imaginar como funcionaria, fiquei pensando sobre uma sensação que tenho no hospital de vez em quando…

— Marino, vá direto ao ponto.

— Quando um paciente morre, ocorre uma forma invertida da energia que Morrough utiliza para criar os Imortais. A vitalidade muda, e eu consigo senti-la quando se dissipa.

— E...?

— Antes da bomba, descobri uma forma de canalizá-la e contê-la dentro de obsidiana. Não pareceu fazer diferença alguma, mas quando eu estava no hospital de campanha, cortei um dos necrosservos com a pedra, e a criatura desabou... como se a reanimação tivesse sido desfeita.

Crowther olhou para ela bruscamente:

— Tem certeza?

Ela se mexeu e fez uma careta quando a dor atingiu seu peito como um raio.

— Bem, eu estava machucada, mas tenho quase certeza. Pensei a respeito várias vezes. Deveríamos testar. — Ela engoliu em seco. — Tenho mais alguns pedaços de obsidiana e, assim que a minha ressonância estiver estável de novo, posso fazer mais.

— Traga esses pedaços para mim. Vou ver a quem posso repassar essa ideia.

Ele gesticulou para ela se retirar.

Helena não se mexeu. Não que ela esperasse receber crédito, mas não tinha mais intenção de deixar Crowther explorá-la.

— Você deve estar bastante ocupado agora — disse ela.

— Sim, estou.

— Vou ajudar você, mas quero algo em troca.

As sobrancelhas de Crowther se ergueram.

— E, por favor, me diga, o que quer?

— Quero saber e aprovar todas as ordens que der a Kaine.

Os olhos avermelhados de Crowther brilharam.

Helena não piscou.

— Estou lhe oferecendo um acordo. O que você faz é ilícito, e não há mais aliados no Conselho para encobrir suas ações. Você precisa de alguém. Estou me oferecendo para ser essa pessoa, vou lhe dar o que você precisa, da mesma forma que você fazia com Ilva. Mas Kaine é a minha condição.

Uma expressão cruel tomou conta do rosto dele.

— Está superestimando o seu valor, Marino.

A boca de Helena se curvou num sorriso amargo.

— Não estou me superestimando, estou? Você mesmo disse que sou um recurso excepcional. Por que outra razão você e Ilva passariam tanto tempo me manipulando? Sempre tão rápido em tirar vantagem do que sou capaz de fazer, enquanto tratava minhas habilidades como inúteis. Então, por favor, me substitua se for capaz.

Os dedos de Crowther se fecharam em punho, os olhos perigosamente semicerrados, mas ele não disse nada.

O coração dela batia forte contra o osso danificado.

— Você se aproveitou demais de Kaine. Se eu fosse uma curandeira medíocre, já o teria matado uma dezena de vezes nos últimos meses. Já lhe disse isso, mas você me ignorou, porque sabe que eu faria qualquer coisa para salvá-lo.

O rosto dela se contorceu de raiva.

— Mas o fato de ele fazer tudo que você pede não significa que pode continuar exigindo isso. Fiz coisas inconcebíveis pela Chama Eterna, e o deixei sofrer por isso, porque não tínhamos outra escolha. Mas agora, tudo o que conquistamos, as consequências que ele sofreu, tudo foi em vão. Não temos nenhum resultado significativo. Não vou deixar que você continue forçando-o a pagar o preço enquanto ganha tempo.

Crowther ficou em silêncio por um instante.

— Um acordo, então? É isso que está propondo? Você... e sua cooperação... em troca da segurança de Kaine Ferron?

Helena assentiu de leve. Se Kaine fizesse ideia do que ela estava planejando, provavelmente teria arrancado o próprio talismã antes de permitir seu retorno. Decerto ela estava aprendendo; não era mais tão fácil lê-la.

Crowther deu uma risada.

— Que reviravolta estranha nos acontecimentos. — Ele se levantou, ainda rindo. — Muito bem. Siga as minhas ordens, e ele vai permanecer vivo. Não sou Ilva, não tenho interesse em ver Ferron morto prematuramente para me vingar. Por que não usar uma arma útil? Mesmo que essa arma seja uma abominação.

Ele deu a volta na mesa, um sorriso medonho no rosto.

— Sabe, tive uma conversa quase idêntica com Ferron apenas alguns meses atrás.

Helena se recusou a reagir, encarando-o nos olhos.

— Contanto que continue a ser útil para mim, vou deixá-la aprovar as ordens de Ferron. No entanto, ele ainda tem seus deveres. Mas se me desobedecer ou me contrariar, eu vou...

— Sim, sei muito bem o que você vai fazer — interrompeu Helena.

Levou uma semana para a ressonância de Helena se estabilizar. Durante esse tempo, ela agiu como cobaia para Shiseo conforme os dois desenvolviam um comprimido de agentes quelantes, para reduzir a superlotação e a demanda por soro.

Na mesma semana, um especialista em armas deu uma lança de obsidiana para um jovem ambicioso que esperava fazer parte do batalhão de Luc. Mesmo antes de seu retorno, os rumores que chegaram ao Quartel-General falavam de uma arma milagrosamente eficiente.

O especialista em armas não explicou muito sobre meus métodos, embora tenha sido obrigado a admitir que fora Crowther quem lhe dera a obsidiana.

Todos chegaram à conclusão de que as propriedades da obsidiana se deviam à piromancia, que a obsidiana devia ser infundida com o fogo sagrado e purificador.

A nova arma assegurou o lugar e a influência de Crowther não apenas no Conselho, mas na própria Chama Eterna. Quando Helena enfim estava recuperada o suficiente para voltar ao trabalho, disseram-lhe que, por causa de seus ferimentos, ela não ficaria mais na emergência, que fora designada para o trabalho menos rigoroso de cuidados paliativos e ritos finais.

Ela usava um hábito preto pesado com vários bolsos escondidos com pedaços de obsidiana e cuidava dos pacientes que não podiam ser salvos. Ela pensou que tinha visto os piores casos no hospital, mas percebeu que estava acostumada a ver pessoas com alguma chance de sobrevivência.

Agora Helena se sentava ao lado de homens cujo corpo parecia ter sido virado do avesso, o coração exposto, o rosto arrancado. Às vezes, restava tão pouco deles que parecia impossível que ainda estivessem vivos. Eles se agarravam a ela, muitas vezes confundindo-a com outra pessoa.

Ela cuidava deles como uma ave carniceira.

Por mais que a obsidiana fosse um avanço sem precedentes, era impossível acompanhar a demanda, sobretudo pelas mãos de soldados treinados com aço. Embora as pontas fossem mais afiadas do que lâminas, o vidro se quebrava facilmente, tornando as armas pouco confiáveis.

A obsidiana não era apenas efetiva contra necrosservos, mas também contra defuntos. Quando um soldado conseguiu acertar um deles, o defunto morreu, levando todos os necrosservos que criara consigo.

O talismã foi levado e Helena o examinou. Não havia sensação de energia nele. Ela o comparou aos outros. Quando foi cortado ao meio, um pó tão fino quanto poeira escapou dele.

Kaine a chamou naquela noite. Seu anel queimou duas vezes, e ela praticamente correu para fora do Quartel-General. Ficou parada no telhado, a mão pressionada contra o peito, anestesiando a pontada de dor enquanto esperava.

— O que aconteceu hoje? — perguntou ele assim que Amaris pousou com um baque no telhado. Ele não desmontou, o que significava que a conversa seria curta. Ela pôde sentir o peso dos segundos que passaram separados.

— Como assim?

— Fomos todos afastados do combate. Imediatamente. Os necrosservos e Aspirantes continuarão a lutar, mas os Imortais foram todos retirados da linha de frente.

— Alguém matou um defunto com uma obsidiana — contou Helena. — Você acha que talvez ele... o defunto... tenha morrido? Que Morrough não tenha conseguido trazê-lo de volta?

Kaine ficou em silêncio por alguns segundos.

— Parece que vocês encontraram uma arma para nos matar — falou, por fim.

Ela não conseguia ler a emoção na voz dele. Toda a euforia desaparecera.

Helena tinha passado tanto tempo com medo da imortalidade dele, sabendo que se fosse descoberto ou capturado não teria como escapar, que Kaine podia ser torturado para sempre, sem nem mesmo a esperança da morte.

Agora era provável que ele pudesse morrer.

Helena tornara aquilo possível. Ela não o tinha salvado; tinha criado uma nova forma de perdê-lo.

— Tome cuidado — disse ela.

Ele a observava.

— Eles deixaram você se recuperar totalmente antes de colocá-la de volta ao trabalho?

Ela conseguiu dar um sorriso.

— Sim. Fui tirada da emergência. Meus deveres são menos rigorosos agora.

Ele assentiu.

— Bem, já é alguma coisa.

Houve uma pausa. Havia tanta coisa que ela queria dizer a ele, mas Helena sabia que Kaine já se demorava demais ali.

— Se a obsidiana fizer o que pensamos que faz, a Chama Eterna enfim será uma ameaça verdadeira a Morrough. Ele com certeza vai responder à altura — afirmou Kaine, por fim. — Vocês devem se preparar para isso.

Ela assentiu sem dizer nada. Os braços dele relaxaram nas rédeas, e, na mesma hora, Amaris lançou-se para o céu, o vento soprando por suas asas.

— Não morra.

Ela deve ter dito aquilo baixo demais, porque Kaine não respondeu.

CAPÍTULO 61

Julius, 1787

Crowther mantinha Helena ocupada mesmo quando ela estava em seu dia de folga no hospital.

Desde que havia provado seu valor durante o interrogatório de Mandl, ele não via motivo para não continuar a usá-la e aumentar sua influência e controle no Conselho. Como Helena se recusava a manipular a vitamancia para fins de tortura, recorria à animancia na tentativa de aperfeiçoar métodos de extração de informações. Não podia se dar ao luxo de errar.

A Helena de dois anos antes não reconheceria a pessoa que estava se tornando.

Todos os limites que acreditava ser incapaz de ultrapassar foram cruzados sem hesitação.

Às vezes, ela exagerava e sentia sua mente se fundir à de um prisioneiro, sua consciência e a dele ocupando o mesmo espaço mental por um breve momento. Logo depois, os detentos caíam doentes e febris, como se tivessem sido envenenados, mas a técnica era eficaz, por isso ela ignorava os efeitos colaterais, tachando-os de suportáveis, até Crowther lhe contar que duas das "cobaias" tinham morrido.

Até então, Helena nunca tinha sido responsável por uma morte. Não daquela forma. Depois daquilo, passou a tomar muito cuidado. Crowther considerara aquilo perda de tempo e excesso de zelo, mas ela chegou à conclusão de que sessões breves e recorrentes eram mais seguras e a febre, mais amena. Parecia que os prisioneiros desenvolviam algum nível de tolerância quando seguiam aqueles critérios, o que tornava ainda mais fácil para Helena extrair o que buscava.

— Acho que talvez dê para curar Titus Bayard — contou a Shiseo, já tarde da noite.

A Chama Eterna havia escolhido um novo General para o Conselho. Perderam tanta gente no bombardeio que a linha de sucessão se tornara uma bola de neve. Hutchens tinha um bom histórico, mas se deslumbrava demais com Luc.

Shiseo fez uma pausa, afastando o olhar da faca de obsidiana que criava.

Helena respirou fundo.

— Quando o General Bayard foi ferido, eu não entendi o que precisava fazer... não havia percebido que um ferimento como o dele era diferente dos outros. Eu tive uma ideia no início deste ano, mas, quando tentei testá-la, Titus reagiu mal. — Ela baixou o olhar. — Com o trabalho que tenho feito, entendi que a solução é avançar aos poucos, aumentando a tolerância. Acho que dessa forma pode ser que funcione.

— Como? — questionou Shiseo, inclinando a cabeça.

Antes de explicar, ela umedeceu os lábios.

— A mente segue certos caminhos, pensamentos e lembranças. Quando curei Titus, eu não sabia disso e o aprisionei. Talvez seja tarde demais, mas, se conseguir entrar, pode ser que eu encontre uma saída para ele. — Ela engoliu em seco. — Às vezes eu mesma faço algo parecido. Uso a ressonância para alterar o modo como penso, até onde minha mente chega.

Shiseo refletiu por um instante.

— Parece complicado.

Helena olhou para baixo de novo.

— Acho que pelo menos vou tentar.

— Faça como quiser. — Crowther pareceu indiferente. — Se matar Bayard, vai ser uma boca a menos para alimentar.

— Estou tentando ser útil — disse Helena.

Ele curvou os lábios.

— Quando eu precisar de alguma coisa, te aviso, Marino.

Eles tinham acabado de ficar sabendo que Kaine fora mandado para Hevgoss numa missão diplomática sem qualquer aviso. Ele nem tivera tempo de lhe contar, só enviara uma mensagem codificada por um dos canais de rádio pouco antes de partir. Sem nem uma despedida.

A única coisa indo bem era a gravidez de Lila, que estava entediada, mas saudável. Helena nunca a tinha visto tão bem. Não havia risco de aborto espontâneo.

— Você está bem? — perguntou Lila.

Helena descansou a mão na barriga dela, os olhos fechados, tentando distinguir os batimentos cardíacos de Lila dos do bebê para investigar se estava tudo bem.

Batimentos cardíacos fetais eram muito mais rápidos, mas sentir duas pessoas ao mesmo tempo era confuso.

Quando abriu os olhos, os sentiu secos e ardendo, de tanto cansaço.

— Estou bem — respondeu, embora por dentro a sensação era de estar caindo de um precipício.

Quase não vira Kaine, e nem sequer sabia quando ele iria voltar. Helena passava os dias esperando pessoas morrerem, já até havia desistido de tentar salvá-las.

Lila não se convenceu.

— Não parece. Pela sua cara, você não tem pregado os olhos. Pace disse que você se feriu feio. Já se recuperou? A senhorita sabe melhor do que ninguém como uma recuperação total é importante.

Helena balançou a cabeça.

— Não é isso. Meus turnos estão mais longos, mas não são difíceis. Preciso ir, tenho... mais coisas para fazer.

Quando se levantou, Lila insistiu:

— Você não fala em voz alta, mas me acha uma egoísta, não é?

Helena suspirou, olhando para as próprias mãos.

— Você passou por tanta coisa. Não a culpo por desejar algo, só não entendo a razão para querer isso logo agora. Deveria pelo menos ir para Novis, onde estaria segura. — Ela deu de ombros. — Talvez o fato de terem o herdeiro do Principado bastasse para convencê-los a enviar alguns suprimentos médicos.

Lila se recusava a "sair da quarentena", fingindo ainda estar com Tosse de Charneca.

— Quero esperar mais um pouquinho — explicou Lila. — Só para ter certeza.

Rhea e Titus aguardavam numa das salas privadas. Como queria discutir sobre uma possível opção de tratamento, Helena escrevera para Rhea.

— O que isso quer dizer, exatamente? — questionou Rhea, segurando Titus pelo braço para impedi-lo de se afastar.

— Seria uma série de procedimentos — explicou Helena, secando a palma das mãos nas vestes pretas. — É parecido com o que tentei no início do ano, mas agora sei como controlar a reação. Se trabalharmos aos poucos, com procedimentos breves seguidos de períodos de recuperação, acho que Titus vai se adaptar ao processo. E aí posso tentar curá-lo sem causar a reação de antes.

Rhea apertou a mão de Titus e se inclinou para Helena, os olhos brilhando.

— Então você já fez isso antes? — questionou Rhea, a voz trêmula e carregada de expectativa.

Helena pigarreou, não queria alimentar as esperanças da mulher.

— Não exatamente, foi um procedimento parecido. Mas há riscos. Já ouviu falar em mitridização?

Rhea fez que não com a cabeça, e Helena respirou fundo antes de continuar:

— É um método para desenvolver imunidade a venenos por meio de baixas dosagens. O processo de cura de Titus será... parecido. Ele terá um tipo de resposta imune à... ressonância, na forma de febres cerebrais que serão monitoradas e mantidas sob controle. Se, quando acontecerem, forem muito altas, os intervalos serão mais longos. O objetivo será aumentar a tolerância dele à minha ressonância nas áreas mais sensíveis do cérebro.

A maior parte do que ela dizia era verdade. Helena omitira apenas alguns detalhes.

— Tudo bem. — Rhea assentiu. — Sim, o que você puder fazer...

Antes que ela terminasse de falar, Luc abriu a porta e entrou, com Sebastian vindo logo atrás.

— Rhea, o que está fazendo? — interrogou Luc, ofegante.

A mulher pareceu alarmada com a intromissão.

— Helena encontrou uma forma de curar Titus.

Luc virou-se para a vitamante com um olhar severo e cortante.

— Você não pode estar falando sério.

Helena pensou em responder, mas não se tratava de uma pergunta nem fora dirigida a ela. Luc se voltou para Rhea outra vez.

— Vai confiar nela depois do que fez com Soren?

Helena se retraiu. Sua mente quase se jogou no abismo que havia dentro dela. Então engoliu em seco e disse:

— Luc, Soren morreu. Sinto muito por não ter conseguido salvá-lo, mas esse procedimento pode funcionar com Titus. Pense em como seria vantajoso tê-lo de volta.

— É só isso o que importa para você? Ter vantagens? — retrucou Luc, que a encarava com um olhar de repulsa. Depois virou o rosto para Titus, que começava a ficar nervoso com a tensão crescente. — Você olha para o que fez com ele e tudo o que vê é um recurso militar desperdiçado?

— O que está dizendo? Claro que não. Não foi isso o que eu quis dizer.

Ele a fitava com olhos ardentes como o sol.

— Se encostar um dedo nele, eu vou...

— Ela não vai encostar em ninguém — interrompeu Rhea. — Obrigada, Helena... Curandeira Marino. Agradeço pela proposta, mas acho que vamos passar.

Depois de um aceno brusco de cabeça, Luc deu meia-volta e saiu sem olhar para trás. Sebastian hesitou, olhando para Rhea e Titus com uma expressão conflitante, antes de seguir Luc. Quando os dois já estavam longe, Rhea pareceu desmoronar e soltou um suspiro engasgado antes de afundar o rosto nas mãos.

Helena não sabia o que dizer. Ficou sentada, em choque, enquanto Rhea se levantava sem olhar para ela e conduzia Titus porta afora.

Quando se viu sozinha, colocou as luvas e se dirigiu para a Torre da Alquimia. As portas do elevador se abriram e foi uma surpresa ver Sebastian sozinho, com uma expressão cansada no rosto. Ele se deteve e pousou a mão no ombro dela.

— Pelo menos você tentou.

Como não conseguia olhar para ele, Helena encarou o Brasão Solar da armadura.

— Por que ele está agindo desse jeito? — perguntou. — Todos entendem. Mesmo que achem que foi errado, pelo menos entendem. Luc nem tenta.

— Você sabe o porquê — respondeu Sebastian, suspirando.

Apesar de assentir, ela não estava tão certa disso, mas entrou no elevador. Decidiu ir até o quarto de Luc, mas quando se aproximou da porta, os três guardas do lado de fora balançaram a cabeça.

Então foi para o próprio quarto e saiu pela janela, depois deu a volta pela borda do telhado e subiu com cuidado. O cabelo de Luc brilhava à luz dourada do sol poente. Sentava-se sobre os calcanhares, examinando algo que tinha nas mãos e que depois levou à boca. As chamas faiscaram na ponta de seus dedos quando ele puxou o ar para dentro.

O corpo inteiro de Luc pareceu relaxar.

Ao observá-lo, lembrou-se de como o rosto dele era suave e iluminado. A essa altura, a guerra o corroera até os ossos. Lá estava, sem armadura, definhando tanto que lembrava o exoesqueleto de um inseto, como ninfas de libélulas que se grudavam nos juncos. Luc estava oco.

Fumaça saía aos poucos da boca dele, acompanhando o exalar.

Ópio.

Helena ficou chocada com a naturalidade da coisa, como se não fosse um hábito recente.

Luc tirou o cachimbo da boca e a viu. O semblante ficou mais duro, mais alerta.

— Vá embora.

— Não — disse ela, aproximando-se.

Ele voltou a girar o cachimbo nas mãos, a mandíbula cerrada de raiva. Se batesse nela de novo, Helena provavelmente cairia da Torre e morreria.

Manteve-se a alguns passos de distância.

— Eu não consegui salvá-lo. Mesmo que tivesse me matado tentando, não teria conseguido. O que queria que eu tivesse feito?

Em vez de responder, Luc tremeu como uma folha de outono prestes a se desprender do galho. Parecia se esforçar para dizer algo, mas ao mesmo tempo levava o cachimbo de volta aos lábios, os dedos produzindo uma chama fraca. Demorou tanto tragando que, quando parou, quase deixou o cachimbo escapar.

Ela ficou com medo de que Luc caísse e se ajoelhou para segurá-lo, mas ele olhou para cima e a encarou. De repente já não parecia enfurecido, apenas exausto.

— O que aconteceu com a gente, Hel?

O coração patético e sedento de Helena disparou antes que ela percebesse o óbvio. Não era Luc falando, e sim o ópio.

— Uma guerra — disse, e olhou para a cidade em ruínas diante dos dois, uma vista que um dia fora tão bonita.

— Você acreditava em mim — acusou ele, a voz distante. — O que fiz para deixar de acreditar?

— Eu ainda acredito em você, Luc. Mas temos que ganhar esta guerra, não podemos tomar decisões baseadas em como queremos que a história seja contada depois. Há muito em jogo.

— Não. É assim que venceremos. É assim que sempre vencemos. Meu pai e meu avô, todos os Principados desde Orion. Eles venceram porque confiaram que o bem triunfaria sobre o mal, e eu tenho que fazer o mesmo.

Ela o observou, desanimada.

Luc estalou o polegar e o indicador, os anéis de ignição faiscando, e, de novo, as chamas irromperam em sua palma, correndo pelos dedos.

Embalou as chamas como um filhotinho de gato antes de fechar os dedos, deixando apenas uma língua de fogo, que usou para reacender o cachimbo de ópio preso entre os lábios.

Helena fechou as mãos em punho, tentando conter um calafrio ao ouvi-lo tragar.

— Mas e se não for tão simples assim? — perguntou. — Os vencedores sempre dizem que estavam do lado certo, mas são eles que contam a história. Eles escolhem como iremos nos lembrar de tudo. *E se não for assim tão simples?*

Luc balançou a cabeça em negação.

— Orion foi consagrado pelo sol porque se recusou a perder a fé.

Helena suspirou e enterrou o rosto nas mãos.

Ouviu os anéis dele faiscarem e o cachimbo chiar enquanto o ópio virava fumaça.

— Luc... por favor, me deixe ajudá-lo.

Ela tentou se aproximar. Ele recuou, esquivando-se.

— Não... *não toque em mim.*

Luc estava perigosamente perto da beirada do telhado, como se o abismo ainda o chamasse. Helena não sabia mais como trazê-lo de volta, como fazê-lo escutar.

— Você lembra o que prometi, Luc, naquela noite em que veio para cá? — questionou, com súplica na voz.

Ele não respondeu, o olhar fixo, enquanto o pôr do sol iluminava suas feições abatidas como se o pintasse de dourado.

— Eu prometi que faria qualquer coisa por você — disse ela, cerrando os punhos. — Talvez você não tenha entendido até onde eu estava disposta a ir.

— Não diga uma coisa dessas — retorquiu ele, de repente alerta. — Não jogue toda a culpa nas minhas costas. Eu achei que você seria capaz de curá-lo.

Helena fechou os olhos.

— Às vezes as pessoas morrem, Luc. Você não pode salvar todo mundo, nenhum de nós pode. Por favor, me deixe tentar curar Titus.

— Não posso.

Com isso, ele se levantou e cambaleou até a varanda do quarto, desaparecendo de vista.

Depois de duas semanas sem notícias, o anel de Helena enfim ficou quente.

Ela saiu do Quartel-General em disparada, sem perder tempo.

Quando chegou ao telhado e viu Kaine a esperando, ao lado de Amaris, suas pernas quase cederam. Ele vestia uniforme, limpo e arrumado, e usava uma fileira de medalhas como se tivesse recém-chegado de uma cerimônia.

— Você voltou. — Foi tudo o que ela conseguiu dizer, já estendendo os braços embora estivessem a alguns passos de distância.

Ele a puxou para si.

— Você está bem?

Com algum esforço, ela fez que sim com a cabeça, depois se aninhou no peito dele. Sentia-se tão cansada. De olhos fechados, Helena prestou atenção no coração de Kaine, as pernas ameaçando bambear. Tinha-o de volta. Não poderia desejar muito mais do que isso, mas a sensação era a de que muito tempo tinha passado. Era como se cada minuto da ausência dele lhe tivesse provocado dor física.

— Qual o problema? — perguntou Kaine, por fim.

Tudo.

— Não é nada — respondeu ela. — Acho que esqueci como respirar quando você foi embora.

Ele a abraçou mais uma vez, mas parecia tenso, os pensamentos distantes. O medo se infiltrou como sangue na água. Helena levantou a cabeça.

— O que foi?

Kaine não olhava para ela, mas para a luz que brilhava na Torre da Alquimia.

— Imagino que tenha percebido, mas minha viagem foi uma missão diplomática. Fomos estabelecer uma aliança formal com Hevgoss, oferecer pesquisa alquímica em troca de um exército de mercenários.

— Foi o que imaginamos.

— O novo embaixador hevgotiano... gosta da minha companhia. Entretê-lo é minha grande responsabilidade no momento. Sabe se Crowther tem alguma ordem?

— Não — respondeu ela, enfatizando com a cabeça. — Estávamos esperando para ver o que aconteceria. Ele vai solicitar um relatório, mas por enquanto isso é tudo.

— Nenhuma ordem? — perguntou, a voz tensa e os olhos semicerrados.

— Ainda não, você acabou de voltar.

Em vez de parecer aliviado, continuou com a testa franzida, como ficava quando tinha certeza de que ela estava ferida e ele simplesmente não fazia ideia. Kaine deu um passo para trás e a observou da cabeça aos pés.

— O que aconteceu?

Balançando a cabeça em negativa, Helena franziu o cenho.

— Nada.

Era nítido que ele não acreditava nela. Um ar de pânico parecia se insinuar em suas feições, e Helena desejou ter inventado uma tarefa qualquer para ocupar Kaine, que agora estava certo de que algo acontecera com ela em troca da "gentileza" de Crowther. Helena suspirou e pegou a mão dele.

— Depois que Althorne e Ilva morreram, eu disse para Crowther que você estava sobrecarregado. Fiz ele concordar em não exigir tanto de você.

— E ele simplesmente aceitou? — perguntou Kaine, com uma risada curta.

— Não. Fizemos um acordo. Com a obsidiana e a instabilidade do Conselho, ele está vulnerável, precisando de apoio. Me propus a ajudá-lo contanto que pudesse aprovar as ordens que você recebe daqui para a frente.

Em vez de parecer aliviado, ele se desvencilhou do toque de Helena bruscamente.

— Você fez o quê? — Ele cuspiu a pergunta. — Achou que *isso* iria me ajudar? Essa é a última coisa que quero.

Uma bordoada de mágoa e cansaço a atravessou.

— Por quê? A proteção é um direito que só você tem? Quer que eu fique de braços cruzados enquanto você vence a guerra por mim? É isso? — falou ela, gesticulando com raiva.

— O acordo era esse — disparou ele.

— Bom, eu não concordei com isso. Sem falar que não estou fazendo nada perigoso. Já nem posso mais sair da Torre.

Ele a encarou com raiva.

— Kaine... não fique assim.

Ele não cedeu. Parecia haver uma distância interminável entre os dois, como se cercados por todos os seus fantasmas. Ambos estavam exalando morte.

A guerra era um abismo que engolia tudo sem nunca se fartar. Sempre querendo mais. Mais uma vida. Mais sangue. Era preciso ser superior. Ser mais inteligente. Mais forte. Mais rápido. Mais ardiloso. Era preciso aprender a tolerar ainda mais dor.

Mas nunca parecia saciada.

Helena não tinha mais o que sacrificar. Perder o que lhe restava seria custoso demais. Mesmo assim, esperava-se que ela fosse complacente, que cooperasse, mas isso não aconteceu.

— O que quer que eu faça? — ralhou ela com ferocidade, engolindo em seco.

— Não quero você metida na porra desta guerra. — Era notável a raiva na voz de Kaine. — Só consigo pensar no que vai acontecer com você se eu não fizer o que esperam de mim. Se a capturarem, você nem imagina o que eles vão...

— É claro que imagino — interrompeu Helena, irritada. — O que você acha que *eu* fico fazendo? Eu curo aqueles que os Imortais não conseguem matar. Todo mundo... todos do laboratório dos Portos ao Leste. Eu cuidei deles... e os vi morrer. Todos eles morreram. Estou tão ciente dos riscos que às vezes penso que vou perder a cabeça justamente por esse motivo. Por que acha que eu me esforço tanto?

Sua voz falhou. Helena se afastou, atormentada pela decepção e pelo desespero. Convencera-se de que as coisas melhorariam quando ele voltasse, que deixaria de se sentir sufocada.

Tudo o que sentia era um terror renovado, a sensação de que tudo estava desmoronando, e ela não conseguia impedir, até que passou a viver cada segundo se preparando para o pior, incapaz de aproveitar até mesmo os momentos que tinham juntos.

— Vou avisar a Crowther que você voltou. — Seu tom de voz era frio. — Ele vai lhe dizer o que quer.

Queria sumir. Estava tão cansada de tudo, de implorar para que ele não fosse pego, para que não morresse, para que voltasse para ela. Cansada de tentar se convencer de que promessas tinham valor naquela guerra.

— Tome cuidado — pediu Helena, virando-se para ir embora, mas foi impedida quando Kaine segurou seu braço.

— Espere. Não vá.

Ela balançou a cabeça.

— Kaine... Estou muito cansada... Não quero brigar.

— Não vamos brigar — disse ele, aninhando o rosto dela nas mãos. — Venha comigo. Eles conseguem se virar sem você esta noite. Essa sua exaustão é de tanto trabalhar. Não vamos brigar.

Ela só encontrou forças para assentir. O voo foi como um borrão e ela mal sentiu o vento. Quando Amaris aterrissou, Helena praticamente dormia e Kaine a carregou para dentro, onde a deitou na cama. Sentiu quando ele tirou seus sapatos e depois se sentou na beirada do colchão, tocando-a entre os ombros.

Ele estava a salvo. Tinha voltado.

Helena despertou no instante em que ele afastou a mão.

Kaine se deteve.

— Preciso jantar e tomar banho.

Ela segurou a mão dele com tanta força que cravou as unhas na carne.

— Fiquei com medo de você morrer. Você disse que não poderia sair daqui sem um esquema especial, aí depois partiu tão de repente que pensei... que talvez não fosse voltar — desabafou Helena, com a voz embargada. — Você está sempre se enfiando em perigo e eu nunca posso pedir que pare.

Kaine acariciou os nós dos dedos de Helena com o polegar.

— Sabe que eu faria isso se pudesse. Fugiria com você sem pensar duas vezes.

— Eu sei. — Suas palavras ficaram entaladas na garganta. — Não morra, Kaine. Você não pode me deixar sozinha aqui.

A resposta dele foi se acomodar na cama ao lado dela e não se afastar até que Helena parasse de chorar e pegasse no sono.

Quando Kaine voltou, ela despertou com o movimento no colchão e se virou para encontrá-lo na cama outra vez. O cabelo estava úmido e caía sobre os olhos. Helena se aproximou e se deitou nos braços dele, se aconchegando ali e fechando os olhos enquanto o acariciava. Reconheceria a pele dele mesmo de olhos vendados.

Kaine pegou a mão de Helena e rolou até ficar por cima dela.

Ficou observando-a com a tristeza de sempre nos olhos até que ela levantou a cabeça para beijá-lo.

Ele deslizou a mão para cima e a segurou pelo pescoço, o polegar posicionado sob a mandíbula de Helena. O beijo foi lento, aprofundando-se aos poucos enquanto ela entrelaçava os dedos no cabelo de Kaine, quase prateado de tão branco.

Ela nunca nem sonhou que conheceria alguém com tanta intimidade. Sabia muito bem como ele pressionaria os lábios no pescoço dela, sabia como o corpo dele se movia quando Helena ficava por baixo e sabia a intensidade do aperto em seu quadril. Conhecia a sensação dos dentes dele roçando a parte interna de suas coxas e o calor de sua língua.

— Minha. Você é minha — disse enquanto a beijava.

— Sempre.

CAPÍTULO 62

Augustus, 1787

A notícia da aliança dos Imortais com Hevgoss não causou surpresa alguma.

Paladia enviou cartas aos países vizinhos pedindo que se opusessem, encorajando-os a pressionar Hevgoss a retirar seu apoio, mas não receberam muitas respostas. Até mesmo Novis demorou a dar um retorno e, quando o fez, limitou-se a um posicionamento cauteloso.

— Vamos pensar pelo lado bom. A aliança com Hevgoss é um claro sinal de que a ofensiva da obsidiana está surtindo efeito — comentou o General Hutchens, tentando transmitir segurança para os membros da Chama Eterna.

Em teoria, Hutchens tinha um histórico excelente: estivera no comando dos portos e só os cedera após o bombardeio porque a Resistência não conseguiu manter o controle sem deixar o Quartel-General vulnerável. Antes de recuar, Hutchens não apenas sabotou os portos, como o fez quase sem nenhuma baixa. Ele era uma escolha certeira e acreditava de corpo e alma em Luc, em Sol e na Chama Eterna. Confiava plenamente na vitória final.

Detalhes como suprimentos e o trabalho monótono em tempos de guerra não tiravam seu sono. Sol proveria.

No entanto, Crowther não confiava nele, o que gerava uma diferença cada vez maior entre as verdadeiras circunstâncias da guerra e a forma como Hutchens e o resto do Conselho as entendiam.

— O que a gente precisa fazer é aumentar o suprimento de obsidiana e atacá-los com força total antes que os mercenários hevgotianos cheguem.

Helena sentiu vontade de vomitar só com a ideia de produzir mais obsidiana. Mesmo que fosse possível, não eram muitas as pessoas que morriam em circunstâncias nas quais ela poderia estar presente.

— Na última vez que tentamos aplicar uma ofensiva dessas, perdemos território e mais da metade das nossas forças. — Com a inquietação no Conselho, Crowther foi obrigado a se manifestar. Apesar dos argumentos serem pertinentes, ele não tinha o carisma necessário para fazê-los concordar com sua argumentação. Mesmo assim, continuou: — Estou otimista em relação ao efeito da obsidiana, mas ainda há o risco de os mercenários hevgotianos nos forçarem a usar mais núlio. Hevgoss tem poucos alquimistas, os batalhões que chegarem vão vir das prisões.

Hutchens balançou a cabeça em discordância.

— Duvido que veremos mais núlio. Não acho que deem conta de mandar mais nenhum território pelos ares. Os danos também chegaram à Ilha Oeste.

— Vamos nos preparar melhor desta vez — argumentou Luc, que passara a adotar um tom de voz mais grave e autoritário nas reuniões. Antes, falava com certa insegurança, a não ser quando era provocado. — O que aconteceu no passado não importa. Não podemos nos dar ao luxo de ter mais perdas. Os Imortais nunca quiseram soldados vivos. E não dá para negar que essa mudança de tática é um sinal de que estamos fazendo algo certo. Eles recuaram com todos os Imortais, tanto vivos quanto defuntos, restaram apenas os necrosservos e Aspirantes. Qualquer um que tenha estado em combate nos últimos tempos sabe disso, pode perguntar. A obsidiana mudou tudo. Fazer uma aliança é o mesmo que admitir que não conseguem vencer sozinhos. Concordo com Hutchens, acho que devemos atacá-los sem piedade. Os Imortais estão tentando se esconder, mas nós vamos atrás deles.

— Mesmo se fosse possível vencer com uma investida tão decisiva, ainda existe o risco de Hevgoss tentar se infiltrar e coletar os frutos da guerra, independentemente de quem sair vitorioso — apontou Crowther. — Talvez seja a hora de negociar com Novis. Por mais reticentes que tenham estado nos últimos meses, duvido que a rainha esteja contente com o interesse de Hevgoss nos recursos de Paladia. Se apresentarmos bons argumentos, talvez ela renove o apoio. Com uma visita diplomática de alto nível como demonstração de respeito, quem sabe...

— Não vou deixar Paladia — afirmou Luc, interrompendo Crowther sem disfarçar um olhar de desdém. — Acha que partir numa missão diplomática em meio a rumores de reforços vindos de Hevgoss inspiraria confiança nas tropas?

Crowther franziu a testa.

— Você seria nosso melhor negociador. Sua presença na Corte de Novis seria um elogio maior do que quaisquer outros recursos, ou representantes, vindos de nós. Qualquer outro substituto seria…

— Isso está fora de cogitação. Se quiser enviar outra pessoa para Novis, fique à vontade, mas eu vou ficar em Paladia. — Havia uma fúria intensa na negativa de Luc.

Helena já sabia que Crowther pretendia fazer aquela proposta. Até considerara a possibilidade de revelar a gravidez de Lila na tentativa de coagir Luc a fazer a viagem sob o pretexto de escoltá-la, bem como seu "herdeiro", a um lugar seguro. Mas Lila continuava firme quanto à decisão de esconder a gravidez. Seria arriscado revelá-la no contexto da fuga para Novis.

Por fim, Matias foi o escolhido para viajar com uma caixa de ouro transmutada por Luc. Não era o desejável, mas, enquanto observava a partida cerimoniosa dele, Helena sentiu um antigo nó se desfazer no peito.

Assim que ele cruzou a fronteira, a Resistência começou a se preparar para a batalha.

Aquilo era suicídio. Não tinham combatentes nem recursos suficientes. Os grupos de busca foram enviados para os escombros para tentar recuperar o máximo de armas e armaduras que conseguissem encontrar. Todos foram terminantemente proibidos de trazer qualquer um dos mortos de volta. Os que padeceram na zona contaminada tinham que ser deixados onde estavam até que encontrassem um meio seguro para removê-los.

Qualquer um poderia se voluntariar para lutar, alquimista ou não, adultos e crianças, homens e mulheres. Já não havia tempo para treinar ninguém. Nem mesmo havia armas para todos. Meninos e meninas treinavam com varetas, tentando fazer estilingues. Também não tinham armadura, já que não havia nenhuma disponível no tamanho deles.

A cena deixava Helena nauseada.

Não passavam de sacrifícios. Virariam picadinho em minutos.

Mas a Resistência preferia fazer aquilo a recorrer à necromancia. Aquele ataque fadado ao fracasso requeria um milagre, era baseado na convicção de que seriam recompensados, caso arriscassem tudo. Glória, bênçãos e a eternidade estavam à espera daqueles que acreditavam.

Assim como Sol abençoara Orion.

No entanto, já não podiam contar com Ilva para criar um milagre.

— Quero construir uma bomba — anunciou Helena ao entrar no escritório de Crowther no meio da noite.

Crowther nunca dormia. Seu rosto, já magro, estava esquelético e aparentava ter oitenta anos, embora Helena soubesse que ele ainda nem tinha chegado aos cinquenta.

— Não sabia que explosivos eram uma de suas especialidades — rebateu ele, com desprezo.

Ela se sentou mesmo sem convite. Crowther suspirou.

Helena achava que Kaine já tinha testado todos os limites de conflito interno que ela poderia enfrentar, mas Crowther estava em outro nível. Ela nunca tinha odiado e precisado de alguém com tamanha intensidade.

Ele era o único disposto a ajudá-la a fazer algo importante, o único membro da Chama Eterna que ao menos parava para ouvi-la. No entanto, ele usava a obediência dela como uma arma contra Kaine.

A caça aos espiões em meio aos Imortais fora intensificada e todos os outros informantes deles tinham desaparecido sem deixar rastros. O risco de usar Kaine ou as informações que ele fornecia se tornara grande demais.

— Eu ajudava Luc com os fundamentos da piromancia. Conheço bem os processos técnicos da função incendiária. As regras se aplicam com ou sem ressonância — explicou.

Crowther arqueou uma das sobrancelhas e mexeu os dedos da mão esquerda, fazendo com que os anéis de ignição se tocassem.

— Faz um tempo que ando pensando nisso. — Ela sentiu a garganta doer de ansiedade. — Podemos usar a obsidiana da mesma maneira que os Imortais usaram a bomba de núlio. Também poderíamos usar núlio.

— A explosão não derreteria a obsidiana?

— Não. Shiseo tem certa experiência com pirotecnia, já que ela é muito usada em celebrações no Leste. Juntos, temos uma quantidade razoável de conhecimento técnico. Se fizermos um bom trabalho, vamos poder utilizar a força explosiva, mas limitar o calor. Não vai chegar nem perto do bombardeio deles, mas não precisamos que chegue.

— Você soa extremamente confiante para alguém que só tem um certificado de nível básico em alquimia.

Helena tensionou a mandíbula, mas continuou:

— Temos muitos fragmentos de obsidiana. Quando as lapidamos, descartamos cacos e pedaços muito finos, ou pequenos demais, para serem aproveitados. Não preciso de nada além disso, então não vai afetar a produção. — Ela puxou um maço de papéis dobrados. — Vamos precisar que esses componentes sejam forjados na Caldeira de Athanor.

Crowther passou os olhos pelos diagramas.

— Não posso prometer nada, mas... — Ele suspirou. — Talvez venha a calhar.

Helena se sentia desesperada e apavorada com o que estava por vir. Se o ataque tivesse êxito, se a bomba bastasse para enfraquecer Morrough, será que Luc conseguiria matá-lo?

E, caso desse certo, o que aconteceria com Kaine?

À noite, tinha pesadelos em que revirava o cadáver de Morrough na escuridão. Com os braços cobertos de sangue, arrancava os ossos dele numa busca desesperada pelo pedaço que mantinha Kaine vivo. No sonho, Luc sempre se aproximava como um sol nascente.

Ela implorava por mais tempo, tentava se explicar, mas Luc nunca a ouvia. E todas as vezes, ela também queimava.

Na luz fria do dia, Helena se deu conta de que não seria assim. Estaria no Quartel-General, no hospital. Só ficaria sabendo de algo quando já fosse tarde demais.

Todos os dias se perguntava se não estaria se dirigindo rumo à própria tragédia e à destruição de Kaine.

Depois da péssima reação dele ao mero envolvimento de Helena nos esforços de guerra, ela decidiu ficar quieta quanto à bomba. Não foi algo difícil de se esconder, já que Kaine tinha tantos compromissos com o embaixador que era raro ter tempo de fazer qualquer coisa que não fosse trocar informações urgentes.

Foi só quando ela e Shiseo completaram todos os componentes que Helena foi até o telhado e o chamou. Teve que esperar um tempo considerável e, quando Kaine apareceu, estava elegante, vestindo um traje formal e sofisticado.

— Não posso ficar — disse. — O que foi?

— Temos uma nova arma — respondeu ela de pronto. — Vai acontecer algum evento ou tem algum lugar aqui por perto em que os Imortais estarão em peso? Um lugar em que você não estará. Podemos plantá-la com até dois dias de antecedência.

O semblante dele se endureceu.

— Uma bomba?

Ela confirmou com um movimento breve de cabeça.

— Obsidiana?

— E núlio, então você precisa estar bem longe.

— Espero que não estejam construindo isso no Quartel-General — comentou ele, olhando para Helena com firmeza.

— Não. É um local fora daqui — respondeu Helena.

Ele pareceu relaxar.

— Bom, até que enfim a Resistência está levando a sério esse ataque final. Os hevgotianos vão cruzar a fronteira oeste daqui a uma semana, mas vários militantes e oficiais vão chegar amanhã. Vai haver um banquete de boas-vindas na noite seguinte. A maioria dos Imortais vai comparecer, talvez até Morrough apareça.

Ela concordou com um gesto de cabeça. Aquilo poderia funcionar.

— Consegue plantá-la sem levantar suspeitas? E depois fugir?

O olhar dele se suavizou.

— Ninguém presta atenção nos necrosservos como deveria, já que deduzem que quem os usa está do lado deles. Posso pegar o necrosservo de outra pessoa. Isso tornaria difícil o associarem a mim.

— E você não vai estar lá? Quando explodir? — perguntou ela, com medo de que ele tentasse evitar a pergunta.

Parados ali, um de frente para o outro, pareciam de universos diferentes. Ele estava limpo e arrumado, usando uma fileira de medalhas. Ela, por outro lado, estava praticamente às traças, vestindo roupas de corte masculino que foram usadas e lavadas até se tornarem quase farrapos.

— A que distância preciso estar?

— O suficiente para o ar não chegar até você, porque vai ficar cheio de partículas da explosão. Não sabemos qual será o efeito, então você precisa estar bem longe.

— Posso sair para cumprir alguma tarefa quando o momento chegar. O embaixador adora ser inconveniente, aposto que consigo convencê-lo a querer algo absurdo e demorado.

Ela assentiu.

— E que seja bem longe. Vou levar a bomba amanhã à noite.

— Nem pensar. — A voz dele ressoou como um chicote e toda a sua suavidade desapareceu. — Crowther não vai te usar para transportar uma bomba.

— Não vai ser ativada até que os componentes entrem em contato. E há uma contagem regressiva, então não vai explodir enquanto eu a carrego — explicou Helena. — Não dá para montá-la sem saber como juntar as peças.

— Não quero saber. Mande Crowther se virar.

Kaine empalidecera e aquele brilho que não parecia humano surgira em sua pele.

— Mas se eu não for, só vamos nos ver... depois. — Ela estava pronta para recorrer ao que fosse preciso para que ele cooperasse.

Mas Kaine estava decidido.

— Então nos veremos depois. Mande outra pessoa.

O ar pareceu ficar preso no peito de Helena.

— Kaine...

Ele a fuzilou com o olhar.

— Eu encontrei você depois de um bombardeio e tive que assistir enquanto te abriam para retirar os estilhaços. Você quase morreu tantas vezes na mesa de cirurgia que eu perdi a conta. Um centímetro mais perto da explosão e seu coração teria sido atingido. Eu vou plantar a bomba, juro, mas você não vai encostar um dedo nela. Estamos entendidos?

Ela engoliu em seco com amargura, grata por não ter contado nenhum detalhe que pudesse revelar seu envolvimento.

— Tudo bem. Se é isso que você quer.

Helena se virou para ir embora. Havia muito a ser feito. Precisava terminar o inventário e a bomba, além de ajudar a preparar o hospital. Tinha sido mandada de volta para os plantões.

Mas Kaine a segurou pelo braço.

— Volte daqui a algumas horas.

— Agora não é hora para isso — disse ela, balançando a cabeça.

Kaine não queria soltá-la, como se tivesse se esquecido de que era ele quem não podia se demorar. Helena desejou que aquilo tivesse começado antes. Tinham perdido tempo demais. Por fim, decidiu ceder.

— Tudo bem. Mas agora você tem que ir.

Ele a soltou devagar.

— Eu te chamo.

Depois de falar com Crowther, Helena se dirigiu ao laboratório externo, onde ela e Shiseo montaram os componentes finais da bomba usando ressonância em conjunto. A estrutura ficara o mais compacta possível, e ainda era quase do tamanho de uma criança. Seria preciso posicioná-la bem no centro do cômodo.

Bombas não eram uma invenção alquímica recente, mas foram proibidas por quase cem anos depois que foi decidido que eram um recurso brutal e prejudicial à civilização. Mas a proibição não impedira que fossem desenvolvidas, e todo mundo sabia da preferência de Hevgoss por essa tecnologia, considerando-a um equalizador contra alquimistas.

Com a manipulação correta de ar e chamas, Luc tinha bombas de fogo na ponta dos dedos. Grande parte de seus estudos envolvera matrizes e detalhes técnicos, explorando todas as maneiras pelas quais o fogo poderia ser manipulado e usado como arma. Helena fizera uso de grande parte desses ensinamentos.

O segredo tinha sido projetar algo que causasse uma explosão potente sem derreter a obsidiana.

Shiseo ensinara-lhe uma técnica para a fusão de uma liga combinada utilizando a transmutação de matriz dupla. Era complicada e perigosa mesmo com todas as matrizes estabilizando a ressonância e, na tentativa de aperfeiçoá-la, Helena queimara a ponta de vários dedos quase até o osso.

— Você está bem? — perguntou Shiseo enquanto ela se sentava para tentar regenerar a pele das mãos.

A dor nos dedos era tanta que chegava a ser difícil até mesmo sentir a própria ressonância, mas os anos de prática tornaram natural acalmar as terminações nervosas afetadas e regenerá-las. Mais tarde, ela repararia a camada dérmica para garantir que o ferimento não ficasse aparente.

— Não foi nada de mais — respondeu, piscando com força e olhando para as linhas que cruzavam seus dedos e a palma da mão.

Por hábito, pressionou os dedos no esterno, tateando a leve concavidade no osso. A cicatriz estava sumindo, mas a dor permanecia.

— Terminamos?

Ele colocou as duas peças na bancada sob o olhar cauteloso de Helena. Shiseo se voltou para ela.

— Podemos terminar isso amanhã. Suas mãos precisam se recuperar e você, descansar.

— Vou descansar hoje à noite — respondeu, com um sorriso cansado.

Continuou ocupada até tarde da noite, revisando o inventário médico várias vezes. As injeções de epinefrina estavam quase acabando, mas não havia nenhum registro de quem as pegara. Se Elain iria administrar todos os processos, o mínimo que podia fazer era impor as regras.

Estava enrolando os carretéis de ataduras esterilizadas quando sentiu o anel arder.

Assim que Amaris aterrissou, Kaine a pegou no telhado e logo estavam novamente no ar. Quando entraram, ele a pressionou contra a parede, buscando a boca dela com voracidade.

Em resposta, Helena o agarrou com força. Os dedos seguiam dormentes, mas ela mal percebeu.

Encostando a testa na dela, Kaine deslizou as mãos até envolver o rosto de Helena e deixou que a respiração dos dois se misturasse por um momento, antes de beijá-la mais uma vez, levando-a para um corredor. Todos os movimentos eram acelerados. O tempo que tinham sempre era curto.

Um dia, Helena prometeu a si mesma, *um dia eu vou amá-lo sem correr contra o tempo.*

— Você está bem? — perguntou ele depois de entrarem em um cômodo claro o suficiente para que Kaine pudesse enxergá-la bem.

Kaine estendeu a mão, e Helena soube que, se a tocasse, ele usaria a ressonância e descobriria que tinha ferido as mãos recentemente. Em vez disso, agarrou a mão dele e a fechou contra o peito.

— Estou. Agora estou.

Quando Kaine a encarou, ela sabia que parecia cansada, além de muito magra e pálida por estar sempre em ambientes fechados, com pouca luz natural. O bombardeio destruíra a maioria das janelas, e as poucas que restaram foram lacradas com tábuas para o caso de o vento soprar núlio para dentro do Quartel-General outra vez.

— Eu devia ter te chamado antes. — Kaine acariciou a bochecha de Helena com o polegar.

Ela balançou a cabeça.

— Não valeria a pena se arriscar assim. É perigoso voar tão perto, alguém pode te acertar com obsidiana. — Um tremor a percorreu ao dizer aquilo em voz alta. — Não deveríamos continuar com isso. É um risco idiota.

De repente, ela começou a ofegar. Ele desvencilhou a mão da de Helena para segurar o rosto dela entre as mãos, como se quisesse acalmar sua mente.

— Estamos seguros aqui.

Por enquanto.

Mas não de verdade. Isso jamais.

Mesmo assim ela assentiu, tentando acreditar e não querendo envenenar o pouco tempo que tinham juntos. Ficou na ponta dos pés e o beijou, passando os braços dele ao redor do corpo.

Por favor, que esta não seja a última vez.

Ela não fechou os olhos. Manteve-os abertos e observou Kaine, tentando memorizar cada detalhe. Helena queria se lembrar de tudo: a sensação de tocá-lo e de tê-lo colado a si, como se isso bastasse para tornar aquele segredo real a ponto de ser duradouro. Como se pudesse gravá-lo no universo de tal forma que nem mesmo uma guerra seria capaz de apagar os dois.

Depois, ele a aconchegou contra o peito e encostou o queixo no topo da cabeça dela enquanto acariciava suas costas.

Eu vou cuidar de você. Sempre vou cuidar de você.

Kaine não dissera aquelas palavras em voz alta, mas Helena as ouvia no ar que os cercava, nos movimentos da mandíbula dele ao formá-las apenas com os lábios.

Nutrira a esperança de dormir, de ter uma última hora de paz, mas sentia medo. Bastou se sentar que o olhar de Kaine no mesmo instante se tornou alerta. Ela não disse nada por um momento, de mãos dadas com ele, observando seu rosto, aquele lado dele que era só dela.

Ao entrelaçar os dedos nos dele, tentou encontrar as palavras certas.

— Kaine — disse ela, por fim. — Existe uma chance de... Nós achamos que esse ataque poderá colocar um fim à guerra. Não temos... Se este não for o caso, não sabemos ao certo quanto tempo mais vamos durar.

A mão dele se contraiu.

— Se não for o caso... — O peito de Helena estremeceu com um soluço entrecortado disfarçado de risada. — Bom, nós vamos continuar lutando. Mas, se for... Se esta guerra acabar... Não sei o que vai acontecer com você. Sinto muito. Fiz de tudo para encontrar uma saída. — Ela olhou para baixo. — Mas não consegui.

— Vou ficar bem — afirmou Kaine.

Ela balançou a cabeça.

— Se Morrough morrer, talvez sua alma simplesmente volte para você. A gente não sabe se isso não vai acontecer. Existe uma chance. Ou talvez só a Pedra seja suficiente para...

Helena sonhava alto e os dois sabiam muito bem.

— É uma possibilidade — insistiu ela, apertando a mão dele. — Se isso acontecer, se você ficar bem quando tudo acabar, você tem que fugir. Tá? Fuja o mais rápido que puder. Não deixe que te peguem.

— E onde você vai estar? — indagou ele, estreitando os olhos.

Ela baixou o olhar, brincando com o anel no dedo dele. Fazia tanto tempo que não via o dela.

— Você me conhece. Vou estar no hospital, cuidando de muitos enfermos, e não vou poder partir quando bem entender... então vá na frente. Eu alcanço você.

Kaine riu como se fosse algo impensável.

— Se eu sobreviver, não vou a lugar algum sem você.

Helena pressionou os dedos na boca dele para calá-lo.

— É sério. Escute aqui. Você tem que prometer. Não pode correr o risco de ser capturado.

Kaine afastou a mão dela, mas ela não permitiu que ele a interrompesse. Helena pensara bastante no assunto, sabia que Crowther não a deixaria fugir sem pagar por sua necromancia. Se tivesse sorte, só seria expulsa da Chama Eterna, e essa seria a solução mais rápida e pacífica, mas mesmo isso poderia demorar semanas ou meses.

— Siga para o Sul, rumo ao mar. Quando puder, vou procurar você e vai ser como combinamos. Vamos sumir do mapa.

— E por quanto tempo você sugere que eu espere? — perguntou ele, a testa franzida.

Olhando para baixo, ela respondeu:

— Não sei. Talvez... demore um pouquinho.

— Por quê?

— Porque... várias coisas vão acontecer quando tudo acabar. Mas tenho certeza de que, quando chegar a hora, eles vão torcer para que eu desapareça, então vou correndo atrás de você, tudo bem? Acho que vai ser melhor assim. Para você. Talvez você perceba que quer outras coisas quando tiver a oportunidade de escolher.

Kaine a segurou pela nuca, puxando o rosto de Helena para si até que tocassem o nariz um no outro.

— Você é minha — disse, quase contra a boca dela. — Minha. Você jurou. A Resistência a vendeu para mim. Eu não vou a lugar algum sem você. E se alguém tocar em você, Imortal ou não, vou matá-lo.

Ele não esperou por uma resposta, apenas a beijou como se pudesse marcá-la usando a própria boca.

Shiseo era a única outra pessoa que poderia levar a bomba. Ele e Helena revestiram a parte externa do dispositivo com uma fina camada de *mo'lian'shi*, que Shiseo extraíra do pó de núlio, e depois aplicaram o elixir de refração de Helena. Ele tinha mexido na composição e o fizera funcionar em superfícies maiores.

Após montada, seria difícil notá-la, e a inércia a tornaria invisível para qualquer um que a procurasse por meio da ressonância.

Ao terminarem, Helena tirou o anel e o analisou. O efeito de refração estava se desfazendo. Se fosse pega, seria revistada e todo e qualquer metal seria apreendido, inclusive o anel de Kaine.

— É possível que o *mo'lian'shi* interfira na harmonia espelhada? — perguntou.

Shiseo observou o anel semivisível.

— Se uma partezinha ficar exposta, é bem provável que ainda consiga usá-lo. — Ele a olhou com atenção. — Vai permanecer oculto caso alguém reviste você usando ressonância. A menos que sejam extremamente minuciosos.

Era tudo o que ela precisava ouvir. Depois de murmurar um pedido de desculpas para Kaine pela queimadura que estava prestes a sofrer, ela cobriu todas as partes, exceto uma. Quando o anel esfriou, ela o mergulhou no elixir de refração, restaurando o sigilo e vendo-o desaparecer.

Quando Shiseo partiu com a bomba, Helena foi ver como Lila estava. Se houvesse uma superlotação no hospital, demoraria um pouco para voltar a visitá-la.

A barriga já estava bem redondinha, mas ela se encontrava num estado quase maníaco de arrependimento, roera as unhas até o sabugo e, pela primeira vez, questionava a decisão de manter a gravidez.

— Não acredito que a batalha final está acontecendo agora — disse ela, olhando para os combatentes que se agrupavam lá embaixo. — Era para eu estar lá.

— Não tinha como você saber — replicou Helena, cansada.

Era tarde demais para que Lila mudasse de ideia.

— Acha que é o fim? — perguntou Lila. — Nossas chances são boas?

— Na medida do possível.

Ganhando ou perdendo, tudo o que sentia era medo, mas aquilo precisava ter um fim. Não podia continuar.

— Ele está acordado. Venha sentir. Bem aqui — falou Lila, pegando a mão de Helena e a colocando sobre a barriga, logo acima do osso do quadril. Depois de um momento, sem usar a ressonância, ela sentiu uma vibração curiosa contra a mão. — Está sentindo?

Helena assentiu, deixando a ressonância passar por Lila até o bebê e encontrando um batimento cardíaco rápido como o bater das asas de um pássaro.

O bebê parou de chutar.

— Ele deve ter ido dormir — concluiu Lila.

Helena ainda não sabia como ela tinha tanta certeza de que o bebê era menino, mas mesmo assim decidira chamá-lo de Apollo, o apelidando de "Pol".

— Você tinha que ver à noite! Parece que está dando cambalhotas dentro da barriga. Chego a sentir os pés dele na altura das costelas.

— Não faço ideia de quem ele pode ter puxado os genes de atleta — provocou Helena, afastando a mão.

— Ele vai poder se divertir de uma forma que nunca pudemos. — Lila baixou a blusa, cobrindo a barriga. — Sabe, acho que estou feliz por saber que ele será um bebê em tempos de paz. Aposto que nos próximos anos muitos bebês vão nascer, e depois todos vão estudar juntos no Instituto, como a gente. Você pensa em ter filhos?

Helena negou com a cabeça, sem dizer nada.

— Talvez mude de ideia um dia — opinou Lila em tom persuasivo. — Só precisa encontrar a pessoa certa. Você seria uma boa mãe.

— Eu sou curandeira. Nós não fazemos esse tipo de coisa.

— Mas você só virou curandeira por causa da guerra, ninguém espera que continue nesse posto depois que ela acabar.

Apesar de todo o excepcionalismo e da clara noção do importante papel que *ela* ocupava, Lila parecia, por alguma razão, incapaz de enxergar que a maioria das pessoas nunca tivera as mesmas chances que ela, fosse por diferenças de realidade ou de habilidades. Ela era um talento singular, com uma beleza impressionante e um sobrenome que carregava séculos de legado. As regras não eram flexíveis para outras pessoas como eram para ela, muito menos para Helena.

— Eu realmente acho que você deveria contar para Luc — afirmou, mudando de assunto. — Ele precisa saber antes do início da batalha. Pelo menos assim, se tudo der errado, a Chama Eterna vai estar ciente do quanto é importante manter você em segurança.

Lila ficou em silêncio por um intervalo surpreendentemente longo.

— Ele já sabe — contou em voz baixa, desviando o olhar.

— O quê?

— Quando eu estava em quarentena, Luc veio me ver. Entrou pela janela. Estava morrendo de preocupação, então contei a verdade. Ele disse que, se ficassem sabendo, me obrigariam a ir embora, me mandariam para Novis. Ele precisava da minha ajuda, então continuei falando que queria manter a gravidez em segredo. Luc me fez prometer não contar para ninguém.

Por bastante tempo, Helena ficou sem reação.

— Então ele sempre soube da gravidez e que sou eu quem está cuidando de você?

Se Luc sabia e estava de acordo, por que não permitiu que ela curasse Titus? Aquilo não fazia sentido.

Lila ruborizou.

— Desculpe. Eu queria te contar, mas não queria que Luc ficasse chateado. Ele não anda muito bem.

— Preciso ir — anunciou Helena, atônita.

Lila entrou na frente da porta para impedi-la.

— Não. Sei que você está com raiva. Por favor, me deixe explicar.

Helena a encarou. Lila era parecida até demais com o pai, quase como uma versão feminina dele. A altura, o cabelo claro e os olhos azuis, até mesmo a cicatriz na bochecha.

— Não quero uma explicação sua — rebateu ela. — Preciso falar com Luc.

Helena revirou a Torre atrás de Luc, mas cada pessoa com quem falava lhe dava uma informação diferente. Ele estava em reunião. Dormindo. Estava na área comum. Para onde quer que fosse, Luc sempre parecia ter saído alguns minutos antes de sua chegada.

Por fim, o encontrou no hospital, mas num quarto particular, monitorado, onde ninguém tinha permissão para entrar.

Aguardou do lado de fora por um tempo e, depois, Elain saiu, parecendo tensa com uma bandeja repleta de seringas e ampolas vazias.

— Preciso ver Luc — pediu Helena.

Elain levou um susto ao vê-la.

— Ele está descansando.

Helena olhou da bandeja para Elain, que tentou tirá-la de vista.

— Por que está dando tudo isso para ele? — questionou, referindo-se aos frascos. — Metade dessas substâncias não pode ser combinada, e ele é jovem demais para precisar do resto. — Helena estendeu a mão e pegou uma seringa cujo rótulo ela mesma escrevera. — E isso é só para emergências. O uso indiscriminado pode causar insuficiência cardíaca. Quem foi que aprovou isso?

A indignação brilhou nos olhos de Elain.

— *Eu* sou a curandeira dele.

CAPÍTULO 63

Augustus, 1787

No dia seguinte, o tempo se arrastou conforme os combatentes foram sendo despachados e o Quartel-General começou a esvaziar. Foi tudo tão corrido que Helena não teve oportunidade de falar com Luc antes que ele partisse.

Junto dos demais curandeiros e equipe médica, ela foi mandada para uma ala hospitalar devidamente preparada, onde todos ficaram à espera de notícias ou pacientes. De acordo com os ponteiros do relógio, a bomba já devia ter explodido, mas não se ouviu nenhum som nem se sentiu tremor algum.

Nenhum sinal que indicasse que algo havia acontecido.

Mas era uma bomba pequena. Feita para ser detonada num ambiente fechado. Era provável que não fossem sentir o impacto e que os conflitos, em grande parte, se desenrolassem na Ilha Oeste.

Mesmo ciente disso, a espera ainda era árdua. Depois de tantos anos, ela sentia que aquilo tudo chegava ao fim e temia quase todos os desfechos possíveis.

Talvez fosse mesmo o fim. Talvez vencessem. Talvez tudo acabasse bem. Porém Kaine desapareceria logo em seguida e Helena não saberia se estaria vivo ou morto, soterrado nos escombros ou escondido em algum lugar distante.

Teria que procurar por ele até descobrir.

Cada badalar do relógio a fazia estremecer. Os ajudantes, médicos e curandeiros conversavam entre si, mas Helena permaneceu imóvel, sentindo os pulmões comprimidos pelas costelas.

Você cometeu um erro. Não construiu a bomba direito. Kaine foi capturado enquanto a plantava e está sendo torturado neste exato momento. Todo mundo vai morrer e a culpa é sua.

Os braços e a ponta dos dedos dela começaram a formigar.

As portas foram escancaradas, mas tudo ao redor era tão turvo que Helena não conseguiu distinguir quem entrava. Os gritos, no entanto, foram claros: tinha acontecido uma explosão na Ilha Oeste e a Resistência atacara.

Helena ficou zonza, tentando sentir alguma coisa, mas encontrava-se vazia.

Então, por um único instante, sentiu um calor no dedo.

Quando olhou para a própria mão, para o anel que mal parecia estar lá, suas pernas ficaram bambas.

Desabou no chão e começou a chorar, a dor dilacerando seu peito.

As pessoas falavam à sua volta, mas Helena não acompanhava. Só o que fazia era tentar respirar, mas seus pulmões se recusavam a obedecer.

Uma mão macia a segurou pelo cotovelo, puxando-a para que ficasse de pé.

— Venha se sentar comigo — chamou Pace, passando um braço pelos ombros de Helena e conduzindo-a para o pequeno escritório no depósito. — Elain vai nos avisar quando os pacientes começarem a chegar.

Pace acomodou Helena numa cadeira e a vitamante simplesmente se deixou levar, sentando-se de olhos fechados. Levando a mão ao peito, ela tateou a cicatriz por cima da roupa, normalizando os próprios batimentos cardíacos.

Quando enfim abriu os olhos, a Enfermeira-chefe a observava.

— O que está acontecendo?

— Nada. Só estou cansada — respondeu Helena, balançando a cabeça.

— Sabe, Helena, dizem que chega uma hora que o Custo se torna exponencial — observou Pace, a testa franzida.

Helena deu de ombros.

— O povo diz muitas coisas sobre curandeiros. Nem metade é verdade.

— Pode não ser, mas duvido que alguém já tenha exercido tanta cura quanto você. Faz tempo que você não anda bem. Acha que não notei que começou a complementar seus tratamentos com tônicos e injeções? Suas aprendizes mal dão conta de curar sem eles, mas você trabalhou sozinha por anos. Até onde sabemos, pode muito bem estar arriscando anos da sua vida toda vez que pratica cura...

— Não acho que seja tão... — Sem pensar, ela levou a mão até a corrente, mas não estava mais ali.

Pace balançou a cabeça, a preocupação estampada no rosto largo.

— O problema é o núlio? A gente está vendo as consequências do bombardeio e, de todos os sobreviventes, você foi a que teve a pior exposição, sem falar no seu ferimento na época.

Antes que Helena pudesse negar, Pace continuou:

— Nós estamos avançando às cegas nisso tudo, sem ter ideia alguma dos possíveis efeitos a longo prazo. Eu desconfio que as febres cerebrais de Luc sejam um sintoma de núlio residual no cérebro.

— Luc está com febre cerebral? — perguntou Helena, encarando-a, confusa.

Pace suspirou.

— Você viu o estado dele depois do resgate.

Helena concordou com um gesto de cabeça.

— Pensei que tivessem passado.

— Luc tenta esconder, não quer causar um alvoroço, mas às vezes são tão violentas que ele chega a delirar e se arranhar. Durante as crises, não deixa nenhum homem entrar no quarto, nem mesmo Sebastian, fica gritando: "Tire ele daqui! Tire ele daqui!" Elain precisa sedá-lo até passar, senão ele se machuca.

Helena teve a sensação de que passara meses analisando um quebra-cabeça em posição invertida e só agora o via na posição correta.

— "Tire ele daqui"? — Sua voz parecia vir de longe.

— É o que costuma dizer.

Helena sentiu a cabeça latejar.

— Será que pode... descrever essas febres?

Pace pareceu desconfiada.

— Bem, eu examinei Luc poucas vezes. Agora é Elain quem cuida dele, é com quem ele coopera melhor. Ela acha que a causa disso é uma inflamação no cérebro. Já que um dos sintomas é delírio acompanhado de frequência cardíaca elevada. Pensamos que tivesse relação com a lesão nos órgãos, mas parece que são coisas diferentes.

— E qual o propósito do ópio? — questionou Helena.

Pace desviou o olhar com um suspiro.

— As febres parecem ser causadas por adoecimento dos nervos, por isso acalmá-lo evita que se agravem. Já tentamos de tudo, mas a inalação dos vapores é a única coisa que funciona. Às vezes, quando ele mergulha completamente nos delírios, demora dias até se recuperar por completo. Ele precisa de tratamento extensivo para voltar ao normal.

— Mas isso só... mascara os sintomas. Não resolve nada. Você devia ter me contado.

Aquilo não podia ser verdade.

— Helena — começou a Enfermeira-chefe em tom firme —, além de eu o ter examinado diversas vezes, ele também passou pelas mãos de Maier e Elain. Não há causa. Tudo está acontecendo dentro da mente dele. A única coisa que podemos fazer é tratar os sintomas. Ele foi bem claro ao dizer que não queria que você se envolvesse. Toda vez que alguém mencionava seu nome, o estado dele piorava.

— E vocês nunca questionaram isso?

Pace olhou para ela com uma expressão de pena.

— Não é como se você tivesse experiências relevantes com febres cerebrais.

Helena balançou a cabeça. Pace estava enganada. Ela tinha muita experiência com febres cerebrais e sabia exatamente o que as causava. Animancia.

Mas não era a primeira vez que se deparava com aquele tipo de enfermidade. Já vira antes aqueles exatos sintomas descritos por Pace. Os febrões intensos como se a mente tentasse queimar algo de dentro para fora. A automutilação, os gritos.

Vira tudo isso pouco antes de o pai ser assassinado.

No hospital de campanha.

Mas, diferentemente dos defuntos, Luc não tinha um talismã. Afinal, tinha sido examinado várias vezes. Alguém teria encontrado...

... a menos que o talismã não estivesse revestido de lumítio, o que o tornaria indetectável.

Morrough tinha capturado Luc, mas não o matara. Todos deduziram que isso se devesse ao fato de terem chegado a tempo.

Mas talvez tivessem chegado tarde demais, no fim das contas.

Levantou-se num salto. Pace estendeu a mão, tentando segurá-la, mas Helena saiu em disparada, atravessando o hospital e indo direto para a Sala de Guerra. Não encontrou ninguém além de um cadete nervoso que disse a ela que não tinha autorização para estar lá.

Ela o encarou.

— Sabe onde Crowther está? É urgente.

O cadete balançou a cabeça em negativa, nitidamente aborrecido por guardar uma sala vazia.

— Não. Já vieram procurar por ele. Parece que sumiu ontem à noite.

Aquilo não fazia sentido. Era como se estivesse dentro de um labirinto com paredes que se estreitavam cada vez mais, cercando-a.

— Onde está o batalhão de Luc?

O rapaz revirou os olhos.

— Você não tem autorização para...

Naquele instante, Helena avistou o mapa na mesa. Havia uma bandeira dourada em meio ao mar azul.

Deu as costas e saiu antes que o cadete terminasse de falar.

Foi correndo para o laboratório e pegou tudo o que via pela frente. Primeiro, o novo conjunto de adagas. Depois, um par de facas de obsidiana que Shiseo andava testando e o que restava dos suprimentos de cura.

Quando enfiou um último frasco na mochila já quase lotada, Shiseo apareceu com uma caixa do laboratório externo. Ele provavelmente seria a única pessoa que ouviria o aviso dela sem exigir provas ou mais explicações.

— Fuja do Quartel-General — alertou ela. — Pegue tudo o que puder e volte para o laboratório externo. Eu aviso se for seguro voltar. Não posso explicar agora, mas tem algo prestes a dar errado.

Em seguida foi até o escritório de Crowther, mas não encontrou ninguém. Onde ele poderia estar? Não havia tempo para procurá-lo.

Helena cruzou a ilha a pé. Graças à observação aérea, descobriu quais partes ainda estavam inteiras e, quando o ar começou a cheirar a fumaça e carne incinerada, soube que rumava na direção certa.

Sempre que avistava unidades da Resistência, pedia atualizações. Os relatos eram contraditórios, mas todas as versões confirmavam que muitos necrosservos estavam caindo, deixando distritos inteiros com apenas alguns Aspirantes atônitos para defendê-los. Para garantir que não fossem recuperados nem reanimados, a Resistência estava empilhando e queimando os corpos.

Depois de ouvir as boas notícias, Helena passou a duvidar de si mesma. Será que estava sendo paranoica? Tudo caminhava tão bem. Mas ela se recusou a voltar; precisava encontrar Luc.

Um comandante de ombros largos que ela reconhecia de longe como parte do novo batalhão dele saiu do prédio.

— Marino? — Ele soava desconfiado.

— Preciso falar com Luc — pediu, segurando a faca de obsidiana no bolso com tanta força que o cabo machucava sua pele.

— Bem, ele não está aqui, foi para a batalha — informou o homem, que a olhava como se ela fosse louca.

— Eu sei, mas é urgente. Posso trabalhar com os médicos daqui até que ele volte.

O comandante pareceu confuso, mas não se opôs.

Nas linhas de frente, o trabalho de cura carecia de toda a organização adotada no hospital. A maior parte dos esforços consistia em estancar sangramentos, protegendo e fechando ferimentos e curando de fato apenas os casos mais simples. A prioridade eram as intervenções mais urgentes, que depois de estabilizadas eram encaminhadas para o Quartel-General para o devido tratamento.

Todos acreditavam que o bombardeio havia sido um acidente, ou um ato de sabotagem. Ninguém nem cogitou a possibilidade de a bomba ter sido plantada pela Resistência.

Muitos começaram a dizer que os milagres tinham começado, afinal os deuses estavam do lado deles.

Já celebravam o Dia da Vitória em que retomariam a cidade.

Foram chegando cada vez menos combatentes, já que o batalhão tinha adentrado tão fundo na Ilha Oeste que não traziam ninguém de volta.

Pelo rádio, o comandante perguntou se deveriam se deslocar para mais perto da batalha, afinal não havia instruções de como proceder.

A base ficava num galpão antigo em um ponto intermediário da cidade. As paredes eram sólidas, e as janelas, pequenas. Um bom lugar para se reagrupar, razoavelmente defendível. O ar lá dentro era abafado e quente devido aos corpos e ao movimento. O caminhão de transporte médico partira para o hospital e ainda não retornara.

Helena fechava um corte profundo na parte interna da coxa de um combatente quando alguém do lado de fora gritou:

— O Quartel-General foi tomado!

Todos pararam o que estavam fazendo, tomados pela confusão. O motorista entrou cambaleando e ofegante, com um ferimento na cabeça.

— Os Imortais tomaram o Quartel-General!

Ninguém falou por um momento enquanto o choque se instalava entre os presentes. Em todos aqueles anos, o quartel seguira intacto. Havia diversas medidas de proteção em vigor. De toda a cidade, lá era o lugar mais seguro.

De repente, todos pareceram despertar ao mesmo tempo e um clamor de vozes furiosas se ergueu no ar, todas voltadas ao motorista, exigindo informações. O homem tinha sido atingido de raspão na cabeça e suas mãos estavam machucadas. Helena abriu caminho para examiná-lo.

— Passei por todos os postos de controle — contou, deixando que Helena inclinasse sua cabeça para o lado para fechar o ferimento. — Mostrei os documentos e me liberaram. Tudo estava... normal. Quando entrei, começaram a descarregar os pacientes. — Ele esfregou a testa, espalhando sangue no rosto. — Mas ninguém estava conversando, o silêncio era absoluto. Eu fico muito nervoso quando tudo está quieto demais. Prefiro bater papo, sabe? Fiz uma pergunta para o guarda, mas não tive resposta. Estavam sujos de sangue, mas pensei que fosse de tanto transportar feridos. Perguntei de novo. Eles começaram a se mover na minha direção. Foi aí que percebi que eram cinzentos, todos eles. Mortos havia pouco tempo, ainda quentes. Acelerei e passei por cima de alguns.

Fugi sem olhar para trás. Tentei informar o pessoal no primeiro posto de controle, mas eles também não estavam respondendo. A barricada tinha sido erguida. Então saí de lá o mais depressa possível. Não sabia para onde ir, a não ser voltar para cá.

A sala caiu em silêncio enquanto todos tentavam absorver o que ouviram. Era inacreditável.

Os Imortais precisariam ter obtido acesso a informações detalhadas sobre os protocolos de segurança para que pudessem se infiltrar, um espião com autorização de segurança de alto nível para conseguir entrar e conhecimento aprofundado para a criação de necrosservos com instruções precisas. Como era possível? Sem nenhuma notificação? Nenhum sinal de alerta?

O comandante tentou entrar em contato com o Quartel-General por rádio, mas só recebeu estática como resposta.

— Informem a todos que conseguirem sem causar alarde. Você, você e você — disse ele, apontando para alguns homens. — Verifiquem o posto de controle mais próximo.

Apenas dois homens voltaram.

— Estavam todos mortos — relatou um, pressionando um ferimento aberto na barriga. — Só esperando que a gente chegasse.

O comandante enviou todos que eram capazes de repassar a informação para interceptar e chamar de volta as unidades, ou veículos, que encontrassem e, em seguida, dirigiu-se ao rádio e começou a dizer uma série de jargões em cada canal, brigando, cheio de raiva, com os que responderam, porque ninguém queria acreditar no que ele relatava.

Alguém abriu a porta e Luc entrou a passos largos. Sebastian vinha logo atrás, tentando disfarçar que mancava. O restante do batalhão se amontoava atrás de Luc, cujo rosto estava pálido e sujo de sangue e fuligem.

Embora estivesse só pele e osso, os olhos de Luc brilhavam, de um azul fervoroso e febril, mas, em vez de falar com o comandante, voltou a atenção diretamente para Helena.

— O que está fazendo aqui?

— Preciso falar com você — respondeu, levantando-se. — É urgente.

Luc pestanejou antes de se voltar para o comandante.

— Quem permitiu que ela entrasse aqui?

Antes que alguém pudesse responder, Helena falou:

— Tem a ver com a Lila.

As palavras funcionaram como mágica.

Luc engoliu em seco enquanto observava a sala.

— Está bem — concordou ele depois de alguns instantes. — Vamos conversar. Sebastian, garanta que todos estejam a postos. Vamos recuperar o Quartel-General.

— Não, traga-o também. Posso curá-lo enquanto conversamos — sugeriu Helena. — Vai economizar tempo.

Luc a fitou com desconfiança, mas concordou. Ele parecia tão familiar, mas, ao mesmo tempo, havia algo errado.

Você devia ter percebido. Devia ter notado.

Virando-se para o comandante, Luc ordenou:

— Encontre todos os que conseguirem lutar e se dirijam ao Quartel-General. Sebastian e eu iremos em seguida.

No fundo do galpão havia salas que se conectavam ao prédio vizinho. Enquanto caminhavam para lá, Helena guardou uma das facas de obsidiana no cós da saia e a cobriu com a blusa.

Sebastian tinha fraturado as costelas e feito um talho na perna, tendo a faca atravessado um ponto vulnerável em sua armadura.

Helena lhe entregou um de seus últimos frascos de remédio para suplementar o tecido e o sangue que ela estava prestes a regenerar. Antes que pudesse impedi-lo, ele começou a despir a armadura.

— O que aconteceu com a Lila? — perguntou Luc assim que a porta foi fechada e os três se viram sozinhos.

— Nada — respondeu Helena. — Ela está bem.

A fúria ficou visível nas feições de Luc.

— Eu só não estava ciente de que você sabia do bebê — prosseguiu Helena, encarando-o nos olhos.

— Que bebê? — perguntou Sebastian.

Luc ficou tenso, mas sua expressão continuou impassível, sem nem sequer olhar para Sebastian.

— Que bebê? — repetiu Sebastian.

— Foi por isso que você veio até aqui? — Os olhos azuis de Luc eram frios. — Por causa disso?

O coração de Helena batia tão rápido que parecia prestes a sair pela boca.

— Não, vim porque não entendo por que não me deixou curar Titus, mas tem me deixado cuidar do seu herdeiro.

— Luc, o que você fez? — quis saber Sebastian.

Ele ignorou o paladino, ainda concentrado em Helena.

— A Lila sabe se cuidar. E você já causou estrago mais que suficiente em Titus.

Helena sentiu a garganta apertar. Naquele momento, soube que aquele não era Luc.

Devia ter percebido antes, mas passara tanto tempo temendo ser rejeitada, temendo a inevitável cisão, que não parou para questionar o que estava acontecendo.

Ela desviou o olhar.

— Sabe, eu estava num dos hospitais de campanha quando o massacre aconteceu, quando os defuntos se infiltraram usando corpos vivos. Aparentemente, um corpo vivo não aceita outra alma. A alma invasora é entendida como uma infecção e o corpo tenta expurgá-la. Por isso recebíamos doentes com febres cerebrais, berrando e se arranhando, gritando "Tire ele daqui!" até morrerem.

Ela respirou fundo enquanto terminava de cuidar da perna de Sebastian.

— Conhece alguém que sofra de febres como essa, Luc?

Sebastian não mexeu nem um fio de cabelo.

— Não posso dizer que conheço — respondeu Luc, negando com a cabeça.

Disse as últimas palavras com calma, mas havia uma tensão crescente no ar.

Helena localizou as fraturas nas costelas de Sebastian.

— Você se entregou para salvar a Lila. Sabia que não sairia barato, mas pagou o preço mesmo assim. Contou que a escolheu como paladina porque a queria a seu lado, para que pudesse protegê-la, mesmo sabendo que não era certo. Eu sei como era torturante para você toda vez que ela se feria. Depois que a Lila perdeu a perna, você nem queria que eu a liberasse para combate de novo. — Helena continuou atenta a qualquer vislumbre do Luc que conhecia: — Agora ela é a mãe do seu bebê e, em vez de levá-la para um lugar seguro, você a manteve em isolamento por meses. Neste exato momento, você tem todos os motivos do mundo para deduzir que ela foi capturada, que foi uma das primeiras pessoas que mataram, mas, em vez de tentar encontrá-la o mais rápido possível, você está aqui comigo. Luc jamais faria isso.

— Luc, o que você fez? — Sebastian olhou para ele em completo horror.

— Quem é você? — indagou Helena.

Era como ver uma cortina sendo erguida.

Em um momento, a expressão e as características dele continuavam lá e, no seguinte, Luc suspirou e pareceu desaparecer sob a própria pele.

— Bem... — Ele abriu um sorriso cortante como navalha para os dois. — Pensei que perceberiam meses atrás, mas vocês todos são completos imbecis quando o assunto são os Holdfast.

Sebastian tremia sob o toque de Helena enquanto ambos olhavam para a coisa diante deles.

— Quem é você? — repetiu ela, levando uma das mãos às costas.

— Já usei tantos nomes que não lembro a maioria — disse a pessoa no corpo de Luc. — Uma vez, há muito tempo, meu irmão me chamava de Cetus.

— Cetus? — indagou Helena, com os olhos arregalados de choque.

Apesar de ele assentir, ela balançou a cabeça em negação.

Aquilo significava que ele era mais velho do que a própria Paladia, mais velho do que os Holdfast, do que a Guerra Necromante. Era impossível que alguém sobrevivesse por tanto tempo. Cetus era uma invenção, alquimistas escrevendo sob um pseudônimo ao longo dos séculos, não uma pessoa de carne e osso.

Tinha que ser mentira, uma tentativa de confundi-la.

— Eu examinei Luc — comentou Helena, tentando manter a voz firme. — Não encontrei nenhum talismã. Como isso é possível?

"Cetus" inclinou a cabeça para o lado e o pescoço de Luc curvou-se como se aquele corpo fosse uma armadura mal encaixada.

— Meu irmão e eu nascemos entrelaçados. Quando saímos do útero da nossa mãe, chegamos ao mundo como um só. Nós a consumimos de dentro para fora, e as chamas de sua pira lamberam nossa pele, marcando-nos desde o nascimento. Nos chamavam de crianças amaldiçoadas, isso quando nos chamavam de algo. Nosso sangue compartilhado perdurou por séculos, e agora somos um de novo, como sempre deveríamos ter sido. — Ele fez um gesto para baixo, indicando o próprio corpo.

— Você tem... parentesco com Luc? — perguntou Helena, incrédula.

Um sorriso rasgou o rosto de Luc outra vez.

— Você precisava ter conhecido Orion. Era excepcional. As pessoas beijavam o chão que ele pisava e bastava um olhar para qualquer um cair nas graças dele. Ele conseguiu patrocinadores para nós, hospedagens e fundos para que eu pudesse realizar a Grande Obra e ele, encontrar pessoas que o adorassem. Fazia qualquer coisa para ser idolatrado, por isso lhe ensinei um truque aqui e outro ali. Ouro e fogo. Orion deduziu que seria suficiente, que bastaria para que conquistássemos um reino para nós dois. — As feições de Cetus se distorceram numa expressão de desprezo. — Mas eu tinha aspirações maiores. Reis e reinos ascendem, mas também caem. Nós fomos feitos para a eternidade, meu irmão e eu. Fomos destinados a ser deuses.

Ele continuou:

— Eu não tinha o charme natural dele, mas até que sou um bom ator. Orion chamava tanta atenção que quase ninguém reparava em mim, então me passei pelo meu irmão e convenci alguns de seus seguidores a cooperar comigo. Eu precisava que confiassem em mim, precisava do tipo de confiança que ele conquistava sem uma gota de suor. Era essencial para meus esforços, que sempre beneficiaram mais a meu irmão do que a mim. Só que, quando Orion soube o que eu tinha feito, quando compreendeu a fonte do nosso novo poder, me acusou de ser um monstro e me abandonou. Eu sabia que, no momento em que eu descobrisse os verdadeiros segredos da imortalidade, ele voltaria. Sabia que, uma vez que percebesse que os humanos são meros fantoches e visse o poder que eu poderia oferecer, imploraria para que o aceitasse de volta.

— Você era o Necromante — constatou Helena. — Você fundou a seita em Rivertide. Depois de fazer a Pedra, trouxe Orion para cá. Mas aí, quando ele entendeu o que você fez, tentou te matar.

— A mente dele foi envenenada por aqueles paladinos — rebateu ele, tomado de raiva. — Se tivesse vindo sozinho, teria ouvido a voz da razão.

— Por que retornar agora? — questionou Helena. — Você desapareceu por meio milênio, os Holdfast não querem nada de você, por que está ajudando Morrough?

Dito isso, observou Luc, ou o que restava dele. Estava magro, era só pele e osso. Ele estava morrendo, mas era uma morte mais lenta do que as que ela testemunhara no hospital de campanha.

Luc riu. Era o mesmo timbre que ela ouvira milhares de vezes ao longo dos anos, mas a perversidade e o deboche eram atributos novos.

— Eu sou Morrough.

Em um piscar de olhos, Sebastian se levantou, mas Luc desembainhou a espada e a apontou para ele antes mesmo que tivesse a chance de pegar a arma.

— Um pedaço dele, na verdade — continuou Cetus. — Quando o jovem Luc se entregou com toda aquela bravura, fiquei curioso e quis saber o quanto éramos parecidos. Tenho tantos anos de vida, e ele é tão… novo. Eu atei um pedaço da minha alma ao osso e o plantei dentro dele. Torci para que me aceitasse, para que pudéssemos ser um só, como eu e meu irmão devíamos ter sido, mas ele não passa de um mártir hipócrita, igualzinho a Orion. Por sorte, Boyle, a curandeira que adora agradar todo mundo, o mantém sedado para mim.

— Então Luc ainda está vivo?

— Claro que está. Este corpo é dele, não? — replicou Morrough, ou Cetus, fosse quem fosse, gesticulando para si mesmo. — Eu sou uma mera sombra no fundo da mente dele, ou teria sido, se ele não tivesse ficado tão fora de si tentando me expulsar que tiveram que sedá-lo. Recebi carta branca.

— Você está manipulando Luc como se fosse um necrosservo? Foi assim que se infiltrou no Quartel-General?

Luc pareceu ofendido.

— Eu não sou um fantoche. Sei o que é do interesse do meu eu primário e encontrei os meios para conseguir o que quero. Se me matar, nada vai acontecer. O único morto será Luc. E, quanto a seu quartel... — Ele balançou a cabeça. — Parece que o jovem Luc não é o único traidor entre vocês.

— Mas qual o propósito disso tudo? — Apollo, Luc, Lila... Aquilo não fazia sentido. — Por que voltou para Paladia depois de tantos séculos?

— Porque quero destruir o legado do meu irmão do jeitinho que ele destruiu o meu. — A resposta de Luc veio cheia de fúria. — Ele tentou apagar meu nome da história, desacreditar conquistas minhas que falhou em tomar para si. Ainda atribuiu minhas descobertas a charlatães, usurpou meu trabalho e transformou-se em um deus. É justo que eu retribua à altura.

Não fazia sentido. Morrough tivera muitas oportunidades de acabar com os Holdfast; o próprio Kaine afirmara que havia uma razão para Luc ter sido poupado.

Ela pensou em Luc aberto naquela mesa, nos órgãos em decomposição dentro dele.

— Você está morrendo — afirmou ela. — Seu corpo original está morrendo, onde quer que esteja. Por isso veio para Paladia, porque nem com todo o poder do mundo vai conseguir continuar se regenerando para sempre. Há um limite, e você está muito próximo dele, não importa quanta vitalidade nem quantas almas roube. Quando mandou matar Apollo, levou o coração dele, e, quando colocou as mãos em Luc, não conseguimos curar os órgãos apodrecidos porque eles eram seus. Você está ceifando os descendentes de Orion para tomar partes deles. E... — Pouco a pouco, as peças começavam a se encaixar. — É por isso que a Lila está grávida. Você está criando outro descendente, por isso não permitiu que ela fosse para Novis, porque precisa do bebê.

Cetus a encarou com uma expressão calculada e sinistra.

— Você é inteligente — disse ele. — Os Holdfast nem imaginavam o tesouro que tinham em mãos quando trouxeram você para cá. Uma animante às ordens. Talvez Apollo fosse mais sagaz do que imaginei. Eu soube o que você era assim que senti sua ressonância... Se não a tivesse atirado para o outro lado da sala, você teria me descoberto. É uma pena. Não tive escolha a não ser mandá-la para as linhas de frente. Matias obedeceu com gosto, mas de alguma forma você voltou rastejando feito uma barata.

Cetus sorriu com um olhar cruel que Luc nunca tivera.

— Mas não importa. Estou contente por poder fazer isso com minhas próprias mãos. Sebastian — chamou ele, virando-se para o último paladino de Luc —, você finalmente vai morrer protegendo um Holdfast de uma necromante.

Luc se moveu rápido feito um raio. Houve um guincho metálico quando Sebastian sacou a arma e bloqueou o ataque. O espaço era pequeno, então Helena saiu do caminho enquanto o paladino atirava Cetus para trás e sacava outra arma. Com o cabo, golpeou a mão de Luc antes que ele pudesse lançar uma rajada de fogo.

O corpo de Luc não tinha força, exausto da batalha e moribundo, enquanto Sebastian exibia uma ira diferente de tudo o que Helena já vira. Em um instante, ele encurralou Luc, quebrou sua defesa e levantou o braço para desferir o golpe fatal.

No entanto, um segundo antes de Sebastian baixar a arma, a expressão de Cetus se desfez, a troça desapareceu e deu lugar ao rosto de Luc, os olhos azuis arregalados em choque.

— Sinto muito.

Sebastian hesitou por uma fração de segundo, e a faca de Luc penetrou a base de seu pescoço, desprotegido sem a armadura. Cetus arrastou a lâmina para baixo, partiu as costelas de Sebastian e o eviscerou.

O corpo caiu sem fazer barulho.

Cetus nem mesmo o assistiu morrer, já tinha se voltado para Helena.

— Sua vez.

Com Cetus bloqueando a porta, não havia saída, e, se gritasse por ajuda, ninguém acreditaria nas palavras dela contra as de Luc.

Quando Cetus atacou, Helena pensou em tudo o que aprendera com Kaine. Era preciso contato direto.

Um único golpe daria conta do recado.

Ele brandiu a espada sobre a cabeça dela, mas estava cansado e com a mão ferida. O golpe desceu lento e fraco. Helena sacou uma das facas de titânio e a transmutou a tempo de bloqueá-lo.

Cetus apontou a faca, que cintilava, suja com o sangue de Sebastian, para a garganta dela. Com a outra mão, Helena atingiu o punho dele com a lâmina de obsidiana. O vidro escuro chamou a atenção de Cetus. Então, ela soltou a faca de titânio e, com a mão livre, a espalmou na testa de Luc, enroscando os dedos em seu cabelo.

Com a força de uma flecha, a vitamante atravessou a cabeça dele com a ressonância, usando o mesmo truque de paralisia que Kaine aplicara nela muito tempo antes.

A faca e a espada nas mãos de Luc foram parar no chão e os joelhos dele cederam. Ela o deixou cair, ainda com a palma colada contra seu crânio, empurrando a ressonância até as profundezas da mente dele.

Helena nunca tinha entrado na consciência de Luc, mas, graças ao trabalho de interrogatório, sabia que a mente de uma pessoa era como uma casa, transmitia a essência do dono. Visitar a mente de Luc era como entrar numa casa com paredes destruídas e ensanguentadas. Um parasita adentrara sua consciência e se alimentava da pessoa que devia estar ali.

Cetus tinha canibalizado Luc e usado a pele dele como se fosse uma roupa.

Ao afastar a própria consciência, ela quase vomitou devido ao horror nauseante.

Os olhos de Cetus oscilaram e seu rosto estava tenso por não conseguir respirar.

— Luc, volte — pediu Helena, a voz trêmula. — Eu sei que ainda existe uma parte de você aí dentro. Sou eu, a Hel. Volte. Vou ajudar você.

Ela removeu a paralisia o suficiente para que Luc respirasse.

Cetus a observou com interesse e sem medo algum.

— Você é talentosa. Se aceitasse vir para o meu lado, suas habilidades serão valorizadas.

— Quero falar com Luc — falou, encarando-o com firmeza.

Havia uma voracidade estranha no olhar dele.

— É você quem está fazendo a obsidiana, não é? Eu devia ter notado. Crowther fez tanto segredo. Diga, como faz isso?

— Me deixe falar com Luc, e eu conto — propôs Helena, estreitando os olhos.

Dava para ver a raiva no rosto de Cetus.

— Por que se dar ao trabalho? Ele é fraco e inútil, igualzinho a Orion, fica tão satisfeito com truques baratos que suprimiu seu verdadeiro poder, negou sua animancia.

— Luc é animante? — perguntou, surpresa.

— Você nunca notou? — perguntou Cetus, com expressão de escárnio. — Nunca viu como ele transformava um ambiente, encantava a audiência?

Tinha notado, sim, mas sempre achara que tivesse relação com a piromancia. Helena se lembrou da sensação de pressão que às vezes recaía sobre seu corpo quando ele se aborrecia. Balançou a cabeça.

— Isso não é animancia.

— É uma forma de animancia. E Orion era especialmente talentoso nela. Queria ser amado e fazia de tudo para garantir isso enquanto reprimia e rejeitava todo o resto. Depois ainda perseguiu todos com habilidades semelhantes até matar cada um deles.

Ela balançou a cabeça de novo, mas a dúvida a invadiu. Luc sempre teve um magnetismo extraordinário que ela nunca questionara. Talvez nem mesmo ele soubesse.

— Quero falar com Luc — repetiu. — E aí eu conto como fazer a obsidiana.

A expressão de Cetus se transformou.

— Hel?

A voz era fraca. Helena envolveu a garganta dele, sufocando-o e sacudindo-o.

— Esse não é o Luc. Acha que eu não sei diferenciar? Traga o Luc.

Cetus a encarou com raiva, então seus olhos se reviraram nas órbitas. Dessa vez, Helena sentiu uma mudança na mente dele, como se algo fosse puxado das camadas mais profundas.

Um gemido engasgado escapou de Luc e seus olhos voltaram ao normal. O rosto dele empalideceu.

— Fuja! — gritou Luc. — Hel, fuja! Ele vai te matar.

— Eu não vou a lugar algum — decretou Helena, à beira das lágrimas. — Estou com você. Estou aqui. Me desculpe por ter demorado tanto.

Sentiu a mente de Luc se transformar outra vez, sentiu que Cetus o arrastava de volta para as profundezas, mas prestou atenção, identificou a forma do Necromante, entendeu como ela se entrelaçava com a de Luc. Após anos de experiência como curandeira, meses de interrogatórios e da difícil tarefa de aprender a sentir o bebê de Lila, uma centelha de vida dentro de outra, a ressonância dela era cirúrgica. Helena envolveu Cetus, obrigando-o a se submeter.

Os olhos de Luc perderam o foco e ele arfou de dor, cambaleando como se fosse desmaiar.

— Luc? — chamou Helena de repente. — Luc, concentre-se. Preste atenção, vou dar um jeito de te salvar. Vou dar um fim nele. — Helena estava tão focada em falar com Luc e manter Cetus calado, sem ferir o amigo ainda mais, que sua voz tremia. — Preciso que você aguente só mais um pouquinho.

— Hel… — A voz de Luc era pouco mais que um sussurro. — Eu tentei… resistir… mas ele matou Ilva.

— Sinto muito. — Lágrimas rolaram dos olhos de Helena e caíram no rosto dele. — Eu vou dar um jeito. Prometo.

Luc balançou a cabeça.

— Não. Quero que me mate. Só assim conseguiremos detê-lo.

— Não! — gritou ela. — Olhe para mim. Eu vou te salvar. Foi por isso que virei curandeira, já esqueceu? Para que um dia, quando precisasse de mim, eu pudesse te salvar.

Ele parecia não ouvir. As palavras saíam atropeladas.

— Lila... ela pensou que ele era eu...

— Eu sinto muito.

Não sabia o que mais podia dizer.

— Não conte a ela — pediu Luc, a mandíbula tremendo.

— Você não vai morrer, Luc.

A mente de Helena parecia prestes a rachar ao meio com o esforço de conter Cetus. Mal via um palmo à frente.

— É sua chance. Mate-o. Ninguém mais pode...

— Não...

Luc segurava uma faca, mas ela só percebeu tarde demais.

Perdera-se tanto na ideia de aprisionar Cetus que relaxara a paralisia.

Helena nem pensou.

Bloqueou o golpe por instinto e completou o movimento de defesa exatamente como Kaine ensinara: um gesto rápido, tão veloz que arrancou a faca das mãos dele, e, no mesmo movimento, afundou a lâmina de obsidiana no lado esquerdo do peito de Luc, sob o braço, o ponto vulnerável da armadura.

Ele soltou um suspiro gutural e começou a convulsionar. Em pânico, Helena gritou quando ele desabou em seus braços.

— Desculpe. Desculpe, Hel — disse ele.

Usando a ressonância, ela puxou a faca e arrancou a armadura dele, na tentativa de encontrar o ferimento.

— Não! Não, não. Não faça isso comigo, Luc. Isso, não.

Helena fechou o ferimento o mais rápido que conseguiu. Demorou apenas alguns segundos para estancar o sangramento e reparar o local em que a faca perfurara a aorta.

De repente, Luc a segurava pelo pescoço, pressionando os dedos na traqueia. Quando ergueu os olhos, ela se deparou com a expressão de puro ódio de Cetus.

— Sua vaca... nojenta — vociferou enquanto Helena sentia o pulsar moribundo da energia dele.

Então o rosto de Luc se iluminou, e ele soltou um suspiro de alívio.

— Você o pegou — disse ele, soltando-a e forçando um sorriso.

Mas, antes que Helena respondesse, ouviu-se uma batida à porta.

— Principado, está tudo bem com o senhor?

Helena imaginou que soldados abririam a porta e invadiriam o cômodo, que a encontrariam ao lado do corpo eviscerado de Sebastian, ajoelhada sobre Luc com uma faca ensanguentada.

— Estou bem — respondeu ele de pronto, ainda que engasgado. — Saio daqui a pouco.

Os passos se afastaram, mas Luc não parecia bem.

Helena fechara o ferimento e reparara o dano, não havia nada errado com ele, mas sentia a vida do amigo se esvair lentamente. Não era como se o coração estivesse parando de bater aos poucos, Luc parecia estar sangrando até a morte, só que perdia vitalidade em vez de sangue.

Não havia nada que explicasse, nada que pudesse ser consertado, mas ela sentiu a morte dele por meio da ressonância. Era como se ele estivesse se desfazendo.

— O que está acontecendo? — perguntou, tateando Luc, tentando encontrar um meio de curá-lo, mas nunca tinha visto uma morte como aquela.

Ele fechou a mão sobre a dela, apertando-a para que interrompesse a ressonância.

— Está tudo bem.

— Não está, não — contestou ela, tentando se soltar. — Consigo resolver isso. Mas, se você tivesse me dado um pouco de tempo... eu teria...

— Faz meses que estou morto, Hel... — Luc respirava com sofreguidão.

— Não... Você ainda está vivo. Consigo reverter isso se você... — Ela tentou se soltar outra vez.

— Pare — pediu ele, com mais firmeza, puxando-a para mais perto de seu rosto encovado e obrigando-a a encará-lo. — Preste atenção. Você tem que sair daqui antes que alguém perceba. Vou te ajudar. Consigo aguentar mais um pouco. Vá atrás da Lila, leve-a para bem longe, onde Cetus... ou Morrough, seja quem for, não a encontre. Ela não vai partir se eu ainda estiver vivo.

— Ela não vai partir se você estiver morto também. Você vai vir conosco. Vamos juntos. Eu vou curar você e aí...

Luc engoliu com dificuldade.

— Ela tem outro... outro Holdfast para proteger. Não sou... não sou mais eu.

— Luc, não faça uma coisa dessas comigo — suplicou Helena, balançando a cabeça em negação.

— Sinto muito. Não deveria ter sido você, mas tem que ser.

Ela tentou tocá-lo de novo para forçar sua vitalidade de volta.

— Temos que ir agora. — A voz de Luc se elevou, autoritária e imponente. Ele a sacudiu como se para fazê-la cooperar. — Faça Sebastian se levantar. As pessoas vão notar se ele não estiver comigo.

Helena o encarou e depois se voltou para Sebastian, estirado numa poça de sangue.

— V-Você quer que eu use necromancia?

— Temos que sair daqui juntos — respondeu Luc. O que restava de cor em seu rosto se esvaía enquanto ele se endireitava, prendendo a armadura novamente. — Faça ele se levantar.

O coração dela parecia querer sair do peito enquanto fechava os ferimentos de Sebastian, regenerando apenas o necessário para colocá-lo de pé. Aprendera a lição ao reanimar Soren, então foi cuidadosa e trouxe de volta apenas uma sombra.

Sebastian levantou-se com o olhar vidrado. Vazio. Helena colocou a armadura dele de volta para esconder o sangue.

Então respirou fundo antes de voltar-se para Luc, que fitava seu último paladino com um olhar desolado, e, quando se virou para Helena, a tristeza permaneceu.

— Você sempre teve que fazer coisas terríveis por minha causa.

As palavras a deixaram sem chão. Devia ter percebido. Conhecia Luc e sabia que ele não se voltaria contra ela como fizera. Era leal demais para isso.

— Eu prometi que faria qualquer coisa por você — disse ela, respirando fundo.

Helena o ajudou a ficar de pé, e Luc a puxou para um abraço apertado, descansando o queixo no topo da cabeça dela.

Os olhos de Helena ardiam e Luc afundou a armadura no uniforme dela com tanta força que deixaria hematomas. Ele segurou o ombro dela com uma das mãos enquanto recuperava o fôlego e abria a porta, endireitando a postura.

Não tinha quase ninguém no galpão, apenas alguns soldados que não haviam sido feridos permaneciam ali, em posição de sentido, aguardando Luc. Como todos estavam imundos, mal notaram o sangue fresco em Luc ou em Sebastian.

Luc avançou com a cabeça e os ombros erguidos, o corpo enfraquecido se adaptando naturalmente à postura que ele fora criado para assumir.

— Sebastian e eu vamos partir — contou. — Fiquem aqui. Precisamos defender esta base. Se não conseguirmos recuperar o Quartel-General, vamos depender de lugares como este para que nossas forças tenham para onde retornar.

— Mas… — contestou um dos soldados.

— É uma ordem — interrompeu Luc.

Gotas de suor se acumulavam em suas têmporas e Helena pôde senti-lo bambear, enfraquecer, enquanto a energia gelada se infiltrava no ar ao redor.

— Sebastian, venha comigo. Marino, você também.

Conseguiram avançar por uma rua e dobrar a esquina num beco estreito entre duas torres antes de Luc tombar. Ele era pesado demais para Helena, por isso Sebastian precisou segurá-lo, arrastando-o para fora de vista.

Luc se encostou na parede, arfando e observando os pedacinhos visíveis de céu.

— Já está amanhecendo? — perguntou, quase deslumbrado.

— O sol está nascendo — confirmou Helena, assentindo.

— Nós íamos… viajar o mundo juntos, lembra? — perguntou Luc, suspirando e tateando para encontrar os dedos dela num gesto custoso. Não tirou os olhos do céu.

Helena segurou a mão dele, apertando-a com força como se assim fosse capaz de mantê-lo ali por mais tempo.

— Nunca visitei Etras, no fim das contas — falou ele, a voz quase um sussurro. — Desculpe, prometi que iria… te levar.

— Está tudo bem.

— Vai cuidar da Lila? E do bebê?

Helena concordou com a cabeça.

— Não conte a Lila…

— Não vou contar.

A mão de Luc tremia.

— Promete…?

— Prometo — respondeu Helena, engolindo em seco.

Luc não voltou a falar. Quando fitou o rosto dele, seus olhos estavam vidrados e o amanhecer se refletia no azul vazio.

CAPÍTULO 64

Augustus, 1787

Após desfazer a reanimação e esconder os dois no beco, Helena deixou Sebastian com Luc.

Não conseguia parar de pensar em Lila.

O ar parecia denso com o cheiro de fumaça e sangue e, enquanto percorria a cidade tentando não ser vista, ouvia sons de combate. Não podia salvar todo mundo. Não podia salvar ninguém.

Tinha que chegar até Lila.

Aproximou-se do último muro que delimitava o território da Resistência. Necrosservos o guardavam. Rostos conhecidos. Entre eles o comandante da unidade de Luc, com um rasgo no crânio que deixava o tecido cerebral à mostra.

Kaine dissera que ninguém se interessava muito em saber de quem eram os necrosservos, apenas presumia-se que pertenciam a um Imortal. Se desfizesse a reanimação de alguns deles, poderia usá-los para escoltá-la como prisioneira até o Quartel-General. No entanto, com aqueles não seria possível, porque estavam armados até os dentes.

Precisava de alvos mais fáceis, então deu meia-volta e saiu em disparada, escondendo-se em edifícios, subindo e descendo escadarias antigas e de saídas de emergência e tentando encontrar um caminho de volta até lá. Todos os combatentes portavam equipamentos de escalada, que usavam para se dependurar, navegando pela cidade sem muita dificuldade, mas ela não tinha nada e precisaria encontrar uma rota a pé.

Os necrosservos continuavam a segui-la. Helena percebia como a cercavam, como a caçavam com insistência. Sabia que numa perseguição ela não tinha a menor chance contra os mortos.

Então se escondeu, agachando-se atrás de um pilar meio encoberto por escombros enquanto tentava recuperar o fôlego.

Ouviu passos se aproximando. Com o coração martelando no peito, respirou fundo e saiu em disparada. Mas acabou correndo em direção a um dos Imortais vestido de preto da cabeça aos pés.

De repente, antes mesmo que se desse conta, uma mão grande alcançou a cabeça dela e tudo escureceu.

Helena acordou em pânico. Kaine estava diante dela, segurando-a pela nuca. Com um sobressalto, olhou em volta, atordoada e zonza, incapaz de reconhecer onde estava.

— Está tudo bem, você está segura — garantiu ele.

Confusa, ela encarou Kaine, tentando lembrar como fora parar ali. Tudo voltou numa torrente. Luc. Luc tinha morrido.

Ela o matara.

Foi como levar um soco na boca do estômago.

— O que... o que aconteceu? — Sentiu a boca seca e continuou olhando em volta, tentando identificar onde estava.

Kaine afastou a mão da nuca dela. Apesar do semblante sereno, seu olhar era de fúria.

— A guerra acabou — relatou ele. — Os Imortais tomaram a cidade, incluindo seu Quartel-General. Os soldados da Resistência que restaram foram cercados. Se não se renderem, até o fim do dia vão estar debaixo de escombros.

Ela se sentou, atônita demais para conseguir pensar com clareza. Mais cedo, estava tentando chegar até Lila... Mas o que acontecera depois? Não se lembrava.

Kaine começou a andar de um lado para outro.

— Como foi que isso aconteceu? Que plano foi esse de espalhar todo mundo pela cidade e deixar a sede desprotegida? E onde está Holdfast, porra?

Helena estremeceu ao ouvir o nome.

— Luc está morto.

Kaine parou de andar e virou-se bruscamente.

— Como assim, morto?

Ela encarou as próprias mãos. Ainda vestia as mesmas roupas de antes. As manchas de sangue eram tantas que não dava para identificar quais pertenciam a Luc. Helena não conseguia abrir a boca.

— Como? — questionou Kaine.

Ela engoliu em seco.

— Foi... um acidente.

Em seguida contou tudo. O que havia descoberto, quem estava por trás daquilo, tudo o que acontecera ao longo dos últimos meses. Contou que Luc a enganara, que ela reagira e, quando se deu conta, já era tarde demais.

— Eu tentei curá-lo, mas foi como se não houvesse mais nada dele para manter aqui. Ele estava definhando, e eu não consegui... — Ela sentiu o peito se comprimir como se estivesse prestes a rachar. Quando voltou a falar, as palavras saíram sussurradas: — *Era pra eu ter salvado Luc...*

A garganta de Helena se fechou e todo o corpo tremeu. Não conseguia falar mais. Kaine ficou em silêncio até ela se recompor.

— Morrough deve ser tão velho — disse ela, por fim. — Paladia tem mais de quinhentos anos.

— Então toda essa guerra foi causada por dois irmãos brigando para ver quem ficaria com o papel de deus? — Kaine soltou uma risada amarga, sem acreditar. — A gente acha que está tomando um partido, mas na realidade são só dois lados da mesma moeda.

Helena permaneceu calada, segurando os cobertores que cobriam seu corpo com tanta força que suas articulações perderam a cor. Precisava se levantar, mas sentia que o corpo inteiro era de vidro e que estava a um sopro de se estilhaçar.

— Preciso encontrar a Lila.

— A guerra acabou, Helena.

O modo como disse o nome dela a fez se retrair, assim como o que ele falou.

— Eu sei — confirmou, sentindo um calafrio. — Não precisa repetir. Sei que perdemos!

Ela comprimiu os lábios, esfregando os olhos e tentando se recompor.

— Não estou dizendo que não acabou. — A voz dela ainda saía trêmula. — Mas agora temos a obsidiana. Juntos, a gente consegue. E se formos discretos... podemos matar Imortais para enfraquecê-lo.

— Não existe mais "a gente" — rebateu ele. — Você vai embora de Paladia.

Helena ergueu o olhar, assustada. Kaine continuava de braços cruzados.

— Eu vou matá-los, mas este é o fim da linha para você. Holdfast morreu. A Chama Eterna também. É hora de ir embora.

— Não posso te deixar aqui — contestou, balançando a cabeça.

— Eu não *quero* você aqui. — O semblante dele era duro como pedra. — Vai ser mais fácil agir se Morrough deduzir que não haverá mais retaliação já que ele ganhou.

Helena cerrou a mandíbula.

— Tudo bem — acatou ela, por fim. — Posso colaborar à distância no começo, se acha que vai facilitar as coisas.

— Ótimo. — Ele deu um passo para trás, virando-se para sair. — Vou providenciar tudo.

Ela o observou, hesitante, sem saber se acreditava nele. Por mais razoável que fosse, não era nenhuma novidade que Kaine queria que ela fosse embora de Paladia. Mas não havia outra opção, tinha que levar Lila para um lugar seguro. Enquanto não garantisse a segurança dela, Helena não tinha margem para negociar.

— Só vou se a Lila for junto — exigiu.

Kaine voltou a olhar para ela.

— Sem chance. Se ela sumir, vão revirar o continente todo atrás dela. Não vale a pena.

Helena se pôs de pé.

— Não é um pedido. Tenho que levá-la. Se a Lila não for junto, eu não vou. Prometi a Luc que cuidaria dela. Ela está em quarentena no topo da Torre da Alquimia, talvez ainda não a tenham encontrado. Quanto mais cedo formos, maiores são as chances de tirá-la de lá sem que ninguém perceba. Podemos... encontrar um corpo, daí eu uso vitamancia para disfarçá-lo e deixá-lo com a aparência dela. Ninguém nem vai perceber.

Algo em Kaine mudou de repente, a boca comprimida numa linha de tensão.

— Você pode me levar como prisioneira e usar isso como pretexto para entrar. As coisas continuarão caóticas, se passaram apenas algumas horas...

— Helena... — Ele disse o nome dela devagar.

Havia um tom de repreensão, mas também de súplica.

Kaine varreu a sala com o olhar, se demorando por um instante nas cortinas. Ainda confusa, ela caminhou até lá e as abriu. Estava escuro do lado de fora.

Era noite.

Mas como? O sol estava começando a nascer quando Luc morreu.

— Por... por quanto tempo você me deixou inconsciente? — perguntou, a voz embargada. — Quanto... quanto tempo faz?

Ele não respondeu.

Helena saiu correndo em direção à porta, mas Kaine a agarrou, arrastando-a de volta para dentro.

— Eu posso explicar...

Ela se debatia, tentando se soltar.

— O que você fez?! — gritou. — Por quanto tempo fiquei apagada?

— Será que dá para me ouvir? — Ele a sacudiu, exasperado. — Depois que a bomba explodiu e a Resistência partiu para o ataque, Morrough fez com que todos recuassem. Ele sabia quantos vocês eram e quantos combatentes ainda restavam, ficou óbvio que o Quartel-General estava desprotegido. Eles tinham um espião, por isso previram um ataque antes da chegada de Hevgoss. Estavam só aguardando. Depois que vocês foram atraídos para a Ilha Oeste, eles nos enviaram para que nos infiltrássemos. Você tinha sumido quando cheguei ao Quartel-General, ninguém sabia do seu paradeiro. Eu abandonei meu posto para procurar você. Quando me certifiquei de que estava segura, tive que voltar.

— Então você... me deixou aqui por quanto tempo? Um dia inteiro? — Ela soava enojada com a traição.

— Eu voltei assim que pude.

Helena começou a tremer como se seu corpo estivesse entrando em choque.

— Eu estava indo buscar a Lila, mas alguém me interceptou. Eu... Foi você, não foi? Que me apagou? Você nem sequer...

Todos aqueles necrosservos atrás dela... Ele tinha matado aqueles soldados, deixado-os a postos, todos atentos e à espera dela. Havia tanto sangue nas mãos de Kaine.

— O que queria que eu fizesse? — Ele segurou o rosto de Helena. — Deixasse você voltar para aquele massacre? Nós tínhamos ordem para matar todos os que mostrassem resistência.

— Então todos eles...? — Ela não terminou a pergunta. Já não fazia diferença. — Eu não vou embora sem a Lila. Você pode me ajudar, mas, se não quiser, vou sozinha.

Kaine não se compadeceu.

— Se quer que Morrough seja derrotado, não existe mais isso de resgatar alguém.

— Não vamos derrotá-lo se não resgatarmos Lila. Ela está grávida. Morrough precisa de outro Holdfast, do que está na barriga dela. Prometi a Luc que a buscaria, foi a última coisa que falei antes de ele morrer. Era só o que importava para ele.

— E por que eu deveria me importar com o que o Holdfast queria? — questionou Kaine, impassível.

Ele não estava disposto a fazer isso. Nem mesmo por ela.

Helena sentiu um aperto no peito. Era como se suas costelas fossem uma gaiola, fazendo pressão no coração.

Você sempre perde.

Aqueles que você ama sempre morrem.

— Porque se você fizer isso eu... aceito deixar tudo para trás. Se me ajudar a buscar Lila Bayard, vou embora e não volto nunca mais, como você queria. Faço o que você quiser. Eu juro.

A mão dela tremia quando o tocou.

— Por favor.

— Você promete? — perguntou ele, completamente imóvel.

— Prometo. — A voz dela falhou. — Eu prometo.

De olhos semicerrados, ele a observou com uma expressão calculista.

— São essas as condições? Eu ajudo no resgate de Bayard e você faz o que eu quiser?

— Sim, o que você quiser. Eu juro — prometeu ela, sentindo a garganta fechar.

Ele assentiu devagar.

— Está bem. Se é o que quer, vou buscá-la para você.

— Obrigada — agradeceu, soltando um suspiro trêmulo de alívio.

Kaine apenas assentiu, mas parecia distraído. Helena o esperou explicar como fariam aquilo, mas ele continuou em silêncio, observando-a.

— O que quer que eu faça? — perguntou Helena, por fim.

— Fique aqui — respondeu Kaine, de repente irritado.

— Mas eu posso ajudar — ofereceu ela, franzindo as sobrancelhas. — Eu posso...

— Não *preciso* de ajuda.

Quando Helena abriu a boca para argumentar, ele a olhou dos pés à cabeça.

— Você não tem como passar despercebida. É mais fácil que eu a procure sozinho. Se quer que eu busque a garota, fique aqui e me deixe trabalhar em paz. Tente conter sua necessidade desenfreada de se meter em tudo o que faço.

Helena tentou reclamar, mas Kaine a impediu de falar ao apontar um dedo para o rosto dela.

— Se sair daqui enquanto eu estiver fora, se eu desconfiar de que você está tentando me ajudar de alguma forma, voltarei para cá e não terá mais acordo nenhum. Estamos entendidos? Fique aqui.

Ela rangeu os dentes, sentindo um nó na garganta, mas concordou.

— Tem comida no armário. Deixe as cortinas fechadas. Acho que não vou demorar muito.

— Que lugar é este? — perguntou Helena, olhando em volta.

Kaine suspirou.

— Eram os aposentos do embaixador hevgotiano que morreu tragicamente numa explosão.

— Aquele que você estava...?

Ele confirmou com a cabeça e saiu sem dizer mais nada.

Helena esperou. Kaine havia recuperado sua mochila, então ela decidiu listar os suprimentos que ainda tinha. Não restava mais nada além do que ela guardara para Kaine. Analisou tudo com cuidado, torcendo para que ele não precisasse de nada daquilo quando voltasse com Lila.

Havia uma boa chance de ela estar ferida. Lila não se entregaria sem lutar. Como Kaine a convenceria a colaborar?

Levantou-se e foi até a porta, mas se conteve e não a tocou. Kaine sem dúvida tinha um plano.

Então voltou a fazer o inventário. Ele guardara as facas dela no bolso externo.

Tentou manter-se ocupada, porque, se parasse para pensar na própria tristeza, com certeza não aguentaria. Luc. Era tudo culpa dela. Helena podia tê-lo salvado se tivesse percebido antes. Agora iria deixar todos para trás, mesmo sabendo o que provavelmente aconteceria com eles.

Todos os seus piores medos tinham se tornado realidade e não havia nada que pudesse fazer.

Você não pode salvar todo mundo. Nunca pôde.

Aquele era o único jeito.

Depois que Lila estivesse em segurança e Kaine conseguisse, aos poucos, matar os Imortais, com o tempo aquele pesadelo acabaria.

As horas pareciam se arrastar, então Helena decidiu tomar um banho. Lavou todo o sangue e a sujeira da cidade. O sangue de Luc. De Sebastian.

Encontrou algumas mudas de roupa no guarda-roupa. Eram peças tradicionais de Hevgoss, com uma quantidade surpreendente de borlas. Havia pão e um queijo de sabor muito intenso na cozinha, os quais se obrigou a comer, embora estivesse com o estômago embrulhado por conta da ansiedade. Tudo tinha gosto de giz.

Estava prestes a ignorar as ordens de Kaine e ir procurá-lo quando ele abriu a porta e entrou com Lila em seus braços. A prótese dela tinha desaparecido e havia braçadeiras de metal em volta de seus pulsos.

Helena disparou pelo quarto enquanto ele deitava Lila na cama.

Procurou por sinais de ferimento, mas não encontrou nada além de poucos hematomas. Enquanto a examinava, a ressonância parou nos pulsos de Lila, então ela se deu conta de que eram algemas de supressão alquímica.

Eram de fabricação rudimentar, com algumas ferramentas conseguiria tirá-las de Lila.

— Ela ainda estava na Torre? — perguntou enquanto abria uma das pálpebras de Lila, tentando identificar se tinha sido fisicamente nocauteada ou se estava sedada.

— Não — respondeu Kaine. — Eles já a tinham levado para outro lugar quando cheguei.

A supressão da alquimia era externa e, como os efeitos limitavam-se às mãos, Helena ainda podia usar a ressonância em todas as outras partes do corpo.

— Onde ela estava? — perguntou, verificando os batimentos cardíacos do bebê.

— Eles a levaram para o laboratório de Bennet, mas consegui resgatá-la. Agora, não podemos perder tempo. Vocês duas precisam sair da cidade antes do amanhecer.

Helena ficou tão apreensiva por causa de Lila que levou um tempo até perceber que havia algo errado com a voz de Kaine. Quando ergueu a cabeça, ele a encarava com o olhar apreensivo; ela nunca o tinha visto daquele jeito.

Segurou a mão dele, procurando por algum sinal de ferimento, mas não havia nenhum. Seu cabelo claro estava sujo de fuligem, mas ele parecia ileso. Ainda assim, havia algo errado.

— O que aconteceu? — perguntou Helena, levantando-se e deixando Lila na cama.

Kaine respirou fundo com a boca curvada num sorriso triste.

— Kaine? O que aconteceu?

Ele encarou o chão por um momento antes de enfim encontrar os olhos dela.

— Estraguei meu disfarce quando fui buscar Bayard para você.

O mundo parou de girar. O tempo ficou suspenso e não existia nada além dos dois.

— Como? — balbuciou ela, sacudindo a cabeça. — Você... o quê?

Helena certamente entendera mal, mas o olhar de Kaine não deixava margem para dúvida. Era uma despedida. Mais uma vez, ela balançou a cabeça em negação.

— Não.

Ele não disse nada. O protesto dela evaporou no silêncio, substituído por uma quietude aterrorizante como o espaço vazio entre os batimentos de um coração que está parando de funcionar. O som do fim.

— *Não* — repetiu ela, quebrando o silêncio de novo, se recusando a acreditar.

— Não tive outra alternativa — explicou em tom afável, segurando-a pelo braço, já que seu corpo oscilava.

O coração dela voltou a bater, mas agora cada vez mais rápido. Helena continuou balançando a cabeça, recuando com os olhos voltados para a porta, buscando uma fuga, uma saída. Aquilo não era real.

— Você sabe que eles estavam procurando o espião. — Ele a segurou pelos ombros. — Prepararam medidas de contraespionagem no laboratório, e eu não tive tempo de encontrar um jeito de contorná-las. Há registros que indicam que estive lá para pegar Bayard, que entrei num laboratório com acesso altamente restrito. Não dava para botar fogo em tudo e ainda sair carregando uma mulher grávida e inconsciente. Amanhã, quando o próximo turno começar, alguém vai analisar os registros do laboratório e descobrir que fui o último a sair de lá com vida.

Helena balançou a cabeça outra vez, se soltando dele.

— Não. Podemos voltar. — Ela se virou para pegar a mochila. — Deve ter como destruir esses registros... Eu posso...

Kaine a puxou de volta com firmeza.

— Você está de partida, já esqueceu? Esse foi o acordo, Marino. Eu cumpri minha parte.

Helena deixou escapar um som sufocado e doloroso enquanto se afastava dele.

Os olhos de Kaine ardiam, implorando para que ela compreendesse, percorrendo o rosto de Helena como se quisesse gravá-lo na memória porque aquele era o fim, a última vez que a veria.

Talvez o tivesse perdoado por aquele gesto, mas o carinho em sua expressão vinha acompanhado de triunfo, de satisfação por ter conseguido o que queria.

— Você disse que faria o que eu quisesse se eu buscasse Bayard. Essas eram as condições.

Teria doído menos se ele simplesmente tivesse estendido a mão e arrancado o coração do peito dela.

— Você me deu sua palavra — reforçou Kaine quando não houve resposta.

— Não... — Helena ficou sem voz.

O rosto dele se suavizou quando ela parou de tentar se desvencilhar.

— Nosso tempo juntos foi ótimo, mas nunca iria durar. — Ele colocou um cacho de cabelo de Helena atrás da orelha antes de deslizar a mão até a base de seu pescoço. — Você sabia que isso iria acontecer.

— Kaine, por favor, por favor, me deixe pelo menos... — murmurou ela.

Mas o semblante dele se endureceu.

— Qualquer coisa que eu quisesse. Era o acordo.

— Não... faça isso comigo — pediu ela, sentindo os pulmões em chamas.

Helena tentou se afastar de novo, mas não conseguia respirar. Sua visão começou a ficar turva enquanto Kaine falava, mas as palavras soavam cada vez mais incompreensíveis. Ele a puxou para mais perto e a determinação sólida em seu rosto se desmanchou, dando lugar à preocupação.

— Helena... respire.

Tudo em volta escureceu, e ela não via nada além dele.

— Helena... não... droga... respire... Helena, por favor.

Ele a segurou.

— Kaine... — ela mal conseguia falar — ... não faça isso comigo.

A dor a atingiu como uma avalanche e Kaine desapareceu.

Quando Helena recuperou a consciência, viu Kaine se debruçando sobre ela. Encarou-o. O braço esquerdo doía como se houvesse uma contusão logo abaixo do ombro. Seu corpo parecia estranho, entorpecido. A mente, lenta.

Pestanejou devagar, e até isso exigiu esforço e concentração. Então tudo voltou com uma agonia brutal.

Não foi fácil manter o foco. A dor no braço provavelmente se devia a algum sedativo injetável. Kaine a drogara, mas também havia um gostinho residual de sal mineral na língua dela, sabor que reconheceu como o de seus comprimidos. Ele os usara para extinguir o surto de pânico da adrenalina, para manter o coração dela num ritmo estável e tranquilo. Ele a deixara dócil e maleável.

Helena o encarou, tentando encontrar as palavras.

— Eu nunca vou te perdoar por isso — disse por fim. As palavras saíram vagamente enroladas.

Em resposta, Kaine contraiu os lábios numa linha fina, mas assentiu.

— Sei que não vai, mas pelo menos estará viva e longe da guerra. Essas sempre foram minhas condições.

Helena ficou em silêncio, tentando pensar apesar de beirar a incoerência.

Um poço de raiva fervilhava dentro dela, a impedindo de fazer qualquer coisa. Sua cabeça estava pesada, e ela tinha que se esforçar para manter-se concentrada, porque, quando relaxava, os pensamentos se embaralhavam. Disfarçando, tentou curvar os dedos sobre a palma da mão o suficiente para que emanasse a ressonância pelo corpo, tentando reverter o que Kaine fizera, mas não conseguiu.

— Se você morrer, quem vai deter Morrough? — Ela soava entorpecida.

— Que ele fique com Paladia, por mim tanto faz. Se a Chama Eterna quisesse vencer, devia ter feito escolhas melhores. Eles sabiam muito bem quais eram os riscos, mas isso nunca foi o suficiente para eles. Se recusaram a pagar o preço que a vitória exige, e eu já me cansei de ver você tentando pagar por eles.

Quando tentou segurar a mão de Helena, ela se desvencilhou, o que pareceu magoá-lo. Kaine, no entanto, engoliu em seco e cerrou a mandíbula.

— Está na hora de você ir.

— Não.

Ele estreitou os olhos, furioso.

— Você deu sua palavra.

— Eu sei — respondeu ela, cerrando os dentes. — E vou cumprir... mas preciso falar com... Shiseo. Se eu o ensinar a usar a obsidiana que ainda tenho, ele pode passar as informações para os sobreviventes. Pelo menos terão alguma chance de...

— Você prometeu.

Helena olhou para ele.

— Você sabe que eu sempre vou colocar a Chama Eterna em primeiro lugar.

Kaine a encarou, os olhos arregalados como se ela tivesse lhe dado um tapa. Ele baixou o olhar, engolindo em seco enquanto ela o observava.

— Se me obrigar a ir embora sem falar com Shiseo, a última coisa que fará por mim é me trair e trair a todos que eu amo — prosseguiu, ela. — Você não passará de um traidor para mim. Mas, se me deixar fazer isso, talvez um dia eu o perdoe.

A tristeza inundou os olhos de Kaine, mas ela simplesmente continuou a encará-lo, sedada demais para demonstrar qualquer emoção.

— Está bem.

A resposta foi amarga e ele não voltou a olhar para ela.

Com dificuldade, Helena se sentou e desenhou um mapa que mostrava em que parte da cidade ficava o laboratório externo, torcendo para que não tivesse sido encontrado. Também acrescentou uma lista de coisas que queria que Shiseo trouxesse.

— Ele deve estar lá, se ninguém o pegou. Preciso que ele traga tudo isso para que eu possa explicar como funciona.

Kaine olhou para o mapa e para a lista, parecendo desconfiado.

— Quem é ele, exatamente?

— Um lestino. Ele não faz parte da Resistência, mas me ajuda quando eu preciso.

— E você confia *nele*?

— Mais do que posso confiar em você.

Kaine perdeu a cor, mas enfiou a lista no bolso, amassando-a.

— Não saia daqui — ordenou.

Ela deu as costas para Kaine, virando-se para Lila, ainda inconsciente.

Assim que ele se foi, Helena se levantou e começou a vasculhar, encontrando e removendo todos os pedaços de metal que via. A destruição era indiscriminada. Ela arrancava tudo o que não fosse ficar gritante, identificando os componentes, e depois transmutava em barras compactas de várias ligas e elementos, parando a cada poucos minutos para tentar liberar a mente dos efeitos da droga.

Tinha certeza de que, primeiro, Kaine levaria Lila e ela para Novis. Estava dentro do limite. Ele usaria Amaris para cruzar o rio sem precisar passar pelos postos de controle nem pela burocracia de pegar um barco. Mas, por mais que Amaris fosse grande, Helena duvidava que a quimera suportasse carregar três pessoas. O rio era largo, dois passageiros bastariam para cansar Amaris, que precisaria descansar antes de fazer a viagem de volta.

Helena não se sentia segura com a ideia de ir para Novis. Não agora que Luc estava morto. Uma vez em Novis, com o Falcão Matias no encalço, o filho de Luc seria criado como pouco mais do que um fantoche, um Principado nutrido pelas mesmas mentiras e manipulações que atormentaram o pai dele.

Lila teria que ficar escondida.

Kaine já tinha um lugar em mente, mas os preparativos para a viagem não seriam rápidos. Mesmo que ele tivesse dinheiro, conseguir uma passagem segura e discreta seria difícil.

Aproximando-se da janela, espiou o lado de fora e tentou avaliar a altura a que estavam. Via a rua apenas alguns andares abaixo. O apartamento ficava numa das partes mais altas da cidade, longe da violência, mas havia uma passarela suspensa conectando todos os edifícios próximos, com uma plataforma e jardins que davam vista para as partes mais baixas da cidade.

Havia também uma escada de incêndio bem em frente à janela. Por não ser prática, funcionava mais como um tipo de varanda decorativa feita de ferro do que qualquer outra coisa.

Ao ouvir passos antes do esperado, correu de volta para a cama, tentando parecer sonolenta e zonza. Quando Kaine abriu a porta e entrou com Shiseo, Helena se levantou, esfregando os olhos.

— Você o encontrou.

— Dê logo o recado para que ele possa ir embora.

— Ele é só um assistente, vou ter que explicar tudo — balbuciou Helena.

Shiseo apenas a olhou em resposta, e ela se sentiu grata pelo lestino ser tão difícil de decifrar. Kaine respirou fundo, as mãos cerradas em punhos.

— Está bem.

Ela estava interferindo nos planos de Kaine e sua impaciência era palpável.

— Você vai usar Amaris, não vai? Para nos levar para o outro lado do rio?

Kaine encarou Shiseo, concordou brevemente com a cabeça.

— E ela vai aguentar nos levar para tão longe? — insistiu Helena.

— Vamos ter que fazer duas viagens — respondeu Kaine, ficando mais tenso.

Helena meneou a cabeça, concordando vagamente, e se aproximou, notando como ele se inclinou na direção dela sem se dar conta do movimento. Ela baixou a voz.

— Você deveria levar a Lila antes que ela acorde.

Ele se afastou bruscamente.

— Você quer que eu saia?

— Bom, não tem por que te ensinar isso, tem? — retorquiu ela, dando de ombros. — Pensei... que se você a levasse na frente, talvez tivéssemos tempo para nos despedir quando fosse minha vez. Mas talvez isso não faça diferença para você.

Ela se virou, aliviada por estar dopada a ponto de sua mentira soar natural. Enquanto pegava uma pilha de papéis na gaveta da escrivaninha e procurava uma caneta, Helena sentia o olhar de Kaine em suas costas.

Ainda sem olhar para ele, sentou-se e começou a escrever, o coração martelando em um ritmo lento.

— Quando eu voltar, você vai comigo, quer esteja pronta ou não.

Ela demorou para responder.

— Tudo bem — concordou, sem se atrever a olhar para cima.

Pelo canto do olho, ela o viu ir até a cama e carregar Lila. Kaine parou antes de abrir a porta e se virou para ela.

— Volto em algumas horas. Não saia deste quarto.

Com um nó na garganta, Helena olhou para ele e sua boca se abriu para dizer...

Para dizer...

Ela se obrigou a voltar a atenção para o papel.

— Estarei aqui te esperando.

Kaine fechou a porta e ela não se mexeu, temendo que ele voltasse de repente. Depois de um longo silêncio, olhou para Shiseo, pressionando a lateral do pescoço para tentar relaxar e pensar com coerência.

— Como ele trouxe você até aqui?

— De carro. Entrou no subsolo com um cartão que liberou a passagem. Depois pegamos um elevador.

Shiseo trouxera uma caixa de suprimentos e Helena começou a examiná-la, separando-os o mais depressa que pôde na pequena cozinha e começando a trabalhar assim que possível. Tinha que tentar driblar o sedativo. Em uma folha, começou a esboçar uma matriz para estabilizar a construção dos componentes.

— Ele disse que você precisava de mim — declarou Shiseo depois de alguns minutos.

— Era mentira. Desculpe — disse Helena, rapidamente moldando as várias barras de metal numa infinidade de esferas. — Eu só precisava de uma desculpa para que ele saísse daqui e trouxesse esses suprimentos. Imagino que Kaine tenha contado que perdemos. Luc está morto. Você deveria ir para Novis, lá vai estar seguro.

— O que está fazendo? — Shiseo não parecia preocupado.

— Uma bomba. Preciso explodir um laboratório.

O silêncio se arrastou entre eles.

— Já usamos os componentes de Athanor.

Helena sentiu um espasmo num dos ombros enquanto começava a dividir os materiais, calculando exatamente quanto tinha. Não daria. Ela vasculhou os armários da cozinha e encontrou um saco de farinha.

— É uma bomba diferente — explicou ela. — Vai usar um pouco de obsidiana, mas estou me baseando num princípio diferente da piromancia. Nos livros de Luc, havia mil e um avisos quanto ao uso da piromancia em espaços fechados. Se as chamas consumirem todo o oxigênio, acabam criando um vácuo. É óbvio que não sou piromante, mas, quando eu era pequena, um moinho pegou fogo. A farinha no ar entrou em combustão e incendiou o prédio inteiro.

Ela fez uma pausa e mais uma vez usou a ressonância para interromper os efeitos do sedativo. Em seguida, mediu o dissulfeto de carbono em esferas seladas, tomando cuidado para não inalar nada. Suas mãos precisavam de firmeza e ela, do máximo de concentração.

— Você vai botar fogo num laboratório?

— O laboratório do Porto Oeste — confirmou Helena, com um movimento de cabeça. — Lembra-se de Vanya Gettlich? Aquela com núlio no sangue? Foi obra do Porto Oeste. Se eu incendiá-lo, não vão perceber que o Kaine resgatou a Lila. Se acharem que ela morreu no incêndio, não vão procurar por ela. E... — Ela engoliu em seco. — Bom, todos lá dentro terão uma morte mais rápida do que teriam em outro caso.

Então voltou a pressionar a mão contra a cabeça, tentando pensar direito, depois fez um gesto para que Shiseo fosse embora.

— É melhor você ir. Não vai querer estar aqui quando Kaine voltar e, se eu errar em alguma coisa, pode ser que exploda o prédio inteiro.

— Você não vai voltar?

Helena usou o pilão para moer a obsidiana em microfragmentos.

— É claro que vou voltar. Eu disse a Kaine que ficaria aqui, esperando. É só que... — Ela piscou para conter as lágrimas. — Eu prometi que iria para Novis e preciso cumprir minha palavra. Ele... vai ficar sozinho aqui. E, antes de ir, eu preciso garantir que esteja a salvo.

Mal respirava. O ar assobiava no peito. Helena se abaixou e fez pressão contra a dor, tentando passar os dedos por baixo da cinta torácica.

Shiseo tomou o pilão de suas mãos.

— Você ainda precisa praticar o movimento do pulso — repreendeu ele, moendo a obsidiana para ela. — Assim, está vendo?

Ela apenas o observou enquanto o efeito do sedativo retornava. Aos poucos o peito foi parando de convulsionar, mas ela deixou que Shiseo terminasse antes de se endireitar e sentir o corpo estremecer.

Quando terminaram de manipular a obsidiana, ele a ajudou a transmutar barras de metal nos formatos de que precisava. Shiseo era melhor do que ela em trabalhos de transmutação que exigiam cuidado, fazendo pinos delicados que deveriam ser removidos para permitir que o dissulfeto evaporasse e incendiasse o fósforo branco.

Helena produziu o máximo de bombas que conseguiu. O embaixador hevgotiano tinha uma mochila grande e resistente que ela usou para guardá-las, torcendo para que todas as esferas estivessem uniformes e não se quebrassem durante o trajeto. Ela pegou as facas da mochila e as enfiou nos bolsos de uma jaqueta com franjas, junto com alguns suprimentos de seu kit de emergência. Por fim, colocou um boné para esconder o rosto e o cabelo escuro.

Depois de hesitar, deixou uma das facas de obsidiana em cima do bilhete que escrevera. Kaine deveria ficar com uma, se é que já não tivesse.

Tomando cuidado para não chacoalhar, colocou a mochila nas costas, depois abriu a janela e se inclinou para fora. Uma névoa vermelha se erguia do extremo norte da cidade, mas o farol da Chama Eterna que ardia havia séculos e era visível por quilômetros tinha desaparecido. Destruído.

Estava prestes a sair quando Shiseo falou:

— Espere.

Ela olhou para trás.

— Você vai voltar?

Comprimindo os lábios, assentiu e passou uma perna para o lado de fora.

— Espere — repetiu Shiseo, respirando fundo. — Não tenho o hábito de me apegar a... coisas. Pessoas. — Ele balançou a cabeça. — Era novo demais quando meu pai se cansou do casamento. Eu era uma decepção. A família da minha mãe não ascendeu como o esperado, então ele nos abandonou e começou do zero. Quando meu meio-irmão se tornou Imperador, fui visto como uma ameaça, mas ele me enviou para supervisionar as minas imperiais. Isso me levou a pensar que talvez ele não quisesse me matar. Mas, quando fui acusado de roubar elementos imperiais, percebi que deveria partir.

Helena sabia que ele estava tentando dizer algo importante, mas uma informação fisgou toda a sua atenção.

— Seu *irmão* é o Imperador?

Shiseo ignorou a pergunta, parecendo concentrado na história.

— Eu sempre achei melhor deixar a vida fluir sem interferências. Por muitos anos, foi o que fiz.

Helena não sabia se ficava comovida ou exasperada com a necessidade repentina de Shiseo de se abrir.

— Quando disseram que você tinha morrido, eu... me arrependi de não ter te conhecido melhor. Não gosto de ser inconveniente. De fazer perguntas. Mas eu... gostava do nosso laboratório.

Ele sorriu, e Helena correspondeu o gesto.

— Eu também. Queria que pudéssemos ter trabalhado juntos em outras coisas.

Com isso, deslizou pela janela até a sacada de metal.

— Espere — chamou ele uma terceira vez, indo atrás dela. — Não. Você não entendeu. Eu deveria ir. Se me pegarem, posso contar sobre meu irmão e não vão me matar.

Ele estendeu a mão para pegar a mochila, a urgência nítida no rosto. Mas Helena recuou.

— Vou usar necromancia para plantar as bombas. Preciso ir eu mesma.

O metalúrgico recolheu a mão.

— Fique bem, Shiseo. — Helena ia se afastar, mas se deteve. — E se eu não voltar, se vir Kaine, diga a ele... diga que eu...

Ela baixou a cabeça e roçou a ponta dos dedos nas bochechas. Então pigarreou e balançou a cabeça.

— Não importa. Acho que ele já sabe.

CAPÍTULO 65

Augustus, 1787

Helena raramente visitava a Ilha Oeste, mesmo antes da guerra, mas sabia que precisava ir na direção sul e descer às partes mais baixas para alcançar o pequeno porto.

Estava tão escuro e silencioso na praça que daria até para se pensar que não houve guerra alguma. Os elevadores iriam exigir o pagamento de uma tarifa acompanhado de algum tipo de identificação, isso presumindo que sequer estavam operacionais. Mas sempre havia as escadarias... algumas maiores e outras projetadas para manutenção e operários. Seriam o caminho mais eficiente. Ao se tratar dos portões, as fechaduras em geral eram simples o bastante para Helena conseguir destravá-las com uma transmutação básica.

Ela já estava quase no nível mais baixo quando encontrou alguém. Bem no instante em que destrancava um portão, duas pessoas apareceram dando a volta na escada para subir. Ela tentou se esconder contra a parede e deixar que passassem sem chamar atenção, mas, quando arriscou olhar para cima, um arquejo de surpresa escapou de seus lábios.

Era Crowther. O olhar dele, sem vigor, encontrou o dela. Embora sem demonstrar qualquer expressão, ele parou de andar quando a pessoa ao lado dele se virou e fitou Helena.

Ivy abriu um sorrisinho.

— Você conseguiu sair. Estava torcendo para que tivesse conseguido.

Helena a encarou horrorizada, reparando de novo em Crowther, o rosto passivo e os olhos vazios. Estava morto.

— O que você fez? — A voz de Helena tremeu.

O sorriso de Ivy despareceu.

— O Necromante está com Sofia. Ele disse que iria me devolvê-la se eu lhe entregasse o Quartel-General e Crowther. Queriam Crowther vivo, mas disseram que não tinha problema se eu precisasse matá-lo. Então foi o que fiz.

Porque acreditavam que era Crowther quem estava fazendo a obsidiana. A mente de Helena ficou zonza.

— Foi você que deu todas as informações? — perguntou. — Foi você que deixou eles entrarem no Quartel-General.

Não era Cetus coisa alguma. Diante dela estava a verdadeira traidora.

— Eu precisei fazer isso — defendeu-se Ivy. — Foi o único jeito de recuperar Sofia.

— Ivy, sua irmã está morta.

— Não! — Ivy balançou a cabeça. — Ela está viva. Eu me encontrei com ela, Sofia me reconhece quando eu a visito. Ele vai me devolver minha irmã quando eu levar Crowther para ele.

— Como pôde fazer uma coisa dessas? — Foi tudo que Helena conseguiu dizer. — Todas aquelas pessoas...

— Elas teriam morrido de qualquer jeito — respondeu Ivy, jogando o cabelo para trás, insensível. — Ao menos foi rápido. Garanti que o plano conferisse a todos uma morte rápida. — Ela balançou a cabeça. — Não sou uma traidora. Todos iam morrer, mesmo, independentemente do que fosse acontecer.

Ivy se virou e continuou seu caminho, o cadáver de Crowther seguindo logo atrás.

O Laboratório do Porto Oeste era um prédio imenso e sem janelas, a princípio construído como um armazém de expedição industrial. Kaine fornecera à Chama Eterna a planta baixa do interior do laboratório mais cedo naquele ano, mas nunca existiu um motivo para aquela informação ser usada.

Havia apenas canos pequenos para o fluxo de ar no prédio, uma configuração voltada para proteger o local de ataques de piromancia externos. Era mal ventilado. Exatamente do que Helena precisava.

Alguns prédios menores o rodeavam, e Helena os analisou, cautelosa, enquanto passava por ali.

Conforme examinava o armazém, um necrosservo se aproximou. Apenas a presença casual de Helena já merecia uma investigação, mas uma figura solitária e desarmada não seria razão para alarde. Quando ele se aproximou dela, Helena levou a mão ao próprio pescoço, desanuviou a mente e então arrancou a energia do necrosservo. Foi tão fácil quanto tirar um fiapo solto de uma jaqueta.

O cadáver desmoronou contra ela, o cheiro podre se alastrando. Ela enfiou a própria ressonância nele, reanimando-o outra vez.

Não era um cadáver muito conservado. Já se encontrava no estágio inicial do inchaço, o tecido e os ligamentos danificados.

Tomou cuidado para usar apenas um pouco de energia.

O novo necrosservo de Helena se virou e segurou o necrosservo seguinte no lugar enquanto ela repetia o processo até ter mais de vinte cinzentos reunidos ao redor.

Em um nível mais afastado de consciência, Helena perdeu um pouco o foco, fragmentando-se nas diferentes mentes das sombras. Daquela vez, contudo, isso aconteceu só a uma parte mais distante de si. A mente de Helena continuava pertencendo somente a ela própria.

— Encontrem as aberturas —instruiu-os ao lhes distribuir as bombas.

O efeito do sedativo tinha piorado com a necromancia; a concentração necessária era extenuante. Por sorte, todos precisavam fazer tarefas quase idênticas. Ela trincou os dentes conforme transmutava cada bomba, fazendo o passo final antes de despachar os necrosservos o mais rápido possível.

Era um equilíbrio delicado entre ficar a uma distância segura para não ser pega na explosão, mas ainda perto para que o fósforo não se incendiasse de forma prematura após a ativação inicial.

Helena os observou chegarem ao armazém e começarem a escalar as paredes.

Ela recuou devagar e seus olhos perderam o foco enquanto ela seguia os cinzentos para cima, mais acima. Não havia receptores nervosos de dor para que pudesse senti-los sendo esfolados.

Fechou os olhos com força, tentando se concentrar no progresso deles.

Os necrosservos chegaram aos canos e fendas no armazém. Alguns estavam no telhado, puxando as coberturas das saídas de ar. O coração de Helena palpitou quando um deles, com a visão mais clara, levou uma esfera até o cano e confirmou que cabia ali.

Em sincronia, eles puxaram os pinos finos e delicados que Shiseo transmutara para Helena e lançaram as esferas pelos canos. Enviando-as para o armazém fechado e reforçado.

Quando a última bomba foi jogada, Helena se virou e começou a correr.

Houve um estouro quase perfeitamente simultâneo e abafado às costas dela quando a primeira bomba foi ativada. Helena arriscou olhar para trás e viu pequenas nuvens de fumaça, algumas brilhando, algumas brancas.

O mundo explodiu.

O ar foi estilhaçado com a violência do estouro, uma onda que revirou tudo ao redor enquanto Helena partia em disparada, e um calor escaldante parecia persegui-la.

O fogo estava tentando engolir tudo, canibalizando a si mesmo enquanto queimava, furioso e faminto, sugando o ar para se alimentar até criar um tornado. Todos os avisos sobre piromancia que Helena sempre fizera a Luc... ela acabara de ignorá-los.

Armazéns eram projetados tendo como prioridade sua capacidade de depósito, não a integridade estrutural. A planta baixa revelara onde aqueles poucos apoios estruturais estavam localizados. O prédio foi implodido e em seguida detonou com uma segunda explosão repentina. Seja lá quais fossem as armas que Bennet estivera desenvolvendo, seja lá qual recurso perigoso e inflamável que eles tinham para as próprias bombas... o fogo os encontrara.

O chão parecia líquido sob os pés de Helena. Os paralelepípedos rachavam.

Ela foi atirada contra um dos prédios.

O fogo ainda rugia quando ela piscou outra vez. O sedativo absorvera a dor do impacto. Ela se encontrava no chão, tentando recuperar o fôlego, um incômodo pulsante que deveria ser uma agonia sem fim sendo pressionado para dentro do crânio.

Tudo estava pegando fogo. Ela conseguia sentir o calor e distinguiu sem muita nitidez mais explosões. O ouvido zumbia, dolorido, quase abafando qualquer outro som. Ela se virou para onde o laboratório costumava ficar, mas havia apenas chamas e destroços.

As pernas oscilaram, cedendo quando ela tentou ficar de pé. Helena tombou, ofegando de forma irregular. Os pulmões ardiam, mas respirar a deixava tonta.

Talvez houvesse núlio por ali.

Helena tirou a jaqueta e a pressionou contra o nariz e a boca, tentando respirar devagar.

Levante. Corra.

Só que ela estava cansada demais. Nada parecia pertencer à ordem da realidade. Tudo aquilo só poderia ser um pesadelo. Aquele tempo todo. Todos aqueles anos, tudo que ela fizera, pensando consigo mesma que valeria a pena no final. Era mentira. Ela matara Luc. A primeira pessoa que quisera salvar, e o esfaqueara no coração.

Helena ficou ali, imersa na própria perda, imóvel sob o peso do luto. Como poderia levantar então? Como aguentaria?

Kaine.

Ela abriu os olhos e tateou o pescoço, tentando resistir ao sedativo, a fumaça enchendo os pulmões. Helena dissera que estaria esperando por ele. Se ela não retornasse, Kaine voltaria e encontraria a bagunça de explosivos feitos às pressas e o bilhete afobado dela.

Eu te amo. Eu te amo. Eu te amo.

Helena forçou-se a levantar. Não morreria. Não o deixaria. Precisava voltar.

Conseguiu dar alguns passos antes de as pernas cederem outra vez. Figuras se aproximavam através da fumaça, mas ela não conseguia fazer as pernas sustentarem o próprio peso.

Vasculhou o bolso, encontrando o frasco e a seringa que colocara ali. O último recurso ao qual recorrer.

Retirou-os do bolso, a mão tremendo enquanto inseria a agulha no frasco e puxava o êmbolo, enchendo o cilindro. Helena respirou fundo e se preparou quando enfiou a agulha direto no peito, injetando o líquido.

A mistura de estimulantes foi formulada para ser usada em Kaine. Atingiu-a como um terremoto, a energia rugindo pelo corpo dela, dizimando os últimos restos do sedativo e da transmutação de Kaine. A energia parecia vibrar dentro de suas veias. Ela sentiu a mente voltando ao foco, tudo ao redor ficando mais claro e mais vívido.

Deu um pulo e começou a correr mais rápido do que jamais correra em toda a vida. Quase nem sentia o próprio corpo. Só sabia que precisava correr.

Algo a derrubou no chão. Ela se virou, pegando as facas, mas seu tato sentiu algo peludo. Agarrou, então, o agressor e avançou com a própria ressonância, encontrando todos os lugares onde a transmutação emendara as criaturas, desfazendo-a.

No instante seguinte, as quimeras estavam mortas.

Helena se levantou apressada, pegando uma faca de obsidiana enquanto os necrosservos se aproximavam. Ela os rasgou ao meio sem nem sentir as tentativas de agarrá-la. A atenção dela estava fixa nas torres altas da ilha. Eram o seu destino. Ela precisava voltar. Estaria lá, à espera de Kaine.

Não morreria.

Não havia tempo para reanimar os necrosservos a fim de que lutassem por ela. Helena destruiu tudo o que viu pela frente com uma eficiência brutal. Havia poder demais explodindo por seu corpo, o coração ameaçando rasgar ao meio se ela não continuasse se mexendo. Desvencilhou-se, então, e saiu em disparada outra vez. O sangue latejava nos ouvidos. Mais figuras surgiram da fumaça. Helena se deteve, horrorizada.

Entre elas estava Althorne.

Não fazia ideia de como tinham conseguido reanimá-lo considerando a contaminação de núlio. Deviam ter feito um esforço redobrado para o general. Ao lado de Althorne, havia outra pessoa… um jovem com cabelos cor de palha e um rosto quadrado.

Lancaster.

Crowther dissera que os prisioneiros tinham morrido no bombardeio, mas era evidente que estivera errado. Helena olhou em volta, temendo quem mais poderia surgir da fumaça.

— Olha só, você estava certo — comentou Lancaster para Althorne. — Tem mesmo alguém aqui.

— Capture-a — ordenou o defunto dentro de Althorne, a voz rouca. Ele semicerrou os olhos para enxergá-la através da fumaça. — Talvez ela saiba quem atacou o laboratório.

— Se eu pegá-la, posso ficar com ela? — perguntou Lancaster, os olhos se iluminando, estudando Helena. Era evidente que a tinha reconhecido de alguma forma.

— Depois do interrogatório. Agora se apresse.

Helena ficou olhando conforme Lancaster avançava, trocando a lâmina obsidiana pela adaga comprida de titânio. Se estava sendo enviado enquanto o defunto só observava de longe, então devia ser um sinal de que ainda era um Aspirante.

Porém, também significava que o defunto era o responsável por controlar os necrosservos. Helena precisava se livrar dele ou acabaria sendo perseguida por toda a cidade. Entretanto, primeiro Lancaster.

A vantagem principal dela ali era que eles a queriam viva.

— Me deixe passar — disse Helena enquanto Lancaster se aproximava, e o defunto começou a desaparecer em meio a fumaça no fundo.

Ela tentou acompanhá-lo com o olhar, identificar aonde estava indo.

Lancaster balançou a cabeça em negativa.

— Vamos lá, não dificulte as coisas. Você está em minoria. Solte a faca.

Os necrosservos tinham se espalhado ao redor dela. Portavam armas de longo alcance. Helena percorreu os arredores à esquerda e à direita em busca de uma saída, tentando planejar o que faria. O sangue rugia em seus ouvidos dizendo que ela deveria se mexer, atacar, fugir. Ela precisava ser esperta.

Segurou a adaga mais um instante, sentindo a textura, todos aqueles detalhes complexos, engolindo com força enquanto a soltava dos dedos e deixava que caísse no chão. Helena abaixou a cabeça e andou, submissa, para a frente, enquanto os dedos se esgueiraram para alcançar a outra faca.

Ela andou hesitante até Lancaster.

— Segurem-na.

Os necrosservos deram um passo para a frente, abaixando as armas enquanto um deles segurava o braço dela.

Helena deu o bote.

Um lampejo de faca, que foi transmutada no meio do gesto até ficar com o dobro do comprimento. Helena cortou a mão do necrosservo, eviscerou-o e em seguida enterrou uma lâmina encurtada no crânio de outro. Desviou de uma espada que silvou ao passar por cima de sua cabeça e acabou enterrada no necrosservo às costas dela. Ele gritou.

Então não eram todos necrosservos. Ora, aquilo os tornava mais fáceis de matar. Ela não estava tentando ganhar. Não era uma batalha, ela só queria fugir. Então continuou focada na direção por onde o defunto desaparecera.

Você não pode morrer aqui.

Alguém segurou o punho esquerdo de Helena com firmeza. Ela tentou se desvencilhar, virando o corpo com força para se libertar, uma dor latejante se espalhando pelo ombro quando o braço foi desencaixado da articulação. Ela girou na direção do agressor e não parou para pensar... só botou sua ressonância para dizimar tudo o que encontrava. Um grito animalesco de agonia ressoou, e seu punho foi libertado.

Ela se arrastou para longe, tentando encaixar o braço de volta no lugar. Mal conseguia mexer os dedos, mas recusava-se a parar.

Rápida e esperta, dissera Kaine. Eram essas as habilidades de que ela precisava para sobreviver.

Lancaster se colocou no caminho dela, um sorriso triunfante no rosto, pensando que ela estava derrotada. Helena enfiou a faca no peito dele com força. Ele caiu feito uma pedra.

Ela encontrou firmeza nos pés e correu fumaça adentro. Enxergava a cidade além, cintilando, repleta de falsas promessas.

Os necrosservos ainda estavam em seu encalço. Ela os ouvia através da fumaça. Estava tão sem fôlego que a visão começou a ficar borrada. A mistura de estimulantes e sedativos estava fazendo um trabalho incrível em impedi-la de sentir a verdadeira extensão de seus machucados.

Viu uma figura grande na fumaça e foi naquela direção. Althorne. Ela pegou a adaga de obsidiana, desejando que estivesse em pleno domínio do braço esquerdo. Sintonizou a própria ressonância até senti-la cantar por seu corpo enquanto se impelia para a frente.

No meio da fumaça, algo enorme e pesado balançou na direção dela. Helena quase não desviou a tempo. Bateu no chão com força.

O defunto lutava com um gládio, como Lila, mas com muito menos agilidade e elegância. Helena nunca lutara com um defunto, mas aquele ali não parecia acostumado com o próprio corpo. Se ela conseguisse acertá-lo com a obsidiana uma vez, interromperia a reanimação. Se conseguisse atingir um lugar próximo ao talismã, poderia matar quem quer que fosse.

— Você é uma alquimista e tanto — surgiu a voz de Althorne.

O gládio passou zunindo, tão perto que o ar que deslocou quase cortou a bochecha dela.

— O que você é?

Helena não estava com fôlego o bastante para responder. O foco estava na arma, e como combatê-la. Ela conseguia ver Althorne com clareza. O rosto dele era cinzento e tinha um ferimento purulento na cabeça. Estava de armadura, o que dificultava que ela o esfaqueasse.

Quando ela, por fim, chegou perto demais para que ele continuasse usando o gládio, ele deu um tapa no rosto dela com o dorso da mão. Helena saiu voando, mas a obsidiana roçou no punho dele, a pele cinzenta se abrindo. Helena foi ao chão com um impacto tão grande que perdeu o fôlego. Forçou a cabeça para cima, ofegando enquanto via a reanimação se desfazendo do corpo de Althorne como uma infecção que subia pelo braço.

Helena se esforçou para se levantar. Os necrosservos ainda se aproximavam, porém estavam mais lentos. O defunto não se afastou quando ela voltou a se aproximar.

Helena tinha o controle total de apenas uma das mãos, mal conseguindo segurar a obsidiana na mão esquerda enquanto a direita tirava a armadura do caminho. O defunto notou o que estava acontecendo, tentou agarrá-la, mas ela o segurou pelo pescoço e deu um puxão. O esôfago de Althorne saiu da abertura da garganta. Ele foi ao chão. Helena oscilou, tirando a armadura, tentando sentir onde estava o talismã e identificar onde deveria esfaquear. Sangue púrpura e morto fluía da garganta, cobrindo tudo... as roupas, a armadura, a corrente prateada pendurada no pescoço. Um pingente, coberto de sangue, quase escapara da ferida aberta.

Era um dragão, as asas arqueadas para cima, a cauda presa entre os dentes.

Ela parou por um momento, encarando a imagem. Era Atreus Ferron.

Ela tentou segurar a adaga, mas o braço esquerdo estava inerte. Será que era melhor matá-lo ou entregar o talismã a Kaine e deixá-lo decidir o que fazer?

Não. Ela precisava fazer aquilo. Kaine não deveria ser obrigado a matar o próprio pai.

Ela fez a ressonância se alastrar outra vez, tentando encontrar o talismã.

Bam! A visão de Helena explodiu em vermelho quando algo atingiu o crânio dela. Ela caiu sobre o corpo de Althorne e, quando tentou se erguer, o mundo girou. Ela conseguiu se levantar parcialmente, mas voltou a tombar.

Lancaster cambaleou na direção dela, metade do peito coberto de sangue. Estava segurando o gládio. Usara o bastão para golpear a cabeça de Helena.

— Eu vou te matar — disse ela, tentando se reerguer.

Ele deu uma risada sibilante.

— Tente. — Fez um gesto na direção dela. — Levantem-na.

Dois Aspirantes puxaram Helena do chão, chutando a faca de obsidiana para longe da mão dela. As pernas mal a sustentavam, tudo girava, mas as drogas ainda uivavam em suas veias, a ressonância afiada como navalha. Ela não resistiu; pelo contrário, desabou sobre aquele que estava mais armado entre os dois.

Eram imbecis por terem caído na mesma armadilha duas vezes.

Enquanto eles a arrastavam até Lancaster, ela encontrou uma faca que estava solta de um jeito que conseguia desembainhar. Uma faca de combate padrão. Helena tinha bastante familiaridade com o modelo.

Lancaster estava pálido por conta da perda de sangue, mas sorriu e se manteve distante, preferindo nitidamente arriscar os próprios compatriotas.

— Vou me divertir tanto com você. Quando eu for Imortal, vou mantê-la viva enquanto eles reviram você do avesso.

Helena usou as últimas forças que tinha para lançar-se contra ele.

Teria conseguido apunhalá-lo no coração, mas ele conseguiu desviar. Para o azar dele, Helena tinha uma ressonância muito diversa. A faca desceu pela armadura como se fosse feita de papel. Ela a transmutou, revirando-a, massacrando os pulmões dele antes de levar a mão ao pescoço dele.

Dedos agarraram o cabelo de Helena, impedindo-a antes que tivesse a oportunidade de explodir o cérebro dele com a ressonância. Helena arranhou todos que a seguravam, fincando os dedos na carne, rasgando tudo o que encontrava.

— Quebrem a mão dela. Quebrem a porra da mão dela! — gritava Lancaster enquanto segurava a faca enterrada no peito, sem conseguir tirá-la sem destruir os próprios pulmões no processo.

Uma mão se fechou no antebraço de Helena, e um baque terrível foi ouvido quando uma bota esmagou o punho direito dela.

Ficou observando enquanto o calcanhar esmigalhava seu próprio punho contra as pedras.

Eles a soltaram e Helena ficou deitada ali na rua. Lancaster já desabara.

Ela tentou se levantar com o braço deslocado.

Corra, Helena. Você precisa correr.

Um dos Aspirantes só tinha uma mão, mas pegou a espada e a atingiu na cabeça com força usando o cabo.

Helena acordou ao som de gritos.

Estava deitada sobre uma superfície fria e dura e, ao tentar abrir os olhos, estavam com uma crosta pesada que grudava as pálpebras de cima a baixo. Ela ergueu a mão para esfregá-las e uma dor lancinante fez com que o cérebro inteiro pegasse fogo. Tentou de novo abrir os olhos, mas eles ainda se recusavam a colaborar.

— Está tudo bem. Cuidado. Você está com sangue nos cílios. — Era uma voz familiar. Ela sentiu dedos esfregando os olhos dela. — Pronto.

Helena forçou a vista, turva, e então se deparou com a Enfermeira-Chefe Pace a encarando de cima. Helena estava deitada com a cabeça no colo de Pace. Ainda estava escuro, a única iluminação vinda de uma tocha.

Os sentidos foram voltando aos poucos. Sentia muita dor, mas, ao mesmo tempo, estava ciente de que ainda não estava sentindo tudo. Cheirava a sangue. Sangue seco e sangue fresco.

Os gritos continuavam, eternos.

E as risadas também.

Ela tentou se sentar, mas Pace a segurou.

— Nada disso. Você está gravemente ferida — insistiu. — Coloquei seu ombro de volta no lugar, mas levaram o suporte do seu torso e seu punho está com uma fratura feia.

— Onde estamos? — Helena conseguiu perguntar, mas os olhos não focavam. No entanto, ela reconheceu uma das curandeiras, além de médicos e funcionários. Estavam reunidos ao redor dela.

Pace deu um sorriso tenso.

— No Quartel-General. No Espaço Comunal.

Helena olhou para além de Pace; havia algo lá em cima.

Estavam em uma gaiola. Do tipo grande, usada para animais. Dezenas de gaiolas estavam ao redor deles.

— Me deixe levantar. — Helena se esforçou para se sentar, o corpo começando a gritar em protesto conforme os estimulantes e sedativos perdiam o efeito.

Sem o suporte para o torso, ela sentiu o esforço que era exigido do esterno enquanto tentava enxergar além das barras, procurando a fonte dos gritos.

Pendurada pelos punhos, era Rhea que gritava. Titus estava ao lado dela. Estava coberto de sangue, e havia facas e lanças e espadas perfurando seu corpo. Ele retirou uma faca da própria perna e começou a fatiar a pele de Rhea com ela.

Em seguida, levou a pele à boca, engolindo-a.

Ele estava morto. Tinha que estar morto, mas a visão daquilo ainda deixou Helena horrorizada.

Rhea não estava morta.

Ao lado dela, havia pedaços de carne penduradas nas correntes. Helena forçou a vista na luz fraca.

Braços decepados.

Um torso.

A cabeça de Alister.

A garganta de Helena se contraiu e ela virou para o lado e vomitou com tanta violência que as convulsões que percorreram seu corpo deixaram-na com dor nas costas.

Ela ergueu a cabeça outra vez enquanto Pace usava um pedaço de tecido para limpar sua boca.

Helena desviou o olhar.

— Há quanto tempo estão...

— Começou no crepúsculo — respondeu Pace, a voz trêmula. — Assim que garantiram que o Quartel-General estava seguro. Mas não estão com Luc, nem Sebastian. Ainda temos esperança.

A garganta de Helena se apertou tanto que achou que iria ficar sufocada. Não conseguia se obrigar a contar para Pace que Luc não viria, que não poderia vir.

Helena baixou o olhar para o próprio corpo. Tinham despido todas as suas roupas e a deixado com um vestido cinza. Tudo sumira — os grampos, os laços, o bracelete de chamado do hospital. A única coisa que restava era o anel de Kaine, pairando no canto da visão dela mesmo quando olhava diretamente para ele. Tinha funcionado. Nem mesmo a ressonância o encontrara na revista.

Agora, o punho esquerdo dela tinha um grilhão de supressão, como aquele que estivera marcando os de Lila. O punho direito estava sem nada, pelo visto inchado demais para um grilhão idêntico caber nele.

Os gritos de Rhea ficavam cada vez mais fracos.

Fez-se um rugido de empolgação, e Helena desviou a atenção, aterrorizada ao pensar no que viria a seguir.

Um carro comprido e baixo cruzou os portões. Helena sentiu o coração apertado quando o veículo parou nas escadarias que levavam até a Torre.

A porta foi aberta e Luc saiu de lá, a expressão hesitante, quase envergonhada, como se estivesse chegando atrasado a uma festa.

O silêncio recaiu sobre o pátio. Todos encararam em choque enquanto ele avaliava a cena ao redor.

— Não… — murmuraram Helena e Pace, em uníssono.

Luc se virou e fez uma mesura baixa e subserviente quando outra pessoa saiu do banco traseiro. Alguém alto, vestido com trajes ornamentais refinados e um manto azul e dourado, uma coroa em formato crescente sobre a cabeça. Morrough.

Ele andou na frente de Luc, subindo pelas escadas de mármore, que estavam vermelhas de sangue. Todo o restante dos líderes militares da Chama Eterna estavam espalhados em partes no chão ou pendurados nas muralhas.

Morrough se virou enquanto Luc subia atrás dele, revelando um rosto mascarado. O crescente, como um sol em eclipse, escondia a metade superior do rosto. O pouco de pele à mostra exibia uma boca pálida e lábios finos.

Helena jamais vira Morrough. Escutara histórias sobre a aparência dele em algumas batalhas no começo, mas ele deixara que os Imortais lutassem sua guerra.

Então aquele era Cetus. O primeiro alquimista nortenho.

O silêncio permaneceu enquanto Luc o seguia obedientemente pela escada, e Morrough observou o público.

— Paladia serviu a essa família de falsas divindades por tempo demais — afirmou Morrough, a voz rouca mal parecendo que se propagava. — Eles lhes mostraram fogo e ouro, e vocês acharam que esses truques baratos eram divinos. — A boca dele se retorceu, desdenhosa. — Eu conquistei a morte. Meu presente é a imortalidade, e não quero esconder esse conhecimento secreto, mas sim concedê-lo a todos aqueles que são dignos.

A declaração foi seguida por aplausos altos, mas aquilo não era o pior. Durante a fala de Morrough, Luc tinha ficado de joelhos, como se fosse um dos que imploravam pela imortalidade.

Helena observou todos os movimentos de Luc, tentando entender o que via.

Luc estava morto. Ela sabia que ele tinha morrido. Morrough devia tê-lo encontrado e o reanimado, fazendo-o parecer tão vivo para que pudesse ter a satisfação de ser seu carrasco.

Enquanto todos assistiam à cena, Luc se inclinou para a frente, pressionando a testa nas pedras molhadas de sangue que mancharam as roupas, a pele e o cabelo dele. O sangue daqueles que o tinham servido e também servido aos Holdfast tão fielmente.

— Você implora pela imortalidade? — perguntou Morrough.

Luc fez uma pausa, como se estivesse envergonhado, e então ergueu a cabeça, fitando Morrough como um suplicante, os olhos azuis arregalados. Fez que sim com a cabeça.

— Você não é digno dela — anunciou Morrough, mas estendeu a mão esquelética, como se a oferecesse a Luc.

Em seguida, virou o punho, a palma voltada para baixo acima da cabeça de Luc.

Mesmo daquela distância, Helena sentiu a ressonância no ar, e a cabeça de Luc bateu no mármore, o crânio rachando como um ovo quebrado. O rosto dele foi deformado para dentro e o corpo desabou para o lado, o cérebro escorrendo sobre o mármore encharcado de sangue.

O ar foi tomado por gritos de horror.

Morrough deu as costas para o corpo.

— Guarde-o. Ele jamais irá queimar.

Então, entrou na Torre da Alquimia, no monumento que o irmão construíra para imortalizar a derrota da necromancia.

O tempo passou em um turbilhão. Aqueles que não tinham ido para a Torre com Morrough começaram a organizar os prisioneiros restantes, dividindo-os, registrando os números das algemas no arquivo.

Agora que as "festividades" tinham acabado, mais carros iam chegando. Os Imortais mais condecorados, portando seus uniformes negros. Outros que pareciam ser oficiais do governo. A Assembleia das Guildas. O governador Greenfinch.

A maioria entrava na Torre da Alquimia. O sangue tinha sido lavado.

A porta da gaiola foi aberta com um rangido, e os guardas começaram a tirar os prisioneiros, empurrando-os em direções variadas.

— Cuidado! — ralhou Pace, ao ver Helena sendo agarrada por um dos braços e arrastada para que ficasse de pé. — O punho dela está quebrado. Precisa de cuidados médicos. São mulheres inteligentes e capazes. Você deveria...

O guarda desdenhou de Pace.

— Temos muitos prisioneiros, de todos os tipos. — Ele notou a mão inchada e distorcida de Helena. — Ela vai para o grupo de abate, assim como você, velhaca.

Ignorou as tentativas de argumentação de Pace, não em prol de si mesma, mas de Helena, tentando convencê-lo de que a moça tinha habilidades excepcionais. Ele se limitou a copiar a numeração da algema de Helena em uma lista junto à de Pace e as empurrou na direção de outra gaiola, para a qual foram levadas com agressividade por outro guarda.

Pace tentou resistir, ainda protestando, mas tropeçou e caiu rápido demais para Helena reagir. A cabeça bateu em uma das barras de ferro com um baque ruidoso e ela parou de se mexer.

A mão esquerda de Helena tremeu quando ela se apoiou na barra, usando o corpo para proteger Pace enquanto mais prisioneiros eram enfiados na gaiola do abate, procurando desesperada pela pulsação dela. Todo mundo ali dentro ou estava muito machucado, ou era velho demais. O cadete que guardava a Sala de Guerra estava caído ao lado delas, pálido como um cadáver, as entranhas escapando pelos dedos enquanto tentava contê-las dentro do corpo.

Não tinha como Helena ajudá-lo.

Ela tombou ao lado de Pace, trazendo a cabeça da outra para o colo, torcendo para que estivesse morta de modo que não precisasse testemunhar o que viria a seguir.

Uma sombra recaiu sobre ela.

Helena ergueu a cabeça, o coração na garganta, e então congelou ao se deparar com Mandl.

— Ora, ora — disse a mulher, a boca larga se contorcendo em um sorriso. — Pensei mesmo que estava reconhecendo essa juba.

Helena estava exausta demais para sentir qualquer coisa ao vê-la ali.

Mandl gesticulou com um rápido movimento de punho.

— Tire ela daí.

O guarda que empurrara Pace se virou na direção dela.

— Essa é a gaiola do abate.

Mandl se aprumou.

— Não estou nem aí para que gaiola seja. Tire ela daí.

Helena foi arrastada para fora, a mão batendo com brutalidade contra os outros corpos. Reprimiu um gemido de dor, e o ombro quase foi deslocado da articulação outra vez.

— É você mesmo. — Mandl a avaliou quando Helena foi largada aos seus pés. — Você resistiu bastante. Ficou com medo de que eu fosse encontrar você?

Helena mal pensara em Mandl desde que a interrogara.

— Eu estava torcendo para isso acontecer. — O hálito de Mandl cobriu o rosto de Helena. Tinha um cheiro pungente e acre, como formaldeído. — Vou me certificar de que Bennet use você em um dos projetos especiais dele.

O guarda pigarreou.

— O que foi agora? — Ela se virou para ele, brusca.

— Estão dizendo que perdemos Bennet.

— O quê?

O guarda abaixou a voz.

— Segundo boatos, foi coisa do pessoal de Hevgoss. Bombas... típico deles. Mas ninguém está falando muita coisa. Stroud levou um grupo inteiro mais cedo e precisou trazer todos de volta. Diz que o laboratório inteiro foi destruído. Bennet e os outros. Só que não é para ninguém mencionar nada entre os... — Ele gesticulou na direção do Espaço Comunal.

Uma faísca triunfal surgiu no peito de Helena. Havia sido o fim de Bennet. Ele nunca mais machucaria Kaine, nem qualquer outra pessoa.

Mandl ficou parada, embasbacada.

— Mas e o armazém com os tanques de inércia? Vão desativar tudo? —Mas, antes que o guarda pudesse responder, ela própria se adiantou: — Óbvio que não. Os Imortais ainda vão precisar de corpos preservados como reserva. Mesmo sem Bennet.

Voltou a encarar Helena, que tentara fingir que não estava escutando.

— Bom, se não temos mais ele, isso significa que sou responsável pelo processo de seleção. — Ela se inclinou para a frente e agarrou Helena pelo antebraço. — Acho que vou escolher você primeiro.

A ressonância de Mandl perfurou a mão de Helena. De repente, os nervos estavam ardendo, sendo dilacerados. O sofrimento percorreu o ombro e o corpo dela, entrando no cérebro como se uma estaca estivesse sendo enfiada ali.

Os músculos começaram a se contrair enquanto ela gritava.

— Ah, nossa — comentou Mandl, com uma falsa preocupação, ainda segurando Helena com firmeza. — Não era bem isso que eu queria fazer. Estava tentando fazer isso.

Ela agarrou a nuca de Helena.

Uma dor renovada irrompeu através dela, descendo pela coluna até alcançar todos os nervos. A intensidade aumentou cada vez mais até Helena sentir que iria explodir. Ela quebraria todos os ossos ela mesma se fosse preciso para conseguir escapar dali, mastigaria as próprias mãos.

Sentia a mente tentando escapar, tentando se libertar da agonia. Ceder. Só ceder.

Não sou frágil. Não vou ceder. Por favor, acredite em mim.

Ela prometera. O corpo dela sofria convulsões, mas determinada hora parou. Ela caiu no chão pesadamente. Os músculos estremeciam. Mandl se ajoelhou, estendendo a mão na direção dela, e Helena se encolheu.

A boca larga de Mandl se abriu em um sorriso novamente.

— Está vendo como você aprende rapidinho o que é ter medo?

Ela pegou a mão direita de Helena, recolocando-a no lugar e curando os ossos quebrados. De fato teria sido uma curandeira excepcional se não fosse uma psicopata completa.

Em seguida, algo frio foi pressionado contra o punho recém-curado de Helena, clicando quando foi travado no lugar.

Ela o encarou, aturdida, com dificuldade de respirar. Era outra algema. A numeração era diferente. Ela não conseguia enxergá-la direito.

Mandl ficou de pé, espanando as roupas.

— Coloque ela no caminhão de transporte.

Enquanto Helena era arrastada, um jovem se aproximou, balbuciando:

— Espere. Essa... essa aí, nós precisamos dela. Ela precisa ser interrogada, acho. Tenho quase certeza de que alguém falou alguma coisa sobre isso.

Mandl piscou devagar, feito um réptil.

— Ela estava na gaiola do abate.

Ele corou, coçando a cabeça.

— Tínhamos ordens.

— Ordens de quem?

— Hum, um daqueles mortos. Não me lembro. Ele disse algo sobre isso a Lancaster.

— E onde está Lancaster?

— Bom, ele está em cirurgia.

Mandl contraiu os lábios, e parecia prestes a massacrar o Aspirante.

— Então você quer que eu faça o quê? Enfie ela de volta na gaiola do abate? Você tem jurisdição para tirá-la daqui?

Ele gaguejou, afastando-se.

— É só que... foi isso o que ouvi falar. Talvez alguém saiba alguma coisa a respeito.

Helena não tinha certeza se acabara de ser salva ou condenada. Interrogatório era o que Atreus queria, para achar o responsável pelo bombardeio. Estava tendo dificuldades para raciocinar. O corpo continuava sofrendo contrações. Todas as drogas correndo nas veias a confundiam enquanto esvaneciam.

Vários defuntos vieram e arrastaram Helena e alguns outros prisioneiros na direção de um caminhão, enfiando-os na traseira do veículo.

Um inquérito seria perigoso. Se alguém percebesse que ela era a responsável pelas bombas, iriam querer saber como fizera aquilo. E o motivo.

Ela tinha total ciência dos perigos do interrogatório. Havia momentos em que a mente cedia, onde só a dor prevalecia. Os Imortais a machucariam de quaisquer formas que fossem necessárias para arrancar as respostas dela.

Kaine tinha dito que a animancia era especial. Rara. Se Bennet estava morto, Kaine e Morrough poderiam ser os únicos restantes com aquela habilidade, o que significava que poderiam convocar Kaine e torturá-la na frente dele ou ainda obrigá-lo a torturar Helena.

Se Morrough a interrogasse pessoalmente, descobriria Kaine nos pensamentos e nas memórias dela. Não importava quanta evasão pudesse escondê-lo, Kaine estaria no tecido dos pensamentos dela. Todas as ações dela estavam conectadas a ele.

Mesmo se Helena morresse rapidamente, a punição de Kaine por traição seria eterna. Ou eles a usariam, como tinham usado a mãe dele.

Seria tudo que ele mais temia.

Se o encontrassem na mente dela.

Se.

Ela precisava afastá-lo, assim como afastara a memória de...

Soren.

Ela redirecionaria os pensamentos, transmutaria as próprias memórias até que a mente parasse de correr na direção dele. Não poderia confessar algo de que não se lembrava.

Pressionou as mãos contra as têmporas, estremecendo enquanto deslocava a mão direita. Os ossos haviam sido reparados, mas o dano do tecido e o machucado permaneciam. O núlio nas algemas zunia, embotando a ressonância, mas aquele tipo de supressão era falho.

Helena ainda possuía a ressonância... só não era tão poderosa. Só que ela não precisava de poder; precisava de precisão e paciência. Fechou os olhos, usando aquele eixo fraco de ressonância na própria consciência. Depois de passar tanto tempo navegando pela mente dos outros, foi fácil manipular a própria mente. Não havia reação nem resistência.

Empurrou os dois últimos anos de sua vida, enterrando-os abaixo da superfície como se fosse afogá-los. Era a única forma de fazer aquilo. Kaine se tornara quase tudo para ela.

Sem ele, sobrava apenas o vazio. A rotina. Horas e dias no hospital que se misturavam, anos de um pesadelo interminável que culminava na ruína.

Sozinha. Com todos mortos. Porque sempre morriam. Helena tentava salvá-los, mas, no final, morriam. A vida dela era um cemitério.

Onde havia espaço que ela não conseguia reconciliar, enchia-o com Luc. Não com a morte dele, não com o Luc da guerra. O Luc que ela prometera salvar.

A versão dele que ele tinha tentado ser. O Luc que sempre acreditara nela. Era a forma como ele merecia ser lembrado.

Estava perdida na própria mente quando o caminhão chegou a um depósito. Era um antigo abatedouro com ganchos de carne no teto e mesas de metal por toda a parte, um chão de cimento que poderia ser lavado facilmente para limpar o sangue. Os outros prisioneiros começaram a entrar em pânico, afastando-a dos pensamentos.

— Não vão nos matar ainda — disse Helena, a voz rouca. — Vão nos colocar em inércia. Para continuarmos frescos.

Foram tirados um a um, recebendo uma injeção de alguma substância.

O processo era de uma sincronia horripilante. Repetitivo. Conforme os corpos dos prisioneiros ficavam flácidos, eram erguidos nas mesas compridas, lado a lado. Um guarda seguia pela fileira arrancando as roupas.

Alguns tentavam resistir. Um garoto recebeu um chute no estômago antes de a agulha ser fincada em seu pescoço. Gritou pela mãe, por Sol, por Luc.

A mulher (Mandl, a mente de Helena supriu com certo atraso) estava observando, e quando foi a vez de Helena, ela a empurrou para o fim do depósito.

— Coloque-a lá. Eu mesma vou lidar com ela.

Uma agulha foi fincada na lateral do pescoço de Helena. Era grossa, com uma dose desnecessariamente reforçada de uma substância paralisadora.

Os músculos ficaram entorpecidos, mas não os nervos. Ela sentia coisas, mas não conseguia se mexer.

O rosto de Mandl pairou acima dela, um sorriso satisfeito nos lábios, os olhos percorrendo-a dos pés à cabeça.

— Você acha que sabe o que vai acontecer agora, não acha?

Helena permaneceu imóvel enquanto Mandl afastava o cabelo dela e grudava um adesivo na nuca, acima da coluna.

— Isso é para manter seus músculos funcionando.

Um disparo elétrico fez o corpo de Helena convulsionar, os músculos contraindo e relaxando diversas vezes.

Os dedos de Mandl deslizaram por sobre a pele fria de Helena, parecendo tremer de empolgação. Agulhas conectadas a tubos afundaram na pele dos braços dela.

— É uma pena que perdemos Bennet — comentou Mandl. — Sempre achei as ideias dele inspiradoras. Se tivesse ficado com você, ele te manteria viva por eras se eu pedisse. Interrogatórios são rápidos demais, e você ficaria completamente estragada depois.

Mandl colocou uma máscara sobre o rosto de Helena, que cobria desde as sobrancelhas até o queixo. Havia algum tipo de selante que o grudava à pele. Era translúcido a ponto de Helena conseguir enxergar um pouco e acompanhar Mandl pegando uma seringa grande cheia de um líquido azul-claro.

— Isso vai induzir o coma. Bennet dizia que é como amaciar a carne, acalmando os porcos antes do abate.

Ela apertou o êmbolo. Helena ouviu o conteúdo respingar no chão.

Então, o som de um papel rasgando quando Mandl arrancou um formulário da prancheta e o amassou. Por um instante, Helena vislumbrou o número no topo: 19819.

Sem aquele formulário, não haveria registros de que Helena se encontrava ali. Ela desapareceria. Ficaria perdida nas fissuras da burocracia.

Mandl passou os dedos pelo cabelo de Helena.

— Enquanto espera, quero que fique pensando em todas as coisas que vou fazer com você quando voltar.

Mandl deu as costas para Helena.

— Acabei aqui. Enfie-a no tanque com o resto.

Helena foi erguida e depositada em um carrinho que foi sacolejando até outra sala. Estava um frio terrível. Helena viu fileiras de tanques separados pelo canto do olho. As fotografias do ataque ao laboratório surgiram na memória dela, todos os corpos flutuando lá dentro. Todos mortos.

Os guardas, com grandes luvas de borracha até a altura dos ombros, erguiam um prisioneiro atrás do outro e os deslizavam para dentro do tanque, enganchando tubos e fios em uma série de máquinas que estava nos fundos.

Na vez de Helena, ela sentia o coração palpitar cada vez mais forte até o fluido gelado a cercar.

Ela não conseguia se mexer. Estava presa dentro do próprio corpo, como uma jaula encarcerando-a dentro de sua mente. Foi invadida pelo frio, que desacelerou a pulsação e o metabolismo. Parecia que uma eternidade e nem um segundo sequer tinham se passado quando a luz também sumiu.

Helena foi deixada na escuridão e no silêncio.

O coração batia com um terror desenfreado. A tampa estava a centímetros do rosto, mas não conseguia vê-la. A liberdade estava próxima, mas completamente fora de alcance.

Ela tentou respirar devagar, mas não teve sucesso. Começou a ofegar, a máscara no rosto tomada pelo calor e pelo vapor.

Tentou gritar, mas tudo que saiu foi um gemido baixo e instável. O corpo foi ficando mais frio, e os pulmões se contraíram com o pânico ao usar o oxigênio limitado que entrava pela máscara. O peito começou a doer, ardendo em seu desespero por ar. Ela continuava tentando respirar, mas não havia ar o bastante.

Ficou aliviada quando desmaiou. Era melhor do que estar acordada.

Algo queimando a fez despertar, recuperando a consciência.

Tinha se esquecido de onde estava e entrou em pânico quando tudo voltou. Aquele minúsculo espaço fechado sob a superfície, no escuro, sem ar o bastante. Não se mexeu.

A queimação veio de novo, interrompendo o pânico enquanto ela tentava localizar de onde vinha a sensação. Conhecia aquela percepção.

A mão. A mão esquerda queimava. O anel. O coração dela perdeu o compasso.

Kaine. Ele voltara e não a encontrara. Ela tinha dito que estaria esperando, mas não estava lá. O anel queimou, queimou e continuou queimando.

Ele estava procurando por ela. Tinha retornado para ela.

Ele sempre retornaria.

Só que ela não podia pensar naquilo.

Helena precisava se esquecer. Se ela se lembrasse e fosse interrogada, não poderia deixar que encontrassem Kaine.

Não poderia pensar nele. Presa, congelada, sem o uso das mãos, ela só conseguia puxar a ressonância para dentro. Estava acostumada a empurrá-la para fora para o combate, mas no momento a operava para fechá-la dentro da própria mente.

Ela sentia a leve textura na mente com a manipulação, alterando pensamentos, desviando-os de todas as coisas nas quais não poderia pensar. Seguiu aqueles novos caminhos, percorrendo-os repetidas vezes, fincando novos vincos e marcas no lugar, ensinando a própria mente a se acomodar ali, a não procurar nada além. Ela contou. Estabeleceu rotinas. Tentou não se lembrar.

Se Kaine a encontrasse, ele entenderia.

Ela poderia esperar.

Aguente firme. Você prometeu que não iria ceder.

parte III

CAPÍTULO 66

Maius, 1789

A onda de consciência pareceu rachar a mente de Helena.

Ela se sobressaltou, a cabeça pulsando, enlouquecida pela dor. Tudo que conseguia pensar era "corra, fuja". A necessidade de escapar dali a consumia. Tudo o que enxergava era escuridão.

Tentou se mexer, mas o corpo se recusou a obedecê-la. Os gestos em resposta aos comandos foram bruscos, e a dor floresceu pelos punhos, descendo até as mãos e subindo aos braços quando tentou se levantar. Esforçou-se para respirar enquanto as costelas pareciam comprimir os pulmões.

Não era o tanque, mas ainda estava um breu e ela mal conseguia se mexer.

Uma mão roçou no ombro dela.

Helena soltou um grito estrangulado, erguendo a cabeça. Era Kaine. Estava debruçado sobre ela, o cabelo pálido e os olhos prateados visíveis na escuridão. Os dedos dele tremiam enquanto a encarava.

Ela o estudou, chocada.

Kaine estava diferente. Mais velho. Não tinha se tornado um idoso, mas os olhos pareciam demonstrar que fazia décadas desde que ela o vira pela última vez.

Helena soltou um soluço, tentando segurá-lo.

— Você está vivo — disse ela.

Kaine recuou, o desespero visível em sua expressão. Ela não entendia o motivo. Então, a voz temerosa de Grace surgiu de algum canto distante da mente dela.

Lila Bayard foi a primeira que ele trouxe de volta.

Tudo voltou de uma vez só. As algemas. Transferência. O aprisionamento na Torre Férrea. Todos estavam mortos porque o Alcaide-mor os matara.

Kaine Ferron era o Alcaide-mor.

O sangue de Helena gelou e ela recolheu a mão, afastando-se dele, ignorando a dor intensa nos punhos. Havia algo enroscado no cotovelo dela, que ela arrancou conforme recuava. Os braços e as pernas tremiam com o próprio peso, e ela quase caiu do outro lado da cama. Deslizou até o chão e se ajoelhou, encarando Kaine do outro lado do colchão naquele quarto escuro, na casa escura onde ela era uma prisioneira.

Kaine *ainda* estava vivo.

Mas, se estava vivo, aquilo significava que ele não tinha procurado por ela, e ela esperara por ele.

A dissonância mental daquela realidade a fazia querer gritar, o passado e o presente colidindo um com o outro, e tudo que restava era ela, ajoelhada sobre as ruínas de ambos.

Não podia ser ele. Ferron a machucara. Ele a *estuprara*. E matara todo mundo.

Kaine não teria feito aquilo.

Ele prometera que sempre...

A dor invadiu o cérebro dela, turvando sua visão. Um gemido angustiado escapou de seus lábios. Ela enterrou o rosto nas mãos enquanto a dor aumentava, dilacerando a mente, tão excruciante que ela mal conseguia se manter consciente.

A cabeça dela pegava fogo, o crânio se estilhaçando, a pressão ali dentro liquefazendo o cérebro. Helena gritou, tentando aliviar a sensação. Continuou gritando até estar sem fôlego. Quando ergueu a vista outra vez, estava sozinha.

Talvez sempre estivera, e o rosto de Kaine fora apenas uma aparição que ela conjurara.

Talvez tudo aquilo fosse um sonho. Ele estava morto, e ela ainda estava no tanque, apodrecendo e esquecida no escuro onde ninguém jamais a encontraria.

Helena tombou, e uma mão segurou o ombro dela antes que atingisse o chão. Ela se sobressaltou e lá estava ele outra vez. Quando os olhos dos dois se encontraram, a expressão de Kaine desmoronou.

— Você está se lembrando, não está?

Helena conseguiu concordar com um gesto da cabeça, esticando a mão e segurando o punho dele, sentindo a pele e os ossos dele sob os dedos. Ele era real.

Ainda estava vivo. Ela tivera tanta certeza de que todos estavam mortos, mas ele não estava. De alguma forma, aquilo parecia ainda pior.

Ela virou o rosto e o pressionou contra o cobertor, querendo gritar mais uma vez. Todas as contradições e o horror travavam um embate enquanto ela tentava desemaranhar a própria mente. Nada parecia real. Tudo era mentira.

A compreensão veio de repente, e ela o segurou com força, enterrando as unhas na pele dele.

— A obsidiana... Mandl e todo o resto... isso foi... foi você?

— ...É, foi.

A mandíbula de Helena tremeu, os olhos ardendo.

— Esse tempo todo... foi você?

— Foi.

Todos os combatentes da Resistência, os membros secretos da Chama Eterna de que ela se convencera de que estavam vivos por aí, todos tinham esvanecido até só sobrar Kaine. Seu captor e maior pesadelo.

Helena assentiu, desviando a atenção, sem conseguir reconciliar o alívio e o pavor que sentia.

Ele estava vivo. Ela o mantivera vivo. Era o que queria, mas...

Não daquele jeito.

— Por que você matou Lila? — A voz dela falhou.

— Eu não matei. Ela está viva.

Helena o encarou. Tanta era a dor em sua cabeça, que a visão que tinha dele o fazia brilhar.

— Grace viu o corpo dela. Todo mundo no Entreposto viu. Mandl a deixou no portão de guarda.

— Ela estava grávida e era a única Bayard sobrevivente. Não iam parar de procurar por ela até acharem um corpo. Eu providenciei um. A parte mais trabalhosa foi encontrar alguém com a altura certa. A ideia foi sua.

Helena não se lembrava daquilo. Não sabia como acreditar em nada do que ele dizia, tantas eram enganações que permeavam o ar entre os dois.

— Ela tem um filho agora. Uma criança excepcionalmente barulhenta, que recebeu o nome do avô. E em todas as vezes em que a encontrei, ela tentou me assassinar ao menos duas vezes.

Aquilo de fato era a cara de Lila. Helena ergueu a cabeça, sentindo a garganta latejar e o enorme desejo de acreditar no que ele dizia.

— Onde ela está?

Kaine balançou a cabeça.

— Não está em Paladia, mas você vai poder ver Lila logo. Você prometeu a Holdfast que cuidaria deles, lembra? Estão esperando por você.

O coração de Helena apertou, mas então ela se lembrou de todas as outras coisas que ele tinha dito a ela.

— Eu não acredito em você. — O queixo dela tremia descontroladamente.

— Eu sei.

Helena balançou a cabeça.

— Eu não entendo. Não consigo me lembrar... só me lembro de você.

Ela queria a garantia de que ele era real, mas ele não poderia ser real. A pessoa na memória de Helena não poderia existir, porque Kaine Ferron matara todo mundo. Erradicara a Chama Eterna, caçara qualquer um da Resistência que tentara fugir. Sua existência estava encharcada pelo sangue de suas vítimas.

Ele engoliu em seco.

— O que... o que você se lembra de mim?

Ele lhe era familiar e, ainda assim, tinha mudado tanto, como se tivesse sido esculpido para parecer com a pessoa que ela conhecera um dia.

— Você... serviu de espião para a Chama Eterna — respondeu ela, a voz pouco mais que um sussurro. — Costumava me chamar, e eu ia ao seu encontro e te curava... e... e...

As palavras ficaram presas na garganta enquanto uma dor escarlate intensa invadia sua cabeça e fazia o mundo rodopiar.

Helena piscou apressada, esforçando-se para pensar. Tinha começado a dizer alguma coisa. Alguma... A língua dela estava dormente. Quando tentou abrir a boca, sentiu o queixo tremer, e os dentes rangerem. Os dedos das mãos e dos pés se curvaram, rígidos, como se ela fosse uma aranha morta. Tombou, e Kaine a pegou antes que batesse de cara no chão.

Ela não conseguiu falar.

A mandíbula continuou travada, os pulmões chiando enquanto ofegava. A cabeça começou a tremer, batendo contra o peito de Kaine até ele pressionar a mão contra ela, deixando-a imóvel. O coração dela batia descompassado de pânico.

— Está tudo bem — garantiu ele. — Espere um minuto. Vai passar.

Sentiu-o respirar fundo enquanto ela continuava convulsionando em seus braços.

— Você mexeu, e muito, nesse seu cérebro. — A voz dele era calma. — Agora todas as suas barreiras transmutadas estão se desfazendo. Vai passar.

A garganta dela foi ficando mais apertada, e cada tendão e músculo dentro do corpo pareceu se retrair, ameaçando se partir. Ele disse que passaria, mas o efeito não ia embora.

— Só mais um pouco — prometeu ele.

Por fim, a cabeça de Helena parou de sacudir e o corpo dela ficou inerte nos braços de Kaine, a mente turva e desconjuntada. Ele a pegou no colo. Os ossos estavam aparentes, as articulações pressionando contra Kaine enquanto ele a devolvia à cama, cobrindo-a de novo com o cobertor. Ela queria protestar, mas sentia a mandíbula rígida, a boca ainda não obedecendo aos seus comandos.

Havia um motivo para ele não a estar segurando. Helena não queria que ele fizesse isso, mas não conseguia mais se lembrar do motivo. Entretanto, ao mesmo tempo, estava com um medo desesperador de que, se ele parasse de tocá-la, desapareceria na escuridão e a deixaria ali sozinha.

Ele se mexeu em silêncio ao redor da cama e acendeu uma vela, organizando uma bandeja de frascos por ali. A luz fraca bruxuleava entre os dois.

— Você ficou uma semana inconsciente — explicou ele sem encará-la, como se sentisse que Helena o observava. — Você... — Ele parou, os lábios pressionados com firmeza enquanto respirava fundo. — Você teve uma convulsão e não acordou depois. P-pelo visto, estava mantendo todas aquelas barreiras dentro do seu cérebro no seu subconsciente. Durante esse tempo todo. Quando engravidou... o Custo de tudo foi demais. Você se exauriu.

Grávida? Ela tinha se esquecido de que estava grávida. Um arquejo de pânico fez o corpo todo estremecer quando se lembrou. O bebê que Morrough queria. Ela só ficara ali deitada e deixara acontecer e...

— Por... por quê? — Aquelas duas palavras foram tudo que ela conseguiu dizer.

Kaine hesitou, os olhos se desviando dos itens à frente e indo até ela. Abandonou os frascos e se aproximou.

— Olhe para mim. Sei que quer se lembrar de tudo, mas sua mente está tentando se estabilizar, e tudo está frágil neste momento. — Os olhos dele estavam suplicantes. — Em algum momento, tudo vai fazer sentido.

Ele não usou ressonância enquanto falava. Se tivesse feito isso, teria deixado tudo pior. Só de estar perto dele, o corpo de Helena se acalmava por instinto, embora se lembrasse de forma tão vívida de todos os jeitos que ele a machucara dentro daquela prisão fria que ele chamava de casa.

Um tremor percorreu o corpo dela.

— Só mais um pouco — prometeu ele —, e tudo isso vai acabar.

No entanto, Helena tinha tantas perguntas. *O que aconteceu? Por que você não veio me buscar? Por que me machucou? Por que me estuprou?*

Por que se tornou o Alcaide-mor?

— Por quê... — A voz dela fraquejou. — Por que você matou todo mundo?

Ele pareceu alarmado com a pergunta, como se tivesse esperado receber uma das outras.

— Eu estava tentando encontrar você.

O coração de Helena parou, o corpo e a mente divididos entre horror e alívio.

— Você procurou por mim? — A voz dela oscilou.

Um olhar angustiado tomou conta do rosto dele.

— É óbvio que procurei por você. Procurei por você em toda parte. Acha que apenas deixei você lá?

Helena tentou se lembrar do que tinha pensado.

— Era para eu ter sido interrogada, mas havia... tanto de você na minha cabeça. Pensei que, se eu não me lembrasse de nada, não conseguiriam encontrar você. Ninguém nunca veio. Achei que todo mundo deveria estar morto.

Kaine a encarou como se Helena tivesse acabado de acertá-lo com um punhal e se afastou, dando as costas para ela.

— Eu procurei por você. Primeiro nos destroços, depois na Central e no Entreposto, mas você tinha desaparecido. Havia uma autorização de transferência sobre um suspeito capturado perto do Porto Oeste, e você tinha sido listada como ferida demais para reabilitação e separada para o abate. Vasculhei todos os mortos tentando te encontrar, mas você não estava lá. Procurei em todas as prisões, todos os registros, mas você parecia ter evaporado, então me voluntariei para ir atrás dos desaparecidos. Pensei que, em alguma hora, encontraria uma pista que me levaria até você. — Ele travou a mandíbula. — Precisei trazer todos de volta. Se tivesse fracassado, a tarefa teria sido designada para outra pessoa.

Ele não encontrou o olhar dela enquanto dizia aquilo, fitando o outro lado do quarto.

— Fui a Hevgoss algumas vezes. Pensei que de alguma forma você talvez tivesse ido parar lá. Estive até naquele depósito uma vez, verifiquei todos os registros em busca de alguém com a sua descrição. Só que não abri os tanques, então...

O queixo dele tremia visivelmente, e Kaine não disse mais nada, voltando a mexer na bandeja.

— Por que não presumiu que eu estava morta? — perguntou ela.

As mãos dele pararam de se mover.

— Eu precisava ter certeza.

Ele respirou fundo.

— Este quarto é seguro, mas Morrough tem olhos na casa. Observa do corredor às vezes. Agora que está grávida, é improvável que mande buscá-la outra vez, mas, quando ainda havia o risco de isso acontecer, sempre havia a possibilidade de que ele fosse ver qualquer coisa que acontecesse por aqui.

Aos poucos, Helena compreendeu. Durante todos aqueles meses, Kaine estivera atuando para Morrough aos olhos de Helena, sabendo que qualquer momento entre os dois poderia ser vigiado.

O que era real, então? Alguma coisa? Nada?

Uma onda de exaustão a dominou. Parecia que todas as memórias de Helena tinham sido sacudidas e agora estavam caóticas e fora de ordem. Era difícil pensar direito.

Ela queria dormir, afundar-se no abismo outra vez, mas tinha medo das lembranças desaparecerem mais uma vez. Que Kaine fosse desaparecer e, quando ela acordasse, ele voltasse a ser Ferron, cruel e frio como gelo.

Não importava o quanto tentasse, os dois eram categoricamente distintos na mente dela.

Kaine, a quem ela conhecia.

Mas Ferron era um monstro. O medo e o ódio que sentia dele estavam gravados em seus ossos. O trono horrendo de corpos, a pilha de vítimas. Nunca se esqueceria daquilo.

A cabeça de Helena latejava, a pressão do crânio ameaçando explodir os olhos para além das órbitas. Ela os fechou com força. A cama afundou, e Kaine pegou o braço dela. Helena sentiu as veias incharem e depois o furo de uma agulha enquanto ele encaixava o soro.

— Não tire esse — disse ele, enquanto terminava. — Você passou todos aqueles anos no hospital e ainda continua uma paciente horrível.

Kaine abaixou o braço dela e começou a analisar os frascos de novo, encontrando um e o acrescentando aos tubos que se conectavam ao soro no braço dela.

— Você deveria dormir. Conversamos amanhã.

— E se eu me esquecer de novo? — A voz dela soou fraca, quase trêmula de medo.

Kaine não respondeu.

— Você vai... voltar a ser como era, se eu me esquecer?

— Está quase acabando agora — repetiu ele, sem responder à pergunta.

Helena sentia as drogas nas veias, e o manto pesado que a cobria. Esforçou-se para manter os olhos abertos, para permanecer acordada, para se lembrar.

— E depois?

O quarto pareceu ficar mais escuro.

— Você vai cuidar de Lila, como prometeu.

Um feixe de luz fraca passava por entre as cortinas quando Helena reabriu os olhos. Ela via o quarto, sua prisão. Viu que Kaine não estava mais ali.

Estava acordada apenas por alguns minutos quando a porta foi aberta e uma necrosserva entrou. Helena a encarou.

— Eu vi você antes... — disse Helena, quando a necrosserva deixou uma bandeja com uma tigela de sopa na mesa. — Estive aqui... antes.

Por que ela teria estado ali antes?

— Shhh... — A necrosserva soltou uma respiração suave e sibilante entre dentes, balançando a cabeça como se fosse um aviso.

Ela levou a mão ao bolso e tirou de lá um pedaço dobrado de papel, estendendo-o para Helena.

Havia apenas uma palavra, escrita em uma caligrafia firme e bem definida.

Descanse.

O papel escapuliu por entre os dedos dela e a necrosserva o pegou de imediato, devolvendo-o ao bolso antes de oferecer a sopa.

Helena se forçou a engolir um pouco, mas o corpo rejeitou, tentando expulsar tudo de volta. Ela tentou não pensar, tentou parar de se esforçar para lembrar, mas era como tentar ignorar Lumithia na Ascensão.

Todo aquele tempo, Kaine a conhecia. Desde o momento em que Helena chegara.

O processo de Transferência... era baseado na ideia *dela*. No procedimento que ela quisera usar em Titus Bayard.

E Shiseo...

Helena olhou para os punhos com um novo temor.

A Transferência, as algemas... aquelas não eram coisas das quais Kaine sabia. Era Shiseo que sabia de tudo. A Transferência era o motivo de Morrough querer o começo do programa de repovoamento.

A garganta de Helena se contraiu e ela vomitou a sopa no chão ao lado da cama.

Tentou parar de pensar naquilo. Tentou se concentrar no começo de seu tempo como prisioneira, antes de Morrough perceber que ela era uma animante.

Tentou se lembrar de quem havia sido antes, a reconciliar quem era com a pessoa de que tinha se esquecido. No processo de se esquecer, ela própria se achatara, esquecendo-se de toda a raiva que contivera dentro de si. Da própria capacidade de agir como um monstro.

Era aquela a pessoa que Kaine tinha desejado. Por quem ele fizera tudo aquilo.

Só que aquela Helena não existia mais. Tudo que restava agora era uma sombra.

Estava escuro quando Kaine voltou.

O coração de Helena se encheu de alívio, mas o pavor correu por suas veias ao vê-lo. Ela o encarou no escuro, reconhecendo de imediato a raiva contida.

Ele ficou perto da porta, nitidamente sem intenção alguma de ficar por mais tempo, apenas a avaliando a distância.

Helena não sabia o que queria que ele fizesse. Não o queria por perto, mas ficar sem vê-lo era ainda pior, porque poderia significar que ele tinha morrido, e então ela jamais o de novo.

— Está com raiva de mim por algum motivo? — perguntou diante do silêncio dele.

Os lábios dele desapareceram em uma linha fina e ele entrou no quarto, fechando a porta.

— Não.

Ele foi até a janela, afastando as cortinas o bastante para deixar entrar um leve brilho prateado. Estava vestindo o uniforme.

Helena o observou, tentando determinar o que nele estaria tão diferente.

— Está, sim — afirmou ela. — Sinto que sei que você está, mas não consigo me lembrar por quê.

Kaine não se virou para ela.

— Não importa. Isso tudo ficou no passado.

— Então por que procurou por mim, se o passado não importa?

Ele travou a mandíbula.

— Você se lembra de como foi capturada?

Helena fez que sim com a cabeça.

— Eu explodi o Laboratório do Porto Oeste.

Kaine assentiu, curto, ainda focado na janela.

— Você se lembra de por que fez isso?

Helena franziu as sobrancelhas. Tinha a impressão de que a resposta era óbvia, mas não conseguia se lembrar direito do que era.

—Se não se lembra, não insista — disse ele, olhando de repente na direção dela quando permaneceu calada.

— Foi por sua causa, não foi? — perguntou ela, de alguma forma convicta de que seria aquele o motivo, embora não se lembrasse de nada exceto pelo fogo, os ouvidos latejando, a tentativa de fugir de lá.

Ele voltou a desviar o olhar, mas concordou com um aceno.

Helena não tinha certeza da razão pela qual aquilo o tinha deixado com raiva. Ela fechou os olhos. Estava tão cansada agora que Kaine estava ali, como se tivesse esperado por ele para conseguir descansar.

— Enquanto você dormia, eu costumava fazer uma promessa de que cuidaria de você — disse ela.

— Não. — A voz dele soou incisiva. — Era eu quem dizia isso. Eu é quem tinha esse hábito.

Helena abriu os olhos.

— Eu dizia de volta. Acho que você não sabia.

Uma expressão aturdida tomou conta do rosto de Kaine, e ele desviou o olhar com rapidez, fechando as cortinas até que ficasse escuro demais para ela distinguir suas expressões.

— Qual é o plano? — perguntou Helena, na escuridão. — Você disse que estava quase acabando. O que quer dizer com isso?

Os olhos dele pareceram brilhar.

— Estamos só esperando pela Ausência do verão. Para levar você o mais longe possível daqui. Vai ser mais fácil para você passar despercebida no Sul.

— É lá que Lila está? No Sul?

— É. Ela ainda está no continente, perto da costa. Ficou no meio do caminho enquanto nós tentávamos encontrar você.

— Nós?

A esperança dominou o peito dela. Havia sobreviventes.

— Shiseo.

Helena se encolheu ao ouvir o nome.

Pela distância da voz de Kaine, ela percebeu que ele tinha se aproximado, mas o quarto estava escuro demais para conseguir enxergar.

— Ele se entregou, providenciou papéis e um selo que o identificavam como membro da família imperial e ofereceu pesquisas. Fez essas algemas na esperança de que, se algum dia você aparecesse, seria ele a ser chamado para colocá-las em você.

— Bom, o plano dele com certeza deu certo — comentou Helena, a voz rouca. — Isso é tudo culpa dele. Se ele não tivesse falado para eles sobre a Transferência...

— Morrough teria feito uma vivissecção em seu cérebro no dia que te encontraram se Shiseo não tivesse interferido — interrompeu Kaine. — Ele não tinha como saber o que Morrough tentaria fazer com o método.

Helena se calou.

— Foi a única coisa que ele conseguiu inventar para que me dessem acesso a você e conseguíssemos ganhar tempo. Ele vai ser o responsável por levar você até Lila.

— Mas qual é o plano para Paladia?

Kaine ficou em silêncio por um longo tempo.

— Morrough está perdendo força. Tentou usar os restos de Holdfast para se sustentar, mas não bastou, mesmo que tenha se mutilado no processo. Agora muitos dos Imortais morreram, então ele não consegue se mexer nem respirar sem aquela monstruosidade. É por isso que está desesperado por um animante. Ele acha que isso vai permitir um recomeço.

Os ossos de Luc. Ele usara os ossos de Luc.

— A questão é dar o golpe no momento certo — continuou Kaine. — As atividades de Morrough e a extensão do massacre por aqui começaram a impactar o continente. Os países vizinhos vão logo intervir. Há boatos de uma aliança que envolve até mesmo Hevgoss. Paladia é uma fonte crucial de lumítio e conta com um poderio industrial que não é facilmente substituído quando tantos alquimistas estão mortos. Os outros países podem não ter se importado quando era só uma guerra civil, mas agora vão agir em nome dos próprios interesses. Assim que tiverem certeza de que Morrough está enfraquecido, vão atacar.

Havia uma segurança na forma com a qual ele dizia aquilo, como se estivesse tudo organizado, todos os pormenores já decididos. Helena se animou, interessada, tentando se lembrar do que lera nos jornais.

— Como é que você vai...

— Você não precisa se preocupar com os detalhes — interrompeu-a. — Já vai ter partido antes disso. Se quiser ajudar, coma direito e fique forte para a viagem.

Ele saiu sem dizer mais uma palavra.

Por diversos dias, sequer a visitou.

Aquilo a deixava ansiosa, o fato de noite após noite se passar e ele não aparecer por um momento sequer. Helena não conseguia evitar tentar recuperar suas lembranças, esforçando-se para juntar as peças do motivo pelo qual ele estava com raiva e do porquê não tinha retornado. Memórias esquecidas se abriram como feridas, desequilibrando os pensamentos, mergulhando-a em arroubos de emoção desconjuntados e vislumbres de conversas.

Ela tinha algumas crises ao longo do dia. Davies acrescentava frascos de diversas drogas no soro até Helena ficar em um estado de estupor que não permitia que pensasse.

Estava escuro quando ela sentiu o colchão afundar, e uma mão fria afastou os cachos grudados no rosto dela, colocando-os atrás da orelha. A mão dela foi erguida, dedos compridos entrelaçando-se aos dela. O polegar de Kaine acariciou os nós de seus dedos, parando no dedo anelar, girando algo ali devagar.

O anel.

Ela tinha se esquecido completamente dele.

Quando as crises gradualmente cessaram, Kaine se afastou outra vez. Mas não desapareceu por completo. No começo, ela achou que estava imaginando coisas, mas, conforme o tempo foi passando, era inegável que ele estava se distanciando.

Ele parava no quarto, as mãos atrás das costas, sem sequer olhar para Helena, dando respostas curtas às perguntas. Eram raras as ocasiões em que ela sabia o que dizer. Tudo parecia ou trivial demais ou devastador demais para colocar em palavras. Não sabia por onde começar.

Aguente firme, pensara ela consigo mesma dentro daquele tanque tantas vezes. *Não ceda*. Ela tinha pensado que fora bem-sucedida, mas agora sabia da verdade. Restavam apenas pedaços de quem ela um dia fora.

Ficou sentada na cama, observando Kaine encarar a vista da janela. Estava de noite, e não havia nada para ver. Ele apenas não queria olhar para ela. Ela sabia que ele iria se retirar em um minuto se ela não dissesse nada.

— Como... como você está? — perguntou ela por fim, desesperada, e então se encolheu ao ver o quão estúpida aquela pergunta soava.

— Estou bem — respondeu ele.

Helena encarou o próprio colo.

— Você se casou.

Ele enrijeceu a postura, e ela o observou respirar fundo.

— Eu me casei. Com Aurelia Ingram.

Helena assentiu. Não sabia por que aquilo importava, considerando todo o contexto geral. Ainda assim, não conseguia evitar pensar naquele detalhe. Ele tinha uma esposa agora, o que tornava Helena...

Ela não sabia o que era para ele. Assim como não sabia o que chegara a ser.

— Foi por ordem de Morrough — explicou Kaine, embora Helena não tivesse dito mais nada. — A Assembleia das Guildas queria um evento relevante, prova de que as coisas haviam voltado ao normal. Não tive escolha.

Helena assentiu, sem dizer nada.

— Eu... — Kaine se virou na direção dela, começando a falar outra vez, e então se deteve.

O espaço entre os dois era como um abismo abarrotado de todos os pecados que tinham cometido um contra o outro, mas, mesmo àquela distância, ela conseguia sentir a raiva dele.

Não importava o que ele dissesse, Helena sabia que ele estava com raiva dela.

— Você pode viajar agora? Disse que foi para Hevgoss várias vezes.

— ... É.

Ela virou a bainha de linho do lençol entre os dedos.

— Então... depois que as coisas acabarem, você... você também vem para o Sul?

— Lila sente um ódio profundo de mim — disse ele.

Helena ficou aguardando uma resposta à pergunta. *Era para nós termos fugido juntos. Você me prometeu.*

Kaine desviou a atenção, voltando a encarar janela afora.

— Com sorte, não ficarei muito tempo em Paladia depois.

— Então vai vir... em algum momento? — A voz de Helena soou esperançosa.

Parecia impossível que eles pudessem reparar as coisas entre os muros sufocantes da Torre Férrea, mas, se fossem para algum lugar bem longe dali, talvez conseguissem. Já tinham se encontrado antes, afinal. Com o tempo, poderiam fazer isso de novo.

Os olhos dele faiscaram por um momento, e uma sombra de sorriso tocou os lábios dele quando Kaine respondeu, baixinho:

— Se é isso que você quer.

E soou como uma mentira.

CAPÍTULO 67

Maius, 1789

O tempo não curava todas as feridas, mas de fato tinha feito diferença na mente de Helena.

A cada dia, as memórias pareciam se acomodar, voltando a ter algo parecido com uma ordem.

Aos poucos, ela se lembrou de ter enganado Kaine e finalmente entendeu por que ele ficara tão profundamente paranoico desde a chegada dela na casa. O motivo de ele verificar a mente dela, querendo saber até suas ocupações mais inócuas.

Ele a subestimara no passado e jamais voltaria a confiar nela. Continuava mentindo para Helena.

Ela suspeitava daquilo, mas era difícil contar com o próprio julgamento e interpretação de qualquer coisa. As lacunas estavam esparramadas pela consciência, os pensamentos ainda dando voltas ao redor das conclusões, a mente ainda seguindo a tendência de negligenciar o que estava faltando. Porém, conforme o tempo passava, ela tinha certeza de que Kaine a enganava.

Ele estava cuidando dela, "preservando sua estabilidade" e tentando enganá-la mesmo naquele instante. Só que Helena não sabia o que era a farsa. Ela refletia sobre o assunto, tentando reconhecer as falhas na narrativa cuidadosamente elaborada que ele começara a lhe fornecer desde o instante em que ela recuperara a consciência. Ela precisava ter uma noção melhor das coisas, desenvolver uma noção mais forte do que era real e do que não era.

Helena saiu para o corredor, encarando as passagens. Costumavam deixá-la aterrorizada... os corredores, a casa, a sensação fantasmagórica de morte e pesar que a permeava.

Ela ficou ali, observando o espaço ao redor desaparecer nas sombras. No fim das contas, o lugar era mesmo assombrado.

Helena sempre havia sido o fantasma ali.

Ela perambulou devagar pelo corredor, os pés descalços. O ferro frio do chão a manteve no presente, ajudando-a a reconhecer o que era real.

Kaine apareceu no patamar abaixo dela quando Helena chegou às escadas. Estava vestido inteiro de preto, tirando o lenço branco imaculado no pescoço e os punhos da camisa que mal estavam visíveis. A escuridão da roupa era tão acentuada que ele parecia um desenho feito de tinta, as linhas definidas e o contraste entre preto e branco.

— Achei que tinha saído — comentou ela, quando ele não falou nada.

— Notei que estava acordada. Acha que consegue andar até a ala principal?

Não. Mesmo assim, ela assentiu em concordância, curiosa para saber aonde ele iria levá-la.

Kaine manteve uma distância consciente dela enquanto percorriam o caminho, avisando-a baixinho sobre os lugares em que Morrough poderia estar observando.

De vez em quando, Helena olhava na direção dele, notando sua rigidez, a precisão absoluta. Ele era minucioso em um nível que quase não era humano. Era a matriz, percebeu ela, com um horror lento. Tinha feito mais do que o destilado. A matriz o tinha transmutado até não sobrar nada além das qualidades às quais ele tinha sido permitido.

Enquanto procurava por ela, Kaine deixou que a matriz o consumisse.

Os dois pararam do lado de fora de um par de portas imensas que sempre ficavam fechadas quando Helena explorara a casa. Ao serem abertas, revelaram uma biblioteca.

— Teria trazido você antes, mas fiquei preocupado que Aurelia fosse desconfiar se você passasse tempo demais nessa ala — explicou ele, dando um passo para o lado para que ela tivesse espaço para entrar. — Vou ficar fora até a noite, mas pensei que seria um incentivo para se exercitar, e uma forma de passar o tempo da qual você gostaria.

Helena não se mexeu, examinando o espaço cavernoso. Na parede mais distante, havia algumas janelas que davam para o norte. Mesmo ao final da primavera, a luz naquela ala era fraca, os corredores cheios de sombras, e o teto tão alto que ela mal o distinguia. Uma escuridão que ameaçava alcançá-la e devorá-la.

Helena apenas desapareceria.

— Mas e se Aurelia perceber? — disse Helena, sem passar do batente.

— Ela não está.

Helena virou-se de forma abrupta para Kaine, que respondeu:

— Ela está ficando na cidade no momento. Duvido que vá voltar, mas vai receber um aviso se ela fizer isso.

Helena engoliu em seco, dizendo:

— Talvez... talvez nós possamos voltar depois.

Era evidente que Kaine tinha esperanças de que aquilo servisse de tentação para Helena. Afinal, ela estivera desesperadamente entediada no cativeiro, e ele estava lhe oferecendo um mundo de diferentes maneiras de se ocupar. Ele a observou com expectativa.

Helena descansou os dedos ao lado da porta, sentindo a textura do papel de parede enquanto umedecia os lábios.

— Só está um pouco escuro... aí dentro — disse ela. — O teto. Não seria muito bom se eu tivesse uma crise ... e tem a questão... do bebê... — Ela se atrapalhou com as palavras.

Era a primeira vez que conseguia reconhecer a gravidez desde que recobrara a consciência. A mente dela fazia desvios incisivos daquela realidade, incapaz de encarar as consequências.

Kaine se encolheu também.

— Eu prefiro não entrar. Se você não se opuser — continuou ela.

— Hel... — Ele começou a se aproximar, mas ela ficou tensa e Kaine parou.

Ele ficou imóvel, encarando Helena, a mão estendida apenas de leve para ela. As bochechas de Helena arderam, e ela desviou o olhar. Como deveria ser ficar preso com essa versão dela, que costumava ser tão mais que aquilo? Ela não conseguia se lembrar de tudo, e ainda assim, achava a mudança intolerável.

A mandíbula dela tremia.

— Eu sei que não faz sentido... ter medo do escuro. Eu sei — afirmou ela, a voz trêmula. — Estou tentando... eu sei...

Ele deu um passo para trás e fechou as portas, e o coração de Helena se apertou quando a distância entre os dois aumentou. Mesmo que ela não quisesse que Kaine tocasse nela, sentia-se desesperada para que ele a abraçasse outra vez. A mente e o corpo em perpétua oposição.

Kaine não poderia ocupar o espaço intermediário impossível onde ela o queria, porque não havia distância no mundo capaz de apagar o que acontecera e que ainda o deixasse ao alcance de Helena.

— Está tudo bem — disse ele, sem encará-la. — Achei que talvez quisesse visitar a biblioteca, mas é óbvio que você não tem familiaridade com o espaço. Se quiser alguma coisa de lá, eu pego para você.

Ela assentiu, rígida.

— Vou te levar até o quarto — ofereceu ele.

— Não, você deveria ir — insistiu Helena, pressionando a mão contra a parede até a algema estremecer dentro do punho. — Vou acabar te atrasando demais. Conheço o caminho.

Os olhos dele faiscaram quando disse:

— Se é isso que você quer.

Kaine se virou, e Helena esticou a mão por instinto. Ele parou, e ela abaixou a mão de imediato.

— Tome cuidado. Não morra — pronunciou Helena, forçando-se a abrir um sorriso tenso.

Ele ficou imóvel por um instante, encarando-a, e em seguida deu as costas para ela.

— Certo.

Já era noite quando ele voltou. Helena estava sentada no sofá do quarto encarando as estampas do tapete enquanto aguardava. Tinha passado o dia todo tentando organizar as mentiras, encaixando as peças sem parar.

Kaine parou no batente, sem entrar, como se estivesse tentando comunicar que seria uma visita breve e impessoal. Ela o observou com atenção. Ele sempre tivera uma tendência a permanecer imóvel. Ela se lembrava disso a respeito dele.

— Sabe quais livros gostaria de ler? — perguntou ele, depois de um tempo.

— Estive pensando hoje — respondeu Helena, balançando a cabeça. Ele arqueou uma sobrancelha. — Seu plano não faz nenhum sentido para mim.

— Bem, nem todos nós dispomos de um intelecto excepcional como o seu — replicou ele, com humor, mas não se afastou do batente.

Helena examinou aquele espaço entre os dois. Se Morrough estivesse observando, o que veria? Nada. Não havia nada para ver. Apenas o vazio entre os dois.

— Hoje você não disse que sempre voltaria para mim. Você costumava dizer isso quando eu precisava ir embora. Quando eu... — Helena piscou, uma mão se contraindo. — Acho. Não é?

Kaine fez uma careta e entrou no quarto, fechando a porta e se apoiando nela.

— Achei que, a essa altura, seria uma promessa vazia — disse ele.

Helena balançou a cabeça, dizendo:

— Não foi sua culpa. Você procurou em todos os lugares. Mandl...

Ele soltou uma risada brusca. Helena se sobressaltou, o coração ameaçando sair pela boca.

— Certo. Obrigado. Óbvio — devolveu ele, o tom sarcástico na voz. — É, eu procurei em todos os lugares, não foi?

Helena o encarou enquanto a voz dele ia ficando contemplativa, mas os olhos permaneciam severos, faiscantes.

— Nos destroços e nas pilhas de cadáveres, nas prisões, nas minas e nos laboratórios, e por todo esse maldito continente. Procurei em todos os lugares, exceto no *único* lugar que faria alguma diferença. — A voz de Kaine falhou, mas ele abriu um sorriso. — Agradeço, de verdade, por você confiar tanto nos meus esforços *excepcionais*.

Havia algo familiar na forma como ele falava. Helena sentiu o estômago embrulhar, a visão ficando turva. O rosto dele de repente estava diante do dela, e ela não sabia mais onde estava. No passado? No presente? Em ambos?

Kaine soltou outra risada, fazendo-a despertar do devaneio. A expressão dele mudou.

— Não é minha culpa? — repetiu ele, com um olhar furioso. — É isso que espera que eu diga a mim mesmo? — Ele pôs uma mão pálida por sobre o coração. — Você acha que, se eu me considerar uma eterna vítima, vou me sentir melhor?

Ele estava fervilhando com uma raiva tão intensa que ela conseguia sentir. Helena olhou para o chão, tentando respirar devagar.

Havia tantas coisas nas quais ela estava tentando não pensar, esforçando-se para não se afogar no lamaçal da própria mente.

Entretanto, Helena sabia que ele estava mentindo. Havia algo que não queria que ela soubesse, que estava determinado a impedi-la de perceber, e, se ela pudesse se recordar com mais clareza, saberia o que era.

— Não é essa a questão — rebateu ela. — Não estou tentando falar disso. O que eu não entendo é por que você está esperando até eu ir embora. Morrough vai saber que você ou o traiu, ou fracassou em sua missão, se eu escapar.

Kaine respirou fundo, recompondo-se, cruel e cortante como uma armadilha de aço.

— Como eu disse, o plano exige uma sincronia muito específica, mas nada disso é da sua conta.

Ele estava tentando magoá-la para fazê-la se calar, mas Helena se recusava a ceder.

— Se eu for embora, Morrough vai saber que você é o traidor — insistiu ela, teimosa. — Mesmo se não souber, vai culpar você por ter me deixado escapar. Ele está desesperado, e esse... esse bebê é a melhor chance dele. Se você tivesse condições de prejudicá-lo o bastante para derrubar o regime, já teria feito isso, a não ser que alguma coisa estivesse impedindo você.

Kaine não disse nada.

Helena respirou fundo.

— Você disse que a situação estava instável, e isso é verdade, mas tem uma coisa que mantém tudo funcionando, uma coisa que impede o colapso. O Alcaide-mor. É dele que todos têm medo. Todos presumem que, se alguma coisa acontecer a Morrough, o Alcaide-mor vai assumir. E agora o mundo inteiro sabe que ele é você.

"Considerando a questão sob essa perspectiva, então só tem uma coisa que eu consiga pensar que faria Morrough parecer fraco o suficiente para enfim ser atacado por outros países."

— Duvido muito que tenha qualquer entendimento da situação política atual. Só porque está levando em conta um único fator, não significa que não há coisas além disso — disse Kaine, dando de ombros.

Helena encontrou os olhos dele e respondeu:

— Então por que não me conta o que está planejando? Aí veremos se eu deixei escapar alguma coisa.

Kaine inclinou a cabeça para o lado, uma intensidade fria e zombeteira aparecendo de repente.

— Que parte de "não é da sua conta" você não entendeu? Esqueceu-se do significado dessas palavras também? Será que eu deveria trazer um dicionário da biblioteca?

Helena sentiu um aperto na garganta, os dedos se contraindo.

Ele sempre era mais cruel quando ficava vulnerável. Ela o encarou.

— Se você soubesse de uma maneira de enfraquecer ou matar Morrough, já teria feito isso. Você não teria... — Um nó se formou na garganta de Helena. — Eu não estaria... grávida, se você pudesse ter feito isso antes. O que significa que tem algo que impediu você de agir. E essa coisa sou eu, certo? Você está esperando eu ir embora, porque aí não vai importar se Morrough souber que você é um traidor, porque você vai estar morto. É o único jeito de enfraquecê-lo agora. Fazê-lo perder o Alcaide-mor.

Ele ficou imóvel por mais um instante, e então a máscara caiu. Ele soltou um suspiro profundo.

— Eu estava torcendo muito para a biblioteca manter você ocupada por pelo menos uma semana — comentou ele, parecendo exausto.

Helena esperou que ele se explicasse, mas não foi o caso.

— Esse é o seu plano? — questionou ela, elevando a voz, incrédula. — Esse tempo todo, e você continua com o mesmo plano de me esconder em algum lugar e arrumar um jeito de acabar morto como um traidor? E acha que vou só aceitar uma coisa dessas?

Ele deu uma risada tão baixa que fez os ossos dela vibrarem.

— Você tem uma solução melhor para nós dois dessa vez também? Afinal, nem todos os pesadelos que já imaginei aconteceram com você ainda. Perder você e passar quatorze meses tentando, sem sucesso, te encontrar. Finalmente te recuperar, depois de você ser torturada. Manter você prisioneira, a Transferência... Estuprar você... — A voz dele foi ficando rouca de fúria e pesar.

Ele ficara pálido, de um branco cintilante e escaldante.

— Isso já não foi o suficiente? Sem dúvida ainda existem abismos inexplorados de sofrimento em potencial para nós dois. Será que devemos tentar nos superar para alcançar todos eles?

Helena se calou. Havia tanto que ela queria dizer, mas encontrar uma forma de começar a reconciliar tudo aquilo parecia impossível. Não conseguia pensar. Se tentasse, iria se estilhaçar.

Ele soltou o ar, brusco, a expressão fechada, o brilho cruel desaparecendo. O queixo dele tremeu.

— Isso é o melhor que posso fazer, Helena. Me desculpe, sei que isso nunca foi bom o bastante para você.

— Kaine... — O nome dele escapou, trêmulo.

Ele suspirou, apoiando a mão na porta como se fosse ela a mantê-lo de pé.

— Sei que você quer salvar todo mundo. É o que sempre quer. Infelizmente, não é um talento que possuo. Ao menos, dessa forma, você vai ver o fim da guerra. Posso conceder isso a você.

— Não! — exclamou Helena, veemente.

Kaine ergueu o olhar, a expressão ficando mais severa.

— Você sempre me disse que não me escolheria acima de todo o resto. Meu destino já foi selado. Não vou arruinar você também.

— Eu estava mentindo! — As palavras saíram em um grito. — Eu não... Eu não consegui... Eu não i-ia...

Ela ofegou, tentando respirar, a mão apertando o peito. O coração batia tão frenético que não a deixava encher os pulmões. Ela pressionou uma das mãos contra o esterno, ignorando a dor que irradiou pelo braço. O quarto girou.

A fúria de Kaine desapareceu, e ele foi até ela, hesitante, ajoelhando-se como se ela fosse um animal arisco. Ele a segurou pelos ombros com cuidado, erguendo-a.

— Helena... respire. Por favor. Você precisa respirar. — Os olhos dele se encheram de súplica.

Ela se lembrava dele. Disso. Que tinham sido assim, um dia. Helena o segurou, enterrando os dedos nos ombros dele, encostando a testa na dele.

— Por favor, respire — repetia ele, o peso das mãos nos ombros servindo de âncora até o peito de Helena se acalmar.

— Tem que haver outro jeito — disse ela, quando conseguiu falar outra vez. — Nós dissemos que iríamos fugir juntos. Lembra disso? Por que não podemos fugir? Você disse que consegue viajar. Podemos fugir, e eu dou um jeito de reverter o que fizeram com você. Os outros países vão enfrentar Morrough se você sumir. Por que não podemos só fazer isso?

— Se eu pudesse, já teria levado você embora daqui. Morrough me deixou ficar com o meu selo enquanto eu estava caçando fugitivos, mas anda mais desconfiado desde o ano passado. É por isso que precisa ser Shiseo a levar você.

Helena balançou a cabeça.

— Não...

Kaine segurou a mão dela.

— Você me prometeu que faria o que eu quisesse se eu salvasse Bayard para você, lembra? Então, isso é o que eu quero. Quero que abandone esse maldito país e vá viver uma vida boa em algum lugar bem longe daqui. Você jurou para Holdfast que iria proteger Lila e o herdeiro dele. Espero que essa promessa te mantenha ocupada por bastante tempo.

— Antes disso, prometi que ia cuidar de você — retrucou ela, feroz, desvencilhando-se da mão dele. — Sempre. Eu prometi a eternidade a você. Se tivesse conseguido o que queria, teria me despachado, e eu nem mesmo teria me lembrado de você. Não teria ideia nenhuma até que fosse tarde demais...

— Bem. — A voz dele soou tensa. — Da última vez que fui sincero com você, você desapareceu e nunca mais voltou.

Helena estremeceu, a respiração entrecortada de novo.

— Mas eu tentei. Eu estava... eu estava voltando. Eu tentei...

— Eu sei que tentou. Se os relatórios forem minimamente confiáveis, você foi uma força de destruição e tanto. Se meu pai não estivesse lá, e você não tivesse percebido, poderia ter escapado. Eu sei que tentou. — Ele se afastou. — Mas, no fim, isso não foi o suficiente, e não é culpa sua, acabou acontecendo, só isso.

Helena o segurou sem deixar que ele se distanciasse, mantendo o rosto dele próximo ao dela.

— Mas e se estivéssemos juntos lá? Se tivéssemos salvado Lila juntos, talvez tudo tivesse sido diferente. Por que não trabalhamos juntos agora?

Uma emoção atravessou o rosto dele, e Kaine apenas a encarou, as sobrancelhas unidas, enquanto ela percebia o absurdo da sugestão. Porque ela nem sequer era mais a mesma pessoa de antes; não passava de um fantasma.

Kaine olhou para baixo.

— Temos muito tempo ainda para despedidas. Não quero brigar com você, mas não vou fazer nada que te coloque em um risco ainda maior.

— Me deixe encontrar um jeito — insistiu Helena. — Se eu puder pesquisar mais, talvez encontre algo que não consideramos ainda.

Kaine se calou. Ela o observou avaliando os custos e os riscos e, por fim, ele concordou com um suspiro.

— Vou deixar que tente do seu jeito, mas com duas condições: se sua saúde se deteriorar com o estresse, você vai parar. E quando Shiseo chegar, mesmo que ache que está próxima de uma epifania ou de encontrar uma resposta, vai partir sem que eu tenha que obrigá-la. Não vai me enganar, nem me manipular de novo. Vai me dizer adeus e depois vai embora — disse ele, encontrando o olhar dela. — Estamos combinados?

Helena engoliu em seco.

— Tenho uma condição.

Um músculo se contraiu na mandíbula dele.

— Qual?

— Não minta mais para mim — pediu ela. — Não quero ter que ficar me perguntando toda vez se está ou não me dizendo a verdade.

CAPÍTULO 68

Maius, 1789

Assim que concordou, Kaine ficou de pé, soltando Helena.

— Está tarde. Você deveria descansar. Amanhã vejo o que consigo encontrar. Acho que Shiseo arrumou algumas coisas para você.

— Espere — disse Helena, rápido, segurando-o, o equilíbrio ameaçando desaparecer quando o espaço físico entre os dois aumentou. — Não... não vá.

Ele a encarou intensamente antes de aquela falsa expressão distante tomar conta das feições dele.

— Por quê?

Os dedos de Helena se fecharam em um punho.

— Sempre que você vai embora, eu nunca tenho certeza de... de qual versão sua vai voltar. Minhas memórias... elas estão todas fora de ordem e confusas. Você sempre age de maneira muito fria quando fica distante.

A mão dele estremeceu antes de desaparecer atrás das costas.

— O que quer que eu faça, então? — perguntou ele, as palavras soando forçadas.

— Quero que fique — disse ela, a voz saindo num sussurro.

Ela se levantou e foi até a cama, e foi só quando passou por ele que voltou firmemente ao presente, mas não a *este* presente.

Ela foi até a cama e ele tirou o casaco para deixar sobre o sofá. Ela deitaria ali e olharia para o dossel, e tentaria ficar imóvel...

Helena se deteve, os pulmões se contraindo até que sufocasse e qualquer segurança que sentia desaparecesse, a cabeça pulsando como se ameaçasse rachar ao meio.

Como poderiam ter esperanças de consertar aquilo?

— Helena...

A voz de Kaine interrompeu aquele acesso, e ela olhou de volta para ele.

Kaine balançou a cabeça.

— Melhor não fazer isso. Eu volto amanhã, e vou tentar...

— Não. — Helena balançou a cabeça. — Quero que fique. Preciso me acostumar com você de novo. Preciso me lembrar de como era.

Ele suspirou e se sentou na beirada da cama, como tinha feito tantas outras vezes, as mãos dos dois entrelaçadas, encarando o lado oposto do quarto.

Os dedos de Kaine tremiam. Ele tentava mantê-los imóveis, mas forçar só deixava tudo pior. Ela não conseguia entender aqueles tremores.

— Por que você não está mais se curando? — perguntou Helena.

Kaine não a encarou.

— Com poucos Imortais sobrando, Morrough está dependendo mais daqueles que sobraram. A regeneração demora mais tempo agora, mas não sei por que minhas mãos não param. É o preço do orgulho, suponho.

Todos aqueles meses Helena o vira desmoronar. Ele estava erradicando os Imortais aos poucos, apesar de saber que, a cada morte, a punição à qual seria submetido aumentaria, enquanto sua habilidade de recuperar-se dela diminuiria.

— Eu sinto muito, Kaine — disse Helena, baixinho.

Ele recuou e quase arrancou a mão da dela.

— Não peça desculpas para mim — grunhiu ele, uma expressão furiosa tomando conta de seu rosto ao olhar na direção dela.

— Mas você está com raiva de mim, não está?

Ele fitou o outro lado do quarto, engolindo em seco.

— Isso não significa que tenha motivos para pedir desculpas.

— Por que não?

— Porque... — A voz de Kaine falhou e ele abaixou a cabeça. — Porque eu preciso pedir desculpas primeiro, e eu... eu nem sei por onde começar. Estava torcendo para que você nunca se lembrasse de nada disso. Deveria ter mentido para você sobre como tirei Bayard do laboratório. Se eu só tivesse levado você embora, nada disso teria acontecido.

Helena se sentou ereta.

— Eu não teria aguentado. Se tivesse me levado embora e eu soubesse depois que foi descoberto porque te obriguei a recuperar Lila, eu não teria aguentado. Eu faria tudo de novo, cada segundo, só para salvar você.

Kaine se virou para ela, o choque e a fúria tomando conta de seu rosto.

— Você não me salvou — retrucou ele, quando por fim conseguiu falar. — Você só nos meteu em um inferno por dois anos.

Se ele tivesse dado um tapa nela, teria doído menos. O sangue esvaiu do rosto de Helena, o corpo ficando gelado.

— Eu tentei voltar… — defendeu-se ela, a voz trêmula. — Eu tentei *mesmo*.

Kaine pareceu arrependido.

— Eu sei. Não quis dizer que…

Ela deu as costas para ele, sentindo que talvez fosse vomitar se olhasse para Kaine por mais um segundo sequer.

— Você não deveria ter só presumido que eu estava disposta a te perder — disse ela. — Acha que eu me importava menos porque tinha outras obrigações? Que eu não sinto as coisas na mesma intensidade que você? Fiz *tudo* que podia para manter você a salvo. Você não sabe de todas as coisas que fiz.

— Só estava dizendo que…

— Toda vez que você perguntava, eu prometia que era sua. Sempre. Não existe exceção ou data de validade para a eternidade.

Helena acordou com uma dor de cabeça esmagadora. Deitada no escuro, tentou se situar. Sentia os dedos de Kaine ainda entrelaçados aos dela. Procurou por ele e o encontrou no chão, sentado ao lado da cama, a cabeça caída para o lado.

Ela se aproximou mais, examinando-o sob a luz fraca.

Eram aqueles espaços intermediários que lhe causavam tanta confusão, quando as memórias dela rodopiavam como uma moeda no ar, conflitando entre o passado e o presente. Assim, de perto, apesar das alterações do tempo, ele era dela. Ainda. Como sempre tinha sido.

Kaine a amava, embora achasse que estavam condenados. Ele a amara mesmo assim.

— Eu vou cuidar de você — jurou ela, baixinho.

Helena sentiu o instante em que ele despertou. A tensão se espalhou pelo corpo dele, os olhos se abrindo de repente, os dedos se contraindo. Ele ficou rígido e depois relaxou por um instante quando a viu. Kaine estreitou os olhos e ficou em pé, debruçando-se sobre ela.

— Está tudo bem?

— Estou só com dor de cabeça.

Kaine tocou a testa dela, a ressonância entorpecendo a pressão atrás dos olhos de Helena.

— Pode me trazer o material de pesquisa hoje? — perguntou ela.

Kaine franziu as sobrancelhas.

— Acho que deveria descansar.

— Não. Vou ficar ansiosa se não tiver nada para me distrair.

Ele suspirou, mas não discutiu. Dava para ver que estava travando um debate interno enquanto a examinava. Por fim, respirou fundo e segurou a mão dela.

— Estou confiando em você, implorando a você, que não me faça me arrepender disso.

Ela não compreendeu o que ele estava falando até envolver o punho dela com os dedos, e a fita de metal de repente se afrouxar.

Helena ficou só observando, de olhos arregalados, enquanto Kaine desenrolava a fita e o tubo de núlio revestido para fora do punho dela. O furo na pele estava rasgado nas beiradas, cicatrizado repetidas vezes depois de todas as ocasiões em que ela caíra ou apoiara peso demais nas mãos.

Ela ficou espantada ao ver como o furo e o tubo eram minúsculos. Pareciam tão grandes, como se tivessem preenchido todo o espaço entre os ossos do seu punho. Ela desdobrou os dedos, sentindo a ressonância pela primeira vez em muito tempo.

— Ainda vai precisar ficar com as algemas — disse ele, a voz tensa. — Mas vou confiar em você para tomar cuidado e não assassinar os criados ou fugir.

Helena conseguiu assentir, instável, arrebatada por emoções demais para fazer qualquer outra coisa.

— Vou ter que colocar o núlio de volta quanto Stroud vier visitar, ou ela vai notar. Espero que entenda por que não pude fazer isso antes.

Mais uma vez, Helena assentiu.

Ele respirou fundo e segurou o outro punho dela, retirando a segunda algema. Permitiu que ela tivesse um minuto, revirando os punhos e sentindo a ressonância alcançar a ponta dos dedos.

— Não percebi o quanto era parte de mim até ter desaparecido — admitiu Helena, pressionando as palmas contra a cabeça e acalmando a inflamação frenética do cérebro.

Sentia a mente como uma paisagem bizarra; como se duas versões de si mesma estivessem sobrepostas uma à outra, e a consciência oscilasse entre as duas.

Helena ergueu a cabeça.

— Acho que consigo comer.

Continuou abrindo e fechando os dedos, deliciando-se com a sensação da ressonância. Kaine observou, claramente dividido entre o desejo de mantê-la em um estado e lugar que poderia controlar por completo e não querer mais ser o carcereiro de Helena.

Ele precisara tomar uma decisão e escolhera libertá-la.

Helena não queria que ele se arrependesse disso.

Passou diversos minutos tentando reparar o dano dos próprios músculos e do tendão que haviam sido causados pelos tubos, mas a maior parte estava velha demais para restaurar, e o tempo e a ferida tinham deixado os dedos dela atrapalhados, a destreza de antes quase desaparecendo. Por fim, Helena desistiu e estendeu os punhos na direção de Kaine para que ele enrolasse a fita de cobre ao redor deles.

— Vou te mandar o que encontrar da pesquisa — disse Kaine, guardando os tubos de núlio.

Começou a se levantar, mas Helena segurou a mão dele. Conseguia segurar as coisas agora sem uma fraqueza forçada, então o manteve ali até Kaine encará-la outra vez.

— Tome cuidado — pediu Helena. — Não... — Sentiu a palavra entalar na garganta. Apertou a mão dele. — Volte para mim, tá?

— Eu voltarei.

Era meio-dia quando Davies trouxe um fólio e Helena se sentou para decifrar uma variedade de anotações acumuladas. A maior parte estava escrita em uma caligrafia pouco familiar, usando abreviações e notação alquímica com as quais ela não tinha familiaridade. Em algumas das notas, no entanto, ela reconheceu a letra fluída de Shiseo, e em outras, até a caligrafia de Kaine.

Havia diversas matrizes e fórmulas parciais. Algumas pareciam estranhamente familiares. Helena as encarou, vasculhando o cérebro até os símbolos ficarem borrados, e a visão da página, turva.

Encolheu-se em posição fetal, os braços enroscados ao redor da cabeça, e dormiu.

Quando acordou, Kaine estava sentado ao lado dela. Estava com o guia da gravidez aberto, os olhos percorrendo as páginas.

Helena estremeceu ao ver o livro.

Ela não queria pensar na gravidez. Sabia que tinha um bebê dentro de si, mas isso já era demais. Havia outras coisas mais urgentes.

Na mesma hora, Kaine fechou o livro.

A cabeça dela ainda doía, então fechou os olhos.

— De onde tirou as anotações?

— Algumas foram feitas por Bennet, acredito. Shiseo colecionou qualquer matriz não metalúrgica que encontrou. Disse que viu você trabalhando nisso.

Uma nova lacuna pareceu emergir na memória dela. Helena trabalhara com algo do tipo?

— Eu não me lembro.

Quantas coisas ainda estavam faltando?

— Tenho certeza de que em algum momento vai acabar voltando — declarou Kaine.

Entretanto, o tempo era tão curto.

Helena abriu os olhos, a mente rangendo como engrenagens travadas.

— Nunca usei matriz nenhuma para vitamancia, nem para animancia... acho. — Ela franziu as sobrancelhas. — Talvez não tivessem funcionado com fórmulas celestiais ou elementais. Você já usou outro número para uma matriz?

Kaine negou com a cabeça.

Aquela conversa estava dolorosamente difícil. Ela caminhava às cegas pela própria memória, tentando resolver um quebra-cabeça, mas sem se lembrar das peças com que contava. Enquanto falava sobre as ideias, Kaine balançava a cabeça, a expressão com a atenção que seria esperada, mas os olhos indo para o relógio e não demonstrando interesse ou emoções quando ela tentava engajá-lo no debate.

Devagar, ela começou a perceber que ele a estava apenas distraindo. As anotações, a remoção das algemas, tudo era uma tentativa de apaziguar Helena. Era como a biblioteca. Estava tentando mantê-la ocupada e motivada para recuperar as próprias forças, mas não tinha nenhuma expectativa de que aquilo fosse fazer qualquer diferença. Ele estava só administrando a situação.

Helena se calou.

Ele assentiu de novo como se concordasse com algo que ela dissera e ficou de pé.

— Vou garantir que tenha tudo de que precisa.

Ele começou a ir até a porta, mas parou de repente e deu meia-volta. Encarou Helena e o quarto por muito tempo até falar, por fim:

— Sei que nós...

E se deteve, fechando as mãos em punho e as escondendo atrás das costas. Ele pestanejou, concentrando-se em um ponto além de Helena.

— Pelo que entendi — disse ele, por fim, a voz sinistra e distante —, é improvável que os métodos de aborto simples sejam viáveis quando chegar a hora de você partir. Existem outros métodos que podem ser executados por vitamancia ou cirurgia. Quando for embora, vou garantir que tenha todos os materiais necessários para resolver essa questão, mas, se houver algo em particular de que precise, basta me dizer. Você terá acesso a tudo.

Antes que Helena pudesse responder, ele se virou e foi embora.

Ela se recostou na cabeceira, empurrando o fólio para longe, forçando-se a olhar para o próprio corpo.

Hesitante, com relutância, esticou a mão e pressionou os dedos na barriga, logo abaixo do umbigo, encontrando o pequeno volume do útero. A mão tremeu com violência enquanto deixou a ressonância se esparramar.

Ela vira a Tela de Ressonância, mas era diferente sentir por si própria.

Era chocante o quanto era pequeno.

Afastou a mão, apressada, o próprio coração errático nas batidas.

Helena nunca pensara em ter filhos. Não até serem uma realidade impossível para ela e, portanto, seu desejo pouco importar. Um mês antes, teria cometido suicídio na primeira oportunidade que tivesse para prevenir um bebê, qualquer bebê, de cair nas mãos de Morrough. A gravidez não existira além daquele contexto.

Porém, se conseguisse escapar, se recebesse o poder de escolha, o que faria?

Quando Davies chegou naquela noite com o jantar, ela trouxera placas de gravura e um estilete. A princípio, Helena segurou o estilete com uma incredulidade silenciosa. Se tivesse encontrado um enquanto vasculhava a casa, teria tentado fincá-lo no próprio coração.

Kaine de fato a conhecia muito bem.

— Kaine está em casa? — perguntou Helena.

Davies negou com a cabeça.

— Quando ele voltar, pode avisá-lo de que quero vê-lo?

A luz do crepúsculo entrava suave pela janela quando a porta foi aberta e Kaine ficou parado ali, como se não tivesse certeza de se deveria cruzar o batente.

Helena ergueu o olhar do fólio, odiando aquele espaço, e perguntou:

— Eu já tinha contado a você que havia sido esterilizada?

Ele entrou no quarto e fechou a porta.

— Não, mas eu presumi. Era a prática corrente da Fé. Era uma das maiores preocupações do meu pai. Se descobrissem que eu usava vitamancia, eles me mutilariam e encerrariam a linhagem da minha família.

— Ah.

Helena ficou feliz de nunca terem tido aquela conversa.

A mandíbula de Kaine travou.

— Não me ocorreu que Stroud pudesse reverter o processo. Achei que estivesse a salvo do programa.

— Quero conversar sobre o que você disse antes de sair hoje — disse Helena, levando as mãos à barriga.

A expressão de Kaine ficou mais severa.

Helena sentiu um aperto no peito. Havia momentos demais, tanto no passado quanto no presente, em que Kaine a encarara daquela forma. Ela fechou os olhos, tentando evitar pensar neles.

— Você pode chegar mais perto? — A boca dela ficara seca. — É difícil conversar quando você está tão longe.

Era evidente que ele não queria se aproximar para ter aquela conversa, mas Helena *precisava* dele ao seu lado.

Ela encarou as próprias mãos.

— Não tinha percebido que você esperava que eu fosse interromper a gravidez se escapasse. Quer dizer, entendo por que acharia isso, mas não é o que vou fazer.

Ela ergueu a cabeça, tentando avaliar a reação de Kaine, mas ele não olhava para ela.

— Pode ser que mude de ideia quando estiver livre — disse ele, a voz despida de qualquer emoção, como se aquilo não o afetasse.

Helena negou com um gesto de cabeça.

— Não vou.

Kaine cerrou os dentes, a tensão ficando visível ao redor dos olhos.

— Não existe motivo nenhum para se comprometer dessa forma comigo. — A voz dele estremeceu. — Faça o que quiser.

— Vou fazer — replicou ela. — E quero que saiba disso. Se eu não levasse isso adiante, ficaria me perguntando sobre tudo. Se nosso bebê teria os seus olhos ou os meus. Que tipo de ressonância teria. Se é que teria alguma, ou se teria alguma chance de ser normal. — Ela estava falando mais rápido, a garganta ficando mais travada. — Eu me perguntaria se teria cabelo parecido com o meu, ou se seria liso, como o seu. Se eu vou precisar continuar a viver sem você... se você... se você morrer, quero poder contar ao bebê tudo sobre o pai dele. — Ela engoliu em seco. — Nunca pude contar a ninguém sobre você. Quero que alguém saiba quem é.

Kaine, então, olhou para Helena, as sobrancelhas franzidas.

— Quem sou? — perguntou ele, por fim. — Quem exatamente você acha que sou? — Ele bufou, balançando a cabeça. — Você tem uma chance de ter uma nova vida. Não arraste minha memória como um peso morto com você.

Helena negou com a cabeça, e o olhar dele ficou mais severo, tudo nele ficando mais afiado.

— Você quer mesmo passar o resto da vida presa a um bastardo de um dos Imortais? O mundo inteiro sabe que você está aqui, sabe para quem tinha sido mandada. Acha que não vão adivinhar quem é o pai, e *como* foi gerado? Não importa qual seja a cor dos olhos e a idade que essa criança tenha. Sempre vai ser o filho de um assassino, concebido porque eu *estuprei* você enquanto era minha prisioneira. Todo mundo vai saber disso. Todo mundo.

O rosto dele estava tomado de fúria, os dedos se fechando como se ele quisesse sacudi-la. Kaine se virou com uma careta enquanto balançava a cabeça.

— Só deixe isso tudo para trás — falou ele novamente, e respirou fundo, trêmulo. — Se quer ter filhos, tenha-os com outra pessoa.

Helena o encarou, incrédula.

— É isso que acha que vou fazer? Fugir e fingir que você era um monstro do qual tive a sorte de escapar?

Kaine a encarou, uma resignação vazia no rosto antes de desviar a atenção outra vez.

— É a verdade.

Helena sentiu uma pressão no peito, o coração apertado.

— Kaine... — Ela esticou a mão na direção dele. — Você não é um monstro. Só não teve escolha. Nenhum de nós dois teve. Nós dois fomos violentados.

Ele recuou, evitando os dedos dela.

— Não.

Helena deu um passo para a frente, segurando o rosto dele entre as mãos, prendendo-o no lugar.

— Você é meu — disse ela, o coração batendo forte contra as costelas. — Achou mesmo que eu ainda te odiaria depois que eu me lembrasse?

Ela fez que não com a cabeça.

— Mesmo antes de me lembrar, você era a única coisa que me parecia segura. Achei que estava enlouquecendo, mas uma parte de mim sempre soube a verdade. Eu deixei um bilhete. Você não recebeu meu bilhete? Eu te amo.

Ele se encolheu como se tivesse levado um tapa e começou a negar com a cabeça, mas Helena o manteve ali, forçando-o a encontrar os olhos dela.

— Eu te amo — repetiu ela com mais veemência, a voz tremendo com a intensidade. — Sempre te amei. Sempre vou amar. Sempre.

Ela ficou na ponta dos pés, puxando-o para mais perto, e então o beijou.

Kaine ficou imóvel quando os lábios dela tocaram os dele.

— Eu te amo — falou ela mais uma vez contra a boca dele, como se aquele sopro pudesse encher os pulmões dele.

Kaine permaneceu mais um instante imóvel e então estremeceu, as mãos segurando o rosto dela, os dedos se emaranhando ao cabelo de Helena, puxando-a para mais perto, a boca ardendo enquanto a beijava.

Kaine a beijou como se estivesse faminto. Como se estivesse tentando se derramar inteiro dentro dela ou então devorá-la.

Ele é meu. Ele é todo meu, era a única coisa em que Helena conseguia pensar. Ela passou os braços ao redor do pescoço dele, devolvendo cada carícia que recebia.

Kaine só se afastou até conseguir falar, a mão encaixada na nuca de Helena, a testa descansando contra a dela.

— Eu sinto muito. Me desculpe... me desculpe por tudo que fiz com você — disse ele, a voz rouca e frágil. — Eu te amo. Você desapareceu, e eu nunca te disse isso.

Helena passava os dias fazendo anotações apressadas, examinando cada livro e qualquer informação, por menor que fosse, que tivesse disponível para tentar compreender os conceitos fragmentados das matrizes que Shiseo coletara. Lembrou-se de Wagner e das muitas tentativas de encontrar o sentido no rascunho amador da matriz que lhes fornecera.

Reconstruí-la parecia uma tarefa impossível, mas era a única ideia que Helena tinha, a única solução que lhe ocorria. A pedido dela, Kaine providenciou os trabalhos completos de Cetus, todas as diversas cartas e florilégios, todos os séculos de escritos erroneamente atribuídos a ele. A esperança de Helena era que, se conseguisse descobrir quais eram os textos legítimos, teria mais chances de entender seus métodos de alquimia.

Enquanto trabalhava, ignorava o medo insistente de que tudo aquilo fosse inútil, de que estivesse se iludindo, de que, se já que não tinha encontrado uma solução antes, por que resolveria agora? Ela se tornara tão iludida quanto a Resistência, desprendendo-se de qualquer senso de realidade porque era simplesmente incapaz de aceitar um futuro em que abandonava Kaine para que ele morresse.

Helena arrastou a mente à força de onde ela a prendera e sufocara na antiga tentativa de aceitar o tédio vazio ao qual limitara suas memórias. Porém o esforço a deixava com enxaquecas absurdas, e só permitia que trabalhasse por curtos períodos.

Ela acordou certa manhã com os criados reunindo todos os livros e pesquisa e os levando para o quarto ao lado do dela. A porta entre os dois cômodos sempre estivera trancada no passado. Kaine estava parado ao lado da cama.

— Stroud está vindo hoje — avisou ele. — Preciso inserir o núlio.

A boca de Helena ficou seca.

— É lógico — disse ela, forçando-se a estender as mãos e a não recuar quando os tubos deslizaram para dentro dos punhos, a ressonância desaparecendo.

Ela sabia que não era culpa dele, mas uma sensação doentia de que estava sendo traída percorreu Helena enquanto encarava as mãos estropiadas.

Ela se encolheu na cama, o coração palpitando com temor, tentando afastar o torpor nauseante dos punhos com uma massagem enquanto Kaine saiu para escoltar Stroud para o quarto.

— Veja só quem está consciente de novo — comentou Stroud, ao entrar. — O Alcaide-mor estava muito preocupado com você. Acho que ele pensou que fosse morrer. Parece que você de fato escutou o conselho do seu pai, no fim.

Kaine cerrou os dentes e não fez nenhuma tentativa de esconder o desprezo que sentia por Stroud.

— Talvez seja melhor concentrar-se no motivo da sua visita.

Stroud emitiu um ruído, deixando a bolsa na mesa de cabeceira ao lado da cama e se debruçando sobre Helena, cutucando-a com o dedo e a ressonância.

— Bem, pelo visto a doença passou. Ela está começando a recuperar o peso. —Pressionou diversos dedos na testa de Helena, mas usou apenas um frisson minúsculo de energia, fazendo um *tsc*. — O cérebro dela continua severamente inflamado. Não podemos contar que as outras memórias vão sobreviver ao restante da gravidez. O Custo mais severo tende a acontecer ao final, presumindo que essa criança vá ser o que desejamos.

Stroud estava focada em Helena, ou teria visto o rosto de Kaine ficar cinza.

— Agora que ela está comendo, precisa garantir que tome ar fresco e se exercite. Quanto mais fraca estiver, mais improvável é a viabilidade.

Stroud soltou Helena e abriu bolsa para pegar a tela de Ressonância.

— Bem, vamos ver como estão as coisas.

Ela puxou os cobertores para baixo e empurrou as roupas de Helena, e Kaine virou de costas.

— Muito saudável — disse Stroud, com um sorrisinho convencido, assentindo para a forma vagamente pulsante visível no gás da tela. — Parece que o coma e as convulsões não tiveram nenhum impacto no desenvolvimento do feto. Isso seria lamentável. Acho que estamos avançados o bastante para eu conseguir...

Stroud forçou a vista e a tela se transformou, o formato esticando e inflando como um balão. De súbito, a expressão dela ruiu.

— É fêmea.

CAPÍTULO 69

Junius, 1789

Uma menina.

Helena nem sequer considerara tentar descobrir o gênero. Lembrava-se de Lila tentando descobrir, mas havia tantas outras preocupações que aquilo sequer lhe ocorrera.

A gravidez de repente ficara tão real que a deixara abalada. Antes, o bebê era um conceito, pouco mais de uma possibilidade efêmera. Agora, era uma menina.

Stroud fez uma pressão maior contra a pelve de Helena, uma expressão amargurada e sombria.

— Bem, que decepção. Queríamos um macho — disse ela, lançando um olhar feio para Helena como se ela tivesse concebido o gênero "errado" de propósito.

Helena manteve o rosto neutro, encarando o dossel sem vida, como se estivesse fraca demais para ter uma opinião.

Stroud virou-se para Kaine.

— O Necromante Supremo não ficará nada satisfeito. Uma fêmea... está fora de questão. É algo quase impensável.

— Sempre existiu uma chance de cinquenta por cento — rebateu Kaine, sem parecer se preocupar. — Fiquei com a impressão de que *qualquer* criança animante serviria, a essa altura.

— Sim, mas uma *fêmea*... — Stroud soava como se estivesse se referindo a algum roedor. — Ele não ficará feliz.

Ela pressionou a mão contra a testa, respirando alto.

— Agora já é tarde demais. Não temos tempo de recomeçar. E, considerando o estado dela, talvez nem sobreviva a uma segunda tentativa. Precisamos prosseguir. Assim que tivermos aperfeiçoado o processo, tenho certeza de que conseguiremos um menino. Isso será temporário. Você está de olho nela? Mantendo-a calma?

— Estou — respondeu Kaine entre dentes, gesticulando para a porta. — Vamos conversar em outro lugar, que tal?

— Certo, certo — confirmou Stroud, impaciente, enfiando as coisas na bolsa e saindo, seguida de perto por Kaine.

Helena se sentou na cama assim que a porta foi fechada.

Olhou para a própria barriga, pressionando a mão de leve no volume entre os quadris. Sem ressonância, sentia apenas a imobilidade. Era cedo demais para movimentos.

Uma menina.

Kaine ainda mal reconhecia a gravidez para além de uma mera condição de saúde de Helena. Era a gravidez *dela*. O bebê dela. Ele se recusava a tratar aquilo como se tivesse algo a ver consigo mesmo.

Ainda assim, ela não conseguia deixar de considerar: será que ele se importava com o fato de ser uma menina? Eram os filhos homens que carregavam os sobrenomes e herdavam as guildas. Eram eles que importavam. Uma menina com talento para alquimia no geral era considerada um desperdício, útil apenas para uma aliança por meio de casamento. Não que importasse, de todo modo, já que se tratava de uma criança bastarda.

O estômago de Helena pareceu dar um nó.

Quando Kaine voltou, enfim, a expressão no rosto dele era de cautela. Aproximou-se e colocou a mão no ombro dela. Helena sentiu a ressonância dele pelos nervos, sabendo que procurava por alguma coisa.

— Eu estou bem — garantiu ela. — O bebê não está fazendo nada comigo, se é com isso que está preocupado.

Kaine examinou o rosto dela com cuidado.

— Pode ficar pior depois. E você...

Ele tocou na lateral da cabeça dela com a ponta dos dedos. Ela o sentia estimando os anos passados no hospital, o número de pacientes, a soma daquilo tudo, e quanto tempo ela ainda teria.

Helena balançou a cabeça, segurando a mão dele entre as suas.

— Você disse que a vitalidade não é tirada dessa forma. Com a sua mãe, o vitamante disse que foi porque ela não sabia que estava fazendo isso. Lila é vitamante e Rhea não teve problemas, teve?

Kaine ainda a encarava como se Helena fosse desaparecer diante de seus olhos.

— Além disso, você fez algo comigo, não fez? — Ela o estudou. — Pensei que fosse um sonho, mas você usou a Pedra de algum modo.

— Não sei se ajudou de verdade — confessou ele. — Você já estava tão fraca, e depois entrou em um coma. Eu não vou estar com você no fim, se...

— Vou tomar cuidado — prometeu Helena. — Vou conseguir sentir. O Custo dá sinais. Não é como se fosse acontecer de repente.

Kaine assentiu devagar, mas ela sabia que qualquer risco já era demais para ele.

— É uma menina — disse ela, por fim, tentando redirecionar o foco dele.

Ele assentiu, distraído.

Helena sentiu um aperto no coração. Passara tanto tempo preocupada com aquele bebê que ainda mal existia porque era tudo que tinha na vida com que se preocupar. Kaine estivera certo quando dissera que Helena estava desesperada para amar alguém. Parecia ser o defeito fatal dela.

Agora, havia coisas demais com que se preocupar e ela quase parara de pensar na gravidez, achando que poderia esperar. Só que não era o caso. A gravidez estivera ali o tempo todo, e no momento havia uma menininha que ninguém queria, exceto Helena.

Diante da indiferença dele, Helena se sentiu possessiva. Ela tirou a mão da de Kaine e foi até o guarda-roupa, vestindo-se devagar.

— O que você está fazendo? — perguntou Kaine enquanto ela abotoava o vestido.

— Vou dar uma caminhada — respondeu, sem olhar para ele. — Vai ser bom para o bebê.

— Eu vou com você.

Ela não tinha certeza se queria a companhia de Kaine se ele só fosse continuar rabugento e examinando-a, mas Helena assentiu.

Ele tirou o núlio das algemas, e então, em vez de irem ao pátio, ele a levou para os fundos da casa, onde havia o labirinto feito de sebe e os jardins encobertos de vegetação. Havia um caminho ladeado por roseiras.

Helena hesitou.

— Morrough não vai perceber?

— Ele só observa o pátio.

Os dois andaram até uma macieira nodosa, as flores desbotadas, cobertas de folhas verdes novas. Kaine parou e ficou observando.

— Eu costumava subir nesta árvore quando era criança. Ela era maior nas minhas lembranças.

Ele nunca falara sobre o próprio passado sem que Helena o tivesse persuadido antes. Tudo que ela sabia sobre a infância dele era que tinha sido marcada por solidão. Um pai ausente, uma mãe doente, os criados cujas memórias fantasmagóricas ainda perduravam ao seu redor.

— Fiquei preso bem aqui uma vez — disse ele, esticando a mão e tocando em um galho grande que mal chegava à altura da cintura de Helena. — Tinha certeza de que iria cair e quebrar o pescoço se me mexesse. Fiquei aqui por horas, gritando para minha mãe vir. Não era para ela sair da cama, mas eu não queria saber. Queria que ela viesse me ver. Queria que visse como eu tinha subido alto. Ela acabou vindo. — Kaine abaixou a mão. — Já mais velho, senti tanta culpa por aquele momento. Todas essas idiotices que crianças fazem quando são novas e não entendem nada.

Helena mal conseguia imaginar Kaine tão novo assim.

Ele apontou para uma abertura na sebe.

— Se formos por ali, tem um laguinho. Antigamente tinha muitos sapos e salamandras. Eu achava que conseguiria domesticar os animais, ensiná-los a fazer truques.

Ele contou tudo aquilo sem emoção, como se estivesse recitando um texto. Kaine olhou em volta.

— Eu deveria levar você até as torres — comentou, por fim. — Eu me lembro de mais coisas lá de cima. É estranho... não sei por que tenho tanta dificuldade de me lembrar de algumas coisas.

Ele começou a andar de volta, os olhos vasculhando o ambiente como se procurasse por algo ali, nos jardins. Kaine parou, os lábios se mexendo diversas vezes antes de, por fim, falar:

— O nome da minha mãe era Enid.

Helena assentiu. Ela se lembrava disso.

Ele passou os olhos atentos pelo jardim, os dedos se fechando em punhos.

— Eu sempre gostei desse nome.

Lentamente, Helena compreendeu o que ele estava fazendo.

Aquela era a tentativa de Kaine de lhe dar o que ela queria. Para ele, reconhecer que ele teria um bebê, uma filha, significava reconhecer que não estaria vivo para conhecê-la. Estava contando histórias para Helena poder contar para a filha sobre ele, sobre como ele era antes do Instituto e da guerra.

Kaine encarou a cidade ao longe, que se elevava acima das árvores.

— Não sei o que vai acontecer com a propriedade e a herança. Transferi o máximo que consegui para uma conta no exterior, mas, se algum dia você conseguir voltar, não sei se poderia reivindicar alguma coisa. Posso ir atrás disso, se quiser.

Helena sentiu um aperto na garganta e os ombros começaram a tremer. Ela não conseguiu se obrigar a respirar.

Kaine se virou para ela.

— Trouxe você longe demais.

Helena negou com a cabeça, mas não conseguiu se mexer. Havia tantas coisas que queria dizer, mas não sabia como fazer isso sem que a partissem ao meio.

Ele se aproximou dela.

— Você consegue andar de volta?

Ela só conseguiu balançar a cabeça.

Com movimentos lentos, ele passou o braço pela cintura de Helena e a ergueu nos braços.

Helena abraçou o pescoço dele, enterrando o rosto no ombro de Kaine.

— Enid é um nome bonito — falou Helena, por fim, a voz rouca. — Eu gosto também.

Kaine estava na cama ao lado de Helena, que descansava a cabeça sobre o peito dele enquanto observava os ponteiros do relógio. Ela estava ficando sem tempo. Desde sempre. Nunca tivera o bastante. Faltava menos de um mês para a Ausência.

Kaine também estava acordado, acariciando o braço dela.

Ela se sentou, inclinando-se para a frente, e o beijou devagar, memorizando a sensação do toque dos lábios, da ponta do nariz dele roçando sua bochecha.

Ela deslizou os dedos pelo cabelo dele, intensificando o beijo, querendo se perder na familiaridade daquela carícia. Já sentira aquilo antes.

Kaine levou a mão à nuca dela, provocando uma onda de calor que percorreu o corpo de Helena, o sangue ardendo nas veias. Ela enterrara as memórias daquilo nos abismos mais profundos da própria mente.

Ela se aproximou mais, a mão deslizando para baixo pelo peito dele.

Kane reagiu segurando o punho dela, interrompendo o seu avanço.

— O que está fazendo?

Helena se sentou e respirou fundo.

— Quero transar com você.

Ela sentiu a ponta das orelhas arderem ao dizer aquilo de forma tão descarada, mas fez questão de continuar a encará-lo após dizer as palavras, em busca de uma reação.

Havia uma determinação dura nos olhos dele, visível mesmo sob o luar fraco.

— Não.

Helena puxou o punho de novo e Kaine a soltou. Ela aproximou os joelhos do peito, passando os braços ao redor deles. O coração palpitava em um ritmo duro e instável.

— Não quero que a última vez seja quando você... — Ela engoliu em seco. — Quando estávamos sendo forçados.

— Não — repetiu ele.

Os dedos de Helena se contraíram, mas ela assentiu em concordância, ainda sentada, fitando as sombras que ficavam cada vez mais densas no quarto.

— Por quê? — perguntou Kaine, por fim.

— Já te disse o porquê.

— Nunca existe um único motivo com você.

Helena demorou um tempo considerável para responder.

— Não consigo me lembrar de como era. Antes. Sei que aconteceu, mas quando tento me lembrar dos detalhes, sempre acabo aqui. Se a memória nunca voltar, eu só vou me lembrar dessa experiência.

Helena parou, pensando em todas as formas com as quais aquilo poderia dar errado. Não havia como voltar atrás. O que os dois tinham experienciado estava perdido. Não era algo que conseguiriam recriar assim, sem mais nem menos. Se insistissem, poderiam destruir o refúgio frágil que ainda tinham um no outro.

— Deixe para lá. — Ela balançou a cabeça. — Você está certo, é uma péssima ideia.

Kaine não disse nada, mas, no dia seguinte, quando ele a beijou, foi diferente.

Faminto.

Após passar diversos dias fora, voltou, e seu toque foi como o fogo, os dentes roçando no pescoço, o rosto enterrado na pele, inalando o cheiro de Helena. O calor a dominou e ela deu um gemido trêmulo, o corpo se derretendo contra o dele.

— Me diga para parar — disse ele, a boca pairando contra o pescoço dela. — Me diga para parar.

Helena o puxou para mais perto.

— Não pare. Não quero que você pare.

Ele arrastou os dentes contra a pele dela, que puxou as mãos dele para os botões do vestido, ajudando-o a se desfazer da peça. Os dedos dele roçaram na pele nua de Helena e ela estremeceu ao toque, com um desejo voraz.

Era assim que costumava ser. Ao sentir aquilo outra vez, ela conseguia se lembrar... da forma como ele costumava tocá-la, como costumava abraçá-la, como costumava devorá-la.

Ele beijou o pescoço de Helena até ela jogar a cabeça para trás, ofegante. As mãos dela traçaram a curva da mandíbula dele, descendo pelos ombros, a memória física que tinha dele despertando sob a pele.

Helena puxou o rosto dele de volta para o seu.

— Eu te amo — disse ela, beijando Kaine. — Queria ter lhe dito isso mil vezes.

Ela encontrou os botões da camisa dele e começou a abri-los, despindo-o, correndo a mão pela pele, os dedos ansiando pelo calor do corpo dele.

— Me diga para parar, e eu paro — disse ele, a voz rouca.

— Não pare — insistiu ela, os dedos trêmulos enquanto acariciavam as marcas familiares entalhadas nas costas dele.

As roupas de Helena foram descartadas, o desejo a consumindo por dentro.

Ela foi guiada para trás na cama, o corpo sob o de Kaine enquanto ele beijava os seios dela, mas então tudo se inverteu. Ela estava deitada ali, tentando ficar imóvel e em silêncio, congelada de medo do que aconteceria se não fizesse isso, com o dossel da cama lá em cima e o corpo dele sobre o dela, e cada uma das sensações era uma traição desoladora.

As mãos de Helena congelaram e ela arregalou os olhos. As costelas pressionavam os pulmões, sufocando-a.

— Pare. — A palavra foi arrancada da garganta dela, tão dolorosa que levou todo o ar consigo.

Kaine travou e recuou, mas Helena o pegou, puxando-o de novo, sem deixá-lo ir embora, enterrando o rosto no ombro dele. Ela respirou fundo, lembrando-se de que era ele. E Kaine era dela. Ela não o soltaria.

O corpo inteiro tremia, e Helena abafou um soluço.

Kaine nem sequer estava respirando.

— Foi só um instante — explicou ela, com a respiração entrecortada. — Foi só demais por um instante. Vai ser melhor agora, sei que posso pedir para que pare. Estava bom. — Ela se recusou a soltá-lo. — Estava bom. Foi só um momento que eu... estava bom.

Ele, no entanto, se afastou até ela enfim precisar soltá-lo. Kaine se sentou na cama devagar, o rosto tenso, as pupilas tão contraídas que os olhos mais pareciam uma geleira. Ele parecia tão frágil.

Estava coberto de cicatrizes.

A mão de Helena tremeu quando a esticou na direção de Kaine, tocando uma cicatriz que percorria quase todo o comprimento do torso.

— O que foi que ele fez com você?

Ele desviou o olhar.

— Tudo o que ele quis.

Helena descansou a cabeça no ombro dele, entrelaçando os braços dos dois enquanto ficavam sentados ali, na escuridão que parecia só aumentar, entre as ruínas do que tinham sido no passado. Só precisavam de mais tempo.

Helena leu todos os trabalhos atribuídos a Cetus, classificando cada um de acordo com a probabilidade de ser legítimo. Ela sentia que estava começando a compreender quais eram as ideias fundamentais de Cetus sobre alquimia, mas estava desesperada para encontrar um vislumbre mais recentes dos métodos utilizados, e sabia exatamente onde poderia encontrar um exemplo disso.

Quando Kaine saiu, Helena saiu do quarto. Andou devagar, evitando as sombras, usando as paredes como âncora.

Sabia quais cômodos Morrough possivelmente estaria observando e tomou cuidado para evitá-los ao máximo.

Quando chegou ao saguão, Davies se materializou, mas Helena passou pela ala principal, seguindo em frente.

Ela por fim parou, olhando para a necrosserva.

— Morrough consegue me ver aqui?

Davies negou com um aceno vagaroso da cabeça.

Helena se dirigiu à porta mais distante. O batente tinha sido distorcido para manter o lugar trancado. Sem ressonância com ferro, uma pessoa jamais poderia ultrapassar o umbral. A ressonância de Helena vibrou nos dedos conforme ela levou a mão à porta e afastou o ferro como se fosse uma cortina. Segurou a maçaneta e notou que era um mecanismo simples de tranca.

Ela se virou de volta para Davies, que estava com um olhar apavorado no rosto, a única emoção que parecia ainda ser capaz de expressar.

— Sinto muito — falou Helena. — Eu preciso ver.

— Não... — disse Davies, a voz saindo distorcida, oca e ofegante.

Ela não sabia se era Kaine ou a sombra que restava da mulher protestando.

Helena balançou a cabeça.

— Preciso saber como foi feito.

Davies não a seguiu, mas continuou parada, aturdida, ao lado da porta, murmurando aquelas súplicas negativas fantasmagóricas enquanto Helena acendia a luz e caminhava na direção da matriz.

As luzes piscaram instáveis lá em cima. Ao deparar com aquela gaiola pequena demais, sabendo quem vivera dentro dela por meses, Helena se sentiu enojada. O coração começou a palpitar. Ela desviou a atenção, tentando se concentrar.

Parou na beirada da matriz, analisando todo o trabalho cuidadoso de ocultar o que estivera ali, tentando sobrepor com o rascunho fornecido por Wagner e os do fólio de Bennet. Em algum meio-termo entre as três coisas, estava a matriz completa.

Helena mexeu os dedos devagar, tentando identificar padrões em potencial, mas já fazia tanto tempo desde que fizera qualquer coisa além da vitamancia mais simples.

Ela se ajoelhou e começou a traçar as formas e padrões com os dedos. Nas primeiras vezes que engatinhou pelo chão seguindo as linhas, tudo era incompreensível, apesar das tentativas de identificar os padrões de energia. Foi na terceira vez que ela finalmente começou a entender.

Era uma matriz de animancia. Reconheceu a sensação da energia, os padrões que seguiria.

A ressonância emanou pelos dedos quando ela passou por uma linha da matriz. Isso, ela conhecia aquela sensação. Outra linha. Falsa. A energia jamais seguiria aquele caminho.

Helena engatinhou pelo chão outra vez, porém devagar, traçando linha por linha, ignorando as farpas que entravam na ponta dos dedos.

O coração dela começou a palpitar de alívio. Conseguiria resolver aquilo. Seria capaz de entender como era feito. Uma dor se espalhou pelo peito de Helena com o ritmo instável de seu coração, mas ela o ignorou, tentando terminar. Seus batimentos começaram a se acelerar cada vez mais, até que seus pulmões começaram a arder. Só precisava aguentar mais um pouquinho. Ela precisava ter a matriz completa em sua mente para poder gravá-la.

O chão ficou turvo. Ela piscou com força, tentando se concentrar.

Os dedos sangravam quando ela os levou até o coração, o corpo ficando frio. O coração acelerava descontrolado, e ela tentou acalmá-lo, mas foi como tentar segurar um cavalo a galope. O cômodo girou. A gaiola de ferro e a porta graciosamente oscilaram enquanto o ombro dela atingia o chão.

O zumbido das luzes piscantes ficou quase inaudível, e então tudo escureceu.

Ela acordou, aturdida, deitada na cama do quarto, o peito doendo como se um peso de chumbo o estivesse esmagando. Kaine estava sentado ao lado dela segurando a mão de Helena.

Ela não conseguia se lembrar de como chegara até ali. Os punhos latejavam, e ela notou a sensação entorpecida de núlio neles.

— O médico acabou de ir embora — disse ele, sem olhar para Helena. — Parece que você desenvolveu uma arritmia pelo esforço e pelo estresse do aprisionamento e da gravidez. Detectaram isso durante o coma, mas fui informado de que, se conseguisse manter você calma, isso iria se resolver. Agora, no entanto, parece improvável.

Helena não sabia o que dizer.

Kaine travou e destravou a mandíbula diversas vezes.

— Você tem ideia de como foi? Encontrar você lá, desmaiada no meio daquela maldita matriz dentro daquela câmara de tortura?

— Desculpa. Não queria fazer você voltar para lá.

Ele soltou o ar, abaixando a cabeça. Parecia furioso, mas continuava segurando a mão de Helena.

— Não foi um ataque de pânico. Acho que sei como Morrough usou a matriz e como funciona o projeto. Descobri como ele fez. Só fiquei tão aliviada que meu coração se descontrolou.

Kaine a encarou, os olhos faiscando.

— Acha que isso melhora qualquer coisa? Seu coração pode parar de bater e, se eu não estiver aqui, você vai morrer. Assim como... — Ele se calou. — Não faça isso comigo.

Ela sentiu a boca ficar seca.

— Mas eu preciso salvar você.

— Não. — A palavra soou afiada como uma lâmina. — Não precisa. E não vai conseguir. Você é a única pessoa que nunca entendeu isso.

Helena abriu a boca, mas Kaine a interrompeu:

— Nós fizemos um acordo de dizer a verdade um para o outro, e essa é a verdade. Você não pode me salvar. Eu não posso ser salvo.

Helena se esforçou para se levantar, o peito doendo como se o esterno tivesse rachado outra vez.

— Você não sabe disso, me deixe tentar.

Kaine se desvencilhou dela e ficou em pé. Ela achou que ele iria embora, enfurecido. Helena se levantou, estendendo a mão para tocar nele.

— Kaine.

Ele se deteve ao pé da cama.

— Você não pode ter tudo, Helena — disse, por fim. — Vai chegar uma hora que você vai perceber que não vai ter tudo o que quer. Vai precisar escolher, e isso terá que bastar. Você tem outras pessoas. Prometeu a Holdfast que tomaria conta de Lila e do filho dela. Tem um bebê que precisa de você, e sabe disso.

Helena fez que não com a cabeça.

— Eu não quero escolher. Sempre preciso escolher, e *nunca* posso escolher você. Estou tão cansada de não poder escolher você.

Kaine a fitou.

— Você não está escolhendo. Você me prometeu que faria o que eu quisesse. Eu quero que pare de se destruir tentando me salvar. Vá viver a sua vida. Diga a nossa filha que eu salvei vocês duas. Isso... é isso que eu quero.

— Mas eu estou tão perto. Consigo descobrir um jeito.

Kaine veio na direção dela.

— Você me prometeu que, se a pesquisa prejudicasse sua saúde, você pararia.

— Eu sei, mas...

Kaine riu, e o som soou quase como um soluço.

— Sabe, nunca conheci alguém tão ruim quanto você quando se trata de cumprir promessas.

Um nó se formou na garganta de Helena.

— Eu cumpro as promessas que importam.

— Não. — Ele reforçou a frase com um gesto negativo da cabeça. — Você faz uma promessa atrás da outra, todas conflitantes, e aí escolhe dependendo do que você quer. Dediquei muito tempo a decifrar a sua metodologia. — Ele olhou para baixo. — É por isso que você nunca cumpre nenhuma das promessas que importam para mim.

Ele a tocou, os dedos de Kaine roçando os quadris dela.

— Você se importa com esse bebê. Você se preocupa tanto com ela que feriu seu coração por temer o que poderia acontecer com ela. Agora está tão preocupada tentando me salvar que está se deixando esquecer de que *ela* depende de você. Não posso protegê-la de você. O risco que você corre para tentar me salvar coloca a saúde dela em perigo.

Helena sentiu um aperto na garganta. Tentou recuar, mas Kaine a deteve, segurando-a pelos ombros, forçando-a a olhar para ele.

— Você precisa me esquecer.

— Não. Eu não posso. — Helena sacudiu a cabeça. — Acha que vou me acalmar se eu só parar? Se não tiver nada para fazer a não ser ficar sentada aqui neste quarto, esperando te perder? Não é o que você faria. Você nunca faria isso.

No fim, os dois chegaram a um acordo.

Kaine a levou de volta para o cômodo da matriz e a deixou passar horas engatinhando no chão, copiando cada detalhe nas placas de gravura. Quando teve tempo, foi com ela até a biblioteca e a deixou usar animancia nele, examinando o talismã dentro de seu peito. Contudo, ela não pisava mais fora do quarto sem estar acompanhada de Kaine.

Uma noite, quando ele voltou após ter estado ausente por mais de um dia inteiro, a expressão que tinha no rosto estava pétrea.

— Vai precisar ficar aqui dentro amanhã. Haverá um jantar. Aurelia vai voltar para o evento, e o restante dos Imortais também vai comparecer.

— Qual a ocasião?

Ele forçou um sorriso.

— Ao que parece, vou precisar convencer a todos de que não tem nada de errado.

CAPÍTULO 70

Julius, 1789

Helena observou pela janela os novos criados, vivos e mortos, chegarem da cidade. Kaine tinha trancado a porta para garantir que ela não recebesse visitas indesejadas, e deixara uma das empregadas no quarto com ela.

Ela nunca notara como aquela porta era pesada e reforçada.

Os carros chegaram à noite. Era quase engraçado ver os Imortais entrarem na casa do assassino que tanto temiam.

Helena tentou não se preocupar. Kaine não parecia aflito, mas ele fingia muito bem.

Conforme a noite se arrastava, tentou se concentrar na tentativa de reverter a estrutura de matriz de Morrough. Até que, de repente, a criada, imóvel como uma estátua, começou a recolher rapidamente os livros e anotações de Helena e enfiá-los debaixo da cama.

Alguém estava chegando.

Assim que terminaram de esconder os últimos papéis, o som de ferro em movimento encheu o quarto. Helena se jogou na cama e se encolheu logo antes de a porta se abrir, revelando Stroud, acompanhada de Kaine.

— Não vejo como isso seria de muita ajuda — disse ele, enquanto Helena pestanejava, fingindo confusão. — Você sabe que a condição dela é delicada.

— Há muitas posições delicadas no momento — rebateu Stroud, entrando no quarto e sacudindo Helena. — O Necromante Supremo deixou muito claro que devemos projetar uma imagem de força. Esses assassinatos ameaçaram o senso de segurança deles. Se esse medo enfraquecer o regime, todos nós sofreremos. Devemos mostrar que uma solução está a caminho.

— E acha que exibir uma prisioneira grávida vai apaziguar alguém? Todos sabem que ela só veio para cá para ser interrogada.

— Acho que explicar o motivo da gravidez, sim. Eles estão paranoicos demais para acreditar na nossa palavra, mas acreditarão depois de vê-la. Ela foi a última aluna bolsista do Principado — afirmou Stroud, e se virou para Helena. — Levante-se e vista alguma coisa que não esconda a barriga.

Só era possível notar a gravidez quando ela estava nua, e Helena duvidava de que qualquer roupa fosse torná-la visível. Quando se levantou, este fato ficou evidente.

— Ah, faça-me o favor — resmungou Stroud, indo até o armário.

A mulher tirou uma camisola e a enfiou no vestido de Helena, dando uma aparência inchada à barriga.

— Pronto. Agora vamos — disse Stroud, pegando Helena pelo braço e a puxando até a porta.

Helena olhou para Kaine, mas não havia o que fazer.

O trajeto até a ala principal foi, ao mesmo tempo, mais rápido e mais longo do que Helena se lembrava. Quando chegaram ao saguão, sentiu um aperto no peito, mas se esforçou para manter a respiração lenta enquanto era arrastada para o salão onde vira Kaine na Torre Férrea pela primeira vez.

Stroud apertou o braço dela.

— Não diga uma palavra.

Todos se viraram quando Stroud entrou com Helena. Ela se sentia obscena, de cabelo solto, a barriga em evidência, algo que nenhuma mulher nortenha respeitável exibiria.

O silêncio pairava. Helena olhou ao redor do salão. Reconhecia poucos rostos; Aurelia estava presente, de cara fechada, ao lado de Crowther.

Era Atreus, lembrou-se Helena. A pele dele estava cinzenta, com leves manchas na região das têmporas, e usava anéis de ignição.

— É esse o projeto secreto? — perguntou um homem, incrédulo e furioso. — O projeto que o país inteiro soube pelos jornais?

Helena reconheceu a voz dele. O homem tinha costeletas alongadas e entradas no cabelo.

— É claro que não — retrucou Stroud, na defensiva. — Acha que o Necromante Supremo publica os verdadeiros planos no jornal? Ela está aqui por outro motivo, e vocês são os poucos privilegiados que saberão o porquê. Como certamente se lembram, esta é a aluna estrangeira que os Holdfast tanto se esforçaram para trazer para cá.

Vários fecharam a cara com a lembrança.

— O Necromante Supremo descobriu que ela possui uma forma rara de ressonância, que ele tem extremo interesse em cultivar. Quando o processo for concluído, o Necromante Supremo alcançará um estágio de poder nunca antes visto.

— Então é verdade que tem algo de errado com ele?

A pergunta veio de um defunto no fundo do salão. O coração de Helena parou ao ver Sebastian Bayard, o cabelo e os olhos claros, a pele agora cinzenta.

Stroud franziu a boca.

— A verdade é que o Necromante Supremo já derrotou a mortalidade de formas que nenhuma outra alma nesta terra jamais imaginou, e quando este projeto der certo, como sei que dará, será benéfico para todos nós. Alguns de vocês devem se recordar de que, durante a guerra, Bennet investigou um método de introduzir talismãs em novos corpos vivos. Era um objetivo muito importante.

Vários dos defuntos assentiram.

— As tentativas iniciais não foram bem-sucedidas e, devido às restrições da guerra, foi necessário concentrar nossos esforços em outras questões. Desde então, um novo método foi descoberto, e eu e o Alcaide-mor trabalhamos para aperfeiçoá-lo. A forma física do Necromante Supremo está... se deteriorando, mas ninguém ousa negar seu poder. Ele transferirá sua alma para um novo corpo e, assim, ascenderá a níveis inimagináveis. E, quando o fizer, permitirá que vocês todos façam o mesmo.

— Que novo corpo? — perguntou o primeiro homem.

Stroud sorriu, empurrando Helena para que a vissem.

— O que nossa prisioneira está gerando para nós.

Todos olharam para Helena. O coração dela acelerou. Não conseguia escutar o que diziam: concentrava-se em manter-se a calma. Ela sentia a fúria de Kaine fervilhando sob a pele.

Risadas soaram.

O salão ficou embaçado.

— Não pensem nisso como um bebê — declarou Stroud, tão alto que Helena a escutou, apesar do som do próprio coração martelando nos ouvidos. — São apenas materiais humanos com a ressonância adequada.

Stroud estava vermelha, nitidamente frustrada por estar recebendo desdém em vez de admiração. Puxou Helena para trás com um gesto brusco.

— Eu trabalhei com Bennet no projeto quimera, e sou experiente nos métodos de crescimento acelerado. Em questão de meses, o feto será viável, e terei o material com ressonância necessária para formar um novo corpo para o nosso líder. Quando ele ascender à nova forma, permitirá que seus súditos *fiéis* recebam também novos corpos.

Vários dos defuntos se empertigaram, interessados.

— Então era esse o objetivo do seu programa?

Helena estremeceu ao ouvir a voz de Crowther emergir do fundo do salão, onde Atreus ainda se encontrava ao lado de Aurelia. O homem parecia gostar da nova sra. Ferron muito mais do que o filho.

— A vantagem econômica do processo é legítima — afirmou Stroud, com uma expressão séria —, mas admito ter segundas intenções.

— Espere — disse Aurelia, a voz estourando no ar como vidro estilhaçado. — Quem é o pai?

— O Necromante Supremo, é ób... — começou um dos Imortais, mas se deteve e olhou para Helena, parecendo reconsiderar.

Outro Imortal, um homem de rosto oleoso e costeletas grossas, soltou uma gargalhada seca.

— Eu sabia que você estava se engraçando com ela, Ferron.

Um rubor escarlate tomou o rosto de Aurelia.

— A paternidade foi determinada com base na ressonância. O Necromante Supremo concluiu que o Alcaide-mor era o mais adequado — disse Stroud, a voz conciliatória. — Eu garanto, sra. Ferron, que a cooperação de seu marido não reflete, de modo algum, sobre a senhora...

Várias pessoas gargalharam.

Aurelia ficou perigosamente pálida.

— Saiam daqui! Vão embora, todos vocês!

Aurelia pegou um vaso que estava próximo e arremessou em Helena.

Helena foi arrancada à força do aperto de Stroud, e a porcelana passou por um triz, estourando na parede atrás dela.

Kaine estava a seu lado, os olhos quase brancos de tanto que brilhavam.

— Concordo — declarou ele, sua voz vibrando como ressonância no ar. — Se alguém tiver mais dúvidas quanto ao poder ou à estabilidade do regime, fiquem à vontade para me procurar, posso traquilizá-los pessoalmente.

Fez-se uma pausa antes de vários dos Imortais murmurarem algumas justificativas, a caminho da porta.

Enquanto o aposento se esvaziava, Stroud se virou contra Kaine.

— O Necromante Supremo deixou claro que esta reunião deveria ser diplomática, e que você não poderia forçar a obediência deles com ameaças.

Os olhos de Kaine ainda brilhavam.

— A única coisa que eles entendem é medo e poder. Não dá para argumentar enquanto estiverem sentindo que os próprios direitos estão sendo ameaçados. Agora, graças a você, vou precisar ter uma conversa com minha esposa. Fique à vontade para sair daqui sozinha e confirmar ao nosso grande líder que os Imortais manterão a cabeça baixa, pois sabem que é o único modo de mantê-las presa ao corpo.

Stroud contraiu o rosto e se empertigou, mas foi embora.

Helena viu os últimos a saírem e pestanejou ao reconhecer mais dois rostos. Estavam perto das janelas e eram as únicas mulheres no salão além de Stroud e Aurelia. Eram bonitas, embora uma tivesse a pele levemente acinzentada, rosto delicado e um olhar distante. A outra mordia o próprio lábio enquanto olhava para Helena. As feições delas lembravam as de uma raposa.

Eram Ivy e Sofia Purnell.

Ivy olhou para Kaine com uma expressão confusa. Virou-se de volta para Helena, parecendo querer falar alguma coisa, mas desviou o olhar e pegou a mão de Sofia para ir embora.

Finalmente, restaram apenas Helena e Kaine, a sós com Atreus e Aurelia.

Kaine se afastou de Helena, andando até a família.

— Levem-na de volta para o quarto — ordenou, sem olhar para trás.

Dois criados se aproximaram, mas Aurelia os interrompeu:

— Não! Deixe ela aqui. Você sempre a esconde e não deixa mais ninguém chegar perto além de você. No fim, minhas suspeitas se confirmaram.

O rosto de Kaine estava tenso.

— Como disse Stroud, foram ordens diretas do Necromante Supremo. Posso garantir que nada no processo foi prazeroso para nenhum dos envolvidos.

— Que pena — disse Atreus, na voz grave de Crowther. Ele se aproximou e, com os olhos enevoados de Crowther, observou Helena com atenção, emanando um cheiro horrível, adstringente e químico misturado com lavanda. — Eu esperava que isso tivesse, no mínimo, revigorado você para cumprir com seu dever familiar. Fontes confiáveis afirmaram que você era cliente regular de certos estabelecimentos da cidade durante a guerra, então certamente não lhe falta experiência, nem capacidade, o que me leva a supor que o problema é motivação.

— Tenho coisa melhor a fazer do que me preocupar com o seu legado — afirmou Kaine, com um brilho malicioso no olhar.

Atreus o olhou com raiva por um momento, e então avançou bruscamente na direção de Helena. Ela se encolheu, procurando instintivamente por Kaine.

Atreus olhou para o filho.

— Para uma refém, ela não parece ter tanto medo de você.

Kaine puxou Helena para longe do pai.

— Bem, pode agradecer Aurelia por isso. Depois de ela agredir minha prisioneira em um acesso de fúria, tive que bancar o herói — disse Kaine, e sorriu para Helena com um olhar frio e desdenhoso. — Não é mesmo?

Helena não precisou fingir estremecer; seu coração batia tão forte que o salão girava.

— Está na hora de a prisioneira se recolher. Fiquem à vontade para encontrar a saída sozinhos — frisou Kaine, virando-se e arrastando Helena com ele.

Atreus voltou a se pronunciar:

— O Necromante Supremo pode ter sido leniente com você no passado, mas você tem superestimado os próprios talentos e importância. Você o deixou usá-lo que nem um cachorro, agora ele o trata como um. Parece que matar é a única coisa que *sabe* fazer bem.

A expressão de Kaine não revelou nada, mas Helena o sentiu vacilar.

— Você pode forçar a obediência dos outros com suas ameaças, mas eu não tenho medo de você — continuou Atreus. — Você voou alto demais, agora só lhe resta uma queda livre.

Os dedos de Kaine tremeram no braço de Helena.

— Esta casa é minha — disse Atreus — e, agora que as tarefas em que fracassou sobraram para mim, não tem direito de me dar ordens. Talvez, quando eu terminar, eu peça para que nosso grande líder ordene que você produza um herdeiro, visto que obediência parece ser sua única qualidade.

Kaine não olhou para trás.

— Faça o que quiser. Eu não me importo.

Ele saiu com pressa, sem vacilar até chegar à ala oeste da casa, deixando Atreus e Aurelia para trás. Então parou, virou-se e segurou o rosto de Helena, sustentando o olhar dela, que sentiu a ressonância em seu corpo acalmando o ritmo irregular do coração.

Ele encostou a testa na dela.

— Perdão. Não me ocorreu que Stroud faria algo tão ridículo.

— Não tem problema, já passou — respondeu ela. — O que seu pai quis dizer quando falou das tarefas que sobraram para ele?

— Nada. Venha, vamos voltar para o seu quarto.

Helena não se mexeu.

— O que houve?

Kaine suspirou.

— A tarefa de caçar o assassino foi designada para o meu pai.

— O que isso quer dizer?

— Nada. Ele não encontrará nada. O emissário de Shiseo voltará em pouco mais de uma semana.

A notícia a atingiu como um soco no estômago. Helena sabia que o tempo estava acabando, percebia sempre que olhava para o céu noturno, mas a notícia do retorno de Shiseo tornava tudo mais derradeiro. Ficou em silêncio até chegarem ao quarto.

— Aquela garota que estava aqui com a irmã. Você a conhece?

— Foi ela quem deixou todo mundo entrar no Instituto — respondeu Kaine, franzindo a testa.

Helena assentiu.

— Ela trabalhava para Crowther, mas o matou porque a irmã dela morreu quando resgatamos Luc — disse Helena. — Está convencida de que aquela necrosserva com ela está viva.

— A reanimação foi obra de Morrough. Ele raramente se dá ao trabalho de fazer algo tão elaborado, mas isso explica. Eu já a teria matado, mas é difícil, porque ela nunca anda sem a necrosserva, e não tem outros.

Mais uma vez, a Torre Férrea parecia assombrada pela presença de Atreus e Aurelia.

No quarto com vista para o pátio, Helena escutava qualquer um chegar. Observou Kaine e o pai nos degraus da entrada enquanto chegava um caminhão com prisioneiros que seriam levados para um dos depósitos.

Kaine começou a se afastar, mas Atreus o chamou, seco. Virou-se devagar e entrou atrás do pai.

Os gritos que se seguiram atravessavam as janelas, flutuando pelos corredores labirínticos da casa. Não terminavam nunca.

Helena fechou a cortina e se encolheu no outro canto do quarto, tentando abafar o som. Tinha lembranças demais de gritos assim.

Ela se sobressaltou ao sentir um toque e, quando ergueu o rosto, viu Kaine a sua frente. Helena o observou, o cabelo molhado de quem tinha acabado de tomar banho.

Eles se entreolharam, sentindo o peso do momento.

— Alguém... alguém disse alguma coisa para incriminar você? — perguntou ela, rouca.

Ele desviou o olhar.

— Não. Ninguém sabia de nada.

Ela engoliu em seco.

Cada palavra. Cada vida. Por você.

Não conseguia falar.

— Está tarde. Não vai comer? — perguntou Kaine, enfim.

Helena olhou ao redor e viu a bandeja posta na mesa. Passara o dia inteiro escondida no canto do quarto escuro.

O queixo dela tremeu e sentiu a garganta apertar.

— Por que ele está fazendo isso aqui? — perguntou ela, como se fizesse alguma diferença onde aquilo acontecia.

— Ele desconfia de espiões, e que por isso o assassino foi tão eficiente. Está convencido de que a Torre Férrea é o único lugar seguro — respondeu Kaine, olhando para baixo. — É melhor você tentar comer. Eu devo jantar com meu pai e Aurelia hoje.

Kaine começou a se levantar, mas ela o deteve.

— Você volta depois?

Ela via os olhos prateados dele no escuro.

— Se é isso que você quer.

No silêncio, ela se levantou e buscou as matrizes, todas as anotações. Estudando, alterando certos componentes do que desenvolver, forçando a vista ao passar os dedos pelos desenhos, tentando sentir a energia e se lembrar se estaria certa.

Não havia livros nem fontes de referência para matrizes alquímicas de animancia. Ela precisava se basear em fragmentos de informação e na própria experiência.

Anos, às vezes décadas, podiam ser necessários para aperfeiçoar as matrizes. No melhor dos casos, teria uma única chance de acertar.

— Shiseo chegará ao leste de Novis daqui a poucos dias — contou Kaine enquanto caminhavam pelo labirinto de sebes. Dali não poderiam ser vistos da casa, e ficavam afastados o bastante para ela não escutar os gritos. — Ele voltará para cá em menos de uma semana.

Helena sentiu um nó no estômago.

— Ah.

Sabia que aquilo era um aviso para que se preparasse para o que viria, mas em vez de confortá-la, a informação a atingira como um golpe.

Helena engoliu em seco várias vezes.

— Acha que existe qualquer chance de eu ir à biblioteca com você? Só quero confirmar se não deixei nada passar.

— Se é isso que você quer.

Helena sentia o peso do olhar dele enquanto percorria as estantes devagar, procurando histórias antigas e relatos sobre as qualidades da alquimia. Quando Kaine a observava, a dor em seus olhos era tão visível que ela se perguntava como não havia notado antes.

Sabia que, para ele, aquela ida à biblioteca era apenas perda de tempo. Se não encontrasse nada, seria tudo em vão. Momentos que poderiam ter passado juntos, e que ela desperdiçava em busca de uma solução inexistente.

Ainda assim, tirou outro livro da estante, os dedos trêmulos, e o acrescentou à pilha.

— Esses também.

— Acho que... descobri a matriz e todos os materiais necessários para restaurar sua alma — disse ela, quando Kaine chegou no dia seguinte.

Helena estava sentada na beira da cama, as mãos vazias, a refeição intocada.

Ele hesitou e fechou a porta.

— Ah, é?

A mão esquerda de Helena tremia em espasmos descontrolados, o coração martelando no peito.

— Se alterarmos a base da matriz, posso usar os componentes internos para conter a energia enquanto uso minha animancia para separar sua alma das outras.

— Mas?

Ela engoliu em seco.

— Quando Luc morreu, foi devagar. Cetus... Morrough o danificou tanto que a alma não suportou quando Cetus morreu. Eu não sabia... Sua alma foi arrancada do seu corpo e, se eu conseguir colocá-la de volta, com o tempo, talvez ela se reintegre, mas primeiro precisaríamos segurá-la, como... como a alma dos criados faz agora, com o selo.

— Você precisa de uma alma sacrificial.

Helena confirmou.

— Tem que ser voluntária. Se não for, não vai funcionar.

— Ah — Foi tudo o que ele disse.

Ela engoliu em seco, sentindo o queixo tremer.

— Talvez, se eu recomeçar, dê para encontrar outra coisa. Posso ter começado errado.

Kaine ficou quieto.

A respiração dela oscilou.

— Ou... eu estava pensando... e se pegarmos primeiro o selo e depois partirmos? Aí teremos mais um mês para estudar, não? Eu poderia construir uma bomba... poderíamos... Acho que me lembro dos componentes... e você tem uma forja antiga aqui. Não seria de muito calor, nem uma detonação grande. Se usarmos núlio, quando Morrough estiver ferido... você pode pegar o selo e aí fugiríamos, e... e eu posso dar um jeito depois.

A expressão de Kaine estava fechada, e ele se aproximou dela com o olhar insuportavelmente paciente.

— É seguro você mexer com explosivos estando grávida?

Helena sentiu um aperto na garganta.

— Podemos trabalhar juntos... Eu posso ensinar você a...

Kaine segurou a mão dela. Os dedos dele tremeram, e Helena sentiu um espasmo na mão.

— Temos mãos firmes o bastante para construir uma bomba?

Helena puxou a mão de volta, cerrando o punho com tanta força que sentiu os metacarpos sob a ponta dos dedos. Ela se sentiu tonta e viu o quarto girar, mas antes que caísse na cama, apoiou a outra mão no colchão para se equilibrar.

— Bom, talvez se...

— Helena, eu estou cansado.

Ela ergueu o rosto e viu a fadiga em seus olhos. A guerra o destruíra, devastando-o completamente. Ele era pouco mais do que um fantasma.

Ela sabia, desde que vira aquela matriz nas costas de Kaine, que, se ele sobrevivesse, seria forçado a viver em função de algo do qual nunca poderia se afastar. Ele deixara aquilo claro.

Kaine não descansaria enquanto Helena corresse perigo, e isso o destruíra até não restar quase nada. Ele queria apenas a esperança de um fim.

Ela sentiu os ombros tremerem.

— Mas... Eu quero salvar você também.

— Eu sei — respondeu ele, gentil. — E, se alguém pudesse me salvar, seria você. Mas gostaria de me despedir antes de você partir, e você está se perdendo nisso.

Ele a puxou para um abraço e apoiou o queixo no topo da cabeça dela.

Porém, a mente de Helena não parava. Quando ele foi embora, ela voltou à pesquisa. Começou do zero. Quando o ouviu voltar, guardou tudo e não mencionou mais nada. Ele sabia, mas não disse nada.

Ela o beijou e o empurrou para a cama, encaixando as pernas para sentar em seu colo, afundando os dedos no cabelo pálido e moldando seu corpo ao dele, querendo-o por inteiro.

Enquanto Kaine beijava seu pescoço, ela abriu depressa os botões da camisa dele até conseguir tocar o seu corpo, depois guiou as mãos do homem até sua cintura.

Ele apertou Helena, pressionando os polegares nas costelas, arqueando o corpo dela.

Com as mãos trêmulas, ela começou a desabotoar o vestido, os dedos tão agitados que teve dificuldade com os fechos. Kaine tentou cobrir as mãos dela, mas ela se desvencilhou.

— Eu quero isso — disse ela, a voz tremendo. — Quero isso, do nosso jeito, antes de ir embora... por favor...

A voz dela falhou.

— Isso era algo nosso... — continuou, e engoliu em seco, pestanejando. — Eles tiraram de nós, mas era nosso.

Helena conseguiu abrir os últimos botões e deixou que o vestido caísse até a cintura. Passou os braços ao redor do pescoço dele e o puxou para mais perto para um beijo.

Continuou com as coxas ao redor do quadril de Kaine, unindo seu corpo ao dele. Ele apertou a cintura dela mas não a puxou, não fez Helena se movimentar para além do ritmo que ela mesma desejava. Kaine soltou um gemido baixo quando ela movimentou o quadril.

Ela tentou não se lembrar, não comparar com nenhum outro momento, tentou se concentrar apenas no presente, firmando-se ali, mas era tão familiar...

Antes costumava ser assim, lento e íntimo. A reverência ardente do toque dele ao fazer amor com ela.

Era isso. Fazer amor.

Era o que eles faziam.

CAPÍTULO 71

Julius, 1789

Helena estava se corroendo feito metal: dissolvia-se, deteriorava-se, descascava-se. Sentia uma dor constante no peito, era como se estivesse desmoronando.

Queria dizer tantas coisas para Kaine, mas mal conseguia pensar sem sentir a garganta doer, o coração acelerar e o início de um choro. Nunca fora do tipo que chora fácil, mas a gravidez parecia arrancar lágrimas dela. A contagem regressiva para a partida a despedaçava devagar.

Um dia, em vez de chorar, ela perdeu a paciência e se enfureceu com ele.

Os planos dele eram idiotas e egoístas. Não era justo ele poder morrer e ela ser obrigada a viver com aquilo tudo. Se ele a tivesse deixado ajudar a resgatar Lila, nada disso teria acontecido. Se ele tivesse confiado nela, não fosse tão controlador, se os deixasse trabalhar juntos — poderia ter sido tudo diferente. Era tudo culpa dele.

Ele a deixou dizer tudo até começar a arfar, a mão no peito, forçando o coração a bater mais devagar. Quando ele tentou intervir, Helena afastou as mãos dele.

Quando Atreus o chamou, ela só ficou com mais raiva ao perceber que ele fazia aquilo propositalmente.

Kaine sabia como os pensamentos dela poderiam ser destrutivos. Desde que Helena chegara na Torre Férrea, ele fizera o possível para atormentá-la e provocá-la. Ele se oferecera como alvo. Quando ela o odiava, era menos autodestrutiva.

Se ela ficasse com bastante raiva dele, ir embora seria mais fácil.

Ele a estava manipulando. Helena engoliu a raiva, mas as emoções que tinha dentro de si eram como veneno.

Um caminhão trouxe mais uma leva de prisioneiros para a Torre Férrea, e Kaine partiu de novo.

Helena não conseguia deixar de questionar a relação de Kaine com o pai. Os dois não faziam questão de esconder o desprezo que sentiam um pelo outro. Ao mesmo tempo em que Atreus desdenhava do filho, ele parecia precisar constantemente dele. Enquanto Kaine culpava o pai pela tragédia da mãe, Atreus estava entre os Imortais que poupara, embora fosse um alvo fácil.

Helena estava sentada, imobilizada pelo desespero, quando a porta se abriu.

Ela ergueu o rosto, o sangue gelando nas veias ao ver um dos guardas uniformizados entrarem no quarto.

O guarda levantou o quepe. Era Ivy.

Helena olhou estupefata para Ivy, que abriu um sorriso hesitante.

— Foi difícil chegar até você.

Helena não se mexeu.

— O que veio fazer aqui?

— Vim resgatar você.

Assim que Ivy terminou de falar, ouviu-se um barulho de metal, o ferro ao redor da porta se deformando para dentro, impedindo a passagem. Ivy se virou e tentou abrir a porta, que permaneceu inteiramente imóvel. Ela se virou e começou a avançar na direção de Helena.

— Nem tente — disse Helena, brusca, e se levantou. — Da última vez que alguém chegou perto, ele quebrou quase todos os ossos da pessoa antes mesmo de chegar.

Ivy ficou paralisada como um animal encurralado. Por mais difícil que tivesse sido encontrar Helena, o resgate nitidamente não fora bem planejado.

— Por que veio até aqui? — perguntou Helena, olhando para a garota.

Era uma menina, ainda. Tão jovem.

— Você sabe que estou presa aqui desde o ano passado — continuou. — Por que só agora?

Ivy recuou e foi até a janela, mantendo distância de Helena, e bateu no vidro com força, tentando quebrá-lo. A garota perdera o jeito, ou talvez fora impulsiva demais e se equivocado, achando que seria fácil se infiltrar.

— Achei que tivesse sido trazida aqui para interrogatório. Não sabia que o Alcaide-mor faria isso com você — ressaltou Ivy, olhando para a barriga de Helena.

Helena bufou.

— Estão fazendo a mesma coisa com muitas mulheres na Central. Por que se importar comigo?

Ivy interrompeu o movimento.

— Sofia gostava de você. Vivia me dizendo que eu devia ser mais como você. Ajudar as pessoas. Eu nunca dei ouvidos.

— Eu não quero ser sua amiga — disse Helena, fria. — Sua irmã morreu. Você nos traiu por um cadáver.

— Eu sei! — exclamou Ivy, a voz vibrando de dor quando se virou para Helena, o rosto pálido, os olhos brilhantes. — Eu sei, mas não dava... não dava para deixar ela morta. Eu achei... — continuou, contorcendo o rosto. — Eu me convenci de que ela estava só machucada, que voltaria. Mas não voltou. Não... dá. Mesmo que voltasse, ela nunca me perdoaria por isso tudo. Não é?

Helena não sentiu dó.

— O que você fez nos custou tudo. Mesmo que nossa derrota fosse inevitável, muitos conseguiriam ter fugido se tivessem tido tempo. Mas graças a *você*, foi impossível.

Enquanto falava, a porta se distorceu, o metal gritando, e Kaine entrou. O ferro se soltou do chão, subindo em pontas compridas mirando em Ivy. Com um gesto, Ivy seria perfurada por todos os lados.

Ela podia tentar fugir, mas não conseguiria dar dois passos.

Ivy se virou para ele, uma expressão estranha de resignação.

— Que traidora inesperada — zombou Kaine, com completa falsidade. — Devo admitir que achei que fosse esperta demais para cair em uma armadilha óbvia dessas.

Ivy abriu um sorriso amargo e balançou a cabeça, quase triste.

— Você não se lembra de mim, não é? Achei que um dia fosse se lembrar.

Kaine a fitou.

— Acredito que não.

— Eu era diferente quando nos conhecemos. Uma garota pequena. Aos gritos.

Kaine balançou a cabeça, como se ela pudesse estar falando sobre qualquer pessoa.

— Estava usando duas trancinhas. Com laço de fita — disse Ivy, gesticulando com ambas as mãos na altura dos ombros. — Depois de os Imortais matarem meus pais, eles me arrastaram pelo chão e botaram as tranças na sua mão. Você também era mais novo.

Aos poucos, o reconhecimento foi tomando os olhos de Kaine.

Ivy tensionou a boca e respirou fundo.

— Quando você fugiu, os outros Imortais saíram à sua procura. Esqueceram-se completamente de mim e da minha irmã. Eu tentei arrancar a cabeça da minha mãe com uma faca de bolo para impedi-la de fazer o que fez com Sofia. Foi então que descobri o que podia fazer com as mãos — contou, olhando para os próprios dedos. — Sofia conseguiu sobreviver depois que fugimos, mas... era como se ela estivesse sonhando. Não se mexia se eu não a mexesse, não comia se eu não a alimentasse. Nós nos escondemos nas comunidades alagadas. Quando ela finalmente despertou, a última lembrança que tinha era do meu aniversário. Não se lembrava de mais nada. Teríamos morrido, se não fosse por você.

Kaine fez uma expressão de desdém.

— Mais um motivo para me arrepender das minhas ações naquele dia.

Ivy pareceu confusa até Kaine tirar do casaco uma adaga de obsidiana. Então ela arregalou os olhos, não de medo, mas de surpresa, quase alegre.

— Você é o assassino.

Ele sorriu.

— Eu estava especialmente ansioso pela sua reação.

Ivy olhou para Helena.

— E você sabia? — perguntou, olhando de um para outro. — É tudo fingimento?

— De certo modo — respondeu Helena.

Ela achava que não se incomodaria em ver Ivy ser morta, mas parecia estar fadada a sentir pena de qualquer pessoa que compreendesse. Crowther mencionara que Ivy viera das comunidades alagadas, e que estivera trabalhando com ele em troca da proteção da irmã. Se Sofia tinha passado tanto tempo em estado de dissociação, não surpreendia Ivy se ater à fantasia de que ela ainda estava viva.

— Não a mate — falou Helena.

Kaine a olhou.

— Não pode estar achando que vou poupá-la.

Helena meneou a cabeça.

— Acho que ela não espera ser poupada — respondeu.

Talvez estivesse prester a cometer um erro terrível, mas restavam poucos motivos para não arriscar tudo. Helena olhou para Ivy e acrescentou:

— Os Imortais estão todos condenados. Você sabe disso, não sabe?

Ivy fez que sim. Helena duvidava que a garota tivesse virado Imortal por qualquer interesse na vida eterna. Provavelmente fora uma condição de Morrough, como no caso de Kaine, uma coleira no pescoço de uma vitamante letal.

— Você nos ajudaria? — perguntou Helena.

Ivy olhou rapidamente de Helena para Kaine, a expressão arisca e calculista, mas enfim inclinou a cabeça.

— Não — disse Kaine, seco. — Ela não é confiável.

Ele se virou para Helena e sua ressonância vibrou, ameaçadora, o ferro no quarto gemendo até causar calafrios.

— Ela diria qualquer coisa para sair viva daqui — insistiu ele —, e trairia você, assim como traiu a todos os outros.

Helena olhou para Ivy, depois de volta para Kaine.

— Acho que podemos confiar nela. Ela tem uma dívida com você. E deve a você anos da vida da irmã. Faria isso por Sofia.

— Do que vocês precisam? — perguntou Ivy, os olhos aguçados e curiosos, aquele brilho do qual Helena se lembrava tão bem.

Helena se virou para ela.

— Do selo de Kaine. É parte do osso externo do braço direito de Morrough.

Ivy tremeu quase imperceptivelmente. Ficara óbvio que era bem mais do que ela esperava.

— Por quê?

Helena olhou dela para Kaine.

— Preciso disso para salvá-lo.

Ivy assentiu lentamente.

— Vou tentar. Se tiver solução, eu descobrirei.

— Você não sobreviverá se fizer isso — advertiu Helena, observando Ivy, começando a duvidar de si, mas sem conseguir se conter.

Qualquer chance era melhor do que nenhuma.

Ivy levantou o queixo.

— Estou fazendo isso por Sofia. Ela não pode mais ser ferida, e não me importo com o que acontecer comigo — declarou, e se virou para Kaine. — Foi por sua causa que eu consegui salvá-la uma vez. Então esse será meu agradecimento.

— Não quero seu agradecimento — disse Kaine, torcendo a boca.

Helena pegou a mão dele, pedindo que abaixasse o braço. Ele a olhou com irritação.

— Isso não vale a pena. Ela nem é competente.

Helena se levantou e falou em voz baixa, para não ser ouvida mais longe.

— Seja sincero, você faria diferente se achasse que poderia salvar sua mãe? Se disser que não, então deixo você matá-la.

Kaine rangeu os dentes e abaixou a faca.

— Saia daqui antes que eu mude de ideia — ordenou.

Ivy hesitou por um momento, e Helena acenou com a cabeça, incentivando-a a correr. Em um piscar de olhos, ela atravessou o quarto, desviando do ferro até sair pela porta. O quarto se restaurou devagar e Kaine encarou Helena com um ar de acusação.

— Depois de tanta coisa, está disposta a arriscar tudo por isso? — perguntou.

— Se eu conseguir salvar você, terá valido a pena.

— E se não der certo?

Helena olhou ao redor. Não sentia nem um pingo de esperança ou confiança de que daria certo, mas só não aguentava mais o desespero.

— Então eu morrerei sabendo que tentei de tudo, um final mais feliz do que viver e deixar você aqui. A Ivy não tem nada a ganhar se nos trair. Já perdeu tudo.

Ele embainhou a faca de obsidiana.

— Bem, imagino que logo descobriremos.

Kaine saiu do quarto e voltou com duas facas, a de obsidiana e a outra parte do conjunto antigo dela, que ele recuperara depois do bombardeio, além de um comprimido suicida. Se Ivy os traísse e ele não chegasse a tempo, ela teria uma opção de escapatória rápida para si e para o bebê.

O dia passou com uma intensidade implacável. A noite chegou, e a única notícia foi a de que o emissário de Shiseo atravessava a fronteira de Novis. Restavam meros dias, e o tempo se esgotaria, independentemente do que Ivy fizesse.

Quando a casa estava escura e silenciosa, Kaine foi vê-la. Aproveitavam devagar cada momento juntos; não podiam desperdiçar o pouco tempo que tinham.

Helena se deitou nos braços dele e escutou seu coração. Quando tentava imaginar um lar, era nesse sentimento que pensava. Ela rolou de barriga para cima e pegou a mão dele, encostando no volume no ventre.

— É uma menina. Eu... — interrompeu-se ela, sentindo um aperto na garganta. — Acho que em um mês já vou conseguir senti-la se mexer. O livro diz que, no começo, é como um leve tremor.

Helena precisou engolir em seco para continuar a falar. Ela respirou fundo.

— Se usar sua ressonância, vai conseguir senti-la — acrescentou. — Se quiser.

Ele hesitou, com um tremor na mão.

— Podemos fazer isso juntos — disse ela. — Você deveria conhecê-la.

No dia seguinte, em vez de andar pelo labirinto, Kaine a levou de volta ao pátio.

Ela ficou paralisada, com o coração na boca, ao sentir o fedor de sangue velho e decomposição que tomava o pátio, o estômago começando a se revirar.

Pelo menos trinta prisioneiros tinham sido levados à Torre Férrea desde a volta de Atreus. Helena não sabia se era melhor ou pior que alguém tivesse sobrevivido.

— Temos mesmo que andar por aqui? — perguntou ela.

Kaine a olhou. Eles poderiam estar sendo observados, então a expressão dele era fria e indiferente, mas a voz, carinhosa:

— Só dessa vez. Não vai demorar.

Ela se forçou a assentir.

O pátio ficava muito mais bonito no verão. As trepadeiras que cobriam a casa como veias escuras no inverno tinham florescido em rosas que envolviam a fachada.

Dois necrosservos permaneceram estacionados na frente da casa, pouco mais do que ossos, e Helena os olhou com desconfiança enquanto Kaine os conduzia pelo jardim.

— Não precisa se preocupar com eles — disse Kaine, em voz baixa. — Morrough está preocupado demais para gastar energia com os necrosservos. Eles quase não tem sentidos, e ele nem reparou. Vamos. Já passou da hora desse reencontro.

Foi então que ela entendeu aonde estavam indo.

— Amaris...

Kaine destrancou o estábulo.

— Ela sofreu muito quando você chegou.

A porta se escancarou e, na luz fraca do estábulo, uma sombra preta enorme se levantou do canto, arqueando e esticando as asas. A quimera avançou, arrastando a corrente pesada.

— Eu tinha medo de ela nos entregar se eu a deixasse se aproximar de você. Ela agora tem uma reputação e tanto — contou ele. — Você é a única outra pessoa de quem ela já gostou.

Helena considerava essa descrição de sua relação com Amaris bem generosa.

Ela sentiu a boca secar. Amaris tinha crescido. Estava bem mais alta, e os olhos amarelos e imensos brilhavam na luz fraca. Helena se lembrava da quimera tomar tanto cuidado com Kaine quando ele estava ferido, de ela se enroscar nas costas de Helena para protegê-la do frio, mas a lembrança mais marcante era de entrar no estábulo e ser quase devorada.

Ela recuou, nervosa.

— Não sei se ela se lembra mesmo de mim.

Kaine levantou a mão e Amaris parou.

— Ah, aquilo. Não foi com você. Foi por causa dos necrosservos. Ela não os suporta.

Amaris balançava a cabeça, impaciente. Ele se aproximou e fez carinho na pelagem dela.

— Ela tolera os criados — continuou Kaine —, mas se qualquer reanimação de Morrough chegar perto... bom.

Ele olhou para Helena e acrescentou:

— Ela se lembra perfeitamente de você. Passou o dia uivando quando você chegou.

Helena se aproximou, hesitante, e deixou Amaris farejar seus dedos e esfregar o focinho. Quando não perdeu a mão, avançou mais um passo, devagar.

— Leve Amaris com você quando for embora — pediu Kaine, quando ela arriscou apoiar a mão na cabeça da quimera. — Voe à noite. Levará alguns dias para chegar até Lila, mas dessa forma será difícil de seguirem seu rastro.

Ele acariciou o ombro de Amaris logo abaixo da asa imensa e acrescentou:

— Deixe-a para trás quando pegar o navio.

Helena parou o movimento.

— Deixá-la?

— Ela ficará bem — disse ele, mas foi com a voz rouca. — Sabe caçar e não gosta da maioria dos humanos, então evitará áreas muito povoadas. Com sorte, voltará para Paladia para me procurar e acabará nas montanhas.

— Mas ela não precisa de alguém para... As transmutações têm que ser mantidas, se ela ainda está crescendo.

Ele tensionou a mandíbula.

— Apenas uma quimera sobreviveu à guerra, e todos sabem a quem pertence. Se ela for vista, será o suficiente para dar a um Aspirante ambicioso uma pista de como caçar você. Você precisa deixá-la.

Ele apoiou a cabeça em Amaris, que estremeceu as asas. A criatura virou o pescoço para mordiscá-lo carinhosamente.

— Vamos terminar isso juntos, não vamos, garota? Os dois últimos monstros de Bennet.

O ar no estábulo ardia nos olhos de Helena, que deu meia-volta e saiu.

Do lado de fora, perto da casa, o ar era mais fresco. Ela inspirou fundo várias vezes, com força, a mão encostada no peito até ouvir passos no cascalho e ver Aurelia se aproximando, enfurecida.

Aurelia estava pálida, os olhos faiscando de raiva. Usava um vestido rosa-claro tingido com detalhes escarlate. Quando se aproximou, Helena notou que a barra e os sapatos também eram vermelhos.

— Cadê o Kaine?

— Aurelia — A voz de Kaine veio do estábulo escuro. — O que eu falei sobre falar com a minha prisioneira?

Aurelia se virou para o estábulo.

— Eu preciso é falar com você! Como posso evitá-la e falar com você, se você está sempre com ela?

Kaine saiu do estábulo, os olhos brilhando.

— O que você quer?

Aurelia engoliu em seco várias vezes.

— Preciso que converse com seu pai. Ele está estragando a casa.

Kaine levantou a sobrancelha, sem dar importância.

— Achei que estivesse feliz por ele ter vindo para ficar.

Aurelia arregalou os olhos.

— Foi antes de ele transformar a casa toda em uma câmara de tortura. Uma coisa era no depósito, mas agora está trazendo tudo para dentro! Tem *pilhas* de partes de corpo por todo lado, eu pisei em uma poça de sangue porque ele estripou alguém bem no meio do saguão.

Helena percebeu, então, que o vestido de Aurelia não tinha detalhes escarlates, afinal.

— Eu disse a você para ficar na cidade — disse Kaine, parecendo indiferente —, mas você se recusou porque meu pai falou alguma coisa sobre dominação atiçar o sangue, e você achou o quê? — questionou, aproximando-se dela, a boca se contraindo. — Que eu teria olhos para você?

Aurelia estava branca que nem um lençol, com duas manchas vermelhas nas bochechas.

— Eu sou sua esposa.

As palavras eram uma súplica. Kaine inclinou a cabeça para o lado.

— Eu não pedi para me casar com você.

— O que está acontecendo aqui?

Atreus tinha acabado de voltar do depósito. Estava com sangue até os cotovelos e trazia uma faca comprida que se usava para filetar peixes.

Aurelia se sobressaltou, levando as mãos com anéis de ferro ao pescoço, e se encolheu, aproximando-se de Kaine, que se afastou e se posicionou entre Helena e o pai.

— Aurelia não está gostando muito do que você anda fazendo com a casa, pai — afirmou Kaine. — Acredito que ela nos considere... pouco civilizados.

Atreus olhou para Kaine por um momento, bufando com as narinas de Crowther, reprimindo a raiva.

— Ah é? Bom, talvez eu esteja exagerando um pouquinho. Eu estava esperando *você* se opor. Pensei que, em algum momento, acabaria se sentindo dono da propriedade. Afinal, você cresceu aqui... — observou Atreus, virando-se para olhar para a casa imensa que se assomava ao redor deles. — Era a casa da sua mãe. Ela plantou essas rosas no verão em que nos casamos.

Atreus apertou a faca e, por um momento, Helena rangeu os dentes ao sentir a ressonância de Kaine.

— Nunca tive muito apego emocional a este lugar — disse Kaine. — Talvez, se você tivesse voltado antes, poderia ter se esforçado para mantê-lo.

— Sim, você parece dedicado a destruir tudo que esta família já construiu — retrucou Atreus, contorcendo tanto o rosto que parecia que a pele morta e cinzenta rasgaria com a carranca que dirigia ao filho. — Que pecado sua mãe cometeu para merecer um filho desses?

Kaine se inclinou para frente, um sorriso afiado no rosto e malícia nos olhos.

— Acredito que tenha sido se casar com você.

Fúria pareceu se acender dentro de Atreus, mas Aurelia interveio.

— Viu? Viu? Eu falei. É tudo culpa dele! Eu fui a esposa perfeita. Você deveria ter visto como este lugar estava decadente quando ele me trouxe. Fiz tudo que estava ao meu alcance para ser uma boa esposa, tentei restaurar a casa, tentei me livrar de todas as coisas velhas e feias e tornar este lugar o coração da sociedade. Se tem algo de bom aqui, é por minha causa. Sou igualzinha a sua esposa, eu...

Atreus se virou abruptamente. Ouviu-se um chiado úmido e um gorgolejo sufocado quando Aurelia se calou.

Ela levou a mão ao pescoço, onde havia uma linha de sangue jorrando de um corte. Pestanejou uma vez, abrindo a boca, mas nenhum som saiu além de um suspiro sangrento, e então a cabeça dela caiu para trás, o pescoço se escancarando, e o corpo foi junto, desabando no cascalho branco. O vestido cor-de-rosa ficou mais e mais vermelho.

Helena precisou levar a mão à boca para abafar o som que quase lhe escapou.

O pescoço dela ardeu enquanto o coração acelerava, mas ela não conseguia se mexer diante de Atreus, que encarava a antiga nora, a faca pendurada na mão com uma gota de sangue na ponta curvada.

— *Nunca* se compare à minha *esposa* — esbravejou ele, olhando para Aurelia.

Kaine deu um passo para esconder o pescoço cortado de Aurelia da vista de Helena.

— Espero que esteja disposto a explicar isto aqui para a família Ingram — disse Kaine —, visto que foi você que armou o contrato de casamento.

— O que eles vão fazer? — perguntou Atreus, com um esgar de desdém que Helena conhecia bem. Era estranho ver os traços de Kaine no rosto morto de Crowther. — Você não tinha intenção alguma de botar um herdeiro na barriga dessa aí.

Atreus se abaixou e levantou o corpo de Aurelia pelo braço.

— Vou cuidar disso, mas, quando resolver esta situação, você vai cooperar e me dar o nome de uma mulher com quem se casará e produzirá um herdeiro para a guilda. Senão, depois de eu encontrar o último membro da Chama Eterna e entregá-lo de presente para o Necromante Supremo, pedirei que ele ordene que produza um herdeiro com a esposa que eu escolher.

Atreus deu meia-volta e desapareceu casa adentro, arrastando Aurelia. O perfume das rosas se misturou ao cheiro metálico de sangue fresco.

Helena se virou e foi embora, seguindo para a ala mais distante da casa. Quando entraram em um corredor onde não seriam observados, ela parou. Kaine vinha logo atrás dela. Ela sabia que ele ia perguntar se estava tudo bem, então decidiu falar primeiro.

— Você planejou isso.

Ele ficou paralisado por um instante.

— Por que diz isso? — perguntou, com a voz leve.

— Porque ela era uma ponta solta. Se vai permitir que Amaris morra, jamais deixaria Aurelia viva.

A expressão dele endureceu.

— O que você esperava? Ela tentou arrancar seus olhos.

Helena se encolheu diante da lembrança das unhas de Aurelia enfiadas em seu olho. Do terror de ser cegada e deixada para sempre no escuro.

— Eu não me esqueci.

— Eu a teria matado naquela ocasião, mas ter uma esposa bonita em casa diminuía as suspeitas. Morar aqui só com você teria atraído atenção. Foi o único motivo para eu deixá-la viva.

Helena assentiu devagar. Nada disso a surpreendia, mas também não mudava a realidade.

— Odeio quando você mata por minha causa — declarou.

Ela levou a mão esquerda à cicatriz no pescoço, lembrando-se do rosto do pai e do corte horrível sob o queixo. Aquele sorriso zombeteiro sendo a última lembrança dele.

Tantas vidas perdidas de uma hora para outra, tanta indiferença. Tudo se misturava. A quantidade de mortes ultrapassara a de uma tragédia, formando um número tão grande que era quase abstrato. Até ela, depois de tantos anos lutando por cada vida, tentando preservá-las, em certo momento, parara de sangrar. Era difícil de compreeender.

E ela e Kaine estavam no centro de tudo.

— Você é mais do que isso — afirmou ela —, mas, às vezes, sinto que tudo o que faço é trazer à tona o seu pior. Você nunca chegaria a este ponto se não fosse por mim. Não seria assim. Eu fiz isso com você.

— Você está certa. Imagino que eu não seria.

— Eu tinha tantos sonhos para nós — disse ela, com a voz carregada de pesar. — Quando me preocupava com você, quando fazia coisas que não queria fazer, quando o fardo da guerra era tão pesado que eu tinha certeza de que não aguentaria, eu pensava: um dia, vou fugir com ele. Para um lugar tranquilo. Não preciso de muito, só quero ficar ao lado dele, isso já me basta.

Helena balançou a cabeça, sentindo um nó na garganta.

— Era tudo que eu queria — continuou. — Era meu sonho, descobrir o que poderíamos ser longe da guerra. Por isso, tudo valeria a pena.

Ela suspirou, cerrando a mão direita e sentindo as cicatrizes do amuleto na palma.

— Mas veja tudo que fizemos, e não bastou — acrescentou. — Acho que, no final, sou como Luc. Achei que sofreríamos o suficiente para merecer um ao outro.

Ele não disse nada. Helena estava exausta dessa resignação.

— Por que você está sempre tão disposto a morrer? — questionou, virando-se para ele, ainda que tivesse jurado para si que não sentiria mais raiva dele. — Mesmo no começo, quando fez sua oferta para Crowther, você planejava morrer, como se não fizesse diferença para ninguém. Mas por que continua assim agora, quando sabe que faz?

Kaine suspirou, erguendo o queixo. Ele apertou com o dedo o anel na própria mão.

— Eu não tinha ninguém, Helena — respondeu, em voz baixa. — Depois que minha mãe morreu, fiquei sozinho. Minha vida foi despedaçada quando voltei para casa, aos dezesseis anos, e tudo que fiz dali em diante foi para não perder a única coisa que me restava. Com a morte dela... não importava mais. Vingança era tudo que eu tinha, e morrer por isso não fazia diferença para ninguém... até você aparecer.

A voz dele foi ficando mais amarga.

— Eu não fiz planos para depois da guerra porque não havia planos a fazer — acrescentou ele. — Holdfast, a Chama Eterna, nunca iriam vencer, e eu sempre soube. Me apaixonar por você não mudou nada. Só... só tornou pior saber disso.

As luzes piscaram e um zumbido soou da ala central.

Kaine ficou tenso e olhou na direção do barulho.

— Tem alguma coisa errada. Faz tempo que ele não faz isso para me chamar. Vá para o quarto e tranque a porta.

Ele se afastou, às pressas. Da janela, ela o viu emergir de uniforme, inclusive o elmo que cobria o cabelo. Kaine pegou Amaris, montou no dorso dela e voou em direção à cidade.

Helena esperou, com a faca na mão. Em menos de uma hora, viu um carro chegar. Será que Ivy tinha sido capturada, ou traído eles? Será que Morrough havia convocado Kaine só para tirá-lo de casa?

Em vez disso, Atreus saiu da casa de farda, entrou no banco de trás, e o carro se afastou. O que Ivy tinha feito?

Era madrugada quando ela escutou a porta se abrir.

Kaine entrou, ainda fardado, o elmo em mãos.

A expressão dele era ilegível.

— Recebemos a informação de que, enquanto o emissário lestino passava por Novis, o trem foi atacado. Todos a bordo foram mortos... inclusive Shiseo.

CAPÍTULO 72

Julius, 1789

Shiseo tinha morrido.

A volta dele pendera sobre Helena como uma espada suspensa, seria a garantia de uma conclusão. Ele voltaria e ela partiria. Era um fato.

Kaine balançava a cabeça devagar, como se também não acreditasse.

— Foi confirmado?

— Mandaram a cabeça dele. Novis alega não ter participado diretamente do ataque, que foi de uma facção sobrevivente da Chama Eterna, mas... não tem ninguém. Não com esse tipo de habilidade. Foi uma saída experimental. A rainha é calculista, e quer saber se os países aliados se distanciarão caso sejam pressionados a escolher um lado, e se Nova Paladia tem recursos — disse ele, abaixando a cabeça, a ressonância distorcendo o ar, mas então deu uma risada. — O mais irônico é que fomos nós que orquestramos isso, era um plano nosso, mas não deveria acontecer antes de eu partir.

Ele arremessou o elmo contra a parede.

— Agora deram a Morrough tempo para se preparar, reunir forças, convocar os necrosservos das minas, e eu ainda estou aqui e não posso recusar ordens. Merda!

Então, todos morreriam. Kaine morreria, ela morreria, a filha deles morreria. A Torre Férrea era uma jaula e uma sepultura.

Ela esticou a mão, os dedos quase dormentes.

— Tudo bem, Kaine. Você fez tudo que podia.

Prefiro morrer nos seus braços.

Ele franziu a testa por um momento, e então a puxou para mais perto.

— Você ainda vai embora.

Helena o olhou, sem compreender. A fuga dependia de Shiseo.

Ele tirou as luvas e encostou a mão no pescoço dela, a palma quente e reconfortante em sua pele.

— Há outras formas, só são... menos simples. Há mais risco de você ser perseguida se eles reagirem rápido, o que é provável. Morrough fará qualquer coisa para recuperá-la. Se você chegar à costa a tempo, desaparecerá nas ilhas muito antes de eles a alcançarem. Mas... terá que chegar até Lila sozinha. A não ser que ache que tem força o suficiente para levar Amaris sem ajuda.

— Como assim... sozinha?

Mesmo antes, durante a guerra, quando ela era mais forte e não sofria com ataques de pânico, voar em Amaris era uma experiência que ela só suportava por necessidade. A altura e a velocidade sempre a apavoravam, e Amaris sabia aonde ir, sem exigir orientações de Helena.

Voar à noite, enquanto a curva de Lumithia se encolhia, era quase inimaginável. O breu, o mundo parecendo um abismo abaixo dela. Helena ficou zonza só de pensar.

— Eu a levarei o mais longe que puder, e um barco no rio seguirá para a orla. Mostrarei mapas e a rota para encontrar Lila no interior. Posso arranjar um transporte, mas seria mais seguro se você fizesse ao menos uma parte da viagem a pé, se achar que a distância é possível. Logo antes da Ausência, você irá ao porto, uma passagem foi reservada e documentos de identidade estão à sua espera. Dali, pegará um navio para Etras. Arranjei um lugar lá...

O coração de Helena vacilou, aos tropeços, enquanto ela tentava pensar.

— Não precisa decidir nada agora — disse Kaine, com a mão no ombro dela. — Vou preparar as duas opções e você pode escolher. Sei que será difícil, mas valerá a pena. Lila está esperando por você há muito tempo.

Ela assentiu, trêmula.

Tudo tinha que acontecer rápido. A Ausência não esperaria e, se uma guerra entre Paladia e os países vizinhos estava prestes a eclodir, Kaine não queria que ela continuasse ali.

Depois de anos esperando que Novis, ou outro aliado, interviesse em nome deles, a ação vinha no pior momento possível.

— Preciso ir — anunciou ele, depois de um momento. — Venho ver você quando puder. Tente comer e descansar ao máximo. Mantenha a porta trancada. Felizmente, sem Aurelia, a tranca é mais segura. Crowther não tem nenhuma ressonância com ferro, apesar do esforço do meu pai de tentar escavar alguma nas profundezas decrépitas do cadáver. Desde que a porta esteja trancada, ele não conseguirá entrar.

Ele estava nervoso, falando demais; estava tudo saindo de seu controle. Todos os planos cuidadosos destruídos pela intervenção que a Resistência tanto esperara até ser aniquilada.

Depois disso, Helena mal viu Kaine. Ele passou dias afastado, e provavelmente nem estava dormindo. Ela tentou fazer sua parte, comer e praticar exercícios dentro do quarto para melhorar a resistência e ganhar um pouco de força, para não limitar tanto os preparativos.

Atreus voltou à Torre Férrea, aparentemente incólume pelo assassinato de Aurelia, se é que o fato fora divulgado. Os prisioneiros pareciam ter se esgotado, e ele vagava pela casa. Helena escutava os passos no corredor na frente do quarto, e o viu entrar e sair do santuário inúmeras vezes.

Quando o barulho das asas de Amaris sacudiu a janela, ela soube que Kaine havia voltado, mesmo que por um momento breve. Ele estava ocupado com mais tarefas do que com os preparativos da fuga; como Alcaide-mor, era sua responsabilidade coordenar a reação ao ataque.

Ela ficou surpresa quando, poucos minutos depois, ele abriu a porta do quarto e entrou.

Os olhos dele brilhavam tanto que pareciam ter luz própria. Ele nunca parecera tão distante da humanidade. Andou até ela como se sentisse sua presença, mas não a enxergasse de fato.

— Kaine? — chamou ela, o coração na boca.

Ele não respondeu. O erro do que quer que tivesse acontecido com ele era visceral. Um calafrio a percorreu, o instinto de fugir vibrando em cada nervo, mas ainda assim foi até ele.

Helena tocou o rosto dele.

— O que aconteceu?

Ele piscou e um pouco de humanidade pareceu voltar. Ela segurou o rosto dele, puxando-o para olhá-la.

— Kaine?

— Nunca matei tantos de uma vez... — disse ele, em voz baixa.

— Quantos?

Os olhos dele se desviaram, agitados, como se tentassem calcular o número. Então, balançou a cabeça em negação.

— O que aconteceu?

Ele olhava através dela, como se ainda não estivesse exatamente presente.

— Recebi ordens para preparar uma demonstração de força. Um alerta — explicou ele, e engoliu em seco. — Eram fileiras e mais fileiras de prisioneiros. Não sei de onde tiraram tantos.

Enquanto falava, a expressão dele ia suavizando, parecendo mais e mais jovem até se tornar dolorosamente juvenil, de olhos arregalados. Ele estava entrando em choque. Não parecia estar falando com Helena, apenas se explicando, como se não tivesse participado do acontecido.

— Eu não sabia que seriam tantos — continuou. — Não era para ter acontecido antes de eu partir.

Helena o puxou para um abraço. Ele estava gelado, apesar do auge do verão estar próximo, a pele suada.

Kaine não parecia ser capaz de suportar por muito mais tempo. Era como se tentasse fugir do destino, mas, sempre que ganhava vantagem, Morrough pedia alguma outra coisa.

E ela não podia fazer nada, a impotência ardendo dentro de si.

— Você viu a Ivy? Ela disse alguma coisa? Ainda está tentando? Talvez vocês dois...

Ele piscou e pareceu voltar a si. Balançou a cabeça e se empertigou.

— Não. Estou bem... Estava só cansado. Vai ficar tudo bem. Está quase acabando.

Ele falou como se aquilo fosse tranquilizá-la, mas as palavras deixaram um vazio quando ele saiu pela porta.

Helena estava tão tensa depois de Kaine ter ido embora que, quando percebeu uma sensação no abdômen, sua primeira reação foi pânico puro.

Ficou paralisada, o coração falhando, até acontecer de novo. Um ligeiro tremor.

Olhou para baixo, esticou o vestido para passar as mãos na barriga.

Às vezes, esquecia-se de que estava grávida.

Por mais inacreditável que fosse Lila ter engavidado durante a guerra, ela sempre gostara de crianças; crianças se sentiam à vontade com a paladina, que sabia exatamente como fazê-las rir.

Já Helena nunca tivera aquela vocação. Ela não sabia se seria uma boa mãe, nem se o desejo de manter o bebê não era apenas seu egoísmo se manifestando. Sua incapacidade de abrir mão.

Sentia necessidade de amar alguém. De ser necessária. Talvez querer o bebê fosse apenas seu medo de ficar sozinha.

A mão dela tremeu violentamente quando a pressionou contra a barriga, espalhando a ressonância, hesitante, até sentir os ossinhos mais macios do que cartilagem, as veias como fios.

Em breve, seria tudo que restaria de Kaine no mundo inteiro.

— Vou cuidar de você — sussurrou ela. — É... nosso jeito.

Ela mal pronunciara essas palavras quando a porta se abriu e Kaine entrou. Passara-se quase um dia desde a última visita dele, mas sua palidez ainda era assustadora, os olhos, brilhantes demais.

— Stroud está chegando — disse ele, tenso. — Vim o mais rápido que pude, mas tenho que...

Assim que a alcançou, tirou as algemas e encaixou os tubos de núlio. Helena fez uma careta quando a ressonância se dissipou como uma vela se apagando.

Kaine tinha acabado de algemá-la de novo quando seus olhos perderam o foco.

— Ela chegou. Esconda tudo.

Quando Stroud apareceu, ficou nítido que a tensão recente não lhe caía bem. Ela estava com olheiras fundas, e as bochechas com veias vermelhas saltadas.

— A Central foi especificamente projetada para acomodar a gestação — dizia ela, estridente. — Marino é nossa cobaia principal. Ela deveria estar lá, onde posso acompanhar atentamente o desenvolvimento fetal e agir com prontidão quando atingir a viabilidade.

— E você acha que esse "ambiente gestacional" que montou é adequado para alguém com uma doença cardíaca intensificada pelo estresse? Se for assim, melhor *pedir* para ela tentar abortar — retrucou Kaine, desdenhoso. — Marino é minha prisioneira. O Necromante Supremo a confiou a mim, e não mudou de ideia. Não aceito sua interferência em minha missão só porque não terá mais o trabalho de Shiseo para lhe dar legitimidade.

Stroud ficou furiosamente vermelha, como se uma nova onda de veias estourassem sob a pele.

— Eu vou recorrer.

— Fique à vontade, mas eu o informei sobre sua intromissão e contribuição para o estado atual dela. Ela poderia não ter nenhum problema cardíaco se você não tivesse acelerado o interrogatório com uma dose quase letal de estimulantes e ameaçado arrancar a língua dela caso não engravidasse. Agora, resolva logo o que quer que tenha vindo fazer aqui.

Com o rosto vermelho de raiva, Stroud examinou o coração e o andamento da gravidez de Helena. Aparentemente, tinha esperado que fosse entrar discretamente na Torre Férrea e assumir o controle de Helena enquanto Kaine estivesse ocupado.

Em questão de minutos, terminou e arrumou a bolsa furiosamente para Kaine levá-la embora.

Pela janela, Helena viu Stroud entrar no carro e sair. O veículo mal tinha passado do portão quando as luzes do quarto piscaram e ela escutou o zumbido distante na ala principal. Kaine estava sendo convocado novamente.

Dali, viu Kaine sair de casa e montar em Amaris. A quimera correu pelo pátio até decolar.

Helena encostou a mão na janela, o tubo de núlio fazendo pressão nos tendões do pulso.

O jornal do dia chegou com o almoço. A foto na capa foi suficiente para deixá-la enjoada.

Tinha sido tirada no portão do Instituto, que dava diretamente para a escada da Torre da Alquimia. Ali, nos degraus, estava Kaine, sem elmo, o rosto visível para todos, os olhos brilhando tanto que distorciam a fotografia. Entre ele e o portão, cobrindo o Espaço Comunal, estavam fileiras de cadáveres.

Helena ficou esperando Kaine voltar, mas passaram-se horas sem que tivesse notícias. Não era comum ele deixá-la em casa com Atreus sem que ela pudesse trancar a porta.

A noite caiu e Lumithia era pouco mais de um fio de luz, como se o céu noturno fosse uma cortina preta escondendo o dia e alguém a rasgasse com uma faca.

Um uivo baixo flutuou pela casa. Helena foi até a janela.

Amaris estava no pátio, uma sombra imensa, delineada pelo luar. Ela abaixava a cabeça para mexer em alguma coisa no chão, então levantava de novo e soltava um uivo baixo e rouco com aqueles pulmões de cavalo, como uma lufada de vento ruidosa.

Helena assistiu à quimera dar voltas pelo chão, batendo as patas e agitando as asas, nervosa. Por um instante, o luar fraco iluminou o chão, destacando cabelo branco.

Helena correu até a porta e encontrou um dos criados no corredor.

— Chame Davies e o mordomo, não sei como se chama — pediu Helena. — Kaine está no pátio.

O criado se mexeu, mas muito devagar.

Helena mal teve tempo de pensar nas sombras e no escuro enquanto descia a escada, segurando-se na parede, ordenando o coração a se acalmar. Ela hesitou na porta. As luzes da casa estavam todas apagadas, sem sinal de Atreus. Tentou se convencer de que a escuridão era vantagem, que Morrough não enxergaria bem assim se estivesse observando.

Respirou fundo e correu pelo cascalho até onde Amaris soltava outro uivo desamparado.

A quimera rosnou, virando-se quando Helena se aproximou. Ela parou e estendeu as mãos vazias.

— Sou eu — disse. — Lembra? Vou ajudá-lo.

Amaris parou de rosnar, mas manteve os dentes a mostra. Ela deixou Helena se ajoelhar e engatinhar até Kaine.

Ele estava estatelado de barriga para baixo e, quando o virou, as mãos ficaram molhadas de sangue. Kaine fedia a podridão, àquele salão subterrâneo horrendo onde Morrough se escondia. A pele dele estava fria e ele mal respirava.

— Kaine? Kaine? O que ele fez com você?

Ela o sacudiu de leve. Helena já o vira ferido por núlio antes, mas nunca daquela forma. Ela não tinha ressonância para identificar o problema, e a noite estava tão escura que mal enxergava além de uma silhueta. Aferiu os batimentos cardíacos dele, que estavam irregulares, em um ritmo que mataria um humano. Paravam e recomeçavam intermitentemente, pulsando e se interrompendo.

Tentou levantá-lo, mas, com o núlio nos pulsos, não o aguentava. Encaixou os cotovelos por baixo dos ombros dele, mas não tinha a força nem o peso para arrastá-lo. Ela se largou no chão de cascalho e a cabeça dele pendeu contra seu ombro.

— Kaine?

Ele não respondeu.

Olhou ao redor em busca de criados e finalmente viu Davies, o mordomo e vários outros trazendo lanternas elétricas. Eles se mexiam como se estivessem parcialmente conscientes.

Amaris rosnou e Helena a tranquilizou, fazendo carinho nas orelhas e pedindo para ela se afastar o bastante para os criados chegarem a Kaine.

— Levem ele para o meu quarto — comandou ela, em voz baixa. — Tomem cuidado, não sei onde ele foi ferido.

O mordomo pegou Kaine com cuidado e o colocou sobre o ombro.

Amaris tremia e soltava gemidos agudos e baixos enquanto farejava o movimento de Kaine escada acima, balançando a cabeça como se quisesse entrar em casa atrás dele.

— Ele vai ficar bem. Eu vou cuidar dele. Você fez tudo o que podia.

Helena ficou ali mais um momento, encostada no calor imenso e confortável da quimera, e então se forçou a dar meia-volta e atravessar o pátio até a porta.

Calma. Fique calma, pensou repetidamente, enquanto mandava o coração manter o ritmo, sem deixar os pensamentos vagarem pelas sombras. *Você precisa subir a escada e chegar a Kaine.*

Ela chegou ao quarto antes dos criados, a tempo de arrumar a cama e tirar tudo que estava em cima da mesa, além dos medicamentos que imaginou serem úteis. Enquanto esperava, começou a umedecer toalhas.

O mordomo estava sujo com o sangue de Kaine.

— Segurem ele para eu tirar essas roupas — falou Helena.

Ela tirou as roupas dele e as largou no chão. Agora que estava em um ambiente iluminado, tentou achar a fonte da lesão. Não havia nenhum ferimento visível. Não mais. O que tinham feito com ele? De onde viera o sangue?

Quanto mais demorava a encontrar a causa, mais o pavor esmagava seu peito. Será que haviam feito alguma coisa com ele por dentro?

— Tragam todos os materiais médicos que tiverem nesta casa — ordenou aos dois outros criados que aguardavam ali, com os olhos mais desfocados do que de costume. — Rápido, se possível.

O mordomo o deitou na cama e Helena limpou o sangue residual.

Ela o cobriu com a roupa de cama, tentando aquecê-lo, e voltou com pressa para a pilha de roupas ensanguentadas e fedidas no chão, revirando o casaco até os dedos encontrarem um objeto familiar. Helena soltou um suspiro leve de alívio e pegou o kit médico.

Ainda estava intacto, inclusive a folha encerada de instruções, cuidadosamente dobrada e guardada. Vários dos frascos estavam vazios, mas o frasco que ela procurava estava novo e cheio, acompanhado da seringa necessária. Era visível que ele usava aquilo com frequência.

Ela encostou a testa no kit, suspirando de alívio, e voltou correndo.

Aferiu a pulsação dele. Seguia intermitente, acelerando, baixando, parando e voltando.

— Perdão.

Encheu a seringa, bateu um pouco para tirar o ar e em seguida afundou a agulha no peito dele, bem acima do coração, apertando o êmbolo para injetar a dose completa.

Kaine se levantou rapidamente. Helena levou a mão ao peito com o susto, mal tinha tirado a seringa. Então ele desabou de novo na cama, inerte, depois recobrou a consciência, virando os olhos para todos os lados, parecendo se esforçar para encontrar o foco.

— Kaine?

— He... lena? — murmurou com dificuldade.

Ele parecia desnorteado. Ela abaixou a seringa e chegou mais perto, mas os olhos dele não a acompanhavam. Kaine não parava de virá-los, como se tentasse encontrar um ponto no qual focar. Helena se debruçou sobre ele, afastando o cabelo do rosto.

— Estou aqui. O que ele fez com você?

Kaine franziu a testa.

— Onde estamos?

Ela sentiu um aperto na garganta ao olhar ao redor. As luzes estavam acesas, o quarto era familiar. Kaine estava de frente para Helena, mas ele não a olhava.

— No meu quarto. Você desmaiou lá fora e mandei os criados trazerem você para cá. Está me vendo?

— Não... dá... — disse ele. Ela nunca o vira tão assustado antes. — Não... consigo veeeer...

De repente, a expressão dele mudou e ele tateou às cegas, esbarrando no braço dela.

— Tudo bem com você? Seu coração? Seu... coração...

Helena segurou a mão dele, e levou ao próprio peito e depois ao rosto. Os dedos dele tremeram na pele dela.

— Estou bem. Meu coração está bem. Eu sou curandeira, esqueceu? Já tratei de você muitas vezes. Calma.

Ela pigarreou e se sentou na beira da cama para Kaine sentir sua proximidade enquanto aferia os batimentos cardíacos dele outra vez. O coração estava acelerado, rápido demais, mas pelo menos não falhava.

— Tive que injetar estimulante para manter seu coração funcionando. Estava parando, mas eu estou sem ressonância. Você consegue tentar tirar minhas algemas, para eu examiná-lo?

Ela levou a mão dele ao próprio pulso, posicionando-a na algema, mas os movimentos dele estavam atrapalhados, os dedos tremiam de um jeito estranho. O que tinham feito devia ser neurológico; eram sintomas que Kaine nunca demonstrara. Ele tentou várias vezes. Finalmente, ela segurou os dedos dele e interrompeu o movimento.

— Deixe para lá — falou, esforçando-se para manter a voz calma. — Não se preocupe. Vou trabalhar manualmente.

Ela engoliu em seco e voltou a falar:

— Pode me explicar o que aconteceu? Por que ele fez isso com você? Você tem feito tudo que ele quer.

Kaine ficou em silêncio por um momento e, quando finalmente falou, soou mais firme e menos desconexo.

— Hevgoss anunciou a aliança com a Frente de Libertação hoje.

Deveria ser uma boa notícia.

— Na... declaração, citaram minha "chacina truculenta" como razão — continuou. — Parece que eu deveria ter previsto essa reação, e recusado a ordem. Fui feito de exemplo pelo... custo do fracasso e da incompetência.

O peito dele tremeu, como se estivesse tentando rir.

— O que ele fez? — insistiu Helena, com medo da maneira como Kaine evitara a pergunta.

Ele suspirou.

— Primeiro, arrancou meu coração. Disse que era... jus... justo...

Helena ficou sem palavras. Nunca lhe ocorrera que seria possível sobreviver a algo assim.

Ele abriu um sorriso torto.

— Acho que devo um pedido de desculpas ao Principado... que morte horrível. Apesar de o pior ter sido fazer crescer de novo...

Kaine perdeu a voz de novo.

Ela ficou feliz por ele não conseguir vê-la enquanto tentava respirar devagar, várias vezes. Ela encostou a mão no peito dele, sentindo os batimentos.

— E depois? — perguntou.

Ele contorceu o rosto.

— Eu não... Eu ainda... — gaguejou ele, apontando para o próprio peito. — Foi alguma coisa... na minha coluna, acho. Não conseguia ver nada. Nem me mexer. Não lembro quando meus olhos pararam...

Helena sentiu a garganta fechar, mas manteve a voz firme.

— Bem, seu coração agora está estável. Não sei por quanto tempo os sintomas neurológicos devem durar. O melhor é descansar, dar tempo ao seu corpo para se recuperar.

Os criados enfim voltaram, carregando várias caixas de madeira de suprimentos médicos.

Ainda sentada ao lado de Kaine, Helena revirou o conteúdo das caixas. Havia muitos frascos de estimulante, que esperava não precisar usar. Kaine pegou no sono depois de um tempo, mas ainda se sacudia, com espasmos nos dedos. Ele acordava com um sobressalto, ainda cego, e procurava por ela, tateando e tentando sentir o coração dela bater.

Helena o tranquilizava, e ele desmaiava outra vez.

Os espasmos eram o que mais a preocupava. Ele não parava de se tensionar, tremer, os músculos convulsionando, os dedos e as mãos se curvando.

Helena sabia que o estimulante causava esse tipo de abstinência, mas tinha medo da combinação desse efeito com uma lesão cerebral ou espinhal.

Seria melhor que o deixasse quieto? Era possível que ele acabasse com danos nervosos permanentes? Ele regenerava com tanta dificuldade.

Ela pegou a mão direita dele, massageando devagar cada articulação até os músculos não estarem mais rígidos ou curvados. A cada movimento dos dedos, os tendões doíam em contato com o núlio, mas ela não se incomodava. Continuou, subindo pelo braço até o ombro, e começou de novo do outro lado. Uma dor lancinante irradiava pelo braço esquerdo dela, mas não podia parar.

Era tudo que podia fazer, então faria.

Helena examinou o coração dele. Os batimentos finalmente pareciam regulares. A expressão dele relaxava quando ela falava. Então, falou devagar tudo o que estava passando por sua cabeça. Tudo que sempre quisera dizer para ele.

Depois de dormir quase o dia inteiro, ela o conectou a uma perfusão de soro. Ele permaneceu desacordado. Ela escutou passos no corredor, mas, se Atreus voltara a se esgueirar pela casa, não chegou perto.

Finalmente, as pálpebras de Kaine estremeceram ao abrir os olhos, e imediatamente os direcionou a ela.

Helena ficou imóvel.

— Você está me vendo?

Ele forçou a vista e fez que sim com a cabeça, devagar.

— Seu formato, pelo menos — respondeu, e fechou os olhos com força, fazendo uma careta, antes de abri-los. — Acho que estou melhorando.

— Que bom. — Ela assentiu, trêmula. — Acho que a lesão no coração pode ter causado coagulação sanguínea, ou talvez uma lesão nos nervos. Qualquer uma dessas coisas pode causar cegueira temporária.

Kaine meneou a cabeça de leve; de qualquer modo, não fazia diferença. Ele esticou os dedos até alcançá-la.

— Você está bem?

— Claro — respondeu Helena, agradecida por ele não enxergar bem. Estava exausta demais para uma mentira convincente.

Kaine começou a fechar os olhos, mas logo os abriu de supetão.

— Meu pai está na minha porta.

Ele se sentou com um gemido.

— Preciso falar com ele — continuou. — Ainda tem preparativos que não...

Helena o segurou pelo ombro.

— Você ainda não pode se levantar. Não está recuperado.

Ele cobriu a mão dela com a dele e tentou apertar, mas seus dedos sofreram um espasmo.

— Meu pai não pode me encontrar aqui. Não preciso de mais recuperação. Você precisa partir hoje à noite. Não posso garantir uma viagem perfeita, mas acho que será o suficiente. Sei que vai dar conta.

— Ho... hoje?

Kaine não disse mais nada. Levantou, tirou a agulha do braço, e se vestiu com pressa. Estava com dificuldade para abotoar a camisa, então Helena o ajudou.

— Meus olhos já estão melhorando — afirmou ele, rouco. — Dá para ver sua cara de reprovação.

Ele pegou as mãos dela e, mesmo com um pouco de dificuldade, conseguiu tirar as algemas de Helena. Depois, ela mesma fechou o cobre de volta ao redor dos pulsos.

— Fique com a porta trancada — avisou ele. — Eu volto ao anoitecer.

CAPÍTULO 73

Julius, 1789

Helena analisou o quarto. Ainda fazia frio ali, mesmo no auge do verão. O ferro não permitia reter o calor no ambiente. A roupa de cama estava manchada de sangue. O fedor de decomposição pairava no ar, uma podridão necrótica invasiva que infectara tudo em sua vida.

Era estranho estar em uma prisão, mas ter medo de sair.

Ela escutou gritos, então foi até a janela e viu Kaine sair pela porta da frente. Ele andava com muito mais facilidade do que antes. Atreus, na porta, berrava com ele com tamanha fúria que Helena nem conseguia discernir as palavras.

Kaine foi ao estábulo, pegou Amaris e montou nela com uma tranquilidade quase convincente.

Atreus ainda gritava quando Amaris decolou.

Ela o viu sacudir o punho para o céu. Ver o cadáver reanimado de Crowther era algo que nunca deixava de incomodá-la.

Atreus finalmente parou de xingar o céu e ficou ali parado por mais um momento antes de olhar diretamente para a janela de Helena.

Ela recuou imediatamente, mas era tarde, sabia que fora vista ali. Um medo inexplicável a atravessou.

Helena foi confirmar que o quarto estava devidamente trancado, sentindo todo o ferro na porta e nas paredes. A entrada estava reforçada e bloqueada. Ele não tinha como abrir.

Mais tranquila, ela se sentou e estudou a matriz que desenhara, passando os dedos pelas linhas. O esquema funcionaria, criaria o poder e a estabilidade necessária, mas não importava, pois exigia cinco componentes, e ela só tinha três.

Tinha perdido tanto tempo com aquilo.

Afundou o rosto nas mãos por um momento, mas levantou a cabeça bruscamente ao sentir o cheiro de fumaça e carne queimada.

Fumaça preta invadia o quarto por baixo da porta, e então a madeira começou a queimar, as barras de ferro ardendo, um brilho vermelho que crescia devagar.

— Saia daí, prisioneirinha — soou a voz de Crowther do outro lado. — Quero conversar com você.

Horrorizada, Helena viu o que restava da madeira ser carbonizado, e Atreus aparecer atrás das barras de ferro. Ele parecia quase vivo, o brilho vermelho conferindo cor à pele morta e cinzenta.

As barras que impediam sua passagem ficaram mais quentes, mais brilhantes, indo de vermelho a laranja, e o quarto começou a pegar fogo, o papel de parede se incinerando espontaneamente. Com um estalido seco, a caixa de vidro no canto do teto estourou, o olho mergulhando no fogo que subia pelas paredes.

Crowther nunca utilizaria a piromancia para manipular algo tão inferior quanto ferro, mas Atreus Ferron, o Mestre da Guilda de Ferro? Ele encontrara um jeito de fazer o ferro se dobrar à sua vontade.

Mesmo que não conseguisse entrar, Atreus a queimaria viva naquele quarto.

— O que você quer? — perguntou ela.

— Tenho perguntas para você — retorquiu Atreus. — Venha cá.

Ela hesitou.

— Não vai querer morrer sufocada nesse quarto, vai? — insistiu ele, enquanto o tapete soltava fumaça. — Venha.

Helena avançou com cuidado, tentando evitar as fontes mais intensas de calor. Esperava que Atreus ainda não tivesse desenvolvido o talento de Luc e Crowther para ataques a distância.

Um sorriso terrível se espalhou pelo rosto dele.

— Eu tive muitos corpos nesses últimos anos, mas é estranho, este aqui tem uma reação bem violenta ao ver você. Vocês se conheciam, não é? Bastante, acredito.

Os passos de Helena vacilaram. Ela nunca ouvira falar de defuntos reterem a memória dos cadáveres que ocupavam, mas não havia motivo para alguns resquícios não perdurarem.

— Demorei a reconhecer você. Achei que fosse apenas a reação do cadáver, mas, quando você atacou meu filho, me lembrei daquela noite. Eu mal me recordava daquele corpo, ele estava morto havia muito tempo antes de ser trazido de volta, mas eu me lembrava de você. O Necromante Supremo ficou muito satisfeito por finalmente ter respostas quanto àquele bombardeio. Como recompensa, compartilhou comigo algumas das técnicas necessárias para esta ressonância.

Os dedos de Crowther se contorceram e o calor se intensificou.

Helena não disse nada. O ferro entre eles brilhava cada vez mais, e calor emanava das paredes chamuscadas. Atreus continha o fogo, mas poderia incendiar o quarto inteiro se quisesse.

O calor do ferro ardente começou a alcançá-la, distorcendo o ar e ameaçando queimar sua pele.

— Que ataque mais estranho, o bombardeio. Aquele asno do Lancaster não se aguentou quando viu você. Fui informado de que agiu sozinha, mas eu vi seu histórico. Você não era ninguém. Não tinha experiência em combate. E querem que eu acredite que uma curandeira sem treinamento militar foi responsável por um dos ataques mais devastadores que sofremos?

Stroud também comentara a falta de documentos registrando o histórico de Helena. Na época, não questionara, pois muito de seu trabalho de cura era tratado como intercessão religiosa, não medicina, mas Crowther a mandara incluir seu nome nos registros de prisioneiros, para atrelá-la a ele. E havia todo o seu trabalho com Shiseo, a medicina, os queladores. A bomba. Disso, haveria registro.

A não ser que...

Kaine não gostaria que ela fosse alvo dos Imortais. E Shiseo, se estivesse à espera na Central para o caso de Helena reaparecer, não poderia ter registros que o conectassem a ela.

— Você foi um chamariz, não foi? — provocou Atreus, interrompendo seus pensamentos. — Todos sabem como a Chama Eterna via gente da sua laia. Quem melhor para ser um bode expiatório para proteger o último membro da Chama Eterna?

Ele abriu um sorriso maníaco ao falar, o rosto brilhando de triunfo.

Helena supusera que Atreus tinha vindo até ali por desconfiar das lesões de Kaine, mas não, estava preocupado com a missão. Não tivera resultado com nenhum dos interrogatórios das vítimas, então voltara a atenção para Helena.

— Você foi mandada para cá porque sabe de algo importante. O Necromante Supremo ordenou que meu filho descobrisse o que é, mas agora ele está tão preocupado com esse negócio crescendo aí dentro que se esqueceu de que você sabe quem é o assassino. Quem bombardeou o banquete e o Laboratório do Porto Oeste. Quando eu pegar o responsável, o Necromante Supremo não terá nada a temer.

O ferro estava amarelo, as barras começando a murchar, derretidas.

— Eu não me lembro — tornou Helena, o sangue fazendo pressão furiosa nos ouvidos enquanto o calor crescente cobria sua pele. Estava difícil de respirar. — Não me lembro de nada disso. O Alcaide-mor tentou descobrir, mas, se eu um dia soube, a informação já se perdeu.

— Eu não acredito.

Atreus deu um passo para trás e chutou a porta. As barras de metal derretido se deformaram e desabaram. Quando ele entrou, Helena viu restos chamuscados caídos no chão.

Um dos criados tentara impedi-lo.

Atreus a forçou a recuar. A cada estalo dos dedos dele, labaredas vermelhas se materializavam a seu redor.

Atreus inclinou a cabeça.

— Meu filho vive preocupado com você. Seu coração frágil, sua saúde... parece até que você é uma flor exótica. Ele acha que será bem-sucedido agindo como um escravo obediente — disse ele, balançando a cabeça em negativa. — Sempre temeu demais o fracasso para compreender que o sucesso exige riscos. Que, sem isso, tudo pode ser tirado de nós...

Atreus deixou a frase no ar.

Helena olhou pela janela, desesperada para ver se enxergava Amaris.

— Você acha que ele voltará por sua causa? — perguntou Atreus, assustadoramente próximo de repente.

Ele a pegou pelo braço e a arrastou para a janela, esmagando-a contra o vidro.

— Meu filho — continuou. — Acha que ele virá salvá-la?

Helena sentiu a garganta fechar quando os dedos finos e aracnídeos de Crowther apertaram seu braço, o ferro da treliça da janela machucando sua pele. O céu estava vazio.

Ela estava sozinha.

Helena nunca lutara contra um piromante. Se tentasse revidar com ressonância, entregaria Kaine. Atreus saberia imediatamente quem tirara a supressão das algemas. Ela teria que atacar para matar. Dessa vez, sem hesitar. A faca de obsidiana estava escondida debaixo do colchão, mas a cama estava pegando fogo. O quarto estava pegando fogo.

Atreus encostou o rosto no dela, olhando também para o céu vazio. O cheiro de lavanda na pele dele era quase mais forte do que o fedor de sangue das roupas.

— Você gosta dele, não gosta? Pode admitir. Afinal, ele a leva para caminhar, mantém seu conforto neste quarto, com criados protetores a seu serviço. Acredito que ele sinta prazer em manter uma criaturinha tão ávida quanto você por perto. Os Holdfast devem ter treinado você bem.

Helena inspirou com dificuldade.

Os lábios de Crowther roçaram na orelha dela.

— Meu filho desfrutará muito menos de você se eu for obrigado a queimá-la para arrancar a informação.

Uma chance. Ela tinha uma chance de pegá-lo de surpresa e arrancar o talismã.

— Eu não lembro — insistiu ela, tentando calcular a velocidade com que precisaria se deslocar, o lado para o qual fugir.

— Talvez você só não quisesse o *suficiente* — insinuou Atreus e, antes que ela pudesse se mexer, ele estalou os dedos.

O vestido dela pegou fogo e dor explodiu em suas costas. A dor de um ferro quente nos ombros. Ela urrou, os joelhos cedendo.

Com um chiado, o fogo sumiu de sua pele, mas a dor não parou, o calor não desapareceu. Ela mexeu a boca sem fazer sons, a visão inteiramente desfocada.

Ela só sentia o cheiro de fumaça e cabelo queimado.

— Foi seu único aviso. Não minta para mim — ordenou Atreus, levantando-a à força e a esmagando contra a janela, apoiando o próprio peso nas queimaduras e arrancando dela um grito rouco. — Normalmente, não sou tão rápido nos interrogatórios, mas não tenho tempo para aumentar seu medo — acrescentou, mexendo a boca colada à orelha de Helena. — Me conte quem é, ou eu a machucarei sem dó.

— Eu não sei... — disse ela, as palavras saindo em um soluço. — Juro que não sei.

Atreus suspirou.

— Kaine ficará tão decepcionado ao encontrá-la.

Ele estalou os dedos de novo. O fogo percorreu as costas de Helena como uma chibatada.

Ela tremeu tão violentamente que bateu a cabeça na janela, quase desmaiando.

Os ouvidos dela zumbiam por causa da pancada, e tudo pareceu desacelerar, o pânico dando lugar a uma lucidez lenta.

Kaine não chegaria a tempo.

Eles tinham gastado toda a sorte possível sobrevivendo até agora. Faltava menos de um dia, e a sorte acabara. Ela estava zonza.

Atreus a levantou à força.

— Eu não sou idiota. Todos sabiam que havia um espião entre os Imortais no ano anterior à derrota da Chama Eterna. A Resistência sabia demais.

O Necromante Supremo suspeitava que um dos Imortais de confiança o traíra, mas nunca o identificou. É essa a peça que falta. São muitas evidências. Os massacres e as sabotagens eram atípicos para a Chama Eterna. Foi essa a pessoa responsável pelos bombardeios, inclusive o que destruiu o Laboratório do Porto Oeste. Ela desapareceu após a Batalha Final, e ressurgiu pouco antes de você chegar. Você sabe exatamente quem é.

Helena tentou se libertar, arranhando e tentando acertar a cara dele. Ela só precisava de contato, mas Atreus colocou o peso em seus ombros queimados, arrancando dela um grito sufocado. Manchas pretas surgiram em sua vista.

— Me conte quem é — ordenou ele, sacudindo-a.

— Kaine será morto... se você me ferir — soltou ela, engasgada.

O corpo dela estava ficando dormente, entrando em choque dissociativo, como se fosse um animal capturado pelo pescoço por um predador.

— O Necromante Supremo perdoará meus métodos se eu descobrir o assassino — respondeu Atreus.

Ela podia ver o rosto dele refletido no vidro. Seus olhos brilhavam de desespero, e era estranho como suas expressões lembravam as de Kaine, mesmo sendo o rosto de Crowther.

— Kaine vai sobreviver — acrescentou ele. — E poderá ter outros filhos.

Helena ficou tonta. Mal conseguia respirar por causa da fumaça. Atrás deles, o quarto era engolido pelo fogo.

Sabendo que nunca mais veria Kaine, não conseguiu deixar de procurar qualquer sinal dele em Atreus. Eles tinham o mesmo olhar evasivo, o mesmo jeito de falar. A mesma expressão de desespero furioso que Kaine fazia com frequência quando era encurralado e achava que não tinha mais nada a perder.

Apesar do desprezo que sentiam um pelo outro, Kaine herdara do pai seus defeitos fatais.

Enid fora tudo para Atreus, e depois que ela partira, tudo o que tinha restado a ele havia sido se agarrar a sombras.

Como Kaine ficaria com alguém que o fazia se lembrar constantemente do que ele perdera? Talvez fosse parecido com Atreus, que não suportava o filho, mas não conseguia se afastar.

Helena finalmente entendeu.

— Ele vai matar Kaine... se você não encontrar o assassino, é isso? O castigo... não foi só por causa de Hevgoss. Também foi um alerta para você, certo?

A expressão de Atreus ficou vazia. Ele a sacudiu tão violentamente que ela quase desmaiou.

— Quem é o último membro da Chama Eterna?

— Ele lembra sua esposa, não lembra? Os olhos, a boca. Ele é tudo o que restou dela para você. Mas toda vez que ele o vê, ele o enxerga com ódio através dos mesmos olhos da sua esposa.

Atreus levantou a mão, os anéis de ignição reluzindo.

— Fui eu que explodi o Laboratório do Porto Oeste — soltou ela, rápido, antes de os anéis faiscarem. — Eu estava ajudando Luc a estudar teoria da piromancia. Eu não devia, mas ele aprendia melhor com companhia, então também estudei, mesmo sem ter a ressonância. Usei esses princípios teóricos para projetar a bomba, e necrosservos para posicioná-la. Porque *eu* sou o último membro da Chama Eterna.

Helena respirou fundo e acrescentou:

— E você está certo... havia um espião. Eu era o contato dele.

Triunfo brilhou nos olhos de Atreus, como se visse a vitória a seu alcance.

— Mas você não vai salvar Kaine ao encontrá-lo. O assassino que procura é seu filho.

Atreus a encarou, estupefato, antes de contorcer a expressão em fúria. Ele se esqueceu da piromancia por um momento e fechou os dedos ao redor do pescoço dela.

— Meu filho *nunca* se aliaria à Chama Eterna.

— Claro que se aliaria, ele odeia Morrough — rebateu ela, sem fôlego. — Sempre o odiou. Você nunca se perguntou o que aconteceu com sua família depois de você ser preso?

Atreus torceu o rosto em desdém.

— Nada disso. Quando Kaine matou o Principado, meu fracasso foi perdoado.

Helena negou com a cabeça.

— Então por que há uma jaula de ferro inerte nesta casa, e uma matriz transmutacional traçada no chão? Por que seus criados estão todos mortos? Acha mesmo que alguém como Morrough foi compreensivo durante aqueles meses todos antes de Kaine voltar ao Instituto?

Dúvida percorreu o rosto de Atreus.

— Ele prendeu sua esposa na jaula e a torturou. Fez com que ela assistisse enquanto ele arrancava a alma do seu filho. Kaine matou Apollo tentando salvá-la. E foi tudo culpa sua.

— Mentirosa!

Helena sabia que devia matá-lo de uma vez, mas queria *feri-lo*.

Segurou a cabeça dele, apesar dos ombros arderem em protesto, e enfiou a ressonância pelo crânio. Pego de surpresa, ele não a impediu.

Ela nunca usara nenhum tipo de animancia em um defunto. Era fácil, como colocar a mão em uma abóbora podre. A mente era simples, sem o ruído dos vivos de verdade. Os pensamentos de Atreus eram lineares, achatados. Todos concentrados em Kaine, porque Kaine era o que restava de Enid.

Helena sabia que, quando Kaine verificara sua memória, ela sentia sua consciência, sua emoção. Não havia motivo para ela não poder empurrar as próprias lembranças pela conexão, em vez de vasculhar as de Atreus.

Ela queria que ele soubesse. Que entendesse por completo as consequências do que fizera.

Porém, os pensamentos dela eram uma cacofonia de dor e raiva, e ela enfiou tudo na cabeça de Atreus.

Kaine ajoelhado na frente dela, e ela esticando a mão para ele.

— Alguém... alguém disse alguma coisa para incriminar você?

Não. Não era isso que ela queria mostrar para ele. Ela tentou se concentrar.

Kaine a beijando, as mãos em seu rosto, empurrando ela para a cama, cobrindo o corpo com o dele, tão perto.

As lembranças estavam tão desconexas, tão emboladas, que ela nem sabia se aquela era recente ou antiga.

— Sua alma foi arrancada do seu corpo e, se eu conseguir colocá-la de volta, com o tempo, talvez ela se reintegre, mas primeiro precisaríamos segurá-la, como... como a alma dos criados faz agora, com o selo.

— Uma alma sacrificial.

Ela confirmou, sem conseguir olhar para ele...

— Tem que ser voluntário.

Isso, não. Enid. Alguma coisa de Enid.

— Minha vida foi despedaçada quando voltei para casa, aos dezesseis anos, e tudo que fiz dali em diante foi para não perder a única coisa que me restava. Com a morte dela... não importava mais.

Ela sentia o choque de Atreus, a incredulidade ultrajada. Ele tentou se soltar, e ela quase perdeu o controle. A conexão entre eles ficou vermelha.

O rosto de Kaine, nitidamente mais jovem, o cabelo ainda escuro, surgiu diante dela, irradiando raiva.

— Quem você acha que estava a sós com ele quando chegou a notícia de que, ao ser preso, meu pai havia confessado a traição?

Atreus parou de resistir. Os pulmões de Helena lutavam para respirar, mas ela estava perdida na memória, tentando cristalizá-la.

— Às vezes eu a ouvia gritar por horas a fio...

Calor ardente a engolia, mas Helena não podia parar.

— Ela insistia que era culpa dela. Aí o coração dela parou...

Helena foi erguida com força. A cabeça pendeu para trás e, aonde quer que olhasse, fogo subia pelas paredes, consumindo tudo.

Um rosto pálido surgiu na sua frente. Ela se esforçou para se concentrar.

— Aguente firme.

A voz estava distorcida, mas ela a reconhecia. Esticou a mão, atordoada, na direção do rosto de Kaine, que a olhava.

— Você veio... — murmurou ela, tentando alcançá-lo. — Você sempre vem.

— Aguente firme, vou tirar você daqui — disse ele, abaixando a mão dela e a puxando para mais perto.

Algo dolorosamente pesado a envolveu, e ele a pegou no colo. Helena se contorceu de agonia quando ele apertou seus ombros em carne viva, mas ele a segurou com força e a carregou pelas chamas. O corredor estava tomado pela fumaça, fogo se alastrando do quarto para fora, mas ele só parou ao sair da casa.

Ela arfou, ávida por ar fresco e limpo, quando ele a deitou no chão.

— O que aconteceu? O que ele fez com você?

As mãos de Kaine tremiam tanto que ele não conseguia formar um canal estável de ressonância.

Algo imenso e preto de repente a cercou, apagando o céu, até Kaine disparar uma ordem e Amaris recuar.

Helena não conseguia dizer nada. Os pulmões sofriam espasmos, desesperados por ar, e tudo girava ao seu redor. Respirar lhe dava vontade de gritar de dor. Kaine não parava de fazer perguntas, mas ela tinha dificuldade de se concentrar.

Atreus saiu para o pátio aos tropeços. O rosto dele estava sujo de fuligem, a expressão transtornada de raiva.

Ao vê-lo, Helena apertou o braço de Kaine.

— Ele sabe da sua mãe. Perdão. Eu contei.

— Nada disso importa agora — afirmou Kaine, ao se levantar.

Fumaça preta enchia o pátio, como se a casa fosse um cadáver em chamas.

— Por que você não me contou o que aconteceu com sua mãe? — perguntou Atreus, em um rosnado grave.

Kaine andou até ele, de ombros rígidos.

— Que diferença faria?

Atreus investiu contra o próprio filho.

— Você devia ter me contado. Ela era minha!

Kaine se esquivou, mas não foi tão ágil como de costume. O movimento acabou sendo rígido, e os dedos dele tremiam em espasmos estranhos. Helena viu o rosto dele. Os olhos brilhando.

— Sim, e isso foi a pior coisa que poderia ter acontecido na vida dela. Você contou para Morrough. Você nunca deu importância para os boatos que corriam pela cidade, mas contou da minha mãe para *ele*, que ela era tudo para você, que você faria tudo por ela. Ela era sua prova de lealdade à causa — falou Kaine, a voz repleta de fúria. — Acha que ele se importava com o tempo que levaria para você sucumbir sob tortura? Não. Ele só queria que você cedesse, e ela estava bem ali. Seu bem mais precioso. Você a amou tanto que a levou ao túmulo.

Atreus contorceu os dedos compridos, finos e aracnídeos, os anéis de ignição reluzindo nas mãos.

Kaine soltou uma gargalhada amarga.

— Devem ter achado divertido quando te trouxeram de volta e você se manteve leal. E ainda teve a audácia de me chamar de cachorro.

A pele cinza de Atreus ficou roxa de raiva.

— Você *devia* ter me contado.

— Por quê? O que aconteceria se eu contasse? Que grande vingança você teria executado para que eu arriscasse meu trabalho para lhe contar?

— E que trabalho é esse? Se arrastar e se esconder entre as pernas da puta de estimação de Holdfast? — desdenhou Atreus, estalando os anéis.

A ressonância de Kaine cortou o ar. A faísca de fogo ficou paralisada no lugar enquanto Atreus voava para um lado e os anéis de ignição eram jogados para outro. Atreus caiu no cascalho, derrapando por vários metros. As chamas desapareceram. Quando Atreus levantou a cabeça, sangue roxo escorria de cortes na lateral do rosto.

— Ah, que pena — ironizou Kaine pairando sobre ele, cada palavra cheia de malícia. — Parece que você perdeu seu fogo outra vez, pai.

CAPÍTULO 74

Julius, 1789

O ferro forjado das filigranas da casa se desenrolou como serpente e se enroscou em Atreus, capturando-o como um inseto. Ele precisaria quebrar todos os ossos no corpo para conseguir fugir.

Kaine se virou para Helena e, com a mão trêmula, tocou com delicadeza o rosto dela.

— Onde ele...

— Só... só minhas costas, e não... é tão fundo. Consigo sentir que os nervos ainda estão intactos.

Era um bom sinal, mas ainda assim, a dor estava insuportável. Ela se sentou, apoiando-se nos joelhos, sentindo a ressonância dele passar por suas costas, anestesiando a ardência dolorida.

— Só preciso recuperar o fôlego — disse ela, embora tremesse descontroladamente.

— Está quase acabando. Quando estiver melhor, vai ter que montar em Amaris. Acha que consegue?

Helena não sabia nem se conseguiria manter a consciência por tanto tempo, mas era impossível dizer não para ele.

— Foi tudo por causa dela? — A voz de Atreus, contorcido no chão, era furiosa. — Tudo isso para tentar salvar *ela*?

Helena achou que Kaine ignoraria o pai, mas ele o olhou.

— Parece que sou tão amaldiçoado no amor quanto você.

— Depois de matar você, Morrough a caçará até os confins da terra. Ela não tem onde se esconder. Está desperdiçando sua vida à toa.

Kaine o ignorou, os olhos perdendo o foco por um momento.

— O incêndio cessou. Vamos entrar.

Antes que Helena conseguisse se levantar, um alarido alto soou. Por um momento, achou que fosse o alarme, que Kaine estivesse sendo convocado outra vez, mas o ruído vinha do sentido oposto.

Eles se viraram a tempo de ver um caminhão subindo a estrada, aproximando-se tão rápido que ameaçava derrubar o portão.

— Eles estão vindo! Me soltem! — berrou Atreus. — Me soltem!

O veículo parou e uma silhueta caiu do banco do motorista, segurando algo junto ao peito como quem fugia com uma criança no colo.

— Consegui! Consegui! Rápido, peguem.

Era Ivy. Estava encostada no portão, o olhar desesperado. Olhava para trás constantemente, como se estivesse sendo perseguida.

Helena correu aos tropeços pelo pátio, esticando o braço para alcançá-la.

— Como você...? — perguntou Helena, incrédula, quando Ivy passou o embrulho pela grade.

Estava úmido, e fedia a gangrena e formol. O tecido caiu e revelou um braço podre, arrancado no cotovelo, com dezenas de ossos faltando e a pele descascada, restando três dedos. As extremidades tremiam como se estivessem vivas.

— Foi Sofia — disse Ivy, tremendo e sem fôlego, os olhos vermelhos e o rosto molhado de lágrimas e sujo de decomposição. — Tentei de tudo para chegar mais perto — explicou, balançando a cabeça —, mas não consegui. Então ela foi.

— Como?

— Morrough não cuida dos próprios necrosservos — contou Ivy, contorcendo o rosto ao admitir —, mas ela me obedece. Sempre. Sofia conseguiu se aproximar e ele nem notou, então ela arrancou o braço e o jogou para mim. Ele a atacou, mas eu consegui fugir.

Ela contorceu o rosto e acrescentou:

— No fim, ela foi uma heroína, do jeito que queria ser. Acha que agora eu também sou uma heroína? Acha que ela me perdoaria, se soubesse?

Helena não sabia o que dizer.

— Ela amava você.

Ivy não parava de tremer.

Kaine as alcançou, a expressão ilegível, e tirou do uniforme uma faca de obsidiana.

— O que você... — começou Helena, mas ele virou a faca e ofereceu o punho para Ivy, que aceitou sem hesitar.

— No peito, perto do coração — disse ele. — É o jeito mais rápido.

Ivy assentiu, deu meia-volta e subiu no caminhão às pressas. Em um minuto, ela já tinha sumido, o ronco do motor diminuindo até seu único rastro ser a poeira na estrada, e o embrulho nas mãos de Helena.

— Kaine — chamou ela, rouca pela fumaça. — Agora você pode ir comigo. Podemos escapar juntos.

Ele fez que não.

— Vamos entrar.

Helena o encarou, incrédula, e não se mexeu quando ele tentou conduzi-la para dentro de casa. Ele cerrou a mandíbula e a pegou no colo.

— Como assim? — questionou ela, ainda segurando o embrulho, tentando se libertar mesmo sabendo que isso iria abrir as feridas que tinha nas costas. — Era o que precisávamos. Isso nos dá um mês, e eu darei um jeito...

— Não posso ir com você — respondeu ele, andando na direção da casa. — Meu pai está certo. Com ou sem guerra, ele irá caçar você. Poderíamos fugir juntos, teríamos um mês, e eu até poderia proteger você, mas depois eu morreria, e ele saberia de qual direção os caçadores não teriam voltado. Eles acabariam encontrando você. Agora que temos isso e ele não pode mais me controlar, posso ficar e garantir que ninguém que ele envie saia da cidade até você desaparecer em segurança.

Helena apertou o ombro dele, tentando fazê-lo escutar.

— Mas e se eu reverter...

Kaine negou e foi até a porta.

— Para isso, você precisa de uma alma disposta, e não vai encontrar nenhuma, porque a única pessoa que morreria por mim é você.

Ela o encarou calada, como se ele tivesse lhe dado um golpe na garganta.

— O quê? Não vai nem sequer me perguntar? — A voz de Atreus se elevou do chão em um tom provocativo.

Helena se sobressaltou, debatendo-se no colo de Kaine para olhar para o pai dele. Atreus continuava caído no chão, preso pelo ferro, incapaz de se mexer.

— Você faria isso? — perguntou Helena.

— Eu prefiro morrer — cortou Kaine, antes de o pai responder.

— Você precisa de alguém disposto — falou Atreus, olhando para Helena. — Não é isso, uma alma disposta? Meu selo está aí. É o osso do meio do indicador.

Ela olhou para o braço podre. Escorria uma gosma preta e grossa no lugar do sangue, mas o osso do meio do indicador estava entre os que restavam. O coração dela acelerou.

— Por que você estaria disposto? — perguntou Kaine, contorcendo o rosto para ele, o ódio ardendo nos olhos. — Você me odeia desde antes de eu nascer.

Atreus desviou o olhar.

— Sua mãe gostaria que eu o salvasse.

— Bom, agora é tarde — rebateu Kaine.

Ele carregou Helena para dentro de casa e se recusou a ouvir os protestos dela.

— Não vou nem discutir — retorquiu ele. — Só nos resta tirar você daqui o mais rápido possível. Sorte a nossa os olhos dos necrosservos terem praticamente apodrecido, senão, já teríamos sido pegos.

Ele passou pelos restos chamuscados do quarto dela, pulando um cadáver. Era uma das faxineiras. Os criados que restavam estavam lá dentro, jogando água na tentativa de apagar qualquer resíduo de fogo e recolhendo as poucas coisas que tinham resistido ao fogo. As janelas estavam abertas, o ar se renovando, mas ainda fedia a tapete queimado, odor azedo de madeira úmida e a acidez do ferro derretido.

Ele a soltou e destrancou uma porta um pouco adiante. Lá dentro estavam materiais médicos e malas prontas. Ele pegou uma caixa.

— Como faço isso? Queimaduras nunca foram minha...

— Se seu pai...

— Não vamos falar disso antes de eu tratar você — disse com firmeza. — Agora, me dê isso.

Ele tirou o braço das mãos dela e o largou em um armário, fechando a porta para bloquear o cheiro.

Helena não acreditava que Kaine tivesse qualquer intenção de debater o assunto depois de curá-la, mas o tratamento era necessário de qualquer forma.

— Corte meu vestido. Vamos precisar de soro para soltar o tecido grudado.

Ele tirou os restos queimados do cabelo dela e pegou uma tesoura. Com muito cuidado, começou a cortar a parte de trás do vestido.

— Eu odiava esses vestidos — comentou Helena, enquanto ele lavava as costas dela, tentando encharcar o tecido para soltá-lo.

Ela tocou o ombro e usou a ressonância para avaliar os danos. A queimadura era mais profunda do que ela supunha. Os nervos estavam intactos, mas a extensão e a profundidade eram tamanhas que a cura completa levaria mais tempo do que eles imaginavam. As mãos de Kaine tremiam em espasmos demais para aquele tipo repetitivo de regeneração do tecido, e Helena não conseguiria contorcer os ombros para alcançar tudo. Kaine cuidou das áreas mais superficiais, mas seus dedos começaram a falhar tanto que a ressonância não funcionava. Ele recuou, ofegante.

— Está tudo bem — disse ela.

— Não está, não.

— Mesmo com as mãos firmes, levaria tempo demais para curar isso tudo — afirmou ela. — Se estiver limpo e anestesiado, dá para aguentar até depois.

Ele assentiu devagar e revirou uma caixa, tirando dali um pote familiar de bálsamo.

— Isso serve?

Helena riu baixinho.

— Serve, sim.

Ele passou o preparo cuidadosamente e enfaixou as costas dela com ataduras de seda, mais suaves do que as de linho.

— Sua pobre coluna não recebeu um tratamento tão luxuoso — comentou ela, enquanto ele fazia o curativo.

Helena sentiu a ressonância dele na pele, nos lugares doloridos por causa do calor do ar, e em um corte superficial na testa, que sequer notara. Coisas menores, ele conseguia resolver.

— Kaine — disse ela, quando ele terminou. — Preciso falar com o seu pai.

— Ele não vai ajudar, só está tentando criar expectativa para machucar você. E, mesmo que ele quisesse de fato ajudar, eu já sou parecido demais com ele, não quero uma parte da alma dele em mim.

Helena virou o rosto dele para ela.

— Você é tudo que ele tem da sua mãe. Quando olha para você, é ela quem ele vê. Ele sabia o risco que corria ao me atacar, e o fez porque achou que salvaria você — argumentou ela, e respirou fundo. — Sei que não quer acreditar na possibilidade porque morre de medo de ter esperança. Mas eu prefiro morrer salvando você a saber que tivemos uma oportunidade e eu não a aproveitei.

Ela o sentia vacilar.

— Você prometeu que fugiríamos juntos — continuou. — Lembra?

— Por que é que eu tenho que cumprir todas as minhas promessas se você não parece cumprir nenhuma das suas? — indagou ele, baixando o rosto.

Ela meneou a cabeça e encostou a testa na de Kaine.

— A primeira promessa que fiz para você foi que eu seria sua pelo resto da vida. Essa eu vou cumprir.

O quarto de Helena estava arruinado, todas as roupas tinham se tornado cinzas. Felizmente, Kaine preparara roupas extras para a viagem, resistentes, de cores neutras. Ela se vestiu devagar, tentando não piorar os ferimentos das costas.

O corredor estava encharcado, reduzido a escombros queimados, mas o ferro permanecia, como os ossos de uma fera.

Atreus continuava caído no chão onde Kaine o deixara, de olhos fechados. Ele os abriu ao ouvir os passos que se aproximavam e levantou a cabeça. Olhou de Kaine para Helena e riu.

Helena apertou o braço de Kaine antes de ele reagir.

— Quero conversar com ele a sós — disse ela.

— Não.

— Ele não tem como fazer nada comigo. Espere aqui.

Ela sentiu o olhar de Kaine a acompanhar enquanto andava na direção de Atreus, que a observava com interesse igualmente penetrante.

— Minha oferta não foi para você — retrucou Atreus, quando ela o alcançou.

— Você sabe que ele não vai pedir — afirmou Helena, ajoelhando-se ao lado de Atreus.

Ele desviou o olhar.

— Então eu retiro a oferta.

Ela sentiu um aperto de pavor no peito. Estava tentada a implorar, mas sabia que Atreus não daria importância para sua humanidade, nem sua humilhação.

— Eu vou fugir, independentemente do que você fizer. Sua recusa apenas o matará.

Atreus olhou para Kaine, que os observava. Uma tristeza voraz brilhou nos olhos do homem ao observar o filho. Mesmo querendo falar, ela esperou. Finalmente, Atreus quebrou o silêncio.

— Eu só percebi como Kaine se parecia com ela quando voltei. Nunca tinha reparado quando ele era menino.

Ele forçava a vista, tentando enxergar Kaine de longe.

— Nunca entendi por que ela queria tanto um filho. Eu teria adotado um herdeiro de outra família na guilda, se necessário. Eu deveria bastar para ela.

Helena o observou com pena. O ciúme dele era patético.

— Ele é tudo o que restou dela.

— Pode mesmo salvá-lo? — questionou Atreus, finalmente olhando para Helena.

— Sim, se você realmente desejar que ele sobreviva.

O homem demorou a responder. O coração dela pesava como uma pedra. Se ele não se oferecesse com sinceridade, o vínculo iria se desfazer, e assim como Luc, Kaine também partiria.

— Enid era minha vida — disse ele, por fim. — Ela me mandaria salvá-lo, se estivesse aqui. Eu nunca soube dizer não para ela.

Helena esticou a mão e dobrou o ferro para soltá-lo. Ele se levantou e, sem olhar para ela ou para Kaine, virou-se e entrou na casa.

Quando eles chegaram à sala, Atreus não parava de olhar para a gaiola. Será que nunca a vira? Ou simplesmente nunca parara para questionar seu propósito?

— Por quanto tempo ela...?

Ele tocou as barras com os dedos trêmulos e se ajoelhou, como se pretendesse entrar e ocupar o mesmo espaço.

— Quatro meses — respondeu Kaine, a voz seca.

Ele olhava para os lados, como sempre fazia quando entrava naquela sala.

Helena queria reconfortá-lo, mas estavam perdendo tempo. Tinham muito a fazer.

Ela começou a trabalhar com a matriz no chão. A matriz que ela desenhara fora derretida e destruída pelo fogo, mas ela lembrava de todos os detalhes. Precisava apenas da parte central da matriz original, mas a destruição precisava ser restaurada e alterada. Funcionaria para manter a alma de Kaine no lugar até conseguir contê-la.

A nova matriz era feita de ferro. Era perfeita para o propósito deles, e estava a seu dispor.

Ela e Kaine se ajoelharam em lados opostos. Ele fechou os olhos e, quando os abriu, estavam brilhando. Por mais trêmulas que estivessem suas mãos, a ressonância dele ainda era mais forte do que a dela. O ar estremeceu com um gemido da casa, ferro fluindo como água na direção deles. Quando chegou à matriz, Helena usou a própria ressonância para direcioná-lo, conduzindo os caminhos entalhados no piso que levavam ao círculo de contenção no centro.

Matrizes de guildas industriais podiam ser do tamanho de prédios, mas Helena nunca trabalhara com uma matriz maior do que conseguia segurar. A matriz no piso era grande demais para ser vista toda de uma vez, e Helena precisava engatinhar para verificar se todas as linhas e símbolos estavam corretos. Precisava estar perfeita.

Seu coração martelava no peito, o ritmo instável e irregular a provocando.

Uma chance.

— Está pronto — disse ela, por fim, e se levantou no centro da matriz. — Podemos começar.

Kaine assentiu, mas então foi até a porta. Os criados restantes estavam reunidos no saguão, Davies na frente do grupo.

— Amaris está pronta? — perguntou Kaine.

Um dos criados confirmou.

Kaine ficou ali, parado.

— Eu nunca... eu nunca disse... Perdão. Por não conseguir salvar nenhum de vocês.

Davies avançou em um passo hesitante, murmurando o nome dele sem som, como tantas vezes. Ela alisou o cabelo dele como uma mãe faria, e então espalmou as duas mãos em seu peito e o empurrou para trás. Na direção da matriz, para longe deles.

Helena foi até onde Kaine deixara o braço de Morrough. O fedor sempre a atingia como um soco no estômago, e trabalhou rápido no desmonte. Era repulsivo, e, ao segurá-lo, dava para sentir todo o poder que continha ali, tantas vidas correndo em cada osso. Na seção da ulna mais próxima à mão, sentiu uma horrível familiaridade. Era o pedaço usado para prender Kaine. Ela tirou o que precisava e descartou o resto.

Kaine já estava no centro da sala, despido da cintura para cima, coberto por cicatrizes violentas, a mais destacada era a matriz nas costas. Atreus a olhava, e ficou evidente que nunca a tinha visto.

O foco de Kaine era ela, apenas ela.

Não havia plataforma por cima dessa matriz. Helena ficaria dentro dela, ao lado dele.

— Deite-se de costas — disse ela.

Ela se ajoelhou, guiando as mãos dele para os lugares necessários na matriz, e então o olhou nos olhos, o coração ameaçando sair pela boca.

— Vai funcionar — declarou ela. — Eu prometo. Eu *vou* salvar você.

Helena encostou as mãos no ferro frio e deixou a animancia fluir. Nunca derramara animancia em uma matriz além dos experimentos pequenos nas placas de gravura. Exigia muito mais poder do que esperava. Conforme a matriz se ativava, um brilho se espalhava lentamente pelo ferro, até vibrar por inteiro e Kaine ficar tão translúcido que era possível enxergar através da pele: os ossos, os órgãos e o talismã enroscado ao coração.

Ela pegou o selo. O osso era tão velho que poderia se dissolver em pó, e ela teve que se concentrar para sentir a energia ali. Era como um embrulho amarrado com barbante, tão embolado que era difícil de desamarrar. Precisava ir com cuidado, senão causaria danos. Desenrolou repetidas vezes com a ressonância, os fios parecendo intermináveis, até um baque soar, repentino. Quando ergueu o rosto, um dos criados no corredor tinha desabado no chão.

Helena desviou o olhar e continuou, enquanto outro criado caía no chão. E mais outro. E mais outro. É claro que a última, o que indicava que fora a primeira a morrer, era Davies. Ela olhou nos olhos de Helena um instante antes de tombar.

Uma onda de energia se espalhou quando o osso se esfarelou, a convulsão antes da energia se alterar naquele fluxo frio da morte, transformando-se ao ser arrastada para a matriz.

O ar se iluminou e o cabelo de Helena se arrepiou.

Kaine começou a berrar.

Ele arregalou os olhos, sem conseguir enxergar. Arqueou as costas, arranhando o piso até os dedos e as unhas rasgarem, sangrando. Helena se debruçou sobre ele.

— Não. Não faça isso. Aguente firme — pediu ela, fazendo força para segurá-lo ali, pois ele precisava ficar no centro.

Helena forçou o coração dele a se acalmar, paralisando os músculos até ele parar de se debater, mas os gritos não cessaram.

Os dedos dela se atrapalharam ao procurar o relicário de Atreus. Ela o soltou às pressas, arrancando os fios embolados de energia. O osso se esfarelou e a energia da matriz tentou arrastar a alma dele também.

Helena segurou firme com a mão esquerda, sem soltar. Não podia misturar à alma de Kaine. Fez tanta força com a ressonância que ficou com câimbra na mão, a dor disparando pelo antebraço. Com a mão direita, fez pressão no peito de Kaine, puxando o mar de energia que rodopiava pela matriz, tentando dirigi-la para ele, mas a agonia dele liberava a própria ressonância. Por mais esforço que ela fizesse, não conseguia ultrapassar a barreira.

Helena se curvou sobre Kaine até encostar a testa na dele. Ele tinha parado de gritar, estava sem voz, os olhos fora de foco.

— Preciso de você — disse ela. — Estamos quase acabando. Mas vai ter que voltar para mim. Vamos fugir, esqueceu? Eu, você e nossa bebê. Vamos ser livres. Vou salvar você, mas preciso que lute comigo.

Um choque de dor súbito tomou sua mão esquerda, e dois dos dedos perderam a força e o sentido. Ela mal conseguiu sustentar ressonância o suficiente para manter a mão cerrada.

Helena se debruçou para a frente e beijou o rosto de Kaine.

— Por favor... Volte para mim. Fique comigo.

Os olhos dele pareceram encontrá-la.

Ela fez pressão no peito dele outra vez, e foi como inspirar uma sala cheia de oxigênio, tentando forçar toda a energia para dentro dele. As bordas externas da matriz pararam de brilhar, escorrendo para o centro devagar até a luz sumir embaixo de Kaine e a tensão na mão esquerda de Helena finalmente passar.

Ele mal respirava. Um som áspero e oscilante emergia dele sempre que inspirava.

Helena trabalhou rápido. Não permitiria que acontecesse de novo o que acontecera com Luc. Dessa vez, ela consertaria tudo.

Ela deformou a alma de Atreus, a ressonância animante a esticando em um fio fino e a amarrando do mesmo jeito que as almas eram amarradas aos relicários, enroscando a energia, como uma teia de aranha emaranhada, pelas costelas de Kaine, ao redor do talismã.

Não era suficiente para criar um novo parasita, como Cetus, mas, sim, para ganhar tempo até o corpo de Kaine se lembrar de como era ter alma.

Quando terminou, Kaine estava imóvel. Helena pressionou a mão no peito dele, sentindo-o ali. Vivo e mortal.

Sem o frio penetrante.

Helena perdeu as forças, tão exausta que poderia desmaiar ao lado dele, mas ainda não tinha acabado. Era apenas o começo.

Ela se levantou com dificuldade, cambaleando.

O cadáver de Crowther estava morto novamente, ao lado da jaula.

A mão esquerda dela continuava cerrada, contorcida de câimbra, segurando os restos esfarrapados da alma de Atreus.

Helena tocou o corpo, e precisou apenas do pouco que lhe restava para reanimá-lo. Espalmou a mão esquerda no peito do cadáver e empurrou de volta o que sobrava de Atreus.

Lentamente, os olhos dele recobraram o foco. Ajoelhada ao lado dele, o sentimento era o mesmo de quando Luc morrera gradualmente. A sangria lenta da vida se esvaindo, mas, por enquanto, ele não estava morto.

Ele olhou para Kaine, imóvel no chão.

— Ele está vivo?

Ela confirmou.

— Está vivo. Você me ajuda a carregá-lo? Não consigo sozinha.

Atreus se levantou e foi até Kaine, enquanto Helena parou para tentar recuperar a mão esquerda. Então seguiu Atreus, que levantou Kaine e o vestiu com rapidez. A força dos dois foi o suficiente para erguer Kaine do chão. A cabeça dele pendeu para trás, os pés se arrastando pelo chão. Ela parou de novo e reanimou os criados pela última vez para que pudessem ajudá-la.

Já anoitecera, e Lumithia estava quase invisível, Luna crescente, o céu iluminado por estrelas.

Amaris esperava logo à porta, batendo as patas, nervosa. Já estava de sela, as malas amarradas ao arreio. As asas dela tremularam quando os criados saíram carregando Kaine.

— Está tudo bem. Ele está bem — garantiu Helena.

Mesmo hesitante, ela avançou até Amaris, apaziguando-a. Seria impossível botar Kaine em cima da criatura se ela permanecesse de pé, então tentou acalmá-la e fazê-la se abaixar. Puxou o arreio na cabeça de Amaris e, muito relutante, a quimera se agachou, acompanhando Kaine com o olhar amarelo.

Kaine parecia estar começando a recobrar a consciência, os olhos se abrindo lentamente ao ser deitado na sela. Tinha faixas e um arnês ali, provavelmente para Helena. Ela o prendeu na sela.

Amaris não parava de tentar olhar para trás, gemendo baixinho.

— Está tudo bem — insistia Helena, ao subir na sela atrás de Kaine.

Ela tirou do bolso os anéis de ignição de Atreus e os estendeu.

— A matriz tem que ser destruída — afirmou ela, quando ele aceitou os anéis. — Ninguém pode saber que ele está vivo.

Amaris se levantou, já abrindo as asas para voar. Helena estava prestes a soltar as rédeas e deixá-la correr quando Atreus falou:

— Kaine...

Kaine levantou a cabeça, apenas o bastante para ver o que restava do pai. Seus olhos estavam exaustos, doloridos; a malícia e o ódio tinham ficado para trás quando fitou Atreus.

— Pai...

O rosto de Atreus pareceu se suavizar inteiro. Ele esticou a mão, mas Amaris rosnou em alerta, levando-o a fechar os dedos.

— Sua mãe sempre se orgulhou tanto de você. Dizia que você era a melhor coisa que já tínhamos feito — disse Atreus, e então se virou para Helena. — Salve-o.

Helena não respondeu, limitando-se a soltar as rédeas. A quimera disparou correndo pelo pátio, os músculos tensos e contraídos sob a sela, e saltou, decolando. Bateu as asas de ônix contra o céu escuro, e assim eles tomaram o ar, subindo cada vez mais. O vento assobiava ao redor deles, e Helena segurava firme o arnês que prendia Kaine no lugar.

A cidade brilhava, mas o continente parecia um abismo, um poço sombrio do qual tentavam fugir.

Quando Amaris começou a planar, algo lá embaixo piscou. O brilho cresceu, um anel de luz imenso, enquanto a Torre Férrea era consumida por labaredas.

CAPÍTULO 75

Julius, 1789

As Montanhas Novis se assomavam contra o céu estrelado. De costas para elas, Helena voava rumo ao Sul.

Da última vez em que montara Amaris, a quimera era menor e mais jovem. Agora, suas asas estavam mais fortes e estáveis. Assim que Helena a direcionou para o Sul, a criatura pareceu entender que devia acompanhar o rio.

A escuridão abaixo beirava o infinito, pontuada pelos amontoados de luz de cidades e vilarejos.

Para todo canto que olhava, Helena só via um breu sem fim. Na tentativa de respirar, enterrou o rosto nas costas de Kaine.

— Não morra, Kaine — repetia ela sem parar.

Colocando a testa entre os ombros dele, sentiu a batida fraca de seu coração para se certificar de que ele continuava vivo.

Helena não sabia por quanto tempo voaram, pois a noite parecia não ter fim.

Amaris começou a descida sem nenhum aviso, e Helena quase escorregou da quimera. Por um instante apavorante, achou que fosse despencar.

Com o movimento, Kaine despertou da quase inconsciência. Ele levou as mãos para trás e agarrou Helena, segurando-a firme até que conseguisse recuperar o equilíbrio. Ela tentou firmar-se com as pernas, mas o cansaço era tanto que mal conseguia manter o aperto.

Amaris atingiu o chão em alta velocidade, e Helena quase arrancou a própria língua com uma mordida. Desesperada, olhou ao redor e tentou se localizar enquanto Amaris galopava escuridão adentro. Havia uma lanterna elétrica num dos alforjes, mas ela não lembrava em que parte exatamente. De repente, a quimera parou e aguardou Helena desmontar.

Porém, sem que Helena se desse conta, Amaris estava vários palmos mais alta do que ela lembrava e o chão escapou de seus pés no lugar previsto. O restante do caminho foi ladeira abaixo e ela acabou tombando na grama grossa e exuberante do verão. Então ficou deitada ali, encarando as estrelas, que brilhavam como um caminho cintilante.

Antes da Desgraça, dizia-se que as pessoas viajavam seguindo as estrelas, mas agora ninguém mais sabia para onde elas levavam. Com certo esforço, Helena se levantou.

— Kaine — chamou, tateando no escuro até encontrar Amaris e, depois, a perna de Kaine, cuja bota se enroscara no estribo. — Não sei onde estamos. O que vamos fazer agora?

Ele ergueu a cabeça devagar. Em meio à escuridão, só dava para distinguir sua silhueta. Kaine tentou desmontar, e só então percebeu que estava preso à sela.

Tateando até a cabeça de Amaris, Helena a fez se deitar antes de procurar as tiras e fivelas e abri-las da melhor forma possível. E, para desmontar, Kaine precisou se apoiar na quimera.

— A cabana de caça fica logo... — Era como se a garganta dele estivesse em carne viva.

Aos poucos, seguiram adiante até que encontraram degraus e uma porta de madeira, pela qual entraram aos tropeços. Em uma prateleira ao lado da porta havia uma lanterna, que Helena acendeu. O lugar era pouco mais que um barraco. Simples e rústico, apenas um local para dormir.

Havia duas camas estreitas, mas Helena e Kaine colapsaram na mesma, sem se importarem de tirar as botas ou a capa.

— Nós conseguimos, Kaine — falou ela. — Como sempre dissemos que faríamos.

Helena acordou com as costas em brasa e o punho esquerdo latejando com uma dor quase formigante. Abrir os olhos exigiu certo esforço e, quando o fez, observou o entorno espantada, antes de se lembrar de onde estavam.

Kaine sentava-se ao lado dela, acordado, mas abatido. Pressionando uma das mãos contra o peito, inclinava-se para a frente como se todas as costelas de seu corpo estivessem quebradas.

— Você... está bem? — perguntou Helena, esforçando-se para se sentar.

— Estou. — Kaine assentiu com brusquidão. — Tenho certeza de que vai passar.

A voz dele ainda soava rouca. Ele havia forçado a garganta ao gritar e, na atual conjuntura das coisas, casos assim levariam algum tempo para se curarem sozinhos.

— O que vai passar? — indagou, tentando tocá-lo, mas só conseguiu roçar os dedos no casaco. Sentia como se não tivesse ossos no próprio corpo. — O que está acontecendo?

— Não é nada. Só não estou mais acostumado a me sentir... humano — explicou ele.

Helena deu um jeito de se aproximar o suficiente para tocá-lo. Kaine tinha razão, não havia nada errado, a questão era que por dentro ele estava frágil como uma teia de aranha. Se um único fio se rompesse, tudo poderia ter sido em vão.

Descansando a cabeça no ombro dele, respirou devagar.

— Você precisa tomar cuidado. Pode levar meses, talvez anos, até sua alma se reintegrar de vez. Nem pense em usar vitamancia ou animancia. Não faça nada que possa sobrecarregar sua vitalidade. Talvez um único erro baste para matá-lo. E você não pode mais usar a matriz, pois não vai mais se regenerar e ela vai deixar um buraco nas suas costas.

Ele colocou uma mecha de cabelo atrás da orelha dela.

— Você já me disse tudo isso ontem. Sabe, eu de fato presto atenção quando você fala.

Ela assentiu, mas não conseguiu deixar de repetir:

— Você precisa tomar cuidado.

— Vou tomar. Mas e você? Está bem?

— Só cansada — respondeu ela, deitando-se de novo.

A dor era como se o ferro em brasa estivesse sendo pressionado contra a pele de suas costas outra vez.

— Como estão as costas?

Helena estremeceu. Não queria tocar naquele assunto porque sabia que ele ficaria chateado por não ser capaz de curá-la.

— Acho que o efeito do bálsamo passou — respondeu ela. — Agora está doendo um pouquinho.

Kaine tentou tocá-la.

— Não — falou ela. — Me dê um minutinho e aí vamos usar o bálsamo para podermos ir embora o quanto antes.

— Melhor esperarmos até escurecer — disse ele. — Numa viagem durante o dia, é muito fácil reconhecer Amaris. Vamos demorar alguns dias para chegar à costa.

Quando Helena voltou a abrir os olhos, não havia claridade do lado de fora. Kaine arrumava os alforjes. No instante em que ela se mexeu, ele ergueu o olhar.

— Acha que tem energia o suficiente para viajar?

Teriam permanecido lá caso a resposta tivesse sido negativa, mas Helena sabia que, quanto mais distantes ficassem de Paladia, menor seria a probabilidade de os rastrearem. Tratava-se de uma corrida contra o tempo. A Ausência não esperaria por eles.

— Acho que sim — mentiu ela.

Voaram quase a noite inteira. Com o amanhecer já despontando no horizonte, o céu assumia uma coloração prateada quando Amaris aterrissou novamente. Não havia nem sinal de cabana. Kaine retirou a sela de Amaris, e eles dormiram na lateral peluda da quimera, cujas asas pretas bloqueavam a luz enquanto o sol nascia.

Quando Helena acordou, Kaine ainda dormia a seu lado, o rosto voltado para ela, como se tivesse pegado no sono enquanto a observava.

Helena analisou o rosto dele — agora mortal — tingido pela luz suave.

Estavam livres.

O coração dela ficou maior dentro do peito.

Parecia um sonho. Um movimento em falso e tudo aquilo iria por água abaixo. Mesmo olhando para Kaine, Helena não conseguia afastar a sensação de que não era real. E que, de alguma forma, mesmo que fosse real, não poderia durar. As coisas boas na vida dela nunca duravam.

Kaine estava tão quieto que ela estendeu a mão para ele, os dedos trêmulos. Com o toque, ele franziu as sobrancelhas e abriu os olhos. Helena os viu brilharem quando ele a encarou.

— Oi — disse, porque estava cansada demais para dizer outra coisa. Então pigarreou e se sentou. — Preciso dar uma olhadinha em você.

Amaris se levantou, espreguiçando-se, e os abandonou, indo na direção da floresta enquanto Helena fazia Kaine abrir a camisa. Agora sem a tontura causada pelo cansaço, pressionou a mão no peito dele, tentando sentir sua vitalidade.

Era inegável que Kaine ainda não parecia natural, mas não havia nada que pudessem fazer exceto lhe dar mais tempo e torcer para que seu corpo encontrasse o caminho de volta a uma aparência de normalidade. Havia uma fragilidade tênue em sua vitalidade, como se um único toque descuidado pudesse pôr tudo a perder.

A condição física dele também a preocupava. Se o perigo de esperar não fosse tão grande, teria sido melhor. Ele ainda se recuperava da punição de Morrough, e agora era possível que isso nunca acontecesse. Tanto o coração quanto os tremores de Kaine a preocupavam, e Helena sentia um nó se formar na garganta só de pensar na matriz abrindo um buraco nas costas dele caso a usasse outra vez. As mãos dela tremiam.

— Tem algumas coisas que você se acostumou a tratar como comuns que hoje o levariam à morte — disse Helena.

— Eu sei — falou Kaine, a voz ainda rouca.

Aproximando-se, Helena pressionou a mão no pescoço dele para restaurar todo o tecido danificado.

— Sei que você sabe em um nível racional — argumentou ela —, mas quis dizer em nível instintivo. Você nem percebe que tem anos de maus hábitos acumulados.

Aquilo a deixava aterrorizada. E se fossem atacados? Kaine era muito competente em combate, mas não sabia lutar sem se escorar na imortalidade.

Helena devia ter planejado aquilo com mais cuidado. Kaine lhe dissera para recobrar as forças, e ela tinha se concentrado na pesquisa, que o salvara, mas e se os dois fossem atacados e ela não pudesse lutar? E se Kaine morresse? E se tudo aquilo tivesse sido em vão?

O medo correu como uma fissura no peito dela.

Seu corpo ficou rígido, e Helena procurou pelo alforje. Havia facas ali. Precisava pegá-las. Deveria sempre carregar uma consigo.

Tudo era tão claro, cegante...

— Helena... Helena, respire... Olhe para mim. Eu vou tomar cuidado. Não vou deixar ninguém me tirar de você.

Ela tentou assentir, mas sentia um enorme nó na garganta.

— Mas e se algo der errado? — perguntou, a voz tensa. — Tudo vai desmoronar. Tudo sempre... desmorona.

Tentou se afastar, observando o entorno. Estavam a céu aberto, com uma floresta sem fim os cercando. O perigo poderia vir de qualquer direção. Nem precisaria ser um Imortal. Poderia ser qualquer pessoa.

Ele a obrigou a se virar e encará-lo.

— Olhe para mim. Nós não deixamos nenhum rastro. Já persegui muitos fugitivos, sei como eles são pegos. E isso não vai acontecer conosco. No passado, você já me viu lutar movido pela indiferença porque eu podia, mas aprendi a tomar mais cuidado por conta da regeneração mais lenta. Olhe para mim; eu confiei em você, e conseguimos escapar. É sua vez de confiar em mim.

Com um movimento brusco da cabeça, Helena concordou.

— Agora — continuou ele, estendendo a mão para o colo dela —, vai me contar o que há de errado com a sua mão?

Ela baixou o olhar. Os últimos dois dedos da mão esquerda se curvavam para dentro e não se moviam junto com os outros. Na tentativa de esconder o ferimento, fechou a mão em punho.

— A atração da matriz foi muito forte. Precisei me esforçar para acertar tudo. O nervo ulnar simplesmente... esfarelou. Tentei curá-lo, mas... havia tantos danos a longo prazo que não consegui salvá-lo.

Kaine pegou a mão esquerda dela com bastante cuidado e endireitou todos os dedos, mas, quando acariciou os dois últimos com o polegar, Helena não sentiu nada. Nem os dedos, nem o dorso da mão. Os dedos de Kaine tremeram.

— Está tudo bem — disse ela. — Nem é minha mão dominante, então ainda posso usar alquimia. Tenho certeza de que não vou notar.

— Não — falou ele, entre dentes. — Não aja como se estivesse tudo bem.

— Está tudo bem se esse for o preço para ficar com você — respondeu, afastando a mão.

Havia comida nos alforjes e, para encontrar as adagas e escondê-las nas roupas, Helena usou a desculpa de que estava com fome.

O dia avançou. À medida que o tempo foi passando, a ansiedade cresceu dentro dela.

Kaine também estava inquieto, embora escondesse melhor. Quanto mais se recuperava, mais queria verificar se estavam mesmo a salvo, como ele dizia ser o caso. No entanto, permaneceu ao lado dela, para que Helena pudesse enterrar o rosto em seu peito e emaranhar os dedos em sua camisa em meio ao sono agitado.

Depois de passarem a noite viajando pelo céu, chegaram a outra cabana de caça. A viagem os exauriu, e eles trocaram poucas palavras antes de dormirem nos braços um do outro até quase escurecer. Quando Helena acordou, Kaine estava ao lado dela e seus olhos tinham recuperado um pouco do brilho.

Quase parecia uma pintura.

Helena via a possessividade nos olhos de Kaine, e era suficiente para perceber o quanto aquele sentimento estivera ausente nas suas tentativas de deixá-la. Ele se aproximou para beijar Helena.

Ela retribuiu o gesto colocando os braços ao redor do pescoço dele. Queria Kaine mais perto, sob sua pele, sob suas costelas, dentro de seu coração. Queria mantê-lo tão perto que não restasse nada para separá-los, para que o medo de perder Kaine pudesse enfim acabar.

O tempo sempre se esgotava para eles. Haviam passado anos sobrevivendo de momentos roubados, e agora ela enfim sentia o quanto isso a deixara faminta.

Foi apenas depois, enquanto estava deitada ao lado dele, traçando distraidamente a cicatriz da matriz com os dedos, que Helena percebeu que suas costas não doíam. Que deveriam estar doloridas, mas não sentia dor alguma.

Esticou o braço e tocou os próprios ombros. Kaine se sentou.

— O que você fez? Me curou? — indagou, se virando para ele. — Eu disse, eu te avisei para não usar vitamancia.

— Estou bem — respondeu Kaine, não parecendo nem um pouco arrependido. — Tomei bastante cuidado, e você sabe que muitas curas não consomem vitalidade alguma. Você já está machucada demais para uma viagem tão longa sem a tortura de meu pai gravada nas suas costas.

Ela o puxou para perto e, ao pressionar a mão contra o peito dele, seus dedos tremiam: estava tomada pelo pavor do que poderia encontrar, de que ele estivesse prestes a escapar por entre seus dedos.

E se tivesse acordado e o encontrado morto a seu lado, sozinha ali para descobrir por quê? Foi preciso checar diversas vezes antes de se convencer de que ele realmente estava bem.

Quando a pressão na garganta deu uma trégua, Helena disse, com a voz trêmula:

— Você não deveria ter feito isso. Não vale a pena. Muitas pessoas se curam de queimaduras sem vitamancia. Eu estava *bem*. É sério.

Ele segurou seu rosto com ambas as mãos.

— Helena, olhe só o seu estado. Você se despedaçou várias vezes por minha causa e, pelo que parece, não entende que isso acaba comigo. Não vale a pena viver se for você quem vai continuar a pagar o preço. Deixe-me fazer o que está ao meu alcance.

De olhos fechados, afundou o rosto no peito dele, ouvindo as batidas de seu coração, obrigando a si mesma a acreditar que ele estava bem.

— Temos que parar de ficar nos machucando um pelo outro — afirmou ela, por fim. — Nós dois. Não vamos durar muito tempo se esta for a única forma que conhecemos de amar.

Quando a noite caiu, eles seguiram em frente, voando, e, da escuridão, algo vasto e meio prateado surgiu à frente. Helena perdeu o fôlego.

Era o oceano.

Afastando-se do rio, guinaram para a esquerda.

Apesar da escuridão, Kaine parecia saber para onde iam. Passaram por diversos corpos d'água menores e pelos pontinhos luminosos de um vilarejo, no entanto seguiram pela escuridão até encontrarem uma luz bruxuleante visível através de venezianas.

Amaris desceu naquela direção. As venezianas sacudiram com um estrondo quando a quimera bateu as asas. Helena desmontou, as pernas doloridas.

Alguém abriu a porta, e a luz cálida vazou para fora. Helena estreitou os olhos para enxergar.

Do batente da porta, Lila os encarava.

CAPÍTULO 76

Julius, 1789

Um soluço forte e ofegante escapou de Lila, que desceu os degraus às pressas. Usava uma prótese rústica e uma muleta, mas nada a impediu de tomar Helena nos braços e abraçá-la com ferocidade.

— Hel, Hel. Você está mesmo viva.

Lila acariciava Helena, tocando-a no rosto e nos ombros, como se não acreditasse que a amiga fosse real.

Helena a encarou com a mesma incredulidade. Mesmo sabendo que a amiga sobrevivera, acostumara-se tanto a pensar em todos como mortos que, mesmo diante de Lila, ainda não conseguia acreditar por completo.

Lila mudara muito. Tinha pintado o cabelo louro de castanho, e seu rosto exibia um cansaço abatido. A cicatriz ainda lhe atravessava a bochecha, e ela chorava enquanto abraçava Helena.

— Lila...

O coração de Helena parecia prestes a explodir, pois não se preparara para como aquela reunião traria à tona lembranças viscerais de todos aqueles que já tinham partido.

— Achei que nunca mais te veria. Olhe só para você. Está tão magra — comentou, percorrendo o corpo de Helena com o olhar e pausando-o na barriga, quando congelou.

Helena sentiu um aperto no peito.

— Você já sabe, não é? Kaine disse que tinha entrado em contato.

Lila assentiu devagar.

Atrás delas, Kaine desmontou.

Como um chicote, a cabeça de Lila se ergueu, como se não o tivesse notado até aquele instante.

— O que você está fazendo aqui? — perguntou Lila, e, sem aviso, avançou na direção dele.

Foi preciso que Helena se enfiasse entre os dois, empurrando Lila para longe.

— Nós escapamos juntos. Lila, não o machuque, ele não é mais um Imortal.

— Ah, sério? — indagou ela, um brilho selvagem surgindo em seus olhos azuis.

— Você não terá mais sorte em me matar agora do que em qualquer momento do passado, Bayard — provocou Kaine. — Se perder outro dos seus membros, não terá como proteger seu pequeno Principado.

Como um gato-selvagem, Lila deu um rosnado e pareceu pronta para arrancar os olhos de Kaine.

— Podem parar! — repreendeu Helena, furiosa por eles terem conseguido arruinar a reunião em menos de um minuto.

Lila parou de tentar atacar Kaine e simplesmente o encarou.

— Acho que eu não deveria ficar surpresa por você não ter realmente morrido para salvá-la no final.

— Fique quieta, Lila — ordenou Helena, incisiva. — Eu o trouxe até aqui. Se quer sentir raiva por ele ainda estar vivo, então é a mim que deve culpar.

Lila encarou a amiga com um olhar chocado, então uma resignação desesperada surgiu em seu rosto enquanto dava um passo para trás.

— Tudo bem. Vou ficar de boca fechada. Mas tire essa sua monstruosidade daqui, Ferron. Não quero essa coisa perto de Pol.

— Entre — disse Kaine para Helena. — Não se preocupe. Eu já sabia que Bayard e eu não teríamos um encontro amistoso.

Ele se virou para Amaris e a levou na direção do estábulo.

Helena os observou desaparecendo dentro da construção e depois voltou o olhar para Lila, sentindo-se exausta de súbito. De algum modo, pensou que houvesse alegria para durar ao menos uma noite, mas àquela altura já parecia ter se esgotado.

Não que esperasse que as coisas fossem simples, pois um mar de perdas os ilhava... e eles eram os únicos sobreviventes. Nem imaginava como Lila se sentia em relação a Kaine depois de todo aquele tempo. Ainda assim, não esperava que precisaria assumir algo tão intensamente pessoal quanto sua relação com Kaine tão rápido.

— Lila, se machucá-lo, nunca vou perdoar você — avisou Helena.

— Você podia ter arranjado alguém melhor — rebateu ela, balançando a cabeça em reprovação.

— Não, é dele que preciso, e foi ele quem te salvou.

Helena enxergava uma multitude de objeções surgindo nos lábios de Lila.

— Entre — respondeu Lila em vez disso, afastando o olhar.

Foi só lá dentro, sob a luz, que Helena percebeu que Lila ainda usava algemas. Não aquelas que suprimiam toda a ressonância, como as que Helena usara, mas as que a enfraquecia.

— Ele nunca as tirou? — perguntou Helena.

Lila olhou para baixo com uma careta.

— Ele tirou por um tempo, até eu quase arrancar o talismã dele. Quando acordei. — Ela girou o punho. — Já faz muito tempo agora.

Helena olhou ao redor. A casa era pequena e visivelmente habitada. A cozinha tinha uma mesa e, no canto mais distante, havia uma cama cuja maior parte ficava oculta por uma cortina. O lugar parecia tão comum para Lila. A um mundo de distância do Instituto e de Solis Sublime, da brilhante armadura de paladina.

Helena ficou sem palavras.

— Você passou todo esse tempo enfiada aqui? — questionou, por fim.

Lila negou com a cabeça.

— Não. Na época em que ele achou que não demoraria para te encontrar, estávamos do outro lado do rio, em Novis. Foi só depois que Ferron nos trouxe para cá. — Ela abriu um sorriso cansado. — Pol está dormindo, quer vê-lo?

Helena a seguiu em silêncio e as duas olharam por trás da cortina, onde encontraram um garotinho louro, de bochechas cheias e macias, cílios escuros e grossos e membros gordinhos espalhados como uma estrela-do-mar pela cama.

Lila encarou o filho com uma adoração latente nos olhos.

— Ele vai ficar tão animado por ter companhia — disse ela em voz baixa. — Não vamos muito ao vilarejo. Na maior parte do tempo, somos só nós dois.

— Você nunca fugiu?

— Não. — Lila engoliu em seco. — Primeiro, porque estava grávida e, depois, com um bebê. E, ainda por cima, sem uma das pernas. Quando chegamos aqui... percebi que não havia para onde ir. Ferron falou que, mesmo se eu conseguisse chegar a algum lugar, como a corte de Novis, e eles acreditassem em mim, eu seria uma paladina em desgraça com um filho ilegítimo. Ainda que decidissem tratar Pol como Principado, não deixariam que alguém como eu cuidasse dele, ou o protegesse. Teria sido perigoso demais procurar pela família da minha mãe. Toda vez que pensava em sair daqui, me preocupava que, no minuto em que fugisse, você chegaria e perderíamos a chance de nos encontrar.

Lila fechou a cortina para impedir que a claridade acordasse Pol, virando-se.

— Ferron pagou alguém no vilarejo para que a gente não morresse de fome, já que não sou muito boa em cultivar alimentos. Temos galinhas e esses patos horríveis. Eu tricoto agora, exatamente como minha mãe fazia, embora Pol cresça na mesma velocidade que consigo produzir qualquer coisa.

— Você sabe que não vamos ficar, não é? — indagou Helena. — Vamos pegar um barco.

Lila franziu a testa, mas assentiu.

— Pois é. Ferron mencionou o plano. Embora tenha dito um monte de coisas. Aprendi a não esperar muito. — Ela suspirou. — Ele vai vir... mesmo com a gente? Você está planejando... brincar de casinha com ele?

Os ombros de Helena foram tomados por tensão.

— Sim. Fugir juntos sempre foi o *nosso* plano. Eu te incluí porque Luc me pediu para garantir que você e Pol ficassem em segurança.

Lila arregalou os olhos.

— Você viu Luc antes de ele...?

O estômago de Helena embrulhou quando ela percebeu o tamanho da mentira que estava prestes a sair por sua boca. Daria mesmo conta de fazer aquilo? Mentir para Lila a vida toda?

Quando começou a falar, Lila parecia desesperada por qualquer fragmento de Luc e seus últimos momentos. Ela engoliu em seco.

— Eu estava preocupada com ele naquele dia, então saí do Quartel-General. Nós... nos reconciliamos logo antes do batalhão dele voltar para lá. Acho que, de alguma forma, ele sabia que as coisas iriam piorar... Ele me fez prometer que eu cuidaria de vocês. Foi a última coisa que falou para mim.

Lila emitiu um som ofegante e tenso na garganta.

— Você sabe como ele foi capturado... Como foi que pegaram Luc?

A resposta foi uma negativa de cabeça.

Para o mundo, para os livros de história, Lucien Holdfast morrera nos degraus da Torre da Alquimia. Lila também teria que acreditar naquilo.

Kaine abriu a porta e entrou. As emoções à flor da pele de Lila desapareceram e a temperatura do cômodo despencou. Kaine não lhe deu atenção. Com o cenho franzido, tinha olhos apenas para Helena.

— Você a alimentou? — quis saber ele, olhando para Lila.

— Não... — respondeu Lila enquanto encarava Helena. — Está com fome?

— Ela está grávida e só trouxemos rações na viagem. Ou seja, ela mal come há dias — ralhou Kaine, fitando Lila.

— Você podia ter falado alguma coisa.

Lila foi até um armário e o vasculhou, pegando um pouco de leite, pão, queijo e uvas, e colocou tudo na mesa.

Helena beliscou a comida porque Kaine a observava, mas o estômago continuava sensível, e ela não sabia se era da exaustão da viagem ou de uma ansiedade generalizada intensificada pela reunião e pela percepção de que em nenhum momento as coisas ficariam mais fáceis.

— Antes de partirmos — disse ela —, temos que tirar as algemas de Lila. E será que dá para arrumar materiais para eu fazer uma prótese para ela?

Ao ouvir isso, o rosto de Lila se iluminou, mas Kaine cerrou o maxilar e suspirou.

— Não tem por quê. — Foi tudo o que respondeu.

Em seguida, ele enfiou a mão no bolso e pegou uma pequena chave. Jogou-a para Lila e, sem explicar nada, saiu da casa. Quando retornou, trazia um baú de metal coberto de terra, como se o tivesse desenterrado. A fechadura cedeu com facilidade e lá dentro estava a prótese de Lila, envolta em tecido, parecendo apenas um pouco pior devido ao desgaste do tempo.

— Minha prótese ficou aqui esse tempo todo? — perguntou Lila após um minuto de silêncio atordoado.

— Trouxe para cá antes de você chegar — respondeu Kaine. — Mas não confiava em você e achava que iria chamar atenção. Eu ia contar para Helena onde encontrá-la. Estava nos escombros do bombardeio.

Enquanto Helena mexia na prótese, certificando-se de que os componentes ainda funcionavam, Kaine continuou:

— A Ausência é daqui a três dias. As rotas comerciais estão abertas há quinze dias, mas agora o mar está mais calmo, o que significa que os barcos estarão apinhados de gente, e isso vai vir a calhar para nós.

— Para onde vamos, exatamente? — questionou Lila conforme Helena ajustava sua prótese.

— Há centenas de ilhas de Etras até o continente — explicou Kaine. — Vamos para uma das menores, perto de uma das cidades comerciais.

Helena conheceu Apollo Holdfast no dia seguinte.

Pol era tímido. Enfiava o rosto no pescoço de Lila e fitava Helena com olhos inquietos enquanto a mãe os apresentava.

Era um menino grande, puxando mais aos Bayard nesse quesito. Só de olhar, Helena já sabia que ele se tornaria um homem bem alto.

— Pol — disse Lila, aninhando o rosto no cabelo louro bagunçado do filho —, essa é sua madrinha, Helena. Lembra o que te falei? Ela era uma das melhores amigas do seu pai. Ela sempre cuidou dele e de mim e agora... — Lila engoliu em seco. — Agora ela vai me ajudar a cuidar de você. Não é legal? Ela veio para cá com Ferron. Pode ser que não se lembre dele, mas você o conheceu quando era mais novo.

Com os olhos inquietos do pai, Pol espiou Helena através do cabelo de Lila, e era como reencontrar Luc, uma versão mais jovem que ela observara desaparecer.

Sua garganta se fechou e foi difícil falar.

— Oi, Pol. Fico feliz por finalmente conhecê-lo.

Pol bufou e cobriu o rosto com a mão.

— Logo, logo ele se enturma — declarou Lila. — Esse menino nunca encontrou uma criatura viva da qual não quis ser melhor amigo.

— Ele é a cara de Luc. — Era tudo em que Helena conseguia pensar em dizer.

Seu coração começou a martelar no peito, e ela não ouviu o que Lila dizia. Algo sobre dentes nascendo. De repente, ouviu a voz de Kaine.

— Acho que Helena precisa descansar.

A expressão de Lila congelou, mas então ela olhou com mais atenção para a amiga e assentiu.

— Certo. Pol e eu precisamos alimentar as galinhas. Vem, meu amor.

Helena os observou sair pela porta, notando que Lila já não mancava mais. Quando olhou para Kaine, quase pulou de susto.

O cabelo dele estava castanho, quase tão escuro quanto era no passado. Aquilo o fazia parecer mais austero, contrastando com sua pele e olhos claros. Vestia roupas comuns: uma calça marrom e uma camisa de algodão, o que o fazia parecer completamente deslocado. Ninguém nunca olharia para ele e acreditaria se tratar de um fazendeiro.

— Você não gostou — disse ele, tocando o próprio cabelo.

Ela não conseguia desviar o olhar.

— Não é isso, só não estou acostumada — justificou, quase com vontade de rir ao esticar a mão e tocá-lo, lembrando-se de quando o cabelo começou a perder a cor. — Vou sentir falta do prateado.

— A tinta vai desbotar. Você ainda me verá assim de vez em quando.

Ele disse isso, mas não era sempre que ela o via. Helena ficava dentro da casa, porque, quando dava um passo para o lado de fora, ficava perturbada por estar a céu aberto, cercada de quietude. Depois de passar tanto tempo em perigo e em fuga, a banalidade do chalé parecia surreal.

Kaine e Lila pareciam revezar quem ficava lá dentro com ela. Quando era a vez de Lila, ele saía e só voltava quando a paladina levava Pol para fora.

Helena presumiu que Kaine se ocupava resolvendo os detalhes finais da viagem, mas então Lila mencionou que ele ficava no estábulo. De onde nunca saía.

Ao ouvir isso, no mesmo instante Helena correu para o lado de fora, fazendo uma pausa logo antes de entrar no interior escuro.

Como Lila havia dito, ele estava sentado no chão do estábulo, e Amaris descansava a cabeçorra no colo dele.

Kaine não olhou para cima quando Helena entrou. Acariciava os pelos atrás das orelhas da criatura.

— Eu deveria sacrificá-la — disse ele, a voz baixa. — Seria mais gentil. Ela não vai entender se eu a deixar para trás.

Helena sentiu um aperto no peito e se aproximou.

— Você falou que ela dá conta de caçar sozinha.

Ele assentiu em concordância.

— Mas as transmutações nela vão se desfazer com o tempo. Isso vai acabar a matando, assim como fez com todo o resto. Presumindo que alguém não a mate primeiro. Se ela for vista por esses lados, talvez revele nosso paradeiro.

— Alguém já falou alguma coisa?

— Nada que tenha chegado tão ao sul.

Helena olhou para Amaris.

— Ela parou de crescer, não? Talvez não precise mais de tanta ajuda. Pode se virar bem sozinha.

Ele ficou em silêncio por muito tempo.

— Não vale a pena arriscar.

Helena sentiu a garganta apertar.

— Não acho que seja justo não lhe dar uma chance. Não estaríamos aqui se não fosse por ela.

— É só um animal.

Helena não respondeu porque ele não falou aquilo para ela. Sabia que aquela era uma discussão com que Kaine se digladiava consigo mesmo havia dias. Amaris levantou a cabeça, deu um gemido baixo e lambeu o rosto de Kaine, que fez uma careta e afastou o focinho dela.

Ele suspirou, inclinando a cabeça para trás.

— Eu já matei tanta gente — falou, por fim. — Nunca achei que, de todas as coisas, não conseguiria matar um animal.

Na manhã em que partiram, Kaine se levantou em silêncio e foi para o estábulo enquanto Lila fazia os últimos preparativos para a viagem. Helena ficou sentada, tensa, vendo-o desaparecer lá dentro, o estômago embrulhado.

Um minuto depois, ele saiu. Ficou lá, encarando o céu por tanto tempo que o coração de Helena começou a bater forte. Quando entrou no chalé, ele parou atrás dela.

— Algum dia — disse, com a voz bem baixa, colocando a mão no ombro dela —, sua misericórdia terá consequências.

Ela segurou a mão dele.

— Já há sangue demais nas nossas mãos sem adicionar o dela.

Ele apertou o ombro de Helena.

— Bayard! — chamou Kaine após um minuto. — Hora de ir.

O mar estava agitado, mesmo com a maré baixa. O porto, lotado de pessoas chegando e partindo. Nos correios da cidade portuária, o grupo encontrou os documentos de identidade falsos que os aguardavam.

Helena tinha esquecido como o mundo podia ser diferente. Havia tanta consistência na moda e nas características do Norte que ela acabara acostumando-se com a visão, mas uma cidade portuária durante a Ausência era um verdadeiro encontro de culturas. Havia marinheiros e viajantes de todos os países do outro lado do mar aproveitando a oportunidade anual de viajar entre continentes em questão de semanas, em vez de meses.

Havia uns gatos-pingados nortenhos, o que ajudou Kaine e Lila a passarem despercebidos, enquanto Helena misturava-se aos numerosos etrasianos. Não via tantos cabelos escuros e cacheados, nem pele de diversos tons de marrom, desde que saíra de Etras. Era chocante ouvir etrasiano ser falado de forma casual e perceber que já fazia tanto tempo que agora precisava se esforçar para entender o idioma.

O grupo desceu os penhascos até o cais. Enquanto os documentos deles eram aprovados e as passagens, carimbadas, Helena segurou a mão de Kaine em um aperto quase mortal.

Não havia espaço sobrando no deque do navio, e Lila ficou com tanto medo de Pol cair no mar que eles entraram para observar a vista pelas janelas, em vez de permanecer na proa.

O coração de Helena martelava no peito, à espera de que alguém os reconhecesse. De que uma voz gritasse o nome deles.

Kaine sentava-se tenso e cabreiro, e ela sentia a ressonância dele acompanhando seus batimentos cardíacos enquanto ele movia o dedo em círculos lentos pela palma de sua mão, mantendo-a concentrada. Em meio ao burburinho, uma voz nortenha alta se ergueu de uma mesa aos fundos.

— Estou tentando conseguir o máximo de óleo antes que a nova guerra comece. Quando os Libertadores atacarem Paladia, vão pagar uma fortuna por isso.

— Que guerra? — indagou Lila, se virando.

Kaine contraiu os dedos e apertou o pulso de Helena. Entre as preparações e tentativas de manter a paz, evitara mencionar para a mãe de seu afilhado o que ela e Kaine deixaram para trás quando fugiram.

Um nortenho com bigode e suíças olhou para Lila.

— Não lê os jornais, não? O Alcaide-mor de Paladia enfim foi para debaixo da terra. Parece que Novis e os outros países estão prontos para invadir a qualquer momento. Só se fala disso nos últimos tempos.

— Você tem um jornal? — perguntou Lila, a palidez tomando conta de seu rosto.

O homem enfiou a mão no bolso da sobrecasaca e tirou um panfleto.

— Viu só? Muitas máquinas vão ser usadas para lidar com todos os cadáveres e as coisas que os necromantes aprontaram. Vão precisar de combustível. Se eu conseguir chegar a Khem e voltar antes da Ausência, faturarei uma nota, mas, mesmo se fosse por terra, se eu conseguisse o primeiro pedido, ainda sairia na vantagem. Você tinha que ter visto quanto valia o ópio alguns anos atrás. — O bigode dele se ergueu. — Não há nada que chegue aos pés da guerra por dinheiro.

Eles estavam todos distraídos demais, aglomerando-se ao redor do jornal, para responder. Não era um jornal propriamente dito, mas um boletim, do tipo popular entre homens de negócios.

Bem no topo do primeiro boletim as letras garrafais diziam: "Alcaide-mor morto", e então, em fonte menor: "O mundo respira aliviado com relatórios de que o magnata do aço e herdeiro da guilda de ferro, Kaine Ferron, mais conhecido como Alcaide-mor, foi morto no mais recente ataque da Resistência, impactando o regime Imortal."

Helena apertou a mão de Kaine.

No boletim seguinte, lia-se: "Bandeiras da Chama Eterna voltam a ser hasteadas: conforme os países se unem para atacar Paladia, alguns o fazem em memória."

— Vocês sabiam que isso estava acontecendo? — perguntou Lila, por fim.

Kaine permaneceu calado.

— Nós sabíamos que havia uma aliança em andamento, mas não imaginávamos a velocidade com que ela se desenvolveria, ou se eles acreditariam na morte dele — respondeu Helena, a voz baixa, esticando a mão para apertar o punho agora nu de Lila.

Lila se acomodou, segurando Pol nos braços, mas olhava pela janela, para o continente, enquanto as buzinas do navio soavam, sinalizando que estavam prestes a zarpar.

— Nem passou pela minha mente — disse ela, ainda balançando a cabeça de um lado para outro.

Helena passou a maior parte da viagem enjoada, a gravidez piorando em muito o que deveriam ser sintomas leves. Ainda se sentia mal quando chegaram a uma das ilhas principais de comércio. Kaine ofereceu que pegassem um quarto numa pousada e terminassem a jornada no dia seguinte, mas Helena sabia que ele queria deixar o mínimo possível de vestígios para trás. Quanto menos parassem e quanto mais evitassem interagir com pessoas, mais difícil seria rastreá-los. Pegaram um ônibus para atravessar a ilha. Era tão diferente do Norte. A cidade se espalhava, em vez de escalonar, como acontecia em Paladia. A alvenaria era um mundo à parte da arquitetura que utilizava a alquimia. Mais tarde, pegaram uma carroça que atravessava uma estrada marítima até o destino deles.

A estrada consistia em uma ponte enorme construída e pavimentada para permitir o acesso à ilha durante a maior parte dos meses de maré baixa. Com a Ausência afastando as ondas, dava para ver o fundo do mar, muito abaixo da ponte. Havia pessoas caminhando lá, reunindo quaisquer tesouros que a maré deixara para trás.

Helena e o pai costumavam fazer isso: procurar conchas e tesouros, analisando os peixes que ficavam presos nas poças. A busca por tesouros era popular na Ausência. Durante a Desgraça, inúmeras cidades acabaram inundadas e, mesmo milênios depois, seus escombros permaneciam sob as ondas.

Com o desejo de assistir à reação deles àquilo tudo, Helena observou Kaine e Lila. Kaine estava impassível, os olhos fixos no horizonte. Lila, no entanto, parecia mais assustada do que nunca. Foi preciso um instante para Helena se lembrar de que, no Norte, o mar era visto como algo aterrorizante. Até as regiões costeiras eram descritas como arriscadas, como se fosse um ato de bravura suicida perseverar em um lugar daqueles. Para aqueles que moravam no continente, a ideia de viver junto ao mar era simplesmente absurda demais.

— Não se preocupe — disse a Lila. — Vou ensinar Pol a tomar cuidado com o mar. Mas ele vai gostar. Vocês dois vão.

Lila assentiu, mas seu nervosismo era visível.

A residência a que chegaram ficava no alto de um penhasco. Era uma casa de pedra com dois andares, um estábulo e algumas outras dependências. A ilha, Kaine mencionou sem fazer muito alarde, era uma propriedade privada, e aquela casa pertencera ao antigo dono. Por isso era bem maior do que as casas pelas quais passaram no vilarejo.

A casa já estava praticamente mobiliada. Uma mulher do vilarejo tinha sido paga para cuidar da limpeza e desempacotar os itens que chegavam. O piso era de pedra, o teto possuía vigas de madeira crua, e a luz do sol entrava por todas as janelas abertas, trazendo consigo o cheiro da maresia.

Kaine entrou primeiro, atravessando a casa em passos largos. Helena o sentia inquieto, espalhando a própria ressonância no ar. Ela não falou nada. Queria lembrá-lo de tomar cuidado, mas a paranoia a tinha dominado, e, se criasse alguma objeção, ele simplesmente voltaria a fingir.

— Preciso me certificar de que está tudo em ordem — afirmou ele, deixando Helena e Lila na casa.

— Bem, com certeza este lugar é bem maior que o chalé — falou Lila, ninando um Pol adormecido nos braços e olhando ao redor. — Vamos encontrar os quartos? Mais um pouco e meu braço vai cair.

Elas subiram para o segundo andar, entrando nos diversos cômodos em busca de camas.

O primeiro quarto que encontraram era enorme, mas parecia mais uma biblioteca com uma cama dentro. Lila deu uma olhada e torceu o nariz.

— Acho que esse é seu. Você deveria descansar, ainda parece um pouco enjoada. Pol e eu vamos encontrar outro para a gente. Quais as chances de Ferron me deixar ter uma espada se eu prometer não a usar contra ele?

Lila se retirou, e Helena entrou no quarto.

Não era grande demais. Com vigas expostas no alto, o teto era caiado e tornava o espaço menos opressor do que os quartos escuros na Torre Férrea. Havia diversas janelas na parede mais distante, onde ficava a cama, com vista para o mar.

Ela se moveu com cuidado junto à parede, passando o dedo pelas estantes e notando os diversos títulos e coleções. Livros de alquimia, mas também de literatura e história, e diários de viagem.

Havia também uma escrivaninha e cadeiras, além de um sofá sobre um tapete macio. Parou junto à escrivaninha e encontrou papéis e canetas, placas de gravura e estiletes, tudo muito bem-arrumado, como se esperasse por ela.

Havia coisas de sobra naquele quarto para mantê-la ocupada a vida inteira.

Era aquilo o que o quarto representava: a vida que Kaine tentara criar para ela.

O desejo de Helena era amar aquele lugar, apreciar o esforço que deve ter exigido, mas tudo parecia errado. Fingido. Perfeito demais. Como se fosse uma armadilha preparada especificamente para atraí-la, para distraí-la e acalmá-la com uma falsa sensação de segurança.

Kaine nunca esteve tão vulnerável quanto agora.

Lila não estava em sua melhor forma física e, mesmo que fosse o caso, sua prioridade sempre seria a segurança de Pol. Se Helena acreditasse que estavam seguros e baixasse a guarda por um segundo que fosse, algo daria errado. Ela tinha certeza.

A vida de Helena era uma contagem regressiva de desastres que ela nunca conseguia prever. Ela se encolheu no canto entre a cama e a parede, apertando o peito com a mão direita na tentativa de manter o coração estável.

Calma.

Ela fechou os olhos com força. *Respire.*

Onde estava Kaine? Fora da Torre Férrea, nem ficaria sabendo que ela precisava dele...

Helena arregalou os olhos e agarrou a mão esquerda, encontrando o anel em seu dedo anelar dormente. Apertando-o com força, usou a ressonância para mandar uma rápida onda de calor pela prata.

Um instante depois, recebeu um pulsar de calor em resposta.

Não saiu do lugar, os olhos fechados, a mão pressionada contra o peito, até ouvir a porta ser aberta.

— Helena?

— Aqui. — Sua voz saiu fraca, vacilante.

Em um piscar de olhos, Kaine se postava na frente dela.

— O que aconteceu?

Ela engoliu em seco diversas vezes antes de a voz sair.

— Achei que ficaria feliz ao chegar aqui, mas... e se nos pegarem? E se alguém nos encontrar porque paramos de fugir?

Kaine franziu as sobrancelhas em preocupação enquanto acariciava a bochecha dela com o polegar.

— Você quer continuar fugindo?

O estômago dela ameaçou embrulhar com o pensamento de outros navios, novos lugares e nunca parar, sempre tendo que olhar por cima do ombro.

— Não, mas por que tudo parece errado? Como se não fosse real? Esse era o nosso sonho.

Ele a abraçou, colocando a cabeça dela sob o próprio queixo.

— Eu acho que uma vida normal nunca vai parecer real para nós dois.

Um desespero exausto a dilacerou enquanto aos poucos foi percebendo que ele tinha razão.

— Acho que sempre vi a fuga como um destino. Nunca parei para pensar no que seria de mim quando chegasse lá.

Ela continuou parada, entorpecida ao perceber aquilo.

— Você gosta da casa? — perguntou ele, por fim.

Helena olhou ao redor, na tentativa de se recompor.

— Gosto. Como foi que a conseguiu?

— A maior parte foi por correspondência. Você mencionou o mar, daí comecei a procurar antes do fim da guerra. Achei que seria mais fácil para você se fosse para algum lugar de que gostasse.

— Eu ficaria sozinha nesta casa enorme? — murmurou ela, baixinho, mas estava horrorizada com a ideia.

— Lila também fazia parte do acordo nessa época. Passei rapidamente por aqui no verão passado. Foi uma das minhas últimas viagens — revelou ele em voz baixa. — Antes disso, só mandei coisas que pensei que você gostaria.

Ela olhou ao redor mais uma vez. Tudo isso, sem nem saber se ela ainda estava viva.

— Vamos. Vai gostar mais da casa depois de descansar.

Ele fechou as venezianas, e Helena desmoronou na cama. Os lençóis eram macios e arejados pela brisa do mar, e deitar-se neles era como voltar para casa. Kaine ficou sentado ao lado dela, seus dedos entrelaçados, percorrendo com o polegar as saliências dos nós dos dedos dela. Havia uma pausa estranha sempre que ele chegava aos dois últimos e ela não conseguia sentir o toque dele.

Helena começava a pegar no sono quando ele largou sua mão.

Através dos olhos semicerrados, observou enquanto Kaine caminhava devagar pelo quarto, ajoelhando-se e traçando os dedos no chão, em seguida indo até as paredes, onde avaliou os cantos do cômodo. Só então foi na direção da porta, os passos tão leves que não faziam som.

— Kaine.

Ele congelou e se virou.

— Estamos seguros aqui?

Os dedos dele sofreram espasmos, e Kaine fechou a mão em punho.

— Sim... Ainda tem algumas coisas que preciso ajeitar... mas nós tomamos cuidado. Duvido que alguém que estivesse nos procurando poderia sair antes de a maré subir. Não precisa se preocupar.

— E você? Precisa se preocupar?

Ele pareceu confuso com a pergunta. Ela estendeu a mão.

— Nós deveríamos descansar agora — falou Helena. — Nós dois. Não trouxe você aqui para continuar de sentinela.

Kaine parecia um menino indeciso, percorrendo os olhos pelo cômodo.

Helena se entristeceu ao observá-lo e se dar conta da diferença entre eles: Kaine não tinha sonhos acerca do que faria ou do que seria depois da guerra. Nem mesmo parara para pensar na possibilidade. Não sabia ser nada além de um soldado.

Ele abriu a boca para falar, mas a voz lhe escapou.

— Fique aqui comigo — pediu Helena. — Você também precisa descansar.

Embora assentisse, como se entendesse o conceito da ideia, Kaine permaneceu parado junto à porta. Helena foi até lá e o pegou pela mão. Encontrou uma variedade surpreendente de armas estranhas escondidas em suas roupas aparentemente normais, e ele usava uma armadura por baixo, algo que nem havia percebido que Kaine trouxera.

— Trouxe mais alguma coisa? — perguntou, provocando-o, bem quando o fez se sentar na beira da cama e encontrou uma faca de obsidiana escondida no sapato dele.

A pergunta foi ignorada.

Eles olharam um para o outro, mas Kaine ficava desviando o olhar para as armas que lhe foram tomadas. Helena encostou o indicador no queixo dele, voltando a atenção para si.

— O que você queria ser antes da guerra? — perguntou ela.

— Eu era o herdeiro da guilda de ferro, só podia ser isso — respondeu ele. — A única coisa que queria fazer era permanecer no Instituto após me formar. Meu pai não via necessidade, mas minha mãe queria ter estudado por mais tempo quando estava lá. A família dela não pôde bancar. Pelo ranking, eu estava qualificado, então ela encorajou meu pai a me deixar ficar. Mas, quando voltei, Crowther entrou na história, querendo saber por que alguém da minha categoria queria mais do que uma educação comercial. Meu pai ficou espumando de raiva, e duvido que eu teria retornado no ano seguinte caso ele não acabasse preso.

— Vamos ter que pensar em algo, então — propôs ela, encostando a testa no ombro dele. Kaine enroscou a mão no cabelo dela, puxando-a para mais perto. — Estamos mesmo seguros?

— Estamos.

Respirando fundo, Helena fechou os olhos.

— Que bom. Estou tão cansada.

Quando acordou, Kaine ainda dormia e, mesmo após ela se mexer, continuou imóvel. Era como se os anos de exaustão enfim tivessem cobrado seu preço.

Ele dormiu por dias a fio. Nem mesmo se movia quando Helena pressionava a mão em seu peito, usando ressonância. A alma de Kaine enfim começava a se reintegrar.

Durante a primeira semana, Helena dormiu ao lado dele. Não achava que estava cansada o suficiente para dormir por dias a fio, mas era como se uma tensão incansável enfim tivesse sido descarregada e aquela era a primeira vez que ela descansava de verdade.

Quando acordavam para comer, Kaine saía para dar uma volta, e ela o observava caminhando na encosta do penhasco, analisando a ilha e andando pela casa. Um pouco depois, voltava e apagava outra vez.

Mas ele só dormia se Helena estivesse por perto. Quando ela se levantava para bisbilhotar as várias prateleiras para ver que tipo de livros continham, ele despertava na mesma hora.

— Posso ficar acordado agora — dizia.

— Não, ainda estou cansada — mentia ela. — Só quero ler um pouco.

Ela pegou alguns livros e entrelaçou os dedos nos dele enquanto lia e, em questão de minutos, ele voltava a dormir. Quando Helena o tocou com a ressonância, ele já não parecia mais algo prestes a se desfazer.

Ele dormia havia quase duas semanas quando Lila abriu a porta do outro lado do quarto.

— Pol está tirando uma soneca. Posso entrar?

Helena fechou o livro, fazendo que sim. Desde que chegaram, as duas só se viram de passagem.

Lila entrou e encarou Kaine por um instante antes de se virar e se sentar na ponta da cama, dando as costas para ele.

— Queria falar com você, mas nunca dava tempo. O povo do vilarejo disse que em breve a maré vai subir e cobrir a estrada marítima.

Helena assentiu, digerindo a informação.

Lila respirou fundo.

— Sabe, quando Ferron me contou sobre vocês dois, não acreditei. Ele disse que Luc e todos os outros tinham morrido, trouxe jornais para provar, e falou que eu devia minha vida a você. Acreditei na maior parte, mas não no que ele disse sobre você. — Lila cravou o olhar no chão enquanto falava. — Só podia ser mentira que isso tinha acontecido, eu pensava que você jamais faria uma coisa dessas... Mas aí pensei em como você se afastou bem quando as coisas estavam melhorando. Nós costumávamos falar disso, Luc, Soren e eu, e nenhum de nós entendia por quê. Bem depois, Ferron me contou quando tudo começou. As datas batiam. Mas eu tinha certeza de que você o tinha enganado, fazendo-o pensar que se importava com ele. Na minha cabeça, ele era tão patético por acreditar nisso...

Os dedos de Helena, entrelaçados nos de Kaine, tremeram.

— No início, ele vinha quase toda semana ver como eu estava. Era como observar alguém morrer de fome, conforme o tempo passava e ele procurava por você. Acho que ele perdeu a cabeça por um tempo. Começou a me ameaçar, dizendo que era tudo culpa minha. Que, se não fosse por mim, você estaria a salvo, e começou a falar que, quando a encontrasse, seria eu a encarregada de cuidar de você, em vez do contrário. No fim, ele já não falava mais nada sobre o que aconteceria quando te encontrasse.

Lila comprimiu os lábios.

— Daí ouvi falar que te encontraram, mas ele me disse que você não se lembrava de nada... dele, de mim e Pol. Que tentariam levá-la antes da Ausência, mas que precisava ser logo antes, porque você passaria a ser caçada assim que escapasse. Então comecei a ouvir rumores sobre o programa de repovoamento. Não achei que você fosse fazer parte...

— Kaine não teve escolha — falou Helena. — Se não fosse ele, teria sido outra pessoa. Era isso, ou ser morta.

Lila suspirou.

— Bem, fico feliz por você estar viva — declarou ela, por fim. — Mas eu ainda o odeio e também odeio o fato de você estar aprisionada a ele. Porque você tinha razão, e ninguém lhe deu ouvidos, mas mesmo assim você não saiu do nosso lado, apesar de saber esse tempo todo. Você não merecia nada do que aconteceu, nem deveria ter que passar o restante da vida presa a todas as promessas que foi forçada a fazer.

O corpo de Helena ficou rígido, e Lila notou, comprimindo os lábios.

— Não estou falando apenas de Ferron. Mas também de mim e de Pol. Luc te fez prometer, e sei que você ficaria com a gente pelo resto da vida sem jamais reclamar, mas não precisa fazer isso. Você já fez mais do que qualquer um deveria ter pedido. Merece fazer as próprias escolhas. Esse é o significado da liberdade. Não gaste mais tempo de vida acorrentada a velhas promessas. A ninguém. Seja a Luc, a mim... ou a Ferron.

Lila fechou os olhos e suspirou.

— Eu só... precisava falar isso, antes de ficarmos todos presos nesta ilha.

Sem fazer barulho, Lila se levantou e saiu do quarto.

Helena se sentou em silêncio por um tempo e enfim olhou para baixo.

— Não precisa mais fingir que está dormindo.

Kaine abriu os olhos prateados e a encarou, a expressão cuidadosamente impassível.

Helena arqueou as sobrancelhas em uma expressão inquisitiva.

— Acha mesmo que passei por todo o sufoco de resgatar você só por causa de uma antiga promessa?

Ele não disse nada, mas ela sabia a resposta.

Helena balançou a cabeça, inconformada, a garganta se apertando.

— Isso não é justo. Você falou que eu nunca cumpro as minhas promessas, que só faço o que quero. É uma coisa ou outra, você tem que se decidir.

— Helena... — disse ele, com gentileza.

Ela não o deixou continuar.

— Nós falamos "sempre", não é? — perguntou ela, a voz trêmula. — Sempre. Bem, se não quiser mais a promessa inteira, eu te darei de pouquinho em pouquinho. — Ela apertou a mão dele com mais força. — Todo dia. Vou escolher você. Dessa forma, vai saber que continua sendo o que eu quero.

Helena olhou para o mar, que se elevava no horizonte.

— Tenho certeza de que teremos dias bons e dias ruins. Aconteceram coisas demais para serem deixadas no passado, mas, se você me escolher, e eu escolher você, acho que conseguiremos superar juntos.

Um pacote de jornais velhos do Norte chegou pouco antes de a maré isolar a ilha do restante de Etras.

Um artigo completo havia sido escrito a respeito da morte do Alcaide-mor. A Torre Férrea virara cinzas. Um esqueleto de ferro retorcido foi tudo o que restou. Inúmeros corpos carbonizados foram recuperados dos destroços. Kaine Ferron, sua esposa, Aurelia, e Atreus Ferron foram dados como mortos. A assassina foi identificada como Ivy Purnell, que usara uma das armas de obsidiana desenvolvidas pela Chama Eterna para cometer suicídio num local próximo. Purnell era Imortal, mas a família dela tivera ligações com a Chama Eterna antes da guerra. Acreditava-se que era ela a responsável por todos os assassinatos do último ano.

Também havia artigos sobre a Frente de Libertação, uma confederação de exércitos que se organizava contra Paladia. Parecia ser questão de tempo até eles atacarem, mas, como Etras havia sido isolada dos continentes mais uma vez, a declaração de guerra ainda não havia sido feita.

Na ilha, os dias se arrastavam. Havia tempo de sobra, e, além das mudanças de maré, tudo parecia nebuloso e pacato.

Alquimia. Paladia. A guerra. Tudo isso quase não existia em Etras.

Helena voltou a colher ervas, e logo a cozinha estava abarrotada de decocções e infusões de óleo, além de extratos e destilados. Eram mais remédios do que quatro pessoas precisavam, então Lila, que era mais sociável do que qualquer um naquela casa, os levava para o vilarejo.

Kaine não gostava da ideia. Não queria que Helena se tornasse responsável por um vilarejo de desconhecidos, mas ter algo com que se ocupar impedia que sua ansiedade a corroesse por dentro.

Pelo que parecia, era comum a fuga de nortenhos de classe alta para o Sul a fim de escapar de escândalos. Os antigos donos da casa eram uma família novisiana nobre de pequeno porte e, como era de se esperar, a chegada de novos estranhos nortenhos atraiu os olhares curiosos dos habitantes da ilha.

Kaine, Helena e Lila sempre discutiam os riscos e o equilíbrio apropriado de se manterem isolados sem deixar transparecer que estavam se escondendo. Bastavam alguns rumores descuidados escapando da ilha para que fossem descobertos. No entanto, assim que Helena, ela própria uma etrasiana, provou sua utilidade, os habitantes do vilarejo começaram a proteger os vizinhos que mal conheciam.

Foi Kaine quem teve mais dificuldade para se adaptar. Estava sempre paranoico, sempre fazendo planos para o pior. Quando Helena não estava por perto, caminhava pela propriedade e ia para o vilarejo atrás de qualquer notícia que vinha das ilhas principais, de olho em sinais de recém-chegados.

Certa noite, já tarde, Helena trabalhava no projeto de um suporte para a mão esquerda. O objetivo era fazer com que os dois dedos paralisados se dobrassem e abrissem com um aparelho transmutacional conectado aos outros dedos.

Uma leve rajada de ar entrou pelas janelas, fazendo as venezianas baterem. A princípio, Helena não deu muita atenção, até notar que Kaine congelara de um jeito esquisito. Quando sentiu outra lufada de vento soprar pela casa, ergueu a cabeça.

Espantada, correu com Kaine até a porta. Do lado de fora, andando de um lado para outro com as asas esticadas e o focinho no chão, encontrava-se Amaris.

A quimera olhou para cima quando Kaine saiu pela porta e imediatamente se jogou de bruços e rastejou pelo chão até ele, batendo as asas e o rabo sem parar, entre gemidos e choramingos. Ele tomou a cabeçorra dela nos braços.

— Sua doida... como chegou até aqui?

Mas a pergunta mal saiu, porque Amaris lambia seu rosto sem parar, as asas formando uma nuvem de poeira.

— Acho que ela não conseguiu deixar você para trás — disse Helena.

Alocaram Amaris no estábulo, só lhe dando permissão para sair à noite. Foi a melhor solução que encontraram, dado seu tamanho e características incomuns. Ela não pareceu se importar. De noite, passava um tempo correndo em disparada e em círculos, e Kaine a levava para voar sobre o mar.

O fato de ele enfim ter o que fazer agradou Helena. Até o reaparecimento de Amaris, Kaine estava desprovido de propósito. Lia e fazia companhia a Helena, mas não parecia saber como desejar algo. Tinha passado a vida inteira com uma coleira em volta do pescoço.

Conforme as semanas se tornavam meses, a possessividade de Kaine voltou a dar as caras. Durante o dia, observava Helena trabalhar com uma intensidade que ela sentia na nuca. Quando arrumavam um tempo a sós, ela parava o que estava fazendo e o deixava consumi-la. Aos sussurros, ele dizia palavras como *perfeita*, *linda* e *minha* a cada beijo e carícia.

— Sua, sempre — prometia ela.

Ficava cada vez mais aparente que Helena ocupava o lugar central no universo de Kaine e, agora que estava em segurança, ele não tinha mais para onde direcionar sua atenção obsessiva. No início, ela pensou se tratar de uma fase, mas, à medida que o outono se aproximava, e a Ascensão ia e vinha, Helena começou a suspeitar que ele não tinha a intenção de se interessar por mais nada. Lila, Pol, projetos de alquimia... tudo isso era para satisfazê-la.

Até mesmo a bebê. Cada vez mais, a gravidez de Helena se tornava parte inegável do relacionamento deles, mas as preocupações de Kaine permaneciam limitadas a Helena. A condição de seu coração. O risco de o Custo voltar a se manifestar.

Quando não a estava lembrando de que "a filha deles" precisava que Helena respirasse e que ela tinha que se manter em segurança para "a filha deles", o interesse de Kaine desaparecia.

Certa noite, deitados na cama enquanto Helena tentava mostrar como sentir os chutes constantes que recebia, ela percebeu que a atenção dele tinha ido parar em seus pulsos, nos furos das algemas que continuavam aparentes.

Não era novidade que a preocupação dele era a de que o rompimento do nervo ulnar havia sido só o começo, que mais partes poderiam ter sido danificadas. O tempo todo Kaine observava a forma dela de trabalhar e quase nunca permitia que Helena carregasse ou levantasse qualquer coisa que pudesse machucar os punhos.

— Kaine — chamou ela, baixinho.

Ele voltou a atenção para ela.

— Kaine, ela precisa ser importante para você.

Sem entender, ele a encarou.

A boca de Helena ficou seca.

— Você não pode ser igual a seu pai.

Kaine ficou sem expressão, mas Helena se sentou e apertou a mão dele.

— Você precisa se importar. Precisa *escolher* se importar. Do jeito que está, se não for uma escolha, você não vai se importar... e ela vai saber. Como você também sabia. Não pode fazer uma coisa dessas com ela. Nossa filha precisa ser alguém com quem você decida se importar.

Engolindo em seco, olhou para baixo e continuou:

— Não sabemos por quanto tempo eu... depois de tudo. Preciso que me prometa que, se eu não estiver aqui, vai amá-la por mim... — Helena ficou sem voz. — ... como *eu* a amaria. Ela tem que ser importante *a esse ponto* para você. Promete?

Kaine ficara pálido, mas assentiu.

— Tá bom.

— Prometa para mim.

— Eu prometo.

Helena ficou de repouso durante o último mês da gravidez, quando o coração começou a dar sinais de exaustão mesmo com as atividades mais simples, como subir as escadas.

Ela quase desmaiou e, antes de a tontura passar, Kaine a levou para a cama e não a deixou tirar os pés do quarto.

Montado em Amaris, ele foi até as ilhas maiores e encontrou diversos livros médicos sobre gravidez, os quais leu de cabo a rabo, designando-se obstetra. Ele não queria saber de Helena fazendo nenhuma atividade, e, quando ela tentava protestar, Kaine citava passagens dos livros.

Diversas mulheres do vilarejo foram até a casa para ajudar Lila a cozinhar e a limpar. Sem nada para fazer, Helena começou a escrever, enchendo um diário com tudo o que passava pela sua cabeça. Queria deixar sua versão dos eventos registrada. Quem ela era, as escolhas que fizera e os motivos. Respostas a todas as perguntas que gostaria de ter feito à mãe.

O Solstício de Inverno passou, assim como a data prevista para o nascimento, o que a fez achar que ficaria grávida para sempre e que nunca mais sairia da cama. Foi então que finalmente entrou em trabalho de parto. Por mais de um dia, o processo se moveu a passos lentos e implacáveis, havendo pouco progresso, à medida que a preocupação de Kaine crescia mais e mais. De alguma forma, Lila era a mais ponderada entre eles.

— Ao todo, somos três vitamantes. Não há razão para pensarmos que não podemos tirar a bebê daí — disse Lila, ajoelhando-se ao lado das pernas da amiga enquanto Helena se apoiava em Kaine, a mão dele pressionada contra o coração dela, certificando-se de que o ritmo permanecesse estável mesmo durante as contrações.

— Eu odeio isso — falou Helena por fim, começando a achar que aquilo nunca teria fim, a testa pegajosa, os cachos grudando no rosto.

— Eu sei — consolou Kaine, acariciando os cabelos dela.

— Dói.

— Sim.

— Estou cansada. Estou fazendo força há horas.

— Eu sei.

— Dá para parar de concordar comigo?

Kaine parou de falar depois daquilo e não emitiu qualquer protesto quando ela quase quebrou a mão dele ao apertá-la durante uma das contrações, na qual todo o corpo de Helena se curvou à força.

— Está quase lá — incentivou Lila. — A cabeça já saiu. Só mais uma, e os ombros vão sair. — Ela olhou para Kaine. — Você quer pegá-la?

Ele negou com a cabeça.

Helena sentia o coração acelerado. Tão, tão perto. Só mais um pouquinho e acabaria.

— Isso! Excelente! Os ombros saíram, só respire e ela vai...

Ouviu-se um choro baixinho quando Lila levantou um embrulho úmido e inquieto, e o colocou nos braços da amiga. Helena soltou um suspiro surpreso quando a filha aninhou o rosto pequenino e enrugado nela. A cabeça da bebê era coberta de cachos escuros molhados.

Toda a exaustão foi esquecida. As mãos de Helena tremiam ao trazer a bebê para mais perto. A filha ergueu a cabecinha, olhou para a mãe e abriu a boca minúscula para libertar um choro de protesto e raiva.

Lila disse alguma coisa, mas Helena só tinha olhos para a bebê, que franzia as sobrancelhas claras, arregalando os olhos por um instante.

Eram prateados como um raio de tempestade.

Helena soluçou e abraçou a filha com mais força.

— Kaine... ela tem seus olhos.

CAPÍTULO 77

Janua, 1790

Sentada na cama, Helena contava os dedinhos das mãos e dos pés da filha, analisando as unhas pequeninas e o narizinho achatado. Lila tinha limpado o vérnix e enrolado a bebê com a rapidez de uma especialista antes de devolvê-la para a mãe.

O cabelo castanho começava a secar e formar tufinhos ao redor da cabeça macia.

— Pelo visto, o cabelo ela puxou de mim — comentou Helena ao erguer o olhar, sorrindo.

Kaine estava de pé, o mais longe possível delas sem sair do quarto.

Confusa, ela o encarou. Por semanas, ele praticamente não saiu de perto dela, mas agora parecia encurralado.

— Kaine... venha ver sua filha.

Ele engoliu em seco.

— Helena...

— É sua filha.

O músculo no maxilar dele tensionou.

— É. Eu sei. Não me esqueci de como ela foi concebida.

O sorriso no rosto de Helena desapareceu.

Baixou o olhar e o silêncio no quarto se tornou tão palpável que era como se fosse capaz de esmagá-la. Algumas feridas nunca se cicatrizariam, e, às vezes, Helena achava que ela e Kaine tinham um número quase letal de lesões assim.

— Acho que é melhor eu ir.

— Venha cá — insistiu Helena, sem dar um instante a ele para interpretar seu silêncio como concordância. A voz dela saiu firme e eloquente.

Com olhos tomados pelo desespero, como se o coração lhe fosse arrancado do peito, Kaine soltou o ar, mas não se mexeu.

— Kaine... venha cá — repetiu ela.

Engolindo em seco, ele deu um passo adiante.

— Nós não tivemos escolha. Você não teve escolha. Mas isso já passou. Nós dissemos que recomeçaríamos do zero quando fugíssemos. É isso o que estamos fazendo agora. Ela nunca vai conhecer aquele mundo.

Kaine olhava para todos os lugares, menos para a bebê.

— Ela não vai te machucar, e você não vai machucá-la.

— Helena — falou ele, a voz carregada de tensão. — Não era para eu ter essa vida. Paladia está se afogando no sangue que eu derramei. Acha que não tem crianças envolvidas? Matar é a única coisa que já fiz bem. Você quer mesmo alguém dessa estirpe perto da sua filha?

Helena congelou, encarando Kaine, e enfim desviou o olhar para o chão.

— Você não teve escolha — argumentou ela. — E não foi tudo o que fez. Você me salvou. Salvou Lila e Pol. Nós... fizemos o que precisávamos para sobreviver. Mas agora está na hora de sermos melhores. Vamos fazer isso por ela.

Por fim, ele afastou os olhos da parede mais distante.

A bebê o observou com seus olhos prateados. Seco, o cabelo formara uma coroa de cachos castanhos. O rosto estava amassadinho por causa do parto. Ela tinha conseguido desvencilhar as mãos do tecido que a envolvia, e agora estavam erguidas perto do rosto. Ela chupava os nós dos dedos da mão direita no que beirava certa agressividade.

Era a criatura mais linda que Helena já tinha visto.

— Olhe só para ela. É nossa. É toda nossa. Você não vai fazer mal a ela.

Enquanto encarava a filha, Kaine ficou congelado. Parou de respirar, e os dedos sofreram espasmos, tremendo quando enfim esticou a mão. Encostou de leve na palma da bebê, como se seu toque pudesse envenená-la ou quebrá-la. A mãozinha se fechou na mesma hora em volta do dedo dele.

Helena o observou e reconheceu a expressão que aos poucos se apoderou dos olhos de Kaine enquanto encarava a pessoinha que se agarrava a ele com tenacidade: adoração possessiva.

Enid Rose Ferron era, de acordo com Lila, o bebê mais tranquilo do mundo. Quanto mais crescia, mais ficava parecida com a mãe, com exceção dos olhos, que eram, em cor e formato, iguaizinhos aos de Kaine e da avó de quem herdara o nome.

Não dava trabalho para dormir e quase nunca chorava. Passava horas adormecida nos braços excessivamente indulgentes do pai, cochilando no peito dele enquanto Kaine observava Helena trabalhar na cozinha ou no pequeno laboratório instalado em uma das dependências externas da casa.

Enid tinha a curiosidade solene de uma coruja, virando a cabeça para observar todos ao redor. Helena a carregava num canguru de tecido junto ao peito e podia envolver o corpinho da filha para protegê-la quando havia sombras demais.

Depois que conseguiu ficar sentada com firmeza, Enid passava metade do dia nos ombros de Kaine, andando pela área da propriedade sem parar, dando uma olhada em todas as dependências e visitando Amaris, que vibrava de animação, mas fica calminha quando Enid puxava suas orelhas e fazia carinho em sua pelagem.

Kaine falava mais com Enid do que com qualquer outra pessoa, mesmo Helena. Qualquer assunto virava um monólogo na boca dele: as árvores, o mar, a maré e as fases das luas, técnicas de alquimia e teoria de matrizes, qual poderia ser o clima do dia. Enid o escutava com atenção, ficando agitada se ele se distraísse ou passasse muito tempo quieto.

Quando a Ausência chegou no verão seguinte, trouxe notícias do Norte, detalhando o cerco que acontecia naquele momento, como faziam a cidade passar fome para obedecer à medida que as exigências de rendição eram ignoradas.

O fim da Ausência lhes trouxera alívio: não havia mais a questão pairando no ar se podiam, ou deveriam, fazer algo mais.

Enid teria sido a criança perfeita, não fosse a terrível influência de Apollo Holdfast.

No instante em que Enid começou a andar, o silêncio idílico da ilha morreu de vez. As duas crianças zanzavam pela casa, berrando, alheias às maneiras com que os pais se encolhiam e se assustavam com barulhos repentinos.

Com Pol, Enid aprendeu a escalar montes e trepar em árvores. Quando desciam dos penhascos, a menina sempre estava com as roupas rasgadas. Ela fazia tortas de lama, sopas e poções de "cura" em jarros roubados da cozinha. Aprendeu a lutar com as mãos e com as espadas de brinquedo que Lila tinha feito para ensinar Pol o básico de combate.

Pol planejava ser guerreiro algum dia, e Enid também compartilhava desse desejo. Ambas as crianças tinham Lila em alta estima, porque ela era uma guerreira com uma perna de metal, o que achavam significativamente mais interessante do que as próprias pernas.

Pol demonstrou uma proficiência precoce e excepcional em piromancia. Então Enid, para não ficar para trás, curou o lábio dele quando o cortou após dar de cara com uma porta. Helena ficou horrorizada com a manifestação prematura, mas Lila a assegurou de que tinha a mesma idade de Enid quando sua vitamancia começou a se manifestar.

Quando chegou a notícia de que Paladia enfim se rendera, Enid já sabia ler. O exército aliado invadiu a cidade, prendendo e despachando necrosservos tão magros e desnutridos que mal davam conta de apresentar alguma resistência. Havia histórias relatando as condições encontradas lá, de cidadãos tão famintos que foram confundidos com necrosservos enquanto rodeavam os soldados implorando por comida.

Segundo todos os relatos, foi uma campanha de sucesso excepcional, com poucas baixas. Quando enfim pôs um fim à tirania dos Imortais, a Frente de Libertação foi profundamente elogiada.

Mas ler a notícia deixou Helena com o estômago embrulhado, tomada por uma sensação de traição. Como as coisas teriam sido diferentes se a comunidade internacional tivesse decidido fazer um esforço, ainda que insignificante, mais cedo. Se Hevgoss e Novis não tivessem passado tanto tempo se preocupando com qual deles controlaria Paladia depois da guerra. Ninguém teve pressa, esperando até que a situação ficasse intolerável, e só atacando quando a vitória fosse certeira, e, de alguma forma, eles saíssem como os heróis.

Nos jornais, todas as histórias de horror sobre as condições da cidade, descritas em detalhes sensacionalistas, só foram compartilhadas para reforçar que os paladianos haviam sido salvos, em vez de servir como advertência a respeito do que tiveram que suportar.

Morrough não estava entre as baixas ou entre os cativos. Como permanecia vivo abaixo do Instituto, ninguém sabia. E, depois de algumas tentativas frustradas de invadir o subterrâneo, a Frente de Libertação o deixou lá, na esperança de que morresse sozinho.

Com a "libertação" fora de questão, os aliados passaram a se concentrar na urgência de tornar Paladia economicamente viável outra vez. Iniciaram-se debates sobre como deveria ser a aparência da cidade no futuro — isso, é claro, se ainda fizesse sentido que ela existisse. Uma das propostas era transformá-la em um território compartilhado entre Hevgoss e Novis, sobre o qual dividiriam o controle.

Esperava-se que os julgamentos começassem em breve. A comunidade internacional alegava desconhecer qualquer trabalho forçado no Entreposto, ou que todo o lumítio, fundamental para a indústria, havia sido extraído por necrosservos durante os últimos anos. Contudo, não podiam negar ter conhecimento do programa de repovoamento, por isso insistiam que, até onde sabiam, a participação fora voluntária.

Em algum momento durante o cerco, ou o ataque à cidade, Stroud havia sumido do mapa.

Quando as mulheres começaram a ser libertadas da Torre, algumas histórias vieram à tona. Sobre o abuso e as torturas que Stroud havia permitido. As crianças nascidas e submetidas a experimentos para analisar a ressonância, e seu desenvolvimento, durante a primeira infância. No entanto, esses relatos foram encarados como horríveis demais para chegarem aos jornais. A maioria das notícias falava sobre os trabalhos forçados no Entreposto, nas minas e na desnutrição entre a população civil sobrevivente.

Havia certa pressão para que a questão do programa de repovoamento fosse resolvida por baixo dos panos. Pediram às mulheres que seguissem em frente, em vez de passarem por mais traumas no tribunal, pois mães solo histéricas não seriam aceitas como testemunhas confiáveis. Tais atrocidades eram uma mancha tão grande na identidade nortenha que aquilo foi tratado como uma ideia deturpada e diabólica que surgira durante o regime dos Imortais, ignorando o fato de a criação seletiva ser algo enraizado na cultura das guildas muito antes da Guerra Necromante.

Não, haveria conventos para as mães e orfanatos para as crianças, lugares onde poderiam crescer para se tornarem adultos produtivos da sociedade. Assim, tudo poderia ser esquecido.

Kaine foi o único que não demonstrou surpresa com aqueles desdobramentos. Helena estava tão chateada que ficou doente por dias, e Lila começou a sumir por alguns períodos, o que fazia Pol passar um longo tempo com a madrinha e Enid.

Em uma noite, depois de as crianças irem para a cama, Lila entrou na cozinha. Helena trabalhava num projeto de quimiatria que esperava ajudar na questão de seu coração.

— Preciso falar com você — disse Lila, bastante pálida.

Desde a Ausência, Lila andava retraída e calada. Ela se sentou e encarou o fogo por um bom tempo.

— Tenho que voltar.

Helena sabia que aquele dia chegaria, mas quase colocou as tripas para fora com aquele anúncio. Lila não era feita para uma vida calma; nunca seria feliz na ilha. Só ficou por ali por causa de Pol e Helena. Mas, desde o instante em que leram o boletim no barco, Helena soube que, se não fosse Pol, Lila provavelmente saltaria do navio e se juntaria aos esforços da libertação.

— Faz um tempo que venho pensando nisso. Não posso deixar que façam uma coisa dessas. Estão apagando tudo. Todo mundo. Vão enterrar a nossa história. Eles não estão nem aí, só querem a manufatura de volta. É como observar abutres se aproximando depois de passarem todos esses anos nos vendo definhar e morrer.

— Do que isso serviria, Lila? — perguntou Helena, suspirando.

— Vou matar Morrough. Vou entrar lá e acabar com ele. Depois, vou garantir que ninguém se esqueça da Resistência. — A garganta de Lila subia e descia sem parar, a cicatriz retorcendo seu rosto. — Então preciso que você cuide de Pol. Preciso aprender a lutar usando vitamancia, e recuperar qualquer obsidiana que tiver sobrado, e, Helena, preciso que me ensine a fazer uma bomba.

— Morrough pode estar morto dentro de um ano.

— Eu sei, mas não quero esperar esse tempo todo. Vou executar meu plano durante a Ausência de Inverno.

— É uma viagem absurdamente perigosa — argumentou Helena, com brusquidão.

— Eu preciso ir! — defendeu Lila, a voz ficando mais alta. — Eles mataram minha família, mataram Luc, mataram... todo mundo. Não posso dizer a Pol sobre como o pai dele era corajoso e maravilhoso sabendo que a pessoa que o matou ainda está livre. Ninguém dá a mínima para o tanto que Luc lutou e sofreu ao tentar nos salvar — ela gesticulava cheia de raiva — só porque ele não venceu. Vão esquecê-lo completamente se eu não voltar.

— E se você morrer? Não deixe que Pol vire um órfão.

Lila encarava o fogo, a expressão em seu rosto tão intensa, tão ardente, que quase parecia que ela colocaria as mãos nas chamas se significasse que poderia tocar Luc outra vez.

— Fiz um juramento de que morreria antes que algum mal acontecesse a Luc, mas ele morreu, e eu continuo aqui. Tentei segurar a barra por Pol, mas não consigo. Não mais.

Relutante, Helena compilou sua pesquisa sobre fabricação de bombas. A técnica usada para bombardear o Laboratório do Porto Oeste era a que tinha mais potencial, sobretudo se encontrassem as linhas de oxigênio que alimentavam o piso subterrâneo.

À medida que os anos passaram, aquele projeto não saíra de sua cabeça. Como tinha pressa, improvisou usando os materiais disponíveis. Com tempo e recursos apropriados, a bomba poderia ter sido muito mais eficaz.

Nesse ínterim, Kaine ensinava Lila a usar vitamancia em combate. Para a surpresa de ninguém, Lila andara treinando em segredo. De um ponto de vista objetivo, era uma lutadora melhor do que ele, mas Kaine não seguia regras. O tempo todo alternava entre vitamancia, alquimia de combate e pura desonestidade. No instante em que Lila tinha alguma vantagem, a luta se tornava algo diferente. Exigente e impaciente, ele não pegava leve com Lila, diferentemente de como fizera com Helena. Kaine não deu à paladina tal consideração. Ele extraiu a fraqueza dela à força.

Até então, Helena não tinha percebido a quantidade de tempo e consideração que Kaine havia dedicado a pensar em matar Morrough. Na estratégia que aquilo exigiria. Ou vai ver tivesse tentado fazer isso sozinho caso estivesse fisicamente apto, mas não conseguia. Ele nunca se recuperara por completo da tortura de Morrough. Sob estresse, seus tremores eram piores do que os de Helena.

— Você deveria colocar seu nome aí — aconselhou Lila quando Helena enfim lhe entregou o projeto da bomba. — Mesmo com as pessoas achando que está morta, você deveria receber o crédito. Luc sempre falava que você seria a melhor de nós.

Helena balançou a cabeça.

— Não quero que ninguém pense a meu respeito ou procure por mim. Não vale a pena o risco. Só fale que foi um projeto que você achou quando escapou e que não sabe quem o desenvolveu.

Aos poucos, Pol foi entendendo que a mãe partiria. Naquela época, ele tinha cinco anos e seu aniversário era próximo ao de Enid. Como um presente adiantado, Lila e Pol foram até uma das ilhas maiores e voltaram com um cachorrinho branco de pernas longas chamado Cobalto, mesmo nome do cavalo do pai.

— Ele vai te fazer companhia e cuidar de você até eu voltar — falou Lila, que deixara a tinta castanha desbotar, retornando para as mechas louras. Ela o tinha trançado e prendido ao redor da cabeça, porque era assim que queria que Pol se lembrasse dela. — Não vou poder mandar cartas, mas algumas mensagens vão chegar de vez em quando, está bem? E, sempre que você vir Lumithia no céu, lembre-se de que estarei pensando em você. E, quando vir o sol brilhando, é o seu pai que estará de olho em você por mim.

Os olhos de Lila marejaram.

— E cuide de Enid. Ela é sua melhor amiga, então vocês precisam ficar juntos, porque é o que melhores amigos fazem.

O Necromante Supremo, Morrough, uma vez conhecido como o primeiro alquimista Nortenho, Cetus, morreu num dia de primavera.

De acordo com os jornais, a fortaleza subterrânea foi invadida por uma equipe de elite militar composta de novisianos e hevgotianos, acompanhada pela paladina Lila Bayard, a última sobrevivente da Ordem da Chama Eterna. Para o ataque inicial, fora utilizada uma misteriosa bomba de piromancia.

A explosão causou o colapso da famosa Torre da Alquimia, e os destroços foram cuidadosamente escavados e, mais tarde, invadidos enquanto a equipe era atacada por necrosservos.

Muitos morreram no ataque. Lila Bayard quase veio a óbito. O general que liderava o ataque ordenou a todos que recuassem, mas Lila se recusou. Seguiu sozinha.

Por todo o continente, jornais estamparam a fotografia de Lila Bayard saindo dos destroços da Torre da Alquimia sem o elmo, com o rosto imundo e a armadura manchada de sangue. A cicatriz brutal em seu rosto era bem visível, aguçando o olhar de triunfo frio enquanto ela arrastava o cadáver deformado e apodrecido de Morrough.

Não havia como negar o heroísmo de Lila Bayard. Ela fora capaz do que dezenas de países falharam em executar.

Ter um membro vivo da Chama Eterna fazendo o impossível tornou mais difícil para as nações aliadas tratarem Paladia como uma nação falha que precisava de controle externo. Ofereceram a Lila todo tipo de papéis cerimoniais, mas só receberam recusas como resposta.

Não voltara para liderar, queria apenas que aqueles que tinham morrido fossem lembrados e que a tragédia da guerra fosse confrontada, não enterrada, para que assim não voltasse a se repetir.

Com a ausência de Lila, Pol e Enid ficaram tão próximos que Helena e Kaine os observavam cheios de preocupação.

— Ela não vai suportar — disse Helena, vendo Enid e Pol correndo em meio a várias poças de maré. — Ela é muito parecida com a gente. Não sei se será melhor ou pior prepará-la para esse momento.

Kaine assentiu enquanto as crianças importunavam um caranguejo enorme que correu de lado atrás deles, perseguindo-os. Enid e Pol tropeçaram, dando gritinhos e gargalhadas enquanto tentavam se afastar das pinças do animal, Cobalto latindo em seu encalço.

Chegaram notícias de que, atualmente, Lila liderava os esforços de reconstrução para reabrir o Instituto de Alquimia. Haveria uma nova torre, uma nova escola, mas nem toda a alquimia nortenha seria peneirada através da estreita taxa de admissão do Instituto. Gerações de conhecimento e alquimia haviam sido destruídas, e era urgente a necessidade do continente por mais alquimistas, tantos quanto pudessem ser treinados. A certificação deixaria de ser exclusiva para alunos do Instituto e passaria a ser supervisionada por uma equipe externa, sendo concedida a qualquer pessoa que passasse nos testes e exames de ressonância exigidos.

O Instituto voltaria a ter seu propósito original, que era oferecer novos patamares e avanços na alquimia.

Após um debate acalorado, a vitamancia foi adicionada ao estudo alquímico no Instituto.

Lila batera o pé quanto a isso. Os curandeiros haviam sido essenciais para a Chama Eterna durante a guerra, e estavam vilanizando o potencial da ressonância, desperdiçando-a por conta de uma superstição paranoica. Além disso, não deveria ser uma habilidade exclusiva para aqueles dispostos a abusar dela. O tratamento discriminatório de Paladia em relação aos vitamantes tivera papel fundamental na facilidade com que os Imortais os recrutavam. Paladia precisava evoluir.

Levou um ano e meio, mas enfim Lila retornou. No entanto, não viera para ficar. Ela levaria Pol para casa.

Helena tentou convencê-la do contrário, mas não teve jeito. O filho de Luc precisava ir para Paladia conhecer os feitos da família.

O único consolo para Helena era que Pol nunca seria Principado, pois aquilo ficara no passado.

O mundo assistira a Lucien Holdfast rastejar aos pés de Morrough e implorar por imortalidade antes da execução. Mesmo com alegações de que talvez tivesse sido coagido, de que tivessem prometido clemência para o restante da Chama Eterna caso ele se submetesse, o mito que rodeava os Holdfast e a ideia de uma linhagem divina foram destruídos para sempre.

Pol iria para Paladia como um Holdfast, e ele e a mãe reconstruiriam o que era mais querido para o coração de sua família: o Instituto de Alquimia.

— Venha comigo, Helena — pediu Lila, enquanto Kaine levava as crianças para uma caminhada pelo penhasco. — Volte e poderá gerenciar o departamento de vitamancia. Pense na diferença que vai poder fazer. Você seria a voz fundadora de um novo campo formalizado de alquimia.

— E como exatamente isso funcionaria? — perguntou Helena.

Era perceptível que a realidade estava se abatendo sobre Lila, a percepção de que toda aquela política e pressão eram o preço das escolhas que fizera.

— Deixo Enid aqui? — perguntou Helena. — Ou a levo comigo enquanto tento limpar o nome de Kaine?

Lila desviou o olhar, encarando o mar.

— Não há como limpar o nome dele. Nem sonhe com isso. Sei que o vê como um herói trágico, de mãos atadas, mas Kaine fez coisas terríveis. As pessoas falam de Morrough, fazem piadas sobre ele, mas sabe com quem ninguém nunca ousa brincar? Com o Alcaide-mor. Só de tocar no nome dele elas passam mal. O selo e a assinatura dele estão por toda a parte. Ele estava envolvido em tudo. Não aconteceu nada durante aquele regime de que Kaine não soubesse.

Helena sentiu a garganta apertar.

— Bem, essa é a questão de ser um espião que desestabiliza um regime. É preciso saber das coisas. Como esperava que ele fizesse isso?

Os ombros de Lila se curvaram. Helena entendia por que a amiga não queria ser a única sobrevivente, a heroína solitária. Em Paladia, ela continuava cercada de abutres, observando-a, aguardando que cometesse um deslize, alguma maneira de destruí-la, exatamente como na época em que era paladina.

Agora, Pol estaria nas garras deles, mas nem assim Lila seria capaz de deixar a família, o país ou seu legado para trás. Não era de seu feitio desistir de uma briga.

— Não vou abandoná-lo — declarou Helena após uma pausa. — Não existe nenhuma versão de mim que sobreviveu à guerra sem Kaine. Eu era leal a Luc, e sei que quer que Paladia se lembre dele, mas aquele país é tão responsável pela morte dele quanto Morrough. Não posso voltar para lá.

Lila assentiu e começou a dar meia-volta, mas parou.

— Sei que disse que não comentaria mais nada, mas preciso falar uma coisa antes de ir embora. — Lila engoliu em seco, e a cicatriz em sua bochecha ficou mais visível, como sempre acontecia quando ficava chateada. — Você é tudo o que eu tenho além de Pol. Sei que ama Kaine, e não nego que ele também ame você. Mas não acho que percebe o quanto ele é inumanamente frio com qualquer pessoa que não sejam você e Enid. O restante do mundo poderia virar cinzas e ele não daria a mínima. Acho que nem chegaria a notar. É isso mesmo o que quer?

— Sei como ele é — afirmou Helena, brusca. — É por causa de Kaine que nós duas estamos vivas.

A frustração surgiu no rosto de Lila, que abriu a boca para retrucar.

— No que você pensou quando matou Morrough? — perguntou Helena.

Lila fechou a boca e desviou o olhar, o rosto tomado por angústia.

— Em Luc. Estava pensando em tudo o que ele fez com Luc.

Helena encarou a mão esquerda. Com o passar do tempo, a refração que ocultava o anel tinha desaparecido, mas com o aparelho em sua mão quase não dava para vê-lo ali.

— O amor não é tão bonito ou puro quanto as pessoas gostam de pensar. Às vezes, ele guarda uma escuridão. Kaine e eu somos um só. Eu o tornei quem ele é. Quando salvei a vida dele, eu sabia o que aquela matriz significava. Se Kaine é um monstro, então fui eu que o criei.

Quando Enid se deu conta de que Lila levaria Pol embora, de início relutou, depois ficou histérica.

— Não! Não, não faça isso! Ele é meu. Meu melhor amigo. Você não pode levar o Pol embora!

Quando Kaine ou Helena tentaram consolá-la, a filha resistiu e se agarrou a Pol, recusando-se a soltá-lo. Era nítido que Pol estava dividido, mas em momento algum soltou a mão de Lila.

— Ela pode vir com a gente — propôs ele, lançando um olhar sério para Helena. — Vou tomar conta dela.

A garganta de Helena apertou.

— Não. Não, Enid precisa permanecer aqui até ficar mais velha — falou, tentando pegar a filha.

— Eu quero ir junto. — Enid soluçava enquanto Helena soltava os dedos da filha da calça de Pol. — Também quero morar em Paladia. Por que não podemos ir todos juntos?

— Desculpe, mas não podemos — respondeu Helena, segurando-a firme conforme Enid tentava se jogar no chão e se arrastar até Pol. — Não é seguro para nós. É por isso que moramos nesta ilha, lembra? Porque o coração da mamãe bate rápido demais quando ela faz viagens longas. E a mamãe não pode ir para lugares que fazem o coração dela disparar.

— Mas Pol é meu melhor amigo. Sem ele, vou ficar sozinha.

Kaine se virou e foi para o cômodo contíguo por um instante, as mãos tremendo.

Pol soltou a mão de Lila e foi até Enid.

— Enid — disse ele, com timidez. — Você precisa ficar com sua mãe e seu pai. Ainda não pode ir para Paladia.

— Por que não? Você está indo para lá.

— É — falou ele, devagar, os olhos azuis enormes e pensativos, e então sua expressão assumiu um ar dolorido. — Mas você precisa cuidar do Cobalto. A cidade não é lugar de cachorro, sabe? Ele não vem quando a gente chama, então um caminhão pode acabar o atropelando.

— É sério? — perguntou Enid, a voz trêmula, erguendo a cabeça.

— Sério — confirmou Pol. — E os barcos também são um perigo. Então, você precisa cuidar dele para mim. Ele tem que passear todos os dias.

Enid assentiu com uma compreensão fervente da responsabilidade que estava recebendo, e Pol entregou a guia de Cobalto a ela.

Conforme Lila e Pol se afastavam, Enid se sentou no penhasco, abraçando Cobalto em meio às lágrimas.

CAPÍTULO 78

Quatro anos depois

— Mãe.

Helena trabalhava num extrato, mas ergueu a cabeça e olhou para a filha. No vilarejo, sempre precisavam de algo. Enid sentava-se na cozinha, observando-a trabalhar.

Desde que Pol fora embora, a menina perdeu muito da vivacidade. Kaine e Helena tentaram reacender aquela chama e procuraram crianças no vilarejo que podiam ser amigas da filha, mas Enid nunca se soltava com elas.

Havia obstáculos demais: sem alquimia, nenhuma menção aos nomes verdadeiros de Kaine e Helena, ou de para onde Pol e Lila tinham ido. As regras e barreiras estressavam Enid, e, como resultado, ela se isolou em casa, saindo apenas com os pais ou para passear com Cobalto todos os dias.

Durante as noites escuras, Kaine a levava para voar com Amaris. Às vezes iam para outras ilhas juntos, mas, não importava para onde fosse, Enid nunca queria fazer amizades.

Os momentos mais felizes eram quando, todo verão, durante duas semanas, a família viajava para o Continente Nortenho a fim de visitar Lila e Pol na cidade portuária.

— Por que você tem buracos nos pulsos? — perguntou Enid. — Ninguém mais tem isso.

O coração de Helena se encolheu no peito quando ela voltou a olhar para baixo. Costumava tomar o cuidado de cobrir as cicatrizes, mas estava distraída e tinha arregaçado as mangas para trabalhar. Oito anos era tempo demais para esconder algo de uma criança enxerida.

— É, poucas pessoas têm buracos assim — respondeu ela, em voz baixa. — Durante a guerra, as pessoas acharam que ganhariam se o outro lado não tivesse ressonância, então tentaram encontrar maneiras de se livrarem dela. E... esses buracos foram uma das ideias que tiveram.

— E deu certo? Sua ressonância desapareceu? — indagou Enid, se aproximando enquanto observava os buracos.

— Sim — respondeu Helena, de lábios cerrados.

— Mas agora ela voltou?

Helena assentiu.

— Seu pai fez com que voltasse. Faz muito tempo, mas algumas cicatrizes nunca somem. Eles são engraçados, não?

Enid esticou a mão e encostou num deles com cara de dúvida.

— Você foi capturada durante a guerra?

O ar não passava pela garganta de Helena, que se afastou e foi até um dos armários, onde colocou um comprimido na boca e virou um copo d'água. Não era nenhuma surpresa que essas conversas aconteceriam mais cedo ou mais tarde. Enid estava ficando velha demais para que continuassem contornando-as, sobretudo por ela estar ansiosa para ir a Paladia e estudar alquimia como Pol, que havia começado o primeiro ano no Instituto recentemente.

— Fui — confessou, por fim. — Fui capturada por um tempo, e não foi nada legal. Por isso decidi fugir e ter você. O que tem sido bem mais divertido.

Kaine entrou na cozinha, e Helena ficou tensa.

— Enid — disse ela —, você se importaria de ir até o vilarejo comprar um pouco de queijo para o jantar?

A menina pulou do banquinho, os cabelos cacheados esvoaçando, e desapareceu porta afora.

— O que aconteceu? — perguntou Kaine assim que a filha saiu.

— Ela notou as cicatrizes das algemas — respondeu Helena, sem fitá-lo nos olhos.

— E o que você disse?

Helena suspirou.

— Contei até onde achei que ela estava preparada para saber. Não menti.

Kaine só fez arquear uma das sobrancelhas. Helena cerrou o maxilar, foi até uma prateleira e pegou um jornal.

— Chegou uma caixa deles hoje — contou. — Eu estava dando uma olhada e encontrei isso.

Ao erguer o jornal, lia-se: "Criminosa de guerra encontrada afogada em Hevgoss."

Os olhos de Kaine brilharam.

Helena baixou o olhar, analisando as palavras.

— Era Stroud. Ela foi encontrada num lago. Parece que teve um ataque cardíaco na água. Hevgoss está enfrentando alguma resistência, porque, ao que parece, eles a acolheram e deram imunidade em troca da pesquisa dela. O que é bem irônico, levando em consideração todos aqueles julgamentos que fizeram, em que qualquer guarda era declarado culpado. Mas, pelo jeito, a pior foi perdoada na surdina.

Ninguém falou nada por um instante.

— Uma pena que ninguém a matou — disse Kaine, por fim.

— Alguém a matou — rebateu Helena, a voz quase um sussurro.

Kaine a encarou sem entender.

— Não — advertiu ela. — Não se atreva a mentir para mim.

Kaine suspirou baixinho, e, quando ergueu a cabeça, seus traços cortantes ressurgiram como uma lâmina bruta.

O papel que Kaine desempenhava tão perfeitamente na ilha sempre que estava no campo de visão de Enid, a suavidade, o meio-sorriso, os monólogos em voz baixa... tudo simplesmente sumira, e agora ele voltara a ser seu verdadeiro eu. Tão frio e brilhante quanto aço.

— Por que fez isso? — perguntou Helena, sentindo que um abismo se abria dentro dela. — Já não fizemos o suficiente? Por que se arriscou assim? Chegou a passar pela sua cabeça o que aconteceria se tivesse sido pego?

— Eu tomei cuidado — afirmou ele, sem nem ao menos tentar se defender. — Achou mesmo que eu a deixaria continuar viva?

Helena tentou engolir, mas estava com a boca seca. Tinha passado o dia inteiro tentando manter os batimentos cardíacos sob controle, mas aquilo a incomodava demais para que conseguisse evitar o estresse.

— Você mentiu para mim. Foi quando estávamos na cidade, não foi? Quando falou que precisava cuidar de algum problema financeiro, mas foi isso que fez. Agora, toda vez que você sair para qualquer lugar, vou ficar desconfiada, imaginando onde está de verdade. E me preocupando de que nunca voltará para mim...

Já não saía mais voz.

Kaine tentou se aproximar, mas ela se afastou. Pressionando a mão no peito, tentou estabilizar o coração, para que pudesse continuar falando, para que pudesse sentir raiva. Sentia tanta raiva.

— O que a gente tem não basta para você? Essa vida é tão insatisfatória assim que vale a pena se arriscar por vingança? — Os olhos de Helena queimavam. — Daqui a alguns anos, vamos ter que contar a Enid quem você foi. Logo, logo ela vai entrar na escola e, mesmo aqui, em Etras, vai ouvir falar da guerra e do seu nome. Nós dois sabemos muito bem aonde isso vai levar, e não poderemos esconder seu passado. Isso vai fazer o mundo dela desmoronar... mesmo que você seja o primeiro a contar para ela.

Kaine cerrou a mandíbula.

— Eu...

— Na vida a gente não pode ter tudo o que quer, lembra? Foi você mesmo quem me disse isso. Falou que chegaria uma hora que eu perceberia que não teria tudo o que quisesse, que eu precisaria escolher, e isso teria que bastar. Achei que tínhamos escolhido isso. Será que esse tempo todo estive mentindo para mim mesma?

Seus pulmões começaram a trabalhar com tamanha violência que emitiam um som agudo horrível que arranhava a garganta de Helena.

— Depois do que ela fez com você, Stroud merecia morrer. — A voz dele era implacável, sem um pingo de remorso. — Não podia deixar isso de lado quando descobri onde ela estava escondida.

Ela balançou a cabeça, triste.

— Você não deveria ter ido atrás dela. Devia ter deixado isso quieto.

Helena o encarou por mais um instante e então se debulhou em lágrimas.

— Fico tão feliz por ela estar morta.

Com passos rápidos, Kaine a pegou antes que pudesse se afastar. Helena agarrou a camisa do marido.

— Espero que ela tenha sofrido, mas não queria que tivesse sido você... por que sempre tem que ser você?

Com isso, afundou o rosto no peito dele.

— Eu a odiava. Tanto, mas tanto. Fico tão feliz por ela estar morta.

— Eu sei — disse ele, envolvendo-a com os braços. — Ela está morta agora. Não vai haver mais ninguém.

Dez anos depois

De dedos entrelaçados, se demoraram ali enquanto a última nuvem de fumaça do navio a vapor sumia no ar.

— Somos só nós dois agora — constatou Helena, tomada de melancolia.

Kaine seguiu em silêncio, com os olhos prateados cravados no mar, como se ainda conseguisse ver o navio além da curva do horizonte.

— Você sabe por que ela está indo, não sabe? — perguntou Helena, apertando a mão dele.

Kaine estremeceu.

— Sei...

Helena descansou a cabeça no ombro dele.

— Suponho que fosse inevitável. Abrir mão das coisas não é exatamente nosso ponto forte.

Ele bufou.

— Eu, pelo menos, tive meus momentos. Já você...

Ela riu. Kaine ainda tingia o cabelo de castanho, e Helena ficou surpresa com como ainda sentia falta dos fios prateados. Mais alguns anos e ele poderia parar de pintar. No entanto, seus olhos continuavam iguais. Não importava o quanto ela os analisasse, sempre parecia haver nuances em como a cor mudava, nos vislumbres de emoção que deixavam transparecer.

Quando Kaine olhou para ela, o mundo ao redor desapareceu.

Helena sentiu um frio na barriga.

— E agora? O que vamos fazer?

Um sorriso se formou no canto da boca de Kaine, um que só existia para ela.

— Qualquer coisa. O que você quiser.

EPÍLOGO

Julius, 1808

A barca fluvial se agitava no rio sinuoso, chegando à última curva, onde Paladia se revelou para aqueles a bordo. Os suspiros audíveis revelaram aqueles que nunca tinham visto a famosa cidade até então.

As construções de Paladia brilhavam como uma coroa gigante deixada no rio, emoldurada por montanhas imponentes.

Na proa do barco, uma jovem com grandes olhos cinza-prateados observava a cidade que se aproximava, mal conseguindo desviar o olhar quando a barca atracou e os passageiros começaram a desembarcar.

Na prancha, parou e procurou por um rosto familiar na multidão.

— Enid! — chamou alguém.

Diversas pessoas se viraram para ver a antiga paladina Lila Bayard correndo na direção do barco, com o filho Apollo vindo logo atrás, e alguns poucos guardas suavam para tentar acompanhá-los.

Lila chegou a Enid primeiro e a esmagou num abraço antes de se afastar.

— Olhe só para você. Já passou tanto tempo. — Lila baixou a voz e acrescentou: — Eu tinha medo de não a reconhecer, mas você é a cara da sua mãe.

Enid sorriu.

— Pois é — falou ela, com um leve sotaque etrasiano. — Meu pai sempre diz isso.

Lila balançou a cabeça.

— Não acredito que eles finalmente deixaram você vir. Achei que, por eles, você continuaria estudando em Khem, mas estou tão animada por ter entrado no nosso programa.

— Bem — Enid abriu um sorriso astuto —, eles sabiam que eu sempre quis estudar no Instituto. Os aprendizados em Khem são feitos de forma diferente, já que o foco é metalurgia.

Lila estendeu a mão e puxou Pol, que durante toda a conversa ficou para trás, acanhado. Os olhos de Enid e Pol se encontraram por apenas um instante antes de se desviarem.

— Bem, gostaria que tivesse vindo antes — disse Lila, suspirando. — Suas qualidades acadêmicas teriam sido uma mão na roda por aqui. Infelizmente, Pol herdou péssimos hábitos de estudo, tanto de mim quanto do pai. Foi por isso que precisou fazer o teste de certificação de piromancia *duas* vezes.

Pol ficou vermelho como um pimentão.

— Isso foi só na parte escrita, e já faz muitos anos — murmurou ele. — E, no fim, eu passei.

— Um dia você vai comandar o Instituto de Alquimia, como é que alguém vai levá-lo a sério com um histórico escolar desses? — repreendeu Lila. — Nossa sorte é que Enid está aqui e vai nos dar alguma legitimidade acadêmica decente.

Lila olhou para um dos guardas e ordenou:

— Mande a bagagem dela para Solis Sublime. Vamos pegar o caminho mais bonito até o Instituto.

Um carro serpenteou pela cidade, espiralando devagar para fora dos portos e entrando na parte de cima de Paladia, seguindo para o norte. Quando chegou a uma praça com uma grande área a céu aberto, estacionou. Havia diversas colunas altas ao redor de uma estátua.

Lila hesitou por um instante e em seguida abriu a porta.

— Você precisa ver isso — anunciou, saltando do veículo. — É recente, só foi finalizado poucas semanas atrás.

Havia uma pequena multidão presente, e a maioria das pessoas se afastou conforme Lila liderou o caminho para o centro.

O monumento era composto pela estátua de um soldado da Resistência em trajes de combate e equipamento de escalada. Aos pés dele, fora gravado: "Mortos, mas não esquecidos."

As colunas eram de um mármore liso, cobertas de nomes. Apollo Holdfast, Lucien Holdfast, Soren Bayard, Sebastian Bayard, Eddard Althorne, Jan Crowther, Titus Bayard... os nomes não tinham fim.

Lila os observou.

— Foi aqui que a bomba de núlio explodiu. Um dos últimos lugares a serem reconstruídos, porque era muito difícil evitar a contaminação. Eu queria um memorial para todos que morreram na guerra, e olha só onde foi que o colocaram. Acho que gostei, mas... talvez nada jamais será suficiente. O que você acha?

Enid deu de ombros, mas rapidamente analisava as colunas, o olhar aguçado.

— Nunca vi um memorial de guerra antes. Não sei exatamente como eles deveriam fazer alguém se sentir.

— Eu também não faço ideia — concordou Lila, suspirando. — Só esperava que fosse mais...

Antes que Lila pudesse terminar a frase, uma mulher agarrou o braço de Enid e a puxou.

— Helena?

Enid se virou para encarar a desconhecida, uma mulher com longas cicatrizes pelo rosto, que parou o que estava fazendo e afastou a mão. Havia um pequeno buraco em seu punho.

— Não. Não, claro que não. Desculpe. Achei que você fosse alguém que eu conhecia.

Lila se virou e, antes de falar, seus lábios tremeram por um instante.

— Penny, esta é Enid Romano. Ela veio para se juntar ao programa de graduação de vitamancia. Pol e eu estamos mostrando a cidade para ela.

Penny encarou Enid por mais um segundo, as sobrancelhas franzidas.

— Ah. — A voz dela soava tensa. — Desculpe, eu devo ter te assustado, pegando seu braço desse jeito. De costas, você é igualzinha a alguém que eu conhecia. Lila, ela não é igualzinha a Helena?

A expressão de Enid estava neutra, e ela lançou um olhar questionador para Lila.

Lila semicerrou os olhos, como se tentasse se lembrar de a quem Penny se referia.

— São os cabelos, acho. — Lila olhou para Enid. — Helena Marino, ela fez parte da Resistência, mas morreu antes da Libertação.

— Sinto muito por sua perda — disse Enid, voltando o olhar para Penny.

A mulher continuou encarando Enid como se estivesse vendo um fantasma por mais um instante antes de dar meia-volta e ir embora.

Eles ficaram sozinhos por mais um segundo até serem interrompidos por outra pessoa.

— Lila, te achei. Não a vejo desde que o memorial foi inaugurado.

Uma careta apareceu no rosto de Lila antes de ela forçar um sorriso e se virar.

— Sra. Forrester, que prazer inesperado.

Era uma mulher de meia-idade e enfrentava dificuldades para respirar.

— Ouvi dizer que você retomou a prática dos Holdfast de importar alunos estrangeiros.

O sorriso sumiu do rosto de Lila, que se aprumou, aproveitando-se por completo de sua altura.

— Enid foi uma aluna exemplar em Khem e submeteu uma proposta promissora a respeito do uso de matrizes de vitamancia para tratar danos pulmonares. O Instituto a convidou para apoiar sua pesquisa porque muitas das doenças associadas à bomba de núlio ainda não têm um tratamento eficaz.

O rosto da sra. Forrester ficou vermelho e ela tossiu diversas vezes, cobrindo a boca com um lenço.

— Ah, tratamento pulmonar? Que... interessante.

Enid se afastou, deixando que Lila lidasse com o pedido de desculpas esfarrapado. Foi até as colunas para analisar os nomes, mas havia tantos deles, amontoados, nome por cima de nome.

Em minutos, uma multidão se aglomerava ao redor de Lila e Pol. O Principado até poderia ter deixado de existir, mas o fascínio dos Holdfast perdurava.

Do outro lado da praça, um edifício abrigava uma série de lojas: um café, uma floricultura, uma chapelaria e uma livraria. Enid caminhou naquela direção, olhando para trás e encontrando a expressão desolada de Pol antes de entrar na livraria.

Perto da porta, havia uma pilha de calhamaços.

A Guerra Necromante paladiana: uma história em detalhes, de William Dover

Enid parou, encarando os livros por um instante antes de pegar um exemplar.

— Acabou de ser lançado — informou o atendente perto dela, observando o livro em suas mãos.

— Não reconheci o título, então pensei que pudesse se tratar de um lançamento — falou Enid, abrindo o livro e correndo o dedo brevemente pelo sumário.

— Bem, se quer entender Paladia e a guerra, esse é... sem sombra de dúvida, o melhor livro que há. Quer dizer, seu dialeto parece muito bom, mas, se quer saber dos detalhes, das explicações para tudo o que aconteceu, encontrará tudo nessa obra.

Enid arqueou uma das sobrancelhas, curiosa, e o atendente pareceu entender aquilo como sinal de encorajamento, chegando mais perto.

— Dover passou mais de dez anos trabalhando nele. Recebeu permissão especial da Assembleia e da Frente de Libertação para acessar todos os arquivos, mesmo as transcrições de julgamentos que até então não tinham vindo a público. Algumas informações são chocantes. Se tiver estômago fraco... não recomendo a leitura de alguns dos capítulos. Mas, se quer saber o que aconteceu, então é o livro certo. Está tudo aí. Tudo aquilo que deveria ser de conhecimento geral.

— E você sabe? — perguntou Enid.

O atendente pareceu não entender.

— Sabe tudo o que deveria ser de conhecimento geral sobre a guerra? — esclareceu Enid.

O atendente pigarreou.

— Bem... para mim é difícil não saber. Fui um dos nascidos na Torre. Se é que você sabe o que isso significa. Houve julgamentos. O tempo todo em que eles discutiam o que fazer com a gente, nós não tínhamos uma moradia fixa, ficávamos sendo transferidos.

— Eu sinto muito.

Ele pigarreou de novo.

— Enfim. Ler isso... me ajudou a colocar tudo em perspectiva.

— Bom, vou ter que dar uma olhada, então — concordou Enid, fitando a capa outra vez. — Sou de Etras, mas mesmo lá as pessoas ainda falam da Guerra Paladiana.

Ainda com o livro em mãos, Enid transitou pela loja, deixando o atendente para trás. Assim que encontrou um corredor deserto, abriu o livro no sumário e achou o capítulo que queria.

Folheou até chegar à página.

Kaine Ferron (mais conhecido como Alcaide-mor) é o genocida mais infame da história de Paladia. Segundo todas as estimativas, foi o mais jovem a se associar aos Imortais de Morrough, tendo apenas dezesseis anos quando matou o Principado Apollo Holdfast, mergulhando a cidade-estado em uma das guerras mais devastadoras da história. A dedicação de Ferron objetivava subir na hierarquia dos Imortais. Ele não apenas foi o indivíduo mais jovem a "ascender", como também o mais jovem a alcançar o título de general durante a guerra.

A proficiência de Ferron na alquimia e na vitamancia foi encarada pela grande maioria como antinatural e resultada de experimentos humanos abomináveis que vieram a definir o regime dos Imortais, mas, diferentemente das cobaias de Artemon Bennet, a participação de Ferron foi voluntária.

Após a guerra, muitos dos Imortais se afastaram do serviço militar; no entanto, a ascensão de Ferron estava apenas começando. Foi ele quem encabeçou os esforços para capturar e interrogar os membros remanescentes da Resistência, matando-os para que fossem usados nas minas de lumítio como necrosservos. A predileção que tinha por matar foi fundamental para alcançar a posição de Alcaide-mor e seu eventual reconhecimento como sucessor de Morrough.

Hoje, acredita-se que, se a família Ferron não tivesse sido assassinada por Ivy Purnell, o regime Imortal pudesse ter se estendido por várias décadas. O estado de deterioração de Morrough era tamanho que diversas pessoas acreditam que ele teria entregado o controle de Paladia a Ferron antes do fim daquele ano.

O especialista em necromancia Eustace Sederis escreveu em seu livro, Ferron: A biografia do Alcaide-mor*: "Kaine Ferron era um monstro bem antes de Morrough chegar a Paladia. Juntar-se aos Imortais só permitiu que um psicopata se entregasse à sua crueldade interior, e, mesmo quando sua imortalidade e imutabilidade não deram conta de satisfazer seus impulsos sádicos, ele se submeteu a experimentos perversos para atingir seus objetivos."*

Infância

Kaine Ferron era o único filho de...

Ao ouvir um som às suas costas, Enid fechou o livro com força e se virou. Pol estava no final do corredor, com um sorriso enviesado e triunfante no rosto.

Apollo Holdfast era uma mistura equilibrada dos pais. Embora muitos de seus traços fossem característicos dos Holdfast, como os olhos azuis como o céu, o cabelo dourado e um sorriso acolhedor como o sol, ele tinha o biotipo dos Bayard, o que fazia com que fosse mais alto até do que a própria mãe.

— Oi — cumprimentou ele.

Um sorrisinho surgiu no canto da boca de Enid, que arqueou uma das sobrancelhas, analisando-o calmamente com os olhos prateados.

— Oi.

Pol apoiou a mão na prateleira acima da cabeça de Enid, deixando sua estatura clara. Enid apenas ergueu o queixo.

— Já está se escondendo da gente? — perguntou ele.

O sorriso nos lábios de Enid se desfez, e ela olhou para o livro que tinha em mãos.

— Não. Saiu um livro novo sobre a guerra, e pensei em dar uma passada de olhos na seção sobre o Alcaide-mor.

O sorriso desapareceu do rosto de Pol.

— Não faça isso. Eles nunca vão contar o que realmente aconteceu.

— Eu sei. — Enid deu de ombros, assentindo. — Só... sinto que preciso saber o que estão dizendo. Mas é sempre a mesma coisa. E sei que vai ser assim, mas é mais forte do que eu. Este livro até tem aquela citação de Sederis.

Deu de ombros mais uma vez, quase aparentando uma indiferença genuína.

— Quais são as chances de a minha mãe constar no índice remissivo?

— Não vá por esse caminho — desaconselhou Pol, pousando a mão no punho dela.

Mas Enid não lhe deu ouvidos. Ela se virou, apoiando o livro na borda da prateleira, e abriu o índice. Só parou quando encontrou o que queria.

Ela soltou um suspiro lento.

— Olhe...

Ela folheou o livro às pressas, por fim parando numa foto encontrada no capítulo sobre Lucien Holdfast.

Enid e Pol encararam a fotografia.

Soren Bayard, Helena Marino e Luc Holdfast sentados juntos num sofá.

Luc tinha o braço sobre os ombros de Helena enquanto todos olhavam para a câmera.

Helena estava no meio, dolorosamente magra num uniforme grande demais, com um suéter de tricô por cima. Usava o cabelo com duas tranças apertadas, presas num nó grosso na base da cabeça. Os olhos arregalados e devastados no rosto dela traíam a tentativa de sorriso.

Enid encarou a fotografia por alguns minutos antes de esticar a mão e tocá-la de leve.

— Nunca tinha visto uma foto dela durante a guerra. Sua mãe mandou as fotos das turmas do Instituto, mas foi só isso.

Pol não falou nada, mas, como Enid não parava de encarar a fotografia, ele colocou a mão no ombro dela com uma hesitação visível. Ela olhou para cima e o encarou antes de abrir um sorriso triste, que lembrava o da garota na fotografia.

Quando voltou a fitar a página, passou os dedos pelas palavras na legenda do retrato, como se quisesse apagá-las.

— Algum dia... alguém deveria corrigir as coisas — disse em voz baixa.

Com um pigarro, Pol a consolou:

— Você sabe que minha mãe se ofereceu para fazer isso. Ela queria contar o que realmente aconteceu, pelo menos até a parte do incêndio. Mas seus pais não quiseram.

No próprio tempo, Enid assentiu em concordância, os olhos grudados na foto.

— Eu sei. Sei disso. Se eu tivesse passado por tudo o que eles passaram... também iria querer deixar as coisas para trás. Não faz sentido tentar explicar algo assim. Ninguém nunca nem sequer vai querer entender. — O queixo de Enid tremia. — Mas... ela não merece ser esquecida dessa maneira. Minha mãe não deveria ser uma nota de rodapé. Essa não deveria ser a única menção a ela neste livro. Ela merece um capítulo. Merece um livro inteiro só dela. — A voz de Enid falhou. — E as coisas que falam do meu pai... como se ele quisesse aquilo tudo, como se tivesse pedido para que fizessem aquelas coisas com ele... — Enid secou os olhos com o dorso da mão e respirou fundo. — Desculpe. Sempre acho que vou ser capaz de lidar com isso... mas aí fico tão nervosa que parece que vou vomitar.

Ela piscou os olhos para conter as lágrimas e continuou:

— Mas estou feliz por ter vindo. Precisava vê-la. A cidade onde tudo aconteceu. É tão difícil não ter ninguém com quem falar disso. Minha mãe sempre diz que posso falar com ela ou com o meu pai, mas aí, quando toco no assunto, ela sempre precisa tomar remédios. Quando acha que não estou vendo, fica pressionando a mão no peito. Não quero fazê-la passar por isso só porque quero conversar. E sempre que o assunto é abordado, dá para ver que meu pai acha que nunca mais vou falar com ele.

Os nós dos dedos embranqueciam conforme Enid apertava o livro, e então ela por fim o soltou com um suspiro.

— Não sei o que eu faria sem você ou a tia Lila. Acho que vocês são os únicos que me entendem.

Pol sorriu, os olhos azuis brilhantes e sinceros.

— Você sempre pode contar comigo.

Enid assentiu, os lábios comprimidos, mas então cedeu e sorriu.

O tempo parou enquanto os dois estavam lá, juntos. De súbito, ambos pareceram tomar consciência de que estavam sozinhos num corredor vazio.

As bochechas de Enid coraram e os olhos azuis de Pol escureceram. Ele se aproximou, diminuindo a distância entre os dois.

De repente, os dois ouviram o sino na porta tocar. Pol se aprumou, afastando a mão e passando-a pelos cabelos diversas vezes ao dar um pigarro.

— Minha mãe deve aparecer a qualquer momento. Ou os guardas. Mas assim que chegarmos em casa... podemos conversar... mais... — a cabeça dele balançava sem parar — ... sobre... — ele pigarreou de novo — ... bem, só se você quiser... conversar... sobre qualquer coisa.

Enid pestanejou e então fez que sim com a cabeça num movimento brusco.

— Sim! Deveríamos. Mas em casa. É melhor do que... aqui.

Ela assentiu outra vez e passou rapidamente por ele, saindo do corredor.

Ao chegar à entrada da livraria, deixaram o livro para trás, ainda aberto da página com a fotografia. A legenda dizia:

Solstício de Inverno, ano solar 1786 p.D. — Principado Lucien Holdfast com o paladino Soren Bayard (ver também: Bayard, Soren, Capítulo 12:

Uma vida, um legado) e a alquimista estrangeira Helena Marino. Marino deixou a cidade no início da Guerra Civil Paladiana para estudar cura. Apesar de sobreviver à guerra, morreu na prisão antes da Libertação. Não era um membro ativo da Ordem da Chama Eterna e não participou dos combates.

AGRADECIMENTOS

A lista de pessoas que eu gostaria de agradecer por me apoiar nesta jornada é longa demais para este livro já incrivelmente longo, mas me permitam expressar minha profunda gratidão a todas as pessoas que descobriram minha escrita e me apoiaram com tanto entusiasmo a cada passo dessa jornada inesperada. Sua alegria e empolgação por mim são mais importantes do que sou capaz de expressar.

A Caitlin Mahony e Rikki Bergman, minhas agentes, agradeço por sua incrível paciência, cuidado e acolhimento no furacão que foi essa experiência, e por sempre dedicarem tempo a explicar por mensagem as dúvidas complexas que eu deveria ter mandado por e-mail. Agradeço também a Suzy Ball, por cuidar de tudo do lado do Reino Unido. E a Frankie Yackel por todo seu trabalho incrível nos bastidores.

A Emily Archbold, minha querida editora, agradeço por todos os seus e-mails tagarelas que me deram uma desculpa para parar de escrever, por sua consideração com todas as minhas ideias atrasadas e absurdas, por seus comentários pacientes e sua fé inabalável no meu trabalho. A Jordan Pace, por lidar tão bem com toda minha ansiedade sempre que esperavam que eu promovesse meu livro falando, em vez de escrevendo. À incrível equipe da Del Rey: Scott Shannon, Keith Clayton, Tricia Narwani, Julie Leung, Alex Larned, Marcelle Iten Busto, David Moench, Ashleigh Heaton, Tori Henson, Kay Pope, Maya Fenter, e Madi Margolis, agradeço muito por sua visão, apoio, e entusiasmo em todas as etapas.

Agradeço eternamente pela tremendamente maravilhosa Rebecca Hilsdon, e pela equipe da Michael Joseph: Stella Newing, Riana Dixon, Sriya Varadharajan, Clare Parker, Jessie Beswick, Jack Hallam, Vicky Photiou, Bronwen Davies, Kelly Mason, Akut Akowuah, Richard Rowlands, Jessica Meredeen, Helen Eka, Dan Prescott, Jill Cole, e Hayley Shepherd.

Meus mais sinceros agradecimetos a todos os envolvidos nas edições estrangeiras. É uma honra incrível ter minha história traduzida.

A Jame, por não largar minha mão em todos esses anos, nos piores e melhores momentos, apesar de meu abuso crônico de vírgulas; eu não estaria aqui sem você. Rei, agradeço por toda sua pesquisa etimológica e por lidar com a complexidade do mundo fictício que joguei na sua cara sem contexto nenhum.

Avendell, sua capacidade de pegar os pensamentos da minha cabeça e transformar na arte mais espetacular que já vi nunca deixará de me impressionar.

A minha família, agradeço por toda a empolgação, o apoio e a compreensão quando tive que faltar a eventos para cumprir prazos. A Wren, por ter um quarto de hóspedes no qual me abrigar quando eu precisava de um lugar para passar a noite trabalhando, e por sempre garantir que eu me alimentasse, mesmo que não estivesse dormindo. A Kimi, que aguardou pacientemente por anos para eu finalmente contar para mais alguém na família toda sobre minha escrita.

A Andrew, agradeço por se prestar tão rapidamente ao papel de pai principal sem o menor aviso prévio. E, mais especialmente, para T e E, agradeço por se orgulharem tanto de mim e me fazerem companhia, vindo em silêncio ler livros de fantasia na minha cama, enquanto eu escrevia livros de fantasia na escrivaninha. Amo vocês mais do que sou capaz de expressar em palavras.

1ª edição	OUTUBRO DE 2025
impressão	GEOGRÁFICA
papel de miolo	IVORY BULK 58 G/M²
papel de capa	CARTÃO SUPREMO ALTA ALVURA 250 G/M²
tipografia	CORMORANT GARAMOND